BURMA (MYANMAR)
N
0
200 km
© Kartographie Fischer-Leitl, München 2022
Kunming
Mekong
CHINA
VIETNAM
Hanoi
HAN STATE
Ta-kaw
LAOS
GOLDENES
DREIECK
Golf von Tongkin
Louang Prabang
Vinh
Vang Vieng
Mae Hong Son
Chiang Mai
Vientiane
Mekong
Pa-an
THAILAND
KARAN STATE

JAN-PHILIPP
SENDKER

DIE BURMA TRILOGIE

DAS BUCH

Die dreiteilige, epische Geschichte einer jungen Frau, die auf der Suche nach ihrem Vater einen Bruder, die große Liebe und schließlich sich selbst findet.

Auf der Suche nach ihrem vermissten Vater reist Julia Win, eine erfolgreiche New Yorker Rechtsanwältin, nach Kalaw, ein malerisches, in den Bergen Burmas verstecktes Dorf. Ein vierzig Jahre alter Liebesbrief ihres Vaters an eine unbekannte Frau hat sie an diesen magischen Ort geführt. Das Licht, die Gerüche, und vor allem die Menschen sind ihr vollkommen fremd, doch hofft sie, hier Hinweise auf ihren Vater zu finden. Stattdessen trifft sie auf ihren Halbbruder U Ba, von dem sie bisher nichts gewusst hat, und stößt auf ein Familiengeheimnis, das ihr Leben für immer verändern wird.

Zehn Jahre später erreicht Julia ein rätselhafter Brief U Bas und eine fremde, innere Stimme beginnt zu ihr zu sprechen. Bald erkennt sie, dass sie noch einmal zurück muss, um dem Geheimnis dieser Stimme auf den Grund zu gehen und die Quelle ihres persönlichen Glücks wiederzuentdecken.

Über U Ba lernt Julia Thar Thar kennen, einen jungen buddhistischen Mönch mit einer traumatischen Vergangenheit – der Anfang einer großen Liebe, die jedoch im Wirbel politischer Ereignisse zu zerbrechen droht …

DER AUTOR

Jan-Philipp Sendker, geboren in Hamburg, war viele Jahre Amerika- und Asienkorrespondent des *stern*. Nach einem weiteren Amerika-Aufenthalt kehrte er nach Deutschland zurück. Er lebt mit seiner Familie in Potsdam. Bei Blessing erschien 2000 seine eindringliche Porträtsammlung *Risse in der Großen Mauer*. Nach dem Roman-Bestseller *Das Herzenhören* (2002) folgten *Das Flüstern der Schatten* (2007), *Drachenspiele* (2009), *Herzenstimmen* (2012), *Am anderen Ende der Nacht* (2016), *Das Geheimnis des alten Mönches* (2017), *Das Gedächtnis des Herzens* (2019) und *Die Rebellin und der Dieb* (2021). Seine Romane sind in mehr als 35 Sprachen übersetzt. Mit weltweit über 3 Millionen verkauften Büchern ist er einer der aktuell erfolgreichsten deutschsprachigen Autoren.

JAN-PHILIPP

SENDKER

DIE BURMA TRILOGIE

BLESSING

MIX
Papier | Fördert gute Waldnutzung
FSC® C083411

Penguin Random House Verlagsgruppe FSC® N001967

1. Auflage, 2022

Umschlaggestaltung: geviert.com, Christian Otto
Umschlagabbildung: © Shutterstock.com
Satz: Leingärtner, Nabburg
Druck und Einband: CPI books GmbH, Leck
Printed in Germany
978-3-89667-734-1

www.blessing-verlag.de

Für
Anna, Florentine, Theresa und Jonathan

und
zum Gedenken an Vivien Wong
(1969–2000)

Inhalt

DAS HERZENHÖREN

Erster Teil

1

Seine Augen waren mir als Erstes aufgefallen. Sie lagen tief in ihren Höhlen, und es war, als könne er den Blick nicht von mir lassen. Alle Gäste des Teehauses starrten mich mehr oder weniger unverhohlen an, aber er war der aufdringlichste. Als wäre ich ein exotisches Wesen, eines, das er zum ersten Mal sieht. Sein Alter konnte ich schlecht schätzen. Sein Gesicht war voller Falten, sechzig war er mit Sicherheit, vielleicht schon siebzig. Er trug ein vergilbtes weißes Hemd, einen grünen Longy und Gummisandalen. Ich versuchte ihn zu ignorieren und blickte mich im Teehaus um, einer Bretterbude mit ein paar Tischen und Hockern, die auf der trockenen, staubigen Erde standen. An einer Wand hingen alte Kalenderblätter, die junge Frauen zeigten. Ihre Gewänder reichten bis auf den Boden, und mit ihren langärmeligen Blusen, den hochgeschlossenen Kragen und ihren ernsten Gesichtern erinnerten sie mich an alte, handkolorierte Fotos von Töchtern aus gutem Hause um die Jahrhundertwende, wie man sie auf Flohmärkten in New York finden konnte. An der Wand gegenüber befand sich eine Vitrine mit Keksen und Reiskuchen, auf denen sich Dutzende von Fliegen niedergelassen hatten. Daneben stand ein Gaskocher mit einem verrußten Kessel, in dem das Wasser für den Tee kochte. In einer Ecke stapelten sich Holzkisten mit orangefarbener

Limonade. Ich hatte noch nie in einer so erbärmlichen Hütte gesessen.

Es war brütend heiß, der Schweiß lief mir die Schläfen und den Hals hinab, meine Jeans klebte auf der Haut. Plötzlich stand der Alte auf und kam auf mich zu.

»Entschuldigen Sie vielmals, junge Frau, dass ich Sie so einfach anspreche«, sagte er und setzte sich zu mir. »Es ist sehr unhöflich, ich weiß, zumal wir uns nicht kennen oder zumindest Sie mich nicht kennen, nicht einmal flüchtig. Ich heiße U Ba und habe schon viel von Ihnen gehört, was aber mein Verhalten, ich gebe es zu, auch nicht höflicher macht. Ich vermute, es ist Ihnen unangenehm, in einem Teehaus, an einem fremden Ort, in einem fremden Land von einem Ihnen unbekannten Mann angesprochen zu werden, und ich habe dafür mehr als Verständnis, aber ich möchte, oder sollte ich ehrlicher sein und sagen, ich muss Sie etwas fragen. Ich habe auf diese Gelegenheit zu lange gewartet, als dass ich nun, da Sie da sind, schweigend vor Ihnen sitzen könnte.

Vier Jahre habe ich gewartet, um genau zu sein, und oft bin ich am Nachmittag auf und ab gegangen, dort, an der staubigen Hauptstraße, wo der Bus ankommt, der die wenigen Touristen bringt, die sich in unseren Ort verirren. Manchmal, wenn sich die Gelegenheit ergab, bin ich an den seltenen Tagen, an denen eine Maschine aus der Hauptstadt landet, zu unserem kleinen Flughafen gefahren und habe, vergeblich, Ausschau nach Ihnen gehalten.

Sie haben sich Zeit gelassen.

Nicht, dass ich Ihnen das vorwerfen möchte, bitte, verstehen Sie mich nicht falsch. Aber ich bin ein älterer Mann, der nicht weiß, wie viele Jahre ihm noch gegeben sind. In unserem Land altern die Menschen schnell und sterben früh. Mein Leben neigt sich langsam, und ich habe noch eine Geschichte zu erzählen, eine Geschichte, die für Sie bestimmt ist.

Sie lächeln. Sie halten mich für übergeschnappt, für ein wenig verrückt oder zumindest sehr verschroben? Dazu haben Sie jedes Recht. Nur bitte, bitte, wenden Sie sich nicht ab. Das alles mag rätselhaft und sonderbar für Sie klingen, und ich gestehe ein, dass mein Äußeres nicht dazu angetan ist, Ihr Vertrauen zu erwecken. Ich wünschte, ich hätte strahlend weiße Zähne wie Sie und nicht diese braunen Stummel im Mund, die nicht einmal mehr zum Kauen richtig taugen, diese Trümmer eines Gebisses. Meine Haut ist welk und schlaff und hängt von meinen Armen, als hätte ich sie dort zum Trocknen abgelegt. Man sagt, ich stinke aus dem Mund, meine Füße sind schmutzig und zerschunden vom jahrzehntelangen Laufen in billigen Sandalen, mein Hemd, das einmal weiß war, hätte eigentlich schon vor Jahren in den Müll gehört. Glauben Sie mir, ich bin ein reinlicher Mensch, aber Sie sehen, in welchem Zustand sich unser Land befindet. Beschämend. Ich bin mir dessen durchaus bewusst, aber ich kann es nicht ändern, und es hat mich viele Jahre meines Lebens gekostet, zu akzeptieren, was ich nicht ändern kann. Lassen Sie sich nicht von meiner äußeren Erscheinung in die Irre führen. Verwechseln Sie meinen Gleichmut nicht mit Desinteresse oder Resignation. Nichts läge mir ferner, meine Liebe.

Ich schweife ab, und ich sehe in Ihren Augen, dass ich Ihre Geduld strapaziere. Bitte, sehen Sie es mir nach, und wenden Sie sich nicht ab. Es wartet doch niemand auf Sie, habe ich recht? Sie sind allein gekommen, so wie ich es erwartet hatte. Geben Sie mir ein paar Minuten Ihrer Zeit. Bleiben Sie noch etwas bei mir, Julia.

Sie staunen? Ihre wunderschönen braunen Augen werden noch größer, und zum ersten Mal schauen Sie mich wirklich an. Sie sind erschrocken. Sie fragen sich, woher ich Ihren Namen weiß, da wir uns doch noch nie gesehen haben und Sie zum ersten Mal in unserem Land zu Gast sind? Kann es Zufall sein? Sie überlegen, ob ich vielleicht irgendwo ein Schild mit Ihrem Namen an Ihrer Jacke oder Ihrem kleinen Rucksack gesehen habe? Nein, habe ich nicht, glauben Sie mir. Ich kenne Ihren Namen, so wie ich den Tag und die Stunde Ihrer Geburt kenne, ich weiß um die kleine Jule, die nichts mehr liebte, als von ihrem Vater Geschichten erzählt zu bekommen, und ich könnte Ihnen hier und jetzt Jules Lieblingsmärchen erzählen. Die Geschichte vom Prinzen, der Prinzessin und dem Krokodil.

Julia Win. Geboren am 28. August 1968 in New York City. Mutter Amerikanerin. Vater Burmese. Ihr Familienname ist Teil meiner Geschichte, Teil meines Lebens, seit ich vor fünfundfünfzig Jahren aus dem Schoß meiner Mutter kroch, und in den vergangenen vier Jahren gab es keinen Tag, an dem ich nicht an Sie gedacht hätte. Ich werde Ihnen alles später erklären, aber lassen Sie mich zuerst meine Frage stellen: Glauben Sie an die Liebe?

Sie lachen. Wie schön Sie sind. Ich meine es ernst. Glauben Sie an die Liebe, Julia?

Selbstverständlich spreche ich nicht von dem Ausbruch an Leidenschaft, von dem wir meinen, er wird unser Leben lang nicht enden, der uns Dinge tun und sagen lässt, die wir später bereuen, der uns glauben machen will, dass wir ohne einen bestimmten Menschen nicht leben können, der uns vor Angst erzittern lässt bei dem Gedanken, wir könnten diesen Menschen wieder verlieren. Dieses Gefühl, das uns ärmer und nicht reicher macht, weil wir besitzen wollen, was wir nicht besitzen können, weil wir festhalten wollen, was wir nicht festhalten können. Ich meine auch nicht die körperliche Begierde und nicht die Eigenliebe, diesen Parasiten, der sich so gern als selbstlose Liebe tarnt.

Ich spreche von der Liebe, die Blinde zu Sehenden macht. Von der Liebe, die stärker ist als die Angst. Ich spreche von der Liebe, die dem Leben einen Sinn einhaucht, die nicht den Gesetzen des Verfalls gehorcht, die uns wachsen lässt und keine Grenzen kennt. Ich spreche vom Triumph des Menschen über die Eigensucht und den Tod.

Sie schütteln den Kopf? Daran glauben Sie nicht? Oh, Sie wissen gar nicht, wovon ich spreche? Das überrascht mich nicht, mir erging es ähnlich, bevor ich Ihren Vater traf. Warten Sie ab, Sie werden verstehen, was ich meine, sobald ich Ihnen die Geschichte erzählt habe, die ich seit vier Jahren für Sie mit mir herumtrage. Nur um ein wenig Geduld muss ich Sie bitten. Es ist spät geworden, und Sie sind sicherlich müde von der langen Reise. Ich für meinen Teil muss mit meinen Kräften haushalten und bitte um Ihr Verständnis, wenn ich mich jetzt zurückziehe. Wenn es Ihnen genehm ist, sehen wir uns morgen um die gleiche Zeit an diesem Tisch in diesem Teehaus wieder. Hier traf ich, wenn ich das noch erwähnen darf, Ihren Vater, und um ganz ehrlich zu sein, dort, auf Ihrem Schemel, hockte er und begann zu erzählen, und ich saß hier, auf diesem Platz, staunend, ja, ich gebe zu, ungläubig und verwirrt. Ich hatte noch nie einen Menschen so erzählen hören. Können Worte Flügel haben? Können sie wie Schmetterlinge durch die Luft gleiten? Können sie uns mitreißen, davontragen in eine andere Welt? Können sie uns erbeben lassen wie die Naturgewalten, die die Erde erschüttern? Können sie die letzten geheimen Kammern unserer Seele öffnen? Ich weiß nicht, ob Worte allein es vermögen, aber zusammen mit der menschlichen Stimme können sie es, Julia, und Ihr Vater hatte an diesem Tag eine Stimme, wie wir sie vielleicht nur einmal im Leben haben. Er erzählte nicht, er sang, und obwohl er flüsterte, gab es in diesem Teehaus keinen Menschen, dem nicht die Tränen kamen, allein vom Klang seiner Stimme. Aus seinen Sätzen wurde bald eine Geschichte und aus der Geschichte ein Leben, das seine Kraft entfaltete und seine Magie. Was ich hörte, machte mich zu einem Gläubigen, wie Ihren Vater.

›Ich bin kein religiöser Mensch, und die Liebe, U Ba, die Liebe ist die einzige Kraft, an die ich wirklich glaube.‹ Das sind die Worte Ihres Vaters.«

U Ba schaute mich an und erhob sich. Er legte die Hände vor der Brust aneinander, ohne sie zu falten, machte die Andeutung einer Verneigung und verließ mit ein paar schnellen, leichtfüßigen Schritten das Teehaus.

Ich blickte ihm nach, bis er im Gewühl der Straße verschwunden war.

Nein, wollte ich ihm hinterherrufen, nein, ich glaube an keine Kraft, die Blinde zu Sehenden macht. Ich glaube nicht an Wunder und nicht an Magie. Das Leben ist kurz, zu kurz, um Zeit mit solchen Hoffnungen zu verschwenden. Ich genieße es, wie es ist, anstatt mir Illusionen zu machen. Ob ich an die Liebe glaube? Was für eine Frage. Als wäre die Liebe eine Religion, an die man glaubt oder nicht. Als Achtzehnjährige habe ich von dem Prinzen geträumt, der kommt und mich rettet und befreit, und als er kam, musste ich lernen, dass es Prinzen nur im Märchen gibt und dass die Liebe blind macht und nicht sehend. Nein, wollte ich dem Alten hinterherrufen, ich glaube an keine Kraft, die stärker ist als die Angst, ich glaube nicht an einen Triumph über den Tod. Nein. Nein.

Stattdessen hockte ich auf meinem Hocker, zusammengesunken und eingefallen. Ich hörte noch immer seine Stimme, sie war weich und melodisch, in ihrer Sanftheit der meines Vaters nicht unähnlich. Seine Worte hallten in meinem Kopf wie ein Echo, das kein Ende nehmen will.

Bleiben Sie noch etwas bei mir, Julia, Julia, Julia …

Glauben Sie an die Liebe, an die Liebe …

Die Worte Ihres Vaters, Ihres Vaters …

Ich hatte Kopfschmerzen und fühlte mich erschöpft. Als wäre ich aus einem Albtraum erwacht, der nicht aufhörte, mich zu quälen. Um mich herum summten Fliegen, setzten sich auf meine Haare, meine Stirn und meine Hände. Mir fehlte die Kraft, sie zu verscheuchen. Vor mir lagen drei trockene Kekse, auf dem Tisch klebte brauner Zucker.

Ich wollte einen Schluck von meinem Tee trinken. Er war kalt, und meine Hand zitterte. Die Finger umklammerten das Glas, es glitt mir aus der Hand, langsam, wie in Zeitlupe konnte ich sehen, dass es rutschte, so kräftig ich auch drückte. Das Geräusch des zersplitternden Glases auf dem Fußboden. Die Blicke der anderen Gäste. Als hätte ich eine Schrankwand mit Gläsern umgestoßen. Warum hatte ich diesem Fremden so lange zugehört? Ich hätte ihn bitten können zu schweigen. Ich hätte ihm klar und unmissverständlich sagen müssen, er solle mich in Ruhe lassen. Ich hätte aufstehen können. Irgendetwas hielt mich. Ich hatte mich abwenden wollen, da sagte er: Julia, Julia Win. Ich hatte mir nicht vorstellen können, dass ich bei der Erwähnung meines Namens je so erschrecken würde. Mein Herz raste. Woher wusste er meinen Namen? Was wusste er noch von mir? Kannte er meinen Vater? Wann hatte er ihn zuletzt gesehen? Weiß er womöglich, ob mein Vater noch am Leben ist, wo er steckt?

2

Der Kellner wollte mein Geld nicht.

»Sie sind eine Freundin von U Ba. Seine Freunde sind unsere Gäste«, sagte er und verneigte sich.

Ich holte dennoch einen Geldschein aus meiner Hosentasche. Er war dreckig und abgegriffen, ich ekelte mich und schob ihn unter den Teller mit den Keksen. Der Kellner räumte das Geschirr ab, ohne den Schein zu berühren. Ich deutete auf das Geld, er lächelte nur.

War es ihm zu wenig, zu schmutzig oder nicht gut genug? Ich legte eine größere und saubere Note auf den Tisch. Er verbeugte sich, lächelte wieder und rührte sie nicht an.

Draußen war es noch heißer. Die Hitze lähmte mich, ich stand vor dem Teehaus, unfähig, einen Schritt zu tun. Die Sonne brannte auf meiner Haut, und das grelle Licht stach in den Augen. Ich setzte meine Baseballmütze auf und zog sie tief ins Gesicht.

Die Straße war voller Menschen, gleichzeitig herrschte eine seltsame Stille. Irgendetwas fehlte, und es dauerte eine Weile, bis ich begriff, was es war. Es gab kaum motorisierte Fahrzeuge. Die Menschen gingen zu Fuß oder waren mit dem Fahrrad unterwegs. An einer Kreuzung parkten drei Pferdekutschen und ein Ochsenkarren. Die wenigen Autos, die es zu sehen gab, waren alte japanische Pick-up-Trucks, zerbeult und verrostet, voll beladen mit großen

Bastkörben und Säcken, an denen sich junge Männer festgeklammert hielten.

Die Straße war gesäumt von flachen, einstöckigen Holzbuden mit Wellblechdächern, wie ich sie aus dem Fernsehen von Slums in Afrika oder Südamerika kannte. Es waren Geschäfte, Kaufhäuser auf zehn Quadratmetern, die alles anboten von Reis, Erdnüssen, Mehl und Haarshampoo bis zu Coca-Cola und Bier. Die Ware lag wild durcheinander, es gab keine Ordnung oder aber eine, die mir fremd war.

Jeder zweite Laden schien ein Teehaus zu sein, die Gäste hockten auf kleinen Holzschemeln davor. Um den Kopf hatten sie sich rote und grüne Frotteehandtücher gewickelt, ein Kopfschmuck, der ihnen so selbstverständlich war wie mir meine dunkelblaue New-York-Yankee-Baseballmütze. Anstelle von Hosen trugen die Männer Gewänder, die wie Wickelröcke aussahen, und sie rauchten lange dunkelgrüne Zigarillos.

Vor mir standen ein paar Frauen. Sie hatten sich gelbe Paste auf Wangen, Stirn und Nase geschmiert und sahen aus wie Indianerinnen auf dem Kriegspfad, und jede paffte einen dieser stinkenden grünen Stummel.

Ich überragte sie alle um mindestens einen Kopf, auch die Männer. Sie waren schlank, ohne dabei hager zu wirken, und sie bewegten sich mit der Eleganz und Leichtigkeit, die ich an meinem Vater immer bewundert hatte. Dagegen fühlte ich mich fett und schwerfällig mit meinen sechzig Kilo und meiner Größe von 1,76.

Am schlimmsten waren ihre Blicke.

Sie wichen mir nicht aus, sie schauten mir direkt ins Gesicht und in die Augen und lächelten. Es war kein Lächeln, das ich kannte.

Wie bedrohlich ein Lachen sein kann.

Andere grüßten mit einem Kopfnicken. Kannten sie mich? Hatten sie alle, wie U Ba, auf meine Ankunft gewartet? Ich wollte sie nicht sehen. Ich wusste nicht, wie ich ihren Gruß erwidern sollte, und lief so schnell ich konnte die Hauptstraße hinunter, den Blick auf ein imaginäres Ziel in der Ferne gerichtet.

Ich sehnte mich nach New York, nach dem Krach und dem Verkehr. Nach den ernsten und abweisenden Gesichtern der Passanten, die aneinander vorbeilaufen, ohne einander zu beachten. Selbst nach dem Gestank der übervollen Mülltonnen an einem schwülen, stickigen Sommerabend sehnte ich mich. Nach irgendetwas Vertrautem, etwas, an dem ich mich festhalten konnte, das Schutz versprach. Ich wollte zurück an einen Ort, an dem ich mich zu bewegen und zu verhalten wusste.

Etwa hundert Meter weiter gabelte sich der Weg. Ich hatte vergessen, wo mein Hotel lag. Ich blickte mich um, suchte nach einem Hinweis, einem Schild vielleicht oder einem Detail am Straßenrand, einem Busch, einem Baum, einem Haus, an das ich mich vom Hinweg erinnerte und das mir die Richtung weisen könnte. Ich sah nur monströse lilafarbene Bougainvilleabüsche, die höher waren als die Hütten, die sich dahinter verbargen, sah vertrocknete Felder, staubige Bürgersteige und Schlaglöcher, so tief, dass sie Basketbälle verschlingen könnten. Wohin ich blickte, es sah alles gleich aus, fremd und unheimlich.

Sollte ich, Julia Win aus New York, der in Manhattan jede Straße, jede Avenue vertraut ist, sollte ich mich in diesem Kaff mit seinen drei Längs- und vier Querstraßen verlaufen haben? Wo waren mein Gedächtnis, mein Sinn für Orte, meine Souveränität, mit denen ich mich in San Francisco, Paris und London zurechtgefunden hatte? Wie konnte ich so leicht die Orientierung verlieren? Ein Gefühl von Einsamkeit und Verlorenheit kroch in mir hoch, wie ich es in New York noch nie empfunden hatte.

»Miss Win, Miss Win«, rief jemand.

Ich wagte kaum, mich umzudrehen, und blickte über die Schulter zurück. Hinter mir stand ein junger Mann, den ich nicht kannte. Er erinnerte mich an den Pagen im Hotel. Oder den Kellner im Teehaus. An den Kofferträger am Flughafen in Rangoon, an den Taxifahrer. Sie sahen alle gleich aus, mit ihren schwarzen Haaren, den tiefbraunen Augen, ihrer dunklen Haut und diesem unheimlichen Lächeln.

»Suchen Sie etwas, Miss Win? Kann ich Ihnen helfen?«

»Nein danke«, sagte ich, die dem Fremden misstraute und nicht auf seine Hilfe angewiesen sein wollte.

»Ja, mein Hotel, den Weg«, sagte ich, die sich nach nichts mehr sehnte als nach einem Versteck, und sei es das erst heute Morgen bezogene Hotelzimmer.

»Hier rechts den Berg hinauf, dann sehen Sie es. Keine fünf Minuten«, erklärte er.

»Danke.«

»Ich hoffe, Sie haben eine schöne Zeit bei uns. Willkommen in Kalaw«, sagte er und ging weiter.

Im Hotel ging ich grußlos an der lächelnden Empfangsdame vorbei, stieg die schwere Holztreppe hinauf in den ersten Stock und sank auf mein Bett. Ich war erschöpft wie selten zuvor in meinem Leben.

Mehr als zweiundsiebzig Stunden war ich von New York nach Rangoon unterwegs gewesen. Anschließend hatte ich eine Nacht und einen halben Tag in einem alten Bus verbracht mit Menschen, die stanken und nichts am Leib trugen als schmutzige Röcke, verlumpte T-Shirts und zerschlissene Plastiksandalen. Mit Hühnern und quiekenden Ferkeln. Zwanzig Stunden Fahrt über Wege, die mit Straßen nichts gemein hatten. Ausgetrocknete Flussbetten waren das. Nur um von der Hauptstadt in diesen entlegenen Winkel zu gelangen. Warum?

Was machte ich in diesem Nest in den Bergen Burmas? Ich hatte hier nichts verloren und hoffte doch, etwas zu finden. Ich war auf der Suche, ohne wirklich zu wissen, wonach.

Ich musste geschlafen haben. Die Sonne war verschwunden, draußen dämmerte es, und mein Zimmer lag im Halbdunkel. Mein Koffer stand unausgepackt auf dem anderen Bett. Ich blickte durch den Raum, meine Augen wanderten hin und her, als müsste ich mich vergewissern, wo ich war. Über mir unter der mindestens vier Meter hohen Decke hing ein alter Holzventilator. Das Zimmer war groß, und die spartanische Einrichtung hatte etwas Klösterliches. Neben der Tür ein schlichter Schrank, vor dem Fenster ein Tisch mit einem Stuhl, zwischen den Betten ein kleiner Nachttisch. Die Wände waren weiß gekalkt, keine Bilder oder Spiegel, die alten Holzdielen des Fußbodens blank poliert. Einziger Luxus war ein koreanischer Minikühlschrank. Er war kaputt. Durch die offenen Fenster wehte kühlere Abendluft, die gelben Vorhänge bewegten sich im Wind, langsam und behäbig.

In der Abenddämmerung, mit ein paar Stunden Abstand, erschien mir die Begegnung mit dem alten Mann noch absurder und rätselhafter als am Mittag. Die Erinnerung daran war verschwommen und unklar. Bilder spukten mir durch den Kopf, Bilder, die ich nicht deuten konnte und die keinen Sinn ergaben. Ich versuchte mich zu erinnern. U Ba hatte weißes, volles, aber ganz kurz geschnittenes Haar und um den Mund ein Lächeln, von dem ich nicht wusste, was es bedeutete. War es höhnisch, spöttisch? Mitleidig?

Was wollte er von mir?

Geld! Was sonst. Er hat nicht danach gefragt, aber die Bemerkungen über seine Zähne und sein Hemd waren ein Hinweis, ich habe ihn wohl verstanden. Meinen Namen kann er vom Hotel bekommen haben, wahrscheinlich arbeitete er mit dem Empfang zusammen. Ein Trickbetrüger, der mich neugierig machen, mich beeindrucken wollte, um mir dann seine Künste als Wahrsager, Astrologe oder Handleser anzubieten. Ich glaube an nichts davon. Wenn der wüsste, wie er seine Zeit vergeudet.

Hat er mir etwas über meinen Vater verraten, was mich veranlassen könnte zu glauben, dass er ihn wirklich kennt? »Ich bin kein religiöser Mensch, und die Liebe, U Ba, die Liebe ist die einzige Kraft, an die ich wirklich glaube«, soll er zu ihm gesagt haben. Nie hätte mein Vater so einen Satz auch nur gedacht, geschweige denn ausgesprochen. Mit Sicherheit nicht einem Fremden gegenüber. Oder täuschte ich mich? War es nicht eher eine lächerliche Anmaßung meinerseits, zu denken, ich wüsste, was mein Vater gedacht oder gefühlt hat? Wie vertraut war er mir?

Wäre er sonst verschwunden, einfach so, ohne einen Brief zum

Abschied? Hätte er seine Frau, seinen Sohn und seine Tochter zurückgelassen ohne Erklärung, ohne Nachricht?

Seine Spur verliert sich in Bangkok, sagt die Polizei. Er könnte in Thailand beraubt und ermordet worden sein.

Oder wurde er am Golf von Siam Opfer eines Unfalls? Wollte er nur einmal zwei Wochen völlig ungestört sein, ist weiter an die Küste gefahren und beim Schwimmen ertrunken? Das ist die Version unserer Familie, die offizielle zumindest.

Die Mordkommission vermutete, dass er ein Doppelleben führte. Sie wollten meiner Mutter nicht glauben, dass sie nichts über die ersten zwanzig Jahre im Leben meines Vaters wusste. Sie hielten das für so ausgeschlossen, dass sie meine Mutter zunächst verdächtigten, bei seinem Verschwinden eine Rolle zu spielen, entweder als seine Komplizin oder als Täterin. Erst als feststand, dass es keine hoch dotierte Lebensversicherung gab und niemand von seinem möglichen Tod finanziell profitieren würde, lag auch nicht mehr der Schatten eines Verdachts auf ihr. Verbarg sich hinter dem Geheimnis der ersten zwanzig Lebensjahre meines Vaters eine Seite, die wir, seine Familie, nicht kannten? War er ein heimlicher Homosexueller? Ein Kinderschänder, der seine Lust in den Bordellen Bangkoks befriedigte?

Wollte ich das wirklich wissen? Wollte ich mein Bild von ihm, das des treuen Ehemanns, des erfolgreichen Anwalts, des guten und starken Vaters, der für seine Kinder da war, wenn sie ihn brauchten, wollte ich das befleckt sehen? Du sollst dir kein Bildnis machen. Als ob wir ohne leben könnten. Wie viel Wahrheit vertrage ich?

Was hat mich bis ans andere Ende der Welt getrieben? Nicht die Trauer, diese Phase ist vorüber. Vier Jahre sind eine lange Zeit. Ich habe getrauert, aber ich merkte bald, dass der banale Satz stimmt: Das Leben geht weiter. Auch ohne ihn. Meine Freunde behaupteten, ich sei über die Sache, wie sie es nannten, schnell hinweggekommen.

Es ist auch nicht die Sorge, die mich suchen lässt. Wenn ich ehrlich bin, glaube ich nicht, dass mein Vater noch am Leben ist oder, sollte ich mich täuschen, dass er mich braucht oder ich etwas für ihn tun könnte.

Es ist die Ungewissheit, die mir keine Ruhe lässt. Die Frage, warum er verschollen ist und ob sein Verschwinden mir etwas über ihn verrät, was ich nicht weiß. Kannte ich ihn so gut, wie ich glaube, oder war unser Verhältnis, unsere Nähe, eine Illusion? Diese Zweifel sind schlimmer als die Angst vor der Wahrheit. Sie werfen einen Schatten auf meine Kindheit, auf meine Vergangenheit, und ich beginne, meinen Erinnerungen zu misstrauen. Und sie sind das Einzige, was mir geblieben ist. Wer war der Mann, der mich großgezogen hat? Mit wem habe ich über zwanzig Jahre meines Lebens zusammengelebt? Wer war mein Vater wirklich?

3

Die letzte Erinnerung an ihn liegt vier Jahre zurück.

Es war der Morgen nach meinem Abschlussexamen. Ich schlief bei meinen Eltern im Haus meiner Kindheit in der 64. Straße auf der Ostseite Manhattans. Sie hatten mir ein Bett im ehemaligen Kinderzimmer bereitet, das nun als Gästezimmer diente. Wir hatten am Abend zuvor mein Examen gefeiert. Ich hätte auch zu mir gehen können, meine Wohnung auf der 2. Avenue liegt keine zehn Minuten vom Haus meiner Eltern entfernt, aber es war spät geworden, nach Mitternacht, und ich spürte den Champagner und den Rotwein. Wir hatten einen besonders schönen Abend gehabt, mein Bruder war aus San Francisco gekommen, mein Vater, der niemals Alkohol trank und Feste verabscheute, war ausgelassen wie selten, und ich hatte Sehnsucht nach meiner Familie bekommen, nach meinem alten Zimmer, den Gerüchen und Geräuschen meiner Kindheit. Einmal noch geweckt werden vom Geklapper des Geschirrs, wenn mein Vater, wie jeden Morgen kurz nach sechs, die Spülmaschine ausräumt und den Tisch deckt. Einmal noch den Geruch von frischem Kaffee und den aufgebackenen Zimtschnecken in der Nase spüren, die wir als Kinder so gerne aßen. Im Halbschlaf hören, wie er die Haustür öffnet, hinaustritt, die *New York Times* aufhebt und wieder hereinkommt, horchen, wie die schwere alte Holztür ins Schloss fällt und die dicke Zeitung mit einem schmatzenden Geräusch auf dem Küchentisch landet. Meine Universitätsjahre waren vorbei, etwas ging zu Ende, unwiderruflich. Ich wollte es festhalten, und sei es nur für eine Nacht und einen Morgen. Den Tag beginnen im Schutz der Rituale meiner Kindheit. Die Geborgenheit genießen. Einmal noch.

Als hätte ich etwas geahnt.

Mein Vater weckte mich früh. Durch die hellen Holzjalousien fiel dämmriges Licht, es muss kurz vor Sonnenaufgang gewesen sein. Er stand vor meinem Bett, trug seinen altmodischen grauen Mantel und einen braunen Borsalino. Als kleines Mädchen habe ich ihn so ins Büro gehen sehen. Damals stand ich jeden Morgen am Fenster, manchmal weinend, weil ich nicht wollte, dass er fortging, und winkte ihm hinterher. Selbst später, als sein Fahrer in der großen schwarzen Limousine auf ihn wartete und er nur die drei Schritte über den Bürgersteig gehen musste, trug er Mantel und Hut. In all den Jahren veränderte er seine Bürokleidung nicht, kaufte nur in regelmäßigen Abständen neue Mäntel und Hüte, ausschließlich Borsalinos; sechs besaß er davon, zwei schwarze, zwei braune und zwei dunkelblaue. Als er die Mäntel selbst bei den konservativsten Herrenausstattern in New York nicht mehr fand, ließ er sie sich maßschneidern.

Der Borsalino war sein Talisman. Seinen ersten italienischen Hut hatte er für sein erstes Vorstellungsgespräch gekauft. Er bekam die Stelle. Damals hatte er mit dem Hut sicher Stil und Geschmack bewiesen, doch mit den Jahren wirkte es altmodisch, dann spleenig, und schließlich sah er aus wie ein Komparse aus einem Film über die Fünfzigerjahre. Als Teenager schämte ich mich für seinen Aufzug, weil mein Vater so vollkommen altmodisch aussah und die Mütter meiner Freundinnen mit einer Verbeugung begrüßte. Die anderen Kinder kicherten und lachten, wenn er mich gelegentlich von der Schule abholte. Dann tat er mir leid, weil ich mir nicht vorstellen konnte, dass ihm das weniger wehtat als mir. Er trug niemals Sportschuhe, Jeans oder Sweatshirts und verachtete die legere amerikanische Art der Bekleidung. Sie ziele auf die niederen Instinkte des Menschen, und dazu gehöre die Bequemlichkeit, sagte er.

Mein Vater stand vor dem Bett und flüsterte meinen Namen. Er müsse zu einem Termin nach Boston und könne noch nicht genau sagen, wann er zurückkomme. Vermutlich erst in ein paar Tagen. Das war ungewöhnlich, denn seine Terminplanung funktionierte so zuverlässig wie das Laufwerk seiner Armbanduhr, außerdem flog er häufig nach Boston, aber nie über Nacht. Ich war zu müde, um mich zu wundern. Er gab mir einen Kuss auf die Stirn und sagte: »Ich liebe dich, mein Kleines. Vergiss das nie. Hörst du?«

Ich nickte im Halbschlaf.

»Ich liebe dich. Pass gut auf dich auf.«

Ich drehte mich um, drückte mein Gesicht in das Kissen und schlief weiter. Seither ist er verschwunden. Spurlos.

Der erste Hinweis, dass etwas nicht stimmte, kam morgens kurz nach zehn. Ich hatte lange geschlafen und war gerade erst in die Küche gekommen. Mein Bruder war schon wieder auf dem Weg nach San Francisco, meine Mutter wartete mit dem Frühstück auf mich. Sie saß im Wintergarten vor einer Tasse Kaffee und blätterte in der *Vogue*. Wir trugen beide noch unsere Morgenmäntel, auf dem Tisch lagen warme Zimtschnecken, und es gab frische Bagel, geräucherten Lachs, Honig und Erdbeermarmelade. Ich saß auf meinem alten Platz, den Rücken an die Wand gelehnt, Füße auf der Stuhlkante, die Beine angewinkelt und fest umschlungen. Ich nippte an meinem Orangensaft und erzählte meiner Mutter von meinen Plänen für den Sommer. Das Telefon klingelte. Es war Susan, die Sekretärin meines Vaters. Ob er krank sei, wollte sie wissen. Sein Zehn-Uhr-Termin, weiß Gott kein unwichtiger, warte auf ihn. Von Boston wusste sie nichts.

Meine Mutter war die weniger Beunruhigte, vermutlich, weil sie keinen Hollywood-Mogul samt Anwälten vor sich sitzen hatte.

Irgendetwas Kurzfristiges musste dazwischengekommen sein, die beiden Frauen waren sich einig. Er hatte es nicht geschafft anzurufen, war jetzt in einer Sitzung und würde sich bestimmt, da hatten sie keine Zweifel, in den nächsten Stunden melden.

Meine Mutter und ich frühstückten in Ruhe zu Ende. Meinen Vater erwähnten wir mit keinem Wort. Später gingen wir gemeinsam zur Kosmetikbehandlung, anschließend durch den Central Park zu Bergdorf and Goodman. Es war einer dieser warmen Frühsommertage, an denen es noch nicht zu feucht und zu heiß ist. Selten ist New York schöner. Im Park roch es nach frisch gemähtem Gras, auf der Sheep Meadow lagen Menschen in der Sonne, und ein paar Jungs spielten mit nackten Oberkörpern Frisbee. Vor uns liefen zwei ältere Männer Hand in Hand auf Rollschuhen. Am liebsten wäre ich stehen geblieben, hätte die Augen geschlossen und die Welt umarmt. An solchen Tagen hatte ich das Gefühl, das Leben sei nichts anderes als eine Ansammlung von Möglichkeiten, die nur darauf warteten, von mir genutzt zu werden.

Meine Mutter zog mich weiter.

Sie kaufte mir bei Bergdorf and Goodman ein gelbes, geblümtes Sommerkleid und lud mich danach zum Tee ins Plaza ein. Ich mochte das Hotel nicht; dieses französische Renaissanceimitat war mir zu verspielt, zu kitschig, aber ich hatte es längst aufgegeben, mit meiner Mutter woanders Tee trinken zu wollen. Sie liebte die Lobby mit dem vergoldeten Stuck an den hohen Decken und Wänden, den Säulen, so verschnörkelt und verziert, als wären sie aus Zuckerguss. Sie genoss die prätentiöse Art der Kellner und die Weise, wie der französische Maître sie mit »Bonjour, Madame Win« begrüßte. Wir saßen zwischen zwei Palmen neben einem kleinen Buffet mit Kuchen, Pralinen und Eis. Zwei Stehgeiger spielten Wiener Walzer.

Meine Mutter bestellte Kaviarblinis und zwei Gläser Champagner.

»Gibt es noch etwas zu feiern?«, fragte ich.

»Dein Examen, mein Schatz.«

Wir probierten unsere Blinis. Sie waren zu salzig, der Champagner zu warm. Meine Mutter gab dem Kellner ein Zeichen.

»Lass es, Mama«, protestierte ich. »Es ist doch in Ordnung.«

»Nicht einmal das«, sagte sie zu mir in einem milden Ton, als verstünde ich davon nichts. »Wenn es das wenigstens wäre.«

Den Ober wies sie zurecht, und unter mehrfacher Entschuldigung nahm er unsere Bestellung wieder mit. Ihre Stimme konnte so kühl und scharf klingen. Früher hatte ich mich davor gefürchtet, heute war es mir nur unangenehm.

»Wenn ich Kaviarblinis esse, möchte ich, dass sie mehr sind als nur in Ordnung. Und lauwarmer Champagner ist eine Zumutung.« Sie schaute mich an. »Du hättest sie gegessen, nicht wahr?«

Ich nickte.

»Dein Vater auch. In manchen Dingen seid ihr euch sehr ähnlich.«

»Wie meinst du das?«, fragte ich. Es klang nicht wie ein Kompliment.

»Ist es eure Bescheidenheit, eure Passivität oder eure Scheu vor Konflikten, die ich nicht verstehen kann? Warum sollte ich mich nicht beschweren, wenn ich etwas von ungenügender Qualität bekomme?«

»Es ist mir lästig.«

»Ist es Schüchternheit oder Arroganz?«, fuhr sie fort, als hätte sie mich nicht gehört.

»Was soll das mit Arroganz zu tun haben?«

»Ihr wollt euch nicht mit dem Kellner abgeben«, sagte sie, und in ihrer Stimme lag eine Wut, die ich mir nicht erklären konnte. Mit salzigen Blinis und lauwarmem Champagner hatte sie nichts zu tun. »Er ist es nicht wert. Das nenne ich Arroganz.«

»Nein, es ist mir einfach nicht so wichtig«, sagte ich. Das war nur die halbe Wahrheit, aber ich hatte keine Lust auf eine lange Diskussion. Mir war es peinlich, mich zu beschweren, egal, ob im Restaurant, in einem Hotel oder beim Einkaufen. Aber es machte mir mehr aus, als ich zugab. Es kränkte mich, und im Nachhinein ärgerte ich mich oft über meine Nachgiebigkeit. Bei meinem Vater war das anders. Sein Schweigen in solchen Situationen war echt. Ihm war es wirklich nicht wichtig. Wenn ihm jemand unhöflich begegnete oder ihn schlecht behandelte, empfand er das nicht als sein Problem, sondern als das des anderen. Er lächelte, wenn sich jemand in einer Schlange vor ihn drängte. Er zählte nie sein Wechselgeld, meine Mutter jeden Cent. Ich beneidete ihn um seine Gelassenheit. Meine Mutter verstand ihn nicht. Sie war streng mit sich und mit anderen. Mein Vater nur mit sich.

»Wie kann es dir nicht so wichtig sein, ob du gut behandelt wirst, ob du bekommst, was dir zusteht? Das begreife ich nicht.«

»Können wir es nicht dabei belassen?«, sagte ich, mehr bittend als fordernd. Um sie abzulenken, fügte ich hinzu:

»Machst du dir Sorgen um Papa?«

Sie lächelte und schüttelte den Kopf. »Nein. Sollte ich?«

Heute frage ich mich, ob die Gelassenheit meiner Mutter nicht gespielt war. Wir verloren kein Wort über den geplatzten Termin. Sie erkundigte sich nicht im Büro, ob er sich gemeldet hatte. Warum war sie sich so sicher, dass ihm nichts zugestoßen war? Interessierte es sie nicht? Oder hatte sie schon seit Jahren geahnt, dass dieser Moment einmal kommen würde? Ihre Ruhe, ihre Ausgelassenheit an diesem Tag hatten etwas von der Erleichterung eines Menschen, der eine Katastrophe kommen sieht, weiß, dass er ihr nicht entfliehen kann, und am Ende froh ist, wenn es endlich passiert.

Wenige Wochen später saß Francesco Lauria, Leiter der Sonderkommission, die nach meinem Vater fahndete, bei uns in der Küche. Der New Yorker Polizeipräsident hatte ihn zu Beginn der Ermittlungen meiner Mutter als einen seiner besten Fahnder vorgestellt. Seither war er unser ständiger Hausgast. Er war jung, Mitte dreißig, schlank, muskulös und sehr eitel. Seine schwarzen Haare lagen so präzise, als würde er sie jeden Morgen nachschneiden. Er trug elegante Anzüge und italienische Krawatten. Das Auffallendste war seine Sprache. Er war eloquent und charmant und wählte seine Worte ähnlich sorgfältig wie ein guter Rechtsanwalt vor Gericht. In den ersten Tagen, die mein Bruder, meine Mutter und ich mehr oder weniger neben dem Telefon verbrachten, rief er häufig noch gegen Mitternacht aus dem Präsidium an. Er tröstete uns, erzählte von der hohen Aufklärungsquote bei Entführungen und von Fällen, in denen der Mann nach zwei oder drei Wochen plötzlich unversehrt wieder vor der Tür stand. Mein Vater war für ihn eine Karrierechance, und er war fest entschlossen, sie zu nutzen. »Einflussreicher Wall-Street-Rechtsanwalt spurlos verschwunden«, schrieb die *New York Times* und zitierte Lauria gleich mehrmals auf der Titelseite des Lokalteils. In den folgenden Tagen waren die Zeitungen voller Spekulationen. War es Mord, die Rache eines Mandanten? Eine spektakuläre Entführung? Hatte Hollywood etwas damit zu tun?

Was die Polizei in den ersten zwei Wochen ermittelte, machte den Fall nur noch rätselhafter. Mein Vater war am Tag seines Verschwindens tatsächlich frühmorgens zum JFK-Flughafen gefahren, aber nicht nach Boston geflogen, sondern nach Los Angeles. Er hatte das Ticket am Flughafen gekauft und kein Gepäck aufgegeben. Von Los Angeles flog er weiter mit United Airlines, Flug 888, First Class, nach Hongkong. Ein Steward erinnerte sich an ihn, weil er keinen Champagner trank und auch keine Zeitung las, sondern ein Buch mit Gedichten von Pablo Neruda. Er beschrieb ihn als sehr ruhig und ausgesprochen höflich; er habe wenig gegessen und kaum geschlafen, sich keinen Film angesehen und die meiste Zeit gelesen.

In Hongkong verbrachte mein Vater eine Nacht im Peninsula, Zimmer 218, bestellte beim Roomservice ein Curryhuhn und Mineralwasser und verließ nach Aussagen des Personals sein Zimmer nicht. Am nächsten Tag flog er mit Cathay Pacific 615 nach Bangkok und übernachtete im Mandarin Oriental. Offensichtlich gab er sich keine Mühe, seine Spur zu verwischen; er wohnte in denselben Hotels, die er auch auf Geschäftsreisen benutzte, und zahlte alle Rechnungen mit Kreditkarte. Als habe er gewusst, dass, zumindest für die Ermittler, seine Reise hier enden würde. Vier Wochen später fand ein Bauarbeiter seinen Pass in der Nähe des Bangkoker Flughafens.

Vieles deutete darauf hin, dass er Thailand nicht wieder verlassen hatte. Die Polizei prüfte alle Passagierlisten der Flüge ab Bangkok, sein Name tauchte nirgendwo auf. Lauria vermutete zeitweilig, dass er sich in Thailand einen falschen Pass besorgt hatte und unter anderem Namen weitergeflogen sei. Mehrere Thai-Air-Stewardessen glaubten, ihn gesehen zu haben. Eine angeblich auf einem Flug nach London, eine andere auf dem Weg nach Paris und eine dritte in einer Maschine nach Phnom Penh. Alle Nachforschungen ergaben nicht das Geringste.

Die Beziehung zwischen Lauria und meiner Mutter hatte sich im Laufe der Ermittlungen immer mehr verschlechtert. Zu Beginn war er voller Sympathie für die Familie des Opfers, besonders für die Ehefrau, »der das Leid ins Gesicht geschrieben steht«, wie er es Reportern gegenüber ausdrückte. Wenn er anrief, klang seine Stimme so freundlich, warm und vertraut wie die unseres Hausarztes. Doch das Mitgefühl verwandelte sich allmählich in Misstrauen, weil er nicht verstand, dass wir so viele Fragen über die Vergangenheit meines Vaters nicht beantworten konnten. In seinen Augen behinderten wir die Ermittlungen. Wie kann es möglich sein, dass eine Frau nicht weiß, wo ihr Mann geboren wurde? Nicht das Datum, nicht einmal das Jahr des Geburtstages kennt. Namen der Schwiegereltern? Meine Mutter hatte den Kopf geschüttelt. Geschwister? Jugendfreunde?

Nach Angaben der Einwanderungsbehörde war mein Vater 1942 mit einem Studentenvisum von Burma in die USA gekommen. Er hatte in New York Jura studiert und wurde 1959 amerikanischer Staatsbürger. Als Geburtsort hatte er Rangoon angegeben, die Hauptstadt der ehemaligen britischen Kolonie. Nachforschungen des FBI und der amerikanischen Botschaft in Rangoon ergaben keinerlei Hinweise. Win ist ein geläufiger Nachname in Burma, und niemand schien die Familie meines Vaters zu kennen.

Lauria nahm einen Schluck von seinem schwarzen Kaffee.

»Es tut mir leid, Mrs. Win, wir kommen nicht weiter«, sagte er, und ich erkannte am Ton, dass er uns die Schuld oder zumindest einen Teil der Schuld gab. »Ich möchte Ihnen noch einmal ein paar Fragen stellen. Hinter jedem Detail, jedem noch so unbedeutend erscheinenden Hinweis kann eine Spur stecken, die uns weiterhilft.«

Er holte einen Kugelschreiber und einen Notizblock aus der Tasche.

»Ist Ihnen in den Wochen vor dem Verschwinden Ihres Mannes etwas aufgefallen? Andere Gewohnheiten? Hat er Namen erwähnt, die Ihnen unbekannt waren?«

»Das haben Sie mich schon einmal gefragt«, antwortete meine Mutter gereizt. Sie gab sich keine Mühe, ihren Unmut zu verbergen.

»Ich weiß. Vielleicht ist Ihnen in den vergangenen Wochen noch etwas eingefallen. Manchmal hilft ein gewisser Abstand.«

»Mein Mann hat mehr meditiert als früher. Nicht nur, wie üblich, eine Dreiviertelstunde am Morgen, sondern auch abends nach dem Essen. Aber das sagte ich Ihnen bereits.«

»War er angespannter oder unruhiger?«

»Nein, im Gegenteil.«

»Fröhlicher?«, fragte Lauria erstaunt.

»Mein Vater war kein fröhlicher Mensch, nicht in dem Sinne«, mischte ich mich in das Gespräch ein. »Er war ruhig, oft sehr still, und in der Zeit vor seinem Verschwinden ruhte er noch mehr in sich als sonst.«

»Er hat besonders viel Musik gehört in den letzten Wochen, stundenlang vor dem Einschlafen«, fügte meine Mutter hinzu. »Er brauchte ja nicht viel Schlaf, vier, fünf Stunden pro Nacht, mehr nicht.«

»Hörte er etwas Bestimmtes?«

»Meistens seine Lieblingskomponisten: Bach, Mozart, Beethoven, Puccini-Opern, vor allem *La Bohème*.«

Lauria schrieb ein paar Sätze in seinen Block. »Mir ist aufgefallen, dass sowohl sein Büro als auch sein Arbeits- und Schlafzimmer ungewöhnlich aufgeräumt waren. Leere Schreibtische, die Korrespondenzen erledigt, nicht einmal ein halb gelesenes Buch lag auf dem Nachttisch.«

Meine Mutter nickte. »So war er.«

»Wie meinen Sie das?«, fragte Lauria.

»Penibel und ordentlich, sehr organisiert und weit vorausplanend. Aber was sagt Ihnen das?«

Lauria schwieg. »Wir vermuten«, sagte er nach einer langen Pause, »dass die Gründe für das rätselhafte Verschwinden Ihres Mannes in den ersten zwanzig Jahren seines Lebens zu suchen sind, und ohne Ihre Unterstützung werden wir uns weiter im Kreis drehen.«

»Ich habe Ihnen gesagt, was ich weiß«, unterbrach ihn meine Mutter. »Mein Mann hat über diese Zeit nicht gesprochen, mit niemanden.«

»Sie haben einen Menschen geheiratet, den Sie nicht kannten und von dem Sie nichts wussten?«, fragte Lauria. Seine Stimme klang nicht mehr vorwurfsvoll oder anklagend, sie war kalt und zynisch.

»Ich wusste, was ich wissen musste«, antwortete meine Mutter in einem scharfen Ton, der das Gespräch beenden sollte. »Ich liebte ihn. Mehr interessierte mich nicht.«

Lauria stand auf. Er nahm Kugelschreiber und Notizblock vom Tisch und steckte sie ein. Er konnte meine Mutter nicht verstehen, selbst wenn er gewollt hätte. Er gehörte zu den Menschen, die ein Nein als Antwort nicht gelten lassen, vermutlich in seiner Ehe ebenso wenig wie in seinem Beruf. Er ahnte nicht, dass meine Mutter und er in dieser Hinsicht eigentlich Seelenverwandte waren, und so konnte er auch nicht ermessen, wie schwierig es für sie gewesen war, mit dem Schweigen meines Vaters zu leben.

Lauria blickte uns an, als wolle er etwas sagen, ließ es dann aber. Er ging zur Tür. »Ich rufe Sie an, wenn wir etwas Neues wissen«, sagte er.

»Danke«, sagte meine Mutter kühl.

Als Lauria gegangen war, setzte sie sich auf seinen Stuhl. Sie schwieg. Die Stille wurde mit jedem Atemzug bedrückender. Worüber schwiegen wir? Sagte meine Mutter die Wahrheit? War sie die Komplizin meines Vaters? Unser Schweigen lastete auf meinen Schultern und meinem Magen, und ich spürte, wie es in den Händen anfing zu kribbeln, als traktiere mich jemand mit Nadeln. Das Gefühl kroch die Arme hoch und in die Brust, und ich wusste, wenn es meinen Kopf erreicht, werde ich ohnmächtig. Ich wollte etwas sagen. Nicht ein Wort konnte ich herauspressen.

Es war meine Mutter, die mich erlöste. Sie stand auf, kam zu mir und nahm mich in den Arm. Ich spürte, dass sie geweint hatte.

»Dein Vater hat mich nicht erst an dem Tag verlassen, an dem er verschwand.«

4

Gibt es Augenblicke, in denen ein Leben eine neue Wendung nimmt? In der die Welt, wie wir sie kennen, aufhört zu existieren? Die uns von einem Herzschlag zum anderen in einen anderen Menschen verwandelt? Der Moment, in dem der geliebte Mensch gesteht, dass er jemand anderen liebt und uns verlässt? Der Tag, an dem wir Vater oder Mutter oder unseren besten Freund beerdigen? Die Sekunde, in der uns der Arzt mitteilt, dass in unserem Kopf ein Tumor wächst?

Oder sind es immer nur Endpunkte langer Entwicklungen, die wir hätten kommen sehen können, hätten wir die Warnzeichen ernst genommen, anstatt sie zu ignorieren? Verändern sie unser Leben wirklich grundsätzlich, oder sind es nur Phasen der Trauer oder des Aufruhrs, nach denen wir weiterleben mit denselben Gewohnheiten, denselben Vorlieben und Abneigungen, denselben Ängsten und Zwängen, nur vielleicht in anderen Kleidern?

Und wenn es diese Wendepunkte gibt, sind wir uns ihrer bewusst in jenen Augenblicken, oder erkennen wir den Bruch erst viel später, in der Rückschau?

Fragen, die mich bisher nicht interessiert hatten und auf die ich keine Antwort wusste. Das Verschwinden meines Vaters war jedenfalls kein solches Erlebnis. Ich liebte ihn, ich vermisste ihn, aber ich glaube nicht, dass in den vergangenen vier Jahren mein Leben anders verlaufen wäre, ich eine wichtige Entscheidung anders getroffen hätte, wäre er noch bei uns. Bis vor einer Woche dachte ich so. Es war kurz nach acht Uhr und schon dunkel, als ich abends aus dem Büro nach Hause kam und mich der Doorman aus dem Fahrstuhl zurückrief. Draußen regnete es heftig, meine Schuhe waren nass, ich fror und wollte in meine Wohnung.

»Was gibt's?«, fragte ich ungeduldig.

»Post für Sie«, sagte er und verschwand in einem Lagerraum.

Ich blickte durch die große Glasfront der Lobby auf die Straße. Die roten Rücklichter der Autos glänzten auf dem nassen Asphalt. Ich freute mich auf eine warme Dusche und einen heißen Tee. Der Doorman gab mir eine Tüte mit einem braunen Paket von der Größe eines Schuhkartons. Ich klemmte es unter den Arm und fuhr in meine Wohnung in den vierunddreißigsten Stock.

Eine kleine Wohnung. Schlafzimmer, Bad und Wohnzimmer mit offener Küche, ich hatte sie sparsam, aber mit ausgesuchten Möbeln eingerichtet. Ein langer Holztisch, vier Metallstühle, ein Sessel vor dem Fenster, die Stereoanlage auf dem Fußboden, an den weißen Wänden zwei Bilder von Basquiat, meinem Lieblingsmaler. Ich mochte die Wohnung vor allem wegen ihres Blickes. Die Fensterfront reichte von der Decke bis zum Parkettfußboden, und an klaren Tagen lag Manhattans Skyline vor mir. Der Blick aus dem Fenster war ein Gemälde, ein geniales Kunstwerk, das lebte und als Beweis jede Nacht seine Formen und Farben veränderte.

An manchen Abenden stand ich auf meinem kleinen Balkon und träumte. Dann blickte ich auf Manhattan mit einem Gefühl, als hätte ich es erschaffen, streckte die Arme aus und stellte mir vor, ich könnte fliegen. Es war meine Stadt.

Ich hörte den Anrufbeantworter ab, acht Nachrichten, alle geschäftlich. Auf dem Tisch lag ein Haufen Post, Rechnungen und Werbebriefe. Es roch nach Putzmitteln, und ich öffnete die Balkontür. Es regnete noch immer, und die Wolken hingen so tief, dass ich kaum das andere Ufer des East River sehen konnte. Unter mir stauten sich die Autos auf der zweiten Avenue und der Queensboro Bridge, das Hupen drang bis hinauf in den vierunddreißigsten Stock.

Nach dem Duschen holte ich das Paket aus der Tüte. Ich erkannte die Schrift meiner Mutter sofort. Sie schickte mir gelegentlich Karten mit Grüßen oder Zeitungsausschnitte, von denen sie annahm, dass sich mich interessierten, oder fand, dass sie mich interessieren sollten. Sie verabscheute Anrufbeantworter, und das war ihre Art, Nachrichten zu hinterlassen. Ein Paket hatte sie mir lange nicht mehr geschickt; sonderbar, zumal wir für morgen zum Essen verabredet waren. Ich öffnete es und fand einen Stapel alter Fotos, Dokumente und Unterlagen meines Vaters, dazu ein paar Zeilen von ihr.

Julia, ich entdeckte diesen Karton beim Ausmotten auf dem Dachboden. Er war hinter die alte chinesische Kommode gefallen. Vielleicht interessieren Dich die Sachen. Dazu habe ich das letzte Foto von uns vieren gelegt. Ich brauche nichts mehr davon.
Freu mich auf Samstag,
Deine Judith

Ich breitete den kleinen Stapel auf dem Tisch aus. Obendrauf lag das Familienfoto, entstanden am Tag meines Examens. Ich stehe strahlend zwischen meinen Eltern und habe mich bei ihnen eingehakt. Mein Bruder steht hinter mir und hat seine Hände auf meine Schultern gelegt. Meine Mutter lacht stolz in die Kamera. Auch mein Vater lächelt. Wie Fotos lügen können. Die perfekte, glückliche Familie, nichts deutet darauf hin, dass dies unser letztes gemeinsames Bild ist, oder schlimmer noch, dass einer von uns hinter dem Rücken der anderen schon lange seinen Abschied geplant hat. Ich hatte mir dieses Bild nach Vaters Verschwinden häufig und lange angeschaut, als könnte ich darin Antworten auf meine Fragen finden, als gäbe es irgendwo ein Detail, einen versteckten Hinweis, der das Rätsel lösen würde. Ich habe sein Gesicht mit einer Lupe studiert, vor allem seine Augen, die so strahlen konnten, die es ihm unmöglich machten, Freude zu verbergen. Auf dem Bild sind die Augen leer, er sieht abwesend aus, als hätte er sich bereits davongestohlen.

Darunter lagen zwei abgelaufene Reisepässe, seine amerikanische Einbürgerungsurkunde und ein paar alte, engzeilig voll geschriebene Terminkalender. Boston. Washington. Los Angeles. Miami. London. Hongkong. Paris. Es gab Jahre, da umrundete mein Vater die Welt gleich mehrmals. Er war in seiner Kanzlei zu einem der acht Teilhaber aufgestiegen und hatte sich als Rechtsanwalt früh auf die Unterhaltungsindustrie spezialisiert. Er beriet Hollywood-Studios bei Filmverträgen, Übernahmen und Zusammenschlüssen. Zudem gehörten einige der großen Stars zu seinen Klienten.

Ich habe nie wirklich verstanden, warum er in seinem Beruf so erfolgreich war. Er arbeitete viel, aber strahlte dabei keinerlei persönlichen Ehrgeiz aus, er war weder eitel, noch versuchte er, am Ruhm seiner Klienten teilzuhaben. Sein Name tauchte nie in den Klatschspalten auf, er besuchte keine Partys, nicht einmal die opulenten Wohltätigkeitsbälle, die meine Mutter und ihre Freundinnen organisierten. Das für Einwanderer so typische Bedürfnis, irgendwo dazugehören zu wollen, war ihm fremd. Er war ein Einzelgänger und das Gegenteil von dem Bild, das man sich von einem Showbiz-Staranwalt macht. Vielleicht war es genau das, was Vertrauen einflößte und ihn zu einem begehrten Verhandlungspartner machte. Die Ruhe und Gelassenheit, das Unprätentiöse, diese immer etwas weltfremde, abwesende Art, unbeeindruckt von Geld oder Ruhm. Hinzu kamen zwei außergewöhnliche Fähigkeiten, so ausgeprägt, dass sie seinen Partnern und seinen wenigen Freunden manchmal unheimlich waren: Er besaß ein fast fotografisches Gedächtnis und eine unglaubliche Menschenkenntnis. Mein Vater überflog Bilanzen und Vertragsentwürfe und kannte sie auswendig, er zitierte aus Memos und Briefwechseln, die Jahre zurücklagen. Am Beginn von Gesprächen schloss er häufig die Augen und konzentrierte sich auf die Stimmen seiner Gegenüber. Als versinke er in einer Oper. Nach wenigen Sätzen wusste er um ihr Befinden, spürte, ob sie sich ihrer

Sache sicher waren, ob sie die Wahrheit sagten oder pokerten. Es klappte nicht immer, aber oft. Früher sei er darin unfehlbar gewesen, behauptete er. Es sei erlernbar, aber wer es ihm wann und wo beigebracht hatte, wollte er mir nicht verraten, sosehr ich auch bettelte.

Nicht einmal in meinem Leben habe ich ihn anlügen können. Nicht wirklich.

Der älteste Kalender stammte aus dem Jahr 1960. Ich blätterte ihn durch, nichts als geschäftliche Termine, fremde Namen, Orte und Uhrzeiten. In der Mitte lag ein Zettel, ich erkannte die Handschrift meines Vaters sofort.

How much does a man live, after all?
Does he live a thousand days, or one only?
For a week, or for several centuries?
How long does a man spend dying?
What does it mean to say »for ever«?

Pablo Neruda

Ganz hinten steckte ein blauer Briefumschlag aus dünnem Luftpostpapier, säuberlich zu einem kleinen Rechteck zusammengefaltet. Ich nahm ihn heraus und öffnete ihn. Auf dem Kuvert stand eine Adresse:

Mi Mi
38, Circular Road
Kalaw, Shan State
Burma

Ich zögerte. Barg dieser unscheinbare, hauchdünne blaue Bogen Papier den Schlüssel zum Geheimnis meines Vaters? Gab es zum ersten Mal seit seinem Verschwinden die Möglichkeit, mehr herauszufinden?

Ich war mir nicht mehr sicher, ob ich es wirklich wollte. Welche Rolle spielte die Wahrheit heute, vier Jahre später, noch? Meine

Mutter hatte mit dem Rätsel Frieden geschlossen, und ihr ging es vermutlich besser als während ihrer Ehe. Mein Bruder lebte in Kalifornien und war dabei, eine Familie zu gründen. Er hatte kein besonders gutes Verhältnis zu meinem Vater gehabt und ihn bestimmt seit zwei Jahren nicht mehr erwähnt. Ich konzentrierte meine Kraft auf meinen Beruf und machte Karriere als Anwältin. Mein Terminkalender für die kommenden Monate war voll. Ich arbeitete an zwei großen Fällen und hatte keine Zeit, nicht einmal für einen Freund. Wir hatten uns mit unserer Version der Ereignisse eingerichtet und lebten nicht schlecht damit. Ich hatte im Augenblick weder die Energie noch das Interesse, mich mit alten Geschichten zu beschäftigen. Wozu auch? Mir ging es gut.

Ich nahm den Brief und ging zum Gasherd. Ich könnte ihn verbrennen, die Flammen würden das leichte Papier in wenigen Sekunden in Asche verwandeln. Ich stellte den Herd an, hörte das Gas rauschen, das Klicken des automatischen Anzünders, die Flamme. Ich hielt den Umschlag nahe ans Feuer. Eine Bewegung, und unsere Familie hätte ihren Frieden. Ich weiß nicht mehr, wie lange ich vor dem Herd stand, ich erinnere mich nur, dass mir plötzlich die Tränen kamen. Sie liefen mir die Wangen hinab, ich wusste nicht, warum ich weinte, aber die Trauer wurde größer und größer, und irgendwann fand ich mich auf meinem Bett wieder, weinend und schluchzend wie ein Kind.

Die Uhr an meinem Bett zeigte 5.20 Uhr, als ich aufwachte. Ich spürte das Weinen noch in meinem Körper, erinnerte mich ein paar Atemzüge lang nicht an den Anlass und hoffte, das alles sei ein Traum gewesen. Dann fiel mein Blick auf den Brief. Ich stand auf und zog mich aus, duschte, warf einen Bademantel über, steckte ein gefrorenes Croissant in die Mikrowelle und machte mir einen Milchkaffee. Am Tisch entfaltete ich behutsam den Brief. Als könnte er in meinen Fingern zerplatzen wie eine Seifenblase.

New York, 24. April 1955
Geliebte Mi Mi,
fünftausendachthundertundvierundsechzig Tage sind vergangen, seit ich zum letzten Mal Dein Herz habe schlagen hören. Weißt Du eigentlich, wie viele Stunden das sind? Wie viele Minuten? Weißt Du, wie arm ein Vogel ist, der nicht singen kann, eine Blume, die nicht blüht? Wie elend ein Fisch zugrunde geht, wenn man ihm das Wasser nimmt?
Es ist schwer, Dir einen Brief zu schreiben, Mi Mi. So viele habe ich geschrieben und dann nicht abgeschickt. Was kann ich Dir berichten, was Du nicht schon wüsstest? Als ob wir Tinte und Papier, Buchstaben und Wörter bräuchten, um zu wissen, wie es uns geht. Du bist bei mir gewesen, jede der 140736 Stunden, ja, so viele waren es bereits, und Du wirst bei mir sein, bis wir uns wiedersehen. (Verzeih mir, wenn ich das Selbstverständliche ausspreche, nur dieses eine Mal.) Ich werde zurückkehren, wenn die Zeit gekommen ist. Wie flach und leer die schönsten Worte klingen können. Wie trist und trostlos muss das Leben sein für Menschen, die Worte brauchen, um sich zu verständigen, die sich berühren, sehen oder hören müssen, um einander nah zu sein. Die sich ihre Liebe beweisen oder auch nur bestätigen müssen, um sich ihrer sicher zu sein. Ich merke, auch diese Zeilen werden nicht auf den Weg zu Dir gehen. Du hast längst gespürt, was ich Dir schreiben wollte, und so sind diese Briefe in Wahrheit an mich gerichtet, nur Versuche, die Sehnsucht zu besänftigen.

Hier brach der Brief ab. Ich las ihn ein zweites und ein drittes Mal, faltete ihn und steckte ihn zurück in den Umschlag. Ich schaute auf die Uhr. Es war Samstagmorgen, kurz nach sieben. Es hatte aufgehört zu regnen, die Wolken hatten einem tiefblauen Himmel Platz gemacht, unter dem Manhattan langsam erwachte. Über dem East River ging die Sonne auf, sie schien in mein Wohnzimmer und tauchte alles in ein warmes, rötliches Licht. Es würde ein kalter, schöner Tag werden.

Ich holte einen Zettel und wollte mir Notizen machen, die Situation analysieren, eine Strategie entwerfen, so wie ich es im Büro tat. Das Papier blieb weiß.

Ich hatte den Zeitpunkt der Entscheidung verpasst. Sie war gefallen, auch wenn ich nicht wusste, wer sie für mich getroffen hatte.

Die Nummer von United Airlines kannte ich auswendig. Der nächste Flug nach Rangoon ging am Sonntag über Hongkong und Bangkok. Dort müsste ich mir ein Visum besorgen und könnte dann am Mittwoch mit Thai Air weiter nach Burma.

»Und der Rückflug?«

Ich überlegte kurz.

»Bleibt offen.«

5

Meine Mutter wartete bereits. Wir waren um halb zwei bei Sant Ambroeus auf der Madison Avenue zum Mittagessen verabredet. Es war zwanzig nach eins, und sie saß, wie fast jeden Sonnabend, auf ihrem Platz ganz hinten, auf der mit rotem Samt gepolsterten Bank, von wo aus sie das kleine Lokal und die Cappuccinobar im vorderen Raum überblicken konnte, in der Hand ein fast leeres Glas Weißwein. Seit der Eröffnung dieses italienischen Restaurants vor zwölf Jahren gehörten meine Mutter und ihre Freundinnen zu den Stammgästen. Sie mochten die leicht blasierten Kellner in ihren schwarzen Smokings und vor allem Paolo, den Inhaber, der sie jedes Mal mit großer Geste und Handkuss begrüßte, als hätten sie sich Jahre nicht gesehen. Oft aßen sie bei ihm zwei- oder dreimal in der Woche, planten ihre Wohltätigkeitsbälle für den Winter, schimpften über den Verkehr in den Hamptons im Sommer.

Meine Mutter hatte schon bestellt; es gehörte zu unseren Ritualen, dass sie bei Sant Ambroeus für mich aussuchte. Vor ihr stand ein Teller mit drei Scheiben Tomaten und frischem Büffelmozzarella. Auf mich wartete ein kleiner Salat.

Sie erzählte von dem Wohltätigkeitsball des Tierschutzvereins, dessen Schirmherrin sie war, und von Francis-Bacon-Bildern, die sie im MoMA gesehen hatte und schrecklich fand. Ich nickte, ohne ihr wirklich zuzuhören.

Ich war nervös. Wie würde sie auf meine Pläne reagieren?

»Ich verreise am Montag«, sagte ich. Meine Stimme klang noch zaghafter, als ich es befürchtet hatte.

»Wohin?«, fragte sie.

»Nach Burma.«

»Mach dich nicht lächerlich«, sagte sie, ohne von ihrem Mozzarella aufzublicken.

Es waren solche Sätze, mit denen sie mich seit meiner Kindheit zum Schweigen bringen konnte. Ich trank einen Schluck von meinem Mineralwasser und betrachtete meine Mutter. Sie hatte ihr graues Haar wieder dunkelblond färben und kurz schneiden lassen. Die kurzen Haare machten sie jünger, aber auch strenger. Ihre spitze Nase war in den vergangenen Jahren noch spitzer geworden, ihre Oberlippe war fast verschwunden, und die sich mehr und mehr nach unten neigenden Mundwinkel gaben ihrem Gesicht etwas Bitteres. Ihre blauen Augen hatten den Glanz verloren, den ich aus meiner Kindheit erinnerte. War es das Alter, oder sieht so eine Frau aus, die nicht geliebt worden ist? Oder nicht so, wie sie es gebraucht oder gewollt hätte?

Wusste sie von Mi Mi und hat es uns Kindern verheimlicht? Sollte ich ihr von dem Brief erzählen?

Sie aß ein Stück Tomate mit Käse und schaute mich an. Ich konnte ihren Blick nicht deuten und wich ihm aus.

»Wie lange bleibst du weg?«

»Ich weiß es noch nicht.«

»Und dein Job? Was ist mit den Verhandlungen in Washington, von denen du mir erzählt hast?«

»Ich weiß es nicht. Vielleicht können sie zwei Wochen warten.«

»Du bist verrückt. Du riskierst deine Karriere. Wofür?«

Die Frage hatte ich erwartet und befürchtet. Ich wusste keine Antwort. Der Brief an Mi Mi war vierzig Jahre alt. Ich glaubte nicht, dass er wirklich etwas mit dem Verschwinden meines Vaters zu tun hatte. Ich wusste nicht, wer Mi Mi war, wo sie war, welche Rolle sie im Leben meines Vaters gespielt hatte und ob sie noch lebte. Ich hatte einen Namen und eine alte Adresse in einem Dorf, von dem ich mir nicht einmal sicher war, wo es lag. Ich bin kein Mensch, der leichtfertig seinen Gefühlen folgt, ich vertraue meinem Intellekt mehr als meinen Instinkten.

Und trotzdem. Ich musste mich auf die Suche machen. Etwas zog mich an diesen Ort, eine Kraft, die ich nicht kannte und der ich keinen Widerstand leisten konnte, der ich nichts entgegenzusetzen hatte als rationale Argumente. Zum ersten Mal in meinem Leben war das nicht genug.

»Was suchst du in dem Land?«, hörte ich meine Mutter fragen.

»Die Wahrheit«, antwortete ich. Es sollte eine Feststellung sein, klang aber eher wie eine Frage.

»Die Wahrheit. Die Wahrheit«, wiederholte sie. »Wessen Wahrheit? Seine Wahrheit? Deine Wahrheit? Meine kann ich dir hier und jetzt in drei Sätzen sagen. Wenn sie dich interessiert.«

Ihre Stimme klang alt und bitter. Ich hatte nicht geahnt, wie verletzt meine Mutter war. Wir hatten darüber nie gesprochen, nicht über ihre Ehe und nicht über ihren Satz »Dein Vater hat mich nicht erst an dem Tag verlassen, an dem er verschwand«.

»Ich möchte wissen, was mit meinem Vater geschehen ist. Warum kannst du das nicht verstehen?«

»Welche Rolle spielt das jetzt, vier Jahre später?«

»Vielleicht lebt er noch?«

»Selbst wenn. Glaubst du nicht, er hätte sich gemeldet, wenn er noch etwas von uns wissen wollte?«

Sie sah mir an, dass mich der Gedanke traf, und fügte hinzu: »Oder möchtest du Detektiv spielen? Das kann die Polizei besser. Was immer du in seinen alten Sachen gefunden hast, warum gibst du es nicht Lauria? Ruf ihn an. Er wird sich freuen.«

Auf diese Idee war ich auch gekommen. Ein paar Stunden nachdem ich den Flug gebucht hatte, saß ich in meiner Wohnung, blickte über die Stadt und fand die Idee plötzlich lächerlich. Auf was für ein Abenteuer wollte ich mich einlassen? Als wäre ich ein Teenager, der alles stehen und liegen lässt, um seiner großen Liebe einmal um die Welt zu folgen. So spontan war ich mit achtzehn nicht, warum sollte ich es mit siebenundzwanzig sein? Ein Blick in den Terminkalender zeigte mir, wie albern meine Pläne waren. Wir bereiteten die Fusion von zwei Telefongesellschaften vor, in der kommenden Woche standen entscheidende Gespräche beim Kartellamt in Washington an, anschließend Verhandlungen in Phoenix und Austin.

Wo war da Platz für Mi Mi?

Ich wollte Lauria von meinem Fund erzählen und ihn um Rat fragen.

»Lauria«, meldete er sich.

Lauria. Es genügte. Ich kannte den berechnenden Ton, die falsche Herzlichkeit, das gespielte Interesse nur zu gut. Das alles war mir aus meinem Büro vertraut; ich kannte das von mir, wenn ich mit jemandem sprach, von dem ich etwas wollte oder brauchte. Ich hörte seine Stimme und wusste, dass er nie von Mi Mi erfahren würde. Die Vorstellung, dass er den Brief meines Vaters in den Händen halten und lesen würde, war mir widerlich. Was immer für ein Rätsel sich dahinter verbarg, einen Menschen wie Lauria ging das nichts an. Er würde es nicht verstehen, er würde darauf herumtrampeln und es zerstören, ohne es überhaupt zu merken.

Ich begriff, dass mein Vater mir ein Geheimnis in den Schoß gelegt, mir eine Kostbarkeit, ein Stück seines Herzens oder seiner Seele anvertraut hatte, das nur für mich bestimmt war und das ich hüten und beschützen musste.

»Julia Win. Ich wollte mich nur erkundigen, ob es neue Hinweise gibt«, sagte ich verlegen.

»Nein, es sei denn, Sie haben welche.«

»Ich? Woher soll ich etwas Neues wissen?«

»Warum hätten Sie sonst angerufen?«

Es war ein kurzes Gespräch.

Ich blickte meine Mutter an. »Und?«

»Was möchtest du wissen?«

»Die Wahrheit.«

Sie legte langsam das Besteck weg, tupfte mit der Serviette ihren Mund ab und trank einen Schluck Wein.

»Die Wahrheit ist: Dein Vater hat mich betrogen. Nicht einmal und nicht zweimal. Er hat mich betrogen, jede Stunde, jeden Tag, in den fünfunddreißig Jahren unserer Ehe. Nicht mit einer Geliebten, die ihn heimlich auf seinen Reisen begleitete oder mit der er die Abende verbrachte, wenn er angeblich noch im Büro saß. Ich weiß nicht, ob er je eine Affäre gehabt hat, es spielt keine Rolle. Er hat mich betrogen, weil er mir falsche Versprechungen gemacht hat. Er hat sich mir versprochen, was sonst ist eine Heirat? Er ist meinetwegen zum Katholiken geworden. Er hat die Worte des Geistlichen bei der Trauung wiederholt: in guten wie in schlechten Zeiten. Er hat es nicht ernst gemeint, er hat den Glauben geheuchelt, und er hat die Liebe zu mir geheuchelt. Er hat sich mir nicht gegeben, Julia, nicht einmal in guten Zeiten.

Glaubst du, ich hätte ihn nie nach seiner Vergangenheit gefragt? Glaubst du wirklich, die ersten zwanzig Jahre seines Lebens wären mir egal gewesen? Als ich ihn das erste Mal fragte, vertröstete er mich, schaute mich an mit diesem sanften, vertrauensvollen Blick, dem ich damals noch nicht standhalten konnte, und versprach, mir eines Tages alles zu erzählen. Das war vor unserer Hochzeit, und ich glaubte ihm, ich vertraute ihm. Später habe ich ihn gelöchert, ich habe geweint, und ich habe geschrien und mit Trennung gedroht. Ich sagte ihm, ich würde ausziehen und nur dann zurückkommen, wenn er mir nichts mehr verheimlichen würde. Er sagte, er liebe mich, warum mir das nicht genüge. Wie kann man behaupten, jemanden wirklich zu lieben, wenn man nicht bereit ist, alles mit ihm zu teilen, auch die Vergangenheit?

Nach deiner Geburt habe ich in einem seiner Bücher einen alten Brief gefunden. Er hatte ihn kurz vor unserer Hochzeit geschrieben. Es war ein Liebesbrief an eine Frau in Burma. Er wollte mir das erklären, aber ich wollte nichts hören. Es ist seltsam, Julia, aber ein Geständnis, eine Offenbarung ist wertlos, wenn sie zur falschen Zeit kommt. Ist es zu früh, überfordert sie uns, wir sind noch nicht bereit dafür und wissen ihren Wert nicht zu schätzen. Kommt sie zu spät, ist die Chance vertan, das Misstrauen, die Enttäuschung schon zu groß, die Tür verschlossen. Was Nähe schaffen sollte, bringt in beiden Fällen nur Distanz. Für mich war es zu spät. Ich wollte von den Geschichten seiner ehemaligen Geliebten nichts mehr wissen, sie hätten uns nicht nähergebracht, nur noch verletzt. Ich sagte ihm, ich würde mich von ihm trennen, wenn ich noch einmal so einen Brief fände, egal wie alt der sei, und dass er weder mich noch seine Kinder je wiedersehen würde. Das half. Ich habe nie wieder etwas gefunden, obwohl ich seine Sachen alle paar Wochen gründlich durchsucht habe.«

Sie machte eine Pause, leerte ihr Weinglas und bestellte ein neues. Ich wollte ihre Hand nehmen, aber sie zog sie zurück und schüttelte den Kopf. Auch dafür war es zu spät.

»Wie konnte ich mich wehren? Wie konnte ich ihm heimzahlen, was er mir antat? Ich beschloss, meine eigenen Geheimnisse zu haben. Ich teilte weniger und weniger mit ihm, behielt meine Gedanken und meine Gefühle für mich. Er fragte nicht. Er war der Meinung, wenn ich ihm etwas erzählen, wenn ich etwas mit ihm teilen wollte, würde ich das tun. So lebten wir nebeneinanderher, bis zu dem Morgen, an dem er verschwand.

Er hat mich ausgenutzt. Ich war jung, noch keine zweiundzwanzig, und sehr naiv, als wir uns zum ersten Mal begegneten. Es war auf dem Geburtstag einer Freundin. Ich sehe ihn noch durch die Tür kommen, groß und schlank, mit seinen vollen Lippen, ein Mund, der immer ein wenig zu lächeln schien. Er sah gut aus, und die Frauen schwärmten für ihn, ohne dass er es wollte; vielleicht wusste er es nicht einmal. Alle meine Freundinnen hätten ihn genommen. Seine große Nase, die hohe Stirn und die schmalen Wangen gaben seinem Gesicht etwas Asketisches, das mich anzog. Seine schwarze, runde Brille betonte seine schönen Augen noch. Er hatte eine Leichtigkeit in seinen Bewegungen, eine Eleganz in seinem Ausdruck und seiner Sprache, eine Aura, die selbst meine Eltern beeindruckte. Für sie wäre er der perfekte Schwiegersohn gewesen: gebildet, intelligent, tadellose Manieren, selbstbewusst ohne eine Spur von Arroganz. Natürlich waren sie dennoch gegen die Hochzeit. Sie haben mir bis zu ihrem Tod nicht vergeben, dass ich einen ›Farbigen‹ geheiratet habe. Es war das erste und einzige Mal, dass ich wirklich gegen sie revoltiert habe. Wie du weißt, liegt das nicht in meiner Natur. Einmal bin ich über meinen Schatten gesprungen und zahle dafür mein Leben lang.«

Sie atmete tief durch. Der Kellner hatte das Risotto gebracht, es stand dampfend vor ihr, aber sie rührte es nicht an.

»Du kannst gerne nach Burma fahren«, sagte sie erschöpft. »Wenn du zurückkehrst, werde ich dich nichts fragen, und ich möchte auch nicht, dass du mir irgendetwas von deiner Reise erzählst. Was immer du dort findest, mich interessiert es nicht mehr.«

Die Limousine zum Flughafen wartete vor der Tür. Es war ein klarer, kalter Morgen. Ich sah den Atem des Fahrers, der vor dem Wagen auf und ab ging und rauchte. Der Doorman trug mein Gepäck zum Auto und lud es in den Kofferraum. Als ich einsteigen wollte, gab er mir einen Brief. Eine ältere Dame habe ihn vor einer halben Stunde für mich abgegeben. Die Handschrift meiner Mutter. Warum war sie nicht hochgekommen? Während der Fahrer von der zweiten Avenue in den Midtown-Tunnel bog, öffnete ich den Umschlag.

Meine liebe Julia,
wenn Du diese Zeilen liest, bist Du auf dem Weg nach Burma, dem Geburtsland Deines Vaters. Was immer Du dort suchst, ich wünsche Dir, dass Du es findest.

Ich schreibe Dir, weil mir unser Gespräch bei Sant Ambroeus nicht aus dem Kopf geht. Was ich Dir sagen möchte, wollte ich nicht gestern Abend am Telefon besprechen, als wir uns verabschiedeten.
Ich habe während unseres Mittagessens sehr ablehnend auf Deine Reisepläne reagiert. Sie haben mich verletzt, und ich weiß nicht, warum. War es die ganze Enttäuschung, die eine gescheiterte und dennoch fast fünfunddreißig Jahre währende Ehe mit sich bringt? Ein Scheitern, das wir uns nie eingestanden haben, weder Dein Vater noch ich. Oder fürchtete ich, dass Du Dich auf seine Seite schlagen würdest? Verzeih mir solche Gedanken.
Ich hatte jetzt eine Nacht Zeit, um über Deine Frage nach der »Wahrheit« nachzudenken, und befürchte, dass ich Dir am Sonnabend etwas Wichtiges verschwiegen habe.
Dein Vater wollte mich nicht heiraten. Zumindest nicht am Anfang. Von dem Tag, an dem ich ihn fragte, ob wir nicht heiraten wollten, bis zu unserer Hochzeit vergingen über zwei Jahre. Eine Zeit, in der ich nichts unversucht ließ, ihn für mich zu gewinnen. Zunächst meinte er, wir würden zu wenig voneinander wissen und sollten warten, bis wir uns besser kennen würden. Später behauptete er, wir seien zu jung, wir sollten uns Zeit lassen. Kurz vor der Hochzeit warnte er mich, dass er mich nicht so lieben könne, wie ich es vielleicht erwartete oder bräuchte. Ich habe nicht auf ihn gehört, ich glaubte ihm nicht. Seine Zurückhaltung, sein Zögern machten mich nur noch entschlossener. Ich wollte ihn haben, ihn und keinen anderen. In den ersten Monaten hatte ich den Verdacht, dass er in Burma eine Frau hätte, aber er erklärte, er sei nicht verheiratet. Mehr wollte er über die Jahre in seiner Heimat nicht sagen. Es interessierte mich zu dem Zeitpunkt auch noch nicht. Ich war überzeugt, dass er mir und meiner Liebe auf Dauer sowieso nicht widerstehen könnte. Burma war weit weg. Ich war es, die neben ihm einschlief und neben ihm aufwachte. Ich wollte ihn erobern. War es gekränkte Eitelkeit, die mich nicht aufgeben ließ? Oder war

es die brave, wohlerzogene Tochter aus gutem Hause, die gegen ihre Eltern rebellierte? Was gab es für einen besseren Protest gegen die Welt meines Vaters, als einen dunkelhäutigen Mann zu heiraten?
Ich habe viele Jahre versucht, auf diese Frage eine Antwort zu finden. Ohne Erfolg. Vielleicht war es eine Kombination von Gründen. Als ich einsah, dass ich Deinen Vater nicht so verändern konnte, wie ich es wollte, war es zu spät. Am Anfang blieben wir wegen Euch Kindern zusammen, später fehlte uns der Mut zur Trennung, jedenfalls was mich betrifft. Was Deinen Vater angeht, bin ich mir über seine Motive nicht im Klaren. Vermutlich war ich es nie.
Ich wollte, dass Du das weißt, bevor Du Dich auf die Suche machst.
Komm gesund wieder.
Gott segne Dich,
Deine Judith

6

Ich lag lange wach und schlief dann schlecht, obschon ich mich vor Müdigkeit und Erschöpfung kaum mehr bewegen konnte. Die vielen Fragen ließen mich nicht zur Ruhe kommen, sie jagten durch meinen Kopf, als brülle sie mir jemand ohne Unterlass ins Ohr. Mehrmals in der Nacht schreckte ich auf, saß im Bett und schaute auf den kleinen Reisewecker neben mir. 2.20 Uhr. 3.10 Uhr. 3.40 Uhr.

Am Morgen fühlte ich mich nicht besser. Ich war von einem Augenblick zum anderen hellwach, mir war übel, ich hatte Kopfschmerzen, und mein Herz schlug so heftig, als würde jemand fortwährend gegen meine Brust pressen. Ich kannte das Gefühl aus New York; in den Nächten vor wichtigen Verhandlungen oder Gesprächen erging es mir ähnlich.

Durch das offene Fenster wehte ein leichter Wind, und ich spürte, wie die Morgenkälte langsam unter meine Decke kroch. Ein frischer exotischer Geruch, den ich nicht kannte, erfüllte mein Zimmer.

Es war hell geworden, ich stand auf und ging ans Fenster. Der Himmel war dunkelblau ohne eine Wolke, die Sonne lag noch irgendwo versteckt hinter den Bergen. Auf der Wiese vor dem Hotel sah ich blühende Bäume, Blumen und Büsche, die so fremd auf mich wirkten, als wären es Gewächse aus einem Märchenbuch. Ihre Farben waren wilder und ungezähmter als alles, was ich aus Amerika kannte, sie erinnerten mich an meine Basquiat-Bilder zu Hause. Selbst das Rot des Klatschmohns leuchtete so intensiv, wie ich es noch nie erlebt hatte.

In der Dusche gab es kein warmes Wasser.

Wände und Decke des Frühstücksraums waren mit dunklem, fast schwarzem Holz getäfelt. Auf einem Tisch am Fenster stand ein Frühstücksgedeck, die anderen Tische waren leer. Ich war der einzige Gast im Hotel.

Der Kellner näherte sich mit einer tiefen Verbeugung. Ich hatte die Wahl zwischen Tee oder Kaffee und Spiegel- oder Rührei. Cornflakes und Bagel kannte er nicht. Wurst oder Käse gab es nicht.

»Spiegel- oder Rührei«, wiederholte er.

»Rühreier«, sagte ich, und er nickte.

Ich schaute ihm hinterher, bis er durch eine Pendeltür am anderen Ende des Saales verschwand. Auch er bewegte sich so leichtfüßig, dass ich seine Schritte nicht hören konnte. Als schwebe er ein paar Zentimeter über dem Boden durch den Raum.

Ich war allein, und die Stille war mir unangenehm. Ich fühlte mich beobachtet, als hätten die leeren Tische und Stühle Augen und würden mich anstarren und jede meiner Bewegungen misstrauisch beglotzen. Ich war Ruhe nicht gewohnt, nicht diese Art zumindest. Wie lange konnte es dauern, Kaffee zu kochen? Rühreier zu braten? Warum hörte ich keine Stimmen, keine Geräusche aus der Küche? Die Stille bedrückte mich, sie wurde mir zunehmend unheimlicher, und ich fragte mich, ob es eine Steigerung von Stille gibt, so wie es die Steigerung eines Geräuschpegels gibt. Offensichtlich, denn mit jedem Augenblick hörte ich sie intensiver, bis sie mir in den Ohren wehtat und unerträglich wurde. Ich räusperte mich, klopfte mit dem Messer gegen meinen Teller, nur um etwas zu hören. Die Stille verschluckte die Geräusche und war danach noch hässlicher als zuvor.

Ich stand auf, ging zur Tür, die in den Garten führte, öffnete sie und trat hinaus. Es war windig. Noch nie hatte das Rauschen eines Baumes, das Summen einer Hummel, das Zirpen eines Grashüpfers so beruhigend geklungen.

Der Kaffee war lauwarm, die Rühreier verbrannt. Der Kellner stand in der Ecke, lächelte und nickte, und ich aß verbrannte Eier, trank lauwarmen Kaffee und nickte und lächelte zurück. Ich bestellte noch einen Kaffee und blätterte in meinem Reiseführer. Kalaw war ihm knapp eine Seite wert.

»Gelegen am westlichen Ende des Shan-Plateaus, eine populäre Bergstation unter den Briten. Heute ein ruhiger, friedlicher Ort mit viel Atmosphäre aus der Kolonialzeit. 1320 Meter hoch, angenehm kühl, idealer Platz zum Wandern in Pinien- und Bambuswäldern, beeindruckende Ausblicke auf die Berge und Täler der Shan-Provinz.
Bevölkerung: Eine einmalige Mischung aus Shan, Burmesen, verschiedenen Bergvölkern, burmesischen und indischen Muslimen und Nepalesen (Gurkhas, die einst in der britischen Armee dienten), viele von ihnen gingen in Missionsschulen. Bis in die Siebzigerjahre gab es in Kalaw amerikanische Missionare, die in den Schulen unterrichteten. Ein Großteil vor allem der älteren Einwohner spricht noch heute Englisch.«

Als Sehenswürdigkeiten waren drei Pagoden und der Markt vermerkt. Es gab angeblich ein burmesisches, ein chinesisches und ein nepalesisches Restaurant, ein Kino und mehrere Teehäuser. Mein im Tudorstil erbautes Hotel hatte ein Engländer entworfen; es war schon während der Kolonialzeit das erste Haus am Platz gewesen.

Außerdem gab es noch mehrere kleine Hotels und Pensionen »für geringste Ansprüche«.

Nach dem Frühstück ging ich in den Garten und setzte mich unter eine Pinie auf eine Holzbank. Von der Kühle des Morgens war nichts mehr zu spüren, mit der Sonne war die Hitze gekommen, ein süßlich-schwerer Geruch lag in der Luft.

Wo sollte ich mit der Suche nach Mi Mi beginnen? Mein einziger Anhaltspunkt war der Briefumschlag mit ihrer Adresse:

38, Circular Road
Kalaw, Shan State
Burma

Das war vor fast vierzig Jahren.

Ich brauchte dringend ein Fahrzeug und auch einen Einheimischen, der sich gut auskannte. Was noch?

In meinem Notizblock machte ich eine Liste von Dingen, die ich zu tun hatte:

1. Auto plus Fahrer mieten
2. Tourguide finden
3. Telefonbuch besorgen
4. Stadtplan kaufen
5. Mi Mis Adresse suchen
5. Falls verzogen, Nachbarn und/oder Polizei befragen
7. Polizei nach Vater fragen
8. Bürgermeister und/oder Einwohneramt checken
9. Evtl. andere Amerikaner oder Engländer aufsuchen
10. Vaters Foto in Teehäusern, Hotels und Restaurants zeigen
11. Sämtliche Hotels, Clubs etc. checken

Nicht anders bereitete ich mich auf Verhandlungen und Gespräche mit Klienten vor; das Auflisten, die systematische Recherche, war mir vertraut und gab mir Sicherheit.

Das Hotel hatte mir einen Fahrer empfohlen, der auch als Tourguide arbeitete. Er sei heute mit zwei dänischen Touristen unterwegs und würde in den kommenden Tagen Zeit haben. Er wollte am Abend gegen acht Uhr ins Hotel kommen. Es machte Sinn, auf ihn zu warten und mit der Suche erst morgen zu beginnen. Außerdem konnte ich U Ba nach Mi Mi fragen, auch wenn er ein Schwindler war. Er hatte offensichtlich sein Leben in Kalaw verbracht und war in ihrem Alter, vermutlich kannte er sie.

Es war kurz nach zwölf, und ich beschloss, ein wenig zu joggen. Nach der langen Reise brauchte mein Körper Bewegung, es war zwar warm, aber die trockene Höhenluft und der Wind machten die Hitze erträglich. Ich war gut in Form und lief in Manhattan selbst an heißen und schwülen Sommerabenden mehrere Meilen durch den Central Park.

Das Joggen tat gut, es befreite mich. Die Blicke störten nicht mehr, ich musste ihnen nicht ausweichen, weil ich mich auf meine Beine konzentrierte. Ich hatte das Gefühl, ich konnte allem, was mir fremd und unheimlich war, davonlaufen, konnte sehen und beobachten, ohne selbst gesehen zu werden. Ich lief ins Dorf hinunter, die Hauptstraße entlang, an einer Moschee und einer Pagode vorbei, umrundete in einem weiten Bogen den Markt, überholte Ochsenkarren und Pferdekutschen und mehrere junge Mönche. Erst beim Laufen bemerkte ich, wie langsam und gemächlich sich die Menschen im Ort bewegten, trotz ihrer Leichtfüßigkeit. Jetzt fühlte ich mich ihnen gewachsen, bestimmte mein Tempo selbst und musste mich nicht mehr ihrer Geschwindigkeit anpassen. Ich spürte die Kraft in meinen Beinen, war froh, dass sie auch nach einer halben Stunde nicht weniger wurde. Selbst den Anstieg zu meinem Hotel schaffte ich mit leichten Füßen.

Nach dem Duschen legte ich mich aufs Bett und ruhte mich aus. Ich fühlte mich besser.

Auf dem Weg zum Teehaus dann wurden meine Beine müde, ich spürte jeden Schritt. Ich war unsicher und aufgeregt, wollte wissen, was mich erwartete. Ich bin kein Mensch, der sich gern überraschen lässt. Was würde er mir erzählen, was davon konnte ich glauben? Ich wollte ihm detaillierte Fragen stellen, und sollte er sich in Widersprüche verwickeln, würde ich aufstehen und gehen.

U Ba wartete bereits. Er stand auf, verbeugte sich und nahm meine Hände. Seine Haut war weich und seine Hände angenehm warm. Wir setzten uns. Er bestellte zwei Gläser Tee und ein paar Kekse und schaute mich an, ohne etwas zu sagen. Nach einer Weile schloss er die Augen, atmete tief ein und begann, zu erzählen.

7

Der Dezember in Kalaw ist ein kalter Monat. Der Himmel ist blau und wolkenlos. Die Sonne wandert von einer Seite des Horizonts zur anderen, aber sie steigt nicht mehr hoch genug, um wirklich zu wärmen. Die Luft ist klar und frisch, und nur in den empfindlichsten Nasen liegt noch eine Ahnung des schweren, süßlichen Duftes der tropischen Regenzeit, wenn die Wolken tief über dem Dorf und in den Tälern hängen und das Wasser hemmungslos vom Himmel fällt. Als müsse es die Welt vor dem Verdursten retten. Dann ist es heiß und feucht, auf dem Markt riecht es nach faulem Fleisch, und auf den Eingeweiden und Totenschädeln der Schafe und Rinder hocken träge die Fliegen, zu müde, um den todbringenden Schlägen zu entfliehen. Selbst die Erde scheint zu schwitzen, aus ihren Poren kriechen Würmer und Insekten. Harmlose Rinnsale werden zu reißenden Flüssen, die in einem Augenblick der Unachtsamkeit Ferkel, Lämmer oder Kinder verschlingen, um sie weiter unten im Tal leblos wieder auszuspucken.

Der Dezember weiß davon nichts. Der Dezember verspricht den Menschen in Kalaw Ruhe vor den Gewalten der Natur. Er verspricht angenehm kühle Tage und kalte Nächte.

Der Dezember ist scheinheilig, dachte Mya Mya. Sie saß auf einem Holzschemel vor ihrem Haus und blickte über die Felder und das Tal und auf die Bergkuppen in der Ferne. Die Luft war so klar, dass sie das Gefühl hatte, durch ein Fernglas bis ans Ende der Welt zu schauen. Mya Mya traute dem Wetter nicht. Obwohl sie sich nicht erinnern konnte, in ihrem Leben jemals im Dezember eine Wolke am Himmel gesehen zu haben, hielt sie die Möglichkeit eines Wolkenbruchs nicht für ausgeschlossen. Oder die eines Taifuns, auch wenn seit Menschengedenken nicht einer seinen Weg vom bengalischen Golf bis in die Berge rund um Kalaw gefunden hatte. Ausgeschlossen, darauf beharrte sie, war es nicht. Solange es Taifune gab, konnte einer ihren Heimatort verwüsten. Oder die Erde könnte beben. Auch oder vielleicht gerade an einem Tag wie heute, an dem nichts auf eine Katastrophe hindeutete. Sicherheit ist immer trügerisch. Vertrauen ein Luxus, den sich Mya Mya, davon war sie in der Tiefe ihres Herzens überzeugt, nicht leisten konnte. Ruhe und Frieden gab es für sie nicht. Nicht auf dieser Welt. Nicht in diesem, ihrem Leben.

Das hatte sie gelernt, an jenem heißen, brütenden Tag im August vor siebzehn Jahren. Als sie unten am Fluss spielten, sie und ihr Zwillingsbruder. Als er ausrutschte auf den glitschigen Steinen. Als er das Gleichgewicht verlor und mit den Armen ruderte, hilflos, wie eine Fliege in einem umgestülpten Glas. Als er in das Wasser fiel, das ihn mitnahm. Auf die Reise. Die ewige. Sie stand am Ufer und konnte nicht helfen. Sie sah sein Gesicht noch einmal aus dem Wasser auftauchen, ein letztes Mal.

Ein Priester hätte vom Willen Gottes gesprochen, von einer Prüfung ihres Glaubens, die der Herrgott in seiner Weitsicht der Familie auferlegt hat. Die Wege des Herrn sind unergründlich.

Die buddhistischen Mönche suchten den Grund für das Unglück in einer früheren Existenz des Jungen. Er musste in einem anderen Leben etwas Schreckliches angerichtet haben, und sein Tod war die Strafe dafür.

Der Astrologe des Ortes gab am Tag nach dem Unfall dem Sinnlosen einen, seinen Sinn. Die Kinder seien zum Spielen Richtung Norden gegangen, und das hätten sie nicht tun dürfen, nicht sie mit ihren Geburtsdaten, an diesem Samstag im August, das musste zu Unheil führen. Hätte man ihn, den Astrologen, nur früher gefragt, er hätte die Kinder gewarnt. So einfach ist das Leben, dachte die Fünfjährige damals, so kompliziert.

Mit ihrem Bruder starb auch ein Teil von ihr. Dafür gab es keine Beerdigung, die Familie bemerkte es nicht einmal. Ihre Eltern waren Bauern und mit der Ernte beschäftigt und mit der Saat und mit ihren vier anderen Kindern. Sie hatten hungrige Mäuler zu stopfen, es war mühsam genug, jeden Abend Reis und ein wenig Gemüse auf den Tisch zu bekommen.

Mya Mya, die halb Tote, war allein und bemühte sich in den folgenden Jahren, Ordnung in ihre aus den Fugen geratene Welt zu bringen. Sie ging jeden Nachmittag hinunter ans Wasser, saß an jener Stelle, von der aus sie ihren Bruder zum letzten Mal gesehen hatte, und wartete darauf, dass er wieder auftauchte. Sein Leichnam war eine Beute des Flusses geworden, er hatte ihn nicht wieder hergegeben. Am Abend vor dem Einschlafen sprach sie zu ihm, erzählte vom Tag und war sich sicher, dass er sie hören konnte. Sie schlief auf seiner Seite der gemeinsamen Bastmatte, unter seiner Decke, und noch Jahre später lag ihr sein Geruch in der Nase.

Sie weigerte sich, ihrer Mutter beim Wäschewaschen am Fluss zu helfen, sie mied Wasser überhaupt und wusch sich nur im Beisein ihrer Eltern. Als könnte sie in einem Eimer ertrinken. Sie trug bestimmte Kleidung nur an bestimmten Tagen, sprach bis zum fünfzehnten Lebensjahr an Sonnabenden kein Wort und fastete an Sonntagen. Sie schuf sich ein verflochtenes Netz von Ritualen und lebte darin.

Rituale versprechen Sicherheit.

Ihre Familie konsultierte seit dem Tod des Bruders den Astrologen nicht mehr einmal im Jahr, sie befragte ihn fast wöchentlich. Sie hockten bei ihm, lauschten jedem seiner Worte, folgten seinen Anweisungen, als könne er sie vor allem Unheil dieser Welt behüten. Er riet ihnen, an bestimmten Daten nicht ins nächste Dorf zu reisen, und um kein Risiko einzugehen, bewegte sich die Familie an solchen Tagen nicht vom Grundstück fort. Keine Saat wurde gesät, ohne dass er es gutgeheißen hätte. Den Bräutigam der ältesten Schwester lehnte er ab, weil seine Sterne nicht zu denen des Mädchens passten.

Mehr noch als die Eltern hing Mya Mya an den Lippen des Astrologen. Sie verehrte den alten Mann, und solange sie sich an seinen Rat hielt, fühlte sie einen gewissen Schutz. Samstage waren für sie, eine Donnerstaggeborene, Tage, an denen Unheil drohte, an denen sie auf der Hut sein musste, besonders im April, August und Dezember. Daran erinnerte er sie wieder und wieder. Jahrelang verließ sie das Haus an Samstagen überhaupt nicht, bis an einem Sonnabend (im April!) eine Decke neben der Kochstelle in der Küche Feuer fing. Die Flammen waren gefräßig. Sie verschlangen nicht nur die Holzhütte in wenigen Minuten, sie raubten Mya Mya auch den letzten Rest Vertrauen, dass es für sie irgendwo einen sicheren Ort geben könnte.

Ihr war kalt geworden. Sie hörte in der Küche das Feuer knistern und stand auf. Auf dem Wasser im Kübel vor ihr lag eine dünne Haut, zart und zerbrechlich. Sie trat gegen das Holz und beobachtete, wie die Eisschicht in winzige Schollen zerbrach, die das Wasser schnell verschlang.

Sie atmete tief durch, hielt mit beiden Händen ihren Bauch und schaute an ihrem Körper hinab. Sie war eine schöne junge Frau, auch wenn sie selber es noch nie so empfunden und ihr das auch noch nie jemand gesagt hatte. Ihr langes schwarzes Haar trug sie zu einem Zopf geflochten, der fast bis zur Hüfte reichte. Die dunklen, großen, fast runden Augen und die vollen Lippen gaben ihrem Gesicht einen sinnlichen Ausdruck. Sie hatte lange, dünne Finger und muskulöse, aber schlanke Arme und Beine. Sie hatte kaum zugenommen, nirgendwo hatte sich Wasser angesammelt. Nur der Bauch war rund und dick und groß, so groß, dass er ihr fremd erschien, auch noch nach Monaten. Als gehöre er nicht zu ihr. Sie spürte ein leichtes Treten, ein Klopfen, und wusste: Gleich kommen sie wieder.

Gestern Abend hatte es begonnen, in Abständen von einer Stunde. Nun kamen sie alle paar Minuten. Wellen, die an eine Festung brandeten, immer mehr und höher und kräftiger. Mya Mya merkte, wie sie fortgerissen wurde, sie wollte sich an etwas klammern, einen

Arm, einen Ast, einen Stein, es gab nichts, was ihr Halt geben konnte. Sie wollte das Kind nicht, nicht heute, nicht an einem Sonnabend im Dezember.

Die Nachbarin hatte schon viele Kinder zur Welt gebracht und fand, es sei eine leichte Geburt gewesen, zumal für eine Erstgeburt. Mya Mya erinnerte sich nicht, nicht wirklich. Sie hatte Stunden in einer anderen Welt gelebt. Einer Welt, in der ihre Hände und Beine ihr nicht mehr gehorchten, in der sie ihren Körper nicht mehr spürte, nicht so, wie sie es kannte. In der sie nur noch aus einer großen Wunde bestand. Sie sah fette schwarze Regenwolken und einen Falter, der sich auf ihre Stirn setzte. Sie sah ihren Bruder in den Fluten. Ein allerletztes Mal. Ein Gedanke segelte vorbei, wie eine Hühnerfeder, die der Wind davonträgt. Ihr Kind. An einem Sonnabend. Ein Zeichen? Die Wiedergeburt ihres Bruders?

Sie hörte ein Baby schreien. Nicht jämmerlich, eher trotzig und wütend. Ein Junge, sagte jemand. Mya Mya machte die Augen auf und suchte ihren Bruder. Nein, nicht dieses hässliche, verschrumpelte, blutverschmierte Etwas. Dieses hilflose Bündel mit seinem gequetschten Kopf und dem entstellten Gesicht.

Was immer ein Kind braucht, Mya Mya wusste es nicht. Sie kam mit leeren Händen.

Was sie an Liebe besessen hatte, gab es nicht mehr. Fortgespült. An einem heißen, brütenden Tag im August.

8

Niemand konnte behaupten, dass Mya Mya sich in den ersten Lebenstagen ihres Sohnes nicht bemüht hätte. Sie tat, was immer die Nachbarin ihr sagte. Sie legte ihn an die prall gefüllte Brust und nährte ihn mit ihrer Milch. Sie wiegte ihn in den Schlaf oder trug ihn umher, wenn er keine Ruhe finden konnte. Sie schleppte ihn eng an den Körper gebunden, wenn sie ins Dorf zum Einkaufen ging.

Nachts lag sie wach zwischen ihrem Mann und ihrem Kind und horchte, ob der Kleine Luft holte, folgte den kurzen, schnellen Atemstößen des Säuglings und wünschte sich, dass sie etwas spüren würde. Etwas fühlen, wenn ihr Kind an ihr saugte, es mit seinem faltigen Händchen einen ihrer Finger umklammerte. Sie wünschte sich, dass etwas käme, das die Leere in ihr füllen würde. Irgendetwas.

Sie drehte sich zur Seite und presste ihn an sich, eine Umarmung irgendwo zwischen Ohnmacht und Gewalt. Sie drückte kräftiger, und zwei große braune Augen blickten sie erstaunt an. Mya Mya spürte nichts. Mutter und Sohn waren wie zwei Magneten, die einander abstießen. Sosehr sie auch drücken mochte, sie berührten sich nicht.

Vielleicht wäre es eine Frage der Zeit gewesen, vielleicht hätten sie trotzdem eine Chance gehabt, und aus dem Instinkt des Versorgens wäre ein Gefühl der Zuneigung und aus dem Gefühl der Zuneigung das Wunder der Liebe geworden, wäre nicht die Geschichte mit den Hühnern passiert.

Es geschah an einem Sonnabend auf den Tag genau zwei Wochen nach der Geburt. Mya Mya ging kurz nach Sonnenaufgang hinaus auf den Hof, um Holz zu holen für das Feuer in der Küche. Es war ein kalter Morgen, und sie beeilte sich. Auf der Suche nach etwas Reisig und ein paar kräftigen Scheiten ging sie hinter das Haus, das tote Huhn lag direkt vor dem Holzhaufen. Fast wäre sie draufgetreten. Das zweite entdeckte sie gegen zwölf Uhr, die Stunde der Geburt, drei und vier kurz darauf und den Hahn am Nachmittag. Ihr Mann schaute sich die toten Tiere an und konnte nichts finden. Noch am Abend zuvor waren sie munter gackernd um das Haus gerannt, und es gab keine Anzeichen, dass ein Hund, eine Katze oder gar ein Tiger sie gerissen hatte. Für Mya Mya bestand kein Zweifel, die Kadaver bestätigten ihre schlimmsten Befürchtungen. Sie waren der Wolkenbruch, nein, schlimmer, der Taifun im Dezember, das Beben der Erde, vor dem sie sich immer gefürchtet und auf das sie insgeheim gewartet hatte: Auf ihrem Sohn lag ein Fluch. Er war ein Bote des Unglücks. Der Astrologe hatte es vorhergesagt. Sie hätte kein Kind an einem Sonnabend gebären dürfen, nicht im Dezember.

Selbst die Tatsache, dass in den folgenden Tagen mehr als ein Dutzend Hühner der Nachbarn den gleichen rätselhaften Tod starben, konnte Mya Mya nicht beruhigen, im Gegenteil, es machte alles nur noch schlimmer. Es gab ihr die Gewissheit, dass dies nur der Anfang sei und dass das Unglück, das der Junge brachte, nicht auf ihre Familie beschränkt bleiben würde.

Nun lag sie nachts wach, besessen von der Angst vor der nächsten Katastrophe. Sie wusste, es war nur eine Frage der Zeit. Jedes Räuspern, jedes Röcheln, jeder Seufzer klang wie ein Donnern am Horizont. Sie wagte kaum, sich zu bewegen, und lauschte jeder Regung ihres Kindes. Als wären das Ein- und Ausatmen die Schritte des Unheils, das herangeschlichen kommt.

Eine Woche später versiegte ihre Milch. Ihre Brüste hingen schlaff an ihrem Körper wie zwei kleine aufgeblasene Ballons, aus denen die Luft entwichen war. Das Stillen übernahm eine Freundin der Nachbarin, die selbst gerade ein Kind bekommen hatte. Mya Mya war froh über jede Stunde, die ihr Sohn nicht im Haus war. Sie wollte mit ihrem Mann reden. So konnte es nicht weitergehen. Sie mussten etwas unternehmen.

9

Khin Maung fand, dass seine Frau übertrieb. Natürlich glaubte auch er an die Macht der Sterne. Jeder Mensch weiß, dass der Tag, die Stunde, ja selbst die Minute der Geburt das Leben in bestimmte Bahnen lenken, daran bestand gar kein Zweifel. Und dass es Dinge gibt, die man beachten muss, Tage, an denen man nichts tun darf, Rituale, denen es zu folgen gilt, um Unheil abzuwenden, auch da war sich Khin Maung mit seiner Frau einig. Von einer Geburt an einem Sonnabend im Dezember ist niemand begeistert, selbstverständlich nicht, wusste man doch, dass diesen Menschen die Sterne nicht günstig gesinnt sind, dass ihnen ein schweres Leben bevorsteht, dass ihren Seelen selten Flügel wachsen. Jede Familie kannte einen Onkel oder eine Tante oder zumindest Nachbarn oder Freunde der Nachbarn, die jemanden kannten, der einen Verwandten hatte, der an einem dieser ungünstigen Tage geboren worden war und der durch das Leben schlich wie ein geprügelter Hund, der klein und kümmerlich blieb wie ein Schattengewächs. Sein Sohn würde es nicht leicht haben, da machte sich Khin Maung keine Illusionen, aber gleich von einem Fluch zu sprechen, der auf dem Kind lag, so weit wollte er nicht gehen (auch wenn ihn die Geschichte mit den Hühnern beunruhigte, was er seiner Frau gegenüber allerdings nicht zugab). Als Mya Mya vorschlug, den Astrologen um Rat zu fragen, war Khin Maung sofort einverstanden, nicht nur, weil er zu den Menschen gehörte, die ungern Nein sagen. Er hoffte, der alte Mann mit seiner Weisheit könne seine Frau beruhigen oder, sollten die Sterne ihre Befürchtungen bestätigen, er würde ihnen sagen, wie sie das Unglück, das ihrem Kind drohte, wenn schon nicht abwenden, so doch begrenzen könnten.

Der Astrologe lebte in einer unscheinbaren Holzhütte am Rande des Dorfes. Nichts deutete auf das Ansehen hin, das er in der Gemeinschaft genoss. Es wurde im Ort kein Haus gebaut, ohne ihn zuvor zu konsultieren, ob der Bauplatz gut gelegen war oder der Tag des Baubeginns unter einem günstigen Stern stand. Vor jeder Hochzeit kamen die zukünftigen Eheleute oder deren Eltern und versicherten sich bei ihm, ob die Horoskope des Brautpaares auch zueinander passten. Er befragte die Sterne nach den besten Daten, um auf die Jagd zu gehen oder eine Reise in die Hauptstadt anzutreten. Seine Vorhersagen hatten sich über die Zeit als so zutreffend erwiesen, dass die Menschen aus der ganzen Provinz zu ihm reisten. So gut war sein Ruf, dass angeblich – niemand wusste es genau, aber es gab hartnäckige Gerüchte – selbst manche der in Kalaw lebenden Engländer, die die burmesische Astrologie öffentlich als

Aberglaube und Hokuspokus verspotteten, ihn regelmäßig aufsuchten und um Rat fragten.

Der alte Mann hockte im Lotussitz in der Mitte seines kleinen Zimmers. Ein Kopf, so rund wie der Vollmond, dachte Khin Maung. Augen, Nase und Mund waren gleichermaßen wohlgeformt, und nur die beiden großen, abstehenden Ohren störten das Bild eines perfekt proportionierten Gesichts. Niemand wusste, wie alt er war, selbst die Ältesten im Dorf beteuerten, sie könnten sich nicht an ihn als jungen Mann erinnern, und so ging man davon aus, dass er vor weit über achtzig Jahren geboren worden war. Er selbst sprach darüber nicht, und sein Aussehen und sein wacher Geist schienen nicht den Gesetzen des Alterns zu gehorchen. Seine Stimme war seit jeher sanft und leise gewesen und noch immer klar und deutlich, sein Gehör und seine Augen waren so gut wie die eines Zwanzigjährigen. Die Jahre hatten sein Gesicht in Falten gelegt, aber die Haut hing nicht schlaff vom Körper wie die eines Greises.

Khin Maung und Mya Mya verneigten sich und verharrten auf der Türschwelle. Obwohl Mya Mya ihm bereits als Kind gegenübergesessen hatte und bis zu diesem Tag so häufig, dass sie es längst aufgegeben hatte, die Besuche zu zählen, spürte sie jedes Mal wieder etwas in den Knien und im Magen. Keine Vertrautheit, nur Verehrung, ja Ehrfurcht.

Für Khin Maung war es das erste Mal, und bei ihm mischten sich Respekt und Neugierde. Seine Eltern hatten den Astrologen immer allein aufgesucht, und auch vor der Hochzeit mit Mya Mya hatten sie ihn gefragt, ob sie für ihren Sohn die passende Frau gefunden hätten.

Khin Maung blickte sich kurz um, bevor er sich erneut verneigte. Fußboden und Wände waren aus dunklem Teakholz, durch die beiden offenen Fenster fielen Lichtstrahlen, in denen er Staubflocken tanzen sah. Die Sonne zeichnete zwei Rechtecke auf den Boden, sie schimmerten auf dem von den Jahren blank polierten Holz. Dieser Glanz war von einer Kraft, die Khin Maung erschauern ließ. Dann erblickte er eine holzgeschnitzte, golden glänzende Buddhafigur. In seinem ganzen Leben hatte Khin Maung noch keinen so schönen Buddha gesehen. Er sank auf die Knie und verneigte sich, bis seine Stirn den Boden berührte. Vor dem Buddha standen zwei Blumensträuße und Teller gefüllt mit Opfergaben. Jemand hatte vier Apfelsinen liebevoll zu einer Pyramide gestapelt, daneben lagen zwei Bananen, eine Papaya und dazwischen mehrere Portionen Tee, kunstvoll in kleinen Häufchen arrangiert. An den Wänden hing weißes Papier, bis an den Rand engzeilig vollgeschrieben mit Zahlen und Buchstaben, und in den vier Ecken des Zimmers standen jeweils kleine, mit Sand gefüllte Vasen, in denen qualmende Räucherstäbchen steckten.

Der alte Mann nickte. Khin Maung und Mya Mya knieten auf zwei Bastmatten vor dem Alten nieder. Mya Mya hörte und spürte nichts außer dem wilden Pochen ihres Herzens. Es war an Khin Maung, das Gespräch zu beginnen, die Fragen zu stellen, das hatte sie ihm vorher unmissverständlich klargemacht. Sie waren erst ein knappes Jahr verheiratet, aber sie kannte die Passivität ihres Mannes nur zu gut. Er war ein stiller Mensch, der an den Abenden oft nicht mehr als ein paar Sätze sagte. Noch nie hatte sie ihn böse, zornig oder aufgeregt erlebt, und selbst Freude oder Zufriedenheit waren ihm kaum anzumerken. Ein Lächeln, das über sein Gesicht huschte, war alles, was er von seinen Gefühlen preisgab. Er war nicht träge, im Gegenteil, er gehörte zu den fleißigsten Bauern des Dorfes, und oft bestellte er schon lange vor den anderen im Morgengrauen sein Feld. Aber für ihn schien das Leben wie ein ruhiger Fluss, dessen Verlauf im Großen und Ganzen vorgegeben ist. Jeder Versuch, darauf maßgeblichen Einfluss zu nehmen, musste scheitern. Khin Maung war arbeitsam ohne Ehrgeiz, neugierig, ohne Fragen zu stellen, glücklich, ohne Freude auszustrahlen.

»Verehrter Meister«, hörte Mya Mya ihren Mann nach einer langen Pause mit leiser Stimme sagen, »wir sind gekommen, um Sie um Rat zu fragen.«

Der alte Mann nickte.

»Unser Sohn wurde am Sonnabend vor drei Wochen geboren, und wir möchten wissen, ob ihm Unheil droht.«

Der Alte nahm einen Stift und eine kleine Tafel zur Hand und bat um das Datum und die genaue Uhrzeit der Geburt.

»Dritter Dezember, elf Uhr vierzig«, sagte Khin.

Der Astrologe schrieb die Zahlen in Kästchen und begann, zu rechnen. Er fügte weitere Zahlen und Zeichen hinzu, strich einige durch und setzte mehrere volle und halbe Kreise auf verschiedene Linien. Als arbeite er an einer Partitur des Lebens.

Nach einigen Minuten legte er die Tafel zur Seite, schaute auf und blickte Mya Mya und Khin an. Aus seinem Gesicht war jedes Lächeln verschwunden.

»Das Kind wird seinen Eltern Sorgen bereiten«, sagte er. »Große Sorgen.«

Für Mya Mya war es, als versinke sie in einem Morast, würde verschlungen, etwas riss sie mit, und es gab keine Hilfe und kein Halten mehr. Keine Hand. Keinen Ast.

Sie vernahm die Stimme des Alten und die ihres Mannes, aber sie hörte nicht, was sie sagten. Es klang gedämpft und wie aus weiter Ferne. Wie in einem anderen Raum, in einem anderen Leben. Große Sorgen.

»Welche Art von Sorgen?«, fragte Khin Maung.

»Vielerlei Sorgen, vor allem gesundheitliche«, sagte der Alte.

Er nahm die Tafel wieder auf und begann erneut, zu rechnen und zu schreiben.

»Im Kopf«, sagte er schließlich.

»Wo im Kopf?«, fragte Khin Maung, Wort für Wort so betont und langsam ausgesprochen, als hätte er jeden Buchstaben aus Einzelteilen zusammensetzen müssen. Später war er selber erstaunt über seinen ganz und gar untypischen Ausbruch an Wissensbegierde und Nachdrücklichkeit.

Der Alte blickte auf seine Tafel, die für ihn alle Geheimnisse des Universums beherbergte. Es war das Buch des Lebens und des Sterbens, das Buch der Liebe. Er hätte den Eltern berichten können, was er noch sah. Von den außergewöhnlichen Fähigkeiten, die dieses Kind entwickeln würde, von dem Zauber und der gewaltigen Kraft, die in diesem Wesen steckte, und von der Gabe der Liebe. Aber er sah, dass Mya Mya ihn nicht hörte und Khin Maung ihn nicht verstehen würde.

So sagte er: »In den Augen.«

Mya Mya hatte diesen Teil des Gesprächs nicht mehr vernommen, und auch etwas später, auf dem Heimweg, als ihr Mann in einen Redefluss verfiel, wie sie ihn bei ihm noch nie erlebt hatte, verstand sie nichts. Die Worte summten ihr durch den Kopf wie Fliegen. Große Sorgen.

In den folgenden Monaten versuchte Khin Maung mehrmals, seiner Frau zu erklären, dass der Astrologe zwar von Sorgen, ja, zugegeben, auch von großen Sorgen gesprochen hatte, aber vor allem von gesundheitlichen Sorgen und dass von einem Fluch oder einem Boten des Unheils nicht die Rede gewesen sei. Sie hörte ihn nicht. Er sah es an ihren Augen. Er sah es an der Art, wie sie ihren Sohn behandelte. Ihn anfasste, ohne ihn zu berühren, ihn anschaute, ohne ihn zu sehen.

Tin Wins Leben hatte nicht einmal einundzwanzig Tage gewährt, da war es, aus der Sicht seiner Mutter zumindest, entschieden. Gelebt. Verwirkt. Nun hieß es nur noch, den Rest der Zeit mit Anstand über die Runden zu bringen.

Es sollte ihr nicht gelingen.

10

Nun, da die Sterne gesprochen hatten, das Schicksal ihres Kindes entschieden war, schlief Mya Mya wieder besser. Sie wusste, was sie zu erwarten hatte. Mit Schicksalsschlägen und schlechten Erfahrungen kannte sie sich aus. Glück und Freude machten ihr Angst, fremd und unvertraut wie sie waren. Sie musste sich nicht mit falschen Hoffnungen plagen, es gab keine Illusionen, die an ihrer Seele nagten, keine Träume, die ihren Gedanken Flügel wachsen lassen konnten. Das beruhigte sie.

Und so war es Khin Maung, der in den Tagen und Wochen nach dem Besuch beim Astrologen wach neben seiner schlafenden Frau und seinem Kind lag. Die ungeheuerlichsten Gedanken trieben ihr Unwesen in seinem Kopf. Vielleicht hatte sich der alte Mann geirrt? Gab es wirklich ein Schicksal, dem wir nicht entrinnen konnten? Wenn nicht wir die Herren unseres Lebens waren, wer dann? Er wollte nicht auf die Sterne hören.

»Mya Mya. Mya Mya«, sagte er, als er in der ersten Nacht aufrecht im Bett saß. Seine Frau lag neben ihm und schlief.

»Mya Mya.« Es klang wie eine Beschwörungsformel.

Sie öffnete die Augen.

Es war Vollmond, eine wolkenlose Nacht, und im fahlen Licht, das von draußen durch das Fenster fiel, sah er die Umrisse ihres Gesichts, die Bewegungen der Augen, die schlanke Nase. Er dachte, wie schön sie sei und dass ihm das noch nie aufgefallen war. Er hatte sie geheiratet, weil seine Eltern sie für ihn ausgesucht hatten. Die Liebe kommt später, hatten sie ihm versichert, und er hatte ihnen geglaubt. Zum einen, weil er immer tat, was sie ihm sagten, und zum anderen, weil er von der Liebe nur sehr unbestimmte Vorstellungen hatte. Er empfand sie als ein Geschenk, einen Segen, der manchen Menschen zuteilwurde und anderen nicht. Einen Anspruch darauf hatte niemand.

»Mya Mya, wir müssen, wir sollten, wir dürfen nicht …« Er wollte ihr so vieles sagen.

»Ich weiß, Khin«, sagte sie und richtete sich auf. »Ich weiß.«

Sie kroch zu ihm, nahm seinen Kopf in die Arme und drückte ihn an ihre Brust. Für Mya Mya eine seltene Geste, Zärtlichkeiten waren Luxus für sie, überflüssig wie warmes Wasser am Morgen oder ein Lächeln zum Abschied. Sie waren etwas für Träumer oder Menschen, die Zeit, Kraft und Gefühle im Überfluss besaßen. Zu beiden gehörte sie nicht.

Mya Mya glaubte zu wissen, was in ihrem Mann vorging, und er tat ihr leid. An seinem Herzschlag, an den Zuckungen seines Körpers, an der Art, wie seine Arme sie umschlangen, spürte sie, dass er Zeit brauchen würde. Noch dachte er, sie könnten sich wehren, es gäbe eine Chance, sie könnten ändern, was nicht mehr zu ändern war.

Khin Maung lag in ihren Armen und redete. Nicht laut, nicht zu ihr, sie verstand kein Wort von dem, was er sagte, er sprach in sich hinein, schnell und ohne Unterlass. Sein Flüstern klang fordernd, trotzig, ja fast drohend, dann flehentlich, bettelnd, verzweifelt, ein Redefluss, der nicht versiegen durfte. Als säße er an einem Sterbebett, und seine Stimme, seine Stimme allein, hielte den Kranken noch am Leben.

Er wollte um seinen Sohn kämpfen. In jedem Leben lag ein Versprechen, sagte er sich, und er, Khin Maung, wollte nichts unversucht lassen, im Fall seines Kindes das Versprechen einzulösen. Wenn es sein musste, auch ohne die Hilfe seiner Frau.

Das wollte er ihr sagen, gleich am Morgen, noch vor dem Frühstück. Dann schlief er ein.

Die Gelegenheit zu einem Gespräch ergab sich nicht, nicht vor dem Frühstück, nicht am Abend nach der Feldarbeit.

In der folgenden Nacht erinnerte er sich an jedes Detail ihres Besuches beim Astrologen. Vor seinen Augen erschien das Haus, zuerst verschwommen, dann immer klarer, wie eine Landschaft, wenn sich der Nebel lichtet; er sah das Zimmer, die Kerzen, die Räucherstäbchen, die Tafel, die die Geheimnisse des Lebens barg. Das große Buch der Liebe. Er hörte die Sätze des Alten, ließ sie durch seinen Kopf wandern, langsam, Wort für Wort. Von Fluch war keine Rede. Er wird mit seiner Frau reden. Morgen, in der Früh. Die Gelegenheit ergab sich nicht.

So vergingen die Nächte. Und die Tage. Wäre Khin Maung ein anderer gewesen, hätte er nicht auf eine Gelegenheit gewartet, er hätte sie gesucht und ergriffen. Aber das lag nicht in seiner Natur. Dazu hätte er Grenzen, seine Grenzen, überschreiten müssen, und er war kein Held. Die Gedanken waren das Äußerste, was er sich erlauben konnte, und es dauerte nicht lange, da war seine Kraft erschöpft. Die Zweifel kehrten zurück, und als sein Widerstand gebrochen war, fielen sie über ihn her wie Ratten und Raubvögel über einen Kadaver. Die Sterne haben recht. An einem Samstag im Dezember. Große Sorgen in vielerlei Hinsicht. Deutlicher geht es kaum.

Der Geschichte mit den Hühnern folgte das Ableben einer Großtante, auf den Tag genau acht Wochen nach der Geburt des Jungen. Sie war, zugegeben, sehr alt und krank gewesen und hatte schon seit Jahren ihre Hütte nicht mehr verlassen, und für einen kurzen Augenblick hatte Khin Maung seine Frau darauf hinweisen wollen. Einen kurzen Augenblick, dann sah auch er das Zeichen und konnte seiner Frau nicht widersprechen.

Und so zog er sich aus dem Leben seines Sohnes zurück, tröstete sich mit dem Gedanken, dass er ja nur das erste von vielen Kindern sei, die er, Khin Maung, mit Mya Mya haben würde, und dass nicht alle an einem Sonnabend im Dezember, April oder August zur Welt kommen würden. Er verpachtete sein Feld und fand Arbeit als Gärtner und Caddy auf dem Golfplatz der Engländer. Das war nicht nur besser bezahlt als die mühselige Feldarbeit, es erlaubte ihm auch, selbst in der Trockenzeit, wenn er als Bauer nichts zu tun hatte, das eigene Haus zu meiden. Golf wurde immer gespielt.

Mya Mya vergrub sich in ihre Arbeit als Haushälterin. Die Familie lebte in einer kleinen Hütte aus Holz und Lehm hinter einer prächtigen, zweistöckigen Villa, die einem entfernten Onkel Khin Maungs gehörte. Sie stand auf einer Bergkuppe oberhalb des Dorfes und war, wie die meisten Häuser der Kolonialherren in Kalaw, im Tudorstil erbaut. Der Ort war besonders in der Trockenzeit beliebt. Wenn in der Hauptstadt Rangoon und in Mandalay die Temperaturen auf vierzig Grad kletterten, bot das über tausend Meter hoch gelegene Kalaw Linderung von der Hitze der Ebene und des Deltas. Es gab Engländer, die nach ihrer Pensionierung im Land blieben und sich in einer der Bergstationen wie Kalaw ansiedelten.

Ein englischer Offizier hatte sich diese Villa als seinen Altersruhesitz gebaut, war dann jedoch tragischerweise zwei Wochen vor seiner Entlassung aus dem Dienst Seiner Majestät von einer Tigerjagd nicht zurückgekehrt.

Seine Witwe verkaufte das Haus an Khin Maungs Onkel, der es in Rangoon als Reisproduzent zu Ansehen und einem stattlichen Vermögen gebracht hatte. Er war einer der wenigen, denen es gelungen war, in dem von der indischen Minderheit dominierten Reishandel eine Rolle zu spielen, und gehörte zu den reichsten Burmesen des Landes. Die Villa hatte für ihn keinen praktischen Wert. In den sechs Jahren, seit sie ihm gehörte, war er noch nicht einmal dort gewesen; sie war ein Beweis seines Reichtums, ein Statussymbol, dessen Erwähnung allein schon seine Geschäftspartner in der Hauptstadt beeindrucken sollte. Mya Mya und Khin Maungs Aufgabe war es, das Anwesen zu pflegen und in einem Zustand zu halten, als stünde die Ankunft des Hausherrn unmittelbar bevor. Seit der Geburt ihres Sohnes widmete sich Mya Mya dieser Arbeit mit all ihrer Kraft. Jeden Tag wienerte sie die Holzfußböden, als gelte es, sie in Spiegel zu verwandeln. Sie wischte am Morgen die Regale und wischte sie am Abend erneut, obgleich sich dort in den vergangenen zwölf Stunden kein Körnchen Staub sichtbar niedergelassen hatte. Sie putzte die Fenster jede Woche und schnitt den Rasen vor dem Haus mit einer Schere, weil sie damit gründlicher sein konnte als der Rasenmäher. Sie hielt die überbordende Bougainvillea im Zaum und pflegte die Blumenbeete mit Hingabe.

Mya Mya sah die beiden Polizisten den Berg heraufkommen. Sie stand vor der Küche und schrubbte Karotten. Es war einer dieser klaren, kalten Dezembertage, und Mya Mya war in Eile. Sie hatte sich beim Polieren der Fußböden im ersten Stock zu viel Zeit gelassen und war nun in Sorge, dass sie am Nachmittag die Küche nicht mehr schaffen würde, und sollte der Hausherr morgen kommen, würde er sein Anwesen nicht in makellosem Zustand vorfinden, und das würde all die Arbeit der vergangenen Jahre zunichtemachen, weil er glauben müsste, sein Eigentum sei von Mya Mya nicht gepflegt worden. Ein Tag der Verwahrlosung kann schwerer wiegen als tausend Tage Ordnung, dachte sie, als sie ins Tal blickte.

Die Polizisten in ihren sauberen blauen Uniformen hatten nicht die Straße genommen, auf der die Ochsenkarren und zuweilen auch eines der seltenen Autos den Hügel erklimmen, sondern den schmalen Fußpfad, der sich in engen Serpentinen zunächst durch den Pinienwald und dann die Felder bis hinauf zur Kuppe schlängelt. Mya Mya sah die Männer näher kommen, sah ihre Gesichter und spürte Panik in sich aufsteigen. Es war Tin Wins sechster Geburtstag, und sie war immer der festen Überzeugung gewesen, dass sie an den Tagen, an denen sich seine Geburt jährte, ganz besonders auf jedwede Katastrophe gefasst sein müsse.

Es dauerte keine zwei Atemzüge, da hatte die Angst von ihr Besitz genommen, von ihrer Seele, ihrem Geist und ihrem Körper. Ihr Magen und ihre Eingeweide zogen sich zusammen. Als würden riesige Hände immer fester drücken. Fester und fester. Sie bekam keine Luft mehr. Sie hörte sich wimmern. Sie hörte sich flehen. Sie hörte sich betteln. Es möge nicht wahr sein.

Die Männer öffneten die Pforte, traten in den Garten und schlossen das Tor wieder. Langsam gingen sie auf Mya Mya zu. Sie spürte das Zögerliche in ihren Bewegungen, und sie spürte jeden Schritt, als wären es Tritte in ihren Körper. Der Jüngere von den beiden hielt den Kopf gesenkt, der Ältere schaute ihr ins Gesicht. Sie kannte ihn von kurzen Begegnungen im Dorf. Ihre Blicke trafen sich, und Mya Mya konnte für die Dauer eines Herzschlags in seinen Augen lesen. Das genügte. Sie wusste alles, und die Angst, dieses Ungeheuer, das dabei war, sie zu verschlingen, verschwand ebenso schnell, wie es gekommen war. Sie wusste, dass ein entsetzliches Unheil geschehen war, dass nichts und niemand es je wieder ungeschehen machen konnte, dass in ihrem Leben nichts mehr so sein würde, wie es vorher war, und dass dies nun zum dritten Mal geschah und ihr die Kraft fehlte, das auszuhalten.

Die Polizisten standen vor ihr, der Jüngere wagte es noch immer nicht, seinen Kopf zu heben.

»Dein Mann hatte einen Unfall«, sagte der Ältere.

»Ich weiß«, sagte Mya Mya.

»Er ist tot.«

Mya Mya schwieg. Sie setzte sich nicht, sie weinte nicht, sie brach nicht in lautes Wehklagen aus. Sie schwieg. (Sie versteinerte, sagte der alte Polizist am Abend zu seiner Frau.)

Sie hörte die Männer etwas von einem Unfall erzählen, von einem Golfball, den der Wind wohl abgetrieben hatte. Genau an die Schläfe. Sofort tot. Der Engländer übernimmt die Bestattungskosten. Eine kleine Entschädigung. Kein Eingeständnis irgendeiner Schuld. Eine Geste des Mitgefühls. Nicht mehr.

Mya Mya nickte.

Als die Polizisten gegangen waren, drehte sie sich um und suchte ihren Sohn. Er saß allein hinterm Haus und spielte. Neben ihm lag ein großer Haufen Tannenzapfen; er versuchte, die Zapfen in eine Kuhle zu werfen, die er ein paar Meter entfernt gebuddelt hatte. Die meisten flogen weit über ihr Ziel hinaus.

Mya Mya wollte ihn rufen. Sie wollte ihm vom Tod seines Vaters erzählen. Aber wozu? Vermutlich wusste er es bereits, schließlich war er es, der das Unheil anzog, und Mya Mya merkte, wie sie sich zum ersten Mal eingestand, dass sie ihm die Schuld dafür gab. Es war nicht nur die ungünstige Konstellation der Sterne, es war Tin Win, dieser unscheinbare Junge mit seinen schwarzen Haaren, diesen rätselhaften Augen, von denen sie nie wusste, ob sie sie anschauten, in denen sie nicht lesen konnte. Er war es, er zog die Unglücke nicht an, er richtete sie an. Er schuf sie, wie andere Kinder Höhlen bauten oder Verstecken spielten.

Mya Mya wollte weg. Sie wollte dieses Kind nie wieder sehen.

In den folgenden sechsunddreißig Stunden funktionierte sie, wie Menschen funktionieren, die nur noch ein Ziel vor Augen haben, ein Ziel, das sie antreibt und dem sie alles andere unterordnen. Sie war die trauernde Witwe, empfing Nachbarn und Freunde, organisierte die Beerdigung für den folgenden Tag, stand vor dem offenen Grab ihres Mannes und sah den Sarg aus Holz darin verschwinden.

Am nächsten Morgen packte sie ihre wenigen Sachen – ein paar Hemden und Longys, ein zweites Paar Sandalen, einen Kamm, eine Haarspange – in eine alte Tasche für Golfbälle, die ihr Mann einmal aus dem Club mitgebracht hatte. Tin Win stand stumm neben seiner Mutter und schaute zu.

»Ich muss für ein paar Tage weg«, sagte sie, ohne aufzublicken.

Ihr Sohn schwieg.

Sie ging aus dem Haus. Ihr Sohn lief hinterher. Sie drehte sich um, und er blieb stehen.

»Du kannst nicht mitkommen«, sagte sie.

»Wann kommst du wieder?«, fragte er.

»Bald«, sagte sie.

Mya Mya wandte sich ab und ging zur Gartenpforte. Sie hörte seine leichten Schritte hinter sich. Sie drehte sich um.

»Hast du nicht gehört, was ich gesagt habe?«, sagte sie laut und mit scharfer Stimme.

Ihr Sohn nickte.

»Du bleibst hier.« Sie zeigte auf den abgesägten Stumpf einer Pinie. »Da kannst du sitzen und auf mich warten.«

Tin Win lief zu dem alten Baumstumpf und kletterte hinauf. Von dort hatte er einen guten Blick auf den Weg, der zu ihrem Haus führte. Mya Mya ging weiter, öffnete und schloss die Gartentür, ohne sich noch einmal umzudrehen. Mit schnellen Schritten lief sie den Weg ins Dorf hinunter.

Tin Win blickte ihr nach. Er sah sie durch die Felder laufen und im Wald verschwinden. Dies war ein guter Platz. Von hier aus würde er seine Mutter schon von Weitem kommen sehen.

11

Tin Win wartete.

Er wartete den Rest des Tages und die folgende Nacht. Er hockte auf dem flachen Baumstumpf, verspürte keinen Hunger und keinen Durst, ja nicht einmal die Kälte, die sich am Abend über die Berge und Täler legte. Sie zog an ihm vorüber wie ein Vogel, der über eine Lichtung gleitet, ohne sich niederzulassen.

Er wartete den nächsten Tag, er sah es dunkel werden, und er sah den Zaun und die Büsche und die Felder aus der Dunkelheit wieder auftauchen. Er richtete seinen Blick in die Ferne, dorthin, wo der Wald lag, den er nur verschwommen wahrnehmen konnte, aber von dort würde seine Mutter kommen, und mit ihrer roten Jacke würde er sie schon von Weitem erkennen, und er würde vom Baumstumpf herunterklettern, über den Zaun steigen und ihr entgegenlaufen. Er würde vor Freude laut rufen, und sie würde in die Knie gehen und ihn in die Arme schließen und an sich drücken. Ganz fest.

So hatte er es sich schon oft vorgestellt, wenn er allein spielte und träumte, obwohl sich Mutter und Vater nicht einmal herunterbeugten, um ihn in den Arm zu nehmen, wenn er vor ihnen stand und ihre Beine umschlang. Er spürte, wie schwer es ihnen fiel, ihn auch nur zu berühren. Es war seine Schuld, daran zweifelte er nicht, es war die Strafe, die gerechte, er wusste nur nicht, wofür, und hoffte, dass, egal für welches Vergehen er büßen musste, die Zeit der Sühne irgendwann vorüber sein würde. Diese Hoffnung war stärker denn je, jetzt, da sie den kalten, erstarrten Vater in einen Kasten aus Holz gelegt und in einem tiefen Loch vergraben hatten. Die Sehnsucht nach der Mutter und ihrer Liebe ließ ihn ausharren auf dem Baumstumpf, ließ ihn geduldig warten auf den roten Punkt am Horizont.

Am dritten Tag kam die Nachbarin und brachte ihm Wasser und eine Schale Reis mit Gemüse und fragte, ob er nicht bei ihnen im Haus warten wolle. Er schüttelte heftig den Kopf. Als bestünde die Gefahr, er könnte dort die Mutter verpassen. Das Essen rührte er nicht an, er wollte es aufheben für die Mutter, es mit ihr teilen, wenn sie zurückkehrte, hungrig von der weiten Reise.

Am vierten Tag nippte er am Wasser.

Am fünften Tag kam Su Kyi, die Schwester der Nachbarin, und brachte eine Kanne Tee und mehr Reis und Bananen. Auch davon aß er nichts aus Sorge um die Mutter, es konnte ja nicht mehr lange dauern. Bald, hatte sie gesagt.

Am sechsten Tag erkannte er die einzelnen Bäume nicht mehr, der Wald war verschwommen, als hätte er Wasser in den Augen. Er glich einem Tuch, das sich im Wind bewegte und gesprenkelt war mit winzigen roten Punkten. Sie kamen auf ihn zu und wurden größer, aber es waren keine Jacken, es waren rote Bälle, die jemand mit Gewalt in seine Richtung schoss. Sie zischten links und rechts an ihm vorbei oder über seinen Kopf hinweg, so knapp, dass er ihren Luftzug spürte. Andere flogen direkt auf ihn zu, verloren aber auf den letzten Metern ihre Kraft und schlugen Zentimeter vor ihm in die Erde ein.

Am siebten Tag hockte er steif und reglos auf seinem Platz. Als Su Kyi ihn sah, dachte sie, er sei gestorben. Er war kalt und weiß wie der Raureif, der an manchen ganz besonders kalten Januartagen das Gras vor dem Haus bedeckte, sein Gesicht war eingefallen, sein kleiner Körper glich einer Hülle, einem Kokon ohne jedes Leben. Erst als sie näher trat, bemerkte sie, dass er atmete, sah, dass sich seine schmächtige Brust unter dem Hemd rasend schnell bewegte, so wie die Fische vom Markt, wenn sie in ihrer Küche lagen und nach Luft schnappten.

Tin Win hörte die Frau nicht und sah sie nicht. Die Welt um ihn herum war in einen milchig weißen Nebel getaucht, in dem er langsam, aber sicher verschwand. Sein Herz pochte. Leben steckte noch genug in ihm; gewichen war die Hoffnung, und das ließ ihn wie einen Toten aussehen.

Er spürte, wie ihn zwei Hände berührten, wie sie ihn hochhoben, in die Arme nahmen und forttrugen.

Es war Su Kyi, die sich seiner annahm. Eine ältere, kräftige Frau mit einer tiefen Stimme und einem Lachen, an dem die Prüfungen des Lebens scheinbar spurlos vorübergegangen waren. Ihr einziges Kind hatte die Geburt nicht überlebt, ihr Mann war im Jahr darauf an Malaria gestorben. Nach seinem Tod hatte sie ihre kurz zuvor fertiggestellte Hütte verkaufen müssen und lebte seither bei Verwandten, mehr geduldet als erwünscht. In den Augen ihrer Familie war sie eine schrullige, etwas unheimliche Alte mit verqueren Ansichten über das Leben und den Tod. Im Gegensatz zu allen anderen war es ihr nicht möglich, in den Schicksalsschlägen, die sie ereilt hatten, einen höheren Sinn zu erkennen, auch glaubte sie nicht, dass ungünstige Konstellationen der Sterne den Tod der geliebten Menschen verursacht hatten. Es waren Beispiele für die Launen des Lebens, die es zu akzeptieren galt, wollte man das Leben lieben, und sie liebte das Leben. Sie war der Überzeugung, dass nur wenig im Leben vorherbestimmt war und dass das Glück in jedem Menschen eine Heimat finden konnte. Laut durfte sie das nicht sagen, aber jeder wusste um ihre Ansichten, und die machten sie zur ersten Verbündeten Tin Wins.

Sie hatte den Jungen der Nachbarn in den vergangenen Jahren häufiger beobachtet und über seine helle Haut gestaunt, die dem leichten Braun von abgefallenen Piniennadeln oder Eukalyptusblättern glich und so viel heller war als die seiner Eltern. Sie hatte gesehen, wie aus dem kleinen Kind ein Junge wurde mit einem langen, fast schlaksigen Körper, scheu wie eine der Eulen, die sie so oft rufen hörte, aber niemals sah, ein Junge, den sie nie mit anderen Kindern erlebte.

Einmal hatte sie ihn im Wald getroffen. Sie war auf dem Weg ins Dorf, und er saß unter einer Pinie und beobachtete eine kleine grüne Raupe, die über seine Hand kroch.

»Tin Win, was machst du hier im Wald?«, fragte sie.

»Ich spiele«, sagte er, ohne aufzublicken.

»Warum ganz allein?«

»Ich bin nicht allein.«

»Wo sind deine Freunde?«

»Überall. Siehst du sie nicht?«

Su Kyi blickte sich um. Sie sah niemanden.

»Nein«, sagte sie.

»Die Käfer und die Raupen und die Schmetterlinge sind meine Freunde. Und die Bäume. Sie sind meine besten Freunde.«

»Die Bäume?«, wunderte sie sich.

»Sie laufen nicht weg. Sie sind immer da, und sie erzählen so schön. Hast du keine Freunde?«

»Doch, natürlich«, sagte sie und fügte nach einer Pause hinzu: »Meine Schwester zum Beispiel.«

»Nein, richtige Freunde.«

»Keine Bäume und Tiere, wenn du das meinst.«

Er hob den Kopf, und sie erschrak bei seinem Anblick. Hatte sie ihn noch nie wirklich angesehen, oder war es das Licht im Wald, das sein Gesicht so veränderte? Es schien wie aus Stein gemeißelt, so ebenmäßig und gleichzeitig furchterregend leblos. Dann trafen sich ihre Blicke, und er schaute sie an, viel zu streng und zu ernst für ein Kind, und sie erschrak ein zweites Mal, weil sie ahnte, dass er für sein Alter viel zu viel vom Leben wusste. Sekunden später flog über dieses versteinerte Gesicht ein Lachen, sehnsuchtsvoll und zart, wie sie noch nie eines gesehen hatte. Es war dieses Lächeln, das in ihr haften blieb, das sie so berührte, dass sie Tage brauchte, um es wieder loszuwerden. Sie sah es am Abend, wenn sie die Augen schloss, und morgens, wenn sie aufwachte.

»Ist es wahr, dass aus Raupen Schmetterlinge werden?«, fragte er plötzlich, als sie weitergehen wollte.

»Ja, das stimmt.«

»Und was wird aus uns?«

Su Kyi blieb stehen und überlegte.

»Das weiß ich nicht.«

Sie schwiegen beide.

»Hast du schon einmal Tiere weinen sehen?«, fragte er.

»Nein«, antwortete sie.

»Und Bäume und Blumen?«

»Nein.«

»Ich aber. Sie weinen ohne Tränen.«

»Woher weißt du dann, dass sie weinen?«

»Weil sie traurig aussehen. Wenn du genau hinschaust, siehst du es.«

Er stand auf und zeigte ihr die Raupe auf seiner Hand.

»Weint sie?«, fragte er.

Su Kyi betrachtete das Tier eine Weile.

»Nein«, meinte sie schließlich.

»Stimmt«, sagte er. »Aber du hast es geraten.«

»Woher weißt du das?«

Er lächelte wieder und sagte nichts, als wäre die Antwort zu offensichtlich.

In den Wochen nach dem Verschwinden der Mutter kümmerte sich Su Kyi um Tin Win, pflegte ihn und verhalf ihm wieder zu Kräften. Als der erste Monat vergangen war ohne eine Nachricht von seiner Familie in Rangoon und Mandalay, zog sie zu ihm und versprach, bis zur Rückkehr der Mutter für ihn zu sorgen und das Haus des Onkels in Ordnung zu halten. Tin Win sagte dazu nichts. Er hatte sich weiter zurückgezogen, und auch die Kraft und der Optimismus einer Frau wie Su Kyi erreichten ihn nicht. Seine Stimmung schwankte von Tag zu Tag, zuweilen von einer Stunde zur anderen. Manchmal sprach er tagelang kein Wort, verbrachte die meiste Zeit allein im Garten oder dem nahen Wald. Wenn sie an solchen Tagen abends in der Küche am Feuer saßen und ihren Teller Reis aßen, hielt er den Kopf gesenkt und schwieg. Wenn Su Kyi ihn fragte, was er im Wald gespielt hatte, blickte er sie an, mit Augen, durch die sie hindurchschauen konnte.

Ganz anders die Nächte. Im Schlaf kroch er an sie heran und schmiegte sich an ihren runden, weichen Körper. Manchmal schlang er seine Arme um sie und drückte so heftig, dass sie davon aufwachte.

An anderen Tagen nahm er sie mit in den Garten und in den Wald und berichtete, was ihm seine Freunde, die Bäume, denen er allen Namen gegeben hatte, erzählten. Oder er kam zu ihr mit einer Handvoll Käfer, Schnecken oder den wundersamsten Schmetterlingen, die sich auf seinen Händen niedergelassen hatten und erst weiterflogen, wenn er den Arm hoch in die Luft streckte. Tiere hatten keine Angst vor ihm.

Abends vor dem Einschlafen bat er Su Kyi, ihm Märchen zu erzählen. Er regte sich bis zum Ende der Geschichte nicht und sagte dann: »Singe noch einmal.«

Und Su Kyi lachte und sagte: »Ich singe doch gar nicht.«

Und Tin Win antwortete: »Aber ja, es klingt wie Gesang. Bitte, noch einmal.«

Su Kyi erzählte noch ein Märchen und noch eins, und sie erzählte, bis er eingeschlafen war.

Sie ahnte, dass ihre Worte ihn nur so, verschlüsselt, erreichten, dass er in einer Welt lebte, die ihr verschlossen war und der sie sich nur behutsam und voller Achtung nähern durfte. Sie hatte selber zu viel Leid erfahren, sie wusste zu viel vom Leben, als dass sie auch nur versuchen würde, sich ungebetenen Zugang zu seinen Fluchtburgen zu verschaffen. Sie hatte es erlebt, dass Menschen zu Gefangenen dieser Festungen, ihrer Einsamkeit, wurden und sie bis an ihr Lebensende nicht mehr verließen, und sie hoffte, Tin Win würde lernen, was sie mit den Jahren gelernt hatte: dass es Wunden gibt, die die Zeit nicht heilt, die sie aber schrumpft auf eine Größe, mit der es sich leben lässt.

12

Su Kyi erinnerte sich nicht, wann es ihr zum ersten Mal aufgefallen war. An jenem Morgen, als sie vor dem Haus stand und Tin Win am Zaun und sie nach ihm rief und er sich umschaute, den Kopf hin- und herbewegte, als suche er sie? Oder ein paar Tage später beim

Abendessen, als sie auf einem Holzbalken vor der Küche hockten, ihren Reis löffelten und sie ihn auf einen Vogel hinwies, der ein paar Meter vor ihnen auf dem Rasen saß?

»Wo?«, fragte er.

»Dort, neben dem Stein.«

»Ach, da«, sagte er und schaute in die falsche Richtung.

Sie sah, wie er immer die gleichen Wege ging im Garten, im Haus oder auf den angrenzenden Wiesen und Feldern und wie er häufig über Stöcke oder Steine stolperte, wenn er einmal von seinen gewohnten Pfaden abwich. Sie sah, wie er zuweilen für den Bruchteil einer Sekunde, die ihr wie eine Ewigkeit erschien, danebengriff, wenn sie ihm eine Schale oder Tasse reichte. Wie er die Augen leicht zusammenkniff, wenn er etwas fixierte, was mehr als ein paar Meter entfernt stand. Als suche er etwas im dichten Frühnebel, der an manchen Tagen durch das Tal zog.

Tin Win wusste nicht, wann es begonnen hatte, aber die Berge und Wolken am Horizont waren schon immer etwas undeutlich gewesen. Er kannte es nicht anders.

Seit dem Tag, an dem seine Mutter verschwunden war, war es schlimmer geworden. Zunächst konnte er vom Garten aus den Wald nicht mehr sehen. Die einzelnen Bäume verloren ihre Formen und Konturen, sie verschmolzen miteinander und verschwammen zu einem braungrünen, fernen Meer. Ein grauer Nebel verhüllte in der Schule den Lehrer, er hörte seine Stimme klar und deutlich, als säße er neben ihm, nur sehen konnte er ihn nicht. So wenig wie die Bäume oder die Felder oder das Haus oder Su Kyi, wenn sie mehr als ein paar Armlängen von ihm entfernt stand.

Tin Win orientierte sich nicht mehr an Gegenständen und ihren Details, er lebte zunehmend in einer Welt, die vor allem aus Farben bestand. Grün war der Wald, rot das Haus, blau der Himmel, braun die Erde, lila die Bougainvillea und schwarz der Zaun um den Garten. Aber auch auf die Farben war kein Verlass, sie verblassten, und mit der Zeit legte sich ein milchig weißes Tuch über ihn, das alles bedeckte, was außerhalb eines Radius von wenigen Metern lag.

Die Welt versank vor seinen Augen, sie erlosch, wie ein Feuer, das keine Wärme und kein Licht mehr spendet.

Tin Win gestand sich ein, dass es ihn nicht sonderlich störte; er hatte keine Angst vor der ewigen Dunkelheit oder was immer den Bildern, die seine Augen sahen, folgen würde. Er sagte sich, dass er nicht viel verpasst hätte, wäre er blind geboren worden, und er konnte sich nicht vorstellen, dass er viel vermissen würde, sollte er gänzlich erblinden.

Und so war es. Als er drei Tage nach seinem zehnten Geburtstag erwachte und die Augen öffnete, hatte der Nebel die Welt verschlungen.

Tin Win lag still in seinem Bett und atmete ruhig ein und aus. Er schloss die Augen und öffnete sie wieder. Nichts. Er blickte nach oben, dorthin, wo vor Kurzem noch die Zimmerdecke gewesen war, und er sah nichts als ein weißes Loch. Er richtete sich auf und wandte den Kopf hin und her. Wo war die Holzwand mit den rostigen Nägeln? Das Fenster? Das alte Tischchen, auf dem der Tigerknochen lag, den sein Vater vor langer Zeit im Wald gefunden hatte? Wohin er auch blickte, es war, als schaue er in ein weißes Gewölbe ohne Konturen, ohne Vorder- oder Hintergrund, ohne Grenzen. Als hätte er die Unendlichkeit entdeckt.

Neben ihm lag Su Kyi. Sie schlief und würde bald aufwachen. Er hörte es an ihrem Atem.

Draußen war es bereits hell. Der Gesang der Vögel verriet ihm das. Tin Win stand vorsichtig auf und tastete mit seinen Zehen nach dem Ende der Strohmatte. Er spürte Su Kyis Beine und stieg über sie hinweg. Er stand im Zimmer und überlegte kurz, wo sich die Küche befinde. Er machte ein paar Schritte und fand die Tür, ohne gegen den Rahmen oder die Wand zu laufen, ging in die Küche, um die Feuerstelle herum, am Schrank mit den Blechnäpfen vorbei, hinaus auf den Hof. Er hatte sich nicht gestoßen, nicht einmal die Hände zum Tasten ausgestreckt. Vor der Tür blieb er stehen, fühlte die Sonne auf seinem Gesicht und wunderte sich über die Sicherheit, mit der er sich im Nebel, diesem Niemandsland, bewegte.

Den Holzschemel hatte er vergessen. Er schlug mit dem Gesicht auf die harte Erde, der Schmerz am Schienbein ließ ihn kurz aufschreien, etwas hatte ihm das Gesicht zerkratzt, sein Speichel schmeckte nach Blut.

Er blieb liegen, bewegte sich nicht.

Er spürte, wie etwas seine Wange entlangkroch, über seine Nase auf die Stirn und in den Haaren verschwand. Für eine Raupe war es zu schnell. Eine Ameise vielleicht, ein Käfer? Er wusste es nicht. Er konnte eine Ameise nicht mehr von einem Käfer unterscheiden und fing an zu weinen, leise und ohne Tränen. Wie die Tiere. Er wollte nicht, dass ihn je wieder jemand weinen sah.

Er tastete mit der Hand über den Boden, fühlte die Unebenheiten, fuhr mit den Fingern durch die winzigen Täler und Höhen, als entdecke er die Welt neu. Wie rau der Boden war, wie viele Steine und Kuhlen es gab. Warum waren sie ihm bisher nie aufgefallen? Er rollte ein Stück Reisig zwischen Daumen und Zeigefinger und hatte das Gefühl, das Stückchen Holz zu sehen. Er überlegte, ob das Bild, ob alle Bilder in seiner Erinnerung allmählich verblassen würden oder ob er in Zukunft die Welt zumindest durch das Fenster seines Gedächtnisses und seiner Fantasie sehen könnte. Er dachte an Su Kyi und hatte ihr Gesicht vor Augen.

Er horchte. Der Boden summte, er sang leise, kaum hörbar, es waren Geräusche, die er nicht kannte und nicht deuten konnte. Tin Win begriff, dass seine Hände, seine Nase und seine Ohren ihn von nun an durch die Welt führen würden. Würde er lernen, ihnen zu vertrauen? Er, der bisher in seinem Leben nichts und niemandem vertrauen konnte?

Su Kyi hob ihn auf.

»Der Hocker stand direkt vor dir«, sagte sie. Es war eine Feststellung, kein Vorwurf.

Sie holte Wasser und ein Tuch; er spülte sich den Mund aus, und sie wischte ihm das Gesicht ab. Er hörte an ihrem schweren Atem, wie sehr sie sich erschrocken hatte.

»Tut es sehr weh?«, fragte sie.

Er nickte.

Sein Speichel hatte wieder den säuerlichen Geschmack von Blut.

»Komm mit in die Küche«, sagte sie, stand auf und ging voraus.

Tin Win blieb sitzen, unsicher, in welche Richtung er gehen sollte. Nach ein paar Sekunden kam Su Kyi wieder aus dem Haus.

»Warum kommst du nicht?«

Ihr Schrei war bis ins Dorf hinunter zu hören, und noch Jahre später erzählten sich die Menschen in Kalaw, dass jeder, der ihn hörte, zutiefst erschrak.

Der Arzt im kleinen Krankenhaus am Ende der Hauptstraße wusste keinen Rat. Eine Erblindung in diesem Alter und ohne Unfall, einfach so, das hatte er noch nicht erlebt. Er konnte nur Mutmaßungen anstellen. Ein Tumor im Gehirn war es wohl kaum, da der Patient weder über Schwindel noch über Kopfschmerzen klagte. Vielleicht eine Nervenkrankheit oder eine Erblast. Ohne die genaue Ursache zu kennen, könne er keine Therapie verschreiben, es gebe keine Hilfe, höchstens die Hoffnung, dass das Augenlicht zurückkehren würde, ebenso rätselhaft wie es verschwunden war.

13

In den ersten Monaten versuchte Tin Win, sich seine Welt, das Haus, den Garten und die nahen Felder zurückzuerobern. Er saß oft Stunden im Garten, am Zaun, auf dem Stumpf der Pinie, unter dem Avocadobaum oder vor den Mohnblumen und versuchte herauszufinden, ob jeder Ort, jeder Baum seinen eigenen unverwechselbaren Geruch hatte, so wie ein Mensch. Roch der Garten hinter dem Haus anders als davor?

Tin Win schritt die Wege ab, kalkulierte Entfernungen und entwarf in seinem Kopf Karten, auf denen alles, was seine Füße und Hände ertasteten, jeder Busch, jeder Baum, jeder Stein, eingezeichnet war. Er wollte sie speichern, sie sollten ihm die Augen ersetzen, mit ihrer Hilfe wollte er Ordnung bringen in den undurchsichtigen Nebel, der ihn umgab.

Es funktionierte nicht.

Am nächsten Tag war nichts mehr dort, wo er es erinnerte. Als hätte jemand über Nacht in einem Zimmer die Möbel umgeräumt. Nichts in dieser Welt hatte seinen festen Platz, alles war in Bewegung, wahllos und unberechenbar.

Der Arzt hatte Su Kyi versichert, dass mit der Zeit die anderen Sinnesorgane die Arbeit der Augen übernehmen würden. Blinde Menschen würden lernen, sich ihren Ohren, ihrer Nase und ihren Händen anzuvertrauen, und sich deshalb nach einer Phase der Anpassung und Eingewöhnung in ihrer Umgebung gut zurechtfinden, behauptete der Doktor.

Das Gegenteil war der Fall. Tin Win stolperte über Steine, die er seit Jahren kannte, er prallte gegen Bäume und Äste, auf denen er früher herumgeklettert war. Selbst im Haus lief er gegen Türpfosten und Wände. Zweimal wäre er in die Feuerstelle gerannt, hätten ihn Su Kyis Schreie nicht rechtzeitig gewarnt.

Als sie ihn einige Wochen später zum ersten Mal wieder mit ins Dorf nahm, hätte ihn fast ein Auto überfahren. Er stand am Straßenrand und hörte das Geräusch des näher kommenden Motors, er hörte Stimmen und Schritte und das Schnauben eines Pferdes, er hörte Vögel und Hühner und das Kacken eines Ochsen, und nichts davon machte Sinn oder gab ihm einen Hinweis, wohin er zu gehen oder worauf er zu achten hätte. Er traute seinem Gehör genauso wenig wie seiner Nase, wenn es nach Feuer roch, oder seinen Händen, wenn sie ein Hindernis ertasteten.

Es verging kaum ein Tag ohne aufgeschlagene Knie, blaue Flecken, Beulen am Kopf oder Schürfwunden an Händen und Ellenbogen.

Besonders schlimm war es in der Schule bei den Nonnen und dem Pater aus Italien. Obwohl er seit seiner Erblindung in der ersten Reihe sitzen durfte und sie sich häufig vergewisserten, ob er auch folgen könne, verstand er immer weniger von dem, was sie sagten.

In ihrer Gegenwart fühlte er sich einsamer denn je. Er hörte ihre Stimmen und spürte ihren Atem, aber er sah sie nicht. Sie standen neben ihm, eine Armlänge oder eine Handbreit entfernt, und waren doch unerreichbar.

Die Nähe anderer Kinder war noch unerträglicher. Ihre Stimmen machten ihm Angst, und ihr Lachen klang noch abends, wenn er im Bett lag, in seinen Ohren. Wenn sie auf dem Hof neben der Kirche herumrannten und tobten und spielten, saß er auf einer Bank unter dem Kirschbaum und fühlte sich gefesselt, und mit jedem Schritt, den er hörte, jedem Rufen, jedem noch so unbedeutenden Ausdruck von Freude, spürte er, wie die Fesseln enger wurden.

Su Kyi war sich nicht sicher, ob die Welt tatsächlich vor seinen Augen versunken war oder ob Tin Win sich nicht einfach nur noch weiter verkrochen hatte. Und wenn dem so wäre, wie weit würde er den Rückzug treiben? Würden mit der Zeit auch seine Ohren ihren Dienst versagen, die Nase, würden seine zarten, schlanken Finger nichts mehr spüren, zu tauben und nutzlosen Gliedmaßen verkommen?

Er war stark, viel stärker, als er selber es wusste oder sein dürrer Kinderkörper verriet, das hatte sie gelernt in den vergangenen Jahren, und er hatte die Kraft, sich bis ans Ende der Welt zurückzuziehen, daran zweifelte sie nicht. Wenn er wollte, würde sein Herz aufhören zu schlagen, so wie die Augen aufgehört hatten zu sehen, und im tiefsten Inneren ihrer Seele ahnte sie, dass er so und nicht anders sein Leben eines Tages beenden würde. Aber dazu, fand Su Kyi, war es viel zu früh. Erst einmal sollte er es leben.

14

U Ba schwieg.

Wie lange hatte er erzählt? Drei Stunden? Vier, fünf? Ich hatte meine Augen nicht von ihm abgewandt und bemerkte erst jetzt, dass an den anderen Tischen niemand mehr saß. Es war still, ich hörte nichts als das Schnarchen eines Mannes, der hinter der Glasvitrine mit den Keksen saß. Es klang wie das leise Zischen eines Dampfkessels. Die Lampen im Lokal waren ausgeschaltet, nur auf unserem Tisch brannten zwei Kerzen.

Ich spürte, wie ich zitterte.

Die Kälte, dachte ich.

»Sie trauen mir nicht, Julia?«, fragte U Ba.

»Ich glaube nicht an Märchen«, antwortete ich.

»Haben Sie ein Märchen gehört?«

»Wenn Sie so viel von mir wissen und mich so gut kennen, wie Sie behaupten, darf es Sie nicht überraschen, dass ich nicht an Magie oder überirdische Kräfte glaube. Nicht einmal an einen Gott oder irgendeine höhere Gewalt, erst recht nicht an Sternenkonstellationen, die unser Schicksal bestimmen oder beeinflussen. Menschen, die ihr Kind nicht annehmen können, weil bei der Geburt die Sterne schlecht standen, müssen krank sein.«

Ich atmete tief durch. Etwas hatte mich wütend gemacht, ich wusste nicht, ob es U Ba war, den anscheinend nichts aus der Ruhe brachte, oder diese Geschichte, mit der ich nichts anfangen konnte. Ich versuchte mich zu beruhigen, ich wollte nicht, dass er meinen Ärger bemerkte.

Er nickte. »Sie sind weit gereist, Julia, ich bin seit meiner Jugend aus unserem Dorf selten herausgekommen, und wenn, dann führte mich mein Weg nie weiter als nach Taunggyi, unserer kleinen Provinzhauptstadt, eine Tagestour mit dem Pferdewagen. Meine letzte Exkursion liegt schon Jahre zurück. Sie haben die Welt gesehen, Julia, wer bin ich, Ihnen zu widersprechen?«

Seine Demut machte mich nur noch wütender.

»Wenn Sie es sagen«, fuhr er fort, »glaube ich gern, dass es in Ihrer Welt keine Mütter und Väter gibt, die ihre Kinder nicht lieben können, aus welchen Gründen auch immer. Vielleicht ist das ein Verhalten von dummen, ungebildeten Menschen, ein weiterer Beweis unserer Rückständigkeit, wofür ich Sie nur immer wieder um Verzeihung bitten kann.«

»Das habe ich nicht behauptet, aber die Sterne spielen bei uns keine Rolle.«

»Macht das einen Unterschied?«, fragte er, blickte mich an und verstummte. Er musste meinen Ärger gespürt haben und wollte keinen Streit.

»Ich bin nicht zehntausend Kilometer gereist, um Märchen zu hören. Ich bin auf der Suche nach meinem Vater.«

»Haben Sie noch etwas Geduld«, bat er.

»Warum? Weshalb soll ich mich gedulden, worauf warten? Dass Sie mir weiter Geschichten erzählen, die Jahrzehnte zurückliegen?«

»Es ist die Geschichte Ihres Vaters.«

»Das behaupten Sie. Wo sind Ihre Beweise? Wäre er in seinem Leben wirklich einmal blind gewesen, hätten wir, seine Familie, etwas davon gewusst. Er hätte uns davon erzählt.«

»Sind Sie sicher, Julia?«

Er wusste, dass ich mir nicht sicher war. Warum quälte er mich? Meine Unsicherheit, meine Zweifel, ob ich meinen Vater überhaupt kannte oder ob er mir dreiundzwanzig Jahre etwas vorgelogen hatte, waren der einzige Grund, warum ich seinen Erzählungen so lange zugehört hatte und auch weiter zuhören würde. Doch das wollte ich weder wirklich wahrhaben noch zugeben.

»Und selbst wenn er uns nichts davon gesagt hätte: Was hat dieser kleine, ungeliebte, verkümmerte Junge mit meinem Vater zu tun? Nichts. Überhaupt nichts.« Ich erklärte ihm, dass ich von Rückblicken und Nabelschauen nichts hielte, dass ich vermutlich zu den wenigen New Yorkern gehören würde, die noch nie bei einem Therapeuten waren, dass ich kein Mensch sei, der die Ursachen all seiner Probleme in seiner Kindheit suchte, und dass ich keinen Respekt hätte vor Menschen, die das täten. Ich wiederholte, dass ich mir nicht vorstellen könne, dass mein Vater je in seinem Leben blind gewesen sei, und je länger ich erzählte, desto weniger richteten sich meine Worte an U Ba. Ich sprach zu mir, es war der Versuch, mir einzureden, dass sich die Wahrheit auf die Grenzen meiner Vorstellungskraft beschränken musste.

U Ba hörte zu und nickte, und es schien, als wisse er genau, was ich meine, und stimmte mir zu. Als ich fertig war, wollte er wissen, was das sei, ein Therapeut.

Er trank einen Schluck von seinem Tee.

»Ich fürchte, Julia, ich muss mich jetzt verabschieden, ich bin es nicht mehr gewohnt, so viel zu erzählen. Oft verbringe ich die Tage schweigend. In meinem Alter ist das meiste gesagt. Ich weiß, Sie möchten mich nach Mi Mi fragen. Sie wollen wissen, wer und wo sie ist und welche Rolle sie im Leben Ihres Vaters spielt und somit vielleicht auch in Ihrem. Ich kann Sie nur wieder um etwas Zeit und Langmut bitten. Unsere Geschichte bewegt sich unaufhaltsam auf sie zu, und ich versichere Ihnen, Ihr Warten wird belohnt, seien Sie unbesorgt.«

Er stand auf und verneigte sich. »Ich bringe Sie auf die Straße.«

Wir gingen zur Tür. Ich war gut einen Kopf größer als er, aber U Ba schien nicht klein, sondern ich zu groß, und gemessen an seinen schnellen, behänden Schritten fühlte ich mich wieder schwer und unbeweglich.

»Sie finden zu Ihrem Hotel?«

Ich nickte.

»Wenn Sie wollen, hole ich Sie morgen nach dem Frühstück in Ihrem Hotel ab und zeige Ihnen mein Haus. Dort sitzen wir ungestörter, und ich kann Ihnen ein paar Fotos zeigen.«

Er wartete meine Antwort nicht ab und verabschiedete sich mit einer Verbeugung.

Ich ging langsam die Straße hinunter, als ich plötzlich seine Stimme hinter mir hörte. Er flüsterte.

»Was Ihren Vater betrifft, Julia, er ist hier, ganz nah. Sehen Sie ihn?«

Ich wandte mich auf der Stelle um.

»Ist das eine Frage oder eine Aufforderung zum Suchen?«

Ich bekam keine Antwort. U Ba war in der Dunkelheit verschwunden.

15

Es war später Abend, ich lag auf meinem Bett im Hotel, schloss die Augen und sah meinen Vater vor mir. Ich bin vier oder fünf Jahre alt, und er sitzt auf meiner Bettkante. Mein Zimmer ist in einem hellen Rosa gestrichen. Von der hohen Decke hängt ein Mobile mit gelb-schwarz gestreiften Bienen, neben meinem Bett zwei Regale mit Büchern, Puzzles und Spielen, gegenüber ein kleiner Kinderwagen, in dem drei Puppen schlafen. Mein Bett ist voller Stofftiere. Hoppel, der gelbe Hase, der einmal im Jahr Schokoladeneier bringt. Dodo, die Giraffe, die ich um ihren langen Hals beneide, weil ich damit problemlos an die Keksdosen meiner Mutter in den oberen Regalen herankommen würde; Arika, der Schimpanse, von dem ich glaube, dass er laufen kann. Außerdem zwei kleine Dalmatiner, eine Katze, ein Elefant, drei Bären und Winnie Puuh.

In meinen Armen liegt Dolores, meine Lieblingspuppe mit den ausgefransten schwarzen Haaren; ihr fehlt eine Hand, mein Bruder hatte sie im Streit abgeschnitten. Es ist warm, ein milder Sommerabend in New York, mein Vater hat das Fenster geöffnet, und von draußen weht ein leichter Luftzug ins Zimmer. Er bringt die Bienen über mir zum Tanzen.

Ich sehe meinen Vater, sein schwarzes Haar, die dunklen Augen, seine zimtfarbene Haut und die große Nase, auf der die kräftige Brille sitzt. Sie war rund und schwarz, und Jahre später sollte ich ein Bild Gandhis entdecken und staunen über dessen Ähnlichkeit mit meinem Vater.

Er beugt sich zu mir, lächelt und atmet tief ein. Ich höre seine Stimme, eine Stimme, die eigentlich etwas anderes war. Sie klang wie ein Musikinstrument, eine Violine, nein, eher eine Harfe, er konnte nicht laut werden, sosehr er sich auch bemühte. Ich habe ihn nie schreien hören. Es ging nicht. Seine Stimme war weich und sanft und sehr melodisch. Egal was er sagte, in meinen Ohren klang es, als singe er. Seine Stimme konnte mich tragen und trösten, sie konnte mich beschützen und einschläfern, und wenn sie mich weckte, erwachte ich mit einem Lächeln. Sie konnte mich beruhigen wie bis heute nichts und niemand auf der Welt.

Wie an jenem Tag, als ich mit meinem neuen Fahrrad im Central Park das Gleichgewicht verlor und mit dem Kopf auf einen Stein schlug. Das Blut strömte aus zwei Platzwunden wie aus einem Wasserhahn. Eine Ambulanz brachte mich ins Krankenhaus auf der 70. Straße. Ein Sanitäter hatte mir einen Verband angelegt, aber das Blut sickerte durch den Mull und lief mir das Gesicht und den Hals hinab. Ich erinnere mich an die Sirenen, das besorgte Gesicht meiner Mutter und einen jungen Arzt mit buschigen Augenbrauen. Er nähte die Risse, aber die Blutungen hörten nicht auf.

Kurz darauf stand mein Vater neben mir, ich hatte seine Stimme schon aus dem Vorzimmer gehört. Er nahm meine Hand, strich mir über das Haar und erzählte eine Geschichte. Es verging keine Minute, da versiegte der rote Strom aus meinem Kopf. Als hätte sich seine Stimme behutsam auf die Wunde gelegt, sie bedeckt und sanft verschlossen.

Die Geschichten, die mein Vater erzählte, hatten selten ein glückliches Ende. Meine Mutter hasste sie. Grausam und brutal, erklärte sie. Sind das nicht alle Märchen?, verteidigte sich mein Vater. Ja, gab meine Mutter zu, aber deine sind verworren und bizarr und ohne jede Moral und für unsere Kinder völlig ungeeignet.

Ich liebte sie. Gerade weil sie so absonderlich waren, so ganz anders als alles, was ich sonst an Geschichten und Fabeln hörte oder las. Es waren alles burmesische Märchen, die er erzählte, und sie waren der einzige Blick in seine Vergangenheit, den mein Vater gestattete. Vielleicht faszinierten sie mich deshalb so sehr.

Die Geschichte vom Prinzen und der Prinzessin und dem Krokodil war mein Lieblingsmärchen. Mein Vater musste es mir erzählen, bis ich jeden Satz, jedes Wort, jede Pause, jede Betonung auswendig kannte und ihn verbesserte, wenn er es einmal anders wiedergab.

Es war einmal eine wunderschöne Prinzessin. Es war einmal, diese Zauberworte, die die Welt um mich verwandelten. Das hellrosa

Zimmer löste sich auf, ich sah den Prinzen und seine Prinzessin und sonst nichts.

Die Prinzessin lebte am Ufer eines großen Flusses. Sie wohnte mit ihrer Mutter und ihrem Vater, der Königin und dem König, in einem alten Schloss. Es hatte dicke, hohe Mauern, hinter denen es kalt und dunkel und sehr still war. Die Prinzessin hatte weder Brüder noch Schwestern und fühlte sich am Hof sehr einsam. Die Eltern sprachen mit ihrer Tochter kaum ein Wort. Ihre Dienerinnen sagten immer nur »Ja, Prinzessin« oder »Nein, Prinzessin«, und im ganzen Schloss gab es niemanden, mit dem sie sich unterhalten konnte. Sie langweilte sich entsetzlich. Und so wurde sie mit der Zeit zu einer einsamen und traurigen Prinzessin, die sich nicht erinnern konnte, wann sie das letzte Mal gelacht hatte. Manchmal hatte sie das Gefühl, sie hätte vergessen, wie das geht. Dann schaute sie in einen Spiegel und versuchte zu lächeln. Sie verzog das Gesicht zu einer Grimasse. Nicht einmal komisch war das. Wenn sie gar zu traurig wurde, ging sie hinunter an den Fluss. Dort saß sie im Schatten eines Feigenbaumes, hörte auf den Fluss und lauschte den Vögeln und dem Zirpen der Zikaden. Sie liebte die Tausende von Sternchen, die die Sonne mit ihrem Licht auf die Wellen schüttete. Dann wurde ihr ein wenig leichter ums Herz, und sie träumte von einem Menschen, der sie zum Lachen bringen könnte.

Auf dem anderen Ufer des Flusses lebte ein König, der für seine Strenge im ganzen Reich berüchtigt war. Keiner seiner Untertanen durfte faul oder träge sein. Die Bauern mussten unentwegt auf ihren Feldern schuften, die Handwerker in ihren Werkstätten. Um zu sehen, ob sie auch alle fleißig seien, schickte er Inspektoren durch das ganze Land. Wer bei einer Pause ertappt wurde, bekam zehn Schläge mit einem Bambusrohr. Die Strenge des Königs machte auch vor seinem Sohn nicht halt. Von morgens bis abends musste der Prinz lernen. Der König ließ die angesehensten Gelehrten aus dem ganzen Land herbeischaffen, um den Prinzen zu unterrichten. Aus ihm sollte der klügste Prinz werden, den es je gab.

Eines Tages gelang es dem jungen Prinzen, sich aus dem Schloss davonzustehlen. Er schwang sich auf sein Pferd und ritt hinunter zum Fluss. Dort sah er am anderen Ufer die Prinzessin sitzen, die sich ein paar gelbe Blumenblüten in ihr langes schwarzes Haar gesteckt hatte. Noch nie hatte er ein schöneres Mädchen gesehen, und er kannte nur noch einen Wunsch: Er wollte an das andere Ufer.

Nun gab es zwischen den beiden Königreichen weder eine Brücke noch einen Fährmann, der Reisenden über den Strom geholfen hätte. Die beiden Könige waren miteinander verfeindet und hatten ihren Untertanen verboten, einen Fuß über den Fluss zu setzen. Wer es dennoch versuchte, büßte mit dem Tod dafür. Im Fluss wimmelte es von Krokodilen, die nur darauf warteten, dass ein Fischer oder ein Bauer sich in den Strom wagen würde.

Der Prinz wollte hinüberschwimmen, aber er war noch kaum bis zu den Knien im Wasser, da kamen auch schon die Krokodile und rissen ihre großen Mäuler auf. Er konnte sich gerade noch ans Ufer retten. Wenn er schon nicht mit der Prinzessin reden konnte, so wollte er sie wenigstens betrachten.

Heimlich kehrte er von nun an jeden Tag zum Fluss zurück, ließ sich auf einem Stein nieder und blickte voller Sehnsucht hinüber zur Prinzessin. So vergingen Wochen und Monate, bis schließlich eines Tages eines der Krokodile auf ihn zuschwamm.

»Schon seit langer Zeit beobachte ich dich, mein lieber Prinz«, sagte es. »Ich weiß, wie unglücklich du bist, und ich habe Mitleid mit dir. Ich möchte dir helfen.«

»Wie solltest du mir helfen können?«, fragte der Prinz erstaunt.

»Steig auf meinen Rücken, und ich bringe dich an das andere Ufer.«

Voller Misstrauen betrachtete der Prinz das Krokodil.

»Das ist eine List«, meinte er. »Ihr Krokodile seid gierig und gefräßig. Ihr habt noch keinen Menschen lebend aus dem Wasser gelassen.«

»Nicht alle Krokodile sind gleich«, antwortete das Krokodil. »Vertraue mir.«

Der Prinz zögerte.

»Vertraue mir«, wiederholte das Krokodil.

Der Prinz hatte keine Wahl. Wollte er zu der schönen Prinzessin, musste er dem Krokodil glauben. Er stieg auf seinen Rücken, und es brachte ihn wie versprochen ans andere Ufer.

Die Prinzessin traute ihren Augen nicht, als der Prinz plötzlich vor ihr stand. Auch sie hatte ihn schon des Öfteren beobachtet und insgeheim gehofft, er würde einen Weg finden, einmal den Fluss zu überqueren. Der Prinz war verlegen und wusste nicht, was er sagen sollte. Er stotterte und verhaspelte sich bei jedem Satz, und bald mussten die beiden lachen, und die Prinzessin lachte, wie sie schon lange nicht mehr gelacht hatte. Als es an der Zeit war, zu gehen, wurde sie ganz traurig und bat den Prinzen, zu bleiben.

»Das kann ich nicht«, sagte er. »Wenn mein Vater erfährt, dass ich bei dir war, wird er voller Zorn sein. Bestimmt würde er mich einsperren, und ich könnte nie wieder allein an den Fluss. Aber ich verspreche dir, ich komme wieder.«

Das liebe Krokodil brachte den Prinzen zurück über den Fluss.

Am nächsten Tag wartete die Prinzessin voller Sehnsucht. Sie hatte die Hoffnung schon fast aufgegeben, da sah sie das weiße Pferd mit dem Prinzen. Auch das Krokodil war da und leistete seine treuen Dienste. Von nun an sahen sich der Prinz und die Prinzessin jeden Tag.

Die anderen Krokodile waren wütend. Eines Tages versperrten sie mitten im Fluss dem Krokodil und dem Prinzen den Weg. »Gib ihn uns, gib ihn uns«, schrien sie, rissen ihre Mäuler auf und schnappten nach dem Prinzen.

»Lasst uns in Ruhe«, brüllte das große Krokodil und schwamm, so schnell es konnte, den Fluss hinunter. Aber schon nach kurzer Zeit war es von den anderen umringt.

»Versteck dich in meinem Maul«, rief es seinem Freund zu. »Dort bist du in Sicherheit.« Es sperrte sein Maul auf, so weit es konnte, und der Prinz kletterte hinein. Keinen Augenblick ließen die anderen Tiere die beiden aus den Augen. Wohin sie auch schwammen, sie folgten ihnen. Sie warteten und warteten. Irgendwann musste der Prinz ja wieder zum Vorschein kommen. Aber das liebe Krokodil war geduldig, und nach mehreren Stunden gaben die anderen auf und schwammen davon. Das Krokodil kroch ans Ufer und öffnete sein Maul. Der Prinz bewegte sich nicht. Es schüttelte sich und rief: »Mein Freund, lauf an Land, lauf, so schnell du kannst.«

Der Prinz bewegte sich noch immer nicht.

Da rief auch die Prinzessin vom anderen Ufer: »Mein lieber Prinz, bitte, komm heraus.«

Es half nichts. Der Prinz war tot. Er war im Maul seines Freundes erstickt.

Als die Prinzessin dies erkannte, sank auch sie zu Boden, gestorben an gebrochenem Herzen.

Die zwei Könige beschlossen, ihre Kinder nicht zu beerdigen, sondern am Ufer des Flusses zu verbrennen. Wie es der Zufall wollte, geschah dies am selben Tag zur selben Stunde. Die Könige verfluchten und bedrohten einander und gaben sich gegenseitig die Schuld am Tod ihrer Kinder.

Es dauerte nicht lange, da loderten die Flammen, und die beiden Leichname brannten lichterloh. Auf einmal begannen die Feuer zu qualmen. Es war windstill, und zwei große, mächtige Rauchsäulen stiegen senkrecht zum Himmel empor. Und mit einem Mal wurde es ganz ruhig, die Feuer hörten auf zu knistern und brannten lautlos vor sich hin, der Fluss gluckste und gurgelte nicht mehr. Selbst die Könige verstummten.

Da fingen die Tiere an zu singen. Zuerst die Krokodile.

Aber Krokodile können doch gar nicht singen, wende ich jeden Abend an dieser Stelle ein.

Aber sicher, antwortet mein Vater, Krokodile können singen, wenn man sie nur lässt. Und still muss man sein, sonst hört man sie nicht.

Und Elefanten auch?

Und Elefanten auch.

Und wer sang dann?

Die Schlangen und die Eidechsen. Es sangen die Hunde und die

Katzen, die Löwen und die Leoparden. Die Elefanten stimmten ein, die Pferde und die Affen. Und natürlich die Vögel. Die Tiere sangen im Chor, und zwar so schön, wie sie noch nie zuvor gesungen hatten, und plötzlich, niemand wusste, warum, neigten sich die beiden Rauchsäulen langsam einander zu. Je lauter und heller die Tiere sangen, desto näher bewegten sie sich aufeinander zu, bis sie sich umarmten und eins wurden, wie nur Liebende es können.

Mein Vater knipst das Licht aus und bleibt auf meinem Bett sitzen. Ich schließe die Augen und höre meine Stofftiere singen und denke: Er hat recht, alle Tiere können singen, wenn man sie nur lässt. Und still muss man sein, sonst hört man sie nicht. Sie summen mir leise ein Lied, bis ich eingeschlafen bin.

Meine Mutter mochte diese Geschichte nicht, weil sie kein Happy End hatte. Mein Vater fand, dass es sehr wohl ein Happy End gebe. So verschieden waren sie.

Ich war mir nicht ganz sicher.

Zweiter Teil

1

Die Stille der Nacht quälte mich. Ich lag in meinem Hotel und wartete auf Geräusche, die mir vertraut waren. Autohupen. Feuerwehrsirenen. Rapmusik oder Fernsehstimmen aus der Nachbarwohnung. Das Klingeln des Fahrstuhls.

Nichts.

Nicht einmal ein Knacken von Treppenstufen oder die Schritte eines anderen Gastes auf dem Korridor. Eine geräuschlose Finsternis füllte mein Zimmer. Nach einer Weile vernahm ich U Bas Stimme. Wie ein unsichtbarer Eindringling wanderte sie durch den Raum. Sie sprach vom Schreibtisch aus zu mir und vom Schrank, und dann klang es, als käme sie aus dem Bett neben mir. Seine Geschichte ging mir nicht aus dem Kopf. Ich dachte an Tin Win. Auch mit ein paar Stunden Abstand konnte ich in ihm nicht meinen Vater sehen. Aber was bedeutete das schon? Was wissen wir von unseren Eltern, und was wissen sie von uns? Und wenn wir nicht einmal jene Menschen wirklich kennen, die uns seit unserer Geburt begleiten – wir sie nicht, sie uns nicht –, was wissen wir dann überhaupt vom anderen? Muss ich ihm oder ihr, so gesehen, nicht alles zutrauen, selbst die abscheulichste Tat? Auf wen oder was, auf welche Wahrheiten ist am Ende Verlass? Gibt es einen Menschen, dem ich ohne Einschränkung vertraue? Kann es einen geben?

Der Schlaf erlöste mich.

Ich träumte von Tin Win. Er war erblindet und gestürzt, lag vor mir auf der Erde und weinte. Ich wollte ihn aufheben und beugte mich zu ihm. Er war zu schwer. Ich nahm seine Hände und zog, ich umfasste seinen Kinderkörper, er umklammerte mich. Doch ebenso gut hätte ich versuchen können, einen Felsbrocken zu bewegen. Ich kniete mich neben ihn wie neben das Opfer eines Verkehrsunfalls, das blutend am Straßenrand liegt. Ich redete auf ihn ein, versicherte ihm, dass Hilfe auf dem Weg sei. Er bat mich, nicht wegzugehen, ihn nicht allein zu lassen. Plötzlich stand mein Vater neben uns. Er hob ihn auf, drückte ihn fest an sich und flüsterte ihm etwas ins Ohr. In seinen Armen beruhigte sich Tin Win. Er legte den Kopf auf seine Schulter, schluchzte noch ein wenig und schlief ein. Die beiden drehten sich um und gingen fort.

Es war bereits warm, als ich erwachte. Von draußen hörte ich Insekten summen und zwei Männer, die sich unter meinem Fenster unterhielten. Es lag ein süßlicher Geruch in der Luft, der mich an frische Zuckerwatte erinnerte. Als ich aufstand, empfand ich einen leichten Muskelkater in den Waden. Doch ich fühlte mich viel besser als gestern, der lange Schlaf hatte mir gutgetan. Die Wärme machte die kalte Dusche erträglich, selbst der Kaffee schmeckte nicht so schlecht wie am Tag zuvor. Eigentlich hatte ich heute meine Suche nach Mi Mi beginnen wollen, aber etwas hielt mich zurück. Schenkte ich U Bas Geschichte mehr Glauben, als ich mir eingestehen wollte? Obwohl ich mich gestern so sehr dagegen gewehrt hatte und wütend auf ihn war, musste ich jetzt zugeben, dass mich seine Erzählung in den Bann gezogen hatte. Und da ich, abgesehen von der vierzig Jahre alten Adresse, keine eigene Spur oder irgendwelche Anhaltspunkte hatte, beschloss ich, auf ihn zu warten.

Es war kurz nach zehn, als er mich abholte.

Ich saß vor dem Hotel und beobachtete einen alten Mann, der mit einer langen Schere den Rasen schnitt. Der Garten des Hotels hatte etwas Verwunschenes, was mir gestern nicht aufgefallen war.

Noch nie hatte ich eine so ungewöhnliche Mischung aus Blumen, Büschen und Bäumen gesehen. Auf den Beeten wucherte roter Klatschmohn zwischen Freesien, Gladiolen und kräftigen gelben Orchideen. Und über ihnen wölbten sich Zweige mit Hunderten von roten, weißen und rosafarbenen Hibiskusblüten. In der Mitte des Rasens stand ein Birnbaum, dessen weiße Blüten über das Gras verstreut lagen, etwas weiter entfernt zwei Palmen und ein Avocadobaum voller Früchte. In einem Gemüsegarten konnte ich Bohnen und Erbsen, Rettiche, Karotten, Erdbeeren und Himbeeren erkennen.

Ich sah U Ba schon von Weitem kommen. Er lief die Straße entlang, grüßte einen Radfahrer und bog in die Einfahrt des Hotels. Um schneller laufen zu können, zog er seinen Longy mit beiden Händen ein wenig hoch, wie eine Frau, die im langen Kleid über eine Pfütze springt.

Er begrüßte mich lächelnd und mit einem vertrauten Augenzwinkern. Als hätten wir uns gestern nicht im Streit getrennt und würden uns seit Jahren kennen.

»Guten Morgen, Julia. Haben Sie ein wenig Schlaf gefunden?«, fragte er.

Ich lächelte über seine altmodische Art, sich auszudrücken.

»Oh, wie schön Ihre Augen strahlen. Genau wie die Ihres Vaters! Die vollen Lippen und die weißen Zähne haben Sie auch von ihm. Verzeihen Sie, dass ich mich wiederhole, es ist nicht meine Einfalt, es ist Ihre Schönheit, die mich so etwas zweimal sagen lässt.«

Sein Kompliment machte mich verlegen. Ich stand auf und packte meinen Kugelschreiber und einen Notizblock in meinen kleinen Rucksack.

Wir gingen auf die Straße und bogen dann in einen Trampelpfad ein, der zum Fluss hinunterführte. Die Pflanzen am Wegrand wuchsen und blühten so üppig wie im Garten des Hotels. Der Weg war mit Dattelpalmen, Mangobäumen und Bananenstauden gesäumt, an denen kleine, gelbe Bananen hingen. Es roch nach frischem

Jasmin und reifen Früchten. Die warme Luft auf meiner Haut, auf meinen nackten Armen und Beinen tat gut.

Am Fluss standen mehrere Frauen bis zu den Knien im Wasser, wuschen Wäsche und sangen dabei. Die ausgewrungenen Hemden und Longys legten sie zum Trocknen auf die Felsen in die Sonne. Einige grüßten U Ba, mich beobachteten sie voller Neugier. Wir überquerten eine kleine Holzbrücke, kletterten auf der anderen Seite des Flusses eine Böschung hinauf und folgten einem steil ansteigenden Feldweg. Der Gesang der Frauen begleitete uns bis zur Kuppe eines Berges. Der Anblick des Tales und der Gipfel in der Ferne irritierte mich. Etwas stimmte nicht an dieser Postkartenansicht. Die Hänge waren nur spärlich mit jungen Pinien bedeckt, dazwischen lag braunes, verbranntes Gras.

»Früher konnte man hier nichts als dichte Pinienwälder sehen«, sagte U Ba, als hätte er meine Gedanken erraten. »In den Siebzigerjahren kamen die Japaner und holzten alle Bäume ab.«

Ich wollte fragen, warum sie sich das erlaubt hatten und ob niemand sich dagegen gewehrt hatte, schwieg aber lieber. Mir war zu vieles rätselhaft an diesem Ort, und ich hatte den Eindruck, dass es klüger sei, nicht immer alle Fragen zu stellen. Nicht gleich, jedenfalls.

Wir liefen weiter, vorbei an alten, verfallenen englischen Herrschaftshäusern und ärmlichen, meist fensterlosen Hütten, deren schiefe Wände aus getrockneten Blättern und Gräsern geflochten waren. Vor einem der wenigen Holzhäuser blieben wir stehen. Es stand auf knapp einen Meter fünfzig hohen Stelzen, war aus fast schwarzem Teak, hatte ein Wellblechdach und eine schmale Veranda. Unter dem Haus wühlte ein Schwein, über den Hof liefen mehrere Hühner.

Wir stiegen die Stufen zur Veranda hoch. U Ba führte mich in einen großen Raum mit vier glaslosen Fenstern. Die Einrichtung sah aus wie eine englische Hinterlassenschaft aus der Kolonialzeit. Ein brauner Ledersessel, auf dessen Sitzkissen sich die Sprungfedern abzeichneten, zwei Sofas mit verschlissenen Bezügen, ein Kaffeetischchen und ein dunkler Schrank. An der Wand ein Ölbild vom Tower in London.

»Ruhen Sie sich aus, ich mache uns Tee«, sagte U Ba und verschwand.

Ich wollte mich setzen, als ich ein lautes Summen hörte. Ein kleiner Bienenschwarm flog quer durch den Raum, von einem der Fenster zum offenen Schrank und wieder zurück. Im obersten Regal konnte ich ihr Nest hängen sehen, größer als ein Football. Ich ging vorsichtig ans andere Ende des Zimmers, setzte mich und bewegte mich nicht.

»Sie haben hoffentlich keine Angst vor Bienen«, fragte U Ba, als er mit einer Kanne Tee und zwei Tassen zurückkam.

»Nur vor Wespen«, log ich.

»Meine Bienen können nicht stechen.«

»Sie meinen, sie haben noch niemanden gestochen.«

»Ist das ein Unterschied?«

»Was machen Sie mit dem Honig?«

»Welchem Honig?«

»Dem Honig der Bienen.«

U Ba blickte mich an, als höre er zum ersten Mal, dass Bienen Honig produzieren. »Den rühre ich nicht an. Der gehört den Tieren.«

Ich folgte dem Flug der Bienen mit misstrauischem Blick und war mir nicht sicher, ob er das ernst meinte. »Warum lassen Sie das Nest dann nicht entfernen?«

Er lachte. »Warum sollte ich sie vertreiben? Sie tun mir nichts. Im Gegenteil, ich fühle mich geehrt, dass sie sich mein Haus ausgesucht haben. Wir leben seit fünf Jahren friedlich miteinander. Wir Burmesen glauben, dass sie Glück bringen.«

»Und? Stimmt es?«

»Ein Jahr nach dem Einzug der Bienen ist Ihr Vater zurückgekehrt. Nun sitzen Sie mir gegenüber, Julia. Sind da Zweifel noch erlaubt?«

Er lächelte wieder und goss uns Tee ein.

»Wo mussten wir unsere Geschichte unterbrechen? Tin Win war erblindet, und Su Kyi machte sich auf die Suche nach Hilfe, richtig?«

Ich nickte.

Er begann, zu erzählen.

2

Der Regen prasselte auf das Wellblechdach, als sollte das Haus in einem Hagel aus Steinen und Erdklumpen untergehen. Tin Win hatte sich in die hinterste Ecke der Küche verkrochen. Er mochte diese Wolkenbrüche nicht, das Trommeln des Wassers auf dem Metall war ihm zu laut, und die Wucht, mit der es vom Himmel stürzte und sich über die Menschen ergoss, machte ihm Angst. Er hörte Su Kyis Stimme, aber der Regen verschlang ihre Worte.

»Wo bist du denn?«, rief sie noch einmal und streckte ihren Kopf durch die Küchentür. »Nun komm schon, wir wollen los. Es hört gleich auf.«

Su Kyi hatte, wie fast immer, wenn es ums Wetter ging, recht. Sie besaß ein untrügliches Gespür für sich anbahnende Gewitter, für tropische Regenschauer und ihre Dauer. Sie spüre sie im Bauch und vor allem in den Ohren, behauptete sie. Die begännen, zu glühen und zu kribbeln, und am Ende, kurz vor den ersten Regentropfen, würden sie ganz schrecklich jucken. Tin Win hatte längst aufgehört, an ihren Vorhersagen zu zweifeln. Keine zwei Minuten später standen sie vor dem Haus, und es regnete nicht mehr. Nun hörte er nur noch, wie das Wasser vom Dach und den Blättern tropfte und wie es im Graben vor dem Haus in einem wilden Strom zu Tal schoss.

Su Kyi hatte ihn an die Hand genommen. Der Boden war glitschig, und bei jedem Schritt quoll der Matsch durch seine Zehen. Es war noch früh, vermutlich kaum später als sieben. Die Sonne war durch die Wolken gebrochen und schien ihm ins Gesicht. Noch war ihre Wärme angenehm, aber schon bald würde ihre Kraft zu stark sein, sie würde auf der Haut brennen, und das Wasser würde verdampfen und in weißen Wolken aufsteigen, und es würde aussehen, als schwitze die Erde. Sie liefen an Hütten vorbei, aus denen die Stimmen des Morgens klangen, Kindergeschrei, Hundegebell, das Geklapper von Blechtöpfen.

Sie hatte ihm gesagt, sie wolle mit ihm ins Kloster unten im Dorf. Dort lebte U May, ein Mönch, den sie schon lange kannte und der ihm, Tin Win, vielleicht helfen könne. U May war einer der wenigen Menschen, streng genommen vielleicht der einzige, dem Su Kyi vertraute, zu dem sie eine Art Seelenverwandtschaft verspürte. Ohne ihn, meinte sie, hätte sie den Tod ihrer Tochter und ihres Mannes nicht überlebt. Er war schon alt, vermutlich über achtzig, genau wusste sie es nicht, und eine Art Abt des Klosters. Seit seiner Erblindung vor einigen Jahren unterrichtete er jeden Morgen ein Dutzend Kinder aus dem Ort, und vielleicht, so hoffte Su Kyi, könnte er sich Tin Wins annehmen, ihn herauslocken aus der Finsternis, die ihn umgab, könnte ihn lehren, was er sie gelehrt hatte: dass Leben mit Leid verbunden ist, jedes Leben, ohne Ausnahme; dass Krankheiten unausweichlich sind, dass wir älter werden und dem Tod nicht entrinnen können. Das sind die Gesetze der menschlichen Existenz, hatte U May ihr erklärt. Gesetze, die für jeden gelten, überall auf der Welt, gleichgültig, wie sehr sich die Zeiten auch ändern mögen. Es gibt keine Macht, die einen Menschen von dem Schmerz oder von seiner Trauer über diese Einsicht erlösen kann – es sei denn, er selbst. Und trotz allem, so habe U May ihr immer wieder gesagt, sei das Leben ein Geschenk, das man nicht missachten dürfe. Ein Geschenk voller Rätsel, bei dem Leid und Glück untrennbar miteinander verbunden sind, und jeder Versuch, das eine ohne das andere zu bekommen, müsse scheitern.

Das Kloster lag nicht weit von der Hauptstraße, umgeben von einer halbhohen Mauer aus Stein. Direkt dahinter befand sich ein halbes Dutzend kleine weiße Pagoden, die mit bunten Wimpeln und goldenen Glöckchen geschmückt waren. Das Kloster selbst stand auf gut drei Meter hohen Pfählen, die es in der Regenzeit vor Überschwemmungen schützten. Mit den Jahren waren neben der Haupthalle etliche Nebenhäuser entstanden. In der Mitte ragte ein viereckiger Turm empor, der sich in sieben Stufen nach oben verjüngte und dessen goldene Spitze schon von Weitem zu sehen war. Die Außenwände bestanden aus Pinienholz, das die Sonne tiefbraun gefärbt hatte, die Dächer waren mit fast schwarzen Holzschindeln gedeckt, die Böden und die kräftigen Balken, die sie zusammenhielten, waren aus Teakholz. Vor dem Hauptgebäude liefen zwei breite Treppen auf eine große Veranda zu, und von dort führten drei weite, offene Türen in eine über dreißig Meter lange Halle. Dem Eingang gegenüber thronte im Halbdunkel ein mächtiger Buddha aus Holz, der ganz mit Blattgold überzogen war und fast bis unter das Dach reichte. Davor standen Tische mit Opfergaben: Tee, Blumen, Bananen, Mangos und Orangen. An der Wand hinter dem Buddha hingen Regale mit Dutzenden kleinen goldglänzenden Buddhafiguren. Manche waren in gelbe Umhänge gewickelt, in anderen steckten rote, weiße oder goldene Schirme aus Papier.

Su Kyi und Tin Win gingen Hand in Hand über den weiten Hof zur Treppe des Haupteingangs. Zwei Mönche fegten mit Reisigbesen die feuchte Erde, an einer Wäscheleine hingen dunkelrote Mönchskutten zum Trocknen. Es roch nach Feuer. Tin Win hörte das Knistern von brennendem Holz.

U May saß auf einem Podest unter einem glaslosen Fenster am Ende der Halle. Er hatte die Beine verschränkt, seine hageren Hände im Schoß aufeinandergelegt und bewegte sich nicht. Vor ihm stand ein flaches Tischchen, darauf ein Becher und eine Teekanne, daneben ein Teller mit gerösteten Kernen.

Sein Kopf war kahl geschoren, die geschlossenen Augen lagen tief in ihren Höhlen, seine Wangen waren schmal, aber nicht eingefallen. Su Kyi erschrak jedes Mal ein wenig, wenn sie ihn sah.

Seine Züge schienen ihr so klar, wie sie es sonst von niemandem kannte. Er war hager, aber nicht ausgemergelt, faltig, aber nicht zerknittert. Sein Gesicht war wohl der Spiegel seiner Seele. Nicht eine Spur von überflüssigem Ballast.

Su Kyi musste an den Tag denken, als sie ihn zum ersten Mal gesehen hatte. Er war mit dem Zug aus der Hauptstadt gekommen und stand vor dem Bahnhof. Das war vor über fünfundzwanzig Jahren. Sie war auf dem Weg zum Markt, er war barfuß, und er lächelte sie an. Schon damals hatte sein Gesicht sie berührt. Er fragte nach dem Weg, sie war neugierig und begleitete ihn bis zum Kloster. Dabei kamen sie ins Gespräch, und so begann ihre Freundschaft. In den folgenden Jahren erzählte U May ihr gelegentlich von seiner Kindheit, seiner Jugend und dem Leben, das er geführt hatte, bevor er sich entschloss, Mönch zu werden. Das war nicht oft, und es war nicht viel; es waren Fetzen, die Su Kyi sammelte und aus denen sich ein widersprüchliches Bild ergab.

U May stammte aus einer wohlhabenden Familie, die in Rangoon mehrere Reismühlen besaß. Sie gehörte zur indischen Minderheit, die nach der Annektierung des Deltas durch die Engländer im Jahr 1852 von Indien nach Burma gekommen war und seither einen nicht unwichtigen Teil des Handels in der geschäftigen Hafenstadt kontrollierte. Sein Vater war ein Patriarch, autoritär und jähzornig, von der Familie gefürchtet wegen seiner gewalttätigen Wutausbrüche. Seine Kinder mieden ihn, und seine Frau flüchtete in Krankheiten, die auch die britischen Ärzte in Rangoon nicht diagnostizieren, geschweige denn heilen konnten. Nach der Geburt des dritten Kindes hatte der Vater genug von seiner ständig kränkelnden Frau und schickte sie mit den beiden jüngsten Kindern zu Verwandten nach Kalkutta. Dort sei die medizinische Versorgung besser, behauptete er. U May musste beim Vater bleiben; als ältester Sohn sollte er zum Nachfolger erzogen werden und eines Tages das Unternehmen weiterführen. Vermutlich hätte der Vater den Rest der Familie schon nach kurzer Zeit vergessen, wäre nicht alle paar Monate ein Brief aus Kalkutta gekommen, der die erstaunlichen Fortschritte bei der

Heilung der Mutter beschrieb und die baldige Rückkehr ankündigte – was U May jedes Mal mit unbeschreiblicher Freude erfüllte. Mit den Jahren wurden die Briefe seltener, und irgendwann begriff U May, dass er als Siebenjähriger auf dem Kai im Hafen Rangoons, dem Schiff nach Indien hinterherblickend, seine Mutter und Geschwister zum letzten Mal gesehen hatte.

Und so zogen ihn die Hausangestellten und Kindermädchen groß, vor allem die Köchin und der Gärtner, deren Nähe er gesucht hatte, seit er laufen konnte. Er war ein stilles und schüchternes Kind, dessen besondere Begabung darin zu liegen schien, dass er die Erwartungen anderer erahnte und alles in seinen Kräften Stehende versuchte, sie zu erfüllen.

Am liebsten spielte er im Garten. Der Gärtner legte ihm in der hintersten Ecke des Grundstücks ein Beet an, das U May mit großer Mühe und Hingabe pflegte. Als sein Vater davon erfuhr, ließ er jede Pflanze einzeln ausreißen und die Erde umgraben. Gartenarbeit sei etwas für Hausangestellte. Oder Mädchen.

U May nahm dies schweigend hin, so wie er alle Anweisungen und Befehle seines Vaters hinnahm und befolgte. Bis zu dem Tag – er war noch keine zwanzig –, als ihm der Vater das Datum der von ihm arrangierten Hochzeit mit der Tochter eines Reeders mitteilte. Die Heirat würde beiden Unternehmen und Familien nützen. Zwei Tage später erfuhr der Vater vom Verhältnis des Sohnes mit Ma Mu, der Tochter der Köchin. Die Geschichte allein hätte ihn nicht sonderlich in Rage gebracht, so etwas kam vor. Auch für die Schwangerschaft des sechzehnjährigen Mädchens hätte sich eine Lösung gefunden. Unverzeihlich und unentschuldbar aber war die Behauptung seines Sohnes, dass er das Mädchen liebe. Der Vater reagierte auf das Geständnis mit einem minutenlangen Lachanfall, der das ganze Haus erfüllte. Noch Jahre später schwor der Gärtner, dass in dieser Zeit Hunderte von Blumen verblühten. U May erklärte, dass er unter keinen Umständen bereit sei, die vom Vater ausgewählte Braut zu ehelichen. Noch am selben Tag verschiffte sein Vater die Köchin samt Tochter zu einem Geschäftspartner nach

Bombay und weigerte sich, dem Sohn Auskunft über den Verbleib der beiden zu geben. In derselben Nacht verließ U May das Haus, um sich auf die Suche zu machen. Rastlos zog er in den folgenden Jahren durch die britischen Kolonien in Südostasien. Einmal glaubte er, Ma Mu gesehen oder zumindest ihre Stimme gehört zu haben. Es war im Hafen von Bombay, kurz bevor er einen Dampfer nach Rangoon bestieg. Er hatte das Gefühl, jemand habe seinen Namen gerufen, aber als er sich umwandte, sah er nur unbekannte Gesichter und etwas entfernt am Kai eine Ansammlung aufgeregt gestikulierender Männer. Ein Kind war angeblich ins Wasser gestürzt.

Mit jedem Monat, der ohne jede Spur von Ma Mu und ihrer Mutter verging, wurde U May verzweifelter und wütender. Es war eine vage, unbestimmte Wut, die er in sich spürte, sie hatte keinen Namen und kein Gesicht und richtete sich in den meisten Fällen gegen ihn selber. Er begann zu trinken, wurde Stammgast in den Bordellen zwischen Kalkutta und Singapur, verdiente beim Opiumhandel in manchen Monaten mehr als sein Vater in einem Jahr, nur um es darauf bei illegalen Wetten wieder zu verlieren. Auf einer Schiffsfahrt von Colombo nach Rangoon lernte er einen redseligen Reishändler aus Bombay kennen, der ihm eines Abends an Deck von seiner ehemaligen birmanischen Köchin und dem tragischen Tod ihrer Tochter und deren kleinen Sohnes erzählte. Sie waren ins Hafenbecken gefallen und ertrunken, als die junge Frau versuchte, einem Mann zu folgen, der an Bord eines Passagierschiffes ging. Laut Zeugenaussagen hatte sie ihn, vermutlich irrtümlich, für einen Bekannten aus Rangoon gehalten. Das Essen der Köchin wurde ungenießbar, und er musste sich bedauerlicherweise von ihr trennen.

U May hatte Su Kyi nie gesagt, was in dieser Nacht mit ihm geschehen war. Als das Schiff Rangoon erreichte, ließ er sein Gepäck an Bord und begab sich vom Hafen aus direkt in das Shwegyin-Kloster am Fuße der Shwedagon-Pagode. Er verbrachte dort einige Jahre, reiste dann nach Sikkim, Nepal und Tibet und ließ sich von mehreren berühmten Mönchen in die Lehren des Buddhas einweisen. Über zwanzig Jahre lebte er in einem kleinen Kloster im indischen Darjeeling, bis er eines Tages beschloss, nach Kalaw zu gehen, dem Geburtsort von Ma Mu und ihrer Mutter. Von Kalaw hatten sie geträumt, als sie sich heimlich trafen, im Keller, im weitläufigen Garten oder dem Quartier der Hausangestellten. Nach Kalaw wollten sie fliehen mit ihrem Kind. Als er danach rastlos von einem Ort zum anderen reiste, hatte er es nicht gewagt, dorthin zu gehen. Nun hatte er das Gefühl, die Zeit sei reif. Er war über fünfzig, und in Kalaw wollte er sterben.

Tin Win hielt noch immer Su Kyis Hand. Er folgte ihr durch den Raum, und sie knieten sich hin. Er ließ sie los, und sie verneigten sich, bis Hände und Stirn den Holzboden berührten.

Der Alte hörte aufmerksam zu, während Su Kyi die Geschichte Tin Wins erzählte. Zuweilen wippte er ein wenig mit dem Oberkörper oder wiederholte vereinzelte Wörter. Als sie geendet hatte, schwieg er lange. Schließlich wandte er sich an Tin Win, der die ganze Zeit stumm neben Su Kyi gehockt hatte.

U May sprach langsam und in kurzen Sätzen. Er beschrieb das Leben der Mönche, die kein Zuhause kennen und keinen Besitz, abgesehen von ihrer Kutte und ihrer Thabeik, der Schale, die sie beim Betteln mit sich herumtragen. Er erzählte, dass die Novizen jeden Morgen gleich nach Sonnenaufgang durch die Straßen wandern und um Almosen bitten, dass sie dabei schweigend vor einem Haus oder in einer Tür verharren und dankbar entgegennehmen, was immer sie an Spenden bekommen. Er berichtete von seinen Schülern, die er mithilfe eines jungen Mönches im Lesen, Schreiben und Rechnen unterrichtete; im Wesentlichen aber versuche er weiterzugeben, was das Leben ihn gelehrt habe: dass der Reichtum eines Menschen die Gedanken seines Herzens sind.

Tin Win kniete regungslos vor dem Alten und hörte konzentriert zu. Es waren nicht die Worte und Sätze, die ihn fesselten, es war die

Stimme, die ihn in einen fast magischen Bann zog. Etwas Vergleichbares hatte er noch nie gehört. Weich war sie, ein melodischer Gesang, fein und wohltemperiert wie das Bimmeln der Glöckchen auf dem Klosterturm, die schon ein Luftzug zum Singen brachte. Sie erinnerte ihn an die Laute der Vögel im Morgengrauen und an das ruhige und gleichmäßige Atmen Su Kyis, wenn sie schlafend neben ihm lag. Er hörte die Stimme nicht nur, er spürte sie auf seiner Haut, als ob zwei Hände ihn massierten. Er wünschte sich nichts sehnlicher, als ihnen das Gewicht seines Körpers anzuvertrauen. Das Gewicht seiner Seele. Je länger der alte Mönch sprach, desto mehr füllte ihn diese Stimme aus, und zum ersten Mal geschah etwas, was in Zukunft noch häufiger geschehen würde: Tin Win verwandelte Töne in Bilder. Er sah, wie der Rauch eines Feuers in die Luft stieg und sich im Raum ausbreitete, wie er in sanften Wellen hin und her wogte, von unsichtbarer Hand geführt, wie er sich kräuselte und tanzte und sich allmählich in nichts auflöste.

Auf dem Weg nach Hause sprachen Tin Win und Su Kyi kein Wort. Er hielt ihre Hand. Sie war warm und weich.

Am nächsten Morgen machten sie sich noch vor Sonnenaufgang auf den Weg zu den Mönchen. Tin Win war aufgeregt, denn Su Kyi hatte ihm gesagt, er würde für einige Wochen im Kloster bleiben. Er würde eine Kutte bekommen und mit den anderen Jungen durch den Ort gehen und um Almosen bitten. Ihm war nicht wohl bei dem Gedanken, er hatte Angst, und diese Angst wurde mit jedem Schritt größer. Wie sollte er sich im Dorf zurechtfinden, er, der selbst auf vertrautem Terrain kaum ein paar Meter laufen konnte, ohne zu stolpern oder sich zu stoßen? Sie solle ihn allein und in Ruhe lassen, hatte er zu Su Kyi gesagt; er wollte im Haus bleiben, auf seiner Schlafmatte oder auf dem Hocker in der Küchenecke, den einzigen beiden Orten, an denen er eine Ahnung von Sicherheit empfand oder sich zumindest nicht bedroht fühlte.

Sie hatte nicht mit sich reden lassen. Tin Win ging widerwillig und bewusst langsam neben ihr hinunter ins Dorf. Su Kyi hatte das

Gefühl, ein störrisches Tier hinter sich herzuziehen. Plötzlich vernahmen sie den Gesang der Kinder im Kloster und blieben stehen. Die Stimmen beruhigten Tin Win. Als streichle ihm jemand über das Gesicht und den Bauch. Er verharrte regungslos und lauschte. Unter den Gesang hatte sich das leise Rascheln von Blättern gemischt. Sie raschelten nicht einfach nur im Wind. Tin Win begriff, dass sie, wie menschliche Stimmen, einen eigenen Klang besaßen, dass es auch beim Rascheln Schattierungen gab, so wie bei Farben. Er hörte dünne Zweige, die sich aneinander rieben, und Blätter, die sich streichelten. Er hörte, wie Laub vor ihm zu Boden fiel, und merkte, dass auch beim Segeln durch die Luft kein Blatt wie das andere klang. Er hörte es summen und säuseln, zischen und ziepen, rauschen und rumoren. Ihn beschlich eine ungeheuerliche Ahnung. Gab es neben der Welt der Formen und Farben auch eine Welt der Stimmen und Laute, der Geräusche und Töne? Ein verborgenes Reich der Sinne, das uns umgab, ohne dass wir es bemerkten, und das noch aufregender und rätselhafter war als die Welt der Sehenden?

Er hatte die Gabe des Hörens entdeckt.

Viele Jahre später, in New York, sollte er sich wieder an diesen Augenblick erinnern, als er zum ersten Mal in einem Konzertsaal saß und das Orchester zu spielen begann. Er war fast trunken vor Glück, als er die leisen Paukenschläge im Hintergrund vernahm, die das Stück eröffneten, und dann die Violinen einstimmten, die Bratschen und die Celli, die Oboe und die Flöten. Sie fingen an zu singen, so wie die Blätter an jenem Sommermorgen in Kalaw. Jedes Instrument für sich zunächst, und dann vereinigten sie sich und überwältigten seine Sinne dermaßen, dass ihm der Schweiß ausbrach und es ihm den Atem raubte.

Su Kyi zog ihn weiter, und er taumelte an ihrer Seite wie trunken von diesen Eindrücken. Nach ein paar Metern war es vorbei, so schnell wie es gekommen war. Tin Win konnte seine eigenen Schritte und Su Kyis schweren Atem vernehmen, den Chor und ein paar krähende Hähne – nicht mehr. Aber zum ersten Mal hatte er eine

Ahnung bekommen vom Leben und seinen Wundern, von einer Intensität, die wehtun konnte und manchmal kaum auszuhalten war.

So fing es an, ohne dass es an diesem Tag jemand wirklich begriffen hätte.

3

Es war gerade hell geworden, als sie im Kloster ankamen. U May saß, umgeben von mehreren älteren Mönchen, in der Halle und meditierte. Ein junger Mönch hockte auf einem Schemel unter der Küche und zerbrach trockene Zweige. Um ihn herum tobten zwei Hunde. Neben der Treppe stand in einer Reihe ein Dutzend Novizen in ihren roten Kutten, die Köpfe frisch geschoren. Sie begrüßten Tin Win und gaben Su Kyi eines der dunkelroten Tücher für ihn. Sie legte es ihm um den schmalen Körper. Am Abend zuvor hatte sie ihm den Kopf rasiert, und als sie ihn nun zwischen den anderen Mönchen stehen sah, wurde ihr erneut bewusst, dass er sehr groß war für sein Alter und ein schöner Junge. Er hatte einen ausgeprägten Hinterkopf und einen schlanken Hals, eine kräftige, aber nicht zu lange Nase und Zähne, so weiß wie die Blüten des Birnbaums vor ihrem Haus. Seine Haut hatte die Farbe von hellem Zimt, und trotz seiner vielen Stürze und Wunden waren nur an den Knien zwei große Narben zurückgeblieben. Seine Hände waren schmal, die Finger lang und feingliedrig, und seinen Füßen sah man es nicht an, dass sie keine Schuhe kannten.

Trotz seiner Größe wirkte er auf sie verwundbar wie ein Küken, das verschreckt über den Hof rennt. Sein Anblick rührte sie. Es gab Momente, da kamen ihr die Tränen, wenn sie an seine Einsamkeit, seine Bedürftigkeit dachte. Sie hasste diese sentimentalen Gefühle. Sie wollte kein Mitleid mit ihm haben, sie wollte ihm helfen, und da war Mitleid kein guter Ratgeber.

Es fiel ihr schwer, ihn zurückzulassen, auch wenn es nur für ein paar Wochen sein würde. U May hatte ihr angeboten, Tin Win für eine Weile in seine Obhut zu nehmen; er glaubte, dass die Gesellschaft der anderen Jungen ihm guttun würde, dass die gemeinsame Meditation und der Unterricht, die Ruhe und der verlässliche Alltag im Kloster ihm Sicherheit und Vertrauen geben könnten.

Die Novizen nahmen ihn in ihre Mitte, drückten ihm eine schwarze Schale in die eine Hand und einen Bambusstock in die andere. Das Ende dieses Stocks klemmte sich der Mönch, der vor ihm stand, unter den Arm; so wollte er Tin Win sicher durch den Ort führen. Bald darauf setzte sich der Zug in Bewegung, in kurzen, behutsamen Schritten, sodass auch der Blinde ohne Mühe folgen konnte. Die Novizen schritten durch das Tor, bogen dann nach rechts und trotteten langsam in Richtung Hauptstraße. Ohne dass Tin Win es bemerkt hätte, passten sie sich seiner Geschwindigkeit an, liefen etwas schneller, wenn er das Tempo forcierte, oder gingen gemächlicher, wenn er unsicher war und seine Schritte langsamer wurden. Vor fast jedem Haus stand ein Mann oder eine Frau mit einem Topf Reis oder Gemüse, das sie bereits in den ersten Stunden des Tages für die Mönche gekocht hatten. Immer wieder hielt die Prozession inne, die Menschen füllten die Schalen der Novizen und verneigten sich in Demut.

Tin Win klammerte sich an seine Thabeik und den Stock. Er hatte es sich angewöhnt, mit einem langen Stab über die Felder zu wandern, wenn er allein unterwegs war. Er schwenkte ihn vor sich hin und her wie einen verlängerten Arm, mit dem er die Erde abtasten und der ihn vor Kuhlen, Ästen oder Steinen warnen konnte. Der Bambusstock in seiner Hand war dafür kein Ersatz, er machte ihn abhängig von dem Mönch, der vor ihm lief. Es irritierte ihn, ohne Su Kyi durch den Ort zu gehen. Er vermisste ihre Hand, ihre Stimme, ihr Lachen. Die Mönche waren so still. Abgesehen von einem leisen »Danke«, wenn jemand etwas in ihre Schalen füllte, sagten sie nichts, und ihr Schweigen verunsicherte ihn nur noch mehr. Es dauerte knapp eine Stunde, bis Tin Win merkte, dass seine nackten Füße auf dem sandigen Boden allmählich Sicherheit gewannen. Er war nicht gestolpert. Er war nicht gefallen. Weder kleine Unebenheiten noch Löcher in der Straße hatten ihn aus dem Gleichgewicht gebracht. Seine Hände entkrampften sich. Seine Schritte wurden größer und schneller.

Zurück im Kloster, half man ihm die Treppe zur Veranda empor. Es war eine steile Treppe ohne Geländer mit schmalen Stufen, und Tin Win wünschte, er könnte sie allein hinaufsteigen. Doch ihn nahmen zwei Mönche an die Hand, ein dritter hielt ihn von hinten fest, und Tin Win tat einen Schritt nach dem anderen. Als würde er laufen lernen.

Sie hockten sich in die Küche auf den Boden und aßen den Reis und das Gemüse. In der Feuerstelle loderten die Flammen, darüber hing ein Kessel, verrußt und verbeult, mit kochendem Wasser. Tin Win saß in ihrer Mitte, er hatte keinen Hunger und war müde. Als hätte er einen Berg bestiegen. Er wusste nicht, was ihn mehr angestrengt hatte, der lange Marsch oder das Vertrauen in den vor ihm gehenden Novizen. Er war so erschöpft, dass er U Mays Unterricht kaum folgen konnte und beim Meditieren am Nachmittag einschlief. Das Lachen der Mönche weckte ihn.

Am Abend lag er lange wach. Erst jetzt erinnerte er sich wieder an die wundersamen Geräusche vom Morgen. Hatte er wirklich all die fremden Töne gehört, oder war es ein Traum gewesen? Wenn ihm seine Sinne keinen Streich gespielt hatten, wo waren die Laute jetzt? Warum konnte er nichts als das Schnarchen der anderen Mönche hören, sosehr er sich auch auf seine Ohren konzentrierte? Er sehnte sich zurück nach jener Intensität, die er ein paar Stunden zuvor empfunden hatte, aber je angestrengter er sich bemühte, desto weniger hörte er, bis am Ende selbst das Schnaufen und Schnarchen, das ihn umgab, nur noch aus weiter Ferne zu ihm drang.

In den folgenden Wochen versuchte Tin Win so gut es ging, den Alltag der Mönche zu teilen. Er vertraute dem Bambusstock mit jedem Tag ein wenig mehr und genoss es, durch den Ort zu gehen, ohne

Angst vor einem Sturz oder Unfall zu haben. Er lernte, den Hof zu fegen, Wäsche zu waschen, und verbrachte viele Nachmittage mit einem Waschbrett an einem Bottich und knetete die Kutten, bis ihm die Finger vom kalten Wasser schmerzten. Er half beim Abwasch und bewies außergewöhnliches Geschick beim Feuerholzmachen. Er musste ein Holzstück nur einmal kurz befühlen und konnte den anderen sofort sagen, ob sie es über dem Knie oder einem Stein zerbrechen sollten. Bald erkannte er die Mönche nicht nur an ihren Stimmen, sondern an ihrem Schmatzen, ihrem Husten und Rülpsen, an der Art, wie sie über die Bohlen schritten, dem Geräusch ihrer Fußsohlen auf dem Holz.

Am wohlsten fühlte er sich in den Stunden, die er mit U May verbrachte. Die Kinder hockten im Halbkreis um den alten Mönch herum, Tin Win in der ersten Reihe, keine zwei Meter von ihm entfernt. Seine Stimme besaß für Tin Win noch immer jene Kraft, jene Magie, die ihn bei ihrer ersten Begegnung so tief beeindruckt hatte. Und selbst wenn er schwieg und den jungen Mönch sprechen ließ, der ihm assistierte, spürte Tin Win seine Nähe. Sie beruhigte ihn. Sie gab ihm ein Gefühl von Sicherheit, das er sonst nicht kannte. Oft blieb er sitzen, wenn die anderen Kinder aufstanden und gingen, kroch näher an U May heran und bestürmte ihn mit Fragen. Besonders interessierte ihn U Mays Erblindung.

»Warum kannst du nichts sehen?«, fragte Tin Win ihn eines Tages.

»Wer behauptet, dass ich nichts sehen kann?«

»Su Kyi. Sie sagt, du bist blind.«

»Ich? Blind? Ich habe vor vielen Jahren mein Augenlicht verloren, das stimmt. Aber ich bin deshalb nicht blind. Ich sehe nur anders.« Nach einer kurzen Pause fragte er: »Und du? Bist du blind?«

Tin Win überlegte. »Ich kann hell und dunkel unterscheiden, mehr nicht.«

»Hast du keine Nase zum Riechen?«

»Doch.«

»Hände zum Tasten?«

»Sicher.«

»Keine Ohren zum Hören?«

»Natürlich.« Tin Win zögerte. Sollte er U May von seinem Hörerlebnis erzählen? Aber es lag nun schon einige Wochen zurück, und manchmal war er sich nicht mehr sicher, ob er das Ganze nicht fantasiert hatte. Er sagte lieber nichts.

»Was brauchst du sonst?«, fragte U May. »Das Wesentliche ist für die Augen unsichtbar.« Ein langes Schweigen, dann fuhr er fort. »Unsere Sinnesorgane lieben es, uns in die Irre zu führen, und die Augen sind dabei am trügerischsten. Sie verleiten uns, ihnen zu sehr zu vertrauen. Wir glauben, unsere Umwelt zu sehen, und es ist doch nur die Oberfläche, die wir wahrnehmen. Wir müssen lernen, das Wesen der Dinge, ihre Substanz, zu erfassen, und dabei sind die Augen eher hinderlich. Sie lenken uns ab, wir lassen uns gern blenden. Wer sich zu sehr auf seine Augen verlässt, vernachlässigt seine anderen Sinne, und ich meine nicht nur die Ohren oder die Nase. Ich spreche von jenem Organ, das in uns wohnt und für das wir keinen Namen haben. Nennen wir es den Kompass unseres Herzens.«

Tin Win verstand nicht, was U May meinte, und wollte etwas fragen, aber der Alte ließ ihn nicht zu Wort kommen. Er reichte ihm die Hände, und Tin Win war überrascht, wie warm sie waren. »Du musst lernen, dich darauf zu besinnen«, fuhr U May fort. »Wer ohne Augen lebt, muss wach sein. Das klingt einfacher, als es ist. Er muss jede Bewegung und jeden Atemzug spüren. Sobald ich unachtsam werde oder mich ablenken lasse, führen mich meine Sinnesorgane in die Irre, sie spielen mir Streiche wie freche Kinder, die nach Aufmerksamkeit verlangen. Zum Beispiel, wenn ich ungeduldig bin. Dann möchte ich, dass alles schneller geht, und ich werde zu hastig in meinen Bewegungen, stoße den Tee um oder die Schale mit der Suppe. Ich höre nicht wirklich, was die anderen sagen, weil ich mit meinen Gedanken schon woanders bin. Oder wenn die Wut in mir tobt. Einmal hatte ich mich über einen jungen Mönch geärgert, und kurz darauf trat ich in der Küche ins Feuer. Ich hatte es nicht knistern hören, ich hatte es nicht gerochen. Die Wut hatte meine Sinne verwirrt. Das Problem sind nicht die Augen und die Ohren, Tin Win. Wut macht blind und taub. Angst macht blind und taub. Neid und Misstrauen. Die Welt schrumpft, sie gerät aus den Fugen, wenn du wütend bist oder Angst hast. Für uns genauso wie für jeden, der mit seinen Augen sieht. Er merkt es nur nicht.«

U May versuchte sich zu erheben. Tin Win sprang auf, um ihm zu helfen. Der Alte stützte sich auf seine Schulter, und langsam gingen die beiden durch die Halle auf die Veranda. Es hatte zu regnen begonnen. Kein leidenschaftlicher Schauer, ein milder, warmer Sommerregen, und das Wasser tropfte vom Dach direkt vor ihre Füße. U May beugte sich vor, und nun regnete es ihm auf den kahlen Schädel, rann den Hals und den Rücken hinab. Er zog seinen Schüler mit hinaus. Tin Win fühlte das Wasser auf seinem Kopf, es lief ihm Stirn, Wangen und Nase hinunter. Er öffnete den Mund und streckte die Zunge so weit heraus, bis es ihm auf die Spitze tropfte.

Es war warm und ein wenig salzig.

»Wovor hast du Angst?«, fragte U May plötzlich.

»Warum glaubst du, dass ich Angst habe?«

»Deine Stimme.«

Tin Win hatte gehofft, sein Zustand wäre U May verborgen geblieben.

Obwohl Tin Win nach Kräften versuchte, sich in den Alltag des Klosters einzufügen, gab es viele schlechte Tage. Sie waren wie Schwindelanfälle, die kamen und gingen, und Tin Win wusste weder, wodurch sie ausgelöst wurden, noch, wie lange sie anhalten würden. Jeder Schritt fiel ihm schwer an solchen Tagen, und seine Ohren und sein Orientierungssinn betrogen ihn ohne Unterlass. Im Unterricht verstand er kaum ein Wort, jedes Geräusch drang so gedämpft zu ihm, als halte er seinen Kopf unter Wasser. Er lief gegen Pfähle und Wände, stieß Wasserkrüge und Teekannen um und hängte die Wäsche so ungeschickt auf, dass sie wenig später im Staub lag. Er fühlte sich einsam und unendlich traurig, Gefühle, gegen die er machtlos war. Noch schlimmer war die Angst. Er wusste nicht, wovor er Angst hatte, aber sie war fast immer da, sie verfolgte ihn wie ein Schatten an einem sonnigen Tag. Manchmal war sie klein, kaum bemerkbar, und er konnte sie in Zaum halten. Dafür rächte sie sich an anderen Tagen, an denen sie ins Unermessliche wuchs, sodass seine Hände vor Angstschweiß klebten und sein Körper zitterte, als hätte ihn Schüttelfrost befallen.

Er wünschte, er hätte auf U Mays Frage eine überzeugende Antwort, aber er hatte nur Bruchstücke, und ob sie zusammen eine Wahrheit ergaben, wusste er nicht. Stumm standen sich die beiden gegenüber. Unter dem Dachsims gurrten Tauben. Nach ein paar Minuten des Schweigens fragte der alte Mönch noch einmal: »Wovor hast du Angst?«

»Ich weiß es nicht«, antwortete Tin Win leise. »Vor der Stille der Nacht. Vor den Stimmen des Tages. Vor dem fetten Käfer, der durch meine Träume kriecht und an mir nagt, bis ich aufwache. Vor Baumstümpfen, auf denen ich sitze und von denen ich falle, ohne je irgendwo aufzuschlagen. Und vor der Angst. Manchmal habe ich einfach nur Angst vor der Angst und kann mich dagegen nicht wehren. Sie ist stärker als ich.«

U May strich ihm mit beiden Händen über die Wangen.

»Jeder Mensch, jede Kreatur hat Angst. Sie umgibt uns wie die Fliegen den Misthaufen des Ochsen. Tiere schlägt sie in die Flucht, sie reißen aus und rennen oder fliegen oder schwimmen, bis sie sich in Sicherheit wähnen oder vor Erschöpfung tot umfallen. Wir Menschen sind nicht wirklich klüger. Wir ahnen, dass es auf der Welt keinen Ort gibt, wo wir uns vor der Angst verstecken können, und trotzdem versuchen wir es. Wir streben nach Reichtum und Macht. Wir geben uns der Illusion hin, stärker zu sein als die Angst. Wir versuchen zu herrschen. Über unsere Kinder und unsere Frauen, über unsere Nachbarn und Freunde. Herrschsucht und Angst haben etwas gemein: Sie kennen keine Grenzen. Aber mit der Macht und dem Reichtum ist es wie mit dem Opium, das ich in meiner Jugend mehr als einmal probierte. Beide halten ihr Versprechen nicht. Das

Opium brachte mir nicht das ewige Glück, es verlangte nur nach mehr. Geld und Macht besiegen die Angst nicht. Es gibt nur eine Kraft, die stärker ist als die Angst. Die Liebe.«

Am Abend lag Tin Win ruhelos auf seiner Bastmatte. Bis auf U May schliefen alle Mönche in einem großen Raum neben der Küche. Sie hatten ihre Matten auf den Holzbohlen ausgebreitet und sich unter ihren Wolldecken vergraben. Durch die Ritzen im Fußboden kroch die Kälte der Nacht. Tin Win horchte. Er hörte einen Hund bellen, und ein anderer antwortete ihm. Und ein zweiter und ein dritter. Das Feuer in der Küche knisterte noch ein wenig, auf dem Dach bimmelten die kleinen Glocken, bis der leichte Wind sich legte und sie verstummten. Tin Win merkte, wie ein Mönch nach dem anderen einschlief, hörte ihren Atem ruhiger und gleichmäßiger werden. Und plötzlich waren alle Geräusche verschwunden, es herrschte eine Stille, so vollkommen, wie Tin Win sie noch nie erfahren hatte. Als wäre die Welt versunken. Tin Win stürzte in einen Abgrund, er drehte sich in der Luft, purzelte, streckte die Arme aus, suchte Halt, einen Ast, eine Hand, einen Schoß, irgendetwas, was seinen Fall aufhalten konnte. Es gab nichts. Er fiel immer tiefer, bis er plötzlich das Atmen neben sich wieder hörte. Und die Hunde. Und das Knattern eines Motorrads. War er kurz eingeschlafen und hatte geträumt? Oder war er wach und hatte für ein paar Sekunden nichts gehört? Hatten seine Ohren versagt? Einfach so?

Sollte er nach dem Augenlicht auch noch den Hörsinn verlieren? Angst überfiel ihn, und er dachte an U May. Es gebe nur eine Kraft, die stärker sei als die Angst, die Liebe, hatte U May gesagt, und Tin Win hatte geantwortet, er wisse nicht, was das sei, die Liebe. Der Alte hatte ihn getröstet. Er würde sie finden. Nur suchen könne er danach nicht.

4

Su Kyi ging über den Hof des Klosters. Im Schatten eines Feigenbaumes standen sechs Mönche und grüßten sie mit einer Verneigung. Sie sah Tin Win schon von Weitem. Er saß auf der obersten Stufe der Verandatreppe, ein dickes Buch auf den Knien. Seine Finger flogen über die Seiten, er hielt den Kopf leicht geneigt, und seine Lippen bewegten sich, als spreche er mit sich selber. In dieser Haltung traf sie ihn seit fast vier Jahren jeden Mittag an, wenn sie ihn vom Kloster abholte. Was war in dieser Zeit nicht alles geschehen. Gerade in der vergangenen Woche hatte ihr U May noch einmal bestätigt, wie sehr Tin Win sich verändert hätte und wie begabt er sei. Er sei der fleißigste und beste Schüler, besäße eine außergewöhnliche Fähigkeit zur Konzentration und verblüffe ihn oft mit einem Gedächtnis, einer Fantasie und Kombinationsgabe, wie U May sie bei einem bald Fünfzehnjährigen noch nicht erlebt habe. Tin Win konnte den Inhalt von Unterrichtsstunden, die Tage zurücklagen, mühelos und vollständig wiedergeben, er löste Mathematikaufgaben innerhalb weniger Minuten im Kopf, für die andere eine Tafel und eine halbe Stunde Zeit brauchten. Der alte Mönch schätzte ihn so sehr, dass er nach einem Vierteljahr begonnen hatte, ihn am Nachmittag zusätzlich zu unterrichten. Er hatte aus einer Kiste Bücher in Brailleschrift hervorgeholt, die ihm vor vielen Jahren ein Engländer geschenkt hatte, und innerhalb weniger Monate beherrschte Tin Win die Blindenschrift. Er las alles, was sich bei U May über die Zeit angesammelt hatte, und es dauerte nicht lange, da kannte er alle Bücher, die es im Kloster gab; doch dank der Freundschaft U Mays mit einem pensionierten britischen Offizier, dessen Sohn blind geboren worden war und der deshalb eine ganze Braille-Bibliothek besaß, war es möglich, Tin Win mit immer neuen Büchern zu versorgen. Er verschlang Märchen, Biografien, Reisebeschreibungen, Abenteuerromane, Theaterstücke und sogar philosophische Essays. Fast jeden Tag schleppte er ein neues Buch mit nach Hause, und erst vergangene Nacht war Su Kyi wieder einmal von seinem Murmeln aufgewacht. Tin Win hatte in der Dunkelheit neben ihr gehockt, im Schoß ein Buch, seine Hände waren über die Seiten geglitten, als streichle er sie. Leise hatte er jeden Satz wiederholt, den seine Finger ertasteten.

»Was machst du?«, hatte sie ihn gefragt.

»Ich reise«, hatte er geantwortet.

Sie hatte lächeln müssen, selbst im Halbschlaf. Vor ein paar Tagen erst hatte er ihr erklärt, dass er Bücher nicht einfach lese, sondern dass er mit ihnen verreise, dass sie ihn mitnehmen würden in andere Länder und auf fremde Kontinente und dass er mit ihrer Hilfe immer neue Menschen kennenlerne, von denen manche sogar zu Freunden werden würden.

Su Kyi hatte den Kopf geschüttelt, denn im Leben außerhalb der Bücher war er nicht in der Lage, Freundschaft zu schließen. Wie immer er sich durch die Schule verändert hatte, er blieb weltabgewandt und menschenscheu, und trotz seiner Beteiligung am Unterricht hatte er nur oberflächlichen und sporadischen Kontakt zu den anderen Jugendlichen. Er war höflich zu den Mönchen, aber auch distanziert, und Su Kyi hatte mehr und mehr das Gefühl, dass andere ihn nicht wirklich erreichten, ihn nicht berührten. Abgesehen von ihr und U May vielleicht, aber auch da war sie sich nicht sicher. Nein, Tin Win lebte in seiner eigenen Welt, und manchmal ertappte sie sich bei der Frage, ob er sich wohl selbst genüge und andere Menschen womöglich gar nicht brauche.

Su Kyi stand am unteren Ende der Treppe und schnalzte mit der Zunge. Tin Win war so in sein Buch vertieft, dass er sie nicht bemerkte. Sie betrachtete ihn, und ihr wurde zum ersten Mal bewusst, dass er nichts Kindliches mehr hatte. Er war den anderen Mönchen über den Kopf gewachsen, hatte die kräftigen Oberarme und breiten Schultern eines Feldarbeiters, aber die feinen Hände eines Goldschmieds. In seinen Zügen konnte sie den jungen Mann erkennen, der er bald sein würde.

»Tin Win«, rief sie.

Er wandte den Kopf in ihre Richtung.

»Ich muss noch etwas auf dem Markt besorgen, bevor wir nach Hause gehen. Willst du mitkommen oder auf mich warten?«

»Ich bleibe hier.« Er scheute das Gedränge zwischen den Verkaufsständen. Zu viele Menschen. Zu viele unbekannte Geräusche und fremde Gerüche, die ihn verwirrten und stolpern lassen könnten.

»Ich beeile mich«, versprach Su Kyi und machte sich auf den Weg.

Tin Win stand auf. Er zog an seinem neuen, grünen Longy, den er mit einem kräftigen Knoten um den Bauch gebunden hatte, und ging über die Veranda in die Klosterhalle. Er war auf dem Weg zur Feuerstelle in der Küche, als er ein Geräusch hörte, das er nicht kannte. Zunächst glaubte er, jemand schlüge im Takt einer Uhr auf ein Stück Holz, aber dazu klang es nicht dumpf und hart genug. Ein ganz eigener, monotoner Rhythmus. Tin Win blieb stehen, bewegte sich nicht. Er kannte jeden Raum, jede Ecke, jeden Balken des Klosters, und so einen Laut hatte er noch nie gehört. Weder hier noch sonst irgendwo. Wo kam das her? Aus der Mitte der Halle?

Er lauschte. Stille. Er machte einen Schritt und blieb erneut stehen. Horchte. Da war es wieder, lauter und deutlicher als zuvor. Es klang wie ein Klopfen, wie ein leises, sanftes Pochen. Nach ein paar Sekunden kamen die schlurfenden Schritte der Mönche hinzu. Er hörte ihr Rülpsen und Furzen aus der Küche. Er hörte das Knacken der Holzdielen und die knarrenden Fensterläden. Die Tauben unter dem Dach. Das Knistern des Feuers. Über ihm raschelte es. Er dachte an eine Kakerlake oder einen Käfer, der über das Dach kroch. Was war das für ein Zirpen an der Wand? Fliegen, die sich die Hinterbeine rieben? Von oben segelte etwas herab. Eine Vogelfeder. In den Balken unter ihm schmatzten Holzwürmer. Auf dem Hof hob ein Windhauch Sandkörner in die Luft und ließ sie wieder fallen. In weiter Ferne hörte er das Schnaufen der Ochsen auf den Feldern und das Stimmengewirr auf dem Markt. Ihm war, als würde sich langsam ein Vorhang öffnen, und dahinter käme jene Welt zum Vorschein, die er schon einmal für einige Sekunden entdeckt und dann wieder verloren hatte. Das verborgene Reich der Sinne, nach dem er sich so sehr gesehnt hatte. Die Gabe des Hörens. Er hatte sie wiederentdeckt.

Und durch all das Knistern, durch das Knarren, Flüstern und Gurren, das Tropfen, Rieseln und Fiepen, klang dieses unverkennbare, unüberhörbare Pochen. Langsam, ruhig und gleichmäßig. Als läge darin der Ursprung, die Quelle aller Laute, Töne und Stimmen auf Erden. Es war kräftig und zart zugleich. Tin Win wandte sich in die Richtung, aus der es kam, und zögerte. Sollte er sich trauen, darauf zuzugehen? Würde er es verscheuchen? Behutsam hob er einen Fuß. Hielt den Atem an. Lauschte. Es war noch da. Er wagte einen Schritt und einen zweiten. Er setzte einen Fuß vor den anderen, vorsichtig, als könnte er es zertreten. Nach jeder Bewegung verharrte er für einige Sekunden, um sich zu vergewissern, dass er es nicht verloren hatte. Es wurde mit jedem Schritt deutlicher. Dann blieb er stehen. Es musste unmittelbar vor ihm sein.

»Ist da jemand?«, flüsterte er.

»Ja. Direkt vor deinen Füßen. Gleich fällst du über mich.«

Es war die Stimme eines Mädchens. Sie war ihm nicht vertraut. Er versuchte vergeblich, sie sich vorzustellen.

»Wer bist du? Wie heißt du?«

»Mi Mi.«

»Hörst du es klopfen?«

»Nein.«

»Es muss hier irgendwo sein.« Tin Win kniete sich hin. Nun war es fast direkt neben seinem Ohr. »Ich höre es immer klarer. Es ist ein leises Pochen. Hörst du es wirklich nicht?«

»Nein.«

»Mach die Augen zu.«

Mi Mi schloss die Augen. »Nichts«, sagte sie und lachte. Tin Win beugte sich vor und fühlte ihren Atem in seinem Gesicht. »Ich glaube, es kommt von dir.« Er kroch noch näher an sie heran und hielt seinen Kopf direkt vor ihre Brust.

Da war es. Ihr Herzschlag.

Sein eigenes Herz begann zu rasen. Er ahnte, dass er etwas hörte, dass sich ihm etwas offenbarte, was er eigentlich nicht wissen durfte. Er bekam es mit der Angst zu tun, bis sie ihre Hand auf seine Wange legte. Er spürte, wie die Wärme durch seinen Körper floss, und wünschte, dass diese Hand ihn nie wieder loslassen sollte. Er hockte sich aufrecht hin. »Dein Herz, ich höre dein Herz schlagen.«

»Aus so großer Entfernung?« Sie lachte wieder, aber sie lachte ihn nicht aus. Er hörte es an ihrer Stimme. Es war ein Lachen, dem er sich anvertrauen konnte.

»Du glaubst mir nicht?«, fragte er.

»Ich weiß nicht. Vielleicht. Wie klingt es denn?«

»Wunderschön. Nein, noch schöner. Es klingt wie ...« Tin Win stammelte und suchte nach Worten. »Ich kann es nicht beschreiben. Es ist einmalig.«

»Du musst gute Ohren haben.«

Er hätte glauben können, sie verspotte ihn. Ihr Ton verriet ihm, dass sie es nicht tat.

»Ja. Nein. Ich bin mir nicht sicher, ob es die Ohren sind, mit denen wir hören.«

Sie schwiegen. Er wollte sie etwas fragen, irgendetwas, nur um ihre Stimme wieder zu hören. »Bist du zum ersten Mal hier?«, fragte er nach einer Pause.

»Nein.«

Er wusste nicht, was er sagen sollte. Er hatte Angst, sie könnte aufstehen und verschwinden. Vielleicht sollte er einfach erzählen und erzählen und hoffen, seine Stimme würde sie fesseln. Mi Mi würde zuhören und nicht gehen, solange er spräche.

»Ich habe dich im Kloster noch nie, noch nie ...«, er überlegte, wie er sich ausdrücken sollte, »bemerkt«, sagte er schließlich.

»Ich weiß. Ich habe dich schon oft gesehen.«

Eine laute Frauenstimme unterbrach sie. »Mi Mi, wo steckst du?«

»In der Halle, Mama.«

»Wir müssen nach Hause.«

»Ich komme schon.«

Tin Win merkte, dass sie sich aufrichtete, aber nicht aufstand, ihre Hand ausstreckte und ihm einmal kurz über die Wange strich.

»Ich muss fort, bis bald«, sagte sie, und er hörte, wie sie sich entfernte. Sie ging nicht. Sie kroch auf allen vieren davon.

5

Tin Win saß auf dem Boden, die Beine an den Körper gezogen, den Kopf auf den Knien. Am liebsten wäre er den Rest des Tages sitzen geblieben und die Nacht und den nächsten Tag. Als könnte jede Bewegung zerstören, was er erlebt hatte. Mi Mi war fort, aber das Pochen ihres Herzens war bei ihm geblieben, er erinnerte es, er hörte es, als säße sie neben ihm. Was war mit den anderen Tönen und Lauten? Er hob den Kopf, drehte ihn von einer Seite zur anderen und hörte sich um. Es raschelte noch immer leise auf dem Dach, es zirpte weiter an der Wand und schmatzte im Holz. Das Schnaufen der Wasserbüffel auf den Feldern, das Gelächter der Gäste in den Teehäusern – Tin Win war sich sicher, dass er es deutlich hörte. Er stand vorsichtig auf und konnte es kaum glauben: Er hatte die Gabe des Hörens nicht wieder verloren. Die Geräusche, ob vertraut oder fremd, waren noch da, manche lauter, andere leiser, aber an ihrer Kraft und ihrer Intensität hatte sich nichts geändert. Würde er sich damit in der Welt besser zurechtfinden?

Tin Win ging zur Tür, stieg die Verandatreppe hinunter und lief über den Hof. Er wollte durch den Ort gehen, die Hauptstraße auf und ab, er wollte das Dorf erkunden, es sich erhören. Aus allen Richtungen flogen ihm neue, unbekannte Geräusche zu. Es pochte, bollerte, knisterte und raschelte, es zischte und gluckste, quietschte und krächzte, ohne dass ihm diese Flut von Eindrücken Angst gemacht hätte. Er merkte, dass Ohren kaum anders funktionierten als

Augen. Er erinnerte sich, wie er früher auf den Wald geblickt hatte und dabei Dutzende von Bäumen mit ihren Hunderten von Ästen und Tausenden von Nadeln und Blättern gleichzeitig sah, und dazu auch noch die Wiese davor mit ihren Blumen und Büschen, und das alles ihn dennoch nicht im Geringsten verwirrte. Die Augen konzentrierten sich nur auf einige Details des Bildes, der Rest befand sich am Rand. Aber mit einer winzigen Bewegung der Pupillen konnte er den Fokus verändern und neue Details betrachten, ohne dass deshalb die anderen im Nichts verschwunden wären. Genauso erging es ihm jetzt. Er vernahm eine solche Vielzahl von Geräuschen, dass er sie nicht zu zählen vermochte, aber sie verschmolzen nicht. So wie er früher seinen Blick auf einen Grashalm, eine Blüte oder einen Vogel gerichtet hatte, so konnte er nun seine Ohren auf einen bestimmten Laut lenken, ihn sich in Ruhe anhören und immer neue Töne darin entdecken.

Er ging an der Klostermauer entlang, blieb immer wieder stehen und horchte. Er konnte nicht genug bekommen von all den Geräuschen, die in der Luft lagen. Aus einem Haus auf der anderen Seite der Straße hörte er das Lodern eines Feuers. Jemand schälte und hackte Knoblauch und Ingwer in winzige Stückchen, schnitt Frühlingszwiebeln und Tomaten, schüttete Reis in kochendes Wasser. Er kannte diese Laute von zu Hause, wenn Su Kyi kochte, er hörte sie deutlich, obgleich das Haus mindestens fünfzig Meter entfernt sein musste; und in seinem Kopf entstand das Bild einer jungen, schwitzenden Frau in ihrer Küche, wie es seine Augen deutlicher nicht hätten sehen können.

Neben ihm schnaufte ein Pferd, und ein Mann spuckte den Saft zerkauter Betelnüsse auf die Straße. Was war mit den vielen anderen Geräuschen, die er vernahm? Dem melodischen Ziepen, dem Knirschen und Räuspern? Selbst wenn er die Art des Tons erkannte, wusste er nicht, zu wem oder was er gehörte. Er hörte das Knacken eines Zweiges, aber war es der Ast einer Pinie, eines Avocadobaumes, einer Feige oder einer Bougainvillea, der zerbrach? Und das Rascheln zu seinen Füßen? War es eine Schlange, eine Maus, ein

Käfer oder etwas, von dem er sich nicht einmal vorstellen konnte, dass es einen Laut von sich gab? Tin Win begriff, dass ihm seine außergewöhnliche Fähigkeit allein nicht viel nützte. Er brauchte Hilfe. Diese Töne waren wie Vokabeln einer neuen Sprache, die er erst lernen musste, um zu verstehen, was die Welt ihm erzählte. Er brauchte einen Übersetzer, einen Menschen, der mit ihm auf Entdeckungsreisen gehen, ihn mit dem Leben vertraut machen würde. Es müsste jemand sein, der Geduld hatte und ihn nicht auslachte, wenn er sagte, er höre ein Herz pochen. Ein Mensch, dem er vertrauen, dem er sich ausliefern konnte, der ihm die Wahrheit sagen würde und keinen Spaß daran hätte, ihn in die Irre zu führen. Su Kyi, wer sonst, würde ihm helfen.

Er war nun auf der Hauptstraße angelangt, und das Erste, was ihm auffiel, war ein fortwährendes Pochen, das ihn umgab. Es waren die Herzen der Leute, die an ihm vorbeiliefen. Zu seiner Verwunderung stellte er fest, dass kein Herz wie das andere klang, so wenig wie zwei Stimmen identisch sind. Manche klangen hell und leicht wie Kinderstimmen, andere schlugen wild wie ein hämmernder Specht. Es gab welche, die glichen dem aufgeregten Piepen eines ganz jungen Kükens, und solche, die pochten so ruhig und gleichmäßig, dass sie ihn an die Wanduhr erinnerten, die Su Kyi im Haus des Onkels jeden Abend aufzog.

»Tin Win, was machst du allein auf der Hauptstraße?« Es war Su Kyi, die ihn abholen wollte. Sie war erschrocken, er hörte es an ihrer Stimme.

»Ich wollte dir entgegenkommen und an der Ecke auf dich warten«, antwortete er.

Sie nahm seine Hand, und sie gingen die Straße hinunter, an den Teehäusern und der Moschee vorbei, bogen hinter einer kleinen Pagode ab und stiegen langsam den Hügel hinauf, auf dem sie wohnten. Su Kyi erzählte ihm etwas, aber Tin Win achtete nicht auf ihre Worte, er hörte auf ihr Herz. Zunächst klang es fremd, es schlug unregelmäßig, ein heller Ton folgte einem dunklen, und der Gegensatz zur vertrauten Stimme verwirrte ihn. Nach ein paar Minuten jedoch hatte er sich an dieses Pochen gewöhnt und fand, dass es sowohl zu Su Kyi, deren Launen und Stimmungen zuweilen abrupt umschlugen, als auch zu ihrer Stimme passte.

Zu Hause angekommen, konnte er es kaum erwarten, Su Kyi um ihre Hilfe zu bitten. Er setzte sich auf einen Hocker in die Küche und lauschte. Er hörte Su Kyi vor der Tür Holz hacken. Um sie herum liefen gackernde Hühner. Die Pinien wiegten sich im Wind. Ein paar Vögel sangen. Geräusche, die er kannte und einordnen konnte. Dann fiel ihm ein leises Rascheln auf, oder war es mehr ein Summen, ein merkwürdiges Ziepen? War es ein Käfer, eine Biene? Wenn Su Kyi für ihn die Quelle dieses Lautes entdecken könnte, hätte er seine erste neue Vokabel gelernt.

»Su Kyi, komm, bitte«, rief er aufgeregt.

Sie legte das Beil weg und kam in die Küche. »Was möchtest du?«

»Erkennst du dieses Summen?«

Beide schwiegen und horchten. Er hörte es an ihrem Herzschlag, wie sie sich anstrengte und konzentrierte, es pochte etwas schneller und kräftiger. So wie vor ein paar Minuten, als sie bergauf gingen.

»Ich höre kein Summen.«

»Es kommt von da oben, dort, über der Tür. Siehst du da etwas?«

Su Kyi ging zur Tür und starrte an die Decke. »Nein.«

»Schau genau hin. Was ist da?«

»Nichts außer Holzlatten und Staub und Dreck. Was soll da sein?«

»Ich weiß es nicht, aber von dort kommt dieses Geräusch. Aus der Ecke, glaube ich, wo die Wand an das Dach stößt.«

Su Kyi betrachtete die Wand genauer. Sie konnte nichts Ungewöhnliches entdecken.

»Kannst du dir einen Hocker holen? Vielleicht siehst du dann besser?«

Sie stieg auf einen Hocker und musterte das alte Holz. Zugegeben, ihre Augen waren nicht mehr die besten, und Gegenstände direkt vor ihrer Nase büßten zunehmend ihre Konturen ein, aber so viel konnte sie deutlich erkennen: In dieser schmutzigen Ecke ihrer Küche gab es beim besten Willen nichts, was summte oder sonst irgendeine Art von Geräusch verursachte. Eine fette Spinne saß da und spann an ihrem Netz. Das war alles.

»Hier ist nichts. Glaub mir.«

Tin Win stand auf. Er war verunsichert. Sollte er Su Kyi oder seinen Sinnen trauen?

»Kommst du mit auf den Hof?«, bat er sie.

Sie standen vor der Hütte, er nahm ihre Hand und versuchte, sich auf einen Laut zu konzentrieren, der ihm nicht vertraut war: ein saugendes, schlürfendes Geräusch.

»Hörst du es schlürfen, Su Kyi?«

Sie wusste, wie wichtig es ihm war, dass auch sie es hörte. Aber sie hörte niemanden etwas trinken oder schlürfen.

»Wir sind allein, Tin Win. Niemand trinkt auf unserem Hof etwas.«

»Ich sage nicht, dass jemand etwas trinkt. Ich höre ein Geräusch, das klingt wie Saugen oder Schlürfen. Es ist nicht weit weg von uns.«

Su Kyi machte ein paar Schritte.

»Weiter, noch etwas weiter«, dirigierte er sie.

Sie ging weiter, fast bis zum Gartenzaun, kniete sich auf die Erde und sagte kein Wort.

»Hörst du es jetzt?« Das war keine Frage, es war eine Bitte, und sie hätte sie ihm um ihr Leben gern erfüllt. Aber sie hörte nichts.

»Nein.«

»Was siehst du?«

»Unseren Zaun. Gras. Erde. Blumen. Nichts, was einen schlürfenden Ton von sich geben könnte.« Sie blickte auf die gelben Orchideen und auf die Biene, die aus einer der Blüten kroch, und stand wieder auf.

6

Der Sand bedeckte sein Gesicht, er spürte ihn auf den Lippen und zwischen den Zähnen. Tin Win lag im Straßenstaub und fühlte sich so hilflos wie ein Käfer auf dem Rücken. Ihm war zum Weinen zumute. Nicht, weil er sich wirklich wehgetan hätte, mehr aus Scham und Wut. Heute wollte er zum ersten Mal allein vom Kloster nach Hause gehen, er hatte Su Kyi gesagt, sie solle ihn nicht abholen. Er war sich sicher gewesen, dass er den Weg auch ohne sie finden würde. Nach all den Jahren.

Er wusste nicht, ob er über einen Stein, eine Wurzel oder ein Loch, das der Regen in die Erde gespült hatte, gestolpert war, er wusste nur, dass er den dümmsten aller Fehler begangen hatte: Er hatte sich zu sicher gefühlt. Er hatte nicht achtgegeben. Er hatte einen Fuß vor den anderen gesetzt, ohne sich zu konzentrieren, ohne bei der Sache zu sein. Er wusste nicht, ob die Sehenden wirklich mehrere Dinge gleichzeitig und mit gebührender Sorgfalt machen konnten oder ob sie es nur behaupteten, er wusste nur, dass er es nicht konnte. Zudem war er auch noch verärgert gewesen, und dieses Gefühl brachte seit jeher Unordnung in seine Welt. U May hatte recht. Wut und Angst machen blind und taub. Sie verwirrten ihm jedes Mal aufs Neue die Sinne, ließen ihn stolpern oder gegen Bäume und Wände laufen. Tin Win erhob sich, wischte sich mit dem Longy den Dreck aus dem Gesicht und ging weiter. Seine Bewegungen waren unsicher, er blieb nach jedem Schritt stehen und ertastete mit seinem Stock den Weg. Als durchquere er feindliches Territorium.

Er wollte nach Hause, so schnell wie möglich. Eigentlich hatte er vorgehabt, sich von seinen Ohren leiten zu lassen, den Ort weiter zu erkunden, neue Geräusche zu entdecken und ihnen nachzuspüren, ja vielleicht sogar so wagemutig zu sein und über den Markt zu gehen, von dem Su Kyi so oft erzählt hatte. Nun empfand er die Geräuschkulisse, die ihn umgab, nur noch als etwas Bedrohliches. Es zirpte, zischte, knirschte und knatterte, und jeder einzelne Ton machte ihm Angst. Das Kläffen der Hunde ließ ihn zusammenfahren. Er fühlte sich eingeschüchtert vom Geplapper und Gemurmel der Passanten, das mit jedem Schritt lauter wurde.

Er war auf der Flucht, und am liebsten wäre er gerannt, so schnell er konnte. Stattdessen musste er sich vorantasten, Schritt für Schritt die Mauer entlangkriechen, die Hauptstraße hinunterschleichen und sich dabei an seinen Stock klammern wie ein Schiffbrüchiger an eine Planke. Er bog nach rechts ab und merkte, dass die Steigung begann. Plötzlich rief eine fremde Stimme seinen Namen.

»Tin Win. Tin Win.«

Er atmete tief durch, versuchte sich zu konzentrieren.

»Tin Win.«

Allmählich kam ihm der Klang bekannt vor.

»Mi Mi?«, fragte er.

»Ja.«

»Was machst du hier?«

»Ich sitze neben der kleinen weißen Pagode und warte auf meinen Bruder.«

»Wo ist er?«

»Wir verkaufen jede Woche auf dem Markt Kartoffeln. Jetzt bringt er einer kranken Tante, die auf dem Hügel wohnt, Reis und ein Huhn. Er holt mich nachher wieder ab.«

Tin Win tastete sich vorsichtig zur Pagode vor. Er war auf dem Weg so oft gestolpert, als hätte man ihm fortwährend Steine und Stöcke vor die Füße geworfen, und so konnte er nur hoffen, dass ihm die Schmach erspart bliebe, vor Mi Mis Augen in den Dreck zu fallen. Er hörte am Klang seines Stockes, dass er die Pagode erreicht hatte, und setzte sich neben sie. Dann hörte er ihr Herz pochen, und mit jedem Schlag wurde er ruhiger. Einen schöneren Laut konnte er sich nicht vorstellen. Es klang anders als die anderen Herzen, weicher, melodisch. Es schlug nicht, es sang.

»Dein Hemd und dein Longy sind schmutzig. Bist du hingefallen?«, fragte sie.

»Ja. Es ist nicht schlimm.«

»Hast du dir wehgetan?«

»Nein.«

Tin Win fühlte sich wieder sicherer. Langsam kehrte jeder Stein auf seinen Platz zurück, schrumpfte jedes Geräusch auf seine eigentliche Lautstärke. Mi Mi rückte etwas näher an ihn heran. Ihr Geruch erinnerte ihn an den Duft der Pinien nach dem ersten Schauer zu Beginn der Regenzeit. Süß, aber nicht schwer, ganz fein, als bestünde er aus vielen hauchdünnen Schichten. Früher hatte er sich nach dem ersten Regen immer auf den Waldboden gelegt, sich vollgesogen mit diesem Duft und so lange tief ein- und ausgeatmet, bis ihm schwindlig wurde.

Sie schwiegen eine Weile, und Tin Win wagte es, wieder zu horchen. Er hörte eine Art leises Trommeln oder Tropfen. Es kam von der anderen Seite der Pagode. Sollte er Mi Mi fragen, ob sie es auch hörte? Und wenn ja, ob sie nachschauen könnte, was es war, sodass er es in Zukunft zuordnen könnte. Er zögerte. Und wenn sie nichts hörte und nichts sah? Dann würde er sich noch einsamer fühlen, so wie gestern mit Su Kyi. Außerdem wollte er sich vor Mi Mi nicht lächerlich machen. Am liebsten hätte er nicht gefragt, aber die Versuchung war zu groß. Er beschloss, sich von Frage zu Frage voranzutasten, je nachdem, was und wie sie antworten würde.

»Hörst du es tropfen?«, fragte er vorsichtig.

»Nein.«

»Vielleicht ist es kein Tropfen. Es klingt mehr wie ein ganz feines Hämmern.« Er schlug mit einem Fingernagel ganz schnell auf seinen Stock. »Ungefähr so.«

»Ich höre nichts.«

»Könntest du für mich einmal hinter die Pagode schauen?«

»Da sind nur Büsche.«

»Und in den Büschen?« Tin Win fiel es schwer, seine Aufregung zu verbergen. Wenn sie ihm doch helfen könnte, wenigstens dieses eine Rätsel zu lösen.

Mi Mi drehte sich um und kroch hinter den kleinen Tempel. Dort wuchs dichtes Gestrüpp, und die spitzen Zweige zerkratzten ihr Gesicht. Sie konnte nichts entdecken, was ein Geräusch machte, wie Tin Win es beschrieb. Ein Vogelnest war alles, was sie sah. »Hier ist nichts.«

»Sag mir genau, was du siehst«, bat Tin Win.

»Äste. Blätter. Ein altes Vogelnest.«

Tin Win überlegte. »Was ist in dem Nest?«

»Ich weiß es nicht, aber es sieht verlassen aus.«

»Das Geräusch kommt bestimmt aus dem Nest. Kannst du nachschauen?«

»Das geht nicht. Es ist zu hoch. Ich kann mich hier nicht aufrichten.«

Warum stellte sie sich nicht hin und schaute nach, was im Nest lag? Er war so kurz davor, ein Blick würde genügen, ein kurzer Blick nur, und er hätte Gewissheit, ob er seinen Ohren trauen konnte.

Sie kam wieder um die Ecke gekrochen. »Was soll da drin sein?«

Er schwieg. Würde sie ihm glauben? Würde sie ihn auslachen? Hatte er eine Wahl?

»Ein Ei. Ich glaube, das Trommeln ist der Herzschlag eines Kükens.«

Mi Mi lachte. »Du machst Spaß. So hellhörig ist kein Mensch.«

Tin Win schwieg. Was sollte er darauf antworten.

»Wenn du mir hilfst, kann ich nachsehen, ob du recht hast«, sagte Mi Mi nach einer Pause. »Kannst du mich auf deinem Rücken tragen?«

Tin Win ging in die Hocke, und Mi Mi legte ihre Arme um seinen Hals. Tin Win richtete sich langsam auf. Er stand unruhig und wankte hin und her.

»Bin ich zu schwer?«, fragte sie.

»Nein, gar nicht.« Es waren nicht die Pfunde. Es war das ungewohnte Gefühl, das Gewicht eines Menschen auf dem Rücken zu spüren, das ihn verunsicherte. Sie schlang ihre Beine um seine Hüften, und er verschränkte beide Arme hinter dem Rücken, um ihr mehr Halt zu geben. Nun hatte er keine Hand frei für seinen

Stock, und er kannte den Boden vor sich nicht. Seine Knie wurden weich.

»Keine Angst. Ich leite dich.« Sie hatte seine Aufregung gespürt.

Tin Win machte einen kleinen Schritt.

»Gut. Und noch einen. Vorsicht, gleich kommt ein Stein, erschrick nicht.«

Tin Win tastete mit dem linken Fuß nach dem Stein, befühlte ihn und setzte den Fuß auf die Erde dahinter. Mi Mi dirigierte ihn um den kleinen Tempel herum. Mit einer Hand versuchte sie, ihm die Zweige aus dem Gesicht zu halten.

»Da ist es. Noch einen Schritt. Noch einen.« Er fühlte, wie sie sich mit ihren Händen auf seine Schultern stützte, sich reckte und nach vorn beugte. Sein Herz raste, und nur mit Mühe konnte er das Gleichgewicht halten.

»Eines. Nicht groß.«

»Bist du sicher?«

Tin Win gab sich keine Mühe, seine Freude zu verbergen. Sie hockten wieder am Straßenrand, und er konnte kaum stillsitzen. Mi Mi hatte die Tür einen Spaltbreit geöffnet, sie hatte einen Lichtstrahl in seine Dunkelheit gelassen, und am liebsten wäre er mit ihr losgelaufen, jetzt und sofort. Hätte jedem Ton, jedem Laut, jedem Geräusch, das er finden konnte, nachgespürt. Er hatte seine erste Vokabel gelernt. Er wusste nun, wie das Herzpochen von Vogelküken klingt, und nach und nach würde er herausfinden, woran er den Flügelschlag eines Schmetterlings erkennen konnte, warum es um ihn herum gluckste, auch wenn kein Wasser in der Nähe war, warum auch bei Windstille ein Rauschen zu vernehmen war. Mit Mi Mis Hilfe würde er ein Rätsel nach dem anderen lösen, und vielleicht würde sich daraus am Ende eine Welt ergeben, in der er sich zurechtfinden konnte. In der er einen Platz hatte.

Wie konnte er Mi Mi danken? Sie hatte ihn nicht ausgelacht. Sie hatte ihm vertraut und an ihn geglaubt. Weshalb nur hatte sie zunächst gezögert, als sie hinter dem Tempel war? »Mi Mi«, fragte Tin Win, »warum wolltest du nicht allein ins Nest schauen?«

Sie nahm seine Hände und legte sie auf ihre Waden. Noch nie hatte Tin Win so zarte Haut gespürt. Weicher noch als das Moos im Wald, mit dem er früher so gern seine Wangen gestreichelt hatte. Langsam glitten seine Finger ihre Beine hinab zu den Knöcheln, die schlank waren, aber sich plötzlich seltsam verformten. Ihre Füße bewegten sich nicht. Sie waren steif und nach innen gewachsen.

7

Yadana erinnerte die Geburt ihrer Tochter, als wäre es gestern gewesen. Sie nannte sie oft den schönsten Moment ihres Lebens, und das war gewiss nicht gegen die fünf älteren Söhne gerichtet. Vielleicht war es so, weil sie sich eigentlich schon viel zu alt gefühlt hatte für eine weitere Schwangerschaft und sich doch immer ein Mädchen gewünscht hatte. Oder weil sie nun, mit achtunddreißig Jahren, die Geburt und ihr Kind als das empfinden konnte, was sie waren: ein einmaliges und unvergleichliches Geschenk. Vielleicht war es so, weil sie in den neun Monaten, in denen das Kind in ihr heranwuchs, keine körperlichen Beschwerden gehabt hatte und kein Tag vergangen war, an dem sie sich nicht auf dem Feld aufgerichtet, innegehalten, die Augen geschlossen, über ihren Bauch gestrichen und sich gefreut hatte. Nachts lag sie oft wach und fühlte, wie das Kind in ihr gedieh, sich rollte und kugelte oder strampelte und gegen die Bauchdecke klopfte. Es gab für sie keine schöneren Augenblicke. Hätte sie einen Hang zur Sentimentalität gehabt, hätte sie geweint. Oder lag es daran, dass sie den ersten Blick ihrer Tochter aus diesen großen tiefbraunen, fast schwarzen Augen nicht vergessen konnte? Wie schön sie war! Ihre braune Haut war noch viel weicher als die von Yadanas anderen Kindern. Das Köpfchen war rund und nicht von den Strapazen der Geburt verformt, das Gesicht ebenmäßig. Selbst die Hebamme sagte, sie habe noch nie ein so schönes Neugeborenes in den Händen gehalten. So lag sie in Yadanas Armen und musterte ihre Mutter, die sich in diesem Augenblick noch mehr eins mit ihrem Kind fühlte als in den neun Monaten zuvor. Und dann lächelte das Kind. Ein Lächeln, wie Yadana es weder vorher noch seitdem je wieder gesehen hatte. Und so war es Moe, ihr Mann, der die verformten Glieder als Erster bemerkte. Er stieß vor Schreck einen kurzen Schrei aus und zeigte seiner Frau die winzigen, verkrüppelten Füße.

»Jedes Kind ist anders«, antwortete sie ihm. Damit war das Thema für Yadana erledigt. Was waren verwachsene Füßchen im Vergleich zu dem Wunder, das auf ihrer Brust lag.

Daran änderten auch die Gerüchte nichts, die in den nächsten Wochen im Dorf kursierten. Ihre Tochter sei die Reinkarnation des Esels eines Schotten, der sich ein paar Monate zuvor beide Vorderläufe gebrochen hatte und erschossen werden musste. Ihr werde kein langes Leben beschert sein, hieß es. Die Nachbarn glaubten, das arme Kind sei der Preis für die guten Ernten, die die Familie in den vergangenen Jahren eingefahren hatte und von deren Erlös sie sich ein Holzhaus auf Stelzen und mit Blechdach hatte bauen können. So viel Glück musste ja bestraft werden. Andere waren sich sicher, dass das Mädchen Unheil über den Ort bringen würde, und es gab so manchen, der hinter vorgehaltener Hand forderte, sie im Wald auszusetzen. Die Familie ihres Mannes bedrängte Yadana, den Rat des Astrologen einzuholen. Er könne mit Sicherheit sagen, welches Leid der Kleinen noch bevorstünde, und ob es nicht besser sei, sie ihrem Schicksal zu überlassen. Yadana dachte nicht daran. Immer schon hatte sie ihren Instinkten mehr getraut als den Sternen, und ihre Instinkte ließen keine Zweifel zu: Sie hatte ein ganz besonderes Kind mit außergewöhnlichen Fähigkeiten geboren.

Es dauerte fast ein Jahr, bis auch ihr Mann davon überzeugt war. Zunächst wagte er kaum, seine Tochter zu berühren. Er hielt sie am liebsten am ausgestreckten Arm und verbot seinen Söhnen, ihr zu nahe zu kommen. Bis seine Frau ihn eines Abends anschnauzte: »Verkrüppelte Füße sind nicht ansteckend.«

»Ich weiß, ich weiß«, versuchte er abzuwiegeln.

»Warum hast du dir deine Tochter dann in bald einem Jahr nicht einmal angeschaut?«, rief sie wütend und riss Mi Mi mit ein paar schnellen Handbewegungen die Tücher vom Leib.

»Warum?«

Moe schaute abwechselnd auf seine Tochter und auf seine Frau. Mi Mi lag nackt vor ihm. Es war kalt, ein Schauer überlief sie, aber sie schrie nicht, sondern blickte ihn erwartungsvoll an.

»Warum?«, wiederholte Yadana.

Er streckte seine Arme aus und berührte den kleinen Bauch. Er streichelte über die dünnen Schenkel, die Knie, seine Finger glitten hinunter, bis er die Füßchen in den Händen hielt. Mi Mi lächelte ihn an.

Ihre Augen erinnerten ihn an den Blick seiner Frau, als er ihr zum ersten Mal begegnete, und auch ihr Lächeln hatte diesen Zauber, dem er bis heute nicht widerstehen konnte. Moe schämte sich.

Yadana hüllte ihr Kind wieder in die Tücher, entblößte ihre Brust und stillte Mi Mi.

Bald war Moe klar, dass seine Tochter nicht nur die schönen Augen ihrer Mutter geerbt hatte, sondern auch deren zufriedenes, ausgeglichenes und fröhliches Wesen. Sie weinte nie, schrie selten, schlief die Nächte durch und machte auf ihn den Eindruck eines Menschen, der im Einklang mit sich und der Welt lebte.

Daran änderte sich auch nichts, als sie sich nach gut einem Jahr zum ersten Mal aufrichten wollte. Sie war zum Geländer der kleinen Veranda vor dem Haus gekrabbelt. Moe und Yadana standen im Hof, fütterten die Hühner und die Sau und sahen, wie ihre Tochter sich an den Gitterstäben der Brüstung hochzog. Wie sie versuchte, sich auf ihre nach innen gewachsenen Füße zu stellen, wie sie für einen kurzen Augenblick stand, erschrocken ihre Eltern anstarrte und dann umfiel. Sie versuchte es noch einmal und noch einmal, und Moe wollte zu ihr eilen, ihr helfen, ohne zu wissen, wie. Yadana hielt ihn fest. »Ihre Füße tragen sie nicht. Sie muss es lernen«, sagte sie und wusste, dass niemand ihrer Tochter das abnehmen konnte.

Mi Mi weinte nicht. Sie rieb sich die Augen und musterte das Geländer, als läge es an den Holzstangen. Sie versuchte es wieder und bemühte sich, die Balance zu halten. Nachdem sie aber auch beim sechsten Mal wieder auf den Brettern gelandet war, gab sie auf, kroch zur Treppe, setzte sich auf, schaute ihre Eltern an und lächelte. Es war das erste und einzige Mal, dass sie versuchte, aufzustehen und einen Schritt zu machen. Fortan eroberte sie das Haus und den Hof auf allen vieren. Sie krabbelte die Verandatreppe so flink hinauf und hinunter, dass ihre Eltern ihr kaum folgen konnten. Sie jagte den Hühnern hinterher und liebte es, an heißen Sommertagen, wenn ein Regenschauer die Erde im Hof aufgeweicht hatte, im Matsch zu wühlen. Sie spielte mit ihren Brüdern Fangen und Verstecken und kroch dabei in die entlegensten Winkel des Hofes, in denen sie selten jemand fand.

Wie es schien, verlor Mi Mi ihren Gleichmut auch später nicht, als sie begriff, wie nützlich Füße sind. Als sie auf der Veranda saß und beobachtete, wie die Nachbarskinder über den Hof tobten oder auf den wuchtigen Eukalyptusbaum kletterten, der die Grundstücke trennte. Yadana hatte das Gefühl, dass ihre Tochter die Grenzen akzeptierte, die die Natur ihr gesetzt hatte, was allerdings nicht bedeutete, dass sie sich vom Leben abwandte und zurückzog, im Gegenteil. Ihre Bewegungsfreiheit war eingeschränkt, ihre Neugierde hingegen und ihre Talente in anderen Dingen des Lebens kannten oft keine Grenzen.

Am erstaunlichsten war ihre Stimme. Als Säugling verbrachte Mi Mi die meiste Zeit festgebunden auf dem Rücken ihrer Mutter, und Yadana hatte es sich zur Gewohnheit gemacht, ihrer Tochter während der Feldarbeit etwas vorzusingen. Bald konnte Mi Mi die meisten Lieder auswendig, und Mutter und Tochter sangen im Chor. Mi Mis Stimme wurde immer schöner, und wenn abends dann die Siebenjährige ihrer Mutter beim Kochen half und dabei sang, versammelten sich die Nachbarn vor dem Haus, hockten sich auf die Erde und lauschten schweigend. Von Woche zu Woche wurden es mehr, bald füllten sie den ganzen Hof, standen auf dem Weg, der am Haus vorbeiführte, und saßen auch noch in den Wipfeln der Bäume, die das Grundstück umgaben. Die Abergläubischsten unter ihnen behaupteten sogar, dass Mi Mis Stimme magische Kräfte besäße. Sie erzählten gern die Geschichte von der alten, kranken Witwe, die in Hörweite wohnte und zwei Jahre ihre Hütte nicht verlassen hatte und die sich eines Tages in der Dämmerung unter das Publikum mischte und zu tanzen begann. Nur dem Eingreifen Moes war es zu verdanken, dass sie sich nicht auch noch entkleidete. Oder der Junge, der in einer Hütte auf der anderen Seite des Weges lebte und den sie den Fisch nannten. Seine Haut war trocken und über und über mit weißen Flechten und Schuppen bedeckt; keine sechs Monate nachdem Mi Mis Gesang zum ersten Mal durch die Abenddämmerung klang, war auch die letzte Pustel verschwunden.

Auf dem Markt, wo sie mit ihrer Mutter Kartoffeln und Reis verkaufte, verursachten ihre Lieder einen solchen Menschenauflauf, dass zwei Polizisten kamen und sie baten, mit dem Singen aufzuhören. Im Interesse der öffentlichen Sicherheit und Ordnung. Ein irischer Trunkenbold, der es in der Armee Ihrer Majestät immerhin zu einem Major gebracht hatte und nun in Kalaw seinen Lebensabend verbrachte, wünschte sich, dass sie auf seinem Totenbett sänge. Mi Mi wurde zu Hochzeiten und Geburten eingeladen und die Familie im Gegenzug dafür reichlich mit Tee, Hühnern oder Reis belohnt. Gerade als Moe sich ernsthaft mit dem Gedanken beschäftigte, seine Felder zu verpachten, teilte Mi Mi ihren Eltern mit, dass sie nicht beabsichtige, weiterzusingen.

Sie saßen auf einem Balken im Hof, die Dämmerung war noch nicht angebrochen, aber die Kühle des Abends bereits deutlich zu spüren. Yadana legte eine dicke Jacke um die Schultern ihrer Tochter. Mi Mi zerrieb die Rinde des Thanakhabaumes in einem Mörser, ihre Mutter wusch Tomaten und Frühlingszwiebeln. Das Schwein grunzte unter dem Haus, und der Wasserbüffel schiss direkt vor die Gartenpforte. Es stank bis zu ihnen herüber. Moe glaubte an einen Scherz.

»Warum willst du nicht mehr singen?«

»Weil es mir keinen Spaß mehr macht.«

»Was heißt das, es macht dir keinen Spaß mehr? Was ist passiert?«

»Nichts ist passiert. Es ist mir zu viel. Es ist nichts Besonderes mehr. Es macht keinen Spaß.«

»Aber deine Stimme klingt mit jedem Tag schöner.«

»Vielleicht, nur ich mag sie nicht mehr. Ich kann sie nicht mehr hören.«

»Du meinst, du willst nie wieder singen?«

»Ich möchte mir meine Stimme bewahren, ich möchte sie mir aufheben. Eines Tages werde ich wieder singen.«

»Aufheben? Wofür?« Moe war voller Misstrauen.

»Das weiß ich nicht. Wenn es so weit ist, werde ich es merken.«

Moe wusste, dass es zwecklos war, mit seiner Tochter zu streiten. Sie hatte die Sturheit ihrer Mutter; es kam selten vor, dass sie auf etwas beharrte, aber wenn sie sich zu etwas entschlossen hatte, war es unmöglich, sie davon wieder abzubringen. Insgeheim bewunderte er sie dafür.

Moe und Yadana blickten ihre Tochter an, und in ihren Augen lag Wehmut. Es war vor allem Yadana bewusst, wie sehr sich Mi Mi in letzter Zeit verändert hatte. Sie war gerade vierzehn geworden, und ihr Körper nahm langsam die Formen einer jungen Frau an. Nicht nur ihre Stimme wurde von Tag zu Tag schöner. Zwar beherrschten ihre Augen das Gesicht nicht mehr ganz so stark, aber in ihnen lag noch immer dasselbe Strahlen. Ihre Haut hatte die Farbe von gemahlener Tamarinde, und ihre Hände waren, obschon sie sie zum Abstützen und Fortbewegen brauchte, nicht kräftig, hart oder voller Hornhaut, sie waren lang und schmal. Mit ihren Fingern war sie so geschickt, dass Yadana kaum mit den Augen folgen konnte, wenn Mi Mi ihr beim Kochen half, eine Ingwerwurzel schälte und in kleine Scheiben oder Würfel schnitt. Vor zwei Jahren hatte sie ihr das Weben beigebracht, und es dauerte nicht lange, da hatte Mi Mi ihre Mutter überflügelt. Am meisten jedoch bewunderte Yadana die Sicherheit, mit der sich ihre Tochter bewegte. Früher hatte sie Albträume gehabt. Da sah sie Mi Mi wie ein Tier durch den Dreck oder über den Markt kriechen, während die Passanten sie verspotteten. Manchmal träumte sie noch davon, dass Mi Mi mit dem Zug nach Thazi fahren wollte, auf dem Bahnhof zum Waggon kroch und die Dampflok sich in Bewegung setzte. Mi Mi versuchte, schneller und schneller zu kriechen, den Zug erreichte sie nicht.

Und selbst am Tage ertappte sie sich bei der Vorstellung, wie Mi Mi als erwachsene Frau Gäste in ihrem Haus begrüßen würde: Auf allen vieren musste sie ihnen entgegenkriechen. Wie beschämend!

Und nun konnte sie kaum fassen, wie viel Selbstbewusstsein ihre Tochter besaß und mit welcher Sicherheit sie sich fortbewegte. In ihrer Art des Kriechens lag nichts Tierisches oder Demütigendes. Sie trug nur die schönsten, selbst gewebten Longys, und obgleich sie damit über den dreckigen Fußboden rutschte, waren sie niemals unansehnlich. Wenn sie sich fortbewegte, behutsam eine Hand, ein Knie vor das andere setzend, strahlte sie dabei so viel Würde aus, dass die Menschen auf dem Markt zur Seite wichen und sie mit großem Respekt behandelten.

8

Die Julia, die ich bisher kannte und von der ich dachte, sie sei mir vertraut, wäre jetzt aufgestanden. Sie wäre empört gewesen. Sie hätte schmale Lippen bekommen. Sie hätte U Ba mit einem wütenden und durchdringenden Blick angeschaut und wortlos ihren kleinen Rucksack geschnappt. Oder sie hätte ihn ausgelacht und erklärt, dass sie das alles für albernes Geschwätz hielt. Sie wäre gegangen. Verärgert, weil sie ihre Zeit vergeudet hatte.

Ich blieb sitzen. Ich verspürte den Impuls, aufzustehen, aber er hatte keine wirkliche Kraft. Er war wie ein Reflex aus einer anderen Zeit. Auch wenn ich in diesem Moment nicht fähig war, klar zu denken oder das Gehörte zu analysieren, so ahnte ich doch, dass es nicht um ein Märchen ging, es sei denn, man hält die Liebe überhaupt für ein Märchen. Und zu diesen Menschen hätte ich mich vor ein paar Stunden noch gezählt. Nun war ich mir nicht mehr sicher. Ich wusste nicht, was ich von U Bas Erzählungen halten sollte, sie überforderten mich. Mein Vater soll als Jugendlicher nicht nur blind gewesen sein, sondern auch noch sein Herz an einen Krüppel verloren haben? Diese Frau soll der Grund sein, warum er uns, seine Familie, nach fast fünfunddreißig Jahren im Stich gelassen hat? Kann eine Liebe fünfzig Jahre Trennung überdauern? Es schien mir absurd. Gleichzeitig musste ich an einen Satz meines Vaters denken: Es gibt nichts, im Guten wie im Bösen, zu dem der Mensch nicht fähig ist. Es war sein Kommentar, als wir erfuhren, dass ein Cousin meiner Mutter, ein gläubiger Katholik, eine Affäre mit der sechzehnjährigen Babysitterin hatte. Meine Mutter konnte es nicht fassen: Das passt doch gar nicht zu Walter, sagte sie immer wieder. Mein Vater hielt dies für einen Irrtum; er schien jedem Menschen alles zuzutrauen, wollte zumindest nichts ausschließen, nur weil er glaubte, jemanden zu kennen. Und er bestand darauf, dass dies nicht die Weltsicht eines verbitterten Pessimisten wiedergebe. Im Gegenteil, hatte er gesagt. Viel schlimmer sei es, von den Menschen Gutes zu erwarten und dann enttäuscht zu sein, wenn sie den hohen Erwartungen nicht entsprächen. Das würde zu Verbitterung und Menschenverachtung führen.

U Bas Erzählung hatte eine Kraft bekommen, der ich mich nicht mehr entziehen konnte. Mein Vater hatte in der Tat auch im Alter noch ein phänomales Gedächtnis und eine Art siebten Sinn, was die menschliche Stimme betraf. In manchen Eigenschaften und Verhaltensweisen, die U Ba beschrieb, konnte ich allmählich Züge meines Vaters erkennen. Ich hatte das Gefühl, in mir zwei Stimmen zu vernehmen, die miteinander im Streit lagen. Die eine war die der Rechtsanwältin. Sie blieb misstrauisch, sie wollte Fakten sehen. Beweise. Zeugen. Sie suchte nach Schuldigen und einem Richter, der verurteilen konnte oder mit seiner Autorität dem Spuk ein Ende machen würde. Die andere war eine Stimme, die ich bisher noch nicht vernommen hatte. Halt, rief sie, lauf nicht weg. Wende dich nicht ab. U Ba sagt die Wahrheit, auch wenn du sie im ersten Moment nicht erkennst und sie dir fremd und unglaubwürdig erscheint. Hab keine Angst.

»Sie müssen hungrig sein«, unterbrach U Ba meine Gedanken. »Ich habe eine Kleinigkeit vorbereiten lassen.« Er rief einen Namen, den ich nicht verstand, und kurz darauf kam aus der Küche eine junge Frau mit einem Tablett. Sie verneigte sich und deutete einen Knicks an. U Ba stand auf und reichte mir zwei verbeulte Teller. Auf dem einen lagen drei dünne, runde Fladenbrote, der andere enthielt Reis, braune Soße und Fleischstückchen. Dazu gab er mir eine ausgefranste weiße Stoffserviette und einen verbogenen Löffel aus dünnem Blech.

»Burmesisches Hühnercurry. Sehr mild. Wir essen es mit indischem Fladenbrot. Ich hoffe, es schmeckt Ihnen.«

Mein Blick muss sehr skeptisch gewesen sein. U Ba lachte und versuchte mich zu beruhigen. »Ich habe meine Nachbarin ausdrücklich gebeten, beim Kochen auf Sauberkeit zu achten. Ich weiß, dass unser Essen unseren Gästen nicht immer gut bekommt. Aber selbst wir sind dagegen nicht immun. Glauben Sie mir, auch ich war in meinem Leben unzählige Stunden an die Toilette gefesselt.«

»Das ist nicht gerade ein Trost«, meinte ich und biss in eines der Brote. In meinem Reiseführer hatte ich gelesen, dass man sich vor allem vor Salaten, rohen Früchten, unbehandeltem Wasser und Eis hüten solle. Brot und Reis hingegen seien vergleichsweise unbedenklich. Ich probierte etwas Reis mit Soße. Sie war ein wenig bitter, schmeckte fast erdig, aber nicht schlecht. Das Huhn war so zäh, dass ich es kaum kauen konnte.

»Wo ist mein Vater?«, fragte ich, nachdem wir eine Weile schweigend gegessen hatten. Es klang strenger und fordernder, als es meine Absicht war. Die Stimme der Rechtsanwältin.

U Ba schaute auf und blickte mich lange an. Er wischte mit dem letzten Stück des Fladenbrotes den Teller sauber. »Sie kommen ihm immer näher, merken Sie das nicht?«, sagte er und strich sich mit der alten Serviette über den Mund. Er trank einen Schluck Tee und lehnte sich in seinem Sessel zurück. »Ich könnte Ihnen mit einem Satz sagen, wo er ist. Aber nun haben Sie so lange gewartet, über vier Jahre, kommt es da auf ein paar Stunden mehr oder weniger an? Sie werden nie wieder die Gelegenheit haben, so viel über Ihren Vater zu erfahren. Möchten Sie nicht wissen, wie es mit ihm und Mi Mi weiterging? Wie sie sein Leben veränderte? Warum sie ihm so viel bedeutete? Warum sie auch Ihr Leben verändern wird?«

U Ba wartete meine Antwort nicht ab. Er räusperte sich einmal kurz und erzählte weiter.

9

Su Kyi merkte sofort, dass mit Tin Win etwas Außergewöhnliches geschehen sein musste. Sie hatte vor der Gartenpforte gesessen und auf ihn gewartet und gerade angefangen, sich Sorgen zu machen. Der Weg war in einem erbärmlichen Zustand. Heftiger, lang anhaltender Regen hatte vor zwei Tagen die Erde aufgeweicht, und die Ochsenkarren hatten dann im Matsch tiefe Spuren hinterlassen. Die Sonne hatte den Schlamm getrocknet, und nun war die Oberfläche hart und verkrustet und übersät mit Kuhlen und Rillen, selbst für einen Sehenden voller Tücken. Sie fragte sich, ob es eine gute Idee gewesen war, ihn ausgerechnet heute allein gehen zu lassen, da sah sie ihn den Berg heraufkommen. Sie erkannte seinen rotgrünen Longy und sein weißes Hemd, aber sein Gang wirkte anders als sonst. Er hatte nichts Zaghaftes oder Zögerliches. Sie traute ihren Augen nicht. War das wirklich Tin Win, der da fast beschwingt den Weg herauflief? In der Hand hielt er seinen Stock, aber er tastete sich nicht behutsam vorwärts, er ließ ihn vor seinen Füßen tanzen. So leichtfüßig hatte sie ihn noch nicht laufen sehen.

Am Abend war er redselig wie nie. Er berichtete ausführlich von U May, und wie aufgeregt er, Tin Win, gewesen sei, als er ganz allein aus dem Tor des Klosters auf die Straße trat, wie er wegen seiner Unachtsamkeit stürzte und sich darüber ärgerte, aber dass er von nun an immer versuchen wolle, den Weg ohne ihre Hilfe zu bewältigen. Er erzählte von Geräuschen, von Vogelfedern und Bambusblättern, die er zur Erde segeln hörte, von pochenden Herzen, die wie Gesänge klängen. Su Kyi freute sich über seine Fantasie und seine Lust, sich mitzuteilen, die alles andere als selbstverständlich war. Auch wenn sie wusste, dass sie davon natürlich kein Wort glauben konnte.

Von Mi Mi sagte er nichts, und so konnte die arme Su Kyi sich auch nicht erklären, was in den folgenden Tagen mit Tin Win geschah. Ihm, der gewöhnlich stundenlang stumm in einer Ecke hockte, war es kaum möglich, stillzusitzen. Ruhelos lief er durch Haus und Garten. Er interessierte sich plötzlich für den Markt, wollte wissen, warum er nur alle fünf Tage abgehalten werde, und fragte mehrmals, wann es wieder so weit sei. Sein Appetit nahm von Mahlzeit zu Mahlzeit ab, bis er am dritten Tag nur noch Tee trank. Su Kyi wusste nicht, was sie machen sollte. Tin Win wurde krank, so viel war sicher, aber er klagte nicht über Schmerzen. Langsam waren ihr seine Erzählungen von den Geräuschen, die er hörte, nicht mehr geheuer. War er dabei, seinen Verstand zu verlieren?

Tin Win zählte die Tage, nein, es waren die Stunden bis zum nächsten Markttag, die er zählte. Er hatte nicht geahnt, wie lang ein Tag sein konnte. Warum dauerte es eine Ewigkeit, bis die Erde sich einmal um die eigene Achse drehte? Die Zeit kroch so langsam dahin wie eine Schnecke auf dem Waldboden. Konnte er nichts tun, damit sie schneller verging? Er fragte U May, der lachte nur.

»Setz dich, und meditiere. Dann verliert die Zeit ihre Bedeutung«, riet er ihm.

Tin Win war ein junger Meister der Meditation, und diese Fähigkeit hatte ihm in den vergangenen drei Jahren vor allem im Kampf gegen seine Angst gute Dienste erwiesen. Aber jetzt half es nicht. Ob er sich im Kloster zwischen die Mönche setzte, auf eine Wiese oder den Baumstumpf vor dem Haus, ob er die verschiedensten Atemtechniken versuchte und sich mit aller Kraft konzentrierte, es nützte nichts. Was immer er anstellte, wo immer er war, er dachte an Mi Mi. Er hörte ihr Herz. Er hörte ihre Stimme. Er fühlte ihre Haut. Er spürte sie auf seinem Rücken. Er hatte ihren Geruch in der Nase, diesen weichen, süßlichen, unverwechselbaren Duft.

In der Nacht vor dem nächsten Markttag schlief er nicht. Er hörte, wie Su Kyi sich auf der Matte neben ihm niederließ, sich zur Seite drehte und die dicke Decke bis zu den Ohren hochzog. Kurz darauf hatte sich auch ihr Herz zur Nachtruhe begeben. Es schlug so langsam und gleichmäßig, als würde es niemals aufhören. Sein Herz raste. Ein wildes, ungezähmtes Pochen. Er wusste nicht einmal, was ihn so aufregte, er spürte nur, dass es etwas sein musste, was stärker war als er. Er hatte das Gefühl, dass er dabei war, eine andere, eine neue Welt zu entdecken. Eine Welt, in der man nicht mit den Augen sah. Eine Welt, in der man keine Füße brauchte, um sich fortzubewegen.

Tin Win überlegte, wie er Mi Mi am Morgen zwischen all den Ständen und Menschen finden sollte. Nach Su Kyis Beschreibungen stellte er sich den Markt vor wie einen Vogelschwarm, der über ein Feld hereinbricht. Ein Gewirr von Stimmen, Geräuschen und Gerüchen. Eng wird es sein, dachte er, und sie werden drängeln und schieben, und niemand wird Rücksicht nehmen. Seltsamerweise machte dieser Gedanke ihm, dem sonst so Menschenscheuen, keine Angst. Er war sich sicher, dass er Mi Mi bald finden würde. Er würde sie am Ton ihres Herzschlags erkennen. Er würde ihrem Geruch folgen. Er würde ihre Stimme hören, selbst wenn sie ihrem Bruder nur etwas ins Ohr flüsterte.

Tin Win wartete einige Minuten am Straßenrand, ohne sich zu bewegen. Dann knotete er seinen Longy neu. Der Schweiß stand ihm in kleinen Perlen auf Stirn und Nase. Die Stimmen des Marktes waren viel lauter und aufdringlicher, als er gedacht hatte. Es klang wie das Rauschen des Baches in der Regenzeit, wenn er sich in einen bedrohlichen Fluss verwandelte, den niemand durchqueren konnte. Tin Win überlegte, woran er sich orientieren sollte. Er kannte die Wege zwischen den Ständen nicht. Er kannte die Fallen des Bodens nicht. Ihm war keine Stimme vertraut. Er wusste nur, dass er keine Angst haben durfte. Angst machte alles nur noch schlimmer. Er musste sich auf seine Ohren, seine Nase, seine Instinkte verlassen, wenn er Mi Mi finden wollte. Er musste Vertrauen haben.

Er setzte einen Fuß vor den anderen, langsam, aber nicht zaudernd. Er wollte sich vom Strom der Menschen tragen und führen lassen. Jemand rempelte ihn von hinten an. Er spürte einen Ellenbogen in den Rippen. »Pass auf, wo du hintrittst«, brüllte ein Mann im Gedränge. Er hörte die Betelnusskauer schmatzen und den roten Saft auf die Straße spucken. Er hörte das Wimmern eines Säuglings. Er hörte die Stimmen und die Herzen, das Schnaufen und Stöhnen, Husten und Röcheln der Menschen um ihn herum und das Rumoren ihrer Gedärme, und es waren so viele, und es war so laut, dass er sie nicht zu unterscheiden vermochte. So wenig wie ein Sehender einen einzelnen Wassertropfen in einer Pfütze erkennt. Er wusste, dass es kein Zurück gab, er konzentrierte sich auf jeden Schritt und spürte, wie er mit jeder Bewegung ruhiger wurde. Nicht einmal der Gedanke, dass Mi Mi ihn in diesem Gewühl nicht sehen konnte und er sie erkennen musste, machte ihm Angst. Er würde sie finden. Nur die Hitze machte ihm zu schaffen. Er hatte im Kloster zu wenig getrunken und schwitzte mehr als sonst. Sein Hemd war nass, sein Mund trocken. Er merkte, dass die Menge sich in zwei Richtungen zerteilte, und wollte stehen bleiben, aber der Druck von hinten war zu stark. Er folgte jenen, die nach rechts abbogen.

»Vorsicht«, schrie eine Frau. Er hörte es knacken und spürte etwas Weiches, Feuchtes an den Füßen und zwischen den Zehen. Er war in Eier getreten.

»Bist du blind?«

Er wandte ihr den Kopf zu, sie sah das milchige Weiß in seinen

Augen und murmelte erschrocken eine Entschuldigung. Tin Win wurde weitergetragen. Hier mussten die Fischstände sein. Er erkannte den salzigen Geruch der getrockneten Fische. Gleich darauf hatte er den bitteren Duft des Korianders in der Nase. Dann den der scharf säuerlichen Gelbwurzel, der ihm direkt in den Kopf stieg und beim Einatmen auf den Schleimhäuten brannte. Es roch nach Zimt und nach Curry und nach Chilipfeffer. Nach Zitronengras und Ingwer. Dazwischen immer wieder der satte, schwere und süßliche Duft von überreifen Früchten.

Als er es dann hörte, rempelte ihn niemand mehr an. Die hinter ihm Gehenden machten einen Bogen, als ahnten sie, dass nun kein Drängeln und kein Schieben mehr helfen würden. Tin Win horchte. Da war es. So zart und zerbrechlich und so stark zugleich. Er würde es aus allen Geräuschen dieser Welt heraushören. Wie er sich danach gesehnt hatte. Er fühlte ihre Haut in seinen Händen. Ihre Arme um seinen Hals.

Tin Win folgte dem Pochen, das aus einem abgelegenen Winkel des Marktes kam.

10

Mi Mi saß am Rande des Marktes neben einem Berg Kartoffeln. In der linken Hand hielt sie einen kleinen, runden Schirm aus Papier, der sie vor der Sonne schützte. Er hatte die dunkelrote, fast braune Farbe der Mönchskutten. Sie trug ihren schönsten Longy, rot mit einem grünen Muster; gestern Abend erst hatte sie ihn fertig gewebt. Die schwarzen Haare waren zu einem Zopf gebunden. Sie hatte ihre Mutter am Morgen gebeten, ihr zwei runde gelbe Kreise auf die Wangen zu malen. Alle älteren Mädchen und Frauen schminkten sich auf diese Weise, doch Mi Mi hatte das bisher immer abgelehnt. Ihre Mutter hatte gelächelt und keine Fragen gestellt. Zum Abschied, als Mi Mi schon auf dem Rücken ihres Bruders saß, hatte Yadana ihrer Tochter einen Kuss auf die Stirn gegeben. Das machte sie jedes Mal, ehe sie sich trennten, aber dieser Kuss war anders gewesen. Mi Mi hatte es gespürt, ohne sagen zu können, was es war.

Nun hockte sie auf ihrer roten, selbst gewebten Decke und wartete. Eigentlich tat sie seit vier Tagen nichts anderes. Ob sie über den Hof kroch und Hühnereier einsammelte oder hinter dem Haus Erdbeeren pflückte, ihrer Mutter beim Kochen half, Kartoffeln sortierte oder webte. Sie wartete. Auf den Markttag. Auf Tin Win.

Sie wartete, ohne dabei unruhig zu sein. Warten machte ihr nichts aus. Sie hatte früh gelernt, dass für einen Menschen, der nicht laufen kann, der auf die Hilfe anderer angewiesen ist, Warten etwas Natürliches ist. Geduld war für sie selbstverständlich, und sie staunte über Menschen, denen nie etwas schnell genug gehen konnte. Warten gehörte so sehr zu ihrem Lebensrhythmus, dass es sie verstörte, wenn etwas sofort geschah. Die Zeit des Wartens waren Augenblicke, Minuten oder auch Stunden der Ruhe, des Stillstandes, in denen sie in der Regel mit sich allein war. Und sie brauchte diese Pausen, um sich auf etwas Neues, eine Veränderung vorzubereiten. Sei es der Besuch bei der Tante auf der anderen Seite des Dorfes oder ein Tag auf dem Feld. Oder der Markt. Sie verstand nicht, warum es ihre Brüder nicht überforderte, mit schnellen Schritten von einem Ort, von einem Menschen zum anderen zu eilen. Wenn es doch einmal geschah, dass sie unverhofft und ohne zu warten zu Freunden auf die nächste Bergkuppe getragen wurde, dauerte es immer eine Weile, bis sie wirklich ankam. Die ersten Minuten saß sie schweigend am neuen Ort. Als würde ihre Seele langsamer durch das Tal reisen. Sie hatte das Gefühl, alles und jeder brauchte seine Zeit, so wie die Erde ihre vierundzwanzig Stunden benötigte, um sich einmal um die eigene Achse zu drehen, oder dreihundertfünfundsechzig Tage, um die Sonne zu umrunden.

Ihre Brüder nannten sie Schneckchen.

Am unheimlichsten waren ihr die Züge und die Automobile, mit denen einige der Engländer durch Kalaw und angeblich sogar bis in die Hauptstadt fuhren. Sie fürchtete sich nicht vor dem schrecklich lauten Knattern, mit dem sie durch das Dorf rumpelten, sodass die Hühner die Flucht ergriffen und Pferde und Ochsen scheuten. Auch der Gestank, den sie hinter sich herzogen wie ein Büffel seinen Pflug, machte ihr nichts aus. Es war die Geschwindigkeit, die ihr Angst machte. Konnte man wirklich die Zeit, deren es bedurfte, um von einem Ort, von einem Menschen zum anderen zu gelangen, einfach so verkürzen?

Mi Mi war froh gewesen, dass vier Tage vergehen würden bis zum Markt, auch wenn sie Tin Win am liebsten gleich am nächsten Morgen wiedergesehen hätte. So konnte sie in Ruhe an ihn denken und hatte Zeit, sich an jede Einzelheit ihres letzten Treffens zu erinnern. Auch das war ein Vorteil des Wartens; es gab ihr Gelegenheit, sich zu besinnen. Wie immer, wenn sie ihre Gedanken schweifen ließ, entstanden Bilder in ihrem Kopf, die sie mit einer Sorgfalt betrachtete, als wären es Rubine oder Smaragde, die man auf ihre Echtheit prüfen muss. Sie sah, wie Tin Win auf sie zukam. Wie sie auf seinen Rücken kletterte. Wie er später neben ihr saß und vor Aufregung und Freude zitterte. Sie hatte das Gefühl gehabt, dass er sie auf seinen Rücken nehmen und loslaufen wollte. Den unbekannten Lauten und Tönen auf der Spur.

Sie hatte zu Hause dann lange mit geschlossenen Augen auf der Veranda gesessen und versucht, es Tin Win gleichzutun. Sie lauschte. Sie hörte das Schwein unter dem Haus grunzen. Sie hörte den Hund schnarchen. Sie hörte die Vögel und die Stimmen der Nachbarn, aber nicht ihre pochenden Herzen. Sie wollte Tin Win fragen, ob es einen Trick gäbe und ob er ihr die Kunst des Hörens beibringen könne. Ein bisschen wenigstens.

Ihrem jüngsten Bruder hatte sie die Geschichte von dem Vogelnest erzählt, aber der hatte sie ausgelacht. Wie sie nur glauben könne, dass irgendjemand ein derart empfindliches Gehör besäße. Vermutlich hatte ihm jemand zuvor gesagt, dass in dem Nest ein Ei lag. Tin Win habe ihr nur imponieren wollen.

Mi Mi hatte sich darüber geärgert. Mehr über sich als über ihren

Bruder. Sie hätte es wissen müssen. Es gab Dinge, die verstanden Menschen, die auf zwei gesunden Füßen durch die Welt liefen, einfach nicht. Sie glaubten, dass man mit den Augen sieht. Sie glaubten, dass man Entfernungen mit Schritten überwinden kann.

11

Die Mittagssonne stand fast senkrecht über dem Marktplatz. Tin Win und Mi Mi suchten Schutz unter dem kleinen Schirm und rückten näher zusammen. Mi Mis Bruder packte die restlichen Kartoffeln in einen Sack. Er wollte vorausgehen und seine Schwester später holen.

»Ich kann Mi Mi nach Hause tragen, dann musst du nicht zweimal laufen«, sagte Tin Win.

Der Bruder blickte seine Schwester an, als wolle er sagen: Wie soll dich der Blinde denn den Berg hinaufbringen. Mi Mi nickte ihm zu: »Mach dir keine Sorgen.«

Ihr Bruder schulterte den Sack Kartoffeln, murmelte etwas Unverständliches und machte sich auf den Weg.

»Hast du etwas dagegen, wenn wir einen Umweg durch das Dorf machen?«, fragte Tin Win.

»Wohin du willst«, sagte Mi Mi. »Du musst mich tragen, nicht umgekehrt.« Sie lachte und schlang einen Arm um seinen Hals. Er stand langsam auf. Sie gingen durch eine Seitengasse, in der mehrere Ochsenkarren und Pferdekutschen abgestellt waren. Dazwischen liefen Männer und Frauen, die die Fuhrwerke mit Reis- und Kartoffelsäcken und Körben voller Gemüse beluden. Die Tiere waren unruhig. Die Pferde wieherten und scharrten oder stampften mit den Hufen, die Ochsen schnauften und schüttelten sich, dass das Gebälk ihrer Gespanne ächzte. Sie sind müde von der Sonne und vom Warten, und Hunger haben sie auch, dachte Tin Win. Er hörte ihre Mägen knurren. Die Wagen standen kreuz und quer auf der Straße, und zusammen mit den vielen unvertrauten Geräuschen schienen sie ihm wie eine Mauer, gegen die er jeden Augenblick stoßen musste. Wo war sein Stock, mit dem er sich sonst den Weg ertastete? Der ihm half, die schlimmsten Unfälle zu vermeiden. Der ihn vor Löchern und Gruben, vor Steinen und Zweigen, Häusern und Bäumen warnte, zumindest, wenn er achtgab. Jetzt hatte er das Gefühl, durch ein Labyrinth zu schleichen, in dem meterhohe Wände ihm den Weg versperrten. In dem Ecken und Kanten lauerten, um ihn zu Fall zu bringen. Ein Irrgarten, in dem er sich nur verlaufen konnte. Wie konnte er Mi Mi heil nach Hause bringen?

Noch nie hatte ihn seine Blindheit so sehr belastet. Seine Knie gaben nach, und er wankte. Er hatte die Orientierung verloren. Wo war er? Drehte er sich im Kreis? Lief er auf einen Abgrund zu? Woher sollte er wissen, dass nicht der nächste Schritt der letzte sein würde? Gleich würde er keinen Boden mehr unter einem Fuß verspüren, er würde das Gleichgewicht verlieren, nach vorne fallen und in die Tiefe stürzen. Die Tiefe, vor der er sich immer gefürchtet hatte. Die Tiefe, die endlose.

»Vorsicht. Noch zwei Schritte, und du stößt gegen einen Korb mit Tomaten.« Mi Mis Stimme war neben seinem Ohr. Sie flüsterte.

»Ein kleines Stück nach links. Gut. Geradeaus. Halt.« Sie drückte seine Schultern sanft nach rechts. Er zögerte einen Moment und drehte sich um neunzig Grad. Direkt vor ihnen musste ein Ochse stehen. Er hörte das kräftige Herz schlagen. Es klang wie die dumpfe Trommel, die die Mönche manchmal im Kloster schlugen. Er spürte den feuchten Atem des Tieres auf seiner Haut.

»Weiter?«, fragte er.

»Weiter«, sagte sie.

Er schlurfte, als wagte er nicht, die Füße zu heben. Nach ein paar Schritten zog sie behutsam an seiner linken Schulter, und er bog nach links. Er stieß sich an einem Stück Holz und zuckte zusammen.

»Entschuldigung, der Karren. Ich dachte, wir wären schon daran vorbei. Tut es weh?«

Er schüttelte den Kopf und ging langsam weiter, bis sie wieder an einer Schulter zog und er vorsichtig die Richtung änderte.

»Fuß hoch, da liegt ein Sack Reis.«

Er hob das Bein, ertastete den Sack mit den Zehen und machte einen großen Schritt.

»Gut«, sagte sie und drückte ihn kurz.

Sie gingen weiter. Mi Mi dirigierte ihn mit ihren sanften Bewegungen durch die Straßen, als würde sie ein Boot durch Stromschnellen steuern. Mit jedem Bogen, jeder Wendung, jedem überwundenen Hindernis wurden Tin Wins Schritte fester und sicherer. Ihre Stimme, so nah an seinem Ohr, beruhigte ihn. Er begann, ihren Anweisungen zu vertrauen. Er, der oft nicht einmal seinen eigenen Sinnesorganen glauben konnte, verließ sich auf ihre Augen.

Mit ihrem Longy trocknete sie ihm den Nacken.

»Bin ich zu schwer?«, fragte sie.

»Nein, überhaupt nicht.« Wie hätte Tin Win ihr erklären können, dass er sich mit ihr auf dem Rücken leichter fühlte?

»Hast du Durst?«

Er nickte.

»Dort drüben gibt es frischen Zuckerrohrsaft.« Sie wusste, dass er teuer war, aber ihre Mutter hatte ihr erlaubt, einmal im Monat nach dem Markt einen Saft zu trinken, und sie würde bestimmt nichts dagegen haben, wenn sie Tin Win einlud. Er merkte, wie sie in den Schatten eines großen Baumes traten. »Bleib stehen«, sagte sie. »Lass mich runter.«

Er ging in die Knie. Sie glitt langsam von seinem Rücken auf die Erde und ließ sich auf einen Holzschemel nieder, der zu dem Saftstand gehörte. Sie stellte einen zweiten Hocker hinter Tin Win und zog an seiner Hand. Er setzte sich, ohne zu zögern.

Sie saßen unter einem weit ausladenden Banyanbaum, und Mi Mi bestellte zwei Säfte. Er hörte, wie die Zuckerrohrstangen in der Presse zerbrachen und wie ihr Saft in einen Becher floss. Es erinnerte ihn an das Knacken, wenn er in der Küche auf eine Kakerlake trat. Hatte Mi Mi seine Angst bemerkt? War es wichtig? Sie hatte ihn durch das Labyrinth geführt. Sie waren nicht gegen eine Wand gelaufen und in keinen Abgrund gefallen. Sie hatte Brücken gebaut und Mauern eingerissen. Sie war eine Magierin.

Mi Mi trank einen Schluck von ihrem Saft. Sie konnte sich nicht vorstellen, dass irgendetwas besser schmecken könnte. Sie blickte Tin Win an. Sie hatte nicht geahnt, dass ein Gesicht mit Augen, die nicht sehen können, so viel Glück auszudrücken vermag. Sie lächelte, und er lächelte zurück. Sie merkte nicht einmal, wie seltsam das war.

»Tin Win, was hörst du jetzt? Mein Herz?«, fragte Mi Mi.

»Das auch.«

»Kannst du es mir beibringen?«

»Was?«

»Das Herzenhören.«

»Ich glaube nicht.«

»Bitte, versuch es.«

»Ich weiß nicht, wie es geht.«

»Aber du kannst es doch.«

Tin Win überlegte. »Mach deine Augen zu.« Mi Mi schloss die Augen. »Was hörst du?«

»Stimmen. Schritte. Das Bimmeln von Pferdeschellen.«

»Mehr nicht?«

»Doch, natürlich. Ich höre Vögel und jemanden husten und ein Kind schreien, aber ich höre keine Herzen schlagen.«

Tin Win schwieg. Mi Mi horchte weiter. Nach einigen Minuten verschmolzen die Geräusche, sie wurden so undeutlich wie Bilder, die vor einem tränenden Auge verschwimmen. Sie hörte das Blut in ihren Ohren rauschen, aber nicht ihr Herz und noch viel weniger das von Tin Win oder das eines Passanten.

»Vielleicht ist es zu laut hier«, sagte Tin Win nach einer langen Pause. »Mag sein, dass wir mehr Ruhe brauchen. Wir machen uns auf den Weg, und wenn wir einen Platz finden, wo wir nichts hören bis auf Vögel, den Wind und unseren Atem, dann versuchen wir es noch einmal.« Er kniete sich vor Mi Mi. Sie hielt sich fest, er stand auf, und sie verschränkte die Beine vor seinem Bauch.

Sie liefen eine ruhigere Straße entlang. Ihr Atem in seinem Nacken. Wie leicht sie war. Fast wäre er auf einen schlafenden Hund getreten, der im Schatten eines Hauses Schutz vor der Sonne gesucht hatte.

»Den habe ich nicht gesehen, entschuldige«, sagte sie.

»Ich auch nicht«, sagte er. Sie lachten.

Kurz hinter dem Bahnhof dirigierte Mi Mi ihn von der Straße weg. »Ich kenne eine Abkürzung«, sagte sie. Nach ein paar Metern standen sie an einem kleinen Abhang, umgeben von Hibiskusbüschen. Tin Win erkannte sie an ihrem leicht süßlichen Geruch. Er streckte einen Fuß aus und merkte, dass es bergab ging. Nicht steil, aber genug, um das Gleichgewicht zu verlieren.

»Vielleicht ist es rückwärts einfacher«, schlug Mi Mi vor. Sie war es gewohnt, solche Hügel auf den Rücken ihrer Brüder in ein paar schnellen Sprüngen hinunterzusausen. Er drehte sich um und begann, vorsichtig hinabzusteigen. Mi Mi hatte mit einer Hand in die Büsche gegriffen und hielt sich an den Zweigen fest. Zusammen glitten sie langsam den Hang hinunter. Und bald hatte Tin Win Steine unter den Füßen.

»Wo sind wir?«, fragte er.

»Auf dem Bahndamm«, erklärte sie ihm. »Wir können auf den Holzbalken zwischen den Schienen laufen. Das machen meine Brüder immer.«

Tin Win blieb stehen. Sie hätte auch Mandalay sagen können. Oder Rangoon. Oder London. Der Bahndamm war für ihn bisher in unerreichbarer Ferne gewesen. Er kannte ihn nur aus den Erzählungen der Kinder in der Schule. Sie hatten oft damit geprahlt, wie sie auf den Gleisen tobten, während sie die schwarze Dampflok erwarteten. Wie sie Pinienzapfen oder einen der seltenen Kronkorken auf die Schienen legten oder ihren Mut maßen, indem sie so nah wie möglich an die vorbeifahrenden Züge herankrochen. Zunächst hatte Tin Win davon geträumt, dabei zu sein, später nicht mehr. Der Bahndamm war nicht seine Welt. Er gehörte den Sehenden.

Jetzt ging er selbst zwischen den Schienen, und bald hatte er den Rhythmus gefunden, der seine Füße zielsicher mit jedem Schritt auf einen Holzbalken treten ließ. Hier musste er keine Angst haben, gegen einen Baum oder einen Busch zu laufen oder über etwas zu stolpern. Er hatte das Gefühl, eine Leiter hinaufzuklettern, und mit jeder Stufe würde es heller. Und wärmer. Als kröche er aus einer kalten, feuchten Höhle heraus. Er ging schneller, und bald übersprang er einen Balken und fing an zu laufen. Mi Mi sagte nichts. Sie hatte die Augen geschlossen, hielt sich fest und wippte im Rhythmus seiner Schritte wie eine Reiterin. Tin Win machte große, weite Sätze und rannte, so schnell er konnte. Längst achtete er nicht mehr auf den Abstand der Bohlen und hörte nichts als das ungezähmte Pumpen seines Herzens. Ein Trommelwirbel, der ihn anfeuerte. Lauter und immer heftiger, mächtig, wild und gefährlich. Ein Klang, der durch das Tal und über die Berge hallte. Lauter, dachte er, konnte auch eine Dampflokomotive nicht sein.

Als er endlich zum Stehen kam, hatte er das Gefühl, aus einem Traum zu erwachen. »Entschuldige«, sagte er völlig außer Atem.

»Wofür?«, fragte Mi Mi.

»Hattest du keine Angst?«

»Wovor?«

Sie lagen im Gras, und Mi Mi schaute in den Himmel. Es war spät geworden, und die Sonne würde bald untergehen. Neben den Morgenstunden war das für Mi Mi die schönste Zeit des Tages. Das Licht war anders, klarer, und die Konturen der Bäume und Berge und Häuser traten schärfer hervor als zur Mittagszeit. Sie mochte die Stimmen des Abends und den Geruch der Feuer, die vor Einbruch der Dunkelheit vor den Häusern brannten.

»Weißt du überhaupt, wie ein Herz klingt?«, fragte Tin Win.

Mi Mi überlegte, ob sie schon einmal ein Herz hatte schlagen hören. »Einmal habe ich den Kopf an den Busen meiner Mutter gedrückt, weil ich wissen wollte, was da so pocht. Aber das ist schon lange her.« Damals hatte sie geglaubt, in der Brust ihrer Mutter säße ein Tier, das gegen die Knochen klopfe und herausmöchte. An mehr konnte sie sich nicht erinnern.

Tin Win nahm ihren Kopf und legte ihn auf seine Brust.

12

Er fand keinen Schlaf. Nicht nach einem solchen Tag, nicht in dieser Nacht. Auch nicht in der nächsten oder der darauffolgenden. Er lag neben Su Kyi und dachte an Mi Mi. Er hatte drei Nächte durchwacht, dennoch war er nicht müde. Er fühlte sich wacher, seine Sinne, seine Gedanken, seine Erinnerungen waren klarer als jemals zuvor. Einen Nachmittag hatten sie miteinander verbracht. Einen Nachmittag, den er mit sich trug wie ein Kleinod, wie einen Talisman, der ihn beschützen sollte. Er erinnerte jedes Wort, das sie gewechselt hatten, jede Färbung ihrer Stimme, jedes Pochen ihres Herzens.

An diesem Nachmittag, mit Mi Mi auf dem Rücken, ihre Stimme in seinem Ohr, ihre Schenkel um seine Hüften, hatte er zum ersten Mal so etwas wie Leichtigkeit, einen Anflug von Freude empfunden. Ein Gefühl, das ihm so unbekannt war, dass er nicht einmal wusste, wie er es nennen sollte. Glück, Frohmut, Spaß, das waren für ihn Vokabeln ohne Inhalt, Worte ohne Bedeutung. Ihm wurde bewusst, wie viel Kraft ihn jeder Tag kostete. Das Erwachen im milchig weißen Nebel. Das Tasten durch eine ihm abgewandte Welt. Er empfand die Einsamkeit, in der er lebte, plötzlich als unerträglich, obwohl es Su Kyi gab und U May. Beide verehrte er, beiden vertraute er. War ihnen unendlich dankbar für die Aufmerksamkeit, die Zuneigung, die sie ihm schenkten. Und dennoch fühlte er eine seltsame Distanz zu ihnen, wie zu allen Menschen, denen er begegnete. Wie oft hatte er im Kloster zwischen den Schülern oder mit den anderen Mönchen um das Feuer gesessen und sich gewünscht, dazuzugehören,

Teil einer Gruppe, einer Ordnung zu sein. Etwas zu empfinden für die anderen, Sympathie, Wut oder wenigstens Neugierde. Irgendetwas. Er fühlte kaum etwas außer einer Leere, und er wusste nicht, woran das lag. Selbst wenn sie ihn berührten, einen Arm um seine Schultern legten oder ihn an die Hand nahmen, ließ ihn das gleichgültig. Als hätte sich der Nebel nicht nur vor seine Augen, sondern zwischen ihn und die Welt geschoben.

In Mi Mis Gegenwart war das anders. Die Taubheit in seinem Inneren war wie aufgelöst. Ihre Nähe hatte ihm Sicherheit verliehen. Ihre Augen hatten für ihn gesehen. Nicht ein Mal hatte er ihren Anweisungen und Beschreibungen misstraut. Mit ihrer Hilfe hatte er sich nicht wie ein Fremder im eigenen Leben gefühlt. Mit ihr gehörte er dazu. Zum Treiben auf dem Markt. Zum Dorf. Zu sich selbst.

Als hätte er sich dem Leben zugewandt.

In den folgenden Monaten verbrachten Mi Mi und Tin Win jeden Markttag zusammen, und sie erkundeten Kalaw und seine Umgebung, als hätten sie eine unbekannte Insel entdeckt. Mit der Akribie zweier Wissenschaftler erforschten sie den Ort, Straße für Straße, Haus für Haus. Oft blieben sie stundenlang am Wegrand hocken. Auf den meisten ihrer Entdeckungsreisen schafften sie kaum mehr als eine Straße, ein Stück Wiese oder Feld.

Mit der Zeit entwickelten sie ein festes Ritual, um die Geheimnisse dieser neuen Welt zu entschlüsseln. Sobald sie ein paar Schritte gegangen waren, blieben sie stehen und verharrten stumm und regungslos. Ihr Schweigen konnte ein paar Minuten dauern, eine halbe Stunde oder auch länger. Es war, als würde sich Tin Win vollsaugen mit Lauten, Tönen und Geräuschen. Anschließend beschrieb er ausführlich, was er hörte, und Mi Mi erzählte ihm, was sie sah. Wie ein Maler skizzierte sie das Bild für ihn, zunächst grob, dann immer genauer und detaillierter. Wenn Bilder und Töne nicht zueinander passten, begab sie sich auf die Suche nach den Quellen der unbekannten Laute. Sie kroch durch Hecken und Büsche, robbte über Beete und unter Häuser, nahm Steinmauern auseinander und setzte sie wieder zusammen. Sie durchwühlte Holzstapel oder grub mit ihren Händen in Wiesen und Feldern, bis sie fand, was Tin Win hörte: schlafende Schlangen und Schnecken, Regenwürmer, Motten oder Mücken. Mit jedem Tag wurde Tin Win die Welt vertrauter. Dank Mi Mis Beschreibungen konnte er Töne und Geräusche zuordnen und mit Gegenständen, Pflanzen oder Tieren verbinden. Er lernte, dass der Flügelschlag eines Schwalbenschwanz-Schmetterlings heller klingt als der eines Monarchs; dass die Blätter eines Maulbeerbaumes ganz anders im Wind rauschen als die der Guave; dass das Schmatzen eines Holzwurmes nicht mit dem einer Raupe zu verwechseln ist; dass das Reiben der Hinterbeine bei jeder Fliege anders tönt. Er lernte das Alphabet des Lebens neu.

Schwieriger war es mit den Tönen, die die Menschen von sich gaben. Tin Win hatte gleich nach seiner Erblindung begonnen, Stimmen zu studieren, sie zu unterscheiden und deuten zu lernen. Sie waren für ihn zu einer Art Kompass geworden, der ihn durch die Welt der menschlichen Gefühle führte. Wenn Su Kyi wütend oder traurig war, hörte er es an ihrer Stimme. Ob seine Mitschüler ihm seine Erfolge neideten oder er den Mönchen auf die Nerven ging, ob sie ihn mochten oder nicht, der Ton, in dem sie mit ihm sprachen, verriet es ihm.

Jede Stimme barg eine Vielzahl an Ausdrucksformen, und dasselbe galt auch für den Herzschlag. Es bereitete Tin Win keine Probleme, einen Fremden beim zweiten oder dritten Wiedersehen an seinem Herzen zu erkennen, auch wenn dieses Pochen nie absolut gleich war. Es verriet viel über Körper und Seele und veränderte sich mit der Zeit oder je nach Situation. Herzen konnten jung oder verbraucht klingen, langweilig, monoton oder geheimnisvoll. Was hatte es zu bedeuten, wenn die Stimme und das Herz eines Menschen nicht zueinanderpassten, wenn beide eine andere, sich widersprechende Geschichte erzählten? Wie bei U May zum Beispiel. Seine Stimme hatte seit jeher kräftig und stark geklungen, als wäre sie über das Alter erhaben. Tin Win hatte ihn sich immer als große, alte Pinie vorgestellt, mit einem mächtigen Stamm, der selbst die Stürme, die gelegentlich über das Shan-Plateau fegten, nichts anhaben konnten. Einen dieser Bäume, unter denen er früher so gern gespielt und sich geborgen gefühlt hatte. Das Herz aber klang nicht kräftig und nicht stark. Es klang brüchig und schwach, erschöpft und sehr müde. Es erinnerte ihn an die ausgemergelten Ochsen, die er als Kind gesehen hatte, wenn sie an ihrem Haus vorbeizogen, hinter sich eine schwere Karre, beladen mit Reissäcken oder Holzbalken; und er hatte ihnen nachgeblickt, überzeugt, sie würden tot zusammenbrechen, noch bevor sie die Kuppe des Berges erreichten. Warum klang U Mays Stimme anders als sein Herz? Wem sollte er trauen? Der Stimme oder dem Herzen? Fragen, auf die er keine Antwort wusste. Doch mit Mi Mis Hilfe würde er sie enträtseln. Manche zumindest.

13

Mi Mi erinnerte sich genau, wann sie das erste Mal von Tin Win gehört hatte. Einer ihrer Brüder war vor zwei Jahren für einige Monate als Novize ins Kloster gegangen. Als sie ihn mit der Mutter besuchte, hatte er von einem blinden Jungen erzählt, der am Morgen mit der Thabeik in den Händen gestürzt war. Er hatte, aus Angst, das Essen zu verschütten, die Schale nicht losgelassen und war deshalb hart mit dem Gesicht auf die Erde geschlagen, hatte aus Nase und Mund geblutet und auch noch den Reis eines ganzen Tages im Dreck verloren. Äußerst ungeschickt sei er, ein Blinder eben, aber in der Schule erstaunlicherweise der Beste. Die Geschichte hatte sie traurig gemacht, ohne dass sie verstanden hätte, warum. Erinnerte dieses Missgeschick sie an ihre Versuche, ein paar Schritte auf ihren krummen Füßen zu gehen, hinter dem Haus, wo keiner sie sehen konnte? An die Schmerzen und die zwei Schritte, die sie machte, bevor sie auf den staubigen Boden fiel? Sie überlegte, weshalb Tin Win wohl gestolpert war, ob das häufiger geschah und wie er sich überhaupt fortbewegte. Wie mochte er sich gefühlt haben? Im Dreck liegend, das Essen der anderen vergeudet. Sie musste an jenen Tag denken, als sie mit ihren Freundinnen vor dem Haus Murmeln gespielt hatte. Die anderen Kinder bestaunten ihre gläsernen Kugeln, die sie von einem Engländer geschenkt bekommen hatte. Sie rollten sie in kleine Kuhlen, und Mi Mi war stolz gewesen, den anderen zeigen zu können, wie es geht. Plötzlich war ein Mädchen aufgesprungen und hatte gerufen, ihr sei langweilig; sie sollten lieber um die Wette laufen: Wer zuerst beim Eukalyptusbaum ist, hat gewonnen. Sie rannten los. Mi Mi hatte ihre Murmeln eingesammelt und sich nichts anmerken lassen. Sie ließ sich nie etwas anmerken. Die Frage nach dem Warum hatte sie sich nur einmal gestellt und gewusst, dass es darauf nie eine Antwort geben würde. Ihre Füße waren eine Laune der Natur. Es wäre albern gewesen, nach den Gründen zu suchen oder sich dagegen aufzulehnen. Sie haderte nicht mit ihrem Schicksal. Weh tat es trotzdem.

Schlimmer als der Schmerz war die Distanz, die sie in solchen Momenten ihrer Familie gegenüber fühlte. Sie liebte ihre Eltern und Brüder über alles, doch dass sie nicht wirklich verstanden, was in ihr vorging, quälte Mi Mi fast so sehr wie ihre Füße. Die Brüder sorgten rührend für sie. Abwechselnd trugen sie ihre Schwester aufs Feld oder zu den Seen, schleppten sie durchs Dorf, auf den Markt oder zu Verwandten auf einen entfernten Hof in den Bergen. Das waren keine Opfer für sie, sondern etwas Selbstverständliches, so wie Holzhacken am Morgen, Wasserschleppen oder die Kartoffelernte im Herbst. Sie erwarteten dafür keine Dankbarkeit, natürlich nicht. Wenn Mi Mi dennoch einmal traurig war, wenn sie weinte ohne erkennbaren Grund, was selten, aber manchmal eben doch geschah, standen sie stumm und ratlos daneben. Mit fragenden Blicken. Als wollten sie sagen: Wir tun doch alles, damit es dir gut geht. Warum genügt das nicht? Sie wollte nicht undankbar sein und erstickte ihre Tränen, so gut sie konnte. Mit der Mutter erging es Mi

Mi ähnlich. Yadana bewunderte ihre Tochter, das wusste Mi Mi. Sie war stolz auf die Kraft und die Ruhe, mit der ihr Schneckchen die Behinderung ertrug. Und Mi Mi wollte stark sein, schon um ihre Mutter nicht zu enttäuschen. Und sehnte sich doch nach Augenblicken, in denen sie schwach sein konnte, niemandem etwas beweisen musste. Ihren Eltern nicht. Ihren Brüdern nicht. Sich selber nicht.

Ein paar Tage später saß sie auf der Veranda des Klosters, und ihr Bruder zeigte auf Tin Win, der den Hof fegte.

Mi Mi konnte die Augen nicht von ihm lassen. Sie staunte über die Gewissenhaftigkeit, mit der er einen Platz säuberte, den er selbst nicht sehen konnte. Zuweilen hielt er inne und hob den Kopf. Als röche oder höre er etwas Bestimmtes.

In den folgenden Tagen dachte sie oft an ihn, und beim nächsten Besuch wartete sie so lange auf der Treppe, bis sie ihn wiedersah. Er kam mit einem Arm voll Feuerholz, stieg die Stufen direkt neben ihr hinauf und ging, ohne dass er sie bemerkt hätte, in die Küche. Sie folgte ihm und beobachtete ihn aus der Entfernung. Er zerbrach einige Stöcke und legte sie in die Flammen. Er füllte Wasser in einen Kessel und hängte ihn über das Feuer. Es wirkte so mühelos. Mi Mi fand Tin Win den schönsten Jungen, den sie je gesehen hatte. Er hatte ein schmales Gesicht und eine feine, nicht zu spitze Nase. Mi Mi mochte volle Lippen, und Tin Wins Mund war kräftig, ohne wulstig zu sein. Die kurz geschorenen Haare betonten die hohe Stirn und die schöne Form seines Kopfes. Am meisten aber beeindruckte Mi Mi die ruhige, bedächtige Art, mit der er sich bewegte, die stille Würde, die er ausstrahlte. Als wäre er dankbar für jeden Schritt, den er tat, ohne zu stürzen, für jede Bewegung, ohne sich zu verletzen. Fiel ihm das Leben ohne Augenlicht so leicht, wie es für Mi Mi den Anschein hatte? Oder kostete es ihn genauso viel Kraft wie sie der Alltag ohne Füße? Würde er verstehen, was in ihr vorgeht, wenn die anderen Kinder zum Eukalyptusbaum rennen? Wenn die Mutter sie voller Stolz anblickt und Mi Mi sich alles andere als stark fühlt? Wenn ihre Brüder sie vorbeitragen an den Nachbarsmädchen, die mit jungen Männern am Wegrand sitzen. Lieder singend, verschämt Händchen haltend?

Könnte aus ihm ein Seelenverwandter werden? Mehrmals wollte sie ihn ansprechen oder ihm in den Weg kriechen, sodass er über sie stolpern und auf sie aufmerksam werden würde. Sie ließ es bleiben. Nicht aus Schüchternheit, sie war überzeugt, dass es nicht nötig sei. Sie würden sich begegnen, irgendwann. Jedes Leben hatte sein eigenes Tempo, seinen eigenen Rhythmus, und Mi Mi glaubte nicht, dass es möglich war, darauf entscheidend Einfluss auszuüben.

Als Tin Win an jenem Nachmittag im Kloster auf dem Weg zur Küche abrupt stehen blieb, eine halbe Drehung machte, als würde er eine Spur aufnehmen, auf sie zukam und sich vor sie hockte, wunderte sie sich nicht. Sie schaute ihm ins Gesicht und sah milchverhangene Augen, in denen sie mehr lesen konnte als in denen ihrer Eltern und Brüder. Sie sah, dass er wusste, was Einsamkeit war; dass er verstand, warum es in einem regnen konnte, wenn die Sonne schien, dass Trauer keinen Anlass brauchte. Sie war nicht einmal überrascht, als er ihr vom Pochen ihres Herzens erzählte. Sie glaubte ihm jedes Wort.

Sie lebte von Markttag zu Markttag, war zum ersten Mal in ihrem Leben ungeduldig, zählte die Stunden und Minuten, konnte es nicht abwarten, bis sie sich wiedersahen. Ihre Sehnsucht war so groß, dass sie nach ein paar Monaten Tin Win nach dem Unterricht vom Kloster abholen wollte. Würde er sich freuen, oder würde sie ihm zur Last fallen? Sie könnte so tun, als sei sie zufällig mit ihrem Bruder vorbeigekommen. Als er sie auf der Veranda warten hörte, kam er sofort zu ihr. Sein Lächeln zerstreute ihre Zweifel. Er freute sich mindestens so sehr wie sie, setzte sich wortlos zu ihr und nahm ihre Hand. Von nun an sahen sie sich jeden Tag.

Unermüdlich schleppte er sie durch das Dorf und über die Felder, die Berge hinauf und wieder hinunter. Er schleppte sie in der sengenden Mittagshitze und im heftigsten Regensturm. Auf seinem Rücken, in seiner Nähe, verschwanden die Grenzen ihrer kleinen Welt. Sie wanderten und wanderten, als wollten sie all die

Jahre nachholen, an denen ihr Horizont aus dem Gartenzaun bestand.

In den Monaten des Monsun, an Tagen, an denen sie im Schlamm zu versinken drohten, blieben sie im Kloster und suchten Zuflucht bei Tin Wins Büchern. Seine Finger flogen über die Seiten, und nun war es an ihm, vor ihren Augen Bilder entstehen zu lassen. Er las vor, sie lag neben ihm und ergab sich seiner Stimme, die so eindringlich war.

Sie reiste mit Tin Win von Kontinent zu Kontinent, sie, die es auf eigenen Füßen nicht bis ins Nachbardorf schaffen würde, umrundete die Welt. Er trug sie die Gangways der Ozeandampfer hinauf, von Deck zu Deck bis zur Brücke des Kapitäns. Beim Einlaufen in die Häfen von Colombo, Kalkutta, Port Said oder Marseille regnete es Konfetti, und es spielte die Bordkapelle. Er trug sie durch den Hyde Park, und auf dem Piccadilly Circus drehten sich die Menschen nach ihnen um. In New York hätte sie beinahe ein Auto überfahren, behauptete Tin Win, weil Mi Mi fortwährend nach oben blickte, anstatt auf den Verkehr zu achten und ihn durch die Straßenschluchten zu dirigieren. Sie lernte, dass ihre Fantasie nur jene Grenzen kannte, die sie ihr selber setzte. In diesen Momenten begriff Mi Mi, dass sie nicht mehr allein war und es nie wieder sein würde. Sie war keine Last. Sie wurde gebraucht.

Tin Win brachte ihr mit großer Geduld das Hören bei. Natürlich waren ihre Ohren nicht so empfindlich wie seine. Sie konnte kein Herz schlagen hören, es sei denn, sie legte ihren Kopf auf seine Brust. Sie konnte auch nicht Libellen an ihrem Summen oder Frösche an ihrem Quaken unterscheiden, aber er lehrte sie, Laute und Stimmen aufmerksam wahrzunehmen, sie nicht nur zu hören, sondern ihnen Beachtung zu schenken.

Wenn jetzt jemand mit ihr sprach, achtete sie zunächst auf den Klang, sie nannte es die Farbe der Stimme. Der Ton war oft vielsagender als die Worte, die gesprochen wurden. Auf dem Markt wusste sie sofort, ob ein Kunde zum Handeln aufgelegt war oder ob sie sich auf ihren Preis für die Kartoffeln einigen würden. Ihre

Brüder verblüffte Mi Mi, weil sie am Abend schon nach wenigen Sätzen wusste, wie ihr Tag gewesen war, ob sie froh waren, gelangweilt oder verärgert. Aus Schneckchen wurde Schneckchen, unsere Hellseherin.

Als Mi Mi eines Mittags nicht auf der Treppe vor dem Kloster auf ihn wartete, war Tin Win sofort beunruhigt. Sie hatten sich seit über einem Jahr jeden Tag gesehen, und am Abend zuvor hatte sie nichts davon gesagt, dass sie heute nicht da sein würde. War sie krank? Warum war keiner ihrer Brüder hier, um ihn zu benachrichtigen? Er machte sich sofort auf den Weg zu ihrem Hof. In der Nacht hatte es heftig geregnet, und der Boden war nass und glitschig. Tin Win versuchte gar nicht erst, die Pfützen zu hören, er watete hindurch, überquerte den leeren Marktplatz und eilte den Berg hinauf. Er rutschte mehrmals aus, stürzte und stand auf, ohne sich um seinen durchweichten und verdreckten Longy zu kümmern. Er rannte eine alte Bauersfrau um; in der Aufregung hatte er weder ihre Stimme noch ihr Herzpochen gehört.

Das Haus war leer. Selbst der Hund war weg. Die Nachbarn wussten von nichts.

Tin Win versuchte sich zu beruhigen. Was sollte schon passiert sein? Vermutlich waren sie auf dem Feld und würden bald kommen. Aber sie kamen nicht. Mit der Dämmerung kehrte die Angst zurück. Tin Win hörte sich rufen. Mi Mi. Er rüttelte am Geländer der Treppe, bis es abbrach. Er glaubte, wieder sehen zu können. Ein Riesenfalter stürzte vom Himmel herab wie ein Raubvogel, landete auf der Wiese und kroch auf ihn zu. Tin Win flüchtete auf einen Baumstamm. Rote Punkte kamen auf ihn zugeschossen. Bei jedem Treffer durchzuckte ihn ein elender Schmerz. Er versuchte ihnen auszuweichen, rannte über den Hof, schlug sich Stirn und Kinn blutig. Drei Nachbarsjungen brachten ihn nach Hause.

14

Es war ein Schrei, wie Su Kyi noch nie einen gehört hatte. Er war laut, aber nicht die Lautstärke war das Fremde und Furchterregende daran. Es war kein jämmerlicher Klagelaut, es war ein gewaltiges Aufbäumen, ein Schrei voller Wut und Verzweiflung. Er tat in der Seele weh, nicht in den Ohren.

Sie war sofort wach und drehte sich um. Neben ihr saß Tin Win, den Mund weit aufgerissen und laut brüllend. Sie rief seinen Namen, aber er reagierte nicht. Sie war sich nicht einmal sicher, ob er wach war. Sie packte seine Schultern und schüttelte ihn. Sein Körper war angespannt, fast steif. »Tin Win. Tin Win«, rief sie, strich ihm durch das Gesicht und nahm seinen Kopf in ihre Hände. Das beruhigte ihn. Nach ein paar Sekunden sank er langsam zurück auf die Schlafmatte. Dort krümmte er sich, zog die Beine bis an die Brust und schlief weiter, seinen Kopf in ihre Hände gebettet.

Als Su Kyi im Morgengrauen aufwachte, lag Tin Win wimmernd neben ihr. Sie flüsterte seinen Namen, aber er antwortete nicht. Sie schlüpfte in ihren Longy, zog eine Bluse und einen Pullover über den Kopf und legte ihre Decke über ihn. Vielleicht hat er sich erkältet, dachte sie. Er war am Abend erst nach Einbruch der Dunkelheit nach Hause gekommen, drei junge Männer hatten ihn gebracht. Tin Win hatte schrecklich ausgesehen, verdreckt, blutig, den Kopf voller Schrammen; er hatte nichts gesagt und sich gleich hingelegt.

Sie ging in die Küche und machte Feuer. Die heiße Hühnersuppe von gestern und Reis mit etwas Curry würden ihm guttun.

Sie hatte das Würgen und Röcheln nicht sofort gehört. Als sie ins Schlafzimmer kam, kniete er vor dem offenen Fenster und erbrach sich, und es klang, als wollte sein Körper mit Gewalt alles wieder loswerden, was er jemals zu sich genommen hatte. Der Brechreiz kam in Wellen, und je weniger er ausspuckte, desto heftiger packten sie ihn, und Su Kyi konnte sehen, wie sie am Ende seinen ganzen Körper erfassten. Als müsse er sich für immer entleeren. Bis dann schließlich nur noch grünliche, übel riechende Flüssigkeit aus seinem

Mund kam. Sie schleppte ihn zur Schlafstätte zurück und deckte ihn zu. Er tastete nach ihrer Hand. Sie setzte sich neben ihn und nahm seinen Kopf in ihren Schoß. Seine Lippen zuckten. Er atmete schwer.

Tin Win wusste nicht, ob er träumte oder wach lag. Er hatte jedes Gefühl für Zeit oder Raum verloren, seine Sinnesorgane hatten sich nach innen gerichtet. Der Nebel vor seinen Augen war einer unheimlichen Finsternis gewichen. In seiner Nase lag ein säuerlicher Gestank, der Geruch seiner Eingeweide. Seine Ohren vernahmen nichts als die Laute seines Körpers. Das Rauschen des Blutes. Ein Glucksen und Blubbern im Magen, Gurgeln im Darm. Das Herz. Über allem schwebte die Angst. Sie hatte keinen Namen und keine Stimme. Sie war einfach da. Überall. Wie die Luft, die er atmete. Sie beherrschte seinen Körper, sie beherrschte sein Denken und seine Träume. Im Schlaf hörte er das Schlagen von Mi Mis Herz, und er rief ihren Namen, aber sie antwortete nicht. Er fing an zu suchen, lief in die Richtung, aus der das Pochen kam, aber erreichte sie nicht. Er rannte immer schneller, ohne ihr näher zu kommen. Er rannte, bis er vor Erschöpfung zusammenbrach. Oder er sah Mi Mi auf einem Schemel sitzen, ging auf sie zu, und plötzlich öffnete sich die Erde und verschluckte ihn. Es wurde dunkel, und er fiel, und es gab nichts, woran er sich festhalten konnte. Ihm wurde immer heißer, bis er merkte, dass er in einem glühenden Sumpf gelandet war und versank. Dann hörte der Traum auf und begann von vorn. Warum konnte er seinen eigenen Tod nicht träumen?

Aber es war nicht das Sterben, wovor er Angst hatte. Er fürchtete sich vor allem anderen. Jeder Berührung. Jedem Wort. Jedem Gedanken. Jedem Herzschlag. Dem nächsten Atemzug.

Er konnte sich nicht bewegen. Er konnte nichts essen, den Tee, den Su Kyi ihm einflößte, spuckte er wieder aus. Er hörte ihre Stimme, aber sie war weit weg. Er fühlte ihre Hand und war sich doch nicht sicher, ob sie ihn wirklich berührte.

Immer wieder gingen ihm U Mays Worte durch den Kopf. »Die einzige Kraft, die gegen die Angst hilft, Tin Win, ist die Liebe.« Aber was hilft gegen die Angst vor der Liebe, U May?

Auch am dritten Tag zeigte er keinerlei Anzeichen einer Besserung. Su Kyi hatte ihn stundenlang massiert, sie hatte ihn mehrfach mit Kräutern eingerieben und war in den vergangenen zweiundsiebzig Stunden nicht von seiner Seite gewichen. Er klagte nicht über Schmerzen, er hustete nicht, und sein Körper schien ihr eher zu kalt als zu heiß. Sie wusste nicht, was ihn plagte, aber sie war sicher: Was immer ihn bewegte, es war eine Frage auf Leben und Tod. Sie überlegte, bei wem sie Rat suchen konnte. Den Schwestern und Ärzten im kleinen Krankenhaus misstraute sie ebenso wie den Astrologen oder den Medizinmännern der Danus, Paos und Palongs. Wenn überhaupt einer helfen konnte, dann war es U May. Vielleicht, dachte sie, war es gar keine Krankheit, unter der er litt, vielleicht waren Gespenster und Dämonen geweckt worden, die, so viel wusste Su Kyi, in uns allen wohnen und nur darauf warten, aus ihren Verstecken zu kriechen oder ihre Masken fallen zu lassen.

Sie stellte etwas Tee neben den schlafenden Tin Win und eilte hinunter ins Kloster.

Als sie zurückkehrte, lag Tin Win noch immer im Bett und regte sich nicht. U May hatte ihr nicht wirklich helfen können. Sie hatte ihm die vergangenen drei Tage und Nächte in allen Einzelheiten geschildert, und er schien nicht sonderlich beeindruckt. Er murmelte etwas von einem Virus, dem Virus der Liebe, den, wenn sie ihn richtig verstanden hatte, jeder in sich trüge, der aber nur bei wenigen wirklich ausbrechen würde. Sollte dies aber geschehen, sei es zu Beginn mit erheblicher Angst verbunden, mit tumultartigen Zuständen, die Körper und Seele völlig durcheinanderbrächten. In den meisten Fällen würde sich das mit der Zeit legen.

In den meisten Fällen, hatte er gesagt, und Su Kyi musste an die Geschichte ihres Großonkels denken, der siebenunddreißig Jahre lang seine Schlafstätte nicht verlassen hatte, die ganzen Jahre über reglos auf seiner Matte lag und an die Decke starrte, keinen Ton von sich gab, sich weigerte, selber zu essen, und nur überlebte, weil seine Verwandten ihn mit Engelsgeduld täglich dreimal fütterten. Und das alles, weil die Nachbarstochter, die er in seiner Jugend begehrt hatte, von ihren Eltern an einen anderen Mann verheiratet worden war. Oder ihr Neffe, der sein Herz an ein Mädchen im Dorf verloren hatte und jeden Abend in der Dämmerung vor dem Haus ihrer Familie saß und Liebeslieder sang. Das allein war nichts Ungewöhnliches, ein Brauch, den die meisten jungen Paare in Kalaw pflegten; aber ihr Neffe hörte nicht auf zu singen, auch als unmissverständlich klar wurde, dass die Familie des Mädchens sein Begehren nicht billigte. Nach einiger Zeit sang er nicht nur in den Abendstunden, sondern den ganzen Tag über, und als er begann, auch in der Nacht zu singen, mussten seine Brüder kommen und ihn, da er sich weigerte zu gehen, forttragen. Er war zu Hause in einen Avocadobaum geklettert und hatte nicht aufgehört zu singen, bis ihm nach drei Wochen und sechs Tagen die Stimme für immer versagte. Fortan bewegte er den Mund im Rhythmus der Melodie, und seine Lippen formten die Worte des Liedes, das von seiner ewigen Liebe erzählte. Je länger sie nachdachte, umso mehr Geschichten fielen ihr ein von Bauern und Mönchen, von Kaufleuten und Händlern, Goldschmieden und Fuhrleuten, ja sogar von manchen Engländern, die aus Leidenschaft ihren Verstand verloren hatten.

Vielleicht, so dachte Su Kyi, hatte dies etwas mit Kalaw zu tun, vielleicht handelte es sich hier um einen außergewöhnlichen Erreger, vielleicht lag es an der Höhenluft oder am Klima? Gab es in diesem unscheinbaren Ort in Hinterindien etwas, was das Virus besonders virulent machte?

Einen Anlass zur Sorge sehe er nicht, hatte U May gesagt.

Su Kyi zerrieb Eukalyptusblätter in ihrem Mörser und hielt sie Tin Win unter die Nase in der Hoffnung, sie würden seinen Geruchssinn stimulieren. Sie versuchte es mit einem Strauß Hibiskusblüten und Jasmin. Sie massierte ihm die Füße und den Kopf, aber Tin Win zeigte keine Reaktion. Sein Herz schlug, und er atmete, mehr Lebenszeichen gab er nicht von sich. Er hatte sich zurückgezogen in eine Welt, in der sie ihn nicht erreichte.

Am Morgen des siebten Tages stand ein junger Mann vor dem Haus. Auf seinem Rücken trug er Mi Mi. Su Kyi kannte sie vom

Markt und wusste, dass Tin Win die Nachmittage und Wochenenden mit ihr verbrachte.

»Ist Tin Win zu Hause?«, fragte Mi Mi.

»Ja, er ist krank«, antwortete Su Kyi.

»Was fehlt ihm?«

»Ich weiß es nicht. Er spricht nicht. Er isst nichts. Er ist wie von Sinnen.«

»Darf ich zu ihm?«

Su Kyi zeigte ihr den Weg durch die Küche ins Schlafzimmer. Tin Win lag reglos da, sein Gesicht war eingefallen, die Nase spitz und die Haut, trotz der braunen Farbe, fahl und leblos. Der Tee und der Reis waren unberührt. Mi Mi rutschte vom Rücken ihres Bruders und kroch zu Tin Win. Su Kyi konnte den Blick nicht von ihr wenden. Dieses Mädchen bewegte sich mit einer Anmut, wie Su Kyi es selten gesehen hatte. Als ob die seltsam verformten Füße ihr ein anderes, ein intensiveres Gefühl für ihre Glieder und Bewegungen gegeben hätten.

Mi Mi nahm Tin Wins Kopf in ihre Hände und legte ihn in ihren Schoß. Sie beugte sich hinab, und sein Gesicht verschwand unter ihren langen schwarzen Haaren. Sie flüsterte in sein Ohr. Ihr Bruder wandte sich ab und ging hinaus, Su Kyi folgte ihm. Sie machte Tee für die Gäste und holte aus einer alten Büchse geröstete Melonen- und Sonnenblumenkerne.

Sie ging in den Garten und setzte sich in den Schatten des Avocadobaums. Sie blickte über den Hof, betrachtete das gehackte und an der Hauswand ordentlich gestapelte Holz, den Baumstumpf, auf dem sie zuweilen ein Huhn schlachtete, ihren Gemüsegarten, die langsam zerfallende Bank, die Tin Wins Vater noch gebaut haben musste. Ihre sechs Hühner liefen herum und pickten in der Erde. Sie spürte, wie sie traurig wurde und wie dieses Gefühl in ihr wuchs. Su Kyi kannte diese Stimmung; sie verabscheute sie und versuchte immer, sich nach Kräften dagegen zu wehren. In den allermeisten Fällen mit Erfolg, aber jetzt merkte sie, wie das Gefühl größer und mächtiger wurde. Sie konnte keinen Grund sehen, und grundlose Trauer war für sie nichts als Selbstmitleid, etwas, dem sie sich zeit ihres Lebens nicht hatte hingeben wollen. War es Tin Wins rätselhafte Krankheit, die ihr so zu schaffen machte? Die Angst, ihn zu verlieren? Oder die in großen Abständen wiederkehrende Erkenntnis, wie verlassen, verloren und einsam sie war. Wie auch Tin Win. Wie auch ihre Schwester. Jeder letztlich. Der eine spürte es, der andere nicht.

In diesem Augenblick hörte sie den Gesang. Er kam aus dem Haus und war so leise, als würde er von der anderen Seite des Tales zu ihr dringen. Eine feine und zarte Mädchenstimme sang ein Lied, das Su Kyi nicht kannte, nicht einmal den Text verstand sie oder auch nur einzelne Wörter. Es waren die Melodie und der Klang, die sie so berührten.

Dieser Gesang kann Gespenster und Dämonen bändigen, dachte Su Kyi. Er stillte Schmerzen und machte ihre Trauer erträglich. Sie verharrte wie erstarrt unter dem Baum. Als könnte jede Bewegung zerstören, was sie fühlte. Mi Mis Stimme füllte das Haus und den Hof, sie war wie ein Duft, der in alle Winkel drang. Su Kyi hatte das Gefühl, als würden alle Geräusche, das Singen der Vögel, das Zirpen der Zikaden, das Quaken der Kröten, langsam verebben, bis sie nur noch den Gesang hörte. Er hatte die Macht einer Droge, er öffnete jede Pore, jeden Sinn ihres Körpers. Sie dachte an Tin Win. Sie musste keine Angst um ihn haben. Nicht mehr. Dieser Gesang war stärker als alles, was er zum Schutz um sich errichtet haben mochte, diese Stimme würde ihn in jedem Versteck erreichen. War es wirklich nur Zufall, dass dieses Virus, von dem U May gesprochen hatte, so häufig in Kalaw ausbrach?

Sie blieb unter dem Avocadobaum sitzen, bis ihr die Augen zufielen.

Die Kälte des Abends weckte sie. Es war dunkel, und sie fror. Die Stimme sang noch immer, genauso zart, genauso schön. Su Kyi stand auf und ging ins Haus. In der Küche brannte eine Kerze und auch im Schlafzimmer. Mi Mi saß neben Tin Win, seinen Kopf in ihrem Schoß. Sein Gesicht wirkte voller, die Haut weniger blass. Ihr Bruder war gegangen. Su Kyi fragte, ob sie hungrig sei oder sich hinlegen wolle. Mi Mi schüttelte kurz den Kopf.

Su Kyi aß etwas kalten Reis und eine Avocado. Sie war müde und hatte nicht das Gefühl, dass sie im Augenblick etwas tun konnte. Sie ging zurück ins Schlafzimmer, richtete für Mi Mi eine Schlafstätte, gab ihr eine Jacke und eine Decke und legte sich hin.

Als sie am Morgen erwachte, war es still. Sie blickte sich um, als müsse sie sich vergewissern, dass sie nicht mehr träumte. Mi Mi und Tin Win lagen neben ihr und schliefen. Sie stand auf und merkte, wie wohl und leicht sie sich fühlte, ohne zu wissen, warum. Fast allzu leicht, dachte sie und ging in die Küche. Sie machte Feuer und Tee, putzte Frühlingszwiebeln und Tomaten und kochte Reis fürs Frühstück.

Tin Win und Mi Mi erwachten am späten Vormittag. Es war warm, aber nicht zu heiß, und Su Kyi arbeitete in ihrem Gemüsegarten, als sie Tin Win in der Tür erblickte, auf seinem Rücken Mi Mi. Er sah älter aus, als wäre er in den vergangenen Tagen erwachsen geworden. Vielleicht waren es aber auch nur die Erschöpfung und die Anstrengung, die ihn zeichneten. Mi Mi schien ihm den Weg zu beschreiben, denn er ging um das Kleinholz, einen Schemel, einen Eimer und das Beil herum, als könne er alles sehen. Sie setzten sich auf die Bank an der Küchenwand. Su Kyi ließ ihre Harke fallen und lief zu ihnen.

»Habt ihr Hunger?«, fragte sie.

»Ja, ziemlich«, sagte Tin Win. Seine Stimme klang etwas tiefer als sonst, fast ein wenig fremd. »Und Durst.«

Su Kyi holte Reis und Curry und Tee. Sie aßen langsam, und mit jedem Bissen schien er wacher zu werden und zu Kräften zu kommen.

Nach dem Essen erklärte Tin Win, er wolle mit Mi Mi eine Wanderung machen und sie anschließend nach Hause bringen. Er fühle sich gut und ganz und gar nicht mehr müde. Su Kyi solle sich keine Sorgen machen, seine Beine würden ihn tragen, und er wäre bei Einbruch der Dunkelheit zurück. Versprochen.

Tin Win und Mi Mi liefen den holprigen Weg hinauf zur Kuppe und weiter über den Bergkamm. Er konzentrierte sich ganz aufs Gehen, wollte sehen, ob es ihm wieder gelänge, sich ihr anzuvertrauen, ob sie ihn auch heute wieder so geschickt um Hindernisse steuern würde.

»Erinnerst du dich an die vergangenen Tage?«, fragte Mi Mi, nachdem sie eine Weile geschwiegen hatten.

»Kaum«, sagte er. »Ich muss viel geschlafen haben. Ich wusste nie, ob ich wach lag oder ob ich träumte. Ich hörte nichts als Rauschen und ein dumpfes Gurren oder Gurgeln.«

»Was war mit dir?«

»Ich weiß es nicht. Ich war besessen.«

»Wovon?«

»Von der Angst.«

»Wovor hattest du Angst?«

»Dich zu verlieren. Als ich zu eurem Hof kam und niemand da war und die Nachbarn nicht wussten, wo ihr seid, bekam ich Angst. Ich versuchte mich zu beruhigen, aber die Furcht wurde mit jeder Minute schlimmer. Ich dachte, ich würde dich nie wiedersehen. Wo warst du?«

»Wir waren bei unseren Verwandten oben in den Bergen. Eine Tante ist gestorben, und wir mussten im Morgengrauen los.« Sie hielt ihren Mund ganz nah an sein Ohr. »Du musst keine Angst haben. Du kannst mich gar nicht mehr verlieren. Ich bin ein Teil von dir, so wie du von mir.«

Tin Win wollte etwas antworten, da trat sein linker Fuß ins Leere. Das Loch in der Erde war mit Gras überwachsen, und Mi Mi hätte es vermutlich selbst dann nicht gesehen, wenn sie darauf geachtet hätte. Tin Win hatte das Gefühl, als würde er mitten im Schritt angehalten und würde sich fortan nur noch zeitverzögert weiterbewegen. Sein Fuß tastete nach dem Boden, und es schien eine Ewigkeit zu dauern, bis er ihn wieder berührte. Tin Win taumelte, verlor das Gleichgewicht und merkte, wie er stürzte, wie er seine Hände instinktiv nach vorn reißen und sein Gesicht schützen wollte, doch stattdessen Mi Mis Körper fester an sich zog. Er wusste nicht, wie tief er fallen, wann und wo er aufschlagen würde, ob er im Gras landen oder ein Stein oder ein Busch ihm das Gesicht verletzen würde. Der Sturz schien kein Ende zu nehmen, und die Ungewissheit, was ihn erwartete, war das Schlimmste. Er drehte den Kopf zur Seite und zog das Kinn an die Brust. Mi Mi klammerte sich fest an ihn. Sie überschlugen sich fast kopfüber, Tin Win merkte, wie er Mi Mi unter sich begrub und sie dann seitwärts wie ein Baumstamm die Wiese hinunterrollten.

Er war gestürzt, aber er war auch aufgeschlagen. Die Tiefe war nicht endlos gewesen.

In einer Senke kamen sie zum Liegen. Mi Mi lag auf ihm. Erst jetzt bemerkte Tin Win, wie sehr sie sich aneinander festhielten. Er wollte nicht loslassen. Ihr Herz schlug schnell, er hörte es nicht nur, es klopfte auf seiner Brust. Auf ihm liegend fühlte Mi Mi sich ganz anders an. Sie war noch leichter als auf seinem Rücken, und er spürte nicht nur die Arme um seinen Hals. Ihre Brust lag auf seiner, ihr Bauch auf seinem Bauch, ihre Longys waren verrutscht und ihre nackten Beine ineinander verschlungen. In ihm wuchs ein Gefühl, das er nicht kannte, ein Verlangen nach mehr. Er wollte Mi Mi haben und sich ihr geben, er wollte eins sein mit ihr, ihr gehören. Tin Win erschrak über sein Begehren und drehte sich zur Seite.

»Hast du dir wehgetan?«, fragte sie.

»Nicht sonderlich. Du?«

»Nein.«

Mi Mi machte ihm das verdreckte Gesicht sauber. Sie strich über seine Stirn und entfernte die Erde von seinen Mundwinkeln. Für den Bruchteil einer Sekunde berührten sich ihre Lippen. Tin Win erschauderte.

»Kannst du weiterlaufen?«, fragte sie. »Ich glaube, es fängt gleich an zu regnen.«

Tin Win stand auf und nahm Mi Mi wieder auf seinen Rücken. Sie liefen das Feld hinunter. Schon bald hörten sie den Fluss rauschen. Es klang wild und voll, weil er durch den Regen der vergangenen

Wochen mehr Wasser führte als sonst. Er hatte hier eine kleine Schlucht in die Erde gefressen; weiter unten gab es eine Brücke, die aber von hier aus schwer zu erreichen war. Tin Win versuchte, mithilfe des tosenden Wassers unter ihnen die Tiefe zu schätzen. Es mussten ungefähr drei Meter sein. »Wie breit ist er hier?«, fragte er.

»Zwei Meter, vielleicht etwas mehr.«

»Wie kommen wir hinüber?«

Mi Mi reckte sich und schaute umher. »Da drüben liegt ein Baumstamm quer über den Fluss.« Sie dirigierte Tin Win an einem kleinen Felsen vorbei zu dem Stamm. Es war eine Pinie, schmaler, als Mi Mi gedacht hatte, und nicht umfangreicher als ihre Oberschenkel. Der Baum war entrindet, und jemand hatte die Äste dicht am Stamm abgeschlagen. Mi Mi zögerte.

»Was ist?«, fragte er.

»Es ist tief«, sagte sie.

»Nur wenn du hinschaust. Für mich nicht.«

Er tastete sich vor bis zum Stamm und setzte einen Fuß darauf. Seine Sohle wölbte sich um das Holz. Mi Mi wollte ihn mit den Schultern lenken, aber er schüttelte den Kopf. »Vertrau meinen Füßen.«

Er hatte sich ein wenig seitwärts gewandt und setzte einen Fuß vor den anderen. Er machte keine richtigen Schritte, sondern schob jeweils einen Fuß ein paar Zentimeter vor, glitt mit den Zehen über das Holz, streichelte es, bis es ihm vertraut war und er sich sicher fühlte, verlagerte dann das Gewicht und zog den anderen Fuß nach. Er hörte Mi Mis Herz. Es trommelte. Gleichzeitig vernahm er jetzt das Rauschen des Wassers noch lauter und klarer, sie mussten direkt über dem Fluss sein. Das Holz bog sich unter ihrem Gewicht, knackte bedrohlich.

Tin Win ging langsam, wankte aber nicht. Nicht ein Mal. Ihr wurde schwindlig, und sie machte die Augen zu. Er hatte recht, mit geschlossenen Augen war es einfacher; sie musste nur vergessen, wo sie war.

Tin Win schlich weiter vorwärts, bis der Fluss sich wieder einen Deut leiser anhörte. Sie hatten die andere Seite erreicht. Mi Mi wippte vor Erleichterung auf seinem Rücken und küsste ihn auf die Wangen und den Hals. Seine Knie knickten vor Aufregung ein, er stolperte und gewann nur mit Mühe sein Gleichgewicht wieder. Nach ein paar Schritten hörten sie einen gewaltigen Donner, er kam von ziemlich nah. Tin Win erschrak, Gewitter waren ihm noch immer nicht geheuer.

»Etwas weiter unten im Tal steht eine Hütte«, rief Mi Mi. »Vielleicht schaffen wir es bis dahin, ehe es richtig losgeht. Lauf einfach am Fluss entlang.«

Tin Win ging, so schnell er konnte. Wenn er zu nah an den Fluss kam oder sich zu sehr vom Ufer entfernte, zog sie ihn an der jeweiligen Schulter. Dann fing es an zu regnen. Das Wasser war angenehm warm, es rann über ihre Gesichter, tropfte von den Nasen und lief Nacken und Bäuche hinunter. Mi Mi hatte sich an ihn geschmiegt. Zum ersten Mal spürte er ihre Brüste. Sie waren weich und hatten zwei harte Spitzen, die er auf seinem feuchten Rücken auf und ab gleiten fühlte.

Die Hütte war ein fensterloser Unterstand aus Holzbalken und Brettern, nicht größer als zwei oder drei Schlafmatten, und der Boden war mit mehreren Schichten trockenem Gras ausgelegt. Der Regen hämmerte auf das Blechdach, als würden tausend Fäuste darauf trommeln, er fiel so dicht, dass Mi Mi kaum den nur wenige Meter entfernten Fluss sehen konnte. Das Gewitter tobte jetzt genau über ihnen, und Tin Win zuckte bei jedem Blitz zusammen; aber zum ersten Mal während eines Unwetters war ihm nicht unheimlich. Es donnerte so laut, dass Mi Mi sich die Ohren zuhielt. Tin Win erschrak, hatte aber keine Angst.

In der Hütte war es noch heißer und feuchter als draußen. Ihre Körper waren nass und warm, und das Regenwasser mischte sich auf der Haut allmählich mit Schweiß.

Mi Mi hatte sich auf dem Gras ausgestreckt. Tin Win lag nicht wie sonst in ihrem Schoß, sondern hatte sich hingehockt, die Beine verschränkt und ihren Kopf zwischen seine Schenkel genommen.

Seine Hände fuhren durch ihr Haar, sie glitten über ihre Stirn, fühlten die Augenbrauen, die Nase und den Mund, streichelten die Wangen und den zarten Hals.

Mi Mi spürte seine Fingerspitzen. Sie streichelten sie nicht nur, sie elektrisierten sie, und mit jeder Bewegung fing ihr Herz stärker an zu flattern. Er beugte sich herab, küsste ihre Stirn, die Nase. Seine Zunge lief über ihren Hals und ihre Ohren. Mi Mi konnte kaum glauben, wie sehr sie ihren Körper genoss, jede Stelle, die Tin Win berührte. Seine Hände glitten über ihr Gesicht, die Schläfen, den Nasenrücken. Sie zeichneten ihre Lippen nach, strichen ihr über die Augen und den Mund. Sie öffnete ihn ein wenig, und es war, als wenn er sie noch nie berührt hätte.

Er bettete ihren Kopf auf ein Büschel Gras und zog sein Hemd aus. Mi Mi schloss die Augen und atmete tief ein und aus.

Er streichelte ihre Füße. Seine Finger ertasteten ihre Zehen, glitten über die Nägel und die kleinen Knochen, auf denen sich die Haut spannte, über die Fesseln. Die Waden hoch bis zum Longy – und wieder zurück. Einmal. Zweimal. Mi Mis ganzer Körper begann zu zittern. Sie hob ihre Hüfte und schob ihr Hemd ein wenig nach oben, nahm seine Hand und legte sie auf ihren nackten Bauch. Sein Herz klopfte, nicht schnell, aber laut und kräftig.

Er fühlte ihren Atem unruhiger werden. Er suchte ihren Nabel. Seine Finger glitten über ihren Körper, berührten ihn kaum. Zwischen seinen Fingerspitzen und ihrer Haut entstand eine Spannung, die aufregender war als jede Berührung. Er tastete sich vor, langsam immer tiefer unter den Longy, bis er den Ansatz ihrer Schamhaare fühlte. Er kniete sich hin, sie sah, wie sich sein Longy um die Hüfte zu einem kleinen Zelt spannte, und erschrak. Nicht über den Anblick, nicht über seine Finger, sondern über ihre Lust, über ihren Atem und ihr Herz, das immer schneller und heftiger schlug. Vorsichtig zog er die Hand zurück. Sie wollte mehr und hielt ihn fest, aber er legte seinen Kopf auf ihre Brust und bewegte sich nicht. Er wartete. Es dauerte lange, bis sich ihr Herzschlag beruhigte.

Es war ein Laut, an den er sich nicht gewöhnen konnte, und er verspürte vor jedem Pochen eine Ehrfurcht und einen Respekt, dass ihm schauderte. Da schlug es, nur Zentimeter von seinem Ohr entfernt. Ihm war, als könne er durch einen Spalt in den Schoß der Welt spähen. Ihr Herzschlag. Unheimlich. Betörend schön.

Der Gesang des Lebens. Und des Todes. Der Gesang der Liebe.

15

Der Wind hatte aufgefrischt. Er kräuselte das Wasser, und Mi Mi hörte winzige Wellen an die Steine zu ihren Füßen schwappen. Sie hockte am Ufer des kleinen Sees und beobachtete Tin Win. Er war kein schlechter Schwimmer. Er hatte einen ganz eigenen Stil entwickelt, lag seitwärts im Wasser und schob immer eine Hand vor seinen Körper, sodass er Hindernisse fühlen konnte. Er war vorsichtig und blieb am liebsten in der Nähe des Ufers, wo die Füße noch auf den Grund reichten. Aber er hatte Ausdauer, und er konnte sehr gut tauchen. Mi Mi liebte das Wasser. Schon als kleines Mädchen hatten ihre Brüder sie mitgenommen zu den vier Seen, etwa eine Stunde Fußmarsch von Kalaw entfernt. Sie hatten sie abwechselnd getragen und ihr früh Schwimmen beigebracht. Diese Ausflüge gehörten zu Mi Mis schönsten Erinnerungen. Im Wasser konnte sie sich mit ihren Brüdern messen und mit anderen Kindern toben. Sie war schnell und gewandt, die beste Taucherin von allen. Im Wasser spielten Füße keine Rolle.

Sie hatte Tin Win im Sommer des vergangenen Jahres zu den Seen geführt, und es gab kaum einen Ort, an den sie sich lieber zurückzogen. Sie gingen immer zum kleinsten der vier Teiche, der etwas abseits und hinter einer kleinen Pinienschonung versteckt lag, angeblich die meisten Wasserschlangen beherbergte und deshalb von den anderen Kindern und Jugendlichen gemieden wurde. Zweimal hatte sie eine Schlange beobachten können. Als sie Tin Win fragte, ob er Angst vor ihnen habe, lachte er und meinte, er hätte noch nie eine gesehen.

Tin Win war in die Mitte des Sees geschwommen, dort ragte ein Stein aus dem Wasser, auf dem man sitzen konnte. Er kletterte hinauf und ließ sich vom Wind und der Sonne trocknen. Mi Mi spürte, wie sie Sehnsucht bekam. Fast vier Jahre waren vergangen, seit sie Tin Win im Kloster begegnet war, und es gab, von den ersten Wochen abgesehen, keinen Tag, an dem sie sich nicht gesehen hätten. Sie wartete nach der Schule auf ihn, oder er kam nach dem Unterricht auf den Markt, und an den Wochenenden holte er sie schon morgens zu Hause ab. Ihr seid ja unzertrennlich, hatte ihre Mutter einmal halb im Scherz gesagt. Unzertrennlich. Mi Mi hatte, wie es ihre Art war, lange über das Wort nachgedacht. Sie hatte es im Kopf hin und her gewendet, um zu sehen, ob der Klang ihr gefiel, ob es passte, und nach ein paar Tagen kam sie zu dem Schluss, dass es keine bessere Beschreibung gebe. Sie waren unzertrennlich. Sie bekam Herzklopfen, sobald sie ihn sah, und ihr fehlte etwas, wenn Tin Win nicht bei ihr war. Als wäre die Welt nur in seinem Beisein rund. Sie spürte seine Abwesenheit am ganzen Körper. Der Kopf tat ihr weh. Die Beine und Arme waren schwer und lahm. Es zog im Bauch und in der Brust. Selbst das Atmen war mühsamer ohne ihn. Die Beschwerden verschwanden erst, wenn sie auf seinem Rücken saß, ihre Hände um seinen Hals legte und seine Schultern spürte. Es gab keinen Ort, an dem sie sich sicherer und wohler fühlte.

Mi Mi musste an jenen Nachmittag denken, als über ihnen das Gewitter getobt und sie in der Hütte Schutz gefunden hatten. Damals hatte er sie zum ersten Mal wirklich berührt, und mit dieser Berührung war eine Lust in ihr erwacht, die manchmal stärker war als alle anderen Gefühle zusammen. Sie war sich nicht sicher, ob alles, was sie in solchen Momenten empfand, in ihr schlummerte und Tin Win es nur zum Leben erweckte oder ob es von irgendwo anders herkam. Verzauberte er sie? Was küsste er wach, wenn seine Lippen ihre Haut berührten? Wenn seine Finger über ihren Hals, ihre Brüste, ihren Bauch und ihre Schenkel strichen, hatte sie das

Gefühl, er schenke ihr ihren Körper jedes Mal aufs Neue. Tin Win reagierte auf ihre Hände, auf ihre Lippen nicht anders. Sie konnte seinen Körper aufwühlen, ihn liebkosen und streicheln, bis er hemmungslos zuckte und sich aufbäumte vor Lust. In Augenblicken wie diesen fühlte sie sich so lebendig, dass sie nicht wusste, wohin mit ihrem Glück. Der Wind schien sie zu tragen, und sie war leicht und schwerelos, wie sonst nur im Wasser. Sie spürte eine Kraft, von der sie nicht geahnt hatte, dass sie in ihr steckt. Und die nur Tin Win wecken konnte.

Er hatte sie gelehrt zu vertrauen, ihr die Möglichkeit gegeben, schwach zu sein, ihm musste sie nichts beweisen. Er war der Erste und Einzige, dem sie erzählte, wie erniedrigend sie es gefunden hatte, auf allen vieren zu kriechen. Dass sie manchmal davon träumte, auf zwei gesunden Füßen durch Kalaw zu laufen und in die Luft zu hüpfen, so hoch sie konnte. Einfach so. Er versuchte nicht, sie zu trösten, in solchen Momenten. Er nahm sie in die Arme, sagte nichts. Mi Mi wusste, dass er verstand, was sie meinte und wie sie sich fühlte. Je häufiger sie darüber sprachen, desto seltener wurde der Wunsch, auf eigenen Füßen zu laufen. Und sie glaubte ihm, wenn er sagte, es gäbe auf der ganzen Welt keinen schöneren Körper als ihren.

Es gab keinen Schritt, den sie mit ihm nicht wagen würde.

Mi Mi schaute ihn an, und obwohl er kaum mehr als fünfzehn Meter weit weg saß, konnte sie die Entfernung nicht ertragen. Sie zog ihr Hemd und ihren Longy aus, glitt ins Wasser und machte ein paar kräftige Schwimmzüge. Die Sonne hatte den See aufgeheizt, aber das Wasser war noch kühl genug, um zu erfrischen. Es prickelte auf ihrer nackten Haut. Wenn sie sich zwischen seine Beine setzen und sich an ihn lehnen würde, hätten sie beide Platz auf dem Stein. Sie schwamm zu ihm hinüber. Er streckte eine Hand aus und half ihr aus dem Wasser. Sie lehnte sich an ihn, er legte seine Arme um ihren Bauch und hielt sie fest. Mi Mi schloss die Augen.

»Ich habe es nicht ausgehalten ohne dich«, flüsterte sie.

»Ich bin doch da.«

»Ich wollte dich spüren. Außerdem war ich traurig.«

»Worüber?«

»Dass du so weit weg warst, dass ich dich nicht berühren konnte«, antwortete sie, erstaunt über ihre eigenen Worte. »Über jede Stunde, die wir nicht zusammen verbringen. Jeden Weg, den ich ohne dich zurücklegen muss. Über jeden Schritt, den du machst und ich nicht auf deinem Rücken sitzen kann. Jede Nacht, die wir nicht nebeneinander einschlafen, und jeden Morgen, den wir nicht nebeneinander aufwachen.«

Sie drehte sich um und kniete vor ihm. Sie nahm seinen Kopf in ihre Hände, und er konnte hören, dass Tränen über ihre Wangen liefen. Sie küsste ihn auf die Stirn und auf die Augen. Sie küsste ihn auf den Mund und den Nacken. Ihre Lippen waren weich und feucht, ihre Küsse bedeckten seine Haut. Er zog sie zu sich heran, und sie schlang ihre Beine um seine Hüfte. Er hielt sie fest, ganz fest. Als könnte sie sonst davonfliegen.

16

Das Pochen erinnerte ihn an das gleichmäßige Tropfen einer Regenrinne. Plopp … Plopp … Plopp … Plopp … In den vergangenen Tagen waren die Abstände immer größer geworden. Es war eine Quelle, die langsam versiegte.

Tin Win hatte es kommen hören. Schon seit Wochen. U Mays Herz hatte in seinen Ohren seit jeher müde und erschöpft geklungen, aber in letzter Zeit waren die Schläge noch matter als sonst gewesen. Seit zwei Wochen schon unterrichtete ein junger Mönch die Schüler allein, U May lag auf seinem Bett, zu schwach, sich zu erheben. Er aß nichts und trank auch trotz der tropischen Temperaturen kaum etwas.

Mi Mi und Tin Win hatten die letzten Tage und Nächte an seinem Bett verbracht. Tin Win hatte ihm vorgelesen, bis seine Fingerspitzen fast wund waren vom Ertasten der Seiten. Mi Mi hatte sich erboten, für ihn zu singen, doch U May hatte abgelehnt. Er wisse um die magische Kraft in ihrer Stimme, und er wolle nichts unternehmen, was sein Leben künstlich verlängern würde, hatte er gesagt und den Mund zu einem kurzen Lächeln verzogen.

Jetzt gönnten sie sich eine Pause, saßen in einem Teehaus auf der Hauptstraße und tranken frischen Zuckerrohrsaft. Es war heiß, Kalaw lag seit zwei Wochen unter einer Hitzeglocke, und es gab keine Anzeichen für eine Linderung. Die Luft stand still. Sie schwiegen. Selbst die Fliegen leiden unter der Hitze, dachte Tin Win. Ihr Summen klang träge und viel behäbiger als sonst. Neben ihnen hockten Händler und Marktfrauen, und alle klagten sie unaufhörlich über das Wetter. Für Tin Win war das unbegreiflich. U May lag im Sterben, keine zweihundert Meter entfernt, und die Menschen tranken einfach ihren Tee. Gingen ihren Geschäften nach. Redeten über so Banales wie das Wetter.

Er hörte den Mönch schon von Weitem kommen und erkannte ihn auch sofort an seinem ungleichmäßigen Gang. Es war Zhaw, dessen linkes Bein ein winziges Stück kürzer war als das rechte und der deshalb hinkte, wenn auch nicht sichtbar. Bis auf Tin Win war das noch nie jemandem aufgefallen. Zhaw hatte schlechte Nachrichten, Tin Win hörte es an seinem wimmernden Herzschlag. Der klang fast so elend wie der des verletzten Kalbs, das Mi Mi vor Kurzem gefunden hatte und das in ihren Händen gestorben war.

»U May hat das Bewusstsein verloren«, rief Zhaw völlig außer Atem.

Tin Win stand auf, kniete sich vor Mi Mi, die kletterte auf seinen Rücken, und sie liefen los. Er rannte so schnell er konnte die Hauptstraße hinunter, Mi Mi lenkte ihn zwischen den Passanten hindurch und an einem Ochsenkarren vorbei, sie bogen in den Weg, der zum Kloster führte, eilten über den Hof die Treppe hinauf.

Alle Mönche und viele Dorfbewohner hatten sich um U May geschart; sie saßen auf dem Boden und füllten die große Meditationshalle fast zur Hälfte aus. Als sie Tin Win und Mi Mi sahen, bildeten sie eine schmale Gasse, die zu U Mays Bett führte. Mi Mi erschrak bei seinem Anblick. Sein Gesicht war in der vergangenen Stunde noch stärker eingefallen. Seine Augen lagen so tief, als wollten sie ganz im Schädel versinken. Die Nase stach heraus, die Lippen waren fast völlig verschwunden. Über den Wangenknochen spannte sich die Haut, so blass und leblos wie ein Stück Leder. Die Hände lagen gefaltet auf seinem Bauch.

Sie hockten sich neben das Bett. Mi Mi blieb hinter Tin Win sitzen und legte ihre Arme um seine Brust.

Tin Win wusste, dass es nicht mehr lange dauern würde. Das Herz klang kaum lauter als der Flügelschlag eines Schmetterlings. Wie hatte er diesen Augenblick gefürchtet. Ein Leben ohne U May hatte er sich lange Zeit nicht vorstellen können. Ohne seine Stimme. Ohne seinen Rat. Ohne seine Ermunterung. Er war der erste Mensch gewesen, dem er sich hatte öffnen können, soweit es damals in seinen Möglichkeiten lag. Und U May hatte versucht, ihm die Angst zu nehmen. »In jedem Leben liegt die Saat des Todes«, hatte er ihm in den ersten Jahren ihrer Freundschaft wieder und wieder erklärt. Dass der Tod zum Leben gehöre wie die Geburt, dass niemand ihm entkommen könne und es deshalb auch sinnlos sei, sich dagegen zu wehren. Je früher man ihn als natürlichen Teil des Lebens akzeptiere, anstatt ihn zu fürchten, umso besser.

Tin Win hatte die Logik des Arguments eingesehen, aber es hatte ihn nicht wirklich erreicht. Die Angst war geblieben. Die Angst vor U Mays Tod, aber auch vor seinem eigenen. Dabei hätte er nicht einmal sagen können, dass er am Leben hing oder es als besonders lebenswert ansah. Und dennoch war da eine Angst gewesen, die zuweilen an Panik grenzte. Sie hatte etwas Animalisches, und er musste zuweilen an das Ferkel denken, das sein Vater in seinem Beisein geschlachtet hatte. Nie würde er diesen Anblick vergessen. Die weit aufgerissenen Augen. Das entsetzliche Quieken, das panische Strampeln, das Zucken des ganzen Körpers. Vermutlich ist Todesangst ein Überlebensinstinkt, dachte Tin Win später, vermutlich gehört sie zu uns, zu jeder Kreatur. Gleichzeitig müssen wir sie überwinden, um in Frieden Abschied nehmen zu können. Er fand dies einen unlösbaren Widerspruch. Nicht ein Mal hatte er in den vergangenen zwei Jahren über das Sterben nachgedacht, und nun, da er im Angesicht des nahen Todes von U May dazu gezwungen war, entdeckte er in sich eine unerwartete Gelassenheit. Zum ersten Mal hatte er etwas zu verlieren, und dennoch fürchtete er sich nicht mehr davor. Zu gern hätte er U May nach einer Erklärung gefragt, aber es war zu spät. Plötzlich bewegte U May die Lippen.

»Tin Win, Mi Mi, seid ihr da?« Er sprach nicht, er hauchte die Worte.

»Ja«, sagte Tin Win.

»Erinnerst du dich, wie ich sterben wollte?«

»Ohne Angst und mit einem Lächeln auf den Lippen«, antwortete Tin Win.

»Angst habe ich nicht«, flüsterte U May. »Mi Mi wird dir verraten, ob mir auch das Lächeln gelingt.«

Tin Win nahm U Mays Hand und bat ihn, nicht mehr zu sprechen. »Schone dich.«

»Wofür?«

Es klang wie sein letztes Wort. Tin Win hoffte, er würde noch etwas sagen. Kein Leben sollte mit einer Frage enden. Wofür?

Das klang nach vergeblicher Anstrengung. Nach Zweifeln. Nach etwas Unerfülltem. Tin Win zählte die Sekunden zwischen den Herzschlägen. Es dauerte jeweils mehrere Atemzüge, bis es wieder pochte.

Noch einmal öffnete U May den Mund. Tin Win beugte sich vor.

»Die Liebe«, sagte der Alte. »Die Liebe.« Mehr nicht.

Tin Win war überzeugt, dass er dabei lächelte.

Dann wurde es still. Tin Win wartete. Stille. Eine maßlose, alles verschlingende, jedes Geräusch übertönende Stille.

Er hörte Mi Mis Herz und dann sein eigenes, und mit jedem Schlag glich sich ihr Takt mehr an, kamen sie sich näher, und für einige Sekunden, die ihm wie eine lange Zeit erschienen, hörte er nur ein Herz schlagen.

17

Es gab Augenblicke in ihrem Leben, magische Momente nannte Yadana sie, die würde sie bis zum Tage ihres Todes nicht vergessen. Dazu gehörte die Sekunde, in der sie Tin Win zum ersten Mal sah. Noch Jahre später hatte sie diese Begegnung deutlich vor Augen. Sie saß auf der Veranda ihres Hauses und war dabei, aus getrocknetem Gras einen Korb zu flechten. Es war später Nachmittag, sie konnte bereits das Feuer der Nachbarn riechen und hören, wie sie mit ihren Töpfen und dem Blechgeschirr klapperten. Sie war allein, ihr Mann und die Söhne waren noch auf dem Feld. Plötzlich stand Tin Win im Hof. Auf dem Rücken trug er Mi Mi. Bis heute hätte sie nicht sagen können, was sie damals so berührt hatte. War es Tin Wins junges Gesicht, in dem, obschon er Probleme mit seinen Augen zu haben schien, eine Ausstrahlung lag, wie sie sie selten bei Erwachsenen gesehen hatte? Oder sein Lachen, nachdem ihm Mi Mi etwas ins Ohr geflüstert hatte? Die Art, wie er behutsam die Verandatreppe hinaufstieg, sich von Stufe zu Stufe vorantastete, sich hinhockte und Mi Mi von seinem Rücken gleiten ließ? Oder einfach das Gesicht ihrer Tochter, das vor Glück zu glühen schien, ihre Augen, die sie so freudig anstrahlten und leuchteten wie zwei Sterne in der Nacht. Sie hatte sofort gewusst, dass dieser Junge der Grund dafür war.

Seit diesem Tag hatte Tin Win Mi Mi Abend für Abend nach Hause gebracht. Zunächst war er ausgesprochen still gewesen, hatte Mi Mi abgesetzt und sich kurz darauf sehr höflich verabschiedet. Doch nach einigen Wochen fing er an, Mi Mi beim Kochen zu helfen und zum Abendessen zu bleiben.

Yadana hatte bald begonnen, ihn »meinen jüngsten Sohn« zu nennen. Je länger sie ihn kannte, desto mehr mochte sie ihn. Seinen Takt, die Fürsorge und Zärtlichkeit, mit der er Mi Mi behandelte. Seinen Humor und seine Bescheidenheit. Sein Einfühlungsvermögen. Oft schien er zu wissen, wie es Yadana und ihrer Familie ging, ehe sie auch nur ein Wort gewechselt hatten. Sie hatte auch nicht das Gefühl, dass er sich vom Verlust seiner Augen sonderlich behindern ließ, schon gar nicht, wenn Mi Mi auf seinem Rücken saß. Manchmal, wenn sie die beiden den Berg hinauflaufen sah, rührte der Anblick sie so sehr, dass ihr die Tränen kamen. Tin Win ging, trotz seiner Last, aufrecht und mit wippendem Schritt, fast federnd, und sie konnte sich des Gefühls nicht erwehren, dass seine Schritte ohne diese Last unsicherer und schwerer wären. Er schleppte Mi Mi nicht, er trug sie wie ein Geschenk, glücklich und stolz. Sie saß auf seinem Rücken, sang oder flüsterte ihm etwas ins Ohr, und oft erkannte sie die beiden schon an ihrem Lachen, bevor sie sie sah. Als würden gesunde Augen und Füße im Leben keine Rolle spielen.

Ihr Mann hatte die beiden nach einigen Monaten »Bruder und Schwester« getauft, und so nannte er sie noch heute, fast vier Jahre später. Yadana fragte sich manchmal, ob er einfach nachlässig war in seiner Wortwahl oder ob er wirklich nicht bemerkte, was da vor seinen Augen geschah; und je länger sie darüber nachdachte, desto sicherer war sie, dass er meinte, was er sagte, und dass ihm, wie wohl den meisten Männern, der Sinn für gewisse Dinge fehlte, ein Gespür, das ihm geholfen hätte, mehr zu sehen, als für die Augen erkennbar war.

Mi Mi und Tin Win waren schon lange nicht mehr Bruder und Schwester. Mi Mi war zur Frau geworden, ihr Körper hatte Formen bekommen. Die Freude, die sie ausstrahlte, hatte nichts Kindliches mehr. Es waren das Glück und die Leidenschaft eines Menschen, der begehrt und geliebt wird. Tin Win war noch immer sehr still, höflich und voller Respekt, aber aus seiner Stimme, aus seinen Gesten und Bewegungen sprachen nun nicht mehr nur Fürsorge und Zärtlichkeit; dazu hatten sich Leidenschaft und Begehren gemischt. Zwischen ihnen herrschte eine Nähe, auf die Yadana fast ein wenig neidisch war. Sie selbst hatte dergleichen mit ihrem Mann nie erlebt, und wenn sie ehrlich war, kannte sie auch sonst keine zwei Menschen, die so vertraut miteinander waren.

Yadana überlegte, ob es jetzt, da sie beide achtzehn Jahre alt waren, an der Zeit sei, über eine Heirat zu sprechen. Aber da Tin

Win offenbar eine Waise war, war ihr nicht klar, an wen sie sich wenden sollte, und immer, wenn sie mit ihrem Mann reden wollte, erzählte er wieder von »Bruder und Schwester«. Vielleicht, dachte sie, sollten sie einfach warten, bis Mi Mi oder Tin Win sie fragen würden. Auf ein paar Monate oder auch ein Jahr würde es nicht ankommen. Sie war überzeugt, dass sie sich weder um ihre Tochter noch um Tin Win Sorgen machen musste. Sie hatten ein Geheimnis des Lebens entdeckt, das Yadana verborgen geblieben war, auch wenn sie immer geahnt hatte, dass es existiert.

18

Es war kurz nach Einbruch der Dunkelheit, als Tin Win nach Hause kam. Er hatte den Nachmittag mit Mi Mi am See verbracht und fühlte sich wohlig erschöpft vom Schwimmen und dem langen Marsch. Es war ein milder Abend nach einem heißen Tag, die Luft war trocken und noch angenehm warm, im nahe gelegenen Tümpel quakten die Frösche so laut, dass sie alle anderen Geräusche übertönten. Sicher wartete Su Kyi bereits mit dem Abendessen auf ihn. Er öffnete die Gartenpforte und hörte plötzlich zwei unbekannte Stimmen. Männer, die sich mit Su Kyi unterhielten. Sie saßen am Feuer vor dem Haus. Er hörte, dass Su Kyi aufstand und ihm entgegenkam. Sie nahm ihn bei der Hand und führte ihn zu den beiden Fremden. Die Männer machten es kurz. Sie hätten den ganzen Nachmittag auf Tin Win gewartet. Su Kyi sei ausgesprochen gastfreundlich gewesen und habe sie mit Tee und Nüssen bewirtet. Jetzt seien sie müde von der langen Reise und wollten in ihr Hotel. Zumal ihnen morgen eine weitere anstrengende Fahrt bevorstehe. Sie kämen aus Rangoon, sein Onkel, der ehrwürdige U Saw, schicke sie mit dem Auftrag, ihn, Tin Win, auf dem schnellsten Weg in die Hauptstadt zu bringen. Alles Weitere werde er von seinem Onkel persönlich erfahren. Man werde morgen früh mit der Bahn nach

Thazi reisen, dort nach ein paar Stunden Aufenthalt in den Nachtexpress aus Mandalay steigen und am Morgen danach Rangoon erreichen. Die Fahrkarten seien bereits gekauft, Plätze reserviert. Der erste Zug verlasse Kalaw um sieben Uhr, sie würden ihn abholen, er möge bitte ab sechs Uhr auf sie warten. Reisefertig.

Tin Win verstand nicht gleich, was sie sagten. Er hatte, wie er es zunächst bei Unbekannten immer tat, auf ihre Herzen und Stimmen gehört, nicht auf die Worte, die sie sprachen. Der Herzschlag hatte ihm nicht viel verraten. Er klang seltsam ausdruckslos. Was immer sie in Kalaw machten und ihm gerade erzählten, es berührte sie nicht.

Erst Su Kyis tiefer Seufzer ließ ihn aufhorchen. Und ihr Herz. Es schlug unangemessen schnell. Als sei sie zutiefst erschrocken oder habe gerade einen Berg erklommen. Tin Win hatte mit Mi Mis Hilfe gelernt, dass nicht nur körperliche Anstrengung ein Herz heftig zum Pochen bringen kann. Menschen konnten untätig auf dem Boden hocken, äußerlich vollkommen ruhig erscheinen und dabei gleichzeitig ein Herz in ihrer Brust haben, das raste wie ein Tier, das durch den Wald hetzt. Aus eigener Erfahrung wusste er, dass Fantasien und Träume viele Menschen oft mehr verängstigen und bedrohen als die Wirklichkeit, dass der Kopf das Herz schlimmer belasten kann als selbst die schwerste Plackerei.

Worüber sorgte sich Su Kyi? Die Männer waren gegangen, und sie wiederholte Satz für Satz, was die beiden gesagt hatten, und ganz allmählich erreichten ihn ihre Worte. Mit dem Zug. In die Hauptstadt. Allein.

»Warum? Was will mein Onkel von mir?«, fragte Tin Win, nachdem er endlich begriffen hatte, was Su Kyi ihm erzählte.

»Ich weiß es nicht«, antwortete sie. »Im Dorf sagt man, er sei sehr vermögend und habe gute und einflussreiche Freunde unter den Engländern. Angeblich sogar bis hinauf zum Gouverneur. Ich bin sicher, er kann dir helfen.«

»Ich brauche keine Hilfe.« Tin Win lachte bei dem Gedanken, jemand könnte ihm aus Mitleid Hilfe anbieten. »Ich vermisse nichts. Mir kann es gar nicht besser gehen.«

»Vielleicht hat er von deinem Augenleiden erfahren und möchte, dass dich ein britischer Arzt untersucht. Auf jeden Fall müssen wir nun schauen, was du mitnehmen kannst.« Sie wandte sich ab und wollte ins Haus gehen.

»Su Kyi, was denkst du wirklich?« Tin Win wusste, dass sie ihm nicht die Wahrheit sagte. Ihr Herzschlag passte nicht zu ihren Worten, die ihn beruhigen sollten.

»Ach, es ist nur … Ich werde dich vermissen. Aber was rede ich da, ich altes, selbstsüchtiges Weib. Wer hat schon das Privileg, einmal in die Hauptstadt reisen zu dürfen? Mein Leben lang träume ich davon, es einmal bis nach Taunggyi zu schaffen. So eine Reise ist etwas ganz Besonderes, und du wirst viel erleben und lernen. Ich sollte mich freuen für dich.«

»Su Kyi!« Seine Stimme klang mahnend. Er hörte genau, dass sie ihm nicht sagte, was sie wirklich dachte.

»Und außerdem wirst du ja spätestens in ein paar Wochen wieder zurück sein«, fuhr sie fort, als hätte sie ihn gar nicht gehört.

Tin Win erschrak bei diesem Satz. Bis jetzt war die Idee des Reisens etwas Abstraktes gewesen. Er war noch nie verreist und hatte keine Vorstellung, was das wirklich bedeutete. Er würde Kalaw verlassen müssen. Er würde an einem neuen, ihm fremden und also unheimlichen Ort ankommen, und er wusste nicht, was ihn dort erwartete. Er würde sich trennen müssen von Su Kyi, vom Kloster und den Mönchen, vom Haus, von den vertrauten Geräuschen und Gerüchen. Von Mi Mi.

Das war so unvorstellbar, dass er bis zu diesem Augenblick daran nicht gedacht hatte. Sie war ein so selbstverständlicher Teil seines Lebens, ein Teil von ihm, dass es ihm nicht in den Sinn gekommen war, sich jemals und auch nur für einen Tag wieder von ihr trennen zu müssen. Nun sollte er in ein paar Stunden fort und wusste nicht einmal, wann er zurückkehren durfte. In wenigen Wochen oder ein paar Monaten? Ob überhaupt? Er spürte, wie die Dämonen und Gespenster in ihm wach wurden. »Ich muss zu Mi Mi«, sagte er und drehte sich um.

Tin Win nahm den holprigen Pfad über den Bergkamm. Er kannte jeden Stein, jede Kuhle auf dem Weg und ging schneller, fing an zu laufen. Zunächst noch etwas vorsichtig, dann in immer größeren Sätzen, bis er rannte, so schnell er konnte. Es gab eine Kraft in ihm, die ihn vorwärts trieb, die keine Angst vor einem Sturz kannte und ihn jede Vorsicht vergessen ließ. Er raste an dem Tümpel vorbei und bog am Bambushain ab, er flog die Wiese hinunter und auf der anderen Seite wieder hinauf. Er rannte, ohne zu stolpern, und spürte kaum noch die Erde unter seinen Füßen. War es die Erinnerung, sein Instinkt oder die Sehnsucht, die ihn so sicher zu Mi Mis Haus leitete?

Auf den letzten Metern ging er wieder langsamer und verschnaufte für einen Augenblick hinter der Hecke aus Hibiskusbüschen, die das Haus vom Weg abgrenzte. Er trat in den Hof, der Hund kam ihm entgegen und sprang an ihm hoch. Tin Win streichelte und beruhigte ihn. Er hörte das Schwein unter der Veranda schnarchen. Im Haus war alles ruhig. Langsam stieg er die Treppe hinauf. Die Tür war nicht verschlossen, sie knarrte beim Öffnen. An ihrem Herzschlag konnte er hören, wo Mi Mi schlief, und vorsichtig tastete er sich durch den Raum zu ihrer Matte. Fast wäre er über einen Blechtopf gefallen, der mitten im Zimmer stand. Er kniete sich neben sie und legte eine Hand auf ihr Gesicht.

Sie erwachte und erkannte ihn sofort. »Tin Win, was machst du hier?«

»Ich muss dir etwas erzählen, komm mit«, flüsterte er. Tin Win schob einen Arm unter ihren Hals, den anderen unter ihre Knie und hob sie hoch, ihre Gesichter berührten sich fast. In seinen Armen hatte er sie noch nie getragen. Sie gingen zur Treppe, stiegen die Stufen hinunter und liefen über den Hof.

Sie streichelte sein Gesicht und den Hals. »Du schwitzt.«

»Ich bin den ganzen Weg gerannt. Ich musste dich sehen.«

»Wo wollen wir hin?«, fragte sie.

»Ich weiß nicht. Wo wir niemanden wecken und allein sein können.«

Mi Mi überlegte. Ein paar Häuser entfernt begannen die Felder, und auf einem stand eine Regenhütte. Sie wies ihm den Weg, und ein paar Minuten später waren sie beim Unterstand und krochen hinein. Die Wände waren aus geflochtenem Gras, und Mi Mi konnte durch die Löcher im Dach den Himmel sehen. Er war klar und voller Sterne. Es war eine ungewöhnlich warme Nacht, und Mi Mi merkte, dass ihr Herz vor Erwartung schneller schlug. Sie nahm seine Hand und legte sie auf ihren nackten Bauch.

»Mi Mi, ich fahre morgen früh nach Rangoon. Mein Onkel, der dort lebt, hat zwei Männer geschickt, die mich abholen und begleiten.«

Nie sollte sie diesen Satz vergessen, noch Jahrzehnte später würde er ihr in den Ohren klingen, würde sie seine Stimme hören und sein Gesicht dazu sehen. Stunden zuvor, am See, hatte sie von der Zukunft geträumt, von einer Hochzeit, hatte sich vorgestellt, wie sie mit Tin Win in einem Haus lebt, und von Kindern, die über den Hof toben, mit Füßen zum Laufen und Augen zum Sehen. Sie hatte in seinen Armen gelegen und ihm die Szene beschrieben. Sie hatten beschlossen, in den nächsten Wochen mit Mi Mis Eltern über eine Heirat zu reden. Und nun würde er in die Hauptstadt fahren. Mi Mi wusste, was das bedeutete. Rangoon war das andere Ende der Welt. Dahin reist man selten, und noch seltener kehrt man zurück. Sie wollte ihn fragen, was der Onkel von ihm wolle und wie lange er fortbleiben würde und warum sie sich trennen müssten, aber gleichzeitig ahnte sie, dass Worte ihr nicht helfen konnten, nicht jetzt, und sie spürte, wie ihr ganzer Körper nach Tin Win verlangte. Sie nahm seine Hände und zog ihn zu sich herab. Ihre Lippen berührten sich. Sie zog ihr Hemd über ihren Kopf, und er küsste ihre Brust. Sein warmer Atem auf ihrer Haut. Sein Mund glitt an ihr hinab, er löste ihren Longy, sie waren beide nackt. Er küsste ihre Beine und ihre Schenkel, seine Zunge spielte mit ihr, sie spürte ihn, wie sie ihn noch nie gespürt hatte. Und sie spürte sich. Mehr und tiefer und schöner denn je. Als würden alle Versprechen dieser Welt auf einmal eingelöst. Mit jeder Bewegung schenkte er ihr ihren Körper aufs Neue, keine Kraft auf dieser Welt konnte sie halten, und sie sah sich fliegen, über Kalaw, über die Wälder und Berge und Täler, von einem Gipfel zum anderen. Die Erde schrumpfte zu einer winzigen Kugel, auf der Rangoon und Kalaw und alle übrigen Städte und Länder nur einen Fingerbreit voneinander entfernt lagen. Auf der es keine Dämonen und Gespenster gab. Sie hatten jede Kontrolle über ihre Körper verloren. Es war, als würden alle ihre Gefühle auf einmal explodieren, die Wut und die Angst und die Verzweiflung, das Verlangen, die Zärtlichkeit und ihre Begierde. Für einen kurzen Augenblick, für die Dauer eines Herzschlags oder zwei, machte alles in ihrem Leben Sinn.

19

Zu packen gab es nicht viel. Tin Win besaß nichts außer etwas Unterwäsche, drei Longys, vier Hemden und einem Pullover. Den Pullover würde er im Delta nicht brauchen, entschied Su Kyi. In der Hauptstadt war es das ganze Jahr über heiß und feucht. Sie packte die Sachen in eine alte Stofftasche, die sie einmal in der Nähe des britischen Clubs gefunden hatte. Für die Reise hatte sie ihm Reis und sein Lieblingscurry aus getrockneten Fischen gekocht. Sie füllte das Essen in einen Blechnapf mit verschließbarem Deckel und steckte ihn zwischen die Longys. Ganz nach unten legte sie den Tigerknochen, den Tin Win von seinem Vater bekommen hatte. Und das Schneckenhaus und die Vogelfeder, die Mi Mi ihm vor einigen Monaten geschenkt hatte. Su Kyi schaute aus dem Fenster, es musste kurz nach halb sechs sein, noch war es dunkel, aber die Vögel sangen bereits, und es dämmerte allmählich. Tin Win war erst vor wenigen Minuten nach Hause gekommen. Er saß vor der Küche.

Die ganze Nacht über war Su Kyi wach gelegen. Zum ersten Mal seit langer Zeit machte sie sich wieder Sorgen um Tin Win. Er hatte sich seit dem Beginn der Freundschaft mit Mi Mi auf eine Weise verändert, wie sie es nicht für möglich gehalten hatte. Er hatte das

Leben entdeckt, und wenn sie morgens gemeinsam aßen, hatte sie oft das Gefühl, neben einem Kind zu sitzen, so sehr strotzte er vor Freude und Energie. Als wollte er nachholen, was er all die Jahre über versäumt hatte. Sie konnte sich nicht vorstellen, dass er sich in einer fremden Umgebung ohne Mi Mis Hilfe zurechtfinden würde. Eine solche Symbiose zweier Menschen hatte sie noch nie erlebt, und es gab Augenblicke, da dachte sie beim Anblick der beiden, ob am Ende der Mensch vielleicht doch nicht allein ist, ob die kleinste menschliche Einheit vielleicht doch zwei ist und nicht eins. Warum mussten die beiden jetzt auseinandergerissen werden? Vielleicht, so hoffte sie, hatte der Onkel wirklich nur das Beste für seinen Neffen im Sinn. Vielleicht können die Ärzte in der Hauptstadt ihn heilen. Vielleicht würde er in ein paar Monaten zurückkehren.

Sie trat aus dem Haus und sah ihm ins Gesicht. Und obwohl sie schon einige Menschen hatte sterben sehen und Angehörige, die deshalb trauerten, konnte sie sich nicht erinnern, jemals ein Gesicht gesehen zu haben, das so voller Schmerz und Verzweiflung war. Sie nahm ihn in den Arm. Er weinte, untröstlich. Er weinte, bis die beiden Männer durch das Gartentor traten. Sie wischte ihm die Tränen ab und fragte, ob sie die drei zum Bahnhof begleiten dürfe. Selbstverständlich, sagte einer der Männer. Der andere nahm die Tasche.

Den ganzen Weg über sprachen sie kein Wort. Sie hatte Tin Wins Hand genommen. Er zitterte, sein Gang war unsicher und unbeholfen. Ängstlich tastete er sich voran, mehr stolpernd als gehend. Als wäre er erst vor Kurzem erblindet. Su Kyis Beine wurden mit jedem Schritt schwerer, sie verfiel in eine Art Trance und nahm ihre Umwelt nur noch bruchstückhaft wahr. Sie hörte das Keuchen der Lokomotive, die bereits im Bahnhof wartete. Sie sah weiße Wolken aus einem schwarzen Krater aufsteigen. Es wimmelte von Menschen, die ihr in die Ohren brüllten. Ein Kind schrie. Eine Frau stürzte. Tomaten rollten auf die Gleise. Tin Wins Finger glitten ihr aus der Hand. Die Männer führten ihn fort. Er verschwand in einer Tür.

Das letzte Bild verschwamm in einem Schleier aus Tränen. Tin Win saß am offenen Fenster, den Kopf in den Händen vergraben. Sie rief seinen Namen, aber er reagierte nicht. Mit einem schrillen Pfeifton setzte sich die Lok in Bewegung. Su Kyi ging neben dem Fenster her. Der Zug wurde schneller, das Keuchen lauter und heftiger. Sie begann zu laufen. Stolperte. Rempelte einen Mann um, sprang über einen Korb mit Früchten. Dann war der Bahnsteig zu Ende. Die zwei roten Rücklichter leuchteten wie Tigeraugen in der Nacht. Langsam verschwanden sie hinter einer lang gestreckten Kurve. Als Su Kyi sich umdrehte, war der Bahnsteig leer.

20

U Ba hatte stundenlang und ohne Pause erzählt. Sein Mund stand halb offen, seine Augen blickten an mir vorbei. Er rührte sich nicht, nur seine Brust bewegte sich gleichmäßig. Ich hörte meinen eigenen Atem und die Bienen. Meine Hände hielten die Armlehnen des Sessels umklammert. So angespannt saß ich sonst in Flugzeugen, wenn sie in Turbulenzen gerieten oder zur Landung ansetzten. Ich ließ langsam los und versank in den weichen Kissen hinter mir.

Je länger wir schwiegen, desto mehr füllte sich das Haus mit verstörenden Geräuschen. Es knackte im Holz, es knisterte zu meinen Füßen. Unter der Decke gurrte etwas. Irgendwo spielte der Wind mit einem Fensterladen. In der Küche tropfte ein Wasserhahn. Oder bildete ich mir ein, U Bas Herz schlagen zu hören?

Ich versuchte mir meinen Vater vorzustellen. Die Einsamkeit, in der er gelebt hatte, seine Bedürftigkeit, die Dunkelheit, die ihn umgeben hatte, bis er Mi Mi traf. Wie musste er sich gefühlt haben bei dem Gedanken, dass er all das, was er sich mit Mi Mis Hilfe erobert hatte, wieder verlieren könnte. Ich merkte, wie mir die Tränen kamen. Ich wollte sie unterdrücken, aber das machte alles nur noch schlimmer. Ich weinte, als hätte ich ihn eben selber zum Zug nach Rangoon gebracht. U Ba stand auf und kam zu mir. Er legte eine Hand auf meinen Kopf. Ich konnte mich nicht beruhigen.

Vielleicht war es das erste Mal, dass ich um meinen Vater wirklich weinte. Es gab Tage nach seinem Verschwinden, da vermisste ich ihn sehr, war niedergeschlagen und verzweifelt. Vermutlich habe ich auch geweint, genau erinnere ich mich nicht. Aber um wen ging es da? Um ihn? Um mich, weil ich meinen Vater verloren hatte? Oder waren es Tränen der Wut und Enttäuschung, weil er uns hatte sitzen lassen?

Sicher, er hatte uns nie etwas über die ersten zwanzig Jahre erzählt und uns damit auch nicht die Möglichkeit gegeben, mit ihm oder für ihn zu trauern. Aber hätte ich es wissen wollen? Wäre ich in der Lage gewesen, für ihn zu fühlen? Wollen Kinder ihre Väter und Mütter als unabhängige Menschen kennen? Können wir sie sehen, wie sie waren, bevor es uns gab?

Ich holte ein Tuch aus meinem Rucksack und trocknete mir das Gesicht.

»Haben Sie Hunger?«, fragte U Ba.

Ich schüttelte den Kopf.

»Durst?«

»Ja, ein wenig.«

Er verschwand in der Küche und kam mit einem Becher kaltem Tee zurück. Er schmeckte nach Ingwer und Limone und tat gut.

»Sind Sie müde? Soll ich Sie zurück ins Hotel bringen?«

Ich war erschöpft, aber ich wollte nicht allein sein. Bei dem Gedanken an mein Zimmer fürchtete ich mich. In meiner Vorstellung erschien es mir noch größer als der leere Speisesaal, und mein Bett war breiter als die Wiese vor dem Hotel. Ich sah mich darin liegen, klein und verloren. »Ich würde mich gern etwas ausruhen. Könnte ich mich unter Umständen bei Ihnen für ein paar Minuten …?«

U Ba unterbrach mich: »Selbstverständlich, Julia. Legen Sie sich auf die Couch, ich bringe Ihnen eine Decke.«

Ich kam aus dem Sessel kaum heraus, so schwach war ich. Das Sofa war bequemer, als es aussah, ich kauerte mich auf die Kissen und spürte noch, wie U Ba eine leichte Decke über mich breitete. Fast sofort glitt ich in einen Halbschlaf. Ich hörte die Bienen. Ihr gleichbleibendes Summen beruhigte mich. U Ba lief durch den Raum. Hunde bellten. Ein Hahn krähte. Schweine grunzten. Der Speichel rann mir aus dem Mund.

Als ich wieder erwachte, war es dunkel und still. Es dauerte einige Sekunden, bis ich wusste, wo ich lag. Es war kühl. U Ba hatte eine zweite, dickere Decke auf mich gelegt und ein Kissen unter meinen Kopf geschoben. Auf dem Tisch vor mir standen ein Glas Tee, ein Teller mit Keksen und eine Vase mit frischen Jasminblüten. Es roch nach Kaffee und Zimtschnecken. Ich hörte eine schwere alte Holztür ins Schloss fallen, drehte mich zur Seite, zog die Knie ganz eng an den Körper, die Decken bis ans Kinn und schlief wieder ein.

21

Es war hell, als ich die Augen öffnete. Vor mir stand ein Glas Wasser, aus dem heißer Dampf aufstieg. Daneben lagen eine Tüte Nescafé, ein Stück Würfelzucker, Dosenmilch und frische Kekse. Durch eines der beiden Fenster fielen Sonnenstrahlen, und vom Sofa aus konnte ich ein Stück Himmel sehen. Sein Blau war dunkler und kräftiger als das, wie ich es aus New York kannte. Es roch nach Morgen, und ich musste plötzlich an unsere Sommerwochenenden in den Hamptons denken, wenn ich als Kind frühmorgens wach im Bett lag, durch die offenen Fenster das Meer rauschen hörte, die kühle Luft im Zimmer roch, in der trotz der Kälte schon die Hitze des Tages zu ahnen war.

Ich stand auf und streckte mich. Erstaunlicherweise hatte ich keine Rückenschmerzen wie sonst, wenn ich in einem fremden Bett übernachtete. Ich musste gut geschlafen haben auf dem alten Sofa mit seinen verschlissenen Bezügen. Ich ging zu einem der Fenster. Eine dichte Bougainvilleahecke wuchs um das Haus. Der Hof war sauber gefegt, zwischen zwei Bäumen lag sorgfältig gestapeltes

Feuerholz, daneben ein Haufen Reisig. Ein Hund, dessen Rasse ich nicht kannte, streunte umher, unter mir wühlte das Schwein. Wo war U Ba?

Ich ging in die Küche. In einer Ecke kokelte ein kleines Feuer, darüber hing ein Kessel. Der Rauch zog senkrecht nach oben und verschwand in einem Loch im Dach. Trotzdem brannten mir die Augen. An der Wand stand ein offener Schrank mit ein paar weiß emaillierten Blechnäpfen und Tellern, Gläsern und verrußten Töpfen. Im untersten Regal lagen Eier, Tomaten, ein großes Bund Frühlingszwiebeln, eine Ingwerwurzel und Limonen.

»Julia?« Seine Stimme kam aus dem nächsten Zimmer.

U Ba saß an einem Tisch, umgeben von Büchern. Der ganze Raum war voll davon, er glich einer aus den Fugen geratenen Bibliothek. Sie standen in Regalen, die vom Boden bis zur Decke reichten, sie lagen in Stapeln auf den Holzbohlen und in einem Sessel und türmten sich auf einem zweiten Tisch. Manche waren fingerdünn, andere hatten den Umfang von Lexika. Es waren Taschenbücher darunter, aber die meisten hatten einen festen Einband, manche sogar in Leder. U Ba beugte sich über ein aufgeschlagenes Buch, dessen vergilbte Seiten aussahen wie eine Lochkarte. Daneben lagen verschiedene Pinzetten, Scheren, ein Gefäß mit weißem, zähem Klebstoff. Zwei Petroleumlampen auf dem Tisch gaben zusätzliches Licht. U Ba blickte mich über den Rand einer dicken Brille an.

»U Ba, was machen Sie hier?«

»Ich vertreibe mir die Zeit.«

»Womit?«

»Ich restauriere Bücher. Mein Hobby, wenn Sie es so nennen wollen.« Er nahm mit einer dünnen, langen Pinzette einen winzigen Fetzen Papier, tupfte ihn kurz in den Kleber und platzierte ihn auf eines der kleinen Löcher im Buch. Mit einem feinen schwarzen Stift zeichnete er dann darauf die obere Hälfte eines o nach. Ich versuchte den Text zu lesen, zu dem der Buchstabe gehörte.

We s al not cease fr m exp orati n
and t e end of al our expl ring
wi l b to a rive w er we starte
and kno th pl ce fo he fir t im.

U Ba schaute mich an.

We shall not cease from exploration
and the end of all our exploring
will be to arrive where we started
and know the place for the first time.

Er hatte auswendig zitiert.

»Aus einer Sammlung von Eliot-Gedichten. T. S. Eliot. Ich schätze ihn sehr.« Er lächelte zufrieden und zeigte mir die ersten Seiten des Buches. Sie waren übersät mit aufgeklebten Papierschnitzeln. »Ich will nicht behaupten, dass es wie neu aussieht, aber es ist wieder lesbar.«

Ich blickte abwechselnd auf ihn und das Buch. Meinte er das im Ernst? Es hatte noch mindestens zweihundert zerlöcherte Seiten. »Wie lange brauchen Sie für einen Band?«

»Heute ein paar Monate, früher ging es schneller. Jetzt machen die Augen nicht mehr richtig mit, und nach ein paar Stunden klagt das Kreuz über das gebeugte Sitzen. An anderen Tagen zittert meine Hand zu sehr. Das Alter, Julia.« Er blätterte durch die restlichen Seiten und seufzte. »Dieses Buch ist aber auch wirklich in einem erbärmlichen Zustand. Selbst die Würmer scheinen Eliot zu schätzen.«

»Es muss doch einen effizienteren Weg geben, diese Bücher zu restaurieren. So schaffen Sie es nie.«

»Keinen, der in meiner Macht steht, fürchte ich.«

»Ich könnte Ihnen einige der Bücher, die Ihnen sehr viel bedeuten, als Neuausgaben aus New York schicken«, schlug ich vor.

»Bemühen Sie sich nicht. Die wichtigsten habe ich gelesen, als sie noch in besserem Zustand waren.«

»Warum restaurieren Sie sie dann?«

Er lächelte. »Es macht mir Spaß. Es lenkt mich ab.«

»Wovon?«

Er überlegte. »Eine gute Frage. Sie werden die Antwort wissen, sobald ich Ihnen unsere Geschichte zu Ende erzählt habe.«

Wir schwiegen eine Weile, und ich schaute mich weiter um. Ich stand in einem Holzhaus ohne Strom und fließendes Wasser und war von Tausenden von Büchern umgeben. »Wo haben Sie die alle her?«, fragte ich.

»Von den Engländern. Ich war schon als Junge in Bücher vernarrt. Nach dem Krieg sind viele Briten nicht zurückgekehrt, und nach unserer Unabhängigkeit zogen Jahr für Jahr mehr fort. Was sie an Büchern nicht mitnehmen wollten, gaben sie mir.« Er stand auf, ging zu einem Regal, zog ein ledergebundenes Buch heraus und schlug es auf. Die Seite wirkte wie perforiert. »Sie sehen, leider ist es vielen so ergangen wie dem Eliot-Band. Das Klima. Die Würmer und das Ungeziefer.« U Ba ging zu einem kleinen Schrank hinter seinem Schreibtisch. »Die hier habe ich schon fertig.« Er zeigte auf ein paar Dutzend Bücher, nahm eines davon und reichte es mir. Es hatte einen kräftigen Einband aus Leder und fühlte sich schön an. Ich schlug es auf. Schon die erste Seite war gesprenkelt mit Papierpunkten. THE SOUL OF A PEOPLE stand dort in großen Buchstaben. London, 1902.

»Falls Sie mehr über unser Land wissen wollen, ist dies ein guter Anfang.«

»Es ist schon etwas älter«, sagte ich ein wenig irritiert.

»Die Seele eines Volkes ändert sich nicht so schnell«, meinte er.

U Ba zog an seinem Ohrläppchen und blickte umher, als suche er etwas. Er nahm ein paar Bücher aus einem unteren Regal. Sie standen zweireihig. Aus einer roten Lackdose auf seinem Schreibtisch nahm er einen Schlüssel und öffnete eine Schublade. »Ich hatte es weggeschlossen, das habe ich mir gedacht«, sagte er und zog ein Buch heraus. »Es ist in Braille. Su Kyi gab es mir kurz vor ihrem Tod. Es ist der erste Band von einem von Tin Wins Lieblingsbüchern. Sie hatte vergessen, es ihm für seine Reise nach Rangoon einzupacken.«

Es war schwer und unhandlich, mehrere Klebestreifen hielten den Rücken notdürftig zusammen. »Setzen Sie sich. Kommen Sie mit, trinken Sie einen Kaffee und schauen es sich in Ruhe an.«

Wir gingen ins Wohnzimmer. U Ba goss aus einer Thermoskanne heißes Wasser in ein Glas und machte mir einen Nescafé. Ich legte das Buch auf meine Knie und schlug es auf. Die Seiten waren ähnlich zerfressen wie die der anderen Bücher. Ich strich mit dem Zeigefinger über ein Blatt, beiläufig, als würde ich den Fleiß meiner Putzfrau prüfen und über ein leicht angestaubtes Regal streichen. Das Buch war mir unheimlich. Ich klappte es zu und legte es auf den Tisch. Als berge es bösartige Viren und ich könnte mich infizieren. Es machte mir Angst.

In der Ferne hörte ich jemanden singen. Es waren mehrere Stimmen, schwach und kaum vernehmbar, so leise, als würden sie verklingen, bevor sie mein Ohr erreichten. Eine Welle, die am Strand versandet, noch ehe sie meine Füße umspült.

Ich horchte in die Stille, hörte aber nichts, vernahm den Gesang wieder, dann wieder nicht, hielt den Atem an und bewegte mich nicht, bis ich die Töne wieder hörte, nun etwas lauter. Laut genug, dass ich diese Spur nicht noch einmal verlieren würde. Es musste ein Chor von Kindern sein, die ohne Unterlass ein melodisches Mantra wiederholten.

»Sind das die Kinder aus dem Kloster?«, fragte ich.

»Aber nicht die aus dem Kloster im Dorf. Es gibt eines in den Bergen, und wenn der Wind günstig steht, erreicht uns der Gesang am Morgen. Sie hören, was Tin Win und Mi Mi gehört haben. Es hat vor fünfzig Jahren nicht anders geklungen.«

Ich schloss die Augen, ein Schauder überlief mich. Die Kinderstimmen schienen über meine Ohren in meinen Körper zu dringen und mich zu berühren, wo kein Wort, kein Gedanke und kein Mensch mich bisher berührt hatten.

Woher kam dieser Zauber? Ich verstand kein Wort von dem, was sie sangen. Was war es, das mich so bewegte? Warum rührt uns etwas zu Tränen, was wir nicht sehen, nicht fassen und nicht festhalten können, das, kaum erklungen, schon wieder verschwunden ist?

Musik, hatte mein Vater oft gesagt, sei der einzige Grund, warum er manchmal an einen Gott oder eine himmlische Macht glauben könne.

Jeden Abend, bevor er ins Bett ging, saß er im Wohnzimmer, mit geschlossenen Augen und Köpfhörern, und hörte Musik. Wie sonst soll meine Seele Ruhe finden für die Nacht?, hatte er mir erklärt.

Ich konnte mich an kein Konzert, an keine Oper erinnern, in der er nicht geweint hätte. Die Tränen strömten ihm übers Gesicht wie Wasser aus einem See, der lautlos, aber mit Macht über seine Ufer tritt. Dabei lächelte er. Hatte ich ihn je glücklicher gesehen?

Einmal fragte ich ihn, was er auf eine einsame Insel mitnehmen würde, wenn er sich zwischen Musik und Büchern entscheiden müsste.

Musik natürlich, hatte er geantwortet. Ich hatte nie verstanden, warum. Jetzt ahnte ich etwas.

Ich wünschte, der Gesang der Kinder möge nicht aufhören. Er sollte mich durch den Tag begleiten. Durch das Leben.

Hatte ich mich meinem Vater je so nah gefühlt? Vielleicht hatte U Ba recht. Vielleicht war er in der Nähe, und ich musste ihn nur sehen.

Dritter Teil

I

Ich war ihnen auf der Spur. Ich hörte den Atem meines Vaters nur wenige Meter von mir entfernt. Er japste nach Luft. Er schleppte Mi Mi den Berg hoch. Sie war schwerer geworden, er älter. Das Tragen erschöpfte ihn. Ich hörte ihr Flüstern. Ihre Stimmen. Ein paar Schritte noch, und ich würde sie einholen.

Ich wollte das Haus sehen, in dem mein Vater seine Kindheit und Jugend verbracht hatte. Vielleicht versteckte er sich dort mit Mi Mi?

Ein paar Schritte noch.

U Ba zögerte, als ich ihn bat, mit mir dorthinzugehen. Hatte mein Vater ihm das untersagt?

»Die Häuser sind in einem trostlosen Zustand. Sie brauchen viel Fantasie, um dort Spuren seiner Kindheit zu entdecken«, warnte er mich.

»Das macht nichts.«

»Su Kyi ist lange tot.«

»Das habe ich mir gedacht. Trotzdem.«

»Ich muss noch etwas erledigen. Wollen Sie schon vorgehen?«

»Wenn es sein muss.«

Er wies mir den Weg, sagte, dass er im Dorf noch etwas einkaufen wolle und nachkäme.

Ich lief über den Bergkamm. U Ba hatte ihn sehr genau beschrieben, den Pfad aus Lehm mit den tiefen Kuhlen und Rillen. Er war mir seltsam vertraut. Ich schloss die Augen und versuchte mir vorzustellen, wie mein Vater den Weg entlanggelaufen war. Ich erschrak über die vielen verschiedenen Geräusche, die ich plötzlich hörte. Vögel. Heuschrecken. Zikaden. Ein unangenehm lautes Fliegensummen, fernes Hundegebell. Meine Füße taten sich schwer mit den Löchern und Rissen in der Erde, ich stolperte, fiel aber nicht. Es roch nach Eukalyptus und Jasmin. Ein Ochsenkarren überholte mich, die Tiere sahen in der Tat jämmerlich aus. Die Haut klebte an ihren Rippen, und ihre Augen stachen aus dem Schädel, als würden sie vor Anstrengung gleich platzen.

Hinter der Kuppe sah ich das Haus. Wollte ich dort wirklich hin? Meine Schritte wurden langsamer. Ich stand an der Gartenpforte, mutlos und eingeschüchtert. Zu ängstlich, um das Grundstück zu betreten.

Das Tor war aus dem unteren Scharnier gebrochen und hing schief. Aus den Rissen in den gemauerten Pfeilern wuchs Gras. Der Holzzaun war von Büschen überwuchert, jede zweite oder dritte Latte fehlte. Das Gras auf der Wiese war graubraun, von der Sonne verbrannt. Das vordere Haus, eine gelbe, zweistöckige Villa im Tudorstil, wies im ersten Stock eine große Veranda auf, von der man einen Blick über das Dorf und die Berge haben musste. Ihre Stützpfeiler, der Dachsims und die Fensterrahmen waren mit Holzschnitzereien dekoriert. Es gab einen Wintergarten und mehrere Erker. Aus dem Schornstein wuchs ein Baum. Da an mehreren Stellen Dachziegel fehlten, lag das dünne Gebälk des Dachstuhls teilweise frei. Die Verandabrüstung hatte etwa die Hälfte ihrer Gitterstäbe eingebüßt, und der Regen hatte die Farbe der Fassade ausgebleicht. Ein Teil der Fenster war eingeschlagen.

Leer stehende Häuser deprimierten mich selbst in New York. Als Kind hatte ich jedes Mal die Straßenseite gewechselt, wenn ich an einem vorbeikam. Geisterhäuser nannte ich sie. Ich war überzeugt, dass hinter ihren zugenagelten Fenstern Gespenster lebten, die nur auf mich warteten. Im Beisein meines Vaters traute ich mich an ihnen vorbei, aber auch nur an seiner der Straße zugewandten Hand.

Diese Villa war mir ähnlich unheimlich. Warum kümmerte sich niemand darum? Der einstige Glanz war noch gut zu erkennen, es hätte nicht vieler Mühe bedurft, sie zu pflegen. Hätte.

Was wäre gewesen, wenn? Was lauerte darin? Gespenster? Zwei ungelebte Leben?

Etwas unterhalb des Hauses lag die Hütte, in der Su Kyi und mein Vater gewohnt haben müssen. Sie war kleiner als unser Wohnzimmer in New York. Ich konnte keine Fenster sehen, nur einen Türrahmen ohne Tür. Das braune Wellblechdach war vom Rost zerfressen, und der Lehm bröckelte aus den Wänden. Ich entdeckte die Feuerstelle, einen Reisighaufen und die Holzbank. Zwei junge Frauen saßen darauf mit Säuglingen auf dem Schoß. Sie blickten mich an und lächelten dieses Wie-schön-dass-du-da-bist-Lächeln, das mich jedes Mal von Neuem irritierte. Neben der Hütte hingen vier Longys in der Sonne. Zwei junge Hunde streunten über den Hof, ein dritter krümmte den Rücken und kackte. Er sah mich leidend an.

Ich atmete zweimal tief ein und trat durch die Pforte. Vor mir auf der Wiese entdeckte ich den Baumstumpf. Es muss eine sehr alte und große Pinie gewesen sein. Über die dicke Borke liefen Ameisen, das Holz war an mehreren Stellen weich und zerfressen, aber der Kern war auch nach so vielen Jahren noch kräftig. Ich konnte ohne Mühe hinaufklettern. Er war feucht und hart. Den Blick ins Tal verstellten mehrere große Büsche. Ich wusste jetzt, warum ich diesen Ort unbedingt sehen wollte und ihn gleichzeitig gefürchtet hatte. Er war der Schlüssel zu U Bas Erzählung. Seit ich heute Morgen die Kinder im Kloster singen hörte, war seine Geschichte kein Märchen mehr. Sie klang in meinen Ohren, ich konnte sie riechen und mit den Händen greifen. Ich saß auf dem Baumstumpf, auf dem mein Vater vergeblich auf seine Mutter, meine Großmutter, gewartet hatte. Auf dem er sich fast zu Tode gehungert hatte. In diesem Garten verlor er sein Augenlicht, und er lebte in diesem seltsamen Dorf, in dem sich in den vergangenen fünfzig Jahren offensichtlich kaum etwas geändert hatte. Er und Mi Mi. U Ba war dabei, mich zu ihnen zu führen. Ich hörte ihr Flüstern. Ihre Stimmen. Ein paar Schritte noch.

Was wäre, wenn sie im nächsten Moment vor mir stünden? Panik überfiel mich. Vielleicht verbargen sich Mi Mi und mein Vater in dieser verfallenen Villa? Hatten sie mich bereits durchs Fenster erspäht? Würden sie sich verstecken, vor mir weglaufen oder aus dem Haus kommen und auf mich zugehen? Was sollte ich sagen? Hallo, Papa? Warum hast du uns verlassen? Warum hast du mir nie etwas von Mi Mi erzählt? Ich hatte Sehnsucht nach dir?

Wie würde er reagieren? Würde er mir böse sein, dass ich mich auf die Suche nach ihm gemacht habe und ihn fand, obwohl er doch offensichtlich spurlos verschwinden wollte? Hätte ich seinen Wunsch respektieren und in New York bleiben sollen? Würde er mich trotz allem in den Arm nehmen? Würde ich dieses Strahlen in seinen Augen sehen, das ich so vermisste? Ich war mir seiner Reaktion nicht sicher, und das verletzte mich. Warum zweifelte ich daran, dass er sich freuen würde, mich zu sehen?

»Machen Sie sich keine Sorgen, Mi Mi und Ihr Vater wohnen hier nicht.« Es war U Ba. Ich hatte ihn nicht kommen sehen.

»U Ba, Sie haben mich erschreckt.«

»Das tut mir leid. Das wollte ich nicht.«

»Woher wussten Sie, dass ich daran gedacht habe?«

»Woran sonst?«

»Gäbe es für mich einen Grund zur Sorge, wenn Mi Mi und mein Vater in diesem Haus wären?«

Er lächelte und neigte den Kopf zur Seite. Es war ein zärtlicher Blick, mit dem er mich anschaute, ein Blick, der mir Zutrauen gab. Ich wollte die Hand nach ihm ausstrecken. Er sollte mich an dem Geisterhaus vorbeiführen, nach Hause bringen. In Sicherheit.

»Wovor fürchten Sie sich?«

»Ich weiß es nicht.«

»Es gäbe für Sie keinen Grund zur Sorge. Sie sind seine Tochter, warum zweifeln Sie an seiner Liebe?«

»Er hat uns verlassen.«

»Schließt das eine das andere aus?«

»Ja!«, sagte ich. Die Stimme der Anklage.

»Warum? Die Liebe kennt so viele unterschiedliche Formen, Julia, sie hat so viele eigenartige Gesichter, dass unsere Fantasie nicht ausreicht, sich alle vorzustellen. Die Kunst besteht darin, sie zu erkennen, wenn sie vor uns steht.«

»Weshalb soll das so schwierig sein?«

»Weil wir nur sehen, was uns bekannt ist. Wir trauen dem anderen immer nur zu, wozu wir selbst in der Lage sind, im Guten wie im Bösen. Deshalb erkennen wir als Liebe vor allem, was unserem Bild von ihr entspricht. Wir wollen geliebt werden, so wie wir selbst lieben. Jede andere Art ist uns unheimlich. Wir begegnen ihr mit Zweifel und Misstrauen, wir missdeuten ihre Zeichen, wir verstehen ihre Sprache nicht. Wir klagen an. Wir behaupten, der andere liebt uns nicht. Dabei liebt er uns vielleicht nur in einer, seiner Weise, die uns nicht vertraut ist. Sie werden, so hoffe ich, verstehen, was ich meine, wenn ich meine Geschichte zu Ende erzählt habe.«

Ich verstand nicht, was er meinte. Aber ich vertraute ihm.

»Ich habe auf dem Markt Obst gekauft. Wenn Sie nichts dagegen haben, setzen wir uns unter den Avocadobaum, und ich erzähle weiter.« Er eilte mit seinen flinken Schritten voraus, hinüber zu den beiden jungen Frauen, die ihn offensichtlich gut kannten. Sie lachten zusammen, schauten zu mir herüber, nickten und standen auf. U Ba nahm die Holzbank unter den Arm und brachte sie zum Baum, in dessen Schatten ich auf ihn wartete.

»Wenn ich mich nicht täusche, hat Ihr Großvater die gezimmert. Teakholz. Hält hundert Jahre, mindestens. Wir haben sie nur einmal ausbessern müssen.« Er holte eine Thermoskanne und zwei kleine Gläser aus einer Tüte und goss uns Tee ein.

Ich schloss die Augen. Mein Vater war auf dem Weg nach Rangoon, und ich ahnte, dass es eine schreckliche Reise werden würde.

2

Sich tot stellen. Nicht bewegen. Hoffen, dass die Zeit vergeht.

Keinen Laut von sich geben. Essen und Trinken verweigern. Das Atmen auf wenige Stöße reduzieren. Hoffen, dass es nicht wahr ist.

So hatte Tin Win die Reise nach Rangoon überstanden. In den Zügen saß er zusammengekauert, nicht ansprechbar, als hätte er das Bewusstsein verloren. Die Fragen der beiden Männer ignorierte er, bis sie aufgaben und ihn in Ruhe ließen. Die Gespräche, die Herztöne seiner Mitreisenden, zogen so spurlos an ihm vorbei wie die Nachtlandschaft an den Augen der anderen Passagiere.

Die Stille im Haus des Onkels machte es ihm leichter. Er musste keine Züge wechseln und keine Fragen überhören. Er war allein. Reglos lag er auf einem Bett, die Beine gespreizt, die Arme weit von sich gestreckt.

Sich tot stellen. Es gelang nicht immer.

Er fing an zu weinen, es waren Krämpfe, die ihn überfielen, ein paar Minuten anhielten, langsam verebbten. Wie Wasser, das im Sand versickert.

»Bitte«, sagte er halblaut, als säße im Zimmer jemand, der ihn erhören könnte, »bitte, mach, dass dies nicht wahr ist. Bitte, lass mich erwachen.« Er stellte sich vor, dass er auf seiner Matte in Kalaw lag und Su Kyi neben ihm schlief. Dass er liegen blieb, als sie aufstand. Ihr Gepolter in der Küche. Den herbsüßen Geruch von frischen Papayas. Er hörte Mi Mi vor sich sitzen und an einem Mangokern lutschen. Rangoon war nichts als ein schlechter Traum. Ein Missverständnis. Weit, weit weg, wie Gewitterwolken am Horizont, die in eine andere Richtung ziehen.

Er spürte die unermessliche Erleichterung, die er fühlen würde. Doch schon war sie verschwunden, verflogen wie Rauch, den der Wind auseinandertreibt.

Es klopfte. Als Tin Win nicht antwortete, klopfte es ein zweites Mal, die Tür ging auf, und jemand trat ein. Ein Junge, dachte Tin Win. Er hörte es am Gang. Die Schritte von Männern klangen anders als die von Frauen. Sie waren plumper, kamen mit mehr Nachdruck daher, traten mit dem ganzen Fuß auf, während Frauen oft abrollten und weicher tönten. Sie streichelten den Boden mit ihren Sohlen. Der Junge war vermutlich etwas jünger, auf jeden Fall kleiner und leichter als Tin Win, seine Schritte waren sehr flink. Er stellte ein Tablett auf einen Tisch neben das Bett. Geruch von Reis und Gemüse. Der Junge goss aus einer Karaffe Wasser in ein Glas. Tin Win solle viel trinken, sagte er. Schließlich käme er aus den Bergen und sei die Hitze der Hauptstadt nicht gewöhnt. Nach einigen Wochen der Anpassung würde es ihm besser gehen. Tin Win solle sich ausruhen und rufen, falls er etwas brauche. Der Onkel sei aus dem Haus und werde zum Abendessen zurückerwartet.

Tin Win, wieder allein, richtete sich im Bett auf und nahm das Tablett. Er aß ein paar Löffel. Das Curry schmeckte, aber er hatte keinen Appetit. Das Wasser tat gut.

Einige Wochen der Anpassung. Der Satz sollte tröstlich sein und klang wie ein Fluch. Er konnte sich nicht vorstellen, auch nur einen Tag länger ohne Mi Mi zu verbringen.

Tin Win hörte über sich etwas summen, ein ganz und gar abscheulicher Laut, ohne jeden Rhythmus und mit einer abstoßenden Monotonie. Es machte keine Pause, wurde weder leiser noch lauter, nicht einmal schwächer. Gleichzeitig kam ihm von oben ein schwacher Luftzug entgegen. Erst daran merkte er, wie warm es war. Der leichte Wind kühlte nicht, die Luft war zu heiß, es fehlte nicht viel, und sie würde auf der Haut brennen.

Er stand auf, um sein Zimmer zu erkunden. Er hielt die Luft an und horchte. An der Wand vor ihm liefen ein paar Ameisen. Unter dem Bett saß eine Spinne, in deren Netz sich gerade eine Fliege verfangen hatte. Er hörte, wie sie zappelte, wie das verzweifelte Summen schwächer wurde. Die Spinne kroch ihrer Beute entgegen. Unter der Decke klebten zwei Geckos, die abwechselnd mit ihren Zungen schnalzten. Keines der Geräusche erleichterte ihm die Orientierung. Er ruderte mit den Armen und machte einen Schritt.

Stühle klingen nicht, und sie riechen nicht. Sein Handrücken schlug gegen die Holzkante, und er schrie kurz auf. Der Schmerz zog hoch bis zur Schulter. Er ließ sich auf die Knie nieder und kroch auf allen vieren durch den Raum.

Tische klingen nicht, und sie riechen nicht. Es würde eine kräftige Beule auf der Stirn geben.

Er betastete jeden Winkel seines Zimmers, als wolle er es vermessen, Karten anfertigen, damit er sich nicht wieder verletzen würde. Neben Tisch und Stuhl gab es an der Wand einen großen Schrank, neben dem Bett zwei hohe, aber kleine runde Tischchen mit Lampen darauf. Über dem Tisch hing ein Bild. Die zwei langen, halb geöffneten Fenster reichten fast bis zum Boden. Die Fensterläden waren geschlossen. Tin Win klopfte auf den Fußboden. Altes Teakholz, es hatte diesen unverwechselbaren dunklen Klang. Er überlegte, ob er das Haus erkunden sollte, beschloss, erst einmal auf seinen Onkel zu warten, und legte sich wieder hin.

Das Klopfen an der Tür weckte ihn. Es war derselbe Junge wie am Mittag. Der Onkel erwarte ihn zum Abendessen.

Tin Win setzte zögernd einen Fuß vor den anderen, als er die Treppe hinabstieg, die in einem lang gezogenen Bogen ins Erdgeschoss führte. Der Hall seiner Schritte verriet ihm die Größe des Raumes. Er musste riesig sein, eine Art Vorhalle, die bis unter das Dach reichte. Tin Win hörte den Jungen neben sich gehen. Auf der letzten Stufe nahm er Tin Wins Arm und führte ihn durch zwei weitere große Räume zum Esszimmer.

U Saw hatte sich, während er auf seinen Neffen wartete, ein Sodawasser mit Limonensaft gemischt, war auf die Terrasse getreten und inspizierte den Garten hinter dem Haus. An einer der Palmen hing ein großes braunes Blatt, ein Gärtner musste es übersehen haben. Eine Nachlässigkeit, die U Saw nicht tolerieren konnte, und er überlegte, ob es wieder einmal an der Zeit war, einen der Hausangestellten zu entlassen. Es gab keine bessere Methode, den anderen für einige Monate ihren Schlendrian auszutreiben. Er trat auf den Rasen, bückte sich und kontrollierte, ob das Gras gleichmäßig geschnitten war. Einige Halme standen weit heraus. Er war empört. Morgen würde er das Nötige veranlassen.

U Saw gehörte zu den wenigen Burmesen, die es unter britischer Herrschaft zu mehr als bescheidenem Wohlstand gebracht hatten. Zählte man seine Unternehmen, seine Liegenschaften im Ausland und sein Bargeld zusammen, war er einer der reichsten Männer des Landes, abgesehen von manchen Engländern und einigen anderen Europäern natürlich, die in ihrer eigenen Welt lebten, einer Welt, die mit dem Rest Burmas wenig zu tun hatte und deshalb Vergleiche nicht gestattete. Sein Anwesen in der Halpin Road konnte sich mit den prachtvollsten Villen der Kolonialherren messen. Ein Haus mit mehr als zwei Dutzend Zimmern, einem Swimmingpool und einem Tennisplatz stand nicht an jeder Straßenecke, auch nicht in den Vierteln der Weißen. Da U Saw kein Tennis spielte, mussten seine Angestellten die Anlage nutzen. Jeden Morgen kurz nach Sonnenaufgang schlugen sich zwei der fünf Gärtner für eine Stunde die Bälle zu, damit der Platz den Eindruck erweckte, als nutze ihn der Hausherr regelmäßig. Nachbarn und Besucher hielten ihn für außerordentlich sportlich. Neben den Gärtnern beschäftigte U Saw zwei Köche, zwei Fahrer, mehrere Putzfrauen, drei Nachtwächter, einen Hausjungen, einen Butler und eine Art Haushaltsvorsteherin, die für die Einkäufe verantwortlich war.

Über den Ursprung seines Reichtums hatte es vor Jahren zahlreiche Spekulationen gegeben, doch mit wachsendem Vermögen war das Gerede verstummt. Es gibt einen gesellschaftlichen Status, der über jedes Gerücht erhaben ist.

Über seine Vergangenheit wusste man in der Hauptstadt nur, dass er als junger Mann zu Beginn des Jahrhunderts in der deutschen Gemeinde Rangoons verkehrt hatte, fließend Deutsch sprach und in jener Zeit zum Manager einer großen Reismühle aufgestiegen war, die einem Deutschen gehörte. Der Erste Weltkrieg zwang diesen Mann, wie auch die meisten seiner Landsleute, die britische Kolonie zu verlassen. Angeblich überschrieb er U Saw sein Unternehmen unter dem Vorbehalt, dass es bei seiner Rückkehr nach

Kriegsende wieder in seinen Besitz übergehe. Zwei weitere Reismühlenbesitzer sollen sich ihm angeschlossen und ihre Firmen für einen symbolischen Preis von wenigen Rupien an U Saw verkauft haben. Keiner von ihnen wurde je wieder in Rangoon gesehen. U Saw selbst verlor über diese glückliche Fügung des Schicksals kein Wort.

Seine Firmen expandierten in den Zwanzigerjahren, und die Weltwirtschaftskrise Anfang der Dreißigerjahre, von der auch Hinterindien nicht verschont blieb, nutzte er geschickt zu seinem Vorteil. Er kaufte Reisfelder und finanziell angeschlagene Mühlen auf, übernahm das Geschäft eines indischen Reisexporteurs, sodass er nun den Handel von der Saat bis zur Ausfuhr kontrollierte. Er pflegte sowohl zu seinen indischen Konkurrenten als auch zu den Engländern und der chinesischen Minderheit gute Kontakte. Beziehungen, das hatte er früh gelernt, schadeten nur dem, der sie nicht hatte, und so wie es sich für einen Mann seines Standes gehörte, bedachte er die beiden größten Klöster in Rangoon großzügig mit Spenden; er hatte in seinem Namen bereits drei Pagoden errichten lassen, und in der Eingangshalle seines Hauses stand ein imposanter buddhistischer Altar.

Kurz gesagt, U Saw war ein Mensch, der im Alter von fünfzig Jahren mit sich und dem Leben mehr als zufrieden war. Selbst der tragische Tod seiner Frau vor zwei Jahren hatte ihn darin nicht erschüttert. Die kinderlose Ehe war für ihn ohnehin nur eine zwecklose Zweckgemeinschaft gewesen. Seine Frau war die Tochter eines Reeders, und U Saw hatte angenommen, durch die Heirat die Transportkosten für seinen Reis senken zu können. Wie hätte er ahnen sollen, dass die angesehene Reederei kurz vor dem Bankrott stand? Die Ehe wurde geschlossen, aber selten vollzogen.

U Saw konnte nicht sagen, dass er seine Frau sonderlich vermisst hätte, ihn beunruhigten mehr die Umstände, unter denen sie zu Tode kam. Ein Astrologe hatte ihm zuvor dringend von einer Geschäftsreise nach Kalkutta abgeraten. Sollte er die Fahrt antreten, würde seiner Familie ein großes Unglück widerfahren. U Saw machte sich dennoch auf den Weg. Zwei Tage später wurde seine Frau tot in ihrem Bett aufgefunden. Eine Kobra lag zusammengerollt auf dem Bettlaken und schlief. Sie musste durch das Fenster in das Schlafzimmer gekrochen sein.

Seither traf U Saw keine wichtige Entscheidung, ohne zuvor einen Astrologen oder Wahrsager zu befragen. Vor zwei Wochen hatte ihm ein Sterndeuter eine persönliche und geschäftliche (den Unterschied hatte U Saw nicht wirklich verstanden, aber auch nicht weiter nachgefragt) Katastrophe prophezeit, die nur dadurch abzuwenden sei, dass er einem Familienmitglied in großer Not helfe. Diese Warnung hatte ihn einige schlaflose Nächte gekostet. Er kannte keinen Verwandten, der besonders bedürftig gewesen wäre. Arm waren sie alle, Geld wollten sie immer, deshalb hatte er den Kontakt zur Familie auch schon vor Jahren abgebrochen. Aber große Not? Schließlich erinnerte er sich vage an einen entfernten Verwandten seiner Frau, von dessen Schicksal er einmal gehört hatte. Sein Vater war gestorben, er selbst hatte über Nacht das Augenlicht verloren, seine Mutter hatte ihn verlassen. Angeblich lebte er bei einer Nachbarin, die sich auch um seine, U Saws, Villa in Kalaw kümmerte. Was könnte die Sterne günstiger stimmen, als einem blinden Jungen zu helfen? Er hatte beim Astrologen vorsichtig nachgefragt, ob nicht auch eine Spende, eine großzügige wohlgemerkt, an ein Kloster besagtes Unglück verhindern könnte. Es wäre mit weniger Umständen verbunden. Nein? Der Bau einer weiteren Pagode vielleicht? Oder zwei? Nein. Die Sterne waren eindeutig.

Tags darauf sandte U Saw zwei seiner zuverlässigsten Assistenten nach Kalaw.

Er hörte Stimmen im Esszimmer und ging ins Haus zurück. Er blieb überrascht stehen, als er Tin Win sah. Er hatte einen Krüppel erwartet, einen verkümmerten, zurückgebliebenen Jungen, dessen Elend Mitleid erweckte. Doch dieser Neffe war ein kräftiger, gut aussehender junger Mann, der mindestens zwei Köpfe größer war als er selbst und eine sonderbare Selbstsicherheit ausstrahlte. Er trug ein weißes Hemd und einen sauberen, grünen Longy. Hilfsbedürftig wirkte er nicht. U Saw war mehr als enttäuscht.

»Mein lieber Neffe, willkommen in Rangoon. Es freut mich, dich endlich bei mir zu haben.«

Die Stimme des Onkels irritierte Tin Win schon nach dem ersten Satz. Er konnte sie nicht deuten, sie fand keinen Widerhall in ihm. Sie war freundlich, nicht zu laut, nicht zu tief, aber etwas fehlte ihr, ohne dass Tin Win gleich hätte sagen können, was es war. Sie erinnerte ihn an das Summen unter seiner Zimmerdecke. Und das Pochen des Herzens war noch seltsamer. Es klang ausdruckslos und eintönig. Wie das Ticken der Wanduhr im Flur.

»Ich hoffe, die lange Reise war nicht zu anstrengend für dich«, fuhr U Saw fort.

»Nein«, antwortete Tin Win leise.

»Wie geht es deinen Augen?«

»Gut.«

»Gut? Ich dachte, du seist blind.«

Tin Win hörte die Verwirrung in der Stimme. Er ahnte, dass dies nicht der richtige Augenblick war für ein Gespräch über Blindheit und die Fähigkeit des Sehens.

»Das stimmt. Ich wollte nur sagen, dass sie nicht wehtun.«

»Das ist schön. Ich habe leider erst vor Kurzem durch Zufall von einem Bekannten in Kalaw von deiner Erkrankung erfahren. Andernfalls hätte ich selbstverständlich früher versucht, dir zu helfen. Ein guter Freund von mir, Dr. Stuart McCrae, ist Chefarzt im größten Krankenhaus von Rangoon, er leitet die Augenabteilung. Ich habe veranlasst, dass er dich in der kommenden Woche untersuchen wird.«

»Deine Großzügigkeit beschämt mich«, sagte Tin Win. »Ich weiß nicht, wie ich dir danken soll.«

»Schon gut. Die Medizin macht große Fortschritte. Vielleicht kann dir eine Brille oder eine Operation helfen«, sagte U Saw, dessen Laune sich spürbar besserte. Ihm gefiel der unterwürfige Ton seines Neffen, in dem die zu erwartende Dankbarkeit bereits anklang. »Möchtest du etwas trinken?«

»Ein wenig Wasser vielleicht.«

U Saw goss Wasser in ein Glas und stellte es, unsicher, wie er es seinem Neffen geben sollte, mit einem lauten Geräusch auf den Tisch, der neben ihnen stand. Tin Win tastete nach dem Glas und trank einen Schluck.

»Ich habe eine Hühnersuppe und ein Fischcurry mit etwas Reis vorbereiten lassen. Ich denke, es wird dir schmecken.«

»Ganz bestimmt.«

»Brauchst du Hilfe beim Essen?«

»Nein danke.«

U Saw klatschte in die Hände und rief einen Namen. Der Junge kehrte zurück und führte Tin Win zu seinem Stuhl. Er setzte sich und befühlte das Gedeck vor ihm auf dem Tisch: ein flacher Teller mit einer tiefen Schale, daneben eine Serviette, ein Löffel, ein Messer und eine Gabel. U May hatte ihm im Kloster einmal diese Werkzeuge in die Hände gegeben und ihm erklärt, dass die Engländer mit derartigem Besteck und nicht mit den Fingern äßen. Tin Win hatte sein Curry am Mittag schon mit einem Löffel probiert und erstaunt festgestellt, wie einfach das war.

U Saw sah mit Erleichterung, dass Tin Win mit Besteck umgehen konnte und dass seine Erblindung ihn nicht daran hinderte, manierlich zu essen. Nicht einmal die Suppe bereitete ihm Probleme. Voller Grauen hatte er sich vorgestellt, dass sein Neffe jeden Abend gefüttert werden müsste, womöglich sabberte oder sein Essen auf dem Tisch verschüttete.

Die beiden Männer schwiegen. Tin Win dachte an Mi Mi. Er überlegte, wie sie seinen Onkel beschreiben würde. Hatte er Wurstfinger? War er dick, hatte er ein Doppelkinn wie der Zuckerrohrverkäufer in Kalaw, dessen Herzton ebenfalls so flach klang? Strahlten seine Augen? Oder war sein Blick genauso ausdruckslos wie das Pochen in seiner Brust? Wer sollte ihm, Tin Win, helfen, die neue Welt, die er betreten hatte, zu enträtseln? Die Ärzte? Was würde der Freund des Onkels mit ihm machen? Und darf er, sobald festgestellt war, dass ihm nicht zu helfen ist, wieder zurück nach Kalaw? Mit etwas Glück könnte er gegen Ende der nächsten Woche wieder bei Mi Mi sein.

Und wenn die Ärzte seine Augen heilten? An diese Möglichkeit hatte Tin Win bisher nicht gedacht. Weder in den vergangenen Jahren noch seitdem er in Rangoon war. Warum auch? Er vermisste nichts.

Tin Win versuchte sich auszumalen, was eine erfolgreiche Operation bedeuten würde. Augen zum Sehen. Scharfe Konturen. Gesichter. Würde er die Gabe des Hörens behalten? Er stellte sich vor, wie er Mi Mi betrachtete: Sie lag nackt vor ihm. Ihr schlanker Körper, ihr kleiner, fester Busen. Er sah ihren flachen Bauch und die Schamhaare. Ihre zarten Schenkel, ihr Geschlecht. Es war sonderbar, aber das Bild reizte ihn nicht. Es konnte nichts Schöneres geben, als mit der Zunge über ihre Haut zu streichen, mit den Lippen ihre Brust zu berühren und dabei zu hören, wie ihr Herz immer wilder tanzte.

Die Stimme des Onkels unterbrach ihn in seinen Gedanken.

»Ich habe in den kommenden Tagen viel zu tun und werde kaum Zeit mit dir verbringen können«, sagte U Saw, nachdem er aufgegessen hatte. »Aber Hla Taw, einer der Hausjungen, steht dir jederzeit zur Verfügung. Er wird dich im Garten herumführen oder auch in der Stadt, wenn du möchtest. Sag ihm, was immer du brauchst. Wenn ich es einrichten kann, werden wir am Wochenende zusammen essen. Der Termin mit Doktor McCrae ist am Dienstag.« U Saw zögerte. Hatte der Astrologe ihm vorgeschrieben, wie viel Zeit er mit dem in Not geratenen Familienmitglied verbringen sollte? Er konnte sich an nichts dergleichen erinnern. Um sicherzugehen, wollte er ihn am Nachmittag wieder aufsuchen.

»Ich danke dir, U Saw«, antwortete Tin Win. »Ich habe deine Großzügigkeit nicht verdient.«

U Saw stand auf. Er war mehr als zufrieden. Sein Neffe wusste, was sich gehört. Der Gedanke, dass er, U Saw, ihm das Augenlicht schenken könnte, gefiel ihm, gefiel ihm ganz außerordentlich. Eine solche Geste der Großzügigkeit, die alles andere als selbstverständlich war, würde belohnt werden. Davon war er überzeugt.

3

Tin Win lag nachts wach und schlief am Tage. Er hatte sich einen Durchfall zugezogen. Der Weg zum Badezimmer wurde immer länger, und er verbrachte Stunden auf den Fliesen vor der Toilette aus Angst, er könnte es nicht rechtzeitig schaffen.

Überall wimmelte es von Geräuschen, die ihn verspotteten oder ihm Angst machten. Im Bad röchelte und gluckste es in den Wänden und im Boden. Die Spinne unter seinem Bett war gefräßig geworden. Der Todeskampf der Fliegen, das Brechen ihrer Beinchen, die saugenden und schmatzenden Geräusche der Spinne ekelten ihn. Eines Morgens hörte er eine Schlange in seinem Zimmer lautlos über den Boden schleichen. Ihr Herzklopfen verriet sie. Er hörte, wie sie näher kam. Wie sie in sein Bett kroch. Über die Beine. Er spürte ihren kalten, feuchten Körper durch das dünne Laken. Sie zischte neben seinem Kopf. Als wolle sie ihm eine Geschichte erzählen. Stunden später verschwand sie durch das halb offene Fenster. Die Geckos an den Wänden lachten ihn aus. Mehr als einmal hielt er sich die Ohren zu und schrie um Hilfe.

Hla Taw schob es auf das fremde Essen und die Hitze. Tin Win wusste es besser. Er saß auf einem Baumstumpf. Wartete. Bald, hatte sie gesagt.

Er holte tief Luft und hielt den Atem an. Zählte die Sekunden. Vierzig. Sechzig. Der Druck in seiner Brust wuchs. Neunzig. Hundertzwanzig. Ein Schwindel überkam ihn. Sein Körper gierte nach Sauerstoff. Tin Win gab nicht nach. Er hörte sein eigenes Herz stottern. Er wusste, dass er die Kraft besaß, es zum Stillstand zu bringen.

In der Ferne sah er den Tod auftauchen. Mit weiten Schritten kam er auf ihn zu. Wurde größer und größer, bis er vor ihm stand.

»Du hast mich gerufen.«

Tin Win empfand Angst. Nicht vor der Nähe des Todes, nicht vor seiner Stimme. Angst vor sich selbst. Er hatte ihn gerufen, aber er wollte nicht sterben. Nicht jetzt. Nicht hier. Er war nicht mehr der kleine Junge, der sich aus Furcht verkroch, der keinen anderen

Wunsch hatte, als sich aufzulösen, einfach im Nichts zu verschwinden. Er wollte leben. Er wollte zu Mi Mi. Er wollte sie noch einmal spüren, ihren Atem auf seiner Haut, ihre Lippen an seinem Ohr.

Den Gesang ihres Herzens.

Er atmete tief ein.

Er würde herausfinden, was sein Onkel von ihm wollte, er würde tun, was man von ihm verlangte, und dann auf dem schnellsten Wege nach Kalaw zurückkehren.

Vier Tage später stand Tin Win in der Terrassentür und lauschte. Es hatte zu regnen begonnen. Kein Wolkenbruch, eher ein gleichmäßiges, etwas behäbiges Rascheln und Klopfen. Tin Win mochte den Regen, er empfand ihn als Verbündeten. In ihm hörte er Mi Mi flüstern, ihre Stimme, die so zärtlich sein konnte. Dem Garten und dem Haus verlieh er Konturen, lüftete einen Schleier vom Anwesen des Onkels. Zeichnete Bilder. Das Plätschern klang an jeder Stelle des Gartens anders. Neben Tin Win schlug das Wasser mit einem hohlen Krachen auf das Blechdach, das die Küche mit dem Haupthaus verband. Vor ihm prasselte es auf die Steine der Terrasse, deren Größe er dank des Schauers genau abschätzen konnte. Auf dem Gras klangen die Tropfen viel weicher. Er hörte den Weg zwischen den Beeten, den Büschen und dem Rasen, die sandige Erde verschluckte das Wasser fast ohne einen Laut. Tin Win hörte, wie es auf die großen Palmenblätter fiel und dann die Stämme hinunterströmte, wie es sich über die Blumen ergoss und an den Blüten rupfte und zerrte. Er stellte fest, dass der Garten nicht eben war, das Wasser floss kaum hörbar zur Straße hin ab. Ihm war, als wäre er in seinem Zimmer an das Fenster getreten, hätte die Läden geöffnet und zum ersten Mal über das Grundstück geblickt.

Der Regen wurde stärker. Das Trommeln auf dem Blechdach schwoll an, und Tin Win trat auf die Terrasse hinaus. Das Wasser war viel wärmer als in Kalaw. Er breitete die Arme aus, die Tropfen waren groß und fett geworden. Sie massierten seine Haut. Er spürte Mi Mi auf seinem Rücken, wollte ihr den Garten zeigen, machte ein paar Schritte und lief los. Er rannte über die Terrasse auf den Rasen, wich einer Palme aus, lief um den Tennisplatz, hüpfte über zwei kleine Büsche, raste in einem großen Bogen zur Hecke, die das Grundstück begrenzte, und wieder zurück zur Terrasse. Und noch einmal. Ein drittes Mal. Das Laufen befreite ihn. Es setzte Kräfte frei, die in den vergangenen Tagen verkümmert waren.

Der Regen hatte ihn aus seiner Angst gerissen, und mit jedem Tropfen wurde er wacher. Mi Mi war bei ihm. Sie hatte ihn zum Leben erweckt und würde ihn nicht wieder loslassen. Er wusste, dass sie auf ihn wartete. Das Einzige, was Fremdheit schuf zwischen ihnen, war seine Furcht und seine Trauer. U May hatte es ihm gesagt: Angst macht blind und taub. Wut macht blind und taub. Neid und Misstrauen. Es gab nur eine Kraft, die stärker war als die Angst.

Tin Win lief zur Terrasse. Außer Atem, triefend vor Glück.

»Tin Win.« Die Stimme des Onkels. Warum war er frühzeitig aus dem Büro gekommen?

»Doktor McCrae hat Bescheid gegeben. Seine Termine haben sich geändert. Wir sollen schon heute kommen. Jetzt gleich.«

U Saw schwieg einen Moment und betrachtete seinen Neffen. »Ich habe dich rennen sehen. Bist du wirklich blind?«

So nah kann man der Wahrheit kommen, ohne es zu ahnen.

Die Untersuchung dauerte nur wenige Minuten. Eine Krankenschwester hielt ihm den Kopf, ein Arzt mit kräftigen Händen zog die Haut um seine Augen auseinander. Stuart McCrae saß direkt vor ihm und beugte sich weit nach vorn. Sein Atem roch nach Tabak.

Während der Untersuchung sagte McCrae kein Wort. Tin Win konzentrierte sich auf das Schlagen dieses Herzens und überlegte, ob er daraus wohl die Diagnose erkennen könnte. Das Pochen veränderte sich nicht. Es war nicht unangenehm, nur fremd. Es klang gleichmäßig, zuverlässig. So auch die Stimme. McCrae sprach in kurzen Sätzen, die irgendwo begannen und genauso abrupt endeten, die keine Höhen und keine Tiefen kannten. Nicht unangenehm, nur frei von jedem Gefühl.

Die Diagnose war schnell gestellt. (Tin Win war blind, zur Beruhigung U Saws.) Grauer Star. Äußerst ungewöhnlich in diesem Alter. Vermutlich eine Erbkrankheit. Operabel. Wenn sie wollten, gleich morgen.

Das Schlimmste waren die Spritzen. Mit langen, fetten Nadeln stachen sie ihm über und unter die Augen und in die Nähe der Ohren. Das kalte Metall drang tiefer und tiefer in sein Fleisch. Als wollten sie ihn aufspießen. Dann entfernten sie die Linsen. Tin Win fühlte die Schnitte, aber keinen Schmerz. Sie verlangten nach Nadel und Faden und flickten die Haut wieder zusammen. Wie ein Stück Stoff. Die nächsten zwei Tage trug er einen Verband um den Kopf.

Jetzt klapperten Ärzte und Krankenschwestern mit Scheren und Pinzetten und gaben einander Anweisungen, die Tin Win nicht verstand. Sie würden ihm sein Augenlicht wiedergeben, hieß es. Er würde sich wie neugeboren fühlen. Behaupteten sie.

Sie würden ihm die Augenbinden abnehmen, und er würde Licht wahrnehmen, warmes, strahlendes Licht. Er würde Schemen und Konturen erkennen, und in einigen Tagen, wenn seine Starbrille fertig sei, würde er wieder sehen können. Besser, als je zuvor in seinem Leben.

Tin Win war nicht sicher, ob er ihnen glauben sollte. Nicht, dass er ihnen misstraute oder den Verdacht hatte, sie würden ihm wissentlich die Unwahrheit erzählen. Sie meinten, was sie sagten, aber sie sprachen über andere Dinge. »Was gibt es Kostbareres als die Augen?«, hatte Stuart McCrae vor der Operation gefragt und auch gleich eine Antwort gegeben. »Nichts. Man weiß nur, was man sieht.«

Sie taten, als befreiten sie ihn aus einem Gefängnis. Als ob es nur eine Wahrheit gäbe. Tin Win überlegte, ob sie wohl schon einmal den Gesang eines Herzens gehört hatten. Würden sie ihn erkennen? Was würde ihnen ein Regenschauer sagen? Dass sie Regenschirme brauchen?

Die Schwestern baten um ein wenig Geduld.

Tin Win wollte ihnen erklären, dass er nicht aufgeregt war.

Niemand musste sich seinetwegen beeilen. Wenn er ungeduldig war, dann nur, weil er zurückwollte zu einer jungen Frau, die sich auf allen vieren fortbewegte. Die wusste, dass man nicht nur mit den Augen sah und Entfernungen nicht in Schritten maß. Würden sie das verstehen? Er zog es vor, zu schweigen.

»Wir sind so weit.« McCrae löste den Verband. Er rollte ihn auf, und mit jeder Windung wuchs die Spannung im Raum. Selbst McCraes Herz schlug einen Takt schneller als gewöhnlich.

Tin Win öffnete die Augen. Es traf ihn mit der Wucht eines Schlages. Licht. Grelles, gleißendes Licht. Nicht dämmrig, nicht milchig, sondern weiß und hell. Richtig hell.

Das Licht tat weh. Es brannte in den Augen, und er fühlte einen stechenden Schmerz im Kopf. Er kniff die Augen zusammen. Flüchtete in die Dunkelheit.

»Siehst du mich?«, rief der Onkel. »Siehst du mich?«

Nein, das tat er nicht. Musste er auch nicht, er hörte das Herz. Es klang, als würde U Saw sich selber Beifall klatschen. Das zufriedene Gesicht seines Onkels konnte er sich vorstellen.

»Siehst du mich?«, wiederholte U Saw.

Tin Win blinzelte. Als könnte er so die Schmerzen aus dem Licht filtern.

Als gäbe es ein Zurück.

4

Die Brille passte auf Anhieb. Auf der Nase, hinter den Ohren.

Er sollte die Augen öffnen. Als wäre das so einfach. Nach acht Jahren.

Tin Win wollte warten.

Bitte die Augen öffnen. Er wollte warten, bis Mi Mi vor ihm sitzen würde. Sie, und nur sie, wollte er als Erstes sehen.

DIE AUGEN ÖFFNEN. Ungeduldige Stimmen.

Er musste sie aufstemmen. Mit ganzer Kraft an den Lidern ziehen und zerren, bis sie sich ein winziges Stück öffneten. Einen Spaltbreit, nicht mehr. Einen Spalt billigte er ihnen zu. Er lugte daraus hervor wie aus einem Versteck.

Der Schleier war fort. Weggeblinzelt.

Der milchig graue Nebel war verschwunden.

Alles, was er sah, war deutlich und klar. Seine Sehschärfe versetzte ihm einen Stich, der von den Augäpfeln über die Stirn bis in den Nacken zog. Doktor McCrae und U Saw standen vor ihm. Sie starrten ihn an, stolz und gespannt. Als hätten sie die Welt neu erschaffen, nur für ihn.

Das Gesicht seines Onkels. Ja, er sah ihn.

Die Augen schlugen wieder zu. Rums, rums. Türen, die ins Schloss fielen. In der Dunkelheit fühlte er sich sicherer.

Nein, es tat nichts weh. Nein, ihm war nicht schwindlig. Nein, er wollte sich nicht hinlegen. Es war nur zu viel. Zu viel Licht. Zu viele Augen, die ihn anglotzten. Zu viele Erwartungen. Zu viele Farben. Sie irritierten ihn. Das cremige Weiß der Zähne U Saws und ihre braunen Ränder. Das silbrige Glitzern der Chromlampe auf dem Schreibtisch des Arztes. Seine rötlichen Haare und Augenbrauen. Die dunkelroten Lippen der Krankenschwester. Tin Win hatte in einer schwarz-weißen Welt gelebt. Farben klingen nicht. Sie glucksen nicht, zirpen nicht, quietschen nicht. Die Erinnerungen an sie waren mit den Jahren verblasst, wie Schriftzeichen auf einem Blatt Papier.

Bitte die Augen noch einmal öffnen. Tin Win schüttelte den Kopf. Nicht einen Spalt.

»Irgendetwas fehlt ihm«, sagte U Saw zum Arzt.

»Das glaube ich nicht. Es ist die Umstellung. Er wird sich daran gewöhnen«, antwortete McCrae.

Sie hatten beide recht, ohne es zu wissen.

Tin Win saß auf einer roten Backsteinmauer am Ufer des Rangoon River. Vor ihm lag der Hafen.

Die Augen öffnen. Er musste sich selber ermahnen. Zehn Tage

waren vergangen, seit die Welt wieder Konturen bekommen hatte. Zehn lichterfüllte Tage. Zehn Tage voller Bilder. Gestochen scharf. Kunterbunt. Gewöhnt hatte er sich nicht daran.

Tin Win blickte umher. Flussabwärts standen blattlose Bäume aus Stahl, die auf Schienen hin und her polterten. Ihre Haken verschwanden in den Bäuchen der Frachtschiffe und tauchten bald darauf mit Dutzenden von zusammengeschnürten Säcken wieder auf. Gestern hatten sie einen Elefanten an Bord gehievt. Er hatte an Seilen in einem roten Tuch gehangen und mit den Beinen gerudert. Hilflos, wie ein Käfer auf dem Rücken. Vor den Lagerschuppen stapelten sich Kisten und Fässer. Mit schwarzer Farbe stand darauf geschrieben, wohin die Reise ging. Kalkutta. Colombo. Liverpool. Marseille. Port Said. New York.

Im Hafen kreuzten Hunderte von Booten. Einige hatten Segel, andere Motoren, in manchen saß ein einsamer Ruderer. Viele Schiffe waren bis zum Rand voll beladen mit Menschen, Körben und Fahrrädern, sodass bei jeder Welle Wasser über Bord schwappte. Flussaufwärts dümpelten Hausboote, auf denen ganze Sippen lebten. Zwischen den Masten hing Wäsche zum Trocknen, an Deck spielten Kinder. Ein alter Mann lag in einer Hängematte.

Tin Win beobachtete Möwen, die ohne Flügelschlag durch die Luft glitten. Er hatte noch nie so elegante Vögel gesehen. Trotz der leichten Brise, die über das Wasser wehte, war es feucht und heiß.

Tin Win schloss die Augen. Er hörte den Kolbenschlag eines Schiffsmotors. Die Holzwürmer in der Wand des Lagerschuppens neben ihm. Den japsenden Herzschlag der Fische in einem Korb zu seinen Füßen. Das Klatschen der Wellen gegen die Rümpfe. Er konnte am Klang erkennen, ob ein Boot aus Metall oder Holz gebaut war, sogar die Holzart, aus der die Planken gefertigt waren, erkannte er. Die Geräusche machten den Hafen lebendiger als alles, was seine Augen wahrnahmen, es gekonnt hätten. Mit ihnen registrierte er Bilder, eine Flut von Bildern. Jede Sekunde, jede Bewegung der Pupille, jede Drehung des Kopfes brachte ein neues davon. Er betrachtete sie, ohne dazuzugehören, er war ein neugieriger Beobachter, nicht mehr.

Seine Augen konnten für Minuten auf demselben Fleck verharren, auf einem Segel, einem Anker, einem Kutter oder einer Blüte im Garten des Onkels. Er tastete den Gegenstand mit seinen Blicken ab, befühlte ihn, jede Krümmung, jede Kante, jeden Schatten, als könne er ihn in Einzelteile zerlegen und wieder zusammensetzen und dabei hinter die Fassade, unter die Oberfläche schauen. Zum Leben erwecken. Es gelang ihm nicht. Dass er etwas sah – einen Vogel, einen Menschen, ein Fischerboot –, machte diesen Gegenstand weder lebendiger, noch brachte es ihm irgendetwas näher. Die Bilder gerieten in Bewegung und blieben dennoch Bilder. Tin Win empfand einen merkwürdigen Abstand allem gegenüber, was er sah. Die Brille war kein Ersatz für Mi Mis Augen. Mit ihnen hatte er mehr als nur Bilder gesehen.

Er kletterte von der Mauer und ging am Hafen entlang. War er undankbar? Was hatte er erwartet? Die Augen halfen ihm im Alltag. Er bewegte sich unbeschwerter, musste keine Angst mehr haben, gegen Stühle oder Wände zu laufen, über schlafende Hunde oder Baumwurzeln zu stolpern. Sie waren Werkzeuge, die er bald beherrschen würde, Werkzeuge, die sein Leben sicherer, bequemer, einfacher machen würden.

Vielleicht war die Distanz, die sie bewirkten, der Preis dafür. Er dachte an U May. Das Wesentliche ist für die Augen unsichtbar, hatte er ihn gewarnt. Lerne, das Wesen der Dinge zu erfassen. Dabei sind die Augen eher hinderlich. Sie lenken uns ab, wir lassen uns gern blenden. Tin Win erinnerte jedes Wort.

Er ging den Rangoon River entlang, an Booten und Kränen vorbei. Um ihn herum schleppten Männer Reissäcke vom Pier in einen Lagerschuppen. Sie gingen gebückt, trugen die Last auf dem Rücken. Ihre Longys hatten sie oberhalb der Knie zusammengeknotet, der Schweiß verklebte ihre Augen. Ihre dunklen Beine waren dürr wie Stöcke, und die Muskeln spannten sich unter dem Gewicht bei jedem Schritt. Kulis bei der Arbeit. Erst als Tin Win die Augen schloss, berührte ihn das Bild. Sie stöhnten. Leise, aber jammervoll. Ihre Mägen winselten vor Hunger. Ihre Lungen gierten nach Luft. Die

Herzen klangen ausgelaugt und kraftlos. In manchem Pochen erkannte er das nahe Ende.

Die Fähigkeit des Hörens hatte er behalten. Sobald er sich in der Finsternis versteckte, entging seinen Ohren nichts. Er wollte die Augen als zusätzliche Hilfe benutzen. Schaden würden sie nicht, solange er U Mays Warnung beherzigte.

Tin Win lief weiter flussabwärts und bog dann in eine Seitengasse. Dort war die Luft fast unerträglich. Keine Brise vom Hafen, keine Großzügigkeit von Alleen, auf denen Europäer flanieren. Die meisten der dicht aneinander gebauten Häuser waren aus Holz, die Fenster standen weit offen. Er hatte das Gefühl, in den Keller der Stadt hinabgestiegen zu sein. Es war dreckig, eng und laut, es stank nach Schweiß und Pisse. Im Rinnstein lagen verfaultes Obst, Essensreste, Lumpen und Papier. Überall hockten Menschen auf Schemeln und Bänken auf den viel zu schmalen Bürgersteigen, viele waren bis auf die Straße ausgewichen. Die Erdgeschossläden waren bis unter die Decke mit Waren vollgestopft, mit Stoffballen, Tee, Kräutern, Gemüse, Nudeln und vor allem mit Reis. Tin Win hatte nicht gewusst, dass es so viele verschiedene Sorten gab und dass jede anders roch. Die Passanten lachten und redeten in einer Sprache, die er nicht verstand. Manche starrten ihn an, als wäre er ein Eindringling. Kein willkommener.

Tin Win überlegte, ob er umkehren sollte. Er machte die Augen zu. Was er hörte, war nicht bedrohlich. In den Küchen brutzelte Fett. Frauen kneteten Teig oder hackten Fleisch und Gemüse. In den oberen Stockwerken lachten und kreischten Kinder. Die Stimmen auf der Straße klangen nicht feindselig.

Auch die Herzen nicht.

Er ging weiter. Packte die Geräusche ein, die Gerüche, die Bilder. Alles bekam seinen Platz. Als könnte er die Eindrücke verschnüren und verstauen, um sie später mit Mi Mi zu teilen. Sie sollte nichts versäumen.

Nach ein paar Häuserblocks war er vom chinesischen Viertel in ein indisches gelangt. Die Menschen waren größer, ihre Haut dunkler. Doch die Luft war nicht besser, die Straßen genauso überfüllt. Ein anderer Kellerraum. Die Essensgerüche waren vertrauter. Curry. Ingwer. Zitronengras. Roter Pfeffer. Die Passanten beachteten ihn nicht. Tin Win stellte fest, dass er an den Herztönen nicht erkennen konnte, ob er durch eine chinesische oder eine indische Straße ging, ob er sich unter Engländern oder Burmesen befand. Sie klangen von Mensch zu Mensch verschieden, verrieten Alter oder Jugend, Freude, Trauer, Angst oder Mut, doch bei Nationalitäten gab es keinen Unterschied.

Der Fahrer wartete wie verabredet am frühen Abend in der Nähe der Sule-Pagode auf ihn. Sie fuhren an den Seen vorbei, auf denen sich die Wolken in der Dämmerung in einem hellen Rosa spiegelten.

Zu Hause wartete U Saw auf ihn. Seit der Operation aßen Onkel und Neffe jeden Abend gemeinsam. Beim ersten Mal fühlte sich Tin Win so unwohl, dass er weder den Reis noch das Curry anrührte. Er entschuldigte sich und schob es auf die Hitze. U Saw bemerkte den mangelnden Appetit nicht. Er wollte wissen, was der Neffe am ersten Tag mit seinem, U Saws, Geschenk gemacht hatte. Was hast du gesehen? Wo bist du gewesen?

Tin Win waren die Fragen unangenehm. Er wollte seine Erlebnisse nicht teilen. Nicht mit U Saw. Sie waren für Mi Mi bestimmt. Andererseits wollte er auch nicht unhöflich oder gar undankbar sein. Er versuchte, seine Eindrücke so kurz wie möglich zu schildern. Am fünften Abend bemerkte Tin Win, dass der Onkel gar nicht reagierte, als er ihm die Geschichten vom Vorabend wiederholte. Er hörte nicht zu, oder es interessierte ihn nicht, vermutlich beides. Das machte die Sache einfacher. Dieselben Fragen, dieselben Antworten. Und so entstand Abend für Abend eine flüssige Unterhaltung, die der Onkel jedes Mal mit dem letzten Bissen und nach genau zwanzig Minuten mitten im Satz beendete. Er erhob sich, erklärte, dass er noch zu arbeiten hätte, wünschte Tin Win eine gute Nacht und einen schönen nächsten Tag und verschwand.

Heute aber war alles anders. U Saw stand in der Halle und begrüßte einen Besucher. Sie verneigten sich mehrmals und redeten in einer Sprache, die Tin Win fremd war. Als der Onkel ihn kommen sah, winkte er ihn durch in sein Büro. Tin Win hockte sich auf die Kante eines Ledersessels und wartete. Der Raum war dunkel, an den Wänden stapelten sich Bücher bis unter die Decke. Auf dem lederbezogenen Schreibtisch stand ein Ventilator, der heiße Luft durch das Zimmer blies. Nach ein paar Minuten kam U Saw. Er setzte sich hinter den Schreibtisch und blickte Tin Win an.

»Du hast in Kalaw die Klosterschule besucht. Richtig?«

»Ja.«

»Du kannst rechnen?«

»Ja.«

»Lesen?«

»Ja. Braille. Früher …«

»Und schreiben?«

»Bevor ich erblindete, konnte ich schreiben.«

»Du wirst es schnell wieder lernen. Ich möchte, dass du in Rangoon eine Schule besuchst.«

Tin Win hatte auf das Bahnticket nach Kalaw gehofft. Vielleicht nicht morgen, aber in den nächsten Tagen. Die Aussicht darauf hatte ihm die Kraft gegeben, die Tage zu überstehen und die Stadt zu entdecken. Er sollte zur Schule. In Rangoon. Er wollte schreien und biss sich auf die Lippen. Er wusste, dass dies kein Vorschlag war. U Saw machte keine Vorschläge. Er teilte mit, was zu tun war. Der Respekt vor dem älteren Familienmitglied verbot es Tin Win, etwas anderes als Demut und Dankbarkeit zu zeigen. Fragen stellte in diesem Haus nur einer.

»Ich bin deine Großzügigkeit nicht wert, Onkel.«

»Schon gut, schon gut. Ich kenne den Direktor der St. Pauls High School. Du wirst ihn morgen früh besuchen. Der Fahrer bringt dich hin. Eigentlich bist du zu alt, aber er will dich testen. Ich bin sicher, er kann uns helfen.«

U Saw stand auf. »Ich muss mich jetzt um meinen Gast kümmern. Morgen Abend wirst du mir berichten, wie es bei St. Pauls war.«

U Saw ging in den Salon, wo der japanische Konsul auf ihn wartete. Er dachte kurz darüber nach, ob Tin Wins Dankbarkeit echt war. Sein Gesicht hatte heftig gezuckt, als er ihn von seinen Plänen unterrichtet hatte. Warum? War es wichtig? Der Astrologe hatte ihm ohnehin keine Wahl gelassen. Die großzügige Spende an das Krankenhaus in Rangoon würde nicht helfen. Ein Verwandter musste es sein, und es durfte sich nicht um eine einmalige Tat handeln. Er musste sich seiner annehmen. Und außerdem: Hatten die Warnungen des Astrologen und U Saws Barmherzigkeit nicht schon erste Erfolge gebracht? Hatte er nicht zwei Tage nach der Operation den lang ersehnten Vertrag über den Verkauf von Reis an die Regierung unterschrieben? Aßen nicht bald alle britischen Garnisonen in der Hauptstadt seinen Reis? Auch die Verhandlungen über den Kauf der Baumwollfelder am Ufer des Irawadi liefen seit der Ankunft Tin Wins sehr vielversprechend.

Vielleicht, so dachte U Saw, habe ich mir einen Glücksbringer ins Haus geholt. Für die nächsten zwei Jahre jedenfalls sollte er in Rangoon bleiben. Möglicherweise würde er in seinem ständig wachsenden Unternehmen Verwendung für ihn finden. Warum sollte aus Tin Win nicht ein brauchbarer Assistent werden? Im Haus störte er nicht. Außerdem erzählte er beim Abendessen immer neue und recht unterhaltsame Geschichten.

5

Geliebte Mi Mi,
hast Du die Vögel gehört heute Morgen? Waren sie lauter oder leiser, haben sie schöner gesungen als sonst? Haben sie Dir verraten, worum ich sie bat? Ich bin gestern Abend durch den Garten gegangen und habe ihnen zugeflüstert, wie sehr ich Dich liebe, und sie haben versprochen, es weiterzutragen, von Busch zu

Busch und durch die Nacht von Baum zu Baum, durch das Delta und den Sittang hinauf, die Berge hinauf bis nach Kalaw. In den Bäumen vor Eurem Haus wollten sie sitzen und Dir erzählen, von meiner Liebe, meiner Sehnsucht.

Und Du, geliebte Mi Mi? Ich wünsche mir nichts mehr, als dass es Dir gut geht. Oft stelle ich mir vor, was Du machst am Tag, ich sehe Dich auf dem Markt sitzen, auf dem Rücken eines Deiner Brüder durch Kalaw gehen oder zu Hause in der Küche das Essen vorbereiten. Ich höre Dich lachen und höre den Klang Deines Herzens, den schönsten Laut, den ich je vernommen habe. Ich sehe Dich leiden, aber nicht entmutigt. Ich sehe Dich traurig, aber nicht ohne Freude und Glück. Ich hoffe, ich täusche mich nicht. Eine Stimme in mir sagt, dass es Dir ähnlich geht wie mir.

Sei nicht böse, aber ich muss jetzt Schluss machen, Hla Taw wartet. Er nimmt meinen Brief jeden Morgen mit zur Post, und ich möchte nicht, dass ein Tag vergeht, an dem Du nichts von mir hörst. Bitte grüße Su Kyi, Deine Eltern und Brüder von mir. Ich denke viel an sie.

Ich umarme und küsse Dich,
Dein Dich über alles liebender
Tin Win

Geliebte Mi Mi,
wenn ich nachts in den Himmel über Rangoon schaue, sehe ich Tausende von Sternen, und es ist für mich ein tröstlicher Gedanke, dass es etwas gibt, was wir jeden Abend teilen können. Wir sehen dieselben Sterne. Ich stelle mir vor, dass sich jeder unserer Küsse in einen Stern verwandelt hat. Sie stehen am Himmel und wachen über uns. Mir leuchten sie den Weg in der Dunkelheit. Der größte aller Planeten bist Du, meine Sonne …

U Saw las nicht weiter. Er schüttelte den Kopf, legte den Brief zur Seite und zog eine Handvoll neuer Umschläge aus dem Haufen, der vor ihm lag.

Geliebte Mi Mi,
warum steht die Zeit still, wenn Du nicht bei mir bist? Die Tage sind endlos. Selbst die Nächte haben sich gegen mich verschworen. Ich kann nicht schlafen. Ich liege wach und zähle die Stunden. Ich habe das Gefühl, dass ich allmählich die Fähigkeit des Hörens verliere. Seit ich wieder mit meinen Augen sehe, werden die Ohren schlechter.
Hören gegen Sehen? Ein entsetzlicher Gedanke. Es wäre ein schlechter Tausch. Ich traue meinen Ohren mehr als meinen Augen. Sie sind mir bis heute fremd. Vielleicht bin ich von ihnen enttäuscht. Noch nie habe ich die Welt mit ihnen so klar und deutlich, so schön und intensiv gesehen wie mit Deinen Augen. Mit ihnen ist der Halbmond nur der Halbmond und keine Melone, von der Du die Hälfte gegessen hast. Mit ihnen ist ein Stein nichts als ein Stein und kein verzauberter Fisch, und am Himmel ziehen keine Wasserbüffel, Herzen oder Blumen vorbei. Nur Wolken.
Aber ich will nicht klagen. U Saw ist gut zu mir, ich konzentriere mich auf die Schule und glaube, dass ich am Ende des Schuljahres wieder bei Dir sein kann.
Vergiss nicht die Grüße an Su Kyi, die Gute. Ich küsse und umarme Dich,
für immer Dein
Tin Win

Geliebte Mi Mi,
über sieben Monate ist es jetzt her, dass U Saw mich in die Schule geschickt hat. Gestern haben sie mich zum dritten Mal einen Jahrgang höher gestuft, nun bin ich da angelangt, wo ich vom Alter her hingehöre, sagen sie. Niemand versteht, wie ein Blinder in einer Klosterschule in Kalaw so viel lernen konnte. Sie kannten U May nicht …

Geliebte Mi Mi,
verzeih mir, falls die Briefe der vergangenen Wochen zu traurig klangen. Ich möchte Dich mit meiner Sehnsucht nicht belasten. Mach Dir bitte keine Sorgen um mich. Manchmal ist es einfach schwer, nicht zu wissen, wie lange ich noch stark sein muss, wann ich Dich endlich wiedersehe. Aber es ist nicht Sehnsucht oder Angst, die ich fühle, wenn ich an Dich denke. Es ist eine grenzenlose Dankbarkeit. Du hast mir die Welt geöffnet, und Du bist ein Teil von mir geworden. Ich sehe die Welt mit Deinen Augen. Du hast mir geholfen, meine Angst zu überwinden. Mit Deiner Hilfe habe ich gelernt, sie zu ertragen. Meine Gespenster überwältigen mich nicht mehr. Mit jedem Mal, wenn Du mich berührt hast, mit jeder Stunde, die ich Deinen Körper auf meinem Rücken, Deine Brüste auf meiner Haut, Deinen Atem in meinem Nacken spüren durfte, sind sie kleiner geworden. Geschrumpft. Gebändigt. Ich wage es, ihnen in die Augen zu schauen. Du hast mich befreit. Ich bin Dein.
In Liebe und Dankbarkeit
Tin Win

U Saw faltete die Briefe wieder zusammen. Er hatte genug gelesen. Wo hört die Liebe auf, und wo fängt der Wahnsinn an?, fragte er sich, während er die Papierbögen wieder in ihre Umschläge steckte. Gab es überhaupt einen Unterschied?

Warum schrieb Tin Win fortwährend von der Dankbarkeit und Achtung, die er dieser Frau gegenüber empfand? Selbst bei längerem Nachdenken fiel U Saw kein Mensch ein, vor dem er besondere Achtung hatte. Er respektierte einige der Reismühlenbesitzer, sicher. Vor allem jene, die erfolgreicher waren als er. Vor manchen Engländern hatte er Respekt, obwohl das in der letzten Zeit immer mehr abnahm. Und dankbar? Er kannte niemanden, dem er Dankbarkeit schuldete. Seiner Frau war er dankbar gewesen, wenn sie beim Abendessen nicht zu viel redete und ihn in Ruhe ließ.

Er blickte auf den Stapel Briefe, der vor ihm auf dem Schreibtisch lag. Seit einem Jahr schrieb sein Neffe dieser Mi Mi in Kalaw jeden Tag einen Brief. Seit einem Jahr! Jeden Tag! Ohne Ausnahme. Und das, obwohl er bisher nicht einmal eine Antwort erhalten hat. U Saw blickte auf den Stapel Briefe, der seinen Schreibtisch füllte. Er war froh, dass es in diesen schwierigen Zeiten Hauspersonal gab, auf das man sich verlassen konnte. Jeden Abend gab ihm der gute Hla Taw Tin Wins Brief, den er hätte zur Post bringen sollen. Selbstverständlich sortierte er auch Mi Mis Brief aus, der täglich mit der späten Post kam. Sie hören und lesen nichts voneinander und hören dennoch nicht auf, einander Briefe zu schreiben. U Saw musste laut lachen über so viel Irrsinn. Er versuchte sich zu beherrschen, prustete aber los, verschluckte sich, hustete und rang nach Luft. Als er sich dann beruhigt hatte, legte er die Umschläge zurück in die oberste Schublade und öffnete die unterste. Mi Mis Briefe hatte er bisher ungelesen dort hineingelegt. Wahllos nahm er einige von ihnen heraus.

Mein kleiner, geliebter Tin Win,
ich hoffe, Du hast jemanden gefunden, der Dir meine Briefe vorliest. Gestern hat sich meine Mutter zu mir auf die Veranda gesetzt, sie hat meine Hände genommen, mich angeschaut und gefragt, ob es mir gut geht. Und sie sah dabei aus, als wollte sie mir sagen, dass sie dem Tod nahe ist. Danke, Mama, mir geht es gut, habe ich geantwortet. Wie hältst Du es ohne Tin Win aus? Er ist schon mehr als einen Monat fort, wollte sie wissen. Ich habe versucht, ihr zu erklären, dass ich nicht ohne Dich bin, dass Du bei mir bist von dem Moment, an dem ich erwache, bis zu dem Augenblick, in dem ich einschlafe, dass Du es bist, den ich spüre, wenn der Wind mich streichelt, dessen Stimme ich in der Stille höre, den ich sehe, wenn ich die Augen schließe, der mich zum Lachen bringt und mich singen lässt, wenn ich niemanden in meiner Nähe weiß. Ich habe das Mitleid in ihren Augen gesehen und geschwiegen. Es war eines dieser Missverständnisse, bei dem Worte nichts ausrichten können.

Meine ganze Familie bemüht sich rührend um mich. Meine Brüder fragen mich ständig, ob ich irgendwohin möchte, und sie tragen mich in ganz Kalaw herum. Ich denke an Dich und summe auf ihren Rücken vor mich hin. Meine Freude ist ihnen rätselhaft, manchmal vielleicht auch unheimlich. Wie soll ich ihnen erklären, dass das, was Du mir bedeutest, was Du mir gibst, nicht davon abhängt, an welchem Ort der Welt Du bist? Dass man nicht die Hand des anderen spüren muss, um einander zu berühren?
Gestern haben wir Su Kyi besucht. Ihr geht es gut. Sie würde sich freuen, wenn Du ihr eine Nachricht zukommen ließest. Ich habe ihr gesagt, wir werden von Dir hören oder lesen, wir werden Dich wiedersehen, wenn die Zeit dafür gekommen ist. Aber Du kennst sie. Sie macht sich Sorgen. Jetzt muss ich aufhören, damit mein Bruder den Brief noch mit zur Post nehmen kann. Sei lieb gegrüßt von Su Kyi, von meiner Mutter und meinen Brüdern und ganz besonders von mir,
Deine Dich vermissende und mit jedem Tag mehr liebende
Mi Mi

Mein großer und starker, mein kleiner, geliebter Tin Win,
vor einigen Wochen habe ich angefangen, Cheroots zu rollen. Meine Mutter meinte, ich sollte etwas lernen, womit ich eines Tages Geld verdienen und für mich selber sorgen kann. Ich habe das Gefühl, sie glaubt nicht, dass Du zurückkommst. Sie sagt das aber nicht. Weder ihr noch meinem Vater geht es sonderlich gut. Beide klagen über Schmerzen in den Beinen und im Rücken, und mein Vater wird immer kurzatmiger. Er arbeitet kaum noch auf dem Feld. Er hört auch immer schlechter. Es rührt mich, zu sehen, wie sie alt werden. Beide sind sie weit über fünfzig, und die meisten Menschen in Kalaw erreichen dieses Alter gar nicht. Meine Eltern haben dieses Glück. Sie werden sogar gemeinsam alt. Was für ein Geschenk. Wenn ich einen Wunsch habe, so den, dass wir dieses Glück teilen. Ich möchte mit Dir alt werden. Davon träume ich, wenn ich Cheroots rolle. Von Dir und unserem Leben.

Die Arbeit ist viel leichter, als ich gedacht hatte. Mehrmals in der Woche kommt ein Mann aus dem Dorf und bringt einen Stapel getrocknete Thanatblätter, alte Zeitungen und Maisblätter (die benutze ich als Filter) und einen Sack mit der Tabakmischung. Ich sitze jeden Nachmittag zwei bis drei Stunden auf der Veranda, lege eine Handvoll Tabak in ein Blatt, presse es ein wenig, rolle es zwischen den Händen hin und her, bis es fest, aber nicht zu hart ist, stopfe den Filter hinein, falte das Blatt und schneide das eine Ende ab. Der Mann sagt, er habe noch nie eine Frau gesehen, die so schnell und mühelos Cheroots rollen kann. Seine Kunden sind ganz begeistert und behaupten, meine Cheroots hätten einen besonderen Geschmack, der sich von den Zigarren der anderen Frauen unterscheidet. Sollten sie sich weiterhin so gut verkaufen, müssen wir uns um unsere Zukunft keine Sorgen machen.
Gerade fängt es an zu regnen. Noch immer überläuft mich eine Gänsehaut bei jedem Schauer.
In Liebe,
Deine Mi Mi

Mein Tigerchen,
den Schmetterling habe ich vor einigen Wochen tot auf unserer Veranda gefunden. Ich habe ihn gepresst. Es ist einer von denen, deren Flügelschlag Du am liebsten mochtest. Er würde Dich an das Pochen meines Herzens erinnern, hast Du mir einmal gesagt. Keiner klänge zarter …

U Saw ließ den Brief fallen. Er stand auf und ging ans Fenster. Es regnete. Die Tropfen bildeten dicke Blasen auf den Pfützen, die aber schnell zerplatzten.

Tin Win und Mi Mi waren von Sinnen, daran bestand für ihn kein Zweifel. Nicht ein bitteres Wort, selbst nach einem Jahr des Schweigens. Nicht die Andeutung eines Vorwurfs. Warum schreibst du mir nicht? Wo bleiben deine Antworten? Ich schreibe jeden Tag, und du? Liebst du mich nicht mehr? Gibt es jemand anderen?

Er war froh, dass die Liebe keine ansteckende Krankheit war. Sonst müsste er jetzt alle Hausangestellten entlassen und die Villa und den Garten gründlich reinigen. Womöglich hätte er sich selbst schon infiziert, wäre einer der Frauen im Haus verfallen. Ein törichter Gedanke, dem er sich nicht weiter hingeben wollte.

U Saw dachte darüber nach, ob die Briefe an seinen Plänen irgendetwas änderten. Vermutlich nicht. Der Liebeswahn würde vorübergehen, davon war er überzeugt. Es gab kein Gefühl, das stark genug war, der zersetzenden Kraft der Zeit zu widerstehen. An der Entfernung und den Jahren würde auch diese Liebe zerbrechen.

Davon abgesehen hatte sich Tin Win seit seiner Ankunft als außerordentlich tüchtig und nützlich erwiesen. Er hatte die vom Astrologen prophezeite Katastrophe verhindert. Die Geschäfte liefen besser denn je, und das, obwohl die Zeiten immer schwieriger wurden. Außerdem hielten ihn die Lehrer der St. Pauls High School, immerhin die bei Weitem angesehenste Schule in Burma, für hochbegabt. Ihm stünde eine glänzende Zukunft bevor. Nach seinem Abschluss in einem Jahr würde ihn jede Universität in England aufnehmen und ihm mit Sicherheit ein Stipendium anbieten, glaubte der Direktor. Begabte Einheimische seien in Zukunft gefragt.

U Saw hatte sich geschmeichelt gefühlt, aber der Krieg in Europa machte ihm Sorgen. Er würde sich ausweiten. Die Japaner rückten in Asien weiter vor, und es konnte sich nur noch um Monate, vielleicht Wochen handeln, bis sie das britische Kolonialreich angreifen würden. Wie lange würden die Engländer dann in Europa den Deutschen standhalten können? Für ihn war es nur eine Frage der Zeit, bis über Big Ben die deutsche Flagge wehen würde. Die Epoche, in der London die Hauptstadt der Welt war, ging unwiderruflich zu Ende.

U Saw hatte andere Pläne.

6

Tin Win hatte sich die Abfahrt eines Passagierdampfers sehr feierlich vorgestellt. Die Mannschaft an Deck und in weißen Uniformen. Musik. Wimpel und Fahnen im Wind. Ein paar Worte des Kapitäns vielleicht. Stattdessen liefen Matrosen in ölverschmierten Anzügen an ihm vorbei. Es spielte keine Kapelle. Es regnete keine Luftschlangen und kein Konfetti. Er lehnte an der Reeling und blickte hinunter auf den Kai. Im Schatten eines Lagerschuppens standen ein Pferdewagen und mehrere Rikschas, deren Fahrer in ihren Kutschen lagen und schliefen. Die Brücke war längst eingezogen; vor dem Schiff warteten noch einige Männer von der Hafenbehörde in Uniform. Ein paar Angehörige von Passagieren starrten die schwarze Schiffswand hoch und winkten. Sie reckten ihre Hälse wie junge Vögel, dachte Tin Win. Er sah niemanden, den er kannte. Hla Taw war auf Geheiß von U Saw zu Hause geblieben. Ein Fahrer hatte Tin Win zum Hafen gebracht. Zwei Gepäckträger hatten ihm seinen Koffer abgenommen und an Bord geschleppt. Sie waren längst fort.

U Saw hatte er gestern Abend zuletzt gesehen. Sie hatten zusammen gegessen, anschließend hatte er ihm die Reiseunterlagen gegeben. Den Pass mit dem Visum für die Vereinigten Staaten von Amerika. Ein Ticket für die Fahrt nach Liverpool, ein zweites für die Überquerung des Atlantiks. Einen Brief an den Geschäftspartner, einen indischen Reisimporteur in New York, der sich in den ersten Monaten um Tin Win kümmern sollte. Einen Umschlag mit Geld. Noch einmal hatte er ihm erklärt, was er von ihm erwartete. Mindestens sechs Briefe pro Jahr mit detaillierten Berichten. Ein abgeschlossenes Studium. Mit Auszeichnung. Hatte ihm noch einmal ausgemalt, was für eine Zukunft ihm nach seiner Rückkehr bevorstünde. Zum Manager würde er ihn machen, später zum Partner. Er würde zu den einflussreichsten Männern der Stadt gehören. Ihm würde es an nichts fehlen.

Er hatte ihm alles Gute gewünscht. Für die Reise, für das Studium.

Dann hatte er sich umgedreht und war ins Büro gegangen. Sie hatten einander nicht berührt.

Tin Win hatte ihm nachgeschaut und überlegt, wie lange ein junger Baum wohl brauche, um Wurzeln zu schlagen, wenn man ihn verpflanzt. Ein paar Monate? Ein Jahr? Zwei? Drei? Zwei Jahre hatte er nun in Rangoon gelebt und sich bis zuletzt unwohl gefühlt. Er war in der Stadt ein Fremder geblieben. Ein Baum, den ein Windstoß erfassen und forttragen konnte.

In der Schule war er von den Lehrern für seine Leistungen geachtet worden, seine Mitschüler hatten ihn wegen seiner Hilfsbereitschaft respektiert. Freunde hatte er keine gefunden. Es gab niemanden, der Tin Win in Rangoon hielt.

Er blickte über den Hafen und die Stadt. In der Ferne leuchtete die goldene Spitze der Shwedagon-Pagode in der späten Nachmittagssonne. Der Himmel war blau, ohne eine Wolke. Im Dezember konnte man es in Rangoon gut aushalten, dachte er. Die Tage waren warm, aber nicht zu heiß, die Nächte angenehm mild. Der Dezember gönnte den Menschen einige Wochen der Ruhe zwischen der feuchten Hitze des Monsuns und dem Frühjahr, wenn die Sonne kein Erbarmen kennt, wenn sie jedem Menschen, jedem Tier Zügel anlegt, wenn die Hitze den Gestank von Schweiß und Kot in den Hinterhöfen und Hausfluren hält, die Temperaturen auf 40 Grad klettern und die Luft zu heiß zum Atmen scheint. Der Dezember lockte die Bewohner aus ihren Häusern.

Tin Win war in den Wochen vor seiner Abreise abends oft durch die Stadt gewandert. Dabei hatte er von den Gerüchten erfahren, die über die Stadt hergefallen waren wie ein Schwarm Heuschrecken über ein Reisfeld. Hinter jeder vorgehaltenen Hand, an jedem Suppenstand gab es ein neues. Als würden sich die Menschen von nichts anderem ernähren. In der Bucht von Bengalen braue sich ein Jahrhunderttaifun zusammen, hieß es. Ein Tiger habe das Hafenbecken durchschwommen und eine fünfköpfige Familie samt Hausschwein verspeist. Was nicht nur für sich genommen schon eine Tragödie bedeutete, sondern, wie jeder Mensch weiß, der einem Wahrsager vertraut, darüber hinaus auch ein deutliches Zeichen für ein bevorstehendes Erdbeben. Deutsche Kriegsschiffe blockierten die englischen Häfen, hieß es, und schlimmer noch: Die Japaner bereiteten einen Angriff auf Burma vor. Die Sterne meinten es nicht gut mit den Briten, weder in Europa noch in Asien. Burma sei so gut wie verloren, sollte der Einmarsch auf einen Mittwoch oder Sonntag fallen.

Tin Win hatte die Gerüchte zur Kenntnis genommen und in bescheidenem Maß zu ihrer Weiterverbreitung beigetragen. Nicht weil er ihnen Glauben schenkte, sondern eher im Sinn einer Art Bürgerpflicht. Ihn berührte das Gerede nicht. Zwar würde ihn seine Reise durch den Golf von Bengalen und in englische Häfen führen, doch er fürchtete sich nicht. Weder vor Erdbeben noch den Japanern. Nicht vor Taifunen. Nicht vor deutschen U-Booten.

Er fragte sich, wann die Angst ihn verlassen hatte. War es an dem Abend, an dem sein Onkel ihm mitteilte, dass er, Tin Win, nach Abschluss der Schule im Ausland studieren würde? Oder ein paar Tage später, als U Saw erklärte, dass Tin Win nach seiner Rückkehr die Tochter eines Baumwollplantagenbesitzers heiraten würde? Oder geschah es in jenem Moment, als er mit Hla Taw beim britischen Maßschneider in den Spiegel blickte? Einen Spiegel, den zwei Verkäufer für ihn hielten und in dem er einen weißen Anzug sah. Mit Weste. Feinste Baumwolle. Weißes Hemd, Manschettenknöpfe, Krawatte. Hla Taw wusste, wie man sie bindet. Er hatte sich umgedreht, um zu sehen, ob jemand hinter ihm stand. Dies konnte nicht sein Spiegelbild sein. Drei Anzüge hatten sie gekauft, Schuhe und Unterwäsche und Hemden. Einen ganzen Schrankkoffer voll. Nur für die Überfahrt nach Amerika.

Nein, es war keiner dieser Augenblicke gewesen. Die Angst hatte sich ganz allmählich davongeschlichen. Tin Win wusste nicht, wann oder wie es begonnen hatte, es war ein langsamer Prozess. Eine Mango reift nicht über Nacht.

Er erinnerte sich an jenen Nachmittag im Juli, als es ihm bewusst geworden war. Es war einer dieser unerträglich heißen Sommertage, aber die Hitze machte ihm nicht viel aus. Er saß im Park am Königlichen See, in Schweiß gebadet. Vor ihm hockten ein paar Tauben, die Köpfchen eingezogen, zu erschöpft zum Turteln. Er schaute aufs Wasser und träumte von Mi Mi. Zum ersten Mal fühlte er bei dem Gedanken an sie nicht diese lähmende, jede Lebenslust zermürbende, alles verschlingende Sehnsucht. Keine Angst. Nicht einmal Trauer. Er wusste, dass er Mi Mi mehr liebte denn je, aber seine Liebe zehrte ihn nicht auf. Nicht mehr. Sie fesselte ihn nicht. Nicht ans Bett, nicht an einen Baumstumpf. Sie machte ihn nicht schwächer.

Als es zu regnen begann, schloss er die Augen. Ein kurzer, aber heftiger Schauer. Als er die Augen wieder öffnete, war die Dämmerung hereingebrochen. Er stand auf, ging ein paar Schritte und spürte am ganzen Körper, dass sich etwas verändert hatte. Als wäre er gewachsen. Eine Last war von ihm gefallen, er war frei. Er erwartete nichts mehr vom Leben. Nicht weil er enttäuscht war oder verbittert. Er erwartete nichts, weil es nichts Wichtiges mehr gab, das ihm hätte zufallen können. Alles Glück, das ein Mensch finden kann, besaß er. Er liebte, und er wurde geliebt. Bedingungslos.

Er sprach den Satz aus, leise, seine Lippen bewegten sich kaum: Ich liebe und werde geliebt.

Das war alles. So einfach war es, so kompliziert.

Er war sich seiner und Mi Mis Liebe so sicher, wie er sich seines Körpers sicher war. Niemand würde ihm dieses Glück je nehmen können. Solange er atmete, würde er sie lieben und von ihr geliebt werden. Auch wenn Mi Mi zwei Tagesreisen entfernt lebte. Auch wenn sie seine Briefe nicht beantwortete und er jede Hoffnung aufgegeben hatte, sie in den kommenden Jahren wiederzusehen. Auch wenn sie ihre Liebe nicht im Alltag teilen und sich nicht jeden Tag bestätigen konnten. Was er hatte, war mehr, als die meisten Menschen je in ihrem Leben finden würden. Er musste nur aufhören, noch mehr zu wollen. Er durfte nicht gierig sein. Gier macht blind und taub. Er schämte sich, dass er seinem Glück gegenüber so blind gewesen war.

Seit er das begriffen und akzeptiert hatte, wusste er, wie reich er beschenkt worden war. Er lebte nicht mehr in der Vergangenheit und nicht in der Zukunft. Er genoss jeden Tag, als wache er neben Mi Mi auf und schliefe neben ihr ein.

»Leinen los.« Die Stimme eines jungen Offiziers auf der Brücke riss Tin Win aus seinen Gedanken.

»Leinen los«, wiederholten zwei Männer auf dem Pier. Krachend fielen die Taue ins Wasser. Aus den Schloten stieg schwarzer Qualm. Das Schiff vibrierte, das Tuten war tief und laut. Es kitzelte Tin Win im Magen.

Er wandte sich um. Ein alter Mann neben ihm blickte auf Rangoon und hob kurz seinen Hut. In seinen Augen lag eine sonderbare Melancholie. Als verabschiede er sich nicht nur von Menschen und einer Stadt. Hinter ihm standen zwei junge Engländerinnen, sie winkten mit weißen Taschentüchern und weinten.

Tin Win wischte sich über das Gesicht. Nicht einmal ein Schweißtropfen lief seine Wangen hinab.

7

Die Müdigkeit war ihm während des Erzählens ins Gesicht gekrochen, ohne dass ich es bemerkt hatte. Die Falten um den Mund und auf der Stirn waren tiefer geworden, die Wangen wirkten eingefallen. U Ba rührte sich nicht und blickte an mir vorbei.

Ich wartete.

Nach ein paar Minuten des Schweigens griff er in seine Tasche und zog wortlos ein altes Briefkuvert hervor. Es war zerknittert und eingerissen und in seinem Leben wohl schon oft gefaltet worden. Der Brief trug einen Poststempel aus Rangoon und war an Mi Mi adressiert. Die Anschrift war ein wenig verblichen, aber die blaue Tinte, die großen Buchstaben und eine ungewöhnlich geschwungene Handschrift waren noch deutlich zu erkennen. Auf der Rückseite des Umschlags der Absender: 7, Halpin Road, Rangoon.

Es war unmöglich die Schrift meines Vaters. Sie war zu kräftig, sie nahm sich zu wichtig, als dass sie zu ihm gepasst hätte. Ich öffnete das Kuvert.

Rangun, den 14. Dezember 1941
Sehr geehrte Mi Mi,
mein Neffe Tin Win hat mich gebeten, Ihnen mitzuteilen, dass er vor einigen Tagen das Land verlassen hat. Er befindet sich zurzeit auf dem Weg nach Amerika, wo er nach seiner Ankunft in New York das Studium der Rechtswissenschaften aufnehmen wird.
Da er in den Wochen vor seiner Abfahrt mit den Reisevorbereitungen außerordentlich beschäftigt war, ist es ihm verständlicherweise nicht möglich gewesen, sich mit Ihnen persönlich in Verbindung zu setzen oder Ihnen zumindest ein paar Zeilen zu schreiben. Sie werden dafür Verständnis haben. Er hat mir aufgetragen, Ihnen in seinem Namen für die zahlreichen Briefe zu danken, die Sie ihm in den vergangenen zwei Jahren geschrieben haben. Seine schulischen und privaten Verpflichtungen in Rangoon ließen ihm bedauerlicherweise keine Zeit, Ihnen zu antworten.
Da mit seiner Rückkehr frühestens nach Abschluss des Studiums in einigen Jahren zu rechnen ist, möchte er Sie bitten, in Zukunft das Schreiben weiterer Briefe zu unterlassen.
Er wünscht Ihnen weiterhin alles Gute.
Hochachtungsvoll
U Saw

Ich las den Brief ein zweites und ein drittes Mal. U Ba schaute mich an, als erwarte er eine Reaktion. Er sah wieder wacher und entspannter aus. Als hätte die Erinnerung nur für einen langen Augenblick einen Schatten auf sein Gesicht geworfen.

Ich wusste nicht, was ich sagen sollte. Unvorstellbar, wie sehr der Brief Mi Mi verletzt haben musste, wie verraten und verloren sie sich fühlen musste. Mehr als zwei Jahre lang hatte sie nichts von meinem Vater gehört. Sie hatte Hunderte von Briefen geschrieben, und diese Zeilen waren die einzige Antwort, die sie je erhielt. Sie saß in Kalaw, drehte Zigarren, träumte von meinem Vater, von einem Leben mit ihm und wusste nicht einmal, ob sie ihn je wiedersehen würde. Sie war auf ihre Brüder angewiesen, die sie nicht wirklich verstanden. Ihre Einsamkeit bedrückte mich. Ich glaube, es war das erste Mal, dass ich etwas für sie empfand.

Zu Beginn meiner Reise war sie ein Name gewesen, eine erste Station auf der Suche nach meinem Vater, mehr nicht. Mit der Zeit bekam sie ein Gesicht und einen Körper: Sie war ein Krüppel, der mir meinen Vater stahl und auf den ich eifersüchtig war. Und jetzt? Sie wurde belogen und hintergangen. U Saws Brief empörte mich. Ich empfand Mi Mi weder als Bedrohung, noch war sie mir gleichgültig. Sie war mehr als nur eine Station. War sie das Ziel?

»Wie hat sie auf den Brief reagiert?«, fragte ich.

U Ba holte einen zweiten Brief aus der Tasche, der noch zerknitterter war als der erste. Poststempel Kalaw, 26.12.1941.

Adressat: U Saw, 7, Halpin Road, Rangoon.

Absender: Mi Mi

Hochverehrter U Saw,
wie kann ich Ihnen danken, dass Sie die Umstände auf sich genommen haben, mir zu schreiben. Ihre Mühe beschämt mich. Es wäre nicht nötig gewesen.
Ihr Brief hat mich mit schwer zu beschreibender Freude erfüllt. Tin Win ist auf dem Weg nach Amerika. Ihm geht es gut. Sie hätten mir kaum eine schönere Nachricht übermitteln können. Trotz aller Verpflichtungen und der sehr aufwendigen Reisevorbereitungen fand er noch die Zeit, Sie zu bitten, mir zu schreiben. Wenn Sie wüssten, wie glücklich mich das macht. Noch einmal möchte ich Ihnen sagen, wie dankbar ich bin, dass Sie seinem Wunsch entsprochen haben.
Selbstverständlich werde ich Tin Wins Bitte respektieren.
Ihre Ihnen stets ergebene
Mi Mi

U Ba steckte den Brief wieder ins Kuvert. Wir lächelten uns an. Ich hatte Mi Mi unterschätzt. Ich hatte in ihr ein hilfloses Opfer gesehen, das sich gegen U Saws Komplott nicht wehren konnte. Sie war klüger und stärker, als ich geglaubt hatte. Dennoch tat sie mir leid. Wie einsam musste sie sich fühlen? Wie kam sie ohne Tin Win zurecht, wie überlebte sie die lange Trennung von meinem Vater?

»Die erste Zeit war nicht leicht«, sagte U Ba, ohne dass ich ihn gefragt hatte. »Im Jahr darauf starben ihre Eltern. Zunächst der Vater, zwei Monate später die Mutter. Ihr jüngster Bruder schloss sich der Unabhängigkeitsbewegung an und ging kurz danach als Guerilla in den Dschungel. Sie sah ihn nie wieder. Die Japaner sollen ihn zu Tode gefoltert haben. Die Familie ihres ältesten Bruders kam 1945 bei einem Bombenangriff der Engländer ums Leben. Es waren schwierige Zeiten. Und trotzdem, ich mag es kaum sagen, Julia, trotzdem wurde sie mit jedem Jahr schöner. Sie trauerte um ihre Familie, keine Frage, sie sehnte sich nach Tin Win, aber sie litt nicht an einem gebrochenen Herzen. Diesen Schmerz, der ein Gesicht für immer zeichnet, kannte sie nicht. Ihre Züge waren nicht verhärtet, selbst im Alter nicht. Auch wenn das für uns schwer zu verstehen ist, Julia, räumliche Distanz oder Nähe, das war für sie nicht wirklich bedeutsam.

Ich habe mich oft gefragt, was die Quelle ihrer Schönheit, ihrer Ausstrahlung war. Es ist ja nicht die Größe unserer Nase, die Farbe unserer Haut, die Form unserer Lippen oder Augen, was uns schön oder hässlich macht. Was ist es dann? Können Sie als Frau es mir verraten?«

Ich schüttelte den Kopf.

»Ich werde es Ihnen sagen: Es ist die Liebe. Sie macht schön. Kennen Sie einen Menschen, der liebt und geliebt wird, der um seiner selbst willen geliebt wird und gleichzeitig hässlich ist? Sie brauchen nicht zu überlegen. Es gibt ihn nicht.«

Er goss uns Tee ein und nippte an seinem Glas.

»Ich glaube, es lebte in jenen Jahren in ganz Kalaw kein Mann, der sie nicht zur Frau genommen hätte. Ich übertreibe nicht. Nach dem Krieg kamen Junggesellen aus allen Teilen der Shan-Staaten, manche sollen sogar aus Rangoon und Mandalay angereist sein, so weit hatte sich der Ruf ihrer Schönheit verbreitet. Sie brachten Geschenke mit, Schmuck aus Silber und Gold, Edelsteine und kostbare Stoffe, die Mi Mi später im Dorf verschenkte. Sie lehnte alle Anträge ab. Auch später, als Tin Win bereits zehn, dann zwanzig, dann dreißig Jahre fort war.

Es gab Männer, die wollten sterben in der Hoffnung, im nächsten Leben als Schwein, Huhn oder Hund auf die Welt zu kommen und eines ihrer Haustiere zu werden.

Mi Mi lebte im Haus der Eltern mit einem Verwandten, der für sie sorgte. Sie kümmerte sich um die Tiere, die Hühner, die zwei Schweine, den alten klapprigen Wasserbüffel und den Hund. Sie verließ das Grundstück nur selten. Jeden Nachmittag saß sie auf der Veranda und rollte Cheroots, wippte dabei sanft mit dem Oberkörper, die Augen geschlossen. Ihre Lippen bewegten sich, als erzähle sie jemandem eine Geschichte. Wer sie dabei beobachten durfte, wird ihre Anmut, die Eleganz, mit der sie sich bewegte, nicht vergessen.

Ihre Cheroots hatten in der Tat einen ganz eigenen Geschmack. Sie waren süßer, wie mit einer Spur von Vanille, die noch lange im Mund anhielt. Einige Jahre nach der Unabhängigkeit entstand das Gerücht, dass ihre Zigarren nicht nur außergewöhnlich schmecken würden, sondern auch magische Kräfte besäßen. Das wird Sie nicht überraschen, Julia. Sie wissen ja mittlerweile, wie abergläubisch wir Burmesen sind.

Ein Witwer hatte eines Abends eine ihrer Cheroots geraucht. In der Nacht erschien ihm seine verstorbene Frau und gab ihren Segen zu der von ihm schon lange ersehnten Hochzeit mit der Tochter eines Nachbarn. Die hatte sein Begehren bisher strikt abgelehnt, doch als er sich am folgenden Morgen wie jeden Tag vor ihre Veranda hockte und ein Lied für sie sang, kam sie aus dem Haus, setzte sich zu ihm, und sie verbrachten den Tag und den Abend zusammen. Außer sich vor Glück, rauchte der Mann in der folgenden

Nacht eine weitere Zigarre von Mi Mi und glaubte, im aufsteigenden Rauch das Gesicht seiner Frau zu sehen, die ihm aufmunternd zulächelte. Auch am nächsten Morgen setzte sich die junge Frau wieder zu ihm, und eine Woche später gab sie seinem Werben nach. Der Witwer führte sein Glück auf Mi Mis Cheroots zurück, und seitdem gab es in Kalaw keinen Mann mehr, der nicht vor einem Spaziergang mit seiner Angebeteten mindestens eine von ihren Cheroots geraucht hätte. Bald wurden sie als Heilmittel gegen allerlei Krankheiten eingesetzt, und besonders wirksam waren sie angeblich bei Haarausfall, Verstopfung, Durchfall, Kopfschmerzen, Bauchschmerzen, streng genommen bei jeder Art von Schmerzen.

Mit den Jahren wurde Mi Mi zu einer Art weisen Frau von Kalaw, und sie genoss mehr Ansehen als der Bürgermeister, die Astrologen und Medizinmänner zusammen. Menschen, die sich nicht nur auf den Rat der Sterndeuter verlassen wollten, baten sie um ihre Hilfe, sie musste Streit schlichten zwischen Eheleuten, Geschwistern und Nachbarn.«

U Ba stand auf, faltete die Briefumschläge sorgfältig zusammen und steckte sie in den Bund seines Longy. Ich überlegte, wie sie wohl in seine Hände gelangt waren. Welche Rolle spielte er in der Geschichte?

Woher kannte er den Inhalt des Briefwechsels zwischen Mi Mi und Tin Win? Nicht von meinem Vater, der wusste ja nicht einmal von Mi Mis Briefen. Es gab viele Details in U Bas Schilderungen, die er nicht von ihm erfahren haben konnte.

»Erlauben Sie mir, dass ich Ihnen eine Frage stelle?«, sagte ich. »Wer hat Ihnen die Geschichte von Mi Mi und Tin Win so ausführlich erzählt?«

»Ihr Vater.«

»Er kann nicht Ihre einzige Quelle sein. In Ihren Beschreibungen gibt es so viele Einzelheiten, Sie schildern so viele Eindrücke und Gefühle, die mein Vater gar nicht kennen konnte. Wer hat Ihnen den Rest erzählt?«

»Das ist ein berechtigter Einwand. Ich verstehe Ihre Neugier. Bitte erlauben Sie mir, mit der Antwort noch etwas zu warten. Wenn ich Ihnen das Ende der Geschichte erzählt habe, werden Sie keine Fragen mehr haben.«

»Woher haben Sie die beiden Briefe?«, insistierte ich.

»Von Su Kyi. U Saw hatte zu Beginn der Fünfzigerjahre Kalaw besucht. Er hatte nach dem Krieg viel Pech gehabt oder sollte ich sagen, das Glück hatte ihn verlassen, was ja nicht dasselbe ist. Er hatte nach der Besatzung mit den Japanern kollaboriert, was ihm sowohl die Engländer als auch die für die Unabhängigkeit kämpfenden Burmesen sehr übel nahmen. Nachdem die Briten das Land zurückerobert hatten, brannten einige seiner Reismühlen ab, die Brandursachen wurden nie geklärt. In den Jahren nach der Unabhängigkeit kam es in unserem Land zu zahlreichen politischen Morden und endlosen Fraktionskämpfen. U Saw stand dabei häufiger auf der Seite der Verlierer und büßte dabei einen Großteil seines Vermögens ein. Angeblich hatte er versucht, sich ein Ministeramt zu kaufen. Er kam zweimal für ein paar Tage nach Kalaw. Wir vermuteten, dass es in der Hauptstadt zu gefährlich für ihn war. Er hatte jedes Mal viel Gepäck dabei, vor allem Dokumente, Ordner und Unterlagen, die er in seinem Haus zurückließ. Seinen dritten Besuch überlebte er nicht. Su Kyi fand die Briefe in seinem Nachlass.«

»Wie starb er? Wurde er ermordet?«

»Manche, die ihn kannten, haben es später so formuliert. Er wurde beim Golf vom Blitz erschlagen.«

»Kannten Sie ihn persönlich?«

»Ich habe ihn in Rangoon einmal kurz getroffen.«

»Sie waren in Rangoon?«

»Ich bin dort eine Zeit lang zur Schule gegangen. Ich war ein sehr guter Schüler. Ein Freund unserer Familie war so großzügig und finanzierte mir einige Jahre lang den Besuch der St. Pauls High School. Ich hatte sogar schon ein Stipendium für ein Physikstudium an einer Universität in Großbritannien. Naturwissenschaften lagen mir.«

»Sie haben in England studiert?«

»Nein. Ich musste zurück nach Kalaw.«

»Warum?«

»Meine Mutter wurde krank.«

»Schlimm?«

»Nein. Das Alter. Sie hatte keine Schmerzen, aber der Alltag fiel ihr zunehmend schwerer.«

»Haben Sie keine Geschwister?«

»Nein.«

»Gab es keine anderen Verwandten?«

»Doch.«

Ich schüttelte verständnislos den Kopf. »Warum haben die sich nicht um Ihre Mutter gekümmert?«

»Das war meine Aufgabe. Ich war ihr Sohn.«

»Aber U Ba! Ihre Mutter war nicht schwer krank. Sie hätten sie nach dem Studium zu sich holen können.«

»Meine Mutter brauchte mich in jenen Jahren.«

»War sie ein Pflegefall?«

»Nein, wie kommen Sie darauf?«

Wir redeten aneinander vorbei. Ich wurde mit jeder Antwort aufgebrachter und musste gleichzeitig einsehen, dass ich mit meiner Logik nicht weiterkam.

»Wie lange haben Sie für Ihre Mutter gesorgt?«

»Dreißig Jahre.«

»Wie lange?«

»Dreißig Jahre«, wiederholte er. »Sie ist für unsere Verhältnisse sehr alt geworden.«

Ich rechnete. »Sie haben im Alter zwischen zwanzig und fünfzig nichts anderes gemacht, als sich um Ihre Mutter zu kümmern?«

»Damit war ich gut beschäftigt.«

»Ich meine nicht, dass Sie gefaulenzt haben. Ich, ich … Ein Studium in England. Sie hätten doch alle Möglichkeiten dieser Welt gehabt.«

Jetzt war er es, der mich nicht verstand.

»Sie hätten als Physiker in der Forschung arbeiten können. Oder mit etwas Glück an einer der berühmten Universitäten in Amerika.« Ich wusste nicht, worüber ich mich mehr aufregte. Über U Bas Familie und eine Gesellschaft, die ihm zumutete, seine Begabungen in einem Dorf in den Bergen Burmas zu vergeuden, oder über seine Passivität.

»Ich bin mit meinem Leben mehr als zufrieden, Julia. Aber meine Frau, die ich sehr geliebt habe, ist zu jung gestorben. Doch das hätte mir an jedem Ort der Welt passieren können.«

Wir verstanden uns nicht. Begriff er wirklich nicht, was ich meinte? Mit jeder meiner Fragen entfernten wir uns mehr voneinander. Ich wurde zunehmend empörter, und er blieb gelassen. Als wäre ich es, die ihr Leben geopfert hatte, und nicht er.

»Haben Sie es manchmal bereut, nach Kalaw zurückgegangen zu sein?«

»Bereuen kann ich nur eine Entscheidung, die ich bewusst und freiwillig getroffen habe. Bereuen Sie, dass Sie mit der linken Hand schreiben? Was ich gemacht habe, war selbstverständlich. Jeder Burmese an meiner Stelle hätte dasselbe getan.«

»Warum sind Sie nach dem Tod Ihrer Mutter nicht nach Rangoon zurückgekehrt? Vielleicht hätte es doch noch eine Möglichkeit gegeben, nach England auszuwandern.«

»Wozu? Muss man die Welt gesehen haben? Alle Gefühle, zu denen wir Menschen fähig sind, die Liebe und den Hass, die Angst und die Eifersucht, den Neid und die Freude, finden Sie in diesem Dorf, in jedem Haus, in jeder Hütte. Sie müssen nicht einmal danach suchen, Sie müssen sie nur sehen.«

Ich blickte ihn an, und was ich sah, rührte mich: ein kleiner Mann, in Lumpen gekleidet, mit Zahnstummeln im Mund, der mit etwas Glück jetzt ebenso gut als Professor in einer luxuriösen Wohnung in Manhattan oder einem Haus in einem Londoner Vorort sitzen könnte. Einer von uns beiden schien mir maßlos. War ich es mit meinen Ansprüchen, oder war er es in seiner Bescheidenheit? Ich war mir nicht sicher, was ich für ihn empfand. Mitleid war es nicht. Es war eine sonderbare Art der Zuneigung. Ich wollte ihn beschützen und wusste doch, dass er meinen Schutz nicht brauchte. Gleichzeitig fühlte ich mich in seiner Gegenwart sicher, fast geborgen. Als hielte er die Hand über mich. Ich vertraute ihm. Bisher hatte ich geglaubt, man müsse einen Menschen kennen und verstehen, um ihn zu mögen oder sich ihm nah zu fühlen.

8

Ich dachte an meinen Vater. Wir stehen auf der Brooklyn Bridge in New York. Ich bin acht oder neun Jahre alt. Ein Herbsttag mit einem frischen Wind, in dem bereits die Kälte des Winters liegt. Ich bin zu dünn angezogen und friere. Mein Vater legt mir sein Jackett um die Schultern. Die Ärmel sind viel zu lang, ich versinke darin, aber es wärmt. Durch die Ritzen der Bretter zu meinen Füßen sehe ich tief unter mir Sonnenstrahlen auf dem Wasser des East River hüpfen. Könnte mein Vater mich retten, wenn die Brücke jetzt einstürzen würde? Ich schätze den Abstand zum Ufer, er ist ein guter Schwimmer, und ich habe keine Zweifel. Ich weiß nicht, wie häufig wir dort zusammen standen. Oft wortlos.

Mein Vater liebte diese Orte in New York, die eigentlich nur von Touristen aufgesucht werden. Die Schiffe der Circle Line, die Manhattan umrunden. Das Empire State Building. Die Freiheitsstatue, die Brücken. Als ob er auf der Durchreise wäre. Am häufigsten zog es ihn auf die Fähre nach Staten Island. Manchmal lief er nach dem Büro noch hinunter an die Anlegestelle und fuhr mit dem Boot hin und zurück. Ich erinnere mich, dass wir einmal an der Reeling über den Autos standen und er sagte, dass er nicht begreifen könne, wie sehr sich der Hafen und die Skyline der Stadt verändert hätten. Wenn er die Augen schließe, sehe er noch immer dasselbe Bild wie an jenem bitterkalten Morgen im Januar 1942, an dem der Wind so eisig war, dass es außer ihm kaum jemand an Deck ausgehalten hatte.

Ich habe damals nicht verstanden, was ihn an diese Orte zog, die jeder New Yorker mied, es sei denn, er hatte Besuch aus der Provinz. Später war es mir langweilig, als Teenager wurde es mir peinlich, und ich begleitete ihn nicht mehr. Jetzt meine ich, dass er unter den Touristen die nötige Distanz fand zwischen sich und der Stadt, zu der er nie wirklich gehörte. Ich vermute, es waren seine Fluchtpunkte, wenn er es vor Sehnsucht kaum mehr aushielt. Fühlte er sich dort Mi Mi am nächsten? Sah er sich mit dem Schiff oder Flugzeug New York verlassen? Träumte er sich davon?

U Ba und ich liefen den Ochsenpfad hinauf bis zur Kuppe. Es war Nachmittag geworden. Die ersten Feuer brannten vor den Hütten, und der Wind verteilte den Rauch über den Höfen. Der Geruch von brennendem Holz am Abend war mir mittlerweile vertraut geworden.

Ich wusste nicht, wohin wir gingen. U Ba hatte gesagt, es gäbe nur einen Ort, an dem er mir die Geschichte zu Ende erzählen könnte. Er war aufgestanden, hatte die Thermoskanne und die Becher in seine Tasche gepackt, die Bank zurückgebracht und mir ein Zeichen gegeben, ihm zu folgen. Er schaute auf seine Armbanduhr und verlangsamte seinen Schritt. Als hätten wir eine Verabredung und wären zu früh.

Ich war nervös und unruhig. Wer erwartete uns? Waren wir auf dem Weg zu meinem Vater und Mi Mi?

»Viel kann ich Ihnen nicht mehr erzählen«, sagte U Ba und blieb kurz stehen. »Über die Zeit in Amerika wissen Sie mehr.«

Da war sie wieder, die Frage, die ich in den vergangenen zwei Tagen verdrängt hatte. Was wusste ich wirklich?

Ich hatte Erinnerungen. Viele schöne und zärtliche Erinnerungen, für die ich dankbar war, aber was waren sie wert, wenn es darum ging, meinen Vater zu verstehen? Es war die Welt aus der Sicht eines Kindes. Die Fragen, die mir durch den Kopf gingen, beantworteten sie mir nicht. Warum ist mein Vater nach dem Krieg nicht nach Kalaw zurückgekehrt?

Weshalb hat er meine Mutter geheiratet? Liebte er sie? Betrog er sie mit Mi Mi oder Mi Mi mit ihr?

»U Ba, warum ist mein Vater nach dem Studium in New York geblieben?« Ich erschrak über meinen Ton. Es war der Ton meiner Mutter, wenn sie erbost war und versuchte, ihre Wut zu unterdrücken.

»Was vermuten Sie, Julia?«

Ich wollte nichts vermuten. Ich wollte Antworten. Die Wahrheit. »Ich weiß es nicht.«

»Hatte Ihr Vater eine Wahl? Wäre er nach Burma zurückgekehrt, hätte er sich den Wünschen seines Onkels fügen müssen. Er stand in seiner Schuld. U Saw hatte die Rolle des Vaters übernommen, dessen Willen sich ein Sohn nicht widersetzt. In Rangoon wartete nicht Mi Mi auf ihn, sondern ein verplantes Leben. Eine junge Braut. Ein großes Unternehmen. New York war seine einzige Chance, all dem zu entkommen.« Er schaute mich an, als könnte er in meinen Augen sehen, ob er mich überzeugte. »Vergessen Sie nicht«, fuhr er fort, »es ist fünfzig Jahre her. Was Familien betrifft und die Verpflichtungen, die wir ihnen gegenüber haben, sind wir ein sehr konservatives Land, damals wie heute.«

Ich dachte an U Bas Entscheidung, seine Mutter zu pflegen, anstatt zu studieren. Vielleicht musste ich einfach akzeptieren, dass ich weder seine Wahl noch die meines Vaters mit meinen Maßstäben messen durfte. Stand mir ein Urteil zu? War ich hier, um meinen Vater zu finden, ihn zu verstehen oder ihn zu richten?

»Nach U Saws Tod hätte er zurückkommen können.« Es war ein Vorschlag, eine versteckte Frage, keine Anklage mehr.

»U Saw starb im Mai 1958.«

Drei Monate vor der Geburt meines Bruders. War das der Grund, weshalb mein Vater zu seinem Sohn nie ein besonders gutes Verhältnis entwickelt hatte? Hatte er seinetwegen meine Mutter nicht verlassen?

»Warum hat er meine Mutter geheiratet? Warum hat er nicht U Saws Tod abgewartet und ist dann zu Mi Mi zurückgekehrt?«

»Ich fürchte, dass ich Ihnen diese Frage nicht beantworten kann.«

Es war das erste Mal, dass ich eine Irritation in U Bas Stimme bemerkte. Er war nicht böse, eher ratlos. Ich dachte an die Zeilen meiner Mutter, die sie mir kurz vor meiner Abreise geschrieben hatte. Mein Vater hatte sich lange geweigert, sie zu heiraten, er hatte sie vor einer Hochzeit gewarnt. Warum hat er am Ende doch nachgegeben? War er einsam nach all den Jahren allein in New York? Suchte er Trost? Hatte er gehofft, bei ihr Mi Mi vergessen zu können? Nach allem, was ich jetzt weiß, sehr unwahrscheinlich. Liebte er sie? Ich konnte diesen Satz nicht klar denken. Er klang nicht wahr. Nicht aus der Sicht meiner Mutter. Hat er gehofft, er würde sie eines Tages lieben? War die Sehnsucht nach einer eigenen Familie am Ende zu groß und er deshalb schwach geworden?

Vielleicht liebte er sie, und sie konnte es nicht sehen, nicht glauben, weil es nicht ihre Art der Liebe war.

Meine Mutter tat mir leid. Ich hatte sie vor Augen, ihr hartes, verbittertes Gesicht bei unserem Mittagessen. Ich hörte ihre kühle, schneidende Stimme, wenn mein Vater spät nach Hause kam, weil er wieder einmal die Fähre nach Staten Island genommen hatte. Mir kamen die Tage in den Sinn, die sie in regelmäßigen Abständen in ihrem abgedunkelten Zimmer verbrachte. Ans Bett gefesselt von einer mysteriösen Krankheit, deren Namen wir Kinder nie erfuhren. Niemand außer unser Hausarzt durfte sie besuchen, selbst mein Vater nicht. Heute weiß ich, dass sie unter Depressionen litt. Meine Eltern wären jeder ohne den anderen glücklicher gewesen, und sie haben es zu spät bemerkt.

Sie taten mir beide leid. Was immer mein Vater für meine Mutter empfunden hat, wie sehr er manche Stunden mit uns, seinen Kindern, genossen haben mag, er war nicht dort, wo er hingehörte. Er lebte nicht bei Mi Mi.

War es seine Schuld, weil er dem Drängen meiner Mutter nachgegeben hatte? War es ihre, weil sie etwas von ihm verlangte, was er nicht geben konnte? Waren es unglückliche Umstände, falsche Vorstellungen vom anderen, gekränkte Eitelkeit? Die Unfähigkeit, zu vergessen und zu verzeihen? Spielte die Frage der Schuld eine Rolle?

Wir gingen schweigend weiter. Der Weg fiel sanft ab und machte vor einer wild wuchernden Hecke einen scharfen Bogen. Wir gingen geradeaus, zwängten uns durch die Büsche, kreuzten die Bahngleise, liefen eine Wiese hinauf und bogen dann auf einen Pfad, der uns zu einem etwas abseits gelegenen Teil Kalaws brachte. U Ba führte mich an mehreren Höfen vorbei, in denen Kinder spielten. Vor einer Gartenpforte blieben wir stehen. Der Hof war sehr gepflegt, jemand hatte ihn vor Kurzem gefegt. In einem Trog lag frisches Hühnerfutter, unter der Veranda ein Stapel Feuerholz und ein Reisighaufen. Das Haus war nicht groß, aber in sehr gutem Zustand. Auf der Veranda sah ich Blechtöpfe und Essgeschirr. Wir setzten uns auf die obersten Stufen der Treppe und warteten.

Ich blickte über den Hof. Ein Eukalyptusbaum bildete die Grenze zum Nachbargrundstück. Vor dem Hühnerstall konnte ich einen Holzbalken zum Sitzen erkennen, davor lag ein Mörser aus Stein. Ich betrachtete die breiten Gitterstäbe der Veranda – ein Kind hätte sich gut an ihnen aufrichten können. Es dauerte ein paar Sekunden, bis die Einzelteile ein Bild ergaben. Ich wusste, wo wir uns befanden. Ich sprang auf und drehte mich um.

Ich hörte den Atem meines Vaters im Haus. Ich hörte Mi Mi über den Boden kriechen. Ich hörte ihr Flüstern. Ihre Stimmen. Ich hatte sie eingeholt.

U Ba begann, zu erzählen.

9

Es wurde still im Teehaus, nachdem der Fremde seine Geschichte zu Ende erzählt hatte. Man hörte das Flackern der Kerzen und das gleichmäßige Atmen der Gäste. Niemand bewegte sich. Selbst das Summen der Fliegen war verstummt. Sie saßen auf ihren klebrigen Zuckerkeksen und rührten sich nicht.

Tin Win hatte erzählt, was er erzählen musste. Nun versagte seine

Stimme. Seine Lippen formten Worte, aber sie klangen nicht mehr. Würde er je wieder etwas sagen? Er stand auf, trank einen Schluck kalten Tee, streckte sich kurz und ging zur Tür. Es war an der Zeit. Er wandte sich noch einmal um und verabschiedete sich. Ein Lächeln war das Letzte, was sie von ihm sahen.

Auf der Straße stand ein Lastwagen voller Soldaten. Kinder in grünen Uniformen. Die Menschen schienen sie nicht zu beachten und machten gleichzeitig einen großen Bogen um den Wagen. Es war spät geworden.

Tin Win zog den Knoten seines Longy fester und ging mit langsamen Schritten die Hauptstraße hinunter. Zu seiner Rechten lag das Kloster. An mehreren Stellen waren Bretter aus den Wänden gebrochen, und das verrostete Wellblechdach sah nicht so aus, als würde es viel Schutz vor Regen bieten. Nur die Glöckchen der Pagoden bimmelten wie früher. Ihm kamen einige junge, barfüßige Mönche entgegen. Der Staub hatte ihre rotbraunen Kutten grau gefärbt. Er lächelte ihnen zu, sie lächelten zurück.

Er lief am leeren Marktplatz vorbei und am kleinen Bahnhof, er überquerte die Gleise und schritt langsam den Hügel hinauf, auf dem ihr Hof lag. Er war sicher, dass sie im Haus ihrer Eltern lebte. Immer wieder blieb er stehen und schaute sich um. Er hatte es nicht eilig. Nicht nach fünfzig Jahren. Er war nicht einmal aufgeregt. Seit der Sekunde, in der die Thai Air Boeing 737 in Rangoon aufgesetzt hatte, war alle Nervosität gewichen, und er erlaubte sich stattdessen den Luxus der Freude. Eine Freude, die maßlos war, die keine Angst und keine Vorsicht mehr kannte, die mit jeder Stunde wuchs. Er hatte sich ihr hingegeben, und jetzt war sie so groß, dass er die Tränen kaum zurückhalten konnte. Ein halbes Jahrhundert war vergangen. Er war am Ziel.

Der Anblick Kalaws faszinierte ihn. Fremd und vertraut zugleich. Tin Win erinnerte die Gerüche. Er wusste, wie das Dorf im Winter roch und im Sommer, an Markttagen und an Feiertagen, wenn der Duft der Räucherstäbchen die Gassen und Häuser füllte. Tin Win kannte die Geräusche des Ortes. Sein Kalaw stöhnte und schnaufte, es quietschte und schepperte, es konnte singen und weinen. Wie es aussah, wusste er nicht. Gesehen hatte er es zuletzt als Kind und selbst da nur mit getrübtem Blick. Er entdeckte den englischen Club, in dessen leerem Swimmingpool junge Bäume wuchsen, dahinter sah er den Tennisplatz liegen, darüber das Kalaw Hotel weiß mit rotem Dach, im Tudorstil. Wie Mi Mi es beschrieben hatte. Irgendwo hinter dem nächsten Hügel musste er mit Su Kyi gelebt haben.

Er stand an einer Weggabelung und wusste nicht, wohin. Geradeaus oder nach links, den steileren Anstieg? Vier Jahre lang hatte er Mi Mi diesen Pfad hinaufgetragen, ohne ihn je mit eigenen Augen zu sehen. Er machte die Augen zu. Sie würden ihm jetzt nicht von Nutzen sein, seine Beine würden sich erinnern müssen, seine Nase, seine Ohren. Es zog ihn geradeaus. Mit geschlossenen Augen ging er weiter. Es roch nach reifen Mangos und Jasmin. Tin Win erkannte den Duft. Hier musste der flache Felsen liegen, auf dem sie sich manchmal ausgeruht hatten. Er fand ihn sofort.

Er hörte das Lachen und Kreischen spielender Kinder in den Höfen. Es waren nicht mehr die Stimmen seiner Kindheit, aber ihr Klang hatte sich nicht verändert. Er staunte, wie sicher er sich mit geschlossenen Augen bewegte. In New York war er, wenn er es versucht hatte, gegen Passanten gelaufen, hatte sich an Laternenpfählen und Bäumen gestoßen. Einmal hätte ihn fast ein Taxi überfahren.

Hier stolperte er nicht einmal.

Vor einer Gartenpforte blieb er stehen.

Der Geruch des Eukalyptus. Wie häufig hatte er an diesen Baum gedacht. Wie viele Stunden hatte er in New York nachts wach gelegen und diesen Duft in der Nase gespürt.

Er öffnete das Tor. Wie oft hatte er sich diesen Augenblick vorgestellt.

Er trat ein. Zwei Hunde streunten um seine Beine. Die Hühner waren im Stall.

Tin Win hörte Stimmen im Haus. Er zog die Sandalen aus. Seine

Füße erinnerten die Erde. Diese weiche, warme Erde, die zwischen den Zehen kitzelte.

Er tastete sich zur Treppe vor, griff nach dem Geländer. Seine Hände erinnerten das Holz. Nichts hatte sich verändert.

Er stieg die Treppe hinauf, Stufe für Stufe. Er hatte es nicht eilig. Nicht nach fünfzig Jahren.

Er ging die Veranda entlang. Die Stimmen wurden leiser. Als er in der Tür stand, verstummten sie.

Er hörte, wie sich Menschen an ihm vorbei ins Freie schlichen und verschwanden. Selbst die Motten, die eben noch um die Glühbirne gekreist waren, flogen durch das Fenster hinaus in die Dämmerung. Die Käfer, Schaben und Kakerlaken krochen eilig in die Ritzen des Holzes.

Es war still.

Er ging auf sie zu, ohne die Augen zu öffnen. Er brauchte sie nicht mehr.

Jemand hatte ihr ein Bett gebaut.

Tin Win kniete sich davor. Ihre Stimme. Ihr Flüstern. Seine Ohren erinnerten sich.

Ihre Hände in seinem Gesicht. Seine Haut erinnerte sich.

Sein Mund erinnerte sich und seine Lippen. Seine Finger erinnerten sich und seine Nase. Wie hatte er sich nach diesem Geruch gesehnt. Wie hatte er es ohne sie aushalten können? Woher hatte er die Kraft genommen, auch nur einen Tag ohne sie zu sein?

Das Bett bot Platz für zwei.

Wie leicht sie war.

Ihre Haare in seinem Gesicht. Ihre Tränen.

So viel zu teilen, so viel zu geben, so wenig Zeit.

Gegen Morgen verließen sie die Kräfte. Mi Mi schlief in seinem Arm ein.

Die Sonne würde bald aufgehen, Tin Win erkannte es am Gesang der Vögel. Er legte seinen Kopf auf ihre Brust. Er hatte sich nicht getäuscht. Ihr Herz klang müde und schwach. Es wollte nicht mehr.

Er war rechtzeitig gekommen. Gerade noch.

10

Ein Verwandter fand sie am späten Vormittag. Er war am Morgen schon einmal da gewesen und hatte geglaubt, sie schliefen.

Tin Wins Kopf lag auf ihrer Brust, ihre Arme waren um seinen Hals geschlungen. Als er ein paar Stunden später zurückkehrte, waren sie blass und kalt.

Der Mann eilte hinunter ins Dorf und holte den Doktor aus dem Krankenhaus.

Der Arzt war nicht überrascht. Seit mehr als zwei Jahren hatte Mi Mi ihr Grundstück nicht mehr verlassen, seit einem Jahr lag sie im Bett. Er hatte täglich mit ihrem Tod gerechnet. Was er mit seinem Stethoskop hörte, klang nicht gut. Ihm war es ein Rätsel, wie sie trotz ihres schwachen Herzens und ihrer entzündeten Lungen überleben konnte. Er hatte ihr mehrmals angeboten, sie in die Hauptstadt zu bringen. Dort war die medizinische Versorgung zwar auch erbärmlich, aber immerhin besser als hier. Sie hatte es abgelehnt. Wenn er sie fragte, wie sie es fertigbrächte, trotz der vielen Entzündungen in ihrem Körper am Leben zu bleiben, lächelte sie nur. Vor ein paar Tagen erst hatte er sie besucht und ihr Medikamente gebracht. Er war erstaunt gewesen, wie munter sie wirkte. Besser als in den Monaten zuvor. Sie saß aufrecht im Bett, summte vor sich hin, in ihrem Haar steckte eine gelbe Blüte. Sie sah aus, als erwarte sie jemanden.

Den Toten neben ihr kannte er nicht. Er war in Mi Mis Alter, vermutlich burmesischer Abstammung, aber er konnte unmöglich aus Kalaw oder der näheren Umgebung kommen. Seine Zähne waren trotz des hohen Alters in tadellosem Zustand. Und derart gepflegte Füße hatte der Arzt noch nie gesehen. Sie machten nicht den Eindruck, als wäre der Mann in seinem Leben viel barfuß gelaufen. Seine Hände waren nicht die eines Bauern. Er trug Kontaktlinsen. Vielleicht kam er aus Rangoon.

Er schien bei guter Gesundheit gewesen zu sein. Über die Todesursache konnte der Arzt nur spekulieren.

»Herzversagen«, schrieb er auf ein Blatt Papier.

Die Nachricht von Mi Mis Tod verbreitete sich im Ort ebenso schnell wie am Abend zuvor das Gerücht von der Rückkehr Tin Wins. Am Nachmittag standen die ersten Dorfbewohner im Hof, mit kleinen Kränzen aus frischem Jasmin und Sträußen aus Orchideen, Freesien, Gladiolen und Geranien. Sie legten sie auf der Veranda ab und verteilten sie, als dort kein Platz mehr war, auf den Treppen, vor dem Haus und im Hof. Andere trugen Mangos und Papayas, Bananen und Äpfel als Opfergaben den Hügel hinauf und erbauten kleine Pyramiden aus Obst. Es sollte Mi Mi und ihrem Geliebten an nichts fehlen. Räucherstäbchen wurden entzündet und in die Erde oder mit Sand gefüllte Vasen gesteckt.

Bauern kamen von ihren Feldern, Mönche aus ihren Klöstern, Eltern mit ihren Kindern, und wer zu schwach oder zu alt war, den Berg hinaufzugehen, wurde von Nachbarn oder Freunden getragen. Am Abend war der Hof voll von Menschen, Blumen und Früchten. Es war eine klare, milde Nacht, und als das Mondlicht über die Berge fiel, waren der Weg und die angrenzenden Höfe mit Trauernden überfüllt. Sie hatten Kerzen, Taschenlampen und Petroleumleuchten mitgebracht, und wer auf der Veranda von Mi Mis Haus stand, blickte über ein Lichtermeer. Niemand sprach ein lautes Wort. Wer die Geschichte von Tin Win und Mi Mi noch nicht gehört hatte, bekam sie von seinem Nachbarn zugeflüstert. Einige der ältesten Bewohner behaupteten sogar, sie hätten Tin Win gekannt und nie daran gezweifelt, dass er eines Tages zurückkehren würde.

Am nächsten Morgen blieben die Schulen und die Teehäuser, ja selbst das Kloster leer, und es gab niemanden in Kalaw, der nicht wusste, was geschehen war. Unter die Trauer über Mi Mis Tod hatte sich seit den ersten Stunden des Tages eine gewisse Leichtigkeit gemischt. Sie war nicht ohne ihn gestorben. Ihr Warten war belohnt worden. Sie hatte sich nicht getäuscht. Er war zurückgekommen. Nach fünfzig Jahren. Es gab eine Macht, der weder Zeit noch räumliche Entfernung etwas anhaben konnten. Es gab eine Kraft, die Menschen verband und die stärker war als die Angst und das

Misstrauen. Eine Kraft, die Blinde zu Sehenden macht und den Gesetzen des Verfalls nicht gehorcht. Es war das Einzige, an das die Menschen in Kalaw an diesem Tag glaubten.

In der Prozession, die den beiden Toten zum Friedhof folgte, wurde geweint und gesungen, wurde getanzt und gelacht. Sie hatten Mi Mi verloren, aber sie hatten etwas anderes dafür gewonnen. Eine Hoffnung, die sie bewahren und weitergeben würden, von Generation zu Generation. Niemand konnte ihnen das nehmen.

Der Bürgermeister hatte, in Absprache mit dem Militär, dem Abt und anderen Honoratioren des Ortes, gestattet, dass Mi Mi und Tin Win im Tode eine der größten Ehren zuteilwurde, die Kalaw zu vergeben hatte: Ihre Leichen durften auf dem Friedhof verbrannt werden.

Seit dem Morgengrauen hatte ein Dutzend junge Männer Reisig, Äste und Zweige gesammelt und zu zwei Haufen getürmt. Fast drei Stunden dauerte es, bis der Trauerzug den Weg von Mi Mis Haus zum Friedhof auf der anderen Seite Kalaws zurückgelegt hatte.

Es gab keine Zeremonien und keine Ansprachen. Die Menschen brauchten keinen Trost.

Das Holz war trocken, die Flammen gefräßig. Nach wenigen Minuten fingen die Leichen Feuer.

Es war ein windstiller Tag. Die Rauchsäulen waren weiß, wie die Blüten des Jasmin. Sie stiegen senkrecht in den blauen Himmel.

Niemand, der dabei war, wird diesen Anblick je vergessen.

II

U Bas Erzählung vom Tod meines Vaters traf mich unvorbereitet. Warum? Genug Zeit hätte ich gehabt. Aber was im Leben bereitet uns auf den Verlust unserer Eltern vor?

Mit jeder Stunde, die ich ihm länger zugehört hatte, war meine Zuversicht gewachsen. Seine Erzählung hatte meinen Vater lebendiger gemacht, als ich ihn in Erinnerung hatte. Am Ende war er mir so nah, dass ich mir seinen Tod nicht mehr vorstellen konnte. Er war am Leben. Ich würde ihn wiedersehen. Ich saß neben U Ba auf der Treppe und war mir sicher, sie waren im Haus. Ich hörte ihr Flüstern. Ihre Stimmen.

Das Ende der Geschichte. Ich wollte aufstehen und hineingehen. Ich wollte sie begrüßen und meinen Vater wieder in den Arm nehmen. Es vergingen Sekunden, bis ich begriff, was U Ba gesagt hatte. Als ob ich den letzten Teil seiner Erzählung gar nicht wahrgenommen hätte. Wir gingen nicht ins Haus. Ich wollte es nicht von innen sehen. Nicht jetzt.

U Ba brachte mich zurück zu seinem Hof. Auf seinem Sofa schlief ich vor Erschöpfung ein.

Die nächsten beiden Tage verbrachte ich in einem Sessel in seiner Bibliothek und schaute ihm beim Restaurieren seiner Bücher zu. Wir sprachen nicht viel. Er saß über seinen Schreibtisch gebeugt, in die Arbeit vertieft. Studierte Buchseiten. Tunkte Papierschnipsel in Kleber. Zeichnete As und Os nach. Widersetzte sich allen Gesetzen der Effizienz.

Die Gelassenheit, mit der er seiner Routine nachging, beruhigte mich. Er stellte keine Fragen und forderte nichts. Zuweilen blickte er über seinen Brillenrand zu mir herüber und lächelte. Ich fühlte mich in seiner Nähe wohl und beschützt, auch ohne viele Worte.

Am Morgen des dritten Tages gingen wir zusammen auf den Markt. Ich hatte angeboten, für ihn zu kochen. So wie ich es für Freunde in Manhattan tat. Er war überrascht, aber schien sich zu freuen. Wir kauften Reis, Gemüse, Kräuter und Gewürze. Ich wollte ein vegetarisches Curry machen, das ich mit einer indischen Freundin in New York manchmal kochte. Ich fragte ihn nach seinem Kartoffelschälmesser. Er verstand nicht, was ich meinte. Er hatte ein Messer. Und das war stumpf.

Ich hatte noch nie auf offenem Feuer gekocht. Der Reis brannte an. Das Gemüse kochte über. Das Wasser löschte die Flammen. Geduldig entfachte er ein neues.

Es schmeckte ihm trotzdem. Behauptete er.

Wir hockten im Schneidersitz auf seinem Sofa und aßen. Das Kochen hatte mich abgelenkt. Jetzt kehrte die Traurigkeit zurück.

»Haben Sie geglaubt, Sie würden ihn wiedersehen?«, fragte er. Ich nickte.

»Das tut mir leid, es ist meine Schuld. Ich habe Ihnen falsche Hoffnungen gemacht.«

»Nein«, widersprach ich. »Im Gegenteil. Ihre Erzählungen haben ihn mir so nahegebracht, dass ich mir nicht vorstellen kann, dass er nicht mehr am Leben ist. Es ist so endgültig. Ich konnte nicht Abschied nehmen von ihm. Nicht in New York. Nicht in Kalaw. Das tut weh. Diese Art von Schmerz kannte ich nicht.«

U Ba sagte nichts.

»Lebt Ihr Vater noch?«, fragte ich nach einer Pause.

»Nein. Er ist vor einigen Jahren gestorben.«

»War er krank?«

»Meine Eltern waren alt, für burmesische Verhältnisse sogar sehr alt.«

»Hat ihr Tod Ihr Leben verändert?«

U Ba überlegte. »Ich habe sehr viel Zeit mit meiner Mutter verbracht, also bin ich jetzt mehr allein. Sonst hat sich nicht viel verändert.«

»Wie lange haben Sie gebraucht, um darüber hinwegzukommen?«

»Darüber hinweg? Ich weiß nicht, ob ich es so ausdrücken würde. Wenn wir über etwas hinwegkommen, gehen wir weiter, und es liegt bald hinter uns. Lassen wir die Toten zurück, oder nehmen wir sie mit? Ich glaube, wir nehmen sie mit. Sie begleiten uns. Sie bleiben bei uns, nur in anderer Form. Wir müssen lernen, mit ihnen und ihrem Tod zu leben. Das hat in meinem Fall ein paar Tage gedauert.«

»Nur ein paar Tage?«

»Als ich begriff, dass ich sie nicht verloren hatte, ging es mir schnell besser. Ich denke jeden Tag an sie. Ich überlege, was sie in bestimmten Momenten sagen würden. Ich frage sie um Rat, selbst heute noch, in einem Alter, wo es bald an der Zeit ist, an meinen eigenen Tod zu denken.« Er nahm noch etwas Reis und fuhr fort: »Um meine Eltern musste ich nicht trauern. Sie waren alt und müde und wollten nicht mehr. Sie hatten ihre Leben gelebt. Das Sterben war für sie keine Qual. Sie hatten keine Schmerzen. Ich bin überzeugt, dass sie in dem Augenblick, in dem ihre Herzen aufhörten zu schlagen, glücklich waren. Gibt es einen schöneren Tod?«

»Vielleicht muss man fünfundfünfzig Jahre alt sein, um so denken zu können.«

»Vielleicht. Wenn man jung ist, ist es schwieriger. Es hat lange gedauert, bis ich den Tod meiner Frau akzeptieren konnte. Sie war nicht alt, noch keine dreißig. Wir hatten gerade dieses Haus gebaut und waren sehr glücklich zusammen.«

»Woran ist sie gestorben?«

U Ba dachte lange nach. »Diese Frage erlauben wir uns nicht, weil wir darauf selten eine Antwort bekommen würden. Sie sehen die Armut, in der wir leben. Der Tod gehört bei uns zum Alltag. Ich vermute, die Menschen in meinem Land sterben jünger als in Ihrem. Vergangene Woche bekam der achtjährige Sohn einer Nachbarin über Nacht hohes Fieber. Zwei Tage später war er tot. Uns fehlt es an Medikamenten, um selbst die einfachsten Krankheiten zu behandeln. Die Frage nach dem Warum, die Suche nach einer Todesursache, ist unter solchen Umständen ein Luxus. Meine Frau starb in der Nacht. Ich erwachte morgens und fand sie tot neben mir. Mehr weiß ich nicht.«

»Das tut mir leid.«

Wir schwiegen lange. Ich überlegte, ob ich, von meinem Vater abgesehen, schon jemanden verloren hatte, den ich gut kannte. Die Eltern meiner Mutter lebten noch. Der Bruder einer Freundin war im vergangenen Jahr im Atlantik ertrunken. Mit ihm waren wir häufiger an Wochenenden in Sag Harbour und Southampton unterwegs gewesen. Ich mochte ihn, aber er war mir nicht nah. An seiner Beerdigung konnte ich nicht teilnehmen, ein Termin in Washington kam dazwischen. Die Mutter meiner Tennispartnerin war kürzlich an Krebs gestorben. Bei ihr hatte ich als Kind Klavierunterricht gehabt. Sie hatte lange gelitten, und ich hatte meinen versprochenen Krankenbesuch immer wieder aufgeschoben, bis es zu spät war. Ich war wohl der Meinung, dass bei uns der Tod nicht allgegenwärtig sei, dass es die Welt der Kranken und Sterbenden gebe und die Welt der Gesunden und dass die Gesunden von der Welt der Kranken und Sterbenden nichts wissen möchten. Als hätten sie nichts miteinander zu tun. Als genüge nicht ein falscher Schritt auf dünnem Eis, eine vergessene Kerze, um von der einen in die andere zu gelangen. Ein Röntgenbild mit einem weißen Knoten in der Brust.

U Ba stand auf und brachte die Teller in die Küche. Er blies mehrmals kräftig ins Feuer, legte einen Holzscheit nach und setzte Wasser auf.

»Ich möchte keinen Tee«, rief ich in die Küche. »Ich würde gern auf den Friedhof gehen. Ich möchte sehen, wo sie verbrannten. Kommen Sie mit?«

»Natürlich«, sagte U Ba durch die Holzwand.

Unsere Schritte wurden langsamer. Ich war außer Atem, doch das lag nicht an dem Winkel, in dem die Straße den Hügel bergauf führte. Es war ein sanfter Anstieg. Wir waren auf dem Weg zur letzten Station meiner Suche. Ich hatte vor dem Haus gestanden, in dem mein Vater starb. Ich hatte in dem Garten gesessen, in dem er seine Kindheit und Jugend verbrachte. Nun wollte ich wissen, wo seine Reise endete.

»Es gibt kein Grab und auch keinen Gedenkstein. Der Wind hat seine Asche in alle Richtungen verstreut«, hatte U Ba mich gewarnt. Ich fürchtete mich vor dem Anblick des Friedhofs. Als würde ich damit zugeben, dass auch meine Reise ein Ende hatte.

Die notdürftig geteerte Straße versandete allmählich und ging in einen holprigen Lehmweg über, und bald konnte ich, zwischen Büschen und vertrockneten Gräsern versteckt, die ersten Gräber ausmachen. Graubraune Betonplatten, viele davon verziert und mit burmesischen Inschriften versehen, manche aber lagen völlig schmucklos und ohne Gravuren im Staub, als wären es Reste einer Baustelle, die vor Jahren aufgegeben worden war. Einige hatten Risse bekommen, aus denen Gräser wuchsen, andere waren von Gestrüpp überwuchert. Es gab keine frischen Blumen zu sehen, keine der Grabstätten war gepflegt.

Wir kletterten den Hügel bis zur Kuppe hinauf und setzten uns. Ein verlassener Ort. Die einzigen Spuren menschlichen Bemühens waren Trampelpfade, die sich wie Ameisenstraßen durch die Berge zogen. Es war still. Nicht einmal der Wind rauschte.

Ich dachte an unsere Spaziergänge. An die Brooklyn Bridge, die Staten-Island-Fähre, an unser Haus und den Geruch von warmen Zimtschnecken am Morgen.

Weiter konnte ich von Manhattan nicht entfernt sein. Ich vermisste es nicht. Ich spürte eine fast unheimliche Ruhe in mir. Mir kamen die Abende in den Sinn, an denen er mir Märchen erzählte. Die Opernaufführungen im Central Park. Klappstühle und ein viel zu schwerer Picknickkorb. Mein Vater duldete kein Plastikgeschirr und keine Pappbecher. Er trug einen schwarzen Anzug, als säße er in der Met. Eine warme Sommernacht. Kerzenschein. Jedes Mal schlief ich auf seinem Schoß ein. Ich dachte an seine sanfte Stimme und sein Lachen, seinen Blick und die kräftigen Hände, mit denen er mich in die Luft warf und wieder auffing.

Ich wusste, warum er bei uns geblieben war und warum er nach fünfzig Jahren zu Mi Mi zurückkehrte. Es war mehr als nur die Verantwortung für uns, die ihn in New York gehalten hat. Ich war mir sicher, er liebte seine Familie, meine Mutter, meinen Bruder und mich, jeden auf seine Weise. Und er liebte Mi Mi. Beiden Lieben ist er treu geblieben, und dafür war ich ihm dankbar.

»Es gibt noch ein Detail, das Sie vielleicht interessiert«, sagte U Ba.

Ich blickte ihn fragend an.

»Der Berg Reisig mit Mi Mis Leiche lag dort.« Er zeigte auf einen runden Kreis, ein paar Schritte von meinen Füßen entfernt. »Der von Ihrem Vater dort drüben, vielleicht zwanzig Meter weiter unten. Die beiden Haufen wurden zur selben Zeit angezündet. Das

Holz war trocken, und die Flammen fraßen die Zweige auf. Es war ein sehr windstiller Tag. Die Rauchsäulen stiegen senkrecht in den Himmel.«

So viel hatte er mir schon erzählt. Ich wusste nicht, worauf er hinauswollte. »Und?«

»Dann wurde es still«, sagte er und lächelte.

»Still?«

»Ganz still. Trotz der vielen Menschen, die versammelt waren. Niemand sagte ein Wort. Selbst die Feuer hörten auf zu knistern und brannten lautlos vor sich hin.«

Da war mein Vater wieder, auf der Bettkante sitzend. Ein hellrosa gestrichenes Zimmer. Gelb-schwarz gestreifte Bienen unter der Zimmerdecke. »Und die Tiere fingen an zu singen?«, fragte ich.

U Ba nickte. »Viele der Trauergäste behaupteten später, sie hätten Tiere singen hören.«

»Und plötzlich, niemand wusste, warum, bewegten sich die beiden Rauchsäulen?«

»Ich kann es bezeugen.«

»Obwohl es windstill war, trieben sie aufeinander zu, bis …?«

»Nicht alles, was wahr ist, kann man erklären, Julia«, unterbrach er mich. »Und nicht alles, was man erklären kann, ist wahr.«

Ich blickte auf die Stellen, wo sich die Holzhaufen mit den Leichen befunden hatten, und dann in den Himmel. Blau war er. Blau und wolkenlos.

12

Ich erwachte in der Dunkelheit. Ich lag in meinem Bett im Hotel. Ein Traum hatte mich geweckt. Ich war zwölf oder dreizehn Jahre alt, es war mitten in der Nacht in unserem Haus in New York. Ich hörte Geräusche aus dem Schlafzimmer meines Vaters. Die Stimmen meines Bruders und meiner Mutter. Mein Vater röchelte. Ein lautes, unheimliches Geräusch, das durchs ganze Haus hallte, und es klang nicht nach einem Menschen. Ich stand auf. In meinem weißen Nachthemd ging ich über den Flur, das Holz war kalt an den nackten Füßen. Im Zimmer meines Vaters brannte Licht. Meine Mutter kniete neben seinem Bett. Sie weinte. »Nein«, stammelte sie. »Um Gottes willen, nein. Nein, nein, nein.«

Mein Bruder schüttelte meinen Vater. »Wach auf, Papa, wach auf.« Er kniete sich über ihn und massierte ihm die Brust, beatmete ihn. Mein Vater schlug mit den Armen. Seine Augen waren weit hervorgetreten, sein Haar war nass vom Schweiß. Er klammerte. Er kämpfte. Er wollte nicht gehen.

Noch einmal stöhnte er laut auf. Seine Arme bewegten sich langsamer, sie zuckten und erschlafften. Sekunden später hingen sie reglos aus dem Bett.

Der Traum hatte mich geweckt, und ich verstand, wie gnädig die Wirklichkeit gewesen war.

Ich schloss die Augen und versuchte mir die letzten Stunden meines Vaters mit Mi Mi vorzustellen. Es gelang mir nicht. Ich musste mir eingestehen, dass dies ein Teil von ihm war, den ich nicht kannte. Aber je länger ich darüber nachdachte, desto mehr begriff ich, dass es für mich keinen Grund zur Trauer gab. Ich spürte eine Nähe zu meinem Vater, die ich nicht erklären und nicht beschreiben konnte. Es war die eines Kindes, natürlich und bedingungslos. Sein Tod war kein tragisches Unglück, weder für mich noch für ihn. Er hatte sich nicht dagegen gewehrt. Er hatte Abschied genommen. Er war gestorben, wann und wo er wollte. Bei wem er wollte. Dass nicht ich es war, die an seiner Seite saß, war nicht wichtig. Mit seiner Liebe zu mir hatte das nichts zu tun. Nach ein paar Minuten schlief ich wieder ein.

Als ich aufstand, war es später Vormittag. Es war heiß in meinem Zimmer, und die kalte Dusche tat gut.

Der Kellner schlief in einer Ecke des Speisesaals. Vermutlich hatte er seit sieben Uhr auf mich gewartet. Rühr- oder Spiegelei. Tee oder Kaffee.

Ich hörte die Frau vom Empfang über den Flur schlurfen. Sie kam quer durch den Raum zu mir, deutete einen Knicks an und legte einen braunen Umschlag auf meinen Tisch. U Ba habe ihn heute frühmorgens gebracht. Für einen Brief war er zu dick, ich öffnete ihn. Er enthielt fünf alte, handkolorierte Fotos, die mich an Postkarten aus den Zwanzigerjahren erinnerten. Auf den Rückseiten waren mit Bleistift Daten notiert. Das erste Bild stammte aus dem Jahr 1949. Eine junge Frau saß im Lotussitz vor einer hellen Wand. Sie trug eine rote Jacke und einen roten Longy, ihr schwarzes Haar hatte sie hochgebunden, eine gelbe Blüte steckte darin. Die Andeutung eines Lächelns. Das musste Mi Mi sein. U Ba hatte nicht übertrieben. Sie war von einer Anmut, einer Schönheit, die mich tief betroffen machte, und in ihren Zügen lag eine Ruhe, die mich auf eine sonderbare Art berührte. Ihr Blick war so intensiv, als würde sie mich, und nur mich, anschauen. Neben ihr hockte ein acht-, vielleicht neunjähriger Junge in einem weißen Hemd. Der Sohn eines ihrer Brüder? Er starrte mit ernstem Gesicht in die Kamera.

Die Aufnahmen waren im Abstand von jeweils zehn Jahren entstanden und zeigten Mi Mi in immer der gleichen Pose. Auf dem zweiten Foto wirkte sie kaum älter. Hinter ihr stand ein junger Mann, der seine Hände auf ihre Schultern gelegt hatte. Beide lächelten auf eine ähnliche Weise, offen und freundlich, aber mit einer deutlichen Spur Melancholie.

Auf dem nächsten Bild waren ihr die Jahre schon ein bisschen anzusehen, ohne dass das ihrer Ausstrahlung etwas hätte anhaben können. Im Gegenteil, die ältere Mi Mi fand ich noch schöner. Ich kannte aus New York keine Frauen, die nicht versucht hätten, ihr Alter mit Kosmetik und der Hilfe von Chirurgen zu bekämpfen oder zumindest zu verschleiern. Mi Mi sah aus wie jemand, der in Würde alterte.

Wieder war ein Mann mit auf dem Foto.

Die letzte Aufnahme war 1989 entstanden, zwei Jahre vor der Rückkehr meines Vaters. Mi Mi hatte abgenommen, sie sah müde aus und nicht gesund. Neben ihr saß U Ba. Ich erkannte ihn erst auf den zweiten Blick. Er sah jünger aus als heute. Ich breitete die Fotos vor mir aus und studierte noch einmal jedes einzelne gründlich.

Mein Herz erkannte die Ähnlichkeit zuerst. Es schlug auf einmal so heftig, dass es schmerzte. Ich brauchte Sekunden, bis ich den ungeheuerlichen Verdacht denken und in Worte fassen konnte. Mein Blick flog von einem Foto zum anderen. Der Mann auf dem Bild von 1969 war ebenfalls U Ba. Der zehn Jahre zuvor vermutlich auch, und die Ähnlichkeit mit dem Kind neben Mi Mi war nicht zu verkennen. Ich rechnete. Ich sah U Ba vor mir. Seine kräftige Nase. Sein Lachen. Seine sanfte Stimme. Die Art, wie er sich am Kopf kratzte. Ich wusste, an wen er mich erinnerte. Warum hat er mir nichts gesagt? Hatte er Angst, ich würde ihm nicht glauben? Oder täuschte ich mich? Bildete ich mir die Ähnlichkeit mit meinem Vater ein?

Ich wollte auf der Stelle zu U Ba. Er war nicht zu Hause. Eine Nachbarin sagte, er sei ins Dorf gegangen. Es war bereits später Nachmittag. Ich lief die Hauptstraße auf und ab und fragte nach ihm. Niemand hatte ihn gesehen.

Im Teehaus war er schon gewesen. Normalerweise käme er noch einmal wieder, erklärte der Kellner, der mich erkannte. Doch heute, da sei er sich sicher, würde er nicht noch einmal zurückkehren. Heute sei der fünfzehnte; Tin Win und Mi Mi seien an einem fünfzehnten gestorben, und seit über vier Jahren würden die Menschen in Kalaw an jedem fünfzehnten eines Monats in den Abendstunden des Liebespaars gedenken. Vermutlich sei U Ba bereits auf dem Weg zu Mi Mis Haus. Ich solle einfach die Gleise überqueren und den Menschen folgen.

Es war nicht zu verfehlen. Bereits vom Bahnhof aus sah ich die Prozession, die sich den Hügel hinaufzog. Frauen balancierten Schüsseln und Körbe mit Bananen, Mangos und Papayas auf ihren Köpfen. Männer trugen Kerzen, Räucherstäbchen und Blumen. Das Rot, Blau und Grün ihrer Longys, das frische Weiß ihrer Hemden und Jacken strahlte in der Abendsonne. Auf der Hälfte des Weges hörte ich Kinderstimmen. Sie sangen dieselbe Melodie, die vor ein paar Tagen aus dem Kloster in den Bergen herabgeklungen war. Das Bimmeln von Glöckchen, die der Wind bewegte, begleitete sie.

Mi Mis Haus erkannte ich nicht wieder. Es war mit bunten Fähnchen geschmückt, unter dem Dachsims hing eine Kette kleiner Glocken. Der Hof und die Veranda waren voller Menschen, die mich lächelnd begrüßten. Vorsichtig bahnte ich mir einen Weg. Neben der Veranda saßen die singenden Kinder, und viele der Erwachsenen summten leise mit. Fortwährend stiegen Menschen die Treppe hinauf und verschwanden im Haus, andere kehrten zurück in den Hof. Wo war U Ba?

Ich schob mich durch die Menge und folgte dem Strom die Veranda hinauf.

Das Haus bestand aus einem einzigen großen Raum. Die Fensterläden waren geschlossen. Es gab keine Möbel außer einem Bett. Dutzende von Kerzen waren über die Holzbretter verteilt und tauchten das Zimmer in ein warmes, rötlich gelbes Licht. Auf einem Brett unter dem Dach stand eine große Buddhafigur. Blumen und Teller mit Früchten, Teeblättern, Cheroots und Reis bedeckten das Bett, das über und über mit Blattgold überzogen war, die Pfosten, das Fuß- und Kopfende, selbst die Bretter, die die Matratze einst hielten. Es glänzte im flackernden Schein der Kerzen. Vasen voller Räucherstäbchen und weitere Schalen und Schüsseln mit Opfergaben standen auf dem Fußboden. Es roch nach Weihrauch und Cheroots. Die Frauen tauschten frisches Obst gegen altes aus, nahmen verwelkte Blumen vom Bett und legten frische Sträuße dazu.

Sie verbeugten sich vor dem Buddha und traten ans Bett, schlossen die Augen, hoben die Hände und strichen dann mit den Fingern über das Holz. Als könnten sie damit das Virus wecken. Das Virus, das in uns allen steckt.

»Der Tod«, hatte U Ba gesagt, »ist nicht das Ende des Lebens. Er ist ein Teil davon.« Keinem der Besucher hätte er erklären müssen, was er meinte.

Ich verharrte in einer Ecke und rührte mich nicht. Draußen war es dunkel geworden. Durch einen Spalt in der Wand konnte ich sehen, dass der ganze Hof von Kerzen erleuchtet war.

Plötzlich stand U Ba neben mir. Er lächelte, als wäre nichts geschehen. Ich wollte etwas sagen, aber er hielt seinen Zeigefinger vor die Lippen und bedeutete mir zu schweigen.

Ich blickte in die Kerzenflammen und auf das Bett, auf die Blumen und die Menschen. Ich war am Ziel. Ich hatte gefunden, wonach ich gesucht hatte. Ich wollte es festhalten, mich daran klammern, und ahnte gleichzeitig, dass es ein Geschenk war, das ich nicht einpacken und mitnehmen konnte. Ein Geschenk, das nicht für mich allein bestimmt war. Das uns allen gehörte oder niemandem. Das mir Kraft geben würde bis ans Ende meines Lebens.

Das Vermächtnis von meinem Vater und Mi Mi.

Die Gabe der Liebe.

Auszüge aus U Bas Tagebuch

Dezember 1996 – Januar 2000

Kalaw, im Dezember 1996

Gestern ist Julia zurück nach Amerika geflogen. Zweimal hatte sie ihre Abreise bereits geplant und dann wieder verschoben. Sie fühlte sich wohl in Kalaw, und ich glaube, auch mit mir. Der Abschied fiel uns beiden schwer. Am Flughafen in Heho weinte sie bitterlich, und es gelang mir kaum, sie zu trösten. Sie versprach, im kommenden Jahr wiederzukommen, vielleicht schon im Frühling, spätestens im Herbst. Ich habe da meine Zweifel, aber das sagte ich ihr natürlich nicht. Was sie in Kalaw gesucht hat, hat sie gefunden. Es gibt für sie also keinen Grund, zurückzukehren. Aber vielleicht täusche ich mich ja auch. Ich werde ihr jedenfalls schreiben, ohne Antworten zu erwarten.

Sie lud mich ein, sie in New York zu besuchen. Ich musste ihr erklären, dass ich noch nie einen Reisepass besessen habe und auch Schwierigkeiten hätte, einen zu bekommen. Das mochte sie gar nicht glauben. Außerdem weiß ich nicht, ob ich das überhaupt wollte. Nicht nur, weil eine so weite Reise für einen Mann in meinem Alter etwas viel wäre. Würden wir uns in ihrer Welt so gut verstehen, wie wir es am Ende hier getan haben? Wären wir einander noch so vertraut?

Als ich aus Heho zurückkehrte, war das Haus sehr leer. Sie hat ihre Zahnbürste vergessen. Als ich sie allein in ihrem Becher stehen sah, wurde mir zum zweiten Mal an diesem Tag ganz schwer ums Herz.

Heute überraschenden Besuch bekommen. Am Vormittag standen plötzlich drei Polizisten in meinem Hof. Ein junger Mann von der Wache hier in Kalaw und zwei Beamte von der Staatssicherheit aus

Taunggyi. Julia ist erst einen Tag fort, so schnell hatte ich gar nicht mit ihnen gerechnet. Ich bat sie ins Haus, drückte höflich meine Verwunderung über ihr Kommen aus und erkundigte mich, womit ich die Aufmerksamkeit von so hoher Stelle verdient habe. Ob nicht unter Umständen eine Verwechselung vorliege. Nein, sagten sie in dem ihnen eigenen strengen Ton, mit Sicherheit nicht. Ihnen war nicht entgangen, dass ich drei Wochen lang Besuch aus Amerika gehabt hatte. Das wäre mehr als ungewöhnlich. Wer war die junge Frau? Was wollte sie in Kalaw? Warum hatte ich sie bei mir übernachten lassen, wohlwissend, dass es verboten war, eine Ausländerin oder einen Ausländer bei sich zu beherbergen? Allein schon deshalb könnten sie mich vor Gericht bringen, wenn sie wollten.

Meine Erklärung, dass es sich bei dem Besuch um meine jüngere Schwester gehandelt habe, die auf der Suche nach ihrem verschwundenen Vater gewesen sei, verwirrte sie und steigerte nur ihren Argwohn.

Und so wie Liebe einen Menschen schöner macht, macht Misstrauen einen Menschen hässlicher. Ihre Augen verengten sich, ihre Lippen wurden schmal, und ihre ohnehin schon harten Züge wurden noch härter. Sie glaubten mir kein Wort. Misstrauische Menschen vermuten immer das Schlechteste, sie wittern überall Verrat, sie sind überzeugt, dass Lug und Trug hinter jeder Ecke lauern.

Was ist das für ein Leben?

Was wollte diese Frau in Kalaw?, wiederholten sie ihre Frage, und die Härte in ihren Stimmen ließ mir keine Wahl, als ihnen in aller Kürze die Geschichte von Tin Win und Mi Mi zu erzählen. Ich merkte schnell, dass selbst die Kurzfassung ihre Geduld überstrapazierte. Sie rutschten unruhig auf dem Boden hin und her, trommelten nervös mit ihren Fingern auf den Holzbohlen oder machten Anstalten, mich zu unterbrechen. Als ich ihnen erzählte, dass mein Vater als kleiner Junge Herzen hören konnte, verloren sie endgültig die Fassung. Was mir einfiele, sie dermaßen auf den Arm zu nehmen. Dies sei nicht der Moment für dumme Scherze. Kein Mensch kann Herzen hören! Mit meinen lächerlichen Märchen würde ich ihnen ihre Zeit stehlen, ich solle zusammenfassen, was ich über Julia wisse, welche Fragen sie mir gestellt hätte und ob mir etwas Verdächtiges an ihr aufgefallen sei. Der Junge aus Kalaw, wenn ich mich nicht täusche, ist es der Sohn eines ehemaligen Nachhilfeschülers von mir, sagte die ganze Zeit über kein Wort. Er machte ein Gesicht, als wäre ihm die Situation furchtbar unangenehm.

Hier in der Stadt weiß doch sowieso jeder alles über jeden, warum machen sie sich die Mühe, zu mir zu kommen? Aber so ist es mit misstrauischen Menschen. Sie geben keine Ruhe, weil sie nicht vertrauen können. Argwohn ist wie eine Sucht, die fortwährend genährt werden muss, die nie genug bekommen kann. Dass meine Mutter mich gelehrt hat zu vertrauen, gehört zu den vielen Dingen, für die ich ihr zutiefst dankbar bin.

Die beiden Männer machten sich Notizen und zogen irgendwann verärgert davon, nicht ohne mir vorher zu drohen, dass sie wiederkommen und bei einem weiteren Besuch von Julia nicht so höflich sein würden. Warum sie glaubten, mir Angst machen zu können, ist mir ein Rätsel.

Kalaw, im März 1997

Ich vermisse meine Schwester. Und wundere mich selbst, aber es ist so. Nach dem Tod meiner Mutter habe ich vier Jahre allein gelebt und nicht das Gefühl gehabt, etwas zu entbehren. Habe täglich meditiert, die Ruhe im Haus genossen, die Zeit für mich und meine Bücher. Wenn mir nach Abwechslung war, bin ich zu den Nachbarn oder hinunter in die Stadt ins Teehaus gegangen. Dort traf ich immer jemanden, mit dem ich ein bisschen schwatzen oder eine Partie Schach spielen konnte.

Das mache ich weiterhin, trotzdem beschleicht mich hin und wieder das Gefühl, mir fehle etwas. Was mag es sein? Gesellschaft von freundlichen, mir wohlgesinnten Menschen habe ich. Ist es die

Vertrautheit, ich möchte sogar sagen, Nähe, die sich in der Woche vor Julias Abreise zwischen uns entwickelt hat? Ihre Zugewandtheit? Oder möglicherweise einfach ihre Jugend, diese wundervolle Energie, die sie in mein Haus brachte?

Seit ihrer Abreise habe ich nichts von ihr gehört. Ist sie wohlbehalten angekommen? Hat sie sich in New York wieder eingelebt? Wer würde mich benachrichtigen, wenn es ihr nicht gut ginge? Würde ich erfahren, wenn ihr etwas zustieße? Diese Überlegungen beunruhigen mich.

Gelegentlich passiert es mir sogar, dass meine Gedanken beim Meditieren nicht zur Ruhe kommen, sondern sich immer schneller im Kreis drehen, um schließlich nach New York abzuschweifen und dann auch noch für den Rest der Meditation dort zu verweilen.

Ich ertappe mich dabei, ungeduldig auf Post zu warten. Vergangene Woche habe ich mich sogar auf den Weg zum Postamt gemacht und die Damen dort ganz nebenbei gefragt, ob vielleicht ein Brief aus Amerika für mich angekommen sei. Leider nicht.

Kalaw, im April 1997

Endlich Post von Julia. Ein ausführlicher Brief. Seine Reise von New York nach Kalaw hat mehr als drei Monate gedauert. Sie sei gut zurückgekommen, doch ihre Seele habe sie in Kalaw gelassen, schreibt sie. Schon in Rangoon wäre sie am liebsten umgekehrt. Das Ankommen in New York sei ihr schwergefallen. Die Stadt sei so laut und schnell, jeder immerzu in Eile. Bisher sei ihr das nie unangenehm aufgefallen, nun sehe sie ihre Heimatstadt mit anderen Augen. Sie vermisse die Ruhe Kalaws. Sie vermisse mein Haus (nicht die Bienen!). Sie vermisse mich. Das Foto von uns beiden, das wir in der Woche vor ihrer Abreise gemacht haben, stehe eingerahmt neben ihrem Bett. Es sei das Erste, was sie am Morgen, und das Letzte, was sie am Abend sehen würde.

Wenn es nach ihr ginge, würde sie sich ins nächste Flugzeug setzen und zurückkommen. Doch ihre beruflichen Verpflichtungen ließen das nicht zu. Aber sie sei schon am Planen ihrer nächsten Reise nach Burma. Vermutlich noch in diesem Jahr. Wir könnten zusammen nach Bagan fahren und ans Meer.

Die Freude über ihren Brief. Ich las ihn gleich ein zweites Mal, langsamer, als wollte ich nicht, dass er endete. Meine Unruhe verflog und ist noch nicht zurückgekehrt. Vielleicht bedurfte es einfach nur dieser Zeilen, einer Nachricht, dass es ihr gut geht.

Kalaw, im Juli 1997

Heute hörte ich eine fremde Stimme im Hof nach mir rufen. Als ich auf die Veranda trat, stand vor mir ein junger Mann, der sich als ein Mitarbeiter der amerikanischen Vertretung in Rangoon vorstellte. Er war auf der Durchreise nach Taunggyi, meine Einladung, zum Tee zu bleiben, schlug er bedauerlicherweise aus, stattdessen überreichte er mir einen dicken Umschlag. Ein Geschenk meiner Schwester, das auf vielen Umwegen nun sein Ziel Kalaw erreicht hatte. In dem Umschlag steckte ein Brief Julias und ein Haufen ganz neuer Hundertdollarscheine. Dreißig insgesamt. So viel Geld auf einmal hatte ich noch nie in den Händen gehalten. Mir wurde unwohl. Was soll ich damit machen? Ich brauche nichts.

Julia schlägt im beiliegenden Brief vor, ich könnte mein leckendes Dach reparieren lassen. Oder einen neuen Hühnerstall bauen.

Beides tut nicht not, außerdem würden größere Bauarbeiten die Nachbarn neugierig machen und Zwietracht säen. Warum sollte ausgerechnet mich ein ordentliches Dach schützen, wenn es bei allen anderen reinregnet? Warum sollte es mir besser gehen als den anderen? Es ist ja nicht mein Verdienst, dass ich eine reiche Schwester in New York habe. Erst einmal habe ich den Umschlag gut zwischen den Büchern versteckt.

Kalaw, im Oktober 1997

Ich habe mich getäuscht, Julia hält ihr Versprechen. Es ist kein langer Brief, in dem sie ihr Kommen ankündigt. Mehr eine in Eile verfasste Nachricht, mit den genauen Abflugs- und Ankunftszeiten. Aber sie freut sich mindestens so wie ich, das sehe ich an ihrer Handschrift. Sie hat ihren Abflug für den 20. Dezember gebucht und soll am Nachmittag des 21. in Heho landen.

Ich werde ihr gleich antworten, wie sehr ich mich freue.

Habe mir von Julias Geld einen Kassettenrekorder gekauft und mich entschlossen, den Rest an Menschen zu verteilen, die es nötiger brauchen als ich. Davon gibt es mehr als genug in Kalaw, und das ist sicher auch in Julias Sinne. Doch ich muss es dezent tun und Vorsicht walten lassen. Auch die gute Tat kann zu Neid und Missgunst führen und Menschen entzweien; die gut gemeinte vielleicht sogar noch mehr.

Kalaw, im Dezember 1997

Noch drei Tage bis zu Julias Ankunft. Ich habe das Haus aufgeräumt. Alle Zutaten für die Shan-Nudelsuppe besorgt, die sie so gern isst. Außerdem noch zwei warme Decken für sie gekauft. Der Dezember in Kalaw ist ein kalter Monat und in diesem Jahr ganz besonders. Heute Morgen bedeckte eine hauchzarte Eisschicht den Eimer Wasser vor der Tür. Mit dieser Kälte wird sie nicht rechnen.

Die Vorfreude macht mich unruhig. Ich verbringe viel Zeit in der Stadt und im Teehaus.

Sie saß nicht im Flugzeug. Vielleicht hat sie in Rangoon den Flug verpasst. Oder in Bangkok oder Hongkong oder wo auch immer sie sonst noch umsteigen musste. Ich bin mir sicher, sie wird morgen kommen, und ich werde sie am Flughafen erwarten.

Heute feiert die Welt, zumindest Teile davon, Weihnachten. Ein Angestellter des Kalaw Hotel kam am Morgen vorbei und brachte mir eine kurze Nachricht meiner Schwester. Sie hatte sie über die amerikanische Vertretung in Rangoon geschickt, die wiederum das Hotel kontaktierte.

Sie musste die Reise kurzfristig absagen. Es tue ihr sehr leid, es sei etwas Berufliches dazwischengekommen. In einem Brief würde sie mir alles ausführlich erklären und wünsche mir trotz allem frohe Weihnachten.

Sie muss mir nichts erklären. Sie wird ihre Gründe haben.

Kalaw, im März 1998

Manchmal ertappe ich mich bei dem Gedanken, in welchen Körper die Seele meiner Mutter wohl geschlüpft sein mag. Kurz nach Papas und ihrem Tod hat die Tochter der Besitzerin des alten Teehauses an der Hauptstraße ein Mädchen bekommen. Sie heißt San San Kyi und wird morgen vier Jahre alt. Die Kleine ist mir sehr zugetan. Sobald sie mich an einem Tisch meinen Tee trinken sieht, kommt sie angelaufen, setzt sich zu mir oder macht es sich auf meinem Schoß bequem. Dann probiert sie von meinen Keksen oder legt einfach nur den Kopf auf meine Schulter und summt oder singt leise vor sich hin. Ihr Onkel hatte mir schon vor einiger Zeit erzählt, dass sie eine sehr schöne Stimme habe. Ich war skeptisch gewesen, doch vor einigen Tagen stellte sie sich vor mich hin und sang mir eines ihrer Kinderlieder vor. Was soll ich sagen: Ich habe eine Gänsehaut bekommen, so schön klingt sie.

Ich freue mich jedes Mal, wenn ich sie sehe, und habe immer eine kleine Süßigkeit für sie dabei. Meist etwas Zuckerrohr vom Markt oder einen Tamarindbonbon, die mag sie am liebsten, genau wie Mi Mi.

San San Kyi ist flink auf den Beinen. Ich glaube, ich habe noch nie ein Kind so schnell laufen sehen. Sie hat einen zwei Jahre älteren Bruder, dem läuft sie ohne Mühe davon. Und eine gute Kletterin ist sie auch. Manchmal sehe ich sie im Baum neben dem Teehaus sitzen, wie sie den Stamm hinaufkommt, ist mir ein Rätsel. Ihre Gelenkigkeit bestärkt mich nur in meiner Annahme. Ich weiß nicht, warum, aber ich bin der festen Überzeugung, dass meine Mutter in ihrem jetzigen Leben Beine hat, die sie schnell und weit tragen.

Die Art, wie die Kleine mir Fragen stellt, mir geduldig zuhört und mich dabei von der Seite anschaut, erinnert mich an sie. Wie sie schweigend neben mir hockt und ruhig das Treiben auf der Straße beobachtet, ist ganz und gar ungewöhnlich für ein Kind in diesem Alter. Oder auf meinem Schoß einschläft. So sei sie mit keinem anderen Menschen, hat mir ihre Mutter einmal verwundert erklärt. Sonst sitze sie nicht eine Minute still.

Nur getragen werden möchte San San Kyi von mir nicht. Ich bin schon groß, U Ba, sagt sie. Ich kann allein laufen.

Meine Mutter hat mir mal erklärt, jeder Mensch suche und finde den Trost, den er brauche. Der Gedanke, so abwegig er auch sein mag, ihre Seele könnte in diesem kleinen Körper stecken, ist für mich schön und tröstend.

Kalaw, im November 1998

Der Bürgermeister hat, ich vermute, auf Anordnung des Militärs, die monatliche Prozession zum Gedenken an Tin Win und Mi Mi verboten. Angeblich stört sie die öffentliche Ordnung und den Verkehr. Welchen Verkehr?, frage ich mich. Und was ist das für eine Ordnung, die sich vom Gedenken an zwei Liebende stören lässt?

Das Verbot hat viel Unmut ausgelöst. In den Teehäusern und auf dem Markt gibt es kein anderes Thema. Niemand, den ich kenne, will sich davon abschrecken lassen, alle wollen trotzdem hingehen.

Morgen ist der fünfzehnte, ich bin gespannt, was passieren wird.

Das erste Mal in meinem Leben eine Nacht und einen halben Tag in Gewahrsam der Polizei verbracht.

Gestern Nachmittag sind wir wie immer zu Hunderten mit Blumen und Kerzen zum Haus von Tin Win und Mi Mi gezogen. Polizisten aus Kalaw und Verstärkung aus Aungban und Taunggyi versperrten uns den Weg, kurz bevor wir den Hof erreichten. Wir baten sie höflichst, Platz zu machen, und versicherten, dass wir nichts Böses im Schilde führten, doch leider rührten sie sich nicht von der Stelle. Manche Frauen versuchten sich einfach an ihnen vorbeizuschleichen, es kam zu einer wilden Drängelei, es wurde geschubst und gestoßen, grob geschimpft und geflucht und endete in einem Tumult. Es war furchtbar. Aus einer kleinen Gedenkfeier für die Liebe war eine Demonstration von Wut und Hass geworden, und ich war erschrocken, wie schnell das geschehen konnte, wie dünn die Wand war, die das eine Gefühl von dem anderen trennte.

Am Ende verhafteten sie mehr als zwei Dutzend von uns, hauptsächlich Frauen, und brachten uns zur Wache. Dort wurden wir eine Weile auf dem Hof festgehalten, die Frauen protestierten lauthals und wurden nach und nach, begleitet von mahnenden Worten, sich ja nicht noch einmal an einer verbotenen Demonstration zu beteiligen, freigelassen. Am Ende war ich der Einzige, den sie über Nacht in Gewahrsam nahmen.

Die Polizisten aus Kalaw waren ausgesprochen freundlich und zuvorkommend zu mir. Sie brachten Tee und Kekse und entschuldigten sich für die Unannehmlichkeiten, die sie mir bereiteten.

Ganz anders die Männer aus Taunggyi, die mich verhörten. Sie sahen in mir eine Art Anführer und bellten mir ihre Fragen ins Gesicht. Ich sei zwar nicht mehr der Jüngste, sagte ich, aber nicht taub.

Sie schrien trotzdem weiter. Sehr unangenehm. Ihre Fragen ergaben für mich überhaupt keinen Sinn, das änderte sich auch nicht dadurch, dass sie sie ständig wiederholten. Es fiel mir schwer, sie zu beantworten, ich musste lange nachdenken und schwieg viel, was sie wiederum vermuten ließ, ich hätte etwas zu verbergen.

Was ich mit diesen illegalen Demonstrationen bezwecke?

Warum die meisten der Blumen rot seien?

Warum wir einen Amerikaner verehren?

Ob meine Schwester in New York die Demonstrationen finanziere?

Warum sie ausgerechnet an einem fünfzehnten stattfänden? Fünf plus eins ergebe sechs, sagten sie, eine in ihren Augen offenbar höchst verdächtige Zahl.

Zunächst ärgerte ich mich über ihre Grobheit und ihren Mangel an Respekt, doch mehr und mehr verspürte ich ein Gefühl der Dankbarkeit. Die Männer erteilten mir eine Lektion. Ich verstand, wovor Menschen mit Gewehren, Menschen mit Macht, am meisten Angst haben. Nicht vor anderen Menschen mit Gewehren und Macht, denn damit kennen sie sich aus, sondern vor der Liebe. Deshalb fühlten sie sich von unserer Prozession so bedroht. Wer liebt, hat keine Angst. Wer liebt, weiß zu vertrauen, und davor fürchten sie sich.

Im Morgengrauen brachten sie mich in eine Zelle, ich schlief ein paar Stunden und wurde am Mittag entlassen.

Als ich in mein Haus zurückkehrte, war es gründlich durchsucht worden. Meine Longyis, Hemden und Jacken lagen überall verstreut. Bücher waren aus den Regalen gerissen worden, die wohlsortierten Stapel auf dem Boden umgeschmissen. Was können sie im Haus eines alten Mannes nur gesucht haben?

Zum Glück habe ich mit dem Rest von Julias Geld in den vergangenen Wochen die Krankenhauskosten der Frau des Nachbarn bezahlt. Hoffentlich erfahren sie davon nichts. Wahrscheinlich würden sie darin nur einen weiteren Beweis meiner Arglist sehen. Misstrauische Menschen sind Gefangene, sie vermuten selbst hinter guten Taten böse Absichten.

Kalaw, im Dezember 1998

In der vergangenen Nacht erwachte ich mit stechenden Schmerzen in der Brust. Ich konnte mich nicht bewegen, jeder Atemzug tat weh. Nicht einmal aufrichten konnte ich mich. Ich kenne das von mir. Mein Körper ist ein zuverlässiger Seismograf. Er reagiert sensibel und verlässlich auf Erschütterungen, ob ich will oder nicht, und womöglich hat mich das Verbot des Gedenktages, der erzwungene Aufenthalt bei der Polizei und ihr Eindringen in mein Haus mehr aufgeregt, als ich es mir hatte eingestehen wollen. Das Gefühl der Hilflosigkeit im Angesicht des Bösen. Es hielt nicht lange an, trotzdem hat es offenbar Spuren in meinem Körper hinterlassen.

Mir blieb nichts, als ruhig zu liegen, in die Dunkelheit zu starren und zu hoffen, dass dieser Anfall, was immer es sein mochte, vorüberginge.

Es gab keine Möglichkeit, jemanden zu benachrichtigen oder um Hilfe zu bitten. Ich war allein. Für einen flüchtigen Moment bekam ich es mit der Angst, dann beruhigte ich mich. Lag auf meinem Bett, atmete flach, sonst war der Schmerz nicht zu ertragen, dachte, um mich abzulenken, an meine kleine Schwester. Was sie wohl gerade machte. Ob sie glücklich war. Ich erinnerte mich, wie ich sie das erste Mal gesehen hatte, wie ich ihr die Geschichte unseres Vaters und seiner Kunst des Herzenhörens erzählte. Wie auch sie, Satz für Satz, in Sachen Liebe von einer Ungläubigen zu einer Gläubigen wurde. Wie glücklich es mich gemacht hatte, das zu erleben. Ich dachte an Mi Mi und Tin Win, wie dankbar ich war, dass ich Zeuge ihres Wiedersehens sein durfte, und wie friedlich sie, einander im Arm haltend, gestorben waren.

Ganz allmählich ließ das Stechen in der Brust nach, und als die Sonne aufging, schlief ich ein.

Kalaw, im Februar 1999

Nun haben mich auch die letzten Bienen verlassen. Seitdem die Polizei mein Haus durchsucht hat, sind es Tag für Tag weniger geworden. Sie müssen sich von den fremden Menschen oder der Durchsuchung oder beidem sehr gestört gefühlt haben. Julia wird sich bei ihrem nächsten Besuch freuen, ich aber vermisse das Summen und Brummen, das Leben in meinem Haus. Aber ich kann es den Bienen nicht verdenken. Ich fürchte, es könnte nicht das letzte Mal gewesen sein, dass ich unerwünschten Besuch bekomme.

Kalaw, im Januar 2000

Ein Brief von Julia, der erste seit vielen Monaten. Im vergangenen Sommer hatte sie ihr Kommen für den Frühling avisiert. Nun bittet sie um mein Verständnis, dass es doch Herbst werden wird. Es tut ihr furchtbar leid, dass sie schon wieder eine Reise verschieben muss, und bittet mich, ihr nicht böse zu sein. Die Hälfte ihres Briefes besteht aus Erklärungen und Entschuldigungen. Wie kann ich ihr verständlich machen, dass das ganz und gar unnötig ist? Sie schuldet mir nichts, keine Erklärung, keine Entschuldigung. Nicht einmal eine Antwort auf meine Briefe.

Sie schreibt von einem neuen Freund, einem Herrn Michael. Dem würde sie gern Burma zeigen und ihn mir vorstellen, doch er kann erst im Oktober oder November. Sie fragt, ob es mir recht sei, dass sie zu zweit kämen. Und ob mir der Zeitpunkt passe.

Was soll ich ihr darauf antworten?

Ich weiß, dass sie wiederkommen wird, wenn es an der Zeit ist. Das mag im Herbst sein. Oder im kommenden Jahr. Oder in fünf Jahren.

HERZENSTIMMEN

Erster Teil

1

Der Tag, an dem meine Welt aus den Fugen geriet, begann unter einem tiefblauen, wolkenlosen Himmel. Es war ein klirrend kalter Freitag in der Woche vor Thanksgiving. Ich habe mich seitdem oft gefragt, ob ich es hätte kommen sehen können. Weshalb hatte ich nichts bemerkt? Wie konnte sich ein so folgenschweres Ereignis in meinem Leben anbahnen, ohne dass ich auch nur eine Ahnung davon gehabt hatte? Ausgerechnet ich, die Überraschungen so verabscheute. Die sich auf alles, jede Verhandlung, jede Reise, selbst einen Ausflug am Wochenende oder ein gemeinsames Kochen mit Bekannten, so gewissenhaft wie möglich vorbereitete. Ich überließ nichts gern dem Zufall. Ich ertrug das Unerwartete nur schwer. Es zählte nicht zu meinen Freunden.

Amy war sich sicher, es habe erste Symptome gegeben. Es gebe sie immer. Wir seien nur so sehr in unseren Alltag vertieft, Gefangene unserer Routinen, dass wir den Blick für sie verloren haben.

Für die kleinen Geschichten, die uns Großes erzählen.

Sie war überzeugt, dass jeder Mensch sich selbst das größte Rätsel ist und unsere lebenslange Aufgabe darin besteht, der Lösung dieses Rätsels näher zu kommen. Lösen, behauptete sie, würden wir es nie. Aber auf den Weg dorthin müssten wir uns machen. Ganz gleich, wie lang er ist oder wohin er uns führt.

Ich war mir nicht sicher. Amy und ich waren oft unterschiedlicher Meinung. Das sollte nicht heißen, dass ich ihr in diesem Fall nicht bis zu einem gewissen Grad recht gab. Vermutlich hatte es in den Monaten zuvor immer wieder Momente gegeben, die mich hätten warnen können. Aber wie viel Zeit können wir tagein und tagaus damit verbringen, in uns hineinzuhorchen, um mögliche Signale und Zeichen für irgendetwas zu entschlüsseln?

Ich gehörte nicht zu den Menschen, die jede körperliche Veränderung sofort als Anzeichen einer Störung ihres seelischen Gleichgewichts deuteten.

Die kleinen roten Pickel am Hals, die sich innerhalb weniger Tage in einen schmerzhaft brennenden Hautausschlag verwandelten, für den kein Arzt eine Erklärung fand und die nach einigen Wochen so plötzlich wieder verschwanden, wie sie gekommen waren, konnten viele Ursachen haben. Das gelegentliche Rauschen in den Ohren ebenfalls. Meine Schlaflosigkeit. Meine zunehmende Gereiztheit und die Ungeduld, die sich in den allermeisten Fällen gegen mich selber richtete. Beides war mir nicht unbekannt, und ich führte das auf die Belastungen im Büro zurück. Der Preis, den jeder von uns in der Kanzlei zahlte und auch zu zahlen bereit war. Ich beklagte mich nicht.

Der Brief lag in der Mitte meines Schreibtisches. Es war ein leicht zerknitterter hellblauer Luftpostumschlag, wie ihn heute kaum noch jemand benutzt. Ich erkannte seine Handschrift sofort. Niemand schrieb mit solcher Hingabe. Nur er nahm sich die Zeit, aus Briefen kleine Kunstwerke zu machen. Die geschwungenen Linien hatte er mit schwarzer Tinte so fein säuberlich gezogen, als handle es sich um eine Kalligrafie. Jeder Buchstabe ein Geschenk. Zwei Seiten eng beschrieben, jeder Satz, jede Zeile mit einer Sorgfalt und Leidenschaft aufs Papier gebracht, wie es nur Menschen vermögen, für die das Schreiben eine Gabe ist, die man nicht hoch genug achten kann.

Auf dem Kuvert klebte eine amerikanische Briefmarke. Er musste es einem Touristen mitgegeben haben, das war der schnellste und sicherste Weg. Ich schaute auf die Uhr. In zwei Minuten sollte die nächste Konferenz beginnen, nicht genug Zeit, um den ganzen Brief zu lesen, aber meine Neugier war zu groß. Ich öffnete den Umschlag und überflog in aller Eile die ersten Zeilen.

Kalaw, der neunte November, im Jahre zweitausendundsechs

Meine liebe kleine Schwester,
ich hoffe … erreicht Dich … guter Gesundheit. Bitte … Schweigen, das letzte Mal … ein paar Zeilen …?
Eine Ewigkeit … erkrankt … bald sterben … ein Kommen und Gehen … das Leben … wie schnell sich Deine Welt dreht.
Gestern … etwas Sonderbares … Eine Frau … tot zusammengebrochen … um Vergebung gebeten. Tränen … groß wie Erdnüsse …

Ein kräftiges Klopfen holte mich zurück. Mulligan stand in der Tür. Sein wuchtiger, durchtrainierter Körper füllte fast den ganzen Rahmen aus. Ich wollte ihn um einen Augenblick Geduld bitten. Ein Brief meines Bruders aus Burma. Ein kleines Kunstwerk, das … Er lächelte, und bevor ich ein Wort sagen konnte, tippte er mit dem Finger auf seine große Armbanduhr. Ich nickte. Mulligan war einer der Partner von Simon & Koons, unser bester Anwalt, aber von Tränen, groß wie Erdnüsse, verstand er nichts. Von Buchstaben als Geschenk auch nicht. Seine Handschrift war unleserlich.

Die anderen Kollegen warteten bereits. Es roch nach frischem Kaffee, Marc steckte sich den letzten Bissen eines Muffins in den Mund und grinste mir zu. Wir hatten eine Wette laufen, ob es ihm gelingen würde, bis Weihnachten fünf Kilo abzunehmen. Es wurde ruhiger, als wir uns setzten. In der kommenden Woche würden wir eine Klageschrift für unseren wichtigsten Mandanten einreichen müssen. Eine komplizierte Geschichte. Copyright-Verletzungen, Raubkopien aus Amerika und China, mutmaßliche Wirtschaftsspionage.

Internationales Wirtschaftsrecht. Schadenssumme mindestens hundert Millionen Dollar. Die Zeit war knapp.

Mulligan versenkte nach und nach vier Zuckerwürfel in seinem Kaffee, rührte in Ruhe um und wartete, bis es völlig still geworden war. Er sprach leise, und doch drang seine tiefe Stimme bis in den letzten Winkel des Raums. Mir aber fiel es schon nach wenigen Sätzen schwer, ihm zu folgen. Ich versuchte, mich auf seine Worte zu konzentrieren, doch irgendetwas zog mich weg. Fort aus diesem Raum. Fort aus dieser Welt von Verdächtigungen, Beschuldigungen, Vorwürfen und Gegenvorwürfen.

Ich dachte an meinen Bruder in Burma. Er war mir plötzlich so gegenwärtig, als hätte er mir nicht einen Brief geschrieben, sondern wäre persönlich gekommen. Ich dachte an unsere erste Begegnung in dem heruntergekommenen Teehaus in Kalaw. Wie er mich angestarrt hatte, plötzlich aufgestanden und auf mich zugekommen war. In seinem vergilbten weißen Oberhemd, seinem verwaschenen Longy, den ausgeleierten Gummisandalen. Mein Halbbruder, von dem ich nichts gewusst, nicht einmal etwas geahnt hatte. Für einen verarmten Alten hatte ich ihn gehalten, der mich anbetteln wollte. Ich erinnerte mich, wie er sich zu mir setzte, um mir eine Frage zu stellen. »Glauben Sie an die Liebe, Julia?« Noch heute habe ich den Klang seiner Worte im Ohr. Als wäre die Zeit für diese Frage stehen geblieben. Ich hatte laut lachen müssen – und er hatte sich nicht aus der Ruhe bringen lassen.

Während Mulligan etwas vom »Wert des geistigen Eigentums« erzählte, fielen mir seine ersten Sätze wieder ein. Wort für Wort. »Ich meine es ernst«, war U Ba nach meinem Lachen unbeirrt fortgefahren. »Ich spreche von der Liebe, die Blinde zu Sehenden macht. Von der Liebe, die stärker ist als die Angst. Ich spreche von der Liebe, die dem Leben einen Sinn einhaucht …«

Nein, hatte ich ihm irgendwann geantwortet. Nein, daran glaubte ich nicht.

In den folgenden Tagen war ich von ihm eines Besseren belehrt worden. Und jetzt? Fast zehn Jahre später? Glaubte ich noch an eine

Kraft, die Blinde zu Sehenden macht? Würde ich in diesem Kreis jemanden überzeugen können, dass der Mensch über Eigensucht triumphieren kann? Sie würden mich auslachen.

Mulligan sprach vom »wichtigsten Fall des Jahres ... deshalb müssen wir ...« Ich bemühte mich noch einmal mit aller Kraft um Konzentration, doch meine Gedanken drifteten fort, willenlos wie ein Stück Holz, mit dem die Wellen spielen.

»Julia.« Mulligan zerrte mich zurück nach Manhattan. »Du bist dran.«

Ich nickte ihm zu, warf einen hilflosen Blick auf meine Notizen, wollte mit ein paar Standardsätzen beginnen, als mich ein zaghaftes Flüstern unterbrach.

Ich stockte.

Wer bist du?

Hingehaucht und doch nicht zu überhören.

Wer bist du?

Eine Frauenstimme. Immer noch leise, aber klar und deutlich.

Ich schaute über meine rechte Schulter, um zu sehen, wer mich mit so einer Frage ausgerechnet in diesem Moment unterbrach. Niemand.

Wo mochte sie sonst herkommen?

Wer bist du?

Ich drehte mich unwillkürlich nach links. Nichts. Ein Flüstern aus dem Nirgendwo.

Was wollen die Männer von dir?

Gespannte Stille um mich herum. Ich atmete tief ein und wieder aus. Mir wurde warm. Ich schwieg beklommen und hielt die Augen gesenkt. Jemand räusperte sich.

Nimm dich in Acht vor ihnen.

»Julia?«

Kein Wort. Nicht eins. Atemnot. Woher kam diese Stimme? Wer sprach zu mir? Was wollte sie? Warum sollte ich mich vor meinen Kollegen hüten?

»Du kannst beginnen. Wir sind ganz Ohr.« Mulligans wachsende Ungeduld. Erstes Hüsteln.

Du musst ganz vorsichtig sein. Pass auf, was du sagst. Pass auf, wen du anschaust.

Ich hob den Kopf und ließ meinen Blick vorsichtig kreisen. Das unruhige Wippen mancher Oberkörper. Marcs besorgte Miene, er litt mit mir. Vermutete ich. Über Franks breites Gesicht flog ein spöttisches Lächeln. Als hätte er immer geahnt, dass der Tag käme, an dem ich den Druck nicht mehr aushalten und kläglich scheitern würde.

Du darfst ihnen nicht trauen, egal was sie sagen.

Die Stimme schnürte mir die Kehle zu. Ich war wie gelähmt. Vor meinen Augen begannen die Gesichter zu verschwimmen. Handschweiß. Ich spürte, wie mein Herz schneller zu schlagen begann.

»Julia. Ist dir nicht gut?«

Keiner wird dir helfen.

»Entschuldigung«, sagte ich.

Sofort herrschte wieder Ruhe. Es hatte lauter geklungen als nötig. Mehr ein Schrei als eine höfliche Bitte um Aufmerksamkeit. Ihre Blicke. Die folgende Stille. Mir schwindelte. Ich war dabei, zu versagen.

»Möchtest du etwas trinken?«

Es klang besorgt. Oder täuschte ich mich? Musste ich mich in Acht nehmen?

Sag nichts. Schweig.

Vor mir tat sich ein dunkler Abgrund auf, der mit jeder Sekunde wuchs. Ich wollte mich verstecken, mich irgendwo verkriechen. Was war nur in mich gefahren? Ich hörte eine Stimme, laut und unmissverständlich. Eine Stimme, über die ich keine Kontrolle besaß. Eine Fremde. In mir. Ich fühlte mich immer kleiner werden. Kleiner und bedürftiger. Kein Wort würde ich von mir geben können, solange nicht Ruhe in meinen Kopf einkehrte. Ich griff mir an die Ohren und drückte einige Male kurz und kräftig, wie ich es tat, wenn das gelegentliche Rauschen zu laut wurde. Ich versuchte es noch einmal mit tiefem Ein- und Ausatmen und wusste sofort, dass es nichts nützen würde.

Sie meinen es nicht gut mit dir. Ihr Lächeln war nicht echt. Sie sind gefährlich.

Schreien. Sie mit meiner wahren Stimme übertönen. LASS MICH IN RUHE. SEI ENDLICH STILL. STILL. STILL.

Kein Wort. Nicht eins.

Mulligans und mein Blick trafen sich. Seine Stirn lag in Falten, die Lippen waren ein schmaler Strich, seine hellblauen Augen fokussierten mich. Ich begriff, dass mir in diesem Raum wirklich niemand helfen konnte. Ich musste raus. Sofort. Ich wollte auf die Toilette, in mein Büro, nach Hause, egal wohin, Hauptsache weg. Sie erwarteten einen Vortrag, sie erwarteten Ideen und Vorschläge, und wenn ich dazu nicht in der Lage war, erwarteten sie zumindest eine Erklärung für mein Verhalten. Eine Entschuldigung. Nichts davon konnte ich ihnen geben. Mir fehlte die Kraft. Ich hatte nichts zu sagen. Ein kurzes Zögern, dann richtete ich mich langsam auf, schob meinen Stuhl nach hinten und erhob mich. Meine Beine zitterten.

Was tust du?

»Julia, um Himmels willen, was ist mit dir los?«

Ich nahm meine Unterlagen, wandte mich ab und ging zur Tür. Mulligan rief etwas, aber ich verstand nicht mehr, was er sagte.

Ich öffnete die Tür, trat hinaus und schloss sie leise wieder.

Und jetzt?

Ich ging an den Toiletten vorbei den Gang zu meinem Büro entlang, legte die Akten auf den Tisch, nahm meinen Mantel, steckte U Bas Brief in meine Handtasche und verließ, ohne Hast und ohne ein weiteres Wort, die Kanzlei.

Ich ahnte noch nicht, dass ich mich, ohne mir dessen bewusst zu sein, auf den Weg gemacht hatte.

An diesem klirrend kalten, wolkenlosen Herbsttag in der Woche vor Thanksgiving.

2

Sie erinnerte sich nicht mehr an jede Einzelheit. Ein Ziehen im Bauch, ein leichtes zunächst. Eines, dem man keine Beachtung schenken musste. Sie saß am Fenster und schaute hinaus. Ein wolkenloser Morgen. Unter ihnen lag Hartford.

Das Ziehen nahm zu. Ein unangenehmer Schmerz, aber vermutlich ganz normal für die ersten Wochen. Glaubte sie. Wollte sie glauben.

Niemand hatte sie gewarnt. Niemand hatte ihr gesagt, was auf dem Spiel stand. Oder doch? Sich schonen, Stress und Aufregung vermeiden. Keinen Alkohol. Was Ärzte so sagen, hatte sie gedacht. Möglichst nicht fliegen. *Möglichst*. Nicht: auf keinen Fall.

New York–Boston. Flugzeit nicht einmal eine Stunde. Was sollte da passieren?

Natürlich hätte sie den Zug nehmen können. Fünf Stunden. Kurz hatte sie daran gedacht. Der Termin war um 10 Uhr und nicht zu verlegen. Sie hätte am Abend zuvor fahren müssen. Umständlich und zeitaufwendig.

Möglichst. Nicht: auf keinen Fall. Wir hören nur, was wir hören wollen.

Retroamniales Hämatom. Sie konnte sich darunter nichts vorstellen. Ein Bluterguss hinter der Gebärmutter. Es klang in ihren Ohren nicht besorgniserregend, auch wenn das Gesicht des Arztes eine andere Geschichte erzählte. Von der wollte sie nichts wissen. Ein Bluterguss war ein Bluterguss und nichts Bedrohliches, dachte sie, egal wo er lag.

Wann beginnt Leben? Mit dem Akt der Befruchtung? Bei der Geburt? Irgendwann dazwischen. Aber wann?

Hatte sie getötet? Oder den Tod zumindest in Kauf genommen? Billigend? Leichtfertig? Oder war es eine Willkür der Natur gewesen? Schicksal. Wer hatte darauf eine Antwort? Wer wollte sich anmaßen, hier der Richter zu sein?

Neun Wochen alt. Groß wie ein Streichholz. Natürlich nicht lebensfähig. Noch lange nicht. Und trotzdem.

Sie fühlte in den Ohren, dass etwas nicht stimmte. Ein leichtes Problem mit dem Kabinendruck. Nichts, worüber sie sich Sorgen machen müssten, sagte der Pilot und entschuldigte sich für mögliche Unannehmlichkeiten. Sie verließen die Reiseflughöhe, und nach wenigen Minuten war es wieder vorbei. Nur die Feuchtigkeit zwischen ihren Beinen blieb. Als hätte sie sich ein kleines Glas warmes Wasser über den Schoß geschüttet. Und noch eins.

Nach der Landung hielt sie sich den Bauch. Sie war die Letzte, die das Flugzeug verließ, ihr erster Weg führte auf die Toilette. Dort endete es.

Ein Versprechen, streichholzgroß.

Kein Leben, aber eine Hoffnung darauf.

3

Kalaw, der neunte November, im Jahre zweitausendundsechs

Meine liebe kleine Schwester,
ich hoffe, dieser Brief erreicht Dich wohlauf und bei guter Gesundheit. Bitte verzeih mein langes Schweigen, ich weiß gar nicht mehr genau, wann ich das letzte Mal die Zeit gefunden habe, Dir ein paar Zeilen zu schreiben. War es in der Hitze des Sommers gewesen oder noch vor dem Wechsel des Monsuns?
Eine Ewigkeit scheint seither vergangen, ohne dass allzu viel passiert wäre in meinem Leben oder in Kalaw. Die Frau des Astrologen ist erkrankt und wird bald sterben, die Tochter des Besitzers jenes Teehauses, in dem wir uns zum ersten Mal trafen, hat einen Sohn bekommen. Es ist ein Kommen und Gehen, wie überall auf der Welt, nicht wahr? Aber das Leben hier hat einen anderen Rhythmus als bei Dir, erinnerst Du Dich noch? Was mich betrifft, so muss ich zugeben, dass es mir an der Fantasie fehlt, mir vorzustellen, wie schnell sich Deine Welt dreht.

Mir selbst geht es gut. Ich restauriere noch immer meine alten Bücher, auch wenn es mit der Zeit immer beschwerlicher und mühsamer wird. Die Augen, liebe Schwester, die Augen werden von Tag zu Tag schlechter, ich erreiche allmählich das Alter des abnehmenden Lichts. Außerdem nimmt die unangenehme Angewohnheit meiner rechten Hand, ein wenig zu zittern, weiter zu, was es nicht leichter macht, die kleinen Papierschnipsel auf die Löcher zu kleben, die das gefräßige Ungeziefer unerbittlich in die Seiten bohrt. Früher habe ich ein Vierteljahr benötigt, um eines meiner Bücher wieder in einen lesbaren Zustand zu verwandeln, jetzt ist es ein halbes und bei dicken Büchern sogar mehr. Doch was macht es für einen Unterschied, frage ich mich manchmal, wenn ich mich selbst zur Eile mahne? Wenn ich von etwas genug besitze, dann ist es Zeit. Ihre Kostbarkeit wissen wir erst im Alter wirklich zu schätzen, und ich bin ein reicher Mann. Aber was belästige ich Dich überhaupt mit den Zipperlein eines alten Mannes. Wenn ich meinen Stift nicht zügele, machst Du Dir noch Sorgen um Deinen Bruder, und nichts wäre unbegründeter. Mir fehlt es an nichts.

Bei Dir müsste der Herbst angebrochen sein, habe ich recht? In einem meiner Bücher habe ich einmal gelesen, der Herbst sei die schönste Jahreszeit in New York. Stimmt das? Ach, wie wenig ich doch weiß von Deinem Leben.

Bei uns neigt sich die Regenzeit dem Ende zu, die Luft ist wieder trocken und klar, es wird kühler, und es wird auch nicht mehr lange dauern, dann liegt der erste Raureif auf den Gräsern in meinem Garten. Oh, wie sehr ich den Anblick des zarten Weiß auf den tiefgrünen Blättern schätze.

Gestern hat sich hier etwas Sonderbares zugetragen. Eine Frau ist unter dem Banyanbaum an der großen Kreuzung tot zusammengebrochen. Zuvor, so wurde mir von meiner Nachbarin, die Zeugin des Vorfalls war, berichtet, hatte sie Wehklagen ausgestoßen. Sie war auf dem Weg zum Markt gewesen, hatte sich, wegen eines unvermittelten Schwächeanfalls, auf ihre sie begleitende Schwester gestützt und immer wieder laut um Vergebung gebeten. Dabei waren ihr gewaltige Tränen über die Wangen gelaufen, groß wie Erdnüsse sollen sie gewesen sein, was ich nur schwer zu glauben vermag, Du weißt ja, dass die Menschen bei uns nicht selten zu Übertreibungen neigen. Plötzlich hatte sie sich von ihrer Schwester abgewandt, um einem jungen, ihr unbekannten Mann zu folgen, und fortwährend einen Namen gerufen, den niemand im Ort zuvor gehört hatte. Als der junge Mann sich, erstaunt über den Lärm hinter seinem Rücken, umdrehte, trafen sich ihre Blicke, die Frau erstarrte und sank tot zu Boden. Als hätte sie ein Blitz erschlagen an diesem klaren, wolkenlosen Tag. Niemand fand eine Erklärung dafür. Ihre Schwester, mit der sie seit Jahren am Rande unseres Ortes zurückgezogen lebte, ist untröstlich. Freunde hatten die beiden offenbar wenige, und auch die Nachbarn wissen von nichts, sehr ungewöhnlich, möchte ich meinen, die wissen sonst immer alles. Der Vorfall beherrscht seither die Gespräche in unserer kleinen Stadt, in den Teehäusern und auf dem Markt. Manche Menschen behaupten, der junge Mann besitze magische Kräfte und habe die Frau mit seinen Blicken getötet. Der arme Kerl bestreitet dies natürlich und beteuert seine Unschuld. Nun ist er erst einmal zu seiner Tante nach Taunggyi geflüchtet.

Und Du, meine liebe Schwester? Sind die Hochzeitspläne, die Du in Deinem letzten Brief so zaghaft angedeutet hast, von Dir und Herrn Michael weiter gediehen, oder komme ich mit meiner Frage womöglich zu spät und Ihr habt bereits geheiratet? In dem Fall bleibt mir nur, Euch von Herzen alles Gute zu wünschen. Ich habe die wenigen Jahre, die mir mit meiner Frau vergönnt waren, immer als großes, ja vielleicht größtes Glück empfunden.

Nun ist mein Brief viel länger geworden, als es meine Absicht war, die Geschwätzigkeit des Alters, fürchte ich und hoffe, dass ich nicht allzu viel Deiner Zeit in Anspruch genommen habe. Ich werde schließen, die Dämmerung ist angebrochen, und um die Elektrizität war es in Kalaw in den vergangenen Wochen nicht gut bestellt. Meine Glühbirne unter der Decke flackert so heftig,

als wolle sie mir geheime Signale senden. Ich vermute jedoch, sie kündigt nur einen weiteren Stromausfall an.
Julia, meine Liebe, mögen die Sterne, möge das Leben, möge das Schicksal Dir wohlgesinnt sein. Ich denke an Dich, ich trage Dich in meinem Herzen, pass auf Dich auf.
In tiefer Verbundenheit
Dein
U Ba

Ich legte den Brief zur Seite. Die Angst vor einer Rückkehr der Stimme hatte nachgelassen, stattdessen überkam mich das Gefühl einer großen Vertrautheit, verbunden mit Sehnsucht und einer tiefen Melancholie. Wie gern hätte ich meinem Bruder jetzt gegenübergesessen. Ich erinnerte mich an seine altmodische Art, sich auszudrücken, seine Angewohnheit, sich ohne Grund ständig für irgendetwas zu entschuldigen. Seine Höflichkeit und Bescheidenheit, die mich so gerührt hatten. Vor meinen Augen tauchte seine kleine, auf Stelzen stehende Hütte aus schwarzem Teak auf, das grunzende, im Dreck wühlende Schwein, die Hühner im Hof, der abgewetzte Ledersessel, auf dessen Sitzkissen sich die Sprungfedern abzeichneten, ein Sofa mit verschlissenem Bezug, auf dem ich mehrere Nächte verbracht hatte. Mittendrin ein Bienenschwarm, der sich bei ihm eingenistet hatte und dessen Honig er nicht anrührte, weil er nichts benutzen wollte, was ihm nicht gehörte.

Ich sah ihn vor mir sitzen, zwischen zwei Petroleumlampen tief über seinen Tisch gebeugt, umgeben von Büchern. Sie standen in Regalen, die vom Boden bis zur Decke reichten. Sie lagen in Stapeln auf den Holzbohlen und türmten sich auf einem zweiten Sofa. Ihre Seiten sahen aus wie Lochkarten. Auf dem Tisch lagen verschiedene Pinzetten, Scheren, dazwischen zwei kleine Gefäße, eins mit weißem, zähem Klebstoff, das andere voller winziger Papierschnipsel. Stundenlang hatte ich zugeschaut, wie er mit einer der Pinzetten einen Schnipsel nahm, ihn in die Klebe tunkte, auf eines der Löcher legte, um dann, sobald er festklebte, den fehlenden Buchstaben mit einem Stift nachzuziehen. So hatte er über die Jahre Dutzende von Büchern restauriert.

Das Leben meines Bruders, das so gar nichts mit dem meinen zu tun und mich doch so tief berührt hatte.

Mein Blick fiel auf das Regal, in dem die Erinnerungsstücke meiner Burmareise standen, halb verdeckt von Büchern und Zeitschriften. Ein holzgeschnitzter Buddha, das Geschenk meines Bruders. Eine kleine, verstaubte Lackdose, verziert mit Elefanten und Äffchen. Ein Foto von U Ba und mir, das wir kurz vor meiner Abreise in Kalaw gemacht hatten. Ich überragte ihn um mehr als einen Kopf. Er trug einen neuen, grün-schwarzen Longy, ein weißes Hemd, das er selbst am Abend zuvor noch gewaschen hatte, damit es auch ja sauber war, um den Kopf hatte er sich ein rosafarbenes Tuch gewickelt, wie es bei älteren Shan früher üblich gewesen war. Ernst und feierlich blickte er in die Kamera.

Mich selbst erkannte ich kaum wieder. Beglückt von den aufregendsten Tagen meines Lebens, beseelt von der schönsten Liebesgeschichte, die ich je hören würde, der Geschichte meines Vaters, strahlte ich entspannt, fast ein wenig entrückt, in Richtung Fotograf. Als ich Freunden das Bild zeigte, wollten sie nicht glauben, dass ich das war. Als Michael es zum ersten Mal sah, fragte er, ob ich dort völlig bekifft in Indien neben meinem Guru stünde. Später hatte er sich über meinen Gesichtsausdruck oft lustig gemacht und behauptet, ich hätte vor der Aufnahme zu tief an einer burmesischen Opiumpfeife gezogen.

Zehn Jahre waren seither vergangen. Zehn Jahre, in denen ich mir immer wieder fest vorgenommen hatte zurückzukehren, das Grab meines Vaters zu besuchen, Zeit mit U Ba zu verbringen. Ich hatte die Reise von einem Jahr auf das andere verschoben. Zweimal hatte ich Flüge reserviert und im letzten Moment wieder storniert, weil etwas Wichtigeres dazwischengekommen war. Etwas so Wichtiges, dass ich heute nicht einmal mehr sagen konnte, was es gewesen war. Irgendwann hatte der Alltag die Intensität der Erinnerungen verblassen lassen, der Wunsch verlor seine

Dringlichkeit und wurde zu einem vagen Vorhaben in einer unbestimmten Zukunft.

Ich wusste nicht mehr, wann ich U Ba das letzte Mal ein paar Zeilen geschickt hatte. Er bat um Verzeihung für sein langes Schweigen. Ich war es, die ihm eine Antwort auf seinen letzten Brief schuldig geblieben war. Vermutlich auch auf den vorletzten, ich erinnerte mich nicht. In den ersten Jahren nach meiner Rückkehr hatten wir uns regelmäßig geschrieben, mit der Zeit nahm die Häufigkeit unserer Korrespondenz jedoch ab. Er hatte mir alle zwei Jahre eines seiner restaurierten Bücher geschickt, von denen ich jedoch, ich musste es mir eingestehen, keines je ganz gelesen hatte. Sie waren, trotz seiner Bemühungen, von den Jahren gezeichnet, vergilbt, verstaubt, verschmutzt. Wenn ich sie in die Hand nahm, wusch ich mir anschließend die Finger. Er hatte sie mit liebevollen Widmungen versehen, und jedes von ihnen lag zunächst neben meinem Bett, bald darauf im Wohnzimmer, bis es schließlich in irgendeiner Kiste verschwand.

Ich hatte ihm einige Male durch einen Kontakt in der amerikanischen Botschaft in Rangoon Geld zukommen lassen, insgesamt mögen es an die zehntausend Dollar gewesen sein. In seinem nächsten Brief bestätigte er den Erhalt jeweils eher beiläufig, ohne sich in vielen Worten zu bedanken oder zu erklären, was er mit dem, für burmesische Verhältnisse, vielen Geld machte, was mich vermuten ließ, dass ihm meine Geldgeschenke eher unangenehm waren. Irgendwann ließ ich es sein, und er kam auch nie wieder darauf zu sprechen. Ich hatte ihn mehrmals eingeladen, mich in New York zu besuchen, und erklärt, mich um alle Formalitäten zu kümmern und selbstverständlich alle Kosten zu übernehmen. Am Anfang hatte er mich vertröstet und dann ein ums andere Mal aus Gründen, die ich nicht verstand, höflich, aber sehr bestimmt abgelehnt.

Ich fragte mich, warum ich es in all den Jahren nicht geschafft hatte, ihn wiederzusehen, obgleich ich bei meiner Abreise uns beiden versprochen hatte, in wenigen Monaten zurückzukehren. Wie hatte er, dem ich so viel verdankte, wieder aus meinem Leben entschwinden können? Warum schieben wir das uns wirklich Wichtige so oft auf? Ich hatte darauf keine Antwort. In den kommenden Tagen würde ich ihm ausführlich schreiben.

Die Erinnerungen an Burma hatten mich abgelenkt und beruhigt. Ich hatte Mulligan noch aus dem Taxi eine E-Mail geschrieben, mich mit akuten Kreislaufproblemen entschuldigt und versprochen, ihm alles Weitere am Montag zu erklären. Ich überlegte, ob ich den Nachmittag nutzen sollte, um meine Wohnung aufzuräumen. Sie sah schlimm aus. Die Putzfrau war seit zwei Wochen krank, und in den Ecken hatte sich der Staub gesammelt. Im Schlafzimmer standen noch immer mehrere unausgepackte Kartons, an den Wänden lehnten Bilder, die darauf warteten, aufgehängt zu werden, obwohl schon vier Monate vergangen waren, seit Michael und ich uns getrennt hatten und ich zurück in mein altes Apartment gezogen war. Meine Freundin Amy behauptete, der Zustand meiner Wohnung spiegele meine Weigerung, die Trennung von Michael zu akzeptieren. Das war Unsinn. Wenn die Unordnung etwas verriet, dann die Enttäuschung darüber, dass ich mit achtunddreißig Jahren wieder in derselben Wohnung lebte wie mit achtundzwanzig. Es fühlte sich wie ein Rückschritt an. Ich war vor vier Jahren ausgezogen, weil ich nicht mehr allein, sondern mit Michael leben wollte. Die Wohnung erinnerte mich jeden Tag aufs Neue daran, dass dieser Versuch gescheitert war.

Warum bist du allein?

Dieselbe Stimme. Kein Flüstern mehr, aber immer noch leise. Sie ging mir durch den ganzen Körper, ließ mich erschauern.

Warum bist du allein?

Sie klang näher, dringender als im Büro. Als wäre jemand an mich herangerückt.

Warum antwortest du mir nicht?

Mir wurde heiß. Wieder begann mein Herz, schneller zu schlagen. Handschweiß. Die Symptome von heute Morgen. Ich konnte nicht stillsitzen, stand auf und ging in meinem kleinen Wohnzimmer auf und ab.

Warum bist du allein?

– Wer sagt, dass ich allein bin?

Würde sie Ruhe geben, wenn ich ihr antwortete?

Wo sind denn die anderen?

– Welche anderen?

Dein Mann.

– Ich bin nicht verheiratet.

Hast du keine Kinder?

– Nein.

Oh.

– Was heißt oh?

Nichts. Es ist nur … keine Kinder … das ist traurig.

– Nein. Ist es überhaupt nicht.

Wo ist dein Vater?

– Der ist tot.

Und deine Mutter?

– Die lebt in San Francisco.

Hast du keine Geschwister?

– Doch, einen Bruder.

Warum ist der nicht hier?

– Er lebt auch in San Francisco.

Bist du hier bei deinen Onkeln und Tanten geblieben?

– Ich habe keine Onkel und Tanten.

Keine Onkel und Tanten?

– Nein.

Warum lebst du dann nicht bei deiner Familie?

– Weil es nicht schlecht ist, wenn ein Kontinent zwischen uns liegt.

Also bist du doch allein.

– Nein. Ich bin nicht allein. Ich lebe nur allein.

Warum?

– Warum? Warum? Weil ich es so schöner finde.

Warum?

– Du gehst mir auf die Nerven mit deinem Warum.

Warum lebst du allein?

– Weil ich es hasse, in der Nacht vom Schnarchen eines Mannes geweckt zu werden. Weil ich am Morgen lieber in Ruhe meine Zeitung lese. Weil ich Barthaare im Waschbecken nicht mag. Weil ich mich nicht rechtfertigen möchte, wenn ich um Mitternacht aus dem Büro komme. Weil ich es liebe, niemandem etwas erklären zu müssen. Kannst du das verstehen?

Schweigen.

– Hallo? Kannst du das verstehen?

Stille.

– Hallo? Warum sagst du nichts mehr?

Ich blieb stehen und wartete. Das sonore Brummen des Kühlschranks, Stimmen auf dem Flur, eine zufallende Tür.

– Wo bist du?

Das Telefon klingelte. Amy. Sie merkte an meinem Ton, dass etwas nicht stimmte.

»Geht es dir nicht gut?«

»Doch.«

Warum sagst du schon wieder die Unwahrheit?

Als hätte mich jemand von hinten mit Wucht gestoßen. Ich stolperte und hätte fast das Gleichgewicht verloren.

»Es, es ist nur …«, stammelte ich verwirrt.

»Julia, was ist los mit dir?«, fragte sie erschrocken. »Wollen wir uns sehen? Soll ich zu dir kommen?«

Ich wollte raus aus meiner Wohnung.

»Ich … ich komm lieber zu dir. Wann hast du Zeit?«

»Wann du willst.«

»Ich bin in einer Stunde bei dir.«

4

Amy Lee lebte in zwei kleinen Studios in der Lower East Side. Sie lagen nebeneinander im obersten Stock eines dreistöckigen Hauses. Ein Apartment nutzte sie zum Wohnen, das andere zum Arbeiten. Für mich hatte es in den vergangenen Jahren keinen Ort gegeben, an dem ich mich mehr aufgehoben fühlte. Wir verbrachten ganze Wochenenden auf ihrem Sofa, guckten *Sex and the City*, aßen Eis, tranken Rotwein, machten uns über Männer lustig oder trösteten uns gegenseitig, wenn wir unter Liebeskummer litten.

Amy und ich hatten uns gleich zu Beginn unseres Jurastudiums, Schwerpunkt Wirtschaftsrecht, an der Columbia-Universität kennengelernt. Beim Ausfüllen eines Formulars hatten wir durch Zufall entdeckt, dass wir am selben Tag geboren worden waren, sie in Hongkong, ich in New York. Sie hatte die ersten neunzehn Jahre ihres Lebens in Hongkong verbracht und war von ihren Eltern zum Studieren nach Amerika geschickt worden. Amy behauptete, ein Astrologe hätte ihr schon in Hongkong prophezeit, dass sie jemandem mit denselben Geburtsdaten begegnen würde, der sie ihr Leben lang begleiten würde, und so hatten wir, fand sie, gar keine andere Wahl, als Freundinnen zu werden.

Ich glaubte damals nicht an Astrologie, aber ich mochte Amy sofort. Wir ergänzten uns, wie ich es zuvor noch nie mit einer Freundin erlebt hatte.

In vielen Dingen war sie das genaue Gegenteil von mir: Einen Kopf kleiner, kräftiger, sie färbte ihre schwarzen Haare gern bunt, machte ungern Pläne, liebte Überraschungen, war schlagfertig und nur sehr schwer aus der Ruhe zu bringen. Sie meditierte, war Buddhistin, konsultierte trotzdem regelmäßig Astrologen und war so abergläubisch, dass es mich manchmal wahnsinnig machte. Sie trug immer etwas Rotes am Körper. Stieg im Fahrstuhl niemals im neunten Stock aus. Weigerte sich, Taxis zu nehmen, deren Kennzeichen auf sieben endete.

Sie war der einzige Mensch, dem ich die Geschichte meines Vaters erzählte. Und sie hat mir geglaubt. Wort für Wort, ohne Fragen zu stellen. Als sei es die selbstverständlichste Sache der Welt, dass es Menschen gibt, die Herzen hören können.

Im Gegensatz zu meiner Mutter und meinem Bruder, die nichts hatten hören wollen von meiner Reise. Sie interessierte ausschließlich, ob unser Vater noch am Leben war. Als ich das verneinte und berichten wollte, was ich in Burma erlebt hatte und warum er zum Sterben in das Land seiner Geburt zurückgekehrt war, weigerten sie sich, mir zuzuhören. Es war der Beginn unserer Entfremdung. Meine Suche nach meinem Vater hatte die Familie entzweit. Meine Mutter und mein Bruder auf der einen Seite, mein Vater und ich auf der anderen. Amy war überzeugt, dass diese Teilung schon immer bestanden hatte und ich sie erst spät bemerkt oder vorher nicht hatte wahrhaben wollen. Wahrscheinlich hatte sie recht. Vor fünf Jahren war meine Mutter in die Nähe meines Bruders nach San Francisco gezogen, und wir sahen uns nur noch ein-, zweimal im Jahr.

Amy hingegen gab keine Ruhe. Wann ich endlich U Ba besuche, wollte sie immer mal wieder wissen. Was mit dem Erbe meines Vaters geschehen sei, dem Glauben an die magische Kraft der Liebe? Ob er mir in New York wieder verloren gegangen sei? Warum ich nicht besser darauf achtgegeben hätte? Ob ich nicht danach suchen wolle? Fragen, denen ich auswich, weil ich darauf keine Antworten hatte; was sie nur ermunterte, sie mir hin und wieder zu stellen.

Amy studierte, im Gegensatz zu mir, ohne großen Ehrgeiz. Eigentlich hatte sie Malerin werden wollen und Jura nur gewählt auf Druck von oder aus Liebe zu ihren Eltern, die Begründung wechselte, je nach ihrer Stimmung. Trotzdem gehörte sie zu den Besten unseres Jahrgangs. Als ihr Vater vier Wochen vor den letzten Prüfungen bei einem Flugzeugabsturz ums Leben kam, verschwand Amy für zwei Monate nach Hongkong. Zurück in New York, erklärte sie ihr Studium für beendet. Nicht einen Tag mehr wollte sie in der Universität verbringen. Das Leben sei zu kurz für Umwege. Wer einen Traum habe, müsse ihn leben.

Seither schlug sie sich mit Gelegenheitsjobs als Bühnenmalerin am Broadway durch und lehnte es ab, ihre Bilder einem Galeristen auch nur zu zeigen. Sie war weder an Ausstellungen noch am Verkauf ihrer Werke interessiert. Sie male für sich, nicht für andere. Amy war der freieste Mensch, den ich kannte.

Die Tür zu ihrem Studio war angelehnt. Sie hasste verschlossene Türen, wie sie überhaupt alle Schlösser verabscheute und fest davon überzeugt war, dass Menschen, die fortwährend damit beschäftigt waren, etwas ab- oder einzuschließen, irgendwann sich selbst verschlössen. Sie weigerte sich sogar, ihr Fahrrad irgendwo anzuketten. Seltsamerweise war sie die Einzige aus meinem Freundeskreis, der in New York noch nie eines gestohlen worden war.

Sie saß auf einem rollenden Hocker vor einer Leinwand, die sie mit einem dunklen Orange bestrich. Ihre rot gefärbten Haare hatte sie zu einem Pferdeschwanz zusammengebunden. Sie trug ein viel zu großes weißes T-Shirt voller Farbflecken und eine graue, ausgewaschene Jogginghose, ihre Arbeitskleidung. Es roch nach frischer Farbe und Lacken, der Boden war mit bunten Klecksen übersät, an den Wänden und Staffeleien lehnten Bilder, viele von ihnen in verschiedenen Rottönen. Amy behauptete, sie sei unglücklicherweise in ihrer Barnett-Newman-Phase stecken geblieben, statt Streifen malte sie Kreise, und wenn sie sich daraus nicht bald befreie, könne ich sie demnächst Bernadette Neumann nennen. Aus ihrer kleinen Anlage erklang Jack Johnson.

Sie hörte meine Schritte auf den Holzbohlen und drehte sich um. Ihre dunkelbraunen, fast schwarzen Augen schauten mich überrascht an.

»Wie siehst du denn aus?«

Ich ließ mich in einen alten Sessel fallen, meine Hände und Füße waren eiskalt. Meine Augen füllten sich mit Tränen. Es war, als fiele in diesen Sekunden die Anspannung der vergangenen Stunden von mir ab. Sie blickte mich mit sorgenvoller Miene an, gab ihrem Hocker einen kräftigen Schubs und kam zu mir herübergerollt.

»Was ist los?«

Ich zuckte hilflos mit den Schultern.

»Lass mich raten: Mulligan hat dich rausgeschmissen.«

Ich deutete ein Kopfschütteln an.

»Deine Mutter ist gestorben.«

Ich schluckte die ersten Tränen herunter.

Amy seufzte tief. »O. k., es ist etwas Ernstes!«

Vielleicht war es ihr Humor, den ich am meisten an ihr mochte.

»Sag schon, was ist passiert?«

»Wie sehe ich denn aus?«, versuchte ich ihrer Frage auszuweichen.

»Wie ein verängstigtes Hühnchen.«

Ich schwieg eine Weile, Amy wartete geduldig auf eine Antwort. Es fiel mir schwer, den Satz auszusprechen, der seit einer Stunde unaufhörlich durch meinen Kopf geisterte. »Ich habe Angst, verrückt zu werden.«

Sie musterte mich nachdenklich. »Und was genau, wenn ich fragen darf, gibt dir Anlass zu dieser Befürchtung?«

»Ich habe das Gefühl, jemand verfolgt mich.«

»Ein Stalker? Sieht er gut aus?«

»Kein Stalker. Ich höre eine Stimme.« Ich erschrak über den Satz. Er war mir peinlich, selbst Amy gegenüber.

»Seit wann?«, fragte sie jetzt sehr ernst, ohne dabei jedoch sonderlich überrascht zu klingen.

»Seit heute Morgen«, antwortete ich und erzählte, was im Büro und zu Hause geschehen war.

Amy verharrte regungslos auf ihrem Hocker und hörte zu. Manchmal nickte sie, als wüsste sie genau, wovon ich sprach. Als ich fertig war, stand sie auf, legte den Pinsel beiseite und ging zwischen ihren Bildern auf und ab. Das tat sie oft, wenn sie angestrengt nachdachte.

»Ist es das erste Mal?«, fragte sie und blieb stehen.

»Ja.«

»Droht sie dir?«

»Nein, wie kommst du darauf?«

»Beschimpft sie dich?«

»Beschimpfen?«

»Sagt sie dir, dass du eine nichtsnutzige alte Schlampe bist? Eine lausige Anwältin? Dass es nur eine Frage der Zeit ist, bis alle merken, wie blöd du eigentlich bist?«

Verwirrt schüttelte ich den Kopf. »Nein.«

»Erteilt sie dir Befehle?«

Ich wusste nicht, worauf sie mit ihren Fragen hinauswollte.

»Sagt sie dir, dass du Mulligan eine Tasse Kaffee ins Gesicht kippen sollst? Aus dem Fenster springen musst? Nicht in gelbe Taxis steigen darfst, weil dich sonst der Fahrer vergewaltigt oder nach Pakistan verschleppt und zu seiner Drittfrau macht?«

»Nein. Wie kommst du auf so einen Unsinn?«

Amy überlegte. »Was sagt sie dann?«

»Nicht viel. Im Büro hat sie mich vor den Kollegen gewarnt, sonst stellt sie nur Fragen.«

»Was für Fragen?«

»Wer bist du? Warum lebst du allein? Weshalb hast du keine Kinder?«

Ein erleichtertes Lächeln flog über ihr Gesicht. »Interessante Fragen.«

»Wieso interessant?«

»Ich kenne noch jemanden, den deine Antworten interessieren würden. Haben unsere Stimmen vielleicht Ähnlichkeit?«

»Hör auf, dich über mich lustig zu machen«, sagte ich enttäuscht. Spürte sie nicht, wie sehr ich ihren Zuspruch brauchte?

»Mache ich nicht«, sagte sie, kam zu mir, hockte sich neben mich und strich mir liebevoll über den Kopf.

»Aber diese Fragen klingen nicht so dramatisch. Ich hatte andere Befürchtungen.«

»Was für Befürchtungen?«

»Stimmen zu hören ist oft eine psychotische Reaktion. Es ist ein typisches Symptom bei einer beginnenden Schizophrenie. Da ist die Prognose schlecht. Nur schwer heilbar. Aber in solchen Fällen fühlen sich die Betroffenen von den Stimmen bedroht. Sie bekommen

Befehle erteilt. Springen von Hausdächern oder erstechen ihren Nachbarn. Melancholiker hören oft Beschimpfungen. Das trifft auf dich alles nicht zu.«

»Woher«, fragte ich verwundert, »weißt du so viel über Menschen, die Stimmen hören?«

»Habe ich dir nie erzählt, dass mein Vater auch eine Stimme hörte?«

Ich starrte sie überrascht an. »Nein.«

»Meine Mutter hat es mir ein paar Jahre nach seinem Tod erzählt. Danach habe ich alles gelesen, was ich über das Thema finden konnte.«

»War dein Vater schizophren?«

»Nein. Ich glaube, bei ihm war es ein relativ harmloses Phänomen.«

»Was hat er dagegen gemacht?«

»Nichts.«

»Nichts?«

»Ich vermute, er hat die Stimme als jemanden empfunden, der ihm hin und wieder Ratschläge gab.« Nach einer kurzen Pause fügte sie hinzu: »Leider hat er nicht immer darauf gehört.«

»Was heißt das?«

»Meine Mutter sagt, am Tag des Absturzes hätte die Stimme ihm erklärt, er müsse umkehren. Er dürfe nicht in diese Maschine einsteigen. Er hat sie noch vom Flughafen aus angerufen.«

»Warum hat er nicht auf sie gehört?«, fragte ich zweifelnd.

»Wenn ich das wüsste. Vielleicht hatte er Angst, ihr zu viel Macht über sein Leben zu geben. Wer will sich von einer Stimme sagen lassen, welches Flugzeug er nehmen darf und welches nicht?«

»Warum hast du mir davon noch nie erzählt?«

»Ich dachte, ich hätte es getan. Aber vielleicht ging ich davon aus, du würdest es mir nicht glauben.«

Ich war nicht sicher, ob ich es jetzt tat. Ich musste an meinen Bruder in Burma denken. »Nicht alles, was wahr ist, kann man erklären, und nicht alles, was man erklären kann, ist wahr«, hatte er mir damals gesagt. Wie oft hatte ich in den ersten Jahren nach meiner

Rückkehr an diesen Satz gedacht. In Kalaw hatte ich irgendwann verstanden, was er meinte, in seiner Welt mit ihren abergläubischen Menschen machte das für mich Sinn, zurück in New York war ich wieder unsicher geworden. Warum sollte nicht alles wahr sein, was man erklären kann? Warum sollte man nicht alles erklären können, was wahr ist? Vielleicht gab es in Kalaw Wahrheiten, die woanders nicht galten.

»Du glaubst mir nicht«, sagte Amy, als hätte sie meine Zweifel gespürt.

»Nein. Doch. Natürlich glaube ich dir, dass deine Mutter das erzählt hat, aber ich kann mir nicht vorstellen, dass dein Vater von einer Stimme vor seinem letzten Flug gewarnt wurde.«

»Warum nicht?«

»Du kennst mich. Dafür bin ich zu rational.«

»Dein Vater konnte Herzen hören. Er konnte Schmetterlinge an ihrem Flügelschlag erkennen. Wie erklärst du dir das?«

»Dafür gibt es keine Erklärung, ich weiß. Das heißt aber nicht, dass ich deshalb jeden …« Ich suchte nach einem Wort, das Amy nicht verletzen würde.

»… esoterischen Quatsch glaube«, vollendete sie meinen Satz.

»Genau«, sagte ich und musste selber lachen.

»Sollst du auch nicht«, fuhr sie fort. »Aber jetzt hörst du eine Stimme. Hast du dafür eine Erklärung?«

»Nein«, antwortete ich kleinlaut.

Wir schwiegen beide nachdenklich.

»Wollen wir irgendwo was trinken gehen?«, fragte sie nach einer langen Pause und richtete sich auf.

Ich zögerte. »Lieber würde ich hierbleiben. Mir ist nicht nach fremden Menschen.«

Sie nickte. »Möchtest du einen Espresso?«

»Lieber ein Glas Wein.«

»Noch besser.« Sie ging in die offene Küche, öffnete eine Flasche Rotwein, kam mit einem Tablett, Gläsern, Schokolade und Nüssen zurück und schenkte uns ein. Sie zündete ein paar Kerzen an, wir nahmen zwei Kissen, setzten uns auf den Boden und schwiegen. Das konnten wir gut. Im Beisein von Amy verlor die Stille alles Trennende.

»Hörst du sie jetzt?«, fragte sie irgendwann.

Ich horchte in mich hinein und schüttelte den Kopf.

»Schade. Ich hätte mich gern mal mit ihr unterhalten.«

Ich warf ihr über mein Weinglas hinweg einen leicht gequälten Blick zu. »Sie sagt nichts, Amy. Sie stellt nur Fragen.«

»Ich frage mich, ob diese Stimme auch einen Nutzen haben könnte?«

Ich frage mich. Eine typische Amy-Redewendung. Sie benutzte sie oft, wenn ihre Frage eigentlich eine Aussage war. Ich kannte sie gut genug, um zu wissen, was sie meinte: Julia! Diese Stimme hat einen Sinn.

»Welchen Nutzen?«

»Meinem Vater war es unangenehm, darüber zu sprechen, aber er hat die Stimme, meiner Mutter zufolge, nicht als Bedrohung empfunden. Mehr als so eine Art Lebensbegleiter, mit dem er sich in regelmäßigen Abständen austauschte, glaube ich.«

Ich schüttelte den Kopf. Es war nicht, was ich hören wollte. Ich hätte aber auch nicht sagen können, welche Sätze mir in dieser Situation gutgetan hätten. Wollte ich nur ein wenig Mitleid, verbunden mit der Versicherung, dass es mir in ein paar Tagen wieder besser gehen würde? Wie bei einem grippalen Infekt?

»Ich brauche keinen Lebensbegleiter. Zumindest keinen, den ich nicht sehen und berühren kann.«

Amy nippte in Gedanken versunken an ihrem Wein. »Und wenn du ihre Fragen beantwortest?«

»Wozu?«

»Möglicherweise gibt sie dann Ruhe. Wer weiß?«

»Das habe ich versucht. Es hat nur zu mehr Fragen geführt.«

Sie wiegte den Kopf hin und her und schaute mich lange an. »Was macht dir an dieser Stimme Angst?«

»Was mir Angst macht? Dass ich keine Kontrolle über sie habe.«

»Ist das so schlimm?«

»Ja! Ich habe wortlos und ohne Erklärung eine Bürokonferenz verlassen. Eine wichtige!«

»Ein plötzlicher Schwächeanfall. Mulligan wird es dir nachsehen.«

»Aber kein zweites Mal. In der kommenden Woche müssen wir eine ziemlich komplizierte Klageschrift einreichen. Wir müssen unserem Mandanten unsere Strategie erklären, ein Teil davon ist mein Job. Was passiert, wenn sie sich mitten in der Präsentation wieder meldet?«

Sie überlegte. »Dann bleibst du ganz ruhig und sagst ihr, dass sie warten muss.«

Ich seufzte. »Sie hört nicht auf mich.«

»Dann ist das eben so.«

»Amy!« Warum verstand sie mich nicht? »Ich kann es mir nicht leisten, so die Kontrolle zu verlieren. Ich muss funktionieren. Ich male keine Bilder. Ich habe nicht die Wahl.«

»Die haben wir immer.«

Es gab nichts, worüber wir uns leidenschaftlicher streiten konnten. Sie gehörte nicht zu den Menschen, die äußere Zwänge akzeptierten. Für Amy waren wir alle für unser Schicksal selbst verantwortlich. Ausnahmslos.

Alles, was wir taten, hatte Konsequenzen. Und für diese waren wir verantwortlich. Wir hatten die Wahl. Ja oder nein.

Das Leben ist zu kurz für Umwege.

Wer einen Traum hat, muss ihn leben.

Ich leerte mein Glas und schenkte mir nach. »In meinem Kopf traktiert mich eine Stimme. Ich will wissen, woher sie kommt. Ich will wissen, wie ich sie wieder loswerde. Und zwar so schnell wie möglich.«

»Dann musst du zum Arzt und es mit Medikamenten versuchen. Ein Psychiater wird dir helfen können. Zumindest kurzfristig.«

Ich sah in ihren Augen, in der Art, wie sie die Lippen kräuselte, wie wenig sie von der Idee hielt.

»O. k., und was würdest du machen?«

»Ich bin überzeugt, dass diese Stimme einen Sinn hat.«

»Und welcher könnte das sein?« Mein skeptischer Ton war nicht zu überhören.

»Du hast in diesem Jahr viel durchgemacht. Du hast viel verloren …« Sie machte eine bedeutungsschwere Pause.

Das Gespräch nahm eine Wendung, gegen die ich mich sträubte. Es gab Sachen, über die ich nicht reden wollte. Auch mit Amy nicht. »Ich weiß, worauf du hinauswillst. Aber mit dem, was im Frühjahr geschehen ist, hat die Stimme nichts zu tun.«

»Bist du sicher?«

»Absolut. Wie kommst du darauf?«

Sie zuckte mit den Schultern. »War nur eine Idee.«

Wir tranken unseren Wein, aßen Nüsse und sagten lange nichts.

»Du verlangst viel von dir.«

»Tun wir doch alle.«

»Quatsch. Du bist der selbstdisziplinierteste Mensch, den ich kenne. Du gönnst dir seit Jahren keine Pause.«

»Wir beide waren im Sommer auf Long Island«, widersprach ich.

»Zwei Tage. Dann musstest du früher zurück, weil Mulligan dich brauchte. Als du dich von Michael getrennt hast und ausgezogen bist, hast du auf den Umzugskartons gesessen und Briefe an Mandanten geschrieben, weil es angeblich wahnsinnig wichtige Terminsachen gab, die keinen Aufschub duldeten.«

»Sie waren wichtig«, entgegnete ich mit matter Stimme.

»Du warst gerade dabei, deinen Freund zu verlassen, mit dem du drei Jahre zusammengelebt hattest. Du bist nicht die einzige Anwältin in eurer Kanzlei.«

Ich nickte.

»Vielleicht ist diese Stimme ein Zeichen …«

»Du glaubst, ich höre eine Art unterdrücktes Ich, das ich immer vernachlässigt habe, stimmt's? Aber ich führe keinen inneren Dialog mit mir. Die Stimme ist real. Ich höre sie. Ich kann sie dir beschreiben.«

»Wie klingt sie?«

»Älter als ich. Ein wenig kratzend manchmal. Tief für eine Frau. Streng.«

Ein bedächtiges Schweigen war ihre Antwort.

»Ich habe Angst«, sagte ich leise.

Sie nickte, ihr Blick wanderte an mir vorbei auf ein großes Bild an der Wand. Ein roter Kreis auf einem dunkelroten Hintergrund, darauf hatte sie ganze Hände voll rot gefärbter Hühnerfedern geklebt. »Buddha im Hühnerstall« stand darunter.

»Ich fahre übernächste Woche für ein paar Tage aufs Land. Hast du Lust, mitzukommen?«

Ich schüttelte den Kopf. Amy zog sich regelmäßig zum Meditieren in ein buddhistisches Zentrum in Upstate New York zurück. Sie hatte mich schon häufiger gefragt, ob ich sie nicht begleiten wollte, und ich hatte sie jedes Mal vertröstet. Mir war es ein Rätsel, wie sie eine Stunde oder auch länger stillsitzen und an nichts denken konnte. Die wenigen Male, die ich es in Yogakursen versucht hatte, gingen mir so viele Gedanken, Bilder und Erinnerungen durch den Kopf, dass ich es kaum aushielt. Ich hatte das Gefühl, er würde gleich platzen. Jedes Mal brach ich die Übung nach wenigen Minuten ab. Amy glaubte, es hätte mir nur an der richtigen Anleitung gefehlt, ich bezweifelte das.

Langsam spürte ich den Wein, und eine fast lähmende Müdigkeit überkam mich.

»Ich glaube, ich mach mich auf den Weg.«

»Du kannst gern hier schlafen.«

»Ich weiß, danke. Aber ich habe am Wochenende so viel zu tun und will morgen nicht zu spät anfangen.«

Sie lächelte und nahm mich in den Arm. Es war schön, ihren Körper zu spüren. Am liebsten wäre ich geblieben.

Ich war noch keinen Häuserblock auf der Rivington Street gegangen, da hörte ich sie wieder.

Wer bist du?

5

Es vergingen zwei Wochen, bis sie es ihm sagte.

Zwei einsame, tieftraurige, elend lange Wochen, in denen die Lüge ihre mächtigen Flügel ausbreitete und sie wachsen ließ, bis sie den Himmel verdunkelten.

Zwei Termin-gefüllte-Mulligan-beladene-Besprechungen-von-morgens-bis-abends-ich-komme-zu-nichts-Wochen.

Zwei wortreiche Wochen ohne Worte.

Einen Tag hätte er ihr vielleicht verziehen. Möglicherweise auch zwei. Aber vierzehn?

Sie hatte es kommen sehen. Und doch nicht verhindern können.

So wurde aus einem Unfall ein Geheimnis. Und so wie das Gift eines Schlangenbisses seinen Weg durch den Körper findet, bis es das Herz erreicht und es zum Schweigen bringt, so bahnte sich ihr Schweigen seinen Weg durch ihre Liebe, bis es das Herz erreichte und es zum Schweigen brachte.

Eine Lüge kann genügen. Eine Lüge, streichholzgroß.

Das Gegengift wäre die Wahrheit gewesen. Es war ihr nicht gegeben. Nicht in diesen zwei Wochen.

Sie hatte es kommen sehen.

Wann beginnt das Leben? Wann beginnt die Liebe? Wann hört sie auf?

Nicht lebensfähig. Noch lange nicht. Und trotzdem.

Sie hatte vergessen, wie zerbrechlich Vertrauen war. Wie kostbar. Wie viel Licht es braucht. Wie dunkel es wird, wenn die Lüge ihre Flügel ausbreitet.

Sie hatte vergessen, wovon es sich nährt. Wie viel Zuwendung es braucht.

Sie bat ihn um Verzeihung. Nicht um eine zweite Chance. Als hätte sie gewusst, dass es sie nicht geben würde.

So endete es. Nach vier Jahren.

Keine Liebe fürs Leben, aber eine Hoffnung darauf.

6

Wie dünn ist die Wand, die uns vom Wahnsinn trennt? Niemand weiß, wie sie beschaffen ist. Niemand weiß, wie viel Druck sie erträgt. Bis sie nachgibt.

Wir leben alle am Rande.

Es ist nur ein Schritt. Ein kleiner. Den einen ist es bewusst, den anderen nicht.

Ich hatte lange geschlafen, mich bemüht, meine samstägliche Routine beizubehalten, ohne mich aus der Ruhe bringen zu lassen. Spät gefrühstückt, lange Zeitung gelesen, einige E-Mails an Freunde geschrieben, die Wäsche gemacht. Trotzdem wuchs meine Anspannung den Morgen über mit jeder Stunde. Ich traute der Stille in mir nicht mehr. Das Gefühl, als schaute mir bei allem, was ich tat, eine unsichtbare Macht über die Schulter. Die Stimme folgte mir, daran hatte ich keinen Zweifel mehr. Es war nur eine Frage der Zeit, wann sie sich wieder melden würde.

Vor mir lag der Entwurf unserer Klageschrift. Links und rechts stapelten sich Akten und Schriftwechsel, ein arbeitsreiches Wochenende wartete auf mich.

Warum hast du keine Kinder?

Ich erschrak jedes Mal aufs Neue. Aus der Nachbarwohnung klang gedämpfte Klaviermusik, der Fahrstuhl klingelte, Polizeisirenen tönten von der Second Avenue herauf, die Stimme wiederholte ihre Frage. Es klang, als stünde sie hinter mir und spräche mir direkt ins Ohr. Ich wollte mich wehren. Aber wie? Gegen wen?

Warum hatte ich keine Kinder? Eine Frage, die ich hasste. Warum muss sich eine Frau für ihr kinderloses Leben rechtfertigen? Niemand käme auf die Idee, eine Mutter zu fragen, warum sie Kinder hat. Wie kam sie ausgerechnet auf diese Frage? Ich tat, als hätte ich nichts gehört.

Du solltest nicht allein leben. Das ist nicht gut.

Die Stimme bekam unvermittelt einen forscheren Ton. Es war das erste Mal, dass sie keine Frage stellte. Ich dachte an Amys Worte. Sprich mit ihr. Hör dir an, was sie zu sagen hat.

Du solltest …

– Wo kommst du her?, unterbrach ich sie barsch.

Stille. Ich wiederholte den Satz und wartete. Als schulde sie mir eine Antwort.

Das … das weiß ich nicht, erwiderte sie leise.

– Warum nicht?

Ich erinnere nichts.

– Was willst du von mir?

Nichts.

– Warum stellst du dann all die Fragen?

Weil ich wissen möchte, wer du bist.

– Warum?

Weil ich in dir lebe. Weil ich ein Teil von dir bin.

– Nein! Du gehörst nicht zu mir, widersprach ich.

Doch.

– Nein. Ich kenne mich.

Bist du sicher? Wer kennt sich schon?

– Du bist eine Fremde, beharrte ich.

Ich bin ein Teil von dir und werde es bleiben.

Mir wurde schlecht.

– Wenn du wirklich ein Teil von mir bist, dann will ich, dass du schweigst.

Ich gehöre zu dir, aber du kannst mir nicht sagen, was ich zu tun habe. Das entscheide ich.

Meine Hände begannen zu zittern.

Wovor hast du Angst?

– Wer sagt, dass ich Angst habe?

Warum zitterst du sonst?

– Weil ich friere.

Wovor hast du Angst?

– Ich. Habe. Keine. Angst.

Hast du. Mit Angst kenne ich mich aus.

Ich stutzte.

– Warum kennst du dich mit Angst aus?

Stille.

Weil Angst mein täglicher Begleiter war.

– Wann?

Wenn ich das wüsste. Alles ist verschwommen. Nur an die Angst erinnere ich mich.

– Wo war das?

Alles ist weit weg.

– Was ist weit weg? Wovor hattest du Angst?

Ich habe alles verloren.

– Was hast du verloren?

Alles. Mehr weiß ich nicht.

Sie verstummte. Ich wartete, ob sie sich wieder melden würde. Ich stand auf und lief aufgeregt in meiner Wohnung umher.

– Was hast du verloren? Wo kommst du her? Sag doch etwas.

Es blieb ruhig in mir.

– Warum antwortest du mir nicht?

Was war nur in mich gefahren? Wer sprach da zu mir? War es möglich, dass sich meine Persönlichkeit von einem Tag zum anderen gespalten hatte? War das die Definition von Schizophrenie?

Ich öffnete meinen Laptop und googelte »Schizophrenie«. Wikipedia definierte sie als eine »schwere psychische Erkrankung, gekennzeichnet durch Störungen des Denkens, der Wahrnehmung und der Affektivität«. Sie begann oft plötzlich, ohne dass es vorher nach außen auffällige Merkmale gegeben hätte. »Typisch für die inhaltlichen Denkstörungen ist Wahnbildung.« Ich hielt inne und überlegte kurz, ob ich den Computer nicht besser zuklappen sollte. Wahnbildung. Was sollte das heißen? Beunruhigt las ich weiter: »Häufig treten akustische Halluzinationen auf: Etwa 84 Prozent der an einer schizophrenen Psychose Erkrankten nehmen Gedanken wahr, deren Ursprung von den Betroffenen außerhalb verortet wird (Stimmenhören). Ein solches Erlebnis kann für die Betroffenen allein und inmitten von Sätzen, die umstehende Menschen sagen, auftreten. Befehle sind dabei eher selten. Behandlung: Bis heute sind schizophrene Störungen nicht im eigentlichen Sinne ›heilbar‹. In einer akuten Phase steht häufig die medikamentöse Behandlung im Vordergrund.«

Mit jedem Satz ging es mir schlechter. Ich litt nicht unter einer Psychose. Halluzinationen hatte ich auch nicht. Diese Stimme gab es. Ich bildete sie mir nicht ein.

Bei Amazon suchte ich nach Büchern, die sich mit inneren Stimmen beschäftigten. »Schizophrenie heilen«, »Halluzinationen heilen«, »Höre die Stimme des Lords« waren die beliebtesten Titel. Nichts, was ich lesen wollte.

Unter dem Stichwort »Stimmen hören« gab es im Internet über eine Million Fundstellen. Bei der ersten handelte es sich um eine Radiosendung. Darunter bot ein Netzwerk »Informationen, Unterstützung und Verständnis für Menschen, die Stimmen hören« an. »WrongDiagnosis.com« versprach eine Liste mit sieben Krankheiten, die das Phänomen verursachen können, und entsprechende Behandlungsmethoden. Ich öffnete die Seite.

»Ursachen: Schizophrenie. Psychosen. Psychotische Depression. Halluzinationen.«

Unter »Behandlung« stand die Empfehlung, dringend einen Arzt aufzusuchen, gefolgt von vier angeblich hilfreichen Videos. In einem sollte ich lernen, dem Arzt meines Kindes die richtigen Fragen zu stellen. Im anderen ging es um »Emotionales Essen: Wie Sie verhindern, dass Ihre Gefühle Ihre Essgewohnheiten kontrollieren«. Es folgte eines über »Stressfreie Familienausflüge im Auto« und eines über den Zusammenhang zwischen Nikotinentzug und Gewichtszunahme. Menschen, die Stimmen hörten, schienen demnach unter kranken oder schreienden Kindern zu leiden und Probleme mit ihrem Gewicht zu haben. Beides traf auf mich nicht zu. Am Ende der Seite entdeckte ich ein Forum mit Erlebnisberichten Betroffener. Neugierig öffnete ich den ersten.

»Deepwater« schrieb: »Ich höre seit zwei Jahren Stimmen. Zunächst nur gelegentlich, aber seit einem Jahr nehmen sie zu. Sie werden lauter und drängender und mischen sich immer mehr in mein Leben ein. Sie sagen, ich sei klein und hässlich und ein Versager. Vergangene Woche befahlen sie mir, aus dem Haus zu gehen, mich auf den Rasen zu legen, mit den Armen zu rudern und dabei laut zu schreien, bis die Nachbarn kommen. Ich nehme starke Psychopharmaka dagegen, aber die helfen nicht. Mein Psychiater sagt, ich muss Geduld haben. Aber ich kann nicht mehr. Außerdem glaube ich, dass es unter Psychopharmaka schwieriger ist, mit höheren Mächten in Kontakt zu treten. In einem Buch habe ich gelesen, dass wir lernen müssen, mit unserem dritten Auge zu sehen. Dort liegt die Lösung. Aber wie sehe ich mit meinem dritten Auge? Hat da jemand praktische Erfahrung? Ist das die Lösung? Ich will nicht verzweifelt klingen, aber die Stimmen fangen an, mir zu sagen, was ich tun soll. Das macht mir Angst. Hat jemand eine Idee, was ich tun kann?«

»Sleeping-beauty« antwortete: »Hast du es mit Beten versucht? Jesus hat die Antwort. Er hat auf alles eine Antwort, du musst ihm nur vertrauen. Er will, dass du ihm vertraust und …«

Ich schloss die Seite hastig und klappte den Computer zu. Mit dieser Welt wollte ich nichts zu tun haben. Ich hatte keine psychischen Probleme. Meine Mutter litt unter Depressionen und nahm Prozac. Meine Schwägerin auch. Einige meiner Kollegen. Ich nicht. Ich glaubte weder an höhere Mächte noch an dritte Augen.

An Arbeiten war nicht mehr zu denken. Mich hatte eine innere Unruhe gepackt, die mich den ganzen Tag über nicht losließ. Ich räumte auf wie eine Besessene. Wischte die Regale in der Küche aus. Putzte alle meine Schuhe. Sortierte alte Kleidung aus.

Ich ging in den Central Park joggen und konnte nicht mehr aufhören zu laufen. Meine Beine gehorchten mir nicht, ich rannte das Dreifache meiner üblichen Strecke, eine Distanz, von der ich vorher nicht für möglich gehalten hätte, dass ich sie bewältigen könnte. Ich rannte ohne Pause, trotz schmerzender Füße und einem rasenden Herz, etwas trieb mich immer weiter. Krämpfe in den Beinen zwangen mich schließlich, aufzuhören. Ich lehnte mich an einen Baum am Rande der Strawberry Fields und übergab mich.

In der Nacht wurde ich von einem elenden Schluchzen geweckt. Im ersten Moment hielt ich es für einen Traum, dann dachte ich, Michael läge weinend neben mir. Ich machte Licht und starrte auf die leere Betthälfte. Das Schluchzen ging in ein lautes Wimmern über, ich stand auf und schaute nach, ob jemand vor meiner Tür lag oder ob es aus der Nachbarwohnung kam. Im Flur war alles ruhig, in mir wurde es immer lauter.

Es war ein untröstliches Weinen, das nicht enden wollte und mich wahnsinnig machen würde, wenn ich es nicht irgendwie zum Verstummen brachte.

– Hallo? Wo bist du?

Das Weinen wurde nur noch heftiger. Es klang nicht trotzig, auch nicht wütend, eher nach einem Schmerz, für den es keine Worte gab.

– Bist du es, die weint? Warum antwortest du nicht?

Nichts als dieses unerträgliche Schluchzen. Es tat mir nicht mehr in den Ohren weh, sondern im Herzen. Es berührte etwas in mir, ich spürte eine Pein, eine tief vergrabene Trauer, und es konnte nicht mehr lange dauern, dann würde ich ebenfalls in Tränen ausbrechen.

Ich machte überall Licht und drehte das Radio auf, bis die Musik das Wehklagen in mir übertönte. Kurz darauf klingelte es. Vor der Tür standen zwei Nachbarn und wollten wissen, ob ich völlig verrückt geworden sei.

Es war der Augenblick, in dem ich begriff, dass ich Hilfe brauchte.

7

Ich war ein Nervenbündel, als ich am Montagmorgen um kurz vor elf Uhr die Praxis von Dr. Erikson betrat. Am Wochenende war ich nicht in der Lage gewesen, mich auf irgendetwas zu konzentrieren, jeder Versuch, zu arbeiten, endete mit einem Kommentar oder Fragen der Stimme. Ich hatte kaum geschlafen und am Morgen Mulligan gestanden, dass zu meinen Kreislaufproblemen noch schlimme Schwindelanfälle und Magenschmerzen hinzugekommen wären und ich auf dem Weg zu einem Internisten sei. Es war mir peinlich, zu lügen, aber die Wahrheit war keine Alternative.

Er reagierte kühl. Mulligan war stolz darauf, in achtzehn Jahren nicht einen Tag krank gewesen zu sein. Das »Gute Besserung« verschluckte er fast.

Dr. Erikson war Psychiater; eine Freundin Amys, deren jüngerer Bruder unter einer Psychose litt, hatte ihn empfohlen und durch Zufall den kurzfristigen Termin für mich bekommen.

Er öffnete persönlich die Tür. Ein groß gewachsener, durchtrainierter Mann, vermutlich fünf, sechs Jahre älter als ich. Sein fester Händedruck, die ruhige Art, in der er mich anschaute, nahmen mir etwas von meiner Nervosität. Er führte mich in ein kleines Zimmer mit weißen, kahlen Wänden, in dem zwei Freischwinger standen, und bat mich, Platz zu nehmen. Wir saßen uns so dicht gegenüber, dass sich unsere Beine fast berührten. Dann nahm er Block und Kugelschreiber zur Hand und fragte, was mich zu ihm führe.

Bereits nach den ersten Sätzen begann ich, mich unwohl zu fühlen, ohne dass ich hätte sagen können, woran es lag. Der Enge? An seiner Stimme vielleicht. Sie war klar, aber zu kalt, fast schneidend. Eine Stimme voller Selbstgewissheit. Obgleich ich genau das suchte, jemanden, der sich seiner Kunst, seines Wissens sicher war, dem ich mein Leid klagen konnte, der es diagnostizieren und mir eine erfolgreiche Therapie verschreiben könnte, war sie mir unangenehm.

Ich erzählte ihm, was in den vergangenen drei Tagen vorgefallen war. Er hörte aufmerksam zu, fragte hin und wieder, machte sich Notizen.

»Ich halte es nicht mehr länger aus«, schloss ich meine Schilderung. »Ich hoffe sehr, dass Sie mir helfen können.«

Er blickte mir geradewegs in die Augen und sagte ruhig: »Das werde ich, machen Sie sich keine Gedanken. Es gibt eine Reihe neuer Psychopharmaka, die bewirken wahre Wunder.«

Was mich beruhigen sollte, verstärkte mein Unbehagen noch.

»Stimmenhören ist nicht so ungewöhnlich, wie Sie vielleicht glauben. Moses hörte die Stimme Gottes, nicht wahr? Sokrates hörte Stimmen. Jeanne d'Arc, Rainer Maria Rilke, um ein paar Beispiele zu nennen. Es ist ein Phänomen, das viele Ursachen haben kann.« Sein Blick ruhte weiter auf mir, ich gab ihm mit einem Nicken zu verstehen, dass ich begriff, was er sagte.

»Es kann ein Symptom sein für eine körperliche Erkrankung. Alzheimer zum Beispiel. Parkinson. Für einen Gehirntumor. Es könnte aber auch auf ein seelisches Leiden hindeuten.«

Ich rutschte in meinem Ledersessel hin und her.

»Aber ich will Sie nicht verrückt machen.« Er hielt kurz inne, lächelte und wartete, ob ich auf sein Wortspiel reagierte. Als ich es nicht tat, fuhr er ernst fort: »Es kann auch ganz andere Gründe haben. In den allermeisten Fällen haben wir dagegen Medikamente, die helfen. Nehmen Sie zurzeit Tabletten?«

»Hin und wieder mal eine Ibuprofen gegen Rückenschmerzen, sonst nichts.«

»Drogen?«

»Nein.« Ich wischte vergeblich über einen kleinen Fleck auf meiner Hose.

»Alkohol?«

»Ja, aber wenig.«

»Wie viel?«

»Ein Glas Wein zum Abendessen. Manchmal zwei.«

»Wann waren Sie das letzte Mal richtig betrunken?«

»O Gott. Das ist ewig her. Als Studentin.«

Er nickte kurz. »Drogen haben eine halluzinogene Wirkung. Sie sind eine häufige Ursache für Stimmenhören.«

Ich war unsicher, ob er mir glaubte.

Er überlegte. »Kommt Ihnen die Stimme bekannt vor?«

»Wie meinen Sie das?«, fragte ich und strich noch einmal über den Fleck.

»Es gibt Menschen, die einen Freund, Elternteil oder Partner verloren haben und dann deren Stimmen vernehmen.«

»Seit dem Tod meines Vaters vor vierzehn Jahren ist niemand gestorben, der mir nahestand.«

»Das heißt, es gibt keine Person, der Sie die Stimme zuordnen können?«

»Nein. Sie erteilt mir auch keine Befehle und beschimpft mich nicht.«

Er lächelte. »Ich sehe, Sie haben sich mit dem Thema schon beschäftigt. Leiden Sie unter Zwängen?«

»Was meinen Sie damit?« Seine Fragen irritierten mich zunehmend.

»Eine Art Waschzwang, zum Beispiel. Der Fleck auf Ihrer Hose scheint Sie ja mächtig zu stören.«

Überrascht schaute ich zuerst auf meine Hose, dann auf ihn. Ein kurzes Lächeln flog über sein Gesicht. Wollte er mich provozieren?

»Ich trage nicht gern bekleckerte Hosen und habe ihn beim Anziehen übersehen«, erwiderte ich kühl. »Ich dusche auch jeden Morgen. Ich glaube nicht, dass das etwas mit einem Waschzwang zu tun hat.«

Dr. Erikson deutete ein Kopfschütteln an. »Sicher nicht. Haben Sie manchmal den Eindruck, andere Menschen könnten Ihre Gedanken lesen?«

»Nein.«

»Fühlen Sie sich gelegentlich beobachtet oder verfolgt?«

»Nur von der Stimme.«

»Denken Sie manchmal, dass Ihre Gedanken von anderen Menschen beeinflusst werden?«

»Werden sie das nicht immer?«

Ein feines Lächeln war die Antwort. Er musterte mich schweigend.

Meine Anspannung wuchs. Ich vertraute ihm mein Innenleben an, oder zumindest einen Teil davon, und hatte nicht das Gefühl, dass es bei ihm gut aufgehoben war. Einen Moment lang überlegte ich, die Sitzung abzubrechen. Die Vorstellung, wieder von der Stimme verfolgt zu werden, hielt mich zurück. Ich brauchte seine Hilfe.

»Woher kommt diese Stimme?«, fragte ich nach einer Pause. »Wie werde ich sie wieder los?«

Er wippte nachdenklich in seinem Stuhl. »Nach Ihren Schilderungen gehe ich davon aus, dass es sich lediglich um eine psychosenahe oder psychotische Reaktion handelt.«

»Was ist das? Wie kommt es dazu?«

»Unterschiedlich. So etwas kann ganz plötzlich in sehr belastenden Schwellensituationen auftreten, in kritischen Phasen des Übergangs. Bei Jugendlichen zum Beispiel, wenn sie ihr Elternhaus verlassen. Bei Jobwechseln. Umzügen. Der Tod eines Angehörigen kann wie gesagt ein Auslöser sein. Hat es in den vergangenen Monaten irgendetwas gegeben, was Sie außergewöhnlich belastet hat?«

Ich zögerte kurz. »Nein.«

»Ich kann zu diesem Zeitpunkt auch eine Form der Schizophrenie nicht ausschließen. Aber so, wie Sie die Stimme beschreiben, glaube ich das eigentlich nicht. Um eine solche Diagnose mit einer größeren Sicherheit stellen zu können, muss ich mehr über Sie wissen und den weiteren Verlauf verfolgen. Wir werden sehen.«

Er sah die Angst in meinen Augen und fügte hinzu: »Aber machen Sie sich keine Sorgen. Selbst wenn es so wäre, haben wir dagegen Medikamente. Gibt es in Ihrer Familie noch andere psychische Erkrankungen?«

»Meine Mutter leidet an Depressionen.«

»Schon lange?«

»Seit ich mich erinnern kann.«

»Sie auch?«

»Nein.«

»Ihre Brüder?«

»Nein.«

Er nickte nachdenklich und machte sich ein paar Notizen. »Gibt oder gab es, soweit Sie wissen, in Ihrer Verwandtschaft noch jemanden, der Stimmen hört?«

»Mein Vater konnte Herzen hören«, antwortete ich spontan, ohne darüber nachzudenken.

Dr. Erikson lachte. Er hielt es für einen Scherz.

Ich wollte mich von ihm nicht beirren lassen, er hatte gefragt, nun sollte er die Antwort bekommen: »Er wurde in Burma geboren, sein Vater starb früh, seine Mutter verließ ihn, weil sie überzeugt war, dass er Unglück brachte. Er wurde von einer Nachbarin großgezogen. Im Alter von acht Jahren erblindete er. Dafür entdeckte er die Gabe des Hörens. Er konnte Vögel am Ton ihres Flügelschlags erkennen. Er wusste, wenn irgendwo eine Spinne an einem Netz webte, weil er den Klang vernahm.« Ich machte eine Pause, um zu sehen, wie der Arzt reagierte. Er starrte mich mit ungläubigen Augen an, nicht sicher, ob ich ernst meinte, was ich ihm erzählte. Mir gefiel seine Verwirrung, und ich fuhr fort:

»Und er konnte wie gesagt auch Herzen hören.«

»Herzen hören?«, wiederholte Dr. Erikson, als wolle er sich versichern, dass er mich richtig verstanden hatte.

»Ja. Mein Vater erkannte die Menschen an ihrem Herzschlag und fand heraus, dass jedes Herz anders klingt und dass die Herztöne, ähnlich wie Stimmen, Aufschluss geben über das Befinden der Person. Er verliebte sich in ein junges Mädchen, weil er nie zuvor ein so schönes Geräusch gehört hatte wie das Pochen ihres Herzens.«

»Sehr interessant«, sagte er mit sorgenvoller Miene. »Haben Sie noch andere Fantasien, oder sehen Sie manchmal Dinge, die andere nicht wahrnehmen können?«

»Dieses Mädchen«, erzählte ich unbeirrt weiter, »hieß Mi Mi. Sie war wunderschön, konnte jedoch nicht auf ihren Beinen laufen, weil ihre Füße nach innen gewachsen waren. Deshalb trug mein Vater sie auf seinem Rücken. Er wurde zu ihren Beinen, sie zu seinen Augen, wenn Sie verstehen, was ich meine?«

Dr. Erikson nickte. »Natürlich verstehe ich, was Sie meinen, Frau Win.«

»Später gewann er durch eine Operation sein Augenlicht zurück, verlor jedoch die Gabe des besonderen Hörens. Er wurde nicht taub, aber sein Gehör war nicht mehr so außerordentlich sensibel.«

»Und Sie«, fragte er vorsichtig. »Können Sie auch Herzen hören?«

»Leider nicht.«

Dr. Erikson schaute auf die Uhr. Die Skepsis in seinem Gesicht.

Was willst du hier?

Der Moment, vor dem ich mich die ganze Zeit gefürchtet hatte.

– Sei ruhig, befahl ich ihr.

Was willst du von diesem Mann?

– Hilfe. Ich brauche Hilfe.

Du brauchst keine Hilfe.

– Doch.

Dieser Mann kann dir nicht helfen.

– Warum nicht?

Weil er kein Wort verstanden hat von dem, was du ihm eben erzählt hast. Er glaubt, dass man mit den Augen sieht. Wie soll er dir helfen können?

– Woher weißt du das?

Das sieht man doch.

»Was ist mit Ihnen?«

»Was soll sein?«

»Sie sind ganz blass geworden. Ihre Lippen zucken. Hören Sie die Stimme jetzt?«

Ich nickte.

»Was sagt sie?«

»Dass ich keine Hilfe brauche.«

Ein wissendes Lächeln flog über sein Gesicht. »Noch etwas?«

»Dass Sie mir nicht helfen können.«

»Warum nicht? Verrät sie Ihnen das auch?«

Sag es ihm nicht. Er versteht dich nicht.

Ich überlegte kurz. »Nein, das tut sie nicht.«

»Das habe ich mir gedacht. Die Stimme in Ihnen fühlt sich bedroht von mir. Es ist eine typische Abwehrreaktion.«

Der spinnt.

»Versuchen Sie, sie zu ignorieren.«

»Wenn ich das so einfach könnte, säße ich nicht hier.«

»Ich weiß, aber versuchen Sie es. Das müssen Sie lernen. Lassen

Sie die Stimme ruhig reden. Hören Sie nicht hin. Was sie sagt, ist unwichtig. Es hat mit Ihnen nichts zu tun.«

Er weiß nicht, wovon er spricht. Der spinnt. Glaube mir. Er ist ein typischer Saya Gyi.

Was war ein *Saya Gyi?* Ich dachte an U Ba. Ich dachte an Amy. Mir drehte sich der Kopf.

»Ich verschreibe Ihnen Zyprexa«, hörte ich ihn wie durch eine Wand zu mir sprechen. »Nehmen Sie nachher fünf Milligramm und dann die kommenden sieben Tage jeden Abend die gleiche Menge, das wird Ihnen helfen. Es kann zu Gegenanzeigen kommen. Sie werden sich in den ersten Tagen wahrscheinlich müde und schläfrig fühlen. Gehen Sie in dieser Woche nicht mehr ins Büro. Manche Patienten klagen auch über Gewichtszunahme. Schwindel. Verstopfung. Aber das geht in den meisten Fällen vorüber. Keine Wirkung ohne Nebenwirkung. Aber mit diesem Mittel werden Sie spätestens nach Thanksgiving wieder arbeitsfähig sein. In einer Woche sehen wir uns wieder. Dann geht es Ihnen besser. Ganz sicher.«

Ich hatte, was ich wollte: eine erste Diagnose. Ein Medikament dagegen und die selbstgewisse Versicherung, dass es helfen würde. Trotzdem verließ ich die Praxis noch angespannter, als ich gekommen war.

Der Verkäufer im Drugstore klärte mich noch einmal über die Nebenwirkungen des Medikaments auf, doch ich war zu erschöpft, um mir alles zu merken.

Zu Hause ging ich, ohne mir den Mantel auszuziehen, in die Küche, füllte ein Glas mit lauwarmem Wasser, holte die Arznei aus der Tasche und drückte eine Tablette aus der Packung.

Nimm sie nicht! Lass es.

Versuchen Sie, sie zu ignorieren.

Sie wird dir nicht helfen.

Das müssen Sie lernen. Hören Sie nicht hin.

Tu es nicht.

Was sie sagt, ist unwichtig.

Ich legte die Tablette auf die Zunge, nahm einen großen Schluck Wasser.

Kurz darauf überkam mich eine unendliche Müdigkeit. Ich legte mich angezogen aufs Bett und schlief sofort ein.

8

Sie wollte nicht, dass er geht.

Wollte es nie.

Sie schrie. Stampfte vor Wut mit den Füßen. Vor Angst. Warf sich auf den Boden. Weinend.

Er hob sie hoch. Und immer höher. Sodass sie fast unter der Deckenlampe schwebte und auf ihn hinabschauen konnte. Schwerelos vor Glück. Bis es klingelte. Der Fahrer wartete.

Er hielt sie im Arm. Flüsterte ihr ins Ohr, tröstete sie mit seiner melodischen Stimme. Dann stellte er sie ab, nahm seine Sachen und ging. Trotz aller Worte.

Jeder Trost war ein Verrat.

Einmal versteckte sie den Hut, den er jeden Tag trug, wenn er die Tür hinter sich schloss.

Ohne Hut würde er das Haus niemals verlassen. Er suchte überall, ohne sich aus der Ruhe bringen zu lassen, auch wenn die Zeit drängte. Aufgeregt beobachtete sie jede seiner Bewegungen, folgte ihm von Raum zu Raum. Mit rasendem Herzen sah sie, wie er sich dem Versteck näherte, wie er ihn fand und lachend aufsetzte. Er hatte es für einen Streich gehalten.

Beim nächsten Mal wählte sie ein besseres Versteck. Eines, das er niemals entdecken würde. Er suchte vergeblich. Und nahm einen anderen. Er besaß vier. Das hatte sie nicht gewusst.

Mutter und Bruder lachten über sie. Warum sie denn ein solches Theater mache? Er kommt doch wieder.

Woher wussten sie das?

Er war weg. Verschluckt von einer Welt, zu der sie nicht gehörte. Unerreichbar.

Er kommt doch wieder. Wie konnten sie da so sicher sein?

Manchmal lief sie, kaum war die Tür ins Schloss gefallen, in ihr Zimmer im ersten Stock. Erklomm die steilen Stufen in allerhöchster Eile. Rannte den Flur entlang, rutschte aus, stürzte, sprang auf, sich die Tränen über die schmerzenden Knie für später aufsparend, jagte mit ihren viel zu kurzen Beinen durch ihr Zimmer ans Fenster.

Manchmal hatte sie Glück. Dann drehte er sich noch einmal um und entdeckte sie zwischen den Gardinen. Winkte und formte den Mund zu einem Kuss.

An den meisten Tagen sah sie nur noch die Rücklichter der Limousine.

Er kommt doch wieder. Woher nahmen sie ihre Gewissheit?

Es wäre nur eine Phase, trösteten sich die Eltern. Sie würde vorübergehen. Wie alle Phasen. Wie alles.

Sie behielten recht. Irgendwann ertrug sie die Abschiede. Irgendwann ergab sie sich der Illusion, dass ein Wiedersehen eine Selbstverständlichkeit sei.

Älterwerden nannten sie es.

Keine Wunde fürs Leben. Aber eine erste Ahnung davon.

9

In den folgenden Tagen quälte mich die Stimme mit ihren Fragen, in den Nächten weckte mich ihr Schluchzen. Der Schlafmangel zehrte an mir. Mein Körper schmerzte, ich konnte mich auf nichts konzentrieren, die Zeitung legte ich nach wenigen Minuten weg, an ein Buch war gar nicht zu denken. Immer häufiger kommentierte sie mein Verhalten, sagte sie mir, was ich zu tun oder zu lassen hätte. (Lauf nicht so schnell. Iss nicht so hastig. Du hast es immer so eilig. Du kaufst zu viel, dein Schrank ist voll.)

Meine Bemühungen, zu arbeiten, scheiterten ebenso wie meine Versuche, mich abzulenken. Im Kino protestierte die Stimme gegen *Der Teufel trägt Prada*, *Brokeback Mountain* fand sie schrecklich. (Warum guckst du so etwas? Warum lachst du darüber? Warum müssen diese Menschen so leiden?) Beide Filme verließ ich vor ihrem Ende.

Im Fitnessclub spottete sie über die vielen schwitzenden Menschen. (Warum auf einem Fahrrad sitzen, das nicht fahren kann? Wieso laufen sie auf der Stelle? Haben sie nichts Besseres zu tun?)

Im Central Park fing sie an, laut zu summen und zu singen.

Egal was ich tat, wohin ich ging, was ich sah: Ich dachte an nichts als die Stimme in meinem Kopf. Selbst wenn sie ruhig war.

Bei Mulligan entschuldigte ich mich mit einer dramatischen E-Mail, in der ich nicht näher spezifizierte ernsthafte gesundheitliche Probleme andeutete, weitere aufwendige Untersuchungen seien vonnöten. Er antwortete mit einer besorgten Mail und wünschte gute Besserung. Immerhin.

Auf meinen rastlosen Streifzügen durch die Stadt fiel mir in der U-Bahn-Station am Union Square ein Mann auf. Er war etwa in meinem Alter, trug einen schwarzen Anzug, ein weißes Hemd, und zwischen seinen Beinen lag eine Aktentasche. Er blickte stur geradeaus und redete laut. Um ihn herum hetzten die Menschen von Gleis zu Gleis. Der Mann rührte sich nicht von der Stelle. Zwischen dem ohrenbetäubenden Lärm der einfahrenden Züge schnappte ich vereinzelte Satzfetzen auf. »Hört auf den Lord ... wir sind alle Sünder ... vertraut dem Lord ... ihr habt euch verirrt ...« Niemand außer mir schenkte ihm Beachtung, und selbst wenn sich jemand erbarmt hätte und stehen geblieben wäre, es war unmöglich, auch nur einen zusammenhängenden Satz zu verstehen. Ich fragte mich, was ihn dazu trieb. Hörte auch er eine Stimme? Befahl sie ihm, auf einer der größten U-Bahn-Stationen New Yorks gegen einfahrende Züge anzupredigen? Welche Macht würde die Stimme über mich noch erlangen?

Trotz meiner Angst nahm ich die verschriebenen Psychopharmaka nur noch zweimal. Es war nicht der Einspruch der Stimme, der mich davon abhielt. Auch nicht die möglichen Nebenwirkungen. Es war die erhoffte Wirkung. Der Gedanke, dass ich eine chemische Substanz zu mir nahm, die sich meiner bemächtigte. Mich steuerte, kontrollierte. Eine seltsame Schwere hatte mich gleich beim ersten Mal überkommen. Das Gefühl, eine Fremde in meinem eigenen Körper zu sein.

Alles in mir sträubte sich dagegen. Ich wollte mich unter keinen Umständen der Macht dieser kleinen weißen Tabletten ausliefern. So weit war ich noch nicht. Es musste einen anderen Weg geben, die Stimme loszuwerden. Ich musste etwas ganz anderes ausprobieren, ich wusste nur nicht, was es sein könnte. Sollte ich Amys Rat folgen und mich mit ihr in die Wälder von Upstate New York zurückziehen? Meditieren? Ich hatte Angst, dass die Ruhe dort meinen Zustand nur verschlechtern würde.

Das Einzige, das half, war klassische Musik. Wenn ich auf meinem Sofa lag, Mozart, Bach oder Haydn hörte, verstummte die Stimme. Die Klänge von Violine, Cello und Klavier wirkten wie Stimmenbeschwörer. Als würden ihre Melodien sie zur Ruhe betten. Doch durfte ich gleichzeitig nichts anderes machen. Kein Buch zur Hand nehmen, nicht aufräumen oder kochen. Sie meldete sich sofort. Lass das. Entscheide dich: Musik hören oder lesen. Musik hören oder Essen zubereiten. Beides zur selben Zeit geht nicht. Ich würde immer viel zu viel auf einmal machen, statt mich auf eine Sache zu konzentrieren. Das konnte nicht gut gehen. Sie ertrug es nicht.

Die Thanksgiving-Feiertage machten alles noch schlimmer. Zum ersten Mal in meinem Leben verbrachte ich sie allein. Amy war zu einer Verwandten nach Boston gefahren. Die wenigen anderen Freunde, mit denen ich in dieser Zeit gern zusammen gewesen wäre, feierten mit ihren Familien. Das halbe Land war unterwegs. Die halbherzige Einladung meines Bruders, nach San Francisco zu kommen, hatte ich bereits vor Wochen dankend abgelehnt.

Ich hatte die Stadt noch nie so leer erlebt. Kaum Autos auf den Straßen, Geschäfte und Cafés waren geschlossen. Selbst der Obdachlose, der immer an der Ecke Second Avenue und 59th Street saß, war verschwunden. Ich rief ein halbes Dutzend Restaurants an, um mir Essen nach Hause zu bestellen, keines war geöffnet.

Am Abend roch es im ganzen Haus nach gebratenem Truthahn. Aus den Wohnungen auf meiner Etage drang das Lachen der Feiernden auf den Flur. Das helle Klirren der Gläser. Die Aromen von Backpflaumen, glasierten Karotten, Bohnen, Süßkartoffeln und Kürbiskuchen.

Der elendige Gestank der Einsamkeit.

Ich aß Reste aus dem Kühlschrank und trank, gegen den heftigen Protest der Stimme, fast eine ganze Flasche Rotwein. Sie behielt recht. Der Alkohol tat mir nicht gut. Ich fing an, mich selbst zu bemitleiden. Irgendwann kauerte ich weinend auf dem Sofa.

Am Sonntagabend kam Amy aus Massachusetts zurück. Wir hatten in den vergangenen Tagen mehrfach telefoniert. Sie war erleichtert, als ich die Medikamente absetzte, und bot immer wieder an, mit mir ein paar Tage aufs Land zu fahren. Sie machte sich jetzt ernsthaft Sorgen. Ob ich nicht doch mit ihr ins buddhistische Zentrum kommen wollte? Die Abgeschiedenheit würde mir guttun. Versprochen. Und wenn nicht, wären wir in drei Stunden wieder in Manhattan. Was hatte ich zu verlieren?

Mir war es mittlerweile egal, wohin wir fuhren. Ich war am Ende meiner Kraft. Ich wollte nicht mehr allein sein. Ich wollte raus aus der Stadt.

10

Das Taxi wendete. Es rollte langsam den Waldweg wieder hinunter, der Fahrer warf Amy und mir noch einen mitleidigen Blick zu, dann war er hinter einer Kurve verschwunden.

Eine unheimliche Ruhe umgab uns. Keine Vögel, keine Insekten mehr. Nicht einmal Wind rauschte in den Wipfeln.

Ich blickte mich um. Kaum Farben. Laublose Bäume, karge Böden, Felsbrocken, die aus der Erde ragten. Eine Welt in Graubraun. Menschenlos.

Für einen langen Augenblick fühlte ich mich wie ausgesetzt.

Amy schulterte ihren Rucksack, nickte mir zu und ging voran. Wir liefen einen Pfad hinauf, durchquerten ein Waldstück, bis auf einem Hügel vor uns ein absonderliches Gebäude auftauchte. Der untere Teil sah aus wie ein rechteckiges, flaches Konferenzzentrum mit großer Fensterfront. Darauf hatte jemand ein Pagodendach gesetzt samt achteckiger Kuppel, Türmchen, Goldverzierungen und buddhistischen Symbolen, die auf den Ecken thronten. Es war eine scheußliche Mischung. Unser Weg führte geradewegs dorthin.

Am Eingang empfing uns eine kleine Frau in einer hellrosa Kutte; sie trug die grauen Haare kurz geschoren, ihr Lachen und ihre weichen Gesichtszüge verbargen ihr Alter. Amy und sie kannten sich offenbar gut, aber sie begrüßte mich nicht weniger herzlich. Wir folgten ihr hinter das Hauptgebäude zu einem Gästehaus. Schwer atmend stieg sie in den ersten Stock und brachte uns auf unsere Zimmer.

Mein Raum war vielleicht acht Quadratmeter groß, es gab ein Bett, einen Stuhl und einen kleinen Schrank. Auf dem Nachttisch stand ein Buddha aus hellem Holz, dahinter steckte in einer Vase eine rote Hibiskusblüte aus Plastik. An der Wand hingen ein Bild des meditierenden Buddha und eine Tafel mit einer seiner Weisheiten: »Kein Leid kann denen widerfahren, die nie versuchen, Menschen und Dinge als ihr Eigentum zu besitzen.«

Mir kam mein Bruder in Burma in den Sinn. Hatte er diesen Satz verinnerlicht und konnte deshalb so gelassen bleiben? Trotz der Armut, in der er lebte?

Die Nonne führte uns auf den Flur, zeigte uns, wo Toilette und Dusche lagen. Im Erdgeschoss gebe es eine Gemeinschaftsküche, die Vorräte im Kühlschrank und in den Schränken seien für alle da. Es würden noch fünf andere Gäste im Haus wohnen. Wenn wir wollten, könnten wir in einer Stunde an der gemeinsamen Meditation teilnehmen, die jeden Nachmittag um vier Uhr stattfinde. Um sechs gebe es Abendessen, und wie bei allen Aktivitäten sei die Teilnahme freiwillig.

Amy wollte mit ihr vor der Meditation einen Tee trinken, mir war nicht danach.

Ich stellte meinen Rucksack ab, schloss die Tür und öffnete das Fenster.

Eine Welt ohne Polizeisirenen. Ohne Autos. Ohne Musik aus der Nachbarwohnung.

Eine Stille ohne Stimme.

Sie war seit unserer Abfahrt aus New York verstummt. So lange hatte sie seit Tagen nicht geschwiegen. Warum sagte sie plötzlich nichts mehr?

– Hallo? Zaghaft. Zaghafter.

– Wo bist du?

Keine Antwort.

Ich legte mich aufs Bett. Wartete. Ungeduldig. Einerseits wünschte ich mir nichts sehnlicher, als dass sie wieder aus meinem Leben verschwand.

Andererseits.

Die Ahnung, dass es nicht von alleine geschehen würde. Dass ich ergründen musste, was in mir vorging. Woher die Stimme kam. Was sie von mir wollte.

Die Meditationshalle war größer, als es von außen den Anschein hatte. Sie bot Platz für mehrere Hundert Menschen, war mit rotem Teppich ausgelegt, in einer Ecke stapelten sich rote Decken und blaue Meditationskissen. In drei Glasvitrinen standen verschiedene Buddhafiguren, auf kleinen Tellern davor lagen Opfergaben: ein paar Orangen, Bananen, Kekse. Der süßliche Duft glimmender Räucherstäbchen füllte die Halle.

Ich kam etwas spät, Amy und die anderen saßen bereits meditierend in einer Reihe; ich nahm ein Kissen und eine Decke und setzte mich im Lotussitz dazu. Ich schloss die Augen und hörte den gleichmäßigen Atem der anderen. Bei mir wollte sich diese Ruhe nicht einstellen. Mein Herz pochte heftig, mein Atem blieb kurz und schnell. In meinem Kopf rumorte es. Gedanken zogen an mir vorbei wie Wolken, die ein heftiger Wind vor sich her treibt. Ich dachte an Mulligan und seine buschigen Augenbrauen. An die kleinen Ohren meines Bruders, die er von unserer Mutter geerbt hatte. An U Bas grünen, ausgewaschenen Longy. Ich sah eine Eisscholle in einem See, die langsam schmolz, bis sie ganz verschwunden war. Ich dachte an meine Schuhe, die geputzt werden müssten. An die Milch, die in meinem Kühlschrank ranzig wurde.

Je angestrengter ich versuchte mich zu konzentrieren, desto banaler und aufdringlicher wurden meine Gedanken. Es war wie in meiner Yogaklasse, wenn ich zu meditieren versuchte. Das tiefe OM meines Lehrers brachte nichts in mir zum Klingen. Entspannte Leere, buddhistische Gelassenheit stellten sich nicht ein. Stattdessen Ärger über mich selber. Warum war ich nicht in der Lage, stillzusitzen und nichts zu tun? Weshalb konnte ich den steten Gedankenfluss in meinem Kopf nicht kontrollieren?

Ich öffnete die Augen. Nicht einmal zehn Minuten waren vergangen. Welchen Sinn machte es, hier noch über eine Dreiviertelstunde regungslos zu sitzen und mich von überflüssigen Gedanken quälen zu lassen? Konnte ich meine Zeit nicht besser nutzen? Spazieren gehen? Lesen? Beim Vorbereiten des Abendessens helfen? Ich war kurz davor, aufzustehen, als ich hinter mir Schritte hörte. Die leichten, flinken Schritte eines Kindes. Ich drehte mich um. Ein Mönch, ein kleiner, alter Asiate in dunkelroter Kutte, den Kopf kahl geschoren, kam auf mich zu, setzte sich neben mich. Unsere Blicke trafen sich, er begrüßte mich mit einem vertrauten Lachen.

Als würden wir uns seit Jahren kennen.

Ich konnte meine Augen nicht von ihm wenden. Er trug eine absurd große Brille mit dicken Gläsern, das schwarze Gestell war viel zu kräftig für sein schmales Gesicht. Seine Nase war ungewöhnlich spitz, die Augen klein. Die vollen Lippen erinnerten mich an Botoxmünder. Wenn er lächelte, kam ein kräftiger Oberbiss zum Vorschein.

Gleichzeitig bewegte er sich mit großer Anmut und strahlte eine Würde aus, die ich mit seiner äußeren Erscheinung überhaupt nicht in Einklang bringen konnte. Entweder war er sich ihrer nicht bewusst, oder sie war ihm völlig gleichgültig.

Er legte die Hände in den Schoß, schloss die Augen, und ich sah, wie sich seine Züge weiter entspannten.

Ich versuchte es selbst noch einmal, doch nun hatte ich fortwährend das Gesicht des Alten vor Augen. Von Minute zu Minute wurde ich unruhiger. Mein Becken schmerzte, im Rücken zog es. Der Hals fing an zu jucken. Eine Marter, an Kontemplation war nicht zu denken.

Irgendwann ertönte der Gong, der das Ende der Meditation anzeigte. Erleichtert öffnete ich die Augen. Der alte Mönch neben mir war verschwunden. Ich schaute mich irritiert im Raum um. Amy regte sich noch nicht, die anderen erhoben sich langsam.

Von ihm fehlte jede Spur.

Kurz darauf trafen wir uns mit den anderen Gästen zum Abendessen. Sie lebten alle in New York City. Eine Yogalehrerin in meinem Alter. Ein älterer Witwer, der in der Meditation Abschied von seiner vor einem Jahr verstorbenen Frau nehmen wollte. Eine Studentin auf der Suche, ohne zu wissen, wonach. Ein Journalist, der an einem Buch über die »Macht der Stille« arbeitete und fortwährend redete. Ich aß mein Gemüsecurry und hoffte, er würde interessanter schreiben als erzählen. Dabei ging mir der alte Mönch nicht aus dem Kopf. Zwischen Amy und mir genügte ein Blick, ein paar Minuten später saßen wir in meinem Zimmer.

Sie war mit einer Tasche gekommen und hatte ein geheimnisvolles Gesicht gemacht. Aus der Tasche holte sie eine Kerze, zwei kleine Gläser, einen Korkenzieher und eine Flasche Wein.

»Ist das erlaubt?«, fragte ich überrascht. Die Rechtsanwältin.

Amy lächelte und hielt einen Finger vor den Mund.

Sie zündete die Kerze an, löschte das Licht, öffnete leise die Flasche, schenkte uns ein und setzte sich zu mir aufs Bett.

»Der Buddha sagt: ›Der Unreife, der weiß, dass er unreif ist, verfügt über ein wenig Weisheit.‹«

»Er sagt auch, dass man keinen Alkohol trinken soll, glaube ich. Oder macht uns das Trinken von Wein zu Weisen?«

Sie nickte verschwörerisch.

»Bist du nun Buddhistin oder nicht?«

»Fast.«

»Was heißt ›fast‹?«

»Der Buddha sagt: ›Leben heißt Leiden.‹«

»Und?«, fragte ich gespannt.

Sie beugte sich weit zu mir vor und flüsterte: »Der Meister irrt: Leben heißt Lieben.«

»Das schließt sich ja nicht aus«, erwiderte ich. »Oder bedingt es sich nicht sogar?«

»Unsinn. Wer wirklich liebt, leidet nicht«, widersprach sie, noch immer flüsternd. Flüsternder.

»So ein Quatsch.«

»Kein Quatsch. Glaub mir.«

Sie lehnte sich zurück, lächelte und hob ihr Glas ein wenig. »Auf die Liebenden.«

»Und die Leidenden.«

Ich wollte das Gespräch nicht vertiefen und fragte, ob sie den alten Mönch mit seiner viel zu großen Brille während der Meditation bemerkt hatte.

Amy schüttelte den Kopf. »Aber die Nonne hat mir gesagt, dass sie einen Mönch aus Burma zu Gast haben.«

»Was hat sie über ihn erzählt?«, fragte ich in der Hoffnung, mehr über ihn zu erfahren.

»Er ist wohl schon sehr alt und soll in Burma ein hochgeachteter Mönch sein, der viele Anhänger hat. Angeblich kamen die Menschen aus dem ganzen Land zu ihm gereist und baten in schwierigen Lebenslagen um seinen Rat. Er musste fliehen, warum, weiß ich nicht. Er ist seit vier Wochen hier und wohnt zurückgezogen in einer kleinen Hütte etwas tiefer im Wald. Man sieht ihn wenig, an den gemeinsamen Meditationen nimmt er normalerweise nicht teil, hat sie gesagt. Erstaunlich, dass er ausgerechnet heute dazukam.«

Eine Weile blickten wir schweigend in den Schein der Kerze.

»Was sagt die Stimme zu unserem Ausflug?«

»Sie schweigt.«

»Habe ich nicht gesagt, dass dir die Abgeschiedenheit guttun würde? Du solltest viel öfter auf mich hören.«

»Ich bin mir nicht sicher, ob es an der Abgeschiedenheit liegt.«

»Woran sonst?«

»Vielleicht ... ich weiß es auch nicht.«

»Warten wir es ab. Willst du morgen zurück, oder bleiben wir noch ein bisschen?«

Ich nickte. Wir stießen an, leise, wie zwei Verschwörerinnen.

In der Nacht hatte es gefroren. Eine dünne Schicht Raureif bedeckte den Rasen. Das Haus war leer, die anderen waren bereits zur ersten Meditation gegangen. Ich sah ihre Fußabdrücke auf der Wiese. Mit jedem Schritt hinterlassen wir Spuren.

Ich zog mich an und trat hinaus. Kalte, klare Luft. Es roch nach Winter. Die kahlen, dünnen Bäume sahen aus wie Stangen, die ein Riese in die Erde gerammt hatte.

Die aufgehende Sonne, ein rot gefärbter Himmel.

Ich hatte überhaupt keine Lust, mich wieder durch eine Meditation zu quälen, lieber wollte ich einen Spaziergang machen. Ein deutlich markierter Pfad führte vom Haus weiter in den Wald.

Ein Bach. Die ersten Eiszapfen an Stöckchen, die aus dem Wasser ragten.

Das Knacken der Zweige unter meinen Füßen.

Warum sind wir hier?

Keine Freude, sicher nicht. Aber eine seltsame Erleichterung.

– Weil ich Antworten suche.

Auf welche Fragen?

– Warum ich dich höre. Woher du kommst.

Sie schwieg.

– Wo warst du so lange?

Keine Reaktion.

– Was ist mit dir?

Ich will hier weg.

– Warum?

Ich habe Angst, erwiderte sie flüsternd.

– Wovor?

Ich ersticke vor Angst. Hilf mir.

Nichts erinnerte mehr an ihren fordernden, drängenden Ton, mit dem sie mich in New York traktiert hatte. Sie klang bedürftig und schwach.

– Wovor hast du Angst?

Ich weiß es nicht. Sie machte eine lange Pause. *Vor Stiefeln. Schwarzen Stiefeln. Gewienert. Blank, dass sich meine Angst in ihnen spiegelt.*

– Wessen Stiefel?

Die Stiefel des Todes.

– Wer trägt sie?

Die Boten.

– Welche Boten?

Die Boten der Angst.

– Wer schickt sie?

Schweigen.

– Was erinnerst du noch?

Weiße Pagoden. Rote Flecken. Überall. Auf der Erde. Auf dem Holz. Roter Saft, der aus Mündern rinnt. Und alles färbt. Meine Gedanken. Meine Träume. Mein Leben.

– Blut? Erinnerst du dich an Blut?

Er tropft mir aufs Gesicht. In die Augen. Er brennt. Oh, wie er brennt.

Sie schrie kurz auf. Ich zuckte zusammen.

– Was ist passiert?

Es tut weh. So weh.

– Was tut weh?

Die Erinnerung.

– Welche Erinnerung? Wo kommst du her?

Aus einem Land, das du gut kennst.

– Woher genau?

Von der Insel.

– Welcher Insel?

Thay hsone thu mya, a hti kyan thu mya a thet shin nay thu mya san sar yar kywn go thwa mai.

– Was hast du gesagt?

Sie wiederholte die seltsamen Laute.

– Welche Sprache ist das?

Ich kann nicht mehr. Bitte hilf mir.

– Wie kann ich dir helfen?

Geh fort von hier. Ich will nicht zurück.

– Zurück? Wohin?

Auf die Insel.

– Wir fahren auf keine Insel.

Doch. Unser Weg führt geradewegs dorthin.

– Ich verstehe nicht, was du mir sagst. Du musst mir mehr erklären.

Sie schwieg wieder.

– Geh nicht weg, bleib hier. Versuch dich zu erinnern.

Keine Antwort.

Wie sollte ich die Bruchstücke ihrer Erinnerungen entschlüsseln? Ein Land, das ich kenne? Stiefel des Todes? Boten der Angst? Was konnte sich dahinter verbergen? Ich hatte nicht die leiseste Ahnung.

Zwischen den Bäumen tauchte plötzlich eine kleine Hütte auf. Es war ein Blockhaus aus dunkelbraunen Holzbalken und hatte die Form eines A, an beiden Seiten reichte das Dach hinunter bis auf den Boden. Auf der Veranda hing eine Mönchskutte über einer Leine. Aus dem Schornstein stieg schlohweißer Qualm. Ohne zu zögern, ging ich darauf zu.

Als hätte mich jemand gerufen.

Durch das große Verandafenster sah ich den Mönch von gestern. Er saß in der Mitte des Raums auf einer Tatamimatte und las in einem Buch. In einem Ofen hinter ihm loderte ein Feuer.

Ich klopfte und öffnete die Tür, ohne auf eine Antwort zu warten.

Er blickte auf und legte das Buch zur Seite.

»Wie schön, Sie zu sehen«, sagte er mit einem deutlich britischen Akzent. »Kommen Sie herein.«

Ich zog die Schuhe aus, betrat das Haus, schloss die Tür. Unsicher stand ich ihm gegenüber. Was wollte ich hier?

»Kommen Sie näher. Setzen Sie sich doch.« Er deutete mit einer Handbewegung auf den Boden vor sich.

Ich zögerte verlegen.

Wir schwiegen. Er beherrschte die Kunst des Wartens.

Irgendwann machte ich ein paar Schritte auf ihn zu und setzte mich.

»Wissen Sie, wer ich bin?«, fragte ich ihn unsicher.

Er schmunzelte. »Ich bin ein Mönch und kein Hellseher.«

Wir schwiegen wieder. Das Knistern des brennenden Holzes. Er beobachtete mich. Ein Blick, in dem nichts Forderndes lag. Allmählich bekam ich das Gefühl, in diesem Raum anzukommen.

»Sie kommen aus Burma?«

Der alte Mönch nickte.

»Mein Vater auch.«

Er nickte erneut.

»Ich habe gehört, in Burma kommen die Menschen zu Ihnen, wenn sie einen Rat brauchen.«

»Zuweilen, ja.«

»Wie können Sie ihnen helfen?«

»Ich höre mir ihre Geschichten an und erinnere sie.«

»Woran?«

»An ein paar Wahrheiten, die wir alle kennen, aber manchmal vergessen.«

»Welche Wahrheiten?«

»Sie haben es sehr eilig.«

»Ist das schlimm?«

»Gras wächst nicht schneller, wenn man daran zieht. Haben Sie schon einmal meditiert?«

»Ja, gestern. Neben Ihnen«, erwiderte ich irritiert.

»Da haben Sie stillgesessen und nichts getan. Das ist nicht dasselbe.«

»Woher wissen Sie das?«

Er lächelte. »Wenn Sie möchten, helfe ich Ihnen.«

»Wobei?«

»Zur Ruhe zu kommen.«

Ich hatte ihm nichts entgegenzusetzen.

Er rutschte näher an mich heran, bis er direkt vor mir saß. Knie an Knie. Er tat nichts, außer wieder geduldig zu warten. Hinter ihm loderte das Feuer im Ofen. Er gab mir das Gefühl, alle Zeit dieser Welt zu haben, mein viel zu schneller Atem beruhigte sich allmählich. Er nahm meine kalten Hände, die ich ihm bereitwillig überließ. Als hätte ich nur darauf gewartet. Er betrachtete sie lange von beiden Seiten. Ich ließ es geschehen und schloss die Augen. Hörte seinen gleichmäßigen Atem. Spürte seine warmen Finger. Seine faltige, weiche Haut. Das Gefühl, zu fallen. Wie ein Blatt, das aus großer Höhe langsam zu Boden segelt. Ohne Hast. Unaufhaltsam. Gelassen seinem Schicksal folgend.

Er hielt meine Hände. Und mich.

Ich verlor jedes Zeitgefühl.

Als ich zum Gästehaus zurückkehrte, räumte Amy gerade den Frühstückstisch ab.

»Wo warst du?«

»Im Wald«, sagte ich spontan.

»Meditieren?«

Ich nickte.

»Bei dem alten Mönch?«

Ich nickte noch einmal, immer wieder erstaunt, wie gut Amy mich kannte.

»Schade, dass er nicht etwas jünger ist«, sagte sie und grinste.

Am nächsten Morgen erwachte ich noch vor Sonnenaufgang. Am liebsten wäre ich sofort zu dem alten Mönch gegangen, wartete jedoch, bis alle im Haus auf dem Weg zur Meditationshalle waren. Dann stand ich auf, zog mich an und ging los.

»Kommen Sie herein, setzen Sie sich«, sagte er, nicht im Geringsten überrascht, mich wiederzusehen. »Oder legen Sie sich hin, wenn Sie nicht sitzen möchten.«

Ich zog die Schuhe aus und legte mich ausgestreckt auf den Boden. Erst jetzt merkte ich, wie kalt mir war und dass ich am ganzen Körper zitterte. Er breitete eine Decke über mir aus, hockte sich direkt hinter mich, legte seine Hände kurz auf meine Schläfen und schob sie dann wie ein flaches Kissen sanft unter meinen Kopf. Sie waren wunderbar warm. Ich schloss die Augen. Mein Atem beruhigte sich, das Zittern verschwand, mich überkam ein Gefühl der Gelassenheit, wie ich es zuvor nur bei meinem Bruder U Ba erlebt hatte. Als würde ich alles in die Hände dieses alten Mannes legen. Das Gewicht meiner ganzen Welt.

»Was ist mit Ihnen?«

Manchmal genügt eine Frage.

Und so begann ich, zu erzählen. Von einer übergroßen Liebe und meiner Sehnsucht danach. Von ungelebten Leben. Von Schmetterlingen, die man an ihrem Flügelschlag erkennt. Von dem Buch der Einsamkeit und seinen vielen Kapiteln. Von einem Versprechen, streichholzgroß. Von den mächtigen Flügeln der Lüge, die den Himmel verdunkelten, bis er schwarz war. Von den vielen Farben der Trauer. Und denen der Furcht. Von der Stimme und ihren Fragen. Und meinen. Von meiner Angst vor ihr. Und vor mir.

Ich spürte, wie mir die Tränen in Strömen über die Wangen liefen. Wie sie hochspülten, was ich für immer vergraben geglaubt hatte.

Er sagte nichts.

Ich wusste, dass er jedes Wort verstand. Als ich geendet hatte, strich er mir mit einer Hand die Haare aus dem Gesicht und dann zärtlich über die Stirn. Seine Finger hatten die weiche Haut eines Kindes.

»Ihnen ist etwas Außergewöhnliches widerfahren. In meinem langen Leben habe ich nur einmal zuvor von diesem seltenen Phänomen gehört.« Er sprach langsam und ruhig, trotzdem hatte seine Stimme plötzlich etwas Drängendes. »Sie wissen, dass wir Buddhisten an die Wiedergeburt glauben. Der Körper stirbt, unsere Seele, wenn wir es so nennen wollen, lebt weiter. Sie entweicht dem Leichnam und schlüpft in ein neugeborenes Wesen. Wir nennen diesen Vorgang Reinkarnation. Das Karma aus dem vorherigen Leben bestimmt das zukünftige. Haben Sie Gutes getan, wird Ihnen auch irgendwann Gutes widerfahren. Haben Sie sich an den Menschen vergangen, werden Sie die Konsequenzen zu tragen haben. Nichts geht verloren. Manche Buddhisten denken, dass Menschen mit schlechtem Karma auch als Affen oder Läuse wiedergeboren werden können. Das glaube ich nicht.«

Der Mönch machte eine Pause. Er sprach in Rätseln. Ich hatte keine Ahnung, was seine Worte andeuteten oder mit mir zu tun haben sollten.

»In Ihrem besonderen Fall ist etwas.« Er stockte. »Ich weiß nicht, wie ich es Ihnen beschreiben kann, ohne dass Sie mich für einen verwirrten alten Geschichtenerzähler halten.«

Er schwieg eine Weile. »In diesem Prozess der Wandlung ist, um es ganz einfach auszudrücken, bei Ihnen etwas schiefgegangen. Ich werde versuchen, es Ihnen zu erklären.«

Er stand auf, legte noch ein Holzscheit in den Ofen, setzte sich wieder neben mich.

»Sie hören eine weibliche Stimme?«

»Ja.«

»Sie erinnert sich an weiße Pagoden und rote Flecken auf der Erde? Sie hat Angst vor schwarzen Stiefeln?«

»Ja.«

»Gestern hat sie Satzfetzen in einer fremden Sprache gesprochen. Es klang wie *Thay hsone thu mya, a hti kyan thu mya a thet shin nay thu mya san sar yar kywn go thwa mai*. Habe ich Sie richtig verstanden?«

»So ähnlich klang es, ja.«

»Das ist Burmesisch. Es heißt ›Die Insel der Toten. Die Insel der Liebenden. Der Einsamen‹. Nach allem, was Sie von der Stimme erzählen, von dem, was sie weiß und was sie nicht weiß, vermute ich, dass sie in Burma gelebt hat. Sie muss eine rastlose Seele gewesen sein. Ein geplagter Mensch, dessen Geist nach dem Tod nicht zur Ruhe kam, sondern bei Ihnen Zuflucht fand. Das bedeutet, dass in Ihrem Körper nun zwei Seelen leben.«

Ich richtete mich abrupt auf. Das Staunen in seinen Augen. Die Zweifel in meinen.

»Zwei Seelen?«, fragte ich.

»Ja.«

»Das glaube ich nicht.«

Nicht alles, was man erklären kann, ist wahr.

Nicht alles, was wahr ist, kann man erklären.

»Das kann ich Ihnen nicht verdenken. Es ist eine ganz und gar ungewöhnliche Geschichte. Aber ich bin überzeugt, dass es sich so zugetragen hat.«

»Wie lange bleibt die Seele in mir, bis sie weiterwandert?«

»Bis zu Ihrem Tod.«

»Für immer? Ich werde sie nicht wieder los?«

Er wippte mit dem Oberkörper ein wenig hin und her und nahm meine Hände. »Eine Möglichkeit gibt es, sie zurückzuführen …«

Der Mönch hielt inne und schaute mich lange an. »Sie müssen herausfinden, wer diese Frau war. Sie müssen herausfinden, warum sie starb. So, und nur so, hat sie die Chance, zur Ruhe zu kommen. Dann könnte sie Ihren Körper wieder verlassen. Aber Sie würden sich auf eine lange Reise begeben. Eine Reise, von der Sie nicht wissen, wohin sie Sie führt. Wollen Sie das?«

11

Ein warmer Wind spielte mit meinen Haaren, die Sonne stand fast senkrecht am Himmel und blendete. Ich stand im Schatten eines Flugzeugrumpfes, hielt mir eine Hand über die Augen und betrachtete meine Umgebung. Der Flughafen von Heho bestand aus einem winzigen Terminal, einer Start-und-Lande-Bahn und einem Tower, der nicht über die Baumwipfel hinausragte. Unsere Maschine war das einzige Flugzeug. Wie ein Eindringling aus einer sehr fremden, sehr fernen Welt stand es auf dem Rollfeld.

Der Pilot hatte die Triebwerke abgeschaltet, ich hörte nichts außer dem Rauschen des Windes. Die anderen Passagiere, eine Reisegruppe aus Italien, einige Burmesen und zwei Mönche, waren vorausgegangen und verschwanden nach und nach in der kleinen Ankunftshalle. Drei Männer zogen einen Gepäckwagen hinter sich her, beladen mit Koffern, Taschen und Rucksäcken. Eine Böe wirbelte eine dünne hellbraune Sandwolke auf und trieb sie über das Feld. Ich nahm meine Tasche und folgte zögernd den Männern. Immer wieder blieb ich stehen und schaute mich um. Als müsste ich mich vergewissern, wo ich gelandet war.

Die Tage seit dem Gespräch mit dem Mönch hatte ich in einer Art Trance verbracht. Mein Entschluss, seinem Rat zu folgen. Amys Ermunterungen, als fürchte sie, ich könnte es mir noch einmal anders überlegen. Meine eiligen Reisevorbereitungen in New York und mein ständiger Kampf mit der Stimme, die unter keinen Umständen wollte, dass ich fahre. Der lange Flug nach Bangkok, die verspätete Ankunft, der verpasste Anschluss nach Rangoon. Stundenlanges Warten in einer Lounge. Einen Großteil der Reise hatte ich im Halbschlaf mehr oder weniger vor mich hingedämmert.

Jetzt spürte ich, wie die Strapazen, meine Erschöpfung und Müdigkeit mit jedem Schritt ein wenig mehr von mir abfielen. Die Aufregung war zu groß. Ich konnte es kaum mehr erwarten, meinen Bruder wiederzusehen. Mit seiner Hilfe würde ich dem Schicksal der Stimme in mir auf die Spur kommen.

Vor dem Flughafen war nichts los, lediglich ein alter, zerbeulter Toyota wartete mit heruntergekurbelten Fenstern auf einem sandigen Platz vor einer Bretterbude. Hinter dem Lenkrad saß der Fahrer und schlief. Auf die Tür hatte jemand mit schwarzer Farbe das Wort Taxi gemalt. Ich klopfte zaghaft gegen das Blech. Der Fahrer rührte sich nicht. Ein zweites Klopfen, kräftiger. Er hob den Kopf und blickte mich aus verschlafenen Augen an.

»Können Sie mich nach Kalaw bringen?«

Der Mann lächelte freundlich, gähnte und streckte sich. Er stieg aus, band sich seinen Longy neu, öffnete mit einem Schraubenzieher den Kofferraum, verstaute meinen Rucksack, versuchte, die Haube trotz des kaputten Schlosses zu schließen, und als das nicht gelang, nahm er einen Draht zu Hilfe, den er durch ein Loch, das der Rost in das Metall gefressen hatte, zog und um die Stoßstange wickelte. Er griff von außen durch das Fenster und machte mir die Tür auf. Die Sprungfedern zeichneten tiefe Kreise in das abgewetzte Polster. Vorne gab es weder Armaturen noch eine Verkleidung, sondern nur ein wildes Durcheinander von schwarzen, gelben und roten Kabeln und Drähten. Ich zögerte.

Er nickte mir aufmunternd zu, und ich stieg ein. Kurz darauf hielten wir an einem Stand am Straßenrand, der Fahrer kaufte eine Tüte Betelnüsse und einen frisch geflochtenen Kranz aus weißem Jasmin, den er sich um den Rückspiegel hängte. Einen Augenblick lang erfüllte dieser Duft den ganzen Wagen.

Der Fahrtwind war kühl und trocken. Ich versuchte, ein Fenster hochzukurbeln, aber an beiden Seiten fehlten die Griffe.

Ich spürte, wie mich der Fahrer durch den Rückspiegel beobachtete.

»Ist Ihnen kalt, Miss?«

»Ein wenig«, erwiderte ich.

Er nickte. Für ein paar Sekunden verlangsamte er das Tempo, nur um es nach der nächsten Kurve wieder aufzunehmen.

»Wohin darf ich Sie fahren in Kalaw, Miss?«

»Gibt es das Kalaw Hotel noch?«

»Selbstverständlich.«

»Dann dorthin.«

Unsere Blicke trafen sich im Spiegel. Er wackelte leicht mit dem Kopf und lächelte. Seine Zähne und Lippen waren vom Kauen der Betelnüsse blutrot gefärbt. »Wenn Miss es wünscht, könnte ich Ihnen noch andere Hotels empfehlen.«

»Was spricht gegen das Kalaw Hotel?«

Er schwieg einen Moment. »Nichts. Es ist nur so, Miss, dass wir Einheimischen dort nicht gern übernachten würden.«

»Warum nicht?«

»Es heißt, dort gäbe es Gespenster.«

Ich hätte es ahnen können. »Was für Gespenster?«, fragte ich leicht seufzend.

»Oh, das ist eine sehr traurige Geschichte. Das Hotel hat während des Krieges als Lazarett gedient. Unglücklicherweise sind dort einige Engländer verstorben. Ihre Geister sollen noch immer im Haus herumirren.«

»Ich glaube nicht an Gespenster. Oder haben Sie schon einmal eines gesehen?«

»Nein, natürlich nicht.«

»Sehen Sie.«

»Ich übernachte ja auch nicht im Kalaw Hotel.« Er wackelte wieder mit dem Kopf und lächelte.

»Haben Sie schon einmal mit jemandem gesprochen, der eines gesehen hat?«

»Nein, Miss. Meine Kunden schlafen dort nicht.«

»Ich habe schon einmal zwei Wochen in dem Hotel gewohnt. Mir sind keine Gespenster begegnet.«

Ich vermutete, dass er von anderen Hotels eine höhere Provision bekam, und ließ es dabei bewenden.

Wir fuhren durch eine hügelige, mit Mühsal bewirtschaftete Landschaft. Nicht weit von der Straße entfernt pflügte ein Mann mit einem Wasserbüffel ein Feld. Es musste vor Kurzem noch geregnet haben, die Erde war glitschig, Mensch und Tier voller Schlamm.

Der ausgemergelte Büffel trottete durch den Matsch, der Bauer, nur mit einem durchnässten Longy bekleidet, lenkte mit ganzer Kraft den Pflug. Beide sahen aus, als würden sie jeden Moment zusammenbrechen.

Einige Hundert Meter entfernt glänzte eine goldene Stupa in der Sonne. Auf den Hügeln, den Feldern, zwischen Bäumen oder in Bambushainen versteckt sah ich Pagoden, kleine Klöster oder Tempel liegen.

Einmal hielten wir abrupt, weil zwei störrische Ochsen mit ihrem Gespann den Weg versperrten.

Gut eine Stunde später bogen wir in die Einfahrt des Kalaw Hotel. Der Fahrer hielt vor dem Eingang, holte meinen Rucksack aus dem Kofferraum, gab mir eine Karte mit seinem Namen und einer Adresse, falls ich es mir noch einmal überlegen sollte und eine andere Unterkunft benötigte, wünschte mir einen schönen Aufenthalt in Kalaw und fuhr davon. Von den Angestellten des Hotels hatte sich noch niemand blicken lassen.

Die Tür stand weit offen, ich stieg die wenigen Stufen hinauf und betrat mit Herzklopfen das Haus. Ein Blick auf die Rezeption genügte, und meine Erinnerungen kehrten zurück. Die Uhren an der Wand, die die Zeiten in Bangkok, Paris, Tokio, New York und Burma anzeigten und allesamt falsch gingen. Der Putz, der von den Wänden blätterte, wie Haut nach einem Sonnenbrand. Die Schlüsselfächer, in denen ich nie einen Schlüssel hatte liegen sehen. Auch jetzt nicht. Das kalte Neonlicht. Blank polierte Dielen. Gelbe Vorhänge, die sich behäbig im Wind bewegten.

Ein Gefühl der Heimkehr. Als hätte ich in diesem Hotel Jahre meines Lebens verbracht.

»Hallo«, rief ich, bekam aber keine Antwort.

In einem Nebenraum lief ein Fernseher, auf der Bank davor lag ein schlafender junger Mann.

»Hallo«, wiederholte ich laut und klopfte an den Türrahmen. Der junge Mann erwachte und schaute mich überrascht an. Ein Gast war offenbar das Letzte, womit er gerechnet hatte.

Mein Zimmer, die 101, hatte sich nicht verändert.

Weiß gekalkte Wände, ein großer Raum mit hohen Decken, zwei Betten, dazwischen ein kleiner Nachttisch, vor dem Fenster ein Tisch und zwei Sessel, selbst der koreanische Minikühlschrank stand noch an seinem Platz. Er funktionierte noch immer nicht.

Die junge Frau an der Rezeption war sehr freundlich, sie sprach ein paar Brocken Englisch, U Ba kannte sie nicht.

Ich machte mich auf die Suche nach dem Teehaus, in dem ich meinem Bruder zum ersten Mal begegnet war. Dort würde man mir mit Sicherheit sagen können, wo er lebte. Ich ging die Straße hinunter, die vom Hotel in die Mitte des Orts führte. Sie war gesäumt von Weihnachtssternsträuchern, Oleander- und Holunderbüschen und in einem besseren Zustand, als ich sie in Erinnerung hatte. Passanten schlenderten gemächlich, die meisten Hand in Hand oder eingehakt. Fast alle grüßten mich mit einem Lächeln. Ein kleiner Junge kam mir auf einem viel zu großen Fahrrad entgegen und rief mir »How are you?« zu.

Bevor ich antworten konnte, war er um die nächste Ecke gebogen.

Ich gelangte an eine Weggabelung, blieb stehen und versuchte mich zu orientieren. Rechts lag ein kleiner Park mit den überwucherten Resten eines Minigolfplatzes, am Eingang parkten zwei Pferdekutschen im Schatten einer Pinie. Links führte die Hauptstraße ins Zentrum. Ich folgte ihr und kam an einer Schule vorbei, aus deren offenen Fenstern Kinderstimmen klangen.

Und dann entdeckte ich U Ba. Ich erkannte ihn schon von Weitem. Ich erkannte ihn an seinem Gang, an seinem leicht federnden Schritt. An seiner Art, mit der rechten Hand den Longy ein wenig anzuheben, um schneller laufen zu können. Er ging auf der Straße und kam geradewegs auf mich zu. Ich spürte mein Herz rasen. Alles in mir erinnerte sich.

Mir schossen Tränen in die Augen. Ich schluckte, presste die Lippen fest aufeinander. Wo war ich so lange gewesen? Warum hatte ich meiner Sehnsucht nach U Ba, nach Kalaw nie nachgegeben? Wie schwer es ist, seinem Herzen zu folgen? Wessen Leben hatte ich in den vergangenen zehn Jahren gelebt?

Er blickte auf und entdeckte mich. Wir verlangsamten beide unsere Schritte. Blieben kurz stehen, gingen weiter, bis wir uns gegenüberstanden.

Ein großer Mensch und ein kleiner. Ein nicht mehr ganz junger und ein noch nicht ganz alter. Bruder und Schwester.

Ich wollte ihn umarmen, ihn fest an mich drücken, aber mein Körper gehorchte nicht. U Ba war es, der die Spannung durchbrach. Er machte einen kleinen, letzten Schritt auf mich zu, streckte seine Arme aus, nahm mein Gesicht behutsam in seine Hände. Schaute mich aus müden und erschöpften Augen an. Ich sah, wie sie wässrig wurden. Wie sie sich füllten, Tropfen für Tropfen, bis sie überliefen.

Seine Lippen zitterten.

»Ich habe mir Zeit gelassen«, flüsterte ich.

»Das hast du. Verzeih mir, dass ich dich nicht vom Flughafen abgeholt habe.«

»U Ba! Du wusstest doch gar nicht, dass ich komme.«

»Nein?« Ein Lächeln, ein kurzes nur.

Ich nahm ihn in den Arm, er stellte sich auf die Zehenspitzen und legte für einen Moment den Kopf auf meine Schulter.

Es gibt große Träume. Und kleine.

»Wo sind deine Sachen?«

»Im Hotel.«

»Dann müssen wir sie nachher holen. Du wirst doch bei mir wohnen, oder?«

Ich dachte an seine Hütte. Ich dachte an den Bienenschwarm, das durchgesessene Sofa, das Schwein unter dem Haus. »Ich weiß nicht, ich möchte dir nicht zur Last fallen.«

»Zur Last fallen? Julia, es ist mir eine Ehre.« Er stockte kurz und fuhr dann leise und mit einem Augenzwinkern fort: »Außerdem würden die Menschen in Kalaw nicht mehr mit mir reden, wenn sie erführen, dass ich meine Schwester, die um die ganze Welt gereist

ist, um ihren Bruder zu besuchen, in einem Hotel wohnen lasse. Ausgeschlossen.«

U Ba hakte sich bei mir unter und zog mich in die Richtung, aus der er gekommen war. »Jetzt gehen wir erst einmal einen Tee trinken und etwas essen. Du musst hungrig sein von der langen Reise, oder nicht? Gibt es in diesen Flugzeugen überhaupt etwas zu essen?«

Wir überquerten die Straße und steuerten auf ein Restaurant zu. Es hatte eine große Terrasse mit Sonnenschirmen, niedrigen Tischen und winzigen Hockern und war gut besucht. Wir setzten uns unter einen der Schirme an den letzten freien Tisch. Meine Knie waren höher als die Tischplatte.

Neben uns hockten zwei Frauen, die sich angeregt unterhielten, auf der anderen Seite saßen Soldaten in grünen Uniformen, die U Ba mit einem kurzen Nicken begrüßte.

»Das Lokal gehört den Besitzern des Teehauses, in dem wir uns das erste Mal begegnet sind«, sagte er und hustete.

Ich dachte an die alte, schäbige Bretterbude mit dem staubigen Fußboden und der schmierigen Vitrine voller Kekse und Reiskuchen, auf denen immer Dutzende von Fliegen gesessen hatten. »Sie haben sich verbessert.«

»Du hast ihnen Glück gebracht«, erwiderte U Ba und strahlte mich an.

Mein Bruder betrachtete mich lange, ohne ein Wort zu sagen. Der Tee kam in zwei Espressotassen. In meiner schwamm ein totes Insekt. »Oh, so sorry«, sagte die Kellnerin, als ich sie darauf hinwies. Sie nahm einen kleinen Löffel, fischte das Tier aus dem Tee und warf es über das Geländer. Ich war zu überrascht, um etwas zu sagen, und sie entfernte sich mit schlurfenden Schritten.

»Möchtest du einen neuen?«, fragte U Ba.

Ich nickte.

Mit flinken Bewegungen tauschte er unsere Tassen.

»So war das nicht gemeint«, sagte ich beschämt.

Der Tee hatte einen ganz eigenen Geschmack, wie ich ihn nur aus

Burma kannte. Sehr stark, eine leichte Bitterkeit, überlagert von gesüßter Kondensmilch.

U Ba nippte an seiner Tasse, ohne die Augen von mir zu lassen. Es war kein Blick, der etwas provozieren wollte. Keiner, der abschätzte, kalkulierte oder musterte. Er ruhte auf mir. Trotzdem verunsicherte er mich. Zehn Jahre waren vergangen. Warum sprudelten die Worte nicht aus uns heraus? Wie geht es dir? Was machst du? Hatten wir uns nichts zu sagen nach so langer Zeit?

Ich wollte die Stille zwischen uns beenden, doch er bedeutete mir mit den Augen, noch einen Moment zu schweigen. Die Kellnerin servierte zwei Schalen mit dampfenden Nudelsuppen.

»›Der Flüchtigkeit trotzen. Nicht in Gedanken gleich weiterreisen und auch nicht mit der Vergangenheit verhaftet bleiben. Die Kunst anzukommen. An einem, nur einem Ort zur selben Zeit sein. Ihn mit allen Sinnen wahrnehmen. Seine Schönheit, seine Hässlichkeit, seine Einzigartigkeit. Sich überwältigen lassen, ohne Furcht. Die Kunst zu sein, wo man ist.‹ Das habe ich einmal in einem Buch gelesen, das ich restaurierte. Ich glaube, der Titel war *Über das Reisen*. Gefällt es dir?«

Ich nickte, auch wenn ich nicht genau wusste, was er meinte.

Er neigte den Kopf zur Seite und lächelte mich an. »Du bist wunderschön. Noch schöner als ich dich in Erinnerung gehabt habe.«

Ich lachte verlegen.

»Heute ist der fünfzehnte, was für ein Zufall«, sagte ich und hoffte, er würde die Anspielung verstehen.

»Ich weiß. Wie könnte ich das vergessen.« Ein Schatten flog über sein Gesicht.

»Gibt es die Prozession zu Ehren von Mi Mi und unserem Vater noch?«

U Ba schüttelte ernst den Kopf, ließ den Blick verlegen durch das Lokal schweifen. Er beugte sich zu mir vor und flüsterte: »Das Militär hat sie verboten.«

»Wie bitte?«, fragte ich zurück. Laut. Viel zu laut. »Warum?«

Er zuckte kurz. Die Soldaten am Nachbartisch erhoben sich,

warfen uns beim Gehen neugierige Blicke zu, stiegen vor dem Teehaus in einen Armeejeep und fuhren davon. Sie hinterließen eine Wolke aus Staub, die in unsere Richtung zog und sich dann traurig zwischen den Hockern und Tischen niederließ. Ich hustete einmal kurz.

Mein Bruder hingegen atmete sichtbar auf. »Die Armee mag keine Demonstrationen.«

»Auch nicht, wenn dabei nur zweier Liebender gedacht wird?«, wunderte ich mich.

»Dann am allerwenigsten.« Er nippte an seinem Tee. »Wovor haben Menschen mit Gewehren die größte Angst? Vor anderen Menschen mit Gewehren? Nein! Was fürchten gewalttätige Menschen am meisten? Gegengewalt? Mitnichten! Wovon fühlen sich grausame, selbstsüchtige Menschen am meisten bedroht? Sie alle haben vor nichts mehr Angst als vor der Liebe.«

»Aber die Leute haben doch nur Blumen zu Mi Mis Haus gebracht. Was war daran so gefährlich?«

»Liebende sind gefährlich. Sie haben keine Angst. Sie gehorchen anderen Gesetzen.«

U Ba wollte bezahlen, die Kellnerin sagte etwas auf Burmesisch, was ich nicht verstand, mein Bruder erwiderte einige Sätze, und beide lachten.

»Sie will unser Geld nicht. Wir sind eingeladen.«

»Vielen Dank.«

»Sie dankt dir.«

»Wofür?«

»Dass sie dir eine Freude machen durfte.«

Ich war zu erschöpft, um dieser Logik folgen zu können, nickte nur freundlich und erhob mich.

»Sollen wir eine Pferdekutsche zum Hotel nehmen? Du bist bestimmt müde nach diesen Strapazen.«

»Das ist nicht nötig, danke. Den kurzen Weg schaffe ich noch.«

U Ba hustete mehrmals. Ein trockener, stechender Husten.

»Bist du erkältet?«

Er schüttelte den Kopf, nahm wieder meinen Arm, und wir schlenderten die Hauptstraße Richtung Hotel entlang. Ich hatte das Gefühl, dass mein Bruder mich, sobald ich schneller gehen wollte, mit sanftem Druck zurückhielt.

Die Sonne warf nun lange Schatten, bald würde sie hinter den Bergkuppen verschwinden. Die Luft war merklich kühler geworden.

Im Hotel wartete U Ba an der Rezeption, ich ging in den ersten Stock, holte meine Sachen und bezahlte aus Höflichkeit mein Zimmer für zwei Nächte.

U Ba nahm meinen Rucksack, ignorierte all meine Proteste und eilte voran.

12

Ich war gespannt, ob mein Bruder sein Haus renoviert oder umgebaut hatte. Mit dem Geld, das ich ihm geschickt hatte, hätte er es sicher komplett neu bauen können.

Wir liefen einen schmalen Pfad zum Fluss hinunter, der gesäumt war von Papayabäumen und Bananenstauden. U Ba machte mehrere Pausen, um kurz Luft zu holen, meinen Rucksack durfte ich trotzdem nicht tragen. Eine Holzbrücke führte über das Wasser, wir kletterten eine steile Böschung hinauf, gingen an Hütten vorbei, die aussahen, als würde der nächste Regenschauer sie fortspülen. Die schiefen Wände und Dächer waren aus getrockneten Palmenblättern, Bambus und Gräsern geflochten. Auf manchen Höfen brannten Feuer, senkrecht stiegen weiße Rauchsäulen in den Abendhimmel. Überall spielten Kinder, die kurz verstummten und uns neugierig musterten, sobald sie uns entdeckten.

Das Haus meines Bruders lag versteckt hinter einer gewaltigen Bougainvilleahecke, die über und über mit roten Blüten bedeckt war und selbst die Pforte überwucherte. Mühsam bahnten wir uns einen Weg in seinen Garten. Sein Haus stand auf eineinhalb Meter hohen Stelzen, war aus schwarzem Teakholz, hatte ein Wellblechdach und eine schmale Veranda. Unter dem Haus suhlte sich ein Schwein. So wie ich es in Erinnerung hatte.

Wir stiegen die Stufen zur Veranda hoch. Auch im Inneren des Hauses hatte sich auf den ersten Blick nichts verändert. Der braune Ledersessel war noch da, die beiden Sofas mit den verschlissenen Bezügen, ein Kaffeetischchen, der dunkle Schrank, selbst das Ölbild mit dem Tower in London gab es noch. Neu war ein roter Altar an der Wand, auf dem ein Foto von Mi Mi stand und eines von Tin Win in New York, das ich U Ba geschickt hatte. Vor den Bildern lagen rote Hibiskusblüten und etwas Reis. Wenn ich mich nicht täuschte, hing an dieser Stelle bei meinem letzten Besuch ein Buddha. Ich überlegte, in welchem unausgepackten Umzugskarton mein gerahmtes Foto unseres Vaters wohl liegen mochte.

Mir fielen mehrere Plastikeimer auf, die scheinbar wahllos in den Zimmern herumstanden. Ich schaute mich suchend nach dem Bienennest um.

»Wo sind die Bienen geblieben?«

»Sie sind bedauerlicherweise weitergezogen und haben sich ein anderes Zuhause gesucht«, erklärte mein Bruder und stellte den Rucksack ab.

Ich seufzte erleichtert.

»An ihrer statt zogen zwei Schlangen ein.«

Ich erstarrte. »Zwei was?«

»Zwei Kobras.«

»Das meinst du nicht ernst.«

Er blickte mich verwundert an. »Wir haben uns das Haus geteilt.«

»U Ba! Kobras sind extrem giftige Schlangen. Ein Biss, und du bist tot.«

»Sie haben mir nichts getan«, erwiderte er ruhig und offenbar erstaunt, worüber ich mich so aufregte.

»Wo sind sie jetzt?« Am liebsten wäre ich auf den Tisch vor dem Sofa gesprungen.

»Ich weiß es nicht.«

»Du weißt es nicht?« Ich war kurz davor, hysterisch zu werden.

»Irgendwann sind sie verschwunden.«

»Verschwunden? Was heißt verschwunden? Wann hast du sie das letzte Mal gesehen? Letzte Woche? Vor einem Monat?«

U Ba überlegte angestrengt. »Ich bin mir nicht sicher. Du weißt ja, die Zeit spielt in meinem Leben keine so große Rolle. Ein Jahr wird es her sein. Vielleicht auch zwei.«

»Das heißt, sie sind jetzt nicht mehr da?«, versicherte ich mich.

Meine Fragen verwirrten ihn zusehends. »Ja, das heißt es. Was sonst?«

Ich atmete ein wenig auf. »Hattest du keine Angst?«

»Wovor?«

Mein Bruder kokettierte nicht. Ihm war meine Furcht wirklich fremd. Ich sah es in seinen Augen. Kleine, braune Ich-würde-so-gern-verstehen-was-sie-meint-Augen.

»Wovor? Gebissen zu werden. Zu sterben.«

Er dachte noch einmal lange über seine Antwort nach. »Nein«, sagte er schließlich. »Nein, davor hatte ich keine Angst.«

Ich glaube, ich beneidete ihn.

»Du wirst selbstverständlich in meinem Bett schlafen.« Er zog einen grünen, verwaschenen Vorhang beiseite und zeigte mir einen kleinen Raum mit einem Holzgestell, einem Nachttisch, einem Stuhl. Von der Decke hing eine nackte Glühbirne, deren Licht flackerte. »Ich habe sogar eine Matratze«, erklärte er stolz. »Mein größter Luxus.«

Er ließ den Vorhang wieder zurückgleiten. »Jetzt mache ich uns einen Tee.«

Er ging in die Küche, ich folgte ihm. In einem offenen Schrank standen ein paar weiß emaillierte Blechnäpfe und Teller. Im untersten Regal lagen Eier, ein paar angeschimmelte Tomaten, Knoblauch, Ingwer und Kartoffeln. In einer Ecke glimmten ein paar Holzscheite, darüber hing ein verrußter Kessel. U Ba kniete sich hin, legte etwas Reisig auf die Glut und pustete einige Male heftig, bis das trockene Holz Feuer fing. Der Rauch verschwand in einem Loch im Dach.

Worauf hatte ich mich eingelassen? War ich in der Lage, in dieser Hütte zu wohnen? Ein Plumpsklo zu benutzen, mich am Brunnen im Hof zu waschen? Ich überlegte, mit welcher Ausrede ich meinem Bruder morgen den Umzug zurück ins Kalaw Hotel erklären könnte.

Er stellte eine Thermoskanne mit Tee, zwei Becher und einen Teller mit gerösteten Sonnenblumenkernen auf ein Tablett, und wir gingen ins Wohnzimmer.

Es war kühl geworden, aus meinem Rucksack holte ich eine Fleecejacke und zog sie über. Dabei trat ich versehentlich gegen einen der Eimer. »Warum stehen hier so viele Plastikeimer herum?«

Er schaute sich um, als wären sie ihm noch nicht aufgefallen. »Oh, ja, die Eimer. Mein Haus ist alt, das Dach leckt an einigen Stellen. Aber mach dir keine Sorgen, im Schlafzimmer ist es trocken.«

»Warum hast du das Dach nicht neu decken lassen?«

»Das ist sehr teuer. Der Holzpreis ist explodiert …«

»Aber«, unterbrach ich ihn, »von dem Geld, das ich dir geschickt habe, hättest du dir doch vermutlich ein neues Haus bauen können, oder nicht?«

Er neigte den Kopf zur Seite und blickte mich nachdenklich an. »Das stimmt.«

»Und warum hast du es nicht getan? Was hast du mit dem Geld gemacht?«

Die Frage war mir herausgerutscht. In einem Ton, der mir sofort unangenehm war. Als müsse er sich rechtfertigen. Ich wollte keine Rechenschaft von meinem Bruder. Es waren Geschenke gewesen.

Und trotzdem.

»Es ist natürlich deine Sache, ich dachte nur …«

U Ba kräuselte nachdenklich die Stirn. »Du hast ja völlig recht, kleine Schwester. Es ist eine gute Frage: Was habe ich mit dem vielen Geld gemacht? Lass mich überlegen. Ein wenig habe ich dem Besitzer des Teehauses gegeben, damit er das neue Lokal bezahlen konnte. Die Frau meines Nachbarn war sehr krank. Sie musste in die Hauptstadt ins Krankenhaus und brauchte Geld. Der Sohn eines Freundes studierte in Taunggyi, der hat etwas bekommen.«

Ich hoffte, die Aufzählung wäre damit beendet. Mit jedem Beispiel überkam mich eine größere Scham.

»Vor einigen Jahren hatten wir ein ausgesprochen trockenes Jahr, und die Ernten waren schlecht. Da brauchten viele Familien ein wenig Hilfe. Was noch?«

Er schwieg einen Moment. »Ja!«, rief er plötzlich laut. »Außerdem habe ich mir etwas geleistet. Etwas ganz Besonderes.«

U Ba ging zum Regal und zeigte stolz auf einen Kassettenrekorder. »Den habe ich mir von deinem Geld gekauft, und immer, wenn jemand nach Rangoon fährt, bringt er mir neue Kassetten mit. Warte mal.«

Er schob eine Kassette in das Gerät, drückte auf Start und warf mir einen erwartungsvollen, stolzen Blick zu.

Es ertönten Bläser und Streicher, etwas Klassisches.

»Manchmal kommen meine Nachbarn, und sie bringen ihre Nachbarn mit«, sagte er in einem feierlichen Ton, »dann sind wir so viele, dass wir in dichten Reihen auf dem Boden sitzen und zusammen Musik hören. Den ganzen Abend.«

Ich konzentrierte mich auf das Stück und versuchte zu erkennen, was das Orchester spielte, es klang vertraut und gleichzeitig äußerst seltsam. Als würden sich betrunkene Musiker an Beethoven oder Brahms versuchen. Ein chinesischer Rekorder gab es blechern, schrill und sehr ungleichmäßig wieder.

»Ich glaube, das Gerät eiert.«

U Ba stutzte. »Meinst du?«

Ich war mir sicher und nickte vorsichtig. Es tat mir in den Ohren weh.

»Meinst du wirklich?«

Ich nickte noch einmal.

Er schwieg für einen langen Moment. »Das macht nichts. Ich finde diese Musik auch so wunderschön.« Mein Bruder schloss die Augen und folgte der Melodie einer Violine. »Außerdem habe ich keinen Vergleich«, erklärte er mit noch immer geschlossenen Augen. »Das ist das Geheimnis eines glücklichen Menschen.«

Ich sah, wie sehr ihn die Musik bewegte. Er öffnete kurz die Augen, warf mir einen dankbaren Blick zu, schloss sie wieder, und mit jeder Note wurde das Scheppern und Eiern unwichtiger, bis ich es selber kaum noch hörte. Mitten in einem zarten Solo erstarb der Klang der Geige abrupt, es wurde so dunkel, dass ich nicht einmal mehr die Silhouette meines Bruders erkennen konnte. Einen Augenblick lang hörte ich nichts als das Summen der Insekten. Dann ertönten die Stimmen der Nachbarn.

»Der Strom«, seufzte U Ba in der Dunkelheit. »Er fiel in den vergangenen Wochen häufig aus.« Er stand auf, kurz darauf sah ich sein Gesicht im Flackern eines Streichholzes. Er zündete mehrere Kerzen an und verteilte sie im Haus, ihr Schein tauchte die Hütte in ein warmes, weiches Licht.

»Manchmal ist die Elektrizität nach ein paar Minuten wieder da, manchmal erst am nächsten Morgen«, sagte U Ba und schenkte mir nach.

Ich nippte an meinem Tee, allmählich spürte ich die Anstrengungen der Reise.

»Hat das Leben«, fragte er, nachdem er sich wieder gesetzt hatte, »haben die Sterne es gut mit dir gemeint in der letzten Zeit?«

Mir geht es gut. Danke. Alles bestens. Alles wunderbar. Ich kann nicht klagen. Es könnte schlechter gehen. Mir gingen alle Floskeln durch den Kopf, mit denen ich in New York eine ähnliche Frage beantwortet hätte. Meinem Bruder gegenüber wäre jede einzelne eine Beleidigung gewesen.

»Eine gute Frage«, erwiderte ich ausweichend.

»Eine dumme Frage«, widersprach er. »Verzeih mir, dass ich sie so unüberlegt gestellt habe. Ob das Leben und die Sterne es gut oder schlecht mit uns gemeint haben, wissen wir ja oft erst viele Jahre später. Das Leben nimmt die eigenwilligsten Wendungen. Was wir als Unglück ansahen, kann sich später als Segen herausstellen und umgekehrt, nicht wahr? Eigentlich wollte ich nur wissen, ob es dir gut geht. Ob du glücklich bist. Ob du geliebt wirst. Alles andere ist unwichtig.«

Ich schaute ihn im Kerzenschein an und kämpfte mit den Tränen. Ich wusste nicht, ob aus Trauer, dass ich seine Frage nicht mit einem lauten, überzeugten Ja beantworten konnte, oder ob mein Bruder mich so tief rührte.

Wurde ich geliebt? Von meiner Mutter selbstverständlich. Auf ihre Weise. Bei meinem Bruder war ich mir nicht sicher.

Von Amy.

Zwei Menschen. Zwei sehr unterschiedliche Arten der Liebe. Mehr fielen mir nicht ein.

Genügte das? Wofür? Von wie vielen Menschen müssen wir geliebt werden, um glücklich zu sein? Zwei? Fünf? Zehn? Oder doch nur von einem? Diesem einen, der uns zum Sehenden macht. Der uns die Angst nimmt. Der unserem Sein einen Sinn einhaucht.

Diesen Menschen gab es in meinem Leben nicht. Vielleicht war er auf dem Weg zu mir gewesen.

Groß wie ein Streichholz.

Nicht lebensfähig. Nicht liebesfähig. Noch lange nicht. Aber irgendwann.

Wann beginnt das Leben? Wann beginnt die Liebe? Wann hört sie auf?

U Bas Blick ruhte wieder auf mir. Er schaute ein wenig verstohlen auf meine Hände. Meinen Ringfinger. Ich wusste, was er meinte.

»Herr Michael ist eine lange Geschichte«, sagte ich. Seufzend.

Keine Liebe fürs Leben. Aber eine Hoffnung darauf.

Mein Bruder spürte mein Unbehagen. »Verzeih, dass ich überhaupt gefragt habe. Wie anmaßend von mir. Wie konnte ich so unachtsam sein und einfach losfragen, kaum hast du mein Haus betreten. Als gäbe es kein Morgen. Als hätten wir nicht alle Zeit der Welt, uns zu erzählen, was für die Ohren des anderen bestimmt ist. Es tut mir furchtbar leid. Es muss die Aufregung sein. Und die Freude, dich endlich wiederzusehen. Trotzdem ist mein Verhalten natürlich auch damit nicht zu entschuldigen. Ich kann nur auf deine

Nachsicht hoffen.« Er legte einen Finger auf den Mund. »Und kein Wort mehr heute Abend zu diesen aufdringlichen Fragen.«

Seine Art, sich auszudrücken, brachte mich zum Lachen. »Versprochen. Aber ich glaube sowieso, dass ich ins Bett muss.«

Er sprang auf. »Natürlich. Noch eine Unaufmerksamkeit meinerseits. Ich werde sofort dein Bett bereiten.«

Ich beharrte darauf, auf dem Sofa zu schlafen. Nach langem Hin und Her akzeptierte er meine Entscheidung, kramte aus einer Truhe eine warme Decke und ein Kissen hervor und pustete eine Kerze nach der anderen aus. Er legte mir eine Taschenlampe auf den Tisch vor dem Sofa, falls ich in der Nacht auf die Toilette in den Hof müsste, vergewisserte sich mehrfach, ob ich auch bequem lag, ob ich alles hatte, was ich für einen guten Schlaf brauchte, wünschte mir eine gute Nacht und strich mir im Schein der letzten Kerze einmal zärtlich über das Gesicht.

Ich hörte ihn noch vor dem Haus mit Wasser hantieren, hustend die Verandatreppe hochgehen und in sein knarzendes Bett steigen. Kurz darauf löschte er die Kerze.

Das Sofa war bequemer, als ich gedacht hatte, ich erinnerte mich jetzt, wie gut ich damals darauf geschlafen hatte. Trotz meiner Erschöpfung fiel es mir schwer einzuschlafen.

Ich dachte an meinen Vater, und zum ersten Mal nach langer Zeit wünschte ich, er säße neben mir, hielte meine Hand, spräche mit seiner beruhigenden Stimme zu mir. Ihn hatte ich bei meiner Aufzählung vergessen. Auch die Liebe der Toten zählte. Sie konnte uns keiner nehmen.

Ein tröstlicher Gedanke, schlafen konnte ich noch immer nicht. Ich ahnte, dass ich noch Besuch bekommen würde. Es dauerte einige Minuten, in denen ich ruhig auf dem Sofa lag und den Insekten lauschte, bis ich sie hörte.

Bitte, fahr wieder ab.

Es war das erste Mal seit meiner Abreise, dass sich die Stimme meldete. Ich wusste, was sie wollte. Sie hatte mich in New York fortwährend vor dieser Reise gewarnt.

– Auf keinen Fall. Ich bleibe hier.

Tue es nicht. Geh fort. Schnell. Noch ist es nicht zu spät.

– Warum?

Ich kenne den Ort, an dem wir sind. Er wird großes Unglück über dich bringen.

– Was für ein Unglück?

Sie werden dich holen kommen.

– Niemand wird mich holen kommen.

O doch. Du kennst sie nicht.

– Wen?

Die schwarzen Stiefel. Sie kommen am Tage. Sie kommen in der Nacht. Sie kommen, wann sie wollen. Sie holen, wen sie wollen.

– Mich nicht.

Dich auch.

– Mein Bruder würde mich schützen.

Vor ihnen kann dich niemand schützen.

– Ich bin eine Ausländerin.

Das ist ihnen egal. Sie holen auch Alte, Frauen und Kinder, wenn sie wollen.

– Was machen sie mit ihnen?

Darüber gibt es viele Geschichten. Kaum einer ist da, um sie zu erzählen. Wer zurückkehrt, ist ein anderer.

– Haben sie dich geholt?

Nicht mich.

– Sondern?

Meinen Sohn. Das ist viel schlimmer. Auch wer zurückbleibt, ist ein anderer.

– Wo finde ich die schwarzen Stiefel?

Sie finden dich. Wenn sie kommen, schau ihnen nicht ins Gesicht. Schau ihnen nicht auf die Stiefel.

– Warum nicht?

Weil sie magische Kräfte besitzen. In ihnen spiegelt sich alles Grauen, alles Böse, zu dem wir fähig sind.

– Wer sind »wir«?, unterbrach ich sie.

Wir Menschen. In der Welt, die du im blank geputzten Leder der Stiefel siehst, gibt es keine Vergebung und keine Liebe. In ihr gibt es nur Angst und Hass. Es gibt Anblicke, die ertragen wir nicht. Sie machen uns zu anderen Menschen. Schau nicht hin.

So viel hatte sie noch nie von sich preisgegeben. Ich wartete lange, ob sie weitersprechen würde.

– Wer bist du? Woher kommst du?

Schweigen.

Es war immer dasselbe. Sobald ich von der Stimme etwas über ihre Herkunft und Geschichte wissen wollte, verstummte sie. Wie heißt du? Wo wurdest du geboren? Wo hast du gelebt? Auf keine dieser Fragen hatte sie bisher auch nur mit einer Andeutung geantwortet. Nun wusste ich immerhin, dass sie Kalaw kannte, einen Sohn gehabt hatte und dass ihn die schwarzen Stiefel, wer immer sie waren, geholt hatten.

Sag ihm nichts von mir. Kein Wort.

– Wem?

Deinem Bruder.

– Kennst du ihn?

Schweigen.

– Ich werde ihm alles erzählen. Deshalb bin ich hier. Er wird mir helfen, dich zu finden.

Mich gibt es nicht mehr. Ich bin tot.

– Herauszufinden, wer du warst. Warum du gestorben bist.

Das darfst du nicht.

– Warum nicht?

Das wird alles nur noch schlimmer machen.

– Was? Sag es mir!

Du würdest das gleiche Schicksal erleiden wie ich.

– Welches Schicksal?

Das kann ich nicht sagen. Es muss ein Geheimnis bleiben. Für immer.

– Du willst mir Angst machen. Aber das gelingt dir nicht.

Ich will dir keine Angst machen. Ich will dich warnen. Du darfst nicht nach mir suchen. Du musst morgen zurück nach New York fliegen.

– Dann sag mir, wie du gestorben bist.

Nein. Niemals.

– Hat dich jemand ermordet?

Stille.

– Die schwarzen Stiefel? Haben sie dich getötet?

Nichts.

– War es ein Unfall? Warst du alt und krank? Hast du dich selber umgebracht?

Die Stimme schwieg beharrlich.

– Wenn du es mir nicht sagst, finde ich es selbst heraus.

Ich hatte nicht mit einer Antwort gerechnet.

Irgendwann fielen mir die Augen zu.

Ich erwachte mitten in der Nacht von den leiernden Klängen einer Geige. Beethovens Violinkonzert, jetzt, im Halbschlaf, erkannte ich es auf Anhieb.

Der Strom war wieder da.

Ich hörte meinen Bruder husten, drehte mich um und schlief weiter.

13

Ich erwachte von ungewohnten Geräuschen. Vogelgezwitscher, ein grunzendes Schwein, krähende Hähne. Kinderstimmen. Es dauerte einige Sekunden, bis ich sie einordnen konnte und wusste, wo ich war. Ich musste lange geschlafen haben. Die Sonne stand hoch am Himmel, es war warm, mein Magen drückte vor Hunger.

Vor dem Haus fegte jemand den Hof. Ich stand auf und ging ans glaslose Fenster. U Ba machte den Garten sauber, als er mich sah, legte er den Besen beiseite und eilte die Treppe hoch.

»Guten Morgen. Hast du wohl geruht?«

Ich nickte verschlafen.

»Du bist bestimmt kurz vor dem Verhungern.«

Ich nickte noch einmal.

»Dann bereite ich schnell das Frühstück zu. Eine Dusche habe ich nicht, aber du kannst dich im Brunnen auf dem Hof waschen.«

Er gab mir einen Longy und ein altes Handtuch und verschwand in der Küche. Ich zog mich aus, streifte den Stoff über und zog ihn so hoch, dass er von den Knien bis unter die Arme reichte.

Der Brunnen war ein dünnes Wasserrohr, das vom Nachbargrundstück durch die Hecke herüberreichte und über einem großen, betonierten Becken endete. Daneben standen zwei rote Plastikeimer und eine große weiße Schale aus Emaille. Ich füllte die Schale und goss sie mir mit beiden Händen über den Kopf. Das Wasser war, trotz der milden Luft, bitterkalt. Nach dem dritten Mal hatte ich mich dran gewöhnt, nach dem fünften Guss genoss ich die erfrischende Abkühlung, wusch mich gründlich und war hellwach.

Als ich zurück ins Haus kam, stand das Frühstück auf dem Tisch vor dem Sofa. Zwei Becher mit heißem Wasser, daneben Tütchen mit Nescafé, zwei Stück Würfelzucker und Dosenmilch. U Ba hatte Rühreier mit Tomaten und Paprika gemacht, auf einem Teller lagen getoastete Scheiben Weißbrot, auf denen ein daumendickes Stück Butter schmolz.

»Es sieht wunderbar aus, danke. Wie lieb von dir. Wo hast du denn die Butter her?«

Mein Bruder lächelte erfreut. »Die habe ich heute Morgen bei einem Freund in einem Hotel geholt.«

Wir setzten uns, das Ei war köstlich, selbst der Kaffee schmeckte, und erst nach der zweiten Scheibe Brot fiel mir auf, dass mein Bruder nichts aß. »Hast du keinen Hunger?«

»Ich warte, bis du fertig bist.«

»Warum das denn?«

»Man isst nicht mit den Gästen zusammen. Man wartet, bis sie satt sind. Das ist bei uns so üblich. Bei euch nicht?«

Ich musste lachen. »Nein, das wäre sehr unhöflich. Bei uns essen alle gemeinsam. Außerdem bin ich kein Gast, sondern Familie, oder nicht?«

Er lächelte zustimmend und nahm sich bedächtig etwas Ei und ein Stück Brot.

Wir aßen zusammen. Wortlos. Ihn schien es nicht zu stören. Mich machte die Stille wieder befangen.

»Wie ist es dir ergangen?«, fragte ich, um das Schweigen zu beenden.

Mein Bruder überlegte so lange, dass ich gespannt auf seine Antwort wartete.

»Gut«, sagte er schließlich.

»Gut?«

»Ja, gut. Der Buddha sagt: ›Gesundheit ist das größte Geschenk. Zufriedenheit ist der größte Reichtum. Vertrauen ist der beste Verwandte.‹ Ich bin gesund und zufrieden. Mein Vertrauen ist unerschütterlich. Und wie du siehst«, er breitete die Arme aus und ließ seinen Blick einmal durch das Zimmer schweifen, »fehlt es mir an nichts. Worüber sollte ich also klagen?«

Ich schaute mich ebenfalls um. »Mir würden schon ein paar Dinge einfallen, die du gebrauchen könntest«, sagte ich halb im Scherz.

»So?«, erwiderte er überrascht.

»Eine Dusche zum Beispiel. Warmes Wasser. Eine Kochplatte, oder nicht?«

»Du hast recht. Diese Dinge würden mein Leben bequemer machen. Aber brauche ich sie?«

U Ba kratzte sich nachdenklich mit der linken Hand auf der rechten Seite des Kopfes. Die gleiche Geste kannte ich von unserem Vater, wenn er intensiv über etwas nachdachte. »Ich glaube nicht.«

Er hielt sich die Hand vor den Mund und hustete.

»Seit wann hast du diesen Husten?«, wollte ich wissen.

»Das weiß ich nicht. Ein paar Wochen wahrscheinlich. Vielleicht etwas länger.«

»Hast du Fieber?«

»Nein.«

»Schnupfen oder Halsschmerzen?«

»Nein.«

»Tut es weh?«

»Nicht der Rede wert.«

Ich musste an Karen denken. Eine Kollegin aus der Kanzlei, einige Jahre älter als ich, die einzige weibliche Partnerin bei Simon & Koons. Sie hatte sich wochenlang mit einem trockenen Husten herumgequält, der ähnlich geklungen hatte wie der meines Bruders. Karen hatte kein Fieber, keine anderen Erkältungssymptome gehabt, ihn für eine allergische Reaktion gehalten und war nicht zum Arzt gegangen. Als sie es endlich tat, entdeckte der Radiologe einen Rundherd auf ihrer Lunge, ein Hinweis auf Lungenkrebs. Die folgenden Untersuchungen bestätigten die Vermutung. Ein halbes Jahr später war sie tot.

»Warst du beim Arzt?«

Er schüttelte lächelnd den Kopf. »Er tauchte von alleine auf und wird, wenn es an der Zeit ist, auch wieder verschwinden.«

»Du solltest trotzdem sicherheitshalber zum Arzt gehen.«

»Ich fürchte, das wäre die reinste Zeitvergeudung, und auch wenn ich davon genug besitze, widerstrebt es mir, sie zu verschwenden. Wir haben hier keine Doktoren, die sich mit trockenem Husten beschäftigen. Wir haben nur zwei Krankenhäuser, eins für Notfälle und eins für die Armee. Die einen können die Kranken nicht heilen, die anderen helfen nur ihren eigenen Kranken. Mach dir keine Sorgen, es ist nichts Ernstes. In ein paar Tagen ist er wieder weg. Sag mir lieber, ob ich dir helfen kann.«

»Wie kommst du darauf, dass ich Hilfe brauche?«

»Das sehe ich in deinen Augen. Ich sehe es an der Art, wie du mich anlächelst. Ich höre es in deiner Stimme, und unser Vater würde vermutlich behaupten, er höre es am Pochen deines Herzens.«

Ich nickte stumm.

Ich dachte an alles, was die Stimme mir in der vergangenen Nacht gesagt hatte. Was war, wenn sie recht hatte? Wenn die Suche nach ihr gefährlich werden würde? Wenn sich hinter ihrem Leben und Tod ein Geheimnis verbarg, das nicht gelüftet werden durfte? Wer könnte mich schützen, wenn es gefährlich wurde? U Ba mit Sicherheit nicht. Die amerikanische Botschaft in Rangoon war weit weg. Ich hatte nicht einmal ein Telefon, um sie im Notfall zu benachrichtigen. Aber ich war nicht um die halbe Welt gereist, um mir jetzt Angst machen zu lassen. Ich musste wissen, welches Schicksal sich hinter der Stimme in mir verbarg.

»Du hast recht, mir geht es nicht gut.«

Und so erfuhr auch U Ba von dem Buch der Einsamkeit. Von einem Versprechen, streichholzgroß. Von den mächtigen Flügeln der Lüge, die den Himmel verdunkelten, bis er schwarz war. Den Farben der Trauer. Denen der Furcht. Der Stimme und ihren Fragen. Von der Macht der schwarzen Stiefel. Und dem Fluch der Angst.

Atemlos hatte ich erzählt.

Atemlos hatte er mir zugehört.

Nun runzelte er besorgt die Stirn, kratzte sich am Kopf und schloss die Augen.

Sein schmächtiger Körper versank in dem schweren Ledersessel. Seine Wangen waren ein wenig eingefallen, die Augen tief in ihren Höhlen versteckt. Die dünnen tiefbraunen Arme, die nicht verrieten, wie schwer sie noch tragen konnten, hingen an ihm herab. Schutzbedürftig sah er aus.

»Ich glaube, ich kann dir helfen«, sagte er unvermittelt und schaute mich ernst an.

»Kennst du die Stimme?«, fragte ich überrascht.

»Nein.«

»Weißt du, wer die schwarzen Stiefel sind?«

U Ba zögerte. Dann schüttelte er sehr langsam den Kopf und ließ mich dabei nicht aus den Augen.

Ich war mir nicht sicher, ob er mir die Wahrheit sagte.

»Aber ich weiß, wo wir mit unserer Suche beginnen müssen.«

Zweiter Teil

1

U Ba war tief in Gedanken versunken. Aus seinem federnden Schritt war jede Leichtigkeit gewichen, er lief schnell, fast gehetzt durch Kalaw. Menschen, die uns grüßten, schenkte er kaum Beachtung, meine Fragen beantwortete er so einsilbig, dass ich irgendwann verstummte.

Wir gingen am Teehaus vorbei, an der Moschee und dem Kloster, in dem unser Vater als Novize gelebt hatte, bogen bei dem großen Banyanbaum links ab und folgten der Straße, bis wir einen ausgetretenen Pfad einschlugen, der uns einen Hügel hinauf an das andere Ende des Ortes führte.

Vor den überwucherten, morschen Resten einer Gartenpforte blieben wir stehen. Mein Bruder schob mit einem Arm die Zweige beiseite, wir traten in einen kleinen Hof, in dem neben einer Hütte Bananenstauden, ein Papayabaum und mehrere Palmen wuchsen. Das Häuschen stand auf knapp einen Meter hohen Bambuspflöcken mit Wänden aus getrockneten Gräsern. Ein paar Stufen führten zu einer winzigen Veranda, auf deren Geländer ein roter Longy und eine weiße Bluse zum Trocknen in der Sonne hingen.

U Ba rief einen Namen und wartete. Er rief ihn ein zweites Mal.

Khin Khin war eine Frau, deren Alter ich nicht schätzen konnte. Sie mochte fünfzig sein oder auch bald achtzig. Ihre dunklen Augen waren klein und schmal, tiefe Falten durchzogen Wangen und Stirn, eine breite Narbe teilte ihr Kinn in zwei ungleichmäßige Hälften.

Das Gesicht eines gelebten Lebens.

Um den Kopf hatte sie sich ein rosafarbenes Handtuch gewickelt, in der Hand hielt sie eine qualmende Zigarre.

Weshalb hatte mein Bruder mich hierhergeführt? Was verband mein Schicksal mit dem ihren?

Sie begrüßte U Ba mit einem überraschten Lächeln und bat uns mit einer einladenden Handbewegung hinein. Ihre Hütte bestand nur aus einem Raum, in einer Ecke lagen zusammengerollte Decken und ein paar Kleidungsstücke, darüber hing ein kleiner Altar mit einem liegenden Buddha, davor etwas Reis und eine Vase, in der eine Blüte welkte. Über einem Häufchen glühender Holzkohlen hing ein Kessel, in dem Wasser kochte. Wir hockten uns auf eine Bastmatte, sie stellte drei Tassen vor uns hin, schenkte aus einer Thermoskanne Tee ein und ließ mich dabei nicht aus den Augen. Vermutlich stellte auch sie sich die Frage: Warum hat U Ba diese fremde Frau in meine Hütte gebracht?

Mein Bruder begann, in einem rhythmischen Singsang zu erzählen, wir hörten beide aufmerksam zu. Sie verstand die Worte, ich nur die Melodie seiner Stimme. Sie klang wie ein leidenschaftliches, wohlkomponiertes Plädoyer. Mal dringlich, fast fordernd, dann wieder bittend, zwischendurch fröhlich und leicht.

Sie wackelte hin und wieder ungläubig mit dem Kopf, zog an ihrer Zigarre, machte kurze Bemerkungen, lächelte oder schaute mich erstaunt an. Als sein Lied endete, schüttelte sie entschieden den Kopf und lachte dabei.

Mein Bruder ließ sich nicht beirren. Er sprach weiter, als wäre dies der zweite Satz, das Adagio, einer Komposition. Er redete leise, beugte sich vor, machte Pausen, ließ seine Worte klingen, flüsterte. Ihre Blicke trafen sich mehrmals, und keiner wich dem anderen aus.

Sie war nachdenklich geworden, runzelte die Stirn, ließ ihre Zigarre erlöschen, schaute mich lange an. Als U Ba verstummte, nippte sie an ihrem Tee. Ein Blick zu ihm. Ein Blick zu mir. Ein kurzes Nicken.

Mein Bruder lehnte sich zu mir herüber. »Sie ist bereit, uns aus dem Leben ihrer verstorbenen Schwester zu erzählen«, sagte er leise. »Ich werde für dich übersetzen.«

»Wie kommst du darauf, dass ausgerechnet ihre Schwester etwas mit der Stimme in mir zu tun hat?«, flüsterte ich erstaunt zurück.

»Das wirst du verstehen, wenn du ihre Geschichte gehört hast.«

2

Eine kleine Bauersfrau. Ein großes Herz, in dem trotzdem nicht viel Platz war. Aber ein anderes hatte sie nicht.

Zwei kleine Jungen und ihre Mutter. Eine große Liebe, die trotzdem keinem von ihnen Glück brachte. Aber eine andere gab es nicht.

Doch vielleicht begann die Geschichte auch viel früher. Vielleicht begann sie in jener Woche, als Nu Nu zum ersten Mal in ihrem Leben dem Tod begegnete. Ihr Vater war mit stechenden Kopfschmerzen und hohem Fieber erwacht. Schon an den Tagen zuvor hatte er unter einem leichten Durchfall gelitten. Die Kräuter, die der Medizinmann des Dorfes empfahl und die Nu Nus Mutter ihrem Mann zu einem übel riechenden Trunk zusammenbraute, zeigten keine Wirkung. Ebenso wenig die im Feuer erwärmten Steine, die sie ihm auf den Bauch legte, oder die Tinktur, mit der sie über Stunden und mit unendlicher Geduld seine Füße und Waden einrieb. Das Fieber stieg. Egal was er trank oder aß, nichts konnte er mehr in seinem schwächer werdenden Körper halten. Das Leben floss aus ihm heraus. In einem wässrig-braunen Strom, der irgendwann versiegte.

Das zweite Mal traf Nu Nu den Tod zwei Wochen später. Da starb ihre Mutter unter denselben Umständen.

Die Nachbarn erzählten, sie habe drei Tage und Nächte regungslos neben ihr gesessen und die Hand der Sterbenden gehalten. Ohne ein Wort zu sprechen. Danach habe sie ausgesehen, als wäre sie in

Stein gehauen. Ein kleiner, hagerer Körper, erstarrt, und weit aufgerissene Augen, deren Blick sich stumm geradeaus richtete. Selbst als die Männer den Leichnam aus der Hütte trugen, habe sie sich nicht bewegt. Am Grab habe sie gestanden, ohne eine Träne zu vergießen.

Nu Nu wusste davon nur vom Hörensagen. An die Wochen, in denen sie dem Tod zum ersten Mal begegnete, hatte sie nur vage Erinnerungen. Eine Stille, die immer stiller wurde, war ihr im Gedächtnis geblieben. Ein Feuer, das erlosch. Seitdem ertrug sie den Anblick von erlöschenden Feuern nicht.

Und eine warme Hand. Die immer kälter wurde.

Nu Nu war zu jener Zeit gerade zwei Jahre alt geworden.

Die Schwestern und Brüder ihres Vaters wollten sie nicht. Ein Kind, das so früh zur Waise wurde, besaß ein schlechtes Karma. Ein Bote des Unglücks, der nur Unheil bringen konnte. Außerdem hatten sie in ihren Hütten genug hungrige Mäuler zu stopfen.

Schließlich nahm sich ein Bruder der Mutter ihrer an. Er war jung, lebte im selben Dorf, hatte vor Kurzem geheiratet und noch keine eigenen Kinder. Er war ein fleißiger, tüchtiger Bauer, der mit seinem Gemüse oft ein glückliches Händchen bewies. Zugleich war er ein außergewöhnlich unaufgeregter Mensch, der eines im Übermaß besaß: Geduld.

Nu Nu staunte früh über den Gleichmut ihres Onkels. Wie konnte er gelassen bleiben, wenn die Ratten mal wieder den Reisvorrat der Familie geplündert hatten? Wenn der Regen zu spät einsetzte, die Erde vor Trockenheit aufplatzte und die Ernte zu verdorren drohte?

Wie konnte er ruhig zuschauen, wenn seine Frau auf einem Pagodenfest beim Glücksrad ihr Geld wieder und wieder auf den Elefanten setzte, während stattdessen Maus, Tiger oder Affe kamen und erst als der letzte Kyat verspielt war, dreimal hintereinander der Elefant erschien?

Diese Seelenruhe war ihr fremd. Sie war eine Kinderseele, die zu viel wusste. Vom Leben. Vom Tod. Von warmen Händen und wie schnell sie erkalten können.

Ihre Stimmungen waren so wechselhaft wie das Wetter an einem Tag in der Regenzeit. In einem Moment konnte sie eigensinnig und trotzig sein, im nächsten ängstlich und unsicher.

Sie war temperamentvoll, aufbrausend in ihrer Freude und in ihrer Trauer. Ein verschütteter Teller Reis führte zu bitteren Tränen. Eine falsche Behauptung, die achtlos dahingesagte Beleidigung durch ein Nachbarskind, beschäftigten sie tagelang. Selbst ihre Haut reagierte impulsiv. Bei jeder Aufregung bildeten sich an Armen und Beinen, oft auch am Bauch und auf der Brust, rote Pusteln, die juckten, als wären alle Mücken der Shan-Staaten über sie hergefallen. Nu Nu kratzte sich wund und erwachte nachts blutüberströmt. Kein Medizinmann wusste Rat, Salben und Beschwörungen halfen nicht. Nach einiger Zeit verschwand der Ausschlag immer wieder von allein.

Wenn Nu Nu im Wald mit anderen Kindern spielte und von einem Atemzug zum anderen von einer übergroßen Traurigkeit heimgesucht wurde, hätte sie nicht sagen können, warum oder woher sie rührte. Tiefschwarze Wolken zogen in den folgenden Stunden über sie hinweg, die Welt verfinsterte sich noch schneller als in den Minuten vor einem schweren Unwetter. Ein toter Schmetterling am Wegesrand genügte, um sie zum Weinen zu bringen. Dann wollte sie nichts lieber, als alleine zu sein. Alles kostete zu viel Kraft: das Spielen, das Entfachen eines Feuers, das Schneiden von Gemüse, ja selbst der Blick in die Augen der anderen Kinder oder ihrer Tante. Solche Tage verbrachte sie am liebsten auf ihrer dünnen Bastmatte, ohne mit jemandem ein Wort zu wechseln.

Am nächsten Morgen hatten sich die Wolken so plötzlich verzogen, wie sie gekommen waren.

An anderen Tagen hingegen war sie von einer fast unerträglichen Leichtigkeit erfüllt, und selbst mühsame Arbeiten, wie das Jäten der Beete oder das Schleppen der schweren Wassereimer gingen ihr leicht von der Hand.

Eine Erklärung dafür hatte Nu Nu nicht.

Sie sei ein Quälgeist, sagte ihr Onkel hin und wieder erschöpft.

Was das sei, wollte sie einmal wissen. Er hatte lange nachgedacht und ernst geantwortet: ein gequälter Geist.

Vielleicht, so dachte sie später manchmal, war das der Grund, warum sie sich in der Familie immer fremd gefühlt hatte. Nicht unerwünscht. Gar nicht. Aber anders. Verwandt – nicht seelenverwandt.

Sie lag oft wach bis in die Nacht, hörte das beruhigende Knistern des Feuers, die leisen Stimmen von Tante und Onkel und später dann den gleichmäßigen Atem ihres Schlafs. Ihre Verwandten liebten sie, daran zweifelte Nu Nu nicht. Sie waren fürsorglich. Forderten keine Arbeiten von ihr, die sie nicht leisten konnte. Zürnten nie. Onkel und Tante waren längst zu Vater und Mutter geworden.

Und trotzdem.

Als gäbe es eine unsichtbare Wand, die sie von ihnen trennte.

Nu Nu hatte einen wiederkehrenden Traum, in dem sie als kleines Mädchen auf einer Seite eines gemächlich dahinfließenden Flusses entlanglief. Am anderen Ufer warteten ihre Eltern. Sie hatte Angst, fühlte sich allein und wünschte sich nichts sehnlicher, als die Fluten zu durchqueren. Doch sie fürchtete die Strömung und die Krokodile, die im Wasser auf sie lauerten. Immer verzweifelter lief sie am Ufer auf und ab auf der Suche nach einer seichten Stelle. Sie rief und winkte, aber die Eltern beachteten sie kaum. Als sie sich abwendeten und Anstalten machten, fortzugehen, vergaß Nu Nu ihre Angst und sprang in den Fluss. Sofort begann eine unheimliche Kraft, sie in die Tiefe zu ziehen. Nu Nu wehrte sich mit kurzen, heftigen Schwimmstößen, wie ihr Vater es sie gelehrt hatte. Als sie die Mitte des Gewässers erreichte, sah sie die Raubtiere von hinten auf sich zukommen. Sie schwamm schneller, immer schneller, und trotzdem kamen sie näher. Noch fünf Züge bis zum rettenden Ufer. Und näher. Noch vier. Und näher. Noch drei. Als das Krokodil sein großes Maul aufriss, um sie zu verschlingen, erwachte sie. Schwitzend. Atemlos vor Angst.

Die Eltern lachten, als sie ihnen die Geschichte erzählte. Du Dummerchen. In den Shan-Staaten gibt es doch gar keine Krokodile.

Lange fürchtete Nu Nu sich vor dem Einschlafen, weil sie Angst vor dem Traum hatte.

Das Gefühl des Fremdseins änderte sich auch nicht, als mit den Jahren noch zwei Brüder und eine Schwester hinzukamen. Sie hatten die wohltemperierten Gemüter ihrer Eltern geerbt.

Fünf ruhige Geister und ein gequälter. Mit roten Pusteln.

Vielleicht war das der Grund, warum Nu Nu sich schon so früh nach einer eigenen Familie sehnte. Sie träumte nicht von einem Haus aus Stein. Nicht von einem Dach, das nicht leckte. Nicht von einer Reise in die Provinzhauptstadt. Ihr einziger Wunsch war es, einen Mann zu finden und ein Kind mit ihm zu haben. Ihr Kind. Sie würde es neun Monate lang in sich tragen. Sie würde es gebären. Sie würde es nähren und beschützen. Ein Teil von ihr, auch nach der Geburt.

Seelenverwandt.

3

Nu Nu war siebzehn, als der erste junge Mann vorstellig wurde und fragte, ob sie ihn heiraten möchte. Sie war eine schöne junge Frau geworden, nach der sich die Männer aus den anderen Dörfern auf dem Markt umdrehten und der die Jungs auf dem Feld schüchterne und zugleich begehrende Blicke zuwarfen. Sie war schlank, hochgewachsen und hielt sich trotz ihrer Größe stets aufrecht, selbst wenn sie eine schwere Last auf dem Kopf balancierte. Ihr Gesicht war wohlgeformt, eine ungewöhnlich hohe Stirn, kräftige tiefrote Lippen und große, sehr wache, sehr braune Augen.

Der junge Mann machte ihr die Entscheidung nicht leicht. Er war nicht nur höflich und bescheiden, er besaß auch die schönsten und zugleich traurigsten Augen, die sie je gesehen hatte. Sie waren im Dorf zusammen aufgewachsen und hatten sich schon als Kinder sehr gemocht. Er war einen halben Kopf kleiner als Nu Nu, und weil sein linkes Bein etwas kürzer war als das rechte, humpelte er. Auch er war häufig allein. Wenn die Jungs am Abend in der Dämmerung vom Feld kamen, hinkte er mit einigem Abstand hinterher. Wenn sie Fußball spielten, wartete er geduldig, bis die Mannschaften gebildet waren, und wenn ihn keiner wählte, saß er am Spielfeldrand und hoffte, dass jemand die Lust verlieren würde und er für ihn mitspielen durfte.

Er war der Einzige, dem sie von unsichtbaren Wänden erzählte. Von plötzlich heraufziehenden Finsternissen. Von toten Schmetterlingen am Wegesrand. Von ihrer Angst vor erlöschenden Feuern.

So wie er sie dabei anschaute, wie er ihr zuhörte, hin und wieder eine Frage stellte, spürte sie, dass er etwas von gequälten Geistern verstand.

Von warmen Händen. Die langsam erkalteten.

Was Wesensverwandtschaft bedeutete.

Und wie wichtig sie war.

Oft tauschten sie nur Blicke aus und wussten, was der andere empfand.

Als er sie bat, seine Frau zu werden, kamen ihr die Tränen.

Sie ahnte, dass er bei einer Ablehnung nie wieder den Mut aufbringen würde, einer Frau diese Frage zu stellen. Sie zögerte. Wünschte sich Bedenkzeit bis zum nächsten Morgen und verbrachte, am Feuer sitzend, eine schlaflose Nacht, in der sie versuchte, Ordnung in ihr Herz zu bringen.

Neben ihr schliefen fünf ruhige Geister. Keinen von ihnen konnte sie um Rat fragen.

Als die Vögel den neuen Tag ankündigten, hatte sie sich entschieden.

Die Liebe kannte viele Feinde. Mitleid war einer davon.

Er war ein Freund, einen besseren würde sie nicht finden, ein Geliebter war er nicht.

Auch der zweite junge Mann hatte keine Chance. Er war der Sohn des reichsten Reisbauern der angrenzenden Provinz und gekommen, weil er von Nu Nus Schönheit gehört hatte. Er sah gut aus, seine Höflichkeit beeindruckte ihre Eltern, aber sie wusste schon nach wenigen Minuten, dass er weder von grundloser Freude noch von grundloser Trauer etwas verstand. Wie sollte ihre Liebe wachsen, wenn es nichts gab, worin sie wurzelte?

Maung Sein hätte sie beinahe übersehen.

Nicht weil er klein von Wuchs gewesen wäre, ganz im Gegenteil. Unter seinen Vorfahren musste ein Engländer gewesen sein, anders waren die helle Haut und vor allem die kräftige Statur nicht zu erklären. Maung Sein hatte ein breites Kreuz, außergewöhnlich muskulöse Oberarme und Hände, so groß, dass ihr Kopf fast darin versank.

Nu Nu mochte groß gewachsene Männer, aber an diesem Markttag war sie ganz mit ihrer kleinen Schwester beschäftigt. Khin Khin hatte hohes Fieber und ruhte erschöpft neben ihr unter dem Sonnenschirm. Vor ihnen lagen, ordentlich zu kleinen Stapeln aufgetürmt, die Erträge der Arbeit ihres Vaters: Tomaten, Auberginen, Ingwer, Blumenkohl und Kartoffeln. Es war heiß, Nu Nu tunkte alle paar Minuten einen Lappen in eine Schüssel mit lauwarmem Wasser, wrang ihn aus und legte ihn der Schwester auf die Stirn. Als diese eingeschlafen war, wollte sie schnell mehrere Kilo bestellte Tomaten in ein nahe gelegenes Restaurant bringen. In der Eile stolperte sie, verlor einen Moment das Gleichgewicht, der Korb mit dem Gemüse rutschte ihr vom Kopf, und sie sah, wie die roten Tomaten in alle Richtungen über den Weg, ins hohe Gras und tief unter die Büsche rollten. Auf allen vieren kroch sie hinterher. Als sie zum Korb zurückkehrte, war er wieder gefüllt, daneben stand ein junger Mann und lächelte verlegen. Er schaute sie an und blickte dann scheu zu Boden.

Es war dieses Lächeln, das sie nicht vergessen würde. Warm und herzlich, aber mit einer Ahnung, dass nicht jedes Gefühl der Traurigkeit einen Grund brauchte.

Vielleicht hätte sie ihm in der Sorge um ihre Schwester trotzdem nur schnell gedankt und keine weitere Beachtung geschenkt, wenn sie in den Tagen zuvor nicht mehrere ungewöhnliche Dinge beobachtet hätte.

Nu Nu fragte sich, wie Menschen in dem Glauben leben konnten, dass es außerhalb dessen, was sie direkt mit ihren Sinnen wahrnahmen, nichts Wirkliches gab. Sie war überzeugt, dass Kräfte existieren, die wir zwar nicht kennen, die aber trotzdem auf uns wirken und uns hin und wieder Zeichen senden. Man musste sie nur sehen und deuten können. Nu Nu studierte ausgiebig die Konturen der Bananenstauden oder Papayabäume in der Dämmerung, die Umrisse des Qualms, der vom Feuer aufstieg, oder die Beschaffenheit der Wolken. Viele Stunden verbrachte sie damit, in den Himmel zu blicken, ihre Formationen zu beobachten und zu interpretieren. Sie war fasziniert von der Flüchtigkeit, mit der sie entstanden, dass sie fortwährend ihre Gestalt veränderten, geformt von einer unsichtbaren Hand, nur um nach ein, zwei kurzen Momenten wieder in der unendlichen Weite, aus der sie gekommen waren, zu verschwinden.

Sie bedauerte jeden, der darin nichts als Wolken sah, die lediglich auf gutes oder schlechtes Wetter hinwiesen. Nu Nu erkannte in ihnen Affen und Tiger, gefräßige Mäuler, zerbrochene Herzen, weinende Gesichter.

In der vergangenen Woche hatte sie am Himmel gleich mehrere Elefanten gesehen, Sinnbilder für Kraft und Stärke. Vor einigen Tagen hatte sich urplötzlich eine große weiße Wolke genau über ihr zu einem Vogel geformt, sie sah darin eine Eule, ein Symbol für Glück, die ihre Flügel ausbreitete. Für Nu Nu ein deutliches Zeichen, dass jemand oder etwas aus größerer Entfernung auf sie zukam.

Gestern hatte sie auf dem Feld einen faustgroßen Stein mit einer ganz sonderbaren Form gefunden. Sie hatte ihn gedreht, gewendet, und je nachdem, wie sie ihn hielt, erinnerte er sie an etwas anderes. Es konnte ein Trichter sein. Eine Stupa. Oder, mit etwas Fantasie, ein Herz. Sie war sich nicht sicher, was er wirklich darstellte.

Heute stand Maung Sein vor ihr.

Er war aus einer entlegenen Provinz gekommen, um einem Onkel einige Monate lang bei der Rodung eines Ackers zu helfen.

Sie fragte, ob er die Tomaten zum Restaurant bringen könne, da sie nach ihrer fiebernden Schwester schauen müsse, beschrieb ihm die Lage ihres Gemüsestandes und bat ihn, ihr das Geld vorbeizubringen.

Er schulterte den Korb, ohne ein Wort zu sagen.

Als er zum zweiten Mal vor ihr stand, fielen ihr seine großen Hände auf.

Er reichte ihr einen Kyatschein und ein paar Münzen und fragte, ob er noch irgendwie behilflich sein könnte.

Ja, sagte sie, ohne zu zögern. Ihre kleine Schwester sei krank. Wenn er ihr helfen würde, sie in einigen Stunden nach Hause zu bringen, wäre sie ihm sehr dankbar. Vielleicht könnte er, wenn sich der Markt dem Ende neige, wiederkommen?

Ihm würde es auch nichts ausmachen, hier so lange zu warten, erwiderte Maung Sein. Natürlich nur, wenn sie es ihm gestatte. Er wolle nicht zur Last fallen.

Nu Nu nickte überrascht.

Er hockte sich unter den Sonnenschirm zu Füßen ihrer schlafenden Schwester, während sie Khin Khins Kopf im Schoß hielt.

Maung Sein bot an, neues, kälteres Wasser zu holen, sie lehnte dankend ab, es wäre ohnehin schnell wieder warm. Sie wollte nicht, dass er ging.

Die Passanten liefen an ihnen vorbei, manche stutzten beim Anblick des kräftigen jungen Mannes an ihrer Seite und warfen ihnen vielsagende Blicke zu. Immer wieder blieben Kunden stehen, kauften Tomaten, Ingwer oder Auberginen und musterten den Unbekannten dabei gründlich.

Maung Sein nahm das Interesse an ihm nur am Rande wahr. Er saß so aufrecht, als meditiere er, hielt die Augen die meiste Zeit gesenkt und konnte kaum glauben, was er getan hatte. Er, der normalerweise so schüchtern war, dass er verstummte, sobald ein Mädchen im Raum oder nur in seiner Nähe war, hatte die Kühnheit besessen, diese junge Frau, die schönste, die er jemals gesehen hatte, zu fragen, ob er sich zu ihr setzen dürfe. Er wusste nicht, wo die Quelle dieser plötzlichen Courage lag. Sie war einfach da gewesen.

Als wenn Mut nur den richtigen Anlass benötigte, um sich zu zeigen. Wer, dachte Maung Sein, wusste schon, wozu er wirklich fähig war?

Hin und wieder stellte Nu Nu eine Frage, die er höflich beantwortete, wobei er jeden zweiten Satz wiederholen musste, so leise kamen die Worte über seine Lippen.

Maung Sein war ein außergewöhnlich stiller Mensch, der an manchen Tagen kaum mehr als ein paar Sätze sprach. Nicht weil er unhöflich, mürrisch oder dem Leben abgewandt war, sondern weil er fand, dass sich die Welt besser durch Taten erklären ließ als durch Worte.

Und weil er die Stille schätzte.

Seine Jugend hatte er als Novize in einem Kloster verbracht. Dort hatten ihn die Mönche gelehrt, diesem, seinem Leben keine allzu große Bedeutung beizumessen, da es sich nur um eines in einer endlosen Kette von vielen handle. Die Gerechtigkeit, das Glück, das einem Menschen in dieser Existenz nicht vergönnt sein mag, würde ihm, wenn er es verdiente, im nächsten Leben zuteil. Oder im übernächsten. So genau kam es nicht darauf an.

Außerdem hatten sie ihm beigebracht, freundlich und hilfsbereit zu anderen Menschen zu sein. Nicht weil man es ihnen schuldete. Weil man es sich selber schuldete.

Das waren zwei der Maximen, nach denen er versuchte, sein Leben zu meistern. Alles andere würde sich daraus ergeben.

Oder es war nicht wichtig.

Maung Sein überlegte angestrengt, ob es etwas gab, was er der jungen Frau neben ihm erzählen wollte.

Über seine Arbeit als Holzfäller? Er konnte sich nicht vorstellen, dass sie das interessieren würde. Über seinen Onkel, der gerade mit der dreißig Jahre jüngeren Tochter des Nachbarn ein Kind gezeugt hatte? Nein, vermutlich wäre das in diesem Moment ein mehr als unpassendes Gesprächsthema.

Von sich? Seiner Familie zu Hause, in der der Tod ein häufiger Gast war? Ein stiller Besucher, dem man keine Fragen stellte, der sich nahm, wen er wollte. Seinem jüngsten Bruder war er in Verkleidung einer Schlange begegnet. Arglos wollte er einen Stock aus dem Unterholz ziehen. Was verstehen Vierjährige von der Kunst der natürlichen Täuschung, den Geheimnissen der Mimikry?

Seinen ältesten Bruder hatte der Tod aus dem Wipfel eines Eukalyptusbaums geschubst. Einen achtjährigen Jungen, der wissen wollte, wie die Welt von oben aussah.

Nur Flügel hätten ihn retten können.

Nein, lieber würde er über das Glück sprechen. Auch wenn das kein ähnlich verlässlicher Besucher war wie der Tod, sondern nur ein flüchtiger, war es ihm nicht unbekannt. Es begegnete ihm regelmäßig, wenn er achtgab und genau hinschaute.

Heute war es in Form einer Tomate, die ihm direkt vor die Füße rollte und deren Spur er bis zu einem ausgekippten Korb zurückverfolgte, zu ihm gekommen.

Er hätte auch achtlos weitergehen können. Man durfte sich von den vielerlei Tarnungen des Glücks nicht täuschen lassen.

Je länger er nachdachte, desto deutlicher spürte er, dass er gar nichts sagen wollte. Es genügte ihm, einfach hier zu sitzen. In ihrer Nähe zu sein. Ihr hin und wieder einen Blick zuwerfen zu dürfen und eine Erwiderung zu bekommen.

Nu Nu genoss sein Schweigen, auch wenn es ihr Mühe bereitete, ihre Neugierde zu zügeln. Sie war überzeugt, dass sie alles Wichtige erfahren würde, wenn es an der Zeit war.

Sie sah in den flüchtigen Momenten, in denen sich ihre Blicke trafen, dass ihm Tränen um einen toten Schmetterling nicht fremd waren; er würde darauf achten, dass immer ein Scheit Holz im Feuer lag.

Als der Markt zu Ende war, packte Nu Nu das restliche Gemüse in einen Korb. Er war schwer, und sie bat Maung Sein, ihn ihr auf den Kopf zu stellen. Er stemmte ihn hoch und erklärte, dass sie diese Last unmöglich alleine schleppen konnte. Die Art, wie er es sagte, verriet ihr, dass er eher zwei- oder dreimal gehen würde, als sie den Korb tragen zu lassen. Er würde sie ernähren können. In jeder Beziehung.

Sie nahmen den Korb in ihre Mitte, jeder an einem Griff, er legte sich behutsam ihre Schwester über die Schulter, was Khin Khin klaglos geschehen ließ. So machten sie sich auf den Weg.

Beim Abschied bat er, sie am nächsten Tag wiedersehen zu dürfen.

Am Abend lag Nu Nu lange wach. Der Stein vom Vortag fiel ihr wieder ein. Nun wusste sie, welche Form er besaß.

4

Nu Nu lag neben ihrem schlafenden Mann und lauschte dem Regen. Sie erkannte an den Tönen, worauf das Wasser prasselte. Die dicken Blätter der Bananenstauden klangen tief und kräftig. Die kleinen, dünnen des Bambus hell und leicht. Die Pfützen im Hof gluckten. Ihr altes Dach verschluckte die Tropfen mit einem dumpfen Geräusch, um sie in einem gurgelnden Rinnsal an den Dachtraufen wieder auszuspucken. Die Matten aus trockenen Gräsern und Palmenblättern, die ihr Haus bedeckten, leckten an mehreren Stellen, Nu Nu hörte das hässliche Plätschern auf den Holzplanken. Es fehlte das Geld, sie zu erneuern, ein Jahr würden sie noch halten müssen. Mindestens.

Von einem der Nachbarhäuser schallten die Töne eines Blechdachs herüber, laut und wütend. Darunter, dachte Nu Nu, würde sie nie schlafen können, egal wie haltbar und praktisch sie waren.

Gestern Mittag hatte es zu regnen begonnen und seitdem nicht mehr aufgehört. Das war ungewöhnlich. Normalerweise stürzte in dieser Jahreszeit das Wasser in Wolkenbrüchen vom Himmel, die eine, manchmal zwei Stunden anhielten und die Luft feucht und schwer machten. Der Boden saugte das Nass auf, und was übrig blieb, verschlang die Sonne mit ihren unerbittlichen Strahlen. Nach kurzer Zeit war die Erde wieder trocken und wartete ungeduldig auf den nächsten Schauer.

Draußen wurde es allmählich hell, die ersten Lichtstrahlen fielen durch die Spalten in der Wand. Nu Nu rutschte noch einmal an ihren Mann heran und schlang einen Arm um seine Brust. Einige Minuten genoss sie die Wärme seines Körpers, den gleichmäßigen Rhythmus seines Herzschlages unter ihrer Hand, seinen Atem auf ihrer Haut. Dann stand sie auf, entfachte das glimmende Feuer, hängte einen Kessel über die Flammen, setzte sich in die offene Tür und beobachtete, wie das Wasser ihren Hof in eine immer größere Schlammlache verwandelte.

Sie liebte die Regenzeit. Sie liebte diese Monate und ihr silbergraues Gewand, in denen die Erde erwachte, das Leben an den geheimnisvollsten Orten wucherte und die Natur alles mit einem hemmungslosen Grün überzog. Außerdem war es eine Zeit, in der sie nicht schon vor Sonnenaufgang aufstehen mussten, um ja rechtzeitig auf dem Feld zu sein. In der sie und Maung Sein einige Stunden für sich hatten, weil es nichts zu tun gab, außer dem Klang des Regens zu lauschen. Oder einen Korb zu flechten.

Oder dem eigenen Begehren zu folgen.

Sie spürte Lust in sich aufsteigen und überlegte kurz, ob sie sich wieder zu ihrem Mann legen und ihn, sobald er erwachte, verführen sollte, entschied sich aber dagegen. So wie es aussah, sollten sie dafür noch den ganzen Tag Zeit haben, und in spätestens einer Stunde würden die Novizen vor ihrer Hütte stehen und die täglichen Gaben erwarten. Sie erhob sich, ging zur Feuerstelle, setzte Reis auf, suchte ein paar besonders große Tomaten, Karotten, Auberginen, Zwiebeln, Ingwer und Knoblauch heraus und bereitete ein Gemüsecurry zu. Für die Mönche gab es nur das Beste, auch wenn das Essen in ihrem Haus in manchen Monaten knapp war und Maung Sein über ihre Großzügigkeit zuweilen murrte.

Nu Nu empfand ein tiefes Gefühl von Dankbarkeit und Demut, wenn sie an die vergangenen zwei Jahre dachte, und wollte sich, mit den bescheidenen Mitteln, die ihr zur Verfügung standen, so erkenntlich wie nur möglich zeigen. Sie fragte sich, womit sie so viel Freude verdient hatte. Was mochte sie in ihrer vorherigen

Existenz Gutes getan haben, um in diesem Leben so reich belohnt zu werden?

Dank eines Darlehens von Maung Seins Onkel hatten sie sich zur Hochzeit diese alte Hütte, das dazugehörige Grundstück und einen Acker kaufen können. Sie lag in einem Dorf, zwei Tagesmärsche von ihrem Geburtsort entfernt. Das Haus bot genügend Platz, es gab einen Raum mit einer Kochstelle in der Ecke. In einem Holzregal hinter dem Feuer standen Schüsseln, Blechteller, Tassen, darunter zwei verrußte und verbeulte Töpfe. Das Besteck und zwei Kochlöffel steckten in der Wand aus geflochtenen Palmenblättern. Neben dem Regal lagen ihre wenigen Vorräte: ein halb voller Sack Reis, Tomaten, Ingwer, Auberginen und ein Glas Fischsoße.

Über der Tür hatte Nu Nu eine alte Uhr angebracht, deren Zeiger vor langer Zeit auf sechs Uhr stehen geblieben waren. Gegenüber an der Wand hing der Altar mit einer hölzernen Buddhastatue. Ihr Mann hatte zwei Bambusstangen zwischen die Holzbalken gesteckt, an denen ihre wenigen Sachen hingen. Für jeden ein Handtuch, ein Longy, ein Hemd, einige T-Shirts und etwas Unterwäsche. Mehr besaßen sie nicht.

Im Hof wuchsen zwei schmächtige Papayabäume, Bananenstauden, Bambus und Palmen, hinter der Hütte war Platz für Tomaten und anderes Gemüse.

Ihr Vater hatte aus Maung Sein, dem Holzfäller, einen zwar nicht sonderlich erfolgreichen, dafür umso willigeren Bauern gemacht. Er war oft als einer der Ersten auf dem Feld gewesen und hatte sich bemüht, seinem Schwiegervater bei der Arbeit zu helfen, um von ihm zu lernen. Mit bescheidenem Erfolg. Sein Gemüse wollte nicht recht gedeihen, der Kohl blieb klein und die Tomaten ohne rechten Geschmack. Auch die Erträge des Reisfeldes lagen weit unter dem, was die Nachbarn erwirtschafteten.

An manchen Tagen war der Hunger so groß, dass Maung Sein zweifelte, ob er je eine Familie würde ernähren können. Er erwog, wieder als Holzfäller zu arbeiten, doch von den großen Teakbäumen gab es in ihrer Gegend nur noch wenige; er hätte in weiter entfernte

Provinzen reisen müssen und wäre im Jahr viele Monate unterwegs gewesen. Das wollten weder er noch Nu Nu. Jede Stunde, die sie ohneeinander verbrachten, war eine vergeudete.

Das Leben voller Entbehrungen machte ihnen nichts aus, ein anderes kannten sie nicht.

Dafür hatten sie miteinander etwas ganz anderes entdeckt: ihre Körper.

Aus den ersten, schamhaften Berührungen war ein kaum zu stillendes Verlangen geworden.

Die Lust hatte Nu Nus grundlose Trauer vertrieben. In den ersten Monaten hatte es noch Tage gegeben, an denen sie sich heranschlich und Nu Nu nach Kräften versuchte, sich dagegen zu wehren und sie vor ihrem Mann zu verbergen. Aber Maung Sein besaß ein untrügliches Gefühl für die Stimmungen seiner Frau. Ein Blick in ihre Augen genügte. Wenn er sah, wie viel Kraft sie allein das Aufstehen am Morgen kostete, wie viel Mühe ihr das Zubereiten des Essens machte, ein Gespräch mit den Nachbarn, ein einfacher Gang auf den Markt, verdoppelte er seine Fürsorge, ohne sie mit Fragen zu bedrängen oder zu schelten. Als wäre es das Natürlichste auf der Welt, dass ein Mensch hin und wieder an großer Traurigkeit leidet, die ihn müde und mutlos macht.

Jetzt konnte sie sich nicht einmal mehr erinnern, wann sie sich das letzte Mal schwermütig gefühlt hatte.

Ein gelassener Geist und ein gequälter, der allmählich zur Ruhe kam.

Seit Nu Nu ihren Mann getroffen hatte, glaubte sie fest, dass es Menschen gab, die zueinander gehörten.

Wesensverwandt. Seelenverwandt.

Später, viel später, fragte sie sich manchmal, ob sie in den ersten zwei Jahren, in denen sie und Maung Sein zusammenlebten, einen Großteil ihres Glücks aufgebraucht hatten. War das möglich? Gab es so etwas wie einen Vorrat an günstigen Fügungen? Kam ein Mensch mit seinem Quantum Glück zur Welt, das er in seinem Leben verbrauchte, der eine früher, der andere später? Hätten sie besser achtgeben sollen auf sich und ihre Zweisamkeit? Aber wie behütet und beschützt ein Mensch sein Glück? Oder war alles, was geschah, nur Willkür und Zufall? Waren wir ein Spielball von Gewalten, die keinen Gesetzen und keinen Regeln folgten, die mit uns machten, was sie wollten, so wie ein tosender Fluss mit einem Stöckchen spielt, bis er es in seinen Fluten zermalmt?

In dem Fall würde nichts im Leben Sinn machen oder von Bedeutung sein, doch ein Blick auf ihren schlafenden Mann und später in die Augen ihres Sohnes Ko Gyi genügte, um zu spüren, dass es so nicht sein konnte. Ein Zeichen der Liebe, eine Geste des Mitgefühls, ein Akt der Hilfsbereitschaft, ganz gleich, wie groß oder klein, reichte, und Nu Nu wusste, dass ihre Zweifel unberechtigt waren, dass es eine Kraft gab, die allem und jedem seinen besonderen Wert verlieh.

Nichts war vergeblich. Nichts war umsonst.

Davon hatten Maung Sein und seine Liebe sie im tiefsten Inneren ihrer Seele überzeugt. Bis jene Dinge geschahen, die sie zweifeln ließen. Für immer. An allem.

Die dem Leben seinen Sinn entzogen, wie Salz dem Körper die Flüssigkeit entzieht, bis er zugrunde geht.

Aber das war später, viel später.

Jetzt standen das Curry und der dampfende Reis vor ihr. Sie füllte einen Becher mit Tee, hockte sich wieder in den Türrahmen und wartete auf die Prozession der Mönche oder darauf, dass ihr Mann erwachte; dass er sich streckte und zu ihr drehte, sie aus verschlafenen Augen anschaute, bis ein Lächeln über sein Gesicht flog.

Der Regen ließ allmählich nach, und Nu Nu beobachtete, wie einige trockene Blätter von einem Baum in eine Pfütze am Fußende der Treppe fielen. Kleine Bötchen, die in einem Sturm schaukelten, traktiert von bohnengroßen Regentropfen, die ein Blatt nach dem anderen versenkten. Nur eines weigerte sich unterzugehen, egal wie oft es getroffen wurde. Nu Nu schloss die Augen und zählte bis zehn. Wenn es dann, entgegen aller Wahrscheinlichkeit, noch schwimmen würde, war es kein Zufall mehr, sondern ein Zeichen.

Sie zählte extra langsam. Bei fünf wurde sie ein wenig unruhig, bei acht überlegte sie, worauf es ein Hinweis sein könnte. Als Nu Nu die Augen öffnete, schwamm das graubraune Blättchen noch immer in der Mitte der Pfütze. Sie stieg die Stufen hinunter, fischte es aus dem Wasser und betrachtete gründlich seine Form und Musterung. Auf den ersten Blick konnte sie nichts Auffälliges erkennen. Sie wendete es. Auf der Rückseite waren zwei schwarze Punkte, die sie wie kleine Augen anstarrten. In der Mitte des Blattes setzte sich der Stiel fort, es sah aus wie eine Wirbelsäule. Sie hielt es gegen den trüben Himmel und sah im Licht deutlich die vielen verästelten Seitenrippen, die das Blatt wie kleine Äderchen durchzogen.

Augen. Wirbelsäule. Adern.

War dieses vertrocknete Blättchen ein Hinweis auf ein Kind? Warum nicht? Es sollte von ihr entdeckt und entziffert werden, weshalb sonst weigerte es sich, auf den Grund zu sinken wie die anderen?

Nu Nu wollte eine Bestätigung ihrer Vermutung. Sie betrachtete das Blatt noch einmal, beugte sich vor und ließ es aus der Hand gleiten. Sollte es in die Pfütze fallen und sich gegen den Regen ein zweites Mal behaupten, würde sie nicht mehr zweifeln. Die normale Flugbahn des Blattes hätte es irgendwo unter die Treppe tragen müssen, doch der Wind änderte die Richtung. Es segelte genau in die Pfütze, in der jetzt wieder eine Handvoll anderer Blätter trieb. Nu Nu schloss die Augen noch einmal und zählte, um sicherzugehen, bis achtundzwanzig. Acht war ihre Glückszahl, die Zwei davor verdoppelte ihr Glück.

Als sie die Augen wieder öffnete, waren alle Blätter verschwunden, bis auf eines. Sie erkannte es sofort.

Die Welt war voller Zeichen. Man musste sie nur sehen und deuten können.

Seit zwei Jahren wartete Nu Nu auf ein Kind, um genau zu sein, auf einen Sohn. Nach der Hochzeit war die Schwangerschaft für sie nur eine Frage von Wochen, höchstens einigen wenigen Monaten gewesen. Als sie nach einem halben Jahr an ihrem Körper noch immer keine Veränderungen beobachtete, fragte sie ihre Mutter, die ihre Tochter zur Geduld ermahnte.

Nach einem Jahr zog sie den Medizinmann des Dorfes zurate, der ihr mit diversen Kräutern und Tees zu helfen versuchte, ohne Erfolg.

Sie befragte den Astrologen, der sehr gründliche Berechnungen anstellte und ihr die günstigsten Tage zur Empfängnis nannte, die sie nicht ungenutzt verstreichen ließ, mit dem einzigen Ergebnis, dass am Ende Maung Seins Genitalien schmerzten.

Sie nahm einen Tagesmarsch in die nächste Stadt in Kauf, weil dort ein Sterndeuter lebte, der für seine außergewöhnlichen Fähigkeiten weithin bekannt war. Auch er befragte Bücher und Tabellen, versicherte ihr, dass sie einen gesunden Sohn gebären werde, dem bald darauf ein zweiter, ebenfalls gesunder Junge folgen würde. Nur wann, das konnte er ihr nicht mit letzter Sicherheit sagen, zu widersprüchlich waren die Auskünfte, die er aus seinen Kalkulationen ermittelte. Es könnte noch dauern, möglicherweise einige Jahre.

Nu Nu kehrte tief enttäuscht in ihr Dorf zurück. Sie wünschte sich nichts sehnlicher als einen Sohn. Die meisten Nachbarstöchter und Freundinnen in ihrem Alter waren bereits Mütter. Einige Jahre, hatte der Astrologe gesagt. Eine fast unvorstellbar lange Zeit. Oder irrte er, und sie gehörte zu den wenigen bedauernswerten Frauen, die, egal was sie versuchten, gar keine Kinder bekommen konnten?

An manchen Tagen kreisten ihre Gedanken um nichts anderes: ein Mensch, der nur ihr gehörte. Der sie brauchte wie kein anderer, der ohne sie nicht lebensfähig wäre. Wie würde er aussehen? Groß und schlank wie sie oder mit der kräftigen Statur, der hellen Haut und den leicht lockigen Haaren seines Vaters?

Würde sie einen gelassenen oder einen gequälten Geist zur Welt bringen?

Maung Sein war die Ungeduld seiner Frau ein Rätsel. Wann sie ein Kind bekommen, einen Jungen oder ein Mädchen, ob es gesund zur Welt kommt oder krank, ob es seinen ersten Geburtstag erlebt oder, wie so viele andere Neugeborene, vorher stirbt, war nichts, worauf sie großen Einfluss hatten. Die wesentlichen Dinge im Leben waren vorherbestimmt. Den Versuch, sie mit aller Macht beeinflussen zu wollen, empfand er als eine gefährliche Anmaßung, die nur Unglück bringen konnte. Er weigerte sich, die verschiedenen Gebräue zu trinken, die seine Frau auf Anweisung des Medizinmanns zubereitete und die angeblich beide von ihnen fruchtbarer machen sollten. Er ging nicht mit zum Astrologen, weil er nichts über die Zukunft wissen wollte, da er sie ohnehin nicht ändern konnte. Maung Sein bat seine Frau immer wieder um mehr Gelassenheit, um jenen Gleichmut, ohne den das Leben nicht zu ertragen war. Und selbst wenn sie aus irgendeinem Grund keine Kinder bekommen sollten, wäre dies kein Unglück. Dies war nur ein Leben. Eines von vielen.

Sie stimmte ihm zu, nur um ihn zwei Tage später wieder mit Fragen zu bestürmen, warum sie noch nicht schwanger sei. Ob er nicht doch von einem Trank probieren wolle, den ihr eine Hebamme gebraut hatte. Oder was er von einem bestimmten Namen halte.

Für lange Zeit blieb das der einzige Streitpunkt zwischen ihnen.

Nu Nu hörte das Holz knarzen und blickte auf. Ihr Mann saß im Halbdunkel auf der Schlafmatte und rieb sich gähnend die Augen. Sie betrachtete seinen muskulösen Oberkörper, die kräftigen Arme, die sie in die Luft heben konnten, als wäre sie ein Kind, die Hände, die sie so zärtlich streichelten oder so fest zupackten, dass allein diese Berührung reichte, um sie zu erregen. Es kostete sie ihre ganze Selbstbeherrschung, nicht zu ihm zu gehen.

»Waren die Mönche schon da?«, fragte Maung Sein. Als hätte er ihre Gedanken erraten.

»Nein.«

»Sag bloß, es regnet immer noch.«

»Ja, aber es wird weniger. Hast du Hunger?«

Ihr Mann nickte. Er stand auf, knotete seinen Longy neu, zog ein ausgefranstes T-Shirt über, holte zwei Blechnäpfe, Löffel, einen Becher, gab ihr einen Kuss auf die Stirn, strich ihr zärtlich über das Gesicht und hockte sich zu ihr.

Nu Nus Herz pochte vor Erregung.

Er goss sich Tee ein, betrachtete den bleigrauen Himmel, die tief hängenden Wolken und den schlammigen Hof voller Pfützen. »Heute haben wir viel Zeit.«

»Sehr viel«, erwiderte sie und versuchte, dabei möglichst vieldeutig zu klingen.

Maung Sein reagierte nicht. Er füllte die Blechnäpfe mit Reis und Gemüsecurry, reichte ihr einen und begann schweigend zu essen.

Kurz darauf hörten sie die Mönche bei den Nachbarn um Gaben bitten. Nu Nu nahm die große Schale Reis und das Curry, legte ein Tuch darüber, stieg die Stufen hinab und watete durch den Matsch zur Hofpforte.

Der Regen war warm. Das Wasser rann ihr Gesicht, Nacken, Rücken und Brust hinunter, innerhalb kürzester Zeit klebten Hemd und Longy auf ihrer Haut. Eine lange Prozession von jungen Männern mit kahl geschorenen Köpfen und durchnässten dunkelroten Kutten zog an ihr vorbei. Sie füllte jedem andächtig einen kleinen Löffel Reis und etwas Gemüse in seine Holzschale, nahm die dankbaren Blicke oder eine gemurmelte Segnung entgegen und dachte doch an nichts anderes als an Maung Seins Körper und welche Lust er ihr bereitete.

Als sie sich umdrehte, war ihr Mann verschwunden und der Türvorhang heruntergelassen.

Mit vor Erregung zitternden Beinen verharrte sie an der Pforte, bis der letzte Mönch außer Sichtweite war, ging zur Hütte zurück, stieg die Treppe hoch und schob das Tuch beiseite.

Maung Sein lag auf der Matte und wartete auf sie.

5

Sie wusste es.

Sie wusste es sofort und ohne den Anflug eines Zweifels.

Als könnte sie spüren, was für den Körper nicht fühlbar war.

Als könnte sie sehen, was für die Augen unsichtbar blieb.

Ein Teil von ihm würde in ihr bleiben. Sich einnisten. Wachsen.

Auch wenn ihr Mann später darüber lächeln und entgegnen würde, dass das unmöglich sei. Kein Mensch war so empfindlich.

Was wusste er vom Körper und den Empfindungen einer Frau?

Etwas an diesem Morgen war anders gewesen. Es war nicht die Art, wie er sich bewegte, obgleich er es dieses Mal besonders heftig und leidenschaftlich tat. Es war auch nicht die Weise, wie er ihr Lust bereitete und dann befriedigte.

Ein Gefühl hatte ihren Körper durchflutet, für das sie keinen Namen hatte und das sie nicht beschreiben konnte.

Als es vorbei war, lagen sie schwer atmend nebeneinander, Nu Nu zitterte, ihr liefen Tränen über das Gesicht, ohne dass sie es gleich bemerkte.

Maung Sein erschrak und fragte, ob er ihr in seiner Zügellosigkeit womöglich wehgetan hatte.

Nein, sagte sie, überhaupt nicht.

Warum sie denn weine?

Vor Glück, erklärte sie. Vor Glück.

Er nahm sie in den Arm, und sie weinte nur noch heftiger.

Später würde sie häufig an diesen Moment zurückdenken und sich fragen, ob es wirklich Tränen der Freude waren. Oder hatte sie an diesem Morgen im tiefsten Inneren ihrer Seele bereits eine Ahnung davon gehabt, wie alles enden würde? Dass zu jedem großen Glück auch ein großes Unglück gehörte. Dass jedem Anfang bereits sein Ende innewohnte, dass es Liebe ohne den Schmerz des Abschieds nicht gab; dass jede Hand irgendwann erkaltete.

Hatte sie, trotz aller Kümmernisse in den ersten Jahren ihres Lebens, zum ersten Mal mit dem Herzen verstanden, was der Buddha lehrte: dass Leben Leiden bedeutete. Dass nichts von Dauer war.

»Sag etwas«, flüsterte Nu Nu.

Maung Sein stützte sich auf einen Ellenbogen und strich besorgt über ihr Haar.

»Was soll ich sagen?«

»Irgendetwas«, flehte sie. »Ich möchte deine Stimme hören.«

»Ich liebe dich.«

Sie klammerte sich an ihren Mann. Maung Sein sagte diesen Satz nicht oft. So wie er ihn jetzt aussprach, klang er wie ein Geschenk.

»Noch einmal. Bitte.«

»Ich liebe dich.«

Sie klammerte sich mit einer Kraft an ihn, als fürchte sie, irgendwo zu versinken. Noch nie in ihrem Leben hatte sie sich so verletzlich und schutzlos gefühlt. Warum in jenem Moment, in dem ihr sehnlichster Wunsch in Erfüllung zu gehen begann? Warum konnte sie das neue Leben nicht einfach nur willkommen heißen?

»Ich liebe dich auch.«

Nu Nu blieb auch in den folgenden Tagen außerordentlich empfindlich. Sie schlief schlecht ein und erwachte noch früher als sonst. Auf dem Markt und dem Feld mied sie die Blicke der anderen und war froh, wenn, abgesehen von ihrem Mann, niemand sie ansprach. Ihre Haut revoltierte. Rote Flecken überall. Sie kratzte, bis das Blut Arme und Beine hinunterrann.

Noch schlimmer als die Schwermut und das Jucken waren die Ängste, die sie plagten, ohne dass es dafür erkennbare Anlässe gab. Es war eine diffuse Angst, die sich immer wieder neue Gründe suchte. Mal fürchtete sie, dass Maung Sein von einem kurzen Besuch bei den Nachbarn nicht lebend zurückkehren würde, weil er auf eine Kobra getreten war. Mal erwachte sie mitten in der Nacht und geriet in Panik, überzeugt, dass Maung Sein neben ihr nicht mehr atmete. Der Anblick eines Brunnens ängstigte sie, weil er so tief in die Finsternis hinabführte, der viele Regen, weil er das ganze Dorf fortspülen könnte. Die Welt war schon immer voller Gefahren und Bedrohungen gewesen, jetzt war es nur eine Frage der Zeit, wann sie einer davon zum Opfer fielen.

Maung Sein bemühte sich in diesen Wochen noch mehr als sonst um seine Frau. Er stand morgens vor ihr auf, um für die Mönche zu kochen. Er holte das Wasser vom Brunnen des Dorfes, begleitete sie zum Markt und war dabei gesprächig wie nie, um sie von ihrem

Kummer, dessen Ursache er nicht kannte, abzulenken. Auf dem Feld ließ er sie nicht aus den Augen. Sobald er den Eindruck hatte, die Arbeit überfordere sie, brachte er sie nach Hause und blieb bei ihr.

Aber am Ende war es nicht Maung Sein, der ihr half. Es war die Gewissheit, dass etwas in ihr wuchs. Es war das Gefühl, Leben zu geben, auch wenn es dafür äußerlich noch nicht die geringsten Anzeichen gab. Ein leichtes Ziehen im Bauch am frühen Morgen, ein sanfter Druck in ihren Brüsten, das waren zunächst die einzigen Hinweise auf eine Veränderung.

Aber mit jedem Tag gewann sie mehr Zutrauen in das, was mit ihr geschah, und nach zwei Monaten waren sowohl die Furcht als auch jede Traurigkeit verflogen. Sie bekam ein Kind. Einen Sohn. Er wird gesund sein und sie die Entbindung überleben – das hatte ihr nicht nur der Astrologe prophezeit, das spürte sie. Ihre Ängste wichen einer Zuversicht, die sie noch nie empfunden hatte, nicht einmal in den allerschönsten Stunden mit Maung Sein.

Es dauerte nicht lange, bis er bemerkte, was in seiner Frau vor sich ging. Nicht der Bauch, der sich zu wölben begann, fiel ihm auf, sondern die Ruhe, die sie plötzlich ausstrahlte. Als wäre alles Gequälte über Nacht von ihr abgefallen. Ihre Augen strahlten, ihre kräftigen Lippen wurden noch ein wenig voller, ihr schlanker Körper bekam Rundungen, und er erlebte sie lachend, wie er sie nie zuvor gesehen hatte.

Auf dem Feld und im Haus musste er ihren Tatendrang bremsen, weil er fürchtete, sie verausgabe sich zu sehr. Das Dach wollte sie mit geliehenem Geld neu decken. Auf einem brachliegenden Teil des Gartens weitere Tomatenstauden pflanzen. Einen kleinen Hühnerstall bauen.

Eines Nachts fühlte Nu Nu eine erste Bewegung in ihrem Bauch. Sie wollte ihren Mann wecken und besann sich eines Besseren. Dieser Moment sollte nur ihr gehören.

Ihr und ihrem Sohn.

Sie rührte sich nicht, horchte in ihren Körper hinein, atemlos.

Hatte sie es sich nur eingebildet? Einige Sekunden verstrichen, dann hatte sie wieder das Gefühl, etwas zu spüren. Ein sanftes Zucken, der Flügelschlag eines Schmetterlings.

Wenn sie sich unbeobachtet wähnte, legte sie beide Hände auf den Unterleib, streichelte ihn und begann, zu ihrem Sohn zu sprechen. Erzählte ihm von einer Hütte, in der es nicht viel gab außer der Liebe für ihn. Von einem Vater, der von der Morgendämmerung bis zum Sonnenuntergang arbeitete, damit sie nicht hungern mussten. Von einer Mutter, die sich so sehr auf ihn freute, dass sie sich für kaum etwas anderes interessierte. Von einem Leben, das nicht leicht werden würde, da dürfe er sich keiner Illusion hingeben, und das dennoch lebenswert war in all seiner Schönheit und Härte. Meistens zumindest.

Je stärker der Bauch sich wölbte, desto mehr Zeit brauchte sie für sich und ihr Kind. Das Bücken auf dem Feld wurde mühsam, jeder Schritt kostete Kraft, die Arbeit im Haus ging ihr nur noch schwer von der Hand. Ihre Beine schwollen an, in der Nacht fand sie keine Position, in der sie ruhig liegen konnte. Egal wie sie sich bewegte, irgendetwas tat immer weh. Am liebsten saß sie mit einer Thermoskanne Tee auf der obersten Treppenstufe, lehnte an der Veranda, eine Decke im Rücken, strich sich über den Bauch und spürte ihr Kind.

Zum ersten Mal konnte Maung Sein ihr nicht helfen. Im Gegenteil, es gab Momente, da empfand sie seine Gegenwart als störend. Wenn er sie am Abend vor dem Einschlafen in den Arm nehmen wollte, drehte sie sich weg, weil ihr die körperliche Nähe zu viel war. Wenn er verschwitzt vom Feld kam, hoffte sie, er würde als Erstes in den Fluss gehen, weil ihr sein Geruch, den sie noch vor Kurzem so gemocht hatte, unangenehm war.

Eines Abends, sie hatten bereits die Kerze gelöscht und lagen in der Dunkelheit nebeneinander, hörte sie ihn mit den Zähnen knirschen. Das tat Maung Sein nur, wenn er unruhig und nervös war.

»Nu Nu?«

Am liebsten hätte sie sich schlafend gestellt.

»Nu Nu?« Diesem bittenden Ton konnte sie nicht widerstehen.

»Ja?«

»Ist etwas mit dir?«

Sie wusste, wie schwer ihm dieser Satz gefallen sein musste. Ihr Mann war kein Mensch, der gern Fragen stellte. Aber sie konnte ihm unmöglich sagen, was in ihr vorging. Sie wollte ihn weder kränken noch verletzen. »Nein. Wie kommst du darauf?«

»Du bist so …«, er suchte lange nach einem Wort, »anders als sonst.«

»Ich habe unser Kind in mir«, antwortete sie und hoffte, das Gespräch wäre damit beendet.

»Ich weiß, aber das meine ich nicht.«

»Was dann? Wie bin ich anders?« Sie hätte sich gern zu ihm umgedreht und ihn beruhigend geküsst oder ihm über den Kopf gestrichen, aber sie konnte es nicht.

»Ich weiß nicht. Anders. Du schaust mir kaum noch in die Augen. Du magst es nicht, wenn ich dich streichele.«

»Doch, doch.« Sie war keine gute Lügnerin.

»Du magst meinen Geruch nicht mehr.«

»Das stimmt nicht. Wie kommst du darauf?«, erwiderte sie schwach.

»Und jetzt sagst du auch noch die Unwahrheit.«

Sie hörte, wie verletzt er war. Wie sehr er sie brauchte. Nu Nu überlegte kurz, ob sie ihm sagen sollte, wie sie sich fühlte. Er würde sie nicht verstehen.

Sie verstand sich selbst nicht.

»Nu Nu?«

Sie wollte nicht reden. Sie wollte ihre Ruhe und allein sein. Allein mit sich und ihrem Kind.

Es war ein fremdes, irritierendes Gefühl, über das sie nicht nachdenken mochte. Sie hatte schon häufiger gehört, dass manche Frauen während ihrer Schwangerschaft den seltsamsten Stimmungsschwankungen ausgesetzt waren. Sie wollte sich keine Sorgen machen. Es würde von allein wieder vergehen.

»Es ist alles in Ordnung. Mach dir keine Gedanken. Jetzt lass uns schlafen.«

»Liegt es an mir?«

»Nein«, sagte sie so schroff, dass er verstummte.

Maung Sein lag lange wach in dieser Nacht. Er verstand nicht, was in seiner Frau vorging, und konnte sich ihr Verhalten nur mit der Schwangerschaft erklären. Nach der Geburt würde sich die alte Nähe wieder einstellen.

Als er seinen Irrtum bemerkte, war es zu spät.

6

Der Tod wartete in der Tür. Groß und schlank. Sie erkannte deutlich seine dunkle Silhouette gegen das Licht der aufgehenden Sonne. Er hatte den Vorhang beiseitegeschoben und stand kurz davor, einzutreten.

Nu Nu kaute auf einem Tuch, das ihr die Hebamme zwischen die Zähne stopfte, weil sie sich vor Schmerzen die Lippen blutig gebissen hatte. Lange, das wusste sie, würde ihr Körper es nicht mehr aushalten. Seit einem Tag und einer Nacht quälte sie sich. Es hatte im Morgengrauen, während sie die Gaben an die Mönche verteilte, mit einem kräftigen Ziehen begonnen. Maung Sein war bei ihr gewesen und hatte sie in den ersten Stunden beruhigen und ablenken können. Als ein Schwall Wasser aus ihr herausbrach, hatte er besorgt die Hebamme geholt. Zwei ältere Frauen kamen ihr später zu Hilfe. Mit ihren langen, knochigen Fingern waren sie immer wieder in sie eingedrungen, um die Lage und den Kopf des Kindes zu fühlen. Da waren sie noch guter Dinge gewesen, es könne nicht mehr lange dauern, hatten sie gesagt.

Später hatten sie sich bemüht, es zu drehen und zu wenden, sie mit ihren Händen zu weiten. Nu Nu hatte alles über sich ergehen lassen, ihre Anweisungen befolgt, gestanden, gelegen, gehockt, gekniet und es auf allen vieren versucht. Sie hatten es mit Kräutern, Tinkturen und Umschlägen probiert. Sie hatten sie massiert und ihr geheimnisvolle Dämpfe in die Nase steigen lassen, ohne den gewünschten Erfolg.

Ihr Kind wollte nicht auf die Welt.

Nu Nu sah in den Gesichtern der Frauen, dass es ernst um sie bestellt war. Sie verlor Blut. Ihr wurde kälter und kälter. Es gab keinen Arzt, der sie hätte aufschneiden, keine Schmerzmittel, die ihr Leiden hätten lindern können.

Das Baby bewegte sich nicht.

Seit Monaten hatte sie es täglich gespürt, waren die Tritte, das Knuffen und Rumoren in ihrem Bauch zu einem Teil von ihr geworden.

Nun spürte sie es nicht mehr. Hatte das Gefühl, einen schweren Stein in sich zu tragen, der mit jeder Minute, die verstrich, an Gewicht zunahm und sie unweigerlich in einen Abgrund ziehen würde.

Die Schmerzen ließen nicht nach. Das Kind musste heraus, oder sie würden sterben. Beide.

Das Flüstern der Frauen. Ihre Ratlosigkeit. Sie ahnten, was in den kommenden Minuten geschehen würde. In diesem Jahr hatten in ihrem Dorf bereits fünf Mütter die Geburten nicht überlebt. Es war das Risiko, das jede Frau mit einer Schwangerschaft einging.

Der Preis des Lebengebens.

Nu Nu biss wieder ins Tuch, jemand strich ihr die verschwitzten Haare aus dem Gesicht und hielt ihren Kopf.

Eine der Frauen eilte hinaus, um Maung Sein zu holen. Er hatte das Elend seiner Frau nicht mehr ertragen und war in der Nacht vor die Hütte gegangen. Seit Stunden hörten sie ihn in der Dunkelheit im Hof Holz hacken und sägen.

Die nächste Wehe kam, ihr wurde schwindelig.

Der Tod stand noch immer in ihrer Tür, verströmte seinen üblen Gestank. Warum trat er nicht ein? Worauf wartete er? Weshalb quälte er sie so lange?

Sie rief nach ihrem Mann. Schrie mit ganzer Kraft seinen Namen. Wieder und wieder. Warum kam er nicht? Sie wollte, dass er bei ihr war, wenn sie sterben musste. Sie wollte von ihm, nur von ihm gehalten werden.

Die Hebamme stopfte ihr noch einmal den Stoff in den Mund. Sie hörte Maung Seins Schritte.

Er setzte sich hinter Nu Nu, umschlang sie mit den Armen, sodass ihr Oberkörper in seinem Schoß lag. Als die nächste Wehe kam und drohte, sie endgültig fortzureißen, umklammerte sie seine Knie, spuckte das Tuch aus und biss ihn mit aller Kraft in den Unterarm. Maung Sein schrie auf vor Schmerz und drückte sie mit einer solchen Kraft, dass ihr die Luft wegblieb.

An die nächsten Minuten hatte sie keine Erinnerung.

Als sie wieder zu sich kam, hörte sie die aufgeregte Stimme der Hebamme.

Und das Wimmern eines Kindes.

Die meisten Frauen, mit denen sie vor der Geburt auf dem Feld oder am Brunnen gesprochen hatte, wussten von den Stunden nach der Entbindung nur wenig zu berichten. Sie waren froh, überlebt zu haben. Hatten schnell ältere Kinder zu versorgen gehabt oder die Tortur einfach nur vergessen wollen. Nicht so Nu Nu. Sie erinnerte sich selbst Jahre später, trotz ihrer Erschöpfung, an jedes Detail. Das blut- und schleimverschmierte Bündel, das auf ihrer Brust lag. Maung Seins verzerrtes Gesicht, seinen Arm und die große, klaffende Wunde darin. Ihm fehlte ein daumengroßes Stück Fleisch kurz über dem Ellenbogen.

Ihr bebender Körper, die kaum zu ertragenden Schmerzen.

Das lodernde Feuer mit dem großen Kessel, in dem die Frauen Handtücher für sie auskochten.

Das pochende Herz ihres Sohnes, sein schneller Atem. Seine verschrumpelten Fingerchen und die verquollenen, dunkelbraunen Augen, aus denen er sie anschaute. Nie sollte sie diesen Blick vergessen. Und das Glück, das sie empfand.

Sie hielt ihn fest und würde ihn nicht wieder loslassen. Er war ein Teil von ihr und würde es immer bleiben.

Ob er wollte oder nicht.

Dann verlor sie das Bewusstsein.

7

Die Wochen nach der Geburt ihres Sohnes verbrachte Nu Nu in einer Welt irgendwo im Niemandsland zwischen Leben und Tod. Die Hütte, das Feuer, den Qualm und die Gesichter, die sich über sie beugten, nahm sie nur verschwommen wahr. Die Grenzen zwischen Tag und Nacht existierten nicht mehr. Sie schlief viel, wurde von einem entsetzlichen Durst oder dem Wimmern ihres hungrigen Kindes geweckt, stillte, aß und trank, was immer Maung Sein ihr reichte, und schlief weiter. Die Fürsorge der Hebamme, die Säfte, die sie ihr presste, die Salben, mit denen ihr Mann sie einrieb, ließ sie über sich ergehen, ohne eine Regung zu zeigen.

In ihren wenigen wachen Stunden dämmerte sie vor sich hin, zu entkräftet, um aufzustehen oder auch nur ein paar Worte zu wechseln. In ihrer Nase lag der süßliche Geruch von verwesten Tieren.

Maung Sein bereitete das Essen zu. Er kochte Tücher und Stoffe aus, wechselte ihre Wäsche, wusch ihren verschwitzten Körper, hockte sich neben sie und redete auf sie ein in der Hoffnung, seine Stimme möge ihr helfen. Hin und wieder, wenn sein Sohn schlief, hob er seine Frau vorsichtig hoch und trug sie in seinen Armen für einige Minuten in den Hof. Wie leicht sie geworden war, erschreckte ihn. Ein Sack Reis wog kaum weniger. Obgleich sie die Augen nur kurz öffnete und kaum reagierte, ging er mit ihr langsam ums Haus. Sie sollte sehen, wie die Bougainvillea blühte. Der Mohn. Der gelbe Hibiskus, dessen Farbe sie so liebte. Wie die Tomaten, die er für sie angebaut hatte, wuchsen, die Früchte der Bananenstauden.

Sie sollte sehen, wie das Leben auf sie wartete. Wie sehr er sie brauchte. Der Tod war ein stiller Besucher, dem man keine Fragen stellte.

Der sich nahm, wen er wollte. Aber nicht Nu Nu. Sie durfte nicht gehen. Nicht ohne ihn.

Am Abend, die Hebamme war längst fort, saß er allein am Kopfende des Lagers und versuchte zu meditieren. Es gelang ihm nicht. Stattdessen betrachtete er im Schein einer Kerze stundenlang die Gesichter seiner schlafenden Frau und seines schlafenden Sohnes. Er dachte an die Worte der Mönche, bei denen er so viele Jahre gelebt hatte. Von ihnen hatte er gelernt, was er wusste über das Leben: dass jeder Mensch sein eigenes Schicksal kreiert. Ausnahmslos.

Aber Maung Sein fühlte sich in diesen Wochen nicht als Meister seines Schicksals. Er war ein Getriebener. Ein Sklave seiner Ängste.

Was konnte er verbrochen haben, dass er es verdiente, Frau und Kind zu verlieren? Er wollte niemanden für seine Sorgen verantwortlich machen als sich selbst, aber war es wirklich seine Schuld, wenn aus ihm ein junger Witwer würde? Welche Fehler hatte er begangen?

Maung Sein kannte die Antwort auf seine Fragen: Er hätte ja nicht heiraten müssen. Er hätte sein Herz nicht an Nu Nu verlieren dürfen. Dann würde er, das sah er ein, jetzt auch nicht leiden. War es das, was der Buddha in seiner unergründlichen Weisheit predigte? Hätte er seine Frau nicht geschwängert, müsste er sich jetzt nicht um das Leben seines Kindes ängstigen. Aber was wäre das für ein Dasein? Ein Leben ohne Anhaftungen. Ein Leben ohne Menschen, die man zu verlieren fürchtete. Das Leben eines Mönchs. Nicht seins. Er fürchtete nichts mehr als Nu Nus Tod.

Der Preis der Liebe.

Er war kein Buddha. War nicht einmal auf dem Weg dorthin, egal wie viel er meditierte. Er war ein Mensch. Ein einfacher, verwundbarer Mensch, voller Hoffnungen und Ängste, voller Begehren und Sehnsüchte, dessen Glück sehr zerbrechlich war. Irgendwann wäre er bestimmt in der Lage, sein Herz nicht mehr zu verlieren.

Aber nicht in diesem Leben. Nicht, solange es Nu Nu gab.

Nu Nu spürte in dieser Zeit kaum etwas. Sie hatte das Gefühl, der Tod stünde noch immer in der Tür, seinen widerwärtigen Geruch verbreitend, kurz davor, einzutreten. Unentschlossen, wen er holen sollte. Sie oder ihr Kind? Oder beide?

Sie fürchtete sich nicht. Selbst für die Angst fehlte ihr die Kraft.

Von ihrem Sohn merkte sie nicht viel mehr als seine Lippen, die in regelmäßigen Abständen an ihr saugten. Seinen zarten Atem auf ihrer Haut. Seine kurzen, erbarmungswürdigen Schreie, die statt lauter und kräftiger leiser und schwächer wurden. Seine Haut war faltig und welk, das spürte sie, wenn sie matt über seinen winzigen Körper strich.

Die Hebamme machte Maung Sein keine großen Hoffnungen. Sie hatte zu viele Mütter und Säuglinge sterben sehen. Nach einer so schwierigen Geburt lauerten überall Gefahren. Nu Nu hatte viel zu viel Blut verloren. Sie war zu geschwächt, der Säugling sowieso, und die Welt steckte voller Keime, Bakterien, Viren und Parasiten, die nur darauf warteten, über sie herzufallen. Ihr Schicksal würde sich in den kommenden Tagen, vielleicht Wochen entscheiden, und außer der Fürsorge, mit der sie die beiden pflegten, gab es nicht viel, was sie tun konnten. Vorsichtshalber brachte sie dem Geist, der in dem Feigenbaum unweit des Hauses lebte, zweimal in der Woche kleine Opfergaben. Reis. Bananen. Orangen. Sie wusste nicht, ob er die Macht besaß, Nu Nu zu heilen, aber es konnte unmöglich ein Fehler sein, ihn gnädig zu stimmen.

Später, als Nu Nu und ihr Sohn es geschafft hatten, sprach sie von einem Wunder. Sie hatte das Kind zum ersten Mal während der Geburt und auch später noch einmal für tot gehalten und Nu Nu aufgegeben. Für eine Frau mit einem leblosen Baby im Leib gab es keine Rettung. Für eine Frau mit so wenig Blut auch nicht. Sie waren auf dem Weg zu einer neuen Existenz gewesen, und noch nie hatte sie eine Mutter und ihr Kind von so weit her zurückkommen sehen.

Eines Morgens erwachte Nu Nu und wusste, dass der Tod sich anders entschieden hatte. Zum ersten Mal seit der Geburt lag kein

Verwesungsgeruch in ihrer Nase, sondern das süße Aroma reifer Mangos. Zum ersten Mal seit der Geburt spürte sie ihren Körper wieder, ohne zu frieren. Sie atmete mehrmals tief ein und aus und schnupperte am Haarschopf ihres Sohns, der auf ihrer Brust schlummerte.

Auch er roch anders. Ein Hauch von Mandeln und Honig. Der Duft des Lebens.

Sie schaute sich in der Hütte um. Der Türrahmen war leer, er gab den Blick frei auf den Papayabaum und die Palmen im Hof. Durch die Fenster fielen Sonnenstrahlen, in deren Licht zwei Schmetterlinge tanzten. Maung Sein hockte am lodernden Feuer und rührte in einem Topf. Neben ihr lagen Handtücher, in einer kleinen Vase steckte eine gelbe Hibiskusblüte, daneben, in einem Kreis verstreut, die Blütenblätter roter Rosen.

Sie wollte sich aufrichten, fühlte aber, dass ihr die Kraft fehlte. Sie rief nach ihm, er reagierte nicht. Einen Augenblick lang hatte sie das Gefühl, alles nur zu träumen. Vielleicht war dies nicht die Rückkehr ins Leben, sondern der Moment des endgültigen Abschiednehmens. Eine furchtbare Angst überfiel Nu Nu. Sie wollte nicht sterben. Nicht jetzt. Nicht mit ihrem Sohn im Arm. Sie nahm ihre ganze Kraft zusammen und rief noch einmal seinen Namen. Laut und deutlich. Er drehte sich um. Verwirrt. Als traue er seinen Ohren nicht.

»Nu Nu?«

»Ja«, flüsterte sie.

Er stand auf, näherte sich ihr mit vorsichtigen Schritten und beugte sich über sie.

»Nu Nu?«

Sie lächelte schwach.

8

Als sie mit ihrem schlafenden Sohn im Arm zum ersten Mal aus dem Haus trat, noch unsicher auf den Beinen, mit einer Hand das Geländer fest umklammernd, blickte sie erstaunt über den Hof. Er war vertraut und fremd zugleich. Irgendetwas war anders, ohne dass sie gleich hätte sagen können, was es war. Die Morgensonne leuchtete durch die Büsche. Die Blätter der Bananenstauden wirkten grüner, ihre Früchte größer und gelber. Der Hibiskus und die Bougainvillea hatte sie noch nie so schön gesehen. Ein warmer Wind streichelte ihre Haut. Unter ihr hockte Maung Sein auf einem Klotz und hackte Kleinholz. Schlag für Schlag spaltete er faustdicke Äste. Die Monotonie seiner Bewegungen strahlte etwas unendlich Beruhigendes aus.

Nu Nu betrachtete Ko Gyi in ihren Armen. Er hatte ihre Nase. Ihren Mund. Ihre zimtfarbene Haut. Sie nahm vorsichtig eines seiner Händchen. Es war warm. Und würde es immer bleiben. Plötzlich öffnete er blinzelnd ein Auge, kurz darauf das andere. Er hatte auch ihre Augen, kein Zweifel. Ko Gyi musterte seine Mutter ernst und konzentriert. Sie lächelte, seine tiefbraunen Augen bewegten sich nicht. Sie blickten einander lange an. Dann glitt ein leises Lächeln über sein Gesicht. Noch nie hatte ein Mensch sie so angelacht. Noch nie hatte sie ein Blick so gerührt.

Sie war zurück.

In den folgenden Wochen kam sie mehr und mehr zu Kräften, und es dauerte nicht lange, da konnte sie ihrem Mann in einfachen Dingen wieder zur Hand gehen. Sie kaufte auf dem Markt ein, balancierte den großen Korb mit dem Reis und Gemüse auf dem Kopf, den Weg zu ihrer Hütte hinauf, Ko Gyi fest vor ihre Brust gebunden. Im Gegensatz zu allen anderen jungen Müttern im Dorf mochte sie ihn nicht auf dem Rücken tragen. Sie wollte ihn sehen. Sie wollte seine Haare riechen. Sie wollte, dass sich ihre Herzen hören konnten.

Zu Hause erledigte sie alle Arbeiten mit einer Hand. Sie entfachte das Feuer einhändig, kochte, fegte den Hof, rupfte das Unkraut aus den Tomatenbeeten, wusch Longys und Tücher, entwickelte sogar eine Technik, sie einhändig auszuwringen – alles, weil sie ihren Sohn nicht ablegen wollte. Nicht für eine Sekunde. Sie waren zusammen dem Tod geweiht gewesen, sie waren gemeinsam zurückgekehrt, und es würde lange dauern, bis sie bereit war, ihn auch nur für wenige Minuten aus den Augen zu lassen.

Wenn Maung Sein sich am Morgen auf den Weg zum Feld machte, begann für Nu Nu die schönste Zeit des Tages. War Ko Gyi wach, wickelte sie ihn aus und betrachtete seinen kleinen, makellosen Körper. Der schönste, den sie je gesehen hatte. Ein voller Haarschopf, ein rundes Gesicht mit auffallend großen Augen und wohlgeformten Lippen. Sie staunte über die weiche Haut, roch an ihm. Nahm seine winzigen Hände und Füße in den Mund, streichelte ihm wieder und wieder über Bauch und Beine und erkannte in seinen Augen, wie sehr er jede Berührung genoss. Seine winzigen Finger umklammerten die ihren so fest, als wollte er sie nie wieder loslassen. Täglich bemerkte sie Veränderungen, und waren sie noch so klein. Sein Griff gewann an Kraft. Die Augen wurden größer, der Blick wacher, das Strampeln heftiger. An den viel zu dünnen Oberschenkeln und Ärmchen tauchten die ersten Ringe auf. Sein Blick begann, sich von ihr zu lösen und zu wandern. Fixierte die Schatten an der Wand. Staunte über seine eigenen Händchen, die wie Sternschnuppen plötzlich auftauchten, durch sein Gesichtsfeld zogen und auf rätselhafte Weise wieder verschwanden. Bis er lernte, sie zu kontrollieren und zum Mund zu führen. Mit jedem Tag, dachte Nu Nu, kam seine Seele ein wenig mehr an auf dieser Welt. Eine Knospe, die sich langsam entfaltete.

Fing er zu weinen an, trug sie ihn im Haus und auf dem Hof umher, weil ihn die Bewegung beruhigte. Dabei erzählte sie ihm ausführlich, was sie sahen. Beschrieb den leuchtend gelben Hibiskus und die reifen Tomaten. Die fetten Insekten. Die singenden Vögel.

Es genügten wenige Sekunden, und Ko Gyi verstummte und lauschte aufmerksam der Stimme seiner Mutter.

Nachdem sie alles zum wiederholten Mal gesehen und beschrieben hatte, dachte sie sich Geschichten aus. Es war ein fortwährender Redefluss, von dem sie hoffte, er möge ihren Sohn umhüllen und forttragen, eine Melodie, die ihn durch das Leben begleiten und im Notfall beschützen sollte.

Zum Stillen hockte sie sich oft mit einem Becher Tee auf die Veranda, ließ Ko Gyi saugen, bis er einschlief, hielt ihn in ihren Armen oder auf ihrem Schoß und schaute ihm beim Schlafen zu. Freute sich über jedes Lächeln, das ihm Träume auf die Lippen zauberten. Jeden Seufzer. Jeden Atemzug.

Sobald Maung Sein nach Hause kam, setzte er sich zu ihr, aber nach einigen Minuten wurde er ungeduldig. Er verstand nicht, wie seine Frau einen reglos mit geschlossenen Augen daliegenden Menschen so lange betrachten konnte.

»Wird es dir nie langweilig?«

»Nein.«

»Warum nicht?«

Sie zuckte mit den Schultern.

»Was siehst du, wenn du ihn anschaust?«

Nu Nu überlegte. »Alles.«

»Was alles?«

»Das Rätsel des Lebens. Und seine Lösung.«

Ein verstörter Blick war seine Reaktion.

Sie fragte sich, was ihr Sohn mit ihr gemacht hatte. Selbst ihre Haut war seit seiner Geburt zur Ruhe gekommen.

Ungläubig betrachtete sie immer wieder ihre Unterarme. Ihre Beine. Ihren Hals. Den Bauch. Nirgendwo entdeckte sie auch nur die Andeutung einer roten Pustel.

Nu Nu fühlte sich so stark und sicher, dass sie nicht einmal mehr schlechten Omen große Beachtung schenkte. Als auf dem Weg zum Markt eine tote Katze mit Schaum vor der Schnauze vor ihr auf der Straße lag, maß sie dem keine besondere Bedeutung bei. Als sich Maung Sein beim Schnitzen eines Holzfisches für seinen Sohn verletzte, tat sie es als Missgeschick ab.

Selbst als die Sau des Nachbarn an Nu Nus Geburtstag sechs Ferkel warf und eines davon mit zwei Köpfen auf die Welt kam, beunruhigte sie das nicht. Für eine kurze Zeit glaubte sie, immun zu sein gegen die Bedrohungen und Unwägbarkeiten des Lebens.

Bis zu jenem Abend.

Manchmal genügen Sekunden.

9

Sie wusste es sofort.

Auch beim zweiten Mal. Ohne den Anflug eines Zweifels.

Ein Teil von ihm würde in ihr bleiben. Sich einnisten. Wachsen.

Etwas an dieser Nacht war anders gewesen. Aus anfänglicher Lust war Unbehagen geworden.

Sie wollte sich ihm nicht geben. Sie wollte nicht berührt werden. In keiner Weise.

Maung Sein schien es nicht zu bemerken, oder aber er glaubte, sie mit seiner Leidenschaft verführen zu können. Er küsste zärtlich ihren Hals. Seine Hände glitten an ihr herab, seine Finger spielten mit ihr, und was sonst das Begehren steigerte, wurde ihr zunehmend unangenehmer.

Als ahnte sie bereits, dass alles, was sie in dieser Nacht taten, zu keinem guten Ende führen würde.

Sie wollte ihn bitten, es zu lassen, mochte ihn aber nicht enttäuschen. Was machte es, wenn sie einmal nicht das gleiche Maß an Lust verspürten? Wenn sie es nur ihm zu Gefallen tat?

Später, als er in sie eingedrungen war, fühlte sie einen stechenden Schmerz im Unterleib, der immer heftiger wurde, je stärker er sich bewegte. Noch einmal wollte sie ihn bitten aufzuhören, zögerte und ließ es geschehen.

Über sich ergehen.

Nachdem es vorbei war, lag er schwer atmend neben ihr, und Nu Nu unterdrückte mit aller Macht ihre Tränen.

Ein Teil von ihm.

Doch dieses Mal wollte sie ihn nicht. Die Vorstellung, in ihr wachse etwas, war ihr vom ersten Moment an zuwider.

Am liebsten wäre sie in den Hof gegangen, hätte sich einen Finger tief in den Hals gesteckt und so lange gekotzt, bis alles Fremde aus ihrem Körper entwichen war.

Sie wollte kein zweites Kind. Nicht jetzt. Später. Vielleicht.

Ko Gyi genügte ihr. Er und ihr Mann. Die Distanz, die sie in den letzten Monaten der Schwangerschaft zwischen ihnen verspürt hatte, war der gewohnten Vertrautheit gewichen. Sie freute sich, wenn er vom Feld kam, verschwitzt, wie er war. Sie brauchte seine Nähe. Seine Ruhe. Nu Nu konnte sich nicht vorstellen, ihr neues Kind so zu lieben wie die beiden. Für einen weiteren Menschen war kein Platz in ihrem Leben. Später. Vielleicht. Jetzt würde er nichts als Unglück bringen.

In den ersten Tagen hoffte sie, sich getäuscht zu haben. Da sie Ko Gyi noch stillte, spürte sie zunächst keine großen körperlichen Veränderungen.

Dann begann die Übelkeit am Morgen, das Ziehen im Unterleib.

Nu Nu flehte ihren Körper an, er möge auf sie hören und das winzige Nichts abstoßen. Sich verschließen. Es einfach nicht ernähren und irgendwann in einem Schwall aus Blut aus ihr herausschwemmen.

Als das nicht geschah, versuchte sie es mit ihrer Willenskraft. Mehrmals am Tag hockte sie sich hin, schloss die Augen, atmete tief durch und konzentrierte sich ganz auf den Fremdkörper in ihr: Er musste weg. Weg. Weg. Raus. Raus. Raus.

Zur Unterstützung ging sie jeden Morgen zu dem Geist, der im Feigenbaum wohnte, brachte ihm Papayas und Bananen als Opfergaben. Möglicherweise hatte er die Macht, das wachsende Leben in ihr zu beenden.

Nu Nu erinnerte sich an die Worte der Frauen auf dem Feld.

Während der ersten Schwangerschaft hatten sie ihr geraten, achtzugeben und nicht zu schwer zu tragen, sonst gefährde sie das Kind. Jetzt schonte sie sich nicht. Mit ihrem Sohn auf dem Rücken erledigte sie die schwersten Arbeiten auf dem Feld und im Haus, bis Maung Sein seine Frau ermahnte, mehr Rücksicht auf sich zu nehmen. Ko Gyi brauche eine gesunde Mutter.

Sie sagte ihrem Mann nichts, hoffte, ihr Körper würde endlich auf die Strapazen, die sie ihm zumutete, reagieren. Mehrmals trommelte sie vor Wut und Verzweiflung mit beiden Fäusten auf ihrem Leib herum, bis ihre Arme erlahmten. Nichts von alldem half. Ihr Bauch wuchs, und sie begann, ihren Zustand so gut es ging zu ignorieren. Als würde das Kind durch ihre Gleichgültigkeit aufhören zu wachsen und aus ihrem Leben verschwinden.

Eines Abends saßen sie schweigend am Feuer, Ko Gyi schlief, und Maung Sein betrachtete lange seine Frau. Die Wölbung ihres Bauches war nicht mehr zu übersehen.

»Freust du dich nicht?«, fragte er fast beiläufig und kratzte mit einem Blechlöffel seine Schale Reis aus.

Nu Nu starrte in die Flammen. Sie fühlte sich gelähmt. Das Atmen fiel ihr schwer. In kurzen Zügen sog sie die Luft ein und stieß sie hastig wieder aus. Ihr Herz raste. Die Furcht war zurück, die Leichtigkeit der vergangenen Monate nur noch eine blasse Erinnerung. Warum gehorchte ihr Körper ihr nicht? Warum hatte er das Etwas in ihr nicht schon vor Wochen ausgeschieden?

Sie nahm ihren ganzen Mut zusammen. »Nein, ich freue mich nicht.«

Er nickte, als hätte er diese Antwort erwartet.

»Warum nicht?«

Einen Moment überlegte sie, ob es ihm vielleicht ähnlich ging. Ob auch er in seinem Herzen keinen Platz mehr hatte. Ob sie vielleicht gemeinsam eine Lösung finden könnten. Es gab mehrere junge Frauen im Dorf, die nicht schwanger wurden und sich über ein Kind freuen würden.

»Ich möchte kein zweites Kind.«

»Warum nicht?«, wiederholte er, ohne sie anzuschauen.

»Es kommt zu früh.« Später. Vielleicht.

»Hast du Angst vor der Geburt?«

Sie schüttelte den Kopf. »Nein.«

»Wovor dann?«

Wenn sie darauf eine Antwort wüsste.

»Wie kann ich dir helfen?«

»Mich zu freuen?«

Er nickte, und sie sah die Ernsthaftigkeit in seinen Augen. Wenn es so einfach wäre.

»Und du?«, erkundigte sie sich zaghaft.

Sein Lachen im Schein der Flammen.

»Ich freue mich. Sehr sogar. Etwas Schöneres hätte nicht passieren können.« Nach einer kurzen Pause fügte er hinzu: »Nicht für mich.«

»Hast du keine Angst?«

»Nein. Wovor?« Er blickte sie prüfend an. »Sollte ich?«

Sie presste die Lippen zusammen und schüttelte noch einmal kurz den Kopf. »Vielleicht könnten wir ja überlegen …« Nu Nu beendete den Satz nicht.

»Vielleicht können wir was?«

»Es gibt Frauen im Dorf …« Sie sah die Freude in seinen Augen. Er würde für ihre Gedankenspiele kein Verständnis haben.

»Was ist los mit dir?«, fragte er besorgt.

Sie zuckte mit den Schultern. Hilflos. Wie sollte sie erklären, was sie selbst nicht verstand?

Maung Sein rückte an seine Frau heran und legte einen Arm um ihre Schulter.

»Ich liebe dich«, flüsterte er ihr zärtlich ins Ohr.

Drei Worte, die sonst nie ihre Wirkung verfehlten.

»Ich liebe dich«, wiederholte er leise.

Ihr lief ein Schauer über den Rücken.

»Hab keine Angst. Beim zweiten Kind wird es immer einfacher. Ich habe die Hebamme gefragt.«

Nu Nu nickte. Im nächsten Moment verspürte sie einen heftigen Tritt, der sie zusammenzucken ließ.

Es war kein tastendes Strampeln, wie sie es von Ko Gyi in Erinnerung hatte, es war ein wildes Boxen und Umsichschlagen.

Maung Sein entzündete eine Kerze, die er auf einer Blechdose festwachste, und legte sich zu seiner stillenden Frau. Er lauschte den schmatzenden Geräuschen seines gierig saugenden Sohnes. Als der erschöpft eingeschlafen war, wickelte ihn Nu Nu in zwei Tücher und legte ihn neben ihren Mann auf die andere Seite. Für eine Weile ruhten sie schweigend nebeneinander.

»Glaubst du, dass ein Mensch sich häuten kann?«, fragte sie plötzlich.

Er blickte Nu Nu im flackernden Licht der Kerze verwirrt an. Seinen Augen und der leicht gekräuselten Stirn merkte sie an, dass er nicht verstand, was sie meinte. »Was meinst du mit häuten?«

»Häuten. So wie Schlangen. Oder Lurche.«

Maung Sein vermutete, seine Frau mache einen Scherz, und lächelte. Er zwickte sie in den Arm und zog sanft an ihrer Haut. »Du jedenfalls nicht. Sie sitzt ziemlich fest.«

Nu Nu musterte ihn ernst. »Ich meine nicht unseren Körper. Ich meine unsere Seele.«

»Unsere Seele?«, entgegnete er überrascht.

»Ich frage mich, ob wir einen Teil von uns abstreifen können, wenn etwas anderes nachgewachsen ist? Wie alte Schlangenhaut eben. Kann aus einem gequälten Geist ein gelassener werden? Aus einem traurigen ein glücklicher? Aus einem einsamen ein geselliger? Nicht für einen Abend oder eine Woche. Für immer.«

Maung Sein verschränkte die Arme unter dem Kopf und schaute an die Decke. Es war nichts, worüber er sich bisher Gedanken gemacht hatte. Er überlegte, was die Mönche auf so eine Frage geantwortet hätten. Dass die Wahrheit eines jeden Menschen in seiner Seele liegt; dass diese Wahrheit nicht starr, sondern veränderbar ist. Dass jeder Mensch frei ist und uns niemand verwunden kann, niemand retten, niemand verändern, abgesehen von uns selbst. Davon war er fest überzeugt. Und wenn wir die Macht besaßen, uns zu ändern, wenn die Wahrheit in unserer Seele nicht in Stein gehauen war, dann konnte auch aus einem gequälten Geist ein gelassener werden.

»Oder«, hörte er sie fragen, »müssen wir bleiben, wer wir sind?«

»Nein«, erwiderte er entschieden, »das müssen wir nicht.«

Sie legte ihren Kopf auf seine Brust, betrachtete nachdenklich ihren Sohn, der neben seinem Vater lag und schlief, und hoffte inständig, dass er recht hatte.

10

Thar Thar wollte leben. Was immer seine Mutter anstellte, um ihn loszuwerden, er widersetzte sich. Hartnäckig hatte er sich in ihr eingenistet und zu wachsen begonnen. Allen Anstrengungen und Schlägen zum Trotz.

Nachdem er neununddreißig Wochen und fünf Tage geduldig ausgeharrt hatte, konnte er nicht länger warten: Thar Thar wollte auf die Welt.

Seine Geburt dauerte weniger als eine Stunde und verlief ohne Komplikationen. Die Fruchtblase platzte im Morgengrauen, die Sonne stand noch nicht über den Bergen, da hatte ihn das Wasser in einer kleinen Hütte auf ein paar feuchte Tücher gespült. Nu Nu musste nicht einmal richtig pressen.

Thar Thar war, das lernte sie früh, kein Mensch, der gerne auf die Hilfe anderer angewiesen war. Er wog mehr und war größer als sein Bruder. Sein erster Schrei tönte so laut, dass selbst jene Bauern, die auf der anderen Seite des kleinen Tals wohnten, noch Jahre später schworen, sie hätten ihn deutlich vernommen.

Ein gesunder und kräftiger Junge, hörte sie die Hebamme sagen. Und ein hübscher, wie die Mutter. Jemand legte ihn ihr auf den

Bauch. Nu Nu hob den Kopf. Sie konnte keine Ähnlichkeit erkennen. Sie sah nichts als ein blutverschmiertes Wesen mit spitzem Kopf, das sie wutentbrannt anschrie. Aus Leibeskräften. Schrill und durchdringend. So hatte sie Ko Gyi nie brüllen gehört. Nicht ein Mal.

Die besänftigenden Stimmen der Frauen um sie herum. Maung Sein wischte ihr mit einem feuchten Tuch den Schweiß aus dem Gesicht. Sie nahmen ihren Sohn, wuschen ihn, versuchten, ihn durch Streicheln und Wiegen zu beruhigen. Ohne Erfolg.

Er sei hungrig, sie müsse ihn stillen, sagte die Hebamme.

Nu Nu wollte nicht. Sie sei zu müde. Später.

Die Hebamme duldete keine Widerrede und legte ihn ihr an die Brust.

Es schmerzte vom ersten Moment. Er nuckelte nicht. Er sog. Er sog an ihr mit einer Kraft und Begierde, als wolle er seine Mutter bis auf den letzten Tropfen leer trinken. Dabei hielt er beide Fäustchen geballt und schaute sie von unten an.

»Ein ungewöhnliches Kind«, erklärten die Geburtshelferinnen übereinstimmend und gratulierten ihr. Sie könne stolz sein. Nun war sie Mutter zweier gesunder Söhne. Welch ein Glück! Nicht jeder Frau im Dorf war die Erfüllung dieses Wunsches vergönnt.

Nu Nu wollte nichts hören. Sie wollte nicht dankbar sein müssen. Sie wollte nichts als ihre Ruhe.

In der Nacht erwachte sie von seinem Gebrüll. Maung Sein war bereits aufgestanden, hatte eine Kerze angezündet, kniete neben ihrem Sohn und betrachtete ihn sorgenvoll. Thar Thars Körper war steif wie der eines toten Tieres, Mund und Augen weit aufgerissen, seine Lippen zitterten. Er stieß Schreie aus, die ihr durch den ganzen Körper gingen und von Sekunde zu Sekunde unheimlicher wurden. Was konnte ihn quälen, dass er so furchtbare Geräusche von sich gab?

»Vielleicht hat er schlecht geträumt«, sagte ihr Mann und schaute sie hilflos an.

Nu Nu fragte sich, wovon Neugeborene träumen können.

»Oder hat er Hunger?«

Sie rutschte zu ihrem Sohn, versuchte ihn an die Brust zu legen, doch er wendete sich ab und schrie nur noch heftiger.

Ihr Mann strich ihm über Kopf und Bauch, ohne eine Reaktion zu bekommen. »Meinst du, ihm tut etwas weh?«

Nu Nu zuckte ratlos mit den Schultern. In ihren Ohren klang sein Brüllen weniger nach Schmerzen. Sie hörte darin eine zornige, verzweifelte Anklage.

»Vielleicht will er nicht bei uns sein?«, sagte sie halblaut, wie zu sich selbst.

»Wo soll er sonst sein wollen?«, erwiderte ihr Mann schroff.

»Ich weiß nicht. Ko Gyi hat nie so geschrien.«

Maung Sein schüttelte den Kopf, tupfte ihm winzige Schweißperlen von der Stirn, nahm ihn auf den Arm und trug ihn in der Hütte herum. Er sang. Pfiff. Wippte in den Knien, drehte sich im Kreis.

Was sie auch anstellten, ihr Sohn war in einer Welt, in der sie ihn nicht erreichten. Am Ende verstummte er vor Erschöpfung. Sein kleiner Körper zuckte noch einige Male, dann fielen ihm die Augen zu. Selbst im Schlaf schluchzte er noch mehrmals tief.

Am nächsten Tag untersuchte die Hebamme ihn, konnte jedoch keine Ursache für sein Klagen finden und bat Nu Nu um etwas Geduld. Jedes Kind ist anders. Manche Babys schreien mehr, andere weniger. Sie dürfe nicht vergessen, wie weit er gereist sei. Ihren Erstgeborenen habe sie nur so ruhig erlebt, weil sie beide wochenlang zwischen Leben und Tod geschwebt hätten.

Drei Tage später waren ihre Brüste so entzündet, dass sie weder Thar Thar noch seinen Bruder ernähren konnten. Ko Gyi war alt genug, um Reisbrei und Gemüse zu essen, Thar Thar hingegen musste von einer jungen Frau aus dem Dorf gestillt werden, die selbst vor Kurzem ein Kind bekommen hatte. Nu Nu war jedes Mal froh, wenn Maung Sein ihn wegbrachte und in ihrer Hütte für eine Weile Ruhe herrschte.

Thar Thars Rückkehr kündigte sich oft schon von Weitem an.

Nu Nu spürte die Anspannung in ihrem Körper.

Sie bewunderte die Geduld ihres Mannes, er schaffte es mittlerweile fast immer, ihn mit Tragen, Schaukeln und Singen zu beruhigen. Eine Ruhe, die nie lange währte.

Als das Gebrüll nicht weniger wurde, untersuchte ihn die Hebamme ein zweites Mal. Betastete den Bauch und fühlte etwas Luft darin, die sie ihm mit ein paar geschickten Bewegungen in Form eines langen, lauten Furzes entlockte. Sah sich Mund, Ohren und Nase an, nichts deutete auf eine Entzündung hin. Sein Blick fixierte ihren Finger und folgte seinen Bewegungen. Die Reflexe funktionierten, Arme und Beine, Füße und Händchen waren wohlgeformt. Thar Thar lag nackt vor ihr, er musterte die fremde Frau neugierig und ließ die Prozedur ohne Protest über sich ergehen.

»Körperlich ist er gesund«, sagte sie und wickelte ihn wieder ein.

»Warum schreit er dann so viel?«

Die Hebamme zuckte mit den Schultern. »Das weiß ich nicht.«

Nu Nu dachte an die Stunden zurück, in denen sie nachts wach gelegen hatte, hoffend, das Leben in ihr möge aufhören zu wachsen. War es möglich, dass er irgendetwas davon mitbekommen hatte? Von dem Reis, den Papayas und den Bananen, die sie für seinen erhofften Tod geopfert hatte? Von ihren schwarzen Tränen? Den verzweifelten Schlägen gegen ihren Bauch? Wusste er von ihrem Wunsch, ihn in eine andere Familie zu geben? Unmöglich. Er war ein paar Wochen alt. Was für eine absurde Idee.

Trotzdem fragte Nu Nu die Hebamme so beiläufig, wie es ihr möglich war, ob sie glaube, dass Babys etwas erinnern.

Die Frau schaute sie an, als wäre sie erstaunt über die Frage. »Selbstverständlich«, erklärte sie.

»Meinst du wirklich? Meine Eltern starben, als ich zwei Jahre alt war«, entgegnete Nu Nu zweifelnd. »Ich könnte jetzt nicht einmal mehr sagen, wie sie aussahen.«

Die Hebamme nickte. »Das ist etwas anderes. Bilder mögen verblassen, Geräusche und Gerüche in unserer Erinnerung verschwinden. Aber unser Herz vergisst nichts. Eine Kinderseele weiß alles.«

Nu Nu lief ein Schauder über den Rücken.

»Warum fragst du?«

»Nur so.« Dabei ließ sie es bewenden.

Doch die Sätze der Hebamme gingen ihr nicht aus dem Kopf. Was bedeutete es, wenn sie recht hatte? Wenn irgendwo in diesem Herzen das geheime Wissen seines Ungewolltseins verborgen lag? Was mochte es in ihm anrichten? Würde es mit den Jahren vergessen werden, so wie sie alltägliche Dinge vergaß? Oder würde es ihn ein Leben lang begleiten?

Nu Nu fragte ihren Mann, ob er glaube, dass Gedanken allein Unheil stiften könnten.

»Alles hat Konsequenzen«, erwiderte er.

»Auch Gedanken?«

»Alles.«

»Selbst welche, die vor langer Zeit gedacht wurden?«

Er verstand nicht, was sie meinte.

»Das kann ich mir nicht vorstellen«, sagte sie nach langem Nachdenken. »Ich glaube, dass Gedanken, wenn ihnen keine Taten folgen, einfach so verschwinden. Wie Wolken. Oder Wasser, das in der Erde versickert.«

Maung Sein lächelte. »Das Wasser siehst du nicht mehr, aber deshalb ist es noch lange nicht weg. Die Pflanzen ernähren sich davon. Die Bananen, die wir essen. Die Vogelbeeren, die uns vergiften. Nichts geht verloren. Auch Gedanken haben Folgen.«

Nach diesem Gespräch konnte niemand behaupten, sie hätte in den folgenden Wochen und Monaten nicht alles in ihren Kräften Stehende versucht, ihrem Sohn zu helfen. Sie wollte ihm eine gute Mutter sein, so wie Maung Sein ihm ein guter Vater war.

Nu Nu sang für ihn. Sie sprach zu ihm. Arbeitete Maung Sein auf dem Feld, trug sie Thar Thar mit der gleichen Geduld umher, wie er es tat. Er lag in ihren Armen, zur Ruhe kam er dort nicht.

Warum weinte er, wenn sie ihn hielt? Warum war er so sparsam mit seinem Lächeln? Warum boxte und trat er so oft?

Selbst sein Blick war ihr unangenehm. Prüfend schaute er sie an.

Mit gerunzelter Stirn. Viel zu ernst für ein Kind. Oder war es Misstrauen, das aus seinen dunklen, fast schwarzen Augen sprach?

Eine Kinderseele weiß alles. Ein Herz vergisst nichts.

So vertraut ihr der Ausdruck Ko Gyis vom ersten Moment an war, so fremd blieb ihr dieser.

Maung Sein ermahnte sie, endlich damit aufzuhören, die Kinder zu vergleichen. »In jedem Vergleich ist das Unglück zu Haus.«

Nu Nu überlegte, ob ein Mensch als gequälter Geist auf die Welt kam oder ob die Welt ihn dazu machte. Eine Frage, auf die sie keine befriedigende Antwort fand, egal wie lange sie darüber nachdachte.

Vielleicht war im Falle Thar Thars das Muttermal unter dem Kinn ein Hinweis auf die Lösung dieses Rätsels. Am Tag nach der Geburt war es ihr zum ersten Mal aufgefallen, ohne dass sie dem dunkelbraunen Fleck weitere Beachtung geschenkt hätte. Jetzt wusste sie, an wen er sie erinnerte. An den Bruder ihres Vaters, einen Trunkenbold, der jeden Kyat, den er verdiente, für Reiswein vergeudet hatte. Seine Frau hatte ihn mit den Kindern verlassen, kurz darauf war er über Nacht aus dem Dorf verschwunden und seither nie wieder gesehen worden. Möglicherweise war er vor Kurzem gestorben, und vielleicht war seine Seele in ihren Sohn weitergewandert? Ein Muttermal dieser Größe an der gleichen Körperstelle. Konnte das ein Zufall sein?

Maung Sein reagierte empört, als sie ihm zögerlich von ihren Gedanken berichtete. Besagter Onkel hatte, wenn er ihren Erzählungen glauben durfte, in seinem Leben so viel schlechtes Karma angehäuft, dass er unmöglich als ihr Sohn wiedergeboren werden konnte. Als Krüppel vielleicht. Als Blinder. Oder als Kind eines anderen Trunkenboldes. Aber doch nicht als Sohn zweier Eltern, die ihre Kinder liebten und umsorgten, wie sie es taten. Ob sie ernsthaft glaube, dass es eine Strafe sei, in ihre Familie hineingeboren zu werden.

Seine Argumente leuchteten ihr ein.

Und trotzdem.

Wie verteilt eine Mutter ihre Liebe?

Käme sie in kleinen Kügelchen, in Form von Blättern oder Sandkörnern, sie könnte sie abzählen und gleichmäßig bemessen.

Wenn sie es wollte.

Käme sie in einem großen, warmen, weichen Batzen wie ein Reiskuchen, sie könnte sie in gleich große Stücke schneiden und aufteilen.

Oder in einem dickflüssigen, wohlriechenden Extrakt, den sie Tropfen für Tropfen in Gläser füllen und ihren beiden Kindern zum Trinken reichen würde.

Aber Liebe kennt keine Gerechtigkeit. Sie gehorcht ihren eigenen Gesetzen.

Auch die einer Mutter.

II

Thar Thar machte es niemandem leicht. Seinem Vater nicht. Seiner Mutter nicht. Sich selbst am allerwenigsten.

Er blieb ein ernstes, unruhiges Baby, das seine Umgebung misstrauisch beobachtete. Nur Maung Sein mit seinen Grimassen konnte ihm hin und wieder ein Lachen entlocken.

Er wurde ein ungeduldiges Kind, dem kaum etwas schnell genug ging. Er wollte aufrecht sitzen, bevor sein Körper die Kraft dazu besaß, und wütete, sobald er umfiel. Er wollte krabbeln, bevor seine Muskeln ihn trugen, und brüllte, wenn ihn nach einem halben Meter die Kräfte verließen.

Er schlief schlecht ein, zuckte im Schlaf, als plagten ihn Schmerzen, schreckte in der Nacht oft auf.

Eine kleine Seele. Eine große Angst. Nu Nu lag neben ihm. Mit schwerem Herzen. Und noch schwererem Gewissen.

Nachdem er sich endlich auf allen vieren fortbewegen konnte, hasste er es, getragen zu werden. Sein Kriechen kannte, so empfand es seine Mutter, immer nur ein Ziel: weg. Fort von ihr. Legte sie ihn neben sich, dauerte es nur wenige Sekunden, und er war in eine andere Ecke der Hütte unterwegs, am liebsten Richtung Tür, ohne sich umzudrehen. Die Rufe Nu Nus ignorierte er. Sie musste ihm nacheilen, ihn hochheben und ein wütend strampelndes Kind zurückholen. Kaum setzte sie ihn ab, begann sein Kampf mit ihr von vorn.

Im Gegensatz zu seinem Bruder. Ko Gyi fühlte sich am wohlsten in der Nähe seiner Eltern. Er wurde lieber getragen, als selbst zu laufen, und wenn er seine Umgebung erforschte, tat er es vorsichtig und voller Bedacht, entfernte sich nie mehr als wenige Meter und kehrte beim ersten warnenden Ruf um. Wenn Nu Nu sich zu ihm hockte und eine Orange über die Holzbretter rollen ließ, lief er ihr, schwankend und vor Vergnügen quietschend, hinterher, um sie, sobald er die Frucht eingeholt hatte, in beide Hände zu nehmen und stolz seiner Mutter zu zeigen. Manchmal liefen Mutter und Sohn um die Wette durch die Hütte. Oder sie versteckte sich hinter einem Balken. Seine Freude, wenn er sie fand.

Thar Thar interessierten ihre Spiele nicht.

Einmal, Nu Nu war mit Ko Gyi beschäftigt, kroch er quer durch die Hütte zum Feuer. Er hockte sich davor und betrachtete fasziniert die lodernden Flammen und die leuchtend rote Kohle. Lauschte dem Knistern. Neugierig beugte er sich vor und griff nach einem eigroßen Stück Glut.

Nu Nu wurde schwindelig vor Schreck. Thar Thar drückte einmal fest zu.

Der Geruch von verbrannter Haut.

Er schrie kurz auf, ließ die Kohle fallen, blickte verwundert auf seine Finger, auf das glimmende Etwas vor ihm, dann wieder auf seine nun tiefrote Hand. Statt vor Schmerzen weiterzubrüllen, drehte er sich um und schaute seine Mutter an. Voller Wut.

Als wäre es ihre Schuld.

Nu Nu eilte herbei, nahm ihn in den Arm, tauchte das verbrannte Händchen in Wasser, pustete aus Leibeskräften, versuchte, ihn zu trösten. Allein der Anblick seiner Wunde tat ihr weh.

Thar Thar hingegen zeigte keine weitere Reaktion. Weinte nicht. Klagte nicht. Eine große Wunde. Ein stummes Kind. Eine ratlose Mutter.

Er war und blieb ihr ein Rätsel. Seine Fähigkeit, Schmerzen nicht zu spüren oder sie sich nicht anmerken zu lassen, so genau wusste sie nicht, was es war, sollte ihr in den folgenden Jahren noch häufig unheimlich sein.

Und ein Trost.

Wer war dieser Mensch, den sie geboren hatte? Ein gequälter Geist, ohne Zweifel. Nicht der einzige in der Familie. Aber was Mutter und Sohn hätte verbinden können, trennte sie.

Nu Nu besaß mit ihm nicht die Geduld, die ihr Vater ihr erwiesen hatte und ohne die gequälte Geister nie zur Ruhe kommen.

Es sind die eigenen Schwächen, die wir dem anderen am wenigsten verzeihen.

Sobald Thar Thar sicher laufen konnte, machte er sich auf, die Welt zu erkunden. Allen Ermahnungen und Verboten zum Trotz. Er kroch wieder und wieder durch die dichte Hecke, die den Hof säumte, und streunte durch das Dorf. Nachdem er zum zweiten Mal in den Brunnen gefallen und nur durch einen Zufall gerettet worden war und Nu Nu von Maung Sein und den Nachbarn wegen ihrer Fahrlässigkeit heftig gescholten wurde, nahm sie ein Seil, knotete das eine Ende um seine Hüfte und band das andere an einen der Pflöcke, auf denen das Haus stand. Nachdem Thar Thar verstanden hatte, dass seine Welt auf einen Radius von fünf Metern geschrumpft war, fing ein wütendes Protestgeschrei an, wie es das Dorf noch nicht gehört hatte. Sie ignorierte ihn in der Hoffnung, er würde irgendwann von selbst aufhören.

Sie drohte ihm, ihn ganz an den Pfeiler zu fesseln, wenn er nicht still sei. Als er nicht verstummte, machte sie ihre Drohung wahr. Sie würde ihn erst wieder losbinden, wenn er Ruhe gebe.

Thar Thar war kein Kind, das sich durch Strafen beeindrucken ließ.

Maung Sein hörte am Abend das Weinen seines Sohnes schon

vom Rand des Dorfes. Die Mischung aus Wut und Verzweiflung war ihm wohlvertraut. Zu Hause fand er einen verstörten Ko Gyi und zwei Gefangene. Einen gefesselt an einen Pfahl, die andere nicht.

Nie zuvor hatte er seine Frau so aufgebracht gesehen.

Er wollte wissen, was geschehen war. Nu Nu hatte keine Antworten auf seine Fragen.

An diesem Abend war ihr so schwer ums Herz wie nie zuvor. Sie hatte das Gefühl, dass ihre Welt und das Glück, das in ihr wohnte, Stück für Stück zerfielen. Ko Gyi wurde immer stiller. Sie und Maung Sein waren erschöpft von den schlaflosen Nächten und begannen zu streiten. Die Verwandten, die ihr hätten helfen können, lebten zwei Tagesmärsche entfernt. Die Nachbarn hatten mit ihren Feldern und Kindern genug zu tun.

Bald darauf hatte Maung Sein ein Einsehen und nahm Thar Thar mit aufs Feld. Vater und Sohn verließen fortan jeden Morgen kurz nach Sonnenaufgang die Hütte und waren oft erst nach Einbruch der Dunkelheit zurück. Die ersten ein, zwei Kilometer lief Thar Thar allein, dann wollte er getragen werden. Maung Sein setzte ihn sich auf die Schulter, die Hände voll beladen mit den schweren Werkzeugen. Der Junge klammerte sich am Haarschopf seines Vaters fest und wippte im Rhythmus seiner Schritte. Manchmal hielt er ihm die Augen zu, und Maung Sein tat so, als könne er nichts mehr sehen, begann zu torkeln oder lief geradewegs auf einen Graben oder Baum zu. Im letzten Moment machte er kehrt, über ihm quiekte sein Sohn vor Vergnügen. So benötigte er für den Weg eine Stunde mehr als früher, Zeit, die ihm bei der Arbeit fehlte.

Auf dem Feld baute er für Thar Thar aus Bambus und Palmenblättern einen Unterstand als Schutz gegen Sonne und Regen und wies ihm ein kleines Stück Acker zu, das er »bewirtschaften« sollte.

In den ersten Monaten formte er tagein, tagaus Tiere aus der festen Erde und spielte mit ihnen. Später grub er voller Eifer mit bloßen Händen Löcher und kleine Höhlen, suchte die größeren Steine aus der Erde, schleppte sie an den Rand, baute Dämme, Wälle und formte ein winziges Bewässerungssystem. Für seine Umgebung hatte er keinen Blick. Maung Sein hätte stundenlang auf einem anderen Feld arbeiten können, Thar Thar hätte es nicht bemerkt. Es rührte Maung Sein, zu sehen, wie tief sein Sohn in seine Arbeit versunken war. Mit welcher Hingabe er ohne zu klagen jedes Mal aufs Neue Gräben und Befestigungen erschuf, wenn ein Regenschauer sie fortgespült hatte.

Mittags hockten sie gemeinsam im Schatten des Unterstandes, aßen ihren Reis, tranken Wasser und blickten wortlos über das Feld und auf die grünen Berge in der Ferne. Sie hörten nichts außer ihrem eigenen Atem und in der Regenzeit das Rauschen eines Baches. Manchmal landete ein großer schwarzer Vogel mit einem langen, spitzen Schnabel nicht weit von ihrem Rastplatz. Er stolzierte auf und ab und blickte begierig auf die Reiskörner, die ihnen neben die Schale fielen. Dann rückte Thar Thar näher an Maung Sein, der ihn schützend in den Arm nahm. Nach dem Essen ruhten sie sich gemeinsam aus, Thar Thar, den Kopf auf der Brust des Vaters, schlief nach wenigen Minuten ein.

In solchen Momenten fragte sich Maung Sein, weshalb Mutter und Sohn nicht zusammenfanden. Gab es Menschen, die einfach nicht zueinander passten? Die sich liebten und trotzdem ohne den anderen glücklicher waren? Bestimmt nicht zwischen Müttern und ihren Kindern. Es brauchte einfach mehr Geduld und Gelassenheit vonseiten Nu Nus.

Auf dem Weg nach Hause waren beide jeden Abend so müde, dass Maung Sein seinen Sohn den ganzen Weg tragen und vor Erschöpfung mehrere Pausen einlegen musste. Zweimal passierte es, dass sie am Wegesrand Arm in Arm einschliefen und nur nach Hause kamen, weil andere Bauern sie weckten.

12

Vielleicht wäre vieles anders gekommen, wenn Maung Sein zu Hause geblieben wäre. Vielleicht hätten die Nähe und Verbundenheit zu seinem Vater Thar Thar auf Dauer jene Ruhe und Sicherheit gegeben, die er bei seiner Mutter nicht fand.

Vielleicht hätte sie seinem Herzen geholfen zu vergessen.

Doch zwei viel zu trockene Regenzeiten und Maung Seins Ungeschick als Bauer genügten, um aus seinem ohnehin ertragsarmen Feld einen wertlosen Acker zu machen. Egal wie sehr er sich plagte, Nu Nu und die Kinder schliefen immer häufiger hungrig ein.

»Ich muss eine andere Arbeit finden«, sagte er eines Abends, als die Kinder schliefen und sie am Feuer saßen.

Wie oft hatte Nu Nu in den vergangenen Monaten diesen Satz gefürchtet. Und insgeheim gedacht.

»Was für eine Arbeit?«, fragte sie vorsichtig. Im Dorf gab es ausschließlich Bauern.

»Als Holzfäller.«

Es war die einzige Antwort, die Sinn machte. Trotzdem wollte sie das Wort nicht hören.

»Vielleicht brauchen die Nachbarn einen Helfer?«, sagte sie ohne große Überzeugung.

»Bestimmt könnten sie den gebrauchen. Aber wovon sollen sie mich bezahlen?«

»Vielleicht könntest du …« Sie sprach den Satz nicht zu Ende, weil er kein Ende kannte. Sie wusste, dass es im Dorf keine Arbeit für ihn gab.

Sie schwiegen lange.

Nu Nu wollte nicht, dass er fortging. Alles in ihr sträubte sich bei dem Gedanken. Sie vermisste ihn schon, wenn er einen ganzen Tag auf dem Feld arbeitete und sie mit Ko Gyi im Dorf blieb. Sie hatte seit ihrer Hochzeit nicht eine Nacht ohne ihn verbracht. Sie brauchte ihn zum Einschlafen. Sie brauchte ihn am Morgen, um ihre Kraft für den Tag zu finden. Sie brauchte sein Lachen. Seinen Gleichmut.

Seinen Glauben, dass wir den Launen des Schicksals nicht hilflos ausgeliefert sind, sondern es selbst bestimmen. Jetzt, mit Ko Gyi und Thar Thar, mehr denn je. Auch sie brauchten ihren Vater. Vor allem Thar Thar.

Als Holzfäller würde er durch die Provinzen reisen und Wochen, wahrscheinlich Monate unterwegs sein. Wie oft würden sie sich sehen? Zweimal im Jahr? Dreimal? Allein die Vorstellung war unerträglich. Sie spürte, wie der Druck in ihren Augen wuchs. Wie sich ihr Herz zusammenzog.

»Nein, das will ich nicht«, flüsterte Nu Nu. Er sollte nicht merken, dass sie zu weinen begann.

»Haben wir eine Wahl?«

»Wir könnten mitkommen.« Einen Augenblick lang flackerte ihre Stimme vor Freude.

»Mit den Kindern von Dorf zu Dorf ziehen?«

»Warum nicht?« Sag nicht Nein. Bitte nicht. Sag Vielleicht.

»Mein Schatz, ich werde nie lange irgendwo bleiben. Ich werde in Wäldern arbeiten und durch das ganze Land fahren. Wie stellst du dir das vor?«

Als sie nichts entgegnete, fügte er hinzu: »Außerdem musst du dich hier um die Tomaten und das Feld kümmern. Auch als Holzfäller verdiene ich nicht viel.«

»Warum machst du es dann?«, erwiderte sie trotzig.

Als wäre es seine Schuld.

Nu Nu suchte nach einer Lösung. Irgendeiner. Alles war besser, als hier allein mit ihren Söhnen zu leben.

»Wir könnten Ko Gyi und Thar Thar zu den Mönchen ins Kloster geben«, platzte es plötzlich aus ihr heraus.

»Sie sind fünf und sechs Jahre alt! Viel zu klein, um …«

»Wir könnten es für ein paar Monate versuchen«, unterbrach sie ihn in ihrer Verzweiflung. »Und wenn es nicht …«

»Nein.«

Doch. Doch. Doch. »Vielleicht nur einen von …«

»Nu Nu!«

»Warum nicht?«

»Weil, weil …« Er schaute sie an, die Stimme brach ihm weg.

Im Schein des Feuers blickte sie in sein Gesicht.

Maung Seins Augen waren rot unterlaufen, sein Gesicht zu einer Grimasse verzogen.

13

Er hatte ihnen nicht Auf Wiedersehen gesagt. Ein weißer Transporter war noch vor Sonnenaufgang gekommen, um ihn und einen anderen Mann aus dem Dorf zu holen, und Maung Sein hatte seine Söhne nicht wecken wollen. Am Abend zuvor hatte er es nicht übers Herz gebracht, sich zu verabschieden.

Nu Nu begleitete ihn mit zitterigen Knien zum Brunnen in der Mitte des Dorfes, wo der Wagen wartete.

Sie sagten nicht viel zum Abschied. Beiden war nicht nach Reden zumute. Pass auf dich auf. Du auch. Ich liebe dich. Ich dich auch. Komm bald wieder. Mach ich. Versprochen.

Maung Sein kletterte auf die Ladefläche des verbeulten Autos, verstaute das Bündel mit seinen wenigen Sachen zwischen seinen Füßen und starrte zu Boden.

Nu Nu machte einen Schritt auf ihn zu. Es kostete sie ihre ganze Kraft, nicht zu ihm in den Pick-up zu steigen. Und sie spürte, wie diese Kraft schwand. Schon stand sie neben ihm und hielt sich an der Ladeklappe fest.

Der Wagen setzte sich langsam in Bewegung, Nu Nu lief nebenher, ließ nicht los. Ihr Mann saß keinen Meter von ihr entfernt. Noch konnte sie aufspringen.

Maung Sein hob den Kopf. Ein flehender, verzweifelter Blick.

Es war der Moment, in dem für Nu Nu zur Gewissheit wurde, was sie seit der Geburt Thar Thars bereits ahnte: dass ihr Glück nicht unbegrenzt war.

Sie ließ das Blech los, machte noch ein paar Schritte und blieb stehen. Bald hatte die Dunkelheit den Wagen verschluckt.

Als sie den Kindern am Morgen erzählte, dass ihr Vater für viele Wochen verreist war und sie noch nicht wisse, wann er wiederkomme, glaubte Thar Thar ihr nicht.

Ob er heute Abend wieder da sei, wollte er wissen.

Nein, in ein paar Wochen, wiederholte Nu Nu. Frühestens.

Ob er ins nächste Dorf gegangen sei, um etwas zu besorgen?

Nein.

Zum Arbeiten aufs Feld?

Nein, erwiderte sie seufzend. Ein Auto hätte ihn abgeholt. Er sei weg. Weit weg.

Thar Thar aß in Ruhe seinen Reis und blickte seine Mutter an, als erzähle sie von einem Nachbarn.

Eine halbe Stunde später war er verschwunden. Er war weder im Hof noch im kleinen Hühnerstall zu finden, wo er sich sonst gern versteckte. Sie wartete eine Weile in der Hoffnung, er wäre irgendwo spielen gegangen. Nachdem er auch gegen Mittag noch nicht wieder aufgetaucht war, hielt sie im Dorf nach ihm Ausschau. Von den Nachbarn hatte ihn niemand gesehen. Sie ging mehrmals zum neuen Brunnen und zum alten, ausgetrockneten. Sie lief zu den beiden Teichen außerhalb des Dorfes und fragte bei den Mönchen im Kloster. Am Abend war die halbe Nachbarschaft unterwegs, doch von Thar Thar fehlte jede Spur. Was konnte ihm zugestoßen sein? War er beim Spielen vom Baum gefallen und lag irgendwo mit gebrochenen Beinen? War er trotz ihres ausdrücklichen Verbots in eine der nicht weit entfernten Höhlen geklettert und fand nicht mehr heraus? Oder hatte ihn einer der streunenden Köter angefallen? Erst im vergangenen Monat war ein Kind im Nachbardorf das Opfer eines tollwütigen Hundes geworden.

Sie verbrachte eine lange, schlaflose Nacht.

Am nächsten Morgen fanden ihn Bauern am Rande des Feldes, das die Familie bewirtschaftete. Er schlief im Unterstand, den sein Vater ihm gebaut hatte.

Nu Nu erklärte ihren Söhnen noch einmal, dass Maung Sein nun nicht mehr als Bauer arbeitete, sondern Bäume fällte und weit weg war und irgendwann wiederkomme. Thar Thar glaubte ihr noch immer nicht. Bäume gab es auch hier. Zum Bäumefällen musste er nicht verreisen. Er suchte eine Woche lang im ganzen Dorf nach ihm, ging von Haus zu Haus und fragte jeden, den er traf, ob er seinen Vater gesehen hätte oder wisse, wo er sei. Nachdem er sich überzeugt hatte, das Maung Sein tatsächlich aus rätselhaften Gründen verschwunden war, zog er sich zurück. Nu Nu hatte befürchtet, er würde aus Wut und Trotz noch rebellischer und impulsiver werden, doch das Gegenteil war der Fall. Thar Thar verstummte.

Er stritt nicht mehr mit seinem Bruder.

Er gab keine Widerrede.

Er schlief viel und hatte keinen Appetit.

Während Nu Nu und Ko Gyi gemeinsam aßen, hockte er am liebsten im Hühnerstall und begnügte sich später mit den Resten.

Es zog ihn nicht fort, im Gegenteil, am Tage saß er oft schweigend im Hof und schnitzte an einem alten Baumstumpf. Stundenlang.

Nu Nu betrachtete sein Verhalten mit Sorge, doch insgeheim war sie erleichtert. Sie genoss die Ruhe, die er ihr ließ, und die Zeit, die sie mit Ko Gyi verbrachte. Seine Anhänglichkeit half ihr, die Sehnsucht nach ihrem Mann zu überwinden. Wenn sie nachts erwachte und er neben ihr lag, hatte sie sogar das Gefühl, er verströme den Duft seines Vaters.

Hin und wieder sah sie, wie Thar Thar sie aus den Augenwinkeln beobachtete. Dann plagte Nu Nu ein schlechtes Gewissen, und sie fragte, ob er nicht mit ihnen essen oder zu ihnen kommen wolle, wenn sie am Feuer saßen oder im Hof spielten. Es sei doch viel schöner, wenn sie zu dritt wären. Er schüttelte nur den Kopf und schaute sie in einer Art an, die ihr so unangenehm war, dass sie ihren Blick abwenden musste.

Eine Kinderseele weiß alles.

Nur wenn er durch das Dorf streunte und mit anderen Kindern zusammen war, tobte er noch wilder herum als früher.

Er kletterte auf die höchsten Bäume, sprang von Ast zu Ast oder hielt sich in der Krone fest und begann, so heftig zu schaukeln, dass die Kinder unter ihm vor Aufregung schrien. Er war der Einzige, der sich in die Dunkelheit der kalten und feuchten Höhlen traute, der es wagte, von der Brücke einen Salto in den Fluss zu machen. Die älteren Jungen fürchteten ihn, weil er sich nichts gefallen ließ und keiner Rauferei aus dem Weg ging.

Es gab keine Mutprobe, die er nicht bestand.

Im Haus wurde er mit der Zeit zu einer Hilfe. Obgleich ein Jahr jünger als sein Bruder, war Thar Thar größer und stärker. Er hatte nicht nur die leicht gelockten Haare und die helle Haut von seinem Vater geerbt, sondern auch dessen kräftige Statur. Er würde einmal, dachte Nu Nu, ein stattlicher, gut aussehender Mann werden. Wenn sie ihn um etwas bat, half er, ohne zu murren. Er schleppte das Feuerholz aus dem Hof in die Hütte, im Wald sammelte er mit ihr Reisig. Nachdem er begriffen hatte, welches Holz sich am besten zum Entzünden eines Feuers eignete, wie man es brach und zu kleinen Haufen zusammenschnürte, ging er lieber ohne sie in den Wald, blieb lange fort und kehrte mit Armen voll trockener Zweige zurück. An den Markttagen trug er kleine, aber trotzdem viel zu schwere Körbe voller Tomaten oder Ingwer auf den Markt, während Ko Gyi noch an der Hand seiner Mutter lief. Dabei sprach Thar Thar kaum. Wenn Nu Nu ihn etwas fragte, antwortete er kurz und knapp.

Als Maung Sein nach einem halben Jahr zum ersten Mal für zwei Wochen nach Hause zurückkehrte, war es Thar Thar, der ihn zuerst entdeckte. Er stapelte Holz unter der Veranda und hörte die Hoftür knarren. Thar Thar rührte sich sekundenlang nicht. Maung Sein breitete seine kräftigen Arme aus, sein Sohn legte das Holzscheit vorsichtig auf die Erde, ohne den Blick von ihm zu lassen. Als traue er seinen Augen nicht. Als fürchte er, ein Blinzeln könnte genügen, und sein Vater würde so plötzlich wieder verschwinden, wie er gekommen war. Er machte einen Schritt auf ihn zu, zögerte kurz, wandte sich ab, lief hinter die Hütte und verkroch sich. Trotz vieler Rufe und Bitten kam er erst am Abend aus seinem Versteck. Am nächsten Tag ignorierte er seinen Vater vollständig. Am zweiten Tag schaute er ihn an, aber sagte kein Wort. Am dritten Tag stellte er ihm eine Frage: Wie lange bleibst du?

Als er die Antwort hörte, verfiel er wieder in sein Schweigen.

Auch in den folgenden Tagen entzog sich Thar Thar jedem Versuch seines Vaters, sich ihm zu nähern. Zwar begleitete er ihn aufs Feld und verrichtete dort gewissenhaft die Arbeit, die Maung Sein ihm auftrug. Jätete Unkraut, grub Erde um, säte aus. Und sprach dabei kein Wort.

Alles in allem wechselten sie nicht mehr als ein paar Sätze.

Am letzten Abend musste Maung Sein lange suchen, bis er seinen Sohn im Hühnerstall fand. Da er auch nach mehrmaligem Bitten nicht herauskam, zwängte sich Maung Sein durch ein viel zu kleines Loch, in dem er beinahe stecken geblieben wäre, in das Innere. In einer Ecke auf einem Lager aus Stroh lag Thar Thar. Um ihn herum gackerten Hühner, die sich über den ungewohnten Besucher aufregten. Kleine braune Federn flatterten durch die Luft, es war heiß und stickig und stank nach Hühnerkacke. Maung Sein fragte sich, wie sein Sohn es hier drinnen aushielt, legte sich neben ihn und wartete.

»Warum versteckst du dich?«, fragte er nach einer Weile.

»Ich verstecke mich nicht.«

»Was machst du dann hier?«

»Ich besuche meine Freunde.«

»Die Hühner?«, fragte Maung Sein überrascht.

»Ja. Sie mögen mich.« Er streckte einen Arm aus, sofort kam eines der Tiere angelaufen und pickte ihm mit dem Schnabel in die Hand. Das war keine gierige Futtersuche, sondern sah aus wie ein zärtliches Knabbern. Über Thar Thars Gesicht flog ein seltenes Lächeln. »Siehst du?«

Maung Sein nickte. »Mama sagt, du bist oft im Stall.«

»Ja. Manchmal schlafe ich auch hier.«

»Warum?«

»Weil es schön ist. Weil sie meine Freunde sind. Weil sie mich brauchen und mich manchmal bitten, bei ihnen zu bleiben.«

»Du sprichst mit ihnen?«

»Natürlich. Ich kenne alle ihre Namen.«

»Sie haben Namen?«, wunderte sich Maung Sein.

»Ich habe sie ihnen gegeben. Das ist Koko.« Er zeigte auf ein braunes, schmächtiges Tier. »Ihre Eier schmecken am besten. Das ist Mo, die ist die Frechste und da drüben sitzt Mimi. Sie hört mir am liebsten zu.«

»Was erzählst du ihnen denn?«

»Alles.«

»Hören sie auf dich?«

»Selbstverständlich.« Sein Sohn gab einen merkwürdigen Laut von sich, und sofort hielten alle Hühner inne. Aus der hintersten Ecke kam Mimi heranstolziert, Thar Thar streckte dem Tier die Hand entgegen, und es begann ebenfalls, behutsam daran zu picken.

Maung Sein tat es ihm gleich, doch kaum hatte er den Arm bewegt, flatterten die Tiere erschrocken davon und verkrochen sich. Ein paar Worte seines Sohnes genügten, und sie beruhigten sich wieder.

»Mama mögen sie auch nicht.« Ein zweites Lächeln. Noch seltener.

Maung Sein freute sich, dass die Tiere seinen Sohn gesprächiger machten, und hoffte, dass es so bleiben würde, obwohl er nicht wirklich wusste, worüber er mit ihm sprechen sollte. Er wollte einfach nur reden, die Stimme Thar Thars hören, bevor er wieder fuhr. Er wartete lange auf eine weitere Erklärung, doch im Hühnerstall wurde es wieder still.

»Ich fahre morgen wieder«, sagte Maung Sein schließlich.

Sein Sohn schaute stumm an die Decke.

»Morgen, noch bevor die Sonne aufgeht. Du schläfst dann noch.«

»Ich will mit«, sagte Thar Thar plötzlich.

Ein zweites Huhn kam angelaufen und knabberte an seinen nackten Füßen. Nun war es Maung Sein, der lange schwieg. Er überlegte, ob es eine Möglichkeit gab, ihn mitzunehmen, aber ein Holzfällercamp war kein Ort für Kinder. »Das geht nicht.«

»Warum nicht?«

»Weil ich viel unterwegs bin und die ganze Zeit arbeiten muss.«

»Ich kann dir helfen.«

Maung Sein lächelte. »Das wäre schön. Aber Bäume fällen ist nicht leicht und auch ein bisschen gefährlich.«

»Ich habe keine Angst.«

»Ich weiß. Wenn du etwas größer bist, kommst du mit. Versprochen.«

Thar Thar erwiderte nichts. Maung Sein betrachtete ihn schweigend, und je länger er ihn anschaute, desto trauriger wurde er. Im Schein der Kerze hatte das Gesicht seines Sohnes alle kindlichen Züge verloren. Die Lippen waren dünn wie der Schwanz einer Feldmaus. Er presste sie zusammen, wie er es auch früher oft gemacht hatte. Seine Augen sahen müde aus. Täuschte er sich, oder waren da erste Falten an ihren Rändern zu erkennen? Es war nicht die Müdigkeit eines Kindes nach einem langen Tag, die Maung Sein darin sah, es war die Erschöpfung eines traurigen, einsamen Erwachsenen.

»Außerdem braucht Mama deine Hilfe, wenn ich nicht da bin.«

»Sie braucht mich nicht.«

»O doch«, widersprach Maung Sein. »Da irrst du dich. Sie hat mir erzählt, wie fleißig du bist und wie sehr du ihr hilfst. Das ist sehr lieb von dir.«

»Mama hat Ko Gyi. Sie. Braucht. Mich. Nicht.«

Maung Sein musste zweimal schlucken. Er wollte etwas antworten, aber ihm fiel nichts ein. Es war die Art, wie er das sagte, worüber Maung Sein am meisten erschrak. Ernst und kühl.

Wenn er sich wenigstens beklagt hätte.

14

Sie wollte ihn überraschen. Ihm und den Kindern eine kleine Freude machen. Mehr nicht. Seinen Söhnen, denen jeder Abschied von ihm so schwerfiel. Besonders Thar Thar, der sich nichts sehnlicher wünschte, als einmal mitzukommen, wenn sein Vater auf Reisen ging, sollte sehen, was für einer schwierigen und gefährlichen Arbeit Maung Sein nachging.

Einer der letzten hohen Bäume im Dorf musste gefällt werden. Er stand an der großen Kreuzung, Käfer hatten seinen Stamm zerfressen, er war alt und morsch und drohte beim nächsten Sturm auf die umstehenden Häuser zu stürzen. Bevor sie ihn fällen konnten, musste jemand seine Krone beschneiden, da sie sonst am Ende der Straße auf Hütten fallen würde.

Maung Sein war der erfahrenste Holzfäller im Dorf. Er meldete sich freiwillig.

Die Männer staunten, wie behände er mit einer Säge über der Schulter den Baum erklomm. Er kletterte bis in die Spitze. Sie sperrten die Straße ab, er begann zu sägen, und niemand konnte später genau sagen, was dann geschah. Ein erster Ast kam heruntergerauscht. Dann ein zweiter. Plötzlich hörten sie es knacken und rascheln, zunächst leise, dann immer lauter. Alle starrten in die Höhe, manche hielten die Luft an, aus einigen Mündern ertönten helle, kurze Schreie. Der dumpfe Ton des Aufpralls. Niemand, der dabei war, würde ihn je vergessen.

Die meisten Dorfbewohner waren überzeugt, der Geist, der in jedem Baum lebt, hätte ihn aus Rache aus der Krone gestoßen. Andere dachten, er sei auf einen morschen Ast getreten. Mancher glaubte gesehen zu haben, wie er sich zu weit nach vorne beugte, um einem angesägten Zweig, der nicht fallen wollte, einen letzten Tritt zu geben. Einige wenige behaupteten, er hätte sich aus Leichtsinn nicht richtig festgehalten und sein Gleichgewicht verloren. Oder er sei einen Moment lang einfach unachtsam gewesen.

Einig waren sich alle, dass niemand etwas dafürkonnte. Ein tragisches Unglück. Eine Fügung des Schicksals. Jeder hat das Karma, das er verdient.

Nu Nu wusste es besser.

Es war ihre Schuld. Sie hatten ihn abgelenkt. Schon von Weitem hatte sie ihn in der Krone des mächtigen Baumes sitzen sehen.

Dreißig, vielleicht vierzig Meter hoch, zwei große Äste hatte er bereits herausgesägt, ein schwarzer Punkt zwischen den grünen Blättern.

Sie deutete für ihre Söhne auf ihn, zeigte so lange mit dem Finger, bis sie ihn entdeckten. Sie schauten voller Stolz in die Höhe und wären am liebsten sofort zu ihrem Vater gerannt.

Als sie an die Absperrung gelangten, blickten alle drei hinauf, erkannten ihn deutlich zwischen den Ästen und riefen wie aus einem Munde seinen Namen. Er hatte sie noch nicht bemerkt und schaute überrascht nach unten.

Sie winkten ihm zu.

Er winkte zurück.

Die Kinder hüpften und winkten und klatschten vor Freude.

Er beugte sich vor, um sie besser sehen zu können. Winkte. Mit beiden Händen.

Dann knackte und raschelte es in der Krone des Baumes.

15

Es dauerte zwei Jahre. Zwei Jahre, von denen Nu Nu später nicht mehr sagen konnte, wie sie sie überlebt hatte. Zwei Jahre, in denen kaum ein Tag verging, an dem sie nicht fürchtete, dem Wahnsinn zu verfallen. Kein Tag, an dem sie sich nicht fragte, warum ausgerechnet ihr dieses Unglück zustoßen musste. Was hatte sie getan, um das Schicksal einer jungen Witwe zu verdienen? Warum hatte es nicht die missgünstige Frau des Dorfvorstehers getroffen? Oder das geizige, streitsüchtige Weib des Reishändlers? Warum ausgerechnet sie mit ihren zwei kleinen Kindern? Warum war das Leben so ungerecht?

Es gab viele Wochen, in denen sie die Hütte nicht verließ und sich kaum von ihrer Schlafstätte erhob. Keine Wäsche wusch. Ihren Söhnen keine Mahlzeiten kochte. Nicht einmal die Gaben für die Mönche bereitete sie zu. Sie wachte in der Nacht und schlief am Tage. Hin und wieder glaubte sie, alles nur geträumt zu haben, und machte sich auf die Suche nach ihrem Mann. Dann streunte sie in Begleitung von Ko Gyi im Dorf umher mit leerem Blick, schmutzigem Longy und zerzausten Haaren. Ihre Wanderungen endeten jedes Mal an dem von Käfern zerfressenen Baumstumpf an der großen Kreuzung. Dort hockte sie sich in den Staub und erinnerte sich.

Sah ihn winken.

Mit beiden Händen.

Irgendwann kam dann Thar Thar, nahm sie an die Hand und führte beide stumm nach Hause.

Die Brüder reagierten ganz unterschiedlich auf den Tod ihres Vaters. Ko Gyi klammerte sich an die Mutter. Er schlief neben ihr. Am Tag ließ er sie nicht aus den Augen. Er bat sie aufzustehen, wenn sie einfach liegen blieb. Er bettelte, sie möge etwas sagen, wenn sie tagelang schwieg. Folgte ihr auf Schritt und Tritt, sobald sie das Haus verließ. Als fürchte er, nach dem Vater nun auch noch die Mutter zu verlieren. Die meiste Zeit jedoch hockte er einfach schweigend neben ihr und wartete.

Und wartete.

Thar Thar hingegen, von einer inneren Unruhe getrieben, war von morgens bis abends unterwegs.

Er holte Wasser vom Brunnen und achtete darauf, dass seine Mutter und sein Bruder genug tranken und zumindest einmal am Tag etwas aßen. Er kümmerte sich um die Hühner. Er ging regelmäßig mit einem Bottich voll Wäsche, der so schwer war, dass er ihn kaum tragen konnte, an den Fluss, stellte sich abseits der Frauen ins Wasser, schleppte die nassen, nun noch schwereren Sachen nach Hause und hängte sie zum Trocknen über die Veranda. Er lief zum Markt und kaufte Reis, und wenn der letzte Kyat ausgegeben war, schlüpfte er durch die Hecke zu den Nachbarn und bat um Hilfe. Er pflegte und erntete die Tomaten und pflanzte zusätzliches Gemüse hinter dem Haus. Er kochte jeden Tag. Seine Currys schmeckten gut, besser als ihre.

Nu Nu war es ein Rätsel, woher ihr achtjähriger Sohn die Kraft nahm. Manchmal fragte sie sich, ob womöglich mit dem Tod Maung Seins ein wenig von dessen Energie, Fürsorge und Liebe auf Thar Thar übergegangen war.

Eines Nachmittags, seit Maung Seins Tod waren mehr als zwei Jahre vergangen, lag sie erschöpft auf ihrer Decke und sah zu, mit welcher Sorgfalt Thar Thar das Gemüse putzte, das Feuer am Lodern hielt, sich um Holz und Reisig kümmerte. Dabei löste er mit einer ungeschickten Handbewegung aus Versehen den Wasserkessel aus seiner Verankerung, der polternd in die Flammen fiel. Thar Thar verschwand hinter einer Wolke aus weißem Dampf, das Feuer erlosch unter lautem Zischen. Er betrachtete das Malheur, seufzte einmal kurz und begann, das trockene Holz vom feuchten zu trennen. Er ging in den Hof, holte Späne und kleine Zweige und entzündete in aller Ruhe ein neues, um Wasser für den Reis aufzusetzen. Der große Bottich vor dem Haus war leer, er musste bis zum Brunnen im Dorf laufen.

Nu Nu bewunderte seine Gelassenheit. Sie hätte sich mit Sicherheit über ihre Ungeschicklichkeit aufgeregt. Wäre ärgerlich geworden. Hätte sich entmutigt auf ihre Schlafmatte zurückgezogen. Was war mit Thar Thar geschehen? Wo war der impulsive, wütende Junge geblieben, der am liebsten seine Zeit allein oder bei den Hühnern im Stall verbrachte?

Was hatte der Unfall seines Vaters mit der Kinderseele gemacht? Was hatte er sie gelehrt?

Sie dachte an Maung Sein. Ihr Mann war tot. Daran konnte sie nichts ändern. Aber ob sie daran verzweifelte oder nicht, ob sie daran zerbrach, das lag allein in ihrer Hand.

Nu Nu richtete sich auf und versuchte aufzustehen. Es fiel ihr leichter als gedacht. Sie zog sich einen sauberen Longy an, ging zum Feuer und legte ein Stück Holz nach. Sie sah, wie es zu glimmen begann und irgendwann Feuer fing. Nu Nu hockte sich daneben, hob zögernd das kleine Messer auf, prüfte die Klinge. Jemand musste sie geschärft haben. Sie nahm ein Holzbrett, zerteilte etwas ungeschickt

Frühlingszwiebeln und Tomaten, schnitt Zucchini und Karotten in Scheiben, schälte und würfelte den Ingwer. Mit jeder Bewegung ging ihr die Arbeit leichter von der Hand, fühlte sie sich besser. Der scharfe Geruch des frischen Ingwers stieg ihr in die Nase. Wie lange hatte sie ihn nicht mehr gerochen?

Ko Gyi saß daneben und beobachtete sie sprachlos.

Plötzlich stand Thar Thar mit einem Eimer Wasser hinter ihr.

»Was machst du da?«, fragte er überrascht.

»Ich helfe dir«, antwortete sie.

Er dankte ihr mit einem Lächeln.

Sie setzten Reis und Gemüse auf, gingen zu dritt in den Hof, um das Blechgeschirr zu säubern und Wasser für Tee zu holen.

Erst jetzt bemerkte sie, dass in einer Ecke der Hütte das Dach eingebrochen war und herunterhing. Die Bretter darunter waren vom Regen feucht und morsch geworden. Die nächste Regenzeit würde dieser Teil der Hütte nicht überstehen. Nu Nu schaute sich im Hof um. Er war sauber gefegt. In den Beeten wuchsen große Tomaten, Thar Thar hatte daneben noch Karotten und Auberginen gepflanzt und gewissenhaft Unkraut gejätet. Die Bananenstauden hingen voller Früchte, ebenso der Papaya- und der Avocadobaum. Doch die Bougainvillea hatte die Pforte zum Hof vollständig überwuchert, und an einem Loch in der Hecke erkannte sie, welchen Ausgang ihr Sohn jetzt benutzte.

Und sie fragte sich, warum sie nichts von den Hühnern sah oder hörte.

»Wo sind denn die Hühner?«

Thar Thar schluckte und senkte den Blick. »Im Stall.«

»Bist du sicher? Sie sind so ruhig.«

Er nickte, ohne sie anzuschauen.

Nu Nu ging zum Stall und horchte. Als sie nichts hörte, hockte sie sich hin und warf einen Blick durch die Luke. In einer Ecke entdeckte sie drei Tiere.

»Wo sind die anderen?«, fragte sie verwundert und richtete sich wieder auf.

»Weg«, flüsterte Thar Thar und wandte sich ab.

»Was heißt weg? Sind sie fortgelaufen? Haben die Hunde sie gerissen?« Nu Nu wusste, was die Hühner ihrem Sohn bedeuteten, und wunderte sich, dass er nicht besser auf sie achtgegeben hatte.

Thar Thar schüttelte stumm den Kopf.

Nu Nu schaute verwirrt von einem Sohn zum anderen.

»Er hat sie verkauft«, sagte Ko Gyi mit gedämpfter Stimme. »Eins nach dem anderen.«

»Verkauft?«

Thar Thar schwieg noch immer und blickte zu Boden. Sie legte eine Hand unter sein Kinn und hob behutsam seinen Kopf. Zwei Tränen rannen ihm die Wangen hinunter. Seine Unterlippe zitterte. Er schloss die Augen, die Tränen wurden mehr.

»Warum?«

Schweigen.

»Warum?«

Ein tiefes, kaum zu ertragendes Schweigen war die Antwort.

»Weil die Nachbarn uns kein Geld und keinen Reis mehr leihen wollten«, murmelte Ko Gyi.

»Weil wir sonst verhungert wären«, sagte Thar Thar, drehte sich um und rannte so schnell er konnte zurück ins Haus.

Nu Nu versuchte noch immer zu verstehen, was geschehen war. Eine Ahnung beschlich sie, so traurig, dass sie sie gleich wieder vergessen wollte. »Aber die Nachbarn haben ihre eigenen Hühner«, sagte sie und warf Ko Gyi einen fragenden Blick zu. »Es macht keinen Sinn. Kannst du es mir erklären?«

Er nickte. »Das stimmt. Sie wollten sie nicht und haben ihm keinen guten Preis geboten.« Er machte eine lange Pause. Leise, ganz leise fuhr er fort: »Er hat sie geschlachtet, gerupft, zerlegt und auf dem Markt verkauft.«

16

Als Nu Nu im Morgengrauen erwachte, hörte sie bereits jemanden mit den Töpfen hantieren. Es war noch fast dunkel, aber die Vögel zwitscherten bereits unüberhörbar. Sie drehte sich um, neben ihr schlief Ko Gyi. Kurz darauf vernahm sie die Mönche am Gartentor und fragte sich, warum sie nicht längst aufgehört hatten, bei ihnen um Gaben zu bitten, wo doch ohnehin nichts zu holen war. Nu Nu sah Thar Thar mit der großen Reisschale in den Händen die Treppe hinuntereilen. Hatte er gegeben? All die Monate? Wo mochte er den Reis nur herbekommen haben, wenn es doch schon bei ihnen kaum reichte? Sie war zu müde, um über diese Fragen lange nachzudenken, und schlief wieder ein.

Als sie wieder erwachte, war es hell, die Vögel waren verstummt. Sie stand auf, Ko Gyi schlief noch, neben dem Feuer standen Reis und ein lauwarmes Curry.

Von Thar Thar fehlte jede Spur. Erschrocken lief sie in den Hof und schaute im Hühnerstall nach. Die drei Hühner glotzten sie an, als sie ihren Kopf durch die Luke streckte.

Plötzlich klang die Stimme ihres Sohnes vom Hof des Nachbarn herüber. Nu Nu zwängte sich durch die Hecke und sah ihn im Schatten eines mächtigen Feigenbaums sitzen. Neben ihm lag ein mannshoher Stapel getrockneter Bambusblätter und Gräser, vor ihm eine geflochtene Matte, an der Thar Thar arbeitete.

»Was machst du da?«, fragte sie überrascht.

»Ich helfe U Zhaw«, erwiderte er halblaut. Als wäre es ihm unangenehm.

»Dein Sohn ist der begabteste Flechter, den ich je gesehen habe«, rief die Frau des Nachbarn und kam hinter dem Haus hervor. »Und der fleißigste«, ergänzte sie und warf dabei Nu Nu einen Blick zu, der besagte: ganz und gar erstaunlich bei der Mutter. »Für eine Dachhälfte braucht er nicht einmal drei Tage.«

Nu Nu beobachtete ihren Sohn; erst jetzt fiel ihr auf, wie geschickt seine Finger sich bewegten, wie flink sie die großen Blätter und Gräserbüschel miteinander verwoben. Sie sah das neue Dach der Nachbarn und eine gerade fertiggestellte Hälfte, die an einem Baum lehnte.

»Euer Haus sieht gut aus«, sagte sie misstrauisch und deutete auf Thar Thars Arbeit. »Für wen ist die?«

»Die verkaufen wir.«

»Verkaufen? An wen?«

»Wer es braucht.«

»Für wie viel?«

»Zweihundert Kyat.«

»Wie viel bekommt mein Sohn?«

»Zwanzig. Er arbeitet das Geld ab, das wir euch geliehen haben.«

»Zwanzig Kyat?« Nu Nu fiel es schwer, ihre Empörung zu verbergen. Sie suchte den Blick Thar Thars, der aber hielt die Augen gesenkt.

»Wie lange noch?«, wollte sie wissen.

Die Frau rechnete. »Wenn er in dem Tempo weitermacht, höchstens noch vier Wochen.«

Am Abend fielen ihr die schwieligen Hände ihres Sohnes auf. Die Nägel waren eingerissen, die Fingerkuppen gerötet und an manchen Stellen blutig. Sie hockten mit Ko Gyi am Feuer, Nu Nu wollte vieles wissen, doch Thar Thar mochte sich nicht erklären. Seit wann er bei den Nachbarn arbeitete? Wann genau das Geld, das Maung Sein als Holzfäller gespart hatte, zu Ende gegangen war? Ob sie noch woanders Schulden hatten? Statt zu antworten, stocherte er mit einem Stock in der Glut herum.

Nu Nu fragte sich, wovon sie in Zukunft leben sollten. Selbst wenn sie alle drei anfingen, Matten für Dächer und Wände zu flechten, würde es bei dem kargen Lohn nicht reichen. Die wenigen Ersparnisse waren aufgebraucht, es gab, abgesehen von den letzten drei Hühnern und Maung Seins rostigen Werkzeugen, nichts mehr, was sie verkaufen konnten. Ihr Acker lag brach. Keiner von ihnen besaß genügend Erfahrung als Bauer. Alle Verwandten, die ihnen möglicherweise helfen würden, lebten zu weit entfernt. Auf die Unterstützung des Dorfes konnten sie nicht zählen. Das Schicksal der Familie war ihr schlechtes Karma, das sie durch Missetaten angehäuft hatte und das es jetzt zu erdulden galt. Hilfe aus Mitleid oder Mitgefühl war in den Augen der anderen völlig unangemessen. Nu Nu wusste das. Sie würde sich nicht anders verhalten.

»Wir müssen unser Feld bewirtschaften«, sagte Thar Thar plötzlich, als hätte er ihre Gedanken erraten.

Nu Nu nickte. »Aber wie?«

»Wie die anderen auch«, erwiderte er. »Wie sonst?«

»Es ist nicht so leicht, glaub mir.«

»Ich weiß. Aber ich habe immer beobachtet, wie Papa es macht.«

»Das ist lange her.«

»Ein bisschen erinnere ich noch.«

»Das wird nicht reichen.«

»Wir müssen es versuchen«, mischte sich Ko Gyi ein.

»Das Feld ist groß genug. Wenn wir es richtig machen, ernährt es uns«, stimmte Thar Thar seinem Bruder zu.

Nu Nu schaute von einem zum anderen. Zwei Kinder mit ernsten Gesichtszügen, die schon viel zu viel vom Leben wussten. Ahnten sie, was sie da sagten? Welche Herausforderungen ihnen bevorstanden? Bisher waren sie kaum in der Lage gewesen, zusammen Mahlzeiten einzunehmen. Wie sollten sie gemeinsam ein verwildertes Feld bestellen?

Der Acker sah noch schlimmer aus, als Nu Nu befürchtet hatte. Er war übersät mit Unkraut, ein Teppich, der in den verschiedensten Grüntönen in der Sonne strahlte. Von dem Bewässerungssystem, das Maung Sein so sorgfältig angelegt hatte, war nach den vergangenen Regenzeiten nichts mehr zu sehen. Die Sonne brannte vom Himmel, der Unterstand, den ihr Mann gebaut hatte, war eingefallen. Nu Nu verharrte wie gelähmt auf einer Böschung und starrte entmutigt in die Landschaft. Wie sollten sie dieses Stück Erde je wieder fruchtbar machen können? Vier Wochen hatten sie Zeit, spätestens dann musste die Saat ausgebracht werden. Vier Wochen. Sie bräuchten mehr als ein Dutzend Hände, um überhaupt eine Chance zu haben. Wovon sollte sie ihre Kinder ernähren, wenn sie es nicht schafften? Feuerholz sammeln und verkaufen? Körbe aus Bambus flechten? Während sie überlegte, ob es nicht besser wäre, umzukehren und das Land für ein wenig Geld zu verpachten, begannen ihre Söhne mit der Arbeit. Sie knoteten ihre Longys hoch, mit bloßen Händen rupften sie das Unkraut heraus und gruben die Erde um. Nach kurzer Zeit bluteten Ko Gyis Finger von der ungewohnten Arbeit.

Am Abend lag ein großer Haufen Unkraut am Wegesrand. Auf dem Feld hatten sie trotzdem kaum sichtbare Spuren hinterlassen. Nu Nu hatte das Gefühl, einen Eimer Wasser aus einem See geschöpft zu haben. Es war sinnlos, was sie taten. Vollkommen sinnlos. Sie musste sich etwas anderes überlegen.

Am nächsten Morgen rüttelte Thar Thar sanft an ihrer Schulter. Er hatte bereits alles vorbereitet. Den Proviant gepackt, Tee gekocht, Wasser geholt, die Werkzeuge gesäubert, wozu sie am Abend zu erschöpft gewesen waren. Nu Nu zögerte. Warum sollten sie sich weiter quälen, sie hatten keine Chance. Aber weil ihr nichts Besseres einfiel, folgte sie ihren Kindern aufs Feld.

Gegen Mittag waren die Hände ihrer Söhne so geschwollen, dass sie bei jeder Bewegung das Gesicht verzogen. Aufhören wollten sie trotzdem nicht. Zu den Pausen musste sie die beiden zwingen. Mit stechenden Kopfschmerzen kehrten sie zurück in ihre Hütte.

Am dritten Tag taten Nu Nu die Arme und Beine so weh, dass sie sich kaum bewegen konnte. Jeder Muskel im Körper schmerzte. Auch Ko Gyi war deutlich langsamer als an den Tagen zuvor.

Als sie nach einer Woche im Morgengrauen zu ihrem Acker gingen, fiel ihnen der Unkrauthaufen schon von Weitem auf, so sehr war er angewachsen. Nu Nu blickte über das Land, und zum ersten Mal entdeckte sie eine sichtbare Veränderung: Eine Ecke des Feldes leuchtete tiefschwarz in der aufgehenden Sonne.

Nach zwei Wochen richteten sie den Unterstand notdürftig wieder her und beschlossen, die kommenden Tage dort zu übernachten, um keine Zeit mit den langen Wegen zu verlieren. Nu Nu bezweifelte noch immer, dass sie es schaffen würden, doch der Optimismus und der Eifer ihrer Söhne hatte Spuren hinterlassen. Wenn sie Ko Gyi und Thar Thar auf dem Feld Hand in Hand arbeiten sah, hatte sie mehr und mehr das Gefühl, alles sei möglich. Sie durften sich nur nicht entmutigen lassen.

Und sie entdeckte Zeichen, deren Deutlichkeit sie nicht ignorieren konnte. Ausgerechnet das dünnste und schwächste ihrer drei Hühner hatte an dem Tag, an dem sie mit ihrer Arbeit begannen, ein Küken ausgebrütet. Es war so klein, dass Nu Nu sicher war, es würde den Tag nicht überleben. Doch es wuchs und gedieh.

An den Bananenstauden sprossen ungewöhnlich viele Triebe für diese Jahreszeit.

Am meisten zu denken gab ihr der Vorfall mit der Schlange. Sie hatte an einem Morgen, als sie unterwegs aufs Feld waren, mitten auf dem Weg gelegen. Das allein war schon ungewöhnlich für die scheuen Tiere. Sie ließ Thar Thar bis auf wenige Meter herankommen, ohne die Flucht zu ergreifen. Noch ungewöhnlicher. Sie hob kurz den Kopf, starrte Nu Nu und ihre Söhne an, und statt nun im Gebüsch zu verschwinden, drehte sie sich um und schlängelte sich durch das Gras, als wollte sie ihnen den Weg weisen. Sie folgten dem Tier, und erst kurz vor ihrem Feld wandte es sich noch einmal um, hielt inne und verschwand dann langsam im hohen Gras.

Die Zeichen trogen nicht: Nach vier Wochen war der grüne Teppich verschwunden. Sie standen zu dritt auf dem Feld, die Arme bis zu den Ellenbogen schwarz, die Longys verschwitzt und verdreckt. Stumm schauten sie umher, als könnten sie es selbst nicht glauben. Es duftete nach frischer, feuchter, fruchtbarer Erde. Nu Nu kniete nieder und griff mit beiden Händen hinein. Sie reichte Thar Thar einen Klumpen. Der roch daran, lächelte und zerrieb ihn langsam zwischen seinen Fingern. Fast hatte sie das Gefühl, er streichle die Erde.

Was hatte die Hebamme ihr einst erklärt? Eine Kinderseele weiß alles. Ob sie verzeiht, hatte sie nicht gesagt.

Doch es galt, keine Zeit zu verlieren. Sie hatten sich Geld geliehen und Samen für Blumenkohl, Kartoffeln und Sojabohnen gekauft, die so schnell wie möglich in die Erde mussten. Als sie am nächsten Tag zurückkehrten, hatten Ratten und Vögel die Hälfte der Aussaat geraubt. Wieder übernachteten sie auf dem Feld, verscheuchten die Tiere, arbeiteten, solange die Sonne es ihnen erlaubte. Setzten Samen neben Samen, Sprössling neben Sprössling. Zogen Furchen. Um die Geister des Feldes gnädig zu stimmen, bauten sie einen kleinen Altar, auf dem sie täglich eine Banane und ein Häufchen Tee opferten.

Natur und Geister meinten es gut mit ihnen. Der Regen kam pünktlich in diesem Jahr und in der richtigen Menge. Auch die anderen Bauern konnten sich nicht erinnern, wann sie das letzte Mal eine so gute Ernte gehabt hatten. Nu Nu lieh sich sogar einen Wasserbüffel mit Karren, um das Gemüse vom Feld ins Dorf zu bringen. Ko Gyi saß stolz auf dem Rücken des Tieres und lenkte es mit einer Rute, als hätte er nie etwas anderes getan.

Als sie ihn und das ganze Gemüse sah, dachte Nu Nu an die Worte ihres verstorbenen Mannes. Er hatte recht behalten. Er hatte es ihr gesagt, und sie hatte ihm nicht glauben wollen: Wir haben die Kraft, uns zu ändern. Wir sind nicht dazu verurteilt, zu bleiben, wer wir sind. Dabei kann uns niemand helfen, nur wir selbst.

Das Schicksal hatte allen dreien eine Frage gestellt: Das bestellte Feld und die reiche Ernte waren ihre Antwort.

Die üppigen Erträge halfen ihnen über die Trockenzeit. In den heißen Monaten, wenn es auf dem Feld nichts zu tun gab, saßen sie im Hof und flochten Dächer, Wände, Körbe und Taschen. Das Geld reichte, um ihr eigenes Dach zu erneuern und ein paar morsche Balken auszutauschen.

Auch im zweiten Jahr mussten sie nicht hungern. Was die Natur ihnen an Regen vorenthielt, machten sie mit Fleiß und Geschick wett.

Im dritten Jahr trauten sie sich, Reis zu pflanzen, und Nu Nu entdeckte, dass Thar Thar nicht nur die kräftige Statur seines Vaters, sondern auch das bäuerliche Talent seines Großonkels geerbt hatte. Während die Nachbarn über eine schlechte Ernte klagten, war ihr Feld ertragreicher denn je.

Was sich nicht änderte, war sein Bedürfnis nach Einsamkeit. Nach wie vor gab es Tage, an denen er sich von ihnen zurückzog. Dann arbeitete er allein auf einem Teil des Feldes, sprach kein Wort und ignorierte Mutter und Bruder. Oder er saß auf einer Böschung und spielte mit seinem Katapult. Sie hatte noch nie jemanden so geschickt damit umgehen sehen. Er schoss Mangos von den Bäumen, durchlöcherte zielgenau Blätter, vertrieb die Vögel vom Feld, ohne je einen zu verletzen.

Diese Stimmungen vergingen so plötzlich, wie sie gekommen waren, und nach einigen Stunden wendete er sich ihnen wieder zu, als wäre nichts gewesen. Eine seltsame Mischung, das Naturell ihres Sohnes, dachte Nu Nu oft. Er konnte schweigsam, ausgeglichen und fürsorglich sein wie Maung Sein oder sprunghaft und schwermütig, wie sie es selbst früher gewesen war.

Auch im vierten Jahr steigerten sie ihre Erträge, und Nu Nu sann darüber nach, ob sie sich möglicherweise geirrt hatte. Vielleicht kamen wir doch nicht mit einem bestimmten Quantum Glück zur Welt, das irgendwann aufgebraucht war. Vielleicht gab es eine Macht, die unseren Vorrat an günstigen Fügungen auffüllte.

Dennoch verging nach wie vor kein Tag, an dem sie ihren Mann nicht vermisste, besonders nachts, wenn sie wach lag und die Kinder schliefen. Dann hörte sie seinen Atem, spürte ihn auf ihrer Haut. Drehte sich zu ihm und legte einen Arm um seine Brust. Die Leere, die sie dann fühlte, tat ihr im ganzen Körper weh.

Das Loch, das sein Tod in ihr Leben gerissen hatte, war nicht geschlossen, würde es nie sein, aber es schien, als würde die Zeit es langsam überwuchern.

Nu Nu wollte nicht undankbar sein. Sie waren in den vergangenen Jahren von Krankheiten verschont geblieben. Sie hungerten nicht, im Gegenteil, jedes Jahr blieb genug Geld übrig, um etwas am Haus zu machen. Ein neues Dach. Neue Wände. Ein zementiertes Klo in einer entfernten Ecke des Hofs. Im nächsten Jahr wollten sie sich vielleicht sogar einen Wasserbüffel kaufen. Oder ein Schwein. Sie war stolz auf ihre Söhne. Beide waren fleißig, bescheiden und folgsam.

So, dachte sie, sieht also das Glück aus, wenn es nicht die Augen und den Mund ihres Mannes hat. Wenn es nicht nach ihm riecht. So sieht das Glück aus, wenn es auf eigenen Beinen steht.

17

Es gibt Augenblicke, wusste Nu Nu, die vergisst ein Mensch sein Leben lang nicht mehr. Sie brennen sich in die Seele ein, sie hinterlassen unsichtbare Narben auf einer unsichtbaren Haut. Und wenn man sie später einmal berührt, erzittert der Körper von einem Schmerz, der bis in alle Poren dringt. Auch Jahre später noch. Jahrzehnte. Dann ist alles wieder da: der Geruch der Angst. Ihr Geschmack. Ihr Klang.

Der Augenblick, in dem Nu Nu die Motoren hörte, war ein solcher Moment.

Ein später Nachmittag. Ein leichter Nieselregen kam über die Hügel gezogen und würde bald das Dorf erreichen. Die Luft war warm und feucht. Es hatte viel geregnet in den vergangenen Tagen, der Weg war matschig, bei jedem Schritt quoll Schlamm zwischen ihren nackten Zehenspitzen hervor. Ihre Füße und Knie schmerzten vom langen Tag auf dem Feld. Sie war mit ihren Söhnen, einigen anderen Frauen und deren Kindern auf dem Weg zurück ins Dorf.

Wie das Gebrüll eines sich nähernden Raubtieres hallten die Motoren durch das Tal, in dem es sonst keine Maschinen gab.

Die Frauen und Kinder blieben stehen und rührten sich nicht. Als gehorchten sie alle zur selben Zeit demselben Befehl. Jeder wusste, was diese Geräusche bedeuteten. Sie sah es in ihren Augen. Sie sah es an den verzerrten Gesichtern und erstarrten Körpern.

Sie blickte in die Richtung, aus der das Dröhnen kam. In der Ferne erkannte sie zwei Lastwagen und zwei Jeeps, die sich ihnen näherten. Schnell. Viel zu schnell.

Es hatte Gerüchte gegeben, dass sie kommen würden. Der alte U Thant hatte wieder und wieder davor gewarnt, doch im Dorf schenkten ihm nur wenige Beachtung. Er prophezeite auch regelmäßig den Untergang der Welt, ohne dass je etwas geschah. Nun sollte er recht behalten. Das Ende der Welt näherte sich. Es kam in grünen Uniformen und schwarzen, blank polierten Stiefeln. Es kam in Autos, die so groß waren, dass sie das halbe Dorf abtransportieren könnten.

Und es kam zügig.

Nu Nu schaute sich noch einmal um. Für eine Flucht war es zu spät. Wohin sollten sie laufen, wo sich verstecken? Die nächste Siedlung war mehrere Kilometer entfernt, und auch da wären sie nicht sicher gewesen. Es gab keinen Dschungel, dessen Dickicht Leben retten könnte. Wer es trotzdem versuchte und gefangen wurde, überlebte seine Festnahme oft nicht, so erzählte man es auf den Märkten.

Keine der Frauen rührte sich. Die kleinsten der Kinder suchten Schutz hinter den Beinen ihrer Mütter.

Nu Nus Söhne standen einige Meter neben ihr und schauten sie an.

Auch diese Blicke würde sie nie vergessen.

Sie ahnten, was kommen würde. Dass die Soldaten sie mitnehmen würden. Dass es eine Rückkehr nur für die wenigsten gab. Dass ihre Mütter sie nicht schützen konnten.

Das Ende der Welt war nun keine hundert Meter mehr entfernt und kam immer näher. Auf einem der Lastwagen standen Soldaten, mit Maschinengewehren bewaffnet, ihre Blicke waren ausdruckslos und leer. Sie waren zu jung, um ihren Opfern in die Augen zu schauen. Hinter ihnen lagen mehrere Rollen Stacheldraht.

Im ersten Jeep saß ein Offizier, sie erkannte es an seiner Uniform. Ihre Blicke trafen sich, und Nu Nu wusste, er war ihre Chance.

Ihre einzige.

Die kleine Kolonne rollte an ihnen vorbei und hielt auf dem Platz in der Mitte des Dorfes. Die Soldaten sprangen von den Ladeflächen, einige postierten sich an den Zugängen des Platzes, die anderen liefen durch das Dorf und forderten alle Bewohner auf, sich so schnell wie möglich vor den Lastwagen zu versammeln.

Eine halbe Stunde später waren alle da.

Der Offizier kletterte auf einen der Wagen. Er war ein kräftiger, groß gewachsener Burmese, der die Dorfbewohner um mindestens eine Kopfeslänge überragte. Er nahm ein Megafon zur Hand und verkündete, was jeder längst ahnte: dass alle nicht verheirateten jungen Männer des Ortes zwischen vierzehn und zweiundzwanzig Jahren in einer Stunde vor den Häusern ihrer Familien auf die Soldaten zu warten hätten. Dass seine Männer sie einsammeln und in ein improvisiertes Lager am Ausgang des Dorfes bringen würden. Anschließend hätten sie den Befehl, jeden Hof gründlich zu durchsuchen. Sollten sie dabei noch einen Jungen finden, würde der sofort erschossen werden. Auch bei einem Fluchtversuch gäbe es keine Gnade. Morgen in der Früh würden sie sich auf den Weg in die Kaserne in die Bezirkshauptstadt machen. Es wäre jetzt an der Zeit, dass die jungen Männer ihrer Pflicht nachkämen und der burmesischen Union dienten. Sie stünde unter ständiger Bedrohung ihrer Feinde, und zu ihrer Verteidigung müsse jeder Opfer bringen.

Sie wusste, was er meinte. Jeder wusste, was er meinte. Die Armee brauchte nicht nur Soldaten, die rekrutierte sie zumeist in größeren Orten und mit dem Versprechen auf einen Sold, der Familien ernährte. Sie brauchte vor allem Träger. Junge Männer, die den Proviant und die schwere Ausrüstung, die Munition, die Granatwerfer der Regimenter über die Berge und durch den Dschungel in den Rebellengebieten schleppten. Auf den Märkten gab es immer wieder Gerüchte, wie gefährlich diese Arbeit sei. Die Gebiete seien von

Malaria verseucht, die Behandlung durch die Soldaten sei schlecht, wer erkranke oder sich verletze, werde nicht versorgt, sondern zum Sterben zurückgelassen. Auch sollen einige der Träger auf Minen getreten und von ihnen zerrissen worden sein.

Fragen, ob das stimmte, konnten sie niemanden. Von denen, die das Militär holte, kehrten nur die wenigsten zurück. Und die sprachen nicht mehr.

Der Offizier ließ das Megafon sinken und den Blick über die Menge schweifen.

Die kleinen Menschen vor ihm waren noch kleiner geworden.

Keiner sagte ein Wort.

Nu Nu nahm ihre beiden Jungen und ging nach Hause. Noch einmal überlegte sie fieberhaft, ob es eine Möglichkeit gab, zu fliehen oder sie zu verstecken. Die Latrine? Der Schuppen des Nachbarn? Die leere Hütte am Ende des Dorfes? Lächerlich. An diesen Orten würden sie zuerst suchen. Vielleicht das Kloster am Rande des Bambushains, in dem vier ältere Mönche mit einem Dutzend Novizen lebten. Würden die Soldaten es wagen, dort einzudringen? Wahrscheinlich nicht. Aber was würden die Dorfleute sagen, wenn sie erführen, dass sie Ko Gyi und Thar Thar in Sicherheit gebracht hatte? Die meisten würden schweigen und sie schützen, daran zweifelte sie nicht, doch eine Stimme des Verrats würde genügen. In nur einem Herzen müssten der Neid, die Missgunst, die Trauer siegen, und ihre Kinder wären verloren.

Nein, das Risiko war zu groß, es gab keinen Platz, der Sicherheit versprach. Der Tod nahm sich, wen er wollte.

Ko Gyi und Thar Thar folgten stumm ihrer Mutter. Zu Hause standen sie reglos in der Hütte und beobachteten jede ihrer Bewegungen.

Nu Nu fragte sich, was sie ihren Söhnen einpacken sollte. Sie hatten nur die Gummisandalen, die sie an den Füßen trugen. Sie besaßen jeder ein zweites T-Shirt, einen zweiten Longy, eine Jacke und ihre Zahnbürsten.

Das war alles.

Einen Talisman? Sie brauchten dringend einen Talisman, der sie beschützen könnte. Nu Nu fiel sofort das Stück Rinde ein, das ihr Mann von der Kiefer abgebrochen hatte, unter der sie sich das erste Mal geküsst hatten. Er hatte es ihr gegeben und gesagt, es würde sie beschützen. Es war das einzige Andenken, das sie noch von ihm besaß. Seine Kleidung hatte sie längst aufgetragen, ein Foto von ihm hatte sie nie besessen. In den Wochen und Monaten nach seinem Tod hatte sie das Rindenstück am Abend oft umklammert und war damit eingeschlafen. Es sollte verhindern, dass ihr Herz in der Nacht vor Kummer einfach aufhörte zu schlagen. Jetzt lag es ganz unten in der Truhe, in der sie ihre wenigen Habseligkeiten aufbewahrte, eingepackt in ein Stück Stoff.

Sie holte die Rinde hervor. Sie war dick und noch immer fest, kaum größer als Nu Nus Handfläche. Ein Stück, zwei Kinder. Würde es seine Schutzkraft verlieren, wenn sie es teilte?

Einen Augenblick lang überlegte sie, Thar Thar etwas anderes zu geben, aber ihr fiel nichts ein. Sie zerbrach das Stück in zwei Teile, ein kleines und ein großes.

Mit einem rostigen Nagel bohrte sie Löcher in beide, zog Fäden durch, verknotete sie. Nu Nu schloss die Augen und küsste die Stücke, bevor sie sie ihren Söhnen um den Hals hängte.

Das große für den großen.

Das kleine für den jüngeren.

Kurz darauf hörten sie die Stimmen der Soldaten. Ko Gyi nahm das Bündel mit ihren Sachen, und sie gingen hinaus. Noch immer hatten sie kein Wort gewechselt.

Nu Nu blickte ihren Söhnen nach. Sie gingen fort, ohne sich umzuschauen. Ihr Herz raste. Als es sie nicht mehr hielt, als sie einen Schritt nach vorne machen und ihnen folgen wollte, verstellte ein Soldat ihr den Weg und drängte sie durch die Pforte auf ihr Grundstück zurück. Einmal noch gelang es ihr, durch die Hecke zu spähen, das Letzte, was sie sah, waren die beiden grün-schwarzen Longys ihrer Söhne.

Zwei große Kinder, die in den Krieg zogen.

Mit einem Stück Borke um den Hals.
Aber sie gab nicht auf.
Eine Chance hatte sie noch.

18

Sie trafen sich am Abend beim Brunnen. In einem einsamen Dorf, in dem Mütter und Väter um ihre Söhne fürchteten. In dem die Angst auf den Bäumen saß, Grimassen schnitt und ihren widerwärtigen Schatten warf.

In dem die Herzen versteinerten.

Wege und Pfade waren menschenleer. Niemand traute sich aus seiner Hütte. Selbst die Tiere hatten sich verkrochen. Die Schweine lagen still in ihrem Dreck, die Hühner verschwanden geräuschlos hinter Schuppen, Holzstapeln oder im Gebüsch. In den Latrinen hatten die Ratten und Schlangen Zuflucht gesucht.

Es herrschte eine übel riechende Stille.

Sogar der Kerzenschein, der sonst Abend für Abend Häuser und Höfe erhellte, war vor Angst erloschen.

Nur der Mond fürchtete sich nicht. Er stand groß und rund an einem wolkenlosen Himmel und erleuchtete die Nacht.

Der Kommandant wartete unter einem Feigenbaum, rauchte eine Zigarette und beobachtete sie. Nu Nu hatte ihre langen schwarzen Haare hochgebunden und balancierte einen Krug auf ihrem Kopf. Sie trug ihren besten Longy und eine der zwei Blusen, die sie besaß. Frisch gewaschen. Sie wollte nichts dem Zufall überlassen. Sie hatte nicht mehr den begehrenswerten Körper einer jungen Frau. Aber auch noch nicht den einer alten.

Sie würde sich anstrengen müssen.

Sie hatten sich verabredet, ohne Worte. Ein paar Blicke bei der Ankunft der Soldaten, ein paar Gesten hatten genügt. Jeder wusste, was der andere wollte.

Auch jetzt sprachen sie nicht. Nu Nu setzte den Krug ab und begann mit langsamen Bewegungen, Wasser aus dem Brunnen zu schöpfen. Der Kommandant schaute ihr zu. Sie spürte seinen Blick auf ihrem Körper. Sie spürte, wie er sie taxierte. Ihren schlanken Hals, die muskulösen Oberarme. Wie seine Augen prüfend an ihr hinabglitten, die Andeutungen ihrer Brüste unter dem Stoff der Bluse ertasteten. Ihre Hüfte. Den kräftigen, wohlgeformten Po, der schon ihren Mann so erregt hatte.

Sie wartete. Er bewegte sich nicht.

Als sie den Krug wieder anheben wollte, trat er zu ihr.

»Wo?« Er hatte es nicht einmal nötig zu flüstern.

Eine leichte Bewegung mit dem Kopf zeigte ihm die Richtung. Sie nahm den schweren Krug und ging voran. Sie liefen an ihrem leeren Haus vorbei, in dem bis vor wenigen Stunden ihre Söhne auf sie gewartet hätten.

Die Hütte lag am Ende des Dorfes, gleich dahinter begannen die Felder. Sie war seit Jahren unbewohnt. Der alte Aung war darin gestorben, einsam und allein. Seine Frau und die drei Kinder waren nicht alt geworden, und sein Geist kehrte aus Kummer an jedem Neumond zurück, um zu klagen. Aber heute war Vollmond. Und eine Alternative hatte sie nicht.

Sie stiegen die paar Stufen zur Veranda hinauf, die Tür war angelehnt, wie sie es erwartet hatte. Durch ein Loch im Dach fiel das kalte Licht des Mondes. In der Mitte des Raumes lag ein Haufen Stroh.

Sie waren nicht die Ersten. Sie würden nicht die Letzten sein.

Nu Nu stellte den Krug auf den Boden. Sie sah die Lust in seinem Gesicht. Die Geilheit in seinen Augen. Daran würde es nicht scheitern.

Er legte die Waffe ab, zog seine Uniform aus und stellte die schwarzen, blank polierten Stiefel neben das Bett aus Stroh. Sie betrachtete seinen kräftigen Körper aus den Augenwinkeln. Die Armee ernährte ihre Soldaten gut. Zumindest ihre Kommandanten.

Sie löste den Knoten ihres Longy und ließ ihn zu Boden gleiten. Mit einer flinken Bewegung streifte sie die Bluse über den Kopf.

Er wollte sich nicht gedulden. Sie bemühte sich, es hinauszuzögern. Je stärker seine Lust, desto größer ihre Chancen, dachte sie.

Das Schlimmste waren die Bilder in ihrem Kopf, während er in sie eindrang. Sie sah ihren verstorbenen Mann vor sich. Sie sah ihre Söhne. Sie sah ihre Eltern. Um den Bildern zu entkommen, fixierte sie seine neben ihr stehenden Stiefel. In der Welt, die sie im blank geputzten schwarzen Leder sah, gab es keine Vergebung und keine Liebe. In ihr existierten nur Angst und Hass.

Es gibt Anblicke, die ertragen wir nicht. Sie machen uns zu anderen Menschen.

Sie wollte nicht hinschauen, aber es war zu spät.

Trotzdem wollte Nu Nu noch einmal mit ihm schlafen. Sie hätte mit jedem seiner Vorgesetzten geschlafen und mit jedem seiner Untergebenen. Mit jedem Soldaten seiner Kompanie.

Nur um ihre Söhne zu retten.

Sie waren alles, was ihr geblieben war im Leben.

»Was willst du von mir?« Eine Frage. Die Frage, auf die sich alles an diesem Abend und in dieser Nacht zubewegt hatte. Der erste, kurze Blick. Die verschämten, die ihm folgten. Und die aufreizenden, die sich denen anschlossen.

Ohne Worte. Nur Gesten, an deren Eindeutigkeit nicht zu zweifeln war. Jede Bewegung, jede Berührung, jeder Kuss, jeder Stoß, den sie erduldete, führte zu dieser einen, einfachen, lebensentscheidenden Frage.

»Was willst du von mir?« Ausgestoßen, hingerotzt, nicht gestellt. Als wollte er eine lästige Fliege von seiner Oberlippe vertreiben.

Sie strich ihm über das schwarze Haar. Betrachtete die Narben auf seiner Brust.

Sie könnte ihn ein zweites Mal verführen. Vielleicht würde es ihn gnädiger stimmen. Sie küsste eine Brustwarze, ließ ihre Zunge spielen.

»Was willst du?«

Er war nicht in der Stimmung. Und nur davon hing alles ab. Ko Gyi und Thar Thar. Ihr Lachen. Ihr Weinen. Ihr Leben. Ihr Sterben. Von seiner Stimmung.

»Meine Söhne«, flüsterte sie. »Sonst nichts. Nur meine Söhne.«

Mein Leben.

»Ausgeschlossen.«

Er verschränkte die Arme unter dem Kopf und blickte an die Decke. Er war kurz davor, mit seinen Gedanken weiterzureisen. Zum nächsten Dorf. Zur nächsten Schlacht. Oder zur Chance auf eine Versetzung aus dem verdammten Rebellengebiet an die Küste. Oder in die Hauptstadt. Er war auf dem Weg, sie war dabei, ihn wieder zu verlieren. Sie spürte es.

»Ich brauche sie.«

»Wir auch.«

»Ohne ihre Hilfe kann ich mein Feld nicht bestellen. Das Gemüse nicht zum Markt bringen.« Bloß nicht von ihrer Liebe reden. Nicht von dem, was eine Mutter empfindet, wenn sie ihre Kinder in den Tod gehen sieht. Nichts interessierte ihn weniger. Den Nutzwert ihrer Söhne betonen, diese Sprache verstand er.

Nur die.

»Egal.«

»Mein Mann ist tot. Ich habe sonst niemanden.« Schnell fügte sie hinzu: »Der mir helfen kann.« Erklären. Nicht bitten. Keinesfalls flehen. Das konnte sie sich für später aufheben.

Sie ließ ihre Hand langsam die Brust und den Bauch hinuntergleiten, tiefer und tiefer. Dort und nur dort entschied sich das Leben ihrer Söhne.

Sein ruhiger Atem wurde schneller.

Anschwellende Glieder lügen nicht.

Vielleicht hatte sie noch eine Chance.

Er war ihr erster Mann seit dem Tod von Maung Sein.

Sie bemühte sich. Ihre Hände arbeiteten und ihr Mund. Ihre Zunge arbeitete und die Spitzen ihrer Finger.

Seine Haut war rau, seine Stöße hart und ohne Rhythmus, auch beim zweiten Mal.

Ihr schmächtiger Körper zitterte. Nicht vor Erregung.

Er lag auf ihr, die Arme durchgedrückt. Speichel rann aus seinem

Mund, rot gefärbt vom Saft der Betelnüsse. Tropfen für Tropfen tauchte er ihr Gesicht in die Farben des Todes. Und des Lebens.

Als er von ihr abließ, war er befriedigt. Sie hörte es an seinem ruhigen Atem. Sie fühlte es an der Art, wie sich sein Körper entspannte.

»Bitte.« Manchmal genügte nur ein Wort. Fünf Buchstaben reichten, um eine Welt zu beschreiben.

Er zündete sich eine Zigarette an. Ihre Glut leuchtete bei jedem Zug.

Bitte.

Bitte.

Bitte.

»Wie viele Söhne hast du?«

»Zwei.«

»Gesund?«

»Ja.«

»Wie alt?«

»Sechzehn und fünfzehn.«

Er überlegte. Sekunden, die über Leben und Tod entschieden.

»Einen kannst du behalten. Den anderen nehmen wir.«

»Welchen?«, entfuhr es ihr.

»Mir egal. Das entscheidest du.«

So riss er sie entzwei.

In dieser klaren, monderleuchteten Nacht. Eine kleine Bauersfrau. Ein großes Herz, in dem nicht viel Platz war. Aber ein anderes hatte sie nicht.

Einen kannst du behalten.

Den anderen nehmen wir.

Ko Gyi und Thar Thar. Dem Tod geweiht. Oder dem Leben.

Sie hatte es ihnen gegeben – sie würde es wieder nehmen müssen.

Einem von ihnen.

19

Khin Khin hatte schon vor einer Weile aufgehört zu reden. Nun verstummte auch U Ba. Leise hatte er gesprochen, immer leiser war er geworden, bis er die letzten Sätze nur noch flüsterte und seine Stimme ganz versiegte.

Ich betrachtete Khin Khin aus den Augenwinkeln. Ihre Falten auf Wangen und Stirn waren noch tiefer geworden, ihre dunklen Augen zu zwei kleinen Knöpfen geschrumpft. An ihrem Hals bemerkte ich jetzt eine ungewöhnlich dicke Ader, in der das Blut heftig pulsierte.

Mein Bruder hockte neben mir, zusammengesunken, den Kopf gesenkt. Er warf mir einen kurzen Blick zu, in seinen Augen standen Tränen. Ich hatte das Gefühl, jeden Moment zu platzen. In den vergangenen Stunden hatte sich in mir ein Druck angestaut, den ich kaum noch ertrug. Wie lange mochten wir zugehört haben? Drei Stunden? Vier? Draußen war es noch hell. Im Nachbarhof gackerten ein paar Hühner, irgendwo bellte ein Hund.

Es roch nach erloschenem Feuer. Khin Khin schenkte kalten Tee nach, stand auf, holte einen Teller mit gerösteten Melonenkernen, Reiskuchen und eine Packung Kekse. Sie öffnete die Plastikfolie und reichte sie mir. Dabei blickte sie mich aus so verzweifelten Augen an, dass ich nicht einmal ein »Nein danke« herausbrachte.

Was war mit Nu Nu geschehen? Hatte sie einen Weg gefunden, beide Söhne zu retten? Sie konnte doch unmöglich ...? Wie hatte sie diesen Albtraum überlebt? Obwohl mich nichts mehr interessierte, als Antworten auf diese Fragen zu bekommen, wagte ich nicht, etwas zu fragen. Wir saßen schweigend beieinander. Ich wartete, dass U Ba oder Khin Khin etwas sagten. Minuten verstrichen.

Ich musste hinaus. Die Enge der Hütte wurde mir unerträglich. Das Leid und die Trauer, die darin wohnten. Die Abgründe, die hier zu Hause waren.

Ich sah Nu Nu vor mir. Zum ersten Mal hatte ich ein Bild von ihr vor Augen. Ihr schmächtiger, zitternder Körper unter dem des

Leutnants. Der rote Saft der Betelnüsse in ihrem Gesicht. Die Angst um das Leben ihrer Söhne.

Einen kannst du behalten.

Den anderen nehmen wir.

Mir wurde übel. Ich atmete tief ein und aus, um mich nicht zu übergeben. Ich hatte das Gefühl, keine Luft zu bekommen, und spürte stechende Schmerzen in der Brust.

Langsam versuchte ich mich zu erheben und wäre fast auf meinen Bruder gefallen. Meine Beine waren eingeschlafen und trugen mich nicht.

»Ich muss raus auf den Hof«, flüsterte ich.

Er hustete und nickte nur kurz. »Warte dort auf mich.«

Ich kroch auf allen vieren auf die Veranda, streckte mich, blieb einige Minuten sitzen, bis das Kribbeln in meinen Beinen verschwand, stieg die Treppen hinab und hockte mich im Schatten der Hütte auf die Erde. Was hatten sie Nu Nu angetan? Wie hatte sie sich entschieden? Ich spürte Tränen meine Wangen hinunterrinnen.

Über mir hörte ich U Ba und Khin Khin flüstern. Hin und wieder unterbrach sein beißender Husten ihre Erzählung. Am Ton ihrer Stimmen erkannte ich, dass das Leid noch lange kein Ende gefunden hatte.

Irgendwann kam auch mein Bruder die Treppe herunter. Er hielt sich am Geländer fest, ich hatte den Eindruck, dass er am ganzen Körper zitterte. Mit einem Nicken gab er mir zu verstehen, ihm zu folgen.

Wir liefen schweigend den Pfad hinunter, der so schmal war, dass wir hintereinander gehen mussten. In der Ferne sah ich Rauchsäulen in den Himmel steigen. Es war später Nachmittag, auf dem Weg von ihren Feldern kamen uns mehrere Bauern entgegen und grüßten freundlich.

Hinter ihnen ritt ein Junge auf einem Wasserbüffel und lachte mich an, mit weißen Zähnen. Ich nickte ihm zu.

Auf der Straße bogen wir am Banyanbaum rechts ab, kurz darauf überholte uns ein Militärjeep, hielt mit quietschenden Bremsen, setzte zurück und kam neben uns zum Stehen.

Meine Knie wurden weich. Was wollten sie von meinem Bruder und mir? Waren sie uns gefolgt, ohne dass wir es bemerkt hatten? Hatten wir uns in Gefahr begeben? Sollte die Stimme am Ende recht behalten?

Sie werden dich holen kommen. Vor ihnen kann dich niemand schützen.

Im Jeep saßen vier Soldaten. Neugierige Blicke. Rote Zähne. Grüne Uniformen, schwarze, blank polierte Stiefel.

Sie hatte mich gewarnt. *Wenn sie kommen, schau ihnen nicht ins Gesicht. Schau ihnen nicht auf die Stiefel. Sie besitzen magische Kräfte. In ihnen spiegelt sich alles Grauen, alles Böse, zu dem wir fähig sind.*

Blutroter Speichel, der auf ein Gesicht tropft.

Die Soldaten fragten meinen Bruder etwas und deuteten auf mich. Er lachte gezwungen. Sie lachten zurück. Ich ertrug ihren Anblick nicht und wandte mich ab.

Das Gespräch war kurz, unterbrochen von Gelächter und erstaunten Blicken, dann fuhren sie weiter.

»Was wollten sie?«, fragte ich atemlos, als der Jeep außer Sichtweite war.

»Wissen, wer du bist und wohin wir gehen«, antwortete er mit angestrengter Stimme.

»Warum?«

»Nur so.« U Ba zögerte kurz. »Viele westliche Besucher, die mit einem Einheimischen spazieren gehen, gibt es bei uns nicht. Sie waren neugierig.«

»Was hast du ihnen gesagt?«

»Die Wahrheit. Dass du meine Schwester bist und wir auf dem Weg nach Hause sind. Sie boten an, uns mitzunehmen. Sie meinten, du wärest das Wandern in einer hügeligen Landschaft bestimmt nicht gewöhnt. Ich habe dankend abgelehnt.«

»Das war alles?«, wunderte ich mich.

»Ja«, erklärte er eine Spur zu schnell. Zu laut. Das war nicht seine Art.

Wieder war ich mir nicht sicher, ob er mir die Wahrheit sagte.

Als wir zum Teehaus kamen, blieb mein Bruder abrupt stehen und hustete so heftig, dass er kaum Luft bekam.

»Wir müssen zum Arzt«, sagte ich erschrocken.

Er hob beide Hände und winkte ab, ohne einen Ton herauszubekommen.

»U Ba! Es wird hier doch einen Arzt geben, der dich untersuchen kann. Deine Lunge muss geröntgt werden.«

»Den gibt es nicht. Außerdem ist es nicht so schlimm und geht bald wieder vorbei, glaub mir. Oder willst du mit mir ins Militärkrankenhaus?«

Ich schwieg.

»Hast du Hunger?«, fragte er.

Ich schüttelte den Kopf. »Nicht wirklich.«

»Würde es dir etwas ausmachen, wenn ich hier schnell eine Nudelsuppe esse?«

»Natürlich nicht.«

Im Teehaus saßen nur noch wenige Gäste, wir hockten uns an einen Tisch, der etwas abseits stand.

Die Kellnerin schlurfte auf uns zu, U Ba bestellte zwei Gläser burmesischen Tee und eine Suppe.

Ich wartete darauf, dass er mir berichten würde, was Khin Khin ihm noch erzählt hatte, aber mein Bruder sagte nichts, und ich wagte nicht zu fragen.

Die Kellnerin brachte den Tee und die Suppe, er beugte sich tief über den Teller und begann, schweigend zu essen.

Ich rührte in meinem Tee.

»U Ba?«

Er schaute mich an.

»Was hat Nu Nu gemacht?«

Er löffelte weiter die Suppe.

»Nachdem der Leutnant zurück zu seinen Soldaten gegangen ist?«

Ich nickte.

»Sie wollte sich umbringen. Aber dann hätte das Militär beide Söhne mitgenommen. Sie hatte die Möglichkeit, einem das Leben zu retten. Durfte sie die ungenutzt lassen, weil ihr die Kraft oder der Mut für eine Entscheidung fehlte?«

Er schaute mich fragend an, machte eine kurze Pause, ohne eine Antwort zu erwarten, und fuhr fort: »Nein. Sie ist noch in derselben Nacht zum Lager der Gefangenen gegangen und hat einen der beiden herausgeholt.«

»Wen?«

»Ko Gyi.«

Ich schloss die Augen, mir wurde schwindelig. Ich hielt mich mit beiden Händen am Tisch fest.

»Sie sagte sich, dass er zwar der Ältere, aber der Kleinere und Schwächere war. Er hätte bei den Soldaten keine Chance gehabt. Sie hätten ihn zu kaum etwas gebrauchen können und schnell in den Tod geschickt. Thar Thar war größer und stärker. Wenn einer überleben würde, dann er. Sie hatte *keine* Wahl. Sie *musste* Ko Gyi behalten. So hat sie es ihrer Schwester erzählt. Manchmal dreimal am Tag. Bis zum Morgen vor ihrem Tod. ›Ich hatte *keine* Wahl. Ich *musste* Ko Gyi behalten.‹«

»Und Thar Thar?«, fragte ich flüsternd.

»Ihn haben die Soldaten am nächsten Morgen mitgenommen.«

Ich suchte nach Worten, aber es gab keine Sätze, die beschrieben hätten, was ich empfand.

Ich nippte an meinem Teeglas. U Ba leerte seins mit einem kräftigen Zug. Seine Hand zitterte.

»Das … das überlebt eine Mutter nicht«, sagte ich schließlich.

»Nein«, wiederholte er leise, »das überlebt eine Mutter nicht.«

»Warum hat sie …? Ich meine, hätte sie vielleicht …?« Ich beendete die Sätze nicht. Was wusste ich, was sie hätte tun können? Ich versuchte mir vorzustellen, was in dieser Nacht geschehen war. Wie die beiden Brüder sich trennten. Wie Ko Gyi seinen Beutel nahm und Thar Thar zurückließ. Was mochte der gedacht und gefühlt haben? Ein Kind, mit einem Stück Borke um den Hals. Was war aus ihm geworden?

»Glaubst du, er hat überlebt?«

»Seine Mutter ist in den Jahren danach zu allen möglichen Astrologen und Wahrsagern gegangen. Einer behauptete, Thar Thar wäre zu den Rebellen übergelaufen. Ein anderer sagte, er habe überlebt und würde nun als Wandermönch durch das Land ziehen. Ein dritter erklärte, die Sterne hätten ihm eindeutig gezeigt, dass er nach Thailand geflohen sei und dort eine reiche Frau geheiratet hätte. Einig waren sich alle, dass er sich bald bei seiner Mutter melden würde. Irgendwann gab Nu Nu die Hoffnung auf.«

»Vielleicht ist er Soldat geworden und lebt noch?«

»Dann hätte er sich mit Sicherheit irgendwann bei seiner Mutter und seinem Bruder gemeldet, oder? Seine Verschleppung ist jetzt bald zwanzig Jahre her, und sie hat nie wieder etwas von ihm gehört. Außerdem hat die Armee genug Soldaten. Sie benutzt diese jungen Männer lieber als Minensucher.«

»Minensucher?« Ich verstand nicht, was er meinte, und schaute meinen Bruder fragend an.

»Ja. Bei uns herrscht seit Jahrzehnten Bürgerkrieg. Nicht überall, wie du siehst, aber in mehreren Provinzen. Ethnische Minderheiten kämpfen im Dschungel um ihre Unabhängigkeit. In den meisten Gebieten ist es bergig, es gibt keine Straßen, nicht einmal Wege, auf denen die Armee mit ihren Lastwagen und Jeeps fahren könnte. Deshalb brauchen sie Männer, die Proviant, Munition und Waffen schleppen. Khin Khin hat es angedeutet, aber nicht die ganze Wahrheit gesagt. Oft verminen die Rebellen das Gelände. Die Soldaten schicken dann die Träger voran und folgen ihnen mit einigem Abstand.«

»Warum bedienen sie die Minensuchgeräte nicht selber?«

U Ba schüttelte den Kopf und sagte so leise, dass ich ihn kaum verstand: »Sie haben keine Minensuchgeräte.«

»Wie sollen die Träger dann die Minen finden?«

Er beugte sich weit zu mir über den Tisch: »Indem sie darauf treten.«

Es dauerte einige Sekunden, bis ich verstand, was er gesagt hatte.

»Du meinst, die Armee benutzt sie als ...« Ich beendete den Satz nicht. »Woher ... woher weißt du das?«

»Hin und wieder kommt einer lebend zurück.«

Ich lehnte mich zurück, mein Blick schweifte durch das Teehaus, als könnte ich hier eine Bestätigung finden für die Ungeheuerlichkeiten, die ich gerade erfuhr. Am anderen Ende hockten drei Männer und unterhielten sich lebhaft. Ab und zu spuckte einer von ihnen roten Betelnusssaft ins Gras. Ich zuckte jedes Mal zusammen. Daneben saß ein junges Paar, flüsternd, schüchtern verliebt. Die Kellnerin fegte in Gedanken versunken den Boden zwischen den leeren Tischen. Unter dem Altar mit der goldglänzenden Buddhafigur und den Blumen hatte die Köchin ihren Kopf auf den Tisch gelegt und schlief. Wussten sie, was ich wusste? Vermutlich.

Vielleicht hatten sie sogar einen Bruder, Schwager, Neffen, Onkel, der im Dschungel nach Minen suchen musste. Eine gefunden hatte.

Oder trug einer ihrer Brüder, Schwäger, Neffen oder Onkel schwarze, blank polierte Stiefel?

Ich verstand plötzlich, wie wenig ich wusste vom Heimatland meines Vaters. Wie fremd es mir war. Wie wenig ich in den lachenden Gesichtern der Menschen lesen konnte.

»Was denkst du?«, wollte U Ba wissen.

»Wie wenig ich weiß von diesem Land.«

»Du irrst«, widersprach er. »Du weißt alles, was man wissen muss.«

»Wie meinst du das?«, erwiderte ich überrascht.

»Später.«

Er machte ein eigenwilliges Geräusch mit den Lippen, eine Art lang gezogenen Luftkuss, die Kellnerin blickte sofort in unsere Richtung. Mein Bruder schob einen abgegriffenen Tausend-Kyat-Schein unter eines der Teegläser und stand auf.

Es war dunkel geworden. Wir liefen schweigend die Straße hinunter. Vor einem Teehaus stand ein großer Fernseher, es wurde ein Fußballspiel übertragen, davor saßen zwei Dutzend junge Männer und fieberten mit. Ich musste an Nu Nu und ihre Söhne denken.

»U Ba?« Ich hoffte, an seiner Stimme zu erkennen, ob er bereit war, mir weiter zu erzählen.

»Was möchtest du wissen?«

»Was haben Nu Nu und Ko Gyi ohne Thar Thar gemacht?«

»Sie haben versucht, zusammen zu überleben. Es ist ihnen nicht gelungen.«

»Ist Ko Gyi auch tot?«

»Nein, aber die beiden, die fünfzehn Jahre unzertrennlich waren, fingen plötzlich an zu streiten. Seltsam, oder? Der brave Ko Gyi vernachlässigte seine Pflichten. Er weigerte sich, mit seiner Mutter aufs Feld zu gehen, stattdessen fuhr er lieber auf Pagodenfeste in andere Dörfer und kehrte stets betrunken zurück.

Khin Khin glaubt, dass er nie den Schock überwunden hat, zu erleben, wozu seine Mutter fähig war. Sie wurde ihm fremd und unheimlich. In seiner Trunkenheit sagte er oft, Thar Thar würde ihn verfolgen. Er säße mit am Feuer. Er sei dabei, wenn sie auf den Markt gingen, wenn sie kochten und aßen. Er wurde immer schweigsamer, und am Ende wünschte er sich, sie hätte seinen Bruder behalten und nicht ihn. Nach drei Jahren war ein Großteil des Feldes wieder überwuchert, die Hütte verfiel, und Ko Gyi beschloss, in die nächste Stadt zu gehen, um nach Arbeit zu suchen.«

Wir hatten U Bas Haus erreicht. Er holte noch Wasser aus dem Hof, zündete Kerzen an und fragte, ob ich noch einen Tee wollte.

Ich lehnte dankend ab und ließ mich auf das Sofa unter dem Ölschinken vom Tower in London fallen. Er sank in den Sessel und erzählte weiter:

»Ko Gyi wanderte bald weiter in die Hauptstadt und fand eine Anstellung als Matrose auf einem Frachter. Dort verdiente er gut und ließ seiner Mutter in unregelmäßigen Abständen Geld zukommen.

Nicht viel, aber genug, um zu überleben. Nu Nu zog irgendwann zu ihrer jüngeren Schwester, die keine Kinder hatte und deren Mann früh gestorben war. Zusammen kamen sie vor einigen Jahren nach Kalaw, weil sie hier niemanden kannten und keine Erinnerungen mit dem Ort verbanden. Sie war eine gebrochene Frau.

An dem Tag, an dem ihre Schwester starb, waren Khin Khin und sie auf dem Weg zum Markt. Nu Nu glaubte, in einem jungen Mann, dem sie begegneten, Thar Thar zu erkennen. Das hat sie so aufgeregt, dass ihr Herz aufhörte zu schlagen. Habe ich dir davon nicht in meinem Brief berichtet?«

Ich nickte.

»Khin Khin erzählte, dass Nu Nu seit Jahren bei sehr schlechter Gesundheit gewesen war. Sie hatte zu fantasieren begonnen, ihr Gedächtnis ließ sie im Stich, häufig ging sie spazieren, ohne den Weg zurück zur Hütte zu finden. Sobald sie Soldaten oder auch nur einen Militärjeep sah, erstarrte sie vor Angst. Den Anblick schwarzer Stiefel ertrug sie nicht. Nachts wachte sie oft auf, schrie laut und ließ sich von ihrer Schwester kaum beruhigen. Ihr Körper war über und über mit roten Pusteln bedeckt. Sie aß so wenig, als wollte sie sich zu Tode hungern. Ihr Herz war schwach. Ein gequälter Geist. Ihr Tod kam nicht überraschend. Nur die Umstände waren ungewöhnlich.«

»Und Ko Gyi? Warum ist er nicht zurückgekommen und hat sich gekümmert?«

»Das letzte Mal hat er sich aus Australien gemeldet und Geld geschickt. Angeblich hat er sich dort niedergelassen. Das war vor fünf Jahren. Seitdem schweigt er. Aber vielleicht sind seine Briefe auch einfach verloren gegangen oder geöffnet worden.«

Meinem Bruder fielen die Augen zu, und auch ich spürte eine schwere Müdigkeit in mir.

»Möchtest du noch etwas Musik hören vor dem Einschlafen?«

»Nein, lieber nicht.«

Wir schwiegen eine Weile. Zum ersten Mal fand ich die Stille zwischen uns wohltuend.

»Glaubst du, dass die Stimme in mir verstummt ist?«
»Das weiß ich nicht.«
»Natürlich nicht. Aber was meinst du?«
»Wir werden sehen«, antwortete er ausweichend. »Hat sie während Khin Khins Erzählungen etwas gesagt?«
»Nein.«
»Das ist ein gutes Zeichen, oder nicht?«
Ich zuckte ratlos mit den Schultern. »Wahrscheinlich.«
Er unterdrückte mit Mühe ein Gähnen. »Ich bin furchtbar müde, verzeih mir. Aber der Tag hat mich sehr angestrengt.«
»Mich auch.«
»Brauchst du noch etwas für die Nacht?«
»Nein.«
Er stand auf, kam zu mir, nahm zärtlich meinen Kopf in seine Hände und küsste mich auf die Stirn. »Schlaf gut.«
»Du auch.«
»Weck mich, wenn du etwas Schlechtes träumst.«

20

Ich erwachte in der Nacht von einem lauten Wimmern. Weinte mein Bruder? Ich stand auf, ertastete die Taschenlampe neben dem Sofa, schlich in ihrem matten Licht zu seinem Zimmer und hörte hinter dem Vorhang den ruhigen, gleichmäßigen Atem seines Schlafs. Hatte ich mich getäuscht? Oder war die Stimme zurückgekehrt? Hatte sie mich geweckt? Ich lauschte. Ein paar Insekten. In der Ferne bellte ein Hund. Ein anderer antwortete ihm. Stille.
Ich legte mich zurück aufs Sofa, horchte noch einen Moment und schlief wieder ein.
Als ich zum zweiten Mal in dieser Nacht erwachte, hatte mich die Stimme geweckt.
Wo ist Thar Thar?

Ich richtete mich auf und starrte in die Finsternis. Es klang, als spräche jemand aus der Dunkelheit zu mir.

Was ist mit meinem Sohn geschehen? Was haben sie mit ihm gemacht?

Mir wurde unheimlich, ich tastete nach der Taschenlampe, konnte sie aber nicht finden.

Warum hast du nicht auf mich gehört? Warum bist du nicht nach New York zurückgekehrt? Es wird kein gutes Ende nehmen.

Plötzlich ging das Licht an, und U Ba stand vor mir.

»Was ist passiert?«, fragte er besorgt.

Ich war zu überrascht, um zu antworten.

»Du hast laut im Schlaf geschrien.«

»Die Stimme.« Ich schaute mich suchend im Zimmer um. »Ich habe die Stimme wieder gehört.«

Er setzte sich zu mir. »Bist du sicher?«

»Ja. Nein. Ich weiß nicht. Es klang nach ihr.«

»Was hat sie gesagt?«

Ich war zu aufgeregt, um mich zu konzentrieren.

»Wollte sie wissen, wo Thar Thar ist?«, fragte mein Bruder.

»Ja.«

»Was noch?«

»Sie hat mich gewarnt. Ich soll nach New York zurück. Unsere Suche wird kein gutes Ende nehmen.«

U Ba nickte. »Wie hat sie geklungen?«

Ich versuchte mich an ihren Ton zu erinnern und wurde unsicher.

»Ich weiß es nicht mehr. Vielleicht«, ich zögerte einen Moment, »vielleicht habe ich es auch nur geträumt.«

»Das glaube ich nicht.«

Es war kalt, ich zog die Decken bis ans Kinn, rutschte tiefer und tiefer in die Kissen, ließ mich langsam zur Seite gleiten, bis ich mit meinem Kopf auf seinen Knien lag. Ich war hellwach und furchtbar erschöpft zur selben Zeit. War alles umsonst gewesen? Hatte sich der Mönch geirrt, oder hatte ich seinen Worten zu viel Glauben geschenkt (»Zwei Seelen in einer Brust«) und war einem albernen Aberglauben gefolgt?

»Der Mönch hat gesagt, dass sie verstummen wird, wenn ich herausfinde, zu wem die Stimme gehörte und warum die Frau gestorben ist«, sagte ich. »Das haben wir. Meinst du, er hat sich getäuscht, oder es war die falsche?«

»Weder noch.« Mein Bruder schwieg lange, bis er fortfuhr: »Aber ich glaube, sie wird erst verschwinden, wenn wir die ganze Wahrheit wissen. Wie soll diese rastlose Seele sonst zur Ruhe kommen?«

»Die ganze Wahrheit? Hat Khin Khin gelogen?«

»Nein. Aber wir müssen herausfinden, was mit Thar Thar passiert ist. Eine Mutter will wissen, wie ihr Kind gestorben ist. Sie will wissen, wo es begraben liegt. Vorher gibt sie keine Ruhe.«

»Wie sollen wir das machen?«

U Ba strich mir die Haare aus dem Gesicht, schaute mich nachdenklich an.

»Gibt es eine Spur, von der du mir noch nichts erzählt hast?«, fragte ich vorsichtig.

»Keine Spur, mehr ein Gerücht. Khin Khin deutete etwas an, doch ich habe dem gestern keine große Beachtung geschenkt.«

»Was denn?«

»Einem der Jungen soll später die Flucht gelungen sein. So etwas glückt äußerst selten. Niemand im Dorf, sagt sie, hat je über Einzelheiten gesprochen, niemand etwas wissen wollen. Allen Deserteuren, ihren Helfern und ihren Familien droht der Tod. Aber das Gerücht wollte nicht verstummen.«

Mein Bruder wurde plötzlich unruhig. Er strich mir noch einige Male über den Kopf, doch mit seinen Gedanken war er woanders. Ich hörte, wie sein Atem schneller ging. Wie es in seinem Magen rumorte. Er stand unvermittelt auf, verschwand wortlos in seinem Schlafzimmer und kehrte kurz darauf umgezogen zurück.

»Die Sonne geht gleich auf. Ich muss noch einmal mit Khin Khin reden. Ich habe gestern nicht nachgefragt, vielleicht weiß sie noch etwas über das Schicksal dieses Jungen.«

Ich wollte nicht allein sein. »Kann ich mitkommen?«

U Ba schüttelte den Kopf. »Ich glaube, in diesem Fall ist es besser, wenn ich alleine gehe. Es wird nicht lange dauern. Warte hier auf mich. Wenn jemand kommt und nach mir fragt, sagst du, egal wer es ist, du weißt nicht, wo ich bin und wann ich wiederkomme.«

Ich nickte verunsichert.

Er eilte die Treppen hinunter und über den Hof.

Durch die offenen Fenster fiel das erste Licht des Tages ins Haus, Hähne krähten, das Schwein unter dem Haus war aufgewacht. Eigentlich wollte ich aufstehen, Feuer machen, Wasser kochen, ein kleines Frühstück vorbereiten, doch ich fühlte mich zu erschöpft. Stattdessen kroch ich tiefer unter die Decken. Mir ging Thar Thar nicht aus dem Kopf. Er musste ein ganz außergewöhnlicher Mensch gewesen sein. Ungefähr in meinem Alter. Ich hätte ihn gern kennengelernt.

Ich dachte plötzlich an meinen Bruder und meine Mutter. Auch wir hatten sehr viel Zeit zu dritt verbracht, weil mein Vater häufig auf Reisen war oder lange im Büro arbeitete. Mir fiel wieder die Geschichte eines Sommertages ein. Meine Mutter, mein Bruder und ich waren auf Long Island am Strand, ich muss sechs oder sieben Jahre alt gewesen sein. Ich sah sie vor mir, wie sie auf den Badetüchern saßen und sich gegenseitig eincremten. Den Rücken. Die Arme. Die Beine. Ihre Gesichter. Dann standen sie auf und liefen zum Wasser. Mich vergaßen sie. Ich lief ihnen hinterher, planschte in den Wellen, und während sie weiter draußen schwammen, buddelte ich Löcher in den Sand. Am Abend waren meine Schenkel, Arme und Nase so heftig gerötet, dass mein Vater mit mir zum Arzt ging.

Verbrennungen ersten und zweiten Grades.

Nicht nur auf der Haut.

Wir waren uns nicht nah. Waren es nie gewesen. Mein Bruder und ich sowieso nicht. Aber meine Mutter und ich auch nicht. Warum, wusste ich nicht. Vermutlich wusste sie es genauso wenig. Vielleicht hatte auch ich, wie Thar Thar, eine Zweisamkeit gestört? Ich überlegte, ob ich ein Wunschkind war oder ein »Unfall«. Ich wusste es nicht, wir haben in der Familie nie darüber gesprochen.

Eine groß gewachsene New Yorkerin? Ein kleines Herz? In dem nicht viel Platz war? Aber ein anderes hatte sie nicht.

Ich lag noch immer eingehüllt auf dem Sofa, als ich U Ba zurückkommen hörte. Er war außer Atem und so aufgeregt, wie ich ihn noch nie erlebt hatte. Ich bemerkte einen Schatten der Enttäuschung in seinen Augen, als er sah, dass ich noch nicht aufgestanden war.

»Sie glaubt, das Gerücht stimmt.« Er holte tief Atem.

»Einem Jungen ist die Flucht geglückt?«

»Ja.«

Sein Blick fiel auf meinen großen Rucksack.

»Kannst du ein paar Sachen, die du für eine kurze Reise brauchst, in deine kleine Tasche packen?«

»Natürlich, warum?«

»Wir müssen verreisen.«

»Verreisen? Wann?«

»Jetzt. Sofort.«

»Für wie lange?«

»Ein paar Tage.«

»Wohin?«

Er überlegte kurz. »Auf die Insel.«

»Welche Insel?«

»*Thay hsone thu mya, a hti kyan thu mya a thet shin nay thu mya san sar yar kywn go thwa mai*«, sagte er auf Burmesisch.

»Ich verstehe kein Wort.«

21

Es war nicht viel, was wir wussten. Der Mann, den wir suchten, lebte wohl seit vielen Jahren in Thazi, einer Stadt an der Bahnstrecke zwischen Rangoon und Mandalay, fünf Stunden mit dem Bus von Kalaw entfernt. Er war verheiratet, hatte zwei oder drei Kinder, sein Schwiegervater besaß an der Hauptstraße eine Autowerkstatt, wo er angeblich als Mechaniker arbeitete. Er gehörte zu den Jugendlichen, die das Militär an jenem Morgen aus dem Dorf verschleppt hatte, und ihm war nach einigen Jahren die Flucht gelungen. Würde er uns etwas über Thar Thar sagen können?

Wir nahmen den nächsten Pick-up nach Thazi. U Ba kletterte aufs Dach, auf dem ein halbes Dutzend junge Männer zwischen Einkaufstüten und Säcken kauerten. Mich zog jemand auf die Ladefläche, wo auf den ersten Blick gar kein Platz war. Die anderen Passagiere rückten noch dichter zusammen, ein Kind hockte sich auf den Schoß seiner Mutter, ich quetschte mich zwischen den beiden und einer alten Frau auf eine Holzpritsche. Es war so eng, dass ich sofort zu schwitzen begann und kaum Luft bekam. Der Mann gegenüber lächelte mir freundlich zu, den Anblick seiner rot gefärbten Zähne fand ich kaum zu ertragen.

Die Straße führte in engen Serpentinen steil ins Tal hinunter. Mit jeder Kurve nahmen meine Beklemmungen zu, mir wurde übel, ich war kurz davor, mich zu übergeben. Raus. Ich musste raus. Bei der ersten Haltestelle zwängte ich mich ins Freie und stieg zu meinem Bruder aufs Dach. Wir saßen ganz vorn über dem Fahrer und klammerten uns an das Gitter, auf dem wir hockten. Das Auto war hoffnungslos überladen, es schwankte in jeder Kurve bedrohlich.

Die Straße war voller Schlaglöcher, ausgewaschen von der Regenzeit, an den Rändern ging es steil bergab, es gab keine Leitplanken oder anderen Befestigungen. Im Gestrüpp unter uns war immer wieder mal ein Autowrack zu entdecken. In mir stieg eine Panik auf, die mich jeden Moment zu überwältigen drohte. Mein Bruder spürte meine Angst.

»Schau in den Himmel, atme ganz tief ein und aus und denke an etwas anderes«, sagte er.

Ich versuchte es. Blickte hoch, konzentrierte mich auf meinen Atem und dachte an New York, an Amy, meine Wohnung. Ruhiger machte mich das nicht. Ich dachte ans Meer. An einen langen Strand, das monotone Rauschen einer schwachen Brandung, an U Bas Stimme, die in einem langen Redefluss zu mir sprach. Ich hörte das Singen der Novizen am frühen Morgen im Kloster und beruhigte mich allmählich.

Das Erste, was wir von Maung Tun sahen, waren seine langen, dünnen Beine. Er lag unter einem Kleinbus und hämmerte auf etwas herum. Die anderen Mechaniker in ihren hochgeknoteten Longys und verschwitzten T-Shirts musterten uns neugierig.

»Hey, Maung Tun«, rief einer schließlich.

Das Hämmern hörte auf. Unter dem Auto kroch ein ölverschmierter Mann hervor.

Er war so groß wie ich und starrte uns überrascht an. Ein hagerer Mann mit eng beieinanderliegenden Augen, buschigen Brauen, einem schmalen Gesicht, kräftigen Wangenknochen und einer tiefen Narbe auf der Stirn. Lippen und Zähne waren vom Saft der Betelnüsse rot gefärbt. An seiner linken Hand fehlten zwei Finger.

Maung Tuns Blick flog zwischen meinem Bruder und mir hin und her. U Ba fragte ihn etwas, er nickte irritiert, griff nach einem Lappen und versuchte sich ohne großen Erfolg die Hände zu säubern.

U Ba sprach weiter, und obwohl ich kein Wort verstand, wusste ich ungefähr, was er sagte. Wir wollten ihn in ein Teehaus einladen oder, falls er hungrig war, in ein nahe gelegenes chinesisches Restaurant.

Maung Tun nickte und sagte etwas zu den anderen Männern, die wieder an die Arbeit gingen.

»Er hat keinen Hunger«, flüsterte mein Bruder mir zu, »aber er kommt gerne mit ins Teehaus.«

In Thazi war es viel heißer als in Kalaw, das grelle Licht blendete, ich setzte meine Sonnenbrille auf und gleich wieder ab. Es war mir unangenehm, als Einzige einen Schutz gegen die Sonne zu tragen.

U Ba und Maung Tun gingen ein paar Meter vor mir, in ein Gespräch vertieft, wir überquerten die Hauptstraße, auf der reger Verkehr herrschte. Kleintransporter, Traktoren, Lastwagen und Busse rollten durch den Ort, dazwischen Ochsenkarren, eine Pferdekutsche, Fußgänger und Fahrradfahrer. Die Fahrbahn war trocken und sandig, jedes vorbeifahrende Auto wirbelte eine Staubwolke auf. U Ba blieb plötzlich stehen, hielt sich an mir fest und begann, mitten auf der Straße zu husten. Maung Tun griff ihm unter einen Arm und brachte uns sicher auf die andere Straßenseite.

Im Teehaus zündete sich Maung Tun eine Zigarette an, nahm zwei tiefe Züge, wandte sich mir zu und sagte etwas.

Ich blickte meinen Bruder Hilfe suchend an.

»Er möchte wissen, warum du dich für Thar Thar interessierst«, übersetzte er.

Die Frage hatte ich erwartet und mir, um mich nicht als Stimmenhörerin lächerlich zu machen, eine komplizierte Geschichte ausgedacht von entfernten Verwandten Thar Thars, die jetzt in Amerika lebten, zufällig meine Nachbarn seien und mich gebeten hatten ... Doch bevor ich etwas erwidern konnte, antwortete U Ba für mich.

»Was sagst du ihm?«, unterbrach ich ihn.

»Dass du die Stimme seiner verstorbenen Mutter hörst und unbedingt wissen musst, was mit Thar Thar geschehen ist, weil sie sonst keine Ruhe gibt.«

Maung Tun nickte mir voller Verständnis zu, als wäre mein Anliegen das Selbstverständlichste der Welt. Er machte eine lange Pause, bevor er ein paar Sätze sagte und meinen Bruder mit einer Handbewegung bat zu übersetzen.

»Er sagt, dass er über seine Zeit als Träger nicht gerne spricht. Selbst seine Frau weiß darüber nichts. Aber für Nu Nu macht er eine Ausnahme. Sie soll wissen, was mit Thar Thar geschehen ist. Sie soll wissen, was für ein Held ihr Sohn war.«

Ich dankte ihm. Auch im Namen von Nu Nu.

Maung Tun drückte seine Zigarette aus, beugte sich vor und begann, zu erzählen.

22

Die Soldaten hatten auf einem Feld vor dem Dorf Stacheldraht ausgerollt und uns damit eingezäunt. Es war eine kalte Nacht, wir hockten eng in einem Kreis zusammen, um uns gegenseitig zu wärmen. Thar Thar und Ko Gyi saßen direkt neben mir, ich kannte beide gut, wir waren gleich alt und hatten als Kinder oft zusammen gespielt. Thar Thar nahm seinen Bruder in den Arm, der am ganzen Körper zitterte. Die Soldaten hatten uns verboten, zu sprechen, niemand sagte ein Wort, ich hörte nur das laute Keuchen der Angst. Plötzlich rief ein Soldat in die Stille, Ko Gyi und Thar Thar sollten zum Tor kommen. Die beiden standen auf, und im Schein des Mondes erkannte ich ihre Mutter, die auf sie wartete. Sie standen nicht weit entfernt und flüsterten. Ko Gyi schüttelte immer wieder den Kopf, Nu Nu weinte. Irgendwann nahm sie ihn an die Hand und wollte ihn fortziehen. Er wehrte sich. Dann standen sich die beiden Brüder noch einmal gegenüber, Ko Gyi hängte etwas um Thar Thars Hals, zwei Soldaten kamen dazu, befahlen Nu Nu, endlich zu verschwinden, und scheuchten Mutter und Sohn fort in die Dunkelheit.

Thar Thar blickte ihnen nach. Er blieb am Stacheldraht zurück, regungslos. Minutenlang. Mehrmals riefen die Wächter, er solle endlich zu den anderen zurückgehen und sich wieder setzen, sofort!, aber Thar Thar reagierte nicht. Erst als ein Soldat ihm einen Gewehrkolben voller Wucht in die Seite stieß, zuckte er, drehte sich um und kam wieder zu uns. Als ich sein Gesicht sah, erschrak ich. Seine Augen wirkten größer, seine Wangen waren eingefallen, er war bleich und zitterte nun selbst.

Er stand in unserer Mitte und schaute weiter in die Richtung, in der seine Mutter und sein Bruder verschwunden waren. Die Soldaten stießen üble Drohungen aus, einige von uns versuchten, ihn an den Händen herunterzuziehen, doch er schüttelte uns ab. Irgendwann wurde es still, und ich schlief ein. Thar Thar stand noch, als ich bei Anbruch des Tages wieder erwachte.

Auf dem Lastwagen, der uns in die Kaserne brachte, kauerten Thar Thar und ich nebeneinander. Er saß zusammengesunken auf der Pritsche, hielt sich nicht fest, der Wagen wackelte heftig, sein Kopf knallte immer wieder gegen die Wand, bis das Blut über sein Gesicht rann. Im Auto stank es fürchterlich, weil sich einige von uns übergeben mussten. Thar Thar sah aus, als bemerkte er weder das Blut noch den Gestank.

Im Militärlager teilte uns ein Offizier in zwei Einheiten. Die einen mussten gleich auf einen anderen Armeetransporter und fuhren weiter, ich kam mit Thar Thar in die kleinere Gruppe, die in der Kaserne blieb. Erst später erfuhr ich, dass uns das zunächst das Leben rettete. Die anderen wurden gleich weiter an die Front gebracht, und soweit ich weiß, überlebte keiner von ihnen die nächsten Monate.

Uns teilte der Offizier noch einmal in kleinere Gruppen. Wer ein wenig Erfahrung als Schlosser oder Handwerker hatte, kam in die Werkstatt, andere in die Wäscherei, Thar Thar fragten sie, ob er kochen könne. Als er nickte, schickten sie ihn in die Küche und mich gleich mit.

Wir blieben fast zwei Jahre in der Kaserne. Im Vergleich zu dem, was folgen sollte, ging es uns dort gut. Sie schlugen uns selten ohne Grund, es gab fast immer genug zu essen, wir schliefen in einer Baracke auf Pritschen, im Winter bekamen wir sogar ein paar Decken, die wir uns teilten.

Thar Thar genoss schnell ein gewisses Ansehen, denn er war ein außergewöhnlich guter Koch. Seine Spezialität war ein süßer

Reiskuchen. Ich vermutete, wir entgingen dem Abtransport an die Front nur, weil die Offiziere nicht auf Thar Thars Essen verzichten wollten.

Mein Überleben hing von seinem ab. Ich bemühte mich, ein unersetzlicher Assistent zu sein, putzte, schälte und schnitt Gemüse, kochte Reis, schlachtete Hühner, wenn die höheren Offiziere mal nach Fleisch verlangten.

Ich glaube, Thar Thar war einigen mit der Zeit unheimlich geworden. Er sprach in den zwei Jahren kaum mehr als ein paar Sätze. Er machte still seine Arbeit, egal was sie ihm auftrugen, antwortete mit Nicken oder Kopfschütteln, hielt sich aus allen Gesprächen heraus. Er lachte nicht über Späße, gingen sie auf seine Kosten, ignorierte er sie. Auf Drohungen reagierte er überhaupt nicht. Einem Kommandanten, der ihm ins Gesicht schlug und drohte, ihn am nächsten Tag an die Front zu schicken, weil das Essen nicht pünktlich fertig war, schaute er so lange wortlos in die Augen, bis der sich unsicher abwandte.

Manche hielten ihn wegen seiner Furchtlosigkeit für einfältig, andere wegen seiner Schweigsamkeit für stumm. Ich wusste, dass er beides nicht war, und bewunderte ihn bereits da für seinen Mut, ohne zu ahnen, was noch kommen sollte. Thar Thar war der tapferste Mensch, dem ich je begegnet bin.

Selbst wenn er sich verletzte, sagte er nichts. Einmal kippte ein Topf mit siedendem Wasser um, es lief ihm über die Beine, doch er zuckte nur kurz. Betrachtete die verbrannte Haut, als gehöre sie jemand anderem.

In unserem Quartier standen die Pritschen so dicht, dass wir das Magenknurren des anderen vernahmen. Im ersten Jahr hörte ich ihn nachts hin und wieder weinen. Manchmal griff er in der Dunkelheit nach meiner Hand, umklammerte sie so fest, dass es schmerzte. Er ließ sie lange nicht los.

Wenn ich ihn fragte, ob ich etwas für ihn tun könne, antwortete er immer: »Nein. Danke.«

Danke.

Ich hatte fast vergessen, dass es das Wort gab.

Nur der Schlaf löste seine Zunge. In der Nacht rief er nach seiner Mutter oder seinem Vater. Oder stammelte Sätze, von denen ich nur Bruchstücke verstand.

Ich wollte ihn immer fragen, was in der Nacht geschehen war, in der seine Mutter Ko Gyi holen kam, habe mich das aber nie getraut.

Als das Militär eine große Offensive gegen die Rebellen vorbereitete, mussten auch Thar Thar und ich in den Dschungel.

Zu dem Zeitpunkt hatten wir von den Soldaten genug Geschichten gehört, um zu wissen, dass es für uns so gut wie keine Chance gab, lebend zurückzukehren. Meine Angst fraß mich auf. In den Tagen vor unserem Abtransport konnte ich ihm nicht in der Küche helfen, weil ich Durchfall hatte und kotzte. Bei Thar Thar dagegen merkte ich keine Veränderung. Ich ahnte schon damals, was sich im Dschungel bestätigte: Es war ihm egal. Er fürchtete sich weder vor dem Tod noch vor dem Sterben. Ich habe erst viel später erfahren, wovor er sich wirklich fürchtete.

Als es dann so weit war, pferchten uns die Soldaten auf zwei offene Lastwagen, wir fuhren den ganzen Tag ohne Pause, bis wir am späten Abend ein Basislager erreichten, in dem ein Regiment stationiert war. Von dort brachen wir in kleineren Einheiten zu tagelangen, manchmal wochenlangen Märschen in den Dschungel auf.

In dem Lager herrschte eine ganz andere Atmosphäre als in der Kaserne. Die Soldaten waren nervös und aggressiv, sie traten und schlugen uns ohne Grund. Wären wir Lasttiere gewesen, hätten sie uns besser behandelt. In der Nacht erwachten wir von Schüssen, die die Wachen in die Dunkelheit feuerten, weil sie einen Angriff der Rebellen fürchteten.

Wir schliefen in Bambushütten auf der Erde. Toiletten gab es für uns nicht, wir mussten in eine Ecke hinter der Hütte gehen, wo sich die Scheiße häufte. Abends und morgens fielen die Mücken über uns her, wer noch nicht an Malaria litt, steckte sich in kürzester Zeit an.

Zu essen gab es wenig, fast ausschließlich Reis, etwas Gemüse, gelegentlich ein Stück Trockenfisch. Schlimmer als der Hunger war der Durst. Trinkwasser war rationiert, wir bekamen, was übrig blieb. Nicht viel. Medikamente gab es nur für Soldaten. Wenn einer von uns ernsthaft krank wurde, eiternde Wunden, schwere Malaria, Lungenentzündung, Schlangenbisse, brachten sie ihn in eine Hütte am hintersten Ende des Camps. Von dort kam kaum einer zurück. Wir nannten sie das Sterbehaus.

Unser Alltag war eintönig. Wir machten die Wäsche der Soldaten und kochten, arbeiteten an den Befestigungen des Lagers, besserten Wachtürme aus oder vertieften Gräben, den Rest der Zeit saßen wir herum und warteten. Von den Einsätzen kehrte nur die Hälfte der Träger zurück. Höchstens.

Eine Woche nach unserer Ankunft erhielten wir den Befehl für unsere erste Mission. Mit zwanzig anderen Trägern sollten wir zwei Dutzend Soldaten begleiten, die einen Außenposten mit Munition und Proviant versorgen mussten, der zwei Tagesmärsche entfernt lag.

Wir brachen in der Morgendämmerung auf. Ich schleppte einen fünfundzwanzig Kilo schweren Sack Reis, Thar Thar eine noch schwerere Kiste mit Handgranaten. Er war der Größte und Kräftigste von uns, selbst den hochgewachsenen Oberst überragte er noch um einige Zentimeter.

Unser Weg führte nach wenigen Hundert Metern direkt in den Wald. Trotz der frühen Stunde war es dort warm und feucht, nach kurzer Zeit klebten Hemd und Longy schweißgetränkt am Körper. Hungrige Mücken umschwärmten uns, ließen sich nicht verscheuchen. Wir folgten einem Trampelpfad, der uns immer tiefer in den Dschungel führte. Es waren vielleicht zwei Stunden vergangen, da hatte ich das Gefühl, nicht mehr weiterzukönnen. Schulter und Beine taten fürchterlich weh, wir gingen barfuß, meine Füße bluteten, weil ich auf einen Zweig voller Dornen getreten war. Was wusste ich damals von den Grenzen meiner Kräfte?

Thar Thar lief dicht hinter mir und sah meine Erschöpfung. Er sprach mir Mut zu, ich würde es schaffen, es sei nicht mehr weit, wir würden bald eine Pause machen. Wenn uns niemand beobachtete, schulterte er für kurze Zeit meinen Reissack.

Die Soldaten befahlen uns, abwechselnd voranzugehen. Sie folgten den ersten drei, vier Trägern in einigem Abstand, die Maschinengewehre immer im Anschlag. Ihre Angst war mindestens so groß wie unsere. Sollten wir in einen Hinterhalt geraten, war hier im Dschungel ihre Überlebenschance kaum größer als die ihrer Träger.

Als ich an der Reihe war, zitterten mir die Beine. Mit jedem Schritt konnte ich auf eine Mine treten. Ich fühlte mich wie gelähmt, unfähig, einen Fuß vor den anderen zu setzen. Ein Soldat wedelte bedrohlich mit seiner Waffe und brüllte, ich solle mich beeilen. Ich warf Thar Thar einen ängstlichen Blick zu. Er trat vor und sagte, er würde an meiner statt als Vorhut gehen. Die Soldaten schauten ihn ungläubig an. Ein Wahnsinniger? Eine Falle? Ein Fluchtversuch? Wer war so verrückt, sich freiwillig zu melden? Am Ende war es ihnen egal, wer für sie sein Leben riskierte, und Thar Thar marschierte vorweg. Er ging bedächtig, aber nicht langsam, sein Blick suchte konzentriert den Boden und das Unterholz nach Verdächtigem ab. Plötzlich blieb er stehen, ein paar Meter vor ihm war die Erde aufgewühlt. Hatte jemand etwas vergraben oder nur ein Tier nach Nahrung gesucht? Wir wichen zurück, ein Soldat feuerte einige Schüsse auf die Stelle, nichts geschah. Thar Thar ging weiter, wir folgten ihm mit einigen Metern Abstand.

Am frühen Nachmittag erreichten wir den Waldrand, vor uns lagen Felder, auf denen der Reis kniehoch im Wasser stand, wir mussten sie durchqueren. An den Reaktionen der Soldaten sah ich, dass sie diesen Abschnitt des Weges noch mehr fürchteten als den Dschungel. Der Oberst brüllte ein paar Kommandos, jeder von ihnen nahm sich einen Träger als Schutzschild und lief dicht hinter ihm. Wir gingen auf einem Damm und hatten fast die Hälfte des Weges geschafft, als Schüsse fielen. Im ersten Moment wusste ich nicht, was geschah, dann sah ich mehrere Träger fallen, die Soldaten schrien durcheinander, wir sprangen in das Feld und suchten Schutz im Reis. Ich lag flach auf der Erde und krallte mich mit beiden Händen im Matsch fest. Nicht weit entfernt lag Thar Thar.

Auf dem Weg über mir röchelte und stöhnte ein Träger. Ich grub mich noch tiefer in den Schlamm, sodass er mich fast bedeckte. Die Schüsse wurden weniger, irgendwann hörte ich die Stimmen von Soldaten, die uns befahlen, nach den Verwundeten zu schauen. Ich rührte mich nicht. Sie wollten nur sehen, ob die Rebellen wieder das Feuer eröffneten. Neben mir erhob sich Thar Thar und kroch auf den Weg. Ich hielt die Luft an, fürchtete mich vor dem nächsten Knall, aber alles blieb ruhig.

Wir hatten den Soldaten als Kugelfang gedient, vier von uns lagen verwundet auf dem Weg, ein Fünfter war tot. Zwei Offiziere berieten kurz, was zu tun war, dann ordneten sie an, die Verletzten zurückzulassen. Sie wären nichts als unnützer Ballast.

Die Verletzten bettelten, wir sollten sie mitnehmen. Einer richtete sich auf, um zu beweisen, dass er alleine gehen konnte, dass er keine Last war. Er humpelte zwei Schritte, dann brach er direkt vor mir bewusstlos zusammen. Aus einer klaffenden Wunde im Bauch floss Blut und versickerte in der Erde.

Ein Oberst brüllte, wir sollten ihn ignorieren und ganz schnell weitergehen, bevor wir wieder unter Beschuss gerieten. Nach fünfzig Metern drehte ich mich noch einmal um und sah, wie zwei der Verletzten versuchten, uns auf allen vieren hinterherzukriechen. Als sie anfingen, zu rufen und zu schreien, wir sollten warten, wir dürften sie nicht alleinlassen, eröffnete der Oberst das Feuer. Nach vier Schüssen lag eine fürchterliche Ruhe über den Reisfeldern.

Ich musste nun den Reissack von einem der toten Träger schleppen, und es dauerte nicht lange, bis mich die Kräfte verließen. Mehrmals gaben meine Beine nach, bis ich irgendwann einfach umfiel.

Ich lag auf der Erde, den süßlichen Geschmack von Blut im Mund, hörte mein Herz klopfen, Insekten umschwirrten meinen Kopf. Ich war am Ende.

Weiter, steh auf, befahlen die Soldaten, doch ich konnte nicht mehr. Einer drehte mich mit dem Fuß auf den Rücken, hielt mir seinen Gewehrlauf ins Gesicht und drohte abzudrücken. Ich stammelte etwas und schloss die Augen. Plötzlich flüsterte Thar Thar mir ins Ohr, ich dürfe jetzt nicht aufgeben, es sei nicht mehr weit, eine Stunde noch, höchstens, das hätte ihm der Oberst gesagt, und er, Thar Thar, würde einen meiner beiden Säcke nehmen. Er griff nach meiner Hand und zog mich hoch.

Ich weiß nicht mehr, wie ich es zu dem Außenposten geschafft habe.

Wir hatten geglaubt, dort in Sicherheit zu sein. Was für ein Irrtum. Er war in den vergangenen Tagen zweimal von Rebellen angegriffen worden, die Soldaten dort rechneten jede Stunde mit einer neuen Attacke. Sie waren kaum älter als wir, aber brutaler als alle, denen ich vorher begegnet war. Einen von uns schlugen sie halb tot, weil ihm eine Schüssel Reis umgefallen war. Ein anderer musste am nächsten Morgen auf einem Bein in der Sonne stehen, bis er das Bewusstsein verlor, und sie schlossen Wetten ab, wie lange er es aushalten würde.

Auf dem Rückweg verloren wir einen Träger durch eine Mine. Er war der Jüngste von uns und hatte erst kurz zuvor Thar Thar als Vorhut abgelöst. Ich hörte die Explosion und dachte zunächst, es hätte ihn getroffen. Die Soldaten brachten sich im Dickicht in Deckung, wir Träger warfen uns auf den Boden, als keine Schüsse oder Explosionen folgten, blickte ich auf und sah, wie Thar Thar an den Verletzten heranrobbte. Der Junge hatte einen Fuß verloren und verblutete wenige Minuten später in seinen Armen.

Dieser erste Einsatz veränderte jeden von uns. Ich glaube, dass wir bis dahin alle noch gehofft hatten, irgendwie lebend aus dieser Hölle zu entkommen. Jetzt hatten wir begriffen, dass es kein Entrinnen gab. Wir waren dem Tod geweiht. Entweder würde uns beim nächsten Marsch eine Mine zerfetzen, eine Kugel treffen oder ein Soldat zu Tode prügeln. Es war eine Frage von Wochen, Monaten, vielleicht sogar einem Jahr, je nach den Umständen, dem Glück oder Pech, das einem zuteilwurde. Ein anderes Ende gab es nicht. Das Militär schickte niemanden nach Hause. Nur in den Tod.

Selbst Thar Thar wirkte verändert.

Ich hatte das Gefühl, er wollte das Schicksal nun erst recht herausfordern.

Nach der Rückkehr von unserem nächsten Einsatz erwischten sie einen von uns mit einer Handvoll geklautem Reis. Da er den Reis von unserer Ration gestohlen hatte, sollten wir ihn mit Schlägen bestrafen. Sie fesselten ihm die Hände, zogen ihm sein Hemd aus, ein Oberst machte es uns vor: Er hieb mit einem Bambusrohr so fest auf den Rücken des Jungen, dass er aufschrie und die Haut in einem langen Streifen aufplatzte. Dann waren wir an der Reihe. Wer nicht fest genug zudrosch, der würde sich, warnten sie uns, an die Seite des Diebs stellen müssen und ebenso geprügelt werden.

Der Erste zögerte zunächst, hob widerstrebend den Bambus, blickte uns Hilfe suchend an, als könnten wir ihm sagen, was er tun sollte. Der Offizier schrie, zwei Soldaten machten Anstalten, ihm den Stock wieder zu nehmen, da schüttelte er ängstlich den Kopf und schlug kräftig zu, die Haut platzte an einer zweiten Stelle, das Blut spritzte und strömte den Rücken hinunter. Der Träger brüllte vor Schmerz. Nach dem zehnten Hieb war sein Rücken vom Nacken bis zur Hüfte eine offene Wunde. Ich war an der Reihe. Meine Hände umklammerten das Rohr, ich konzentrierte mich, holte in weitem Bogen aus und haute so heftig ich konnte, mein Opfer wimmerte laut. Erleichtert reichte ich den Bambus an Thar Thar weiter. Der nahm den Stock, trat nahe an den Jungen heran, holte ebenso weit aus wie ich, ließ den Knüppel hinabsausen, hielt im letzten Moment inne, warf dem Oberst einen kalten Blick zu und strich dem Jungen mit dem Holz leicht über den Hinterkopf.

Keiner von uns rührte sich. Auch die Soldaten nicht.

Der Offizier zog seine Pistole, ging auf Thar Thar zu und presste sie ihm mit Wucht ins Gesicht, den Finger am Abzug. Ich sah, wie sein Körper vor Wut bebte, und wundere mich noch heute, dass er nicht abdrückte.

Thar Thar wich keinen Schritt zurück. Die beiden starrten sich an, und der Oberst muss irgendetwas in seinem Blick gesehen haben, was ihn davon abhielt zu schießen. Mehrere Soldaten rannten herbei, fesselten Thar Thar, warfen ihn auf den Boden, gaben uns noch einige Bambusrohre und befahlen uns, auf ihn einzuprügeln. Da sie wussten, dass wir Freunde waren, hatten sie ein Auge auf mich, und ich schlug mit all meiner Kraft auf ihn ein.

Als wir nicht mehr konnten – er hatte das Bewusstsein verloren, und die Haut hing in Fetzen von seinem Rücken –, machten sie weiter. Nachdem sie fertig waren, schleppten ihn vier von uns ins Sterbehaus.

Am nächsten Tag schlich ich, trotz des Verbots, zu ihm. Es tat mir leid, was ich getan hatte, ich schämte mich, auch wenn ich wusste, dass ich mich beim nächsten Mal nicht anders verhalten würde. Ich war kein Held. Würde nie einer sein. Ich wollte nur nicht sterben.

Thar Thar dämmerte mit einem Dutzend anderen Trägern auf Bastmatten vor sich hin. Einige hatten schwere Malaria, andere Schussverletzungen, Entzündungen oder so starken Durchfall, dass sie daran sterben würden. Es stank nach Eiter, Urin und Scheiße. Das Wimmern in der Hütte war kaum zu ertragen. Thar Thar lag zusammengekrümmt in einer Ecke. Auf seinen offenen Wunden hockten Dutzende von Fliegen. Er erkannte mich und flüsterte, er verdurste, ob ich etwas Wasser für ihn hätte. Ich versprach, welches zu holen. Auf dem Weg zurück zum Sterbehaus hielten mich Soldaten auf, fragten, für wen der Becher war. Sie tranken ihn in einem Zug aus und warfen ihn mir vor die Füße. Ich hob ihn auf und kehrte wortlos um.

Gegen Abend sah ich, wie sie sechs Tote aus dem Sterbehaus trugen und in einer Grube verscharrten.

Von da an machte ich einen weiten Bogen um diesen Teil des Lagers.

Zehn Tage später stand Thar Thar wieder in der Tür unserer Hütte. Gebeugt. Hager, wie ein ausgemergelter Ochse.

Aber er lebte. Er hatte das Sterbehaus nicht als Toter verlassen.

Wir pflegten ihn so gut es ging, teilten unser Essen mit ihm, unser Wasser, wuschen ihn, verscheuchten Fliegen und Mücken, die ihn quälten. Es ging ihm allmählich besser, und nach einigen Wochen war er wieder einsatzfähig.

Doch er war kaum wiederzuerkennen. Er war aggressiv und unberechenbar, mit uns sprach er kaum noch ein Wort, er hatte uns nicht verziehen.

Auf unseren Einsätzen marschierte Thar Thar immer vorneweg. Freiwillig! Er schlich nicht, er stampfte so fest auf, als wollte er sichergehen, dass eine Mine, auf die er trat, auch explodieren würde. Er lief, einen Sack Reis auf der Schulter, mit schnellen Schritten, die Soldaten mussten ihm befehlen, langsamer zu gehen, weil weder sie noch wir hinterherkamen.

Am meisten fürchteten wir die von Pflanzen überwucherten Wege, auf denen das Gestrüpp so dicht und der Boden voller Laub war. Auch auf diesen Pfaden ging Thar Thar freiwillig voran. Die Soldaten gaben ihm eine Machete, und er machte uns den Weg frei. Wie von Sinnen schlug er um sich, zerfetzte mit der langen, scharfen Klinge alles, was ihm den Weg versperrte. Einer Kobra, die sich vor ihm aufrichtete, haute er den Kopf ab. Eine zweite teilte er mit einem Hieb mittendurch.

Wir waren alle froh, dass er uns diese lebensgefährliche Arbeit abnahm, die Soldaten ließen ihn vorausgehen so weit er wollte, er war ihnen schon lange nicht mehr geheuer. Oft war er so weit voraus, dass wir sein Schnaufen und das Zersplittern des Holzes nur noch schwach vernahmen. Thar Thar hätte auf diesen Märschen fliehen können, doch er wartete am Ende immer auf uns. Erst später habe ich verstanden, warum.

Bei einer Minenexplosion verlor er einen Finger, ein Streifschuss riss ihm den rechten Oberarm auf.

Es war eine Zeit, in der ich mich mehr und mehr vor ihm fürchtete.

Wenn er mich anschaute, lief mir ein Schauder den Rücken hinunter. In den Augen der anderen zeigten sich ihre Todesangst, ihre Freude und Erleichterung, wenn sie von einem Einsatz lebend zurückkehrten, ihre Dankbarkeit, wenn sie eine Extraportion Reis bekamen. Sein Blick war völlig teilnahmslos. Als berühre ihn nichts von all dem, was um ihn herum geschah.

Er widersetzte sich den Anweisungen der Soldaten nicht mehr, trotzdem war er in seinem Gehorsam anders als wir. Ich hatte noch immer nicht das Gefühl, dass er sie fürchtete, eher, dass er nur auf den richtigen Moment wartete, sich zu wehren.

Aber vielleicht war es gar keine Gleichgültigkeit. Wir, die anderen Träger, gaben uns mit der Zeit auf, warteten apathisch und willenlos auf den Tod, während in ihm eine Verachtung wuchs, die vor nichts und niemandem haltmachte, die ihn am Leben hielt. Ich hatte das Gefühl, es war nicht viel, was ihn in dieser Verachtung von der Brutalität der Soldaten trennte.

Das änderte sich erst, nachdem Ko Bo Bo ins Lager kam.

Er gehörte zu einer Gruppe von Jugendlichen, die sie direkt aus ihrem Dorf an die Front verschleppt hatten. Er war der Jüngste und körperlich der Schwächste von uns allen. Seine zarten Hand- und Fußgelenke, die großen dunkelbraunen, fast schwarzen Augen erinnerten mich an meine Schwester. Er tat mir leid. Er war ein Kind. Ich hatte schon einige von seinem Typ, mit seiner Konstitution, im Lager ankommen sehen. Keiner hatte länger als ein paar Wochen überlebt.

In den ersten Tagen traute er sich nicht aus unserer Hütte. Kauerte die ganze Zeit in einer Ecke, selbst in der Nacht blieb er dort hocken. Wir stellten ihm eine kleine Schale Reis hin, er rührte ihn nicht an. Wenn wir ihn etwas fragten, senkte er den Kopf und schwieg. Ein paar von uns hockten sich zu ihm und versuchten ihn zum Reden zu bringen, doch er antwortete nicht. Am dritten Abend nahm Thar Thar den Schlafenden in seine Arme und legte ihn auf eine Matte neben sich.

In der Nacht hörte ich ein Flüstern. Ich erkannte Thar Thars

Stimme, die andere war mir unbekannt. Am Morgen aß Ko Bo Bo zum ersten Mal etwas Reis und trockenen Fisch.

Zwei Wochen nach seiner Ankunft musste er mit uns auf seine erste Patrouille. Die Soldaten wollten ein Dorf durchsuchen, sie vermuteten, dass die Bauern Waffen für die Rebellen versteckten. Die Siedlung lag nur wenige Stunden entfernt, war gut über breite, ausgetretene Wege zu erreichen, die Bauern nutzten die Pfade regelmäßig mit ihren Ochsenkarren, deshalb mussten wir keine Angst vor Minen haben. Der Hinweg verlief ohne besondere Vorkommnisse. Ko Bo Bo trug einen Kanister Wasser, neben ihm ging Thar Thar mit einer Kiste Munition auf der Schulter. Da uns die Soldaten befohlen hatten zu schweigen, sagte in den knapp drei Stunden niemand ein Wort.

Die Ersten, die uns entdeckten, waren Kinder, die auf Bäumen am Dorfrand herumkletterten. Die Soldaten umstellten den ersten Hof, sechs von ihnen durchsuchten Haus und Grundstück. Ich musste mit zwei anderen Trägern an einigen Stellen die Erde umgraben, ohne auf etwas Verdächtiges zu stoßen. Drei Frauen mit Babys in den Armen, ein alter Mann und einige Kinder beobachteten uns stumm und in großer Furcht. Ich sah, wie sie sich an den Händen hielten, ihre Körper zitterten vor Angst.

Auch auf dem zweiten Hof fanden wir nichts. Trotzdem war die Anspannung dort noch größer als auf dem ersten. Zwei Jungs, vielleicht zehn oder elf Jahre alt, rannten die ganze Zeit aufgeregt hin und her, und in den Blicken einer alten Frau glaubte ich nicht nur Angst zu sehen, hätte aber auch nicht sagen können, was sie noch ausdrückten. Eine junge Frau schrie hysterisch, ihrer Mutter gelang es nur mit Mühe, sie zu beruhigen.

Der dritte Hof lag da, als hätten ihn seine Bewohner überstürzt verlassen. Auf einer Leine hingen Longys und Hemden zum Trocknen, aus der Hütte stieg der Qualm eines glimmenden Feuers, gackernde Hühner rannten aufgeregt herum. Von den Bauern keine Spur. Zwei Soldaten stiegen mit Gewehren im Anschlag die Treppe hinauf, schauten sich misstrauisch im Haus um, es war leer. Ein

Offizier befahl, unter der Hütte zu graben, auch dort fanden wir nichts. Plötzlich rief uns ein Soldat zum Klohaus. Mit einer Taschenlampe hatte er in die Jauchegrube geleuchtet und meinte, einen Gewehrlauf entdeckt zu haben. Wir bekamen den Befehl, das Häuschen aus Stroh niederzureißen, nach wenigen Minuten lag der Blick in die Grube frei.

Es hätte auch ein Stock sein können. Zwei Träger mussten hinabsteigen, sie standen bis zur Brust in der Scheiße, wühlten darin und hielten Sekunden später ein Gewehr hoch. Und noch eins. Und noch eins.

Dann fielen die ersten Schüsse. Ein Offizier stürzte vornüber in die Jauche, zwei Soldaten neben ihm brachen getroffen zusammen. Die anderen erwiderten das Feuer, ohne zu wissen, aus welcher Richtung sie beschossen wurden. Ich hörte laute Schreie, Gewehrsalven, jeder versuchte sich irgendwo in Deckung zu bringen. Ich warf mich auf den Boden, wälzte mich zur Seite und robbte rasend schnell hinter einen Holzhaufen unter dem Haus. Dort kauerten bereits andere Träger, darunter auch Ko Bo Bo und Thar Thar. Einen Soldaten, der bei uns Schutz suchen wollte, traf eine Kugel in den Rücken, er blieb keine zwei Meter vor mir bewusstlos liegen, ich sah, wie sich die Erde unter ihm dunkel verfärbte. Über uns hörten wir einen dumpfen Aufprall, kurz darauf rieselte zunächst Asche auf uns nieder, Sekunden später tropfte Blut durch den Bambusboden. Dann stand die Hütte über uns in Flammen.

Thar Thar nahm Ko Bo Bo an die Hand und rannte Richtung Hecke, ich folgte ihnen. Wir stolperten über einen Toten, stürzten, krochen auf allen vieren weiter. Thar Thar warf sich mit seinem ganzen Gewicht in die Hecke und bahnte uns einen Weg in den Nachbarhof. Auch dort lagen Tote, und die Hütte brannte lichterloh. Überall wurde geschossen. Die Soldaten waren wie von Sinnen. Auf der Suche nach den Rebellen zogen sie von Hütte zu Hütte und schossen auf alles, was sich bewegte. Hühner, Katzen, Hunde, Menschen.

Wir krochen an der brennenden Hütte vorbei in den ersten Hof und versteckten uns hinter einem Strohhaufen. Vor uns lag der alte

Mann mit mehreren Löchern im Rücken, unter ihm zwei tote Kinder. An einer Palme lehnte blutend eine der jungen Frauen, Mund und Augen weit aufgerissen. In ihren Armen zappelte ihr Baby. Ohne zu zögern, verließ Ko Bo Bo seine Deckung und robbte zu ihr hin. Thar Thar versuchte ihn aufzuhalten, doch er war zu flink. Er nahm der toten Mutter ihr Kind aus den Armen und kam zu uns zurück.

Das Baby schrie mit heiserer Stimme, wurde dann aber leiser und schließlich still. Wir blieben in unserem Versteck und hörten Kinder, die nach ihren Müttern riefen, lautes Weinen, Hilfeschreie, eine Detonation, der mehrere folgten. Ich überlegte, ob es eine Chance gab, zu fliehen, doch die Siedlung war zu abgelegen, die Armee würde uns finden, bevor wir einen Ort erreicht hätten.

Irgendwann lag eine Stille über dem Dorf, die noch fürchterlicher war als die Schüsse zuvor.

Die Rebellen waren tot oder geflüchtet. Wir sahen Soldaten nach den Trägern suchen und krochen aus unserem Versteck. Thar Thar wollte Ko Bo Bo das Kind abnehmen, doch der hielt es so fest, als wäre es sein eigenes.

Wir versammelten uns vor dem ersten Hof, die überlebenden Träger und Soldaten und einige Bewohner des Dorfes. Ein Soldat entdeckte das Baby und befahl Ko Bo Bo, es sofort auf die Erde zu legen. Er reagierte nicht.

Der Soldat lud eine Pistole durch und schrie, er würde es auf der Stelle erschießen, wenn er es nicht sofort weglegen würde. Ko Bo Bo zeigte noch immer keine Reaktion. Nicht aus Ungehorsam, ich sah in seinem Blick, dass er nicht anders konnte. Der Soldat hob die Waffe und zielte. Thar Thar redete ruhig auf Ko Bo Bo ein, bis sich dessen Griff lockerte, nahm ihm vorsichtig das Baby ab, ging ganz langsam auf eine junge Frau zu und drückte es ihr an die Brust.

Seit diesem Einsatz waren die beiden unzertrennlich. Vielleicht hat Thar Thar in ihm einen kleinen Bruder gesehen, um den er sich kümmern musste. Oder einfach jemanden, der seinen Schutz brauchte.

Ich weiß nicht, was es war, aber die beiden waren ständig zusammen. Sie wuschen gemeinsam Wäsche am Fluss, kochten, reinigten Waffen, verscharrten die Toten aus dem Sterbehaus. Irgendwie gelang es ihnen immer, in dieselbe Gruppe eingeteilt zu werden. Sie schliefen nebeneinander, und ihr Flüstern begleitete mich oft in den Schlaf. Thar Thar, der Schweigsame, hatte plötzlich wieder zu reden begonnen. Seine üblen Launen verschwanden, ebenso die Aggressionen. Er hatte uns Trägern verziehen, was wir getan hatten. Zwischen ihm und Ko Bo Bo entwickelte sich etwas, für das es in der Welt, in der wir lebten, eigentlich keinen Platz gab. Ich weiß nicht, wie ich es beschreiben soll. Sie redeten miteinander, während zwischen dem Rest von uns längst Schweigen herrschte. Sie lachten zusammen. Sie waren die einzigen Menschen, die ich in der ganzen Zeit im Lager hin und wieder habe lächeln sehen. Sie halfen einander. Sie achteten aufeinander in einer Welt, in der jeder, der die ersten Wochen überlebte, nur noch an sich selbst dachte. Ich beneidete sie. Sie hatten ein Geheimnis, das sie verband, das sie am Leben hielt. Ich habe leider nie herausgefunden, was es war, dafür waren Thar Thar und ich uns nicht mehr nah genug.

Und es gab eine Macht, die sie beschützte. Ein halbes Jahr verging, und Ko Bo Bo lebte noch immer. Die meisten von uns glaubten, dass es an den Sternen lag. Sie waren ihnen wohlgesinnt.

Die Monate verstrichen, und aus Monaten wurde ein Jahr und ein zweites. Wir waren nur rund ein Dutzend Träger, die so lange überlebten. Vielleicht war es Glück, Instinkt oder Intuition, bei Gefahr das Richtige zu tun. Vielleicht war es auch einfach unser Karma. Wobei ich mir nicht sicher bin, ob es sich um gutes oder schlechtes Karma handelte, wenn man in dieser Hölle so lange aushielt.

Viele von uns fragten sich, was sie in einer vorherigen Existenz getan hatten, um diese Qualen zu verdienen. Sie vermuteten, dass sie selber Soldaten gewesen waren und andere getötet hatten. Oder Trunkenbolde. Mörder. Tierquäler.

Thar Thar und Ko Bo Bo beteiligten sich nie an diesen Spekulationen. Ich weiß gar nicht, ob sie den Lehren des Buddha folgten. Ich habe sie nie davon reden hören. Ich habe sie nie meditieren sehen, und ich erinnere mich auch nicht, dass sie mal eine Opfergabe auf unseren kleinen Altar in der Hütte gelegt hätten.

Der Tag, an dem sich ihr Schicksal wendete, begann mit einer Extraportion Reis. Das war kein gutes Zeichen. Wenn wir etwas mehr zu essen bekamen, hieß das immer, dass ein besonderer Einsatz bevorstand. Ein Oberst kam in unsere Hütte und bestimmte ein Dutzend Träger, Thar Thar und ich waren die ersten beiden, die er wählte. Ko Bo Bo meldete sich freiwillig.

Wir mussten zehn Soldaten begleiten, die einem Gerücht nachgehen sollten, dass die Rebellen eine Brücke über einen nahe gelegenen Fluss gebaut hatten. Sie hatten in den vergangenen Monaten größere Landstriche unseres Bezirks zurückerobert und uns bereits mehrfach für einige Tage vom Nachschub abgeschnitten. Der Kommandant rechnete mit einem Großangriff auf unser Lager. Unter den Militärs wuchs die Nervosität, es gab sogar Pläne, unser Camp aufzugeben. Wir Träger hofften, dass sich die Gerüchte bewahrheiten würden. Eine Eroberung des Lagers durch die Rebellen, sollten wir sie überleben, war unsere einzige Chance, je freizukommen.

Wie so oft gingen Thar Thar und Ko Bo Bo freiwillig gemeinsam voran. Ich lief vielleicht zehn Meter hinter ihnen. Ein gutes Omen, dachte ich, in dieser Formation waren wir bisher immer lebend zurückgekehrt. Der Marsch durch den Wald verlief ruhig, und als wir aus dem Wald traten, lag der Fluss direkt vor uns. Die Regenzeit hatte ihn zu einem mächtigen Strom anschwellen lassen.

Und es gab eine Brücke.

Die Soldaten befahlen Ko Bo Bo nachzuschauen, ob darunter Sprengstoff angebracht war oder ob wir sicher über den Fluss gelangen konnten. Er war der beste Kletterer von uns. Geschickt und flink stieg er einige Meter die Böschung hinunter, hielt auf den

Steinen und Holzstücken die Balance, ohne sich festzuhalten. Er war fast unter der Brücke angekommen, da richtete er sich plötzlich auf, riss die Arme in die Höhe, schwankte, verlor das Gleichgewicht und stürzte hintenüber.

Im Rauschen des Flusses hatte ich den Schuss nicht gehört.

Er rollte den steilen Abhang hinab. Die anderen Träger und Soldaten brachten sich in Deckung, ich stand da, unfähig, mich zu bewegen. Thar Thar stieß einen Schrei aus, sprang die Böschung hinunter, überschlug sich, prallte gegen einen Fels, stand wieder, machte Riesensätze über Baumstämme und Steine hinweg, stürzte wieder, rappelte sich auf.

Ko Bo Bo rutschte dem Fluss entgegen. Seltsamerweise fiel jetzt kein zweiter Schuss, als folgten beide Seiten gebannt dem Drama, das sich vor ihren Augen abspielte. Sekunden bevor Thar Thar seinen Freund erreichte, glitt dessen Körper ins Wasser und ging gleich im ersten Strudel unter. Thar Thar hechtete hinterher und verschwand ebenfalls in den Fluten.

Ein paar Meter weiter sah ich Ko Bo Bos Kopf einmal kurz in der weißen Gischt auftauchen, dann den von Thar Thar. Das Wasser schleuderte sie gegen einen Felsbrocken, sie tauchten unter, Thar Thars Arm ragte für einen Moment aus dem Wasser und verschwand wieder. In mir stieg eine Angst auf, wie ich sie seit unseren ersten Einsätzen nicht mehr verspürt hatte. Mein Blick klebte an den Wogen und Strudeln, fünfzehn, vielleicht zwanzig Meter weiter flussabwärts ragte ein umgestürzter Baumstamm in den Strom. Er war ihre einzige Chance, dahinter verwandelte sich der Fluss in ein tosendes weißes Meer. Sekunden verstrichen ohne ein Zeichen von ihnen.

Der Oberst kroch durch das hohe Gras zu mir und warf einen vorsichtigen Blick über die Böschung.

Eine Hand. Ein Arm. Ich erkannte sie deutlich an einem der Zweige. Thar Thars Kopf. Ein zweiter, über Wasser. Unter Wasser. Über. Unter.

Der Oberst herrschte mich an, zu Hilfe zu eilen. Endlich überwand ich meine Lähmung und begann, den Abhang hinunterzuklettern,

Thar Thar dabei fest im Blick. Ich sah, wie er sich Richtung Ufer zog. Wo war Ko Bo Bo? Thar Thar hatte nun Grund unter den Füßen, er richtete sich auf, und ich sah in seinen Armen einen schlaffen Körper aus den Wogen auftauchen. Er schleppte ihn an Land und ließ sich entkräftet neben ihn fallen.

Der zweite Schuss galt dem Oberst. Ich habe nur noch eine vage Erinnerung an das, was folgte. Ich weiß, dass ich sofort kehrtmachte. Wo Thar Thar und Ko Bo Bo lagen, gab es keinen Schutz, ich kletterte das Ufer wieder hoch und brachte mich hinter einem Felsen in Deckung. Dort lag ich zwischen den Fronten. Nachdem eine Granate in meiner Nähe explodierte, verlor ich das Bewusstsein.

Als ich wieder erwachte, hockten zwei Rebellen neben mir. In meinem Ohr brummte es noch immer, ich hatte entsetzliche Kopfschmerzen und verstand kaum, was sie sagten. Sie halfen mir hoch, ich hatte Schürfwunden am Kopf und an den Armen und war so benommen, dass mir schwindelte. Sie nahmen mich mit um die Brücke herum, und am Waldrand sah ich die Leichen von Trägern und Soldaten, konnte mir nicht vorstellen, dass jemand von uns diesen Kampf überlebt hatte, und wurde ein zweites Mal ohnmächtig.

In einem Lager der Rebellen kam ich wieder zu mir. Sie versorgten meine Wunden, gaben mir reichlich Reis und Wasser, stellten mir ein paar Fragen über die Bewaffnung, Stärke und Lage des Militärcamps, ansonsten ließen sie mich in Ruhe. Nach zwei Wochen musste ich mich entscheiden, ob ich mit ihnen kämpfen wollte oder ob sie mich in die nächste Stadt bringen sollten.

Maung Tun zündete sich eine Zigarette an und musterte mich prüfend. Ein Kellner stellte Melonenkerne und eine Thermoskanne mit frischem chinesischem Tee auf den Tisch.

Ich wartete, dass mein Bruder die letzte, wichtigste Frage stellen würde, doch er blieb stumm.

Es fiel mir schwer, einen klaren Gedanken zu fassen. Das Gehörte war zu ungeheuerlich. Gleichzeitig dachte ich an Thar Thar und spürte eine Enttäuschung, eine Furcht, dass auch Maung Tun uns nicht erzählen konnte, wer oder was ihn tötete.

»Können Sie uns etwas darüber sagen«, erhob ich meine Stimme, »wo und wie Thar Thar gestorben ist?«

U Ba schaute mich an, zögerte kurz, beugte sich dann weit über den Tisch und übersetzte.

»Wie Thar Thar starb?«, fragte Maung Tun, als wolle er sichergehen, mich auch richtig verstanden zu haben.

Ich nickte.

Er schüttelte den Kopf. Sagte etwas.

Die Augen meines Bruders weiteten sich. »Thar Thar ist nicht tot. Er lebt.«

Dritter Teil

1

Mein Bruder war neben mir eingeschlafen. Sein Kopf lag leicht im Nacken, den Mund halb geöffnet, stieß er bei jedem Atemzug ein leises Röcheln aus. Ich nahm ein Tuch und wischte mir den Schweiß aus dem Gesicht. Vorsichtig legte ich meine Hand auf seine Stirn, um zu fühlen, ob er Fieber hatte. Sie war sehr warm, er hatte vor dem Einschlafen wieder heftig gehustet, und ich machte mir Sorgen. Er hatte sich auch in Thazi geweigert, mit mir zum Arzt zu gehen, und behauptet, der Husten sei eine allergische Reaktion, die bald vorübergehen werde. Es erwische ihn jedes Jahr um diese Zeit, kein Grund zur Beunruhigung. Ich glaubte ihm kein Wort.

Nun saßen wir im Zug nach Mandalay. Die Waggons schaukelten und rumpelten, an Lesen war nicht zu denken. Durch die geöffneten Fenster sorgte ein leichter Fahrtwind für ein wenig Abkühlung, aber er war zu warm, um wirklich zu erfrischen. Es roch nach Essen, Schweiß und einem stinkenden Deo, mit dem sich ein Chinese in der Reihe vor uns immer wieder einsprühte.

U Ba hatte es irgendwie geschafft, uns Plätze in der »Upper Class« zu besorgen, wir saßen in zwei breiten Sesseln mit verstellbaren Fußstützen und Rückenlehnen, die trotzdem furchtbar unbequem waren. Ich spürte jede Sprungfeder, wollte mich aber nicht beklagen: Die meisten Passagiere in den hinteren Wagen schliefen auf

Holzbänken zwischen Kisten und Kartons voll Obst, Gemüse und Hühnern oder auf dem Boden. Im Vergleich zu dem Pick-up-Truck war dies purer Luxus.

Ständig kamen Männer und Frauen mit Eimern und Körben durch den Gang gelaufen und wollten uns etwas verkaufen. Gekochte Eier. Erdnüsse, Reiskuchen, Bananen, Mangos, Betelnüsse. Kleine Plastiktütchen, gefüllt mit einer braunen Flüssigkeit. Selbst gedrehte Zigarillos. Zigaretten. Ein Händler hielt mir eine Schüssel mit frittierten Hühnerbeinen unter die Nase, die in einer öligen Soße schwammen und von Dutzenden von Fliegen umschwirrt wurden. Ich schüttelte angewidert den Kopf.

Draußen ging langsam die Sonne unter. Der Zug rollte im Schritttempo durch einen Ort. Neben den Gleisen trieben zwei kleine Jungs einen Wasserbüffel vor sich her, hinter ihnen balancierte eine Frau einen Turm aus einem halben Dutzend Tonkrügen auf ihrem Kopf. In einigen Höfen brannten Feuer, nackte Kinder planschten in einem Tümpel.

Ich dachte an Maung Tun. Thar Thar ist nicht tot. Er lebt.

Es hatte einen Moment gedauert, bis ich die Bedeutung der zwei Sätze wirklich verstanden hatte. Nicht für eine Sekunde hatten mein Bruder oder ich diese Möglichkeit zuvor in Erwägung gezogen. Wir waren davon ausgegangen, einem Toten auf der Spur zu sein. Nu Nu hatte ihren Sohn für tot gehalten. Wie auch Khin Khin und Ko Gyi.

Von den Rebellen hatte Maung Tun nichts über den Verbleib von Thar Thar und Ko Bo Bo erfahren. Sie hätten die beiden in Ruhe gelassen. Der kräftige Mann sei irgendwann aufgestanden, habe den schlaffen Körper, der neben ihm lag, in den Arm genommen und sei flussabwärts gegangen.

Jahre später dann hat Maung Tun von mehreren Lastwagenfahrern eine Geschichte über einen Mönch gehört, der mit mehreren Kindern und Dutzenden von Hühnern in einem alten Kloster in der Nähe von Hsipaw leben soll. Ein ganz außergewöhnlicher Mann, der sich um die Kinder kümmere, ihm fehle an der rechten Hand ein Finger, unter dem Kinn habe er ein Muttermal, den linken Oberarm zeichne eine große Narbe. Die Folge eines Streifschusses. Angeblich habe er als Soldat Jahre im Dschungel gelebt. Ein unerschrockener Kämpfer soll er gewesen sein.

Zwei Busfahrer hatten die Geschichte später bestätigt.

Maung Tun war sich sicher, dass es sich um Thar Thar handelte. U Ba auch. Ich blieb skeptisch.

Jetzt waren wir auf dem Weg nach Mandalay, wollten dort übernachten und morgen weiter nach Hsipaw fahren.

Der Zug blieb mit einem Ruck stehen, mein Bruder erwachte. Er schaute sich kurz um, leckte sich die trockenen Lippen, ich gab ihm mein Wasser. Er trank in kleinen Zügen und sprach ein paar Sätze mit seinem Nachbarn auf der anderen Seite des Gangs.

»In zwei Stunden sind wir in Mandalay«, sagte er, zu mir gewandt. »Hast du Hunger?«

Ich nickte.

»Ich auch. Wollen wir etwas essen gehen?«

»Im Zug?«

»Es gibt einen Speisewagen.«

Ich warf einen skeptischen Blick auf die schmutzigen Polster meines Sessels, den klebrigen Fußboden. »Ich weiß nicht, ob das eine gute Idee ist.«

»Wir essen nur ein wenig gebratenen Reis und trinken Kaffee, das Wasser ist gekocht. Mach dir keine Sorgen.«

U Ba stand auf, und ich folgte ihm widerwillig.

Der Zug wackelte heftig, ich torkelte durch den Gang und stieß mir zweimal den Kopf.

Im Speisewagen waren noch zwei Plätze frei, mein Bruder steuerte zielstrebig darauf zu und setzte sich. Ich blieb zögernd am Eingang stehen. Am Nebentisch saß eine Gruppe Soldaten beim Essen. Ich sah ihre grünen Uniformen. Ich sah die schwarzen, blank polierten Stiefel. Ihre blutroten Zähne.

U Ba gab mir mit einem Blick zu verstehen, ich solle mich zu ihm setzen. Ich war unschlüssig. Mein Zögern erregte erste Aufmerksamkeit. Neugierige Augen, verstummende Gespräche.

Zum Umkehren war es zu spät, ich wollte meinen Bruder nicht allein lassen und ging zu ihm.

»Sie tun uns nichts«, sagte er halblaut. »Sie verstehen nicht einmal, was wir sagen.«

Die Soldaten warfen uns interessierte Blicke zu, U Ba antwortete mit einem Lächeln, das sie erwiderten. Ich schaute aus dem Fenster.

Als der Kellner kam, bestellte U Ba Nescafé und Reis mit Huhn und Gemüse. Ich sah in der Küche mehrere Männer in schmutzigen, verschwitzten T-Shirts über einem offenen Feuer hantieren, etwas aus einem Bottich schöpfen.

»Darf ich dich etwas fragen?«

»Alles«, entgegnete er mit einem Augenzwinkern.

»Warum lachen die Menschen hier immer, selbst wenn ihnen nicht zum Lachen zumute sein kann?«

Er legte den Kopf ein wenig zur Seite und sah aus, als hätte er diese Frage schon lange erwartet. »Weil das Lachen bei uns eine andere Bedeutung hat. Wir lachen, wenn uns etwas unangenehm ist. Wir lachen, wenn wir Angst haben. Wir lachen, wenn wir wütend sind.«

»Ist es eine Art Maske?«

»So könntest du es nennen. Wenn du genau hinschaust, erkennst du schnell, was sich dahinter verbirgt, um welche Art von Lachen es sich handelt.«

Der Kellner brachte zwei Gläser heißes Wasser und Tüten mit Nescafé. Kurz darauf kam der Reis. Er sah appetitlicher aus als erwartet. U Ba löffelte hungrig den ersten Bissen, verbrannte sich die Zunge und lachte über sich selber. »Wie kann ein Mensch in meinem Alter noch so gierig sein.«

Der Reis war gut gewürzt, obenauf lagen frischer Koriander und andere Kräuter. Köstlich.

»Glaubst du, wir finden Thar Thar?«, fragte ich ihn, nachdem ich mir ebenfalls den Mund verbrannt hatte.

Er nickte.

»Vielleicht ist dieser Mönch, dem ein Finger fehlt, jemand anders?«

»Vielleicht.«

»Oder Thar Thar ist in der Zwischenzeit gestorben. Die Geschichte mit den Lkw-Fahrern ist schon einige Jahre alt.«

»Möglich.«

»Du glaubst trotzdem, dass wir ihn finden?«

Er nickte entschieden.

»Warum?«

»Intuition.«

»Die kann sich irren.«

Er schüttelte den Kopf. »Ihr solltest du immer trauen.«

Ich musste lachen. »Besser nicht. Meine ist nicht so zuverlässig. Sie lässt mich häufiger im Stich.«

»Das glaube ich nicht. Intuition ist das unbestechliche Gedächtnis unserer Erfahrungen. Wir müssen nur genau hinhören, was sie uns sagt.« Mit einem Lächeln fügte er hinzu: »Sie spricht manchmal etwas undeutlich. Oder sagt Dinge, die wir nicht gerne hören. Unwahr sind sie deshalb nicht.«

Nachdenklich aß ich meinen Reis.

U Ba war lange vor mir fertig und bestellte sich einen zweiten Kaffee. Er sah müde aus, wirkte noch hagerer als sonst, sein Gesicht schien in den vergangenen Tagen noch schmaler geworden zu sein.

Zuerst glaubte ich, er hätte sich am Kaffee verschluckt. Ich stand auf und klopfte ihm zwischen die Schulterblätter, er winkte ab. Wieder ein heftiger Hustenanfall, er bekam kaum Luft, lief rot an, hielt sich am Tisch fest. Selbst die Soldaten blickten besorgt zu uns herüber. Ich bekam Angst und nahm seine Hand, strich ihm über den Rücken. Als es vorüber war, sah er noch erschöpfter aus.

»Wenn wir in Mandalay ankommen, gehen wir als Erstes in ein Krankenhaus«, sagte ich entschieden.

»Es ist nicht so schlimm«, versuchte er mich zu beruhigen.

»U Ba, hör auf«, erwiderte ich verärgert. »Seit ich hier bin, wird es immer schlimmer. Das ist keine allergische Reaktion.«

»Doch«, widersprach er schwach.

»Wogegen?«

»Das weiß ich nicht.«

»Es muss untersucht werden.«

»Und selbst wenn sie etwas finden, was dann?«

»Dann wird es behandelt.«

»Sie können es nicht behandeln, das habe ich dir schon gesagt. Wozu brauche ich also eine Diagnose?«

»Wenn sie etwas finden und sie können es nicht behandeln, nehmen wir morgen den ersten Flieger nach Bangkok«, erklärte ich mit Bestimmtheit. »Dort haben sie erstklassige Krankenhäuser.«

Er lächelte. »Julia, mein Schatz, ich habe nicht mal einen Reisepass.«

»Dann besorgen wir dir einen«, sagte ich, unbeeindruckt von seinen Einwänden.

»Das ist lieb von dir. Dafür müssen wir nach Rangoon, die Bearbeitung eines Antrages für einen Reisepass dauert bei uns Monate, manchmal Jahre, und ich bin mir nicht sicher, ob sie mir überhaupt einen geben würden.«

»Monate? Für einen Reisepass? Das kann ich mir nicht vorstellen. Da gibt es mit Sicherheit ein Expressverfahren für dringende Fälle.«

»Mag sein. Aber nicht für Menschen wie mich.«

»Was heißt Menschen wie dich?«

»Menschen ohne Verbindungen zum Militär.«

»Irgendeine Lösung werden wir finden. Erst einmal musst du untersucht werden.«

»Ich weiß nicht …«

»U Ba! In Mandalay steigen wir sofort in ein Taxi und fahren ins beste Krankenhaus. Vorher gehe ich nicht ins Hotel, und ich steige auch in keinen Zug nach Hsipaw oder sonst wohin.«

»Aber wir müssen …«

»Ich meine es ganz ernst. Ich bleibe vor dem Bahnhof stehen.«

Meine Entschlossenheit hatte ihn offensichtlich beeindruckt. Er seufzte tief und schaute in den Abend. Draußen wurden die Straßen breiter, mehr und mehr Menschen waren unterwegs, Häuser und Lichter nahmen zu. Wir näherten uns Mandalay.

»Warum hast du eigentlich keinen Reisepass?«, wollte ich wissen.

»Wozu brauche ich einen Reisepass?«, fragte er zurück.

»Um mich zu besuchen, zum Beispiel.«

»Da hast du recht.«

»Besorgst du dir einen, wenn wir zurück sind?«

»Mal sehen.«

Ich war enttäuscht. »Würdest du nicht gern einmal zu mir nach New York kommen?«

»Natürlich.« Nach einer kleinen Pause fügte er hinzu: »Aber es ist eine lange, beschwerliche Reise.«

Als wir wieder auf unseren Plätzen saßen, fielen U Ba noch einmal kurz die Augen zu. Ich betrachtete ihn und empfand eine große Zärtlichkeit.

Es gab nur wenige Menschen, denen ich mich so nah und vertraut fühlte. Er war so ohne Arg, ohne jede Berechnung. Was sollte ich tun, wenn sich hinter seinem Husten wirklich etwas Ernstes verbarg? Mich beschlich eine nagende Angst um ihn, die Vorstellung, ihn zu verlieren, war mir in diesem Moment unerträglich.

2

Das Mandalay General Hospital lag nur zwei Straßenblocks vom neuen Hauptbahnhof entfernt. Ein Betelnussverkäufer wies uns den Weg, ich schnallte meinen Rucksack fest und nahm meinem Bruder die Tasche ab, was er zu meiner Überraschung ohne Widerspruch geschehen ließ.

Vor dem Krankenhaus ging es zu wie auf einem Markt. An mehreren Ständen wurden Bananen, Ananas, Kokosnüsse und Mangos angeboten, es gab auch Getränke, Zeitschriften und Bücher. Im Licht nackter Glühbirnen standen Passanten und lasen. Dazwischen warteten Rikschafahrer und Taxis auf Kunden. Ein junger Mann kam auf mich zu, die Hände voll frisch geflochtener Kränze aus Jasminblüten. Er reichte mir einen, und dessen intensiver, leicht süßlicher Duft stieg mir sofort in die Nase.

»Du magst den Duft von Jasmin?«, fragte mein Bruder.

»Ich liebe ihn«, erwiderte ich und suchte nach einem Geldschein, doch der junge Mann winkte lächelnd ab und verschwand in der Menschenmenge.

Auf der Straße war vor zwei voll besetzten Garküchen ein Dutzend Klapptische und Plastikhocker aufgestellt, über lodernden Feuern simmerten Currys, auf einem Grill lagen Spieße mit Fleisch und Pilzen und Paprika.

U Ba blieb kurz stehen und schaute einer Gruppe von Männern zu, die auf einem selbst gebauten Brett mit Kronkorken eine Art Dame spielten. Einer von ihnen war an den Beinen, Armen, Händen, selbst am Hals tätowiert.

»Was ist mit ihm?«, fragte ich flüsternd.

»Die Tätowierungen schützen ihn vor bösen Geistern«, erwiderte U Ba.

Ich zog ihn weiter, wir gingen über den Hof des Hospitals und betraten einen großen Raum, eine Art Notaufnahme, und für einen ersten, langen Moment zweifelte ich, ob es wirklich eine gute Idee gewesen war, mit meinem Bruder ins Krankenhaus zu gehen.

Es war heiß und stickig und stank. Unter der Decke drehten sich träge zwei Ventilatoren. Grelles Neonlicht beleuchtete den überfüllten Raum, die Menschen kauerten auf Stühlen, manche zu zweit auf einem, andere lehnten an der Wand, saßen auf dem Boden oder hatten auf den Fliesen eine Decke ausgebreitet und sich darauf gelegt. Mütter hielten ihre Säuglinge im Arm, ein Kind weinte leise. Einige musterten uns kurz, die meisten waren zu müde, erschöpft oder krank, um uns Beachtung zu schenken.

Mein Bruder fühlte sich sichtlich unwohl, er blieb hinter mir zurück, lehnte sich an eine Säule neben dem Eingang und machte keine Anstalten, etwas zu unternehmen. Ich begab mich auf die Suche nach einem Arzt, stieg über Kranke hinweg, trat versehentlich auf ein Bein, jemand stöhnte auf, ich entschuldigte mich sogleich mehrfach, ging weiter, sprach eine Krankenschwester an, die mir aufmerksam zuhörte, lächelnd nickte und wieder verschwand, ohne etwas zu sagen. Ich war mir nicht sicher, ob sie ein Wort verstanden hatte von dem, was ich ihr erklärt hatte.

Einige Minuten später kam ein junger Arzt und winkte mich in ein Nebenzimmer. U Ba folgte uns widerwillig. Er setzte sich auf einen Hocker gleich neben der Tür. Als habe er mit der ganzen Angelegenheit denkbar wenig zu tun.

»Wie kann ich Ihnen helfen?«, fragte der Doktor in überraschend gutem Englisch.

»Mein Bruder hat seit einiger Zeit einen schweren Husten, der mit jedem Tag schlimmer wird. Wenn er hustet, bekommt er kaum noch Luft.«

Der Arzt musterte U Ba skeptisch. »Ist Ihr Bruder Burmese oder Ausländer?«

»Burmese«, erwiderte ich irritiert. »Warum?«

»Unser Krankenhaus ist sehr voll. Sie haben es gesehen.« Er machte eine kurze Pause, als müsse er seine Worte sorgsam abwägen. »Einen Fremden könnte ich im Notfall bevorzugt behandeln, einen Burmesen nicht. Wäre es Ihnen vielleicht möglich, in ein paar Tagen wiederzukommen?«

»In ein paar Tagen?« Ich war nicht sicher, ob ich ihn richtig verstanden hatte.

»Ja, heute Abend, morgen und übermorgen ist es wirklich sehr schwierig. Es tut mir leid«, sagte er lächelnd. Selbst ich erkannte, um welche Art von Lächeln es sich handelte.

»Lass uns gehen, Julia«, hörte ich U Ba hinter mir sagen.

»Nein«, erklärte ich entschieden, »wir können nicht in ein paar Tagen wiederkommen. Mein Bruder ist krank. Er braucht Hilfe.«

Der junge Arzt lächelte noch immer, jedoch war ich mir nun nicht mehr sicher, was sich dahinter verbarg.

»Vor der Tür liegen viele Kranke, die unsere Hilfe brauchen.« Er machte noch einmal eine kurze Pause. »Es tut mir wirklich leid.«

»Julia, bitte.«

Ich holte aus meiner Tasche zwei Hundertdollarnoten und legte sie auf den Tisch.

Der Arzt schaute das Geld lange an, dann ging sein Blick zwischen mir und meinem Bruder hin und her. Ein trauriges Lächeln lag in seinen Zügen. Hinter mir vernahm ich U Bas tiefes Seufzen.

Der Doktor zögerte, erhob sich schließlich, steckte die Scheine ein und ging zur Tür. »Folgen Sie mir bitte.«

Wir liefen einen Gang entlang, der ebenfalls von Kranken bevölkert war. U Ba schlich, den Kopf gesenkt, ohne meine Blicke zu erwidern, hinter uns her. Der Arzt führte uns in einen Raum, in dem noch vier andere Patienten gleichzeitig untersucht wurden. Er bat meinen Bruder, sich zu setzen, den Oberkörper frei zu machen, tief ein- und auszuatmen, und horchte ihn ab. Er betastete Kopf, Nacken, Schultern und Brust, schaute ihm in den Hals und die Ohren, runzelte die Stirn. U Ba ließ alles über sich ergehen, ohne aufzuschauen.

»Haben Sie Schmerzen in der Brust, wenn Sie tief Luft holen?«, fragte er auf Englisch.

»Nein«, erwiderte mein Bruder leise.

»In den Achseln, vielleicht?«

»Nein.«

»Spucken Sie Schleim aus beim Husten?«

»Manchmal.«

»Viel?«

»Mal mehr, mal weniger.«

»Ist der Schleim blutig?«

U Ba schüttelte stumm den Kopf.

»Bestimmt nicht?«, fragte der Arzt und schaute dabei mich an.

Ich zuckte mit den Schultern.

»Ihr Bruder hat vermutlich eine schwere Bronchitis. Die Lunge würde ich gern röntgen.«

Das Röntgengerät sah aus, als wäre es ein Überbleibsel aus der britischen Kolonialzeit.

Nach einer guten Stunde, die U Ba und ich schweigend nebeneinander verbrachten, erschien der Doktor wieder. Er hielt ein paar Papiere in der Hand und setzte sich zu mir.

»Ihr Bruder hat tatsächlich eine schwere Bronchitis. Wir haben auf dem Röntgenbild in der Lunge außerdem noch einen Rundherd entdeckt. Er könnte die Ursache für die Entzündung sein.«

»Ein Rundherd?«, fragte ich erschrocken.

»Eine Art rundlicher Schatten auf der Lunge.«

»Was bedeutet der?«

»Er kann eine Menge bedeuten«, antwortete er ausweichend.

»Was zum Beispiel?«

»Er könnte auf eine akute Tuberkulose hindeuten, was ich aus verschiedenen Gründen für unwahrscheinlich halte. Auch eine ausgeheilte Tuberkulose wäre möglich. Oder der Schatten könnte der Rückstand einer alten, verheilten Entzündung sein. In diesem Fall wäre er völlig ungefährlich. Oder …« Er kniff die Lippen zusammen und stockte.

»Oder?«

»Er ist ein Zeichen für eine ernstere Erkrankung.«

»Was für eine ernstere Erkrankung?«

»Da gibt es einige.«

»Welche?«, wollte ich ungeduldig wissen.

»Im schlimmsten Fall Lungenkrebs.«

Ich spürte ein Stechen im Magen. Atemnot.

»Es gibt Untersuchungen, mit denen man feststellen kann, ob es so bösartig ist«, fügte er schnell hinzu. »Aber die können wir hier nicht durchführen. Für kein Geld der Welt.«

Ich verstand den Hinweis. »Wo denn?«

»In Ihrem Land.«

»Auch nicht in Rangoon?«

»Nein. Vielleicht in einem der Militärhospitäler, das kann ich Ihnen nicht sagen. Aber da hätte Ihr Bruder keinen Zugang. Oder haben Sie einen General der burmesischen Armee in der Familie?«

Ich schüttelte den Kopf und wusste nicht, was ich sagen sollte. Mein Bruder saß ein paar Stühle entfernt, ich war sicher, dass er verstand, was der Arzt sagte. Ich versuchte, einen Blick mit ihm zu wechseln, doch er starrte auf den Boden.

»Was machen wir jetzt?«, fragte ich ratlos.

»Warten.«

»Worauf?«

Meine Fragen waren ihm sichtlich unangenehm. Er vermied es, mich anzuschauen, wippte unaufhörlich mit den Beinen, und der rechte Daumen massierte die linke Hand, dass es knackte.

»Auf die nächsten Symptome.«

»Was könnten das für welche sein?«, fragte ich vorsichtig.

»Ich gebe Ihnen Antibiotika mit. Wenn es nur eine Bronchitis ist, wird es ihm in ein paar Tagen langsam besser gehen.«

»Und wenn nicht?«

»Dann hat er irgendwann Blut im Hustenschleim. Vermutlich eher früher als später. Schmerzen in der Brust, Schmerzen unter den Achseln.«

»Und dann?«

Der Arzt hob den Kopf. Unsere Blicke trafen sich. Es lag nicht der Anflug eines Lächelns in seinem Gesicht.

»Und dann?«, wiederholte ich ganz leise.

Er antwortete nicht.

Wir nahmen vor dem Krankenhaus ein Taxi, U Ba bat den Fahrer, uns zum nächstgelegenen Hotel zu bringen. Es war noch immer sehr warm, der Wagen hatte eine Klimaanlage, doch die funktionierte nicht. Einige Schlaglöcher schüttelten uns kräftig durch, der Fahrer lächelte mir im Rückspiegel zu. Die Straßen waren voller Menschen, die herumschlenderten oder in Straßenrestaurants hockten.

»Entschuldigung«, sagte ich. »Es war nicht meine Absicht, ich wollte nur, ich wusste nicht …«

Mein Bruder schaute in Gedanken versunken aus dem Fenster, nahm meine Hand, drückte und streichelte sie.

»Es war das erste Mal, dass ich jemanden bestochen habe«, sagte er unvermittelt, wie zu sich selbst.

»Du hast niemanden bestochen«, widersprach ich.
»Doch. Den Arzt.«
»Warum du? *Ich* habe ihm das Geld gegeben.«
»Das ist egal.«
»Wieso ist das egal?«
»Weil du es für mich getan hast. Ich habe davon profitiert.«
»Aber es waren mein Geld und meine Idee. Du konntest gar nichts dafür. Ich habe dich ja nicht einmal gefragt.«
»Ich hätte aufstehen müssen und gehen.«
»Aber U Ba!« Ich wusste nicht, was ich sagen sollte.
»Nein, nein. Ich habe es geschehen lassen und bin deshalb dafür so verantwortlich wie du«, sagte er nachdenklich. »Wir sind nicht nur für unsere Taten verantwortlich, sondern auch für das, was wir nicht tun.«
»Es … es tut mir leid. Ich wollte dir keine Probleme bereiten. Ich wollte dir nur helfen.«
»Ich weiß.« Er drückte meine Hand noch einmal.
Ich holte die Tabletten aus meiner Tasche. »Davon sollst du morgens und abends eine nehmen.«
Er warf einen Blick auf die Schachtel, schüttelte den Kopf und gab sie mir zurück.
»Das sind Antibiotika. Wenn es eine Bronchitis ist, werden sie dir helfen.«
»Ich nehme keine Tabletten.«
»Warum nicht?« Er kam mir vor wie ein störrisches Kind.
»Weil die meisten unserer Medikamente aus China kommen und gefälscht sind. Es ist nicht das drin, was draufsteht. Sie schaden mehr, als dass sie nutzen.«
Ungläubig schaute ich mir die Packung mit ihren chinesischen und burmesischen Schriftzeichen an. »Aber die hat uns der Arzt gegeben. Ich kann mir nicht vorstellen, ich meine, der wird doch nicht …«
»Was soll er uns sonst geben? Andere hat er nicht. In Kalaw im Krankenhaus sterben Patienten an solchen Pillen.«

Das Taxi hielt vor einem heruntergekommenen Gebäude, über dessen Eingang ein rotes Neonschild flimmerte. Darüber wuchsen Pflanzen aus der Fassade. Die Fenster in den unteren Stockwerken waren dunkel und vergittert, vor der Tür lag ein stinkender Haufen Müll.

Ich warf meinem Bruder einen zweifelnden Blick zu. »Gibt es in der Nähe vielleicht noch ein anderes Hotel?«

Er betrachtete den Eingang ebenso skeptisch wie ich, wechselte ein paar Sätze mit dem Fahrer, der nickte kurz und fuhr weiter.

Wenige Minuten später bogen wir in die Auffahrt eines modernen, fünfstöckigen Hotels ein. Ein Page kam beflissen zum Wagen geeilt, öffnete die Tür, ein anderer nahm mir die Tasche und den Rucksack aus den Händen, zwei weitere hießen uns im Chor willkommen und hielten die schwere Glastür auf. In der großen Lobby war es kalt und leer. In der Mitte stand ein Weihnachtsbaum, dessen künstliche Kerzen und rote Kugeln sich auf dem blank polierten Fußboden spiegelten. Mehrere Bedienstete verneigten sich, der Concierge begrüßte uns noch einmal und geleitete mich an einem üppigen Blumengesteck vorbei zur Rezeption. Eine junge Frau reichte mir ein feuchtes Tuch und einen rötlich gelben Willkommensdrink. Ich bat um zwei ruhige, nebeneinanderliegende Einzelzimmer, Nichtraucher, möglichst weit weg vom Fahrstuhl, bestellte einen Weckruf für sechs Uhr am nächsten Morgen und legte meine Kreditkarte auf den Tresen.

Erst jetzt bemerkte ich, dass mir U Ba nicht gefolgt war. Er stand wie verloren neben dem Weihnachtsbaum, fingerte am Knoten seines Longy herum, den Blick zur Tür gerichtet, als wäre er bereits wieder auf dem Weg nach draußen. Ich winkte ihn heran, doch er rührte sich nicht.

Ich nahm dem verdutzten Pagen das Gepäck wieder ab und ging zu U Ba.

»Was ist los?«

»Ich kann auch woanders schlafen, es gibt in der Nähe noch ein …«

»Das kommt gar nicht infrage«, unterbrach ich ihn sofort. »Wir haben zwei Einzelzimmer. Sie wecken uns morgen früh um sechs, dann frühstücken wir und nehmen den nächsten Zug nach Hsipaw.«

Er nickte und folgte mir zum Fahrstuhl, den ein Hotelangestellter bereits gerufen hatte. Wir fuhren schweigend in den fünften Stock, liefen einen langen Korridor entlang und verabschiedeten uns vor den Zimmern.

»Brauchst du noch etwas?«

Er schüttelte müde den Kopf.

»Kann ich noch irgendetwas für dich tun?«

»Nein danke.«

»Dann schlaf gut.«

»Du auch.«

Mein Zimmer war viel zu kalt. Mich fröstelte, ich stellte die Klimaanlage ab und schaute mich um. Ein breites Bett mit frischer Wäsche. Minibar. Ein Schreibtisch, Briefpapier, zwei Telefone, LAN-Anschlüsse, Farbfernseher, Blumengesteck. Eine Schale mit frischem Obst. Alles wirkte furchterregend vertraut. Wie oft hatte ich auf Geschäftsreisen in ähnlichen Zimmern übernachtet? Dallas. Miami. Chicago. Houston. San Diego. Die Hotelzimmer, Büros und Konferenzräume, in denen ich arbeitete, sahen überall gleich aus. Es war eine anonyme, austauschbare Welt. Wohltemperiert, steril, geruchlos, unsinnlich. Eine Welt, in der ich mich problemlos zu bewegen wusste. In der ich mich bisher weder wohl noch unwohl gefühlt hatte. In der ich, wenn ich ehrlich war, gar nichts fühlte. In der ich funktionierte. Verhandlungen führte. Aufgaben erledigte. Dieser Raum war eine Erinnerung an sie, und ich fühlte mich mit einem Mal auf eine unheimliche Weise fremd darin. Fehl am Platz. Als wäre ich nach langer Zeit einmal wieder zu Besuch bei ehemals guten Freunden, um festzustellen, dass mich mit ihnen nichts mehr verband.

Ich fiel kraftlos in einen Sessel, legte die Füße hoch und wartete, ohne zu wissen, worauf. Eigentlich hatte ich mich auf eine warme

Dusche und ein weiches Bett gefreut, nun war ich zu erschöpft, um mich auszuziehen. Ich weiß nicht, wie lange ich dort saß. Irgendwann hörte ich U Ba husten. Als der Anfall kein Ende nahm, wollte ich nach ihm sehen. Seine Tür war angelehnt. Im Flur standen seine ausgetretenen Gummisandalen. Er hatte die Decke vom Bett genommen, zusammengefaltet und auf den Fußboden gelegt; die Tasche mit dem zweiten Hemd und Longy diente als Kopfkissen. Dort schlief er in Seitenlage, die Beine fast bis zur Brust angewinkelt, der Husten hatte ihn nicht geweckt, oder aber er war sofort wieder eingeschlafen. Ich schloss leise die Tür, setzte mich aufs Bett und betrachtete meinen Bruder. Die dünnen Beine, die vernarbten Füße. Sein Brustkorb hob und senkte sich im gleichmäßigen Rhythmus des Schlafenden. Auf dem Boden liegend, ruhend, sah er älter und noch hagerer aus. Bedürftig, schutzbedürftig.

Ich dachte an die zehn Jahre, die zwischen meinen beiden Reisen lagen und in denen wir uns nicht gesehen hatten. Wie hatte ich nicht merken können, wie sehr ich ihn vermisste? Plötzlich verstand ich, warum er mich nie in New York besucht hatte. Mit seinem Longy und seinen Sandalen passte er dort so wenig hin, wie ich ihn mir in Jeans und Schuhen durch die Straßen Manhattans laufend vorstellen konnte.

Warum hatte ich ihn gegen seinen Willen ins Krankenhaus gebracht? Weshalb den Arzt bestochen, ohne ihn zu fragen? Ich wollte helfen. Ich hatte Angst um ihn. Wie konnte ich mir einbilden, besser zu wissen, was gut für ihn ist?

Mir fiel ein Satz unseres Vaters ein, den ich als Kind nie verstanden hatte: »In der Hölle des Gutgemeinten.« So nannte er die Wohltätigkeitsbälle, die meine Mutter zu organisieren half. »Hölle« und »gut gemeint« waren für mich zwei Begriffe gewesen, die zusammen nicht in einen Satz passten. Sie standen in einem unauflöslichen Widerspruch zueinander. Erst viel später verstand ich, wie treffend seine Bezeichnung war. Wie schwierig es war, sich des Gutgemeinten zu erwehren. Ganz zu entkommen war ohnehin nicht möglich. Dafür war der Schatten des schlechten Gewissens zu lang.

Die Bemerkung meines Vaters hätte auch von Amy stammen können. Wie mochte es ihr gehen? Seit meiner Abreise vor zehn Tagen hatten wir keinen Kontakt gehabt, es war Jahre her, dass wir so lange nicht miteinander gesprochen hatten. Was würde sie sagen, wenn sie mich auf diesem Bett sitzen säße? Zu den Geschichten, die wir gehört hatten?

»Ich frage mich, ob diese Stimme auch einen Nutzen haben könnte?«

Ja, Amy, könnte sie. Hat sie. Einen großen sogar.

Ich vermisste ihre Ich-frage-mich-Sätze.

Ich frage mich, ob es sinnvoll ist, deinen Bruder in ein Krankenhaus zu schleppen, das ihn nicht behandeln kann?

Ich frage mich, was du dir dabei denkst, einen ehrlichen Arzt so in Versuchung zu bringen?

Ich frage mich, ob gut gemeint jemals eine Entschuldigung für irgendetwas sein kann?

Warum rief ich sie nicht einfach kurz an? In New York musste es jetzt früher Nachmittag sein. Ihre Stimme, ein paar Sätze von ihr, die mir helfen könnten in meiner Angst um meinen Bruder, mehr wollte ich nicht. Ich ging zum Schreibtisch, nahm den Hörer. 00 1212-2 54 1973, eine der wenigen Nummern, die ich noch auswendig kannte. Zögernd hielt ich inne. Die Vorstellung, nur ein paar Ziffern wählen zu müssen, und schon wäre ich mit der Rivington Street in Manhattan verbunden, war absurd. Als wäre meine Welt von dieser nur ein paar Tastendrücke entfernt.

Wenn es so einfach wäre.

U Ba röchelte und hustete ein wenig, ich hockte mich zu ihm und legte meine Hand auf seinen Arm. Irgendwann stand ich auf, ging zurück in mein Zimmer, holte die Bettdecke und legte mich auf sein Bett. Ich war mir nicht sicher, was überwog: mein Gefühl, ihn so krank nicht allein lassen zu können, oder meine Sehnsucht nach seiner Nähe.

3

Das Frühstücksbuffet war opulent. Wir waren zu dieser frühen Stunde fast die einzigen Gäste im Speiseraum, und mehr als ein Dutzend Kellner und Köche verfolgten jede unserer Bewegungen. U Ba musterte ausgiebig die verschiedenen Käse- und Wurstsorten, beugte sich über die diversen Marmeladen und Brötchen, wollte wissen, wonach Croissants, Müsli und Cornflakes schmecken, und bestellte am Ende eine burmesische Nudelsuppe.

Mein Käseomelett schmeckte nicht. Wahrscheinlich lag es daran, dass ich keinen Appetit hatte. Mir war übel, ich spürte einen unangenehmen Druck im Magen, hatte schlecht geschlafen, meine Schultern waren verspannt. Die Szenen aus dem Krankenhaus gingen mir nicht aus dem Kopf. Das Gesicht des Arztes, als ich die zweihundert Dollar auf den Tisch legte.

»Stimmt es, dass du noch nie jemanden bestochen hast?«, wollte ich von meinem Bruder wissen.

Er nippte an seinem Tee und nickte.

»Ich dachte, die Behörden hier seien so korrupt.«

»Sind sie auch. Aber ich hatte keine Kinder, für die ich bessere Zensuren in der Schule kaufen musste. Ich besitze keinen Laden, für den ich Genehmigungen benötige. Ich war nie ernsthaft krank. Mit der Polizei hatte ich in meinem Leben noch nichts zu tun. Ich brauche nichts von den Behörden, wofür ich bezahlen müsste.«

»Außer einen Reisepass«, sagte ich.

»Außer einen Reisepass«, bestätigte U Ba mit einer Miene, die ich nicht zu deuten wusste.

Der Kellner brachte eine dampfende Nudelsuppe, mein Bruder begann, sie genüsslich zu schlürfen, und ich hatte den Eindruck, dass es ihm ein wenig besser ging.

»Schmeckt es?«

Er nickte. »Dir nicht?«

»Ich habe keinen Hunger.«

»Warum nicht?«

Ich zuckte mit den Schultern.

»Du machst dir zu viele Sorgen.«

»Ich wüsste nicht, worüber«, entgegnete ich mit einem gequälten Lächeln.

»Ich bin nicht sterbenskrank, glaube mir.«

»Warum bist du dir da so sicher?«

»Das spüre ich.«

»Intuition?«

»Intuition!«

Er sah mein Lachen. »Was für eine schöne Frau du bist.«

»Ach U Ba, hör auf damit«, erwiderte ich müde. »Du nimmst mich nicht ernst. Ich habe Angst um dich.«

»Warum?«

Mir war nicht klar, ob er die Frage ernst meinte oder ob er seine Unbefangenheit nur spielte. »Weil es sein kann, dass du sehr krank bist.«

Mein Bruder löffelte den letzten Rest seiner Suppe, bevor er antwortete. »Ja, die Möglichkeit besteht. Bei dir aber auch.«

»Ich habe keinen Rundherd auf der Lunge.«

»Du bist heute Morgen mit Kopfschmerzen aufgewacht. Der Grund kann ein Tumor in deinem Kopf sein, von dem du nur noch nichts weißt.«

»Das sind Verspannungsschmerzen, die kenne ich.«

»Es könnten aber auch ...«

»Ich kann auch auf dem Weg zum Bahnhof von einem Auto überfahren werden«, unterbrach ich ihn. »Darum geht es nicht.«

»Worum dann?«

»Dass du akute Symptome hast. Dass es bei dir ... dass wir etwas tun müssen ...«

»Wir warten. Der Arzt hat es dir erklärt. Etwas anderes können wir jetzt nicht machen.«

»Das glaube ich nicht. Das kann ich mir nicht vorstellen.«

»Wenn wir etwas tun könnten, hättest du dann weniger Angst?«

»Das weiß ich nicht. Auf jeden Fall würde ich mich nicht so hilflos fühlen. Abwarten und sehen, was passiert: Das ertrage ich nicht. Irgendetwas kann man immer tun.«

»Wer bin ich, dir zu widersprechen«, erwiderte er mit einem verschmitzten Lächeln. In seinem ironischen Unterton lag eine große Zärtlichkeit.

Wir kamen aus zu unterschiedlichen Welten, um in diesem Punkt einer Meinung zu sein.

»Hast du von der Stimme etwas gehört?«, fragte er.

Ich schüttelte den Kopf. »Nein. Selbst die Erzählung Maung Tuns hat sie nicht kommentiert.«

»Seltsam. Ich hätte gedacht, dass sie spätestens bei der Nachricht, dass ihr Sohn noch lebt, etwas sagt. Vielleicht genügt ihr das Wissen um sein Überleben?«

»Oder sie wartet so gespannt wie du und ich, ob wir Thar Thar finden werden.«

In Hsipaw setzten wir uns in ein Teehaus in der Nähe des Bahnhofs. Mein Bruder bestellte burmesischen Tee und begann ein Gespräch mit dem Kellner, in das sich schnell die Gäste an den Nachbartischen einmischten. Nach einigen Minuten wandte er sich zufrieden wieder mir zu.

»Sie kennen ihn alle. Er lebt mit einem Dutzend Kindern und Jugendlichen in einem alten Kloster, das lange leer stand. Es liegt einige Kilometer von hier Richtung Namshaw. Wir müssen der Hauptstraße folgen und bei einer weißen Pagode rechts abbiegen. Der Kellner bringt uns mit seinem Moped hin.«

Eine halbe Stunde später zwängten wir uns zu dritt auf eine Honda Dream II; ich saß hinten, unsere Tasche klemmte zwischen U Ba und mir. Der Kellner gab Gas, die ersten Meter schlingerten wir in einem wilden Zickzack über die Straße, bis er endlich die Kontrolle über das Moped gewann. Kurz hinter dem Ort bogen wir bei der weißen Pagode in einen Feldweg ein. Ich rutschte vor Aufregung auf meinem Sitz so unruhig hin und her, dass der Fahrer Mühe hatte, das Moped auf dem weichen Weg in der Spur zu halten.

Waren wir kurz davor, Thar Thar zu treffen? Wie mochte er aussehen? Würde er überhaupt mit uns reden wollen? Hatte er die Hölle im Dschungel wirklich überlebt? Welche Spuren hatte diese Zeit in ihm hinterlassen? Die Entscheidung Nu Nus? Der frühe Tod des Vaters? Was für ein Mensch würde uns begegnen? Was war aus Ko Bo Bo geworden?

Wir erklommen einen Hügel und sahen das Kloster schon von Weitem, ein großer dunkler Holzbau, auf Pfählen stehend, mit Blechdach und mehreren Türmchen, an deren Giebeln Glöckchen und Fähnchen hingen. Es lag von Bäumen umgeben und wie beschützt von einem großen Bambushain, der selbst die Turmspitzen um viele Meter überragte.

Der junge Kellner hielt an und zeigte darauf, als wäre dies der letzte Moment, an dem wir noch umkehren könnten. U Ba hustete kurz, gab ihm ein Zeichen, und wir rollten den Hügel hinunter.

Wenige Minuten später fuhren wir in einen sandigen Hof ein, begrüßt von zwei bellenden Hunden und Dutzenden laut gackernden Hühnern, die aufgeregt herumrannten. Wir stiegen ab, der Fahrer wendete, wir bedankten uns, doch meinen Versuch, für die Fahrt zu bezahlen, unterband mein Bruder schon im Ansatz.

»Er freut sich, dass er uns einen Gefallen tun konnte.«

Wir schauten uns neugierig um. Der Hof war umwachsen von Beeten und Hecken, die in den schönsten Farben blühten. Ich sah Rosenbüsche, gelbe und rote Hibiskussträucher, Oleander, lila Bougainvilleen, Gladiolen und Amaryllen.

Das Kloster selbst war in keinem guten Zustand. Viele der Pfähle sahen morsch aus, an mehreren Stellen waren Bretter aus den Wänden gebrochen, brauner Rost zerfraß das Wellblechdach, ein Flügel des Hauses war halb eingestürzt. Eine breite Treppe mit schiefem Geländer führte zum Eingang hoch. Im hinteren Teil des Hofs hingen auf einem Bambusgerüst rotbraune Mönchskutten zum Trocknen. U Ba rief etwas, doch es kam keine Antwort. Die Hühner und Hunde hatten sich beruhigt, wir hörten nichts als das helle Spiel der Glöckchen an den Dächern.

Auf dem oberen Treppenabsatz erschienen ein Junge und ein Mädchen. Sie trugen die roten Kutten der Novizen und musterten uns neugierig. Hinter ihnen tauchte kurz darauf ein Mönch auf. Er legte seine Hände auf ihre Schultern, flüsterte etwas, sie lachten. Er stieg langsam die Stufen herunter und kam mit festen und zugleich ein wenig federnden Schritten auf uns zu. Ich fühlte mein Herz heftig pochen. Sollte das Thar Thar sein? Von dem ich so viel und doch wieder fast nichts wusste. Er war noch größer und kräftiger, als ich ihn mir vorgestellt hatte. Seine Haare waren kurz geschoren, die Zähne so weiß wie die Jasminblüten gestern, sein Kopf wohlgeformt, die Lippen voll, aus seiner Mönchskutte ragten zwei muskulöse Arme heraus. Ich erkannte das Muttermal unter dem Kinn sofort. Die Narbe am Oberarm. Den fehlenden Finger an der rechten Hand. Er begrüßte U Ba mit einem freundlichen »Nay Kaung Gya Tha Lah«, dann wandte er sich mir zu. Streckte mir die Hand entgegen, blickte mir direkt in die Augen und sagte auf Englisch mit einem Akzent, den ich von einer italienischen Freundin kannte: »Welcome to my monastery, Signora. How are you?«

4

Thar Thar lachte. Ich war vermutlich nicht die erste Besucherin, die auf seine Begrüßung verblüfft reagierte. Er hatte ein wunderschönes Lachen. Eines, das jemand mit seiner Vergangenheit gar nicht haben dürfte.

Als Nächstes fielen mir seine Augen auf. Ich hatte noch nie einen Menschen mit solchen Augen gesehen. Ungewöhnlich groß, tiefbraun, mich auf eine ruhige Art fixierend, die mir angenehm war. Mehr als angenehm. In ihnen ruhte eine solche Kraft und Intensität, dass ich eine Gänsehaut bekam. Er war ein Mensch, in dessen Gegenwart ich mich wohlfühlen würde, ohne dass ich hätte erklären können, warum.

Mein Bruder hätte es wohl Intuition genannt.

Unsere Hände berührten sich. Einen Augenblick lang standen wir uns stumm gegenüber, ich wusste nicht, was ich sagen sollte.

»Sprichst du kein Englisch?«, fragte er verwundert.

»Doch … natürlich.«

»Was führt euch zu uns?« Thar Thar schaute zunächst U Ba an, dann mich.

Mein Bruder warf mir einen fragenden Blick zu. Ich zögerte.

»Wir sind gekommen …«, hob U Ba an.

»Aus Neugierde«, unterbrach ich ihn.

Die Verwunderung in den Augen meines Bruders.

Ich wollte Thar Thar nicht die Wahrheit sagen, nicht jetzt. Vielleicht, weil ich fürchtete, dass damit unsere Reise zu Ende wäre. Oder weil ich unsicher war, wie er darauf reagieren würde: uns für verrückt erklären? Mich als eine Art Medium sehen, um mit seiner Mutter zu hadern? Sich abwenden und uns wieder wegschicken, weil er nicht an seine Vergangenheit erinnert werden wollte? Mir war nicht wirklich klar, was mich abhielt.

»Haben sie euch in der Stadt von uns erzählt?«, fragte Thar Thar, der die Verwirrung zwischen meinem Bruder und mir offenbar nicht bemerkt hatte.

»Ja, genau«, bestätigte ich schnell. »Deshalb sind wir hier.«

»Das habe ich mir gedacht. Bei uns …«

Er wurde von einem Hustenanfall meines Bruders unterbrochen. U Ba wandte sich ab, Thar Thar beobachtete ihn besorgt und wartete, bis sich mein Bruder beruhigt hatte, dann fuhr er fort: »… bei uns tauchen hin und wieder neugierige Touristen auf, die in Hsipaw von uns hören. Aber aus Italien kommst du nicht, oder?«

Ich schüttelte überrascht den Kopf. »Nein. Ich bin Amerikanerin.«

»Che peccato.«

Verblüffte Blicke. »Und das heißt?«

»Wie schade.«

Für einen Moment zweifelte ich, ob wirklich Thar Thar vor uns stand. Wie sollte er, der, soweit ich wusste, nicht einmal eine

Schule besucht hatte, zwei Fremdsprachen beherrschen? »Sprichst du Italienisch?«

»Un poco. Ein bisschen.«

»Wo … wo hast du das gelernt?«

Er amüsierte sich über meine zunehmende Verwirrung. »Von einem italienischen Priester. Er hat mir Englisch, ein wenig Italienisch und noch viel, viel mehr beigebracht.«

»Wo? Hier in Burma?«

»Ja. Aber das ist eine sehr lange und bedauerlicherweise auch sehr uninteressante Geschichte, mit der ich euch nicht langweilen möchte. Ihr seid bestimmt nicht gekommen, um meine Lebensgeschichte zu hören, sondern um das Kloster zu sehen und ein paar der Kinder kennenzulernen, richtig?«

U Ba und ich nickten verlegen.

»Dann kommt mit.«

Thar Thar lief voran, wir folgten ihm, und mein Bruder wirkte genauso irritiert wie ich.

Ich erwartete jeden Augenblick ein Zeichen der Stimme. Wir standen ihrem Sohn gegenüber. Warum schwieg sie jetzt? Aus Scham? Schlechtem Gewissen? Was sagt eine Mutter zu ihrem ungeliebten Kind, das sie in den Tod geschickt und das überlebt hat? Vielleicht genügte es ihr, Thar Thar lebend zu begegnen. Zu sehen, dass es ihm gut ging. Würde sie hier zur Ruhe kommen? Ohne weitere Worte? Ohne ihn um Vergebung zu bitten?

Das Gelände war weitläufiger, als es zunächst den Anschein hatte. Hinter dem Klostergebäude lagen ein Brunnen mit einem gemauerten Becken, ein Schuppen mit einem Haufen gehacktem Holz davor und ein Bolzplatz mit zwei schiefen, selbst gezimmerten Toren. Neben dem Feld begann der Bambushain, in einiger Entfernung sah ich ein paar Leute auf einem Acker arbeiten. Ein leichter Wind rieb die Bambusrohre aneinander, ihr kratzendes Knarzgeräusch mischte sich mit dem hellen Bimmeln der Glöckchen zu einem ganz eigenen Gesang.

Auf der anderen Ecke des Klosters stand eine grauweiße Stupa mit vergoldeter Spitze, von der Putz in großen Fladen abgebröckelt war. Davor hockten zwei Novizen zwischen Haufen von getrockneten Blättern und Zweigen und flochten Körbe. Thar Thar rief etwas, sie unterbrachen ihre Arbeit, erhoben sich etwas umständlich und kamen uns entgegen. Der eine ging langsam, mit tastenden Schritten, den Kopf gesenkt, als suche er etwas. Der andere lief tief gebeugt neben ihm her, er hatte einen großen Buckel. Beide waren barfuß, ihre Füße und Beine mit Narben und Kratzern übersät. Als sie vor uns standen, legten sie die Hände aneinander und verneigten sich höflich. Der jüngere hatte dazu auch noch eine tiefe Hasenscharte, und als der ältere den Kopf hob, lief mir ein Schauder über den Rücken. Seine Augen waren milchig weiß, er war blind.

U Ba nahm kurz meine Hand.

»Das sind Ko Aung und Ko Lwin«, sagte Thar Thar. »Keiner kann Körbe flechten wie sie. Früher besaß ich auch recht flinke Finger, aber im Vergleich zu ihnen war ich ein Trödler.«

Sie flüsterten etwas im Chor, was entfernt nach »How are you« klang.

»Ich gebe ihnen jeden zweiten Tag Schulunterricht«, erklärte Thar Thar mit einem Anflug von Stolz in der Stimme. »Dazu gehört auch ein wenig Englisch.«

Ich antwortete, dass es mir gut gehe und dass ich mich freute, hier zu sein. Ein schwer zu deutendes Lächeln zog über ihre Gesichter, sie verneigten sich noch einmal und gingen wieder an die Arbeit.

Thar Thar erzählte, dass die anderen Novizen auf dem Feld seien, und lud uns ein, im Kloster einen Tee mit ihm zu trinken.

Wir stiegen eine wackelige Treppe hinauf und betraten das Hauptgebäude. Staunend blieb ich stehen. Es war ein großer Saal, dem Eingang gegenüber standen auf einem Podium ein Dutzend verschiedene Buddhastatuen. Manche glänzten golden im Licht der Glühbirnen, andere waren aus dunklem, fast schwarzem Holz oder hellem Stein. Es gab den Liegenden Buddha, den Kopf auf einen Arm gestützt, den aufrecht Stehenden und auch den Sitzenden Buddha, der eine Hand mahnend erhoben hielt. Eine andere Statue zeigte ihn dick und plump wie einen Sumoringer, dabei nach Kräften lachend. In Vasen steckten rote Gladiolen, Jasmin, Hibiskuszweige, in einer Schale schwammen Rosenblüten. Über dem Altar hingen Lampions und ein ausladender gelber Schirm mit aufgenähten bunten Steinen. Auf Tellern lagen Opfergaben – Reis, winzige Plastiktütchen, Bonbons, Batterien, Kekse. Der Qualm von Räucherstäbchen zog darüber hinweg, es roch nach frischen Blumen und Weihrauch. An der Wand dahinter entdeckte ich zwei Kruzifixe, an einer Säule klebte ein vergilbtes Poster der Jungfrau Maria, an einer anderen eines der Heiligen Drei Könige. Ich wollte meinen Bruder etwas fragen, doch der hockte hustend und erschöpft auf dem Holzboden.

»Ich glaube, dein Begleiter ist erschöpft. Ich mache uns frischen Tee«, sagte Thar Thar und verschwand in einem Raum am Ende der Halle.

Ich setzte mich zu U Ba.

»Ich brauche eine kleine Pause, entschuldige bitte«, sagte er.

»Hast du die Jesuskreuze gesehen?«, flüsterte ich.

Er nickte. »Bestimmt Geschenke des italienischen Priesters.«

»Wieso hängen sie in einem buddhistischen Kloster?«

U Ba zuckte mit den Schultern und lächelte müde.

Thar Thar kehrte mit einem Tablett, einer Thermoskanne und drei kleinen Bechern zurück. Er holte einen flachen Tisch und ein Sitzkissen für mich.

Der Tee war heiß und bitter.

»Ich würde mich gern etwas ausruhen, wenn es keine Umstände macht«, sagte U Ba leise.

Thar Thar stand sofort wieder auf, holte eine Matte und breitete eine Decke über meinem Bruder aus.

»Habt ihr schon ein Hotel in Hsipaw?«

»Nein«, sagte ich.

»Ihr könnt gern bei uns übernachten.«

Ich schaute mich skeptisch nach Betten oder Schlafplätzen um. »Wo habt ihr Platz für uns?«

Er lachte wieder. »Überall. Wir rollen abends Matten aus. Wenn ihr eure Ruhe haben wollt, bau ich euch in der Ecke einen Schlafplatz, da hängt sogar ein Vorhang. Manchmal bleiben Touristen über Nacht, die schlafen dort. Wir haben sogar noch zwei Schlafsäcke, die uns jemand hiergelassen hat. Ich glaube, deinem Begleiter würde es guttun.«

»Er ist mein Bruder.«

Er stutzte kurz. »Ihr seht euch nicht sehr ähnlich.«

»Mein Halbbruder. Ich lebe in New York und besuche ihn.«

Thar Thar nickte und nahm meine Erklärung ohne weitere Fragen zur Kenntnis.

Draußen brach die Abenddämmerung an, ich hörte Stimmen unter dem Haus. Geraschel. Geklapper. Heiteres, ausgelassenes Lachen, so wie nur Jugendliche es können, dachte ich.

Kurz darauf kamen sie die Treppe hoch. Ko Aung und Ko Lwin kannte ich schon. Ihnen folgten zwei junge Männer, die humpelten. Ein Mädchen mit einem Stock, der ihr als Krücke diente. Ihr fehlte ein Bein. Ein Mädchen mit nur einer Hand. Ein weiteres, begleitet von einem Jungen, die beide, soweit ich es auf den ersten Blick erkennen konnte, körperlich unversehrt waren. Sie alle grüßten mich ernst, aber freundlich und verschwanden in der Küche. Schon bald vernahm ich das Knistern eines lodernden Feuers, das Klappern von Geschirr.

»Wie viele seid ihr alle zusammen?«, fragte ich.

»Dreizehn.«

»Und du bist der Abt des Klosters?«

»Nein. Streng genommen sind wir gar kein buddhistisches Kloster.«

»Was dann?«

Er überlegte. »Eine Familie. Wir leben zusammen. Meine zwölf Kinder und ich. Alle haben, wie soll ich mich ausdrücken ... alle sind anders als andere Kinder. Ko Aung ist blind, Ko Maung taub. Ko Lwin hat die Hasenscharte und einen Buckel. Ko Htoo humpelt,

Soe Soe hat einen Fuß verloren, Moe Moe fehlt ein Arm, Toe Toe hat Anfälle, Ei Ei ein steifes Bein. Was immer es ist, ihre Familien konnten nicht mehr für sie sorgen, die anderen Klöster in der Umgebung wollten sie nicht.«

»Warum nicht?«, wunderte ich mich.

»Viele buddhistische Klöster nehmen nicht gern behinderte Novizen. Die Mönche glauben, sie besäßen ein schlechtes Karma. Nur Menschen, die körperlich und geistig unversehrt sind, können Mönche werden. Deshalb kamen sie zu mir.«

»Und was machst du mit ihnen?«

Er schenkte mir Tee nach und musterte mich verwundert. Meine Fragen schienen ihm nicht sinnvoll zu sein. »Was man als Familie so macht: Man sorgt füreinander, oder nicht? Ich unterrichte sie, so gut ich kann, wir bauen Gemüse an, flechten Körbe, Dächer und Hauswände, die wir verkaufen. Wir beten und meditieren gemeinsam. Wir kochen und essen zusammen. Hast du keine Familie?«

Ich schluckte kurz und deutete auf den schlafenden U Ba. »Doch, meinen Bruder.«

»Und in Amerika?«

»Niemanden, mit dem ich zusammenlebe.«

»Keinen Mann?«

»Nein.«

»Keine Kinder?«

Ich holte tief Luft.

Ein Versprechen, streichholzgroß. Nicht lebensfähig. Noch lange nicht. Und trotzdem.

»Nein.«

»Du lebst ganz allein?«

Seit meiner Kindheit hatte mich niemand mehr so mitleidsvoll angeschaut.

Ich räusperte mich. »Ja, und das ist auch gut so.«

Er neigte den Kopf zur Seite und wippte ein wenig mit dem Oberkörper, ohne etwas zu erwidern.

Eine Mädchenstimme rief uns zum Essen.

Wir hockten uns auf drei Balken um das Feuer, die zwölf Jugendlichen, Thar Thar und ich. Jeder von uns bekam eine Schüssel Reis mit etwas Gemüsecurry und einem Spiegelei obendrauf.

Manche warfen mir über ihre Schale hinweg verstohlene Blicke zu, andere waren zu hungrig, um mich lange zu beachten. Das Curry schmeckte etwas säuerlich, aber gut, der Reis war nicht gründlich gewaschen, hin und wieder spürte ich etwas Sand oder einen kleinen Stein zwischen den Zähnen.

Ein wohltuendes Schweigen breitete sich aus. Das Knacken des Feuers. Das Rascheln des Bambus im Hof.

Erst jetzt bemerkte ich, dass eines der jungen Mädchen zitterte, als leide sie an Parkinson. Sie führte ihren Löffel zum Mund, doch schon auf halbem Weg war nicht ein Reiskorn mehr drauf. Sie versuchte es erneut, wieder fiel ihr ein Teil des Essens runter. Sie nahm ihre Hände, auch das misslang, was das Zittern nur noch verstärkte.

Neben ihr saß die einarmige Moe Moe. Sie hatte ihre Schale zum Essen zwischen die Beine geklemmt, stellte sie zur Seite, griff nach einem Löffel und begann, ihre Nachbarin zu füttern. Sofort wurde sie ruhiger. Moe Moe und ich schauten uns an, sie war die Einzige, die meinem Blick nicht auswich. Mit einer Geste deutete ich an, dass ich ihr helfen würde, sie schüttelte kaum merklich den Kopf, ein Lächeln flog über ihre Lippen, und sie dankte mir mit den Augen. Sie besaß das schönste, traurigste Lächeln, das ich je gesehen hatte.

Ich brachte meinem Bruder eine Schüssel Reis, aber er hatte keinen Appetit und wollte sich weiter ausruhen.

Wir beschlossen, über Nacht zu bleiben.

Thar Thar bereitete unsere Schlafstätten vor. Er fegte den Boden, kramte aus einer Truhe mehrere Matten, Decken und die beiden Schlafsäcke hervor und breitete sie in der Ecke hinter dem Vorhang aus; für mich legte er eine doppelte Unterlage zusammen, weil ich es, so vermutete er, bestimmt nicht gewohnt sei, auf hartem Grund zu schlafen. Vom Altar holte er die Schüssel mit den Rosenblüten und stellte sie zwischen unsere Matten. Sie würden schlechte Träume verscheuchen und für einen guten Schlaf sorgen, behauptete er.

Die Zärtlichkeit dieser Geste berührte mich.

Ich holte meinen Bruder und setzte mich zu ihm. Er lächelte erschöpft, nahm meine Hand und war nach wenigen Minuten eingeschlafen.

Ich ging hinaus und hockte mich auf die Treppe. Die Düsternis verschlang den Hof. Über mir leuchteten Sterne. Es waren so viele, dass ich erschrak. Von drinnen hörte ich U Ba im Schlaf husten.

Kurz darauf setzte sich Thar Thar zu mir. Mir fielen seine breiten, kräftigen Füße auf, die nicht zu seinen langen, schlanken Fingern passten. Er hatte eine Kerze, Tee und zwei Tassen mitgebracht.

»Möchtest du?«

»Gern.«

»Dein Bruder ist ziemlich erkältet«, sagte er und goss uns ein.

»Hoffentlich ist es nur eine Erkältung.«

»Was sonst?«

Ich erzählte ihm von einem Arzt mit traurigen Augen. Von einem dunklen Fleck auf einer alten Lunge. Von Medikamenten, die nicht heilen.

»Machst du dir Vorwürfe?«

»Vor allem mache ich mir Sorgen.«

»Das verstehe ich, ist aber nicht nötig. Dein Bruder stirbt noch nicht.«

»Das behauptet er auch. Woher wollt ihr das wissen?«, entgegnete ich zweifelnd. »Bist du Wahrsager? Astrologe?«

»Nein. Aber ich erkenne seinen Husten. Er klingt vertraut. So husten hier viele Menschen, wenn die kalte Jahreszeit anbricht. Und in seinen Augen, in seinem Gesicht, kündigt sich der Tod noch nicht an.«

»Du glaubst, du erkennst einen bevorstehenden Tod in den Augen?«

»Ja«, sagte er ruhig.

»Woran?«, fragte ich ungläubig.

Thar Thar dachte lange nach. Dabei fuhr er mit beiden Händen immer wieder langsam über seinen kahl geschorenen Kopf, als streichle er sich selbst. »Das ist ganz verschieden. In manchen Augen siehst du die Angst vor dem Tod. Ein letztes Flackern, sehr verzweifelt und sehr einsam. Aus anderen ist das Leben schon ein wenig entwichen. In ihnen siehst du eine erste Andeutung von der Leere, die folgt. In den Augen deines Bruders deutet nichts auf einen baldigen Tod hin.«

»Der Arzt war sich da nicht so sicher.«

»Ärzte schauen nicht in die Augen.«

Ich wollte nicht weiter darüber sprechen und fragte noch einmal nach dem italienischen Priester.

»Das ist wirklich eine lange Geschichte«, entgegnete er.

»Das macht nichts. Ich habe Zeit.«

»Dann wärst du der erste Mensch aus dem Westen, den ich kenne«, sagte er lachend.

»Kennst du so viele?«

»Was heißt viele? Wir bekommen hin und wieder Besuch, und auch bei Pater Angelo waren häufiger Touristen zu Gast. Sie waren immer in Eile. Selbst in den Ferien.«

»Ich bin es nicht«, behauptete ich.

Er schaute mich mit einem prüfenden Blick an. »Wie lange bleibt ihr?«

»Mal sehen. Wir haben keine Pläne.«

»Keine Pläne? Das wird ja immer ungewöhnlicher«, sagte er und schnitt eine Grimasse. »Ein paar Tage?«

»Warum nicht?«

»Aber wer bei uns wohnt, muss auch bei der täglichen Arbeit helfen.«

»Das heißt?«

»Kochen. Putzen. Waschen. Eier sammeln. Hühner füttern.«

»Selbstverständlich – wenn du mir erzählst, wie du zu dem Priester gekommen bist.«

»Warum interessiert dich das so?«

Ich überlegte einen Moment, ob ich ihm jetzt die Wahrheit sagen sollte. Aber ich fürchtete, wenn ich sie ihm erzählte, würden wir über nichts anderes mehr reden, und ich wollte unbedingt wissen, was geschehen war seit der Zeit, als er mit Ko Bo Bo im Arm das Flussufer hinuntergegangen war.

Thar Thar war mir ein Rätsel. Er entsprach in nichts dem Mann, den ich erwartet hatte, auch wenn es mir schwergefallen wäre, zu beschreiben, welches Bild ich mir nach den Erzählungen Khin Khins und Maung Tuns von ihm gemacht hatte. Einen verbitterten Menschen hatte ich mir vorgestellt. Einen gequälten Geist. Einen wütenden. Verhärmten. Misstrauischen. Einen Melancholiker vielleicht oder einen schwer depressiven, der die Welt hasst. Oder sich. Oder beide.

»Es muss eine ungewöhnliche Geschichte sein. Auf sie bin ich neugierig.« Das war nicht gelogen.

Die Antwort genügte ihm. Er schenkte uns Tee nach und schwieg.

In die Stille krähte ein Hahn. Ein anderer antwortete.

Ich beobachtete ihn aus den Augenwinkeln im Schein der flackernden Kerze. Er strahlte eine große, wohltuende Ruhe aus, seine Züge waren entspannt, er saß so aufrecht, als meditiere er.

»Ich war«, hob Thar Thar nach einer langen Pause an, »wie soll ich sagen, ich war in Not. Ich hatte meine Familie verloren und war auf der Suche.«

»Wonach?«

Er grinste. »Siehst du, wie eilig du es hast.«

Ich musste über mich selber lachen und nickte als Zeichen, dass ich ihn verstanden hatte.

»In einem Teehaus«, fuhr Thar Thar fort, »hörte ich von Pater Angelo, und dass er Menschen wie mir hilft. Der Pater lebte schon sehr lange hier. Er war als Missionar ins Land gekommen, als es offiziell noch Burma hieß und die Engländer herrschten. Während der Kolonialzeit kamen viele Geistliche aus Amerika, England, Spanien und Italien, die uns bekehren wollten. Manche blieben ihr Leben lang. Zu ihnen gehörte Pater Angelo. Er hat mich aufgenommen, ohne dass ich lange bitten musste. Ich habe ihm den Haushalt geführt, geputzt, eingekauft, gekocht, die Wäsche gemacht, er hat mir dafür

Unterkunft gegeben und mich unterrichtet. Der Pater brachte mir Lesen, Schreiben und ein wenig Rechnen bei. Mathematik war nicht seine Stärke. Er gab mir lieber Englisch- und eben ein wenig Italienischunterricht. Bei ihm habe ich zum ersten Mal ein richtiges Buch in den Händen gehalten. Bei ihm habe ich gelernt, welche Macht die Wörter besitzen. Im Haus war eine kleine Bibliothek, ich hatte viel Zeit und habe fast jedes Buch, das ich in die Hände bekam, verschlungen. Ich weiß, wer Robinson Crusoe ist.«

Er genoss das Staunen in meinem Gesicht.

»Moby Dick. Oliver Twist. Sogar Kain und Abel. Der Pater und ich haben zusammen das Alte und das Neue Testament studiert. Ich habe ihm bei Beerdigungen geholfen, bei Taufen und Trauungen. Wir haben Weihnachten zusammen gefeiert und Ostern. Seine Gottesdienste fanden in einer alten Kirche statt, im Ort gab es eine kleine, aber wieder wachsende christliche Gemeinde. Ich habe in acht Jahren keine Predigt von ihm versäumt.«

»Wie ich sehe, hat er dich trotzdem nicht bekehren können.«

»Wie kommst du darauf?«

»Das Kloster. Die Buddhas, deine Robe ...«

»Das sind nur Äußerlichkeiten, lass dich von ihnen nicht täuschen. Die Kinder, die zu mir kommen, wachsen in buddhistischen Familien auf, sie fühlen sich wohler, wenn der Buddha ein Auge auf sie hat. Du hast recht und auch wieder nicht. Pater Angelo hat mich sehr wohl bekehrt. Aber nicht zum Christentum.«

»Warum nicht?«

»Weil ich kein Sünder bin.« Sein Lächeln bei diesem Satz.

»Wozu hat er dich dann bekehrt?«

Thar Thar zögerte. »Das ist eine andere Geschichte.«

»Ich habe Zeit ...«

Er schüttelte den Kopf. »Nichts für heute Abend. Ich weiß gar nicht, ob ich sie erzählen könnte. Ich habe diese Geschichte noch nie in Worte gefasst.«

Er warf mir einen Blick zu, den ich nicht deuten konnte. War er voller Zärtlichkeit, oder bildete ich es mir ein?

»Warum bist du von Pater Angelo weggegangen?«

»Er war alt und wurde krank. Nach einem Schlaganfall habe ich ihn fast ein Jahr lang gepflegt. Einen Tag nach seinem neunzigsten Geburtstag hörte sein Herz auf zu schlagen. Ich saß an seinem Bett. Er nahm meine Hand und legte sie auf seine Brust. Ich konnte fühlen, wie es immer langsamer pochte. Irgendwann hörte es einfach auf.«

Wir schauten schweigend in die abnehmende Dunkelheit, die den Hof und die Bäume und die Büsche allmählich wieder preisgab: Über dem Bambus ging der Mond auf und schüttete sein fahles Licht aus.

Ich musste an ein Dorf denken, in dem die Angst auf den Bäumen saß, Grimassen schnitt und ihren widerwärtigen Schatten warf.

In dem die Herzen versteinerten.

An eine Hütte, mit einem Loch im Dach.

An schwarze, blank geputzte Lederstiefel.

An einen kräftigen Körper und an einen schmächtigen Körper, der zitterte. Nicht vor Erregung.

An Speichel, der Tropfen für Tropfen aus einem Mund mit blutroten Zähnen rann.

An Sekunden, die zwischen Leben und Tod entschieden.

Einen kannst du behalten.

Den anderen nehmen wir.

Der saß neben mir und strahlte mich an. Wie konnten Augen, die so tief ins Herz des Bösen blickten, die so viele Menschen sterben sahen, die mitansehen mussten, wie ein Mann, den sie liebten, aus der Krone eines Baumes fiel, wie konnten solche Augen so leuchten?

Was war ihr Geheimnis?

Ich hatte das Gefühl, wirklich auf einer Insel gelandet zu sein. Es war aber nicht die Insel der Toten. Nicht die der Einsamen.

Es war eine andere Insel.

Eine, von der mir bisher niemand etwas erzählt hatte.

5

Der Tag begann früh. Ich hörte das Flüstern der Novizen. Ihr Lachen, schon im Morgengrauen. Wie sie ihre Matten zusammenrollten. Thar Thars Stimme. Ihren Gesang, er hatte mit ihnen ein Mantra angestimmt. Die Glöckchen am Dachsims, die ein leichter Wind zum Singen brachte. Gackernde Hühner. Das Rauschen eines Bachs, der mir gestern nicht aufgefallen war.

Ich streckte mich. Das wohlige Gefühl eines ausgeruhten Körpers.

Mein Bruder schlief noch. Er lag auf dem Rücken, den Mund leicht geöffnet, die Wangen eingefallen, die Nase wirkte dünner und spitzer als sonst. Die Andeutung einer Pause im Rhythmus seines Atems. Ich schreckte hoch, lauschte. Sein Röcheln beruhigte mich.

U Ba durfte nicht sterben.

Bitte nicht.

Bitte, bitte nicht.

Ich ertappte mich dabei, etwas zu tun, was ich zuletzt als Kind gemacht hatte: Ich bat eine höhere Macht um Hilfe. Damals hatte ich in meinem Bett gelegen und vor dem Einschlafen hin und wieder den »lieben Gott« um Beistand gebeten. Als meine beste Freundin Ruth nach Washington zog. Mein Meerschweinchen im Sterben lag. Meine Mutter fast eine Woche im verdunkelten Schlafzimmer geblieben war.

An wen sollte ich mich jetzt wenden? Das Schicksal? Die Sterne? Die örtlichen Geister, die sie Nats nennen? Den Buddha?

Ich sandte meine Bitte an keinen bestimmten Adressaten. Mochte sich ihrer annehmen, wer die Macht besaß, mir zu helfen.

Nach einer eindringlichen Wiederholung folgte ich den Geräuschen des Morgens. Vernahm das Geklapper in der Küche, leiser werdende Stimmen, ein knisterndes Feuer. Nach einer Weile hörte ich, wie sie die Treppe hinunterstiegen und sich auf den Weg zu den Feldern machten.

Ich kroch aus meinem Schlafsack, es war kälter, als ich gedacht hatte.

Zwei Mädchen waren im Kloster geblieben. Sie lagen in der Mitte des großen Saals auf ihren Matten, mit alten Decken zugedeckt. Sie sahen elend aus. Eine von ihnen war die einarmige Moe Moe. Neben ihr hockte Thar Thar.

»Was ist mit ihnen?«, fragte ich. »Gestern waren sie noch gesund.«

»Sie sind erkältet und haben Fieber«, sagte er.

»Habt ihr Medikamente?« Ich ahnte die Antwort.

Er schüttelte den Kopf.

»Überhaupt keine?«

»Touristen haben mal Tabletten gegen Fieber und Kopfschmerzen hiergelassen. Aber die Kinder vertragen sie nicht und bekommen Bauchschmerzen davon. Wenn es nicht besser wird, holen wir einen Medizinmann aus Hsipaw. Er hat Kräuter und Salben, die helfen meistens. Zumindest schaden sie nicht, wie die chinesischen Pillen.«

»Ich könnte ihnen kalte Wickel um die Waden machen.«

»Wozu?«

»Sie senken das Fieber.«

Er brachte mir ein paar Tücher und eine Schüssel mit Wasser. Ich tunkte den Stoff hinein, wrang ihn aus, schob die Decken beiseite und erschrak.

Die junge Frau neben Moe Moe, ich glaube, es war Ei Ei, hatte ein steifes Bein. Dürr und hart wie ein Stock lugte es unter der Decke hervor, ohne Muskeln, ohne Konturen. Linderte es auch das Fieber, wenn ich ein lahmes Bein umwickelte? War es sinnvoll, nur eines zu kühlen? Die beiden Mädchen hoben ihre Köpfe und schauten mich skeptisch an, ich hatte das Gefühl, ihnen war die Situation genauso unangenehm wie mir.

Sie zuckten kurz zusammen, als ich ihnen die kalten Wickel um die Waden legte, stramm zog, noch einmal in Handtücher einschlug. Wann hatte ich das letzte Mal einem Menschen kalte Umschläge gemacht? Vermutlich Amy, als sie vor einigen Jahren eine schwere Erkältung hatte.

Ich deckte die beiden Mädchen wieder zu, sie zitterten ein wenig, Moe Moe schenkte mir ein fiebriges Lächeln.

Thar Thar wartete in der Küche auf mich. Er kniete vor der Kochstelle und fächelte das Feuer an. In einer Ecke standen mehrere Schüsseln, Töpfe und Körbe mit Kartoffeln, Tomaten, Blumenkohl, Karotten und Ingwer, daneben hingen Knoblauchzwiebeln und getrocknete Chilipfefferschoten. Auf einem Holzbalken standen nebeneinander einige Dosen und Flaschen voll brauner und schwarzer Flüssigkeiten.

Zum Frühstück gab es das Gleiche wie am Abend zuvor, jedoch mit zwei Spiegeleiern auf dem Reis, dazu kräftigen schwarzen Tee, der auf dem Gaumen ein pelziges Gefühl hinterließ.

»Für die Kinder koche ich sehr mild. Möchtest du es etwas schärfer?«

»Gern.«

Er nahm eine Plastikdose mit gestoßenem Chilipfeffer und sprenkelte einen Teelöffel davon über mein Curry.

Es war eine angenehme Schärfe, die sich sofort in meinem Mund ausbreitete. Nach dem zweiten Löffel brannten meine Lippen, aber nicht so, dass es schmerzte.

Thar Thar schälte unterdessen Ingwer und schnitt ihn in kleine Scheiben.

Als ich aufgegessen hatte, sagte er: »Du hast die Wahl: fegen, kochen oder waschen?«

»Kochen.«

»Gut. Das können wir gemeinsam machen. Vorher müssen wir Eier sammeln.« Er gab mir einen Korb, und wir gingen auf den Hof. Sofort kamen Hühner auf ihn zu, liefen gackernd um seine Beine, als hätten sie ihn bereits erwartet.

»Wie viele Hühner habt ihr?«

»Ich weiß es nicht. Es werden immer mehr, ich habe aufgehört zu zählen.«

»Haben sie Namen?«, rutschte es mir heraus.

Er drehte sich abrupt zu mir um. »Wer gibt seinen Hühnern Namen?«

»Kinder«, erwiderte ich hastig und verlegen.

Thar Thar lächelte. »Einige von ihnen haben Namen, andere nicht. Es sind zu viele.«

Er stieß einen kurzen Pfiff aus, und aus dem Gebüsch kam eine dunkelbraune, leicht zerzauste Henne angelaufen. »Das ist Koko, mit ihr fing alles an.«

Er bückte sich, und das Tier hüpfte auf seinen ausgestreckten Arm. Dort saß es wie ein Papagei, neigte fortwährend den Kopf von einer Seite zur anderen und glotzte mich an.

Ich trat einen Schritt zurück.

»Sie beißt nicht, keine Angst«, sagte Thar Thar und setzte sie wieder ab. »Sie ist nur sehr zutraulich, das ist ungewöhnlich für Hühner.«

Wir holten zwei Dutzend Eier aus Erdkuhlen, Laubhäufchen, Reisignestern, Thar Thar kannte alle ihre Verstecke.

In der Küche gab er mir ein Holzbrett, ein scharfes Messer und stellte einen Korb voller Tomaten neben mich, die ich vierteln sollte.

Er selbst schälte einen Berg Kartoffeln. Von seinen gleichmäßigen Bewegungen ging eine fast meditative Ruhe aus.

»Du weißt, wie ich lebe, und ich weiß gar nichts über dich«, sagte er plötzlich, ohne von den Kartoffeln aufzublicken.

»Was möchtest du wissen?«, fragte ich, überrascht, wie sehr mich sein Interesse freute.

»Alles, was du mir erzählen magst.«

»Stell mir Fragen, ich beantworte sie.«

»Das kann ich nicht.«

»Warum nicht?«

»Das wäre sehr unhöflich. Ich kann einem fremden Menschen nicht einfach Fragen stellen.«

»Aber es wäre leichter für mich«, erklärte ich herausfordernd. »Wenn ich dich darum bitte, ist es nicht unhöflich.« Ich warf ihm von der Seite einen Blick zu. Amy würde das vermutlich Flirten nennen.

Thar Thar antwortete mit einem frechen Lachen. »Gut.« Er ließ die Hände sinken, legte das Messer weg und überlegte lange. Dann sagte er: »Was ist dir wichtig?«

Ich hätte mir beinah in den Finger geschnitten. Das war nicht die

Art von Fragen, mit denen ich gerechnet hatte. Die üblichen Erkundigungen nach meinem Beruf hatte ich erwartet. Nach Wohnort, Familie, Alter, Einkommen. Aber: Was war mir wichtig? Ich überlegte, wie ich darauf antworten könnte. Meine Arbeit? Selbstverständlich. Die Freundschaft mit Amy, U Ba natürlich! Meine Mutter? Mein Bruder? Beide auf ihre Art. War es das, was er wissen wollte?

Thar Thar spürte, dass er mich in Verlegenheit gebracht hatte. »Entschuldige«, sagte er. »Du siehst, ich bin ein ganz und gar ungeübter Fragensteller. Das war eine dumme Frage.«

»Nein, nein, gar nicht«, widersprach ich. »Sie ist nur nicht so leicht zu beantworten.«

»Oh«, sagte er erstaunt. »Es war die einfachste, die mir einfiel.«

»Es ist eine sehr persönliche.«

»Und die stellt man nicht?«

In seiner offenen Unbefangenheit erinnerte er mich an meinen Bruder. Auch Thar Thar war ohne Arg. Wie war das möglich nach allem, was er erlebt hatte?

»Doch, schon, aber vielleicht nicht so schnell ...«

»Ich verstehe. Später?«

»Später!«

»Dann möchte ich jetzt einfach wissen ...«, er dachte sehr angestrengt nach, »wie viele Zimmer dein Haus hat.«

Am liebsten hätte ich ihn in den Arm genommen.

»Zwei. Ich lebe in New York City, in Manhattan, um genau zu sein.« Ich schaute ihn fragend an.

»Ich weiß, wo Manhattan ist«, sagte er. »Ich habe es in einem Buch gelesen.«

»Meine Wohnung liegt im vierunddreißigsten Stock«, fuhr ich fort, »und hat zwei Zimmer, ein Bad und eine offene Küche, in der ich auch esse.«

»Wie hier«, bemerkte er.

Ich versuchte in seinen Gesichtszügen zu lesen, ob er den Vergleich ernst meinte. Thar Thar schaute mir direkt in die Augen, ich erschrak, wie intensiv sich unsere Blicke begegneten.

Ein leichtes Zucken um die Lippen deutete darauf hin, dass er wohl Spaß machte.

»Wie hier«, bestätigte ich. »Genau wie hier.«

Er lächelte. »Dachte ich es mir. Und was arbeitest du?«

»Ich bin Rechtsanwältin in einer sehr guten Kanzlei.«

»Rechtsanwältin? Wirklich? Sie haben bei uns im Land keinen guten Ruf«, sagte Thar Thar.

»Bei uns auch nicht«, sagte ich. Meine Anspielung verstand er nicht.

»Wen verteidigst du? Räuber? Einbrecher?«

»Nein, ich bin keine Strafverteidigerin. Ich bin Wirtschaftsanwältin, spezialisiert auf Urheberrecht. Patentschutz. Produktpiraterie. Copyrightverletzungen. Solche Sachen. Du verstehst, was ich meine?«, vergewisserte ich mich.

Er schüttelte den Kopf.

»Produktpiraterie«, sagte ich ein zweites Mal und sprach das Wort langsam und sehr betont aus in der Hoffnung, eine schlichte Wiederholung würde genügen. Ich wollte gern, dass er verstand, was ich machte.

Kopfschütteln. Das Bedauern in seinem Gesicht, dass er mir nicht folgen konnte und mich enttäuschte.

»Wie kann ich dir das erklären? Produktpiraterie ist zum Beispiel, wenn du eine ganz teure Handtasche herstellst und …«

»Wie teuer?«

»Sagen wir tausend Dollar …«

»So teure Handtaschen gibt es?«

»Sicher, noch viel teurere, aber das ist jetzt nicht so wichtig«, sagte ich etwas ungeduldig, »es ist ja nur ein Beispiel. Also du produzierst diese Handtaschen, und dann kommt jemand, macht sie einfach nach und verkauft sie für ein Zehntel des Preises.«

»Aber das ist doch gut.«

»Nein!«

»Warum nicht?«

»Wo kämen wir da hin? Das ist Diebstahl!«

»Ach so. Sie klauen die Taschen und verkaufen sie dann weiter?«

»Nein!«, seufzte ich. »Nur die Idee. Es ist Diebstahl von *geistigem* Eigentum. Das ist genauso schlimm. Firmen müssen sich vor so etwas schützen, dafür brauchen sie Rechtsanwälte. In China zum Beispiel wird fast alles kopiert. Da machen sie sogar ganze Läden …« Ich stockte. Sein Stirnrunzeln verriet mir, dass er noch immer nicht verstand, wovon ich sprach. Nicht im Ansatz.

»Das wäre ungefähr so, als wenn jemand von dir …« Ich suchte nach einem praktischen Beispiel, einem Vergleich aus seiner Welt, und schaute mich in der Küche um, ob ich etwas Anschauliches finden würde. Mein Blick wanderte vom offenen Feuer zu einem verrußten Kessel, zu Thar Thars ausgewaschener Kutte. Je länger ich innehielt, desto alberner kam ich mir vor. »Vergiss es«, sagte ich schließlich. »Es ist nicht so wichtig.«

»Doch«, widersprach Thar Thar. »Erzähl weiter. Wenn dir die Piraten wichtig sind, sind sie wichtig. Ganz einfach.«

»Sie sind mir nicht wichtig«, erwiderte ich fast ein wenig barsch.

»Eben waren sie dir noch wichtig.«

»Eben hatte ich gedacht, sie wären mir wichtig.«

Er schwieg und wippte sanft mit dem Oberkörper hin und her. Dabei streichelte seine linke Hand die rechte.

Was war mir wichtig?

Eine einfache Frage, Thar Thar hatte recht. Sehr allgemein, aber es sollte mir nicht schwerfallen, sie zu beantworten. In New York hätte ich es ohne zu zögern gekonnt. Warum verwirrte sie mich jetzt so?

Etwas war mit mir passiert, ohne dass ich es bemerkt hatte. Stimmt es, dass man die Minuten zählen kann, in denen in einem Leben wirklich etwas passiert? Merkt man es sofort oder erst im Rückblick?

Ein Hustenanfall meines Bruders unterbrach meine Gedanken. Ich stand auf und eilte zu ihm.

Er war gerade aufgewacht und blickte mich aus kleinen, verschlafenen Augen ein wenig verwirrt an. Als wisse er gerade nicht genau, wo er sich befand.

Ich kniete mich neben ihn und streichelte seine Hand. Sie war wohlig warm. »Wie hast du geschlafen?«

»Nicht schlecht«, antwortete er leise.

»Hast du Hunger?«

»Nein, nur Durst.«

Thar Thar kam mit einem Becher Tee und einem Holztöpfchen, in dem ein Rest dunkler Creme schimmerte, die intensiv nach Eukalyptus roch. »Das ist eine Salbe unseres Medizinmannes, die ich noch gefunden habe. Du musst ihm Brust und Rücken einreiben. Sie wird ihm helfen.«

U Ba richtete sich auf und trank schlürfend den heißen Tee.

Ich zögerte einen kurzen Moment.

»Soll ich es machen?«, fragte Thar Thar.

»Nein danke«, erwiderte ich, überrascht, dass er meine Unsicherheit sofort bemerkt hatte.

Thar Thar entfernte sich dezent, ich hockte mich hinter U Ba, schob sein Hemd hoch, nahm zwei Fingerspitzen der Salbe und verteilte sie mit kreisenden Bewegungen zwischen seinen Schultern. Seine Haut war warm und weich, viel weicher, als ich gedacht hatte. Fast wie die eines Kindes. Sein Rücken war übersät mit kleinen Leberflecken, wie ich sie von meinem Vater erinnerte. Wie ich sie im Spiegel bei mir entdeckte.

Als ich fertig war, legte er sich hin, und ich cremte ihm die Brust ein. Er schloss die Augen und atmete ruhig. Ich spürte sein Herz unter meiner Hand schlagen. Langsam und gleichmäßig.

Die Zerbrechlichkeit des Glücks.

Ich überlegte, womit mein Vater den Klang vergleichen würde. Mit dem Tröpfeln aus einem leckenden Wasserhahn? Dem Ticken einer Wanduhr? Dem Zupfen an einer Violine?

»Soll ich dir nicht doch etwas zu essen holen?«

»Danke. Ich möchte nur noch etwas Wasser.«

Ich holte Wasser aus der Küche, doch als ich zu meinem Bruder zurückkam, war er schon wieder eingeschlafen.

Thar Thar hatte alle Kartoffeln geschält, er setzte Reis auf und half mir anschließend mit den Tomaten. Ich hatte noch nie jemanden gesehen, der so flink Gemüse schneiden konnte.

»Erzähle mir von deinem Bruder und dir«, bat er. »Warum lebt er hier und du in New York?«

»Das ist auch eine lange, komplizierte Geschichte.«

»Du bist nicht in Eile, hast du behauptet.«

»Wir haben denselben Vater. Er stammt aus Kalaw. Als junger Mann wurde er noch vor U Bas Geburt von einem reichen Verwandten nach Rangoon geholt. Später schickte der ihn nach Amerika zum Studieren. Dort hat er meine Mutter kennengelernt, sie heirateten, und er wurde ein sehr erfolgreicher Rechtsanwalt.«

»Lebt er noch?«

»Nein. Er ist Jahrzehnte später nach Kalaw zurückgekehrt und dort gestorben.«

»Um seinen Sohn noch einmal zu sehen?«

»Nein. Er wusste nicht einmal, dass es ihn gibt.«

»Bist du sicher?«

»Ja«, sagte ich. »Woher hätte er von seinem Sohn wissen sollen? Mein Bruder hat bei seiner Mutter gelebt, sie hatten keinen Kontakt.«

»Lebt sie noch?«

»Nein. Sie starben zusammen am Tag nach der Rückkehr meines Vaters. Sie hatten sich fünfzig Jahre nicht gesehen.«

»Wie schön.«

»Was ist daran schön?«

»Dass sich die beiden noch gesehen haben; dass sie nicht allein gestorben sind. Ist er ihretwegen nach Kalaw zurückgekehrt?«

»Ich glaube, sie war todkrank. Er muss es geahnt haben.«

Wir schwiegen eine Weile.

Ich fühlte eine zehrende Eifersucht in mir aufsteigen. Nicht auf Mi Mi, auf die Liebe zwischen meinem Vater und ihr.

Eifersucht und Einsamkeit.

Würde ich je so geliebt werden?

Würde ich es ertragen?

Würde ich diese Liebe erkennen, wenn sie mir begegnete?

U Ba hatte mir einmal gesagt, »dass wir als Liebe nur erkennen, was unserem Bild von ihr entspricht. Wir wollen geliebt werden, so wie wir selbst lieben. Jede andere Art ist uns unheimlich.«

Hatte er recht? Und wenn ja, was bedeutete das? Welche Art von Liebe würde ich erkennen? Wie liebte ich? War es möglich, dass ich mir diese Frage mit achtunddreißig Jahren noch nicht beantworten konnte?

Thar Thar musste meine wachsende Traurigkeit gespürt haben. Er streckte eine Hand aus und strich mir zärtlich über die Wange. Ich griff nach ihr und hielt sie einen Moment fest, ließ meinen Kopf für ein paar kostbare Sekunden in ihr ruhen.

Unvermittelt sagte ich: »Mein Vater konnte Herzen hören.«

Ich sah ihm an, dass er mir jedes Wort glauben würde.

Ich erzählte ihm von einem kleinen Jungen, dessen Vater früh verstarb, den seine Mutter verließ und der sieben Tage und Nächte auf einem Baumstumpf ausharrte, nichts aß und nichts trank, um ja ihre Rückkehr nicht zu verpassen.

Der dort fast gestorben wäre, weil die Hoffnung niemanden unbegrenzt am Leben hält.

Ich erzählte von einer jungen Frau, die lernte, dass ein Mensch nicht mit den Augen sieht; dass man Entfernungen nicht mit Schritten überwindet.

Ich erzählte von Schmetterlingen, die man an ihrem Flügelschlag erkennt.

Von Füßen, die nicht laufen können.

Von einer Liebe, die Blinde zu Sehenden macht.

Die stärker ist als die Angst.

Die uns wachsen lässt und keine Grenzen kennt.

Er folgte meiner Erzählung aufmerksam. Als ich sie beendet hatte, musterte er mich lange und fragte: »Kannst du auch Herzen hören?«

Ich schüttelte den Kopf.

»Bist du sicher?«

»Natürlich.«

Er überlegte. »Dein Bruder?«

»Nein.«

»Wie schade.« Thar Thar blickte mich nachdenklich an. »Ich kannte einen Menschen, der konnte Herzen stimmen.«

»Herzen stimmen?«, fragte ich, unsicher, ob ich ihn richtig verstanden hatte.

»Ja, wie ein Instrument. War ein Herz verstimmt, stimmte er es wieder.«

»Jedes?«

»Nicht jedes.«

»Wie kann ein Herz verstimmt sein?«

Thar Thar neigte den Kopf zur Seite und schmunzelte. »Das müsste die Tochter eines Herzenhörers eigentlich wissen.«

Machte er sich lustig über mich?

»Ich fürchte, da gibt es viele Wege. Hast du noch nie etwas von Herzflimmern gehört? Von Herzjagen? Herzstolpern? Wenn ein Mensch durch das Leben böse geworden ist oder ihn Enttäuschungen bitter gemacht haben wie ein Stück Tamarinde, schlägt es zu tief. Hat er Angst, beginnt es, aufgeregt zu flattern, wie ein junger Vogel. Ist er traurig, pocht es so langsam, dass man meinen könnte, es hört jeden Augenblick ganz auf. Herrscht in der Seele ein allzu großes Durcheinander, schlägt es ganz und gar unregelmäßig. Gibt es das bei euch nicht?«

»Doch. Aber wenn unser Herzrhythmus gestört ist, gehen wir zum Kardiologen.«

»Das ist etwas anderes. Sie sind Mechaniker des Herzens. Mit Herzenstimmen haben die nichts zu tun.«

»Wer dann?«

Thar Thar räusperte sich, stieß das Messer ins Holzbrett und schwieg. Über sein Gesicht legte sich ein Schatten.

»Wie stimmt man Herzen?«, fragte ich leise.

Er antwortete nicht.

»Braucht man dazu besondere Fähigkeiten?«

Er schaute an mir vorbei. Seine Unterlippe begann zu zittern.

Wo war sein wunderschönes Lachen? Das er mit seiner Vergangenheit gar nicht hätte haben dürfen.

»Was macht ein Herzenstimmer? Wer kann das? Ein Magier? Ein Astrologe?«

Kopfschütteln. Ohne Worte.

Thar Thar stand auf, drehte sich um und ging in die Halle. Kurz darauf hörte ich ihn im Hof mit den Hühnern sprechen.

Was mochte es mit dem Herzenstimmen auf sich haben? Wer war der Herzenstimmer gewesen, den er kannte? Ko Bo Bo? Pater Angelo? Warum verfinsterte sich sein Gesicht bei der Erinnerung an ihn?

Ich zerteilte die restlichen Tomaten, schnitt danach Dutzende von Karotten in Scheiben und wartete auf seine Rückkehr. Vergeblich.

Als ich fertig war, sah ich ihn durch das Küchenfenster vor dem Schuppen sitzen und Kleinholz hacken.

Thar Thar kehrte erst am Nachmittag mit den anderen zusammen zurück. Als wäre nichts gewesen, fragte er mich, ob ich Lust hätte, den Jugendlichen ein paar englische Sätze beizubringen. Das könnte ich mit Sicherheit viel besser als er, und eine echte Amerikanerin als Lehrerin wäre für sie eine zusätzliche Motivation.

Kurz darauf saßen die zwölf in drei Viererreihen auf den Brettern in der Mitte der Halle. Ich faltete mein Kissen doppelt, um höher zu sitzen, und hockte mich vor sie. Thar Thar stand neben mir, sagte ein paar Sätze auf Burmesisch, seine Schüler nickten, über manches Gesicht flog ein gespanntes Lächeln, dann setzte er sich in die hinterste Reihe. Ein Dutzend Augenpaare blickten mich nun erwartungsvoll an.

Ich schwieg.

Was mir eben noch so einfach erschienen war, ein wenig in meiner Muttersprache zu parlieren und ihnen dabei ein paar nützliche Sätze beizubringen, kam mir plötzlich wie ein Ding der Unmöglichkeit vor. Eine Anmaßung. Eine Überforderung. Englischunterricht ohne Papier und Stift. Ohne Tafel. Ohne Bücher. Ohne Plan. Die

Neugierde in ihren Gesichtern. Was erwarteten sie von mir? Was konnte ich ihnen geben?

Sie warteten geduldig.

Mein Schweigen beunruhigte mich, nicht sie.

Ich schaute von einem zum anderen. Moe Moe, die trotz ihres Fiebers in der ersten Reihe saß. Neben ihr Ei Ei, die mir ihr steifes Bein entgegenstreckte. Der taube Ko Maung, der meine Lippen fixierte, als lägen darauf alle Geheimnisse dieser Welt. Hinter ihnen Ko Lwin, der trotz seines Buckels aufrecht saß, dicht an ihn herangerutscht die zitternde Toe Toe.

In diesem Moment verstand ich, was mich so befangen machte. Ihre Augen. Sie hatten mehr gesehen als meine. Sie hatten ein Leid erfahren, das ich nur vom Hörensagen kannte. Wenn überhaupt. Ihre Seelen wussten mehr als meine. Sie erwarteten gar nichts von mir. Ich musste mich nicht beweisen. Nichts leisten. Was immer ich ihnen geben würde, war genug. Sie waren dankbar für die Zeit, die ich ihnen widmete, ob es Minuten sein würden, Stunden oder Tage. Demut und Würde gingen von ihnen aus, eine Bescheidenheit, die mir den Atem raubte.

Ich schluckte. Räusperte mich. Knetete meine Hände, dass sie schmerzten. Blickte zu Boden.

»How are you?«, sagte ich leise.

Stille.

»How are you?«, wiederholte ich.

»How are you?«, klang es zurück. Im Chor.

Gehaucht.

Gerufen.

Geflüstert.

Gemurmelt.

Noch nie hatte ich diesen Satz in so verschiedenen Varianten gehört. Jede Stimme gab ihm ihr eigenes Gesicht. Die Ernsthaftigkeit, mit der sie ihn aussprachen. Die Bedeutung, die sie ihm verliehen. Aus ihren Mündern, in diesem halb verfallenen Kloster, verlor er seinen How-are-you-I-am-just-fine-how-about-yourself-Klang.

»How are you?«, sagte ich, jedes Wort sorgfältig betonend.

»How are you?«, wiederholten sie. Kraftvoll, laut und deutlich.

Ich lächelte erleichtert. Sie lächelten zurück.

»My name is Julia. What is your name?«, fragte ich und schaute Moe Moe an. Ich sah, wie es in ihrem fiebrigen Kopf arbeitete. Wie sie ihr Gedächtnis prüfte, ob die Frage einen vertrauten Klang besaß. Wie sie jedes Wort in Gedanken sorgfältig nach seinen möglichen Bedeutungen untersuchte, sie gegeneinander abwog, Entscheidungen traf. Mut fasste. Ihre Lippen bewegten sich so bedächtig wie Hände, die ein Neugeborenes streicheln.

»My name is Moe Moe«, sang sie.

»Very good!«, rief ich.

Der Stolz in ihren Augen.

»What is your name?« Mein Blick ging zu Ko Lwin.

Auch in ihm arbeitete es. Er biss sich auf die Unterlippe, runzelte die Stirn, seine Gedanken drehten sich im Kreis, das Gesagte erschloss sich ihm nicht.

»My name is Julia. What is your name?«, sagte ich noch einmal. Und machte das Rätsel nur größer.

Er nahm sich Zeit, ich war nicht in Eile. Die anderen warteten geduldig.

»I am very fine«, lispelte er schließlich so leise, dass ich ihn kaum verstand.

Moe Moe drehte sich um und flüsterte ihm etwas zu. Ein Flackern in seinem Gesicht. Der Mut für einen zweiten Versuch.

»My … name … is … Ko … Lwin?«, fragte er so vorsichtig, als hinge davon ein Leben ab.

Ich nickte. »Good. Very, very good!«

Die Freude der anderen über seine Leistung.

Ich fragte sie nach ihren Namen. Wie es ihnen ging. Woher sie kamen.

Thar Thar lächelte mir aus der hintersten Reihe zu.

Ob es mir recht war oder nicht, dieses Lächeln verursachte mir Herzklopfen. So heftig, wie ich es schon sehr lange nicht mehr gespürt hatte.

Bevor ich einschlief, dachte ich an Amy. Herzenstimmen. Das würde ihr gefallen. Wahrscheinlich würde sie eine ganze Serie von Bildern dazu malen. »Herzenstimmen I«. »Herzenstimmen II«. Oder »Die Kunst des Herzenstimmens«. »Der Herzenstimmer«. »Ein verstimmtes Herz«. Ich sah rote Leinwände vor mir. Mit Kreisen. Schwarze Noten in der Mitte. Oder ein weißes Papier mit einem roten Kreis, darüber Striche, die eine Stimmgabel andeuteten.

Oder irrte ich? Amy sagte immer, es gäbe Themen, die könne man nicht malen. Nicht mit Worten beschreiben. Die wären so groß, dass sich ihnen nur Komponisten nähern könnten. Wenn überhaupt. Alle anderen Künstler hätten sich vor ihnen in Demut zu üben.

Über diesen Gedanken fielen mir die Augen zu.

In der Nacht weckten mich dumpfe Schläge. Als ramme jemand mit einem Vorschlaghammer Pfähle in die Erde. Sie drangen aus einiger Entfernung zu mir, besaßen ihren eigenen Rhythmus, klangen mal heller, mal dunkler. Ich horchte kurz, war aber zu müde, um ihnen längere Beachtung zu schenken, und schlief nach wenigen Minuten wieder ein.

6

Sie hatte Träume, keine Pläne.

Sie konnte sich vorstellen, Kunstgeschichte zu studieren. Oder Literaturwissenschaft. Schauspiel. Oder Lehrerin zu werden.

Sie konnte sich vieles vorstellen. Die Welt stand ihr offen. Das war das Problem. Eines von vielen.

Das Leben kannte so viele Wendungen. Die Vielzahl der Möglichkeiten war verwirrend. Sie war jung und suchte Rat. Eine ruhige, starke Hand, die ihr die Richtung wies. Sie sehnte sich nach einem Kompass. Ihre Nadel drehte sich fortwährend im Kreis.

Was sie bekam, waren Vorschläge. Angebote. Unverbindlich und nicht hilfreich.

Am Ende eines jeden Gesprächs stand immer derselbe Satz: Das musst du selber wissen.

Wenn sie es wüsste, hätte sie nicht gefragt.

Sie hätte sich Zeit nehmen können. Etwas ausprobieren. Sie hätte sich auf die Suche begeben können. Sie wusste nur nicht, wonach, und wollte nichts beginnen, wenn sie keine Vorstellung hatte, wie es endete. Sie hasste Überraschungen. Das Unerwartete gehörte nicht zu ihren Freunden. Schon damals nicht.

Sie stand nicht unter Druck. Nicht von außen. Es war der von innen, dem sie sich am schwersten widersetzen konnte.

Am Ende entschloss sie sich für das Naheliegendste. Wie so oft.

Trat in Fußstapfen, die ihr nicht passten.

Nicht weil sie zu groß waren. Oder zu klein. Die Form lag ihr nicht.

Sie studierte Jura. Ohne große Leidenschaft, aber mit Erfolg.

Sie richtete sich ein in einem Leben, das ihr vertraut war – und trotzdem nicht das ihre.

Sie funktionierte.

Sie verbrachte keinen Tag in abgedunkelten Schlafzimmern. Nicht einen.

Sie nahm keine Tabletten. Darauf war sie stolz.

Die Vielzahl der Möglichkeiten hatte sie erfolgreich reduziert.

Am Ende hatte sie Pläne, keine Träume.

7

Am nächsten Tag bat mich Thar Thar, ihnen auf dem Feld zu helfen. Es sei die Zeit der Ingwer-, Karotten- und Kartoffelernte, und dabei könnten sie jede Hand gebrauchen.

Wir marschierten am frühen Morgen gleich nach dem Frühstück gemeinsam los, beladen mit Körben, Hacken, Forken und Schaufeln. Die Sonne lag noch versteckt hinter den Bergen, es war kühl, eine zarte Schicht Raureif bedeckte Gräser und Blätter. Die Luft war klar und frisch, der Himmel tiefblau und wolkenlos. Ein Kuckuck rief.

»Du darfst dir etwas wünschen«, sagte Thar Thar, der hinter mir lief.

»Warum?«

»Das ist so bei uns: Wenn du am Morgen den ersten Ruf des Kuckucks hörst, darfst du dir etwas wünschen.«

»Geht es auch in Erfüllung?«

»Nur wenn du dann bei der Ernte auch noch zwei zusammengewachsene Kartoffeln findest.«

»Du glaubst an solche Zeichen?«, fragte ich überrascht.

»Tut das nicht jeder? Auf seine Weise?«

Die Felder hinter dem Bambushain erstreckten sich weiter, als ich vermutet hatte. Manche waren frisch umgegraben, auf anderen wuchsen verschiedene Gemüse. Das Kartoffelkraut war zum Teil bereits verwelkt, und Moe Moe, der es wieder besser ging, zeigte mir, wie man erntet.

»You see?«, sagte sie, umfasste mit ihrem einen Arm ein Büschel Blätter und zog sie heraus mitsamt ihren Stielen, an denen die Kartoffeln hingen, und kniete sich auf den Boden.

»You see?« Sie zwinkerte mir stolz zu und begann, in der Erde nach weiteren Knollen zu suchen.

»I see«, sagte ich, hockte mich zu ihr und half.

Es musste vor einigen Tagen kräftig geregnet haben, die Erde war noch weich und feucht. Mit beiden Händen grub ich in den Ackerfurchen, Moe Moe nahm die Kartoffeln und legte sie in einen Korb.

Zusammen hatten wir schnell mehr als zwei Dutzend gefunden, robbten weiter, rupften die nächste Pflanze heraus, ich wühlte, sie sammelte ein. Nach wenigen Metern waren wir ein eingespieltes Team.

Sie musterte meine tiefschwarzen Hände und Arme, der Dreck reichte bis über die Ellenbogen. »How are you?«, fragte sie.

»I am fine, just fine«, antwortete ich.

»You are fine?«, fragte Moe Moe, und ich sah, wie sehr sie sich bemühte, ernst zu bleiben.

»Yes, I am fine«, sagte ich und musste lachen. Moe Moe stimmte ein, und wir lachten, bis uns die Tränen kamen.

Die Sonne stieg über die Bergkuppen, und schon bald wurde es warm. Der Schweiß rann mir den Nacken hinunter, ich war die Einzige, die keine Kopfbedeckung trug. Als Moe Moe sah, wie sehr ich schwitzte, nahm sie ihren Hut aus Stroh und setzte ihn mir auf. Ich wollte ihn ihr zurückgeben, ihre Augen baten mich, es gar nicht erst zu versuchen.

Mein Bruder würde sagen, sie war dankbar, mir einen Gefallen tun zu dürfen.

Das Glück des Gebens.

Als unser Korb voll war, wollte ich ihn zurück zum Kloster schleppen. Er war so schwer, dass ich ihn ohne Hilfe nur ein paar Meter tragen konnte.

»Heavy«, sagte ich und stellte ihn schnaufend wieder ab.

»Heavy«, wiederholte Moe Moe langsam, dabei jeden Laut sorgsam betonend.

»Very heavy?« Ihr fragender Blick.

»Very heavy!«, bestätigte ich.

»Need help?«

»Yes, I do need help.«

Ihre Augen strahlten. Ich begriff, dass für sie jedes neue Wort nicht einfach eine Vokabel war. Es war ein Geschenk, kostbar und einmalig. Eines, das man pflegen und bewahren musste, deshalb sahen wir sie auch so oft Vokabeln wiederholen. Eines, das ihr half, eine neue Tür zu öffnen oder ein Fenster, ihr eine fremde Welt zu erschließen, mit mir zu kommunizieren.

Wir nahmen jeder einen Griff und wuchteten den Korb gemeinsam durch den Bambushain.

Am Nachmittag, während des Englischunterrichts, tat mir von der ungewohnten Arbeit jeder Knochen weh. Es war ein gutes

Gefühl, das mich meinen Körper auf angenehme Weise spüren ließ.

Abends war ich so müde, dass mir schon beim Essen die Augen zufielen.

So verstrich die Zeit.

Morgens arbeiteten wir auf dem Feld, am späten Vormittag kehrte ich mit Thar Thar und einem der Mädchen ins Kloster zurück. Dort verbrachten wir praktisch jede Minute miteinander. Er half mir, wenn ich mich um meinen Bruder kümmerte, wir kochten und machten die Wäsche zusammen. Wenn wir uns in der Küche oder am Brunnen wie zufällig kurz berührten, bedeutete mir das mehr, als ich mir eingestehen wollte. In seinen Augen sah ich, dass es ihm ähnlich ging.

Am Nachmittag gaben wir Unterricht, der nun hauptsächlich aus meinen Englischstunden bestand. Darauf freute ich mich den ganzen Tag, besonders auf Moe Moe und ihre Wissbegierde, mit der sie nach und nach alle anderen ansteckte. Thar Thar saß jedes Mal in der hintersten Reihe, seine Anwesenheit tat mir gut.

Wir suchten beide unsere Nähe, aber eine ruhige Stunde für Gespräche, wie wir sie in den ersten beiden Tagen geführt hatten, fanden wir trotzdem nicht. Manchmal hatte ich sogar das Gefühl, dass er dem aus dem Weg ging. Wenn ich mich nach dem Abendessen noch auf die Treppe setzte, kam er zwar dazu, hatte aber immer Moe Moe oder Ei Ei oder beide dabei. Obgleich ich lieber allein mit ihm gewesen wäre, war ich nicht enttäuscht. Die nächste Gelegenheit, Zeit mit ihm zu verbringen, würde sich ergeben, wenn es so weit war, daran zweifelte ich nicht.

Es ging mir im Kloster so gut wie lange nicht mehr, trotz der körperlichen Anstrengung, trotz einer Toilette, die aus einem Holzverschlag bestand, trotz der fehlenden Dusche. Ich schlief gut, hatte weder Rücken- noch Kopfschmerzen. Es gab Momente, da erfüllte mich eine Leichtigkeit, wie ich sie seit vielen Jahren nicht mehr gespürt hatte. Amy hätte mich vermutlich »tiefenentspannt« genannt.

Moe Moe brachte mir jeden Morgen heißen Tee und eine frische Hibiskusblüte an mein Lager, die sie mir später ins Haar steckte. Als ich einmal unvorsichtigerweise Thar Thar gegenüber bemerkte, dass ich in New York lieber Kaffee als Tee tränke, kam sie am nächsten Morgen mit heißem Wasser und einer Tüte Nescafé, den sie, wie ich später erfuhr, extra aus Hsipaw für mich geholt hatte. Ihr gehauchtes »You are very welcome« und das folgende Lächeln, das schönste, das traurigste, das ich je gesehen hatte, begleiteten mich bis in den Abend.

Auch U Ba erholte sich langsam. Ich hatte ihn zweimal am Tag eingecremt, kontrollierte jeden Morgen und Abend seinen Hustenschleim, ohne darin Spuren von Blut zu finden. Er bekam weder Schmerzen in der Brust noch unter den Achseln.

Thar Thar behauptete, der Husten wäre nicht nur seltener geworden, auch der Klang hätte sich verändert, das sei ein gutes Zeichen. Ich hörte keinen Unterschied.

Die ersten Tage hatte mein Bruder fast ausschließlich schlafend verbracht, nun kam er wieder zu Kräften, stand auf und bemühte sich, uns zu helfen. Wir fütterten zusammen die Hühner, sammelten die Eier ein, fegten das Haus, putzten und schnitten Gemüse. Nur beim Wäschewaschen wurde er schnell müde.

Ich wollte ihm die Felder zeigen, von denen ich immer mit vollen Körben und schmutzigen Händen zurückkehrte. Wir liefen durch den Bambushain, sein Schritt war noch etwas schleppend, er hakte sich bei mir ein, und ich drückte seinen Arm fest an mich.

Wir erreichten das Ende des Hains, vor uns lagen eine bergige Landschaft und die bewirtschafteten Felder.

»Wie lange sind wir eigentlich schon hier?«, fragte er plötzlich.

»Keine Ahnung. Eine Woche? Zehn Tage?« Normalerweise besaß ich ein gutes Zeitgefühl.

U Ba lehnte für einen Moment seinen Kopf an meine Schulter.

»Es ist schön hier«, sagte er.

»Sehr«, stimmte ich ihm zu.

»Man möchte gar nicht wieder weg …«

Ich wusste nicht, ob das eine Anspielung sein sollte, und reagierte nicht.

»Wie lange möchtest du noch bleiben?«, wollte mein Bruder wissen und blickte aufs Feld.

Die Frage hatte ich befürchtet. Seit Tagen ging ich ihr aus dem Weg, weil ich darauf keine Antwort hatte.

»Ich weiß nicht. Was meinst du?«

U Ba schaute mich von der Seite an. »Das hängt von dir ab.«

»Warum?«

»Es gibt kein Büro, in das ich zurückmuss. Ich habe niemanden, der auf mich wartet. Von mir aus können wir noch eine Woche bleiben. Oder zwei. Oder drei ...«

»Wie lange wir bleiben«, sagte ich leise, »hängt davon ab, was wir hier wollen.«

Er nickte.

Auch darauf hatte ich keine Antwort. Die Stimme hatte sich zurückgezogen, wie es der alte Mönch in New York prophezeit hatte. Ich rechnete nicht mehr damit, dass ich, nachdem wir Thar Thar gefunden hatten, noch einmal von ihr hören würde. Was also hielt mich in diesem Kloster? Ich wollte darüber nicht nachdenken. Ich wollte mit Moe Moe Kartoffeln und Ingwer ernten, Gemüse putzen, Englischunterricht geben.

Ich wollte von Thar Thar das Geheimnis des Herzenstimmers erfahren.

»Willst du nicht irgendwann nach Amerika zurück?«

»Natürlich«, behauptete ich. »Aber ich bin nicht in Eile.«

Mit Mulligan hatte ich eine unbegrenzte, unbezahlte Auszeit vereinbart, da kam es auf zwei oder drei Wochen mehr oder weniger nicht an. Mein Visum war vier Wochen gültig, im Internet und in mehreren Reiseführern hatte ich gelesen, es gäbe bei der Ausreise keine großen Probleme, wenn man länger bleibe, abgesehen von einer bescheidenen Strafgebühr am Flughafen.

Wer oder was wartete auf mich?

Amy. Und sonst?

»Was sagt deine Intuition?«, fragte mein Bruder.

Ich drückte kurz seinen Arm. »Keine Ahnung. Ich habe dir doch gesagt, dass die nicht immer so gut funktioniert.« Nach einer kurzen Pause fragte ich zurück: »Und deine?«

»Dass wir bald fahren werden«, sagte er ernst.

»Warum?«

»Weil ich fürchte, dass wir sonst zu viel Unruhe an diesen Ort bringen.«

»Was meinst du damit?«, fragte ich erstaunt. »Was für Unruhe?«

»Ich kann es schlecht in Worte fassen. So ist das mit der Intuition.«

»Du weichst mir aus.«

»Vielleicht.«

»Was für Unruhe?«, insistierte ich. »Ich habe das Gefühl, alle freuen sich über unsere Anwesenheit. Oder verstehe ich wieder etwas falsch? Deute ich ihre Zeichen nicht richtig? Ist ihr Lachen, wenn sie mich sehen, kein Ausdruck von Freude, sondern von Unsicherheit? Verlegenheit? Haben sie Angst vor mir?« Ich gab mir gar keine Mühe, meine Enttäuschung zu verbergen.

»Nein, nein. Du verstehst nichts falsch. Es ist nur so ...« Er machte eine Pause, hob wieder an, seufzte tief. »... Ich meine ... ich will sagen ... wir wollen doch nicht ins Kloster ziehen, oder?«

»Nein, natürlich nicht.«

»Und der Abschied wird umso schwerer fallen, je länger wir bleiben.«

»Du meinst, ich würde zu traurig ...«

»Nicht nur uns«, unterbrach er mich.

In der Nacht weckte mich ein gleichmäßiges, rhythmisches Kratzen oder Fegen. Als würde jemand in der Dunkelheit den Hof kehren. Ich lauschte. Der Atem meines Bruders. Die Schlafenden nebenan. Das Geräusch entfernte sich langsam, verebbte allmählich, bis es ganz verschwand. Kurz darauf hörte ich wieder die dumpfen, kräftigen Schläge aus den vergangenen Nächten, begleitet von angestrengtem Stöhnen und zersplitterndem Holz.

Meine Armbanduhr zeigte 3 Uhr 32. Ich stand auf und schlich in die Halle. Thar Thars Schlafstätte war leer.

Draußen hatte der Mond alles in ein weißes, kaltes Licht getaucht. Der Bambus warf einen tanzenden Schatten auf den gefegten Hof. Thar Thar stand vor dem Schuppen, schwang eine Axt und hieb mit brachialer Gewalt auf einen Klotz ein. Die Klinge bohrte sich in das Holz, er spreizte die Beine, wuchtete es hoch über die Schulter, stemmte es über den Kopf und ließ dann die Axt mit dem Klotz auf einen zweiten, noch größeren Klotz niedersausen, sodass das Holz unter seinem eigenen Gewicht in zwei Teile zerbarst.

Ich zog mir eine Jacke über und ging hinaus.

Es war ein seltsamer Anblick: ein Mönch, barfuß, in rotbrauner Kutte, die er über den Knien zusammengebunden hatte, beim Holzhacken. Thar Thar war so in seine Arbeit versunken, dass er mein Kommen nicht bemerkte. Links und rechts lagen große Haufen frisch geschlagene Scheite.

»Was machst du da?«

»Ich hacke Holz«, antwortete er, ohne sich umzudrehen.

»Das sehe ich. Weißt du, wie spät es ist?«

»Nein. Ist das wichtig?«

»Warum machst du das nicht am Tag?«

Die Axt fuhr mit einer solchen Wucht in den nächsten Stumpf, dass der Boden unter mir vibrierte.

Ich erschrak über Thar Thars Anblick. Der Schweiß stand ihm auf der Stirn, lief Wangen und Nacken hinunter. Seine schönen Augen waren klein und schmal, die vollen Lippen gepresst, er war außer Atem. Im fahlen Licht des Mondes sah er älter aus. Erschöpfter als am Tag. Einsamer.

»Ich habe schlecht geträumt. Das tue ich manchmal. Holzhacken hilft.«

»Wogegen?«

»Schlechte Träume. Böse Geister. Erinnerungen«, sagte er schnaufend.

»Was für Erinnerungen?«

Thar Thar hielt inne, die Axt über dem Kopf, und schaute mich zum ersten Mal an.

»Das möchtest du nicht wissen.«

»Und wenn doch?«

Er zögerte, wandte sich ab und schlug wieder mit aller Kraft zu.

»Und wenn doch?«, rief ich. Laut und fordernd.

Er ignorierte mich.

Es krachte. Splitter flogen durch die Luft. Ein Holzscheit landete direkt vor meinen Füßen. Ich machte einen Schritt auf Thar Thar zu. Und noch einen. Sollte das Holz beim nächsten Hieb wieder so splittern, würde es mich verletzen. Vielleicht war dies der Augenblick, dachte ich. Vielleicht war diese monderleuchtete Nacht der richtige Zeitpunkt, ihm zu sagen, was ich wusste. Was der eigentliche Grund war für meine Reise.

Ich dachte an Nu Nu.

An Fäuste, die einen Bauch traktierten.

An Opfergaben für einen Kindstod.

Ich sah eine Klinge durch die Luft fliegen und stellte mir vor, wie sie auf ein Huhn niedergeht, das Kinderhände festhalten.

Thar Thar hieb die Axt mit halber Kraft ins Holz und wandte sich mir zu.

»Was willst du?«, fragte er außer Atem.

»Mit dir reden.«

»Worüber?«

»Schlechte Träume. Erinnerungen.«

»Warum?«

»Weil ich dir etwas erzählen muss.«

Er wischte sich den Schweiß aus dem Gesicht, stützte sich mit beiden Händen auf den Stiel der Axt und blickte mich schweigend an. Mit Augen, in denen die Vergangenheit Spuren hinterlassen hatte.

»Ich bin keine gewöhnliche Touristin.«

»Ich weiß.«

»Woher?«, fragte ich überrascht. Hatte U Ba ihm doch etwas erzählt?

»Intuition.«

»Weißt du auch, warum ich gekommen bin?«

»Nein. Ich bin mir auch nicht sicher, ob ich es wissen will.«

»Warum nicht?«

»Seit Jahren habe ich nicht mehr so schlecht geträumt wie in den vergangenen Nächten.«

»Du glaubst, das liegt an mir?«

»Ja.«

»Warum denkst du das?«

»Weil etwas von dir ausgeht, was mich beunruhigt.«

»Vielleicht bin nicht ich es, die dich so unruhig macht«, sagte ich.

»Wer dann?«

Und so begann ich, zu erzählen.

Von einer Stimme, die keine Ruhe geben wollte. Und von einer jungen Frau, die plötzlich und unerwartet aufstand. Weil etwas in ihr widersprach.

Von einer Mutter, in deren Herzen nicht genug Platz war. Aber ein anderes hatte sie nicht.

Von einer alten Frau, die eine grausame Geschichte nicht für sich behielt.

Einen kannst du behalten.

Den anderen nehmen wir.

Als ich geendet hatte, sank ich erschöpft auf einen Holzstumpf. Mein ganzer Körper zitterte.

Eine unheimliche Stille umgab uns. Der Wind hatte sich gelegt, selbst die Insekten hatten sich zur Ruhe begeben. Ich hörte nur Thar Thars schweren Atem.

»Hältst du mich jetzt für verrückt?«, fragte ich vorsichtig.

Thar Thar setzte sich auf einen Klotz mir gegenüber. Unsere Knie berührten sich. Er schüttelte den Kopf.

Ich sah, wie Tränen seine Wangen hinunterrannen, und nahm seine Hände. Sie waren eiskalt. Ich stand auf und nahm ihn in den Arm. Drückte seinen Kopf fest an meinen Bauch, er vergrub sich in meinen Händen, in meiner Jacke. In mir. Sein leises Schluchzen.

Hätte ich ihm nicht alles erzählen sollen?

Ich stellte mir Nu Nu, Maung Sein, Ko Gyi und Thar Thar vor und dachte, dass es Familien gibt, in denen das Glück einfach nicht zu Hause ist. Oder doch nur ein sehr flüchtiger Gast, und wie weit der Schatten des Unglücks reicht. Familien, in denen jeder an Liebe gibt, was er geben kann, und es trotzdem nicht reicht. In denen jeder teilt, soweit es in seinen Kräften steht, und die Herzen trotzdem hungern. Ohne Schuld. Ohne dass Böses gewollt wird. In denen Verletzungen entstehen, für die ein Leben nicht ausreicht, sie zu heilen.

Der Ort, an dem alles beginnt. Die Liebe. Die Sehnsucht danach. Die Angst davor.

Der Ort, dem wir niemals entkommen. An dem die Herzen zu groß sind oder zu klein. Zu begierig oder zu satt.

An dem wir wehrlos und schutzlos sind wie nirgendwo sonst.

Weil Liebe keine Gerechtigkeit kennt. Auch die einer Mutter oder eines Vaters nicht.

Ich sah eine Hütte aus Stroh vor mir und ein Haus in der 64th Street der Upper East Side Manhattans, und ich spürte, wie mich eine Trauer packte und schüttelte, als wäre sie ein Jagdhund und ich seine lang gehetzte Beute.

Mit aller Kraft versuchte ich, meine Tränen zu unterdrücken. Ich wollte nicht weinen, doch mit jeder Sekunde, die ich dagegen ankämpfte, wuchs meine eigene Trauer.

Ich wusste nicht, wie lange wir dort ausharrten. Allmählich beruhigte sich Thar Thars Atem. Ich küsste ihn auf den Kopf. Er schaute zu mir hoch. Mit Augen, in denen die Vergangenheit ihre Spuren hinterlassen hatte und in denen nun trotzdem wieder ein Leuchten lag. Ich nahm sein Gesicht in meine Hände und küsste ihn auf die Stirn.

Einmal. Zweimal.

Ich streichelte ihn, seinen Mund, seine Lippen. Ich küsste ihn auf Wangen und Nase, als könnte ich mit diesen Küssen meine eigene Trauer vertreiben.

»Spricht meine Mutter jetzt zu dir?«, flüsterte er.

»Nein.«

»Sagt sie, du sollst mich küssen?«

»Nein. Nein. Nein.«

Manchmal vereinen sich Menschen in der Freude. Sie werden eins in ihrem Glück: Sie verschmelzen für ein paar kostbare Sekunden, weil ein Mensch allein die Intensität des Augenblicks gar nicht ertragen könnte.

Und manchmal vereinen sich Menschen in der Trauer. Sie werden eins in ihrem Schmerz: Sie verschmelzen für ein paar kostbare Sekunden, weil ein Mensch allein die Intensität des Augenblicks gar nicht ertragen könnte.

Thar Thar und ich hatten uns in den Schuppen verkrochen. Ich lag in seinen Armen. Ein fremder, aber nicht unangenehmer Geruch strömte mir entgegen. Mein Körper zitterte noch immer. Seiner auch.

Zwei heftig pochende Herzen, die sich gar nicht mehr beruhigen wollten.

Trotz der kühlen Nachtluft war mir warm. Er strich mir zärtlich meine verschwitzten Haare aus dem Gesicht.

Ein sanftes Lächeln.

»Wann hast du die Stimme zum letzten Mal gehört?«, fragte er leise.

»In Kalaw«, erwiderte ich und überlegte. »Was wäre, wenn sie sich jetzt meldet? Würdest du mit ihr sprechen wollen?«

Thar Thar wartete lange mit einer Antwort.

»Nein«, sagte er schließlich. »Nein, das möchte ich nicht.«

»Jetzt nicht?«

»Gar nicht.«

»Du hast keine Fragen an deine Mutter?«, wunderte ich mich.

»Nicht mehr.«

»Nach allem, was passiert ist?«

»Nein.«

»Warum nicht?«

»Die Zeit ist vorbei.«

»Hasst du deine Mutter?«

»Nein.«

Ich dachte über seine Antworten nach, küsste ihn auf die Nasenspitze. »Würdest du nicht wenigstens wissen wollen, warum sie …?«

»Nicht mehr«, unterbrach er mich. »Hättest du mich im Lager gefragt, wäre es etwas anderes gewesen.«

Er richtete seinen Oberkörper ein wenig auf und stützte sich auf einen Ellenbogen. »Damals war ich voller Hass. Ich war so böse, so bitter, wenn du an meinem Herzen hättest lecken können, du hättest dich vergiftet. Im Lager waren wir alle Gefangene. Selbst die Soldaten und Offiziere. Alle. Bis auf einen.«

Thar Thar schaute mich prüfend an, als wolle er sehen, ob ich ihm folgen konnte.

»Bis auf einen?«

»Wir waren Gefangene unseres Hasses«, fuhr er fort, ohne auf meine Frage einzugehen. »Gefangene unserer Verzweiflung. Unserer Verbitterung. Unserer Trauer.

Wir wären Gefangene geblieben, auch wenn sie uns freigelassen hätten. Wer einmal in einem Lager war, trägt dieses Lager in sich für den Rest seines Lebens. Wem einmal Gewalt angetan wurde, der trägt diese Gewalt in sich. Wer einmal verraten worden ist, der trägt diesen Verrat in sich. Wie oft habe ich mit meiner Mutter gehadert. Sie verflucht. Sie gefragt, warum sie Ko Gyi behalten hat und nicht mich. Was ich ihr getan hatte, um schon als Kind ihre Kälte zu verdienen. Ich wollte Antworten auf Fragen, auf die es keine Antworten gibt. Ich bin durch den Dschungel gelaufen und habe gehofft, endlich auf eine Mine zu treten. In tausend Stücke sollte sie mich reißen. Ich wollte nicht den Rest meines Lebens im Kerker meiner Wut und Verbitterung verbringen. Es ist ein kalter, dunkler und furchtbar einsamer Ort. Der Tod war der einzige Weg aus diesem Verlies. So dachte ich, bis ich eines Besseren belehrt wurde.

Im Traum sah ich oft meinen Bruder und meine Mutter vor mir

stehen. So nah, dass ich ihren Atem auf meiner Haut spüre. Plötzlich drehen sie sich um und gehen fort. Hand in Hand. Ohne ein Wort. Ich versuche hinterherzulaufen, kann mich aber nicht bewegen. Ich will ihnen nachrufen, sie sollen auf mich warten, und bekomme keinen Ton heraus. Sie gehen einen Weg entlang, werden kleiner und kleiner, ich will nichts sehnlicher, als ihnen zu folgen, und bin gelähmt. Ich glaube zu sterben, es ist schrecklich. Dann tritt ein Soldat zu mir und schlägt mir mit dem Gewehrkolben ins Gesicht. Davon wachte ich jedes Mal auf. Mein ganzes Denken und Fühlen kreiste immer wieder um dieselben Fragen: Was hatte ich getan, um dieses Elend zu verdienen? Warum wurde ich verstoßen?«

Er sank zurück, verschränkte die Arme hinter dem Kopf und starrte an die Schuppendecke. Ich beobachtete ihn eine Weile, fuhr mit meinen Fingern sanft über seine Lippen.

»Und das hat mit der Zeit nachgelassen?«, fragte ich mit leiser Stimme.

»Nein, nicht mit der Zeit.«

»Wie dann?«

Thar Thar schwieg.

»Bist du heute kein Gefangener mehr?«, beharrte ich.

»Nein, oder wirke ich wie einer?«

»Bestimmt nicht. Wie hast du dich befreit?«

»Ich beschloss, zu lieben.«

»Kann man das einfach so beschließen?«, fragte ich zweifelnd.

»Nicht einfach so.«

»Kann man es überhaupt beschließen?«

»Nein, wahrscheinlich nicht«, erwiderte er nachdenklich und drehte sich zu mir. Seine Augen leuchteten, wie in den ersten Tagen. Ich schlang ein Bein um seine Hüfte und drückte ihn noch näher an mich heran. »Du hast recht. Sagen wir einfach, die Liebe kam zu mir. Eines Tages stand sie vor meiner Tür und bat um Einlass. Sie war lange unterwegs gewesen, und ich schickte sie nicht fort. Ich war mir sicher, ein zweites Mal würde sie sich nicht die Mühe machen.«

»Was hat die Liebe mit deiner Gefangenschaft zu tun?«

»Nur wer liebt und geliebt wird, kann verzeihen. Und nur wer verzeiht, ist ein freier Mensch. Wer vergibt, ist kein Gefangener mehr.«

8

Es war das Zimmer, in dem der Schmerz zu Hause war.

Und die Trauer.

Und die Stille. Wer es betrat, sprach mit gedämpfter Stimme. Wer es verließ, sagte lange gar nichts.

Es drangen keine Geräusche auf den Flur, abgesehen von gelegentlichem Stöhnen. Beängstigend und unheimlich. Dann schlich sie auf Zehenspitzen an der Tür vorbei und versteckte sich im Wohnzimmer hinter den Sofas.

Sie war überzeugt, dieses Stöhnen käme vom Teufel, der sich ihrer Mutter bemächtigt hatte und nur darauf wartete, auch über sie herzufallen. Sie machte sich so klein sie konnte und wartete. Auf den Abend. Auf den Schlüssel im Schloss. Auf jene Stimme, die sie vor allem Bösen beschützte. Selbst vor dem Teufel.

Im Zimmer, in dem der Schmerz zu Hause war, stank es nach Medizin. Nach verbrauchter Luft. Nach Einsamkeit.

Der bittere Duft unerfüllter Wünsche und Hoffnungen, enttäuschter Liebe, hatte sich über die kostbaren Teppiche gelegt, er war bis in den Schrank vorgedrungen, hatte Hemden, Hosen, Jacken und Kostüme verpestet. Selbst vor den Stofftapeten hatte er nicht haltgemacht.

Sie war zu jung, um die Quelle dieses üblen Geruchs zu kennen, ertragen konnte sie ihn trotzdem nicht. Wenn sie über den Flur ging, hielt sie sich die Nase zu.

In dem Zimmer, in dem der Schmerz zu Hause war, blieben die Vorhänge den ganzen Tag geschlossen. Lichtdurchflutete Räume seien Gift für die Kranke, behauptete der Arzt.

Licht dringt in die hintersten Ecken vor. Es folgt dem Unglück in sein Versteck. Licht macht sichtbar. Es tut in den Augen weh. Und in der Seele.

Manches ist nur in einer ewigen Dämmerung zu ertragen. Wenn überhaupt.

Es war nur ein Zimmer im Haus. Eines von vielen. Aber die Stille, die dort herrschte, reichte bis in den letzten Winkel.

Sie versuchten alles zu vermeiden, was Krach machen konnte.

Sie flüsterten, selbst im Erdgeschoss.

Sie sangen nicht, obgleich sie und ihr Vater es gern taten.

Sie lachten nicht.

Sie empfingen keine Gäste. Freundinnen musste sie absagen, Geburtstage fielen aus. Blumen welkten.

So stellte sie sich die Hölle vor.

Dort wollte sie nicht enden. Ihr Haus würde große Fenster haben ohne Vorhänge. Die Türen würden immer offen stehen. Gedämpfte Stimmen wären verboten. Und Flüstern auch. Wer es betreten wollte, musste versprechen, jede Stunde fünfmal laut zu lachen. Mindestens.

Von einem Tag auf den anderen war jedes Mal alles vorbei.

Die Vorhänge wurden geöffnet. Und die Fenster. Das gelegentliche Stöhnen klang nun anders, immer noch unheimlich, aber nicht mehr beängstigend.

Die Stimmen waren nicht mehr gedämpft.

Sie sang und lachte mit ihrem Vater manchmal so heftig, dass ihnen die Tränen kamen und sie nicht aufhören konnten.

Als könnten sie all die ungelachten Lachen nachholen.

Der bittere Duft unerfüllter Wünsche und Hoffnungen aber blieb. Vor ihm kapitulierten selbst die teuersten Reinigungen der Upper East Side. Er erinnerte daran, dass das Zimmer, in dem der Schmerz zu Hause war, immer nur vorübergehend unbewohnt blieb.

9

Er hatte mich berührt. An meinen empfindlichsten Stellen.

Er war in mich eingedrungen. Nicht nur körperlich.

Etwas von ihm würde in mir bleiben.

Am nächsten Morgen stand neben meinem Lager eine Tasse mit lauwarmem Tee. Daneben warteten auf mich ein großer Strauß roter Hibiskusblüten und ein Kranz aus weißem Jasmin, der seinen wunderbaren Duft verströmte. Der Schlafsack meines Bruders war leer. Ich hatte verschlafen.

Auch in der Halle waren die Matten weggeräumt. Bis auf Thar Thar und U Ba arbeiteten bereits alle auf dem Feld. Die beiden saßen auf den obersten Treppenstufen vor dem Haus und tranken Tee. Ich bekam Herzklopfen bei dem Anblick.

Thar Thar stand sofort auf, als er mich sah. Er begrüßte mich mit einem schüchternen, scheuen Blick. Einen Moment standen wir uns stumm gegenüber, verlegen wie zwei Teenager.

»Danke für die Blumen«, flüsterte ich. »Das ist sehr lieb.«

Sein Strahlen. Wie ich ihn um diese Augen beneidete.

»Guten Morgen, Julia«, sagte mein Bruder. »Wie war deine Nacht?«

Ich suchte in seiner Miene nach einem Anzeichen, ob er diese Frage doppeldeutig oder anzüglich gemeint hatte. Aber vermutlich war er dazu gar nicht in der Lage.

»Schön«, antwortete ich und warf Thar Thar ein verstohlenes Lächeln zu. »Sehr, sehr schön.«

Thar Thar konnte vor Verlegenheit gar nicht stillstehen.

»Warum hat Moe Moe mich nicht geweckt?«

»Wir hatten das Gefühl, du brauchst den Schlaf«, sagte U Ba.

»Ich hole dir eine Tasse und etwas zu essen«, sagte Thar Thar und eilte ins Haus.

U Ba lud mich mit einer Handbewegung ein, neben ihm Platz zu nehmen. Dabei betrachtete er mich fast so intensiv wie an jenem Tag, als wir uns im Teehaus von Kalaw zum ersten Mal sahen.

»Ist etwas mit mir?«, fragte ich unsicher.

»Du siehst heute Morgen …«, er neigte den Kopf zur Seite und suchte offenbar nach den richtigen Worten, »… irgendwie anders aus.«

»Wie anders?«

»Hinreißend. Verzaubert. Noch schöner als sonst!«

»Ach, mein Brüderchen«, seufzte ich und legte eine Hand auf sein Knie. Am liebsten hätte ich ihn vor Glück in den Arm genommen und fest gedrückt. »Mir geht es einfach nur gut. Es ist schön hier.«

»Man möchte gar nicht wieder weg …«, fügte er mit einem vielsagenden Lächeln hinzu.

Thar Thar kehrte mit einer Schale voll Reis, Gemüse und zwei Eiern zurück. Ich war so aufgeregt, dass ich kaum Appetit hatte. Wir saßen schweigend auf den Stufen, auf dem Hof gackerten die Hühner, ein Hund lag dösend im Schatten der Treppe. Es war warm und duftete nach frischen Blumen.

Thar Thar spielte mit seinen Fingern und atmete unruhig. Er wollte mir etwas sagen, traute sich aber nicht. Irgendwann stand U Ba auf und ging ins Haus.

Ich warf Thar Thar einen zärtlichen Blick zu. »Was machen wir jetzt? Fegen? Kochen? Waschen?«

»Hättest du Lust, mich auf eine kleine Wanderung zu begleiten? Wir wären am Nachmittag zum Englischunterricht zurück.«

»Gern, wohin?«

»Ich möchte dir etwas zeigen.«

Wir folgten einem Trampelpfad, der uns an braunen, abgeernteten Reisfeldern, Bananenstauden, Palmen und Bambushainen vorbeiführte, durchquerten ein schmales Tal, balancierten über einen Bach und stiegen einen bewaldeten Hügel hinauf. Über uns wölbte sich ein tiefblauer, wolkenloser Himmel. Wir verständigten uns mit Blicken und sprachen wenig. Zwischen uns herrschte eine Stille, in der ich mich mit jedem Schritt mehr aufgehoben fühlte.

Meine Gedanken wanderten zurück in die vergangene Nacht. Ich war mir nicht sicher über die Bedeutung dessen, was geschehen war, ich wusste nur, dass es nichts mit der Flüchtigkeit einer Affäre in New York zu tun hatte. Etwas an dieser Nacht war anders gewesen, und ich begann zu ahnen, was es war. Er hatte eine Tür in mir geöffnet. Er hatte mich an die Hand genommen und mir Verstecke des Glücks gezeigt. Er hatte mir die Angst vor meinem eigenen Verlangen genommen.

Ich fühlte eine Nähe zu ihm, die keine Worte brauchte. Eine Vertrautheit, die ich nicht erklären konnte. Eine Seelenverwandtschaft wie bisher zu keinem Mann.

Ich hatte das Verlangen, seine Hand zu nehmen, stehen zu bleiben, ihn zu berühren, zu küssen, traute mich aber nicht.

Kurz vor der Hügelkuppe erreichten wir eine Stupa, die mir schon von Weitem aufgefallen war. Ein schmaler Streifen darum herum war abgeholzt, sodass man einen weiten Blick zurück ins Tal hatte. Es gab viele kleine Tempel und Altäre, auf denen Reis, Blumen und Früchte als Opfergaben lagen. In die Nischen einer gemauerten Wand hatten die Gläubigen Dutzende von Buddhafiguren gestellt.

Die Spitze der Pagode war vergoldet, ein paar Glöckchen bimmelten im Wind, die dem Tal zugewandte Seite war weiß gestrichen, doch die Rückseite bestand aus bloßem Mauerwerk, durch das sich ein tiefer Riss zog. Aus den Ritzen sprossen Gräser und verschiedene Pflanzen, die an manchen Stellen die Steine überwucherten, und der hintere Teil wies eine so starke Neigung auf, dass er schon längst hätte einstürzen müssen.

Von der Seite sah es aus, als würden die Gesetze der Schwerkraft hier nicht gelten.

»Die muss jeden Moment umfallen«, sagte ich mit einem skeptischen Blick.

»Den Eindruck macht es«, erwiderte Thar Thar. »Eine Legende besagt, dass diese Stupa über die Jahrhunderte mehrmals von Erdbeben zerstört und immer wieder aufgebaut wurde. Vor einigen Jahrzehnten gab es einen neuen Erdstoß, der sie so schwer beschädigte, wie du sie heute siehst. Seitdem glauben die Menschen, dass sie einstürzt, doch es gibt offenbar eine Kraft, die sie davor bewahrt.

Dieser Kraft gelten die ganzen Altäre. Wer hierherkommt und eine Opfergabe hinterlässt, hofft, diese Kraft, dieser Geist, möge auch ihn beschützen.«

Er holte aus einer Tasche eine Thermoskanne und goss mir heißes Wasser in den Deckel, kramte eine Tüte Nescafé hervor und eine Packung Kekse. Er nahm einen Keks heraus und legte ihn vor einen der Altäre. Dann legte er die Hände vor der Brust aneinander, schloss die Augen und verneigte sich.

»Worum hast du gebeten?«, fragte ich neugierig.

»Ich habe um nichts gebeten. Wir haben uns nur kurz unterhalten.«

»Wer?«

»Der Geist der Stupa und ich.«

»Worüber?«

»Über die Zerbrechlichkeit des Glücks. Die Unmöglichkeit, es zu beschützen. Und Kekse. Er liebt Kekse.«

»Wo hast du die her?«

»Ich war heute Morgen schon in Hsipaw«, sagte er in einem Ton, als wäre es ihm unangenehm.

Wir setzten uns in den Schatten der Stupa. Es war still, ein leises Blätterrauschen war alles, was wir hörten. »Erzähl mir von dir«, bat er.

»Schon wieder? Von meinem großen Kampf gegen Produktpiraten?«

Thar Thar überging meinen Selbstspott. Lächelnd sagte er: »Was immer dir wichtig ist …«

Ich trank nachdenklich einen Schluck Kaffee. Schaute ins Tal und begann irgendwann zu erzählen: von einer jungen Frau, die sich auf die Suche machte.

Die fürchtete, wahnsinnig zu werden. Auch wenn der Wahnsinn nicht in ihrer Familie lag. Nicht diese Art.

Einer jungen Frau, die unachtsam gewesen war. Neun Wochen alt. Groß wie ein Streichholz. Natürlich nicht lebensfähig. Noch lange nicht. Und trotzdem.

Die vergessen hatte, wie zerbrechlich die Liebe war. Wie kostbar. Wie viel Licht sie braucht. Wie viel Vertrauen. Wie dunkel es wird, wenn die Lüge ihre Flügel ausbreitet.

Die vergessen hatte, wovon sie sich nährt. Wie viel Zuwendung sie braucht.

Die in den letzten Tagen daran erinnert wurde und sehr dankbar dafür war.

Thar Thar hörte aufmerksam zu, zwischendurch wünschte ich, er würde mich in den Arm nehmen oder wenigstens meine Hand berühren, doch er bewegte sich nicht.

Nachdem ich geendet hatte, blickte ich ihn an. Unsicher und mit rasendem Herzen.

Ich stand auf und stellte mich vor ihn, nahm seinen Kopf in meine Hände. »Thar Thar.« Sein Blick ging mir durch den ganzen Körper. »Ich ...«

Er hielt mir einen Finger vor den Mund, erhob sich und küsste mich, wie ich noch nie geküsst worden war. Warum musste ich achtunddreißig Jahre alt werden, um mich in einem Kuss so verlieren zu können?

»Erzähl mir von dem Herzenstimmer, den du kanntest.«

»Das ist lange her«, antwortete er zögernd und setzte sich wieder. »Warum fragst du?«

»Weil ich mehr von dir wissen möchte.«

»Noch mehr? Du weißt so viel. Mehr als ich.«

»Aber das Wichtigste weiß ich nicht: Was ist dein Geheimnis?«, fragte ich und hockte mich neben ihn.

»Wie kommst du darauf, dass ich ein Geheimnis habe?«

»Warum bist du kein gequälter Geist?«

»Ich war es. Die meiste Zeit meines Lebens.«

»Ich weiß, aber du bist es nicht mehr. Warum nicht? Wer hat dich gelehrt, zu verzeihen? Pater Angelo?«

Er schüttelte stumm den Kopf.

»Ko Bo Bo?«, fragte ich.

Er senkte den Blick und deutete ein Nicken an.

Waren er und Ko Bo Bo ein Liebespaar gewesen? Sie hätten ein Geheimnis miteinander gehabt, hatte Maung Tun gesagt. Ich war zu überrascht, um weiterzufragen. Nicht nur über diese Wendung der Geschichte. Ich fühlte eine Eifersucht in mir aufsteigen, die ganz schnell ihre tiefschwarzen Schatten warf.

»Was hat euch Maung Tun eigentlich über ihn erzählt?«, wollte Thar Thar plötzlich wissen.

»Nicht viel. Dass er einer der jüngsten unter den Trägern war. Klein und schmächtig, aber sehr tapfer.« So unbefangen wie möglich fügte ich hinzu: »Dass ihr sehr gute Freunde gewesen seid.«

Thar Thar schluckte mehrmals. »Das ist alles?«

»Mehr oder weniger.«

»Hat er keine Vermutungen über mich und Ko Bo Bo geäußert?«

»Doch, dass ihr euch sehr mochtet«, erwiderte ich ausweichend.

»Mehr nicht?«

»Nein.«

Thar Thar nickte, als hätte er nichts anderes erwartet. »Ko Bo Bo hatte ein Geheimnis.«

Ich schwieg und wartete, dass er fortfuhr.

»Ich war zufällig auf dem Hof, als der Lastwagen mit ihm ankam. Wir hatten gerade drei Tote aus dem Sterbehaus verscharrt und waren auf dem Weg in unsere Hütte. Die meisten der neuen Träger standen bereits ängstlich in einem Kreis neben dem Wagen. Ko Bo Bo hatte sich in die hinterste Ecke der Ladefläche verkrochen und wollte nicht absteigen. Erst als die Soldaten nach ihm traten, erhob er sich und kletterte langsam herunter, in den Händen ein Bündel mit seinen Sachen. Ich sah auf den ersten Blick, dass er anders war als die anderen. Die Art, wie er sich bewegte. Wie er die Soldaten anschaute. In seinem Blick lag zwar die gleiche furchtbare Angst wie bei allen von uns, aber auch noch etwas anderes. Ich hielt es für Stolz oder einen unangebrachten Trotz, und es dauerte lange, bis ich begriff, was es wirklich war.

Bei uns hockte er in den ersten Tagen im dunkelsten Teil der Hütte, ohne etwas zu essen oder ein Wort zu sagen. Immer wieder setzte sich einer von uns zu ihm und versuchte mit ihm zu reden, doch er schwieg. Ich fürchtete, dass er sich zu Tode hungern wollte, und nahm ihn eines Abends, als er bereits schlief, zu mir. Er war so leicht, als ich ihn hochhob und zum Schlafen neben mich legte. Irgendwann umklammerte er plötzlich meine Hand und ließ sie nicht mehr los. Er war wach und wollte wissen, was ich glaubte, wie viel Zeit ein Mensch braucht, um zu sterben. Eine Sekunde? Eine Stunde? Einen Tag oder ein Leben? Ich verstand die Frage nicht, und wir begannen ein langes Gespräch. Ich mochte seine Stimme, besonders wenn er flüsterte. Sie klang so sanft und melodisch, fast als singe er.

Ko Bo Bo war nicht so roh wie der Rest von uns, und wir fingen schnell an, uns anzufreunden. Am Anfang hatte ich das Gefühl, ihn beschützen zu müssen, klein und schmächtig wie er war. Aber schon unser erster Einsatz zusammen war so grausam und er so tapfer und mutig. Er hat einem Säugling das Leben gerettet, hat euch Maung Tun davon erzählt?«

»Ja.«

»Da wusste ich, dass er meinen Schutz nicht brauchte. Jedenfalls nicht mehr oder weniger als jeder andere. Wir hätten alle jemanden gebraucht, der uns schützt. Vor den Soldaten. Vor den Rebellen. Vor uns selbst. Aber das ist etwas anderes, das meine ich nicht. Ko Bo Bo konnte für sich selber sorgen. Und für andere.

Für mich hatte es in meinem Leben noch keinen Menschen gegeben, mit dem ich mich so seelenverwandt fühlte. Ich habe seither viel Zeit gehabt, darüber nachzudenken, woran es lag. Wenn er in meiner Nähe war, ging es mir gut. Ein seltsamer Satz, wenn man bedenkt, wo wir uns befanden, aber so verhielt es sich. Er gab mir Ruhe, ohne viel Worte zu verlieren. Er gab mir Freude ohne Grund. Grundlose Freude ist die schönste und schwierigste. Er gab mir Lebensmut. Seine Anwesenheit, ein Blick, ein Lächeln, genügte, und ich wusste, ich war nicht allein. So einfach war es, so kompliziert. Kannst du mir folgen?«

»Ja«, antwortete ich noch einmal, obwohl ich mir nicht sicher war, dass das stimmte. Ich wollte ihn nicht mit einer Frage unterbrechen.

»Das war das größte Geschenk. Nicht allein zu sein an einem Ort, wo jeder nur an sich und sein Überleben dachte. Wo sie dich totgeprügelt hätten, wenn man ihnen versprochen hätte, dafür einen Tag länger leben zu dürfen. Einsamkeit ist die schlimmste Strafe. Dafür sind wir nicht geschaffen. Ich habe viele Träger und manchen Soldaten sterben sehen. Wenn sie vor ihrem Tod noch die Kraft hatten, etwas zu sagen, haben sie alle nach anderen Menschen gerufen. Nicht nach ihren Feinden. Nach Menschen, die sie liebten. Nach ihrer Mutter. Ihrem Vater. Ihrer Frau. Ihren Kindern. Niemand will einsam sein.

Aber Ko Bo Bo hat mich noch etwas anderes gelehrt. Etwas noch viel Wichtigeres.«

Thar Thar stockte, ich schaute ihn erwartungsvoll an.

»Was es heißt, zu lieben.«

»Wart ihr ...?« Ich wagte es nicht, den Satz zu beenden.

»Ja, auch.« Er hielt inne, holte tief Luft. »Aber das meine ich nicht. Ko Bo Bo hat noch jemand anderen geliebt. Seinen Bruder. Ihren Bruder.«

Ich wusste nicht, wovon er sprach.

»War sein Bruder auch im Lager?«

»Ihr Bruder.«

»Warum *ihr* Bruder? Thar Thar, ich verstehe kein Wort. Du musst mir helfen.«

»Ko Bo Bo gab es nicht. Das war eine Erfindung. Ko Bo Bo hieß Maw Maw und war ein Mädchen. Eine junge Frau.«

Mir stockte der Atem. »Wieso ... Woher weißt du ... ich meine ...« Ich bekam lange keinen ganzen Satz heraus. Was machte eine Frau in dem Lager? Wie war sie dort hingekommen? Warum hatte Maung Tun uns nichts davon erzählt?

Thar Thar schwieg. Er starrte auf die Stupa, Tränen rannen ihm über die Wangen, doch sein Gesicht blieb unbewegt.

»Ich hatte schon länger das Gefühl, dass er etwas vor mir verbarg«, flüsterte er, ohne mich anzuschauen. »Eines Tages haben wir zusammen Wäsche am Fluss gewaschen. Er rutschte aus und fiel ins Wasser. Ko Bo Bo war kein guter Schwimmer, ich bin hinterhergesprungen und habe ihn herausgezogen. Einige Sekunden standen wir uns klitschnass und wortlos gegenüber. Das Hemd, der Longy klebten an seinem, an ihrem Körper … Sie hätte auch nackt vor mir stehen können …«

Wir saßen schweigend nebeneinander, während ich versuchte, meine Gedanken zu ordnen. Thar Thar blickte noch immer auf das bröckelnde Mauerwerk vor uns.

»Ich wusste nicht, dass das Militär auch junge Frauen als Träger missbraucht.«

»Tut es auch nicht.«

»Wie ist dann Ko Bo Bo …?«, fragte ich leise.

»Maw Maw.«

»… Maw Maw ins Lager gekommen?«

»Sie hat sich verkleidet und als Junge ausgegeben.«

Ich griff nach seiner Hand.

»Wer hat sie dazu gezwungen?«

»Niemand.«

»Sie war freiwillig da?«

»Ja.«

Je mehr ich erfuhr, desto weniger verstand ich den Sinn, der in dem lag, was er mir erzählte. Was konnte es für Gründe geben, dass ein Mensch sich ohne Zwang in diese Hölle begab? Warum war sie bereit gewesen, einen so furchtbaren Preis zu zahlen? Wofür?

»Thar Thar?«

Er schaute mich noch immer nicht an.

»Weshalb hat sie das getan?«

Er ignorierte meine Frage.

»Warum hat sie sich als Junge verkleidet?«, fragte ich noch einmal.

Thar Thar hob den Kopf und schaute mir direkt in die Augen: »Weil sie liebte. Und weil sie verstanden hatte, was das bedeutet.«

»Wen hat sie so geliebt? Für wen hat sie das getan?«

»Für ihren Bruder.«

»Ihren Bruder?«, wiederholte ich ungläubig. Wie konnte eine junge Frau ausgerechnet für ihren Bruder ein solches Opfer bringen?

»Sie hatte einen Zwillingsbruder. Er war zehn Minuten jünger als seine große Schwester. Die beiden müssen unzertrennlich gewesen sein. Schon von Geburt an. Ihre Mutter erzählte ihnen, dass sie als Babys schrien, sobald der andere nicht in der Nähe war, und erst aufhörten, wenn sie wieder nebeneinanderlagen. Bekam einer von ihnen Fieber, dauerte es nicht lange, bis auch der andere erkrankte. Ihren ersten Zahn bekamen sie am selben Tag, den zweiten auch. Maw Maw konnte etwas früher laufen, ihr Bruder machte seine ersten Schritte an ihrer Hand, bis sie beide umfielen. Als Kinder ließen sie sich niemals aus den Augen, manchmal kam es ihren Eltern vor, als hätte sich eine Seele auf zwei kleine Körper verteilt. Sie lebten in ihrer eigenen Welt, in der sie sich selbst genügten. Tat sich einer weh, suchte er nicht Trost bei Vater oder Mutter, sondern beim anderen. Niemand im Dorf hatte je so etwas erlebt. Alle nannten sie Klettchen, weil sie so aneinander hingen.

Als die Soldaten kamen, von Hütte zu Hütte gingen und alle jungen Männer mitnahmen, arbeiteten Maw Maws Eltern und ihr Bruder auf einem Feld, das weit entfernt lag. Vor Einbruch der Dunkelheit würden sie nicht zurück sein. Maw Maw hörte die Stimmen der Soldaten schon von Weitem, und ihr wurde übel vor Entsetzen. Wie alle anderen wusste sie, was passieren würde, dass von denen, die geholt werden, keiner lebend zurückkehrt. Sie erzählte mir, wie sie geglaubt hatte, ihr Herz bliebe stehen aus Angst um ihren Bruder. Seine Sachen, die an der Wand hingen, brachten sie auf die Idee. Maw Maw zog sie hastig an und gab sich für ihn aus. Von dem Moment an, sagte sie, sei sie ganz ruhig gewesen. Von den Soldaten merkte keiner etwas. Sie ist für ihn in den Tod gegangen. Kannst du das verstehen?«

»Nein«, entfuhr es mir leise. Hatte ich schon einmal einen Menschen so geliebt, dass ich mich für ihn hätte quälen lassen? Dass ich mein Leben für ihn geopfert hätte?

»Ich habe es auch nicht verstanden. Zunächst nicht. Aber was wusste ich von der Liebe? Nichts, Julia, gar nichts.

Maw Maw hat mich gelehrt, dass ein Mensch zu allem fähig ist, nicht nur zu jeder Niedertracht. Jedes Opfer, das sie brachte, war ein kleiner Triumph über das Böse, verstehst du, was ich meine? Für mich war das so kostbar, wie es ein Becher Wasser für einen Verdurstenden ist. Hat euch Maung Tun gesagt, wie es im Lager zuging?«

»Ja.«

»Es war furchtbar. Manche von uns sind vor Angst wahnsinnig geworden. Sie rissen sich die Haare aus, hörten nicht auf zu schreien oder schlugen ihre Köpfe gegen Holzbalken, bis Soldaten kamen und sie erschossen. Gnadenschuss nannten sie das. Als wären wir tollwütige Hunde. Hat er euch das auch erzählt?«

»Nein.«

»Maw Maw hat uns mit jedem Tritt, mit jedem Schlag, den sie aushielt, ohne zu zerbrechen, daran erinnert, dass es eine Kraft gibt, die Soldaten nicht besiegen können.

Wenn sie hungerte, weil sie uns mal wieder keinen Reis gaben, tat sie es für ihren Bruder. Wenn sie uns quälten und Maw Maw auf einem Bein in der Sonne stehen musste, bis sie umfiel, erlitt sie das für ihn. Und für uns.«

Er verstummte für einen Moment. »Sie war der tapferste Mensch, dem ich je begegnet bin. Ihre Opfer haben mir meinen Lebensmut gegeben. Damit hat sie mein Herz gestimmt, Tag für Tag ein bisschen mehr, ohne dass ich es bemerkte. Irgendwann war all die Bitterkeit in mir verflogen. Mein Zorn und mein Lebensgroll, meine Wut und mein Hass versiegten. Wie ein Bach, der keine Quelle mehr hat, die ihn speist.«

Er drehte sich langsam zu mir und zog mich sanft zu sich hinüber. Kleine Schweißperlen standen auf seiner Stirn und dem rasierten Kopf. Ich merkte erst jetzt, dass er zitterte, und nahm ihn in den Arm.

Wir saßen lange schweigend nebeneinander und hielten einander fest, als suchten wir Schutz.

Die Sonne stand bereits tief am Himmel, als er aufstand, mir das Haar aus dem Gesicht strich und mich zu küssen begann. Auf die Stirn, die Augen, die Lippen. Er hob mich hoch, ich schlang meine Beine um seine Hüfte, und er trug mich hinter die Stupa.

Und noch einmal spürte ich ihn so intensiv wie keinen Mann vor ihm.

Hörte seinen rhythmischen Atem, verlor mich in seinem fremden, aufregenden Geruch.

Zwischen Blumen und Früchten, die schweigend ihre Geschichten erzählten.

Hinter einer Pagode, die den Gesetzen der Schwerkraft nicht gehorchen wollte.

Zwischen Tempeln und Altären, in denen die Hoffnung lebte.

Als gäbe es etwas, was uns und unser Glück beschützen könnte. Und seien es Geister. Oder die Sterne.

10

Am nächsten Morgen weckte mich Moe Moe wieder. Einen kurzen wunderbaren Augenblick lang glaubte ich, noch in Thar Thars Armen zu liegen. Seine warme Hand auf meinem Bauch.

Moe Moe kniete sich neben mich, und ich sah sofort, dass etwas geschehen war. Ihr Lächeln war nicht das eines heiteren Menschen. Sie stellte den Tee auf den Boden und schlug die Augen nieder, als sich unsere Blicke trafen. Auf der Tasse lag ein mehrfach zusammengefalteter Zettel.

»For you«, sagte sie und reichte ihn mir.

»A letter? For me? Are you sure?«

Sie reagierte weder auf mein Lächeln noch auf mein Englisch, nickte nur, erhob sich wieder und ging mit schnellen Schritten davon.

Warum hatte sie es so eilig? Hatte sie bemerkt, dass Thar Thar und ich uns in der Nacht wieder davongeschlichen hatten? Welches Glück ich im Schuppen gefunden hatte?

Mit klopfendem Herzen entfaltete ich das Papier. In der Mitte lagen ein paar getrocknete Jasminblüten.

Liebe Julia,
noch nie sind mir Zeilen so schwergefallen wie diese. Noch nie habe ich mit zitternden Händen einen Stift gehalten. Noch nie haben mir Worte solche Schmerzen zugefügt wie die, die ich nun zu Papier bringen muss.

Mich beschlich eine Ahnung, was kommen könnte, und ich hoffte inständig, dass ich mich irrte. Ich ließ das Blatt sinken und starrte auf den Vorhang. Als könnte Thar Thar ihn jeden Moment beiseiteschieben und mir den Brief wieder aus der Hand nehmen. Der abgenutzte Stoff schaute mich traurig an, er bewegte sich nicht. Ich las weiter.

Auf Deiner Armbanduhr sehe ich, dass es kurz nach halb vier Uhr ist. Alle schlafen, auch Dein Bruder schnarcht leise und gleichmäßig und ohne zu husten!
Mein Herz hingegen schlägt zu heftig, mein ganzer Körper zittert, an Schlaf ist gar nicht zu denken.
So habe ich mich zu Dir gesetzt und eine Kerze angezündet. Du liegst neben mir, und ich kann meine Augen kaum von Dir wenden. Noch immer fühle ich Dich auf mir. Deine Hände, Deine Lippen. Was hast Du nur mit mir gemacht? Wohin hast Du mich entführt? In eine Welt, von der ich nie gedacht hätte, dass es sie in mir gibt. In der ich für immer hätte verweilen wollen, auch wenn ich ahne, dass es immer nur für wenige, kostbare Sekunden möglich ist. Ich hatte nicht gewusst, dass diese Kraft in mir steckt. Ich hatte nicht gewusst, dass es einen Ort gibt, an dem die Angst keine Macht besitzt.

An dem wir so frei sind.
Wie unglaublich schön Du bist. Dein Bruder hat recht, wenn er das sagt. Auch der Schlaf nimmt Dir nichts von Deiner Anmut. Du ahnst nicht, wie viel Kraft es kostet, mich jetzt nicht wieder zu Dir zu legen. Nicht wieder Deinen Atem auf meiner Haut zu spüren. Dich nicht zu küssen. Dich nicht zu streicheln.
Neben Dir zu sitzen, ohne Dich zu berühren, verursacht mir körperliche Schmerzen, so groß ist die Sehnsucht schon wieder. Das Verlangen, mit Dir an diesen Ort zurückzukehren. Sofort. Doch wenn ich dem weiter nachgebe, werde ich bald nicht mehr von Deiner Seite weichen können. Deshalb habe ich beschlossen, zu verreisen.
Wenn Du diesen Brief in den Händen hältst, bin ich bereits unterwegs. Die Sonne wird noch ruhen, wenn ich mich auf den Weg mache.
Bitte verzeih mir.
Die vergangene Woche hat mir großes Glück beschert. Ein Glück, das mir so viel bedeutet, dass ich es mit Worten nicht beschreiben kann. Nie hätte ich gedacht, dass es mir noch einmal begegnet. Ich bin umso dankbarer, weil ich weiß, wie zerbrechlich es ist. Ein flüchtiger Besucher in unseren Herzen. Kein verlässlicher Freund. Niemand, auf den wir zählen können. Kein Glück. Nirgends.
Ich muss fort, weil ich fürchte, dass mein Herz immer weiter aus dem Rhythmus gerät, wenn wir noch mehr Zeit miteinander verbringen.
Weil ich nicht weiß, wer es wieder stimmen soll, wenn Du abreist und zurückkehrst in Deine Welt.
Wäre ich ein anderer, könnte ich diese Störung vielleicht ertragen, doch ich habe zu lange mit einem verstimmten Herzen gelebt. Ich möchte es nie wieder. Ich würde es keinen weiteren Tag aushalten. Nicht einen.
Wer einmal verlassen wurde, der trägt diesen Verlust in sich.
Wer nicht geliebt wurde, der trägt eine unstillbare Sehnsucht nach Liebe in sich.

Und wer einmal geliebt wurde und diese Liebe verlor, der trägt nicht nur diese Liebe in sich, sondern auch die Angst, sie wieder zu verlieren.
Ich trage von allem etwas in mir.
Zusammen wirkt es wie ein Gift, das sich langsam im Körper ausbreitet. Es dringt bis in die letzten Winkel der Seele vor. Es bemächtigt sich aller Sinne. Es tötet nicht, aber es lähmt.
Es tötet nicht, aber es macht misstrauisch.
Es fördert den Argwohn. Die Eifersucht. Die Missgunst.
Wie viel Verlust erträgt ein Mensch?
Wie viel Schmerz?
Wie viel Einsamkeit?
Du bist nicht allein gekommen. Du hattest Deinen Bruder dabei und einen kleinen Jungen. Du hast versucht ihn zu verstecken, doch ich habe ihn sofort erkannt.
Einen kleinen Jungen, den es, wäre es nach dem Willen seiner Mutter gegangen, gar nicht hätte geben sollen.
Eine Kinderseele weiß alles.
Der so einsam war, wie nie ein Mensch einsam sein sollte. Der Blut von Hühnern, die viel mehr als Hühner waren, an seinen Händen hatte, und es sollten Jahre vergehen, bis er sich nicht mehr vor ihnen ekelte. Vor seinen eigenen Händen!
Eine Kinderseele vergisst nichts.
Aber sie wächst, und sie lernt. Sie lernt zu misstrauen. Sie lernt zu hassen. Sie lernt, sich zu wehren. Oder zu lieben und zu verzeihen.
Du hattest einen kleinen Jungen dabei, von dem ich dachte, ich würde ihm nie wieder begegnen.
Wenn Du fährst, wird er bei mir bleiben, und ich werde mich um ihn kümmern. Ich werde ihn trösten, wenn er traurig ist. Ich werde ihn beschützen, wenn er Angst hat. Ich werde für ihn da sein, wenn er sich einsam fühlt.
Du hast mir erzählt, dass mein Vater von einem Leben ohne Anhaftungen geträumt hat. Ihm ist es nicht gelungen, und mir wird

es auch nicht gelingen. In dem Sinne bin ich kein guter Buddhist. Möchte es wohl auch nicht sein.

Du hast mir gezeigt, dass ein Teil meiner Seele noch immer in Gefangenschaft lebt. Immer leben wird.

Vielleicht ist dies der Moment, in dem ich mir eingestehen muss, dass ich nicht so frei bin, wie ich gedacht hatte.

Verzeih mir meinen Irrtum. Verzeih mir, sollte dieser Brief, sollte mein Verhalten Dir Schmerzen zufügen. Nichts läge mir ferner, als Dich zu verletzen. Doch ich muss fort, einen anderen Ausweg sehe ich nicht.

Ich danke Dir für alles.

Pass gut auf Dich auf.

Thar Thar

Der Brief traf mich völlig unvorbereitet. Ich überflog ihn ein zweites Mal, biss mir auf die Lippen und wandte mich ab. So ein Feigling, schoss es mir als Erstes durch den Kopf. So ein gemeiner Feigling. Wie konnte er mich hier mit diesen Zeilen sitzen lassen. Mir nicht einmal die Chance geben, ihm zu antworten. Nicht mit einem Satz zu fragen, wie es mir wohl geht. Ob es vielleicht eine andere Lösung geben könnte, als einfach wegzufahren. Ich war zu verletzt, um einen klaren Gedanken zu fassen. Was meinte er mit der Gefangenschaft, in der er noch lebt? Worin war er gefangen? In seiner Liebe zu Ko Bo Bo? Warum hatte er mir das nicht gleich gesagt? Hatte er nur mit mir schlafen wollen?

Verzeih mir meinen Irrtum. Verzeih mir, sollte dieser Brief, sollte mein Verhalten Dir Schmerzen zufügen. Was denn vielleicht sonst? Mich amüsieren? Ich hätte vor Wut schreien können. Wo war er? Wusste Moe Moe, wo er sich versteckte? Würde sie es mir verraten? Gab es eine Chance, ihn noch ein zweites Mal zu finden? Wollte ich das überhaupt?

Mein Bruder war erwacht und hatte sich aufgerichtet. Er trank einen Schluck Wasser und beobachtete mich über den Becher hinweg.

Ich spürte, wie mir die Tränen kamen.

»Wusstest du, was er vorhat?«, fragte ich und erschrak selber über meinen schroffen Ton.

»Wer?«

»Thar Thar natürlich, wer sonst?«, blaffte ich ihn an.

U Ba schüttelte langsam den Kopf, ließ mich dabei nicht aus den Augen.

»Hast du es geahnt? Sei ehrlich.«

»Nein. Er hat mir nichts gesagt. Was ist mit ihm?«

Ich zuckte hilflos die Schultern und schob ihm den Brief zu.

Er las ihn sorgfältig, schüttelte dabei hin und wieder leicht den Kopf, als könne er nicht glauben, was dort stand. Danach faltete er ihn zusammen und gab ihn mir zurück.

»Wir fahren«, sagte ich abrupt.

»Wann?«

»Heute. Jetzt.«

»Möchtest du nicht ...«

»Nein. Du hast selber gesagt, der Abschied wird umso schwerer fallen, je länger wir bleiben.«

Er nickte.

»Deshalb fahren wir so schnell wie möglich.«

Ich stand auf, zog Jeans und Jacke über und stopfte eilig meine wenigen Sachen in den Rucksack. Thar Thars Zeilen hätten eindeutiger nicht sein können: Er wollte mich nicht mehr sehen. Er ertrug meine Nähe nicht, er würde erst zurückkommen, wenn wir das Kloster wieder verlassen hatten. Je schneller wir abreisten, desto besser. Ich faltete hastig die Decken, rollte Matten und Schlafsack zusammen. Als ich meinem Bruder helfen wollte, winkte er ab.

Moe Moe hockte in der Küche und stocherte mit einem Stock in der Glut des Feuers. Sie schaute erschrocken auf, als ich eintrat. »You? Go?«

»Yes, we leave.«

»Leave?«, wiederholte sie fragend.

»Go. Yes, we go!«, erwiderte ich streng.

Ihr Blick. Er haftete an mir und drückte eine so tiefe Enttäuschung aus, dass ich verlegen wurde.

»I am very sorry«, erklärte ich jetzt ruhiger. »I … we …« Wie sollte ich ihr in einer Sprache, die sie kaum verstand, etwas erklären, für das ich selber nur schwer Worte fand?

»I *must* go!«, sagte ich, jedes Wort sorgfältig betonend. »Understand?«

Sie deutete ein Kopfschütteln an. »Why?«

Mein Bruder kam hinzu, und ich bat ihn, ihr zu sagen, dass mein Urlaub zu Ende ginge, dass ich wieder zur Arbeit müsste, dass es mir sehr gut gefallen habe, dass ich ihren Tee am Morgen vermissen würde und dass ich sicher wiederkäme. Während U Ba zu ihr sprach, wechselte ihr Blick zwischen ihm und mir hin und her. Plötzlich unterbrach sie ihn mit einer Frage, er antwortete etwas, sie wiederholte insistierend, was sie gesagt hatte.

»Moe Moe möchte wissen, wann du wiederkommst«, sagte er mir zugewandt.

»Wann?« Ich lachte verlegen. »Oh … bald. Ganz bald.«

U Ba übersetzte, und ich sah in ihren Augen, dass ihr das als Antwort nicht genügte.

»Stay«, sagte sie plötzlich mit ernster Stimme. Es klang fast wie eine Anordnung. Wo mochte sie das Wort herhaben? Von mir hatte sie es nicht gelernt.

»Das geht nicht. Ich würde ja sehr gern … aber, die Arbeit … das Büro … wartet …« Ich sprach den Satz nicht zu Ende, es war mir unangenehm, ihr eine solche Geschichte zu erzählen.

Wir standen lange schweigend nebeneinander.

Sie flüsterte etwas, und U Ba zögerte einen Moment, es zu übersetzen.

»Sie fragt, ob sie Thar Thar etwas ausrichten soll.«

Unsere Blicke trafen sich, ich spürte, dass sie viel mehr wusste, als ich geahnt hatte.

Ich schluckte. Zögerte. »No.«

»No?« Das ungläubige Staunen in ihrer Stimme. »No?«, wiederholte sie langsam und in einem Ton, der mir zu verstehen gab, dass das nicht die ganze Wahrheit sein konnte. Sie hatte mehr verstanden als ich.

»No«, wiederholte ich mit dünner Stimme.

»Yes«, flüsterte Moe Moe zurück. »Please.«

Ich senkte den Blick. »Dass ich an ihn denke. Dass ich ihn vermissen werde.«

U Ba übersetzte. Ihr Lächeln.

Ich schulterte meinen Rucksack, Moe Moe folgte uns zum Ausgang. Wir verabschiedeten uns nur mit Blicken und stiegen die Treppe hinunter. Auf dem Hof rannten die Hühner noch aufgeregter herum als sonst. Ich drehte mich um, sie stand auf der obersten Stufe und winkte. Ich winkte zurück, ging weiter, drehte mich noch einmal um. Sie winkte noch immer. Sie winkte noch, als wir in den Weg einbogen und ich sie hinter den Büschen aus den Augen verlor.

II

Es waren die kleinen Geschichten, die ihr geholfen hätten, das Große zu verstehen.

Der selbst bemalte Kerzenständer, ein Geschenk zum Muttertag, der wochenlang unbeachtet in der Küche herumstand. Bis er herunterfiel und in zwei Teile zerbrach. Die sie später im Müll entdeckte.

Die flüchtigen Küsse vor dem Einschlafen.

Die immer gleichen Fragen, mit denen sie sich nach der Schule, ihren Nachmittagen, ihren Freundinnen erkundigte.

Die Art, wie sie sie streichelte. Als wäre sie aus Holz.

Der Ton, in dem sie sie nach einem schlechten Traum tröstete. In dem sie ihr zu verstehen gab, dass sie ihr zu viel war.

Die Eile, mit der sie sich am Morgen anzog und fertig machte, anstatt bei ihr zu verweilen.

Der Tag, an dem sie ihren Geburtstag vergaß.

Aber sie war noch zu jung, um die kleinen Geschichten richtig zu deuten.

Deshalb verstand sie auch das Große nicht. Fragte sich fortwährend, was *sie* falsch machte. Glaubte, alles sei *ihre* Schuld. Machte *sich* Vorwürfe. Suchte das Glück beständig an den falschen Orten.

Der Mensch, dessen Wärme sie brauchte, ertrug ihre körperliche Nähe nur schwer.

Der Mensch, dessen Zärtlichkeit sie bedurfte, kam mit leerem Herzen.

Der Mensch, nach dessen Aufmerksamkeit und Bestätigung sie sich so sehnte, war zu sehr mit sich selbst beschäftigt.

Es war nicht der Mensch, den sie gebraucht hätte. Aber einen anderen an ihrer Stelle gab es nicht.

Später sagte sie sich: Wer kriegt schon immer, was er braucht, und wollte nicht klagen. Sie hasste Selbstmitleid.

Da wusste sie noch nicht, wie wenig sie bekommen hatte. Wie hilflos und wie wehrlos sie gewesen war.

Lebte in der festen Überzeugung, jemand anders würde es ihr geben, wusste nicht, dass das unmöglich ist.

12

Es gibt Erinnerungen, denen entkommen wir nicht. Wir nehmen sie mit, ob wir wollen oder nicht, egal wie weit wir reisen. Sie verfolgen und begleiten uns im Guten wie im Schlechten. Wir atmen ihren Duft. Wir hören ihren Klang. Wir freuen uns an ihnen oder fürchten sie. Am Tage und in der Nacht.

Meine Erinnerungen an das Kloster waren so intensiv, sie erfüllten mich mit einer solchen Sehnsucht, dass ich sie nur schwer ertrug. Moe Moes Lächeln am Morgen fehlte mir. Ihre grundlose Freude. Der Stolz in den Augen von Ko Lwin, wenn sich ihm ein neues englisches Wort erschloss. Die Geduld, mit der sie alle abwechselnd die zitternde Toe Toe fütterten.

Und natürlich ging mir Maw Maw nicht aus dem Kopf. Wenn ich an sie dachte, stiegen mir Tränen in die Augen. Aus meiner ersten Eifersucht war Dankbarkeit geworden. Und Bewunderung. Sie hatte nicht nur ihrem Bruder, sie hatte auch Thar Thar das Leben gerettet. Ich war mir sicher, ohne sie wäre er in seiner Todessehnsucht irgendwann auf eine Mine getreten. Oder von den Rebellen oder einem Soldaten erschossen worden.

Sie hatte seinen gequälten Geist beruhigt, einen liebenden, einen liebesfähigen Menschen aus ihm gemacht. Immer wieder hörte ich Maung Tuns Worte, sah ich das Bild vor Augen, wie Thar Thar mit ihrem leblosen Körper im Arm den tosenden Fluss hinuntergeht. War sie ertrunken, oder ist sie ihrer Schussverletzung erlegen, in seinen Armen gestorben? Wohin war er gegangen? Was hatte er mit ihr gemacht? Wo mochte sie begraben liegen? Ich fragte mich, was für ein Mensch sie gewesen war. Woher hatte sie ihren Mut, ihre Kraft genommen? Am Ende von Thar Thars Erzählung hatte ich verstanden, wie ihr Beispiel, ihre Liebe es vermocht hatte, sein Herz zu stimmen.

Trotzdem blieben so viele Fragen. Ich hatte mich nicht getraut, Thar Thar eine davon zu stellen.

In Gedanken war ich fortwährend bei ihm. Was zwischen ihm und mir geschehen war, konnte ich mir nicht erklären. Er hatte mich in einer Weise berührt wie kein Mann vor ihm. Zehn Tage hatten wir miteinander verbracht, zehn Tage und zwei Nächte, halbe Nächte, und was in diesen Stunden mit mir passiert war, stand in keinem Verhältnis zu der wenigen Zeit, die wir gehabt hatten.

Seit meiner Kindheit hatte ich die Trennung von einem Menschen nicht mehr so körperlich gespürt. Ich hatte keinen Appetit und aß wenig. Schlief unruhig, erwachte mit Rückenschmerzen. Bekam schlecht Luft, litt unter einem unbestimmten Druck in der Brust. Saß stundenlang erschöpft in U Bas Sessel, während er ein Buch restaurierte. Immer wieder nahm ich Thar Thars Brief zur Hand.

Noch nie sind mir Zeilen so schwergefallen wie diese … Noch nie haben mir Worte solche Schmerzen zugefügt wie die, die ich nun zu Papier bringen muss.

Meine Wut, meine Enttäuschung waren mit jedem Lesen weniger geworden. Mit einigen Tagen Abstand konnte ich besser verstehen, warum er so plötzlich gefahren war.

Ich hatte nicht gewusst, dass es einen Ort gibt, an dem die Angst keine Macht besitzt.

An dem wir so frei sind.

Ich auch nicht, wollte ich ihm an dieser Stelle jedes Mal erwidern. Ich auch nicht.

Die Idee, ihm zu antworten, hatte ich verworfen, wieder aufgegriffen, erneut verworfen. Was sollte ich ihm schreiben? Dass ich krank war vor Sehnsucht? Dass ich nach Hsipaw ziehen würde?

Mein Bruder kümmerte sich rührend um mich. Er war überzeugt, ich wäre liebeskrank. Ich sei an jenem Virus erkrankt, das, so behauptete er, jeder in sich trüge und das bei mir nun besonders heftig ausgebrochen sei. Dagegen gäbe es keine wirksame Medizin. Körper und Seele würden sich selber kurieren oder eben nicht.

Ablenkung würde seine Wirkung etwas lindern, aber immer nur für eine bestimmte Zeit. Deshalb wanderten wir in einige Bergdörfer in der Umgebung; fuhren zum Inle-See, wo wir schwimmende Gärten und Märkte besuchten und in einem Kloster springende Katzen bestaunten; saßen viel in unserem Teehaus, ohne dass es mir besser ging oder ich auf andere Gedanken gekommen wäre. Was immer wir unternahmen, ich trug die Erinnerungen an das Kloster in mir.

Eines Nachmittags nahm U Ba mich mit auf einen langen Spaziergang. Wir liefen einmal quer durch Kalaw, stiegen einen Hügel hinauf, die Straße war notdürftig geteert, versandete bald und ging in einen holprigen Feldweg über. Ich glaubte mich zu erinnern. Zwischen Büschen und vertrockneten Gräsern entdeckte ich die ersten Gräber. Graubraune Betonplatten lagen im Staub, schmucklos und ohne Inschriften, überwuchert von Gestrüpp. Es gab keine frischen Blumen, keine einzige gepflegte Grabstätte.

Hier waren an einem windstillen Tag die Leichname von Mi Mi und Tin Win verbrannt worden. Zwei Rauchsäulen, so hatte mir mein Bruder erzählt, waren senkrecht in den Himmel gestiegen und hatten sich plötzlich aufeinander zubewegt, bis sie miteinander verschmolzen.

Nicht alles, was wahr ist, kann man erklären. Nicht alles, was man erklären kann, ist wahr.

Ich fragte mich, warum er mich noch einmal auf diesen Friedhof geführt hatte. »Was möchtest du mir sagen?«, fragte ich. Es klang strenger, als ich es gemeint hatte.

»Ich möchte dir gar nichts sagen«, wehrte er ab. »Ich bringe dich nur an den Ort zurück, an dem unser Vater …« Er brach ab und begann von Neuem. »Ich dachte einfach, dass du vielleicht noch einmal hierhermöchtest, dass es dir …«, er suchte nach dem richtigen Wort, »… hilft.«

Ich nickte. »Entschuldige, U Ba. Ich bin einfach so gereizt … ich weiß auch nicht, was mit mir los ist …«

Er setzte sich auf die Erde, nahm meine Hand und zog mich herunter. Wir saßen lange schweigend nebeneinander, mein Blick verlor sich in der hügeligen Landschaft mit ihren Reisfeldern, Wäldern, Bambushainen und weißen Pagoden.

»Sag mir, was soll ich machen?«

»Wer bin ich, dir einen Rat zu geben?«

»Du bist mein Bruder. Außerdem bitte ich dich darum.«

Er warf mir einen nachdenklichen Blick zu. Ihm lag etwas auf dem Herzen, seine Miene verriet ihn, die Art, wie er die Schultern hochzog und den gesenkten Kopf nach vorn beugte. »Vielleicht«, begann er und streckte das Wort in die Länge, »ist es an der Zeit, zurückzukehren?«

»Wohin?«, fragte ich erstaunt.

»In deine Welt.«

»Ist dies nicht meine Welt?« Ich versuchte gar nicht erst, meine Kränkung zu verbergen. Das Trennende in dem Satz verletzte mich.

»Doch, natürlich«, lenkte er ein.

»Willst du mich loswerden?«, fragte ich halb im Scherz.

U Ba seufzte tief. »Julia, von mir aus kannst du für immer bleiben. Ich fürchte nur, du wirst hier nicht finden, was du suchst.«

»Was suche ich denn?«

»Klarheit.«

»Worüber?«

»Über dich.«

»Du meinst, die finde ich in New York?«

»Das weiß ich nicht. Aber vielleicht eher als hier.«

»Warum denkst du das?«

»Manchmal müssen wir das Weite suchen, um Nähe zu finden.«

Ich verstand nicht, was er meinte.

»Manchmal müssen wir etwas tun, um herauszufinden, dass wir etwas anderes wollten.«

»Und dann ist es zu spät ...«

»Manchmal ...«

Ich atmete tief ein und wieder aus, ließ mich nach hinten sinken, bis ich ausgestreckt neben ihm lag.

»Was würde der Buddha mir sagen?«

U Ba lachte. »Dass die Wahrheit eines Menschen in seiner Seele liegt. Dort findest du die Antwort.«

»Und wenn nicht?«

»Dann hast du nicht gründlich genug gesucht.«

Ich starrte in den Himmel und beobachtete die vereinzelten Wolken. Vielleicht würden sie mir mit ihren fließenden Formen ein Zeichen geben, doch ich sah nichts als unförmige weiße Gebilde, die mir hin und wieder die Sonne nahmen.

»Glaubst du, Thar Thar hat recht, wenn er schreibt, ›wer einmal verlassen wurde, der trägt diesen Verlust in sich. Wer nicht geliebt wurde, der trägt eine unstillbare Sehnsucht nach Liebe in sich‹?«

»Ja.«

»Aber das bedeutet, dass wir alle Gefangene sind, oder nicht?«

U Ba überlegte lange, bevor er antwortete. »Nein, das heißt es nicht. Was immer wir in uns tragen, jeder Mensch ist für sich, seine

Handlungen und sein Schicksal selbst verantwortlich. Es gibt keine Gefangenschaft, aus der wir uns nicht befreien können.«

»Das glaube ich nicht«, widersprach ich. »Manche Schatten sind einfach zu lang.«

»Um aus ihnen herauszutreten?«

»Ja.«

Er schüttelte den Kopf. »Aber wir müssen ja auch nicht immer einer Meinung sein«, erwiderte er lächelnd und legte sich neben mich.

Mir fiel Nu Nus Frage an ihren Mann ein: Glaubst du, dass ein Mensch sich häuten kann? Gelingt es, einen Teil von uns abzustreifen, wenn etwas anderes nachgewachsen ist? Oder, hörte ich sie fragen, müssen wir bleiben, wer wir sind?

Was geschieht, wenn wir versuchen, das Alte abzustreifen, ohne dass etwas nachgewachsen ist?

Ich dachte an Amy. Wie gut es mir jetzt täte, mit ihr alles zu besprechen. Wir würden zusammen auf ihrem Sofa sitzen, Wein trinken, Käse essen, die Situation gründlich analysieren, alle Pros und Kontras ausführlich bis in die Nacht diskutieren und sorgfältig abwägen. War es wirklich eine realistische Möglichkeit, länger in Burma zu bleiben? Was sollte ich hier machen? Mich in Rangoon als Rechtsanwältin niederlassen? Ein Teehaus in Kalaw eröffnen? In einem Kloster in Hsipaw leben? Was spräche dafür, was dagegen? Sie würde mir mit ihren Fragen keine Ruhe lassen, und vermutlich würde ich im Gespräch mit ihr schnell selber merken, was für abstruse Ideen das waren. Doch ebenso wenig konnte ich mir vorstellen, wieder nach Amerika zurückzukehren und ins Büro zu gehen, als wäre nichts geschehen.

Diesen Fehler hatte ich schon einmal begangen.

Ich rechnete: Mein Anteil aus dem Verkauf unseres Elternhauses würde, wenn ich mich einschränkte, für mehrere Jahre reichen – in Burma vermutlich bis ans Ende meines Lebens. Was könnte ich in New York sonst machen? Welche Alternativen gab es zu dem Leben, das ich führte? Eine Frage, mit der ich mich noch nie ernsthaft beschäftigt hatte.

Ich drehte mich zu meinem Bruder. Er hatte die Augen geschlossen und atmete ruhig. Ich war gekommen, um das Geheimnis einer Stimme in mir zu lösen, sie war nun verstummt. An ihrer Stelle hörte ich eine andere, mir sehr vertraute. Es war meine eigene, die mir fortwährend Sätze einflüsterte, die sich widersprachen:

Pack deine Sachen!

Bleibe!

Mach dich nicht lächerlich.

Trau deiner Intuition.

Was willst du hier?

Was willst du in New York?

Es wird kein gutes Ende nehmen.

Hab keine Angst.

Hör auf mich!

Nein, hör nicht auf sie. Hör auf mich!

Meine Gedanken drehten sich im Kreis, ich fühlte mich gelähmt. Vielleicht hatte U Ba recht: Vielleicht musste ich etwas tun, um herauszufinden, dass ich etwas anderes wollte.

Und hoffen, dass es dann nicht zu spät war.

13

Mein Bruder bestand darauf, mich zum Flughafen zu begleiten. Er hatte einen Freund, der einen Wagen organisierte und uns nach Heho brachte.

U Ba hielt während der ganzen Fahrt meine Hand. Wir sprachen nicht viel, ein Blick hin und wieder genügte. Wie ich diese einvernehmliche Stille, diese wortlose Verständigung in New York vermissen würde.

Plötzlich mussten wir anhalten. Ein Armeelaster wendete, er versperrte die schmale Straße. Auf der Ladefläche saßen junge, bewaffnete Soldaten, die uns aus leeren Gesichtern grimmig anstarrten.

Zwei schwarze, blank polierte Stiefel kamen auf unseren Wagen zu, im Rückspiegel konnte ich sehen, wie die Augen von U Bas Freund größer und größer wurden. Ich wusste nicht, dass man Angst riechen kann. Sie stank. Sie verströmte den widerlichen Geruch von frisch Erbrochenem. Selbst mein Bruder rutschte etwas unruhig hin und her.

Sein Freund kurbelte langsam die Scheibe hinunter. Rot gefärbte Zähne kamen durch das Fenster auf uns zu, neugierige Augen glotzten uns an.

Ich dachte an Ko Bo Bo. An Maw Maw. Und je länger ich an sie dachte, desto ruhiger wurde ich: Es gibt eine Kraft, die schwarzen Stiefeln widersteht. Die sich nicht vor roten Zähnen fürchtet. Es gibt eine Kraft, die stärker ist als die Angst. Die sich dem Bösen widersetzt. Ich war überzeugt, dass Thar Thar recht hatte: Sie steckte in jedem von uns.

Der Offizier und der Fahrer wechselten ein paar Sätze, sie lachten ein Lachen, das ich nicht zu deuten wusste. Dann war die Straße wieder frei, der Soldat winkte uns weiter.

Wir fuhren über eine Bergkuppe und sahen den Flughafen schon vor uns liegen. Mir wurde so schwer ums Herz, dass ich die Hand meines Bruders fest drückte.

Ich wollte nicht.

Der Wagen bog in eine lange Allee aus Eichen, Pinien, Eukalyptusbäumen und Akazien, an deren Ende der Terminal und der kleine Tower lagen. Wir fuhren langsam die Straße entlang. Alles in mir sträubte sich. Mir war übel, und ich spürte, wie ich an diesem warmen Tag zitterte, als wäre mir bitterkalt.

Wir hielten auf einem staubigen Platz, auf dem ein Reisebus stand, dem einige Touristen entstiegen. Keiner von uns sagte ein Wort.

U Ba stieg als Erster aus, holte meinen Rucksack aus dem Auto und trug ihn über die Straße bis zu einem Gittertor, an dem ein Polizist ihn mit strengen Worten aufhielt. Ich stand so passiv dabei, als hätte ich nichts damit zu tun.

»Weiter darf ich nicht«, sagte mein Bruder.

»Warum nicht?«

Sein Blick verriet mir, dass das eine dumme Frage war.

Wir standen uns gegenüber, ich wusste nicht, was ich sagen sollte. Er nahm mich an beiden Händen und schaute mir lange in die Augen.

»Bis bald«, sagte er.

»Bis bald«, antwortete ich. »Vielen Dank für …«

Er legte einen Finger auf seinen Mund, und ich verstummte. Er küsste seinen Finger und führte ihn an meine Lippen, wo er einen flüchtigen Moment lang ruhte. Dann drehte sich U Ba abrupt um und ging.

Warte. Geh nicht. Bleib bei mir, wollte ich ihm hinterherrufen. Ich fühlte mich so verlassen wie die kleine Julia auf dem Fensterbrett.

Ich nahm den Rucksack, schaute noch einmal zurück. Mein Bruder stand allein auf dem sandigen Platz, mit einer Hand hielt er den Knoten seines Longy, mit der anderen winkte er.

Sein Lächeln. Würde ich ihn je wiedersehen? Würde ich mein Versprechen, ganz bald wiederzukommen, dieses Mal halten?

Ich ging langsam die Auffahrt hoch, betrat zögernd das Gebäude.

Ich wollte nicht.

Die Abfertigungshalle war ein kleiner Raum mit drei Schaltern, die aussahen, als hätte ein Tischler sie gerade provisorisch hingestellt. Mein Gepäck wurde auf einer alten, verrosteten Waage gewogen, ich bekam eine handschriftlich ausgefüllte Bordkarte.

Ein Sicherheitsbeamter winkte mich durch einen Metalldetektor, dessen schrilles Piepen ebenso wenig jemanden interessierte wie meine halb volle Wasserflasche.

Ruhelos lief ich durch den kargen Wartesaal, unfähig, mich auch nur für einen Moment zu setzen.

Die Maschine wartete bereits auf dem Vorfeld, nach wenigen Minuten wurde unser Flug aufgerufen. Mein Herz raste.

Ich wollte nicht.

Die anderen Passagiere standen auf, eine kurze Schlange vor dem Schalter, dann ging es zu Fuß zum Flugzeug.

Die Sonne blendete, ich verlangsamte meine Schritte.

Ich wollte nicht.

Noch nie war mir ein Abschied so schwergefallen. Es gab in diesem Moment nichts, was mich zurück nach New York zog. Nicht der Komfort meiner Wohnung, eine warme Dusche am Morgen, ein beheizter Fußboden im Bad. Nicht einmal mehr die Aussicht, mit Amy über alles zu reden. Es gab nichts zu analysieren, nichts abzuwägen. Das Pro-und-Kontra-Spiel interessierte mich nicht mehr. Jedes Wort wäre eines zu viel. Ich musste mich nur entscheiden. U Ba hatte recht: Die Wahrheit lag in mir. Wie frei war ich? Wie lang waren die Schatten? Worin war ich gefangen?

Ich drehte mich um und suchte meinen Bruder. Hinter einem Zaun standen einige Neugierige, zwischen ihnen spielten ein paar Kinder, U Ba konnte ich nicht entdecken.

Neben der Maschine parkte ein Gepäckwagen, beladen mit Taschen, Rucksäcken und Koffern, die zwei Arbeiter Stück für Stück in den vorderen Teil des Flugzeugs luden. Ganz unten entdeckte ich meinen Rucksack.

Ich wollte nicht.

Regungslos stand ich auf dem Rollfeld. Eine Stewardess rief nach mir. Ich war der letzte Passagier, der die kurze, ausgeklappte Treppe mit schweren Schritten hochkletterte. Ihr Lächeln empfing mich.

Ich wollte nicht.

Sie fragte mich nach meiner Bordkarte. Ich schaute die Frau stumm an, sie wiederholte ihre Bitte.

»Ich bleibe hier«, sagte ich.

Ihr Lächeln blieb unverändert. Als hätte ich nichts gesagt.

»Ich fliege nicht mit. Ich bleibe hier«, wiederholte ich.

Ihre Augen verrieten ihre Unsicherheit.

Ich lächelte zurück, drehte mich um, stieg langsam und mit weichen

Knien die Treppe wieder hinunter, ging zum Gepäckwagen und zeigte auf meinen Rucksack. Einer der Arbeiter blickte erst mich, dann die Stewardess verwirrt an. Sie rief ihm etwas zu, er zog mein Gepäck heraus und reichte es mir.

In aller Ruhe ging ich zurück zum Terminal.

Vor dem Gebäude stand ein Taxi im Schatten einer Akazie. Daneben der Wagen, mit dem wir gekommen waren. Am Kofferraum lehnte U Ba und wartete. In der Hand hielt er einen Kranz aus frischen Jasminblüten. Er rührte sich nicht, als er mich sah. Nur ein stilles Lächeln verriet seine Freude.

Ich hatte keinen Plan. Aber einen Traum.

Auszüge aus U Bas Tagebuch

Dezember 2006 – Januar 2007

Kalaw, im Dezember 2006

Meine Schwester ist krank. Liebeskrank. Seit unserer Abfahrt aus dem Kloster zeigt sie alle Symptome dieses rätselhaften Leidens: innere Unruhe. Plötzliche, grundlose Glücksgefühle. Angstzustände, bis hin zu Panikattacken. Gereiztheit. Nervöser Magen. Schlaflosigkeit.

Es ist Jahrzehnte her, trotzdem erinnere ich mich genau, wie es war, als dieses Virus, das in uns allen steckt, völlig überraschend bei mir ausbrach. Bis zu jenem Oktobermorgen, als ich Shwe Sin zum ersten Mal begegnete, war ich von der Liebe zu einer Frau noch nicht berührt worden. In der Schule hatte ich für das ein oder andere Mädchen geschwärmt, die Tochter meines ehemaligen Englischlehrers gefiel mir, doch zu mehr als einem freundlichen Gespräch, wenn wir uns auf der Straße begegneten, reichte mein Interesse nicht.

Eines Nachmittags stand plötzlich unser Nachbar im Hof, neben sich Shwe Sin, eine Cousine, zu Besuch aus Bagan, sagte er. Der Zauber des ersten Blickes, des ersten Lächelns, das sie mir schenkte. Sie baten um ein paar Eier, ich lud die beiden zu einem Tee ins Haus ein und konnte vor Aufregung nicht stillsitzen. Dabei war ich, zum Vergnügen meiner Mutter, viel gesprächiger als sonst. Ich wollte nicht, dass sie sich gleich wieder verabschiedeten. Am nächsten Tag fasste ich all meinen Mut, ging zu unserem Nachbarn und fragte, ob Shwe Sin Lust auf einen Spaziergang mit mir hätte. Dabei schlug mein Herz so heftig, als hinge mein Leben von ihrer Antwort ab. Sie willigte ein, und wir liefen eine Stunde plaudernd durch die Nachbarschaft. Für den folgenden Morgen verabredeten wir uns gleich wieder und auch für den danach. Unsere Spaziergänge wurden länger, die Gespräche intensiver. Ich liebte die Anmut, mit der sie neben mir ging, die Zärtlichkeit unserer ersten, vorsichtigen Berührung.

Wie gut es mir tut, diese Zeilen niederzuschreiben, eine wohlige Wärme erfüllt mich dabei. Als wäre es gestern gewesen. Nur wenig erinnert das Gedächtnis des Herzens so gut wie das Erwachen einer Liebe.

In den folgenden Wochen fand ich Nacht um Nacht keine Ruhe. Bekam kaum einen Bissen hinunter. Gleichzeitig schärften sich meine Sinne, als hätte mir jemand heimlich ein Wundermittel in den Tee geträufelt. Die Vögel sangen schöner, die Blumen blühten bunter, die Pinien dufteten süßer als je zuvor. Diese grundlose Freude mischte sich mit der abgrundtiefen Angst, Shwe Sin könnte meine Gefühle nicht erwidern, der Angst, das Glück könnte nicht von Dauer sein, wohl wissend, dass nichts von Dauer ist. Nicht das Glück und nicht das Unglück.

Das sei völlig normal und ich beileibe kein Einzelfall, beruhigte mich meine Mutter. Ihr war es nicht anders ergangen, damals, als Tin Win sie durch Kalaw und über die Felder trug. Denn die Liebe, sagte sie, rührt an den Grundfesten unseres Seins. Ihr geht es immer um alles!

Julia kann sich nicht entscheiden. Soll sie in Burma bleiben und um Thar Thar »kämpfen«, wie sie es ausdrückt und was ich nicht so recht verstehe, weil ich nicht glaube, dass man um die Liebe eines Menschen »kämpfen« kann, oder soll sie zurück nach New York und ihn vergessen. Sie möchte meinen Rat, und ich weiß keinen. Ich glaube nicht einmal an so etwas wie einen guten Rat. Jedes Leben will gelebt werden, dabei sammeln wir Tag für Tag unsere Erfahrungen, häufen einen immensen Schatz an Wissen an, und aus diesem Fundus schöpfen wir, wenn wir Entscheidungen treffen. Wir müssen diesem Wissen nur genug Aufmerksamkeit schenken und darauf vertrauen. Die Antworten auf die meisten Fragen tragen wir bereits in uns, versuche ich ihr zu erklären. Sie will alles analysieren und traut ihrer Intuition nicht.

Um ihr zu erklären, was ich meine, habe ich ihr von einer der schwierigsten Entscheidungen meines Lebens erzählt. Als Schüler zeigte ich große Begabungen in den Naturwissenschaften. Durch eine glückliche Fügung verbrachte ich die letzten drei Schuljahre auf der St. Pauls High School in Rangoon, der angesehensten Schule im ganzen Land. Nach dem Abschluss bot mir eine Universität in England ein Stipendium für ein Studium der Physik an. Statt es sogleich dankbar anzunehmen, zögerte ich, weil ich mir nicht sicher war, ob ich nicht lieber bei meiner Mutter bleiben und mit ihr den Alltag teilen wollte.

Es war nie mein Traum gewesen, im Ausland zu studieren. Ich war ein sehr guter Schüler, jedoch kein über die Maßen ehrgeiziger. Mein aus Birmingham stammender Lehrer war mir außerordentlich wohlgesinnt und redete mir ins Gewissen. Das sei eine große, einmalige Möglichkeit, die nur wenigen Burmesen vergönnt sei. Ich hätte das Zeug dazu, ein brillanter Physiker zu werden und die Welt zu verändern. Ich würde in Wohlstand leben und könnte später mit einem Professorengehalt meiner Familie in Burma helfen. Ob mir nicht klar sei, welches Privileg diese Chance bedeutete? Schüler aus Glasgow, Liverpool oder Manchester würden sich darum reißen und nicht eine Sekunde darüber nachdenken, ob sie so ein Angebot annehmen sollten. Wie ich da überhaupt noch zweifeln konnte? Er riet mir, mich ganz schnell zu entscheiden, sonst würde womöglich jemand anderes an meine Stelle treten.

Als er merkte, dass seine Worte bei mir, seinem Lieblingsschüler, nicht die gewünschte Wirkung zeigten, schickte er mich zu unserem Schuldirektor, Dr. William Winston McCarthy. Er war Mathematiklehrer und von uns Schülern gefürchtet ob seiner Strenge, aber auch geschätzt wegen seines Sinns für Gerechtigkeit und seiner Bereitschaft, uns zuzuhören. Er empfing mich in seinem Büro, ich setzte mich auf Geheiß ihm gegenüber, und er wollte wissen, weshalb ich zögerte. Es fiel mir schwer, das in Worte zu fassen. Ich erzählte von meiner Mutter. Von meiner Kindheit. Von unserem Leben in Kalaw. Wie wohl ich mich dort fühlte.

Er hörte mir ruhig zu, schüttelte zweimal fast unmerklich den Kopf und schwieg dann für einen Moment. Ich sei doch ein begabter Naturwissenschaftler, hob er schließlich an. Den Naturwissenschaften gehöre die Zukunft. Gott habe mir Talente mitgegeben, und es wäre eine Sünde, sie nicht zu nutzen. Ich solle nicht auf meine Gefühle hören, sondern auf meinen Verstand. Gefühle könnten in die Irre führen, ein scharfer Verstand sei unbestechlich! Er gab mir einen unmissverständlichen Ratschlag: Ergreife diese Chance. Sie kommt nicht wieder. Mach etwas aus deinem Leben!

Ich folgte seinen Worten aufmerksam, nickte höflich, auch wenn ich mit Gott und Sünde nichts anzufangen wusste und aus dem Geschichtsunterricht Beispiele zu erinnern glaubte, wonach der scharfe Verstand geirrt und nichts als Unglück über die Welt gebracht hatte. Aber diese Diskussion wollte ich damals nicht mit ihm führen. Als ich sein Büro verließ, begriff ich, warum es mir nicht in den Sinn gekommen war, jemanden um Rat zu fragen. Es waren zwei sehr unterschiedliche Wege, zwei sehr unterschiedliche Leben, die sich vor mir auftaten, und welche Abzweigung ich nehmen wollte, musste ich für mich ganz allein klären.

Es bedurfte drei Tage der Einkehr. Drei Tage, in denen ich mit keinem Menschen ein Wort sprach, in denen ich allein durch Rangoon wanderte, allein am Ufer des Flusses saß, allein im Park unter Bäumen meditierte. Dabei habe ich nicht fortwährend das Für und Wider abgewogen, keine Pro- und Kontra-Listen erstellt. Ich hatte schnell verstanden, was dafür und was dagegen sprach, nach England zu gehen. Ich musste mich nur entscheiden, musste den Dingen ihre Bedeutung zugestehen und das entsprechende Gewicht geben, und dazu war mein Verstand allein nicht in der Lage.

Eine Weile habe ich gehadert und mit mir gerungen, weil ich fürchtete, ich käme nie zu einem Entschluss. Es fehlte mir die Geduld. In die verborgenen Kammern des Wissens zu gelangen, braucht Ruhe und Zeit. Nach drei Tagen war mir klar, dass ich in Wahrheit gar keine Wahl hatte. In mir war die Entscheidung längst gefallen. England war eine große Verlockung. England war die weite Welt, ein ungeheures Versprechen, da konnte ich den beiden Lehrern nicht widersprechen. Was sie nicht verstanden: England war nicht ich und würde es nie sein. Etwas in mir revoltierte bei der Vorstellung, in London, Cambridge oder Oxford zu leben. Vermutlich hätten meine Lehrer eingewandt, dass ich die Städte gar nicht kenne, folglich dies doch gar nicht wissen könne, und der einzige Weg, herauszufinden, ob es das Richtige für mich sei, wäre, es zu versuchen.

Dem hätte ich nur das Wissen entgegenzusetzen gehabt, zu dem ich in jenen Tagen der Einkehr vorgedrungen war: Ich gehörte nach Kalaw.

Julia hörte sich meine Geschichte an, schweigend, stirnrunzelnd.

Ich bat sie, etwas gelassener, langmütiger mit sich zu sein. Warum setzt sie sich so unter Druck?

Ob sie versteht, was ich meine?

Julia wird gereizter. Ihre Stimmung kann von einem Moment auf den anderen umschlagen. Ich bemühe mich, sie mit Wanderungen abzulenken, ihr zu helfen, zur Ruhe zu kommen. Darin ist sie nicht geübt. Wirklich stillsitzen kann sie nur, wenn sie müde ist. Ihre Stimme klingt erschöpft. Selbst ihr Körper verändert sich. Die Schultern hängen herab, ihr Gang ist schleppender geworden, der Kopf gebeugt. Sie ist eine Gefangene ihrer Unschlüssigkeit.

Ich erzählte ihr, wie die Geschichte von Shwe Sin und mir weiterging. Nachdem wir drei Wochen jeden Tag spazieren gegangen waren, musste sie zurück zu ihrer Familie nach Bagan. Ihr Cousin brachte sie zum Bus, ich wollte sie begleiten, doch das war ihr unangenehm. So beobachtete ich von Weitem, wie sie einstieg und mir verstohlen zuwinkte.

Die Tage ohne sie waren schrecklich, ich verging vor Sehnsucht. Die Unsicherheit, wann wir uns wiedersehen würden, ob überhaupt, machte mich krank, buchstäblich. Mein Magen rebellierte. Mein Herz begann, unregelmäßig zu schlagen. Ich wollte zu ihr und fürchtete gleichzeitig, dass sie mit ihren Gedanken womöglich schon ganz woanders war und mit Sicherheit nicht bei mir. Es gab Momente, da war ich überzeugt, dass sie mich gar nicht in ihrem Leben haben wollte, und bekam eine fürchterliche Angst.

Meine Mutter bestärkte mich in dem Wunsch, nach Bagan zu fahren. Kurze Zeit später machte ich mich auf den Weg, eine beschwerliche, zweitägige Reise, aber in dem Moment, in dem ich Shwe Sin wiedersah, verriet mir ihre Freude, dass ich alles richtig gemacht hatte. Es verging noch ein halbes Jahr, und wir waren verheiratet.

Mit meiner Erzählung versuche ich Julia zu ermuntern, eine Entscheidung zu treffen. Manche Menschen müssen *handeln*, sie müssen erst ein paar Schritte in eine Richtung gehen, um zu spüren, ob es die richtige ist. Warum hat sie so große Angst, eine falsche Entscheidung zu treffen? Gibt es die in ihrer Situation überhaupt? Alles, was sie tut, kann sie wieder korrigieren, und die sogenannten »Fehler«, vor denen sie sich so fürchtet, sind dazu da, um daraus zu lernen. Ich erkläre ihr, dass wir lieber von »Erfahrungen« sprechen sollten, an denen wir wachsen können. Aber meine Worte überzeugen sie ganz und gar nicht. Ich hätte leicht reden, sagte sie.

Meine Schwester ist fragiler, ängstlicher, als ich es vermutet hatte. Wo liegen die Wurzeln ihrer Furcht?

Julia zum Flughafen begleitet. Sie war ein Nervenbündel. Es tat mir leid, sie so zu sehen. Sie hielt meine Hand. Ließ sie los. Nahm sie wieder.

Schon als wir uns auf den Weg machten, war ich mir vollkommen sicher, dass sie nicht zurück nach New York fliegen würde. Selbst als wir uns am Tor zum Flughafen verabschiedeten. Als sie mir von der anderen Seite des Zauns zuwinkte. Als sie im Terminal verschwand. George ließ den Wagen an und wartete, dass ich einstieg. Ich schüttelte wortlos den Kopf. Selbst als wir das Flugzeug starten und langsam an Höhe gewinnen sahen, war ich überzeugt, dass meine Schwester nicht darinsaß.

Als sie aus dem Tor trat und mich auf sie warten sah, traute sie ihren Augen nicht. Woher wusstest du das?

Ich konnte es ihr nicht erklären. Nicht so, dass sie es verstand.

Kalaw, im Januar 2007

Nun hat meine Schwester Angst vor ihrer eigenen Courage. Sie versteht, dass ihr Entschluss, zu bleiben, ihr Problem noch nicht gelöst hat. Sie weiß nicht, ob sie erst einmal noch mehr Zeit mit mir in Kalaw verbringen oder gleich zu Thar Thar und den Kindern fahren soll.

Ich bringe ihr Burmesisch bei. Jeden Tag eine Stunde, haben wir vereinbart. Sie ist eine fleißige, disziplinierte Schülerin, wie ich es erwartet hatte. Die Tonalität unserer Sprache liegt ihr ebenso wie die ihr so unbekannten Schriftzeichen. Es macht ihr großen Spaß, unser Alphabet zu lernen. Voller Stolz bestellt sie für uns schon Tee und Nudeln im Teehaus, lobt das Essen, fragt nach Wasser oder Keksen. Was ihr Mühe bereitet, ist der Umstand, dass es für viele englische Wörter keine entsprechenden Begriffe im Burmesischen gibt. »Selbstzweifel« zum Beispiel. Wir müssen das umschreiben, erkläre ich ihr. Nicht weil wir uns nicht hinterfragen, sondern weil wir Wörter wie »Selbst«, »Ich« oder »Mein« seltener benutzen, weil sie bei uns eine andere Rolle spielen als im Englischen. Es fällt ihr schwer, das zu verstehen.

Unsere Versuche, gemeinsam zu meditieren, scheitern hingegen. Sie kommt nicht zur Ruhe, weil sie sich an ihre Gedanken und Gefühle klammert. Angst, Zweifel, sie hält daran fest, als bräuchte sie sie. Welchen Zweck erfüllen sie im Leben meiner Schwester?

Heute sind wir zum ersten Mal aneinandergeraten. Ich kam vom Markt zurück und fand mein Haus verändert vor. Julia verstand gar nicht, worüber ich mich so aufregte, sie hätte doch nur einmal gründlich aufgeräumt. Das empfand ich anders. Der Sessel und mein Tisch standen an einer anderen Stelle. Von den zu restaurierenden Büchern hatte sie jene aussortiert, die ihrer Meinung nach in einem so schlechten Zustand waren, dass sich die Arbeit nicht mehr lohnte. In der Küche hatte sie alles weggeschmissen, was sie als verfault oder unbrauchbar empfand, mit anderen Worten, das meiste.

Ich war erbost, und das geschieht selten. Du hättest mich fragen können, sagte ich.

Sie blickte mich überrascht und auch enttäuscht an. Warum ich so empfindlich reagiere? Sie hätte mir doch nur einen Gefallen tun wollen. Ich verließ das Haus und machte einen langen Spaziergang, danach war meine Wut verflogen. Gesprochen haben wir trotzdem nicht mehr viel an dem Tag.

Meine Schwester ist zurück ins Kalaw Hotel gezogen. Nur für ein paar Tage, sagte sie und glaubt, dass sie dort vielleicht besser schläft und mehr zur Ruhe kommt. Ich kann mir das nicht vorstellen.

Ihren Auszug bedauere ich, auch wenn ich zugeben muss, dass mir die Ruhe im Haus gerade ganz guttut. Ihre Anwesenheit, so gern ich sie habe, kostet mich auch Kraft. Seit dem Tod meiner Mutter bin ich Gesellschaft nicht mehr gewohnt, erst recht nicht rund um die Uhr. Auf Dauer kann sich Unruhe auf andere Menschen übertragen wie eine ansteckende Krankheit. Bisher gelingt es mir, mich zu schützen, trotzdem tut es gut, für einige Tage wieder mehr mit mir allein zu sein.

Zum ersten Mal seit langer Zeit war ich wieder auf dem Feld, das Shwe Sin von ihrer Familie als eine Art Mitgift zur Hochzeit bekam. Ich hatte vergessen, wie schön es dort ist. Noch ruhiger als hier bei mir. Nichts war zu hören als die zwitschernden Vögel und das Summen der Insekten. Auf dem Nachbargrundstück grasten zwei Wasserbüffel, später klang aus einem Tümpel das Juchzen und Lachen spielender Kinder herüber.

Die Bauern, die das Feld bewirtschaften, sind fleißige Menschen, nun klagen sie wegen des Wetters über schlechte Ernten und baten mich, mal vorbeizukommen. Sie zeigten mir einen Altar, den sie am

Rande des Feldes errichtet haben, um den Geist, der den Acker bewohnt, gnädig zu stimmen. Genutzt hat es bisher nichts, nun überlegen sie, einen größeren zu bauen. Oder die Bewässerungsanlage zu erneuern. Deshalb wollten sie wissen, wie lange sie das Feld nutzen dürfen. Solange sie wollen, habe ich versprochen.

Außerdem wollten sie mit mir über die Pacht sprechen, was mir immer ein wenig unangenehm ist. Sie sollen mir geben, was sie für angemessen halten. Woher soll ich wissen, was sie entbehren können?

In der letzten Zeit denke ich häufiger an Shwe Sin. Sehe sie neben mir liegen, höre ihre verschlafene Stimme am Morgen. Das Gefühl der Wehmut, dass uns nur fünf gemeinsame Jahre vergönnt waren.

Heute ist ihr Todestag. Der sechsunddreißigste, wenn ich mich nicht irre. Wie oft habe ich mich gefragt, in welchen Körper ihre Seele geschlüpft sein mag. Gestern Morgen habe ich auf dem Markt eine Frau gesehen, deren Lachen, deren Gesten und Mimik mich an sie erinnerten. Ich ging eine Weile in ihrem Schatten. Die Anmut, mit der sie den Korb voller Einkäufe auf ihrem Kopf balancierte. Als sie sich umdrehte, trafen sich unsere Blicke, ich lächelte ein wenig verlegen, und sie lächelte zurück. Ein Lächeln wie ein Kuss. Für einen langen, wundervollen Moment fühlte ich mich Shwe Sin noch näher als sonst.

Julia hat sich entschieden: Sie möchte morgen nach Hsipaw fahren und hat mich gebeten, sie zu begleiten. Bei der Vorstellung ist mir nicht wohl. Sie braucht Zeit mit Thar Thar, ich fürchte da nur zu stören. Aber sie insistiert, und es ist mir noch nie leichtgefallen, einem Menschen eine Bitte abzuschlagen ... Eine Schwäche von mir. Aber wie sagte meine Mutter so oft: Unsere Schwächen sind auch unsere Stärken und umgekehrt.

Julias Fragen: Wohin gehöre ich? Burma oder New York? Wohin *will* ich gehören? Wo ist mein Platz? Ich habe darauf keine Antwort. Sie wird das herausfinden müssen, und der Weg dorthin wird kein leichter werden. Sie trägt beide Welten in sich und fühlt sich im Augenblick in keiner davon zu Hause. Ich sage ihr, dass dieser Reichtum ein Segen sein kann, sie will davon nichts hören, denn sie empfindet ihn, zurzeit jedenfalls, als eine Bürde. Vielfalt macht das Leben schöner und interessanter, aber nicht einfacher. Solange Julia glaubt, sich zwischen den beiden Welten entscheiden zu müssen, wird sie keine Ruhe finden. Es ist diese Zerrissenheit, die mir manchmal Sorgen bereitet.

Es gibt Momente, da habe ich Angst um sie.

DAS GEDÄCHTNIS DES HERZENS

Erster Teil

1

Alle Geschichten handeln von der Liebe, sagte mein Onkel. Die großen und die kleinen, die schönen und die nicht so schönen, jene, die uns traurig machen, und jene, die uns trösten sollen.

Wir saßen in der Küche auf dem Boden, draußen war es dunkel und etwas kühler geworden. Mein Onkel begann zu frieren, ich stand auf, holte eine Decke, legte sie ihm um die Schultern und setzte mich wieder.

Vor uns knisterte ein Feuer. Ich schaute in die Glut und hörte ihm zu, auch wenn ich mir nicht sicher war, ob ich alles richtig verstand, was er mir erzählte.

Ob die Geschichten vor Jahrhunderten oder Jahrtausenden in fernen, fremden Ländern erdacht wurden, erklärte er, oder gestern Abend in einer kleinen Hütte auf der anderen Seite des Flusses: Alle großen Erzählungen kennen nur ein Thema. Die Sehnsucht des Menschen nach der Liebe.

Hörst du, Bo Bo?

Ich nickte.

Es gibt keine größere Kraft, fuhr er mit ruhiger Stimme fort, ob wir es wahrhaben wollen oder nicht. Die Zahl ihrer Gesichter und Farben, ihrer Sprachen und Formen ist endlos. Deshalb hat die Dichter auch nie etwas anderes beschäftigt und wird sie auch nie etwas anderes beschäftigen. Und das ist auch gut so, denn wir haben die Neigung, das zu vergessen.

Er bemerkte mein verwundertes Gesicht, beugte sich zu mir, als wolle er mir ein Geheimnis anvertrauen – und schwieg dann doch.

Das kannte ich von ihm schon. In den vergangenen Wochen hatten wir viele Abende zusammen am Feuer gesessen, und er hatte mir Geschichten erzählt, die irgendwann einfach abbrachen.

Von der Zeit, als er klein war und die Welt noch groß, weil es in Kalaw keine Autos und keine Fernseher gab.

Von seiner Frau, die viel zu jung zum Sterben gewesen war.

Von seiner Mutter, die ihn gelehrt hatte, dass man Entfernungen nicht mit Schritten überwindet.

Und von einem Jungen, der angeblich Schmetterlinge an den Klängen ihrer Flügelschläge erkennen konnte.

Vieles davon klang rätselhaft. Kein Mensch kann Schmetterlinge fliegen hören. Aber es war nie langweilig, und ich folgte seinen Worten gern.

Was ist nur wieder mit mir los?, hörte ich ihn murmeln. Wo soll das bloß enden? Worüber rede ich? Was kann ein Junge in deinem Alter von der Liebe wissen?

Was sollte ich ihm darauf antworten? Was weiß ein Zwölfjähriger von der Liebe?

Nichts.

Zumindest nicht viel.

Oder doch mehr, als er ahnt?

Unser Gespräch endete an dem Abend mit seiner Frage, und ich war enttäuscht. Ich hätte ihm gern noch länger zugehört, mein Onkel hat eine wunderschöne Stimme. Wenn er lange spricht, vergesse ich alles, was mir das Leben manchmal schwer macht. Wie früher, als er mir jeden Abend Lieder vorsang, bis ich eingeschlafen war.

Wie sollte ich ahnen, dass dies erst der Anfang einer langen Geschichte war? Einer Geschichte, an deren Ende ich verstehen würde, was er mir in diesen Wochen auf die verschiedenste Art und Weise, mit Worten, aber auch ohne, zu sagen versuchte.

Am nächsten Morgen begann mein Onkel, von seiner jüngeren Schwester zu erzählen. Das war etwas Besonderes.

Er lag unter einer leichten Decke auf dem Sofa, ich hatte ihm zwei kleine Kissen unter den Kopf geschoben, einen Tee gekocht und mich auf den Boden vor ihn gehockt. Seine Augen waren wieder zugefallen. Der Mund stand einen Spalt offen, es sah aus, als wäre er eingeschlafen. Es hatte zu regnen aufgehört, die Vögel zwitscherten, ich wollte leise aufstehen, in den Hof gehen und die Hühner füttern, da flüsterte er meinen Namen.

»Bo Bo«, fragte er, »bist du da?«

Statt zu antworten, nahm ich seine Hand. Das mache ich oft, sie ist so schön warm und weich. Er lächelte, ohne die Augen zu öffnen. Ich hielt sie fest, das hat er gern, besonders, wenn er müde ist oder nachts aufwacht, nach mir ruft, weil er nicht wieder einschlafen kann.

In letzter Zeit ist er oft müde, vor allem am Morgen. Manchmal habe ich Angst, dass er krank wird, aber er sagt, ich solle aufhören, mir ständig Sorgen zu machen. Es liege nur an seinem Alter, mit bald achtzig Jahren sei ein Mensch nun einmal hin und wieder müde. Ich kann nicht sagen, ob das so ist, denn ich bin ja erst zwölf, und andere Achtzigjährige kenne ich nicht. Zumindest nicht so gut.

Wir schwiegen eine Weile. Im Hof knarzte der Bambus im Wind, um uns herum summten ein paar Fliegen. Von den Nachbarn wehte der Duft eines frischen Currys herüber. U Ba drückte meine Hand und begann, zu erzählen.

Seine Schwester habe ein großes Herz und sei die schönste Frau, der er je begegnet sei, abgesehen von seiner Ehefrau natürlich. Und seiner Mutter. Ihre Bewegungen seien so elegant und anmutig wie die einer Tänzerin. Ihre Augen würden leuchten mit einer Kraft, wie er es nie zuvor erlebt habe, und an ihrem Lachen könne sich ein Mensch erwärmen.

Ich weiß nicht, ob das stimmt, ich habe sie schon so lange nicht mehr gesehen, dass ich mich nicht erinnere, wie sie aussieht oder wie ihr Lachen klingt und ob man sich daran wirklich wärmen kann.

»Seid ihr euch ähnlich?«, wollte ich wissen.

Er dachte lange nach, und ich fürchtete schon, er würde nun schweigen.

»Ja und nein«, sagte er schließlich. »Das ist so mit Geschwistern. In manchen Dingen sind sie sich ganz vertraut, und in anderen sind sie sich so fremd, dass es wehtut.«

Ich habe keine Geschwister, oder falls ich welche habe, kenne ich sie nicht, deshalb kann ich das nicht beurteilen. Ich habe U Ba, meinen Onkel, und der ist mir nicht fremd, jedenfalls nicht so, dass es wehtut.

»Wie viele Kinder hat sie?«, fragte ich vorsichtig.

U Ba neigte den Kopf von einer Seite zur anderen und runzelte dabei die Stirn, ohne etwas zu erwidern. Ich hatte keine Ahnung, was er mir mit dieser Geste sagen wollte. Erwachsene sind nicht immer leicht zu verstehen, finde ich.

Es gab so viel, was ich ihn über seine Schwester gern gefragt hätte. Zum Beispiel, ob sie gesund ist, ob es ihr gut geht und ob sie uns vielleicht einmal besuchen kommen könnte, aber ich wusste, dass ich von ihm auch darauf keine Antworten bekommen würde.

Damit er nicht ganz aufhörte zu erzählen, setzte ich mich zu ihm aufs Sofa, nahm seine Füße in meine Hände und begann, sie zu massieren. Das tat ihm gut und machte ihn an den meisten Tagen gesprächiger.

»U Ba, erzähl mir mehr von ihr«, bat ich ihn in der Hoffnung, vielleicht etwas Neues über sie zu erfahren. »Erzähl mir ihre Geschichte.«

»Später einmal«, erwiderte er und gähnte.

»Nein, jetzt. Bitte.«

Aber nun schwieg er, öffnete kurz seine Augen, lächelte mir zu. Er sah erschöpft aus.

Kurz darauf rutschte sein Kopf auf dem Kissen zur Seite. Eine

Fliege setzte sich auf seine Wange und krabbelte bis zur Nasenspitze, ich verscheuchte sie mit ein paar Handbewegungen.

»U Ba«, flüsterte ich. »U Ba.« Aber er rührte sich nicht.

Um ihn nicht zu wecken, blieb ich ein paar Minuten sitzen. Irgendwann stand ich auf und schlich in den Hof hinunter. Dort wartete wie jeden Tag meine Arbeit auf mich: die Hühner und das Schwein füttern, Wäsche waschen, Unkraut jäten. Heute musste ich auch noch mein altes Fahrrad flicken, weil ich im Matsch über eine Scherbe oder einen Nagel gefahren war.

Manchmal ist mir U Ba ein Rätsel. Warum hatte er ausgerechnet an diesem Morgen angefangen, von seiner Schwester zu erzählen? Er spricht so selten über sie. Ich glaube, er hat Angst, dass ich dann traurig werde.

Mein Onkel hat nur eine Schwester, und folglich ist sie meine Mutter.

2

Die Hühner waren hungrig. Sie liefen unruhig zwischen meinen Beinen herum, sobald ich ihnen eine Handvoll Futter zuwarf, stürzten sie sich gackernd drauf, als hätten sie seit Tagen nichts gefressen. Zwei Hennen stritten gierig um ein paar Körner, ich machte einige Schritte auf sie zu und scheuchte sie auseinander.

Hungrige Tiere sind mir unheimlich. Selbst Hühner.

Während ich sie fütterte, versuchte ich, nicht an meine Mutter zu denken, aber meine Gedanken gehorchten mir nicht.

Alle Kinder, die ich kannte, hatten Mütter, mit denen sie zusammenlebten. Fast alle. Die Eltern von Ma Shin Moe waren im vergangenen Jahr bei einem Busunglück ums Leben gekommen. Die Mama von Ko Myat arbeitete in Thailand. Sie kam ihn aber jedes Jahr besuchen. Oder jedes zweite.

Als ich länger nachdachte, fielen mir noch Ma San Yee und Maung

Tin Oo ein, Zwillinge, deren Mutter bei ihrer Geburt gestorben war. Ihr Vater hatte eine neue Frau, und sie hatten damit immerhin eine Stiefmutter. Die war zwar nicht sonderlich nett zu ihnen, aber sie war da.

Von meiner Mama wusste ich nur, dass sie in Rangoon lebte und dass es ihr nicht gut ging. Aber ich wusste nicht, warum es ihr nicht gut ging oder was genau ihr fehlte.

Ich wusste nicht, worüber sie sich freute oder was ihr Kummer bereitete. Ob sie lieber Reis aß wie ich oder lieber Nudeln wie ihr Bruder.

Ich wusste nicht, ob sie gut schlief oder ob sie vielleicht nachts aufwachte und, wie U Ba, nach mir rief und ich nicht für sie da war.

Ich wusste nicht, wie sie roch. Wie ihre Stimme klang. Wie ähnlich ich ihr sah.

Ich konnte mich nicht einmal daran erinnern, wann ich sie das letzte Mal gesehen hatte.

Früher besaß U Ba ein Foto von ihr, er benutzte es als Lesezeichen. Darauf waren meine Mutter, mein Onkel und ich zu sehen. Wir standen auf einer verschneiten Veranda, alle dick eingepackt mit Mützen und Handschuhen. Meine Mutter hielt mich im Arm. Ich war in eine Decke gewickelt und noch sehr klein, ein Baby. Wir schauten alle sehr ernst in die Kamera.

Dann vergaß er das Buch im Hof, und ein heftiger Regenschauer weichte die Seiten auf und das Bild gleich mit. Seitdem ist meine Mutter ein besonders schöner zerflossener bunter Fleck zwischen zerflossenen bunten Flecken.

Um mich abzulenken, begann ich, laut zu zählen. Das ist eine Angewohnheit von mir. Wenn ich an etwas nicht denken will, zähle ich einfach, und wenn mich etwas besonders bedrängt oder bedroht, zähle ich Dinge. Die Früchte eines Avocadobaumes zum Beispiel. Die Blüten eines Hibiskusbusches. Die Speichen meines Fahrrads. Oder einfach Treppenstufen.

Eins-zwei-drei-vier-fünf-sechs-sieben-acht-neun-zehn-elf-zwölf-dreizehn …

Die Gedanken machten mit mir trotzdem, was sie wollten.

Meine Mutter ging mir nicht aus dem Kopf.

Ich lief an den Hühnern vorbei in die hinterste Ecke unseres Hofes und hockte mich vor den Ameisenhaufen.

Er war schon wieder größer geworden und reichte mir fast bis zur Hüfte. Zwei schwarze Pfade, auf denen bestimmt Tausende von Tieren krochen, führten unter den Bougainvilleabüschen entlang zum Papayabaum, dahinter machten sie aus mir nicht erklärlichen Gründen einen scharfen Bogen und verschwanden hinter der Hecke im Dickicht des Nachbargrundstücks.

Ich mochte es, Ameisen zu beobachten. An ihnen konnte ich sehen, dass Stärke nichts mit Größe zu tun hatte. Sie schleppten Blätter, Nadeln, Borkestückchen, die viel schwerer wogen als sie selbst.

Legte ich ihnen Stöcke oder Steine in den Weg, hielten sie kurz an, ertasteten sie mit ihren winzigen Beinchen und Fühlern und liefen dann entweder darüber hinweg, darunter hindurch oder daran vorbei, egal wie groß oder breit die Hindernisse waren. Es waren Tiere, die ein Ziel hatten, die sich auf dem Weg dorthin nicht aus der Ruhe bringen und von nichts beirren ließen.

Das beruhigte mich.

Außerdem zeigten sie keine Angst. Wenn ich mich ihnen näherte und mit dem Fuß aufstampfte, ignorierten sie mich und setzten einfach ihre Wege fort, anstatt in alle Richtungen zu fliehen, wie es Käfer, Würmer und Asseln tun, wenn ich einen Stein hochhebe.

Ich saß vor den Ameisen, konzentrierte mich nur noch auf das Wimmeln vor meinen Augen und vergaß die Zeit.

Irgendwann fühlte ich mich besser und ging zurück zum Haus.

Auf der Treppe lagen ein paar Hemden von meinem Onkel, die beiden grünen Longys meiner Schuluniform und ein Knäuel T-Shirts. Daneben lehnte der Rechen, mit dem ich das Unkraut jäten sollte. Ich hatte nicht die geringste Lust, die Wäsche zu machen oder in den matschigen Beeten herumzukriechen, und schaute lieber nach U Ba.

Er lag noch immer auf dem Sofa und rührte sich nicht. Seine

Decke war auf den Boden gerutscht, ich hob sie auf und faltete sie zusammen, es war warm geworden.

Statt den Reifen zu flicken, nahm ich das zweite Rad und fuhr in den Ort.

Es war Markttag, in der Stadt waren mehr Menschen, mehr Autos und Motorräder unterwegs als sonst. Ich musste aufpassen, fast hätte mich ein Moped von der Fahrbahn gedrängt.

U Ba sagt, es ist noch nicht lange her, da fuhren in Kalaw weder Autos noch Motorräder. Man lief zu Fuß, nahm das Fahrrad oder eine der vielen Pferdekutschen. Am Abend wurde um neun Uhr der Strom abgestellt, und eine wunderbare Stille zog ein. Wer es sich leisten konnte, zündete Kerzen an, wer nicht, ging schlafen. Es gab weder Computer noch Telefone, und es kamen keine fremden Besucher.

Ich kann mir das nicht vorstellen. Heute ist jeder Erwachsene mit seinem Mobiltelefon beschäftigt. Was haben die früher den ganzen Tag über gemacht?

Auf dem Markt waren die meisten Stände mit Regenplanen überspannt, darunter herrschte ein großes Gedränge. Es roch nach getrockneten Fischen, nach Koriander und frisch gemahlenem Chilipfeffer. Um die Fleischstände machte ich einen Bogen, den Gestank von ausgenommenen Tieren mag ich nicht, er hängt mir noch Stunden später in der Nase.

Trotz der vielen Menschen hatte ich das Gefühl, nur noch Mütter mit ihren Kindern zu sehen. Manche hatten sie zwischen Karotten und Kartoffeln auf den Schoß gelegt, andere auf den Rücken gebunden oder hielten sie in ihren Armen. Die Frauen streichelten ihre Kinder. Fütterten sie. Sangen ihnen Lieder vor oder wiegten sie in den Schlaf.

Ihr Anblick machte mich wieder traurig. Unruhig und ziellos streifte ich umher. Am liebsten wäre ich zurück nach Hause gefahren und hätte mich zu meinem Onkel auf das Sofa gelegt, aber U Ba hatte mich gestern gebeten, ihm Tee und eine Packung Cheroots zu kaufen. Ich besorgte noch Eier und Gemüse fürs Mittagessen, eine Tüte Kekse und zwei Bund gelbe und weiße Chrysanthemen für unseren Altar. Bei einem Stand für Süßigkeiten kaufte ich zwei Stück Milchkuchen für meinen Onkel. Er trug es mir nie auf, doch ich wusste, wie gern er ihn mochte. Ich stieg wieder auf das Fahrrad und fuhr zu Ko Aye Min.

Sein Büro liegt in einer Seitenstraße nicht weit vom Markt entfernt. Vor der Tür steht ein Schild mit der Aufschrift »Abenteuertouren mit Aaron«. So nennt er sich, weil er fürchtet, dass sich die Kunden seinen burmesischen Namen nicht merken können. Er arbeitet als Touristenführer, das heißt, er bekommt Geld dafür, mit anderen Menschen spazieren zu gehen. Ich habe ihn schon oft gefragt, was das für eine seltsame Arbeit ist, mit Besuchern in der Gegend herumzulaufen, und warum er dafür auch noch bezahlt wird. So etwas macht man doch eigentlich aus Freundlichkeit oder, wenn sie den Weg nicht kennen und sich verlaufen haben, aus Hilfsbereitschaft. Er sagt, das nenne man »Tourismus«, und davon verstünde ich noch nichts.

Wieso es ein Abenteuer sein soll, mit ihm in die Dörfer der Pa-O, Karen, Danu oder Palong rings um Kalaw zu wandern, ist mir unerklärlich, aber in der Trockenzeit kommen eine Menge Fremde in unsere Stadt, und Ko Aye Min ist sehr beschäftigt. Manchmal ist er über viele Wochen jeden Tag unterwegs, und ich sehe ihn selten. In der Regenzeit hingegen besuchen uns nur wenige Menschen, dann hat er nicht viel zu tun, sitzt oft in seinem Büro und hat Zeit für mich. Wir spielen Schach zusammen oder reden über Fußball. Er hat keine Frau und keine Kinder. Bis vor Kurzem hatte er eine Freundin, aber die wohnte in der Nähe von Mandalay. Ihren Eltern wollte sie ihn nicht vorstellen, deshalb sahen sie sich nicht so oft. Wenn sie ihn besuchte, hatte er nicht viel Zeit für mich. Aber das war in Ordnung. Sie blieb nie lange, und irgendwann kam sie gar nicht mehr.

Ko Aye Min ist eine Art Bruder für mich, auch wenn er schon etwas älter ist. Ungefähr dreißig, glaube ich. Das macht nichts. Wir können über ganz viel reden, und wenn mir nicht nach Reden zumute ist, wie heute, können wir über ganz viel schweigen.

Er weiß sehr genau, was er mich fragen darf und was nicht. Ich glaube, es gibt Menschen, die wissen mehr als andere, ohne dass man ihnen viel erklären muss.

Er hat mich noch nie nach meiner Mutter gefragt.

Er hat mich noch nie auf meine Narbe angesprochen.

Im Gegensatz zu den Kindern und Lehrern in der Schule. Sie ist dunkelrot, breit wie ein Streichholz und reicht vom linken Mundwinkel bis fast hinauf zum Ohr. Da wir zu Hause keinen Spiegel haben, glaubt U Ba, dass ich sie nicht oft sehe. Da irrt er. Ich sehe sie jedes Mal, wenn mir jemand ins Gesicht blickt.

An manchen Tagen spüre ich ein Ziehen in der Narbe, dann weiß ich, dass sich das Wetter ändert.

An anderen Tagen tut sie weh und brennt, dann weiß ich, dass es mir nicht so gut geht.

Ko Aye Min freute sich, mich zu sehen. Er saß im hinteren Teil des Büros und las in einem Buch. Auf seinem Schreibtisch lagen ungeöffnete Briefe, ein paar Zeitungen und Landkarten. Zwischen seinen Beinen klemmte eine halb volle Coca-Cola-Flasche.

Er legte das Buch zur Seite. »Hallo, Sherlock.« So nannte er mich manchmal, seit wir zusammen ein paar Sherlock-Holmes-Filme gesehen hatten. Er sagte, ich würde ihn, mit meinen ewigen Fragen und meinem Scharfsinn, an den Detektiv erinnern. »Schön, dich zu sehen. Wie geht's?«

»Gut. Und dir?«

»Auch gut.«

Das war geschwindelt. Ihm war schwer ums Herz und zwar ziemlich. Mich konnte er nicht täuschen, denn ich besitze eine Gabe, die mir selbst unheimlich ist: Was ein Mensch fühlt, sehe ich in seinen Augen.

Ich meine natürlich nicht, dass ich weiß, dass jemand unglücklich ist, weil sie sich mit Tränen füllen. Das versteht ja jeder. Ich sehe, wenn ein Mensch traurig ist, obgleich er lacht.

Ich sehe, dass in jemandem die Wut wächst, auch wenn er äußerlich gleichgültig wirkt.

Ich sehe, wenn sich hinter Zorn eigentlich Angst versteckt.

Ich sehe das Unwohlsein, das die freundliche Stimme gern verbergen möchte.

Augen sind verräterisch. Augen können sich nicht verstellen. Sie können nicht lügen, selbst wenn sie wollten. Sie erzählen mir oft mehr, als ich wissen möchte, und das ist nicht schön. Ich schaue niemandem gern dabei zu, wie er die Unwahrheit sagt.

Deshalb habe ich es mir zur Gewohnheit gemacht, den meisten Menschen nicht zu lange ins Gesicht zu gucken und mich ihren Blicken zu entziehen.

Wenn es sich gar nicht vermeiden lässt, schaue ich hin, ohne hinzuschauen. Das ist, wie jemandem zuhören, ohne wirklich zuzuhören.

Mein Onkel ist der Einzige, der davon weiß. Als ich es ihm erzählte, zog er in Gedanken versunken an seiner erloschenen Cheroot, schüttelte hin und wieder den Kopf, als könne er kaum glauben, was er da hörte. Ich hatte trotzdem nicht das Gefühl, dass er an meinen Worten zweifelte.

Einmal unterbrach er mich und erkundigte sich, ob ich auch ein besonders feines Gehör hätte. Keine Ahnung, wie er darauf kam. Am Ende wollte er wissen, woran ich die verschiedenen Gefühle erkennen würde. Die Frage konnte ich ihm nicht beantworten. Ich sehe es einfach. Für mich können Augen flimmern, glitzern oder so glühen wie heiße Glut im Feuer. Sie können leuchten, zittern, mit Schatten durchzogen und im nächsten Moment fast durchsichtig sein. Sie können auch bei Menschen so leer schauen wie die eines toten Vogels oder fast platzen vor Angst wie die eines Huhns vor dem Schlachten. Augen können trübe sein wie das Wasser einer matschigen Pfütze oder blenden wie das Licht der Sonne. Jeder Ausdruck hat endlos viele Schattierungen, und immer hat alles seine ganz eigene Bedeutung.

Mein Onkel meinte, Säuglinge hätten in den ersten Monaten ihres Lebens eine ähnliche Begabung, sie würden in den Augen ihrer Mütter lesen können, wahrscheinlich hätte ich es einfach nicht verlernt. Seitdem haben wir nie wieder darüber gesprochen, doch habe ich den Eindruck, dass er sich in manchen Momenten von mir nicht mehr in die Augen schauen lassen möchte.

U Ba sagt, es gibt in Kalaw den einen oder anderen, der Gedanken lesen kann. Der alte Astrologe zum Beispiel. Der greise Mönch im Kloster auf dem Hügel über der Stadt angeblich auch. Ich weiß nicht, ob das stimmt. Ich jedenfalls habe keine Ahnung, was Menschen denken. Selbst wenn sie es mir verraten, fällt es mir oft schwer zu verstehen, was sie sagen.

In den Augen von Ko Aye Min sah ich, dass ihn etwas bedrückte. Nun konnte ich mir überlegen, was es sein könnte. Vor diesem Problem stehe ich oft. Ich sehe den Menschen an, ob sie betrübt, glücklich oder ängstlich sind, aber warum sie es sind, weiß ich nicht. Manchmal behaupten sie, es gehe ihnen gut, gleichzeitig sehe ich, dass sie nicht die Wahrheit sagen. Früher traute ich ihren Worten mehr als ihren Augen, habe aber gelernt, dass das ein Fehler ist.

Ko Aye Min schwieg und trank einen Schluck von seiner Cola. »Möchtest du was trinken?«

»Nein danke.« Eine Weile starrte ich auf die große Landkarte Burmas, die hinter ihm an der Wand hing. »Hast du etwas Neues zu lesen für mich?«

Er stand auf und ging zu einem Schrank, in dem er seine Bücher aufbewahrte. Reisende, mit denen er wanderte, ließen ihm gern ihre ausgelesenen Exemplare zurück. Mit den finnischen, koreanischen oder französischen Ausgaben konnten wir natürlich nicht viel anfangen, über die englischen freuten wir uns umso mehr, sie waren in Kalaw sonst nicht zu bekommen, und wir lasen beide viel. Er neigte den Kopf zur Seite und studierte aufmerksam Buchrücken für Buchrücken. Schließlich zog er eins heraus und reichte es mir.

»Internationaler Bestseller« stand fett gedruckt auf dem Umschlag. Der Autor, John Green, sagte mir nichts, ich warf einen kurzen Blick auf den Titel, *The Fault in Our Stars*, und gab es ihm wieder. »Nein danke. Ich interessiere mich nicht für Astrologie.«

»Darum geht es nicht. Es ist wirklich gut. Versprochen.«

Ich steckte es in die Tüte zu den Einkäufen. »Danke.«

»Möchtest du an den Computer?«

Ich schüttelte den Kopf.

Bei ihm steht ein Rechner, und den darf ich benutzen, wenn er ihn nicht braucht. Wir haben zu Hause keinen Computer, nicht mal einen Fernseher, und unser Telefon muss sehr alt sein, man kann damit nur telefonieren.

Es ruft aber so gut wie nie jemand an. Und im Adressbuch steht nur eine Nummer.

U Ba sagt, wir bräuchten kein moderneres. Sein Herz sei nicht groß genug, um die ganze Welt hineinzulassen. Und meins noch zu jung.

»Wollen wir Schach spielen?«, fragte ich.

Ko Aye Min nickte. Er holte aus einer Vitrine die Figuren und sein neues Brett, das ich ihm vor einigen Wochen geschenkt hatte. Es war aus Teak, mit U Bas Hilfe hatte ich Holzstücke zurechtgesägt, zusammengeklebt und die Felder daraufgemalt. Das alte war aus Plastik gewesen und eines Nachts von Ratten zerfressen worden. Er stellte die Schachuhr auf den Tisch, ich baute auf, wir spielten zwei kurze Partien, die er beide ohne große Anstrengung gewann.

»Was ist los mit dir?« Er war ein guter Spieler, ich eigentlich auch, aber heute war ich mit meinen Gedanken woanders.

Wie anmutig bewegt sich eine Tänzerin?

Wie schön können Augen leuchten?

Wie klingt ein Lachen, an dem man sich erwärmen kann?

»Nichts«, antwortete ich. »Nichts.«

3

»Narbenfratze. Du hässliche Narbenfratze.«

Ich drehte mich um: Vor mir stand Soe Aung. Er mochte mich so wenig wie ich ihn. Er war ein Großmaul, vor dem alle Angst hatten, weil er zwei ältere Brüder hatte, die ebensolche Angeber waren. Jetzt war er wütend auf mich, weil ich ihn bei der Englischprüfung nicht hatte abschreiben lassen.

»Narbenfratze.«

»Wenn du das noch einmal sagst, knall ich dir eine.« Für einen Moment dachte ich an U Ba und seine Ermahnungen. Sei freundlich zu unfreundlichen Menschen, sie brauchen es am meisten, sagte er immer. Aber das war mir jetzt egal.

»Narbenfratze.« Er zog eine fiese Grimasse.

Ich schlug schneller zu, als er sich ducken konnte. Das Klatschen meiner Hand auf seiner Wange klang gut, es war auf dem halben Schulhof zu hören. Er versuchte, mich zu packen und auf den Boden zu schmeißen, aber ich war stärker und nahm ihn in den Schwitzkasten. Sofort waren wir umringt von anderen Jungs. Er trat nach mir, versuchte, mich zu beißen, zu kratzen und mich an den Haaren zu ziehen. Wir hatten uns schon öfter gerauft, aber noch nie so heftig. Wenn wir uns prügelten, dauerte es leider nie lange, bis jemand Soe Aungs größere Brüder zu Hilfe holte. Ich spürte ihre kräftigen Hände an meinen Schultern. Sie zerrten mich von ihm fort, boxten mich in den Bauch und gegen die Brust und schubsten mich so lange hin und her, bis ich der Länge nach in den Matsch fiel und mir die Lippe aufschlug.

Eine Lehrerin trennte uns. Die drei kamen, wie fast immer, mit einer Ermahnung davon, ich musste zur Schulleiterin.

Sie war eine kleine Frau, kaum größer als ich, mit einer kalten, scharfen Stimme. Ihr Blick verhieß nichts Gutes, in ihm loderte Wut.

»Du schon wieder«, fluchte sie.

Sie erwartete von mir, dass ich meinen Kopf senkte, aber das konnte ich nicht. Stattdessen streckte ich meinen Rücken, stellte mich aufrecht hin und schaute geradeaus an die Wand.

Sie holte ihren Stock aus der Ecke, ich musste meinen Longy bis über die Hüfte hochziehen und schloss die Augen. Ich stellte mir einen Mangobaum vor und begann leise, seine Früchte zu zählen.

Eins.

Zwei.

Drei.

Beim ersten Hieb zuckte ich, beim zweiten auch, die anderen spürte ich kaum noch.

U Ba hockte auf der obersten Treppenstufe hinter einem Vorhang aus Wasser, der sich aus der überlaufenden Dachrinne ergoss. Neben ihm stand unser Radio. Er hatte es sich zur Angewohnheit gemacht, einmal am Tag die große Welt doch in sein Herz zu lassen, indem er die Nachrichten der BBC hörte. Dabei verfinsterte sich seine Miene jedes Mal. Ich wunderte mich, warum er täglich etwas tat, wovon er schlechte Laune bekam.

Er sah meine nassen, dreckigen Sachen, den Riss in meinem Hemd, die Blutflecken darauf und wusste gleich, was passiert war.

Ich schlich an ihm vorbei ins Haus, zog mir schnell einen sauberen Longy und ein trockenes T-Shirt an und setzte mich zu ihm.

Mein Onkel schaltete das Radio aus, legte eine Hand auf mein Knie und schwieg. Ein Gecko huschte an uns vorbei, ein zweiter folgte ihm. Sie suchten im Haus Schutz vor dem Regen.

»Hast du Hunger? Soll ich etwas zu essen machen?« Er hatte meine Fragen nicht verstanden, ich beugte mich zu ihm und wiederholte sie etwas lauter.

»Nein danke«, sagte U Ba. »Mir geht es gut.«

Fette Tropfen prasselten aufs Wellblechdach und die Blätter der Bananenstauden im Hof, ihr Tosen machte es schwer, sich zu unterhalten. Das war mir sehr recht.

»Gab es Ärger in der Schule?«, fragte er nach einer langen Pause.

»Ja. Soe Aung, dieser …« Ich biss mir auf die Zunge und fügte hastig hinzu: »Er hat mich hässliche Narbenfratze genannt.«

»Ist das ein Grund, sich zu prügeln?«

»Nein. Aber wenn ich es mir immer gefallen lasse, dann …«, erwiderte ich leise.

»Was dann?«

»Dann, dann …« Ja, was dann? Ich wusste es auch nicht. Ich wusste nur, dass mich die Wut überkommen hatte, und konnte nicht einmal behaupten, dass es mir leidtat.

»Muss ich zur Direktorin?«

»Ich glaube schon. Diesmal ist es ernst.«

»Das habe ich mir gedacht«, seufzte er. Mehr sagte er nicht. Er drückte noch einmal sanft mein Knie, stützte den Kopf auf seine Hände und schaute sorgenvoll in den wassergetränkten Hof. Seine Schultern waren nach unten gefallen, sein Oberkörper nach vorn gebeugt. Zum ersten Mal fiel mir auf, dass ich größer und kräftiger war als er. Wahrscheinlich war das schon eine Weile so, und ich hatte es nicht bemerkt. Ich blickte auf die welke Haut seiner dünnen Oberarme, sah die Rückenwirbel, die sich auf seinem T-Shirt abzeichneten. Der Gedanke, dass ich stärker war als mein Onkel, der, solange ich denken konnte, für mich gesorgt und darauf geachtet hatte, dass mir kein Unheil geschah, beschämte mich, auch wenn ich natürlich wusste, dass es nicht meine Schuld war, sondern der Lauf der Dinge. Ich wollte es trotzdem nicht!

Ich dachte an unser Schachspiel in der vergangenen Woche. Gleich zu Beginn der Partie war er unachtsam gewesen und hatte einen seiner Springer verloren. Kurz darauf noch einen Bauern. Je länger wir spielten, desto deutlicher sah ich, wie mühsam es für ihn war, meinen Kombinationen zu folgen. Ich lockte ihn in eine Falle, sieben oder acht Züge später wäre er matt gewesen, und plötzlich sträubte sich etwas in mir. Noch nie in meinem Leben hatte ich gegen ihn gewonnen. Ich begann, bewusst Fehler zu machen. Zuerst opferte ich einen Läufer, dann einen Bauern. U Ba nahm die Geschenke dankend an. Ich wusste nicht, was mir am Ende unangenehmer war, der Umstand, dass ich ihn hätte besiegen können, weil er alt und vergesslich wurde, oder dass ich ihn gewinnen ließ und er es nicht bemerkte.

Seitdem erfand ich jedes Mal eine neue Ausrede, wenn er vorschlug, zusammen Schach zu spielen.

Ich rutschte auf der Treppe zwei Stufen tiefer und nahm seine Füße in meine Hände. Ihre Haut war rau und hart. Wie die Borke eines Baumes. Sie tun ihm oft weh, dann fällt ihm das Gehen schwer, und er bleibt auf dem Sofa sitzen oder eben draußen auf der obersten Treppenstufe, und ich massiere sie.

Mit meinen Knöcheln drückte ich kräftig gegen seine Sohlen.

»Das tut gut.«

Es war nicht schwer, meinem Onkel eine Freude zu machen. Es gibt viele Schlüssel zum Glück, sagte er immer. Einer von ihnen ist die Bescheidenheit. Ein anderer Dankbarkeit.

Seine Fußnägel waren zu lang. Ich stand auf, holte einen Nagelknipser und schnitt sie ihm.

U Ba hob den Kopf, er wich meinem Blick nicht aus, ich hatte das Gefühl, er wollte mir etwas sagen. Seine Augen verrieten mir, dass ihm etwas auf dem Herzen lag. Aus ihnen sprach Unruhe. Ein tiefes Unbehagen. Sie flackerten leicht. In ihnen lag kein Glanz, sie waren matt, dunkel und stumpf. Ein wenig erinnerten sie mich an die Schwielen an seinen Füßen. Es gab keinen Menschen, in dessen Augen ich so gut lesen konnte wie in denen U Bas.

Eine Vorahnung überkam mich.

»Fährst du weg?«, fragte ich so beiläufig wie möglich.

Er presste die Lippen aufeinander, dann folgte ein wortloses Nicken.

Einmal im Jahr besuchte mein Onkel seine Schwester. Für mehrere Wochen blieb er fort, fast immer zu Beginn der Trockenzeit im Herbst.

Der Abschied von mir fiel ihm nicht leicht, das wusste ich, und um es ihm nicht noch schwerer zu machen, bemühte ich mich jedes Mal, mir nicht anmerken zu lassen, dass auch ich traurig war.

Aber ich hatte einen Trost: Immer, wenn U Ba wegfuhr, kam mein Vater mich besuchen.

4

Bereits vor Sonnenaufgang hörte ich meinen Onkel in der Küche mit Geschirr und Töpfen klappern. Kurz darauf knisterten die ersten Scheite, der Geruch von brennendem Holz zog durch das Haus. So früh war er seit Monaten nicht aufgestanden.

Als ich ins Wohnzimmer kam, schnitt er frische Blumen für den Altar an, füllte Reis in eine kleine Schale und stellte sie als Opfergabe vor unseren Buddha. Daneben legte er zwei Bananen. Seine Routinen waren mir wohlvertraut.

Mein Onkel packte nie viel ein. Was er für die Wochen benötigte, passte in eine grüne Umhängetasche aus Kunstleder: ein zweiter Longy, etwas Unterwäsche, drei Hemden, ein Notizbuch. Obwohl er zu Hause, trotz seiner schlechter werdenden Augen, jeden Tag mehrere Stunden las, nahm er keine Bücher mit. Das wunderte mich. Ein Leben ohne Bücher gab es für ihn eigentlich nicht. In ihnen fand er Trost, wenn er Trost brauchte, Zerstreuung, wenn ihm nach Zerstreuung war. Einige, so hatte er mir einmal erklärt, waren für ihn eine Art Kompass, ohne den er sich weder in der Welt noch in seinem eigenen Leben zurechtfinden würde.

In den Stunden vor seiner Abreise sprachen wir nicht viel. Das kannte ich, selbst wenn er für einen Tag in die Provinzhauptstadt Taunggyi fährt, wird er vor der Abfahrt ganz still. Er sagt immer, seine Seele reise nicht schneller, als seine Füße laufen können. Sie sei viel langsamer als die Züge oder Busse, und ich habe das Gefühl, ein Teil von ihm reist schon vorher ab, vielleicht, damit er, wohin er auch fährt, als Ganzes ankommt.

Ich holte Wasser aus der Tonne im Hof und machte es in einem Kessel auf dem Feuer warm, um ihm die Haare zu waschen. Mir schwirrte der Kopf vor lauter Dingen, die ich vor seiner Abreise noch gern gesagt und gefragt hätte, aber mein Mund fühlte sich an wie zugewachsen, und am Ende bekam ich keinen Ton heraus.

Kurz vor dem Bahnhof überholte uns ein Militärjeep, bremste scharf, setzte zurück, bis er direkt neben uns zum Stehen kam. Auf dem Beifahrersitz erkannte ich einen Soldaten, der uns in den vergangenen Monaten häufiger besucht hatte. Als er zum ersten Mal bei uns im Hof stand, hätte ich mich am liebsten unter dem Haus bei unserem Schwein verkrochen. Er war größer und kräftiger als alle anderen Männer, die ich kannte, und sein Blick verhieß nichts Gutes. An seiner Uniform hingen bunte Abzeichen, auf seine Schulterklappen waren jeweils drei Sterne und zwei Laubblätter genäht. Er war kein gewöhnlicher Soldat, sondern ein Oberst-oder-so-ähnlich, hatte mir U Ba später erklärt.

»Wo ist dein Onkel?«, hatte er mich angeraunzt.

Ich war zurückgewichen und hatte stumm aufs Haus gezeigt. Er war mit schweren Schritten die Treppe hochgestiegen, im Hof hatte er einen sonderbaren Geruch hinterlassen.

Er war häufiger zu Besuch gekommen, jedes Mal hatte U Ba mich hinausgeschickt. Ich hätte doch sicher Arbeiten im Hof zu erledigen.

Das tat er sonst nie.

Neugierig geworden, war ich unter das Haus geschlichen und hatte ihre Gespräche durch die Ritzen in den Holzbohlen belauscht. Mein Onkel, so erfuhr ich, besaß einige Felder am Rande Kalaws. Die hatten seiner vor langer Zeit verstorbenen Frau gehört, und der Soldat wollte sie kaufen. Am liebsten sofort.

Nachdem er gegangen war, hatten uns Nachbarn erzählt, dass die Grundstücke in einem Gebiet lagen, in dem ein neuer Teil Kalaws entstehen sollte mit Villen, einem Einkaufszentrum, Golfplatz, einem eigenen Krankenhaus und Landeplatz für Hubschrauber. U Ba hatte die Felder vor vielen Jahren einigen Bauern aus einem Nachbardorf zur Nutzung überlassen und bekam dafür einen kleinen Teil ihrer Reisernte. Er beabsichtigte nicht, an dieser Vereinbarung etwas zu ändern, ganz egal wie sehr sie im Wert gestiegen waren und noch steigen würden. Das erklärte er dem Oberst-oder-so-ähnlich bei jedem seiner Besuche, mal mit vielen, mal mit wenigen Worten.

Der hörte ihm nicht zu oder verstand meinen Onkel nicht, oder er verstand ihn und nahm ihn nicht ernst. Jedenfalls erhöhte er jedes Mal sein Angebot.

»Die Menschen hören nur, was sie hören wollen«, stöhnte U Ba nach ihrem letzten Gespräch.

Jetzt lehnte sich der Soldat aus dem Autofenster und musterte meinen Onkel voller Missmut. »Sie gehen auf Reisen?«

»Ja«, erwiderte U Ba, ohne seine Schritte zu verlangsamen, sodass der Wagen neben uns herrollen musste. Das war nicht sehr höflich und ganz untypisch für ihn.

»Können wir Sie mitnehmen?«

»Das ist überaus freundlich, vielen Dank. Ich nehme den Zug, mein Neffe begleitet mich zum Bahnhof, und der ist ja glücklicherweise nicht mehr weit.«

Wir liefen neben dem Jeep, unsere Blicke starr geradeaus gerichtet.

»Haben Sie es sich überlegt?«, fragte der Soldat.

»Ihr Angebot ist sehr großzügig«, erwiderte U Ba. »Genau genommen ist es so großzügig, dass ich es nicht annehmen kann.«

»Lassen Sie das meine Sorge sein.«

U Ba ging nun so schnell, dass ich ihm kaum folgen konnte und immer wieder in den Laufschritt verfallen musste.

Plötzlich blieb er unvermittelt stehen, auch der Jeep kam mit einem Ruck zum Halten. »Ich bitte höflichst um Entschuldigung, sollte ich mich in unseren Gesprächen bisher so missverständlich ausgedrückt haben«, hob er an. »Es liegt nicht in meiner Absicht, Sie über meine Pläne im Unklaren zu lassen. Es verhält sich so, dass ich nach Ihrem letzten Besuch bereit war, auf Ihr Angebot einzugehen.« U Ba machte eine Pause, der Soldat beobachtete ihn gespannt.

»Da es sich aber um die Felder meiner Frau handelt, habe ich U Than Win aufgesucht, der ist, auf mein Bitten und dank seiner besonderen Fähigkeiten, mit ihr oder ihrem Geist, wenn Sie so wollen, in Kontakt getreten und hat sie um Erlaubnis für den Verkauf der Grundstücke ersucht. Bedauerlicherweise hat meine Frau diese Erlaubnis nicht erteilt. Sie war sogar, wenn ich es so sagen darf, empört über dieses Ansinnen. Ihrer Entscheidung kann ich mich nicht widersetzen, dafür werden Sie Verständnis haben. Mehr steht nicht in meiner Macht.«

Ich sah dem Oberst-oder-so-ähnlich in die Augen und wendete mich erschrocken ab. Mein Onkel sagt, es gebe Herzen, die seien mit Essig gefüllt.

»Es überrascht mich, dass selbst Sie an Geister glauben, U Ba.« Der Hohn in seiner Stimme. Er war auch für mich nicht zu überhören.

»Tun wir das nicht alle?«, entgegnete mein Onkel ruhig. »Jeder auf seine Art.«

Der Soldat antwortete mit einem kurzen, wütenden Schnaufen. »Haben Sie sich schon einmal überlegt, was Sie Ihrem Neffen von diesem Geld alles kaufen könnten?« Als wir nicht reagierten, fuhr er fort: »Ich fürchte, Sie machen einen Fehler. Mehr Geld werden Sie nicht bekommen.«

»Ich weiß, ich weiß.« U Ba beugte sich zum Wagenfenster, als wolle er dem Oberst-oder-so-ähnlich ein Geheimnis anvertrauen. »Das habe ich meiner Frau auch alles erklärt.« Er seufzte tief. »Es hat sie zu meinem großen Bedauern nicht umstimmen können. Sie entschuldigen mich jetzt.«

Nach diesen Worten setzte mein Onkel seinen Weg fort, und ich eilte ihm hinterher.

Für einige Meter rollte der Jeep noch neben uns, mir wurde ganz heiß vom Zorn im Blick des Soldaten, dann heulte der Motor auf, und der Wagen brauste davon.

Kaum war er außer Sichtweite, verlangsamten wir unsere Schritte wieder.

»Was für ein geduldiger Mensch«, sagte U Ba halblaut, wie zu sich selbst.

»So geduldig sah er jetzt nicht aus«, wandte ich ein.

»Weißt du, Bo Bo, es ist noch nicht lange her, da hätte er mir für die Grundstücke kein Geld geboten.«

»Was denn sonst?«

»Nichts. Er hätte sie sich genommen.«

Der Zug stand schon am Bahnsteig bereit. Händler boten Tee oder Kaffee in Plastiktüten an, Kinder, die ich aus der Schule kannte, trugen Körbe mit Bananen, Äpfeln oder Keksen auf ihren Köpfen. Zwischen uns wühlten streunende Hunde im Abfall. Koffer, Kisten und Babys wurden durch die Fenster gereicht. Wir stiegen ein, und ich versuchte, für U Ba einen Platz zu finden. Es war die Zeit des Thadin-Kyut-Festivals, deshalb waren die Waggons überfüllt, viele Passagiere saßen in den Gängen, zwischen den Bänken, in den offenen Türen. Als der Sohn eines Nachbarn uns erblickte, stand er auf und bot U Ba seinen Platz an. Mein Onkel nahm dankend an. Für eine Weile blieb ich schweigend neben ihm stehen.

Mit einem kräftigen Ruck setzte sich der Zug in Bewegung. Einige der fliegenden Händler sprangen ab, andere stiegen auf.

U Ba drückte wortlos meine Hand. Das war unser Zeichen. Doch heute fiel es mir schwer loszulassen. Als ich es schließlich konnte, spürte ich, wie er mich festhielt.

Wir hatten Kalaw bereits hinter uns gelassen, als wir einander endlich losließen. Ich kletterte über Körbe voller Blumenkohl, Kartoffeln, Karotten und Hühner hinweg zur Tür, dort drehte ich mich noch einmal um. U Ba hatte den Kopf zur Seite gewandt und starrte aus dem Fenster.

Ich wartete.

Er rührte sich nicht.

Ich wartete.

Er rührte sich noch immer nicht.

Ich stieg auf die unterste Stufe, sprang ab, lief noch ein paar Meter neben dem Zug her und blickte ihm nach. Als er hinter der nächsten Kurve verschwand, drehte ich mich um und machte mich auf den Weg zurück nach Kalaw. Ich mochte es, zwischen den Schienen zu laufen und in großen Sprüngen von Bohle zu Bohle zu hüpfen.

Erwachsene, dachte ich dabei, sind mir ein Rätsel.

5

Wenn U Ba verreist, ist alles anders.

Unser Haus ist plötzlich größer.

Die Nächte sind kälter. Und dunkler.

Der Regen ist lauter.

Die Stille stiller.

Die Leere leerer.

Und obwohl ich mich schon sehr auf meinen Vater freute, wurde mit jeder Stunde, die mein Onkel weg war und ich allein, die Stille noch stiller und die Leere noch leerer.

Das klingt komisch, aber es war so.

Einmal habe ich U Ba gefragt, ob es ihm auch so geht, wenn ich nicht da bin.

Er dachte kurz nach. »Nein«, erklärte er. »Du bist ja immer nur ein paar Stunden weg.« Als er meine Enttäuschung sah, fügte er hinzu: »Du fehlst mir natürlich, und wärst du länger fort, würde ich mich genauso fühlen.«

Vielleicht bin ich einfach nicht gern allein.

Von draußen hörte ich die Stimmen der anderen Kinder in den Höfen und Häusern nebenan. Ein paar Jungs spielten Chinlone. Ihr Lachen machte es nicht einfacher.

Ich stellte U Bas alten Kassettenrekorder an. Er leierte zwar, und wir besaßen nur drei Kassetten mit Klaviermusik, aber das war immer noch besser als die Stimmen von draußen und die Ruhe im Haus.

Ich säuberte die Feuerstelle, fegte Küche und Schlafzimmer, holte den Buddha von unserem Altar und wischte ihn gründlich mit einem feuchten Tuch ab. Beim Entstauben der Regale fiel mir Ko Aye Mins Buch wieder in die Hände. Ich setzte mich aufs Sofa und begann, zu lesen. Nach ein paar Seiten klappte ich es wieder zu. Meine Gedanken waren woanders, und wer zu abgelenkt ist, einer Geschichte zu folgen, sollte kein Buch in die Hand nehmen, sagt U Ba.

Der erste Tag war immer der schwerste.

Meine Narbe spannte wie schon seit vielen Wochen nicht mehr.

Ich ging im Haus auf und ab und begann, zu zählen.

Eins-zwei-drei-vier-fünf …

Bei hundert wurde ich ruhiger, bei fünfhundert ging es mir besser.

Mein Blick wanderte durch unser Wohnzimmer, in dem die Regale bis unter die Decke reichten. Wir besaßen mehr Bücher als der Buchhändler, der vor einigen Monaten an der Hauptstraße seinen Laden eröffnet hatte. Sie quollen aus den Regalen, lagen in Türmen auf dem Fußboden, neben dem Sofa, vor dem Bett.

Viele waren in schlechtem Zustand, und U Ba hatte es sich zur Aufgabe gemacht, sie zu restaurieren. Als ich kleiner war, hatte ich abends oft auf dem Sofa gelegen und ihm dabei zugeschaut, bis ich einschlief. Er brauchte zwei bis drei Monate für ein Buch, manchmal auch länger, je nachdem, wie dick oder dünn und wie gut es erhalten war. Ich hatte ihn schon lange nicht mehr an einem Buch arbeiten sehen. Seine nachlassenden Augen und die Hände, die immer häufiger zitterten, machten das Restaurieren noch mühsamer, als es ohnehin schon war, klagte er.

Ich wusste, wie sehr ihn das betrübte, denn U Ba glaubte, wir seien die reichsten Menschen in Kalaw, wenn nicht in den ganzen Shan-Staaten. Wir seien umgeben von Weisheit und Wissen, Schönheit und Fantasie, wer sonst könnte das von sich behaupten?

Vielleicht würde ich ihm eine Freude machen, wenn ich in seiner Abwesenheit seine Arbeit fortführte. Aus einem Regal kramte ich den Pappkarton mit den Utensilien hervor. Darin lagen ein Töpfchen, gefüllt mit weißen Papierschnipseln, und ein Glas mit grauweißem Kleber, eine Pinzette und mehrere schwarze Stifte. Ich stellte die Sachen auf den Tisch, griff wahllos eines der alten Bücher und schlug es auf. *Der Fremde* von einem Albert Camus. Der Titel gefiel mir, und es war schön dünn. Mehr ein Büchlein. Das vergilbte Papier war angefressen von Würmern, Motten, Termiten, der feuchten Luft und den Jahren. Auf den ersten Seiten war kaum ein Satz lesbar.

Vorsichtig nahm ich mit der Pinzette einen der Schnipsel, tunkte ihn in den Kleber, legte ihn auf eines der Löcher auf dem Papier und drückte ihn mit dem Zeigefinger fest. Sobald der Klebstoff getrocknet war, zog ich mit einem spitzen Stift behutsam den Buchstaben nach. Aus »F em e« machte ich »Fremde«, aus »M tt r« wurde wieder »Mutter«, aus »K nke h s« machte ich mit viel Mühe »Krankenhaus«.

Die Arbeit war schwieriger als gedacht. Immer wieder stieß ich auf Wörter, die ich nicht kannte und deren Schreibweise und Bedeutung ich in unserer alten Ausgabe der *Encyclopaedia Britannica* nachschlagen musste.

»Sargschrauben« zum Beispiel. Oder »Privatleben«. Das Wort gab es im Burmesischen gar nicht.

6

»Much money, nicht many money«, flüsterte ich. Ko Thein Aung, der neben mir saß, schaute mich an.

»Was sagst du?«, fragte er leise.

»Es heißt much money, nicht many money«, wiederholte ich.

Er kicherte, während die Klasse fünfmal im Chor rufen musste: »I do not have many money.«

Ich seufzte, schwieg und schaute aus dem Fenster. Draußen regnete es, ich versuchte, die Tropfen zu zählen, die vor mir an die Scheibe klatschten. Das war genauso sinnlos wie dieser Englischunterricht.

»Three people, nicht peoples.« Diesmal hatte ich so laut gesprochen, dass mich fast jeder im Raum verstanden hatte. Sofort wurde es still. Alle schauten auf Daw Myint Naing, unsere Lehrerin. Es war mir herausgerutscht. Nicht mit Absicht. Wie ein Lutschbonbon, der aus Versehen aus dem Mund fällt.

»Was hast du gesagt?« Sie kam von ihrem Pult mit schnellen Schritten direkt auf mich zu. In der Hand hielt sie ihr langes Holzlineal, das so rote Striemen auf den Händen hinterlässt.

»Nichts«, antwortete ich.

»Du lügst, ich habe es genau gehört.«

Warum fragen Sie mich dann, hätte ich am liebsten erwidert, doch ich wollte nicht noch mehr Ärger.

»Was hast du gesagt?«, wiederholte sie in scharfem Ton.

Ich unterdrückte ein leises Stöhnen. »Ich habe nur mit mir selber gesprochen.«

»Bo Bo, ich frage dich ein letztes Mal«, zischte sie.

»Ich habe gesagt, dass es keine Mehrzahl von ›people‹ geben kann, weil es schon die Mehrzahl ist. Es heißt ›three people‹, nicht ›peoples‹.«

Daw Myint Naing kann streng sein. Sie kann ungerecht sein. Sie kann so hart auf die Finger schlagen, dass sie bluten. Englisch kann sie nicht.

Ich aber, und das ist ihr Problem. U Ba spricht nur Englisch mit mir, und so ist mir die Sprache genauso vertraut wie Burmesisch. Ich musste unserer Direktorin versprechen, meine Englischlehrer nicht vor der Klasse zu verbessern, sondern nach dem Unterricht unter vier Augen. Die anderen Schüler würden sonst den Respekt vor ihnen verlieren. Das habe ich eingesehen, manchmal kann ich der Versuchung trotzdem nicht widerstehen. Bei Daw Myint Naing fällt es mir besonders schwer. Sie ist die Frau eines Offiziers, der in Kalaw stationiert ist, und ihr jüngster Sohn geht in meine Klasse. Er ist ein ziemlicher Idiot und hat das Gehirn einer Krabbe. Sie nimmt ihn im Unterricht auch nie dran, weil sie weiß, dass er ihre Fragen nicht beantworten kann. Bei den Hausarbeiten und Prüfungen hat er trotzdem immer Einsen und im Zeugnis auch, genau wie ich. Das ärgert mich.

Sie unterrichtet bei uns außerdem noch Mathematik und Physik, und da macht sie es genauso.

Bei seinen beiden älteren Schwestern soll es nicht anders gewesen sein.

Ihre Augen flimmerten vor Wut. »Wie oft habe ich dir gesagt, du sollst den Unterricht nicht stören?« Sie schlug mit dem Lineal vor mir auf den Tisch. Aus irgendeinem Grund bin ich der Einzige in der Klasse, bei dem sie sich nicht traut, ihn zu schlagen.

»Entschuldige dich.«

Ich wandte wortlos den Kopf zur Seite und schaute wieder aus dem Fenster.

»Raus. Sofort.«

Ich stand auf und ging vor die Tür. Dort verbrachte ich, ehrlich gesagt, ziemlich viel Zeit und das nicht nur in den Fächern, in denen uns Daw Myint Naing unterrichtete. Die meisten Lehrer mochten mich nicht. Ich weiß nicht, warum. Ich sei vorlaut, behaupteten sie. Ich würde zu viel reden im Unterricht. Ich würde die anderen Kinder ablenken und sie auf dumme Gedanken bringen. Das war natürlich Quatsch, ich sagte ihnen höchstens die richtigen Antworten vor. Aber sobald ich den Lehrern widersprach, wurden sie nur noch wütender. Aus Langeweile verschränkte ich meine Arme oft auf dem Tisch, legte meinen Kopf drauf und versuchte zu schlafen. Das war ihnen aber auch nicht recht.

Seit der ersten Klasse unterrichtet mein Onkel mich an den meisten Nachmittagen und Wochenenden, weil er glaubt, dass ich in der Schule nichts lerne. Das hat mich mit großem Abstand zum besten Schüler meines Jahrgangs gemacht und zum einzigen, der bei unseren Lehrern nach der Schule keine teuren Privatstunden nimmt.

Vielleicht hat U Ba recht, und sie mögen mich deshalb nicht.

7

Spätestens zwei Tage nach U Bas Abfahrt steht mein Vater bei uns im Hof. Entweder am Nachmittag, wenn er den Zug über Thazi genommen hat, oder am frühen Morgen, dann ist er aus Rangoon direkt mit dem Bus gefahren. Er bleibt einige Wochen, und kurz nach seiner Abfahrt kehrt U Ba zurück.

Nun waren seit der Abreise meines Onkels bereits drei Tage vergangen, und mein Vater war immer noch nicht da.

Ich versuchte, nicht zu sehr auf ihn zu warten, aber das ist nicht einfach, wenn man sich so auf jemanden freut.

Ko Aye Min hatte mich eingeladen, bei ihm zu wohnen, bis mein Vater kommen würde. Das war sehr nett von ihm, doch ich wollte nicht.

Ich hatte Angst, ihn zu verpassen. Das war natürlich dumm, weil er ja nicht nur einen Tag blieb. Trotzdem. Ich wollte da sein, wenn er ankommt.

Am vierten Tag stand ich vor Sonnenaufgang auf und radelte durch die Dunkelheit zur Hauptstraße, an der die Busse halten, die uns mit dem Rest der Welt verbinden.

Es nieselte. Als ich unten im Ort ankam, war ich nass und kalt und hockte mich in das einzige Teehaus, das um diese Zeit geöffnet war. Es lag schräg gegenüber der Bushaltestelle und war voll. Ein paar Gäste schauten eine koreanische Seifenoper, die anderen waren mit ihren Telefonen beschäftigt. Der Kellner kannte mich, er war der Freund einer Tochter unseres Nachbarn, und als er mein durchnässtes Hemd sah, stellte er mir wortlos einen Becher warmes Wasser und einen Teller mit Sonnenblumenkernen hin.

Der Bus hatte Verspätung. Jede Minute, die verging, machte mich unruhiger.

Ich betrachtete die Kerne.

Eins.

Zwei.

Drei.

Siebzehn.

Fünfundvierzig.

Sechzig.

Einhundertelf …

Die Sonne ging gerade auf, als er um die Ecke bog. Mit klopfendem Herzen beobachtete ich, wer ausstieg.

Drei junge Mönche.

Eine Mutter mit einem schlafenden Kind auf dem Arm.

Eine dicke Frau, die kaum die Stufen hinunterkam und mehr Gepäck dabeihatte, als sie tragen konnte.

Ein Mann, der beim Aussteigen stolperte, weil er auf sein Mobiltelefon statt auf die Stufen schaute.

Zwei müde Touristinnen mit Rucksäcken und rot gefärbten Haaren, die sich verloren umschauten, als hätten sie sich verlaufen.

Ein kleiner Junge mit seinem Vater. Aber nicht meiner.

Ich lief auf beiden Seiten des Busses auf und ab. Hinter den großen, getönten Fenstern schliefen Reisende, ihre Wangen an das Glas gepresst. Ich konnte ihre Gesichter nicht gut erkennen und schlich mich in den Wagen. Aber auch unter den Schlafenden entdeckte ich ihn nicht.

Der Weg zurück nach Hause war lang.

Gegen Mittag ging ich zum Bahnhof. Der Zug war einige Minuten zu früh angekommen und der Bahnsteig schon wieder leer. Enttäuscht wandte ich mich wieder ab.

»Bo Bo?«

Ich erkannte seine Stimme sofort, auch wenn ich sie in meinem Leben nicht so oft gehört habe. Jedenfalls nicht so oft, wie ich es mir gewünscht hätte.

Sie klingt dunkler als die U Bas, kräftiger, dafür nicht so weich und einladend.

Ich drehte mich um. Er stand direkt vor mir und sah aus, wie ich ihn in Erinnerung hatte. Groß und schlank, mit langen, muskulösen Armen und Beinen. Nur seine kurz geschorenen Haare waren gewachsen und zu einer Art Zopf gebunden. Darin entdeckte ich ganze Büschel grauer Haare. Er trug einen grünen Longy, ein rotes, kurzärmeliges T-Shirt, ausgetretene Flip-Flops, an einem Handgelenk baumelte ein rotes Armband, das neu aussah. Ich erinnerte das Muttermal unter dem Kinn und den fehlenden Finger an der rechten Hand. Eine Narbe auf der Wange hat er nicht. Dafür eine am Oberarm.

Über der Schulter hing eine alte braune Umhängetasche, auf dem Rücken eine Gitarre. Ich wusste nicht, dass er Gitarre spielte.

»Hallo«, sagte er.

»Hallo.« Wohin mit all den anderen Worten? Ich hatte das Gefühl, jeden Moment zu platzen.

»Wie geht es dir?«

»Gut. Sehr gut.« Vor Aufregung vergaß ich zu fragen, wie es ihm ging.

»Ich habe dich vermisst«, sagte er.

Wir standen uns gegenüber, stumm. Mein Vater ist ein sehr stiller Mensch. Jedenfalls, wenn wir zusammen sind. Sonst kenne ich ihn ja nicht. Wir können einen ganzen Tag miteinander verbringen, ohne viel zu reden. Mich stört das nicht.

»Danke, dass du mich abholst«, sagte er schließlich. »Das ist sehr lieb von dir.«

Und dann endlich nahm er mich in den Arm. Hob mich hoch, gab mir Küsse auf die Wangen und die Stirn, drückte mich an sich. Ich vergrub mein Gesicht in seinen Haaren. Sie rochen nach ihm, und sie rochen nach Mama. Vielleicht bildete ich mir das aber auch ein, ich wusste ja gar nicht genau, wie sie roch. Vielleicht hatte sich nur der Geruch einer langen Zugfahrt in ihnen eingenistet. Nach ein paar Schritten setzte er mich wieder ab.

»Du hast dich verändert.« Mein Vater musterte mich prüfend. »Schwer bist du geworden. Und groß. Es dauert nicht mehr lange, dann bist du mir über den Kopf gewachsen.«

»Das glaube ich nicht.« Größer als er zu sein, konnte ich mir beim besten Willen nicht vorstellen.

Er grinste.

Manchmal war ich mir nicht sicher, wie ich zu verstehen hatte, was er sagte. Das mochte daran liegen, dass wir uns so selten sahen. Oder weil es mir so schwerfiel, in seinen Augen zu lesen, wie bei keinem anderen Menschen

Sie sind dunkelbraun, fast schwarz und sehr, sehr groß. Es sind die größten, die ich je gesehen habe. Und trotzdem verraten sie mir nichts über ihn. Denn wenn er mich anschaut, verliere ich mich in seinem Blick. Es ist so viel Ruhe und Weite darin, dass es mir nicht gelingt, mich auf etwas zu fokussieren, egal wie sehr ich mich bemühe. Ein wenig fühlt es sich an, als würde ich auf einer Wiese liegen und lange in einen tiefschwarzen Nachthimmel voller funkelnder Sterne schauen.

Wir machten uns auf den Weg, ich nahm seine Hand. Sie war so viel größer und kräftiger als U Bas oder meine. Er drückte sie sanft, und ich wünschte, das Gefühl dieser einen Berührung würde für immer bei mir bleiben.

Ich musste mich bewegen, lief ein paar Meter vor, wartete, machte kehrt und sprang auf dem Weg zu ihm zurück mit Anlauf über Pfützen. Er beobachtete mich und lächelte ein wenig erschöpft. Die Reise musste ihn angestrengt haben.

Als er das letzte Mal hier war, hatte ich ihn nach Mama fragen wollen. Ich hatte es bis zum Tag seiner Abreise aufgeschoben und mich dann doch nicht getraut. Ich hatte mir fest vorgenommen, ihn diesmal nach ihr zu fragen, und ahnte schon, dass mir am Ende wieder der Mut fehlen würde.

Überlege dir genau, welchen Stein du umdrehst, hat mein Onkel mir einmal geraten.

Nicht unter jedem lebt ein Schmetterling.

8

Mein Vater ist ein Tier-Mensch. Ich kenne niemanden, der so gut mit Tieren umgehen kann wie er. Besonders mit Hühnern. Wirklich unglaublich. Kaum hatten wir den Hof betreten, kamen sie angerannt, die großen und die kleinen, die weiß gefiederten und die braunen. Als erinnerten sie sich alle an ihn. Er ging in die Knie, streckte ihnen einen Arm entgegen, sie näherten sich ohne Furcht, knabberten an seiner Hand, ließen sich von ihm streicheln. Er machte ein paar seltsame Geräusche, und einige von ihnen begannen, laut zu gackern.

Ich musste lachen. »Du sprichst ihre Sprache.«

»Ja. Ich bin ein Hühnerflüsterer.« Er schmunzelte. »Du nicht?«

»Nein.« Ich rollte mit den Augen. »Kein Mensch spricht die Sprache von Tieren.«

»Bist du dir sicher?« Er richtete sich wieder auf. »Es gab mal eine Zeit, da waren meine besten Freunde ein Dutzend Hühner.«

»Wie kann man mit Hühnern befreundet sein?« Ich vermutete, er wollte mich wieder einmal auf die Probe stellen. Mein Vater erzählte mir bei seinen Besuchen hin und wieder Geschichten. Manche waren wahr, andere ausgedacht, und es machte ihm Spaß, mich dabei zu beobachten, wie ich versuchte herauszufinden, welche davon Märchen waren und welche nicht.

»Man kann mit Hunden befreundet sein. Oder mit Katzen. Aber mit Hühnern?«

»Wenn man sonst niemanden hat und ganz allein ist?«

Ich wusste, was es hieß, allein zu sein, dachte ich. Es gab Tage, an denen fühlte ich mich sehr allein, aber nie so, dass ich mich mit Hühnern anfreunden würde.

Mein Vater wendete sich ab. Er ging, gefolgt von einigen Hennen, einmal quer über den Hof und schaute sich prüfend um. Er hatte es sich zur Gewohnheit gemacht, bei jedem seiner Besuche Arbeiten am Haus zu verrichten. Im vergangenen Jahr hatte er den Verschlag für die Hühner neu gebaut, im Jahr davor das leckende Dach und die Treppe zur Veranda repariert. Sein Blick fiel auf die kaputten Regenrinnen, die U Ba und ich notdürftig mit Drähten am Dach befestigt hatten. Von dort führte eine nicht sehr stabile Konstruktion aus blauen Plastikrohren zu zwei Tonnen, in denen wir versuchten, Regenwasser zu sammeln. Nicht sehr erfolgreich, denn trotz des vielen Regens waren sie nur halb voll. Das war eine Mühsal für uns, da es Wasser aus der Leitung nur alle zwei oder drei Tage gab, wenn überhaupt, und wir auf die Tonnen angewiesen waren. Da sie seit einiger Zeit leckten, musste ich immer häufiger mit Eimern zu den Nachbarn gehen und um Wasser bitten.

Wir stiegen die Treppe zum Haus hinauf, mein Vater brachte seine Tasche und die Gitarre ins Schlafzimmer. Er sah müde aus und vielleicht auch etwas besorgt.

»Hast du Hunger?«, fragte ich, um ihn auf andere Gedanken zu bringen.

»Ja.«

»Wollen wir zusammen kochen?«

»Gern.«

Eines der Lieblingsgerichte meines Vaters ist Mohingar, die Zutaten für die Fischsuppe hatte ich gleich am Tag nach U Bas Abreise eingekauft. Es war eine Fertigpaste, die wir zusammen immer noch verfeinerten.

Ich schälte eine Zwiebel, als meine Augen zu tränen begannen, nahm mein Vater mir die Arbeit ab. Er pellte eine zweite Zwiebel und Knoblauch, hackte einen Stängel Zitronengras in kleine Stückchen, zerrieb eine daumengroße Knolle Ingwer.

Ich erhitzte Öl in einer Pfanne, kippte die Zutaten hinein, fügte einen Löffel Chilipulver und Kurkuma hinzu, er rührte um, bis die Zwiebeln glasig waren. Wir mischten die Paste und eine Handvoll Reismehl mit Wasser, gossen es in die Pfanne, ließen alles zusammen köcheln und warteten, dass die Soße langsam eindickte. Es duftete köstlich, und ich hörte den Magen meines Vaters knurren. Hin und wieder probierte er und fügte noch etwas Chili hinzu. Wir mochten es beide scharf.

Mein Vater setzte Reisnudeln auf. Eine halbe Stunde später saßen wir auf dem Sofa und aßen unsere Suppe. Sein Schlürfen war noch lauter als meins.

Die ganze Zeit über hatten wir kein Wort gewechselt. Ab und zu trafen sich unsere Blicke, und ein Lächeln flog über sein Gesicht. Das genügte mir.

Wie gesagt, mein Vater ist ein sehr stiller Mensch. Er ist auch niemand, der viele Fragen stellt. Ich glaube, was er zu sagen hat, drückt er oft nicht in Worten aus.

Nach dem Essen zündete er sich eine Cheroot an. Als er sie aufgeraucht hatte, holte er seine Reisetasche und kramte umständlich einen kleinen Pappkarton hervor. »Ich habe dir etwas mitgebracht«, sagte er und gab ihn mir.

Mein Vater hat jedes Jahr ein Geschenk für mich dabei. Bisher war es immer ein gelesenes Buch gewesen. In diesen schmalen Karton hätte höchstens eine Schriftrolle gepasst. Neugierig hob ich den Deckel: Darin lag eine Mundharmonika. Ich betrachtete sie von allen Seiten, sie sah benutzt aus. Vorsichtig pustete ich hinein. Es kam kein Ton heraus.

»Kräftiger«, ermunterte mich mein Vater.

Ich holte tief Luft, blies mit ganzer Kraft und nahm sie gleich wieder aus dem Mund: Sie tönte schrecklich. Laut, blechern und kratzig, als wäre sie kaputt.

Er lachte, nahm sie mir aus der Hand, legte sie zwischen Daumen und Zeigefinger, steckte sie so tief zwischen seine Lippen, als wollte er reinbeißen, schloss die Augen und begann, zu spielen.

Schon beim ersten Ton geschah etwas Geheimnisvolles. Mein Vater verwandelte sich vor meinen Augen, ich erkannte ihn kaum wieder. Er wippte zuerst mit einem Bein, dann mit beiden, schließlich noch mit dem Oberkörper und versank mit jeder Sekunde mehr in der Musik. Die Mundharmonika hielt er fast zärtlich in beiden Händen, und ich war verblüfft, was für Töne er ihr entlockte. Nichts klang mehr blechern oder kratzig. Ich konnte gar nicht anders, als mich im Rhythmus der Musik zu bewegen. Das Lied kannte ich nicht, aber der Klang und die Melodie gefielen mir sofort. Am liebsten hätte ich dazu mit einem Stock auf dem Tisch getrommelt, die Musik füllte bald das ganze Haus.

Als er fertig war, wischte er das Instrument trocken und gab es mir zurück. »Versuch es noch einmal. Es ist gar nicht so schwer.«

»Woher kannst du das so gut?«, fragte ich verwundert.

»Habe ich mir selber beigebracht«, sagte er. »Wenn du willst, zeige ich dir, wie es geht. Es wird nicht lange dauern, und dann spielen wir zusammen. Du auf der Mundharmonika, ich auf der Gitarre. Hast du Lust?«

Ich nickte, stumm vor Freude.

9

In den folgenden zwei Wochen verging die Zeit entweder viel zu schnell oder viel zu langsam. In der Schule schien sie stillzustehen. Der Unterricht war noch langweiliger als sonst und wollte einfach kein Ende nehmen. Schon nach der zweiten Stunde zählte ich die Minuten bis zum Schulschluss um halb vier.

Ich überlegte, zu schwänzen und mir selber eine Entschuldigung mit der gefälschten Unterschrift meines Onkels zu schreiben, wie ich es manchmal mache, wenn U Ba da ist. Dann gehe ich angeln oder spiele bei Ko Aye Min auf dem Computer. Aber ich wollte die Tage ja mit meinem Vater verbringen, und der hätte es nicht erlaubt, dass ich bei ihm bleibe, statt zur Schule zu gehen.

Wenn ich mir im Unterricht vorstellte, was ich in dieser Zeit alles mit ihm hätte machen können und dass sich, mit jedem Tag, der verging, der Moment näherte, an dem er wieder nach Rangoon fahren würde, wurde mir ganz elend zumute, dann half nur noch Zählen.

Eins-zwei-drei-vier-fünf …

Sobald die Schule aus war, radelte ich auf dem schnellsten Weg nach Hause. Nun begann der Teil des Tages, in dem die Zeit viel zu schnell verging. Atemlos kam ich auf unserem Hof an. Mein Vater saß auf dem Dach und reparierte die Regenrinnen, oder er hob neben dem Hühnerstall eine Grube aus. Er hatte einen Zementmischer besorgt, daneben lagen Schaufeln, mehrere Säcke Zement und ein großer Haufen Backsteine. Er hatte sich vorgenommen, uns einen Wassertank zu bauen. Ich half ihm so gut ich konnte. Wir mischten Zement an, gossen das Fundament, ich sortierte die Steine und reichte sie ihm an. Einmal kamen zwei Nachbarn herüber und fragten, ob sie uns helfen könnten. Mein Vater dankte ihnen für ihr Angebot, meinte aber, wir kämen auch so zurecht. Ich wusste nicht, warum er das sagte, wir hätten die vier Hände gut gebrauchen können. Vielleicht gehörte er zu den Menschen, die sich nicht gern helfen lassen.

Er war schnell und geschickt, und zusammen waren wir tatsächlich ein gutes Team. Nach wenigen Tagen stand der erste von zwei Tanks.

Am frühen Abend kochten wir gemeinsam, und nach dem Essen machten wir Musik.

Er hatte ein seltsames Metallgestänge mitgebracht. Daran befestigte er die Mundharmonika, hängte es sich um den Hals und konnte so beide Instrumente zur selben Zeit spielen.

Mein Vater hat eine sehr schöne Stimme. Zu Beginn sang er mir jedes Mal ein paar Lieder vor. Eines gefiel mir besonders gut. Es begann mit einem Gitarrensolo, gefolgt von der Mundharmonika. Den Text kannte ich nach ein paar Wiederholungen auswendig.

»I want to live, I want to give«, sang mein Vater. »I've been a miner for a heart of gold … that keep me searching for a heart of gold … And I'm getting old …«

Als ich meinen Vater so singend auf dem Sofa sitzen sah, dachte ich, dass es sein Herz ist, das mit Gold gefüllt ist.

Und das von U Ba.

Und das meiner Mutter bestimmt auch.

Für die Wochenenden nahmen wir uns vor, zu wandern und schwimmen zu gehen, doch daraus wurde nie etwas, wir machten lieber Musik.

Er hatte recht, Mundharmonika war nicht so schwer zu lernen, wie ich gedacht hatte. Schon am ersten Abend konnte ich die Tonleiter sowohl beim Aus- als auch beim Einatmen spielen.

Ich übte jede freie Minute und begann nun doch, Entschuldigungen für die Schule zu fälschen. Statt zum Unterricht fuhr ich morgens mit dem Rad Richtung Wasserreservoir und verbrachte die Zeit im Wald mit meiner Mundharmonika. Ich glaube, die Lehrer waren ebenso froh, mich nicht zu sehen und umgekehrt.

An manchen Tagen radelte ich vorher noch zu Ko Aye Min und schaute mir auf seinem Computer Videos an, in denen ein junger Mann mit langen Haaren Schritt für Schritt erklärte, wie seine Zuschauer Mundharmonika lernen können. Er war ein guter Lehrer.

Nach zwei Wochen spielten wir, Vater und Sohn, das erste Stück zusammen.

10

Mein Vater glaubte, es wäre alles seine Schuld gewesen. Ich fand, wir hätten beide besser aufpassen können.

Während ich mich in der Schule auf dem Flur langweilte, hatte er angefangen, die Grube für den zweiten Wassertank auszuheben. Als es zu regnen begann, hatte er sie mit einer Plane zugedeckt. Ich hatte die Kuhle übersehen, war am Nachmittag hineingetreten und dabei umgeknickt. Nun sah der linke Knöchel aus, als hätte mir jemand einen Golfball unter die Haut geschoben. An Gehen war nicht zu denken. Mir war es recht, so hatte ich mehr Zeit, Mundharmonika zu spielen, und konnte mich von meinem Vater bekochen lassen.

Am nächsten Morgen war der Golfball kleiner geworden, die Schmerzen hatten nachgelassen, trotzdem tat jeder Schritt weh, und ich konnte nur humpeln. Bis zur Schule würde ich es auch mit dem Fahrrad nicht schaffen.

»Ich trage dich«, schlug mein Vater vor.

»Wie?«

»Auf dem Rücken.«

Die Idee gefiel mir. Als es an der Zeit war, hockte er sich vor mich, ich kletterte auf seinen Rücken, schlang die Beine um seine Hüften und die Arme um den Hals, er schob seine Arme nach hinten, um mir mehr Halt zu geben.

»Bin ich nicht zu schwer?«

»Nein, keine Sorge, das schaffe ich schon.«

Er ging los. Nach ein paar Schritten wäre er beinah über eine Wurzel gestolpert und gestürzt, aber vielleicht tat er auch nur so, um mich zu erschrecken. Ich erklärte ihn zu meinem Pferd, er galoppierte die Straße hinunter und hinauf, nach hundert Metern war er außer Atem und verschnaufte. Selbst mein »Hü, alter Gaul« brachte ihn nur langsam wieder auf Trab.

Aus Spaß hielt ich ihm auf halbem Wege die Augen zu. »Was machst du da? Ich kann nichts sehen«, rief er und lachte.

»Brauchst du nicht«, antwortete ich. »Du hast doch mich. Ich führe dich.«

Er blieb abrupt stehen.

»Was ist, warum gehst du nicht weiter?«, wunderte ich mich.

»Hat U Ba dir etwas erzählt?«

»Was soll er mir erzählt haben?«

Mein Vater schwieg.

»Bin ich doch zu schwer?«

»Nein, überhaupt nicht.«

»Was dann?«

»Nichts«, erwiderte er und drückte mich ganz fest mit seinen hinter dem Rücken verschränkten Armen. »Alles gut.«

Kurz vor dem Schultor schaute er sich meinen Fuß noch einmal an und entschied, dass es doch besser wäre, ein Arzt würde ihn untersuchen.

Auf dem Weg dorthin machten wir im Mya-Myint-Moe-Teehaus halt. Wir setzten uns auf die überdachte Terrasse, mein Vater bestellte Tee und für mich eine Limonade. Die Kellnerin stellte frisches Gebäck auf den Tisch und brachte gleich darauf die Getränke. Mein Vater nahm zwei Stäbchen und trommelte leise auf dem Tisch. Das klang gut, ich nahm mir auch welche und stimmte ein. Wir schlugen auf das Glas, die Limoflasche, den Teller mit den Keksen, und es sah aus, als spiele er Schlagzeug. »I want to live, I want to give«, sang er leise.

Einige Gäste blickten etwas irritiert, andere nickten uns aufmunternd zu.

Plötzlich zuckte er zusammen. Von seinem Platz konnte er die Straße überblicken und musste hinter meinem Rücken etwas Außergewöhnliches gesehen haben. Er ließ die Stäbchen sinken, seine Augen weiteten sich. Für einen kurzen Moment konnte ich etwas in ihnen erkennen. Als hätte sich eine Tür geöffnet, die sogleich wieder zuschlug.

War es Angst gewesen? Wut?

Ich drehte mich um und entdeckte nichts Auffälliges. Vor dem Teehaus standen zwei Frauen, die ihre Einkäufe auf dem Kopf balancierten und sich unterhielten, daneben parkte ein Militärjeep. Vier Soldaten waren ausgestiegen, kamen auf uns zu und setzten sich an den Nebentisch. Mein Vater war ihnen mit seinen Blicken auf jedem Schritt gefolgt.

»Was ist los, Papa?«

Er hatte meine Frage nicht gehört.

»Papa!?«

Noch immer starrte er auf die Soldaten, die uns keine weitere Beachtung schenkten. Irgendetwas tobte in ihm. Er sah aus, als würde er jeden Moment aufstehen und zu ihnen hinübergehen. Ich hatte das Gefühl, dass er am ganzen Körper ein wenig zitterte. Allmählich wurde mir sein Verhalten unheimlich.

»Mein Fuß tut weh«, sagte ich, um ihn abzulenken.

Er reagierte nicht.

»Mein Fuß tut wirklich weh«, wiederholte ich, nun etwas lauter, trotziger.

Er wandte sich mir zu, holte einen Tausend-Kyat-Schein hervor, legte ihn auf den Tisch und stand abrupt auf. Sein Hocker fiel um. Die Soldaten blickten missmutig zu uns herüber. Wir hatten unsere Getränke noch gar nicht angerührt.

»Komm«, befahl mein Vater.

Er verließ mit schnellen Schritten das Teehaus, ich folgte ihm humpelnd auf die Straße. Erst dort fiel ihm auf, dass ich nicht richtig laufen konnte, und er nahm mich wieder auf den Rücken.

»Kanntest du die Soldaten?«, fragte ich, als wir außer Sichtweite waren.

»Einen von ihnen.«

»Woher?«

Es gibt verschiedene Gründe, zu schweigen, habe ich von U Ba gelernt.

Einer kann Angst sein. Oder Scham. Unwissenheit. Feigheit. Manchmal will man sein Gegenüber bestrafen. Wortloses Glück gibt es auch. Stille Freude.

Ich wusste nicht, weshalb mein Vater jetzt schwieg, ich wusste nur, dass ich von ihm keine Antwort bekommen würde.

Die Ärztin gab uns eine Salbe und einen Verband, den wir zweimal am Tag wechseln sollten. Nach ein paar Tagen war der Golfball leider wieder verschwunden, und ich konnte laufen, als wäre nichts geschehen.

Über die Soldaten im Teehaus verloren wir kein Wort mehr.

11

Die Stimme meines Vaters. Sie kam aus dem Wohnzimmer. Er sprach leise, fast flüsternd. Ich glaubte, U Ba sei früher zurückgekehrt, und kletterte aus dem Bett, um ihn zu begrüßen.

Mein Vater saß mit dem Rücken zu mir auf dem Sofa und bemerkte mich nicht. Er hatte eine Kerze angezündet, rauchte eine Cheroot. Von meinem Onkel keine Spur.

Er telefonierte, seine Stimme klang gepresst und atemlos. Die Worte, die er sprach, waren nicht für mich bestimmt. Für einen Moment konnte ich der Versuchung nicht widerstehen und lauschte.

Was ich verstand, waren nur Bruchstücke, Wortfetzen, aber die genügten, um mich wissen zu lassen, dass in Rangoon etwas passiert sein musste. Ich schlich zurück ins Bett.

Dort lag ich und stellte mir meine Mutter vor. Das tat ich oft, wenn ich nicht einschlafen konnte: Sie ist groß gewachsen und schlank und bewegt sich so anmutig, wie U Ba es sagt. Ihre Haare sind schwarz und ein wenig gelockt und reichen weit den Rücken hinunter. Oder sie hat sie mit einem Stäbchen zu einem Knoten hochgesteckt, und darin leuchtet, wie bei manchen Frauen auf dem Markt, eine Blüte. Manchmal ist es eine weiße Frangipani, an anderen Tagen eine rote Hibiskus.

Wenn sie mich ruft, klingt ihre Stimme jung und hell, als wäre sie meine große Schwester.

Ihre Augen strahlen, wie ich es noch bei niemandem gesehen habe. An ihrem Lächeln kann man sich wirklich erwärmen.

Über ihre linke Wange zieht sich eine Narbe, dunkelrot, breit wie ein Streichholz. Sie reicht vom Mundwinkel bis fast ans Ohr. Ich finde meine Mutter trotzdem wunderschön.

Wir sehen uns sehr ähnlich. Wir sehen uns so ähnlich, dass die Leute »Wie aus dem Gesicht geschnitten« rufen, wenn sie uns nebeneinanderstehen sehen.

Das gefällt mir.

Irgendwann kam mein Vater zurück ins Bett gekrochen. Sein Atem ging kurz und schnell. Wie jeden Abend drehte ich mich zu ihm und nahm seine Hand. Auch er wandte sich mir zu, so lagen wir fast Nasenspitze an Nasenspitze. Der kalte Rauch der Cheroot hatte sich in seinen Haaren festgesetzt. Ich spürte seine warme Atemluft auf meiner Haut und hatte das Gefühl, dass sie anders roch als noch am Abend. Säuerlich und streng, fast ein wenig bitter.

»Papa?«, fragte ich, als müsste ich mich vergewissern, dass er es war, der neben mir lag.

Er antwortete nicht.

»Papa?«, wiederholte ich.

»Was ist?«

Hast du mit Mama telefoniert, wollte ich ihn fragen. Warum klang deine Stimme so komisch? Geht es ihr nicht gut? Hat sie nach mir gefragt?

Ich traute mich nicht. Meine Angst vor seinen Antworten war zu groß. Ich wusste, dass es ihr nicht gut ging. Hatte sich ihr Zustand verschlimmert? Erkundigte sie sich nicht nach mir, weil es sie nicht interessierte? Oder, und das war meine größte Angst: Er hatte gar nicht mit ihr telefoniert, sondern mit jemand anderem. Er hatte eine neue Frau. Mit meiner Mama kann niemand mehr sprechen, denn sie ist tot. Vor diesem Satz fürchtete ich mich so, dass ich es nicht wagte, auch nur eine Frage zu stellen.

»Was ist?«, fragte er noch einmal.

»Ich ... ich ... bin nicht mehr müde.«

»Es ist mitten in der Nacht. Schlaf jetzt.«

Er wälzte sich hin und her und konnte so wenig einschlafen wie ich. Irgendwann wurde er ruhiger, und kurz darauf hörte ich ihn leise schnarchen.

Ich wartete noch eine Weile, stand wieder auf und ging ins Wohnzimmer. Mein Vater hatte das Telefon auf dem Tisch liegen lassen. Ohne lange nachzudenken, nahm ich es mir und schaute unter den ein- und ausgegangenen Anrufen nach. Zwei Anrufe kurz vor Mitternacht, einer um 0 Uhr 27, immer dieselbe Nummer, die mir nichts sagte, was natürlich nichts bedeutete, da ich nur Ko Aye Mins Telefonnummer und die meines Onkels auswendig kannte.

Ich zögerte nur kurz und drückte auf »Rückruf«. Es knisterte in der Leitung, dann klingelte es. Mir wurde schwindelig und kalt. Mein Herz pochte, dass ich es in der ganzen Brust spürte und kaum Luft bekam.

Ich hielt das Telefon fest an mein Ohr gedrückt und wartete. Es klang, als würde zwischen jedem Ton mehr und mehr Zeit vergehen.

Als ich gerade wieder auflegen wollte, meldete sich eine müde, dunkle Frauenstimme: »Hallo?«

Ungläubig starrte ich auf das Gerät in meiner Hand. War ich wirklich mit meiner Mutter verbunden?

Ich wollte so gern etwas sagen und wusste nicht, was.

»Wer ist da?« Das klang nicht nach ihr. Mehr wie ein Knurren.

Ich brauchte meinen ganzen Mut. »Bo Bo«, flüsterte ich. »Hier ist Bo Bo.«

Schweigen.

Die Frau am anderen Ende der Leitung atmete schwer. Nach einer endlos langen Pause fragte sie: »Wer?«

»Bo Bo.«

Stille. In meinen Ohren begann es, leise zu rauschen.

»Bo Bo?«

»Ja.« Jetzt hielt ich den Atem an und wagte nicht, mich zu bewegen.

»Ich … ich … weiß nicht.« Sie wurde leiser und fragender, als versuchte sie, sich an etwas zu erinnern.

»Aus Kalaw«, rief ich. »Bo Bo und U Ba.«

Sie legte auf.

Mit beiden Händen umklammerte ich das Telefon. Hatte sie vergessen, wer ich war? Wie die Oma von Daw Hnin Aye, die sich an nichts mehr erinnerte, Wasser ins Feuer goss, den Weg nach Hause nicht mehr fand und ihre Enkel jeden Morgen fragte, wer sie eigentlich seien?

Nein. Es war nicht die Stimme meiner Mutter gewesen.

Es war die Stimme einer alten, kranken Frau.

Die Stimme einer Fremden.

Kurz darauf klingelte es.

Einmal.

Zweimal.

Ich wollte nicht, dass mein Vater wach wurde, und stellte das Telefon leise.

Die Vibration in meiner Hand ging mir durch den ganzen Körper, mit jedem Klingeln wurde sie stärker.

Irgendwann hörte es auf, begann aber gleich wieder von Neuem.

Reglos saß ich auf dem Sofa und wusste nicht, was ich tun sollte. Als es wieder zu vibrieren begann, schlich ich zurück ins Bett.

Es dauerte lange, bis ich einschlief.

Am Nachmittag wartete mein Vater vor der Schule auf mich. Beinahe hätte ich ihn übersehen. Wie jeden Tag nach Schulschluss herrschte vor dem Tor dichtes Gedränge, ein Polizist mit Trillerpfeife regelte den Verkehr. Armeejeeps, die die Kinder der Offiziere abholten, versperrten die Straße, dazwischen schlängelten sich Eltern auf ihren Mopeds durch, Mütter mit Regenschirmen hielten besorgt Ausschau nach ihren kleinen Kindern.

Mein Vater wartete auf der anderen Straßenseite im Schatten eines Bougainvilleabusches, er zwinkerte mir zu, als sich unsere Blicke trafen. Ich bahnte mir einen Weg an den anderen Kindern vorbei und rannte zu ihm.

»Hast du Appetit auf einen frischen Zuckerrohrsaft?« Er wusste, dass das mein Lieblingsgetränk war. »Oder doch lieber ein Eis?«

Wir gingen zur Eisdiele. Es gab zwei Sorten, Grüner Tee und Papaya, die einzigen beiden, die ich nicht mochte.

Mein Vater nahm mich an die Hand, wir liefen zu einer Holzbude in der Nähe des Marktes und hockten uns unter eine Plastikplane. Es sah nach Regen aus.

Der Saft war köstlich, kühl und nicht zu süß, ich trank ihn in kleinen Schlucken, um länger etwas davon zu haben.

Mein Vater zündete sich eine Cheroot an und ließ mich nicht aus den Augen. »Ich habe mit Mama telefoniert«, sagte er plötzlich.

Mein Magen zog sich zusammen, als hätte mir einer der Jungs auf dem Schulhof einen Ellbogen hineingerammt. Es tat so weh, dass ich mich nach vorne beugte und leise aufstöhnte.

Hatte die fremde Frau ihm gesagt, dass jemand sie von seinem Telefon aus angerufen hatte?

Ich wollte nichts von ihr hören. Kein Wort.

»Was ist?«, fragte er besorgt.

»Ich hab ein bisschen Bauchweh«, log ich. »Nicht schlimm.«

»Sie schickt dir ganz liebe Grüße.«

»Wer?«

»Deine Mutter.«

Ich starrte ihn unverhohlen an und versuchte, in seinen Augen zu lesen. Als müsste ich meinen Blick nur lange genug auf ihn richten, um herauszufinden, was in ihm vorgeht. Das war respektlos von mir, aber ich konnte nicht anders. Seine Augen wichen mir nicht aus. Plötzlich flackerten sie ein wenig. Mein Vater zog die Augenbrauen hoch und legte seine Stirn in Falten.

»Was ist mit dir?«, fragte er, und ich hörte die Verwunderung in seiner Stimme. Oder war es Verlegenheit? Unsicherheit, weil er log?

Es donnerte so laut, dass ich zusammenzuckte, gleich darauf begann es zu regnen. Zunächst nur ein paar Tropfen.

»Nichts.«

»Warum schaust du mich so an?«

»Wie … wie schaue ich dich an?«, fragte ich und senkte den Kopf.

»Als wäre ich ein Fremder, vor dem du Angst hast.«

Ich wusste nicht, was ich erwidern sollte.

Er wartete auf eine Antwort. »Bo Bo«, sagte er schließlich, legte eine Hand unter mein Kinn und drückte mein Gesicht sanft nach oben, sodass sich unsere Blicke wieder trafen.

»Bo Bo«, hob er noch einmal an, »ich habe keine gute Nachricht. Mama braucht mich. Ich muss heute Abend noch mit dem Bus zurück nach Rangoon. Es tut mir wirklich sehr leid.«

Ich schüttelte ruckartig den Kopf, er ließ seine Hand sinken.

Es war mir egal, was in ihm vorging. Ob es ihm wirklich leidtat. Ob er die Wahrheit sagte oder log. Ob es ihm schwerfiel. Von all dem wollte ich nichts wissen.

Am liebsten hätte ich laut geschrien.

Mit den Füßen getreten.

Ihn geboxt.

Er war nicht einmal drei Wochen bei mir. Wir wollten zusammen den zweiten Wassertank fertig bauen. Wir wollten weiter zusammen Musik machen. Schnitzen. Kochen. Wir wollten noch wandern und schwimmen gehen.

»Möchtest du noch einen Saft?«, fragte er mit leiser Stimme.

»Nein«, erwiderte ich laut und grob, und es klang ganz anders, als ich mich eigentlich fühlte. Oder vielleicht auch nicht.

»Kann ich nicht mitkommen?« Noch nie hatte ich es gewagt, ihm diese Frage zu stellen.

Er blickte mich überrascht an. »Nein, ausgeschlossen.«

»Bitte.«

»Es geht nicht.«

»Warum nicht?«

»Weil es nicht geht. Dafür ist es noch zu früh.«

»Aber warum …«

»Weil ich es sage«, unterbrach er mich schroff.

»Nur für ein paar Tage.«

»Nein. Punkt. Schluss mit deiner Widerrede. Ich will kein Wort mehr davon hören. Hast du mich verstanden?«

So hatte mein Vater noch nie mit mir gesprochen.

Es goss nun in Strömen, das Wasser schoss in Bächen die Plane hinunter, aber das war mir egal. Ich stand auf und lief die Straße Richtung Bahnhof hinauf. Nach wenigen Schritten waren mein Hemd, der Longy und meine Schultasche klitschnass. Mein rechter Flip-Flop blieb im Schlamm stecken, ich ging einfach weiter.

»Bo Bo, warte«, hörte ich meinen Vater rufen.

Ich ging schneller.

»Bleib stehen.«

Ein Moped kam uns entgegen. Es fuhr direkt neben mir durch eine Pfütze, der Matsch spritzte bis auf mein weißes Hemd.

»Warte auf mich.«

Ich wollte nicht mehr warten. Ich wollte, dass er bei mir blieb.

Die Tränen auf meinen Wangen mischten sich mit Regentropfen. Auch das war mir jetzt egal.

Mein Vater hatte mich fast erreicht, ich begann zu laufen. Ich rannte so schnell ich konnte, zuerst am Bahnhof vorbei, über die Gleise, den Berg hinauf, und spürte weder den Regen noch den Schmerz in meiner Brust oder das Blut an meinen aufgeschürften Füßen.

Als ich endlich zu Hause war, holte ich meine Mundharmonika aus dem Schlafzimmer und legte sie auf den Tisch.

Ein paar Minuten später stand mein Vater triefend und schwer atmend in der Tür. In der Hand hielt er meinen Schuh.

»Die kannst du wieder mitnehmen«, sagte ich und deutete auf sein Geschenk. »Ich will sie nicht mehr.«

12

Die nächsten Tage wohnte ich bei Ko Aye Min.

Am Abend saßen wir in seiner Hütte, und ich erzählte ihm von der Frau am Telefon und der überstürzten Abreise meines Vaters.

Er hörte sich alles in Ruhe an. Hin und wieder runzelte er die Stirn, seufzte oder kaute auf seinen Lippen. Als ich fertig war, dachte er angestrengt nach und sagte lange nichts.

»Er wird seine Gründe gehabt haben«, erklärte er schließlich.

Ich schaute wütend zu ihm hinüber. Das war nicht, was ich hören wollte. Gar nicht. Wenn ich es mir genau überlege, hätte ich aber auch nicht sagen können, was ich eigentlich von ihm hören wollte.

Armer Bo Bo?

Nein, sein Mitleid wollte ich nicht.

Dein Vater ist gemein, einfach abzureisen. Wie kann er dich hier allein zurücklassen?

Auch nicht. Hätte Ko Aye Min über meinen Vater geschimpft, hätte ich ihn verteidigt. In mir herrschte ein schreckliches Durcheinander, und ich hatte keine Ahnung, wer da wieder Ordnung hineinbringen sollte. Ich nicht.

Er wird seine Gründe gehabt haben.

Je länger ich über den Satz nachdachte, desto verzweifelter wurde ich.

Seine Gründe. Bestimmt hatte er seine Gründe. Wenn sie mir doch nur jemand erklären könnte.

Am nächsten Morgen schrieb ich mir eine Entschuldigung für die Schule und gab sie Ko Thu Riya mit, meinem besten Freund in der Klasse. Er würde mich nicht verraten.

Ko Aye Min ging früh aus dem Haus, er musste eine Reisegruppe vom Flughafen in Heho abholen und sie in ihr Hotel am Inle-See bringen. Ich verbrachte Stunden in seinem Büro vor dem Computer, spielte ein paar Partien Schach gegen einen Jungen aus Amerika, die ich alle verlor, stöberte lustlos durch den Bücherschrank, schaute mir auf YouTube einen Zusammenschnitt der schönsten Tore von Cristiano Ronaldo an. Als mir das zu langweilig wurde, suchte ich nach Filmen über meine Lieblingstiere, Pinguine und Papageien. Doch auch an ihnen verlor ich schnell das Interesse.

Ich hockte mich unter den Baldachin vor die Tür und wartete und wusste nicht, worauf. Als es zu nieseln begann, schaute ich dem Regen beim Regnen zu.

Ko Aye Min kehrte am Nachmittag zurück und gab mir ein kleines, in altes Zeitungspapier eingeschlagenes Päckchen. »Ich habe dir ein Geschenk mitgebracht.«

Ich fühlte sofort, was es war, und mochte es gar nicht auswickeln.

»Willst du es nicht auspacken?« Die aufkommende Enttäuschung in seiner Stimme.

»Doch.« Ich riss das Papier entzwei, im Licht glänzte eine ganz neue Mundharmonika.

Ich schluckte. Es war so lieb gemeint, und das machte alles nur noch schlimmer.

»Danke.« Ihm zuliebe nahm ich sie in den Mund und blies hinein.

Sie tönte nach meinem Vater.

Sie tönte schrecklich.

»Klingt doch gut«, sagte er und freute sich. »Kannst du ein Lied für mich spielen?«

»Noch nicht, aber bald«, schwindelte ich und schämte mich für meine Undankbarkeit.

Am Abend lud er mich zusammen mit seiner neuen Freundin Ma Ei ins »Rote Haus« zum Essen ein. Es gab Pizza und Nudeln und einen jasminweißen Käse, der sich Mozzarella oder so ähnlich nannte und mit rohen Tomaten und Olivenöl serviert wurde. Das fand ich sonderbar, von Olivenöl wusste ich nur, dass es sich manche Mädchen in die Haare schmierten, damit sie schöner glänzten. Ich bestellte immer Spaghetti mit scharfer Tomatensoße und hoffte, dass sie nicht mit Olivenöl zubereitet wurden.

Ma Ei hatte ich schon einmal in Ko Aye Mins Büro getroffen. Sie war klein, kaum größer als ich, und hatte mich gebeten, ihr Schachspielen beizubringen, Ko Aye Min sei ein furchtbar strenger Lehrer. Sie kam aus Kalaw und arbeitete mit ihrer jüngeren Schwester auf dem Markt im Restaurant ihrer Mutter.

Ihre Haare waren so lang, dass sie ihr bis zur Hüfte reichten. Am auffallendsten waren ihre Augen. So rund und nicht braun, sondern graublau.

Ma Ei freute sich, uns zu sehen. In den ersten Minuten war sie etwas aufgeregt, das legte sich jedoch schnell. Sie fragte nach meinen Lieblingsfächern in der Schule, nach meinem Onkel und wie es war, nur mit ihm, den Hühnern und einem Schwein zusammenzuleben. Sie hörte mir aufmerksam zu, und als ich ihr sagte, dass sie sehr schöne Augen habe, musste sie lachen und strich mir kurz über die Hand.

So hatte das noch nie jemand getan.

»Du bist süß.«

Und das hatte noch nie jemand zu mir gesagt.

Sie mochte Ko Aye Min wirklich gern, das war nicht zu übersehen. In ihrem Blick lag ein warmer Glanz, Freude, auch Bewunderung. Aber in ihren Augen versteckte sich noch etwas anderes. Es war mir nicht gleich aufgefallen, weil ich mich von ihrem Lächeln und ihren

Fragen hatte ablenken lassen. Je länger wir sprachen, je mehr Zeit wir zu dritt an dem Tisch verbrachten, desto deutlicher begann ich, es zu sehen.

Als würde sich in ihren Augen ganz langsam ein Nebel lichten. Ich musste mich nur gedulden.

Manche Menschen, dachte ich, waren so: Sie konnten lachen, ich meine, so richtig lachen, mit dem Mund, den Wangen, dem ganzen Gesicht, die Augen konnten dabei strahlen, und trotzdem lag in ihnen eine tiefe Schwermut.

Nachdem ich das bei Ma Ei erst einmal entdeckt hatte, war es nicht mehr zu übersehen und verschwand den ganzen Abend über nicht.

Kurz bevor wir aufbrachen, Ko Aye Min war zum Tresen gegangen, um etwas zu fragen und zu zahlen, trafen sich unsere Blicke noch einmal. Ich sah, dass sie in diesem Moment verstand, dass ich etwas von ihrem Geheimnis entdeckt hatte.

Sie sagte nichts.

Stattdessen strich sie mir zum zweiten Mal an diesem Abend kurz über die Hand.

Am nächsten Tag stand plötzlich U Ba in der Tür. Ich glaube, ich habe mich noch nie so gefreut, meinen Onkel zu sehen.

»Hier steckst du. In der Schule konnte mir niemand sagen, wo du bist. Die Lehrerin war sehr erstaunt. Sie meinte, ich hätte doch eine Entschuldigung für dich geschrieben …«

Für einen Moment erschrak ich und fürchtete, er wäre wütend mit mir. »Es tut mir leid … mir war …«, stotterte ich verlegen.

»Ich brauchte meine ganze Fantasie, um ihr glaubhaft zu erklären, dass ich trotzdem nicht wusste, wo du bist …«

Ein Lächeln flog über sein Gesicht, und ich wusste, dass er mir nicht böse war. Ich lief zu ihm, und er nahm mich in den Arm.

»Bist du schon lange da?«, fragte ich.

»Nein. Seit heute Morgen. Ich habe den Bus genommen und erst mal ausgeschlafen.«

Ich drückte ihn lange und fest.

»Kommst du mit nach Hause?«

»Natürlich. Ich habe nur auf dich gewartet. Das Haus war so groß ohne Papa oder dich ...«

Ich schloss Ko Aye Mins Büro ab und legte den Schlüssel unter die Fußmatte. Wir schlenderten die Straße hinunter, U Ba hakte sich bei mir unter. Auf dem Markt kauften wir einen Strauß Blumen für den Altar, weiches Brot und Nescafé für meinen Onkel zum Frühstück und Eier, Reis, Zwiebeln und Gemüse für das Abendessen.

13

Mein Onkel hatte sich verändert während seiner Abwesenheit. Die Reise nach Rangoon hatte ihn erschöpft. Selbst wenn ich ihm die Füße massierte, bereitete ihm das weniger Freude als sonst. Das konnte ich deutlich spüren, auch wenn er behauptete, ich würde mich irren.

Er sah aus, als wäre er kleiner und noch dünner geworden. Er ging langsamer und gebückter, es machte den Anschein, als bereite ihm jeder Schritt Mühe. Wäre ich so groß und stark wie mein Vater, dachte ich, würde ich meinen Onkel auf meinem Rücken über den Hof und durch Kalaw tragen. Wir würden zusammen auf den Markt einkaufen gehen und anschließend in seinem Lieblingsteehaus Shan-Nudeln essen und einen extra starken Tee trinken. Und wenn er wollte, würde ich ihn noch die zweihundert Stufen zum Kloster hochschleppen, damit er die Aussicht über die Stadt genießen könnte. Aber bis ich so kräftig bin, werden noch drei oder vier Jahre vergehen.

Am Morgen fiel es ihm immer schwerer, aus dem Bett zu kommen. Er stand nicht einmal auf, um mir beim Frühstück Gesellschaft zu leisten. Wenn ich am Nachmittag aus der Schule zurückkehrte, hatte ich den Eindruck, dass er erst vor Kurzem aufgewacht war. Nachts hingegen schien er lange wach zu bleiben. Wenn ich in der Früh in die Küche kam, glühte die Asche in der Feuerstelle, und der Tee war noch lauwarm. Warum ging er so spät ins Bett? Was machte er in den vielen Stunden allein? Ich stellte es mir schrecklich vor, nachts auf dem Sofa zu sitzen, während alle schliefen. Ohne einen Ton von den Nachbarn. Ohne das Gezwitscher von Vögeln. Ohne das Gackern der Hühner.

Er hatte gesagt, dass seine Seele langsamer reise als die Überlandbusse und Züge, und ich vermutete, dass sie noch auf dem Weg war zu uns. Vielleicht verspätete sie sich, weil sie irgendwo aufgehalten worden war. Bestimmt würde er wieder gesprächiger sein, sobald er im Ganzen bei mir war. Als sich sein Zustand nicht besserte, machte ich mir doch wieder Sorgen um ihn, auch wenn er das nicht wollte. Ich konnte nicht anders.

Die ganze Zeit hoffte ich, er würde etwas von seiner Reise erzählen – gleichzeitig fürchtete ich mich davor. Zu fragen traute ich mich erst recht nicht. Meine Angst vor den Antworten war seit dem Gespräch mit der Frau am Telefon und der hastigen Abreise meines Vaters nur noch größer geworden.

Ein paar Wochen nach seiner Rückkehr weckte mich in der Nacht ein seltsames Geräusch. Für das Ticken einer Uhr war es zu laut und zu unregelmäßig, für Hammerschläge zu schwach und zu leise. Trotzdem klang es, als würde jemand auf etwas einschlagen. Es war zu nah, als dass es von einem der Nachbarn kommen konnte.

Das Bett neben mir war leer. Im Wohnzimmer brannte Licht. Ich stand auf, schlich zum Vorhang und spähte durch einen Spalt.

Mein Onkel saß an seinem Schreibtisch, vor sich eine Kanne Tee und die alte Reiseschreibmaschine, die er sich im vergangenen Jahr auf dem Markt gekauft hatte. In Benutzung hatte ich sie noch nie gesehen. Daneben lag ein großer Stapel Papier, ein Blatt war in die Maschine gespannt. Ringsherum brannte ein halbes Dutzend Kerzen. Es war kurz nach vier Uhr.

U Ba tippte mit zwei Fingern. Zwischendurch beugte er sich vor, hielt das Papier gerade und las das Geschriebene. Dann runzelte er die Stirn und sah sehr unzufrieden aus.

Hin und wieder riss er ein Blatt heraus und legte es auf einen flachen Stapel auf der anderen Seite. Oder er begann, mit einem Stift darauf zu schreiben. Die meisten knüllte er zusammen und schmiss sie in den Papierkorb neben ihm. Darin lag ein ganzer Haufen solcher Kugeln.

Der Anblick meines Onkels gefiel mir nicht. Er sah gequält aus. Gedankenverloren. Abwesend. Allein. Hin und wieder stöhnte er laut, schüttelte ärgerlich den Kopf oder vergrub das Gesicht in seinen Händen.

Am nächsten Abend blieb ich wach. U Ba schaute mehrmals nach mir, und als er glaubte, ich schliefe, hörte ich ihn aus der Truhe die Maschine und das Papier holen.

Nach ein paar Tagen hielt ich meine Neugierde nicht länger aus. Ich erwachte am frühen Morgen, stand auf, zündete Feuer an und setzte Wasser auf. Ich fegte den Altar sauber, schmiss die welken Blumen weg, schnitt neue an und steckte sie in die Vasen. Statt einer füllte ich gleich zwei Schüsselchen mit Reis und legte eine extra große Banane vor den Buddha. Und zwei von meinen Lieblingsbonbons. Heute benötigte ich seine Nachsicht.

Mit einem Blick ins Schlafzimmer vergewisserte ich mich, dass mein Onkel schlief, schlich zur Kommode und hob den Deckel.

In der Truhe lagen die schwarze Maschine, eine Packung Papier und ein kleiner Stapel beschriebener Blätter. Ich zögerte. Wenn mein Onkel wollte, dass ich wusste, was er in den Nächten machte, hätte er mir davon erzählt. Wenn er wollte, dass ich wusste, was auf den Blättern stand, hätte er sie mir gezeigt.

Am Ende siegte meine Neugier.

Ich nahm den Haufen aus der Truhe, schloss vorsichtig den Deckel und hockte mich auf den Boden davor.

Mein Herz schlug, als wäre ich gerade den Weg vom Markt den Hügel hinauf zu unserem Haus gerannt. Wild und gefährlich. Ich wollte nichts lieber, als in diesen Notizen lesen, und hatte schon jetzt ein schlechtes Gewissen. Ich wollte keine so großen Geheimnisse vor U Ba haben.

Um besser sehen zu können, zündete ich eine Kerze an, ganz langsam zog ich das Deckblatt nach unten, auf der folgenden Seite fand sich nur eine Zeile:

Für meinen geliebten Bo Bo, den tapferen!

Wenn das Geschriebene mir gewidmet war, dachte ich, konnte es ja nicht so schlimm sein, wenn ich es heimlich las.

I
Sie zwangen sich zu einer Tapferkeit, der ihre Herzen gar nicht gewachsen waren.
Als sie es bemerkten, war es zu spät.

Ich wusste nach den zwei Sätzen, dass dies die Geschichte meiner Eltern war.

Und damit auch meine Geschichte.

Unsere.

Trotzdem hatte ich Angst, weiterzulesen. Oder deshalb.

Wollte ich wissen, was geschieht, wenn sich zwei Herzen zu einer Tapferkeit zwingen, der sie gar nicht gewachsen sind? Wohin das führt?

Ich ließ die Blätter sinken und schaute lange in das Licht der Kerze. Als könnte ihr flackernder Schein mir eine Antwort geben.

Ich hatte das Gefühl, ganz allein auf der Welt zu sein. U Ba schlief im Nebenzimmer und war doch unerreichbar weit weg.

An meine Eltern mochte ich gar nicht denken.

Sie hatte keinen Plan. Aber einen Traum.
Er hatte weder das eine noch das andere. Er hatte Angst.
Und die ist der natürliche Feind der Liebe.
Wer wirklich liebt, hat keine Angst, wer Angst hat, kann nicht lieben.

Nur klammern.
Sie waren beide Gefangene, jeder in seiner Welt, und glaubten, den anderen nur genug lieben zu müssen, um sich gegenseitig befreien zu können.
Die Liebe vermag viele Wunder zu vollbringen, aber diese Hoffnung, die so alt ist wie die Liebe selbst, konnte sie nicht erfüllen.
Ihre Geschichten hätten unterschiedlicher nicht sein können.

Von all dem hatte Julia nur eine ~~zaghafte~~ leise Ahnung, als sie mit ihrem Rucksack auf dem Rücken aus dem Terminal des Flughafens in Heho trat.
Im Schatten einer Akazie wartete ein Taxi auf sie. Am Kofferraum lehnte ihr Bruder, in der Hand einen Kranz aus Jasminblüten. Er begrüßte sie mit einem ~~wissenden~~ Lächeln.
Ohne viele Worte zu wechseln, schauten sie dem Flugzeug beim Start zu. Nach einem kurzen Anlauf erhob es sich in die Luft, gewann ~~schnell~~ an Höhe, flog einen Halbkreis und nahm Kurs Richtung Mandalay. Bald darauf war es nur noch als ein kleiner weißer Punkt an einem tiefblauen, wolkenlosen Himmel zu erkennen.
Julia schloss die Augen. In ihr wuchs mehr als ein Versprechen.
In ihr wuchs Leben, streichholzgroß.
Eine zweite Chance. Wer bekam die schon?
Ein Geschenk.
Ein Teil von ihr und würde es ~~immer~~ bleiben.
Diesmal würde sie achtgeben. Um nichts in der Welt würde sie es sich wieder nehmen lassen.
~~Niemand würde sie je wieder trennen können.~~

Ich war zu verwirrt, um weiterzulesen. War ich es gewesen, der in ihr wuchs? Niemand sollte uns je wieder trennen können, weshalb hatte er den letzten Satz durchgestrichen? Bestimmt, weil ich schon so lange bei meinem Onkel lebte und sie in Rangoon.

Sie hatte es sich wieder nehmen lassen.

Sie hatte nicht achtgegeben.

Aber wer hat uns getrennt? Und warum?

Aus den Augenwinkeln sah ich zwei alte, nackte Füße auf den Holzdielen und blickte hoch: U Ba stand direkt vor mir, ich hatte ihn nicht kommen hören.

»Was machst du da?«, fragte er mit einer Stimme, die mich mitten ins Herz traf. »Bo Bo, mein Bo Bo! Das … das darfst du nicht …«

Zweiter Teil

1

Sieben Tage sprachen U Ba und ich kein Wort miteinander.

Sieben Tage, in denen unser Schweigen bis in die hintersten Winkel des Hauses kroch.

In denen Zorn und Enttäuschung wie Gift in unsere Herzen tröpfelten.

Mein Onkel fühlte sich von mir hintergangen. Betrogen. Getäuscht. Niemals hätte er für möglich gehalten, dass ich heimlich in seinen Sachen schnüffeln würde! Niemals hätte ich ohne seine Erlaubnis diese Seiten lesen dürfen! Dafür war ich noch zu jung und zu unerfahren.

Seine Enttäuschung wog schwer. Ich hatte das Gefühl, die Hühner hörten auf zu gackern. Selbst das Schwein verkniff sich sein Grunzen.

Er war mir zum ersten Mal so fremd, dass es wehtat.

Ich fand, er hatte überhaupt keinen Grund, böse mit mir zu sein. Ich hatte nichts verbrochen. Ich hatte nicht geklaut, niemanden geschlagen, niemanden betrogen. Ich wollte doch nur wissen, welcher Tapferkeit die Herzen meiner Eltern nicht gewachsen gewesen waren.

Ich wollte wissen, warum ich bei meinem Onkel in Kalaw lebte und nicht bei ihnen.

Warum mein Vater mich nur einmal im Jahr besuchen kam.

Warum ich die Stimme der Frau, die ihn anrief, nicht erkannte.

Es war *meine* Geschichte.

U Ba war nicht bereit, auch nur einen weiteren Satz preiszugeben, und deshalb beschloss ich zu schweigen.

Nicht für ihn zu kochen.

Ihm nicht die Füße zu massieren.

Ich tat, als wäre er nicht da.

Und wie immer, wenn er nicht da war, wurde unser Haus plötzlich größer.

Und die Nächte kälter.

Die Stille stiller.

Die Leere leerer.

Am dritten Tag sprach mein Onkel mich einige Male an, und als ich nicht reagierte, ließ er mich in Ruhe.

Am vierten Tag tat er so, als wäre ich nicht da.

Am fünften Tag erklärte er sich bereit, mir in einigen Monaten mehr zu erzählen.

Am sechsten Tag hörte ich auf zu essen, weigerte mich, aufzustehen und zur Schule zu gehen.

Am siebten Tag hatte U Ba ein Einsehen.

Er kam am Vormittag in unser Schlafzimmer und setzte sich zu mir auf die Bettkante. Räusperte sich. Zog an seinen Fingern, bis sie knackten.

Ich drehte mich auf die andere Seite.

»Bo Bo, ich habe noch einmal gründlich über alles nachgedacht.«

Ich horchte auf und wartete.

»Du sollst erfahren, was passiert ist.«

Ich drehte mich wieder zu ihm.

»Es ist *deine* Geschichte.«

Ich griff nach seiner Hand. Sie war kalt. Meine Erleichterung wärmte sie schnell.

»Wann?«, fragte ich vorsichtig.

»Heute. Morgen. Übermorgen. Es ist keine Geschichte, die du an einem Tag hören kannst. In den vergangenen Wochen habe ich versucht, sie für dich aufzuschreiben, damit du sie lesen kannst, wenn du älter bist. Ich wollte, dass du erfährst, was geschehen ist, auch wenn ich nicht mehr da sein sollte, um es dir zu erzählen. Du hast gesehen, ich bin über die ersten Seiten nicht hinausgekommen.« Er hielt einen Moment inne. »Sie ist lang, und sie ist kompliziert. Es geht um die wichtigste aller Fragen.«

»Welche?«, flüsterte ich.

Er räusperte sich wieder. »Kurz bevor mein Vater, dein Großvater, starb, hat er gesagt, dass es nur eine Kraft gibt, an die er wirklich glaubt.«

»Welche?«

»Die Liebe.« U Ba machte eine lange Pause, bevor er fortfuhr: »Es geht um die Frage, ob er sich täuschte. Ob es in unserem Leben doch eine Kraft gibt, die stärker ist.«

Mein Onkel saß auf dem Sofa, neben sich einen Umschlag, aus dem er einige lose, handbeschriebene Blätter holte.

»Was ist das?«, wunderte ich mich.

»Ein paar Tagebuchnotizen deiner Mutter und ein Brief deines Vaters an sie. Beides hat sie mir vor langer Zeit zur Aufbewahrung gegeben. Ich möchte sie dir gleich vorlesen.«

Ich streckte mich auf dem Sofa aus und legte meinen Kopf auf seinen Schoß. So hatten wir früher viele Nachmittage und Abende verbracht. Er hatte mir vorgelesen oder Märchen erzählt, ich hatte Sonnenblumenkerne geknabbert und ihm zugehört.

Er atmete noch einmal tief ein und aus, hüstelte. In seinem Bauch hörte ich es glucksen und rumoren. Er trank einen Schluck Tee und begann, zu erzählen.

2

Wann beginnt die Liebe?

In jenem flüchtigen Augenblick, in dem sich zwei Menschen zum ersten Mal begegnen? Wenn sie die ersten neugierigen Blicke wechseln, ein vorsichtiges Lächeln tauschen?

Oder erst sehr viel später, wenn die Wünsche und Bedürfnisse des anderen wichtiger geworden sind als die eigenen.

Wenn sich das Ich nicht mehr behaupten muss.

Wenn die Angst ihre Macht verliert und sich in Courage verwandelt.

Im Fall von Julia begann sie früher.

In ihrem Fall nahm die Liebe ihren Anfang, als sie vom Leben des kleinen Thar Thar hörte.

Als sie verstand, was es bedeutete, ein ungeliebtes Kind zu sein.

Als etwas von seiner Einsamkeit ihre Seele berührte, wie sie noch nicht berührt worden war.

Thar Thar war kein Fremder, als Julia ihn zum ersten Mal sah. Er war ihr vertraut wie ein Seelenverwandter und voller Geheimnisse zugleich.

Und wann beginnt das Ende einer Liebe? Bei der ersten kleinen Lüge, die den Keim des Misstrauens sät, mag sie noch so unbedeutend gewesen sein? Beim ersten großen Streit? Beim zweiten?

Wenn das Ich zurückkehrt, mit all seinen Ansprüchen?

Wenn der Mut immer kleiner wird und die Angst so schnell wächst wie eine Schlingpflanze in der Regenzeit?

Oder erst, wenn die eigenen Wünsche und Bedürfnisse wieder wichtiger geworden sind als die des anderen?

Aber das waren Fragen, die die beiden erst sehr viel später beschäftigen sollten.

Julia war ein früher Gast im Teehaus, Kalaw noch kaum erwacht. Die ersten Mönche und Novizen zogen in langen Schlangen von Haus zu Haus und baten um Almosen. Nur langsam lichteten sich die Nebelschwaden, die über den Wiesen und zwischen den Hügeln lagen. Weiße Rauchsäulen stiegen senkrecht in einen tiefblauen, wolkenlosen Himmel, überall roch es nach Feuer und frischem Essen.

Es war kalt. Sie hatte die Wollmütze über die Ohren und tief ins Gesicht gezogen, vor sich eine Schale warmer Shan-Nudeln, eine Tasse burmesischen Tee und ihr aufgeschlagenes Tagebuch.

Der letzte Eintrag, unter der Datumszeile 2. Januar 2007, bestand aus zwei Wörtern:

THAR THAR!?

Für ihn war sie aus einem zum Abflug bereitstehenden Flugzeug gestiegen.

Um bei einem Mann zu bleiben, den sie kaum kannte. Mit dem sie nicht mehr als ein paar Tage verbracht hatte.

Und zwei Nächte.

Halbe Nächte.

Von dem sie nicht einmal wusste, ob er wollte, dass sie blieb.

Und trotzdem.

Ausgerechnet sie, die Überraschungen so verabscheute. Die nichts gern dem Zufall überließ. Die Unerwartetes nur schwer ertrug. Sie war sich selbst zur größten Überraschung geworden.

Zwischen ihrem tatsächlichen Leben in New York und einem zukünftigen in Kalaw oder Hsipaw lagen zwei Meere, drei Kontinente, über zwölftausend Kilometer.

Und das war nur die in Zahlen messbare Distanz.

War es möglich, von einem Tag auf den anderen das eine Ich gegen ein anderes zu tauschen?

Sie war achtunddreißig Jahre alt. Unverheiratet. Ungebunden, wie man sagt. Aber was heißt das schon. Als wenn es auf der Welt Menschen gäbe, die an nichts und niemanden gebunden sind.

Noch keine vierzig. Ein gutes, ein schlechtes Alter, dachte sie. Jung genug, um etwas zu ändern in ihrem Leben. Zu alt, um noch einmal ganz von vorn zu beginnen. Metamorphosen waren Tieren vorbehalten. Wir waren keine Schlangen, die ihre alte Haut abstreifen konnten. Keine Raupen, die sich in Schmetterlinge verwandelten.

Wenn es so einfach wäre.

Julia überlegte, wie ihre Zukunft hier aussehen könnte. Was hatte sie anzubieten? Von Beruf war sie Rechtsanwältin. Spezialgebiet Wirtschaftsrecht, internationales Copyright, Schutz von geistigem Eigentum. Abschluss Summa cum laude an der Columbia-Universität in New York City. Angehende Partnerin in einer führenden Kanzlei an der Wall Street. Ihre Mandanten schätzten ihre Effizienz und Zielstrebigkeit, ihren Fleiß und ihre Disziplin. Sie war ehrgeizig. Entscheidungsfreudig. Durchsetzungsstark. Gewissenhaft. Stellte hohe Ansprüche an sich. Und andere. Ihr Lebenslauf, ihre Referenzen würden jeden beeindrucken. In New York. In Burma weniger.

Der Mann, den sie liebte, kannte das Wort Copyright nicht einmal. Eigentum, egal in welcher Form, hatte in seinem Leben noch nie eine Rolle gespielt.

In seinem Land gab es zwar, so viel hatte sie verstanden, jede Menge Gesetze, Recht wurde trotzdem nicht gesprochen. Deshalb brauchte es auch keine Anwälte.

Als Ärztin wäre sie in Burma von weitaus größerem Nutzen. Als Ingenieurin. Lehrerin.

Sie besaß Aktien und Wertpapiere und, würde sie ihre Wohnung in New York verkaufen, ein größeres Vermögen, zumindest für burmesische Verhältnisse. Ob das Geld hier ihr etwas nützen würde, wusste sie nicht.

Wenn sie ehrlich war, hatte sie nicht die geringste Idee, was sie machen könnte.

Julia nippte an ihrem Tee und blätterte in den Tagebuchnotizen der vergangenen Wochen.

Übelkeit und gelegentliches Erbrechen am Morgen. Die üblichen Symptome meines nervösen Magens, die ich aus New York so gut kenne.

***

Schlecht geschlafen. Wach gelegen bis zum Morgengrauen. Die Angst, ich könnte wieder Stimmen hören.

***

U Ba bringt mir Burmesisch bei. Jeden Tag eine Stunde. Es gibt kein Wort für Selbstverwirklichung, sagt er. Und keines für Selbstzweifel. Sie müssen es umschreiben.

***

Streit mit meinem Bruder. Zum ersten Mal. Ich habe seine Hütte sauber gemacht und aufgeräumt, während er auf dem Markt war. Die Unordnung und der Staub waren einfach nicht mehr zu ertragen.
Ich wollte ihm nur einen Gefallen tun. Er fand, ich hätte ihn vorher fragen sollen, und sprach den Rest des Tages nur noch wenig mit mir.

***

Die Angst, dass Thar Thar sich nicht freut, mich wiederzusehen; dass er gar nicht möchte, dass ich bei ihm und den Kindern im Kloster bleibe.
Was dann?

***

Thar Thar einen langen Brief geschrieben und ihn gebeten, so schnell wie möglich nach Kalaw zu kommen. Wir müssen reden.

***

Ich wandere fast jeden Tag, bin viel allein und finde trotzdem keine Ruhe. Das sei kein Wunder, sagt U Ba. »In der Liebe geht es immer um alles.«

* * *

Von New York geträumt. Ich ritt auf einem Elefanten durch den Central Park und die Fifth Avenue hinunter. Vor mir saß ein junger Inder, der das Tier führte. Autos hupten, manche Passanten blieben stehen und staunten, die meisten beachteten uns nicht. An der Kreuzung 57th Street hielt neben uns ein Taxi, darin saßen meine Mutter und meine Freundin Amy. Sie sahen mich und den Inder, schüttelten ihre Köpfe und fuhren weiter. Ich wollte absteigen und merkte, dass ich ohne Hilfe gar nicht von dem Rücken des großen Tieres herunterkam. Ich bat den jungen Mann, anzuhalten, er ignorierte mich. Ich begann, um Hilfe zu rufen, aber niemand hörte mich. Je lauter ich rief, umso schneller lief der Elefant. Irgendwann weckte mich U Ba. Ich hätte im Schlaf geschrien.

* * *

Brief an Thar Thar verbrannt. Die Angst vor seiner Antwort ist zu groß.

* * *

Ich schlafe in der Nacht zu wenig und bin am Tag entsprechend müde, empfindlich, schlecht gelaunt. Rastlos. Ruhelos.

* * *

Von U Ba zurück ins Kalaw Hotel gezogen. Ich hoffe, mir geht es dort besser. Das Bedürfnis nach einem richtigen Bett statt einer Pritsche, nach fließendem Wasser, einer warmen Dusche am Morgen, einer Toilette mit Spülung im Badezimmer statt einer Latrine im Hof.

Mein Bruder sagt, er sei mir nicht böse. Er glaubt aber nicht, dass es mir im Hotel besser gehen wird.

* * *

Leben in einer Blase. Es gibt praktisch keine Fernseher oder Radios, keine Zeitungen, keine Mobiltelefone, kein Internet in Kalaw.
Was im Rest der Welt geschieht, spielt keine Rolle. Ein Ort ohne Ablenkung, mit seiner eigenen Zeitzone, mit seinem eigenen Rhythmus.
Aber ist es meiner? Und wenn nicht: Kann es jemals meiner werden?

* * *

U Ba lässt mich in Ruhe. Er ist mit dem Restaurieren seiner alten Bücher beschäftigt und stellt, wie es seine Art ist, weder viele Fragen noch Ansprüche an mich. Das macht es nicht einfacher.
Ich bin den Umgang mit fordernden Menschen gewohnt.

* * *

Wie lange soll ich in Kalaw bleiben? Ich muss zu Thar Thar nach Hsipaw fahren. Aber wann? Soll ich mich vorher ankündigen, mich erklären oder ihn lieber überraschen? Ich weiß es einfach nicht.
Habe U Ba nach seiner Meinung gefragt. Sein Rat: Ich soll mir Zeit lassen. Nicht alles im Leben lasse sich beschleunigen. Die Liebe habe ihr eigenes Tempo und ihren eigenen Takt, und so sei es auch mit wichtigen Entscheidungen. Nicht jeder Entschluss sei das Ergebnis einer gründlichen Analyse von Zahlen und Fakten, des Abwägens, des akribischen Verrechnens der sogenannten Vor- und Nachteile. »Antworten kommen manch-

mal von allein zu uns«, sagte er. »Unsere Aufgabe ist es, dafür zu sorgen, dass sie uns finden.«
Wie sorge ich dafür?
Woher weiß ich, dass es die richtige ist?

***

Schlafe im Hotel noch schlechter. Die Übelkeit nimmt zu und die innere Unruhe auch. Mein Herz rast. Manchmal bekomme ich keine Luft und habe das Gefühl, gleich zu platzen.

***

Wohin gehöre ich? Wohin will ich gehören?
Wo ist mein Platz?

***

Denke oft an Papa. Wie hin- und hergerissen er sich in New York sein Leben lang gefühlt haben muss.
Wenn er doch noch hier wäre. Wenigstens für einen Tag.
Vielleicht könnte er jetzt mein Herz schlagen hören.
Vielleicht könnte er mir sagen, was ich tun soll.

Julia klappte ihr Tagebuch zu. Ihr war kalt geworden. Noch immer lagen vereinzelte Nebelschwaden im Tal. Sie bezahlte und machte sich auf den Weg, ging die Hauptstraße entlang Richtung Markt, ohne genau zu wissen, wohin sie wollte.

3

Der alte Mann saß zurückgelehnt in einem Liegestuhl aus Bambus, die Beine auf einen Schemel gelegt, und beobachtete die Straße. Hinter ihm ein schönes Haus, dessen Dach noch mit Holzschindeln gedeckt war. Auf der Veranda im ersten Stock hingen Longys und Hemden zum Trocknen, im Erdgeschoss lag ein kleiner Laden.

Julia hatte ihn in den vergangenen Tagen schon häufiger auf ihrem Weg vom Hotel in die Stadt bemerkt. Er war von schmächtiger Statur, trug den immer gleichen grün-weiß gemusterten Wickelrock und eine rosafarbene, viel zu große Strickjacke. Er hatte eine auffallend lange Nase und einen schmalen Kopf, auf dem ein ausgewaschenes Baseballcap saß. Seine nackten, dünnen Füße waren rot vor Kälte.

Er grüßte sie mit einem Nicken, sie grüßte zurück.

»Mingalabar«, rief er in einem Ton, als würden sie sich gut kennen.

»Mingalabar.«

»Woher kommen Sie?«

Julia blieb stehen. »Aus New York«, antwortete sie. »Amerika.«

»Ich weiß, wo New York liegt«, erwiderte er auf Englisch mit einem starken britischen Akzent. Er musterte sie mit kleinen, neugierigen Augen, die unter buschigen weißen Brauen versteckt lagen. »Ich dachte, Sie sind Burmesin und leben in Rangoon.«

»Wie kommen Sie darauf?«, fragte sie.

»Sie machen so schnelle, große Schritte. Wie die Menschen dort.« Er grinste kurz und neigte den Kopf zur Seite. »Sie gehen nicht, Sie hetzen.«

Julia lachte. »Ich lebe in Manhattan. Da laufen die Menschen so. Sie sind immer in Eile.«

»Warum?«

»Wahrscheinlich, weil sie so viel zu tun und so wenig Zeit haben.«

»Bei mir ist es umgekehrt«, erwiderte er lächelnd und zeigte seine von Betelnüssen rot gefärbten Zähne. »In Manhattan? Hm. Sie sehen burmesisch aus.«

»Ich bin Halbburmesin, wenn man es genau nimmt. Mein Vater kommt aus Kalaw. Er hieß Tin Win, vielleicht haben Sie von ihm gehört?«

»Nein. Ich bin aus Loikaw und besuche hier nur meine Schwester.« Er deutete auf eine ältere Frau, die hinter einem gläsernen Tresen voller Longys und Stoffballen auf Kunden wartete und ihrem Bruder verblüffend ähnlich sah. Sie grüßte mit einem freundlichen Augenzwinkern.

»Wollen Sie wissen, was Ihnen die Zukunft bringt?«, fragte der Mann. »Wenn Sie es mir gestatten, könnte ich die Sterne für Sie deuten.«

»Nein danke«, sagte Julia.

»Warum nicht?«

»Ich glaube weder an Astrologie noch an Wahrsager.«

Die Frau sagte etwas zu ihrem Bruder, und beide lachten.

»Meine Schwester meint, dann seien Sie wohl eher zu drei Vierteln Amerikanerin.«

»Vier Fünfteln, vermutlich.«

»Aber«, hob der alte Mann an, »ich bin kein Wahrsager. Ich bin Wissenschaftler.«

Julia runzelte die Stirn, unsicher, ob er ernst meinte, was er da sagte. Als sie nichts erwiderte, fügte er hinzu: »Sie glauben nicht, dass die Sterne Einfluss auf unser Leben haben?«

»Nein.«

»Der Mond bringt Menschen um ihren Schlaf. Er bewegt ganze Meere, jeden Tag ...«

»Das ist etwas anderes.«

»Meinen Sie?« Er nahm die Baseballmütze ab und kratzte sich am kahlen Kopf. »Sie könnten meine Kunst ausprobieren und später sehen, ob ich recht hatte.«

Julia zögerte. Sie mochte den hellen, ungewöhnlichen Singsang, mit dem der Mann zu ihr sprach. Seinen wachen Blick, sein einladendes Lächeln. »Einverstanden. Aber ich möchte keine schlechten Nachrichten hören«, erklärte sie mit gespielter Strenge.

»Weshalb nicht?« Aus seiner Stimme klangen Verwunderung und eine Spur Enttäuschung.

Sie verstand seine Frage nicht. »Wer will das schon?«

Der Alte hob nachdenklich beide Augenbrauen. »Aber die gehören dazu.«

»Zu Ihren Vorhersagen?«

»Zum Leben. Ich wünsche Ihnen selbstverständlich nur das Beste, aber ich kann Ihnen natürlich nicht ausschließlich gute Nachrichten garantieren«, erklärte er. »Die Menschen kommen nicht zu mir, weil ich ihnen das große Glück verspreche. Ganz im Gegenteil: Sie kommen, weil sie erfahren möchten, ob ihnen Unheil droht.«

»Was nützt es ihnen, wenn sie das vorher wissen?«

»Ich kann ihnen raten, etwas zu tun oder zu lassen. Ich schlage ihnen bestimmte Opfer vor, die sie bringen könnten, um ein Unglück abzuwenden. Ich kann sie warnen.«

»Wovor?«

»Einer Reise zum Beispiel.«

Julia beschlich ein ungutes Gefühl, das Gespräch bekam eine Ernsthaftigkeit, die ihr nicht behagte. Sie war kein abergläubischer Mensch und musste trotzdem an ihren Vater denken. Sein Leben hatte, nach der Prophezeiung eines Astrologen, eine traurige, unglückselige Wendung genommen. »Dann überlege ich es mir noch einmal«, sagte sie ausweichend. »Vielleicht morgen.«

Die Schwester des Mannes machte eine einladende Geste, Julia trat einen Schritt näher und betrachtete die Stoffe in der Glasvitrine, sie waren außergewöhnlich schön und nicht mit jenen auf dem Markt zu vergleichen.

Die Frau hielt ihr einen blau-rot-weiß karierten Wickelrock hin von der Art, wie sie in Burma fast alle Frauen jeden Alters trugen. Als Julia nicht reagierte, zog sie einen anderen Stoff aus einem Stapel. Es waren ein Longy und ein passendes Oberteil dazu. Julia strich mit ihren Händen darüber, der Stoff glänzte in einem warmen Goldgelb in der Morgensonne, er war mit kleinen Elefanten und Mustern bestickt, handgewebt und aus Seide. Selten hatte sie einen schöneren Longy gesehen. »Zauberhaft«, sagte sie. »Wie viel kostet das?«

Die Frau zeigte ihr zweimal zehn gespreizte Finger. Ihr Bruder murmelte etwas, und sie hob noch einmal fünf Finger.

Julia holte fünf Fünftausend-Kyat-Scheine aus ihrer Tasche und reichte sie ihr.

Im Hotel legte sie das Kostüm auf das Bett, zog Jeans und Bluse aus und probierte zum ersten Mal in ihrem Leben einen Longy an. Er reichte vom Bauchnabel bis zu den Knöcheln. Sie hielt ihn mit beiden Händen fest und wusste nicht einmal, wie sie ihn richtig binden sollte. Umständlich wickelte sie ihn um ihre Hüfte. Als er nicht richtig hielt, machte sie einen Knoten, der ihr wie eine dicke Wurst vor dem Bauch hing. Es dauerte, bis er endlich so saß wie bei den anderen Frauen.

Sie ging zum Spiegel und betrachtete sich prüfend. Machte eine halbe Drehung nach links, eine nach rechts, fuhr sich mit beiden Händen durch die braunen, schulterlangen Haare. Zögernd zog sie das Oberteil über. Es passte, als wäre es maßgeschneidert. Unsicher schaute sie auf ihr sonst so vertrautes Spiegelbild: Wer war der Mensch, der ihr gegenüberstand? Eine Schwester? Eine Freundin? Eine Fremde?

Der Stoff sah auch an ihr wunderschön aus, der enge Schnitt betonte ihre schlanke Figur, ihre Taille, ihre Brüste. Er gab ihren Bewegungen eine Anmut, die sie an sich schon lange nicht mehr gesehen hatte.

Halbburmesin.

Julia überlegte, ob sie sich schon einmal so bezeichnet hatte. Vermutlich nicht. Sie war Amerikanerin.

In den Privatschulen der Upper East Side Manhattans unterschied sie sich von den anderen Kindern nur durch ihre dunklen Augen und ihre leicht gebräunte Haut. Manche Eltern ihrer Freundinnen hatten sie für eine Südeuropäerin gehalten, andere für eine Diplomatentochter aus Mexiko oder Brasilien. Nur selten hatte jemand sie direkt auf ihre Herkunft angesprochen. Wenn es doch geschah, hatte sie erklärt, ihr Vater komme aus Burma, ohne je das Gefühl gehabt zu haben, das habe etwas mit ihr zu tun. Das Land, in dem er geboren worden war, hatte in der Familie Win nie eine Rolle gespielt. Über seine Kindheit und Jugend wurde geschwiegen, als wäre er zwanzigjährig in New York zur Welt gekommen. Auf Julias Fragen nach ihren Großeltern oder möglichen Onkeln und Tanten antwortete er ausweichend oder gar nicht, sobald sie insistierte, herrschte ihre Mutter sie an, Ruhe zu geben. Seine Herkunft blieb ein Rätsel, an dem Julia irgendwann das Interesse verlor. In all den Jahren hörte sie ihren Vater nie einen Satz Burmesisch sprechen. Er hatte keine burmesischen Freunde und suchte auch nicht die Nähe zu anderen Emigranten aus seiner Heimat.

Der einzige Hinweis auf seine Vergangenheit waren die burmesischen Geschichten und Fabeln gewesen, die er ihr jeden Abend vor dem Einschlafen erzählte. In ihrer Fantasie entstand ein Reich voller Klöster und Pagoden, in dem Prinzessinnen oder Prinzen von Krokodilen gefressen wurden. In dem es von Geistern und Drachen wimmelte und das Leben niemals endete, weil Menschen nach ihrem Tod wiedergeboren wurden.

Ein Märchenland.

Was mochte in ihm vorgegangen sein, als er sie allabendlich mitnahm auf die Reise in die Welt seiner Kindheit?

Einmal hatte sie ihren Vater am Küchentisch bleich und mit Tränen in den Augen die *New York Times* lesen sehen. Auf der Titelseite stand eine Reportage mit einem Foto aus Rangoon Studenten und Mönche hatten in der Hauptstadt gegen die Militärregierung protestiert, im ganzen Land war es zu Unruhen gekommen. Soldaten hatten auf die Demonstranten geschossen und Hunderte, vermutlich Tausende von ihnen getötet. Der Anblick ihres aufgewühlten Vaters, den sonst nie etwas aus der Ruhe brachte, hatte sie derart verunsichert, dass sie die Küche gleich wieder verließ und so tat, als hätte sie nichts bemerkt.

Vor zehn Jahren war sie zum ersten Mal nach Burma gereist. Sie war auf der Suche nach ihrem spurlos verschwundenen Vater gewesen, nicht nach ihren Wurzeln.

Als halbe Burmesin hatte sie sich auf der Reise nicht gefühlt.

Was bedeutete das überhaupt? Welche Hälfte von ihr sollte burmesisch sein, welche amerikanisch? Die Bezeichnung war nicht mehr als die banale Beschreibung einer ethnischen Herkunft, die in ihrem Fall nie mit Leben gefüllt worden war.

Je länger sie sich im Spiegel betrachtete, desto mehr musste sie an ihren Vater denken – und umso alberner kam sie sich vor. Er würde den Kopf schütteln und sie auslachen, wenn er sie so sehen könnte. Er war immer elegant gekleidet gewesen, hatte maßgeschneiderte Anzüge getragen und auf dem Kopf zu jeder Jahreszeit den passenden Borsalino dazu. Sie konnte sich nicht vorstellen, dass er jemals in einem dieser burmesischen Wickelröcke herumgelaufen war, die hier auch fast jeder Mann anhatte.

Der Longy mochte ihre Figur betonen und aus dem schönsten Stoff sein, er passte jedoch so wenig zu ihr, wie er zu ihm gepasst hätte. Er war ihr fremd, sie fühlte sich wie in einer schlechten Maskerade. Sie besaß nicht die natürliche Eleganz, die sie bei den Frauen auf der Straße und dem Markt beobachtete. Im Vergleich zu ihnen empfand sie sich als zu plump, zu groß, zu schwer.

Der alte Mann am Straßenrand hatte recht: Sie ging nicht, sie hetzte.

Atemlos rannte sie in ihrem Leben mit großen Schritten von einem Ort zum anderen.

Dabei war ein Longy nur hinderlich.

4

Julia erwachte und wusste im ersten Moment nicht, in welchem Bett sie lag. Für einen kurzen, kostbaren Augenblick glaubte sie, in ihrem alten Kinderzimmer in New York zu schlafen. Aus dem Flur drang die Stimme ihrer Mutter zu ihr, aus der Küche das Geklapper von Geschirr. Es duftete köstlich nach warmen Zimtschnecken und frischem Kaffee.

Im Halbschlaf hörte sie ihren Vater Burmesisch sprechen und schreckte hoch. In der Dunkelheit erkannte sie die Umrisse eines großen Schranks, eines zweiten Bettes, darauf ihren Rucksack. Der Anblick holte sie zurück ins Kalaw Hotel.

Sie tastete nach dem Schalter der Nachttischlampe und lauschte. Nicht einmal Insekten summten. Es war so still, als wäre sie allein auf der Welt. Der Wecker zeigte 2:30 Uhr, Julia war hellwach.

Auf dem Tisch neben ihrem Bett lag der Brief, den Thar Thar ihr hinterlassen hatte, bevor er verschwand. Ein Abschiedsbrief. Sie hatte ihn so oft geöffnet und wieder zusammengefaltet, dass die Buchstaben an den Knickstellen nicht mehr lesbar waren. Die meisten Passagen kannte sie auswendig.

Liebe Julia,
noch nie sind mir Zeilen so schwergefallen wie diese.
Bitte verzeih mir.
Die vergangene Woche hat mir großes Glück beschert. Ein Glück, das mir so viel bedeutet, dass ich es mit Worten nicht beschreiben kann. Nie hätte ich gedacht, dass es mir noch einmal begegnet. Ich bin umso dankbarer, weil ich weiß, wie zerbrechlich es ist. Ein flüchtiger Besucher in unseren Herzen. Kein verlässlicher Freund. Niemand, auf den wir zählen können. Kein Glück. Nirgends.
Ich muss fort, weil ich fürchte, dass mein Herz immer weiter aus dem Rhythmus gerät, wenn wir noch mehr Zeit miteinander verbringen …
Wer einmal verlassen wurde, trägt diesen Verlust in sich.
Wer nicht geliebt wurde, der trägt eine unstillbare Sehnsucht nach Liebe in sich.
Und wer einmal geliebt wurde und diese Liebe verlor, der trägt nicht nur diese Liebe in sich, sondern auch die Angst, sie wieder zu verlieren.

Ich trage von allem etwas in mir.
Zusammen wirkt es wie ein Gift, das sich langsam im Körper ausbreitet. Es dringt bis in die letzten Winkel der Seele vor. Es bemächtigt sich aller Sinne. Es tötet nicht, aber es lähmt.
Es tötet nicht, aber es macht misstrauisch.
Es fördert den Argwohn. Die Eifersucht. Die Missgunst.
Wie viel Verlust erträgt ein Mensch?
Wie viel Schmerz?
Wie viel Einsamkeit?
Du bist nicht allein gekommen. Du hattest Deinen Bruder dabei und einen kleinen Jungen. Du hast versucht, ihn zu verstecken, doch ich habe ihn sofort erkannt.
Einen kleinen Jungen, den es, wäre es nach dem Willen seiner Mutter gegangen, gar nicht hätte geben sollen.
Eine Kinderseele weiß alles.
Der so einsam war, wie nie ein Mensch einsam sein sollte. Der Blut von Hühnern, die viel mehr als Hühner waren, an seinen Händen hatte, und es sollten Jahre vergehen, bis er sich nicht mehr vor ihnen ekelte. Vor seinen eigenen Händen!
Eine Kinderseele vergisst nichts.
Aber sie wächst, und sie lernt. Sie lernt zu misstrauen. Sie lernt zu hassen. Sie lernt, sich zu wehren. Oder zu lieben und zu verzeihen. Du hattest einen kleinen Jungen dabei, von dem ich dachte, ich würde ihm nie wieder begegnen.
Wenn Du fährst, wird er bei mir bleiben, und ich werde mich um ihn kümmern. Ich werde ihn trösten, wenn er traurig ist. Ich werde ihn beschützen, wenn er Angst hat. Ich werde für ihn da sein, wenn er sich einsam fühlt …
Du hast mir gezeigt, dass ein Teil meiner Seele noch immer in Gefangenschaft lebt. Immer leben wird.
Vielleicht ist dies der Moment, wo ich mir eingestehen muss, dass ich nicht so frei bin, wie ich gedacht hatte.
Verzeih mir meinen Irrtum. Verzeih mir, sollte dieser Brief, sollte mein Verhalten Dir Schmerzen zufügen. Nichts läge mir ferner,

als Dich zu verletzen. Doch ich muss fort, einen anderen Ausweg sehe ich nicht.
Ich danke Dir für alles.
Pass gut auf Dich auf.
Thar Thar

Julia spürte, wie ihr Tränen in die Augen schossen. Sie faltete das Papier wieder zusammen und legte es zurück auf den Tisch neben dem Bett.

Sie hatte mit blinder Wut auf diesen Brief reagiert.

Sie hatte Thar Thar verflucht. Sie wollte sich wehren; sich nicht gefallen lassen, dass ein Mensch sie so behandelte.

Noch am selben Morgen hatte sie ihre Sachen gepackt und war abgereist, ohne ihm eine Antwort zu hinterlassen.

Seitdem waren ihr Zorn und ihre Enttäuschung mit jedem Lesen ein wenig mehr verblasst.

Mit einem Abstand von mehreren Wochen begann sie zu verstehen, warum er das Kloster über Nacht so plötzlich verlassen hatte, als wäre er auf der Flucht.

Thar Thar hatte diese Zeilen nicht freiwillig geschrieben, er hatte keine Wahl gehabt. Die Angst hatte sie ihm Wort für Wort, Zeile für Zeile diktiert. Er war ein Gefangener der Furcht, die jeder Mensch kennt, der einmal verlassen wurde.

Und welcher Liebende wurde das nicht?

Eine Angst, die sie ihm nehmen könnte, daran zweifelte sie nicht. Eine Angst, die mit jedem Tag und jeder Nacht, die sie zusammen verbringen würden, kleiner und kraftloser werden würde, bis sie sich auflöste wie Frühnebel am Morgen und nichts mehr von ihr blieb als eine vage Erinnerung.

Zunächst jedoch musste sie ihre eigene Furcht überwinden.

5

Am Mittag trafen wir uns, wie fast jeden Tag, im Mya-Myint-Moe-Teehaus.

Ich saß auf meinem angestammten Platz auf der Terrasse neben der Tür, aß gebratenen Reis und unterhielt mich mit der Wirtin.

Julia bemühte ihre ersten Brocken Burmesisch, bestellte Kaffee und eine Suppe und hockte sich zu mir. »Guten Appetit.«

»Danke.«

Sie holte tief Luft und räusperte sich. »Ich habe mich entschieden«, erklärte sie. »Ich werde zu Thar Thar und den Kindern nach Hsipaw fahren.«

»Wann?«

»Morgen.«

Mein zustimmendes Nicken freute sie. »Soll ich mich um ein Auto und einen Fahrer kümmern?«

»Danke, ich nehme lieber den Zug. Kommst du mit?«

»Ist das eine Frage oder eine Bitte?«, erwiderte ich.

»Eine Frage.«

»In dem Fall ist meine Antwort Nein.«

Sie zuckte zusammen. »Was hast du gesagt?«

»Nein, habe ich gesagt. Ich bleibe hier.«

»Warum?«, fragte sie überrascht. Die Kränkung in ihrer Stimme war nicht zu überhören.

»Weil ich glaube, dass ihr die Zeit für euch braucht. Ich würde stören, das möchte ich nicht.«

»Das würdest du nicht!«, widersprach sie. »Da sind noch Moe Moe, Ei Ei und zehn andere Kinder. Wir wären sowieso nicht allein.«

»Eben. Da braucht ihr nicht auch noch deinen alten Bruder, der zu nichts nutze wäre und nur im Weg stünde.«

»So ein Unsinn.«

Ich aß den letzten Rest meines Reises, schob den leeren Teller in die Mitte des Tisches und wischte mir mit dem Handrücken über den Mund. »Warum möchtest du, dass ich mitkomme?«

»Weil … weil …« Sie wollte nicht aussprechen, was sie dachte.

Ich wartete geduldig.

»Weil ich mich sicherer fühle, wenn du bei mir bist.«

»Im Land oder mit dir?«

»Mit mir.«

»Hast du solche Angst?«

»Ja.«

»Wovor?«

»Dass Thar Thar sich nicht freut, mich zu sehen. Dass er mich wieder wegschickt.«

Diese Ängste konnte ich ihr nicht nehmen.

»Und wenn ich dich bitte?«, fragte sie.

»Worum?«

»Mich zu begleiten.«

Ich seufzte tief. »Das wäre etwas anderes.«

Unser Wagen rollte fast lautlos auf den Hof, begrüßt von zwei bellenden Hunden. Das Kloster, ein mächtiger, auf Pfählen stehender Holzbau, musste einmal ein imposantes Gebäude gewesen sein. Nun war es nur noch in Teilen bewohnbar. An vielen Stellen waren Bretter aus den Wänden gebrochen, brauner Rost zerfraß das Blechdach, ein Seitenflügel war halb eingestürzt. Eine breite Treppe mit schiefem Geländer führte zum Eingang hoch.

Im hinteren Teil des Hofes stand ein Novize neben einem Haufen gehacktem Holz und stapelte die Scheite an einer Schuppenwand, vor einem Bambushain spielten zwei Jungs Fußball auf dem Bolzplatz.

Wir stiegen aus und baten den Fahrer, zu warten.

Moe Moe entdeckte uns zuerst. Sie kam mit einem Korb voll Wäsche um die Ecke gebogen und erstarrte, als wollte sie ihren Augen nicht trauen. Dann stieß sie einen hellen, langen Schrei aus.

»Sie sind wieder da«, rief sie laut über den ganzen Hof. »Sie sind zurückgekommen.«

Der Novize neben dem Holzhaufen hielt inne und richtete sich auf, die beiden Jungs ließen den Fußball in die Büsche rollen.

Kurz darauf standen fast alle Bewohner des Klosters im Halbkreis um uns herum: Moe Moe, die Einarmige, die vor Freude fortwährend von einem Bein auf das andere hüpfte, der blinde Ko Aung mit den milchig weißen Augen, Ei Ei, die mit ihrem steifen Bein in Windeseile über den Hof gehumpelt war, der taube Ko Maung, der doch immer alles Wichtige verstand, Soe Soe, die einen Fuß, aber nicht ihr schüchternes Lachen verloren hatte. Ko Lwin, dessen Buckel sich vor Aufregung bewegte, als hätte er Schluckauf. Sie schauten auf ihre Besucher und riefen, als hätte jemand ein geheimes Kommando gegeben, leise im Chor: »You are very welcome.«

Julia lächelte unsicher.

Sekunden später erschien Thar Thar oben auf der Treppe. Ihre Blicke trafen sich. Seine Augen fixierten sie, er öffnete den Mund, wollte etwas sagen, dann wendete er sich wortlos ab und verschwand wieder in der Gebetshalle.

Julia tastete nach meiner Hand. Sie zitterte am ganzen Körper.

6

Thar Thar sah sich Hilfe suchend in der Halle um, als müsste es zwischen all den Buddha-Statuen, Altären und Schüsseln voller Opfergaben einen Platz geben, an dem er sich verstecken konnte.

Sie war zurückgekehrt. Nach nichts hatte er sich mehr gesehnt. Nichts hatte er mehr gefürchtet.

Er war über Nacht vor ihr geflohen, weil er sich schützen musste. War hoch in die Berge Richtung Namhsan gelaufen, ach was, gerannt und wäre am liebsten immer weiter, bis in die Ausläufer des Himalaja gewandert, nur um sicher zu sein, dass er sie nicht wiedersehen würde. Er hatte Teefelder und geheime Mohnplantagen durchquert, eine Woche in einem verlassenen Kloster meditiert und versucht, nicht an sie zu denken.

Sein aus dem Rhythmus geratenes Herz zu beruhigen.

Die Türen, die sie geöffnet hatte, wieder zu verschließen.

Aber wie schützt ein Mensch sich vor seinen Erinnerungen?

Wie schützt er sich vor seinem Verlangen nach dem anderen, wenn es erst einmal erwacht ist?

Vor seiner Verletzbarkeit?

Seiner Bedürftigkeit?

Wie schützt ein Mensch sich vor der Liebe?

Aus dem Hof drangen Stimmen zu ihm.

Die der Kinder und die der Gäste. Die der Sehnsucht und die der Erwartung.

Er hörte die unverwechselbare Stimme der Angst.

Als Kind hatte er seinen Vater sterben sehen. Danach hatte er lernen müssen, dass Liebe keine Gerechtigkeit kennt. Sie gehorcht ihren eigenen Gesetzen. Auch die einer Mutter. Ihr war er immer fremd geblieben, im Gegensatz zu seinem Bruder.

Später war er von Soldaten entführt und von ihr verraten worden. Sie hatten ihn in einem Lager gefangen gehalten und gefoltert. Sie hatten ihn, zusammen mit vielen anderen, gezwungen, im Bürgerkrieg als Minensucher zu arbeiten. Während der Kämpfe mussten sie voranmarschieren und mit ihren Füßen die Sprengsätze zum Explodieren bringen. Viele Hundert Jungen, manche von ihnen noch Kinder, waren vor seinen Augen in Stücke zerrissen worden.

Thar Thar hatte überlebt und geglaubt, danach gäbe es nichts mehr im Leben, wovor er sich fürchten würde.

Er hatte sich getäuscht.

Für einen Moment überlegte er, noch einmal zu fliehen. Er könnte aus einem der hinteren Fenster steigen, zum Bambushain schleichen, weiter über die Felder unbemerkt in den Wald laufen und von dort am Fluss entlang hoch in die Berge. Zwei, vielleicht drei Tage, schätzte er, würde Julia auf ihn warten. Dann würde sie wieder fahren, und er konnte sich nicht vorstellen, dass sie es ein weiteres Mal versuchen würde.

Er verwarf den Gedanken schnell. Es gab keinen Ort, an dem er in Sicherheit war. Was ihn bedrohte, trug er in sich, es würde ihm folgen, egal wohin er ging.

Thar Thar schloss die Augen und atmete tief ein und aus.

Mit bedächtigen Schritten trat er hinaus auf die Veranda und stieg langsam, eine Hand fest am Geländer, die Stufen hinunter.

Er stand vor Julia mit Augen, die gar nicht so leuchten durften nach all dem, was sie gesehen hatten.

Alle Kinderblicke richteten sich auf ihn.

»Ihr müsst erschöpft sein von der langen Reise«, sagte er. »Dürfen wir euch einen Tee und etwas zu essen anbieten? Ich hoffe, ihr seid nicht in Eile und könnt ein wenig bleiben.«

»Sehr gern«, antwortete Julia leise. »Wir haben es nicht eilig.«

»Das freut mich«, erwiderte Thar Thar.

Wir holten unser Gepäck aus dem Auto und bezahlten den Fahrer. Seine Frage, ob er uns wieder abholen sollte, verneinten wir.

Als wir die Treppe hinaufstiegen, ging Moe Moe neben Julia und flüsterte immer wieder: »You back. He happy. So very happy.«

»Sure?«

»So very sure.«

Wir betraten die große Meditationshalle, in der es nach Weihrauch und frischen Blumen roch. Im Schein von Glühbirnen glänzten Buddha-Statuen, andere waren mit bunten Lichterketten und Jasminkränzen umhängt. Davor standen Vasen, in denen rote Gladiolen und Hibiskuszweige steckten. Der Qualm von Räucherstäbchen zog darüber hinweg. An zwei Säulen hingen Kruzifixe, nicht weit entfernt ein vergilbtes Poster der Jungfrau Maria.

Aus der Küche hörten wir jemanden mit einem Wasserkessel hantieren. Kurz darauf brachte Ei Ei humpelnd ein Tablett mit einer Thermoskanne und drei Bechern. Moe Moe stellte einen Teller mit trockenen Keksen dazu.

Die zitternde Toe Toe wollte uns unbedingt einschenken. Mit Mühe bekam sie die Becher halb voll. Sie standen in einem See aus warmem Tee, der bei jeder Bewegung des Tabletts von einer Seite zur anderen und über den Rand schwappte.

Die drei Mädchen beobachteten angespannt unsere Bewegungen.

Julia wollte ein Gespräch beginnen. Sie wollte sich für den freundlichen Empfang, den Tee und die Kekse bedanken, sich erkundigen, wie es allen geht, erklären, wie sehr sie sich freue, wieder hier zu sein. Aber sie hatte das Gefühl, nichts davon würde richtig passen. Was immer ihr durch den Kopf ging, kam ihr laut und geschwätzig vor.

Stattdessen blieb sie stumm, ihr Blick wanderte ziellos durch die Halle. Neben ihr wippte Thar Thar unruhig mit dem Oberkörper vor und zurück.

Es war Moe Moe, die die Stille durchbrach. »You. Stay. How long?«, fragte sie.

Julia wusste nicht, was sie darauf sagen sollte, und schaute zu mir in der Hoffnung, ich würde etwas erwidern. Doch ich konnte die Frage nicht für sie beantworten.

Moe Moes Augen wanderten erwartungsvoll von ihr zu mir und wieder zurück.

»Bis … bis … ihr uns rausschmeißt«, sagte Julia und lachte verlegen.

Thar Thar und die Mädchen starrten sie verständnislos an.

»Wir würden euch doch nie rausschmeißen«, erklärte er ebenso verwundert wie ernst.

»O Gott, so war das nicht gemeint. Das, das war nur ein Scherz. So sagt man bei uns.«

»Wirklich?«

»Ja, eine dumme Floskel. Es heißt einfach nur, dass wir noch keine konkreten Pläne haben.«

Thar Thar flüsterte etwas auf Burmesisch, und die Mädchen nickten nachdenklich.

»Was hat er gesagt?«, wollte Julia sofort wissen.

»Dass es vielleicht besser ist, nicht alles wörtlich zu nehmen, was du sagst.«

7

Es waren die Kinder, die Julia das Gefühl gaben, nicht lange fort gewesen zu sein. Die Vertrautheit, mit der sie ihr begegneten. Ihre Unbekümmertheit und ihre aufrichtige Freude. Ihr Wunsch, alles mit ihr zu teilen.

Moe Moe führte sie in die Ecke der Meditationshalle, in der ihre wenigen Sachen lagen, verstaut in einer Plastiktüte, und zeigte stolz ein altes, zerfleddertes Englisch-Burmesisch-Wörterbuch, das sie sich in Hsipaw gekauft hatte. Aus der Tüte zog sie ein Vokabelheft, in dem in ihrer Bleistiftschrift fein säuberlich alle neuen englischen Wörter eingetragen waren, die sie im Unterricht von Thar Thar gelernt hatte. Daneben standen, nicht weniger ordentlich, die burmesischen Übersetzungen, manche mit kleinen Zeichnungen, andere mit Fragezeichen versehen.

Ei Ei nahm Julia ungeduldig an die Hand und zog sie humpelnd die Treppe hinunter auf den Hof. Im Schatten des Holzschuppens lag ein Stapel Bambuskörbe, die sie in den vergangenen Wochen mit Ko Aung zusammen geflochten hatte.

Ko Lwin, dem sie bei ihrem ersten Besuch vergeblich versucht hatte, mehr als einen englischen Satz beizubringen, hockte sich vor sie, wartete, bis alle schwiegen. »My name is Ko Lwin«, nuschelte er. »How are you? I am very fine.« Er überlegte kurz. »I am from Burma. Where are you from?«

Die Freude in seinen Augen.

Sie kochten gemeinsam, Julia und Ei Ei waren wie immer für das Kartoffelschälen verantwortlich. Beim Essen fütterte sie, wie sie es beim letzten Mal so oft getan hatte, die zitternde Toe Toe, weil kein Reiskorn auf ihrem Löffel bleiben wollte.

Thar Thar hielt seinen Abstand, ohne distanziert zu sein.

Am Abend kümmerte er sich persönlich um die Schlafstätten. Er fegte den Boden, kramte mit Moe Moe zusammen Matten, Decken und zwei Schlafsäcke aus einer Truhe hervor und legte sie in einer

Ecke der Meditationshalle auf den Boden. Davor spannte er einen Vorhang. Für Julia stapelte er drei Unterlagen übereinander, kniete sich drauf, um zu prüfen, ob sie weich genug waren. Von einem der Altäre holte er eine Schüssel mit Rosenblüten. Ihr Duft, sagte er, würde beim Einschlafen helfen und böse Träume vertreiben. Als sie zu Bett ging, lag auf Julias Kopfkissen eine rote Hibiskusblüte.

»U Ba, bist du noch wach?«, flüsterte sie nach einer Weile.

»Ja«, erwiderte ich leise.

»Danke«, sagte sie.

»Wofür? Dass ich noch wach bin?«

»Nein. Danke, dass du mitgekommen bist. Danke, dass du mich nicht alleinlässt. Danke, dass du für mich da bist.«

»Das ist doch selbstverständlich für einen Bruder.«

»Nein, das ist es nicht«, widersprach sie. »Ich wüsste nicht, was ich ohne dich machen würde.«

Am Morgen weckte uns das Gebell der Hunde. Hinter dem Vorhang liefen die Kinder mit leichten, schnellen Schritten und flüsterten, es roch bereits nach Feuer, nach gebratenen Eiern, Knoblauch und Koriander.

Ein Moped fuhr auf den Hof.

Julia wollte gerade aufstehen, als jemand den Vorhang beiseiteschob. Moe Moe brachte ihr auf einem Tablett einen Becher heißes Wasser, eine Tüte Nescafé und eine Tube gesüßte Kondensmilch ans Bett. Auf die Untertasse hatte sie einen der trockenen Kekse gelegt. Für mich hatte sie einen Tee dabei.

»Thank you so much.«

»You is welcome.«

»You ARE welcome«, verbesserte Julia sie.

Moe Moe stutzte, überlegte kurz, dann nickte sie verlegen: »Oh, sorry. So sorry.«

»Where are the other kids?«

Moe Moe suchte angestrengt nach dem richtigen Wort. »Working.«

»And Thar Thar?«

Sie lächelte. »Working. And waiting.«

Julia bereitete sich den Kaffee zu und probierte den Keks. »Very good. So nice of you.«

Moe Moe strahlte.

Wir standen auf, rollten unsere Schlafmatten zusammen und gingen auf den Hof.

Dort wuchtete Thar Thar gerade zwei schwere Säcke Kartoffeln auf ein Motorrad, der Fahrer befestigte sie mit Schnüren auf dem Rücksitz, bezahlte und fuhr davon.

Er kam zu uns, noch etwas atemlos von der Anstrengung. »Guten Morgen. Habt ihr schon etwas gegessen?«

»Moe Moe hat uns mit Kaffee und Tee versorgt, vielen Dank.«

Sein linkes Auge zuckte immer wieder vor Aufregung. »Ich muss in Hsipaw etwas erledigen«, sagte er an Julia gewandt. »Hättest du Zeit und Lust, mitzukommen?«

»Zu Fuß?«

»Nein.« Thar Thar ging zum Schuppen und kehrte mit einem Moped zurück. Es sah sehr alt aus, die Rückspiegel fehlten, das vordere Schutzblech auch, aus dem Scheinwerfer hingen lose Kabel, aber es sprang beim ersten Tritt an. Er reichte ihr einen Helm, der viel zu klein war, stieg auf und bat sie, sich hinter ihn zu setzen.

Schnell und geschickt umkurvte er die vielen Schlaglöcher, Baumwurzeln und Sandkuhlen auf dem Feldweg, der vom Kloster zur Hauptstraße führte. Sie traute sich nicht, ihre Arme um seine Hüften zu legen, und klammerte sich stattdessen mit beiden Händen fest an den Gepäckträger.

Es war Jahre her, dass sie auf einem Motorrad gesessen hatte. Ihre Haare wehten im Wind, es roch nach Blumen und frisch geschlagenem Holz, und sie wünschte, er würde einen weiten Umweg fahren.

In Hsipaw hielten sie vor einer Teakholzvilla mit ausladender Veranda, auf der eine Traube von Menschen wartete. Durch die offenen Fenster sah sie Männer und Frauen an großen Schreibtischen sitzen, vor ihnen Berge prall gefüllter Mappen und Aktenordner. Aus dem Haus klang das Geklapper von Schreibmaschinen.

Thar Thar bat sie, beim Motorrad zu bleiben, und ging auf die Veranda. Die Wartenden machten ihm respektvoll Platz, und er verschwand im Haus.

Ein Mann rief Julia etwas auf Burmesisch zu, sie verstand aber weder die Wörter, noch konnte sie den Tonfall deuten und ignorierte ihn.

Er gab keine Ruhe, ein zweiter Mann stimmte ein.

»Amerikanerin«, rief sie in der Hoffnung, dass sie sich nach ihrer Herkunft erkundigt hatten.

Nun redeten die Menschen durcheinander, das Stimmengewirr schwoll an, bis aus der Villa zwei Polizisten traten. Sofort herrschte Ruhe.

Kurz darauf kehrte Thar Thar zurück.

»Ich musste euch bei den Behörden als Besucher anmelden«, erklärte er. »Sonst glauben sie noch, wir beherbergen Spione.«

»Spione?«, wunderte sie sich. »Für wen?«

Er zuckte mit den Schultern. »Für den amerikanischen Geheimdienst. Oder im Auftrag Ihrer Majestät. Egal. Möchtest du etwas essen?«

»Nein. Oder doch? Vielleicht eine Kleinigkeit.«

Sie fuhren zu einem Teehaus am Ufer des Myitnge. Thar Thar parkte das Moped und führte sie zu einem abgelegenen Tisch auf der Terrasse. Fast alle Blicke folgten ihnen auf ihrem Weg durch das Lokal. Die Gespräche der Gäste wurden leiser, manche verstummten ganz. In einigen Gesichtern erkannte sie eine freundliche Neugierde, in anderen die hässlichen, dunklen Schatten der Missbilligung. Julia wandte ihnen den Rücken zu und setzte sich auf einen Hocker.

Vor ihnen lag ein breiter, träger Fluss, an dessen Ufer Hausboote dümpelten. Auf einem spielten Kinder, an Deck eines anderen hockte ein Mann, der ein Fischernetz flickte. Neben den Booten standen zwei Frauen knietief im Wasser und wuschen Wäsche.

Julia drehte sich um, noch immer waren viele Blicke auf sie gerichtet.

Sie beugte sich zu Thar Thar und flüsterte: »Es sieht nicht so aus, als wenn wir hier sehr willkommen wären.«

»Das war mein Fehler. Kümmere dich nicht darum«, sagte er.

»Warum starren die uns alle so an?«

»Weil wir uns nicht an die Regeln halten.«

»Welche Regeln?«

»Ein Mönch in Begleitung einer jungen, schönen Frau. Das haben sie noch nicht gesehen, und das darf eigentlich auch nicht sein.«

»Aber du bist doch gar kein offizieller Mönch.«

»Das wissen die meisten ja nicht. Sie sehen nur meine rote Kutte und meinen kahl geschorenen Kopf.«

Er rief nach einer Kellnerin, ein junges Mädchen kam herangeschlurft und musterte die beiden ebenfalls unverhohlen. Thar Thar bestellte zwei Nudelsuppen.

Als sie wieder gegangen war, holte er einige Male tief Luft. »Darf ich dich etwas fragen?«

»Was du möchtest.«

»Antworte bitte nicht mit einer amerikanischen Floskel, die ich nicht verstehe.«

»Mache ich nicht. Versprochen.«

»Wie lange wirst du bleiben?«

Julia ließ ein paar Sekunden verstreichen, bevor sie antwortete. »Solange du willst.«

»Ich meine, wann fährst du wieder zurück nach New York?«

»Gar nicht. Nicht ohne dich«, erklärte sie ruhig und bestimmt. »Ich habe deine Frage genau verstanden.«

Sein zweifelnder, durchdringender Blick, als hoffe er, in ihren Augen, an der Form ihres Mundes, der Haltung ihres Kopfes einen Hinweis finden zu können, ob sie wirklich meinte, was sie da sagte.

»Natürlich nur, wenn du willst«, fügte sie hastig hinzu, als sie sein ernstes Gesicht sah.

Ein Kellner brachte die dampfenden Suppen. Er stellte sie zu hastig auf den Tisch, sie schwappten über, die heiße Brühe tropfte durch die Ritzen im Holz auf Julias Beine. Sie rührte sich nicht.

»Du … du … willst bleiben?«

Julia nickte.

»Bei mir?«

Er sah nicht aus, als würde er ihr vor Glück um den Hals fallen.

8

»Woher weißt du das alles?«, unterbrach ich meinen Onkel. »Als Mama und Papa im Teehaus saßen, warst du doch gar nicht dabei.«

»Oft war ich dabei«, sagte er, »und wenn nicht, habe ich es mir von deinen Eltern erzählen lassen.«

U Ba beugte sich vor und reichte mir eine Schale mit Sonnenblumenkernen. Ich dachte an meine Mutter.

»Warum hat sich mein Vater denn gar nicht gefreut, dass meine Mutter zurückgekommen ist?«

»Das hat er.«

»Aber nicht darüber, dass sie bei ihm bleiben wollte.«

»O doch. Sehr.«

»Was du erzählst, klingt nicht so.«

»Er konnte es ihr nicht sofort zeigen. Oder nicht so, dass sie es verstehen konnte. Das ist kompliziert. Wenn zwei Menschen das Gleiche sagen, heißt es nicht, dass sie das Gleiche meinen.

Wenn sie das Gleiche hören, besagt es nicht, dass sie das Gleiche verstehen.

Und wenn sie das Gleiche wollen, bedeutet das noch lange nicht, dass sie es deshalb auch tun.

Thar Thar machte die Freude sprachlos, wenn Julia die Worte

fehlten, war es aus Angst oder aus Wut. Das ist natürlich etwas ganz anderes, und es kann sehr lange dauern, bis wir die Sprache des anderen verstehen. Manche Menschen sind darin begabter als andere.«

»Und meine Mutter schaffte das nicht?«

»Sagen wir, es fiel ihr am Anfang nicht leicht.«

»Warum nicht?«

»Ach, mein Bo Bo, du stellst kluge Fragen. Vielleicht war sie zu sehr mit sich beschäftigt.« U Ba kratzte sich am Kopf und schnaufte ein wenig. Während des Erzählens hatte es in seinem Bauch die ganze Zeit rumort und gegluckst, nun entwich ihm ein langer, lauter Furz. Ich sah, wie sehr ihn der Vormittag angestrengt hatte.

»Bist du müde? Möchtest du dich ausruhen?«

»Vielleicht ist das keine schlechte Idee.«

»Möchtest du etwas essen?«

»Eine Kleinigkeit wäre schön.«

Ich holte Toast und machte ihm einen Nescafé, er liebte es, das Brot kurz in den Kaffee zu tunken. Danach streckte er sich auf dem Sofa aus, ich räumte das Geschirr in die Küche und spülte schnell ab. Als ich zurückkehrte, waren ihm schon die Augen zugefallen.

Während U Ba schlief, nahm ich das Rad und radelte so schnell ich konnte zu Ko Aye Min. Ich wollte ihm unbedingt von der Geschichte meiner Eltern erzählen. Aber er war nicht da, sein Büro verschlossen.

Ich ging auf den Markt und schaute, ob er vielleicht bei Ma Ei eine Nudelsuppe aß. Am Stand ihrer Mutter war nicht viel los, Ma Ei saß hinter dem Tresen, war mit ihrem Mobiltelefon beschäftigt und vertrieb mit einem Wedel die Fliegen. Sie freute sich, mich zu sehen.

»Weißt du, wo Ko Aye Min ist?«

»Wandern, mit zwei Franzosen zum Inle-See. Er kommt übermorgen zurück.«

Sie musste die Enttäuschung in meinem Gesicht bemerkt haben. »Kann ich dir helfen?«

Ich schüttelte den Kopf.

»Hast du Hunger? Möchtest du eine Suppe?«

»Nein danke.« Ich verabschiedete mich und lief ziellos über den Markt und die Hauptstraße entlang. Dort waren mir zu viele Menschen, ich suchte einen Ort, an dem ich für mich sein konnte, und stieg die 272 Stufen zur Thein-Taung-Klosteranlage über der Stadt hinauf. Dort war es ruhig, und ich mochte den weiten Blick in unser kleines Tal, über den Markt, meine Schule, den Fußballplatz bis hinüber zum Kalaw-Hotel.

Oben begrüßten mich zwei schläfrige Katzen. Hinter der Gebetshalle spielten ein paar Novizen Fußball, auf einer Leine hingen gewaschene Gewänder zum Trocknen in der Sonne.

Ich setzte mich in den Schatten der Pagode, schaute über die Stadt und dachte nach. Eine Kinderseele weiß alles und vergisst nichts, hatte mein Vater geschrieben. Aber wenn sie ein so gutes Gedächtnis hat, warum wusste ich dann so wenig über meine Mutter? Warum erinnerte ich so gut wie nichts von der Zeit, die wir zusammen verbrachten?

Mein Onkel hatte mir einmal erzählt, dass ich mehrere Jahre mit meinen Eltern in einem Kloster gelebt habe, bevor wir nach Kalaw zogen. Das hatte ich völlig vergessen.

Ein junger Hund näherte sich vorsichtig, er stupste mich mit der Schnauze und wollte gestreichelt werden. Während ich ihn kraulte und die Stimmen der Fußballer hinter mir hörte, tauchten vor meinen Augen Bilder auf.

Eine junge Frau mit einer hellen Stimme, die mir auf einen Baum half. Sie war eine geschickte Kletterin und stieg hoch bis in die Krone, obwohl ihr ein Arm fehlte.

Ein junger Mann, der nicht aufrecht laufen konnte und trotzdem mit mir so lange Fußball spielte, bis ich müde war.

Mein Vater, der mit einer großen Axt auf Holzscheite einschlug.

Ein Hund, der nicht von meiner Seite wich.

Wahrscheinlich war es mit Erinnerungen wie mit manchen Antworten: Sie kamen von selbst und wann sie wollten. Wir mussten nur dafür sorgen, dass sie uns fanden.

Oder uns verstecken.

Zwei ältere Novizen setzten sich einige Meter neben mich und grüßten mit einem Nicken, ich grüßte zurück.

Allmählich begann ich, mich auch an die Klosteranlage zu erinnern. Sie sah nicht genauso aus wie jene, die U Ba beschrieben hatte. Ich erinnerte mich an die große Halle und die vielen bunten Lichterketten um die Buddhas. An den Bolzplatz. An schiefe Tore. Aber auf dem Hof stand neben dem Schuppen ein Haus aus Stein. Darin gab es eine Dusche und eine Badewanne und warmes Wasser. Es gab eine richtige Toilette mit Spülung, auf der ich meine Mutter sitzen sah.

Ein Auto, mit dem wir in die Stadt fuhren.

Ich hörte fremde Stimmen. Rufe. Sah helle Flammen in der Nacht, die bis in den Himmel loderten. Dichter, grauschwarzer Rauch. Jemand hielt mich auf dem Arm und rannte fort.

Der Geruch von brennendem Holz.

Wo waren meine Mutter und mein Vater?

Die Erinnerungen brachen so plötzlich ab, wie sie begonnen hatten. Ende. Aus. Jemand hatte in meinem Kopf einen schwarzen Vorhang zugezogen. Ich wartete vergeblich, dass er sich wieder öffnete. Mein Gedächtnis war leer. Keine Bilder mehr. Keine Gerüche. Keine Stimmen.

Als wollte ich es zu Erinnerungen zwingen, denen es nicht gewachsen war.

U Ba stand auf der Veranda, als ich nach Hause kam. Er gähnte, streckte sich, dass seine Knochen knackten. »Das hat gutgetan. Machst du mir bitte noch einen Kaffee? Extra stark.« Er stieg die Treppe hinunter in den Hof. Während ich den Kaffee zubereitete, hörte ich ihn draußen laut schnaufen, immer wieder goss er sich Schüsseln mit kaltem Wasser über den Kopf.

Zurück im Haus, sah er so wach, frisch und gut gestimmt aus, wie ich ihn lange nicht gesehen hatte. Auf dem Tisch stand sein dampfender Kaffee, dazu hatte ich noch zwei Scheiben Toast gelegt.

»Danke. Möchtest du, dass ich weitererzähle?«

»Natürlich. Vorher habe ich aber noch eine Frage.«

Mein Onkel tunkte ein Stück Brot in seinen Kaffee.

»Wir haben doch alle zusammen im Kloster gelebt, oder?«

»Ja.«

»Wie lange?«

Er rechnete. »Über vier Jahre.«

»Sooo lange? Warum weiß ich davon gar nichts mehr?«

»Du warst noch sehr klein.«

»Wie klein?«

»Ungefähr fünf, als wir weggingen. Die Erinnerungen sind im Gedächtnis deines Herzens.«

»Mein Herz hat ein Gedächtnis?«, fragte ich zweifelnd.

»Selbstverständlich. Sein Gedächtnis ist viel genauer als das in unserem Kopf. Und unbestechlich. Alles Wichtige findet dort seinen Platz. Es fällt uns nur oft schwer, für diese Erinnerungen Worte zu finden.«

»Trotzdem sind sie da?«

»Natürlich.«

»Hat es im Kloster mal ein Feuer gegeben?«

»Wie kommst du darauf?«, erwiderte er in einem strengen Ton, als hätte ich etwas Verbotenes gesagt.

»Das weiß ich nicht«, antwortete ich erschrocken. »Mir ist so.«

»Hm. Ja.«

»Ist …«, fragte ich zögernd, »dabei jemand gestorben?«

»Nein.«

»Warum haben wir das Feuer nicht gelöscht?«

»Das Feuer konnte niemand löschen. Es war viel zu groß. Das Einzige, was vom Kloster übrig blieb, waren verkohlte Balken, ein Haufen Asche und das Wellblechdach.«

»Warum hat es gebrannt?«

»Feuer entstehen nun mal.«

»Aber nicht einfach so«, widersprach ich.

»Vielleicht ist eine Kerze umgekippt. Vielleicht hat jemand in der Küche nicht aufgepasst. Das ganze Kloster war aus altem, trockenem Holz. Wir haben die Ursache nie herausgefunden.«

Ich musste ihm gar nicht erst in die Augen schauen, um zu wissen, dass er nicht die Wahrheit sagte. Eine Lüge, hatte er mir mal erklärt, wird immer aus einer Not geboren. Welche Not ließ ihn in diesem Moment die Unwahrheit sagen?

Bevor ich ihm eine weitere Frage stellen konnte, trank er hastig noch einen großen Schluck von seinem Kaffee. »Es ist bald Abend. Soll ich jetzt weitererzählen oder nicht?«

9

Am nächsten Morgen fürchtete Julia, wieder einen Abschiedsbrief neben ihrem Bett zu finden. Thar Thar war nach ihrem Gespräch im Teehaus gestern für den Rest des Tages sehr still gewesen, nicht unfreundlich, nur nachdenklich, in sich gekehrt.

Die Kinder bereiteten ein Picknick vor. Ei Ei hatte Pfannkuchen gebacken und ein frisches Gemüsecurry mit Reis und Eiern gekocht. Moe Moe und Ko Maung waren in der Früh in die Stadt gegangen, um frische Kekse und Gebäck, Bananen und Flaschenwasser zu kaufen. Der Proviant war mitsamt Geschirr und einer Decke ordentlich in einem der Bambuskörbe verpackt, den sie auf den Gepäckträger des Mopeds geschnallt hatten. Thar Thar wollte mit Julia einen Ausflug machen. Alle Kinder standen zum Abschied auf dem Hof und winkten, als würden die beiden zu einer Weltreise aufbrechen.

Kurz hinter Hsipaw bog Thar Thar von der Hauptstraße ab. Sie fuhren über staubtrockene, immer schmaler werdende Feldwege, vorbei an Bananenplantagen und Reisfeldern, auf denen vereinzelt

Bauernfamilien arbeiteten. Einmal mussten sie absteigen und das Moped mit vereinten Kräften durch einen fast ausgetrockneten Bach schieben.

Irgendwann überwucherten Büsche den Weg, und es war kein Durchkommen mehr. Er stellte das Moped ab, nahm den Korb auf die Schulter und führte sie einen steilen Pfad hinauf.

Nach einer kurzen Wanderung standen sie an einem kleinen See, der von einem Wasserfall gespeist wurde – oder was davon übrig war. Statt eines rauschenden Stroms liefen dünne Rinnsale eine schroffe, graue Felswand hinunter. Der See war nur noch halb voll und umwachsen von Bäumen und dichtem Buschwerk, auf seiner reglosen Oberfläche spiegelten sich ein blauer Himmel und vereinzelte weiße Wölkchen.

Thar Thar blickte sich verwundert um. »Im letzten Jahr um diese Zeit war es nicht so trocken.«

»Es ist trotzdem wunderschön«, sagte Julia.

Sie kletterte zum Wasser hinunter, es war so klar, dass sie bis auf den Grund sehen konnte. »Hast du Lust, zu schwimmen?«

Thar Thar schüttelte den Kopf. »Ich bin kein guter Schwimmer.«

»Komm schon.«

»Nein, wirklich nicht.«

Kurz entschlossen zog sie sich bis auf die Unterhose aus und glitt ins Wasser. Es war wunderbar weich und erfrischend. Nach ein paar Schwimmzügen spürte sie das Zwicken der Kälte auf der Haut. Sie begann, zu kraulen und erreichte schnell das andere Ufer.

Thar Thar schaute zu ihr herüber, winkte und begann, den Korb auszupacken.

Julia wärmte sich in der Sonne und beobachtete, wie er auf einem flachen Felsen ein wenig umständlich das Picknick ausbreitete. Dabei musste sie an ihren Vater denken. Thar Thar strahlte die gleiche Ruhe aus, die gleiche Gelassenheit. Er war ebenfalls ein Einzelgänger und besaß die gleiche etwas weltfremde, abwesende Art. Ihr Vater war streng mit sich gewesen, aber nicht mit anderen. Er hatte gelächelt, wenn sich jemand in einer Schlange vor ihn drängte oder ihm in New York ein Taxi vor der Nase wegschnappte. Behandelte ihn jemand unhöflich oder schlecht, empfand er das nicht als sein Problem, sondern als das des anderen. Thar Thar dachte genauso, und Julia hatte das Gefühl, erst jetzt langsam zu begreifen, welche Art von Denken, welche Sicht auf die Welt sich dahinter verbarg.

Selbst äußerlich waren sie sich nicht unähnlich. Ungefähr gleich groß, muskulös, kräftige Lippen, die gleichen weißen, makellosen Zähne, um die sie ihren Vater immer beneidet hatte. In ihren Bewegungen lagen eine ähnliche Würde, eine stille Eleganz.

Sie überkam eine Sehnsucht nach Thar Thar, als wäre er am anderen Ende der Welt und nicht auf der gegenüberliegenden Seite des Sees. Nun spürte sie die Kälte und musste zu ihm, sofort. Julia glitt mit einem Kopfsprung ins Wasser und war nach drei Dutzend schnellen kräftigen Zügen wieder bei ihm. Sie trocknete sich mit ihrer Bluse flüchtig ab, zog ihr T-Shirt über und kletterte die Böschung zum Felsen hinauf.

»Du bist ja eine gute Schwimmerin! Ist dir nicht kalt?«

»Nein.« Sie betrachtete das liebevoll ausgebreitete Picknick. »Du erinnerst mich an meinen Vater.«

Er lächelte ein wenig verlegen. »War er auch kein guter Schwimmer?«

Julia überlegte. »Ich glaube, ich habe ihn nicht einmal in meinem Leben schwimmen sehen. Aber das meine ich nicht.«

»Was dann?«

»Es gibt viele Ähnlichkeiten. Er hätte dich gemocht.«

Sie nahm ihn in den Arm.

»Du zitterst ja«, sagte er erschrocken. »War das Wasser doch so kalt?« Er öffnete sein Gewand, bedeckte sie damit und hielt sie fest. Seine Wärme tat ihr gut.

Sie fühlte, wie ihr Körper ihn erregte. Wie sein Herz schneller zu pochen begann.

Wie in ihr eine Lust wuchs, die sie fast zum Platzen brachte.

Sie schloss die Augen.

Er streichelte ihre Lippen. Küsste ihren Hals. Sein warmer Atem auf ihrer Haut. Seine Hände, überall.

Er hob sie hoch und trug sie hinter einen Felsvorsprung. Seine kräftigen Arme. Sein Geruch, der sie schon beim ersten Mal so erregt hatte.

Sie begann, sich zu verlieren – und zu finden.

Noch nie hatte ein Mann sie so berührt. Noch nie hatte sie sich so begehrt gefühlt, noch nie so eins mit einem anderen Menschen.

Und mit sich selbst.

Später saßen sie zwischen den leeren Schälchen und Tellern, er strich ihr die Haare aus dem Gesicht und fütterte sie mit den Pfannkuchen Ei Eis. Sie streckte sich aus und legte ihren Kopf in seinen Schoß.

»Wolltest du schon immer so viele Kinder haben?«

Er lachte. »Nein, bestimmt nicht.«

»Auf welcher Grundlage leben sie eigentlich bei dir?«

»Was meinst du damit?«

»Wer hat die Verantwortung für sie?«

»Sie selbst natürlich. Wer sonst?«

»Aber die meisten sind noch minderjährig, oder?«

»Hm, ja. Nicht alle, aber einige.«

»Also, wer hat für sie das Sorgerecht?«

»Sorgerecht?«

»Wer hat die rechtliche Verantwortung?«

Er überlegte. »Das weiß ich nicht. Wahrscheinlich ich.«

»Hast du sie adoptiert?«

»Wir sind eine Familie, wenn du das meinst.« Er küsste sie zärtlich auf die Stirn, die Nasenspitze.

»Hast du etwas schriftlich?«

»Von wem?«

»Beglaubigungen der Behörden, Verzichtserklärungen der Eltern, etwas in der Art.«

»Nein. Ist das so wichtig?« Thar Thar war ehrlich erstaunt über ihre Fragen.

Julia richtete sich wieder auf. »Natürlich.«

»Warum?«

»Stell dir vor, es passiert etwas. Jemand muss doch verantwortlich sein.«

»Was soll denn passieren?«

»Was weiß ich. Es kann immer etwas passieren.«

»Hm.«

»Außerdem könnte man sie dir jederzeit wieder wegnehmen, wenn du nichts Schriftliches in der Hand hast.«

Er runzelte die Stirn. »Ihre Eltern haben sie mir selber ins Kloster gebracht. Und sie sind gerne da. Genügt das nicht?«

»Ach, Thar Thar.« Julia stieß einen tiefen Seufzer aus.

Und plötzlich begann er zu singen, so leise, dass sie ganz nah an ihn heranrückte.

»Someday she will come to love me.«

Sie lächelte verlegen. Noch nie hatte ein Mann für sie gesungen, abgesehen von ihrem Vater, abends, vor dem Schlafengehen.

»Someday she will come to love me«, fuhr er unbeirrt und nun etwas lauter fort, *»I want to change places with the red roses she is wearing in her hair.*

Trying my best to make my loved one even prettier.

Someday she will come to love me.«

10

Ein Mensch, der sich geliebt und begehrt fühlt, strahlt eine ganz besondere Schönheit und innere Ruhe aus. Er ist großzügig. Er möchte seine Freude teilen. Er hilft gern. Nichts ist ihm zu viel. Man sieht ihm sein Glück an, es spricht aus seinen Augen, aus seinem Lachen, aus jeder seiner Bewegungen. Er geht nicht, er schwebt.

Und seine Freude ist ansteckend. Julia, Thar Thar und den Kindern war in den folgenden Wochen eine fast unheimliche Leichtigkeit zu eigen.

Julia brachte den Kindern geduldig Englisch bei, im Burmesischunterricht wurde aus ihr eine ehrgeizige Schülerin. Sie wollte unbedingt und so schnell wie möglich die Sprache lernen.

Fast jeden Tag verschwanden die beiden für einige Stunden und machten Ausflüge in die Umgebung. Meistens mit dem Moped, manchmal wanderten sie auch einfach los und kehrten jedes Mal noch ein wenig ausgelassener und beschwingter zurück.

Julia freute sich bereits beim Aufwachen auf den Tag – das war ihr in Amerika selbst im Urlaub nicht gelungen.

Sie bewunderte die Art, wie Thar Thar mit den Kindern umging. Die Geduld, die er aufbrachte, wenn Ei Ei mit ihrem steifen Bein oder Moe Moe mit ihrem einen Arm bei der Feldarbeit mehr Zeit brauchten als er. Die Ruhe und Umsicht, mit der er gelegentliche Streitereien schlichtete, ohne jemals Schuld zuzuweisen. »Du wärst ein guter Vater«, sagte sie ihm.

»Ich glaube nicht«, erwiderte er verlegen.

»Warum nicht?«

»Ich bin selbst noch ein Kind.«

»Du?«, widersprach sie. »Nach allem, was du erlebt hast? Ich kenne kaum einen erwachseneren Menschen als dich.«

Ei Ei hatte versprochen, Julia das Geheimnis ihrer Pfannkuchen zu verraten.

Die beiden hockten in der Küche, Ei Ei machte Milch für den Teig warm, schlug sechs Eier schaumig, fügte Mehl, einige Teelöffel Zucker und eine Prise Salz hinzu.

»Kochst du jeden Tag für deine Eltern?«, wollte sie wissen.

Julia lachte bei der Vorstellung. »Nein. Ich lebe allein.«

»Allein? Du lebst ganz allein?«

Julia hatte das Gefühl, noch nie in ihrem Leben mit so viel Mitleid angeblickt worden zu sein wie von Ei Ei in diesem Moment.

»Das ist so bei uns. Wer nicht verheiratet ist, keinen Partner oder Kinder hat, der lebt allein.«

»Muss man bei euch allein leben?«

»Nein, natürlich nicht.«

Ei Ei schaute sie ratlos an. »Warum macht ihr das dann?«

»Weil«, Julia überlegte, »weil wir mehr Freiheiten haben, wenn wir alleine leben.«

»Was für Freiheiten?«

»Wir können machen, was wir wollen. Wer alleine lebt, muss auf niemanden Rücksicht nehmen.« Julia sah, dass jeder Satz nur mehr Verwirrung stiftete. »Das ist schwierig zu erklären. Das Leben in New York ist sehr anders als hier. Die Menschen arbeiten den ganzen Tag, da sind sie froh, wenn sie abends ihre Ruhe haben und niemand etwas von ihnen will.«

»Was kochst du denn für dich?«

»Zu Hause koche ich nur an den Wochenenden. Entweder gehe ich essen oder lasse mir etwas bringen.«

»Von den Nachbarn?«

»Von den Nachbarn? Nein. Von Restaurants. Das machen viele Leute. Zum Kochen haben wir oft gar keine Zeit.«

»Keine Zeit zum Kochen?« Ei Ei schüttelte verständnislos den Kopf, während sie einen Teelöffel Butter in einer heißen Pfanne auflöste. Anschließend goss sie eine Kelle Teig hinein und ließ ihn mit viel Geschick so verlaufen, dass eine hauchdünne Schicht den Boden bedeckte. »Er darf nicht dicker sein als das Blatt eines Eukalyptusbaums«, erklärte sie. Mit schnellen Bewegungen der Pfanne drehte sie ihn mehrmals in der Luft um. Sobald er von beiden Seiten goldbraun gebacken war, tröpfelte sie ein wenig gesüßte Kondensmilch darüber und rollte ihn zusammen.

Julia hatte noch nie einen so köstlichen Pfannkuchen gegessen.

Als Dankeschön kaufte sie am nächsten Tag in Hsipaw auf dem Markt eine alte Spieluhr, die noch aus der Kolonialzeit stammte. Sie hatte die Form einer kleinen schottischen Burg und spielte einen englischen Marsch. Ei Ei machte keinen Schritt mehr ohne Julias Geschenk.

Eines Morgens wollte Julia mir eine besondere Pagode zeigen, zu der sie mit Thar Thar häufiger wanderte. Sie lag auf der Kuppe eines nicht weit entfernten Hügels, ihre Spitze leuchtete golden, eine Seite war weiß getüncht und intakt, die andere bestand aus bloßem Mauerwerk, durch das sich tiefe Risse zogen. Aus den Ritzen wucherten kleine Bäumchen und Gräser. Die Stupa besaß eine so starke Neigung, dass sie längst hätte einstürzen müssen. Es sah aus, als würden die Gesetze der Schwerkraft für sie nicht gelten.

»Hast du so etwas schon einmal gesehen?«, fragte Julia mich.

Ich ging einmal um den Bau herum und betrachtete ihn gründlich. »Nein. Das ist in der Tat sehr rätselhaft.«

Thar Thar erzählte, dass die Pagode laut einer Legende über die Jahrhunderte mehrmals von Erdbeben zerstört und immer wieder aufgebaut worden sei. Vor einiger Zeit gab es einen heftigen Erdstoß, der sie so schwer beschädigte, dass sie hätte umkippen müssen. Da sie es nicht tat, waren die Menschen überzeugt, dass es eine Macht gab, die sie davor bewahrte. Dieser Macht waren die vielen Altäre gewidmet, die um sie herum standen. Wer hier Opfergaben hinterließ, hoffte, dass dieser Geist auch ihn beschützen möge.

Julia holte drei Kekse aus ihrem Rucksack, legte sie behutsam vor einen der Altäre und nickte mir zu. »Einen für jeden von uns.«

Sie wollte sich auf den Rückweg machen, doch es war ein warmer Tag, die Wanderung hatte mich angestrengt, ich bat um eine Pause und hockte mich in den Schatten der Stupa. Thar Thar reichte mir eine Flasche Wasser. Wir schauten schweigend über das Tal. Ich sah, wie Julia immer unruhiger wurde, und zeigte auf den Platz neben mir. »Setz dich doch.«

Die beiden hockten sich zu mir.

Nach einer Weile stand sie wieder auf. Rastlos ging sie vor uns auf und ab. »Ich habe ein paar Ideen, was wir mit unserer vielen Zeit im Kloster noch so anfangen könnten.«

»Was zum Beispiel?«, fragte Thar Thar.

»Sie besser nutzen.«

»Ist die Zeit ein Werkzeug, das man nutzt?«

»So sagt man bei uns«, erwiderte Julia.

»Wofür sollten wir sie nutzen?«

»Wir könnten das Dach reparieren. Wir könnten den Kindern mehr Stunden Englischunterricht geben. Mehr Gemüse anbauen. Andere Sorten ausprobieren, um welche zu finden, die ertragreicher sind und die wir dann auf dem Markt verkaufen. Wir könnten auch ein kleines Café oder Restaurant in Hsipaw eröffnen.«

»Hm.« Thar Thar lehnte sich zurück und überlegte. »Und mit deinem Bruder hier im Schatten der Pagode zu sitzen ist keine gute Nutzung unserer Zeit?«, fragte er besorgt.

»Doch.«

»Also?«

»Es ist keine gute Nutzung, wenn man etwas erreichen will.«

»Was möchtest du erreichen?«

»Verstehst du mich wirklich nicht?«

»Doch, aber ...«

»Ich möchte vieles erreichen«, unterbrach sie ihn. »Zum Beispiel das Leben der Kinder verbessern.«

Er legte nachdenklich die Stirn in Falten. »Hast du das Gefühl, es geht ihnen nicht gut bei uns?«

»So meine ich das nicht«, erwiderte sie und wurde allmählich ungeduldig.

»Wie denn?«

»Wenn wir mehr Gemüse anbauen oder andere Sorten, könnten wir mit dem Geld, das wir auf dem Markt verdienen, im Hof eine vernünftige Toilette und Duschen bauen. Wir könnten einen Anschluss zur Stromleitung an der Straße legen lassen oder einen Generator kaufen und damit einen Durchlauferhitzer betreiben. Dann gäbe es warmes Wasser, und wir müssten nicht jeden Morgen bei null Grad eiskalt duschen. Wäre das keine Verbesserung?«

»Nein.«

Sie schaute erst ihn und dann mich ratlos an. »Nein? Warum nicht?«

»Die Kinder kennen es nicht anders. Keines von ihnen hat jemals warm geduscht.«

»Noch nie?«

»Nein.«

»Dann verspreche ich dir: Spätestens nach einer Woche würden sie sich darüber freuen und nicht mehr tauschen wollen. Jede Wette.«

»Das mag sein. Aber jetzt vermissen sie es nicht. Und wir hätten weniger Zeit, zusammen im Schatten einer Pagode zu sitzen. Das würde ich vermissen ...«, sagte er mit einem vorsichtigen, abwartenden Lächeln.

»Ich auch. Aber das eine schließt das andere ja nicht aus.«

»Nein?«

»Nein!«

Thar Thar sah nicht überzeugt aus, aber sie beließen es dabei.

Kurz darauf machten wir uns auf den Rückweg und verbrachten den meisten Teil davon schweigend.

11

Ein Kind.

Es war ein simpler Test, den sogar das Krankenhaus in Hsipaw durchführen konnte. Positiv. Die bruchstückhaften Englischkenntnisse des Arztes reichten, um ihr dieses Ergebnis mitzuteilen.

Die Übelkeit am Morgen, das gelegentliche Ziehen im Unterleib, der leichte Druck in den Brüsten waren Hinweise gewesen, nun hatte sie Gewissheit.

In ihr wuchs Leben, streichholzgroß.

Eine zweite Chance, dachte sie. Wer bekam die schon?

Ein Kind.

Sein Kind.

Es dauerte lange, bis Thar Thar verstand, was sie sagte.

Ein Geschenk, so groß, dass er gar nicht wusste, wie er es annehmen sollte. In seinem Leben war er schon vieles gewesen: Bruder. Quälgeist. Ungeliebter Sohn. Waise. Soldat wider Willen. Mönch. Geflüchteter. Familienersatz. Liebender.

Vater eines Kindes zu sein, hatte in seinen Gedanken nie eine Rolle gespielt. Weder als Wunsch noch als etwas, was ihm Unbehagen oder gar Angst bereitete. Die Möglichkeit hatte einfach außerhalb seiner Vorstellungswelt gelegen. Zunächst klang es für ihn, als spräche Julia nicht über sich und ihn, sondern von einer fremden Frau und einem fremden Mann.

Konnte er geben, was ein Kind brauchte? Er dachte an seine Eltern. Viele Erinnerungen waren ihm nicht geblieben. Von seinem Vater wusste Thar Thar nicht einmal mehr genau, wie er ausgesehen hatte. Groß und kräftig musste er gewesen sein. Als Tagelöhner und Holzfäller war er die meiste Zeit des Jahres unterwegs gewesen und hatte die Familie allein gelassen. Seine Besuche dauerten selten länger als ein paar Tage, in denen für seine Kinder nicht viel Zeit blieb. Thar Thar konnte sich nicht entsinnen, etwas mit ihm gespielt oder unternommen zu haben. Es war mehr ein Gefühl als ein Gesicht oder eine Stimme, das er mit ihm verband. Das Gefühl von Einsamkeit. Von einer ungestillten Sehnsucht.

Nur die Sekunden vor seinem Tod erinnerte Thar Thar sehr genau. In einer Baumkrone hatte er gestanden und ihm zugewinkt. Das Knacken eines Astes, das dunkle, furchterregende Rauschen des Laubes, durch das etwas Schweres fällt. Ein dumpfer Aufprall. Die Gesichter der Erwachsenen, die ihm mehr verrieten, als er wissen wollte.

Er hatte ihn früh allein gelassen.

Es waren die Gedanken an seine eigene Kindheit, die ihm halfen, die Bedeutung dessen zu verstehen, was Julia ihm gesagt hatte.

Ein Kind.

Egal was passierte, er wollte alles versuchen, seinem Kind ein anderer Vater zu sein.

Moe Moe und Ei Ei freuten sich auf ihre stille Art, als würden sie ein sehnsüchtig erwartetes Geschwister bekommen, und ließen Julia nicht aus den Augen.

Abends lag nicht mehr eine Blüte auf ihrem Kopfkissen, sondern zwei – eine große und eine kleine.

Wenn sie am Morgen erwachte, saß bereits eines der beiden Mädchen neben ihr am Bett und fragte, ob es ihr gut gehe und ob sie etwas brauche.

Wenn sie Arbeit auf dem Feld verrichtete oder im Hof Wäsche wusch, blieben sie in ihrer Nähe und beäugten sie ängstlich, bis Julia ihnen erklärte, dass sie nicht krank sei, sondern nur ein Kind erwarte.

»Werden Schwangere bei euch immer so behütet?«, fragte sie Thar Thar verwundert.

Bei der Vorstellung musste er lachen. »Nein, ganz bestimmt nicht. Ich vermute, sie denken, dass das bei euch so ist, und wollen, dass du dich wie zu Hause fühlst. Es soll dir an nichts fehlen.«

Julia wollte nicht, dass jemand im Kloster besondere Rücksicht auf sie nahm. Um sich auch in der Zeit nützlich machen zu können, in der ihr die körperliche Arbeit schwerer fallen würde, bat sie Ko Lwin und Ko Aung, ihr beizubringen, wie man Körbe aus Bambus macht. Sie zeigten ihr, welche Bambusrohre sich am besten eigneten, wie man sie mit einem Messer in hauchdünne Streifen schnitt, ohne sich zu verletzen, und diese dann kunstvoll zu großen und kleinen Körbe flocht. Ohne Worte, aber mit endloser Geduld führte der blinde Ko Aung ihr die Hände. Er sprach ihr Mut zu, als sie wütend über ihre vermeintliche Ungeschicklichkeit ihr Messer fallen ließ.

»Wie lange braucht ihr für einen Korb?«, wollte sie wissen.

Die beiden waren sich nicht sicher. Sie schätzten, dass sie am Tag zwei bis drei große, aber nur einen kleinen schafften. Die großen Körbe verkauften sie für sechstausend Kyat, die kleinen für viertausend.

Julia stutzte. »Weshalb sind die billiger, wenn es dreimal so lange dauert, sie herzustellen?«

»Weil die Kunden nicht mehr dafür ausgeben wollen«, erklärte ihr Thar Thar.

»Aber warum produziert ihr dann nicht nur die großen Körbe?«

»Weil die Kunden auch die kleinen wollen.«

»Dann sollen sie dafür bezahlen.«

»Tun sie doch.«

»Nicht genug.«

»Viertausend Kyat sind eine Menge Geld«, widersprach er.

»Mag sein. Aber die kleinen billiger zu verkaufen als die großen, macht wirtschaftlich keinen Sinn.«

»Warum nicht?«

Thar Thar verstand die Logik von Produktionskosten, Angebot und Nachfrage nicht, selbst nachdem Julia sie ihm ein zweites Mal erklärt hatte.

Alle drei lobten ihren ersten Korb, auch wenn er sich beim Versuch, darin etwas zu tragen, von selbst wieder auflöste. Im Gegensatz zu den flinken Händen der Jungen waren die Bewegungen ihrer Finger träge, umständlich und ungeschickt.

Julia gab nicht auf. Sie saß ganze Nachmittage allein vor einem Haufen von Bambusstreifen, hin und wieder fluchend, und übte, bis sie das Flechtmuster und die Technik beherrschte und ihre Körbe nicht sofort wieder kaputtgingen.

Gleich in den ersten Wochen ihrer Schwangerschaft begann sie mit den Plänen für ein Leben mit Baby im Kloster. Sie wollte mit ihrem Geld aus Amerika ein Bad mit mehreren Duschen und einer Badewanne bauen. Eine Stromleitung legen lassen, das Dach reparieren, einen gebrauchten Jeep kaufen. Sie dachte über einen eigenen Brunnen mit elektrischer Pumpe nach. Der Weg, der vom Kloster zur Straße führte, musste dringend ausgebessert werden. Wegen der vielen Schlaglöcher war er in der Regenzeit für Autos kaum passierbar.

Thar Thar hatte keine Einwände, und wenn er welche hatte, äußerte er sie nicht. Er war noch liebevoller und aufmerksamer als sonst. Hatte Julia Appetit auf Fisch, fuhr er in den Ort, kaufte Fisch und bereitete ihn für sie zu. Bat sie zum Frühstück um frische Milch, besorgte er frische Milch. Konnte sie nicht einschlafen, massierte er ihr die Füße, und wenn das nicht half, erzählte er ihr und den Kindern Märchen, bis ihr die Augen zufielen.

Nur körperlich wahrte er zum ersten Mal eine gewisse Distanz. Julias Versuche, ihn auf ihren Ausflügen zu verführen, endeten jedes Mal in Liebkosungen und zärtlichen Umarmungen, aber nicht mehr. Er wollte das in ihr wachsende Leben nicht stören.

Ein Kind. Ihr Kind.

12

Familie. In ihrer Kindheit hatte sie für Julia aus Vater, Mutter und Bruder bestanden.

Einem Vater, den sie über alles liebte, der aber selten da war und noch seltener, wenn sie ihn brauchte.

Einer Mutter, deren Launen sie fürchtete, die mit ihrer Tochter nichts anzufangen wusste und sich für Tage in ihr verdunkeltes Schlafzimmer zurückzog.

Einem großen Bruder, den sie bewunderte, der sich für seine kleine Schwester aber nicht interessierte und sie mit Missachtung strafte, ohne dass sie je verstand, warum.

Sie erinnerte nicht enden wollende Abendessen, bei denen nichts als das Geklapper des Bestecks zu hören war. Blicke zwischen Mutter und Sohn, die von einer Welt voller Geheimnisse erzählten, zu der ihr der Zugang für immer verwehrt bleiben würde. Ein großes Haus in der Upper East Side, das viel zu selten mit Lachen erfüllt war.

Es gibt Familien, dachte sie, in denen das Glück einfach nicht zu Hause ist. Oder nur ein sehr flüchtiger Gast. Familien, in denen jeder an Liebe gibt, was er geben kann, und es trotzdem nicht reicht.

In denen jeder teilt, soweit es in seinen Kräften steht, und die Herzen trotzdem hungern. Ohne Schuld. Ohne dass Böses gewollt wird. In denen Verletzungen entstehen, für die ein Leben nicht ausreicht, sie zu heilen.

Der Ort, an dem alles beginnt. Die Liebe. Die Sehnsucht danach. Die Angst davor.

Der Ort, dem wir niemals entkommen. An dem die Herzen zu groß sind oder zu klein. Zu begierig oder zu satt.

An dem wir wehrlos und schutzlos sind wie nirgendwo sonst.

Weil Liebe keine Gerechtigkeit kennt.

Die Familie ihrer Kindheit gab es nicht mehr. Ihr Vater war tot. Ihre Mutter lebte beim Bruder in San Francisco. Zu beiden beschränkte sich der Kontakt auf kurze Höflichkeitsanrufe an den Geburtstagen und Thanksgiving.

Jetzt würde sie ihre eigene Familie gründen mit ihren eigenen Gesetzen: Mutter – Vater – Kind.

Und zwölf große Geschwister.

Und einen Onkel.

In einem Kloster voller Leben, in den Bergen der Shan-Staaten.

Ein Ort, an dem genug für alle da war. An dem sich jeder für jeden interessierte und keiner mit Missachtung bestraft wurde. An dem sich niemand in verdunkelte Zimmer zurückzog.

Sie musste sich nur Zeit lassen und Geduld haben. Mit Thar Thars und U Bas Hilfe würde es gelingen, daran zweifelte sie nicht.

13

Dann geschah das Unglück mit Ei Ei.

Sie war eines der ersten Mädchen, die Thar Thar aufgenommen hatte. Schüchtern und so still, dass er sich in der ersten Zeit manchmal fragte, ob sie überhaupt mehr als zwei Sätze sprechen konnte.

Ihre Eltern hatten sie eines Tages gebracht. Eine Achtjährige, gezeichnet von den Folgen der Kinderlähmung. Klein und verkümmert, mit einem steifen Bein und Gliedern so dünn wie Stöckchen.

Sie hatten von diesem seltsamen Mönch gehört, der sich um Kinder kümmerte, für die es woanders keinen Platz gab.

Es waren Bauern, die weder lesen noch schreiben konnten und sich um viele Kinder sorgen mussten. Um auch noch eines durchzufüttern, das nicht arbeiten konnte, reichten die Erträge ihres Ackers nicht.

In der ersten Zeit folgte sie Thar Thar auf Schritt und Tritt, als hätte sie Angst, auch er könnte sie eines Tages irgendwo zurücklassen. Selbst wenn er auf die Toilette in den Hof ging, wartete sie geduldig vor dem Holzverschlag. Er gewöhnte sich daran und verlangsamte für Ei Ei seine Schritte, dass sie ihm folgen konnte. War er in Eile, nahm er sie auf den Rücken, auf die Schultern oder in seine Arme und trug sie mit sich herum.

Schlafen konnte sie nur, wenn er neben ihr lag.

Mit der Zeit fasste sie Vertrauen, konnte ihn aus den Augen lassen, ohne Angst zu bekommen. Sie begann zu kochen, wurde immer selbstständiger und wuchs zu einer großen Schwester heran und zu einer der wichtigsten Hilfen Thar Thars.

Als sich Ei Ei eines Morgens zu erschöpft fühlte, um auf dem Feld zu arbeiten, wunderte sich niemand. Die Krankheit hatte in ihrem Körper tiefe Spuren hinterlassen, nicht nur ein steifes Bein.

Zunächst vermuteten Julia und Thar Thar, sie hätte sich erkältet. Ihr Husten und das Fieber waren kein Grund zur Sorge, im Winter und Frühling litten die meisten der Kinder an einer Erkältung. Dagegen gab es bewährte Mittel.

Doch die Tinktur aus Heilkräutern zeigte keine Wirkung.

Die kalten Wickel, die Julia ihr anlegte, halfen ebenso wenig wie die Schmerztabletten aus ihrer Reiseapotheke.

Das Fieber stieg.

Ein Splitter im Fuß.

Eine entzündete Wunde.

Vielleicht wären sie früher ins Krankenhaus gefahren, wenn Ei Ei gesagt hätte, wie schlecht es ihr ging. Aber sie war ein Mensch, der litt, ohne zu klagen.

Ein Medikament, das gegen die Vergiftung ihres Blutes helfen könnte, gab es in Hsipaw nicht. Julia heuerte einen Taxifahrer an, um es in Mandalay zu besorgen. Hin und zurück waren es, auch bei zügigster Fahrt, zwischen zwölf und sechzehn Stunden. Sie bezahlte einen zweiten Mann, damit sie sich in der Nacht abwechseln und durchfahren konnten.

In der Zwischenzeit wich sie nicht von Ei Eis Seite, zog die Spieluhr auf, tauschte die Wickel mehrmals in der Nacht, redete ihr gut zu, als könnten Wörter allein das Fieber senken.

Ei Ei klammerte sich an ihre Hand, als wäre es die ihrer Mutter.

Am frühen Morgen kehrten die beiden Fahrer zurück, müde und erschöpft, sie hatten nicht eine Pause gemacht. Julia flößte der entkräfteten Ei Ei die Medizin ein, wartete, sprach den anderen Mut zu. Aber es war zu spät.

Ei Ei hatte ein großes Herz, aber kein starkes.

Die Klänge der Spieluhr waren das Letzte, was sie hörte.

Ihr Tod veränderte vieles.

Ei Ei war Julia ans Herz gewachsen, zwischen ihnen hatte sich eine Vertrautheit entwickelt wie sonst nur mit Moe Moe. Sie bewunderte den Gleichmut, mit der sie ihre körperlichen Leiden ertrug. Ihre Tapferkeit. Ihre Hilfsbereitschaft.

Nun lag ihr blasser, lebloser Körper auf einer schmutzigen Bastmatte. Es war der erste Leichnam, den Julia sah und mit ihren Händen berührte. Es fühlte sich an, als wäre ein Teil von ihr gestorben.

Thar Thar versuchte sie zu trösten. Ei Ei werde schon bald in einer neuen Existenz zurückkehren. Im nächsten Leben werde sie nicht mit einem steifen Bein über den Hof und die Felder humpeln müssen. Sie werde etwas lernen und jene Belohnungen erfahren, die ihr in dieser Existenz, aus welchen Gründen auch immer, versagt geblieben waren. Für ihn war das ein tröstlicher Gedanke – für Julia nicht.

Bis zu dem Tag hatte sie gehofft, wenn auch die Bedenken anfänglich groß waren, sie könnte ihr Kind in Hsipaw oder Mandalay zur Welt bringen. Trotz der Fehlgeburt, die sie vor zwei Jahren erlitten hatte. Die Ursache war damals ein Bluterguss hinter der Gebärmutter gewesen.

Bestimmung. Schicksal. Pech. Wie immer man es nennen wollte.

Aber medizinisch gesehen nichts, was eine erneute Schwangerschaft in irgendeiner Form erschweren oder gefährden würde, das hatten ihr mehrere Ärzte unabhängig voneinander bestätigt. Und in Burma wurden schließlich jeden Tag gesunde Kinder von gesunden Müttern geboren, sagte sie sich. Zumal die ersten drei Monate ihrer Schwangerschaft ohne Komplikationen verlaufen waren und sie in Mandalay eine Frauenärztin gefunden hatte, die in England ausgebildet worden war und der sie nicht weniger vertraute als ihrem Gynäkologen in New York.

Nun nicht mehr. Wenn schon ein einfacher Splitter im Fuß einem Kind den Tod bringen konnte, welche Gefahren lauerten dann erst für ein Baby bei einer Geburt?

Und für die Mutter.

Von einem Tag auf den anderen wucherten wieder Zweifel in ihr. Sie wollte nicht weg, doch nun sah sie in jeder Mücke eine Bedrohung. In jedem schmutzigen Becher. Jedem nicht abgekochten Tropfen Wasser. Überall lauerten Keime. Viren. Bakterien.

Aus einer einfachen Schwangerschaft wurde eine komplizierte. Aus einer mutigen Frau eine ängstliche. Aus einem Ort der Zuversicht einer der Verzagtheit.

Ihre Gynäkologin hatte gegen eine Flugreise nach New York in ihrem Zustand keine Bedenken. Das Wichtigste sei, dass sie sich vor und während der Geburt sicher und gut versorgt fühle, die sei schon anstrengend genug, besonders in ihrem Alter.

Für Julia stand nach Ei Eis Tod fest, dass ihr Kind nur in einem

Krankenhaus in Manhattan auf die Welt kommen konnte. Selbst Bangkok, Hongkong oder Singapur kamen nicht infrage.

Die neuen Gerüche und Geräusche, die Gesichter und Stimmen waren ihr fremd und unheimlich geworden. Was sie gestern fasziniert hatte, ängstigte sie heute. Sie sehnte sich nach nichts mehr als nach der Vertrautheit New Yorks. Nach einer Sprache, die sie verstand. Nach Gesichtern, in denen sie auf Anhieb lesen konnte. Nach Gewohnheiten und Ritualen, die sie kannte und die ihr Sicherheit versprachen.

Und was gut für sie war, würde auch gut für ihr Kind sein.

14

Thar Thar fiel es schwer, ihren Wunsch zu verstehen. Er konnte nicht begreifen, wie plötzlich ihre Stimmung umgeschlagen war.

Sie wollte fort, mit jedem Tag, der verging, drängte sie auf eine schnellere Abreise. Als wären sie auf der Flucht. Selbst zu den Kindern hielt sie Abstand, aus Furcht, sich bei ihnen anzustecken, obgleich sie keinerlei Symptome irgendeiner Erkrankung zeigten.

Er wollte sie beruhigen, wusste aber nicht, wie. Auch ihn hatte der plötzliche Tod Ei Eis sehr getroffen, aber Menschen starben nun mal. Auch Kinder. Das war traurig, jedoch nicht zu ändern. Sich deshalb zu fürchten, hieße, Angst vor dem Leben zu haben, weil es mit dem Tod endete. Er verstand den Zusammenhang zwischen Ei Eis Tod und Julias Schwangerschaft nicht.

»Was hat das miteinander zu tun?«, fragte er vorsichtig. »Eine Blutvergiftung ist nicht ansteckend.«

»Das weiß ich auch«, antwortete Julia barsch.

»Entschuldigung, ich wollte dich nicht verärgern.« So kannte er sie nicht.

Sie schwiegen, und was er sonst genoss, die Stille zwischen ihnen, machte ihn jetzt unruhig. »Glaubst du«, versuchte er es noch einmal, »dass du und unser Kind jetzt gefährdeter seid als vor Ei Eis Tod?«

»Nein, natürlich nicht«, erklärte sie, nur um sich im nächsten Moment zu widersprechen: »Ja.«

»Warum?«

»Weil ich Angst habe. Weil ich mich nicht mehr sicher fühle.« Ei Eis Sterben hatte ihr wieder bewusst gemacht, welch ein häufiger Besucher der Tod in Burma war. Wie unerwartet er kam. Wie wenig die Menschen gegen ihn auszurichten vermochten, wenn er plötzlich in der Tür stand. Wie sie gelernt hatten, sich dem Unausweichlichen zu fügen, und wie wenig sie selbst das konnte und es auch gar nicht wollte.

»Weniger sicher als vorher?«

»Ja.«

»Warum?«

»Weil ich gesehen habe, wie unsere Ei Ei wegen eines dummen Splitters im Fuß sterben musste. Ist das so schwer zu verstehen?«

»Nein«, erwiderte er bedrückt.

»Ich war naiv. Ich hatte vergessen, wie gefährlich es ist, in Burma krank zu werden.«

»Gefährlicher als anderswo?«

»Aber Thar Thar! In Amerika sterben bei tausend Geburten sieben Kinder oder Frauen. Ich habe die Ärztin in Mandalay gefragt, wie viele es in Burma sind. Weißt du das?«

Er schüttelte den Kopf.

»Siebzig. Zehnmal so viele!«

Statistiken sagten ihm genauso wenig wie Wahrscheinlichkeiten. Er wusste nur, dass es siebzig zu viel waren, so wie es in Amerika sieben zu viel waren.

»Und stell dir vor, bei mir gibt es irgendeine Komplikation. Ich bin keine zwanzig mehr.«

Thar Thar schwieg. Ihre Angst war, wie so viele Ängste, auch mit guten Argumenten nicht zu besänftigen. Es war ihre Entscheidung. Sie musste das Kind zur Welt bringen, nicht er. Er würde ihr folgen, was immer sie entschied.

»Willst du es dir noch einmal überlegen?«

»Nein.«

Er brachte es nicht über das Herz, den Kindern zu sagen, dass er sie für eine Weile allein lassen müsste. Mehrere Tage lang drückte er sich darum, versprach Julia, es am Abend zu tun, nur um dann allen Kindern nach der Meditation eine gute Nacht zu wünschen und sich zurückzuziehen.

Sie waren seine Familie. Sie gaben ihm, wonach er so viele Jahre gesucht hatte: ein Gefühl der Zugehörigkeit.

Seine Eltern waren tot, sein Bruder verschollen. Nach der Flucht aus dem Militärlager hatte er acht Jahre bei einem katholischen Missionar gelebt, ihm den Haushalt geführt, geputzt, eingekauft, gekocht, die Wäsche gemacht. Nach dessen Tod war er wieder allein gewesen.

Als Bettelmönch war er von Dorf zu Dorf, von Kloster zu Kloster gewandert. In manchen blieb er mehrere Wochen, in anderen hielt er es nur wenige Tage aus. Thar Thar dachte, auf der Suche nach Erleuchtung zu sein – und sehnte sich doch nur danach, irgendwo anzukommen.

Als er das verlassene Kloster in der Nähe von Hsipaw entdeckte, wusste er, dass er ein Zuhause gefunden hatte. Die ersten Wochen blieb er für sich und begann, die verfallene Meditationshalle wieder herzurichten, dann begegnete er auf dem Markt der bettelnden Moe Moe, und ihre Eltern baten ihn, sie bei sich aufzunehmen.

Kurz darauf stand Ko Maung bei ihm im Hof. Einige Tage später Ei Ei. Dann Ko Aung. Zwölf »seiner Kinder«, wie er sie nannte, waren es am Ende. Mit ihnen lebte er seit Jahren zusammen, in seiner Obhut wuchsen sie zu jungen Erwachsenen heran. Von ihnen lernte er eine der wichtigsten Lektionen: dass man seine Schwächen in Stärken verwandeln kann; dass in jedem unglücklichen Menschen ein glücklicher steckt, in jedem ängstlichen ein mutiger.

Wenn er nicht schlafen konnte, weil in der Dunkelheit die Detonationen der Minen und die Schreie der Gefangenen noch immer durch seinen Kopf hallten, stand er auf und ging in der Meditationshalle auf und ab. Lauschte dem ruhigen Atem der schlafenden Kinder und konnte sein Glück kaum fassen.

»Es fällt mir genauso schwer wie dir«, tröstete ihn Julia. »Es ist nur für einige Monate.«

»Ich weiß.«

»Wenn alles gut geht, sind wir spätestens Ende des Jahres zurück.«

»Und wenn nicht alles gut geht?«

Darauf hatte sie keine Antwort. »Möchtest du lieber hierbleiben?«

Der Gedanke war ihm auch schon gekommen, er hatte ihn sogleich wieder verworfen.

»Ich würde es dir nicht übel nehmen«, versicherte sie und legte seine Hand auf ihren Bauch. Die Wölbung war deutlich zu fühlen.

»Ich bleibe bei dir.«

»Oder du kommst ein paar Wochen vor der Geburt nach. Mein Bruder begleitet mich. Er wird mir eine große Hilfe sein, und in New York habe ich meine Freunde.«

Er schüttelte stumm den Kopf und half sich mit dem Gedanken, dass die Kinder im Kloster in guten Händen sein würden. U Ko Tun, ein Witwer aus Hsipaw, der schon häufiger mehrere Wochen, manchmal sogar Monate bei ihnen zu Gast gewesen war, hatte sich bereit erklärt, für die Dauer der Reise zu ihnen zu ziehen.

Am Ende war es Julia, die alle Kinder in der großen Meditationshalle zusammenrief, sie hockten sich in einem Halbkreis um sie herum, Thar Thar saß neben ihr.

Sie streckte ihren Rücken, spannte die Schultern, holte tief Luft und machte ein Gesicht, als wäre ihr ein Hühnerknochen im Hals stecken geblieben. Hilfe suchend wanderte ihr Blick von einem zum anderen.

Als sie schließlich anfing zu reden, waren ihre Sätze kurz und knapp. Sie sprach auf Englisch, Thar Thar übersetzte, den Kopf gesenkt, seine Augen auf den Boden gerichtet.

Julia erzählte von dem Leben, das in ihr wuchs und das es zu schützen galt. Ihrer Verantwortung dafür. Von einer ersten Fehlgeburt, die sie zur besonderen Wachsamkeit und Vorsicht verpflichtete. Von Hygienestandards. Den gesundheitlichen Risiken einer Schwangerschaft. Von möglichen Komplikationen, mit denen man immer rechnen müsse, besonders in ihrem Alter. Der bestmöglichen medizinischen Versorgung.

Von der Alternativlosigkeit ihrer Entscheidung.

Es dauerte, bis Thar Thar für den Satz eine passende burmesische Übersetzung fand.

Die Kinder lauschten konzentriert, hin und wieder hustete oder schniefte jemand, und als sie zu Ende gesprochen hatte, herrschte lange Zeit Stille. Der taube Ko Maung, dem als Zehnjährigem eine Explosion das Gehör geraubt hatte, saß in der ersten Reihe, sein kummervolles Gesicht verriet, dass er auf seine Art jedes Wort verstanden hatte. Moe Moe versuchte vergeblich, ihre Tränen zu unterdrücken, andere nickten. Als hätten sie den Entschluss Julias, ihr Kind nicht hier, sondern in einem fernen Land auf die Welt bringen zu wollen, geahnt. Nun taten sie, was ihre Eltern und das Leben sie vom ersten Tag an gelehrt hatten: Sie nahmen hin. Sie akzeptierten. Sie fügten sich. Keiner von ihnen wäre auf die Idee gekommen, zu lamentieren, Julia zu bitten, es sich noch einmal zu überlegen, oder ihre Entscheidung gar infrage zu stellen.

Es war, wie es war.

Julia erklärte ihnen, dass sie und Thar Thar die ersten Monate nach der Geburt in New York bleiben wollten und dann mit dem Baby zurückkehren würden. Im günstigsten Fall zu Weihnachten, spätestens aber zum burmesischen Neujahr im April. Die Zeit würde viel schneller vergehen, als sie jetzt dachten.

Es gab in Hsipaw noch kein Internet, keine Handys und keine Telefone, von denen aus man in New York anrufen konnte. Julia hinterließ trotzdem ihre Telefonnummern und E-Mail-Adresse. Im Notfall könnten sie versuchen, sie von einem Hotel in Mandalay aus zu kontaktieren.

Auf den ersten Blick hatten wir nicht viel dabei. Thar Thar trug Julias Rucksack zum Bahnhof, ihm genügte eine Umhängetasche, die nicht einmal prall gefüllt war, und mir ein leichter Koffer, den wir auf dem Markt gekauft hatten.

Aber mit wie viel Gepäck Menschen wirklich unterwegs sind, zeigt sich oft erst während der Reise.

15

Die Geschwindigkeit eines Flugzeuges überstieg Thar Thars Vorstellungskraft, er verlor jedes Gefühl für Zeit und Raum. Er aß, sobald ihm jemand Essen hinstellte, ob er hungrig war oder nicht. Er schlief, obgleich die Sonne hoch am Himmel stand, und blieb hellwach, als in der Dunkelheit die Sterne leuchteten.

»Bist du aufgeregt?«, fragte Julia.

»Nein.«

»Du fährst zum ersten Mal nach New York und bist nicht aufgeregt?«

»Sollte ich?«

»Nicht für mich, aber ich dachte … ich meine … NEW YORK!!!«

Thar Thar wollte sie nicht enttäuschen und überlegte angestrengt. Er wusste nicht viel über den Ort, an dem er die nächsten Monate verbringen würde. In einem Teehaus in Mandalay hatte er einmal eine Wandtapete mit der Skyline einer Stadt in der Abenddämmerung gesehen, und der Besitzer hatte voller Stolz behauptet, das sei die von Manhattan, auch wenn er den Soldaten, die davor häufig ihren Tee tranken, erzählte, es sei die von Bangkok. Thar Thar erinnerte viele hohe Häuser, eine Brücke und zwei imposante Türme, die aussahen, als würden sie am Himmel kratzen. Er hatte an zwei mächtige, astlose Baumstämme denken müssen, die einsam über einem dunklen Wald thronten.

Bei Vater Angelo hatte er ein paar Romane gelesen, die in New

York spielten, offenbar hatte ihn keiner besonders beeindruckt, denn ihm war nicht viel im Gedächtnis geblieben.

»Ich habe keine Vorstellung, was mich erwartet«, sagte er. »Wie kann ich da aufgeregt sein?«

»Du könntest Angst haben, enttäuscht zu werden.«

»Aber ich habe keine Erwartungen.«

»Gar keine?«

»Nicht an die Stadt.«

»Du könntest fürchten, dich unwohl zu fühlen.«

»Sehr unwahrscheinlich, solange du in meiner Nähe bist.«

Sie lachte und strich ihm liebevoll über den Kopf. Ob sie ihn verstand, wusste er nicht.

Julia musste an das Kloster und die Kinder denken. Der Abschied von ihnen war ihr sehr schwergefallen. Sie hatte noch einmal jedem einzelnen versprochen, spätestens zum Wasserfest zurück zu sein.

Aber nachdem sich der Zug nach Mandalay mit einem kräftigen Ruck in Bewegung gesetzt hatte, wichen ihr schlechtes Gewissen und ihr Abschiedsschmerz einer Erleichterung, die mit jedem Kilometer, den sie zurücklegten, größer wurde.

Noch nie hatte sie sich so gefreut, nach Hause zu kommen, auch wenn in New York außer ihrer Freundin Amy niemand auf sie wartete. Es waren die kleinen Dinge, nach denen sie sich sehnte. Das vertraute Lächeln von Frau Li, wenn Julia mal wieder ein Kleid auf den Tresen der winzigen Reinigung legte. Die warmen Zimt-Bagel in »Joe's Bagel Bakery« auf der Second Avenue. Der erste Schneefall. Die Stille, die er mit sich brachte.

Auf den Flügen hatte sie viel geschlafen und die Strapazen mit der Routine der erfahrenen Reisenden ertragen.

Sie dachte an ihre Abreise vor fünf Monaten. Als kranke Frau hatte sie die Stadt verlassen. Voller Angst. Gehetzt. Gefangen. Ausgelaugt von Sechzigstundenwochen und einem Job, den sie nicht mehr wollte. Alleinstehend. Unglücklich seit Jahren, ohne es sich eingestanden zu haben. Im Glauben, eine Stimme zu hören. Mitten in einer wichtigen Sitzung war sie einfach aufgestanden und gegangen. Ohne ein Wort, ohne Erklärung. Sie hatte in ihrem Büro ihre Sachen gepackt, die Kanzlei verlassen und sie seitdem nicht wieder betreten. Ausgerechnet sie, die ehrgeizige, gewissenhafte Julia Win.

Die Stimme hatte ihr Fragen gestellt, von denen sie nichts wissen wollte und auf die sie keine Antworten hatte:

Wer bist du?
Warum bist du allein?
Warum hast du keine Kinder?

Sie war ein Symptom, das auf eine beginnende Schizophrenie deuten konnte, hatte der Psychiater gesagt.

Ausdruck eines Lebens, das ihr fremd geworden war, glaubte ihre Freundin Amy.

Eines Lebens, wie sie es nicht mehr wollte, ohne auch nur eine Ahnung davon zu haben, wie ein anderes aussehen könnte.

Nun kehrte sie als Schwangere zurück. An ihrer Seite ein Mann, den sie liebte wie keinen vor ihm. Der Vater ihres Kindes.

Sie war nicht mehr allein.

Sie hatte sich auf den Weg gemacht, herauszufinden, wer sie war.

Vielleicht hatte sie sich getäuscht. Vielleicht waren Metamorphosen doch nicht nur Tieren vorbehalten.

Vor dem Terminal wehte ein kühler Wind, er gab ihr das Gefühl, New York riechen zu können. Der Salzgeschmack des nahen Atlantiks lag in der Luft und mit ihm die vielen Erinnerungen, die sie mit dieser Stadt auf immer verbanden, ob sie wollte oder nicht.

Trotz ihrer Erschöpfung von der langen Reise war sie hellwach.

Thar Thar hingegen wurde nach der Ankunft immer stiller. Wahrscheinlich aus Müdigkeit, vermutete sie. Oder weil ihn die Eindrücke sprachlos machten oder er mit seinen Gedanken im Kloster war. Für alles hatte sie Verständnis. Er wird seine Zeit brauchen, um anzukommen.

Auf der Fahrt vom Flughafen sprach er kaum ein Wort, während sie vor lauter Aufregung nicht stillsitzen konnte. Julia redete, ganz gegen ihre Art, ohne viel nachzudenken. Die Sätze sprudelten nur so aus ihrem Mund.

Sie erzählte, dass alle Taxis in der Stadt gelb seien und dass man sie einfach am Straßenrand stehend heranwinke; dass es drei Flughäfen gebe, fünf Stadtbezirke und mehr als ein Dutzend U-Bahn-Linien; dass New York die größte und wichtigste Stadt Amerikas sei, mit den meisten Einwohnern, den meisten Theatern, den meisten Museen und den meisten Restaurants, und dass es darunter bestimmt auch mehrere burmesische gebe. Sie erzählte und erzählte, während das Taxi in einer nicht endenden Schlange von Autos auf der Stelle verharrte und Thar Thar kaum ein Wort verstand von dem, was sie sagte.

Zwischendurch wies sie den Fahrer noch an, welche Abkürzung er bei dem starken Feierabendverkehr durch Brooklyn zu nehmen hätte.

Ihre Wohnung lag da, wie sie sie verlassen hatte. Nur waren Regale, Tische, das Parkett mit einer dicken Staubschicht bedeckt, die beiden Topfpflanzen auf dem Küchentresen vertrocknet.

Julia zeigte, wie die Dusche funktionierte, wo die Handtücher lagen, wollte ihren Rucksack auspacken, eine erste Wäsche machen und spürte, wie Arme und Beine immer schwerer wurden und eine überwältigende Müdigkeit in ihr hochkroch.

»Habt ihr Hunger? Ich könnte etwas zu essen bestellen.«

»Nein«, antwortete Thar Thar. »Ich möchte nur schlafen. Wie spät ist es jetzt in Burma?«

»Kurz vor fünf Uhr, glaube ich. Aber wir dürfen uns nicht zu früh hinlegen«, mahnte sie, »sonst wachen wir um drei morgens auf und können nicht wieder einschlafen. Zwei, drei Stunden sollten wir noch auf den Beinen bleiben.«

Eine halbe Stunde später lagen wir alle im Bett und schliefen sofort ein.

16

»Hat Mama wirklich eine Stimme gehört, oder hat sie sich das nur ausgedacht?«

U Ba goss sich Tee nach und trank die halbe Tasse leer. »Warum sollte sie es sich ausdenken?«

»Vielleicht hatte sie keine Lust mehr, in dem Büro zu sitzen. Ich habe auch oft keine Lust, in der Schule zu sitzen.«

»Und dann denkst du dir etwas aus?« Die Stimme meines Onkels klang streng, aber sein Herz lächelte dabei. »Nein, ich fürchte, die Stimme hat sie gehört. Es ging ihr nicht gut, bevor sie deinen Vater traf«, sagte er ernst.

»Warum nicht?«

»Dafür gab es viele Gründe.«

Er schwieg, und ich verstand, dass er darüber nicht reden wollte. »Hören alle Erwachsenen Stimmen?«

»Nein.«

»Du?«

»Nein, zum Glück nicht.«

»Da bin ich froh.« Es war dunkel geworden, draußen erklangen die Stimmen des Abends: das Geklapper von Geschirr, Kindergeschrei, Hundegebell, bei den Nachbarn spielte jemand Gitarre und sang dazu. U Bas Magen knurrte. »Es ist schon spät. Soll ich uns etwas zu essen machen?«

Er nickte, ich stand auf und ging in die Küche. Von gestern war noch gekochter Reis übrig, ich schnitt Paprika, Zwiebeln und Tomaten klein, briet sie kurz in einem Wok an, gab den Reis dazu, schlug zwei Eier hinein, würzte das Ganze mit Sojasoße, Chilipfeffer und ein paar Blättern Koriander. U Ba wollte mir helfen, aber ich sagte ihm, er solle sich ausruhen.

Wir aßen schweigend, jeder von uns hing seinen Gedanken nach, glaube ich.

Nach dem Essen war mein Onkel zu erschöpft, um weiterzuerzählen, das hatte ich mir schon gedacht, und es war mir recht, denn mir war schwindelig von den vielen Dingen, die ich gehört hatte.

Während U Ba neben mir mit dem Schwein unter uns um die Wette schnarchte, ging mir die Geschichte meiner Mutter und der Stimme nicht aus dem Kopf. Vielleicht war sie wieder aufgetaucht, und es ging ihr deshalb nicht gut? Vielleicht war es eine Stimme, die ihr sagte, sie dürfe ihren Sohn nicht sehen? Vielleicht sogar NIE wiedersehen? Konnte ich dagegen etwas tun, wenn es so war? Gab es eine Medizin, die in solchen Fällen half?

Ich schlief ein und schreckte in der Nacht immer wieder hoch, weil ich schlecht träumte. Regungslos lag ich im Bett und horchte, weil ich Angst hatte, auch eine Stimme zu hören, aber alles, was ich vernahm, waren U Bas Schnarchen, Zikaden und ein paar vereinzelte Frösche.

Am Morgen weckte mich der Hahn. Ich war todmüde und überlegte kurz, ob ich die Schule schwänzen sollte, aber das würde mein Onkel ganz und gar nicht gutheißen, und ich fürchtete, er könnte mir zur Strafe ein paar Tage nichts erzählen.

Ich stand auf, ging in den Hof und hielt meinen Kopf in die Tonne mit kaltem Wasser. Das half immer.

Meinen Onkel ließ ich schlafen, steckte mir zwei hart gekochte Eier und ein paar Scheiben trockenen Toast ein und machte mich auf den Weg zur Schule.

Der Unterricht war noch langweiliger als sonst, aber heute störte mich das nicht. Ich saß am Fenster, schaute hinaus und überlegte, ob ich wohl sonst jemanden kannte, der Stimmen hörte? Die Tante von Su Myat Phyu, einer Klassenkameradin, hatte im vergangenen Jahr versucht, ihren Mann mit Rattengift umzubringen. Sie hatte es ins Essen gemischt, aber das Curry hatte ihm wohl nicht geschmeckt, jedenfalls hatte er es den Hunden gegeben. Es war ihnen nicht bekommen, hat Su Myat Phyu erzählt. Danach hieß es, sie sei nicht recht bei Verstand und von einem Geist besessen gewesen. War das nur eine andere Beschreibung für das Hören von Stimmen?

Ich fragte mich, ob man es den Menschen ansah, wenn sie Stimmen vernahmen? Möglicherweise verzogen sie das Gesicht dabei. Oder sie fassten sich an die Ohren. Es juckte ihnen in der Nase. Vielleicht hörten unsere Lehrer welche, die ihnen sagten, dass sie uns schlagen sollten und die Kinder der Soldaten anders behandeln mussten als die übrigen. Das wäre eine gute Erklärung für ihr Verhalten. Es wäre überhaupt eine gute Erklärung für viele Dinge, die ich nicht verstand.

Aber wahrscheinlich war es nicht so einfach.

Auf dem Nachhauseweg begleitete mich Su Myat Phyu bis zum Bahnhof. Ich fragte beiläufig, wie es eigentlich ihrer Tante gehe, und sie erzählte, dass die sich vor ein paar Wochen umgebracht habe. Darüber erschrak ich sehr.

Als ich nach Hause kam, sagte U Ba, dass er heute nicht weitererzählen wolle, er sei zu erschöpft, ich müsse mich bis morgen gedulden.

Zunächst war ich enttäuscht, ich wollte wissen, was meine Eltern in New York erlebt hatten, gleichzeitig musste ich zugeben, dass ich jetzt auch Angst davor bekam. Es musste etwas Schlimmes passiert sein, sonst würden sie nicht in Rangoon leben und ich bei meinem Onkel in Kalaw. Bisher hatten sie ihre Herzen noch zu keiner Tapferkeit zwingen müssen, der sie nicht gewachsen waren, fand ich.

Am nächsten Tag erwartete mich U Ba nach der Schule bereits. Er war auf dem Markt einkaufen gewesen und hatte seit langer Zeit mal wieder mein Lieblingsessen vorbereitet: gelbes Curry mit Erbsen und gebratenen Shrimps aus dem Inle-See.

Nach dem Essen machte er es sich auf dem Sofa bequem und steckte sich eine Cheroot an. »Möchtest du, dass ich weitererzähle?«

»Natürlich.« Ich legte mich wieder zu ihm, mein Kopf auf seinen Schoß gebettet, er kraulte mir den Nacken.

U Ba fing gerade an fortzufahren, da unterbrach ich ihn. »Darf ich dich noch etwas fragen?«

»Natürlich.«

»Ist Stimmenhören vererbbar?«

Er lächelte. »Nein, mach dir keine Sorgen.«

»Sicher nicht?«

»Ganz sicher nicht.«

Das beruhigte mich, auch wenn ich nicht ganz überzeugt war, dass er die Wahrheit sagte.

17

Thar Thar erwachte mitten in der Nacht. Auf der Straße heulte erst eine Sirene, dann eine zweite, eine dritte, als gäbe es ein Echo. Es dauerte einige Sekunden, bis er sich erinnerte, wo er war. An der weißen Wand neben ihm warf eine Stehlampe ihren Schatten, ihre Konturen sahen aus wie ein Galgen. Auf der anderen Seite lag die schlafende Julia. Er wollte sich an sie schmiegen, wie sie es vor dem Einschlafen getan hatte, fürchtete aber, sie zu wecken, und ließ es bleiben. Ganz vorsichtig rückte er etwas näher an sie heran, er wollte sie wenigstens riechen können.

Thar Thar fühlte sich hellwach und auf eine ihm fremde Art unruhig. Er konnte kaum stillliegen, nach einer Weile richtete er sich vorsichtig auf, verschränkte die Beine, schloss die Augen und wollte meditieren. Sein Atem war flach und ging schnell, er spürte, wie ihm kühle Luft in die Nase zog und ihr wärmere entwich. Eine Flut von Bildern strömte durch seinen Kopf: Häuser, höher als Bäume. Ei Ei, wie sie in der Küche hockte und ins Feuer blies. Autos. Das Kloster in der Abenddämmerung. Wolken von oben. Ein schmaler Trampelpfad durch den Dschungel. Feuchte Erde, trockene Äste, die durch die Luft fliegen. Stimmen. Schreie. Schüsse. Ein Fuß, ohne das Bein dazu. Thar Thar öffnete erschrocken die Augen. Es war lange her, dass er so intensiv an die Zeit im Krieg hatte denken müssen. Er versuchte es noch einmal, aber die Bilder ließen sich nicht vertreiben.

Lautlos stand er auf, ging ins Wohnzimmer und schaute sich um. Im Regal an der Wand entdeckte er Erinnerungsstücke von Julias erster Burmareise: Halb verdeckt von Büchern und Vasen, stand ein holzgeschnitzter Buddha, daneben eine verstaubte Lackdose und ein Foto von ihr vor einer Pagode. Ihr Lächeln sah seltsam entrückt aus. Gegenüber hing ein Gemälde, jemand hatte mit kräftigen Pinselstrichen eine Art roten Totenkopf mit übergroßen Augen und wulstigen Lippen auf eine Leinwand gemalt. Das Bild hatte ihn schon gestern Abend irritiert. Befremdet stellte er sich ans Fenster und schaute hinaus.

Auch ich fand keine Ruhe mehr. Mein Sofabett war zu weich, ich hatte mir eine Decke auf dem Fußboden ausgebreitet, war sofort in einen tiefen Schlaf gefallen und nach wenigen Stunden wieder erwacht. Ich stand auf und gesellte mich zu Thar Thar. Noch immer brannte hinter einigen Fenstern Licht. Es waren Autos unterwegs, wir sahen in eine Schlucht hinunter, in der Dutzende von Ampeln in ihrem eigenen Rhythmus von Rot auf Gelb auf Grün und wieder zurück wechselten.

»Hättest du gedacht, dass es so hohe Häuser wirklich gibt?«, fragte er irgendwann. »Und dass darin auch noch Menschen leben?«

»Nein.«

»Dass es sooo viele davon gibt? Und so viele Autos?«

»Nein.«

»Überhaupt so viel ...?«

»So viel was?«

»So viel von ... von allem.«

Stumm schüttelte ich den Kopf. Wieder heulte eine Sirene, ein Polizeiwagen schoss in hohem Tempo bei Rot über die Kreuzungen.

Thar Thar hatte Durst, er ging zur Spüle, öffnete den Hahn, roch an dem Wasser, füllte etwas in ein Glas, hielt es hoch und begutachtete es kritisch. »Meinst du, das kann man trinken?«

Ich zuckte mit den Schultern.

Nach kurzem Zögern nahm er einen großen Schluck. »Julia schläft. Wollen wir einen Spaziergang machen?«

»Jetzt?«

Er nickte. »Ich bin überhaupt nicht müde. Du?«

»Nein.«

Wir zogen uns an, schrieben eine Nachricht für Julia, steckten den Schlüssel ein, den sie uns am Abend gegeben hatte, und schlossen leise die Tür.

Weil Thar Thar dem Fahrstuhl nicht traute, stiegen wir in einem engen Treppenhaus vierunddreißig Stockwerke hinab. Im Eingang saß hinter einem Tresen noch immer derselbe Mann, dem Julia uns am Abend vorgestellt und in dessen Gästebuch sie unsere Namen eingetragen hatte. Er gähnte und grüßte uns mit schläfrigem Blick.

Vor dem Haus wehte eine leichte Brise, die Luft roch und schmeckte anders als in Kalaw oder Hsipaw. Unentschlossen schauten wir uns an und gingen schließlich die Straße Richtung Second Avenue hoch. Dort lag gleich an der zweiten Ecke ein Mensch im Windschatten einer Hauswand. Er hatte eine Decke ausgebreitet, sich mit einer zweiten zugedeckt und eingerollt. Lange grauschwarze Haare bedeckten sein Gesicht, er trug gelbe Handschuhe, aber keine Schuhe an den Füßen und sah auf den ersten Blick aus wie ein schlafender Hund. Neben ihm stand ein Metallwagen voller Plastiktüten mit leeren Flaschen und weiteren Decken.

Es war weit und breit kein Passant zu sehen. Thar Thar hockte sich zu ihm und fragte, ob wir ihm helfen könnten. Als er keine Antwort bekam, zog er vorsichtig an der Schulter des Mannes. Der reagierte noch immer nicht. Es roch nach Erbrochenem und Urin. Thar Thar fühlte seinen Puls, der schlug schnell und unregelmäßig. Der Mann schwitzte, Haarsträhnen klebten auf den Wangen und der Stirn. Wir vermuteten, dass er entweder ziemlich betrunken war oder krank und in jedem Fall einen Arzt brauchte.

Thar Thar stellte sich an den Straßenrand, hob eine Hand, und es dauerte nicht lange, bis ein Taxi bremste. Als der Fahrer hörte, dass er einen Schlafenden in ein Krankenhaus bringen sollte, fuhr er weiter.

Auch das nächste Taxi hielt nur kurz. Und das darauf noch kürzer.

Der vierte Fahrer nahm sich zumindest die Zeit, uns zu sagen, dass das nächste Hospital nur ein paar Straßenblöcke entfernt war.

Hinbringen wollte er uns trotzdem nicht. Unschlüssig standen wir neben dem Schlafenden. Schließlich bückte sich Thar Thar, und gemeinsam hoben wir den Mann auf seinen Rücken. Er war kleiner und leichter als gedacht, stöhnte einige Male, ohne jedoch aufzuwachen. Ich stopfte die Decken in den Wagen und schob ihn hinter den beiden her.

Wir trotteten langsam die Second Avenue hoch, es war kein Mensch auf der Straße, den wir nach dem Weg fragen konnten. In einem Laden, der Lebensmittel und Blumen verkaufte, brannte Licht, doch der Mann hinter dem Tresen sprach kein Englisch, oder wir verstanden seinen Akzent nicht. An der Ecke zur 67th Street entdeckten wir ein Hinweisschild für das »Sloan Kettering Memorial Hospital«.

In der Notaufnahme saßen zwei Krankenschwestern hinter einem Tresen. Sie sahen schläfrig aus und glaubten unsere Geschichte nicht. »Was zum Teufel heißt, Sie ›haben ihn gefunden und hergetragen‹?«, wollte die eine von ihnen wissen. »Sie kennen den Mann gar nicht?«

»Nein«, antwortete Thar Thar.

»Hat er Sie um Ihre Hilfe gebeten?«, fragte die andere streng.

»Natürlich nicht. Er lag auf der Straße.«

»Vielleicht wollte er dort liegen?«

Thar Thar schaute die beiden ratlos an. »Warum ... warum sollte er das wollen?«

»Was weiß ich«, erklärte die Kräftigere von den beiden mit ihrer tiefen, rauen Stimme. »Und ehrlich gesagt, es interessiert mich auch nicht. Leute machen die verrücktesten Sachen. Vielleicht wollte er genau dort seinen Rausch ausschlafen?«

»Das ... das kann ich mir nicht vorstellen«, stammelte Thar Thar.

»Ich fürchte«, meinte sie und beugte sich so weit über ihren Tresen, dass wir unwillkürlich zurückwichen, »was Sie sich vorstellen können und was nicht, ist in diesem Fall völlig egal.«

»Ich glaube, er ist krank und braucht Hilfe«, widersprach Thar Thar zaghaft.

»Woher wissen Sie das? Sind Sie Arzt?«

»Nein.«

Sie rollte mit den Augen. »Und selbst wenn er krank ist: Wer bezahlt für seine Behandlung? Sie?«

Auch die zwei herbeigerufenen Polizisten blieben lange misstrauisch. Der Fremde hatte weder Ausweispapiere noch Geld bei sich, und auch wir hatten nur unsere burmesischen Pässe mit amerikanischem Visum. Nach vielen Fragen und langem Hin und Her ließen sie uns gehen, und ein junger Arzt kümmerte sich um den Mann, den wir ins Krankenhaus gebracht hatten.

Als wir auf die Straße traten, ging gerade die Sonne auf. Ihre Strahlen ließen die Spitzen der Hochhäuser in einem warmen rötlichen Schimmer leuchten. Das Licht erinnerte an den morgendlichen Blick über die Bergkuppen in Hsipaw.

18

Thar Thar wollte zu Fuß in den vierunddreißigsten Stock laufen, doch ein junger Mann im Fahrstuhl sah uns schon von Weitem kommen und hielt die Tür auf. Aus Respekt vor dieser Geste stieg Thar Thar ein. Wir fuhren in denselben Stock, der Fremde wünschte uns einen »schönen Tag« und verschwand in der Nachbarwohnung.

Julia saß am Küchentresen und sortierte Post, es duftete nach frischem Kaffee und warmem Gebäck.

»Da seid ihr ja endlich«, rief sie erleichtert. »Was habt ihr denn um diese Uhrzeit auf den Straßen Manhattans gemacht? Ich wollte schon die Polizei anrufen.« Sie atmete zweimal kurz ein. »Und wonach riecht ihr um Himmels willen?«

Sie hörte sich die Geschichte der vergangenen Stunden mit wachsender Besorgnis an.

»Das macht ihr bitte nicht wieder!«

»Was?«

»Mitten in der Nacht einem Fremden helfen, den ihr in irgendeinem Hauseingang findet.«

»Was hätten wir denn sonst machen sollen?«

»Ihn in Ruhe lassen.«

»Ist das dein Ernst?«

»Ja.«

»Warum?«, fragte Thar Thar verwirrt.

»Es leben Tausende Obdachlose auf den Straßen von New York. Willst du allen helfen?«

»Es ging nicht um alle. Es ging um den einen.«

»Das kann böse enden.«

»Für wen?«

»Für euch! Ihr wisst ja gar nicht, wem ihr da helft.«

»Ist das so wichtig?«

»Ja.« Sie erzählte von einer Geschichte, die sie in der *New York Times* gelesen hatte. Ein Obdachloser hatte in Los Angeles oder San Diego, sie erinnerte die Stadt nicht genau, irgendwo an der Westküste jedenfalls, eine Frau, die ihm helfen wollte, mit einem Messer angegriffen, weil er sie für den Teufel gehalten hatte.

Thar Thar fiel auf, dass selbst der Ton ihrer Stimme anders klang als in Hsipaw. Sie sprach atemloser. Strenger. Schneller.

»Gibt es in Burma keine Obdachlosen?«, wollte Julia wissen, als er nichts erwiderte.

»Nein.«

»Das kann ich mir nicht vorstellen. Die gibt es überall.«

Sie klang sehr überzeugt, er überlegte, schaute mich an. »Ich glaube nicht«, sagte er schließlich. »Ich habe noch keinen gesehen. Jeder Mensch hat doch Familie oder Nachbarn oder wenigstens einen Freund, der ihm in der Not hilft, oder?«

»Du hattest auch niemanden.«

»Ich war eine Ausnahme«, räumte er ein. »Aber die sind selten. Außerdem hat mich Vater Angelo aufgenommen.«

»Hier sind es leider keine Ausnahmen«, entgegnete sie knapp und runzelte bedauernd die Stirn. »Möchtet ihr Kaffee oder Tee und ein paar Croissants?« Sie kochte Wasser auf, schob gefrorenes, mit Schokolade gefülltes Gebäck in einen Ofen, nach wenigen Minuten war es frisch gebacken und schmeckte köstlich.

Auf dem Küchentresen lag ein brauner, zerknitterter Hut mit schwarzer Krempe. »Den habe ich im Schrank gefunden. Das ist noch ein alter Borsalino von unserem Vater, probier ihn mal«, sagte sie und reichte ihn mir. Er war mir viel zu groß, und ich gab ihn Thar Thar. Er passte ihm, als wäre er für ihn gemacht worden. Julia kramte ein altes Foto von Tin Win hervor, auf dem er einen solchen Hut trug. Die beiden sahen sich in der Tat auf erstaunliche Weise ähnlich. Sie holte aus dem Bad einen Spiegel, Thar Thar betrachtete sich amüsiert von allen Seiten. Die Jeans, das weiße Hemd, das sie noch in Bangkok gekauft hatten, jetzt der Hut. Er sah anders aus als in seinem roten Mönchsgewand, der Anblick gefiel ihm. Ein stilles Lächeln flog über sein Gesicht.

»Der ist für dich«, sagte sie und blickte mich fragend an, als bräuchte sie meine Erlaubnis.

»Danke.« Thar Thar nahm den Hut ab und setzte ihn gleich wieder auf. »Wir haben im Fahrstuhl deinen Nachbarn getroffen. Er war sehr freundlich. Wie heißt der eigentlich?«

»Keine Ahnung.«

»Du kennst den Namen deines Nachbarn nicht?«

»Nein. Der ist erst im vergangenen Jahr eingezogen, und ich war ja jetzt einige Monate nicht hier.«

»Wie hieß der, der vorher dort gelebt hat?«

»Mike, glaube ich«, antwortete Julia. »Oder, nein, Phil.« Sie überlegte. »Ich weiß es wirklich nicht.«

»Und die anderen auf diesem Stockwerk?«

»Ich kann es dir nicht sagen. Warum ist das so wichtig?«

»Man muss doch seine Nachbarn kennen.«

»Muss man nicht«, widersprach sie. »In Burma vielleicht, aber nicht in New York. Was meinst du, wie viele Menschen in diesem Haus leben?«

»Fünfzig?«

»Mehr. Schätze noch mal.«

Er zuckte hilflos mit den Schultern.

»Über zweihundertfünfzig. Und in dem Wolkenkratzer gegenüber wahrscheinlich über tausend. Sollen die alle ihre Nachbarn kennen?«

»Nein«, antwortete Thar Thar nachdenklich. »Natürlich nicht. Aber wenigstens die, die auf demselben Stockwerk leben, oder?«

»Sie wechseln zu oft. Hier bleiben die Leute nicht lange an einem Ort. Sie ziehen ein und ziehen aus. Heute Phil, morgen Dick und übermorgen Bob als Nachbar.«

»An wen wendest du dich, falls du Hilfe brauchst?«

»Was für Hilfe?«

Er dachte nach, blickte sich suchend um. »Wenn es kein Wasser gibt.«

»Kein Wasser? Warum sollte es kein Wasser geben?«

»Ich meine doch nur als Beispiel. Oder keinen Strom.«

»Keinen Strom? Also, wenn der Wasserhahn tropft oder die Spülung in der Toilette leckt, sage ich dem Hausmeister Bescheid.«

»Wie heißt der?«

Sie seufzte. »Pedro. Nein, Manuel. Oder Rodriguez, was weiß ich, auch sie wechseln häufiger. Du machst mich wahnsinnig mit deinen Namen. Sie sind austauschbar, verstehst du? Es kommt auf die Funktion an. Und für handwerkliche Probleme ist der Hausmeister zuständig. Punkt. Wie der heißt oder woher er kommt, spielt keine Rolle.«

19

Amy kam mit großen, lauten Schritten die Stufen heruntergesprungen. Julia fiel ihr um den Hals, ihre Umarmung nahm kein Ende. Gegenseitig wischten sie sich ihre Freudentränen aus dem Gesicht. Dann stellte sich Amy vor Thar Thar und musterte ihn.

»Du bist also die Liebe ihres Lebens.«

Thar Thar lächelte nervös, er wusste nicht, was er antworten sollte.

»Das hat etwas zu bedeuten. Meine Freundin ist sehr wählerisch.« Amy lachte. »Willkommen. Ich freue mich, dich kennenzulernen.« Sie drückte ihn lange und fest. Unwillkürlich verspannte sich sein ganzer Körper, er warf Julia einen fragenden Blick zu. Es war das erste Mal, dass ihn eine fremde Frau in den Arm nahm.

Amy besaß zwei kleine, nebeneinanderliegende Apartments im obersten Stockwerk eines Hauses in der Rivington Street. Eins nutzte sie zum Wohnen, das andere als Atelier. Zwischen den Eingangstüren hing ein kleiner Altar, in dem mehrere Räucherstäbchen brannten. Sie hatte Freunde und Bekannte von Julia und sich zu einem Willkommensessen eingeladen, schon im Treppenhaus duftete es nach angebratenem Knoblauch, nach Koriander und Chili.

Thar Thar schaute sich um. In jedem Raum standen kleine und große Buddha-Büsten, in den Regalen, auf ihrem Nachttisch, selbst in der Küche. Vor den Gewürzen über dem Herd thronte ein Miniatur-Buddha aus Messing. Es waren kaum weniger als bei ihm im Kloster. Er betrachtete die Bilder an der Wand. Auf ihnen herrschte ein wildes Durcheinander an grellen Farben und Formen. Sie befremdeten ihn ebenso wie jenes in Julias Wohnung.

»Gefallen sie dir?«, fragte Amy, die plötzlich neben ihm stand.

»Hm, sie, sie sind sehr anders«, antwortete Thar Thar unsicher.

»Das klingt wie ein höfliches, asiatisches Nein.«

Er lachte verlegen.

»Was gefällt dir an ihnen nicht?«

»Es liegt bestimmt an mir, aber ich kann nichts darauf erkennen.«

»Du musst nur lange genug hinschauen, dann siehst du, was du sehen möchtest«, sagte sie grinsend und wendete sich wieder den anderen Gästen zu.

Die beiden Wohnungen waren nur mit Kerzen beleuchtet, in einem Zimmer stand eine lange, gedeckte Tafel. Es kamen immer mehr

Menschen, die sich alle kannten und Thar Thar in den Arm nahmen, als gehörte er dazu.

»Hallo, ich heiße Charlotte«, stellte sich eine junge Frau vor. Sie hatte rot gelockte Haare und das Gesicht voller Sommersprossen. »Und du?«

»Thar Thar«, antwortete Thar Thar.

»Amy hat gesagt, du kommst aus Burma.«

Er nickte.

»Ich arbeite bei einem Free-Burma-Komitee«, erzählte sie.

»Free Burma? Was ist das?«

»Wir kämpfen für ein freies Burma! Für demokratische Wahlen und eine freie Presse!«

»Das ist gut«, erklärte er, weil er nicht wusste, was er sonst dazu sagen sollte.

»Vor ein paar Monaten war ich in einem Flüchtlingscamp an der thailändisch-burmesischen Grenze. Du kannst dir nicht vorstellen, was da los ist. Tausende von Menschen leben in Zelten ohne fließend Wasser, ohne Strom. Keine Ärzte. Keine Schulen. Trotzdem will kein Mensch zurück. Sie haben alle Angst. Schrecklich.«

Thar Thar folgte ihren Worten so aufmerksam, als hätte er davon noch nie etwas gehört.

»Du glaubst nicht, was die uns für Geschichten erzählt haben. Die Soldaten vergewaltigen Frauen und ermorden Kinder. Wahrscheinlich wissen die Menschen in Burma davon gar nichts, oder?«

Ohne eine Antwort abzuwarten, redete sie weiter. Nach ihrer Rückkehr hatte sie unter ihren Freunden und Kollegen Spenden gesammelt, mit Freundinnen an mehreren Wohltätigkeitsläufen über fünf und zehn Meilen teilgenommen und so genug Geld zusammenbekommen, um eine Schule in einem der Lager zu finanzieren. Sie redete und redete, Thar Thar nickte und nickte, hin und wieder fielen ihm dabei die Augen zu.

Amy forderte alle auf, sich einen Platz zu suchen, Julia setzte sich ihm gegenüber. Neben ihr saß ein hagerer Mann mit runder Brille, einer langen Nase und Spitzbart. Er stellte sich als Bob vor und beugte sich über den Tisch zu Thar Thar. »Was hast du in Burma gemacht?«

»Ich habe in einem Kloster gelebt.«

»Du warst Mönch?«

»Nein.«

»Und hast trotzdem in einem Kloster gelebt?«, fragte er überrascht.

»Ja.«

»Ich verstehe, eine Art Retreat. Du hast dort meditiert.«

Thar Thar nickte. »Unter anderem. Ja.«

»Das mache ich auch seit einigen Jahren. Jeden Morgen, jeden Abend eine halbe Stunde. Es hat meine Ehe gerettet.« Er lachte. »Zu welcher Schule gehörst du?«

Thar Thar verwirrte die Frage. Er wünschte, Julia würde sich einmischen, die war jedoch in ein Gespräch mit Amy vertieft. »Ich bin mir nicht sicher, ob ich verstehe, was Sie von mir wissen möchten.«

»Ich meine, welche Art der Meditation? Zazen? Vipassana? Metta-Meditation?«

Thar Thar überlegte lange. »Meine Art.«

Der Mann lehnte sich zurück und musterte ihn nun skeptisch. »Deine Art?«

Die anderen Gespräche am Tisch verstummten, und alle wandten sich ihnen zu. Das Interesse irritierte Thar Thar nur noch mehr.

»Ja«, antwortete er fast flüsternd.

»Hat deine Art einen Namen?«

»Was für einen Namen?«

»Jede Meditationsrichtung hat einen Namen.«

»Hm. Nein, ich fürchte, meine nicht.«

»Thar Thar hat mit zwölf behinderten Jugendlichen in einem alten, unbenutzten Kloster gelebt«, kam Julia ihm zu Hilfe. »Da haben sie natürlich auch zusammen meditiert.«

Für einen Moment herrschte Stille am Tisch, alle Augen richteten sich auf ihn. Die Situation wurde ihm von Sekunde zu Sekunde unangenehmer, er wollte nicht im Zentrum der Aufmerksamkeit stehen, noch weniger wollte er bewundernde Blicke. Er presste die Lippen zusammen, schluckte und schaute zu Julia.

»Er hat ihnen Lesen und Schreiben beigebracht und für sie gesorgt«, erzählte sie. »Sie waren als Kinder von ihren Eltern zu ihm gebracht worden.«

»Was heißt behindert?«, wollte Charlotte wissen.

»Einer war blind, ein anderer taub. Moe Moe fehlte eine Hand, einem anderen Mädchen ein Fuß, ein Junge stotterte.«

»Und du hast mit ihnen dort gelebt?«, fragte eine Frau ungläubig an Julia gewandt.

»Ja.«

»Wie hast du das ausgehalten?«

Julia lächelte und deutete mit dem Kopf auf Thar Thar, dann berichtete sie von ihrer Zeit im Kloster. Sie erzählte von ihrer Arbeit als Erntehelferin, vom gemeinsamen Kochen, ihren Ausflügen, von Ei Eis Pfannkuchen und von Ei Eis Tod.

Thar Thar hörte ihr zu und war froh, dass sie eine so gute Erzählerin war. Ihm wäre es schwergefallen, diese Geschichten mit den Fremden zu teilen, von denen er nicht einmal wusste, ob sie sich dafür interessierten.

Irgendwann wendete sich das Tischgespräch zu seiner Erleichterung wieder anderen Themen zu: der Frage, ob George W. Bush ein Kriegsverbrecher sei und vor ein Gericht gestellt gehöre oder nicht; es ging um den Krieg im Irak und in Afghanistan, um die Präsidentschaftswahlen im kommenden Jahr, welcher Republikaner gegen Hillary Clinton verlieren würde. Alle redeten laut durcheinander, in Thar Thars Ohren klang es, als würden sie sich streiten, aber wenn er die Bedeutung ihrer Worte richtig verstand, waren sie alle ähnlicher Meinung.

»Hat es dir gefallen?«, fragte Julia auf der Rückfahrt.

»Ja«, erwiderte Thar Thar müde.

»Im Ernst?« Sie lachte. »Es dauert noch, bis aus dir ein New Yorker wird.«

»Wie meinst du das?«

»Wie hast du das ertragen?«

»Was?«

»Wie diese Charlotte mit dir geredet hat. Warum hast du ihr nicht erzählt, was du alles erlebt hast?«

»Warum sollte ich? Sie hat mich nicht gefragt.«

»Na und? Du musst von dir aus reden, wenn du gehört werden willst.« Sie rutschte zu ihm und legte ihren Kopf auf seine Schulter.

Thar Thar schwieg.

»Ich hätte sie an deiner Stelle nach ein paar Sätzen unterbrochen.«

»Warum? Das wäre sehr unhöflich gewesen.«

»Manchmal muss man unhöflich sein. Ist sie dir nicht schrecklich auf die Nerven gegangen?«

Er schüttelte den Kopf. »Nein.«

»Wirklich nicht? Amy war es richtig peinlich, wie sie dich behandelt hat.«

»Muss es nicht.«

20

Julia hatte ein burmesisches »Für Dich« auf einen Briefumschlag geschrieben und ihn auf Thar Thars Kopfkissen gelegt.

»Was ist das?«, fragte er.

»Eine Überraschung.«

Er zog ein postkartengroßes Bild aus dem Kuvert, auf dem er nichts sah außer: winzige weiße Punkte vor einem schwarzen Hintergrund. Sie erinnerten ihn an leuchtende Sterne in einem dunklen Nachthimmel. Thar Thar betrachtete die Aufnahme gründlich. »Was ist das? Ich kann nichts erkennen.«

Sie zeigte auf ein paar Punkte in der Mitte, die ihn entfernt an eine kleine Ameise erinnerten. »Das ist ein Foto von unserem Kind«, erklärte sie.

Er schaute noch einmal genauer hin, hielt sich das Bild dicht vor das Gesicht, als wäre er kurzsichtig.

Julia deutete auf vier kurze Strichlein und ein paar Pünktchen. »Das sind die Arme, die Beine, der Kopf, der Bauch.«

Ungläubig blickte er auf das Foto, dann gab er es ihr zurück.

»Freust du dich nicht?«

»Auf unser Baby? Natürlich. Aber auf dem Bild sehe ich kein Kind. Nur Punkte.«

Julia nahm das Foto und steckte es enttäuscht zurück in den Umschlag.

»Habe ich etwas falsch gemacht?«

»Nein. Ich dachte, du freust dich über die Aufnahme. Ich sehe unser Kind ganz deutlich darauf.«

»Ich wollte dich nicht verärgern.«

»Hast du nicht. Es ist nur ...« Julia nahm seine Hand. »Du bist sehr schweigsam, seit wir in New York sind. Ich habe überhaupt keine Ahnung, wie es dir geht. Ob du glücklich bist. Ob du die Kinder vermisst. Ob dir etwas fehlt. Ist es dir alles zu viel hier? Bereust du es vielleicht sogar, mitgekommen zu sein? Ich weiß es nicht.«

Thar Thar schwieg nachdenklich. »In meinem Leben hat mich noch nie jemand gefragt, ob ich glücklich bin. Ob ich etwas vermisse. Ob mir etwas zu viel ist.«

»Niemand?«

»Nein.«

»Auch nicht deine El...«

»Nein«, unterbrach er sie.

»Das tut mir leid.«

»Wir kommen aus anderen Welten.«

»Ich weiß. Genau deshalb müssen wir reden.«

Es wurde still, Julia hatte das Gefühl, dass selbst der Autolärm und die Sirenen auf der Second Avenue verstummten. Thar Thar sank auf das Bett, es fiel ihm schwer, sie anzuschauen.

»Worüber möchtest du reden?«, fragte er.

»Alles. Wie es dir geht. Wie es mir geht. Wie wir uns fühlen, zu zweit, zu dritt und bald zu viert.«

Er stöhnte auf. »Das ist schwer.«

»Warum?«

»Ich bin es nicht gewohnt. Das … das sind Fragen, die ich mir nicht so oft stelle. Es ist, wie es ist.«

»Wie es ist, kann gut oder schlecht sein.«

Thar Thar ließ sich viel Zeit mit einer Antwort. »Wie es war«, erklärte er schließlich, »war es oft schlecht. Hätte ich meine Mutter fragen sollen, warum sie meinen älteren Bruder lieber hat als mich? Hätte ich mich als lebender Minensucher fragen sollen, wie es mir geht? Du kennst meine Geschichte. Die meiste Zeit meines Lebens war ich mit Überleben beschäftigt. Dann hatte ich zwölf Kinder, um die ich mich kümmern musste. Da blieb nicht viel Zeit für diese Fragen.«

»Trotzdem sind sie wichtig.«

Er wiegte den Kopf hin und her, nicht sicher, ob er ihr zustimmen sollte. »Für dich.«

»Für uns. Glaubst du nicht?«

»Ich weiß es nicht … Irgendwann vielleicht.«

»Nein, jetzt. Nun haben wir die Zeit, und ich möchte wissen, ob es dir gut mit uns geht, mit meinem Bauch, der immer größer wird? Ob du dich wohlfühlst mit mir in New York?«

»Ja.«

»Fehlt dir etwas? Von den Kindern natürlich abgesehen.«

»Nein.« Nach einer Pause fügte er hinzu: »Bei uns stellen die Menschen nicht so viele Fragen.«

»Warum nicht?«

»Es gilt als unhöflich. Oder sogar als respektlos. Man erzählt Dinge ungefragt oder eben nicht.«

»Vielleicht haben sie Angst vor den Antworten?«

»Manchmal auch das. Aber nicht nur. Die falschen Fragen können gefährlich sein.«

»Wie meinst du das?«

»Soll ich den Polizeichef von Hsipaw fragen, wie er sich von seinem kleinen Gehalt ein so großes Haus bauen konnte? Soll ich den Richter fragen, warum er sich ein Auto leisten kann?«

Julia schüttelte den Kopf. »Nein. Aber mich kannst du alles fragen.«

»Ich werde mich bemühen.«

»Frag einfach.« Sie wartete.

Er überlegte. »Bist du glücklich?«

»Ja.«

»Fehlt dir etwas?«

»Nein.«

»Geht es dir gut mit mir?«

»Sag mal, stellst du diese Fragen, weil du es wissen möchtest oder weil du glaubst, ich möchte das gefragt werden?«

»Beides.«

Julia strich ihm behutsam durchs Gesicht. Sie stand auf, stellte sich direkt vor ihn, nahm seinen Kopf, legte ihn an ihren gewölbten Bauch und streichelte ihm den Nacken. Er schlang seine Arme um ihre Hüfte und hielt sie fest. So verharrten sie lange.

Er hörte ihre Stimme an seinem Ohr.

»Ich liebe dich«, flüsterte sie. »Über alles.«

»Ich dich auch.«

Glück, dachte er, hat keine Bedeutung, bis es geteilt wird.

21

Wie gut müssen wir einen Menschen kennen, um ihn zu lieben? Wie viel müssen wir von ihm und seiner Geschichte wissen, wie viel davon verstehen, um vertrauen zu können?

Thar Thar hatte keine Antworten auf diese Fragen, aber er hatte beschlossen, Julias Welt zu erkunden. Er wollte begreifen, wie dieses fremde Leben in New York funktionierte. Welche Regeln und Gesetze galten, welche Strafen es gab, wenn man sie brach, und welche

Belohnungen, wenn man ihnen folgte. Was Menschen in dieser Stadt bewegte, an welche Götter sie glaubten, was ihnen wichtig war und was nicht. Wie sie sich Respekt erwiesen und wie sie einander ihre Verachtung zeigten. Welche Bedeutung ein Lächeln hatte.

Dabei war Thar Thar fast immer allein unterwegs. Julia hatte häufig Termine bei Ärzten und Rechtsanwälten, und für mich waren die Spaziergänge schnell zu anstrengend. Er hingegen war besessen von der Idee, sich Manhattan zu erlaufen. In einem Stadtplan markierte er mit rotem Stift jede Straße, in der er gewesen war. Er wanderte von der 64th Street die Avenues hinunter bis zur Südspitze, lief kreuz und quer durch den Finanzdistrikt, durchstreifte Chinatown, Little Italy, dann SoHo, das East Village, Greenwich Village und lief in lang gezogenen Bögen wieder hoch bis über die 125th Street hinaus.

In den ersten Tagen waren es die kleinen Dinge, die ihm auffielen.

In einem Coffeeshop ließ er bei der Bestellung an der Kasse anderen Kunden so lange den Vortritt, bis der Barista ihn ermahnte, das Café sei kein Ort, wo man rumsteht und Schutz vor Regen sucht.

Als er die Subway nehmen wollte, hielt er am Eingang höflich die Tür auf, und der Strom der Menschen nahm kein Ende, sie alle liefen an ihm vorbei, ohne ihn anzuschauen. Minutenlang verharrte er dort. Nicht ungeduldig, nur erstaunt.

Er wunderte sich über die T-Shirt-Händler auf der Canal Street, deren bedruckte Shirts Botschaften ausdrückten, die ihm fremd waren und immer fremder wurden, je länger er über sie nachdachte:

»Life is good«

»It's your life – enjoy it«

»Just do it«

»Happiness for sale«

»Kiss me«

An einer Kreuzung in Midtown sah er eine Frau auf sich zukommen, die Julia auf den ersten Blick ähnelte. Sie war ungefähr in ihrem Alter, ihre Haut besaß eine ähnliche Tönung, im Gesicht erkannte er asiatische Züge. Sie trug spitze, hochhackige Schuhe, einen engen schwarzen Rock, eine weiße Bluse, einen goldenen Armreif. Am Ohr hielt sie ein Telefon, in das sie unablässig hineinsprach, laut, aber so hastig, dass er kein Wort verstand. Sie lief schnell, beinah wäre sie in ihn hineingelaufen.

Sie hätte Julia sein können, ging es ihm durch den Kopf. Vor einem Jahr wäre sie, vermutete er, ähnlich gekleidet gewesen und ähnlich beschäftigt von einem Termin zum nächsten durch die Straßen von Manhattan gehetzt. Thar Thar drehte sich um und schaute der Frau nach, wie sie, trotz hupender Autos, bei Rot die Straße überquerte und in der Menschenmenge der Fifth Avenue verschwand.

Er versuchte sich vorzustellen, wie Julia in einem der Hochhäuser saß und Verhandlungen führte über Dinge, von denen er nichts verstand. Wie sie einen der Anzug-Männer, die an ihm vorbeihetzten, zum Mittagessen traf. Wie sie sich, gedankenverloren oder schon wieder am Telefon, allein in einem der Coffeeshops eine kurze Pause gönnte vor dem nächsten wichtigen Gespräch.

Gleichzeitig sah er sie in Hsipaw mit Ei Ei in der Küche hocken und Pfannkuchen zubereiten. Sah sie verschwitzt mit Moe Moe auf den Knien über den Acker rutschen und mit bloßen Händen in der Erde nach Kartoffeln suchen. Er sah sie mit den Kindern Fußball spielen und dem humpelnden Ko Aung um den Hals fallen, nachdem er, dank der Mithilfe aller anderen, das erste Tor seines Lebens geschossen hatte.

Sie hatte eine weite Reise hinter sich.

Natürlich hatte er vom ersten Moment an gewusst, dass sie aus verschiedenen Welten kamen. In Hsipaw hatte er sich darüber nicht viele Gedanken machen müssen. Sie war zu ihnen gekommen und hatte sich angepasst, eingefügt in das Leben im Kloster, ohne Klagen, ohne Ansprüche, ohne einen größeren Disput. Hin und wieder hatte er sich über ihre Ungeduld gewundert. Ihren Wunsch, Dinge zu planen und diese Pläne auch tatsächlich einzuhalten. Wie schwer es ihr fiel, Schweigen oder gar Stille zu ertragen. Wie ärgerlich sie werden konnte, wenn etwas nicht schnell genug ging oder sie länger auf etwas warten musste. Er hatte dem keine große Bedeutung beigemessen.

Er war naiv gewesen.

Erst auf seinen Wanderungen durch Manhattan begann er zu verstehen, wie unterschiedlich ihre Welten waren. Wie wenig sie auf den ersten Blick gemein hatten. Wie lang die Brücken waren, über die sie gehen mussten.

Und bei den Gedanken beschlichen ihn für einen Moment Zweifel, ob sie mit ihm und den Kindern in Hsipaw leben könnte. Nicht drei Monate, nicht sechs, sondern für Jahre. Mit einem Baby. Ein Leben, in dem sie so viel von dem entbehren musste, was ihr vertraut war. Mit so wenig Komfort, so vielen Unwägbarkeiten. Umgeben von so viel Schmutz, sie, die in ihrer Wohnung nicht einmal ein paar harmlose Spinnen und Küchenschaben duldete.

Würde sie all das für ihn auf sich nehmen? Wäre sie dazu in der Lage, selbst wenn sie es wollte?

Oder würde sie ihn bitten, mit ihr in New York zu bleiben? Das konnte er sich nicht vorstellen, sie hatte ihm und den Kindern ihr Wort gegeben, dass sie spätestens zum Wasserfest zurück sein würden. Julia war kein Mensch, der seine Versprechen brach.

Auch wenn ihm ihre Welt fremd blieb, dachte Thar Thar, so wusste er doch von ihr alles, was wichtig war. Er hatte gesehen, wie sie den Kindern ihre ersten Englischstunden gab. Wie sie nachts der fiebrigen Ei Ei kalte Wickel gemacht hatte. Wie sie in den Stunden vor ihrem Tod nicht von ihrer Seite wich.

Das genügte ihm.

Er stand im Regen auf der Lexington Avenue und verspürte eine so tiefe Sehnsucht nach Julia, dass es ihm das Herz zusammenzog.

Wie gut können wir überhaupt den anderen kennen? Vielleicht wird er immer voller Geheimnisse bleiben, vieler kleiner und mancher großer, und wahrscheinlich gehören sie dazu. Zu jedem Menschen. Zu jeder Liebe.

22

Thar Thar wollte beobachten, ohne zu werten. Er war in New York, um zu verstehen, nicht um zu urteilen. Er musste lernen, dass das nicht immer so einfach war.

Julia hatte ihn in das »Boathouse«, eines ihrer Lieblingslokale, eingeladen. Es lag im Central Park, sie saßen auf der Terrasse, vor ihnen ein kleiner See, Julia erzählte von ihrer ersten Burmareise, und Thar Thar fiel es schwer sich zu konzentrieren. Immer wieder fiel sein Blick auf ein Ehepaar am Nachbartisch.

Irgendwann schaute auch Julia unauffällig hinüber. »Warum interessieren dich diese Leute so?«

»Die Frau sieht entstellt aus«, erklärte er flüsternd.

»Wieso entstellt? Sie sieht doch ganz gut aus für ihr Alter.«

»Ihr Gesicht passt nicht zu ihren Händen.«

»Warum nicht?«

»Sie hat die gelebten Hände einer alten Frau und das ungelebte Gesicht einer jungen.«

»Wahrscheinlich mochte sie ihr altes Gesicht nicht und hat es straffen lassen.«

»Sie hat es was?«

»Straffen lassen. Die Haut wird hinter den Ohren zusammengezogen, dass die Falten verschwinden.«

Thar Thar schüttelte erschrocken den Kopf. »Wie kann man sein Gesicht nicht mögen?«

»Wahrscheinlich hatte es ihr zu viele Falten. Oder Schlupflider, und die Augen waren ihr zu klein geworden. Die Lippen zu schmal. Es kann viele Gründe geben.«

»Und dann?«

»Korrigiert man das.«

Als Thar Thar später die Summe auf der Rechnung sah, erschrak er.

»Zweihundert Dollar für zwei Personen? Warum gibst du so viel Geld für ein Abendessen aus?«

»So viel ist das gar nicht«, wehrte sie ab. »Es gibt viel teurere Restaurants in New York.«

»Von zweihundert Dollar können wir in Hsipaw fast einen ganzen Monat leben.«

»Wir sind aber nicht in Hsipaw«, antwortete sie ein wenig gereizt. »Du kannst die beiden Leben nicht vergleichen.«

Thar Thar hob an, etwas zu erwidern, beschloss dann aber zu schweigen.

Julia wollte keinen Streit. »Es tut mir leid. Ich möchte dich nur ein bisschen verwöhnen«, sagte sie einlenkend.

»Warum?«

»Weil es mir Spaß macht. Ist das so schlimm?«

»Nein, aber du musst mich nicht verwöhnen.«

»Das mache ich gern.«

»Ich habe diesen Luxus nicht verdient.«

»Menschen bekommen nicht immer, was sie verdienen. Das solltest du doch am besten wissen.«

»Wie meinst du das?«

»Hatte irgendeiner deiner Mitgefangenen im Dschungel es verdient, so zu leiden?«

»Nein.«

»Hatte Ei Ei es verdient, so jung zu sterben?«

»Natürlich nicht.« Er dachte eine Weile nach. »Und trotzdem.«

»Was heißt: Und trotzdem?«

»Ich fühle mich nicht wohl dabei.«

»Das tut mir leid. Es ist schwer, dich zu verwöhnen«, seufzte sie. »Du bist so anspruchslos.«

Er verstand die Bedeutung des Wortes nicht gleich. »Ist das etwas Gutes oder Schlechtes?«

Sie streichelte ihm zärtlich über die Hand. »Wie man es nimmt …«

»Was meinst du mit ›anspruchslos‹?«

»Du gibst dich mit wenig zufrieden.«

»Du findest, ich bin bescheiden?«

»So kannst du es auch nennen.«

»Genügsam?«

»Ja, auch das.«

»Und du? Bist du auch anspruchslos?«

»Mit Sicherheit nicht.«

»Warum nicht?«

»Weil … weil …« Sie überlegte.

Er wartete geduldig auf ihre Antwort.

»Weil du dann in New York nicht leben kannst.«

»Weshalb nicht?«

»Weil Bescheidenheit in dieser Stadt nicht viel zählt. Sie wurde erschaffen von Menschen, die nie zufrieden waren, die gar nicht wussten, was es heißt, sich zu bescheiden. Die hohe Ansprüche stellen. An sich. An andere. An das Leben.«

Am Abend konnte sie nicht einschlafen. »Erzähl mir etwas«, bat sie. »Ich höre deine Stimme so gern.«

»Was?«

»Irgendetwas.«

»Ein burmesisches Märchen?«

»Bitte, das wäre schön.«

»Kennst du das vom schlauen Affen und dem dummen Krokodil?«

Julia versuchte sich zu erinnern. »Ich glaube nicht.«

»Hat es dir dein Vater nie erzählt?«, wunderte sich Thar Thar.

Sie legte ihren Kopf auf seine Brust und hörte sein Herz pochen. »Vielleicht hat er es anders genannt. Worum geht es? Erzähl es mir.«

»Es war einmal ein Krokodil, das lebte mit seiner Frau an einem großen, breiten Fluss. Eines Tages wurde die Frau krank und war überzeugt, dass nur der Verzehr eines Affenherzens sie heilen könnte. Das Krokodil liebte seine Frau sehr und machte sich sogleich auf die Suche nach einem Affen. Es trieb geduldig im Fluss auf und ab und hielt in den Bäumen Ausschau. Als es endlich einen entdeckte, schwamm es ans Ufer und fragte ihn, ob er schon einmal auf der anderen Seite des Ufers gewesen sei. Dort seien die Bananen größer und süßer, die Papayas saftiger. Wenn er wollte, würde das Krokodil ihn gern hinüberbringen.

Der Affe war zunächst misstrauisch. Ich glaube dir kein Wort, erklärte er, du willst mich nur fressen.

Aber nein, behauptete das Krokodil, wo denkst du hin. So ging es einige Tage, bis bei dem Affen die Neugierde siegte. Als das Krokodil schwor, nichts Böses im Schilde zu führen, stieg der Affe auf seinen Rücken.

In der Mitte des Flusses begann das Krokodil, langsam abzutauchen.

Was machst du, schrie der Affe entsetzt, ich werde ertrinken.

Nun gestand das Krokodil, gelogen zu haben, weil es das Herz des Affen für seine kranke Frau begehrte.

Da lachte der Affe und erklärte, dass das Krokodil ihn ruhig fressen könne, aber sein Herz würde es trotzdem nicht bekommen.

Warum nicht?, wunderte sich das Krokodil.

Ja, glaubst du wirklich, wir tragen es mit uns herum?, fragte der Affe belustigt. Wie sollten wir so schnell durch den Dschungel toben, wie so geschickt von Baumwipfel zu Baumwipfel springen können, wenn wir immer unser schweres Herz dabeihätten?

Wir legen es in Baumhöhlen ab und holen es nur, wenn wir es dringend brauchen. Aber sobald du mich wieder an Land bringst, besorge ich dir nicht nur eines, sondern gleich zwei Affenherzen für deine kranke Frau. Ich kenne alle ihre Verstecke.

Das leuchtete dem Krokodil ein, und es schwamm zurück zum Ufer.

Das Äffchen sprang an Land und kehrte kurz darauf mit zwei großen, reifen Feigen zurück, aus denen schon der rote Saft tropfte. Es behauptete, das seien zwei besonders nahrhafte Affenherzen. Die solle es seiner Frau geben, davon würde sie mit Sicherheit genesen.

Das Krokodil tat, wie ihm geheißen, und nach kurzer Zeit fühlte sich seine Frau viel besser.«

Thar Thar strich Julia übers Haar und horchte, ob sie eingeschlafen war.

»Nein«, sagte sie leise, »das Märchen kannte ich nicht.«

»Das wundert mich. Es ist in Burma sehr bekannt.«

»Wie kommst du jetzt ausgerechnet auf diese Geschichte?«

»Sie war mir heute eingefallen, als ich spazieren ging und all die Menschen sah, die durch die Straßen hetzten.«

Julia hob schläfrig den Kopf.

»Das Krokodil würde wahrscheinlich denken, dass auch sie ihre Herzen irgendwo verstecken müssen, wie sonst sollen sie in der Lage sein, so eilig von einem Ort zum anderen zu rennen …«

Sie küsste seine Hände, sie küsste seine Arme. »Singst du mir noch etwas? Bitte!«

»*Someday she will come to love me, someday …*
I want to change places with the umbrella in her hand
to protect her from the sun …
someday she will come to love me …«

Kurz darauf war sie eingeschlafen.

Thar Thar hingegen blieb wach, das Märchen und das Lied hatten ihn zurück zu den Kindern nach Hsipaw gebracht, und er konnte nicht aufhören, an sie zu denken.

Er vermisste sie mit jedem Tag ein wenig mehr. Am schlimmsten war es, nicht zu wissen, wie es ihnen ging. Ob sie gesund waren. Ob sich U Ko Tun kümmerte, wie er es versprochen hatte. Vor Wochen hatte er ihnen einen langen Brief geschrieben und wartete mit zunehmender Ungeduld auf ihre Antwort.

Sie waren weiter weg als zwei Tagesreisen mit dem Flugzeug. Viel weiter. Es würde ihm schwerfallen, ihnen zu erklären, wo er gewesen war, die richtigen Worte zu finden für das, was er gesehen und erlebt hatte. Er war nicht nur von einem Ort zu einem anderen, von einem Land in ein anderes gereist, er war in der Zeit gereist und verstand nun, dass das gefährlich war. Je länger er in New York blieb, desto größer wurde seine Angst, dass es kein Zurück gab. An einen Ort konnte man zurückkehren, aber auch in eine Zeit?

Wie viel Fremde vertrug ein Mensch?

23

»Julia. Julia!« Eine laute, durchdringende Stimme tönte von der anderen Seite der Straße herüber. Ein Mann winkte ihnen, überquerte mit ausholenden, schnellen Schritten die Prince Street und kam geradewegs auf sie zu. Er war ungefähr in Julias Alter und hatte seinen schweren, massigen Körper in ein zu kleines Hemd und eine zu enge Hose gezwängt. Er freute sich offensichtlich sehr, Julia wiederzusehen.

»Marc. Was für ein Zufall.«

»Wie geht es dir?«, fragte er, ohne von Thar Thar Notiz zu nehmen.

»Gut, danke. Und dir?«

»Auch gut, danke. Lange nicht gesehen.«

»Das stimmt. Eine Ewigkeit ... Du hast abgenommen.«

»Nicht wirklich.« Er schüttelte den Kopf. »Im Büro ist ja niemand mehr, der die Muffins und Donuts vor mir versteckt. Und du? Geht es dir wieder besser? Ich meine gesundheitlich ... Du warst ja von einem auf den anderen Tag verschwunden, und Mulligan hat so komische Andeutungen gemacht ...«

»Ja«, unterbrach sie ihn. »Es geht mir viel besser.«

»Das freut mich«, sagte er und seufzte erleichtert. »Ich hatte mir schon Sorgen gemacht.« Erst jetzt fiel sein Blick auf Thar Thar, der einen halben Schritt hinter Julia stand. Er musterte ihn mit einem verwunderten Ausdruck im Gesicht, als könnte dieser dunkelhäutige Mann mit seinen großen Augen und seinem kahl geschorenen Kopf unmöglich etwas mit Julia zu tun haben. Dann wandte er sich wieder ihr zu. »Mulligan hat gesagt, du hättest gekündigt.«

»Ja, das habe ich.«

»Ich vermute, du hast etwas Besseres gefunden.«

Julia nickte.

»Du Glückliche. Darfst du schon verraten, wo?«

»Wo?«

»Ich meine, in welcher Kanzlei?« Er schaute sie von der Seite an. »Jetzt sag nicht Wellington and Partners ...«

»Nein.«

»Das würde Mulligan dir auch nie verzeihen.«

»Ich werde heiraten. Wir bekommen im Herbst ein Kind, und ich nehme eine Auszeit.«

»Eine Auszeit? Du?« Es dauerte einige Sekunden, bis er die Bedeutung dessen verstand, was sie gesagt hatte. »Wow. Ich meine ... Das ... das sind ja Neuigkeiten ... Und du bist schwanger? Mein Gott ... Herzlichen Glückwunsch. Wer ... wer hat denn, wenn ich fragen darf, das Glück und die Ehre, dein Mann zu werden?«

Julia lächelte und zeigte mit einer eleganten Handbewegung auf Thar Thar.

Der Blick des Mannes wanderte von ihr zu ihm und wieder zurück. Seine Augen verrieten, dass er nicht sicher war, ob sie das ernst meinte. Als Julia keine Anstalten machte, sich zu erklären, streckte er seine Hand aus. »Marc Fisher.«

»Thar Thar«, sagte Thar Thar.

»Schön, Sie kennenzulernen. Wie geht es Ihnen?«

Thar Thar fiel keine passende Antwort ein, er schwieg.

»Sie ... Sie kommen aus New York?«

»Nein. Aus Burma.«

»Aber Sie leben in der Stadt, vermute ich.«

»Nein.«

»Wir sind nur für die Geburt zurückgekommen. Danach geht es zurück nach Burma.«

»Verstehe. Sind Sie auch Anwalt?«

»Nein. Mönch.«

Marc Fisher hielt das für einen Scherz und lachte glucksend. Als weder Julia noch Thar Thar einstimmten, verstummte er und wusste nicht mehr, was er sagen sollte. Er räusperte sich und fuhr mit den Händen durch sein dichtes Haar. Thar Thar sah, wie verwirrt er war und wie unangenehm ihm die Situation wurde. Er hätte ihm aus Höflichkeit gern eine Frage gestellt, aber er fürchtete, dass sie unpassend sein könnte, so wie er Julia zu Beginn immer unpassende Fragen gestellt hatte. Und so sagte er lieber nichts.

»Ich glaube, ich muss weiter«, erklärte Marc Fisher nach einigen weiteren Momenten des Schweigens. »Vielleicht treffen wir uns mal auf einen Kaffee?«

»Sehr gern.«

»Du hast meine Nummer. Macht es gut. Viel Glück.«

»Dir auch. Bis bald.«

Kurz darauf war er im Getümmel der Menschen auf dem Broadway verschwunden.

Julia nahm Thar Thars Hand und drückte sie fest. Für eine Weile liefen sie schweigend nebeneinanderher.

»Wir heiraten?«

Julia nickte.

»Stellen in Amerika die Frauen die Anträge?«

»Ja«, sagte sie und lachte. »Ja. Nur die Frauen.«

»Hm. Das wusste ich nicht. Wann ist es so weit?«

»Wann du willst.«

»Morgen?«

Sie blieb stehen und drehte sich zu ihm. »Morgen?«

»Warum nicht?«

Sie nahm sein Gesicht in ihre Hände und zog ihn zu sich. Julia spürte, wie er zögerte. Diesen Austausch von Zärtlichkeiten in der Öffentlichkeit war er nicht gewohnt, und es war ihm noch immer unangenehm, das wusste sie. Trotzdem konnte sie nicht anders. Sie wollte nicht warten, bis sie wieder zu Hause waren. Sie musste ihn spüren, jetzt und hier. Julia fühlte, wie er seine Lippen anspannte und den Mund nur ein wenig öffnete, wie seine Arme sie eher auf Distanz hielten, als sie zu umarmen. Nach einigen Sekunden begann er, zu entspannen und sie mit einer Leidenschaft zu küssen, die ihr durch den ganzen Körper ging.

»Ich liebe dich«, flüsterte sie.

»Ich dich auch.«

»Bitte verlass mich nicht.«

24

Julia wollte ihm die Aussicht vom Empire State Building zeigen, doch als Thar Thar hörte, dass er sechsundachtzig Stockwerke mit Fahrstühlen fahren müsste, ließen sie es bleiben.

Stattdessen nahmen sie die Subway zur Brooklyn Bridge. Es war ein warmer, wolkenloser Sommertag, Julia hakte sich bei ihm unter, und sie schlenderten bis zur Mitte der Brücke. Dort blieben sie stehen, Julia erzählte von ihren gelegentlichen Ausflügen mit ihrem Vater auf die Brücke, doch Thar Thar hörte nicht richtig zu. Sein Blick war auf die Hochhäuser in Downtown fixiert.

»Da ist ein Loch im Himmel«, sagte er schließlich.

»Was für ein Loch?«

»Es fehlen zwei Türme. In einem Teehaus in Mandalay habe ich mal ein Bild von der Skyline New Yorks gesehen, an das erinnere ich mich gut. Ich bin mir ganz sicher, es sah anders aus.«

Julia wusste sofort, dass seine Unwissenheit nicht gespielt war. Sie erzählte von einem wolkenlosen Spätsommertag im September. Von zwei Flugzeugen, die der Hass gesteuert hatte.

Von Männern und Frauen, von Müttern und ihren ungeborenen Kindern, die dieser Hass unter sich begraben hatte.

Von Menschen, die von den Dächern der brennenden Türme gesprungen waren, weil ihnen der Hass keine andere Wahl gelassen hatte.

Er hörte sich alles ruhig an, ohne den Blick von dem Loch im Himmel zu lassen. Er wusste, wovon sie sprach. Ihm musste sie nicht erzählen, zu welchen Grausamkeiten Menschen fähig waren. Der Hass war also auch hier zu Hause. Wahrscheinlich wucherte er zwischen den vielen Hochhäusern, Geschäften, Autos und Menschen genauso, wie er im tiefsten Dschungel wucherte. Er kannte keine Grenzen.

Das hatte er mit der Liebe gemein.

Lange standen sie Arm in Arm auf der Brücke, ohne Blicke oder Worte zu wechseln.

Danach wollte er nicht gleich zurück in den vierunddreißigsten Stock eines Hochhauses, und sie fuhren in den Central Park.

Auf der Sheep Meadow warfen sich junge Männer einen Football zu, überall spielten Kinder, Paare lagen im Gras in der Sonne. Thar Thar war müde. Sie setzten sich in den Schatten einer Buche, er streckte sich aus und war bald darauf eingenickt.

Julia betrachtete den schlafenden Thar Thar. Wie sich sein Brustkorb langsam hob und senkte, die Gesichtszüge entspannten. Was für einen Unterschied ein Mensch machen kann, dachte sie.

Ein einzelner.

Welche Kräfte und welchen Glauben er zu wecken vermag. Wie sein Lächeln die Welt verändert. Wie nichts mehr so wäre, wenn es ihn nicht mehr gäbe.

Seit sie mit Thar Thar in New York war, fühlte sie sich, als hätte er in den wenigen Wochen ihre Welt neu erschaffen. Er hatte ihre innere Unruhe gebändigt, ihrer Rastlosigkeit Zügel angelegt.

Er hatte aus einem suchenden Menschen einen gemacht, der angekommen war.

Früher wäre ihr die Nähe zu viel gewesen. Mehr als einmal hatte sie ihre Sachen gepackt und war gegangen, als es anfing, ernst zu werden. Hatte die Schuld bei den Männern gesucht und doch geahnt, dass sie bei sich selbst schauen müsste.

Das hatte sie nicht gewollt.

Sie wusste nicht, warum Thar Thar gelungen war, woran andere gescheitert waren, welche Gabe er besaß, die ihr die Furcht genommen hatte, und wenn sie es sich genau überlegte, war es ihr auch egal.

Es durfte nur nichts passieren.

Unter ihr war kein Netz gespannt.

Wir werden schutzlos geboren, und irgendwann lernen wir, dass wir uns schützen müssen. Vor anderen Menschen. Vor uns selber. Die Liebe fängt da an, wo wir uns nicht mehr schützen müssen – oder wollen.

Aus dem Nichts beschlich sie eine beklemmende Angst. Sie hatte sich verletzbar gemacht. Schutzlos. Sie hatte sich ausgeliefert. Vielleicht zum ersten Mal in ihrem Leben.

Ihr ging es gut. Sie hörte keine Stimme mehr, doch die Erinnerung daran war noch sehr lebendig.

Über Wochen hatte sie sich von ihr terrorisieren lassen und war erschrocken, wie wenig sie ihr entgegenzusetzen hatte.

Ihre Welt war aus den Fugen geraten, und sie hatte es zu spät bemerkt. Hatte zusehen müssen, wie ihre Kraft schwand. Wie sie die Kontrolle verlor. Wie sie sich selbst im Stich ließ.

Das wollte sie nie wieder erleben.

Julia legte beide Hände auf ihren Bauch. Sie hatte das Gefühl, die ersten Regungen in sich zu spüren. Ein weiches, kurzes Klopfen. Wie das Herzstolpern, das sie hin und wieder plagte.

Zu gern hätte sie gewusst, was für ein Mensch da in ihr wuchs. Ob er mit einem großen Herz auf die Welt kommen würde oder mit einem kleinen. Ob er ihr ähnlich sehen würde oder Thar Thar.

Würde ihre Liebe reichen und sie ihm eine gute Mutter sein können? Eine bessere, als sie gehabt hatte?

Sie wollte ihn vor allem Leid und Schmerz dieser Welt beschützen, und bei dem Gedanken, dass das nicht möglich war, stiegen ihr Tränen in die Augen.

Julia spürte, wie ihre Zuversicht Risse bekam. Was würde geschehen, wenn sie ihrer Aufgabe nicht gerecht wurde? Wenn ihre Kräfte wieder schwanden und sich noch einmal eine Stimme in ihr meldete?

Von Sekunde zu Sekunde fühlte sie sich schwächer und fragiler.

Ohne Thar Thar würde sie es nicht schaffen. Sie schlang den Arm um seine Brust und schmiegte sich eng an seinen warmen Körper. Sein Geruch beruhigte sie ein wenig.

»Alles in Ordnung?«, brummte er im Halbschlaf und drückte ihre Hand.

»Ja«, flüsterte sie, »alles in Ordnung. Schlaf. Ruh dich aus.«

Hatte sie noch eine Wahl?

In der Liebe ging es immer um alles.

25

Sie standen im Taxi auf der First Avenue im Stau. Mehrere Straßen waren gesperrt, über ihnen kreisten Helikopter, an jeder Ecke patrouillierten Polizisten. Zu Fuß wären sie schneller gewesen, aber Julia taten die Beine weh, außerdem regnete es. In den Pfützen auf der Straße spiegelten sich das Licht der Ampeln und die roten Rücklichter der Autos. Thar Thar schaute aus dem Fenster und hielt Julias Hand.

»Wenn dich jemand fragt, wohin du gehörst, was würdest du antworten?«, wollte er plötzlich wissen.

»Wie kommst du denn darauf?«, wunderte sie sich.

»Du bist in New York geboren. Du bist hier aufgewachsen. Es ist deine Sprache. Also gehörst du hierhin, oder?«

»Worauf willst du hinaus?«

»Auf gar nichts. Es ging mir nur gerade durch den Kopf.«

»Ich habe die ersten achtunddreißig Jahre meines Lebens in New York verbracht und bin Amerikanerin, das stimmt. Gehöre ich deshalb hierhin?« Sie zuckte mit den Schultern. »Wahrscheinlich.«

Julia zögerte einen Moment, dann stellte sie die Frage, die sie seit Tagen beschäftigte: »Könntest du dir vorstellen, länger hierzubleiben?«

»Was heißt länger?«

»Ein Jahr? Vielleicht zwei?«

Es war der Moment, den er befürchtet hatte. »Ich weiß nicht, was ich darauf antworten soll.«

»Sag mir, was du denkst.«

»Das ist nicht so einfach«, wand er sich.

»Eher ja oder eher nein?«

»Nein.«

»Auch nicht, wenn du wüsstest, dass es den Kindern gut geht?«

Thar Thar dachte lange nach. »Nein.«

»Warum nicht?«

»Ich glaube, ich passe nicht nach New York.«

»Warum sagst du das?«

»Weil es so ist.«

»Und warum passt du angeblich hier nicht hin?«

»Weil die Welt, aus der ich komme, so anders ist.«

»Was soll das heißen?« Julia zeigte auf den Taxifahrer mit seinem Turban. »Wo kommen Sie her?«, fragte sie ihn.

»Aus Gujarat, das liegt in Westindien, Madam«, antwortete er höflich und wackelte dabei leicht mit dem Kopf.

»Ist es dort so wie hier, in Manhattan?«

»Nein, Madam«, sagte er lächelnd und warf einen Blick in den Rückspiegel. »Ganz bestimmt nicht.«

»Was genau ist dort anders?«

»Alles, Madam.«

»Möchten Sie dorthin zurück?«

»Nein, Madam. Ganz bestimmt nicht.«

Sie wandte sich wieder Thar Thar zu. »Siehst du? Und unser nächster Fahrer kommt vielleicht aus Bangladesh. Oder Algerien. Oder Liberia. Und auch da ist es ganz anders. Verstehst du? New York ist voll von Menschen, die aus anderen Welten kommen. Sie schaffen es auch, hier anzukommen. Warum sollst ausgerechnet du es nicht schaffen?«

»Hast du nicht selber gesagt, dass anspruchslose Menschen hier nicht leben können? Dass es keine Stadt ist, in der Bescheidenheit viel zählt?«

»Ja.« Sie überlegte. »Wir müssen ja nicht in Manhattan bleiben.«

»Wo sollen wir sonst hin?«

»Wir könnten aufs Land ziehen. Nach Upstate New York zum Beispiel oder nach Vermont, nach Maine.« Sie nahm seine Hand und legte sie auf ihren gewölbten Bauch.

»Es mangelt mir an nichts«, sagte er. »Und trotzdem fehlt mir etwas.«

»Was?«

»Ich wünschte, ich könnte dafür die richtigen Worte finden. Es tut mir leid. Ich weiß, ich bin undankbar.« Nach einer Pause fuhr er fort: »Vielleicht würde es mir sogar gelingen, ein guter Bewohner dieser Stadt oder dieses Landes zu werden. Vielleicht würde ich irgendwann die Regeln kennen und verstehen, die geschriebenen und die ungeschriebenen. Ich möchte es aber nicht.«

»Warum nicht?«

»Wenn ich hier ankomme, wäre ich ein anderer und nicht mehr der, den du liebst. Verstehst du, was ich meine?«

»Ich bin hier auch eine andere als in Burma. Liebst du mich vielleicht deshalb weniger?«

»Nein«, erwiderte Thar Thar. »Natürlich nicht.«

Später sollte Julia noch häufiger an dieses Gespräch denken. Wohin gehörst du? Thar Thars Frage ging ihr nicht aus dem Kopf. Gehörte sie nach New York, genauer, in die Upper East Side Manhattans, weil sie dort geboren wurde, die Sprache sprach und ihr all die Riten, Rituale und Regeln dieser Welt vertraut waren? Genügte das? Ein Gefühl der Zugehörigkeit verspürte sie trotzdem nicht.

Gehören wir zu einem Land, einem Stamm, einem Dorf oder doch eher zu einer Familie, zu einem Menschen?

Zu dir, hätte sie antworten sollen. Zu dir.

Thar Thar saß auf dem Boden vor dem Bett und wollte meditieren. Er versuchte sich zu konzentrieren, doch seine Gedanken schwirrten umher. Es kehrte keine Ruhe ein in seinem Kopf.

Meditieren heißt zurück nach Hause kommen, hatte er von einem alten Mönch gelernt. Er hatte das Gefühl, in New York zog und zerrte ihn alles weg von sich. Der Lärm, der selbst in der Nacht nicht aufhörte. Die vielen Menschen mit ihren fremden Stimmen und Gesichtern. Die Lichter, die Gerüche, die Klänge, nichts davon war ihm vertraut, alles verlangte nach seiner Aufmerksamkeit. Es war, als hätten sich die Kinder im Kloster versteckt und würden aus den verschiedensten Ecken rufen: »Hier. Hier. Hier.«

Für ihn war New York eine Stadt der vielen Götter. In ihr herrschte das verworrene Getöse der Welt.

26

Mitte August tauchten die ersten Meldungen auf. Der BBC World Service, dessen Nachrichten aus Südostasien Thar Thar am Morgen oft hörte, berichtete von vereinzelten Protesten in Burma. Anlass waren die von der Regierung verhängten drastischen Preiserhöhungen für Benzin und Gas, die zu einer Verteuerung vieler Lebensmittel führten. Mehrere bekannte Regierungskritiker waren verhaftet worden.

Einige Tage später hieß es, dass sich in Rangoon Hunderte von Menschen zu einer Kundgebung versammelt hatten, über Teilen der Stadt lag eine angespannte Ruhe.

In der folgenden Woche berichtete die BBC von einer Demonstration von über fünfhundert Mönchen in der Stadt Pakokku. Tausende von Menschen hatten am Straßenrand gestanden und die Mönche bejubelt. Soldaten hatten Warnschüsse abgefeuert und waren mit großer Gewalt gegen die Zuschauer vorgegangen. Unbestätigten Angaben zufolge waren sogar drei Mönche unter den Verletzten.

Von nun an verbrachte Thar Thar praktisch jede freie Minute am Radio oder vor dem Fernseher. Tag für Tag kamen neue Meldungen über Kundgebungen und Unruhen. Es waren Bilder, wie er sie noch nie gesehen hatte. Menschen saßen auf Kreuzungen und blockierten den Verkehr, in Sprechchören forderten sie ein Leben in Freiheit, skandierten laut den Namen Aung San Suu Kyis, über die sie sonst nur im Flüsterton sprachen, wenn überhaupt. Polizisten und Soldaten standen dabei und schauten tatenlos zu.

Thar Thar sah die Bilder im Fernsehen, ihm liefen Tränen über die Wangen, und er bemerkte es nicht einmal.

Als Sechzehnjähriger, nachdem er von der Armee verschleppt worden war, hatte er manchmal überlegt, wie es wäre, wenn er sich wehren könnte, wenn er sich nicht all die Grausamkeiten gefallen lassen müsste. Wie es wäre, wenn nicht irgendein Uniformierter die Macht hatte, zu entscheiden, ob er, Thar Thar, leben durfte oder sterben musste.

Wie es wäre, ein freier Mensch zu sein.

Als er im Sterbehaus lag, halb totgeprügelt, weil er sich geweigert hatte, einen Mithäftling auszupeitschen, hatte er sich den Moment vorgestellt, in dem die Soldaten zur Rechenschaft gezogen würden. In einer Art fiebrigem Traum hatte er sie entwaffnet und bis auf die Unterhosen entkleidet gesehen. In Kolonnen liefen sie gesenkten Hauptes auf staubigen Straßen durch das Land, gingen auf die Knie und baten die Bevölkerung um Vergebung. Ein langer Marsch der Reue. Dieser Gedanke hatte ihm geholfen, am Leben zu bleiben, auch wenn er nicht glaubte, dass er den Tag erleben würde.

An einem Morgen legte ihm Julia die *New York Times* auf den Tisch. Ein Artikel auf der ersten Seite beschrieb den wachsenden Widerstand in Burma und die zunehmende Zahl der Protestmärsche. Er schilderte ein Land am Rande des Aufruhrs, dessen Bewohner es zum ersten Mal seit zwanzig Jahren wagten, gegen die Herrschaft des Militärs aufzubegehren.

Nachdem er den Bericht gelesen hatte, stand er auf und nahm sie in den Arm. »Ich muss zurück«, flüsterte er.

»Zurück? Wohin?«

»Nach Burma.«

»Wann?«

»Morgen. Übermorgen. So schnell es geht.«

Julia wand sich aus seiner Umarmung. »Aber warum?«

»Weil ... weil ...« Thar Thar stockte. Wie konnte er ihr erklären, was für ihn keiner Erklärung bedurfte? Wie sollte sie, der es an nichts fehlte, die keine Angst vor der Polizei zu haben brauchte, die nicht fürchten musste, dass mitten in der Nacht Soldaten kamen und sie abholten, wie sollte sie verstehen, was es bedeutete, sich zu erheben und sich zu wehren? Sich seine Würde zurückzuerobern. Es hatte etwas mit Mut zu tun. Mit Selbstachtung. Das Militär hatte versucht, den Menschen in seinem Land beides zu nehmen, und nun zeigte sich, dass es ihm nicht gelungen war. Mut und Würde hatten sich nur versteckt, jetzt trauten sie sich wieder aus dem Verborgenen.

»Hast du den Artikel nicht gelesen?«

»Doch, natürlich.«

»Du hast die Bilder im Fernsehen gesehen.«

»Ja.«

»Weißt du, wie lange wir auf diesen Moment gewartet haben?«

»Lange.«

»Lange? Lange?« Er blickte sie an mit einer Intensität, die kaum zu ertragen war. »Unser ganzes Leben, Liebling. Unser ganzes Leben!«

Julia schwieg.

»Wir werden seit fünfzig Jahren von Verbrechern regiert. Von Mördern. Es ist nicht wie hier.«

»Das weiß ich«, erwiderte sie kaum hörbar.

»Wir können sie nicht einfach abwählen. Seit Jahrzehnten rauben sie uns unsere Felder. Quälen uns. Überfallen unsere Dörfer. Verschleppen und ermorden uns.« Thar Thar musste ein paarmal tief Luft holen, bevor er weitersprach. »Du kennst meine Geschichte, und sie ist nur eine von so, so vielen. Wir haben uns alles gefallen lassen, weil sie Waffen haben und wir nicht. Weil wir gelähmt waren vor Angst. Damit ist es vorbei!« Er wollte sie wieder in den Arm nehmen, doch sie wich einen Schritt zurück.

»Das verstehe ich, aber ich habe Angst um dich. In zwei Monaten kommt unser Kind zur Welt.«

Er senkte den Kopf. Als er sie wieder anblickte, waren seine Augen gerötet. »Dann bin ich wieder zurück. Fest versprochen.«

Thar Thar ging im Wohnzimmer auf und ab, stellte sich ans Fenster und schaute hinaus. Dicke Regentropfen klatschten gegen die Scheibe. So aufgewühlt hatte Julia ihn noch nicht erlebt. Er drehte sich wieder zu ihr. »In Rangoon, in Mandalay riskieren die Menschen ihr Leben, und ich sitze in Manhattan und tue nichts. Lasse mich von dir aushalten. Esse in teuren Restaurants.«

Was sollte sie darauf antworten?

»Das kann ich nicht mehr. Mein Land braucht mich.«

»Ich brauche dich auch.«

»Ich weiß. Versuch mich zu verstehen. Bitte.«

»Was willst du in Rangoon?«

»Dabei sein.«

»Die Stadt ist voll von protestierenden Mönchen, da kommt es doch auf einen mehr oder weniger nicht an.«

»Wenn das jeder sagt, geht keiner auf die Straße.«

Julia stieß einen tiefen Seufzer aus, sie war enttäuscht und wütend zugleich. »Ich verstehe dich nicht«, sagte sie und war selbst überrascht, wie hart ihre Stimme klang.

»Es ist nur für ein paar Wochen«, versuchte er sie zu beschwichtigen. »Dann komme ich wieder.«

»Wann? Wenn die Proteste zu Ende sind und die Regierung gestürzt ist? Vielleicht machen sie dich zum Minister. Dann braucht dein Land dich erst recht.«

Er schwieg.

»Oder wenn sie euch alle erschossen haben? Das Militär wird sich das nicht mehr lange anschauen.«

»Sie werden es nicht wagen, auf Mönche zu schießen.«

»Das glaubst du doch selber nicht.«

»So weit werden sie nicht gehen. Du weißt doch, was für eine wichtige Rolle sie bei uns spielen. Es gibt über eine halbe Million, und sie werden verehrt wie sonst niemand im Land. Und je mehr von ihnen auf der Straße sind, umso geringer ist die Gefahr.«

Julia trat zu ihm ans Fenster, nahm seinen Kopf in beide Hände. »Ich bitte dich, nicht zu fahren.«

Aber es gibt Dinge, um die darf man einen geliebten Menschen nicht bitten. Man bekommt sie, oder man bekommt sie nicht. Als Julia sah, wie sehr Thar Thar mit sich rang, fügte sie hinzu: »Überlegst du es dir wenigstens noch mal?«

Thar Thar flog am nächsten Tag über Frankfurt und Bangkok nach Rangoon. Der Rückflug war vierzehn Tage später vorgesehen, sie hatten einen Tarif gebucht, der nicht zu ändern war. Julia sollte sicher sein, dass er sein Versprechen halten und in zwei Wochen zurück in New York sein würde.

Die ersten sechs oder sieben Tage wollte er in Rangoon verbringen und in der zweiten Woche eventuell nach Hsipaw fahren, um im Kloster zu schauen, ob es allen gut ging.

Sie verabredeten, dass er sich aus Rangoon wenigstens einmal am Tag melden würde. Ein Telefonat aus dem Strand Hotel oder dem Trader's nach New York sollte hoffentlich kein Problem sein.

Am ersten Tag war die Verbindung so klar, als stünde er in der Wohnung nebenan. Thar Thar klang euphorisch. Mit mehreren Tausend Mönchen war er durch Yangon marschiert, begleitet von Männern, Frauen und Kindern. Die Stimmung war zwar angespannt, aber so voller Hoffnung, wie er es noch nie erlebt hatte. Von Soldaten keine Spur, selbst die Polizei hielt sich zurück. Julia solle sich keine Sorgen machen. Er vermisse sie sehr.

Am zweiten Tag erzählte er von über zwanzigtausend Mönchen, die singend durch die Stadt gelaufen waren, und mehr und mehr Passanten hatten sich ihnen angeschlossen. Menschen hatten die Straßen gesäumt, auf ihren Balkonen gestanden, in den Fenstern, auf Dächern. Von überall her hatten sie ihnen gewinkt, ihnen Wasser und Essen gereicht. Die Atmosphäre war viel ausgelassener als am Tag zuvor. Wie auf einem Volksfest. An jeder Ecke konnte man spüren, dass sich eine große Veränderung anbahnte. Er wünschte, sie wäre bei ihm, um das zu erleben.

Am dritten Tag war er atemlos. Mehr als hunderttausend Menschen füllten die Straßen Yangons. Er hatte gehört, dass es in vielen anderen Orten ebenfalls zu großen Demonstrationen gekommen war, in Mandalay hatte sich ein kilometerlanger Zug durch die Stadt bewegt. Yangon war voller Gerüchte. Angeblich waren die ersten Soldaten desertiert und hatten sich den protestierenden Mönchen angeschlossen, in Mandalay sogar eine ganze Kompanie. Offiziere verweigerten den Befehl, gegen die Mönche vorzugehen. Es hieß, der Rücktritt von General Than Shwe stehe kurz bevor. Andere berichteten von der baldigen Freilassung der Oppositionsführerin Aung San Suu Kyi. Wenn es so weiterginge, wären schon bald eine Million Menschen auf den Straßen. Wenn sie doch nur bei ihm wäre, wenn sie diese Erlebnisse doch nur teilen könnten. Er könne ihr gar nicht sagen, wie er sich nach ihr sehne, wie sehr er sie liebe.

Am nächsten Tag hatte Thar Thar nicht viel Zeit. Seine Stimme klang bedrückt, er schien in Eile. Im Hintergrund hörte sie Straßenlärm und laute Rufe. Ununterbrochen knackte und rauschte es in der Leitung.

»Wo bist du?«

»In einem Geschäft in der Nähe der Sule-Pagode.«

»Warum?«

»...!?«

»Thar Thar, ich verstehe dich so schlecht. Warum bist du nicht im Hotel?«

»...!«

»Verdammte Scheiße! Ich höre dich nicht. Was ist passiert?«

»Die Straßen ... Hotel ... abgeriegelt.«

»Was sagst du?« Das Rauschen in der Leitung war unerträglich laut.

»... niemals ...«

»Hallo? Thar Thar?«

»... keine Sorgen. Nicht ... Hsipaw ...«

»Thar Thar«, rief sie, »warum? Was ist los? Um Gottes willen. Thar Thar?«

»Ich ... dich.«

Sie hörte eine fremde Stimme, aufgeregte Rufe, das Besetztzeichen, dann war die Verbindung unterbrochen.

»Thar Thar?«, flüsterte sie, wissend, dass sie keine Antwort mehr bekommen würde. »Thar Thar?«

Ich ... dich.

Aus dem Radio erfuhr sie kurz darauf, dass Armeelastwagen rund um die Shwedagon-Pagode postiert worden waren. Überall in der Stadt patrouillierten Soldaten. In den Meldungen hieß es, dass sich die Mönche nicht hatten einschüchtern lassen. Wieder waren Tausende unterwegs.

Am nächsten Tag hörte sie nichts von ihm und auch nichts an dem darauffolgenden.

Julia verfolgte jetzt die Nachrichten im Fernsehen und Radio rund um die Uhr. BBC meldete, dass das Militär eine Ausgangssperre verhängt hatte. In Yangon waren trotz allem wieder Zehntausende auf die Straße gegangen, angeführt von Mönchen und Nonnen. Ohne Warnschüsse abzugeben, hatten Soldaten auf die Demonstranten geschossen. Auch auf die Mönche. Es hatte viele Tote und Verletzte gegeben, die genaue Zahl vermochte niemand zu sagen. Das Militär sprach von acht Toten, die Opposition im Exil von mehreren Hundert, Radio Free Burma von einigen Tausend. Angeblich arbeiteten die Krematorien in der Stadt rund um die Uhr.

In allen Teilen des Landes durchsuchten Soldaten nun Klöster und verhafteten Mönche. Zu Tausenden wurden sie auf Militärlaster gepfercht und abtransportiert. Nur die Armee wusste, wohin sie gebracht wurden und was mit ihnen geschah.

Wo war Thar Thar?

Julia versuchte, den Telefonanschluss zu erreichen, von dem er zuletzt angerufen hatte, aber die Leitung war tot. Eine andere Nummer hatte sie nicht. Wer könnte ihr etwas über seinen Verbleib sagen? Die amerikanische Botschaft in Yangon erklärte, sie sei nicht zuständig, weil er kein amerikanischer Staatsbürger sei. Die gleiche Antwort bekam sie vom Außenministerium in Washington.

Bei der burmesischen Botschaft in Amerika ging niemand ans Telefon. Die Vertretung bei den Vereinten Nationen verweigerte jede Auskunft.

Eine Telefonverbindung zum Kloster gab es nicht.

Sie konnte nur hoffen, dass er untergetaucht und in Sicherheit war und irgendwann anrufen würde.

Ich … dich.

Ich … dich.

Ich … dich.

27

Julia wartete. Sie bewegte sich vom Telefon nicht weg, aß wenig, versuchte, am Vormittag und Nachmittag zu schlafen, damit sie nachts, wenn es in Burma Tag war, wach bleiben konnte. Doch das war schwierig, das Kind in ihr war unruhig geworden. Es trat und boxte so ungestüm, dass Julia davon immer wieder erwachte. Als spüre es genau, was in der Welt da draußen vor sich ging.

Sie bekam heftige Rückenschmerzen, die bis in die Oberschenkel zogen. Leichte Blutungen. Ihr Arzt sah es mit Sorge. Sie war in der vierunddreißigsten Schwangerschaftswoche, das Baby, nach allem, was er auf dem Ultraschall erkennen konnte, normal entwickelt, es würde eine Frühgeburt überleben, doch die sei immer mit Risiken behaftet.

Ob es etwas gebe, was sie belaste? Stress könne ein wichtiger Faktor bei Frühgeburten sein. Julia schüttelte den Kopf.

Er verordnete Bettruhe. Sie müsse sich schonen, jede Aufregung vermeiden. Er ging davon aus, dass es jemanden gab, der in den kommenden Wochen für sie sorgen würde. Sie nickte. Der Vater des Kindes war auf dem Weg zurück nach New York. In drei Tagen würde er in Newark landen.

In zwei.

In einem.

Heute.

Sie fuhr trotz der Warnungen des Gynäkologen zum Flughafen, überpünktlich, für den Fall, die Maschine aus Frankfurt käme zu früh.

Rings um sie herum fielen sich Menschen um den Hals. Zwei kleine Kinder rannten ihrer Mutter entgegen. Ein älteres Paar küsste sich innig, er wischte ihr Tränen aus dem Gesicht. Neben ihr stand ein junger Mann, er hielt einen Luftballon in der Form eines Herzens und kaute nervös auf seinen Fingernägeln. Julia hatte eine langstielige rote Rose in der Hand.

Die ersten Passagiere aus Frankfurt kamen den langen Gang in die Wartehalle heruntergelaufen, sie erkannte sie an den Gepäckstreifen der Koffer. FRA-EWR.

Ihr war übel vor Aufregung, sie musste sich setzen. Ihr Kind strampelte heftig, ihm entging nichts.

Vielleicht gab es Probleme bei der Einreise, die konnte an schlechten Tagen für Ausländer zwei, manchmal auch drei Stunden dauern. Oder sein Gepäck war nicht angekommen.

Sie wartete, bis der Flug von der Anzeigetafel verschwand und sie schon lange niemanden mehr mit einem FRA-EWR-Schild gesehen hatte.

Sie wartete, bis es dunkel wurde.

Er ist tot.

Es war keine Stimme, die zu ihr sprach, eher eine Art Selbstgespräch. Eine Ahnung, Intuition. Ein Gedanke, der ihr wie eine Endlosschleife durch den Kopf ging.

Er ist tot. Er ist tot. Er ist tot.

Eine Frau fragte besorgt, ob es ihr nicht gut gehe, ob sie Hilfe bräuchte.

Ja, dachte Julia. »Nein«, erwiderte sie. »Danke. Es ist nur der Kreislauf.« Sie deutete auf ihren runden Bauch. »Es geht gleich wieder besser.« Die Frau führte sie zu einem Stuhl und brachte ihr einen Becher Wasser.

Sie wusste nicht, wie lange sie dort gesessen hatte, irgendwann fuhr sie nach Hause und legte sich ins Bett. Ihr Körper fühlte sich an, als hätte ihn jemand mit Blei übergossen oder einen Stecker gezogen. Jede Energie war aus ihm entwichen. Nicht einmal für Tränen reichte ihre Kraft.

Er ist tot.

Sie wusste nicht, wie sie die nächsten Wochen und Monate überstehen sollte. Wie sie jetzt noch geben könnte, was ein Kind brauchte.

Wie dünn ist die Wand, die uns vom Wahnsinn trennt? Niemand weiß, wie sie beschaffen ist. Niemand weiß, wie viel Druck sie erträgt. Bis sie nachgibt.

Er ist tot.

Wir leben alle am Rande, dachte sie. Den einen war es bewusst, den anderen nicht.

Es war nur ein Schritt. Ein kleiner.

28

»Das glaube ich nicht«, unterbrach ich meinen Onkel.

»Was glaubst du nicht?«

»Dass Soldaten auf Mönche schießen.«

»Es war aber so.«

»Warum sollten sie das getan haben?«, fragte ich, immer noch zweifelnd.

»Weil man es ihnen befohlen hatte. In der Armee ist ein Befehl ein Befehl, den musst du befolgen.«

»Und wenn nicht?«

»Kommst du ins Gefängnis oder wirst selber erschossen. Das ist nicht wie in der Schule!«

»Muss ich auch zum Militär?« Darüber hatte ich noch nie nachgedacht, und jetzt machte mir die Aussicht eine solche Angst, dass ich kurz zu zählen anfing. Eins-zwei-drei-vier-fünf-sechs-sieben-acht-neun-zehn …

»Nein, das ist eine Berufsarmee aus Freiwilligen. Niemand wird gezwungen.«

»Wirklich nicht?« In seinen Augen lag ein Flackern, es verriet mir, dass er nicht die Wahrheit sagte oder nur einen Teil.

»Und selbst wenn, ich passe auf dich auf. Mach dir keine Sorgen.«

Das beruhigte mich nur im ersten Moment. Was sollte mein alter Onkel machen, wenn die Soldaten kamen und mich holten? Sich ihnen in den Weg stellen? Ihnen drohen? Auf seinen Schutz sollte ich mich besser nicht verlassen, dachte ich. Es wäre klüger, sich zu verstecken oder Ko Aye Min um Hilfe zu bitten. Soweit ich wusste, war er nie Soldat gewesen. Der Gedanke, dass sie bestimmt keine

Zwölfjährigen holten, tröstete mich, ich hatte noch ein paar Jahre Zeit, mir etwas zu überlegen.

»Wer auf Mönche schießt, wird im nächsten Leben bestimmt ohne Arme und Beine geboren. Oder blind und taub. Glaubst du nicht?«

U Ba nickte. »Ganz sicher.«

»Hatten sie davor keine Angst?«

»Hätten sie den Befehl verweigert, wären sie schon in diesem Leben schrecklich bestraft worden.«

Ich nickte, als hätte ich es jetzt verstanden, aber das war natürlich Quatsch: Soldaten, die auf Mönche schießen! Als ob das irgendjemand verstehen könnte.

Ich dachte an meine Mutter. Wie sie allein in ihrem Bett lag und sich nach meinem Vater sehnte. Ich wusste, was es hieß, Sehnsucht zu haben. Sie tat mir leid. Selbst jetzt, fast dreizehn Jahre später, hatte ich das Gefühl, für sie da sein zu wollen. Ich hätte mich zu ihr gelegt, sie in den Arm genommen und einfach nicht mehr losgelassen. Das hätte ihr bestimmt geholfen.

»Konntest du nichts für sie tun?«, fragte ich U Ba.

»Ich habe es versucht. Es war nicht leicht. Sie blieb tagelang im Bett liegen und schlief trotzdem nicht. Ich kaufte ein und kochte für sie, doch sie aß nichts, mochte nicht einmal etwas trinken. Ich hatte das Gefühl, sie welkte vor meinen Augen, und ich konnte nicht viel mehr für sie machen, als an ihrem Bett zu sitzen und ihre Hand zu halten. Es war nicht schön. Ich hatte große Angst um sie. Und um dich.«

Bei den letzten Sätzen bebte die Stimme meines Onkels.

»Warum um mich?«

»Du warst ein Teil von ihr. Alles, was sie sich antat, tat sie auch dir an. Ich bat sie, zum Arzt zu gehen, sie wollte nicht.«

»Und dann?«

»Sie wurde von Tag zu Tag schwächer. Als sie eines Morgens verwirrt war und mich mit Thar Thar verwechselte, klingelte ich in meiner Verzweiflung bei dem Nachbarn. Er rief sofort einen

Krankenwagen.« U Ba schwieg für einen Moment. »Wir hatten Glück. Deine Mutter war nicht krank, sie hatte zu wenig getrunken und war dehydriert. Nach zwei Tagen im Krankenhaus ging es ihr besser, zumindest körperlich.«

Er stand auf und zündete einige Kerzen an.

Mir war vom Zuhören ganz schwer ums Herz. Draußen war es fast dunkel geworden, in der Küche waren noch Reste vom Mittagessen, doch ich hatte keinen Appetit, nicht einmal auf gelbes Curry mit gebratenen Shrimps aus dem Inle-See. »Hast du Hunger?«, fragte ich meinen Onkel.

»Nein.«

»Soll ich dir noch einen Tee machen?«

Er schüttelte den Kopf, und im Schein des Kerzenlichts sah er alt und gebrechlich aus.

Den Rest des Abends verbrachten wir miteinander auf dem Sofa. Mir war nicht nach Reden zumute und meinem Onkel auch nicht. Manchmal tat es gut, einfach nur schweigend neben ihm zu sitzen. Er blätterte in einem Buch, aber ich hatte nicht den Eindruck, dass er darin las.

Am Morgen konnte ich mich kaum bewegen, so schwer und erschöpft fühlte ich mich. Als hätte ich die ganze Nacht Unkraut gejätet oder Wäsche gewaschen. Ich zog sanft an U Bas Schulter und fragte, ob ich zu Hause bleiben könne, weil ich krank sei. Er murmelte ein Ja und schlief sofort wieder ein.

Nach dem Frühstück fragte mich mein Onkel, ob es mir gut genug gehe, um mit ihm einen kleinen Ausflug zu unternehmen. Ich traute meinen Ohren nicht. »Einen Ausflug? Wohin?«

»Nach Sharbin, da gibt es einen schönen Rastplatz.«

Ich konnte meine Enttäuschung nicht verbergen. In der letzten Trockenzeit war ich mit Ko Aye Min dort gewesen, es war eine gute Stunde Fußmarsch entfernt, mit U Ba an der Seite wahrscheinlich zwei. Da gab es nichts zu tun und nichts Besonderes zu sehen, nur einen weiten Blick in das Tal und über die Berge. Alle Touristen wären begeistert, hatte mir Ko Aye Min erklärt, und würden viele Fotos machen. Ich fand es langweilig.

»Was wollen wir denn da?«

»Das verrate ich dir, wenn wir dort sind«, erwiderte mein Onkel. »Für den Weg werden wir etwas zu essen brauchen.« Er packte hart gekochte Eier, Toastbrot, Kekse, zwei Flaschen Wasser und ein paar Bananen in eine Tasche, die er mir über die Schulter hängte. Mir war rätselhaft, was er vorhatte, für einen Spaziergang nach Sharbin benötigten wir nicht so viel Proviant.

Er nahm den Stock, den ich ihm aus Bambus geschnitzt hatte, und wir marschierten los. Wir liefen ein Stück auf der Straße und bogen dann in einen schmalen Pfad für Ochsenkarren, der, sanft ansteigend, am Hsay-Win-Gabar-Kloster vorbei, aus Kalaw herausführte. Mir war noch immer nicht wohl, und ich spürte jeden Meter in meinen Beinen. U Ba hingegen, dem an manchen Tagen fast jede Bewegung schwerfiel, ging mit leichten, fast federnden Schritten neben mir her. So hatte ich ihn schon lange nicht mehr laufen sehen.

»Erinnerungen, Bo Bo«, sagte er zur Erklärung mit einem Lächeln, »können einem Menschen Flügel verleihen.«

Darüber dachte ich lange nach. Ich hatte nur wenige Erinnerungen und keine, die mir Flügel verleihen würden.

Er musste meine Gedanken erraten haben. »Nicht alle natürlich«, fügte er hinzu. »Erinnerungen können dich auch fesseln. Oder wie Steine auf deinem Herzen liegen.«

»Und dann?«

»Musst du sehen, dass du sie loswirst.«

»Wie?«

»Indem du dich nicht an sie klammerst. Dann verschwinden die meisten von ihnen von ganz allein. Man braucht nur ein wenig Übung darin.«

»Worin?«

»Im Loslassen.«

Als wenn sich jemand an schlechte Erinnerungen klammern würde. Wenn ich mich in der Schule über eine Lehrerin geärgert hatte und am nächsten Tag daran denken musste, klammerte sich die Erinnerung ja wohl an mich, nicht umgekehrt.

Wir liefen am Kloster vorbei, der Anstieg wurde steiler, und selbst da verlangsamte U Ba sein Tempo nur ein wenig.

»Welche Erinnerungen begleiten dich jetzt?«, wunderte ich mich.

Er blieb stehen und stützte sich auf seinen Stock. Ich hörte, wie sehr er außer Atem war, trotz der Flügel. Winzige Schweißperlen bedeckten seine Stirn.

»Ich bin diesen Weg hin und wieder mit meiner Mutter gelaufen.«

»Ich dachte, sie konnte nicht gehen?«, fragte ich erstaunt.

»Ich habe sie auf meinen Rücken genommen und hochgetragen.«

»Den ganzen Weg?«

Er nickte. »Auch ich war einmal jung. Das letzte Mal ein paar Wochen vor ihrem Tod. Sie wollte unbedingt noch einmal hier hinauf. Wenn ich sie nicht trug, und sie ließ sich ausschließlich von mir tragen, konnte sie sich nur kriechend fortbewegen. Deshalb liebte sie Hügel. Es bedeutete ihr viel, von oben in die Weite zu schauen.«

»Macht dich die Erinnerung daran nicht unglücklich?«

»Nein. Es war ein wunderschöner Tag. Wir haben Pausen gemacht und viel gelacht. Ich setzte sie auf einen Felsen, von da hatte sie die beste Aussicht. Ihr Blick und ihre Gedanken wanderten in die Ferne, sie schwieg. Bald kehrt Tin Win zurück, erklärte sie plötzlich.

Mama, wie kommst du darauf?, fragte ich.

Das sehe ich, erwiderte sie. Dort drüben, am Horizont.

Ich fürchtete, sie war kurz davor, ihren Verstand zu verlieren.

Er lebte in New York, sie hatte über fünfzig Jahre nichts von ihm gehört, und nun war sie plötzlich sicher, sie würde ihn wiedersehen. Er sei, behauptete sie, mit den letzten Vorkehrungen für seine Abreise beschäftigt.

In den folgenden Wochen begann sie, sich auf seine Ankunft vorzubereiten. Sie kroch in die entlegensten Winkel des Hauses, um es ordentlich sauber zu machen. Jeden Morgen musste ich frische Hibiskus, Margeriten oder Frangipani aus dem Garten holen, mit denen sie die Zimmer schmückte. Sie trug eine Blüte im Haar und wurde mit jedem Tag ein wenig jünger und schöner. Wenige Wochen später saß ich meinem Vater im Teehaus gegenüber. Er war zurückgekehrt, wie sie es prophezeit hatte. In der Nacht darauf sind sie Arm in Arm zusammen gestorben.«

U Ba blickte ins Tal, dann zu mir. »Wir wissen«, sagte er leise, als spräche er mit sich selber, »so viel mehr, als wir zu wissen glauben.« Er wischte sich mit dem Ärmel den Schweiß aus dem Gesicht und setzte seinen Weg fort. Ich lief direkt hinter ihm.

»Hast du deinen Papa nicht vermisst, als du klein warst?«

»Ich kannte ihn nicht. Kann ich jemanden vermissen, den ich nicht kenne?«

»Ja«, erwiderte ich sofort. »Natürlich.«

»Vielleicht. Aber mir hat nichts gefehlt, mein kleiner Bo Bo.«

»Ich bin nicht mehr klein.«

»Entschuldige, so habe ich es nicht gemeint. Ich weiß, dass du nicht mehr klein bist. Du bist ein ganz Großer.« Er blieb stehen, drehte sich zu mir und nahm mich in den Arm, so wie er es früher oft getan hatte und nun schon länger nicht mehr. Ich fühlte seine Hände auf meinem Rücken, seine weiche Wange an meiner vernarbten. Er drückte mich an sich, ich spürte das heftige Pochen seines Herzens an meiner Brust, und plötzlich kamen mir Tränen. Sie rannen mir das Gesicht hinunter wie Regentropfen auf einer Fensterscheibe. Das wollte ich nicht, doch ich konnte mich nicht dagegen wehren. Ich musste bitterlich weinen.

Das geschah ganz selten.

Eigentlich nie.

U Ba hielt mich fest, ohne etwas zu sagen.

Als ich mich beruhigt hatte, ging es mir besser.

Wir durchquerten ein Dorf der Danu, liefen an einem mit vielen Blumen geschmückten Nat-Altar vorbei, stiegen in ein kleines Tal hinab und auf der anderen Seite zügig den Berg wieder hinauf. Die Erinnerungen hatten U Ba ein zweites Paar Flügel verliehen.

Im Schatten eines Banyanbaums machten wir Rast. Er bat mich um eine Banane und etwas Wasser.

»Ich komme nun zum Ende der Geschichte«, sagte er und trank mehrere Schlucke. Statt mich zu freuen, hätte ich ihn am liebsten gebeten, nicht weiterzuerzählen. Die Geschichte war dabei, meine zu werden.

Vielleicht wurde ja auch mein Herz zu einer Tapferkeit gezwungen, der es gar nicht gewachsen war?

Ganz schnell begann ich, zu zählen.

Eins.

Zwei.

Drei.

Vier.

Fünf.

Dann hörte ich die Stimme meines Onkels und ließ mich von ihr forttragen. Nach New York.

Zu meiner Mutter.

Zu Erinnerungen, die keine Flügel wachsen ließen.

29

Ein Rauschen in der Telefonleitung. Es knisterte und knackte, dann war die Verbindung unterbrochen. Der Wecker neben ihrem Bett zeigte 4:44 Uhr an. Kurz darauf klingelte es ein zweites Mal.

»Hallo?«, rief sie wieder. Ihre Stimme bebte vor Aufregung. »Thar Thar?«

»…?«

»Hallo? Hallo?«

»…?«

»Wer ist da?«

»Julia?«

»Thar Thar? Thar Thar! Endlich. Wo bist du?« Ihre Worte hallten bis auf den Hausflur.

»In …«

»Wo? Liebling, ich verstehe dich kaum.«

»Ich bin …«

»Wo? … Verdammter Mist. Die Verbindung ist so schlecht.«

»… Mandalay. In einem Hotel. Ich … das Telefon benutzen.«

»O mein Gott. Wie schön, dass du dich meldest. Ich hatte so eine Angst. Geht es dir gut?«

»…«

»Wo warst du die letzten Wochen?«

»Eine … Geschichte.« Er sagte etwas auf Burmesisch, ein anderer Mann antwortete schroff. »Wir haben nicht viel Zeit«, flüsterte Thar Thar. Mit einem Mal hörte das Knistern und Rauschen auf, und sie verstand ihn besser.

»Wann kommst du zurück? Soll ich dir einen Flug buchen?«

»Ich kann nicht kommen.«

»Bitte, sag das nicht.«

»Die Polizei hat mir meinen Pass weggenommen.«

»Warum?«

Er antwortete nicht.

»Wer? Ich meine … Wie kommen sie dazu? Sie können dir doch nicht einfach …«

»Sie können alles«, unterbrach er sie.

»Wann bekommst du ihn wieder?«

»Das sagen sie nicht. Vielleicht morgen. Vielleicht in einem Jahr. Vielleicht gar nicht.«

Julias Stimme wurde brüchig. »Ich … ich bin so froh, von dir zu hören. Ich dachte, du wärst tot. Oh, Thar Thar, wenn du wüsstest …«

»Nicht weinen, mir geht es gut.«

Sie versuchte, ihr Schluchzen zu unterdrücken. »Sicher?«

»Ja, es ist viel wichtiger, wie es dir geht.«

Sollte sie ihm von den vielen schlaflosen Nächten erzählen? Von ihrer Angst? Wie sie oft keine Luft mehr bekam, weil das Kind ihr gegen das Zwerchfell drückte. Dass ihr jede Bewegung schwerfiel und sie den Tag der Geburt nicht mehr abwarten konnte. Thar Thar war weit weg und konnte ihr nicht helfen, warum sollte sie ihn beunruhigen? »Mir geht es auch gut«, log sie.

»Wirklich?«

»Ja, sehr gut sogar. Und unserem Sohn auch.«

»Ist … ist er schon geboren?«, fragte er vorsichtig.

»Nein. Die Ärzte sagen, in zwei Wochen ist es so weit, aber es könnte auch ganz schnell gehen.«

Wieder rief jemand etwas dazwischen. »Es tut mir so leid, dass ich nicht da bin«, sagte Thar Thar. »Entschuldige. Ich hätte auf dich hören sollen …«

»Hör auf damit. Hauptsache, du bist am Leben. Wie kann ich dich erreichen?«

»Gar nicht. Ich rufe wieder an.«

»Gar nicht?« Ihre Stimme begann wieder zu bröckeln. »Ich muss aber …«

»…?«

»Hallo? Thar Thar, bitte, ich verstehe dich so schlecht.«

»… Es ist alles sehr schwierig hier …«

»Was meinst du?«

»Die Angst ist zurück. Das Militär ist überall. Menschen verschwinden …«

»Warst du bei den Kindern?«

»Noch nicht. Ich fahre morgen.«

»Kann ich dich nicht doch irgendwie er…«

Eine laute Männerstimme ertönte, Thar Thar erwiderte etwas, es kam zu einem Streit, der mit jedem Satz heftiger wurde.

»Mein Schatz, warte kurz, leg nicht auf«, bat er sie. Sekunden später war die Verbindung unterbrochen.

»Thar Thar. Liebling. Hallo???« Sie schrie, als müsste sie nur laut genug rufen, um in Burma gehört zu werden.

Die Leitung war tot.

Sie hatte auf nichts mehr gewartet, sich nach nichts mehr gesehnt als nach diesem Anruf. Seine Stimme zu hören. Seine Nähe zu spüren, und sei es nur für ein paar Minuten. Zu wissen, dass er lebt, dass er gesund ist. Sie hatte gehofft, diese Gewissheit würde ihr Sicherheit geben und sie beruhigen, das Gegenteil war der Fall.

Nachdem die erste Erleichterung gewichen war, fühlte sie sich noch schlechter als vorher. Einsamer. Hilfloser. Verlassener. Sie wollte mit ihm sprechen, ihm helfen und konnte wieder nichts tun, außer zu warten, und diese Ohnmacht ertrug sie nur schwer.

Die Wohnung kam ihr wie ein Gefängnis vor. Sie musste raus, sich bewegen, aber mit dem Kind im Bauch schaffte sie nicht mehr als einen Straßenblock, ohne außer Atem zu sein. Mit Amy machte sie sich auf den Weg in den Central Park, schon an der Ecke zur Madison Avenue kehrten sie um. Julia fand die vielen Menschen, das Gedränge, den Krach noch schlimmer als die Einsamkeit in ihrer Wohnung.

Sie saß neben dem Telefon und kaute sich die Fingernägel blutig, wie sie es seit ihrer Kindheit nicht mehr getan hatte. Bei jedem Anruf geriet ihr Herz aus dem Rhythmus.

Als Thar Thar am Telefon war, hörte sie ihn wieder so klar und deutlich, als säße er neben ihr.

»Ich habe meinen Pass zurückbekommen«, sagte er und klang trotzdem nicht erleichtert.

»Mein Gott, wie schön. Wann kommst du? Für wann soll ich dir einen Flug buchen?«

»Ich kann nicht kommen.«

»Warum nicht?«

»Ich habe Angst, dass sie mich nicht wieder reinlassen.«

»Wieso sollen sie dich nicht wieder in dein eigenes Land lassen?«

»Das passiert ganz vielen, die nach Thailand geflohen sind. Die Regierung hat ihre Pässe einfach für ungültig erklärt.«

»Das kann ich nicht glauben. Liegt gegen dich eine Anklage vor?«, fragte Julia.

»Nein.«

»Die Leute wurden bestimmt gesucht. Wir kennen die Umstände nicht. Ich kann mir nicht vorstellen, dass sie dich nicht wieder ins Land lassen.«

»Aber es passiert.«

»Dagegen könnten wir klagen.«

»Mein Schatz, wovon redest du? Die Regierung kann machen, was sie will.«

»Das weiß ich. Ich meine doch nur, dass das Risiko sehr gering ist.« Sie hielt kurz inne. »Bitte, Thar Thar. Wir brauchen dich hier.«

»Ich weiß. Mein Schatz, wir müssen aufhören. Ich muss los.«

»Warum? Wohin?«

»Ich erkläre dir alles später. Jetzt kann ich nicht weiterreden.«

»Warte bitte.«

»Ich melde mich«, sagte er und legte hastig auf.

In den folgenden Tagen waren die Nachrichten aus Burma noch immer spärlich und nicht gut. Verhaftungen im ganzen Land. Mönche, die spurlos verschwanden. Nach Thailand Geflüchtete berichteten in der BBC von Folter und Erschießungen.

Thar Thar rief nicht wieder an.

Eine Woche später lag ein Brief in der Post, abgestempelt in Los Angeles, Julia erkannte seine Handschrift auf dem Umschlag. Er musste ihn jemandem mitgegeben haben. Auf der Rückseite eines alten Kalenderblattes standen ein paar flüchtig geschriebene Zeilen.

Hsipaw, im Oktober 2007

Geliebte Julia,
mir geht es gut. Ich bin bei den Kindern.
Es werden immer noch Mönche und auch
Nonnen verhaftet, deshalb ist es besser,
ich verstecke mich eine Weile.
Mach Dir bitte keine Sorgen.
Ich rufe an, sobald ich kann.
Verzeih mir.
Pass gut auf Euch auf.
Ich vermisse Dich
In Liebe
Thar Thar

30

Vierundzwanzig Stunden später wurdest du geboren, ein paar Tage zu früh. Du wolltest auf die Welt. Als könntest du es in dem von Angst erfüllten Körper deiner Mutter nicht länger aushalten.

Die Geburt verlief, nach Ansicht des Gynäkologen, ohne Komplikationen, aber seine Sorge galt Julias Körper, nicht ihrer Seele.

Noch nie hatte ich einen so kleinen Menschen in meinen Armen gehalten. Das Gewicht der Welt. Den Ausdruck in deinen großen braunen Augen werde ich nie vergessen.

Julia war zu erschöpft, um sich zu kümmern oder auch nur Freude zu zeigen. Sie lag blass und ermattet in ihrem Bett und reagierte kaum, als eine Krankenschwester dich frisch gebadet und gewickelt neben sie legte. Das sei nicht ungewöhnlich in den ersten Stunden nach der Geburt, erklärte sie mir, überhaupt kein Grund zur Beunruhigung. Manche Frauen brauchten einige Tage, um sich von den Strapazen zu erholen und sich dem Kind zuwenden zu können. Es sei ein Mythos, dass jede Mutter sofort in ihr Baby verliebt sei.

Was wusste ich von der Beziehung zwischen Müttern und ihren Neugeborenen, um ihr zu widersprechen?

Sorgen machte ich mir trotzdem.

Du hattest Hunger, und sie konnte dir nicht geben, was du brauchtest. Oder nicht genug. Es fiel ihr schwer, dich in den Armen zu halten, und sie war sichtlich erleichtert, sobald eine Schwester oder ich kam und dich ihr abnahm. Sie besaß kein Lachen mehr, an dem sich jemand erwärmen konnte. Nicht einmal ein Lächeln.

Meine Hoffnung, du würdest deine Mutter von der Angst um Thar Thar ablenken und das Strahlen in ihre Augen zurückbringen, erfüllte sich nicht. Alle paar Stunden fragte sie mich, ob es neue Nachrichten aus Burma gab. Ob er angerufen hatte. Ob in der Post ein zweiter Brief von ihm lag.

Zu Hause, in ihrer gewohnten Umgebung, wird es ihr besser gehen, vermutete der Arzt und entließ Julia auf ihren eigenen Wunsch aus der Klinik.

Doch die ersten Tage waren schwierig – und es wurde immer schwieriger.

Mit dir zusammen war alle Kraft und Energie aus ihrem Körper gewichen, sie hatte Leben gegeben und nichts dafür bekommen oder nicht das, was sie gebraucht hätte.

Es fiel ihr schwer, sich auf etwas zu konzentrieren, nicht einmal in den Zeitschriften, die ich ihr besorgte, wollte sie blättern.

Sie klagte über Schwindel und Kopfschmerzen, ich massierte ihr die Füße und die Schultern, die hart und verspannt waren.

An manchen Abenden war sie plötzlich gesprächig und wollte mit mir über unsere baldige Rückkehr nach Hsipaw reden, machte Zeichnungen von den Um- und Anbauten, die sie für das Kloster plante. An anderen saß sie mir stundenlang auf dem Sofa gegenüber, schweigend.

Ihre Schwester braucht jetzt vor allem eins: Zuwendung, hatte mir der Arzt erklärt, und ich bemühte mich nach Kräften, für sie zu sorgen. Kaufte ein, kochte ihre Lieblingsspeisen, las aus Büchern und der *New York Times* vor, erzählte auf ihr Bitten alle Märchen aus Burma, die ich kannte. Ich musste lernen, dass das Zusammenleben mit einem unglücklichen Menschen eine Kunst ist, die viel verlangt. Das Gefühl, nicht zu genügen, war mein ständiger Begleiter.

Zum Glück hast du in den ersten Wochen keine großen Ansprüche an sie gestellt, die meiste Zeit lagst du in deiner Wiege und hast geschlafen. Wir mussten dich mit der Flasche füttern und wollten uns nachts abwechseln. Schon in der zweiten Nacht weckte mich Julia. Sie hielt dich in den Armen, du hast geweint, und auch sie hatte Tränen in den Augen.

»Er isst nicht«, sagte sie aufgebracht und ging im Zimmer auf und ab. »Ich weiß nicht mehr, was ich machen soll.«

Wir setzten uns auf das Sofa, sie hielt die lauwarme Flasche, du saugtest einige Male, dann lief dir die Milch aus dem Mund. »So geht das die ganze Zeit. Er spuckt alles wieder aus.«

»Vielleicht hat er keinen Hunger?«

»Er hat auch beim letzten Mal kaum etwas getrunken.« In ihr

wuchs die Ungeduld, sie hielt dich fester. »Bo Bo, mein Schatz, jetzt komm schon, bitte.« Du drehtest nur den Kopf hin und her. Es war, als würde sie dich mit ihrer Unruhe anstecken.

Ich sah, wie sie allmählich wütend wurde und kurz davor war, dir den Sauger in den Mund zu stopfen. Du fingst wieder zu weinen an.

Ich nahm dich auf meinen Schoß, summte ein Lied, wiegte dich hin und her, es dauerte lange, bis du dich beruhigt hattest und langsam zu trinken begannst. Da schlief Julia neben mir auf dem Sofa bereits.

Eines Morgens kam eine zweite Nachricht von Thar Thar, diesmal mit einer Briefmarke aus Thailand. Julia wollte, dass ich den Brief öffnete und ihn ihr vorlas.

Mein Liebling,
ich hoffe, diese Zeilen erreichen Dich. Ein Geheimkurier hat versprochen, sie in Bangkok für mich abzuschicken, aber in den vergangenen Tagen sind einige von ihnen an der Grenze entdeckt und verhaftet worden. Ich kann mir also nicht sicher sein, ob dieser Brief den weiten Weg nach New York schafft.
Ist unser Kind schon geboren? Wie sieht es aus? Hat es Deine wunderschönen Lippen? Deine strahlenden Augen?
Bitte verzeih mir, dass ich nicht bei Euch bin. Ich denke jeden Tag, jede Stunde mit großer Sehnsucht an Euch und hoffe, dass Ihr gesund seid.
In den vergangenen Wochen habe ich mich gefragt, ob ich auf Dich hätte hören sollen. War es ein Fehler, zurückzukehren? Dir wäre viel Kummer erspart geblieben. Es tut mir im Herzen weh, dass ich Dir so viele Sorgen bereite.
Aber die Tage in Yangon während des Aufstandes werde ich nie vergessen.
Ich durfte Menschen beobachten, wie sie ihre Angst überwanden. Ich durfte sehen, wie ihre Augen leuchteten vor Stolz und Freude, wie sie sich zum ersten Mal in ihrem Leben erhoben und mit uns durch die Straßen marschierten. Jeder Schritt, egal wie

groß oder klein, war eine bestandene Mutprobe. Im Regen haben die Menschen auf den Bürgersteigen gestanden und geweint.
Die Angst war uns über die Jahrzehnte der Diktatur in Fleisch und Blut übergegangen. Sie war zu einem Teil von uns geworden. Nur die wenigsten hatten überhaupt bemerkt, welche Macht sie über uns hatte.
Ich habe viel an meine Zeit im Dschungel denken müssen, Du weißt, was wir durchlitten haben. Damals hatte die Angst unsere Seelen zerfressen. Von mir dachten alle, ich hätte sie besiegt, aber ich spürte meine Furcht nicht mehr, weil ich im Innersten erstarrt war und gar nichts mehr fühlte. Das ist nicht dasselbe.
Und ich bin mir sicher, es gibt kein Zurück. Wer einmal seine Angst hinter sich gelassen hat, der weiß, welche Freiheit auf ihn wartet. Er mag wieder vorsichtig werden. Er mag den Rückzug antreten. Er mag sich unter Umständen verstecken oder verstellen, vielleicht kehrt sogar seine Angst zurück, aber ihr Gefangener wird er nie wieder.
Ich bin in einem Versteck an der Grenze zu Thailand in Sicherheit. Im Notfall kann ich jederzeit über die Grenze fliehen.
Die Kinder sind im Kloster, ihnen droht keine Gefahr, U Ko Tun gibt gut auf sie acht. Wenn sich die Lage in einigen Wochen ein wenig beruhigt hat, kehre ich zu ihnen zurück.
Ich wünsche mir nichts mehr, als dass wir uns bald sehen. Es ist natürlich Deine Entscheidung, wann Du Dich auf den Weg machst, und ich habe großes Verständnis, wenn Du erst einmal abwarten möchtest, was in den kommenden Monaten in diesem Land geschieht. Wahrscheinlich wäre das sogar das Beste für uns alle, denn niemand weiß, wie es weitergeht. Das Leben hier ist nicht leichter geworden.
Ich kann es kaum erwarten, Euch in meine Arme zu schließen. Ginge es nach mir, würden wir uns schon morgen wiedersehen.
Vergiss mich nicht.
In Liebe,
Dein, nein, Euer Thar Thar

Julia nahm mir den Brief aus der Hand, sie las ihn ein zweites und ein drittes Mal und wollte umgehend antworten. Sie holte Papier und ein Kuvert und schrieb seine Adresse auf den Umschlag:

Thar Thar
Das Kloster der besonderen Kinder
Hsipaw, Shan-Staaten
BURMA (Myanmar)

Sie saß am Tisch, starrte auf das weiße, leere Blatt und wusste nicht, wo sie beginnen sollte. Mit Bo Bos Geburt? Ihrer Angst? Der Frage, wann und wo sie sich wiedersehen würden?

Ihr Kopf war voll, ihre Gedanken drehten sich so schnell im Kreis, dass sie keinen greifen und in Worte fassen konnte.

Irgendwann schob sie Stift und Papier über den Tisch zu mir. »Kannst du ihm antworten?«, bat sie mich.

»Ich? Was soll ich schreiben?«

»Dass ich ihn liebe.«

»Was noch?«

»Das ist alles.«

31

Zu Weihnachten fuhren wir mit Amy aufs Land. Sie hatte sich vor Kurzem in Upstate New York ein altes Bauernhaus mit einer ausgebauten Scheune gekauft, dort wollten wir zusammen bis zum neuen Jahr bleiben.

Amy war überzeugt, dass Julia die Ruhe und Abgeschiedenheit guttun würden, und hatte versprochen, uns zu verwöhnen. Sie kümmerte sich um alles, kaufte ein, besorgte einen Weihnachtsbaum und Geschenke für uns alle. Sie schmückte den Baum, backte Kekse, kochte, und in den ersten Tagen fühlte sich Julia so gut wie schon lange nicht mehr. Sie schlief besser, ging spazieren, half beim Kochen und war gesprächig wie früher. Hin und wieder erwärmte sogar ihr Lachen die große Küche.

Während draußen der erste Schnee fiel, verbrachten wir Nachmittage und Abende vor dem Kamin.

»Ich habe mir überlegt, dass wir in Hsipaw eine Art Wellness-Zentrum eröffnen sollten«, sagte Julia eines Abends, halb zu mir, halb zu Amy gewandt. »Mit verschiedenen Massagen, Anwendungen und Yogaklassen. Dazu noch ein kleines Café oder Restaurant, wo Besucher burmesisch kochen lernen können.« Sie schaute uns begeistert an: »Was haltet ihr davon?«

»Wie kommst du denn darauf?«, wunderte sich Amy.

»Die Kinder müssen etwas lernen, und Blinde sollen besonders gute Masseure sein. Wir könnten Massagelehrer aus Thailand einfliegen lassen, die ihnen Unterricht geben. Touristen würden das lieben, jede Wette. Und so etwas gibt es in Hsipaw bestimmt noch nicht, oder, U Ba?«

Ich schüttelte den Kopf. »Wahrscheinlich nicht.«

Amy warf mir einen irritierten Blick zu. »Nach allem, was ich aus deinen Erzählungen weiß, kommen da doch kaum Touristen hin. Und nach dem Aufstand der Mönche bestimmt noch weniger. Wer fährt jetzt nach Burma in den Urlaub?«

»Eben. Wir müssen sie anlocken.«

»Mit Kochkursen, Yoga und einem Spa?«

»Warum nicht?«, erwiderte Julia schnippisch. »Wenn du einen besseren Vorschlag hast, verrate ihn mir.«

»Jetzt sei nicht gleich genervt. Ich glaube nicht, dass das eine gute Idee ist. Und ehrlich gesagt, kann ich mir auch nicht vorstellen, dass Thar Thar davon begeistert sein wird.«

»Das werden wir ja sehen.«

Kurz darauf stand Julia auf und ging ins Bett.

Am nächsten Morgen hörte ich sie schon früh in der Küche hantieren. Sie hatte schlecht geschlafen und war unruhig und angespannt.

»Was kann ich für dich tun?«, fragte Amy, als wir am Nachmittag am Kamin Tee tranken.

»Du tust schon so viel.«

»Was noch? Ich mache mir Sorgen. Du siehst nicht gut aus.«

»Danke.«

»Darf ich das nicht sagen?«

»Ich muss nur in den Spiegel schauen, dann sehe ich es selber.«

»Entschuldige.«

Amy stand auf und legte ein Holzscheit ins Feuer. »Lass uns den Winter über hierbleiben«, schlug sie vor. »Ich male in der Scheune, du ruhst dich aus, und Bo Bo und du findet erst einmal zueinander. U Ba würde es bestimmt auch guttun. Es ist Platz genug für alle.«

»Das ist lieb gemeint, danke. Aber ich muss zurück nach Hsipaw.«

»Wann?«

»So schnell wie möglich.«

»Aber weshalb die Eile?«

»Meinst du die Frage ernst?«, erwiderte Julia gereizt.

»Du weißt noch nicht einmal, wo Thar Thar ist. Du hast keine Telefonnummer von ihm, keine Adresse.«

»Im Brief hat er geschrieben, dass sich die Situation bald wieder beruhigen wird und er zurück ins Kloster fährt.«

»Und wenn nicht?«

»Dann suche ich ihn.«

»Wo? Willst du mit einem Säugling von Flüchtlingslager zu Flüchtlingslager durch den Dschungel ziehen?«

Julia wandte sich wortlos ab, blickte in die lodernden Flammen des Kamins und schaukelte deine Wiege, die neben ihr stand.

»In deinem Zustand?«

»Was ist mit meinem Zustand?«

»Du bist zu erschöpft. Du schläfst schlecht. Du isst zu wenig. Du musst erst einmal wieder zu Kräften kommen.« Sie warf mir einen Blick zu, als müsste ich ihren Eindruck bestätigen.

»Ich habe meinen Bruder«, antwortete Julia und deutete auf mich. »Der ist mir eine große Hilfe.«

»Ich weiß, und das ist auch gut so. Aber was spricht dagegen, die nächsten Monate hierzubleiben und abzuwarten, ob sich die Lage wirklich beruhigt?«

»Alles.« Julia stand auf, trat ans Fenster und schaute hinaus in den Schnee. Wer sich einmal verletzbar gemacht hat, dachte sie, wer einmal gespürt hat, was es heißt, zu lieben und geliebt zu werden, der will nicht wieder allein sein. Alles in ihr sträubte sich gegen diese Vorstellung. Ihr Vater kam ihr in den Sinn. Er hatte fünfzig Jahre von der Liebe seines Lebens getrennt gelebt, ohne je einen Brief von ihr bekommen, ohne je ihre Stimme gehört zu haben. Ihre Herzen mussten irgendeine Art gefunden haben, sich über die Kontinente hinweg zu verständigen. Anders war es nicht zu erklären, dass ihre Liebe an der langen Trennung nicht zerbrochen war. Vielleicht wäre sie ja eines Tages auch so weit, aber jetzt hatte Julia das Gefühl, jeder Tag ohne Thar Thar war ein Tag zu viel.

Amy seufzte. »U Ba, sag du doch auch mal etwas. Was meinst du dazu?«

Ihre Frage war mir unangenehm. Amy hatte alle guten Argumente auf ihrer Seite. Und trotzdem. Mein Herz verstand meine Schwester. Es folgte einer anderen Logik und gehorchte seinen eigenen Gesetzen.

Außerdem war es ihre Entscheidung, und mir lag es fern, ihr oder irgendeinem anderen Menschen zu sagen, was er zu tun oder zu lassen hatte. Wenn sie morgen zurück nach Burma fahren wollte, würde ich ihr dabei helfen, wenn sie in Amerika bleiben wollte, wäre ich genauso für sie da. Aus meiner Sicht gab es keine richtige oder falsche Entscheidung. Ich wusste nicht, was ich antworten sollte, und schwieg.

»U Ba«, rief Amy wütend. »Sag endlich etwas. Auf dich hört sie vielleicht.«

32

Mein Onkel trank in kleinen Zügen etwas Wasser und beachtete mich nicht weiter. Aus seiner Umhängetasche kramte er ein altes, nicht einmal fingerdickes Buch hervor, das ich noch nie gesehen hatte. Es sah zerknickt und zerlesen aus. Auf dem Umschlag stand: »Jahrestage«.

»Was ist das?«, fragte ich.

»Notizen.«

»Wessen Notizen?«

»Von deiner Mutter.«

»Für mich?«

U Ba neigte den Kopf nachdenklich zur Seite. »Das vermute ich. Sie hatte kurz nach eurer Ankunft in Hsipaw wieder angefangen, Tagebuch zu führen. Alle Bände sind bei einem Feuer verbrannt, nur diesen einen konnte sie retten.«

Ich hatte das Gefühl, er rieche noch immer nach kaltem Rauch. »Was heißt Jahrestage?«

»Darin stehen Eintragungen zu bestimmen Daten: Deine Geburtstage. Ihre. Die deines Vaters. Das Datum, an dem sich eure Ankunft in Hsipaw jährte. Der Tag, an dem sich deine Eltern kennenlernten. Ich möchte dir daraus einige Auszüge vorlesen, sie beschreiben die Zeit im Kloster viel besser, als ich es je könnte.«

»Woher hast du das Buch?«

»Deine Mutter hat es mir zur Verwahrung gegeben.«

Ich bemerkte, dass in verschiedenen Seiten Lesezeichen steckten. Mein Onkel hatte sich gut vorbereitet, er nahm den Band zur Hand und schlug ihn an der ersten Stelle auf, aus der ein Papierschnipsel hervorlugte.

17. Mai 2008

Thar Thars Geburtstag
Mein Versuch, ihm einen Kuchen zu backen, ging gründlich daneben. Der von den Kindern gebaute Ofen funktionierte nicht. Steinhart und staubtrocken. Ungenießbar.
Er sagt, es sei der erste Geburtstagskuchen seines Lebens.
Ich war enttäuschter als er. Oder habe ich es nur mehr gezeigt?
Manchmal bin ich mir bei ihm nicht sicher.
Thar Thar erzählt, dass früher, als er klein war, die Kinder zu ihren Geburtstagen keine Geschenke bekommen, sondern welche gemacht haben und den Beschenkten auch noch dankbar waren, dass sie ihnen etwas geben durften. Die wahre Freude lag im Geben, nicht im Nehmen.
Ich glaube, die Zeiten sind vorbei. Auch in Burma.

* * *

Er macht sich Vorwürfe, mich in New York alleingelassen zu haben.
Bin ich deshalb noch wütend auf ihn? Manchmal.
Werfe ich es ihm vor? Nicht direkt.
Das Gefühl, anzukommen. Allmählich. Die ersten Wochen konnte ich nicht stillsitzen. Den ganzen Tag fühlte ich mich gezwungen, etwas zu tun. Das wird weniger.
Thar Thar ist geduldig mit mir und sehr fürsorglich. Alle kümmern sich rührend um Bo Bo, besonders Moe Moe und Ko Maung. Trotzdem bleibt eine gewisse innere Unruhe. Die Angst, jeden Tag könnte jemand kommen und uns abholen. Sie stehen im Hof und nehmen uns mit: Thar Thar, mich, selbst Bo Bo, und es gibt nichts, was wir dagegen tun können.
Er versucht mich zu beruhigen. Die Proteste der Mönche spielten keine Rolle mehr. Im Golf von Bengalen gab es einen großen Taifun, der das ganze Delta und Yangon verwüstet hat, mit vielen, vielen Toten. Die Regierung hat jetzt ganz andere Probleme.

Trotzdem gehe ich so gut wie nie in den Ort. Hoffe einfach, die Leute vergessen, dass wir überhaupt hier sind.

28. August 2008

Vierzig Jahre alt geworden. Nicht mehr jung, noch nicht alt.
An meine Mutter und meinen Bruder gedacht, aber nur kurz. Wie fremd man sich in einer Familie werden kann. Oder immer war.
Manchmal spreche ich mit meinem Vater. Was würde er, wenn er noch lebte, dazu sagen, dass ich jetzt in seinem Geburtsland lebe? In einem ehemaligen Kloster. Unter diesen Umständen? Er würde sich wundern. Wäre er stolz auf mich?
Sicher.
Sicher?
Thar Thar hat mir einen kleinen Jadestein geschenkt, den er gefunden hat. Mit viel Fantasie sieht er aus wie ein Herz.
Niemand fragt mich, was ich mir für das neue Lebensjahr oder Jahrzehnt wünsche. Nicht aus Desinteresse. Pläne oder Wünsche für die Zukunft spielen einfach keine so große Rolle.
Es kommt, wie es kommt, sagt Ko Maung immer.
Was wünsche ich mir?

21. November 2008

Bo Bos erster Geburtstag
Die Kinder haben sein Lieblingsgericht zubereitet: Mangopüree mit süßem Reis. Sie haben für ihn gesungen und getanzt.
Wie viel mehr Aufmerksamkeit und Zuwendung er in unserer Großfamilie bekommt, als wenn er mit mir und Thar Thar in New York leben würde. Hier kümmert sich ein Dutzend Menschen, immer ist jemand da, um ihn zu füttern, ihn herumzutragen, zu spielen.

Wenn sie ihn mir abnehmen, sträubt er sich nicht, sondern freut sich, und ich spüre oft Erleichterung. Mir fehlt die Geduld. Ich hoffe, das ändert sich noch.
Bin ich deshalb eine schlechte Mutter?
Thar Thar versteht die Frage gar nicht. Mit solchen Gedanken würde ich mir das Leben nur unnötig schwer machen.
Manchmal beneide ich ihn.

Dezember 2008

In dieser Woche vor zwei Jahren haben Thar Thar und ich uns zum ersten Mal gesehen. Ich erinnere mich genau an den Moment: Wie er die Treppen der Veranda heruntergestiegen kam, um uns zu begrüßen. Seine großen tiefbraunen Augen, die mich auf seine ruhige Art fixierten. Sein wunderschönes Lachen, das jemand mit seiner Vergangenheit gar nicht haben durfte.
Woran ich mich nicht erinnere, ist das exakte Datum. Es war der zwölfte Dezember, glaube ich, vielleicht auch der dreizehnte oder vierzehnte. Ich bin mir nicht ganz sicher, und das macht mich wütend. Thar Thar sagt, das spiele doch keine Rolle.
Für mich schon.

Hsipaw, im Januar 2009

Das erste Jahr im Kloster ist vorbei.
Amy ist nicht gekommen, obwohl sie es versprochen hatte.
In diesem Jahr bestimmt, hat sie geschrieben.
Alle loben mein Burmesisch. Moe Moe ist überzeugt, dass ich in einem vorherigen Leben bereits einmal Burmesin gewesen sein muss.
Ich lerne jeden Tag dazu. Thar Thar behauptet, den Menschen in Burma falle es schwer, sich zu entschuldigen oder einen Fehler zuzugeben. Es sei immer ein Gesichtsverlust.

Und kritisieren dürfe ich sie schon gar nicht.
Das stimmt. Aber ich habe auch in New York genug Menschen gekannt, die nie einen Fehler zugaben, sondern ihn immer bei den anderen suchten; die auch die leiseste Kritik persönlich nahmen. Sobald ich glaube, ein »typisch burmesisches Verhalten« gefunden zu haben, fallen mir ähnliche Beispiele aus Amerika ein. Wir sind uns viel ähnlicher, als wir glauben.

21. November 2009

Bo Bos zweiter Geburtstag
Manchmal habe ich das Gefühl, er weicht mir aus. Gestern stürzte er und schlug sich das Knie auf. Er lief zu Moe Moe, um getröstet zu werden. Sie stand am nächsten bei ihm. Trotzdem.
Kurz darauf nahm ich ihn in den Arm, er schmiegte sich an meine Schulter. Das tat mir gut.
Als wenn ich Beweise für seine Liebe bräuchte. Von einem Zweijährigen.

28. August 2010

Mein zweiundvierzigster Geburtstag
Und?
Die Zeit spielt im Kloster keine Rolle, das Alter verliert seine Bedeutung.
Ich habe nicht einmal einen richtigen Spiegel, um zu prüfen, ob die kleinen Falten um die Augen mehr geworden sind. Ob die grauen Strähnen im Haar zunehmen. In New York habe ich früher viel Zeit im Badezimmer damit verbracht, nach einzelnen ergrauten Haaren zu suchen und, wenn ich welche fand, sie auszureißen. Heute sind sie mir egal. Wie so vieles, was mir früher wichtig war.

Nächste Woche soll endlich der Anbau mit dem Bad und den Toiletten fertig werden. Nach zwei Jahren! In der Zeit entstehen in New York ganze Hochhäuser.

21. November 2010

Bo Bos dritter Geburtstag
Wir feiern wie immer: Kuchen. Kerzen. Gesang. Kleine Geschenke. Er spricht die ersten längeren Sätze, Englisch mit mir, Burmesisch mit allen anderen.
Er ist eher ein stilles Kind. Nicht unfreundlich, nicht zurückweisend, aber er genügt sich oft selbst. Beobachtet viel, schaut in die Augen seines Gegenübers, ohne den Blicken auszuweichen. In solchen Momenten sieht er sehr ernst und auf eine seltsame Art erwachsen aus.
Wenn wir zu zweit sind, was selten geschieht, fühle ich mich hin und wieder befangen. Ich verstehe nicht, warum.
Ich werde älter, aber nicht geduldiger. Nicht mit ihm. Sosehr ich es mir auch wünsche.
An schlechten Tagen erinnere ich mich selbst an meine Mutter. Schrecklicher Gedanke.
Ich erinnere mich an ein Gespräch mit U Ba vor einiger Zeit. Wir sind alle Gefangene, hat er behauptet. Die Fesseln werden uns in der Kindheit angelegt, der Radius, in dem wir uns bewegen, wird in den ersten Jahren abgesteckt. Und dann dauert es ein Leben, diese Fesseln zu erkunden und sie – im günstigsten Fall – zu lockern. Ablegen können wir sie nie.
Ich bin mir nicht sicher, ob es stimmt, was er sagt. Aber wenn er recht hat: Welche Fesseln legen wir Bo Bo in diesen Jahren an?
Ich weiß es nicht.
Thar Thar sagt, das sei auch gut so.

Januar 2011

Heute vor drei Jahren bin ich mit Bo Bo in Hsipaw angekommen. Eigentlich wollte ich den Tag feiern, aber dann war mir irgendwie nicht danach. Außer mir hat ohnehin niemand daran gedacht. Nicht, weil sie sich nicht darüber freuen, dass wir hier sind. Jahrestage bedeuten weder Thar Thar noch den Kindern viel. Was zählt, ist der Moment.

17. Mai 2011

Thar Thars Geburtstag
Kein schöner Tag. Thar Thar und ich haben uns gestritten, so heftig wie schon lange nicht mehr.
Er möchte, dass wir vier neue Kinder aufnehmen. Einen blinden Jungen und drei Mädchen, die alle nicht richtig laufen können. Sie sind nicht älter als zehn Jahre und benötigen viel Zuwendung und Hilfe im Alltag, von den Geschichten, die sie mitbringen, einmal ganz abgesehen. Mit den vier, die im vergangenen Jahr zu uns gekommen sind, würden dann zwanzig mit uns leben, und das ist mir zu viel.
Was genau mir denn zu viel sei, wollte er wissen.
Zu viel Verantwortung, erwiderte ich.
Zu viel helfen müssen.
Zu viel Großfamilie. Zu wenig Zeit für uns.
Schon seine Frage ärgerte mich. Sie klang in meinen Ohren, als fände er, dass ich mich anstellen würde.
Thar Thar verstand mich nicht. Die »Kinder« seien in vielen Fragen selbstständig. Viele waren bereits erwachsen, bei den meisten Dingen sorgten sie für sich selber, die Älteren kümmerten sich um die Jüngeren, da käme es auf ein paar mehr oder weniger doch nicht an.
Irgendwann warf ich vor Wut eine Tasse nach ihm. Ich entschuldigte mich sofort, aber statt etwas zu erwidern, stand er auf und ging und kehrte erst am Abend zurück.

Ich schämte mich für meinen Ausbruch und hatte keine Ahnung, wo die plötzliche Wut herkam. Das machte mir Angst.
Mein Problem: Außer ihm gibt es niemanden, mit dem ich reden kann.

28. August 2011

Fast hätte ich meinen eigenen Geburtstag vergessen.
Die vergangenen Monate waren schwierig. Weil ich nicht hartherzig erscheinen wollte, haben wir vier neue Kinder aufgenommen. Sie brauchen uns noch mehr, als ich befürchtet hatte.
Ich leide unter Fieberanfällen, die so plötzlich verschwinden, wie sie kommen. Meine Ärztin in Mandalay hat dafür keine Erklärung.
Thar Thar sagt, ich sei empfindlich und schnell gereizt. Wahrscheinlich hat er recht.
Ich vermisse New York, weiß aber nicht, was genau. Wonach sehne ich mich? Außer zu Amy habe ich zu niemandem mehr Kontakt. Und trotzdem. Das Heimweh, wenn ich es so nennen will, nimmt eher wieder zu, als dass es ganz verschwindet. Thar Thar meint, ich solle einfach einmal für einige Wochen hinfahren, doch ich traue mich nicht.
Wovor fürchte ich mich?
Eine innere Unruhe ist zurückgekehrt, vielleicht war sie auch nie weg, vielleicht habe ich sie nur nicht mehr wahrgenommen. Manchmal entlädt sie sich in einem Wutanfall, über den ich selbst erschrecke. Niemand macht mir einen Vorwurf, doch es ist mir noch Tage später unangenehm.
Die Ursachen verstehe ich nicht. Es geht uns eigentlich gut. Wir sind gesund. Die Pläne für das Café auf dem Markt sind fast fertig. Meine Angst, dass jemand kommt und uns verhaftet, hat sich als unbegründet erwiesen. Ich müsste mich sicher fühlen und tue es nicht. Das Gefühl, ich sehe ein Unwetter heraufziehen, und für alle anderen ist der Himmel wolkenlos.

Thar Thar findet, ich mache mir zu viele Sorgen. Auch da hat er recht. Nur wie ich das ändern kann, weiß er auch nicht.

Vierter Jahrestag

Von Thar Thar habe ich mir gewünscht, dass wir nach Weihnachten zusammen für ein paar Tage wegfahren. Nur wir beide. Nach Mandalay. Oder Bagan. Obwohl wir seit über drei Jahren jeden Tag zusammen verbringen, habe ich das Gefühl, wir kommen zu kurz. Ich sehne mich nach Zeit mit ihm. ALLEIN.
Du fehlst mir, habe ich ihm gesagt.
Ich bin doch da, hat er geantwortet.
Nicht so, wie ich dich brauche.
Ob er meinen Wunsch versteht, weiß ich nicht. Aber wie immer respektiert er ihn und hat ohne Zögern zugestimmt.

* * *

In Hsipaw hat gestern das erste Internetcafé eröffnet, das »Small World Cafe«. An der Wand hängt ein handgeschriebenes Schild: »Please respect yourself«, darunter die burmesische Übersetzung. Als ich den Besitzer frage, was damit gemeint sei, erklärt er mir zögernd und ein wenig verlegen, es bedeute nur, dass man bitte keine pornografischen Webseiten aufrufen sollte.
Nicht, weil es verboten ist. Aus Selbstrespekt.
Ich sage ihm, dass das in Amerika nicht funktionieren würde. Mit der Selbstachtung der meisten Menschen sei es dort nicht so weit her.
Er versteht nicht, was ich meine.
Meinen Versuch, die Webseite der New York Times zu öffnen, gebe ich nach einer halben Stunde auf.
Ich möchte eine E-Mail an Amy schreiben, selbst dafür ist die Verbindung zu langsam.

U Ba klappte das Buch, aus dem nun alle Lesezeichen verschwunden waren, wieder zu und packte es sorgfältig zurück in seine Tasche.

»Über das, was dann geschah«, erklärte er, »gibt es bei Julia keine Notizen mehr, deshalb muss ich es dir erzählen.«

33

Es lag Rauch über Hsipaw. Grauschwarze Wolken, die den Himmel über der Stadt verdunkelten und nichts Gutes verhießen. Der Geruch von brennendem Holz durchzog die klare, kühle Herbstluft und wehte bis zum Kloster hinauf.

Thar Thar fuhr mit dem Moped in den Ort, um zu sehen, was passiert war und ob er helfen konnte.

Bereits von Weitem sah er die ersten brennenden Hütten. Im Süden, in der Nähe des Flusses, stand ein ganzer Straßenblock in Flammen. Das war die Gegend, wo die Moschee lag und die meisten muslimischen Familien wohnten.

Durch die Straßen zogen Horden von Männern, bewaffnet mit Stöcken, Schaufeln, Dolchen und Macheten. Manche Gesichter kannte er gut, andere vage, die meisten waren ihm fremd.

Der Markt war geschlossen, die anderen Geschäfte hatten Tore und Türen verbarrikadiert. Aus manchen Fensterspalten sah er Frauen und Kinder voller Angst herauslugen.

Von der Polizei keine Spur. Auch vom Militär nicht.

Vor einer Pagode standen junge Mönche, die das Geschehen aus sicherer Entfernung beobachteten und ihm erzählten, was passiert war. Es gab viele Gerüchte. Angeblich waren am Abend zuvor zwei junge Mädchen, Buddhistinnen, von zwei Brüdern vergewaltigt worden. In einer anderen Version sollte das Opfer eine ältere Frau gewesen sein, in einer dritten handelte es sich um ein Kind. Die Täter seien in allen Fällen Moslems gewesen, und aus Rache hatte heute Morgen ein Mob angefangen, ihre Häuser und Hütten in Brand zu stecken. Manche hätten versucht sich zu wehren, die meisten waren in den Wald oder auf die andere Seite des Flusses geflohen. Dabei seien einige ertrunken. Die Mönche vermuteten, dass es viele Tote und Verletzte gab.

Thar Thar fuhr die Straßen auf und ab, unsicher, was er tun sollte. Unter einer Brücke entdeckte er einen kleinen Jungen, der sich im hohen Gras versteckte. Er kannte ihn vom Sehen. Seine Familie besaß einen Stand auf dem Markt, wo Thar Thar oder Moe Moe häufiger Reis kauften. Er hielt an und stieg vom Moped. »Was ist mit dir? Komm mal her.«

Das Kind duckte sich noch tiefer ins Gras und rührte sich nicht.

»Du bist doch Nyi Lay, oder nicht?«

Das Kind rührte sich noch immer nicht.

Thar Thar kletterte die Böschung hinunter und zog es aus seinem Versteck. Der Junge schien ihn zu erkennen und ließ es ohne Widerstand geschehen. Vielleicht war er aber auch nur zu erschöpft, um sich zu wehren. Seine Beine und Arme waren zerkratzt und mit Schürf- und Brandwunden bedeckt, Hände und Gesicht voller Ruß.

Thar Thar nahm ihn in den Arm. »Mein Kleiner, erzähl mir, was ist passiert? Wo ist dein Vater?«

Als Thar Thar ins Kloster zurückkehrte, hockte auf dem Rücksitz ein Junge, der sich mit seinen dünnen Armen an ihn klammerte. Beide rochen nach Feuer und Rauch.

»Das ist Nyi Lay«, erklärte Thar Thar. »Er wohnt jetzt bei uns.«

Julia sah die Wunden und Brandblasen an den Beinen und Armen des Kindes. »Was ist mit ihm?«

»Später.«

Thar Thar ging in die Knie und hockte sich zu dem Jungen, der am ganzen Leib zitterte. Er stellte ihm jeden Bewohner des Klosters einzeln vor, erklärte ihm, dass er keine Angst mehr haben müsse, dass er in Sicherheit sei. Niemand wird es wagen, ein Kloster zu attackieren. Julia holte ihren großen Verbandskasten und begann, Nyi Lay zu verarzten. Mit einem feuchten Tuch wischte sie die Wunden an den Knien und Oberschenkeln sauber und sprühte Desinfektionsmittel darauf. Der Junge verzog das Gesicht vor Schmerzen, sagte aber keinen Ton.

»Wie alt bist du eigentlich?«, fragte sie, um ihn abzulenken. Er starrte geradeaus und antwortete nicht.

An der linken Hand hatte er mehrere geplatzte Brandblasen. Julia cremte sie behutsam ein, das musste ihm ziemlich wehtun. »Ich schätze mal, du bist acht Jahre alt und gehst in die dritte oder schon in die vierte Klasse, stimmt's?«

Schweigen.

»Oder gehst du gar nicht zur Schule?« Sie begann, vorsichtig einen Verband um die verbrannte Haut zu legen.

Schweigen.

»Hast du Geschwister?«

»Julia«, unterbrach Thar Thar sie und deutete ihr mit einem energischen Kopfschütteln an, keine weiteren Fragen mehr zu stellen.

Als sie fertig war, nahmen die anderen ihn in ihre Mitte, brachten ihn in die Küche und machten ihm etwas zu essen.

Julia und Thar Thar setzten sich auf die Veranda, und er berichtete, was er gehört und gesehen hatte. In der Stadt hieß es, die Brandstifter wären nicht aus Hsipaw, sondern mit Lastwagen des Militärs in der Früh in den Ort gebracht worden. Das war nur ein Teil der Wahrheit. Thar Thar hatte Menschen, die er kannte, durch die Stadt ziehen und die Häuser ihrer Nachbarn plündern sehen.

»Was ist mit Nyi Lays Familie?«, fragte Julia.

»Ihr Haus besteht nur noch aus qualmenden Trümmern. Der Junge hat kaum etwas erzählt. Nach allem, was ich verstanden habe, sind sein Vater, seine Mutter und seine kleine Schwester in dem Haus verbrannt. Seine beiden älteren Brüder konnten fliehen, wo sie sich verstecken, weiß er nicht.«

Sie vergrub ihr Gesicht in den Händen und schüttelte den Kopf. »Um Gottes willen. Wo war die Polizei? Hat sie nicht geholfen?«

»Nein.«

»Warum nicht?«

»Ich weiß es nicht.«

»Und das Militär?«

»War auch nirgendwo zu sehen.«

»Was können wir machen?«

»Nicht viel.«

»Wir müssen den Jungen bei uns verstecken«, sagte sie, »bis seine Brüder zurückkommen.«

Er nickte. »Das wird dauern. Ich hoffe, sie sind noch am Leben.«

»Meinst du, er hat noch Onkel oder Tanten in der Stadt oder in Mandalay?«

»Vielleicht.« Thar Thar zog sie zu sich heran. Erst jetzt bemerkte sie, wie sehr er am ganzen Körper zitterte. Julia nahm ihn in den Arm. Kalter Schweiß perlte auf seinem kahl geschorenen Kopf und rann ihm in feinen Linien den Nacken hinunter.

»Ich muss zurück in den Ort«, sagte er.

»Soll ich mitkommen?«

»Nein. Es ist besser, wenn du bei Bo Bo und den Kindern bleibst. Ich bin nicht lange weg. Vielleicht finde ich Verwandte von Nyi Lay.«

34

In der Einfahrt zum Hof standen mehr als zwei Dutzend Männer. Manche trugen Holzlatten und Bambusstöcke, andere hielten Macheten und Fackeln in ihren Händen. Ihre Longys und weißen Hemden waren rußverschmiert. Die Flecken darauf sahen aus wie getrocknetes Blut.

Thar Thar war noch nicht wieder zurück. Julia bat Moe Moe, den Jungen und dich in die Meditationshalle zu bringen, die anderen folgten ihr.

Sie wartete, bis alle im Haus waren, atmete mehrmals tief ein und wieder aus und ging den Männern entgegen.

Nichts in ihrem Leben hatte sie auf diesen Moment vorbereitet.

Warum konnte Thar Thar jetzt nicht an ihrer Seite stehen? Er würde wissen, wie er sich Menschen gegenüber verhalten musste, deren Sinne der Hass verwirrt hatte. Die vor Wut und Erregung blind und taub geworden waren.

Sie nicht.

Er würde die richtigen Worte finden, weil er in seinem Leben schon so oft mit dem Tod bedroht worden war, dass er sich von einem Mob mit Macheten nicht einschüchtern ließ.

Sie schon.

Julia spürte das Pochen ihres Herzens bis in den Hals.

Zehn Meter vor ihnen blieb sie stehen. »Wie kann ich euch helfen?«, fragte sie in ihrem fast perfekten, nur mit einem leichten amerikanischen Akzent gefärbten Burmesisch, höflich und sehr ernst. Ihre Stimme klang fester und kräftiger, als sie es gedacht hatte.

Ein Mann trat aus der Gruppe heraus und machte einige Schritte auf sie zu. Er war einen Kopf kleiner als Julia, muskulös, in den Händen hielt er eine Machete, und sein Gesicht war rot vor Erregung. Auf seinen Schläfen und am Hals traten die Adern hervor. Sie sahen aus wie Regenwürmer. »Warum schützt ihr einen Moslem?«, schrie er.

»Wir schützen keinen Moslem«, erwiderte Julia ruhig. In ihr wuchs eine Entschlossenheit, die sie selbst überraschte.

»Du lügst.« Die Stimme des Mannes überschlug sich fast. »Dein Mann hat einen Jungen in euer Kloster gebracht, dafür gibt es genug Zeugen. Und der Junge ist Moslem. Das weißt du.« Er umklammerte seine Waffe mit einem festen Griff.

Statt zurückzuweichen, machte Julia ein paar Schritte auf ihn zu, bis er nur noch eine Armlänge entfernt vor ihr stand. Er stank nach Feuer. Er stank nach Rache und Gewalt.

»Wir beschützen einen Menschen. Alles andere interessiert mich nicht«, erwiderte sie.

Ihre Furchtlosigkeit verwirrte den Mann. Es dauerte einige Sekunden, bis er antwortete. »Seine Brüder haben ein Mädchen vergewaltigt«, rief er, jedoch nicht mehr ganz so laut, nicht mehr ganz so kräftig, nicht mehr ganz so sicher. Die Gewissheit seiner Überzeugung, seine schärfste Waffe, hatte kleine Risse bekommen.

»Ich weiß, dass das behauptet wird. Und wenn es stimmt, ist das ein schreckliches Verbrechen, das streng bestraft werden muss. Aber begangen hätten es seine Brüder. Der Junge ist acht Jahre alt. Was hat er damit zu tun?«

»Er gehört zur selben Familie.«

»Und? Er ist noch ein Kind.«

»Gib ihn raus.«

»Er steht unter unserem Schutz.«

»Dann holen wir ihn uns.« Was entschlossen klingen sollte, tönte plötzlich unsicher. In seine Stimme hatte sich ein Anflug des Zweifels gemischt. Er drehte den Kopf und warf den anderen Männern einen fragenden Blick zu. Doch auch sie zögerten.

Julia verschränkte die Arme vor der Brust und sagte nichts. Sie war ihnen wehrlos ausgeliefert. Mit einem gezielten Machetenschlag könnte er ihr die Kehle durchschneiden. Oder den Magen aufschlitzen. Sie könnten sie einfach zur Seite schubsen, ihre Proteste ignorieren, zur Meditationshalle marschieren und sich den Jungen holen.

Sie hätte ihnen nichts entgegenzusetzen.

Aber aus irgendeinem Grunde trauten sie sich nicht. Der Anführer wich ihrem Blick aus, mit ihrem Widerstand hatte er offenbar nicht gerechnet. Er schnaufte mehrmals, drehte sich um, marschierte an der Gruppe vorbei und verließ den Hof. Die anderen Männer wendeten sich ab, sie folgten ihm wortlos. Julia schaute ihnen nach, bis sie hinter dem nächsten Hügel verschwunden waren.

Am nächsten Tag kamen die Eltern von Ko Lwin und holten ihren Sohn. Ohne ein Wort der Widerrede packte er seine Sachen in eine Tüte und folgte ihnen. Am Tag darauf standen die von Soe Soe vor dem Kloster und nahmen ihre Tochter mit. Ihre Soe Soe, dachte Julia. Der sie Nähen und Kochen beigebracht hatte. Ihnen folgten die von Ko Aung. Von Toe Toe. Selbst die von Ko Maung. Keiner wagte es, sich seinen Eltern zu widersetzen. Sie warfen Thar Thar und Julia noch ein paar verschämte Blicke zu, dann verschwanden sie.

Die beiden standen jedes Mal stumm im Hof und schauten ihnen nach. Sie sah, wie sehr ihm die wortlosen Abschiede wehtaten. Am liebsten hätte sie sich jedem Einzelnen in den Weg gestellt. Als sie Ko Maung, der ein erwachsener Mann war und über zwölf Jahre im Kloster gelebt hatte, fragen wollte, warum er gehorchte wie ein kleines Kind, zog Thar Thar sie am Arm zurück.

Nur Moe Moe weigerte sich. Ihre Eltern hatten ihren ältesten Bruder geschickt. Er kam mit einem Moped angefahren, stieg nicht einmal ab und befahl ihr barsch, ihre Sachen zu packen.

Sie verharrte allein in der Mitte des Hofes und schüttelte stumm den Kopf. Er wiederholte seine Aufforderung, sie rührte sich nicht.

Wütend stellte er das Moped ab und ging zu ihr, ein großer, kräftiger junger Mann, der seine Schwester um Kopfeslänge überragte. Eindringlich sprach er auf sie ein, die Schärfe seines Tons war selbst noch in der Meditationshalle deutlich zu vernehmen.

Moe Moe wandte den Kopf leicht zur Seite, ihr Blick war stur geradeaus gerichtet. Er hätte sie prügeln und treten können, und sie wäre ihm nicht gefolgt.

Ihr Platz war bei Thar Thar. Bei Julia. Bei dir.

Irgendwann drehte sich ihr Bruder um, stieg fluchend auf sein Moped und fuhr wieder davon.

Am Abend lief Julia unruhig in der großen Halle auf und ab. Moe Moe gab sich alle Mühe, so zu tun, als wäre alles wie immer. Die Lichterketten flackerten, sie hatte Kerzen und Räucherstäbchen angezündet, Kartoffeln, Reis und Bananen als Opfergaben vor die Buddhas gelegt und frische Blumen auf die Altäre gestellt.

Trotzdem herrschte eine bedrückende Stille. Julia vermisste das Lachen von Ko Lwin. Die immer etwas zu schrille Stimme Ko

Maungs. Das Klappern der Töpfe und Teller. Sie hatte das Gefühl, mit den Kindern war auch das Leben aus dem Kloster geflohen.

Thar Thar saß vor den Altären und meditierte. Sie hockte sich zu ihm. »Ich muss mit dir reden.«

Er öffnete die Augen. »Jetzt?«

»Ja.«

»Hat das nicht Zeit bis …«

»Nein«, unterbrach sie ihn. »Wir müssen fort von hier.«

»Warum?«

»Weil ich Angst habe.«

»Das brauchst du nicht.«

»Wie kannst du das sagen nach allem, was in Hsipaw geschehen ist?«

»Das ist etwas anderes. Uns werden sie nichts tun.«

»Du hast die Männer nicht gesehen. Sie werden wiederkommen.«

»Das glaube ich nicht. Ich bin sicher, in ein paar Tagen hat sich die Lage beruhigt.«

»Sie wollen den Jungen.«

»Nein. Das war ein aufgehetzter Mob, die kommen nicht wieder.«

»Du nimmst mich nicht ernst«, erwiderte sie wütend.

»Warum sagst du das?«

»Weil es so ist, verdammt. Ich stand zwanzig mit Macheten bewaffneten Männern gegenüber, denen der Hass aus jeder Pore triefte. Sie hätten mich mit einem Hieb umbringen können, und du sagst, ich brauche keine Angst zu haben.«

Thar Thar antwortete lange nicht. Sie hörte ihn ruhig atmen, als hätte er sich in eine Meditation zurückgezogen. »Das Kloster ist unser Zuhause«, sagte er schließlich. »Ein anderes haben wir nicht.«

»Ich weiß. Aber ohne die Kinder ist das Kloster leer und tot.«

»Ich bin sicher«, sagte er nachdenklich, »sie kehren nach einer Zeit zurück. Wir müssen nur etwas Geduld haben.«

Julia schüttelte erbost den Kopf. »Ich bin sicher, ich bin sicher. Woher nimmst du diese Sicherheit?« Bevor er etwas erwidern konnte, fügte sie hinzu: »Du verstehst mich nicht: Ich habe Angst!

Wir müssen hier weg. Sie werden uns alle umbringen. Wir können in ein paar Monaten wiederkommen und sehen, ob sich die Lage dann wirklich beruhigt hat.«

»Wohin willst du?«

»Zu meinem Bruder nach Kalaw.«

»Und dann?«

»Sehen wir weiter.«

»Was ist mit Moe Moe?«

»Die kommt natürlich mit.«

»Und Nyi Lay?«

»Der auch.«

Unter ihnen raschelte es. Julia zuckte zusammen, sie glaubte, ein Flüstern zu vernehmen. Ängstlich schaute sie zu Thar Thar. »Hast du das auch gehört?«

Er nickte, stand auf, nahm eine Taschenlampe und ging hinaus.

Sie hörte ihn vorsichtig die Stufen in den Hof hinuntersteigen. Sein Rufen. Schritte in der Dunkelheit.

»Liebling? Ist alles in Ordnung?«

Julia schlich zur Tür. Menschen kamen die Treppe hoch. Vor ihr stand Thar Thar, im Lichtkegel der Taschenlampe erkannte sie Ko Maung. Bo Bos großer Bruder. Ihr bester Englischschüler. Ko Maung, der gute Geist, der immer da war, wenn sie Hilfe brauchte. Er senkte beschämt den Kopf. »Es tut mir leid, dass ich fortgegangen bin«, sagte er mit bedrückter Stimme. »Ich will bei euch bleiben.«

35

Niemand wusste, wo und warum das Feuer in der folgenden Nacht begonnen hatte. Wie aus dem Nichts war es ausgebrochen unter einem sternenklaren Himmel.

Das Holz war alt und trocken, eine bessere Nahrung für die Flammen hätte es nicht geben können. Doch das reichte nicht als Erklärung, warum ein Gebäude dieser Größe in so kurzer Zeit vollständig niederbrannte. Warum die Flammen gleichzeitig in der Küche loderten, in der Meditationshalle und im hinteren Teil, wo Julia, Thar Thar, Nyi Lay, Ko Maung, Moe Moe und du schliefen. Warum die Stelzen, auf denen das Kloster stand, wie Fackeln lichterloh brannten. Warum auch der Schuppen und die Bäder zur selben Zeit Feuer fingen.

Vielleicht waren es die Hühner, die euch retteten. Oder die Hunde. Ihr Gegacker und Gebell weckten Moe Moe. Vielleicht war es aber auch ihre empfindliche Nase gewesen, die sie hochschrecken ließ. Sie roch den Hass sofort. Er kam durch alle Ritzen in den Dielen und Brettern gekrochen. Sie hörte ihn in Form von knisterndem Holz und lodernden Flammen.

Moe Moe erwachte hustend. Sie war umgeben von Rauch, sprang auf, riss dich an sich und wollte ins Freie rennen. Brennende Balken versperrten ihr in der Halle den Weg, sie bekam keine Luft, ihre Augen brannten. Sie stieg über brennendes Holz und Teile des eingestürzten Daches und fühlte die sengende Hitze am ganzen Körper, jeden Moment konnten ihr Longy, dein Hemdchen oder eure Haare Feuer fangen. Eingeschlossen von einer Wand aus Flammen und Rauch, konnte sie weder vor noch zurück. Plötzlich gab das Holz unter ihr nach. Sekunden später brach sie durch die Dielen und schlug hart auf dem sandigen Boden unter dem Kloster auf. Ein stechender Schmerz durchfuhr ihr rechtes Bein, ihr wurde kurz schwindelig und schwarz vor Augen, aber sie blieb bei Bewusstsein und konnte sich bewegen. So schnell sie konnte, kroch sie mit dir unter dem brennenden Kloster hervor, richtete sich auf und humpelte bis zum Fußballfeld, wo ihr vor den Flammen in Sicherheit wart.

Kurz darauf tauchten Julia und Thar Thar aus dem Qualm auf. Sie hatten eine Tasche gerettet, husteten und schnappten nach Luft. Auf Thar Thars Armen klafften zwei faustgroße Brandwunden. Er schaute sich um. »Wo sind Maung und Nyi Lay?«

»Ich dachte, sie wären bei euch«, sagte Moe Moe.

Auch Julia blickte suchend über den Platz. »Nyi Lay? Maung?«, schrie sie. »Wo seid ihr?«

Thar Thar rannte los, doch die Hitze des Feuers war zu stark, und die lichterloh brennende Meditationshalle stürzte bereits in sich zusammen, er konnte nur laut rufend und in einem weiten Bogen auf die andere Seite laufen. »Nyi Lay? Maung?«, brüllte er immer wieder. »Nyi Lay? Maung? Antwortet doch.«

36

U Ba verstummte. Es war bereits Nachmittag, die Sonne senkte sich, ein leichter Wind war aufgekommen und die Luft spürbar kühler geworden. Ich erschauderte und bekam eine Gänsehaut. Nun wusste ich, warum ich den Geruch von brennendem Holz nicht mochte. Warum mir hohe, lodernde Flammen immer etwas unheimlich waren.

Ich wollte nach Nyi Lay und Ko Maung fragen und hatte Angst vor der Antwort. »Haben sich die beiden«, begann ich vorsichtig, »gerettet?«

»Nein.«

»Was ist passiert?«

»Niemand weiß es genau. Vielleicht hat ein herabstürzender Balken sie getroffen. Vielleicht sind sie im Rauch erstickt. Deine Eltern haben sie am Morgen in den verkohlten Trümmern des Klosters gefunden. Sie hielten sich fest in den Armen.«

Ich besaß keine Erinnerungen an Nyi Lay und Ko Maung, trotzdem musste ich mir mit meinem Ärmel die Augen trocknen. Mein Onkel griff nach meiner Hand, ich sah, dass auch er mehrmals schluckte. »Weißt du, Bo Bo …« Seine Stimme wurde brüchig. »Weißt du, Bo Bo …«, hob er noch einmal an und konnte den Satz nicht beenden.

Ich rutschte näher und hätte mich am liebsten bei ihm verkrochen, wie ich es früher tat, wenn ich Kummer hatte oder mich fürchtete. Schon sein Geruch, die Wärme seines Körpers hatten mir Sicherheit versprochen. Nun saßen wir nebeneinander, und für einen Moment lehnte er seinen Kopf auf meine Schulter. Ich legte einen Arm um ihn. Vor uns lag ein fast menschenleeres Tal, die Berge erstreckten sich bis zum Horizont, wir hörten nichts außer ein paar Vögeln und Insekten und dem Wind in den Bäumen. Die Einsamkeit beruhigte mich ein wenig, ich war froh, niemanden zu sehen, abgesehen von meinem Onkel.

»Ist die Feuerwehr nicht gekommen?«

»Nein.«

»Warum nicht?«

»Ich weiß es nicht. Warum gibt es Menschen, die anderen Menschen in Not nicht helfen? Ich wünschte, ich könnte dir diese Frage beantworten.«

»Was haben wir dann gemacht?«

»Ihr seid noch am selben Tag zu mir geflüchtet. Ein Kartoffelhändler in Hsipaw schuldete euch Geld. Davon habt ihr Zugfahrkarten gekauft und seid nach Kalaw gekommen. Ich erschrak furchtbar, als ihr mit nur einer Reisetasche im Gepäck plötzlich im Hof standet. Der Longy deiner Mutter, ihre Bluse waren ganz schwarz, Moe Moes Gesicht voller Ruß. Du klammertest dich wie ein Äffchen an deinen Vater. In euren Augen sah ich noch immer das brennende Kloster. Erinnerst du etwas von der Fahrt?«

»Nein.« Oder vielleicht doch, aber es war nichts, worüber ich hätte sprechen können – oder wollen.

Wie konnte mitten in der Nacht in einem Haus, in dem alle schlafen, ein Feuer ausbrechen?

»Jemand hat das Kloster angezündet, oder?«

Mein Onkel zuckte mit den Schultern.

»Feuer entstehen nicht einfach so«, beharrte ich.

»Nichts geschieht einfach so.«

»Es war Brandstiftung, glaubst du nicht?«

»Vermutlich.«

»Weißt du, wer es war?«

»Nein. Es wurde auch nie jemand angeklagt.«

»U Ba, sag mir, könnte das, was in Hsipaw geschah, auch in Kalaw passieren?«

»Nein.«

»Sicher nicht?«, fragte ich erleichtert und zugleich zweifelnd, ob ich ihm glauben konnte.

»Ganz sicher.«

»Warum nicht?«

»Weil ... weil ...« Er suchte nach einer Erklärung.

Ich wartete und überlegte. In unserer Schule waren die meisten Kinder Buddhisten, aber es gab auch Christen, Hindus, Moslems, sogar Gurkhas, und wir stritten uns häufiger, doch ich erinnerte mich nicht, dass wir uns jemals darüber gestritten hatten, wer an wen oder was glaubt. Aber wir waren Kinder. Bei Erwachsenen mochte es etwas anderes sein.

Ich dachte an unsere Nachbarn, die alle grüßten und freundlich waren und uns mit Eiern, Reis oder Wasser aushalfen, wenn wir etwas benötigten, und fragte mich, ob es wohl irgendeinen Grund geben könnte, warum sie plötzlich über uns herfallen und unser Haus anzünden könnten. Mir fiel keiner ein. Aber vielleicht wäre Nyi Lay, bevor es passiert ist, auch keiner eingefallen. Vielleicht hatten seine Nachbarn auch gegrüßt und mit Eiern, Reis oder Wasser ausgeholfen, bevor sie von einem Moment auf den anderen beschlossen, seine Eltern und seine kleine Schwester zu ermorden.

»Weil ... weil ... es hier eben nicht passieren kann«, unterbrach mein Onkel meine Gedanken. »Ich lebe seit bald achtzig Jahren in dieser Stadt, und soweit ich weiß, ist es in dieser Zeit nicht ein einziges Mal zu Gewalt zwischen Buddhisten, Moslems oder Christen gekommen. Nicht einmal an einen Streit kann ich mich erinnern. Kalaw ist anders.«

»Wie anders?«

»Anders eben.«

»U Ba«, ermahnte ich ihn, »was ist denn das für eine Antwort?«

Mein Onkel unterdrückte ein Stöhnen und Seufzen, wie er es manchmal tat, wenn er Bauchschmerzen hatte oder bevor er furzen musste. Er wandte sich ab und schaute stumm in die Ferne, schließlich zog er mich ganz nah an sich heran. »Dann hör mir jetzt gut zu, mein kleiner Bo Bo«, sagte er fast beschwörend. »Es kann überall passieren. In jedem Land, in jeder Stadt, in jedem Dorf auf dieser Welt. Ist das eine bessere Antwort?«

Erschrocken wich ich ein Stück zurück. »Nein. Nein, das ist keine bessere Antwort.«

»Es kann überall passieren, wo wir andere Menschen nicht zuerst als Menschen sehen, sondern als Braune, Schwarze oder Weiße, als Buddhisten, Moslems oder Christen. Und in jedem Land, in jeder Stadt, in jedem Dorf auf dieser Welt gibt es nur eine Kraft, die uns vor diesen Grausamkeiten schützen kann, Bo Bo. Nur eine, auf die wir uns wirklich verlassen können. Vergiss das nie, versprichst du mir das?«

»Ja.« Ich erinnerte mich nicht, dass mein Onkel schon einmal so ernst und eindringlich zu mir gesprochen hatte. »Welche Kraft meinst du?«

»Die Liebe. Und den Mut, ihr zu folgen.«

Ich wartete, aber statt fortzufahren, schaute er mir direkt in die Augen. Er versuchte, mir etwas zu sagen, wofür ihm die Worte fehlten.

Aber ich verstand es nicht und wollte ihn fragen, von welcher Liebe er sprach. Die zwischen einem Onkel und seinem Neffen? Zwischen einer Mutter oder einem Vater und ihrem Kind? Zwischen Geschwistern? Zwischen Mann und Frau? Oder gab es noch andere Formen der Liebe, von denen ich nichts wusste?

Als hätte er meine Gedanken gelesen, sagte er plötzlich: »Die Liebe, die keinen Namen braucht und keine Grenzen kennt. Die Liebe, die uns größer und schöner macht, weil sie uns zuerst an andere denken lässt und nicht an uns selbst, die einen Menschen über sich hinauswachsen lässt und kein Ende kennt. Sie ist das Licht im Herzen der Finsternis.«

U Ba machte Anstalten, sich zu erheben, doch vom langen Sitzen waren seine Muskeln müde geworden. Er stützte sich mit ganzer Kraft auf eine Wurzel des Baumes und kam trotzdem nicht hoch. Mein Onkel hockte auf der Erde, hilflos wie ein Käfer, der auf dem Rücken lag. Ich sprang auf, reichte ihm meine Hände und zog ihn langsam in die Höhe.

»Danke«, sagte er und hielt sich an meinem Arm fest.

Atemlos. Ruhelos.

Es war höchste Zeit, aufzubrechen. Ich packte unsere Sachen, U Ba hakte sich bei mir unter, und wir machten uns auf den Weg. Obgleich es fast die ganze Zeit bergab ging, fiel ihm das Gehen viel schwerer als auf dem Hinweg. Immer wieder mussten wir Pausen machen, in denen wir schweigend nebeneinanderstanden. Die Erinnerungen, die uns jetzt begleiteten, verliehen keine Flügel. Sie lagen wie Steine auf unseren Herzen, und selbst für meinen Onkel war es offensichtlich schwer, sie loszulassen, obwohl er behauptet hatte, darin Übung zu haben.

Ich hatte das Gefühl, an zwei Orten zur selben Zeit zu sein. Mit U Ba an der Hand wanderte ich auf einem Pfad zurück nach Kalaw, gleichzeitig saß ich auf dem Arm von Moe Moe. Hörte ich ihren schweren Atem. Brannte mir Qualm in den Augen. Sah ich, wie meine Mutter ihre Arme nach mir ausstreckte. Die Tränen meines Vaters. Seine Stimme.

Nyi Lay, Maung, wo seid ihr?

Antwortet doch.

Eine endlose Zugfahrt ohne Worte.

Es waren keine Erinnerungen von der Art, wie ich sie kannte.

Es war mehr, so viel mehr.

Es dämmerte, als wir unser Haus erreichten.

Ich zündete ein Feuer an und setzte Wasser für Tee und zum Reiskochen auf. Mein Onkel war entkräftet auf das Sofa gesunken und ruhte sich aus. »Komm mal bitte zu mir«, rief er auf einmal.

»Ich mache noch schnell einen Tee.«

»Der kann warten.«

Ich ging ins Wohnzimmer und hockte mich neben ihn. »Was ist?«, fragte ich besorgt. »Geht es dir nicht gut?«

Er nahm meine Hände. Seine waren kalt. »Weißt du, mein geliebter Bo Bo, wir tragen alle Wunden mit uns«, sagte er ruhig. »Die einen sieht man, die anderen sieht man nicht.«

Lange Zeit hatte ich gedacht, dass ich dann lieber eine haben würde, die nicht so sichtbar ist. Nun dachte ich, dass die unsichtbaren vielleicht doch schwerer zu ertragen waren. Aber eigentlich war es egal. Niemand kann sich seine Wunden aussuchen.

Es war dunkel geworden, ich wollte Licht anmachen, U Ba gab mir mit einer Kopfbewegung zu verstehen, dass ich es lassen sollte. Auch Kerzenlicht wollte er nicht.

Wir saßen uns gegenüber, und ich konnte nur noch seine Silhouette erkennen. Auf einmal ahnte ich, was er mir erzählen wollte. Wie lange hatte ich auf diesen Augenblick gewartet.

»U Ba, woher kommt meine Narbe auf der Wange?«

Er sprach noch leiser als sonst, und ich beugte mich zu ihm.

»Deine Narbe«, sagte er, »hast du von deiner Mutter.«

Ich hatte es immer gewusst. Ein Teil von ihr. Und würde es immer bleiben. »Ist ihre auch so groß?«

»Sie hat keine.«

Nun verstand ich ihn nicht mehr. »Aber hast du nicht gerade gesagt, ich hätte …«

»Eine Narbe ist keine Erbkrankheit, die man von Generation zu Generation weitergibt. Sie hat sie dir zugefügt.«

Es vergingen Sekunden, bis ich die Bedeutung dieses Wortes wirklich verstand.

Zugefügt.

Zu-ge-fügt.

»Wie?«, flüsterte ich.

»Wir haben alle nicht aufgepasst«, erwiderte er.

Seine Stimme verriet mir, dass das nicht die Wahrheit war. Oder nur ein Teil davon. Ein Blick in seine Augen hätte mir mehr erzählt. Nun wusste ich, warum wir im Dunkeln saßen.

»Was heißt das?«

»Dass uns alle, auch deinen Vater und mich, eine Schuld trifft.«

Er wich mir aus. »Sag mir, was passiert ist.«

Mein Onkel wand sich.

»Bitte, U Ba.«

»Du warst noch klein …«

»Wie klein?«, unterbrach ich ihn.

»Du warst gerade fünf geworden.«

»Wo waren wir?«

»In Kalaw, hier in meinem Haus, an dem Tisch dort drüben in der Küche. Du hast mit einem sehr scharfen Messer gespielt. Dein Vater war im Hof, ich habe mit deiner Mutter und Moe Moe zusammen gekocht, du wolltest uns helfen.« Es fiel ihm schwer weiterzusprechen.

Ich wartete. »U Ba, bitte.«

»Euch allen ging es nicht gut. Das Feuer im Kloster, das Verschwinden der Kinder, die Flucht aus Hsipaw hatten euch sehr zugesetzt.

Moe Moe war verstummt. Über Tage sagte sie kein einziges Wort.

Dich erkannte ich nicht wieder. Wo war das ausgelassene, fröhliche Kind, das für jeden ein Lachen hatte und sich so gut selbst beschäftigen konnte? Von morgens bis abends bist du durch das Haus und über den Hof gerannt, trotz aller Ermahnungen am Geländer der Veranda entlanggeklettert oder hast die Hühner gejagt. Als müsstest du nur schnell genug laufen, um zu vergessen, was geschehen war. Die einzigen Orte, an denen du mal zur Ruhe kamst, waren die Arme oder der Schoß deines Vaters, und auch der konnte dich oft nicht bändigen, er war mit sich selbst beschäftigt.

Der Verlust seines Zuhauses, das Sterben der beiden Kinder hatten ihn im Innersten getroffen. Er versuchte für euch da zu sein, aber das überstieg seine Kräfte. Dieser große, muskulöse Mann sah aus, als hätte er über Nacht die Hälfte seines Gewichtes verloren.

Sein Gesicht war schmal, seine Augen lagen tief in ihren Höhlen, oft saß er auf dem Sofa, auf der Treppe zur Veranda oder im Hof, den Blick starr geradeaus gerichtet, und war nicht ansprechbar. Ich hatte das Gefühl, etwas in ihm war zerbrochen.

Deiner Mutter ging es nicht besser. Sie weinte viel und machte sich schwere Vorwürfe, weil sie Nyi Lay und Ko Maung nicht hatte retten können. Sie schlief kaum, hatte Albträume und war ein Nervenbündel. Die ganze Zeit hatte sie Angst, dass die Polizei kommen und Thar Thar oder sie oder beide verhaften würde. Oder dass jemand unser Haus anstecken könnte. Nachts schreckte sie hoch und vergewisserte sich, dass wir noch bei ihr und in Sicherheit waren. Sie war aufbrausend und stritt viel mit deinem Vater darüber, wie es weitergehen sollte. Sie wollte in Kalaw bleiben, hier ein Haus kaufen oder auch in Yangon. Selbst einen Umzug nach New York zog sie in Betracht. Er wollte abwarten und in einigen Wochen oder Monaten zurück nach Hsipaw. Das kam für sie überhaupt nicht infrage.«

Mein Onkel holte tief Luft. »Wir waren in der Küche beschäftigt. Sie sagte dir, du sollst das Messer sofort weglegen, aber du hast nicht auf sie gehört.«

Er machte wieder eine Pause. Ich rührte mich nicht, es war ganz still im Haus, als wollten selbst die Motten und die Fliegen, die Hühner und das Schwein erfahren, was als Nächstes geschah.

»Sie sagte es dir noch einmal, und du hast sie wieder ignoriert. Dann schrie sie dich an. So hatte ich meine Schwester noch nie brüllen hören. Ihre Stimme überschlug sich, sie war ganz außer sich, wie von Sinnen. Du hast sie mit großen Augen angeschaut und noch immer nicht gehört.«

»Und dann?«

»Plötzlich hast du das Messer in den Mund gesteckt. Ich weiß nicht, warum. Vielleicht hatte dich ihr Schreien erschreckt. Vielleicht wolltest du sie ärgern. Vielleicht wusstest du gar nicht, was du tatest. Ich weiß es einfach nicht. Deine Mutter langte mit einer schnellen Bewegung über den Tisch. Moe Moe erstarrte.

Dein Vater kam mit großen Schritten die Treppen hochgeeilt, aber als er in der Küche stand, war es zu spät. Bevor er oder ich etwas sagen konnten, hatte deine Mutter nach dem Messer gegriffen und es dir weggenommen.«

»Davon bekommt man keine Narbe«, widersprach ich.

»Sie hat es seitwärts, mit der scharfen Klinge zuerst, durch die Wange gezogen.«

Dritter Teil

1

Eine Woche lang spürte ich nichts mehr. Gar nichts. Meine linke, vernarbte Wange war taub.

Ausgedorrt.

Abgestorben, wie eines der welken Blätter an unserer Bananenstaude im Hof.

Ich konnte von innen mit der Zunge dagegendrücken oder von außen mit einem spitzen Fingernagel in die Haut bohren, es machte keinen Unterschied: Ich fühlte nichts.

In der Schule klopfte ich hin und wieder mit der Hand gegen die Wange, als wollte ich mich vergewissern, dass sie noch da war. Mit dem Essen und Trinken war ich vorsichtig, aus Angst, es würde mir wieder aus dem Mund fallen oder fließen. Im Unterricht sagte ich kein Wort. Die anderen Kinder bemerkten schnell, dass mit mir etwas nicht stimmte, und ließen mich in Ruhe.

Dann begann sie zu schmerzen. Zunächst war es nur ein leichtes Ziehen oder Brennen, wie ich es schon seit Jahren kannte. Schließlich fing sie an, richtig wehzutun. Nach zwei Tagen bat ich U Ba, mir mal in den Mund zu schauen. Er leuchtete mit einer Taschenlampe hinein, konnte aber nichts entdecken. Die eine Wange sehe aus wie die andere, behauptete er, abgesehen von der Narbe natürlich. Vielleicht hätte ich Zahnschmerzen oder einen entzündeten Kiefer.

Als es nicht besser wurde, ging er mit mir zum Arzt. Der konnte nichts finden, meine Zähne seien nicht nur in gutem, nein, sie seien in bestmöglichem Zustand, erklärte er zufrieden.

In der folgenden Nacht erwachte ich von einem pochenden, bohrenden Schmerz. Meine Wange brannte, als hätte ich sie auf glühende Kohlen gelegt. Schlimmer konnte es auch nicht gewesen sein, als meine Mutter mir das Messer durch das Fleisch gezogen hatte.

Ich wollte meinen Onkel nicht wecken und wusste mir nicht anders zu helfen, als so schnell zu zählen, wie ich konnte: Eins-zwei-drei-vier-fünf-sechs-sieben … fünfzig … hundert … zweihundert …

Bei dreitausend weckte ich ihn doch.

Im Krankenhaus gaben sie uns Tabletten, die angeblich meine Schmerzen lindern würden. Sie linderten gar nichts. Eine Erklärung für meine Qual hatten auch diese Ärzte nicht.

Mein Onkel wusste keinen anderen Rat mehr und ging mit mir zu einem Astrologen und Medizinmann, der, so erklärte er mir, indischer Abstammung sei und vor langer, langer Zeit seiner Mutter einmal geholfen habe, als ihre verkrüppelten Füße über Nacht angeschwollen waren und ganz fürchterlich schmerzten.

Er hieß U Thar Khin und lebte auf der anderen Seite Kalaws. Wir liefen einmal quer durch die Stadt und waren fast eine Stunde unterwegs, jeder Schritt, jede Bewegung tat mir weh.

Er musste ein Blumenmensch sein. In seinem Hof blühten Rosen, Margeriten und Hibiskus, von der Veranda hingen weiße und gelbe Orchideen, auf den Stufen standen Töpfe mit Weihnachtssternen und Astern.

Mein Onkel kletterte vor mir die Treppe hinauf.

Im Flur stiegen wir über Keksdosen, einen Haufen Tüten mit Waschpulver, kleine Reissäcke, Cola-Flaschen, Cheroots, seine Patienten zahlten offenbar nicht mit Geld.

U Thar Khin war hager, groß und besaß die längste Nase, die ich je gesehen hatte. Er trug einen weißen Longy, ein weißes Hemd und auf dem Kopf eine Art weißen Turban, wie ihn die Pa-Os mögen. Darunter lugten lange weiße Haare hervor. Ich schätzte ihn älter als

U Ba und hatte den Eindruck, dass er nicht mehr viel sah und noch weniger hörte. Wenn man mit ihm sprach, musste man sich ganz nah an sein Ohr beugen.

Er folgte aufmerksam den Worten meines Onkels, nickte hin und wieder und führte uns anschließend in sein Behandlungszimmer, einen kleinen, leeren Raum mit kahlen Wänden. U Thar Khin zündete ein paar Kerzen an, und schon bald lag ein süßer, seltsamer Geruch in der Luft.

Ich konnte mir nicht vorstellen, wie ausgerechnet dieser alte Mann mir helfen sollte.

Er ging mehrere Male um mich herum, stellte sich vor mich, schaute mir in die Augen, betastete meinen Nacken, meinen Kiefer, fuhr mit seinen Händen über meine Brust und meinen Bauch. Ich sollte den Mund öffnen und ihm meine Zunge zeigen. Dann wollte er, dass ich mich auf dem Fußboden ausstreckte und die Augen schloss.

Unschlüssig warf ich meinem Onkel einen fragenden Blick zu. Der nickte wortlos. Widerwillig legte ich mich auf die Holzbretter.

U Thar Khin breitete eine Decke über mich und hockte sich oberhalb meines Kopfes auf den Boden. Ich sollte meine schmerzende Wange in seine Hand legen und meinen Kopf mit seinem ganzen Gewicht hineinfallen lassen. Wieder zögerte ich. Eigentlich mochte ich es überhaupt nicht, wenn mich jemand im Gesicht berührte, und meine Narbe schon gar nicht.

Mit der anderen Hand begann er, behutsam meinen Nacken zu massieren. Ich zuckte, doch seine Haut war warm und noch weicher als die meines Onkels. Ich solle einfach ruhig weiteratmen, meine Augen nicht öffnen und versuchen, an nichts zu denken. Irgendwann gab ich meinen Widerstand auf und ließ meinen Kopf in seine Hand fallen.

Ich bemühte mich, aber es fiel mir schwer, stillzuliegen. Sobald ich die Augen schloss, tauchten Bilder auf, die ich nicht sehen wollte. Wie jetzt jeden Abend, wenn ich schlafen ging.

»Schließ deine Augen und höre, ob dir die Vögel etwas erzählen.«

Ich machte die Augen zu. »Ich höre keine Vögel.«

»Konzentrier dich.«

Es knisterte und knackte um mich herum, bei den Nachbarn weinte ein Baby, Hühner gackerten. Hundegebell in der Ferne. Es sangen auch Vögel, aber sie erzählten mir nichts.

»Hörst du sie jetzt?«

»Nein.«

»Wovor sorgst du dich? Warum bist du so aufgeregt?«, fragte er. »Du musst etwas mehr Geduld mit dir haben.«

»Was fehlt mir?« Ich versuchte, nicht zu ängstlich zu klingen.

»Das weiß ich nicht.«

»Aber du bist doch der Arzt.«

»Die Antwort kennst nur du.«

»Ich?«

»Wer sonst?«

Ich war mir sicher, dass er sich täuschte.

Die Zeit verging, und irgendwann wurde ich ruhiger. Nun nahm er meinen Kopf in beide Hände, hielt ihn fest und drehte ihn ganz langsam und vorsichtig von einer Seite zur anderen, dabei begann er, ein Lied zu summen. Zunächst ganz leise, und es klang, als säße er am anderen Ende des Zimmers oder in einem anderen Raum. Allmählich kam es näher, und tatsächlich gelang es mir, nicht an meine Mutter zu denken.

Behutsam zog er mich zu sich heran, bettete meinen Kopf in seinen Schoß und legte seine Hände auf meinen Bauch. Ihre Wärme tat so gut, dass ich am liebsten eine genommen und nicht wieder losgelassen hätte. Dann geschah etwas Unerwartetes: Ich fing zu weinen an. Eigentlich war es gar kein richtiges Weinen, ich schluchzte nicht, ich jammerte nicht, mir liefen einfach nur Tränen die Wangen hinunter, und statt traurig und immer trauriger zu werden, fing ich an, mich besser zu fühlen.

Ich schlief ein, und als ich erwachte, hatte ich vergessen, wo ich war. Wer meinen Kopf hielt. Wer dieses Lied für mich summte. Ich spürte meine Wange, aber sie tat nicht mehr weh.

»Es wird deinem Neffen für eine Weile besser gehen«, erklärte U Thar Khin meinem Onkel im lauten Ton des Schwerhörigen, nachdem ich mich hingesetzt hatte. »Aber ich vermag dir nicht zu sagen, für wie lange.« Er kratzte sich am Kopf. »Er darf jederzeit wieder zu mir kommen, ich fürchte aber, auf Dauer kann ich ihm nicht helfen.«

2

U Thar Khin sollte recht behalten. Der Schmerz kroch schon nach wenigen Tagen zurück in meine Wange. Zum Glück tat sie nicht mehr ganz so schlimm weh wie zuvor. Diese Art von Beschwerden konnte ich aushalten, deshalb sagte ich meinem Onkel auch nichts davon.

Ich aß kaum, war müde und empfindlich, selbst der Anblick eines toten Käfers machte mich unglücklich. Ich schlief schlecht und fühlte mich morgens so erschöpft, dass ich zu nichts Lust hatte. Am liebsten wäre ich den ganzen Tag im Bett geblieben, doch dann hätte sich U Ba noch mehr Sorgen gemacht, und das wollte ich nicht. So stand ich auf, packte Eier, Toast und eine Banane ein, machte mich auf den Weg zur Schule, schrieb mir, kaum hatte ich unser Haus verlassen, eine Entschuldigung, die ich Thu Riya mitgab, und ging zu Ko Aye Min. Er war zu dieser Jahreszeit oft mit Besuchern wandern, und so war ich in seinem Büro allein, und das war mir sehr recht. Ich wollte keine Fragen beantworten. Ich wollte mich nicht unterhalten. Selbst Fußballvideos und Computerspiele interessierten mich nicht. Ich saß einfach an seinem Schreibtisch und beobachtete Fliegen. Oder Schaben. Starrte an die nackte, kahle Wand.

Stundenlang.

Tagelang.

Dabei drehten sich meine Gedanken im Kreis und immer wieder um dasselbe Wort:

Zugefügt.

Zu-ge-fügt.

Eine Narbe ist keine Erbkrankheit, die man von Generation zu Generation weitergibt, hatte U Ba gesagt.

Ich dachte an meinen Vater, dem an der rechten Hand ein Finger fehlte. Hat er ihn bei einem Unfall verloren, oder hat ihm jemand diese Verletzung *zugefügt?* Die Möglichkeit war mir noch nie in den Sinn gekommen.

Was war mit Ma Cho Cho, die hinkte, weil ein Bein etwas kürzer war als das andere? Angeblich war sie in ihrem Dorf als kleines Kind beim Spielen von einem Ochsenkarren überrollt worden. Ein Unfall. Aber vielleicht war auch ihr etwas *zugefügt* worden.

Oder Ko Htun Min aus unserer Klasse? Er stotterte. Er habe schon immer gestottert, hieß es. Aber wird ein Kind als Stotterer geboren, oder wird einem das Stottern *zugefügt?* Ich wusste es nicht.

Plötzlich fielen mir so viele Menschen ein, alte und junge, die alle Wunden und Narben mit sich trugen, dass ich dachte, möglicherweise wird jedem Menschen im Laufe seines Lebens etwas Schlimmes *zugefügt.* Den einen früher, den anderen später. Das war kein Gedanke, der mich tröstete. Überhaupt nicht. Je länger ich darüber nachdachte, desto schrecklicher fand ich ihn. Um mich abzulenken, ging ich auf den Markt in der Hoffnung, Ma Ei zu treffen.

Sie hockte am Imbissstand ihrer Mutter, spielte mit ihrem Handy und freute sich, mich zu sehen. »Wie geht es dir?«

»Gut«, log ich.

»Hast du keine Schule?«

»Nein.«

»Möchtest du etwas essen? Eine Suppe?«

»Gern«, antwortete ich, obwohl mir übel war und ich überhaupt keinen Hunger hatte.

Mit einem Sieb tauchte sie eine Handvoll Nudeln in einen Topf voll brodelndem Wasser, nach ein paar Sekunden füllte sie die Nudeln in eine Schüssel, gab Brokkoli, Blumenkohl, ein paar Scheiben Karotten, Bambussprossen, Tofu und kleine Stückchen gekochtes

Hühnerfleisch dazu, übergoss alles mit dampfender Brühe und streute zwei gehäufte Fingerspitzen getrockneten Chilipfeffer darüber. Sie erinnerte, dass ich gern scharf aß.

»Vielen Dank, das ist sehr lieb.« Ich pustete flüchtig und wartete, bis die Suppe etwas abkühlte, probierte einen Löffel. Sie war noch immer sehr heiß.

Ma Ei beobachtete mich neugierig. »Du hast gar keinen Hunger, oder?«

»Doch.«

»Du bist kein guter Schwindler«, sagte sie und lachte.

Ihr Lachen tat mir gut.

»Was ist los mit dir?«

»Was soll los sein?«

»Du bist heute irgendwie … anders.«

Ich zuckte mit den Schultern und spürte, wie mir schon wieder die Tränen kamen. Es war schrecklich. Seit mir U Ba die Geschichte meiner Narbe erzählt hatte, musste ich ständig und ohne Anlass weinen. Das war mir sehr unangenehm, und ich senkte den Blick.

Ma Ei sagte nichts. Ihre Hand bewegte sich ganz langsam über den Tisch und nahm meine. Für einen kurzen Moment wurde der Druck in meinen Augen noch größer.

»Kann ich dir helfen?«, flüsterte sie.

Ja, bitte, wollte ich antworten.

Bitte.

Doch ich wusste gar nicht, was sie für mich tun konnte, ich wusste ja nicht einmal, warum mir die Tränen kamen, deshalb schüttelte ich den Kopf.

Sie strich mir zunächst über die gesunde Wange und dann sanft über die Narbe. Das durfte eigentlich nur U Ba. Sie hatte das noch nie getan, und es machte alles nur noch schlimmer. Berührt werden, dachte ich, machte alles nur noch schlimmer.

»Darf ich dich etwas fragen?«, sagte ich.

»Sicher. Was möchtest du wissen?«

»Ist dir schon einmal etwas *zugefügt* worden?«

Sie neigte den Kopf zur Seite und schaute mich lange an. Ich versuchte gar nicht erst, in ihren Augen zu lesen. Niemand kann etwas aufnehmen, wenn kein Platz in ihm ist. Selbst wenn er will.

»Du stellst«, sie suchte nach einem passenden Wort, »wirklich sehr ungewöhnliche Fragen. Was meinst du mit *zugefügt?*«

»Dass ... dass«, ich überlegte, »dass jemand dir ganz doll wehgetan hat.«

Sie dachte nach. »Mit Absicht?«

Ich nickte.

»Lass mich überlegen. Als ich fünf Jahre alt war, starb mein Vater. Ein Armeelaster hat ihn überfahren. Sie haben behauptet, er wäre ihnen betrunken vor den Wagen gelaufen. Das war gelogen. Mein Vater trank gar keinen Alkohol. Er war Tischler und hat mir jedes Jahr zum Geburtstag ein Tier geschnitzt. Ich vermisse ihn jeden Tag. Aber vielleicht ist es nicht das, was du meinst.«

Nein, das war es nicht. Sie hatte Tiere aus Holz von ihrem Vater, keine Narben. Oder doch? Nun verstand ich, warum ein dunkler Schatten in ihren Augen lag, selbst wenn sie lachte.

Ich hörte die Worte meines Onkels: Wir tragen alle Wunden mit uns. Die einen sieht man, die anderen sieht man nicht.

Trotzdem: Der Tod ihres Vaters war ein Unfall gewesen. Schicksal. Sehr traurig und doch etwas ganz anderes als meine Narbe.

Ich schüttelte den Kopf.

Ihr Handy klingelte, sie stellte es leise, ohne nachzuschauen, wer sie sprechen wollte. Nachdenklich rieb sie sich die Nase. »Zugefügt? Hm. Ich glaube nicht. Zum Glück. Vielleicht bin ich noch zu jung, als dass mir jemand etwas Böses hätte zufügen können.«

Manche Sätze tun mehr weh als andere.

»Warum möchtest du das überhaupt wissen?«, wunderte sie sich.

Ich hätte ihr gern von einem kleinen Jungen erzählt, der mit einem Messer spielte. Von einer Mutter, die *außer sich* war. Von einem Vater, der die Treppe hocheilte und zu spät kam.

Aber das ging nicht. Sie durfte nicht erfahren, woher meine Narbe stammte. Das würde für immer mein Geheimnis bleiben. Und U Bas.

Und das meiner Eltern. Ich wollte nicht, dass irgendjemand auf der Welt schlecht über meine Mutter redete. Oder dachte.

»Und dir?«

Ich schwieg und zuckte mit den Schultern.

Sie missverstand meine Geste. »Du weißt es nicht? Vielleicht hast du recht. Wahrscheinlich merken wir es erst viel später, ob und wann uns etwas zugefügt wurde.«

Als ich nach Hause kam, fragte U Ba gar nicht erst, wie es in der Schule gewesen war. Ich glaube, mein Onkel wusste genau, dass ich meine Zeit woanders verbrachte. Er bemühte sich sehr um mich und sagte, ich solle mich ausruhen, er werde in den kommenden Wochen einkaufen und kochen.

Doch Ausruhen war nicht so einfach. Im Haus fühlte ich mich nicht mehr wohl, es war mir auf eine seltsame Art fremd geworden. Immer, wenn mein Blick auf den Tisch fiel, an dem U Ba, Moe Moe, meine Mutter und ich gesessen haben mussten, fing es an, in der Narbe zu ziehen. Jeden Tag erfand ich eine neue Ausrede, warum ich lieber auf dem Sofa essen wollte. Oder der Veranda. Oder im Hof.

Ein Feuer war nicht mehr nur ein Feuer.

Ein Messer war nicht mehr nur ein Messer.

Eine Narbe war nicht mehr nur eine Narbe.

Wenn mein Onkel das Essen vorbereitete und mit einer spitzen Klinge eine Paprika aufschlitzte, wurde mir übel. Es gab Anblicke, die ertrug ich nicht mehr.

Ich war mir nicht sicher, ob ich wirklich an Geister glaubte, ich würde sagen, an manchen Tagen auf jeden Fall, an anderen eher nicht, aber ich hatte das Gefühl, mein Onkel und ich waren jetzt nicht mehr allein im Haus.

»Du glaubst doch an Geister, oder?«, wollte ich von ihm wissen.

»Das ist doch keine Frage des Glaubens.«

»Hast du schon einmal einen gesehen?«

»Nein, natürlich nicht. Dann wäre er ja kein Geist. Aber nur weil du etwas nicht siehst, heißt es noch lange nicht, dass es nicht da ist. Luft siehst du auch nicht. Warum fragst du?«

»Weil ich in letzter Zeit öfter das Gefühl habe, nicht allein in einem Raum zu sein, selbst wenn kein anderer Mensch da ist.«

»Das bist du ja auch nicht. Das sind wir nie.«

»Wie meinst du das?«

Er überlegte. »Meine Frau zum Beispiel. Sie ist seit über fünfzig Jahren tot. Ich habe nicht einmal ein Foto von uns, und meine Erinnerungen an ihr Gesicht, an ihre Stimme verblassen allmählich. Aber natürlich ist sie bei mir. Morgens, wenn ich aufwache, sitzt sie oft an meinem Bett. Früher hat sie dann meine Hand gehalten, das tut sie jetzt nur noch selten. Wenn ich ein Buch restauriere, steht sie neben mir und schaut gern dabei zu.«

»Woher weißt du das?«

»Das fühle ich. Geister spürt man.«

»Ist sie jetzt auch hier?«

Mein Onkel hielt kurz inne, wandte den Kopf hin und her, als suche er sie.

»Hörst du sie?«, flüsterte ich.

Er lächelte. »Nein. Geister hört man auch nicht. Sie ist jetzt nicht da. Manchmal verschwindet sie für Tage. Ich habe keine Ahnung, wo sie dann ist. Ich weiß nur, dass ich mich auf sie verlassen kann. Sie kommt immer wieder.«

»Spricht sie mit dir?«

»Nein. Aber ich mit ihr.«

»Wer ist noch da?«

»Mein Vater. Meine Mutter. Ein Nachbar mit seiner kleinen Tochter, die vor langer Zeit zusammen im Fluss ertranken. Die Frau, die vor mir in diesem Haus wohnte. Viele. Die Toten bevölkern unser Leben, ob wir wollen oder nicht.«

Vielleicht umgeben einen Menschen immer mehr Geister, je älter er wird, oder vielleicht spürt man sie dann einfach besser. Ich wusste nicht, wer mich umgab, ich wusste nur, dass mir das Gefühl, nirgendwo mehr allein zu sein, unheimlich war.

Am wohlsten fühlte ich mich draußen im Hof. Statt im Haus zu sitzen, machte ich lieber Wäsche, jätete die Beete, pflanzte Gemüse, fütterte die Hühner und das Schwein.

Die Ameisen waren mir in dieser Zeit keine große Hilfe. Ihre Zielstrebigkeit, ihre Geschäftigkeit machten mich noch unruhiger, als ich es sowieso schon war.

Stattdessen begann ich, die Blätter des Eukalyptusbaums unserer Nachbarn zu zählen. Das war eine gute Ablenkung. Spätestens bei hundert war ich mir nicht mehr sicher, welche Blätter ich schon gezählt hatte und welche nicht, und konnte von vorn beginnen.

Mit den Sternen am Nachthimmel ging es mir genauso.

Hin und wieder schaute U Ba nach, ob ich noch da war. Als fürchtete er, ich könnte einfach verschwinden.

So vergingen die Stunden.

So vergingen die Tage.

Und die Nächte.

3

Tun nur bösartige Menschen etwas Böses? Oder passiert es auch, dass ein guter Mensch etwas Schlechtes tut? Wenn ja: Macht ihn das dann zu einem bösen Menschen?

Seinem Kind mit einem Messer die Wange aufzuschlitzen, war etwas Böses.

Trotzdem hatte ich, seit ich wusste, woher meine Narbe stammte, nicht weniger, sondern mehr Sehnsucht nach meiner Mutter. Fühlte ich mich ihr näher. Viel näher. An manchen Tagen vermisste ich sie so, dass ich an gar nichts anderes mehr denken konnte.

Als wäre die Verletzung, die sie mir *zugefügt* hatte, nicht etwas, was uns trennen, sondern auf immer verbinden würde. Warum war das so?

Ob sie mich wohl auch vermisste?

Es gab so viele Fragen und Zweifel, auf die ich Antworten suchte.

Ich wollte wissen, was passiert war, nachdem meine Mutter mir das Messer weggenommen hatte. Wer sich um mich gekümmert hat. Und um sie. Wann meine Eltern nach Yangon gezogen sind. Wo Moe Moe geblieben ist. Ob am Ende vielleicht alles meine Schuld war. Mein Karma. Das wäre eine gute Erklärung, trotzdem sträubte ich mich gegen diesen Gedanken. Keine der Fragen traute ich mich meinem Onkel zu stellen. Sie laut auszusprechen, war für mich unvorstellbar. Als hätte mir jemand die Wörter dafür gestohlen. Nicht einmal aufschreiben hätte ich sie können.

In mir herrschte eine furchtbare Unordnung. Ein Wirrwarr von Gedanken, Geschichten und Bildern ging mir durch den Kopf.

Ich sah mich in einem Bus sitzen. Am Fenster. Allein. Meine Eltern standen draußen und winkten. Sie lachten, aber nicht fröhlich. Ich wollte nicht weg von ihnen und fing an zu weinen. Der Bus fuhr langsam los, und jetzt wollte auch meine Mutter nicht mehr, dass ich fortfuhr. Das sah ich in ihrem Gesicht. Sie rief etwas, gestikulierte, lief neben dem Bus her und schlug gegen die Tür. Aber es war zu spät. Der Fahrer öffnete sie nicht. Wir fuhren immer schneller, sie rannte noch einige Straßen hinter uns her, irgendwann konnte sie nicht mehr und blieb erschöpft stehen.

Ich sah mich allein in einem Türrahmen sitzen und warten. Und warten. Und warten.

Ich sah mich mit meiner Mutter über einen Markt gehen. Es herrschte ein schreckliches Gedränge. Sie hielt mich fest an der Hand. Plötzlich ließ sie los, und wir wurden getrennt. Ich sah noch ihren ausgestreckten Arm, der nach mir griff, Sekunden später hatte die Menge sie verschluckt, so wie ein tosender Fluss ein Stück Holz mitreißt.

Eines Abends saßen mein Onkel und ich an seinem Schreibtisch, ich half ihm bei der Restaurierung eines Buches. Es war mühsam, die Papierschnipsel fielen ihm aus der Pinzette, ich ließ aus Unachtsamkeit den Leim auf die Seiten tropfen. Wir waren beide mit unseren Gedanken woanders.

»Ich bin heute noch einmal bei U Thar Khin gewesen«, sagte U Ba unvermittelt.

»Warum?«

»Weil ich mir Sorgen um dich mache.«

»Das musst du nicht.«

Er schaute mich über seine Lesebrille hinweg an. »Nein?«

»Nein.«

»Versprochen?«

»Ja, es geht mir gut«, log ich. »Meine Wange tut nicht mehr weh. Sie fühlt sich wieder ganz normal an.«

»Das freut mich sehr«, antwortete er wenig überzeugt.

Auf einmal hörten wir laute Männerstimmen im Hof. Schritte. Ich wollte aufstehen und schauen, wer da war, doch U Ba sagte, ich solle sitzen bleiben, er wisse, wer uns auch um diese Uhrzeit noch einen Besuch abstatte. Als ich die schweren Schritte auf der Treppe zu unserer Veranda hörte, wusste ich es auch.

In der Tür stand ein junger Soldat. Er machte keine Anstalten, sich die Stiefel auszuziehen und einzutreten. »U Ba?«, fragte er streng.

»Jawohl, hier«, antwortete mein Onkel laut und in einem Ton, als würde er Befehle erteilen. Den hatte ich bei ihm noch nie gehört.

Sofort stand der Soldat noch etwas grader.

»Ich habe eine Nachricht von Oberst Tin Shwe für Sie«, erklärte er. »Der Oberst bedauert, Ihnen mitteilen zu müssen, dass die Armee die sich in Ihrem Besitz befindlichen Grundstücke aus Gründen der nationalen Sicherheit beschlagnahmen muss. Ihnen steht eine kleine Entschädigung zu. Über die Höhe wird die Kommandantur in Kürze entscheiden.«

U Ba betrachtete ihn mit ernstem Blick. »Danke. Seien Sie so freundlich und richten Sie dem Oberst aus, dass ich ...« Bevor mein Onkel seinen Satz beenden konnte, drehte der Soldat sich um und stieg die Treppe wieder hinab.

»... dass du?«, fragte ich.

»Dass ich ... dass ich ...« Statt den Satz zu beenden, lächelte er. In seinen Augen lag weder Wut noch Enttäuschung, sondern eine Ruhe, die nicht zu der Nachricht des Soldaten passte.

»U Ba, was ist los mit dir?«, fragte ich besorgt.

»Dass ich froh und dankbar bin, dass nun alles wieder seine Ordnung hat.«

»Welche Ordnung?«

»Die alte. Nichts ist schlimmer, als wenn die Dinge nicht dort sind, wo sie hingehören. Wenn jeder Mensch weiß, wo sein Platz ist, herrscht Frieden. Sonst entsteht ein großes Durcheinander, und das stiftet nur Verwirrung.«

Über seine Sätze musste ich lange nachdenken, und dabei kam mir eine Idee. Der Platz eines Menschen.

Wo gehörte ich hin?

Zu U Ba.

Zu meinem Vater.

Und zu meiner Mutter.

Ich lag noch wach, als mein Onkel schon längst neben mir schnarchte. Über Stunden feilte ich in der Nacht an meinem Plan.

4

Ich hatte das Gefühl, meine linke Wange würde platzen. Die Haut spannte, jedes Pochen meines Herzens spürte ich darin. Es war schrecklich. Das erste Tageslicht fiel durch die Ritzen in der Wand, U Ba schlief fest, ich stand leise auf, zog mich an und schlich ins Wohnzimmer. In eine Tasche stopfte ich ein zweites Hemd, Unterwäsche, ein Buch und den kleinen Stoffbären, den mir U Ba vor vielen Jahren geschenkt hatte.

Aus dem Mobiltelefon meines Onkels schrieb ich hastig die Nummer und die Adresse meiner Eltern auf einen Zettel und steckte ihn zu den anderen Sachen. Aus seiner Geldbüchse nahm ich mir zehntausend Kyat, die mussten reichen, damit ich mir unterwegs eine Fahrkarte und etwas zu essen und zu trinken kaufen könnte. Dann setzte ich mich hin und schrieb ihm einen Brief.

Lieber U Ba,
verzeih mir, dass ich Dich allein lasse.
Ich muss zu Mama. Ich glaube, sie braucht mich.
Mein Platz ist jetzt bei ihr. Und bei Papa.
Es tut mir sehr, sehr leid.
Ich weiß nicht, wann ich zurückkomme.
Mach Dir bitte keine Sorgen um mich.
Und bitte sei mir nicht böse.
Ich habe Dich sehr, sehr lieb.
Dein
Bo Bo

Den Brief legte ich auf seinen Schreibtisch und beschwerte ihn mit einer Büchse Dosenmilch. Es fiel mir schrecklich schwer, ihn so heimlich zu verlassen, und ich hatte ein schlechtes Gewissen. Doch ich kannte seine Antwort, wenn ich ihn um Erlaubnis gefragt hätte.

Ich zögerte kurz. Durfte ich ihm das antun? Nein. Aber ich hatte keine Wahl. Bevor ich es mir anders überlegen würde, griff ich nach meinen Sachen und machte mich auf den Weg zu Ko Aye Mins Büro.

Er war nicht da, wie ich es gehofft hatte. In seinem Computer schaute ich auf einem Stadtplan Yangons nach, wo sich die Straße befand, in der meine Eltern wohnten. Die Gegend hieß Golden Valley, lag in der Nähe der Innenstadt, nicht weit von einem See und einer großen Botschaft entfernt.

Der Zug rollte aus dem Bahnhof, die Lokomotive tutete mehrmals, um Fußgänger von den Schienen zu vertreiben. Wie jeden Vormittag um diese Zeit. Vor ein paar Monaten hätte sie fast einen Mann überfahren, der auf den Gleisen eingeschlafen war.

Ich lief die Böschung hinunter, rannte neben einem der Waggons her, hielt mich an einem Griff fest und sprang auf. Für eine Weile blieb ich auf der untersten Stufe stehen und blickte auf Kalaw. Wir überquerten den Fluss, in dem ich mit Thu Riya manchmal schwimmen ging oder angelte, und fuhren am Grundstück von Ko Aye Min vorbei. Ich dachte wieder an U Ba. Den Hof. Unser Haus. Alles würde mir fehlen, selbst die Hühner und das Schwein. Mir wurde ganz dunkel ums Herz.

Als die letzten Häuser Kalaws verschwunden waren, suchte ich den Schaffner und gab ihm Geld für eine Fahrkarte. Zum Glück kannte er mich nicht und fragte auch nicht, weshalb ich ganz allein reiste und warum ich mein Ticket nicht am Bahnhof gekauft hatte. Wahrscheinlich freute er sich, das Geld einstecken zu können.

Die Waggons waren nicht besonders voll, ich fand eine freie Bank für mich allein. An der nächsten Station setzte sich eine Mutter mit ihren zwei kleinen Kindern zu mir. Sie lächelte freundlich, holte Kekse aus einer Tasche und bot mir welche an. Ich bedankte mich und stand kurz darauf trotzdem auf und suchte mir einen anderen Platz. Ich hatte das Gefühl, der Einzige im ganzen Zug zu sein, der ohne Familie reiste, auch wenn das wahrscheinlich nicht stimmte.

Am frühen Abend erreichten wir Thazi. Der Nachtexpress von Mandalay nach Yangon war voll. Ich ging einmal durch den ganzen Zug, kletterte über Schlafende und ihr Gepäck, doch ich fand keinen freien Sitz. Eine Familie mit drei Kindern rutschte zusammen und bot mir etwas Platz in ihrer Mitte an.

Dankbar legte ich mich auf den Boden zwischen ihre Bänke, als Kopfkissen benutzte ich meine Tasche. Der Waggon wackelte und schaukelte, ich spürte jede einzelne Schwelle der Gleise und begann, sie zu zählen. Das rhythmische Tak---tak---tak gefiel mir. Irgendwann schlief ich ein.

Als ich erwachte, war es hell. Ich streckte mich, tastete nach meiner Tasche und bekam nur ein Stück Stoff zu fassen. Es stank und war dreckig, jemand hatte mir ein altes Handtuch unter den Kopf geschoben. Sofort richtete ich mich auf und schaute mich um. Neben mir lagen Fremde, die Familie musste unterwegs ausgestiegen sein. Der Wagen war voll von schlafenden Menschen. Ich suchte unter den Bänken der Nachbarn. Stand auf, lief durch den Waggon, schaute unter jeden Sitz, kletterte auf Bänke, durchsuchte die Ablagen. Von meiner Reisetasche keine Spur. Ich bekam es mit der

Angst zu tun und ging noch einmal durch den Waggon, musterte jeden Passagier genau. Die beiden jungen Nonnen hinter mir waren es bestimmt nicht. Die alte Frau neben ihnen auch nicht. Vielleicht einer der jungen Männer mit ihren blond gefärbten Haaren? Oder der Mann auf der Bank davor, der gar nicht schlief, sondern mich aus schmalen Augenschlitzen beobachtete?

Wie sieht ein Mensch aus, der ein Kind beklaut?

Wenn ich jedem Einzelnen in die Augen blicken könnte, würde ich ihn finden, aber ich konnte ja unmöglich alle Passagiere wecken und sie bitten, mich anzuschauen.

Auf der Suche nach dem Dieb rannte ich von vorne bis hinten durch den Zug. Und noch einmal. Es war sinnlos. Er konnte längst ausgestiegen oder abgesprungen sein. Mir wurde kalt und übel. Ich hatte mir weder die Telefonnummer noch die Adresse meiner Eltern gemerkt. Yangon war, das wusste ich, eine große Stadt. Wie sollte ich sie da finden?

Ich kauerte mich auf die Stufen einer offenen Tür, der warme Fahrtwind zerrte an meinem Longy. Wenn es wenigstens jemand mit einem Namen und einem Gesicht gäbe, auf den ich böse sein könnte. Aber ich war nicht einmal wütend, ich fühlte mich einfach nur mutlos und allein.

Es dämmerte, als wir die Vorstädte Yangons erreichten. Der Zug hatte mehrere Stunden Verspätung, er hielt mit einem kräftigen Ruck. Müde schaute ich aus dem Fenster. Links und rechts lagen Schienen, auf denen Menschen gingen, aber kein Bahnsteig weit und breit. Wir warteten, die ersten Passagiere begannen, ihre Sachen zu packen und einfach auszusteigen.

Schaffner kamen durch die Waggons gelaufen und erklärten, dass die Lokomotive kaputt sei und es nicht mehr gehe. Wir stünden aber nur ein paar Kilometer vom Hauptbahnhof entfernt und könnten den Rest zu Fuß gehen. Wir müssten nur den Schienen folgen.

Die Familien, bei denen ich die letzten Stunden gesessen hatte, nahmen ihre Taschen und Tüten, kletterten auf die Gleise und machten sich auf den Weg zum Bahnhof. Ich schloss mich ihnen an.

Nach ein paar Hundert Metern bogen wir ab, stiegen durch ein Loch in einem Zaun, krochen durch Gestrüpp und kamen zu einer breiten, hell erleuchteten Straße.

Es war laut.

Und voll.

Und heiß. Viel wärmer als in Kalaw. Schweiß lief mir das Gesicht und den Nacken hinunter, mein schmutziges Hemd klebte auf der Haut.

Die anderen wussten offensichtlich genau, wohin sie wollten, und liefen in alle Richtungen davon. Es dauerte nicht lange, da stand ich allein an einer großen Kreuzung und hatte keine Ahnung, was ich machen sollte. Ich hatte Hunger. Ich hatte Durst und war so erschöpft, dass mir die Augen zufielen. Ich fragte eine Frau nach dem Weg zur Innenstadt und ging in die Richtung, die sie mir gezeigt hatte. Als ich nicht mehr konnte, sprang ich an einer Ampel auf einen Bus und blieb in der offenen Tür stehen, aber nach zwei Stationen entdeckte mich der Fahrkartenverkäufer, ich sprang wieder ab und ging zu Fuß weiter.

In einer Seitenstraße war der ganze Bürgersteig voller Imbisse. Ich hockte mich an den letzten Tisch einer Garküche. Es dauerte nicht lange, da stand ein Junge vor mir, der nicht älter war als ich. Er hatte lange Haare, trug einen grünen Longy und ein weißes Hemd, das noch dreckiger war als meins.

»Was willst du?«

»Ich habe Hunger.« U Ba sagt immer, man lernt die Menschen am besten kennen, wenn man in Not ist und Hilfe braucht.

Der Junge nahm vom Nebentisch eine Karte und gab sie mir.

»Ich habe kein Geld.«

Er überlegte, drehte sich um und ging zu einer Frau, die auf einem offenen Feuer das Essen zubereitete. Die beiden sprachen miteinander, sie hantierte mit einem Wok und warf mir einen missmutigen Blick zu. Nach einer Weile kehrte er mit einem Teller gebratenem Reis zurück. Wortlos stellte er ihn vor mir auf den Tisch.

»Hast du Durst?«

Ich nickte.

Er holte eine Flasche Wasser und gab sie mir.

»Danke«, sagte ich.

Er sagte nichts. Blieb einfach neben mir stehen und beobachtete mich.

»Warum starrst du mich so an? Hast du noch nie eine Narbe gesehen?«

»Tut die weh?«

»Nein.«

Er schwieg wieder.

Mir war fast übel vor Hunger, und ich begann, hastig zu essen.

»Schmeckt echt gut«, sagte ich mit vollem Mund.

»Bist du allein?«, fragte er.

»Nein«, antwortete ich, ohne lange nachzudenken.

»Warum hast du dann kein Geld?«

»Darum.«

»Wo ist deine Mama?«

»Verreist.«

»Und dein Papa?«

»Auch.«

Der Junge überlegte. »Glaub ich nicht«, sagte er nach einer Weile. »Du bist ganz allein.«

»Bin ich nicht«, antwortete ich wütend.

Die Frau rief nach ihm und zeigte auf neue Kunden ein paar Tische weiter. »Willst du noch mehr?«, fragte er, bevor er sich abwandte.

Obwohl ich noch hungrig war, schüttelte ich den Kopf. Ich wollte nicht gierig sein.

»Wie heißt du überhaupt?«

»Bo Bo. Und du?«

»Htun Htun.«

Er wischte den Tisch der anderen Gäste sauber, hörte sich ihre Bestellungen an, gab sie an die Frau am Wok weiter, holte zwei Bier aus einer Kühlbox. Zwischendurch schaute er immer mal wieder zu mir herüber und grinste.

Ich kratzte den Teller leer und wartete, dass er zurückkehrte.

Irgendwann stand er wieder neben mir. »Meine Mutter sagt, dass du bei uns schlafen kannst, wenn du willst.«

Ich zuckte mit den Schultern, als wäre es mir egal, wo ich schlief.

Nachdem alle Gäste gegangen waren, begannen die Frau und ihr Mann, die Hocker und Tische aufzuräumen und zu stapeln. Der Junge half dabei, auch ich fasste mit an. Gemeinsam schleppten wir mehrere Eimer mit Abfällen zwei Straßen weiter und kippten sie auf einen Müllberg, in dem es von Ratten wimmelte.

Die Familie übernachtete am Rande eines Parks unter einem Baum, dessen Zweige wie ein Dach über den Gehweg ragten. Auf dem Bürgersteig hatten sie eine Plane ausgebreitet und darauf ein paar Zeitungen und leere Zementsäcke gelegt. In der Mitte kauerten bereits drei schlafende kleine Kinder. Es gab Menschen mit großen Herzen und mit kleinen, mit gesunden und mit verwundeten.

Es gab Menschen, denen wurde etwas *zugefügt*, und welche, denen wurde noch *etwas mehr* zugefügt.

Wir legten uns auf zwei Säcke neben Htun Htuns Geschwister. Es war so warm, dass wir keine Decken brauchten.

Ich war todmüde und gleichzeitig viel zu aufgeregt, um einschlafen zu können. Außerdem tat mir meine Wange so weh, dass ich es kaum aushalten konnte. Ich drehte mich von einer Seite zur anderen.

»Was ist mit dir?«, flüsterte Htun Htun.

»Was soll sein?«

»Du kannst ja nicht mal stillliegen.«

»Na und?«

»Deine Eltern sind tot, stimmt's?«

»Nein«, widersprach ich.

»Doch. Ich habe einen Freund, seine Eltern sind auch tot, und der kann auch nie stillsitzen. Hast du keine Onkel und Tanten, bei denen du bleiben kannst?«

»Meine Eltern sind nicht tot.«

»Und warum bist du dann nicht bei ihnen?«

»Warum interessiert dich das überhaupt?«

»Bist du etwa weggelaufen?«

»Nein.« Ich überlegte kurz. »Sie sind weggelaufen.«

Htun Htun wandte sich zu mir, stützte sich auf seinen Ellenbogen, und ich spürte, wie er mich in der Dunkelheit anstarrte. »Beide?«

»Ja.«

»Warum?«

»Woher soll ich das wissen?«

»Eltern verschwinden doch nicht einfach so.«

Ich drehte mich weg.

Er zog mich an der Schulter: »Soll ich fragen, ob du erst einmal bei uns bleiben kannst? Das wäre bestimmt kein Problem. Du könntest mir beim Kellnern helfen und beim Geschirrwaschen.«

»Nein. Ich will zu meiner Mutter. Ich hab sie schon so lange nicht mehr gesehen.«

»Warum nicht?«

Ich wollte nicht lügen. Ich wollte ihm erzählen, was geschehen war, doch es ging nicht.

Die Wahrheit.

Ich hätte sie ihm in drei Sätzen sagen können. In zwei. In einem. Aber ich konnte sie nicht aussprechen. Allein bei dem Gedanken wurde mir schlecht. Ich hatte keine Worte für das, was passiert war. Und deshalb erzählte ich ihm von einer Mutter, die Schauspielerin ist und aus Amerika stammt und dort so viel arbeiten muss, dass sie keine Zeit hat, mich zu sehen. Die zwar oft versprach, mich und meinen Onkel, ihren Bruder, in Kalaw zu besuchen, dann aber stattdessen nach Singapur, Los Angeles oder London reisen musste, weil sie dort in Filmen gebraucht wurde; dass ich sie seit sieben Jahren nicht gesehen hatte und sie nun zu ihrem Geburtstag überraschen wollte. Und dass es Menschen gab, die sogar schlafende Kinder beklauen. Aber das wusste er wahrscheinlich schon.

Als ich fertig war, sagte er lange nichts. Ich fürchtete schon, er könnte eingeschlafen sein, doch dafür war sein Atem viel zu unruhig.

»Ist sie berühmt?«

»Wer?«

»Deine Mutter natürlich.«

»Ja, in Amerika.«

»Sehr?«

»Ja«, versicherte ich.

»Dein Vater auch?«

»Nicht so. Aber er reist immer mit ihr.«

»Als Bodyguard?«

»So in der Art.«

»Verstehe.« Htun Htun dachte nach. »Ich habe einen Onkel«, flüsterte er schließlich, »der ist Rikschafahrer. Er kennt jede Straße in der Stadt, vielleicht kann er dir helfen, sie zu finden. Zu ihm bringe ich dich gleich morgen früh.«

5

Der Mann war nicht sonderlich erfreut, als wir ihn so früh am Morgen weckten, und noch weniger, als sein Neffe ihm sagte, was er von ihm wollte.

»Golden Valley ist weit«, brummte er. »Sag deinem Freund, er soll den Bus nehmen oder ein Taxi.«

»Er hat kein Geld.«

Der Onkel stieß einen Fluch aus. Müde kletterte er von seiner Rikscha, band seinen Longy neu, legte eine Hand auf die Schulter des Jungen und drückte sie kräftig. »Dann richte deiner Mutter aus, sie schuldet mir ein Abendessen, einverstanden?«

Htun Htun verzog kurz das Gesicht, lächelte und zwinkerte mir zu.

Sein Onkel wandte sich an mich. »Hast du eine Adresse?«

»Zweiundvierzig.«

»Zweiundvierzig was?«

Ich schüttelte den Kopf.

»Du kennst den Namen der Straße nicht?«

»Irgendetwas mit I«, sagte ich leise.

»Inya Lake Road?«

»Nein.«

»Golden Valley ist groß.«

»Ganz in der Nähe ist ein See und eine Botschaft.«

»Welche?«

»Ich … ich erinnere mich nicht genau. Auf dem Stadtplan sah sie ziemlich groß aus.«

Er fluchte noch einmal. »Die amerikanische?«

»Hm. Ich glaube, ja.«

»Weißt du wenigstens, wie deine Eltern heißen?«, fragte er spöttisch.

Ich sagte ihm alles, was ich von ihnen wusste, und noch etwas mehr: ihre Namen und dass meine Mutter Amerikanerin ist (und eine berühmte Schauspielerin) und mein Vater Gitarre spielt und ihm ein Finger an der linken Hand fehlt; dass meine Mutter sehr groß und sehr schön ist und ein Lächeln hat, an dem Menschen sich erwärmen können.

Er verdrehte die Augen, seufzte tief und schüttelte den Kopf. »Steig ein.«

Der Mann wendete seine Rikscha, schob sie mit ein paar schnellen Schritten an und sprang auf. Es waren noch nicht viele Autos auf der Straße, aber er musste bald ziemlich treten, weil wir eine Brücke hochfuhren und Gleise überquerten. Er hatte die kräftigsten Waden, die ich je gesehen hatte, trotzdem schnaufte und atmete er schwer.

Wir waren mindestens eine halbe Stunde unterwegs, als er vor einer Garküche am Straßenrand bremste, vom Rad stieg und zu einer Frau ging, die an einem Tisch hockte und Gemüse schnitt. Er bestellte einen Tee, und die beiden unterhielten sich eine Weile, ohne mich zu beachten.

In ihrer Auslage standen ganz viele Dosen Kondensmilch der Marke »My Boy«. Ich zählte erst die Buchstaben, dann die Dosen: eins … zwölf … vierundzwanzig.

Und fing immer wieder von vorne an.

»Sie kennt deinen Vater«, sagte er, als er endlich zurückkehrte. »Er trinkt bei ihr hin und wieder einen Tee. Er wohnt nicht weit von hier.«

»Woher weiß sie, dass es mein Vater ist?«, fragte ich zweifelnd.

»Vielleicht, weil es in Golden Valley nicht so viele burmesische Männer gibt, denen ein Finger fehlt, die trotzdem Gitarre spielen und mit einer Ausländerin verheiratet sind, du Schlaumeier.«

Wir bogen in eine schmale Straße, die einen Hügel hinaufführte. Er fuhr im Stehen und trat mit aller Kraft in die Pedale, ich bot ihm an, abzusteigen und nebenherzulaufen, das wollte er nicht. Alle Häuser in den Straßen lagen hinter hohen Mauern, auf denen Rollen von Stacheldraht montiert waren. Wann immer ich ein Fenster erspähte, war es vergittert. Wie Gefängnisse.

In einem Kiosk fragte er ein zweites Mal. Ein Mann kam raus, gestikulierte, zeigte die Straße hinauf und dann nach rechts.

»Alle kennen deinen Vater, aber niemand deine Mutter.«

Das hätte er nicht sagen sollen.

Wir fuhren bis zur nächsten Kreuzung, ich sah das Straßenschild und erinnerte mich sofort: Inya Maing Street. »Hier muss es sein«, sagte er und deutete auf ein weißes, zweistöckiges Haus, umgeben von einer Mauer und einem Garten voller Büsche und Bäume. Wir hielten vor einem grünen Eisentor mit der Nummer 42. Ich stieg aus und schämte mich, dass ich ihm kein Geld geben konnte.

»Danke«, sagte ich. »Das war …«

»Nächstes Mal zahlst du das Doppelte«, unterbrach er mich und lachte. »Viel Glück.« Dann drehte er und fuhr fort, ohne sich noch einmal umzuschauen.

»Danke«, wiederholte ich leise.

6

Das Tor war zu, aber nicht verriegelt, und ich schlüpfte durch einen Spalt in den Hof.

Im Schutz von Büschen ging ich durch den Garten zum Eingang und versteckte mich hinter einer Säule. Die Haustür stand offen, in einer Küche sah ich zwei Frauen, die sich unterhielten und Essen zubereiteten. Ich überlegte, ob ich nach ihnen rufen sollte, da hörte ich aus dem ersten Stock eine dritte Stimme.

Ich erkannte sie sofort.

Eine der Frauen eilte mit einem Tablett in den Händen die Treppe hoch, kurz darauf kam sie wieder herunter und verschwand in der Küche.

Lautlos trat ich ein und huschte über den Flur zur Treppe.

Mit jeder Stufe wurden meine Beine schwerer.

Ich wollte umkehren.

Ich wollte mich verstecken.

Ich wollte zu U Ba.

Oben raschelte jemand mit Papier.

Mein Herz schlug, als wäre ich in Kalaw gerade die zweihundertzweiundsiebzig Stufen zur Pagode hinaufgerannt.

Oder die einer Himmelsleiter.

Vom Flur gingen mehrere Zimmer ab, eines davon stand offen.

Auf Zehenspitzen schlich ich zu der Tür.

Der Raum dahinter war groß und lang und voller Bücher. In Stapeln lagen sie auf Stühlen und dem Fußboden. Wie bei uns zu Hause.

Ich trat ein.

Am anderen Ende stand ein Sofa an der Wand, vor dem Fenster ein Schreibtisch.

Daran saß meine Mutter und tippte auf einer Tastatur.

Mir den Rücken zugewandt.

Ich blieb stehen.

»Mama?«, flüsterte ich.

Sie schrieb weiter.

»Mama?«, sagte ich lauter.

Sie hielt inne. Bewegte sich nicht.

Der Stuhl drehte sich in meine Richtung.

Zentimeter für Zentimeter.

»Mama?«

Ich machte einen Schritt auf sie zu.

Und noch einen.

Sie stand auf. Hielt sich mit einer Hand am Schreibtisch fest.

Ich blieb stehen.

Ein paar Meter trennten uns, vier, vielleicht fünf.

Und sieben Jahre.

Und eine Narbe.

Mindestens.

Ich weiß nicht, wie lange wir uns gegenüberstanden.

Ein Telefon klingelte.

Jemand rief nach ihr.

Sie rührte sich nicht.

Lauter.

Sie rührte sich noch immer nicht.

»Bo Bo.«

Ich wollte zu ihr laufen und konnte mich nicht bewegen. Keinen Schritt.

Vorsichtig, als wäre ich ein scheues Tier, kam sie auf mich zu.

Abwartend.

Bedächtig.

Als fürchtete sie, ich könnte im nächsten Moment die Flucht ergreifen.

Sie war mir so fremd und so vertraut zugleich.

Meine Hände brauchten Zeit. Meine Nase. Meine Augen. Meine Ohren.

Alles in mir brauchte Zeit.

Fast alles.

Uns trennten nur noch Zentimeter, und ich schlang meine Arme um ihren Körper.

Mir wurde schwindelig. Alles drehte sich. Die Bücherwand, der Stuhl, das Gesicht meiner Mutter.

Sie fing mich auf.

7

Als ich wieder zu mir kam, lag ich auf dem Sofa.

Neben mir saß mein Vater.

»Wo ist Mama?«

»Sie ruht sich aus.«

»Geht es ihr nicht gut?«

»Doch, sie war nur müde.«

Warum sagte er nicht die Wahrheit? »Ist es meine Schuld?«

»Nichts ist deine Schuld.«

»Alles ist meine Schuld …«

»Bo Bo, hör auf«, unterbrach er mich. »Warum sagst du das?«

Weil mir so war. Eine bessere Antwort hatte ich nicht.

»Darf ich zu ihr?«

»Ich glaube, sie schläft.«

»Können wir nach ihr schauen?«

Er stand auf und nahm mich an die Hand. Ich war dankbar für seine Hilfe. Wir gingen zu einer Tür am anderen Ende des Flurs. Mein Vater öffnete sie vorsichtig. Die Fenster standen weit offen, ein leichter Luftzug bewegte die weißen Gardinen. Meine Mutter lag auf einem Bett und schlief tatsächlich. Ihre Haut war blasser, ihre Lippen röter, ihre Haare schwärzer, als ich sie mir vorgestellt hatte. Ich fand, sie war noch schöner als in U Bas Erzählung.

Dann schloss mein Vater die Tür wieder und führte mich in einen Raum auf der anderen Seite des Flures. Darin standen ein breites Bett, ein Schrank, ein Regal und ein Schreibtisch. Über dem Bett ein

Ventilator aus Holz, an der Wand bunte Bilder, und auf dem blank polierten Holzfußboden spiegelte sich die Sonne. Dazu gehörte ein eigenes Bad mit Toilette, Dusche und einer Badewanne. Ich hatte noch nie ein so schönes Zimmer gesehen.

»Hier schläfst du«, sagte er.

Ich zuckte. »Hier? Übernachten wir nicht alle in einem Raum?«

Die Frage machte meinen Vater verlegen. »Hm, eigentlich ... es ist ein großes Haus, weißt du, mit viel Platz, Mama und ich haben unser Schlafzimmer, und die Gäste ...«

Er hatte es nicht böse gemeint. Aber bei dem Wort überfiel mich eine so tiefe Traurigkeit, dass mir schon wieder die Tränen kamen.

Ich wollte nicht im *Gäste*zimmer schlafen.

Er musste es mir angesehen haben. »Ich meine ... dies ist natürlich dein eigenes Zimmer.«

Ich wollte auch kein *eigenes* Zimmer haben. Ich wollte überhaupt nicht alleine schlafen.

Wir standen uns schweigend gegenüber. »Hast du Hunger?«, fragte er nach einer Weile.

»Nein ... Oder doch.«

Wir gingen hinunter in die Küche. Dort schnitten die beiden Frauen Gemüse, sie sahen sich so ähnlich, dass ich sie nicht auseinanderhalten konnte. Mein Vater stellte uns vor. Es waren zwei Schwestern, die in einem Zimmer neben der Küche wohnten. Wir starrten uns an. Als hätten sie noch nie einen Zwölfjährigen gesehen. Als wäre ich noch nie Zwillingen begegnet.

Worauf ich Hunger hatte, wusste ich nicht. Sie wollten mir Mango mit süßem Reis zubereiten, ich fragte, ob ich ihnen dabei helfen könne, das wollten sie nicht. Mein Vater und ich setzten uns an einen langen Tisch in einem Zimmer neben der Küche. Kurz darauf brachte mir eine der Schwestern eine frische, geschälte und in kleine Stückchen geschnittene Mango und eine Schale köstlichen Reis. So gut war er U Ba und mir noch nie gelungen.

Mein Vater schaute mir zu, ohne selbst etwas zu essen. »Ich habe gestern Nachmittag am Bahnhof auf dich gewartet.«

»Der Zug ist stehen geblieben.«

»Das habe ich gehört.«

»Woher wusstest du …?«

»U Ba rief mich an, nachdem er deinen Brief gefunden hatte.«

Das hätte ich mir denken können. »Ist er böse mit mir?«

»Er hat sich Sorgen gemacht.« Die großen dunklen Augen meines Vaters musterten mich. »Wir uns auch.«

»Das tut mir leid. Entschuldigung.«

»Vielleicht rufst du ihn nachher einmal an.«

»Ja«, sagte ich und aß begierig meine Mango. Kaum hatte ich sie aufgegessen, boten mir die Schwestern eine zweite an, die ich dankbar nahm.

»Was machen die beiden hier?«, fragte ich flüsternd, nachdem sie wieder in der Küche verschwunden waren.

»Sie kommen aus Hsipaw und brauchten Arbeit. Jetzt helfen sie Mama und mir im Haus und im Garten.«

»Ist Moe Moe nicht mehr bei euch?«

»Nein, leider nicht.«

»Warum nicht?«

»Sie hat im vergangenen Jahr geheiratet und lebt bei der Familie ihres Mannes in Bago.«

»Kochen die Schwestern auch für euch?«

»In der Woche. An den Wochenenden haben sie frei. Dann kochen Mama oder ich.«

»Kann Mama kochen?«

»Natürlich. Sehr gut sogar.«

»Ich auch.«

Mein Vater nickte zustimmend. »Ich weiß.«

»Was macht Mama eigentlich? Arbeitet sie?«

»Ja. Sie ist Rechtsanwältin und Beraterin.«

»Was ist das?«

»Sie gibt Firmen Rat, die in Burma investieren wollen, und auch der Regierung, bevor sie neue Gesetze beschließt.«

»Und hören die auf sie?«

»Manchmal.«

»Und was machst du?«

»Ich helfe Mama.«

»Beim Beraten?«

Er hielt einen Moment inne. »Nein, so würde ich es nicht sagen.«

»Wobei denn?«

Als Antwort bekam ich ein ausweichendes Lächeln.

»Arbeitest du nicht?«

»Doch. Ich unterrichte jeden Vormittag Englisch in einer Klosterschule.«

Nachdem ich auch das letzte Reiskorn gegessen hatte, überkam mich eine große Müdigkeit. Aus der Küche hörte ich das Ticken einer Uhr.

»Du musst erschöpft sein von der langen Reise und der Nacht auf der Straße.«

Ich nickte.

»Möchtest du dich hinlegen?«

Ich nickte noch einmal.

Er holte einen seiner Longys und ein sauberes Hemd, das mir viel zu groß war, und brachte mich hoch in mein Zimmer. Ich legte mich aufs Bett, er setzte sich wortlos zu mir und starrte auf den blank polierten Holzfußboden, als gäbe es dort etwas Besonders zu sehen. Ich folgte seinem Blick, entdeckte aber nichts Außergewöhnliches.

Er schwieg.

Ich wusste ja, dass er ein stiller Mensch war. Aber ich hatte das Gefühl, sein Yangon-Schweigen war ein anderes als sein Kalaw-Schweigen. Strenger. Verschlossener.

»Bist du noch wütend auf mich?«

Er schreckte hoch, als hätte ich ihn aus seinen Gedanken gerissen. »Weshalb sollte ich wütend auf dich sein?«

»Weil ich die Mundharmonika nicht mehr haben wollte.«

»Ach, mein Kleiner … Überhaupt nicht.« Er strich mir über den Arm. »Es ist nur …« Mein Vater stand auf, ich dachte, er wollte gehen, doch er lief im Zimmer auf und ab, blieb am Fenster stehen, schaute in den Garten. Draußen krächzten Raben.

»Ich bin …«, er machte eine so lange Pause, dass ich schon fürchtete, er hätte vergessen, was er sagen wollte, »… ich bin sehr froh, dass du gekommen bist.«

»Wirklich? Ich hatte Angst, du wärest böse, weil ich einfach …«

»Nein«, unterbrach er mich und drehte sich zu mir. »Aber die nächsten Tage werden nicht einfach. Für keinen von uns.«

Als er gegangen war, legte ich mich in die Mitte des Bettes, streckte die Arme zu beiden Seiten aus und fühlte trotzdem nicht die Enden der Matratze. Neben mir hätten noch zwei U Bas Platz gehabt.

Mindestens.

Nichts war einfach.

Für keinen von uns.

Für eine Decke war es zu warm, aber ohne meinen Onkel fehlte mir etwas, an dem ich mich festhalten konnte. Im Bad fand ich zwei dicke große Handtücher, rollte sie zusammen und drückte sie fest an mich. Mit dem Stoffballen im Arm schlief ich ein.

8

Das Haus meiner Eltern besaß eine große Dachterrasse. Darauf war ein Brunnen mit Sumpfpflanzen angelegt, es gab zwei Hängematten, viele Töpfe mit rot, weiß und blau blühenden Bougainvilleen, Geranien, eine wild überwucherte Pergola, darunter ein Tisch, eine Bank und zwei Stühle.

Dort aßen wir zu Abend. Geisterhände hatten den Tisch gedeckt und ein paar Windlichter angezündet. Mein Vater und ich saßen stumm am Tisch und warteten auf meine Mutter.

Ich konnte vor Aufregung nicht stillsitzen, zappelte auf meinem Stuhl und zählte immer wieder die siebzehn Cashewnüsse, die in einer kleinen Schale vor mir lagen. Auch mein Vater war unruhig. Ich merkte es an dem fortwährenden Wippen seiner Beine, das kannte ich nicht von ihm.

Mit langsamen Schritten hörten wir sie die Treppe heraufkommen. Mein Vater stand sofort auf, ging ihr entgegen, fasste sie am Arm und führte sie zum Tisch. Er bestand darauf, dass sie sich rechts von mir setzte.

Meine Mutter trug einen rot-schwarzen Longy, eine helle Bluse, in ihrem dunklen Haar steckte eine weiße Frangipaniblüte. Ihre Bewegungen waren langsam und bedächtig, vielleicht in diesem Moment nicht so anmutig wie die einer Tänzerin, aber doch wunderschön.

Mir fielen ihre langen, dünnen Finger auf, die aussahen wie meine, fand ich. Am Handgelenk trug sie, wie mein Vater, ein rotes Band mit zwei kleinen Jadesteinchen daran.

Sie nahm eine Serviette aus Stoff und breitete sie auf ihrem Schoß aus.

»Wie geht es dir?« Sie sprach langsam und leise, als wäre sie noch etwas schlaftrunken. Trotzdem fand ich, dass sich selbst unsere Stimmen ähnelten.

Ich hatte Angst, etwas Falsches zu sagen, und zögerte mit der Antwort. »Gut«, erwiderte ich schließlich.

»Das freut mich.«

Schweigen.

»Und wie geht es U Ba?«

»Auch gut.«

»Wie schön.«

Ich dachte, dass sie ihn ja eigentlich auch anrufen und sich bei ihm selber erkundigen könne, aber das war mir in diesem Moment egal. Wir hätten uns genauso gut über die Hühner, unser Schwein oder das Wetter in Kalaw unterhalten können. Ich wollte ihre Stimme hören.

»Steht das Haus noch?«

»Natürlich.«

Langes Schweigen.

»Thar Thar hat mir erzählt, du kochst so gut.«

»Das stimmt.«

Sie verstummte wieder, und ich überlegte, was ich sie fragen könnte. Es durfte nichts Dummes oder Unpassendes sein. Ich wollte sie auf keinen Fall mit einer falschen Frage verärgern. Warum hast du am Telefon so getan, als würdest du mich nicht kennen? Das wäre bestimmt so eine Frage gewesen, auch wenn es genau die war, die mir durch den Kopf ging.

Es dauerte eine Weile, bis mir eine andere einfiel. »Spielst du Mundharmonika?«

Meine Eltern schauten sich an, über das Gesicht meiner Mutter flog ein kurzes Lächeln. »Nein. Wie kommst du denn darauf?«

»Na ja ... ich dachte ... vielleicht machen Papa und du zusammen Musik.«

»Das ist keine schlechte Idee«, erwiderte sie etwas schleppend. Sie klang jetzt ein wenig wie der leiernde Kassettenrekorder meines Onkels. »Leider bin ich nicht sehr musikalisch.«

»Ich auch nicht«, behauptete ich.

»Das stimmt nicht«, widersprach mein Vater. »Du hast das in Kalaw ganz wunderbar gemacht.«

Meine Mutter trank etwas Wasser, ich hatte das Gefühl, dass ihre Hand dabei zitterte, aber vielleicht täuschte ich mich auch.

Die Schwestern stellten einen gedämpften Fisch, Gemüse und eine Schüssel Reis auf den Tisch. Mein Vater tat uns auf.

»Magst du Fisch?«, fragte meine Mutter. Sie nahm ihre Gabel, das Messer rührte sie nicht an.

»Ja, sehr gern«, erwiderte ich.

»Was ist dein Lieblingsessen?«, wollte sie wissen.

Ich finde nicht, dass alle Mütter das Lieblingsessen ihrer Kinder kennen müssen, und doch machte mich ihre Frage traurig. »Ich mag frittierten Reis. Fischcurry. Dünne Pfannkuchen mit süßer Milch und geraspeltem Kokos obendrauf. Aber eigentlich esse ich fast alles gern. Ich bin nicht so wählerisch.«

Der Fisch schmeckte gut, trotzdem aß meine Mutter nur ein paar Bissen.

Ich sah jetzt, wie dünn sie war, wahrscheinlich aß sie nie besonders viel.

Hin und wieder warf sie mir verstohlene Blicke zu, ich tat so, als bemerkte ich es nicht.

Das Wippen der Beine meines Vaters.

Die Schwestern räumten den Tisch ab und brachten einen Teller mit Wassermelone. Auch davon probierte meine Mutter nur ein Stück und ließ die Hälfte liegen.

»Ihr müsst mich entschuldigen. Mir ist ein wenig unwohl«, sagte sie, machte Anstalten, sich zu erheben, und sank zurück in ihren Stuhl. Mein Vater half ihr und ging mit ihr hinunter. Es dauerte lange, bis er zurückkehrte.

In der Zwischenzeit aß ich die Melone und versuchte, die Kerne in eine Schale auf dem Tisch zu spucken. Die meisten gingen daneben. Ich dachte an U Ba. Er wusste, was ich besonders gern aß.

Mein Vater setzte sich wieder zu mir und versuchte mich anzulächeln. Das misslang.

»I want to live, I want to give«, begann ich, zaghaft zu singen und sah, wie sich seine Gesichtszüge entspannten.

»I've been a miner for a heart of gold«, stimmte er leise ein, »... that keep me searching for a heart of gold ... And I'm getting old ...«

»I want to live, I want to give«, wiederholte ich, und er trommelte dazu mit seinen Fingern auf dem Tisch die Melodie.

»Was ist mit Mama?«

Er hörte auf zu trommeln. »Ich vermute, sie hat sich gestern Abend oder heute beim Frühstück den Magen verdorben. Das passiert ja hin und wieder. Morgen geht es ihr bestimmt besser.«

Eine Lüge entsteht aus einer Not heraus, hat mein Onkel mir beigebracht. Je größer die Lüge, desto größer die Not.

»Mir ist auch etwas unwohl«, fuhr er fort. »Dir nicht?«

Die Not musste groß sein.

»Warum spricht sie so komisch?« Ich wollte nicht weiter beschwindelt werden. »Hat das auch mit dem Magen zu tun?«

»Nein.« Mein Vater wand sich, er drehte den Kopf hin und her, als suche er etwas. »Es ist … wie soll ich dir das erklären … Ihr geht es nicht gut … Sie musste vor dem Essen Tabletten nehmen. Es hat sie sehr aufgeregt, dich zu sehen.«

Es dauerte, bis ich die Bedeutung dieses Satzes verstand. Er sickerte Wort für Wort in mich ein, wie das Wasser in die trockene Erde auf unserem Hof.

Meine Mutter hat es sehr aufgeregt, mich zu sehen.

Bis zu dem Moment hatte ich mir keine Gedanken darüber gemacht, wie es ihr bei unserem Wiedersehen gehen könnte.

Nicht einen.

Zugefügt, schoss es mir durch den Kopf. Meine Verletzung war ja in gewisser Weise auch ihre Verletzung. Wenn für mich ein Messer nicht mehr nur ein Messer war, was war es dann für sie? Wenn ich traurig wurde und Sehnsucht bekam, weil ich auf dem Markt eine Mutter mit ihrem kleinen Kind sah, wie fühlte sie sich?

»Vielleicht kann ich ihr helfen?«

Mein Vater schüttelte den Kopf. »Das glaube ich nicht.«

»Bestimmt kann ich das.«

»Wie willst du ihr helfen?«

Darauf hatte ich nicht sofort eine Antwort. Oder jedenfalls keine, die ich in Worte fassen konnte. Nur weil man etwas nicht sieht, heißt es nicht, dass es nicht da ist, hatte U Ba mir erklärt. Wenn man ein Wissen nicht in Worten ausdrücken kann, dachte ich nun, bedeutet das nicht, dass es nicht existiert.

Je länger ich darüber nachdachte, umso sicherer war ich mir, dass ich ihr helfen konnte.

9

Mein Vater und ich frühstückten allein auf der Terrasse. Meine Mutter fühle sich noch immer nicht gut, sagte er. Sie wollte den Tag im Bett bleiben und sich ausruhen. Das tat sie häufiger, und ich sollte mir keine Sorgen machen. Auf dem Tisch standen frisches Obst, Joghurt, Toast, verschiedene Marmeladen und eine Schüssel Mohingar. Ich nahm mir von der Fischsuppe, mein Vater aß nur Mango und Papaya mit Joghurt.

»Tut deine Narbe weh?«, fragte er plötzlich.

Ich verschluckte mich an meiner Suppe. Mein Vater hatte mich noch nie auf meine Verletzung angesprochen.

Er sah meine Verwirrung und fügte hinzu: »U Ba hat mir gesagt, dass sie dir in letzter Zeit oft wehtat.«

»Das stimmt. Ich bin sogar nachts davon aufgewacht.«

»Letzte Nacht auch?«

»Nein. Es ist besser geworden.«

»Seit wann?«

»Auf dem Weg nach Yangon war es noch ziemlich schlimm.« Ich überlegte. »Vorletzte Nacht auch. Gestern ging es.«

»Und jetzt?«

»Geht so.«

»Darf ich sie mir mal anschauen?«

Ich drehte den Kopf und zeigte ihm meine linke Wange, er beugte sich vor und musterte sie gründlich. Ich konnte mich nicht erinnern, dass er sie sich jemals angeschaut hatte. »Seid ihr in Kalaw beim Arzt gewesen?«

»Ja, auch im Krankenhaus. Aber da konnte niemand etwas für mich tun.«

»Mama geht in der Stadt regelmäßig zu einem Hautarzt, der hat ihr schon oft geholfen. Vielleicht fragen wir den um Rat.«

Ich glaubte nicht, dass der mir helfen könnte, nickte aber trotzdem.

Nach dem Frühstück wollte mein Vater mit mir zur Shwedagon-

Pagode, vorher musste er noch telefonieren. Während ich ihn sprechen hörte, ging ich zum Schlafzimmer meiner Eltern und öffnete die Tür.

Durch zwei Fenster fielen Sonnenstrahlen, unter der Decke drehte sich ein Ventilator. Meine Mutter saß aufrecht im Bett. Sie trug einen weißen Schlafanzug, vor ihr stand ein Tablett mit einer Teetasse und etwas Obst darauf. Dunkle Ringe lagen unter ihren Augen.

»Guten Morgen«, sagte ich.

Sie lächelte, als sie mich sah. »Guten Morgen, mein Schatz. Komm rein.«

Ich trat ein und schloss hinter mir die Tür. »Wie geht es dir?«

»Gut.« Sie war eine schlechte Schwindlerin. Wie ihr Bruder. Wie ich. »Ich habe nur zu wenig geschlafen.«

»Warum?«

Sie zuckte mit den Schultern. »Ich konnte lange nicht einschlafen, und dann bin ich immer wieder aufgewacht. In der Nacht werden Ameisen zu Elefanten, wenn du weißt, was ich meine.«

»Ja, das kenne ich«, behauptete ich und machte ein paar Schritte auf sie zu.

»Setz dich.«

Ich hockte mich auf die Bettkante. Auf ihrem Nachttisch lagen ein Stapel Bücher und darauf mehrere Packungen Tabletten.

»Und du? Hast du gut geschlafen?«

»Ja.«

Plötzlich streckte sie mir ihre Hand entgegen und wollte mir über den Kopf streichen. Unwillkürlich zuckte ich zusammen und zog den Kopf ein wenig zurück.

Nicht jede Zeit lässt sich beschleunigen.

Sie wischte sich mit dem Ärmel ihres Schlafanzuges durch das Gesicht. Das machte ich auch immer, wenn mir zum Weinen zumute war.

»Entschuldigung«, flüsterte sie.

»Bo Bo.« Die Stimme meines Vaters. »Wo bist du?«

Meine Mutter und ich schauten uns an. Ihre Augen waren leicht getrübt, wie verhüllt von einem dünnen Schleier. Trotzdem konnte ich in ihnen so gut lesen wie in denen meines Onkels.

Die Shwedagon-Pagode hätte mich an jedem anderen Tag sehr beeindruckt. Ihre goldglänzende, hundert Meter hohe Stupa; die vielen Tempel und Altäre mit ihren Glöckchen und Fähnchen; die kleinen und großen Buddha-Figuren; die vielen Menschen, die überall hockten, beteten oder meditierten; die Familien, die einfach nur zum Picknick gekommen waren. Mein Vater führte mich an die Stelle für die Mittwoch-Geborenen und erklärte mir, dass sowohl meine Mutter als auch ich an einem Mittwoch zur Welt gekommen waren. Wir schöpften Wasser aus einem Brunnen und gossen es über den Buddha, der über das Schicksal jener wacht, die in der Mitte der Woche geboren wurden. Er hatte vom vielen Wasser seine Konturen verloren und sah so ausgewaschen aus wie ein Stein in einem Fluss. Mein Vater schloss die Augen, während er goss, und auch ich wollte mir etwas wünschen, aber mir fiel nichts ein. Meine Gedanken waren woanders.

Die Augen meiner Mutter. Sie leuchteten nicht.

Sie hatten mir verraten, welche Angst sie hatte. Und welche Sehnsucht.

Sie hatten mir verraten, wie traurig sie war. Und wie sie sich freute.

Wie unsicher sie war und wie weit weg. Und wie nah.

Es gab so vieles, dachte ich, was mir mein Onkel von ihr nicht erzählt hatte.

Als wir am späten Nachmittag nach Hause kamen, schlief meine Mutter wieder. Mein Vater verschwand für eine Weile in ihrem Schlafzimmer, als er zurückkehrte, sagte er, dass wir heute Abend allein essen würden.

Er ging mit mir in sein Büro, es lag neben meinem Zimmer und war viel kleiner als das meiner Mutter.

An der Wand gegenüber der Tür lehnte eine Gitarre, darüber

hing ein mit roten und weißen Blüten geschmückter Altar, in der Mitte saß ein Buddha. Ich vermutete, dass mein Vater hier auch meditierte. In einem Regal standen Bücher und zwei gerahmte Fotos. Auf dem einen war ein altes Kloster zu sehen, davor eine Gruppe von Jugendlichen mit sehr ernsten Gesichtern, am Rand meine Mutter und mein Vater mit mir auf dem Arm.

Das andere Foto zeigte meine Mutter, wie U Ba sie beschrieben hatte. In ihren Augen lag eine große Kraft, und an ihrem Lächeln konnte man sich erwärmen ... Ich hätte sie fast nicht erkannt.

Hinter den Bilderrahmen entdeckte ich eine Mundharmonika.

»Ist das meine?«

»Ja.«

»Darf ich?«

Er nickte.

Ich nahm sie, staubte sie ab und pustete hinein. Es klang genauso blechern und unmelodisch wie beim ersten Mal, doch jetzt störte es mich nicht. Ich wusste, ich musste nur genug üben, dann würden mein Vater und ich wieder zusammen spielen können.

Er hockte sich auf den Boden, ich setzte mich zu ihm.

»Warum habt ihr mich eigentlich Bo Bo genannt?«

»Gefällt dir dein Name nicht?«

»Doch. Ich wollte nur wissen, ob es stimmt, dass ich wegen Bo Bo, der Zeichentrickfigur, so heiße.«

»Wer sagt das?«

»Alle in der Schule.«

»Nein. Mein bester Freund hieß so. Er war sehr tapfer und mutig und hatte ein großes Herz. Wie du.«

Mein Blick fiel noch einmal auf das Foto meiner Mutter. »Mama sah früher anders aus.« Der Satz war mir herausgerutscht.

Er verzog das Gesicht zu einem gequälten Lächeln. »Du auch, oder nicht? Was wäre das für ein Leben, das keine Spuren hinterlässt?«

Er kreuzte die Beine und drückte den Rücken durch, als wollte er jeden Moment anfangen zu meditieren. Stattdessen ruhten seine

Augen auf mir. »Hat U Ba dir erzählt, dass Mama und ich in Kalaw waren?«

»Nein«, antwortete ich überrascht. »Wann?«

»Im vergangenen Jahr. Kurz vor deinem Geburtstag.«

»Ihr wart in Kalaw?«, wiederholte ich ungläubig. »Und habt mich nicht besucht?« In mir mischten sich Wut und Enttäuschung, und ich war mir nicht sicher, was größer war. »Warum nicht?«

»Es ging nicht.«

»Was ging nicht?« Die Wut wuchs schneller als die Enttäuschung. Ich hätte schreien können vor Zorn.

»Dich zu sehen. Mama hat auf der Straße vor der Schule gestanden und dich in der Pause auf dem Hof beobachtet. Wir wollten vor dem Tor auf dich warten. Aber wir mussten umkehren und flogen am selben Tag zurück.«

Die Vorstellung, dass ich auf dem Hof tobte, während meine Mutter fünfzig Meter entfernt stand, tat mir so weh, dass ich nicht wusste, was ich sagen sollte.

»Wir waren vorher schon zweimal am Flughafen in Rangoon gewesen. Mit unseren Bordkarten am Gate. Es ging nicht. Im letzten Moment hat sie der Mut verlassen.«

»Aber warum? Ich … ich hätte mich so … so gefreut, ich … ich h-h-hätte euch …« Auf einmal begann ich, zu stottern.

»Ich weiß. Sie hatte Angst, dir unter die Augen zu treten. Verstehst du das nicht?«

»Nein!«

»Eine Mutter, die ihrem fünfjährigen Kind die Wange aufschneidet. Sie hatte damals die Kontrolle über sich verloren und weiß bis heute nicht, warum.«

Ich wollte nicht böse auf meine Mutter werden. Ich war so glücklich, sie endlich wiederzusehen, bei ihr zu sein, und gleichzeitig spürte ich etwas in mir wachsen, was mir unheimlich war und was ich nicht beschreiben konnte. Trauriger Zorn. Zornige Trauer.

Sieben Jahre.

Über die Hälfte meines Lebens.

»Was verstehst du daran nicht?«

»Ihr wart auf der anderen Seite der Schulmauer?« Warum hatte ich sie nicht gesehen? Warum hatte ich nicht gemerkt, dass sie in meiner Nähe waren?

Mein Vater schwieg.

»Warum hast *du* mich nicht gerufen?«

»Das hätte keinem von uns geholfen.«

»Doch, mir«, erwiderte ich trotzig.

»Nein«, entgegnete er und versuchte, dabei ruhig zu klingen, aber seine Stimme bebte. »Auch dir nicht.« So aufgebracht hatte ich ihn nur am Ende seines letzten Besuchs in Kalaw erlebt. »Glaub mir.«

»Woher willst du das wissen?«, rief ich wütend.

»Weil ich es weiß.«

Das ist keine Antwort, wollte ich erwidern. Das ist überhaupt keine Antwort. Doch ich traute mich nicht, ihm noch mehr zu widersprechen.

Wir starrten beide stumm auf den Fußboden.

»Deine Mutter ist nicht gesund.«

»Also ist sie doch krank?«

»In gewissem Sinne, ja.«

»War sie beim Arzt?«

»Ja, natürlich. Oft. Bei mehreren.«

»Die können ihr nicht helfen?«

»Sie nimmt Medikamente, sonst ginge es ihr noch schlechter. Aber es gibt Leiden, die können weder ein Arzt noch Tabletten heilen. Sie können sie nur lindern.«

»Stirbt sie bald?«, fragte ich erschrocken.

»Nein, ihr Körper ist gesund. Ihrer Seele geht es oft nicht gut.«

»Was macht sie dann?«

»Nicht viel. Sie liegt im Bett. Traurigkeit kann wie eine Pfütze sein oder wie ein kurzer Schauer. Sie kann aber auch tief und so endlos sein wie das Meer, in dem man irgendwann ertrinkt.«

Ich schluckte.

»Es ist ihre größte Furcht«, fuhr mein Vater fort, »dass das, was geschehen ist, noch einmal passiert.«

»Aber ich würde sie nie wieder so ärgern.«

»Darum geht es nicht.« Er klang wieder ruhiger, aber nicht weniger ernst.

»Hat sie dich auch schon einmal angegriffen?«

»Nein, wie kommst du darauf?«

»Weil du gesagt hast, sie hat Angst, dass so etwas noch einmal passiert.«

»Ich bin mir sicher, dass nichts dergleichen wieder geschieht. Aber diese Angst kann weder ich noch du verstehen, egal wie sehr wir uns bemühen. Wenn ein Mensch sich sicher war, er würde etwas nie, nie in seinem Leben tun, und es dann doch getan hat, verliert er ein Grundvertrauen in sich. Was einmal geschieht, kann auch zweimal geschehen, verstehst du, was ich meine? Vielleicht würde nicht jeder so empfinden, aber deine Mutter.«

»Hast du mich deshalb nur einmal im Jahr besucht?«

»Ja. Ich hatte Angst, sie allein zu lassen. Ihre Stimmung kann sehr schnell umschlagen.«

»Du bist immer bei ihr?«, fragte ich zweifelnd.

»Immer, wenn sie mich braucht«, antwortete er. »Und weil ich nie genau weiß, wann das ist, möchte ich in ihrer Nähe sein.«

»Das ist sehr lieb von dir.«

»So ist das, wenn man jemanden über alles liebt.«

10

Das Krächzen der Krähen weckte mich im Morgengrauen. Ich stand auf und blickte aus dem Fenster. Mönche zogen in langen Reihen durch die Straße und baten an den Toren und Türen um Almosen. In unserer Einfahrt standen die beiden Schwestern und füllten aus einem großen Bottich jedem eine Kelle Reis in seine Thabeik. Die

Schlange nahm gar kein Ende. Als stellten sich die Ersten gleich hinten wieder an.

Unschlüssig, was ich so früh am Tage machen sollte, wollte ich in das Büro meiner Mutter gehen und schauen, ob ich dort etwas zu lesen für mich finden würde, da entdeckte ich neben meinem Bett eine Holzkiste. Darin lagen dünne, in schwarzem Leder eingebundene Büchlein ohne Beschriftung. Jemand musste sie mir in der Nacht in mein Zimmer gestellt haben. Neugierig zog ich einige heraus und blätterte darin.

Rangoon, 8. März 2015

Lieber Bo Bo,
wenn ich doch nur wüsste, ob es Dir gut geht.
Gestern waren wir bei unseren neuen Nachbarn zum Essen eingeladen. Der Mann kommt aus New York und arbeitet an der amerikanischen Botschaft, seine Frau stammt aus den Philippinen. Sie haben zwei Kinder, einen Jungen und ein Mädchen. Der Junge ist so alt wie Du.
Er erinnert mich ein wenig an Bo Bo, flüsterte mir Dein Vater während des Essens zu.
Ich weiß nicht, was er sich dabei gedacht hatte. Er wollte mir nicht wehtun. Bestimmt nicht. Eine Unachtsamkeit, ausgerechnet von ihm.
Kurz darauf hielt ich es an dem Tisch nicht mehr aus, sagte ein paar flüchtige Worte der Entschuldigung und ging. Das war sehr unhöflich, doch ich konnte nicht anders. Es war nicht das erste Mal, dass ich bei einem Essen einfach aufstand und nach Hause ging, und manche Menschen mögen mich deshalb für launisch halten. Sie irren sich.
Wenn ich mich so verhalte, ist es nie aus einer Laune heraus, sondern immer aus der Not.
Einmal erlebte ich etwas, was mein Arzt später einen Flashback

nannte, und es fällt mir schwer, selbst jetzt, ein Jahr später, darüber zu schreiben.
Ausgelöst wurde er von einem kleinen Jungen, der vor Schmerz schrie und gar nicht wieder aufhörte. Ich saß auf der Straße in einem Teehaus, er spielte wenige Meter von mir entfernt in der Kochecke, sein Vater stieß aus Versehen einen Kessel mit kochendem Wasser um, und etwas davon lief ihm über die nackten Füßchen. Es muss ihm furchtbar wehgetan haben.
Sein Weinen brachte mich zurück nach Kalaw. Auf einmal bekam ich nicht nur das Gefühl, mit Dir und Moe Moe im Haus meines Bruders zu sitzen: Ich war dort! Der Tisch, an dem wir das Gemüse schnitten, mein wackeliger Hocker, die verrußte Decke in der Küche. Ich vernahm Eure Stimmen, als wären wir im selben Raum. Ich roch den frisch geschnittenen Knoblauch, sah, wie Du mit dem Messer spieltest, hörte, wie ich Dich anbrüllte. Fühlte, wie ich mich nach vorne beugte und über den Tisch langte …
Moe Moes entsetzte Schreie, Dein Weinen, das Blut auf dem Tisch, an meinen Händen, in Deinem Gesicht, alles war wieder da.
Mein Herz begann zu rasen, mir wurde schwindelig und ganz heiß, ich bekam keine Luft und verlor für einige Sekunden das Bewusstsein.
Das Einzige, was mir in den folgenden Tagen half, mich zu beruhigen, waren Ruhe und die Liebe, die Geduld und Fürsorge Deines Vaters.
Ich bin eine Gefangene, auch wenn ich nicht hinter Gittern lebe. Ich kann gehen, wohin ich will, ich kann sagen, was ich will, und bin doch nicht frei.
Mein Gefängnis bin ich selber – und daraus kann ich nicht entfliehen.
Niemand hat es leicht mit mir.
Ich habe von Deinem Vater wissen wollen, wie er es mit mir aushält: Er hat meine Frage nicht verstanden.

Auch beim zweiten Mal und mit längerer Erklärung nicht.
Als gäbe es die Möglichkeit des Nichtaushaltens für ihn nicht.
Er sagt, er habe mich in New York schon einmal verlassen, weil er glaubte, sein Land würde ihn brauchen.
Er bereue es bis heute.
Ich weiß nicht, was ich ohne ihn machen würde. Er ist mein Anker.
Ich habe mir die Liebe immer wie eine Pflanze vorgestellt. Man muss sie pflegen, man muss sie beschützen, vor allem, wenn sie jung ist und noch keine tiefen Wurzeln geschlagen hat, sonst verkümmert sie und trocknet aus. Man muss ihr geben, was sie braucht, um zu gedeihen. Manchmal holt sie es sich auch selbst, und dann wächst sie an den unmöglichsten Orten und gegen alle Widerstände.
Nun gehe ich zu Bett, mein kleiner, tapferer Bo Bo.
In Liebe,
Deine Mama

Rangoon, 9. März 2015

Mein kleiner Bo Bo,
kannst Du eigentlich zehn Minuten stillsitzen?
Ich nicht. Dein Vater meditiert jeden Morgen und jeden Abend eine Stunde, und ich schaffe nicht einmal zehn Minuten. Ruhig zu sitzen, nichts zu tun und an nichts zu denken, gehört nicht zu meinen Stärken. Es macht mich nervöser und nicht gelassener. Ängstlicher und nicht mutiger. Noch einsamer.
Dein Vater ist trotzdem überzeugt, Meditation könnte mein Herz heilen. Ich glaube, er ist zu optimistisch. Ich zweifle, ob es dafür überhaupt Heilung geben kann.
Früher war ich ein starker Mensch, oder zumindest hatte ich geglaubt, stark zu sein, was in vielen Situationen ja schon genügt. Heute fühle ich mich oft so schwach. An manchen Tagen geht es mir gut – an anderen fällt es mir schwer aufzustehen, und ich

kann mir nicht vorstellen, fremden Menschen unter die Augen zu treten. Meine Stimmung kippt über Nacht oder auch von einem Moment zum anderen. Alles Mögliche kann diesen Umschwung verursachen: der Anblick eines Messers, die Narbe auf der Hand des Taxifahrers oder einfach nur ein Kind in den Armen einer Frau.
Ich bin mir selbst das größte Rätsel.
Es gibt niemanden, dem ich so misstraue.
Ich habe nicht vergessen, wie zerbrechlich Vertrauen ist, auch das in uns selber. Wie kostbar. Wie viel Licht es braucht. Wie viel Zuwendung. Wie dunkel es wird, wenn die Lüge ihre Flügel ausbreitet.
Jeder Mensch ist sich selbst ein Mysterium, sagt meine Freundin Amy. Unsere lebenslange Aufgabe besteht darin, der Lösung dieses Rätsels näherzukommen. Lösen werden wir es nie.
Früher habe ich ihr widersprochen. Ich war überzeugt, mich zu kennen.
Ich denke öfter an meine Mutter, Deine Großmutter, die Du nie kennengelernt hast. Auch ihre Stimmung konnte innerhalb weniger Minuten umschlagen, und ich habe als Kind nie verstanden, warum. Sie hat viel Zeit in ihrem abgedunkelten Schlafzimmer verbracht. Später nannte ich es das Zimmer, in dem der Schmerz zu Hause war.
Wie schrecklich wäre es, wenn wir nicht nur unsere eigenen Fehler wiederholen, sondern auch die unserer Eltern!
Könnte ich doch bei Dir sein.
Tausend Küsse,
Deine Mama

Rangoon, 10. Oktober 2015

Lieber Bo Bo,
gestern ist U Ba aus Kalaw gekommen. Er hat erzählt, Du kannst jetzt Fahrrad fahren. Und schwimmen. Ich bin ihm so dankbar für alles, was er Dir beibringt.

Werde ich Dir eines Tages erklären können, warum nicht Dein Vater oder ich für Dich da waren?
In Gedanken bin ich es, jeden Tag, jede Stunde, aber was nützt Dir das?
Das Alter hinterlässt nun auch bei U Ba seine Spuren. Er hört schlechter. Seine Augen lassen nach. Manchmal frage ich mich, wie lange er der Aufgabe noch gewachsen ist.

Immer wieder derselbe Traum: Wir, Du und U Ba, Dein Vater und ich und viele der Kinder aus dem Kloster, sind alle zusammen auf einer Art Fischerboot aus Holz. Ich koche in der Kajüte und bin leichtsinnig mit dem Feuer, das Holz fängt an zu brennen. Schnell steht das ganze Schiff in Flammen. Wir springen alle über Bord, ich weiß nicht, wo Du bist, wo Dein Vater und mein Bruder sind. Glühende Balken stürzen ins Wasser und brennen einfach weiter. Ich tauche tiefer und tiefer, es wird dunkler und dunkler, und ich habe Euch für immer verloren. Es ist alles meine Schuld. Mit dem Gedanken wache ich auf.
Der Traum verfolgt mich dann den ganzen Tag. Es gibt nichts Quälenderes als die Gewissheit, ein Unglück angerichtet zu haben und es nicht ungeschehen machen zu können.
Wir sammeln so viel an in unserem Leben. Nicht nur Möbel, Bücher oder Kleider. Auch Kränkungen. Enttäuschungen. Unerfüllte Wünsche. Erloschene Träume. Unerwiderte Liebe. Schuld. Wohin damit?
Ich lese diese Zeilen und sehe, dass ich nur Fragen und keine Antworten habe. Es tut mir leid. Ich wünschte, es wäre andersherum.
Ich umarme und drücke Dich und möchte Dich nicht mehr loslassen,
Deine Mama

Rangoon, 21. Dezember 2017

Lieber Bo Bo, mein Schatz!
In den vergangenen Wochen ging es mir nicht gut. Wie jedes Jahr in der Zeit um Deinen Geburtstag herum.
Es vergeht kein Tag, an dem ich mich nicht frage, wie ich Dir das antun konnte. Wer Dir das angetan hat.
Ich war es – und doch auch nicht.
So wie ich Amerikanerin bin – und doch auch nicht.
So wie ich Burmesin bin – und doch auch nicht.
Ich war es. Punkt.
Ich weiß nur nicht, welcher Teil von mir es war.
Woher er kam. Wo er sich seitdem versteckt. Ob er noch einmal zum Vorschein kommt.
Er ist mir so fremd, er ist mir so zuwider.
Aber er ist da. War da. Wird vielleicht für immer da sein.
Wenn du wüsstest, wie ich mich dafür schäme. Wie ich mich in Deiner Schuld fühle.
Es gibt viele Tage, an denen bleibe ich aus Scham im Bett.
Es gibt Tage, da kann ich nicht in den Spiegel schauen, weil ich meinen eigenen Anblick nicht ertrage.
Ohne Deinen Vater würde ich es gar nicht aushalten.
Ohne ihn gäbe es mich nicht mehr.
Er sagt, wir sind nicht dazu verdammt, zu bleiben, wer wir sind.
Auch wenn wir uns nicht häuten wie eine Schlange, so verändern wir uns mit jedem Tag.
Ich kann Dich nicht bitten, mich zu verstehen, denn ich verstehe mich ja selber nicht.
Ich kann Dich nur bitten, dass Du mir eines Tages verzeihst.
Ich kann nur

An dieser Stelle brach der Brief ab. Es waren die letzten Zeilen auf der letzten Seite in dem Band.

Ich blätterte noch in mehreren anderen Büchern und fand unter jedem Datum einen Eintrag. Oft waren es nur ein oder zwei Zeilen: *Bitte verzeih mir … Wie kann ich das wiedergutmachen? … Was würde ich darum geben, wenn …* Manchmal waren sie mehrere Seiten lang.

Meine Mutter hatte mir offenbar jeden Tag einen Brief geschrieben. Ich rechnete: Das machte in sieben Jahren zweitausendfünfhundertfünfundfünfzig Briefe.

Hin und wieder hatte sie kleine Bilder dazu gemalt. Einen Geburtstagskuchen mit Kerzen. Einen Tannenbaum. Drei Vögel auf einem Ast. Einen Tisch mit drei Gedecken. Alle in roter Farbe.

Ich legte mich aufs Bett. Sie war sich selbst das größte Rätsel, hatte sie geschrieben. Ich war mir kein Rätsel, aber vielleicht hatte ich auch bisher nicht genug über mich nachgedacht.

Für eine Weile fühlte ich mich leer und taub. Lag einfach nur da und starrte auf den Ventilator unter der Decke. Irgendwann stand ich auf und ging ins Bad.

Über dem Waschbecken hing ein großer Spiegel, in dem ich mich lange betrachtete.

Dunkelrot. Ein langer, tiefer Schnitt: breit wie ein Streichholz. Vom linken Mundwinkel fast bis zum Ohr reichend. Er wurde von Jahr zu Jahr größer, wie ich von Jahr zu Jahr größer wurde. Meine Narbe wuchs mit mir, wie meine Ohren, meine Nase, meine Arme und Beine mit mir wuchsen.

Wenn ich den Kopf nach links drehte, sah ich sie nicht, wendete ich ihn nach rechts, zog sie meinen Blick auf sich, wie bei jemandem, der eine unförmige Nase hat oder eine Hasenscharte. Als bestünde das Gesicht nur aus diesem Makel. Ich lehnte mich näher an den Spiegel und sah mich direkt an. Lange Nase. Dunkle Augen. Volle Lippen. Eine Narbe. Ich hatte das Gefühl, je länger ich mich anschaute, umso kleiner wurde sie, aber natürlich täuschte ich mich. Ich könnte sie den Rest meines Lebens anstarren, und sie würde nicht verschwinden.

Einen Bo Bo ohne Narbe gab es nicht. Würde es nie wieder geben. Sie gehörte zu mir – aber sie war nicht ich. Sie war nur ein Teil von mir.

Ich dachte an die zweitausendfünfhundertfünfundfünfzig Briefe meiner Mutter.

Ich dachte an die Stunden, Tage, Wochen, die sie im Bett verbrachte.

Ein Schnitt, viele Narben.

Meine sah man, ihre nicht.

Ich zog mich aus und drehte den Wasserhahn auf. Ich hatte mich nicht oft in meinem Leben unter einer Dusche gewaschen und noch nie warm, jedenfalls konnte ich mich nicht daran erinnern.

Das Wasser rieselte auf meinen Körper, ich stellte es heißer und heißer, bis mir die Haut auf den Schultern brannte.

Der Spiegel begann zu beschlagen, und ich verschwand allmählich hinter einem milchig weißen Vorhang, bis ich nicht mehr zu sehen war.

11

Nach dem Duschen legte ich mich noch einmal aufs Bett und schlief ein. Als ich aufwachte, war es bereits später Vormittag, und ich fühlte mich alles andere als ausgeruht. In meinem Kopf spürte ich ein heftiges Pochen, das grelle Sonnenlicht, das durch die Fenster fiel, tat mir in den Augen weh.

Meine Eltern waren nicht in ihren Zimmern, ich suchte sie im ganzen Haus und fand sie oben auf der Terrasse. Sie standen am Geländer mit dem Rücken zu mir, mein Vater hielt meine Mutter im Arm, ihr Kopf lag auf seiner Schulter, ihre Konturen verschmolzen zu einer. Meine Mutter wirkte neben ihm kleiner und noch dünner.

Ich freute mich, dass es kein Tag war, an dem sie aus Scham im Bett blieb, und hoffte, dass sie heute ihren eigenen Anblick im Spiegel ertrug, dass sie sah, wie schön sie war.

Die beiden bemerkten mich nicht gleich, ich ging leise zum Tisch und setzte mich unter die Pergola. Dort standen noch die Reste des Frühstücks.

Für einen Moment überlegte ich, ob es vielleicht für uns alle am besten wäre, ich würde zurück nach Kalaw fahren, aber das war ein dummer Gedanke. Es gab keinen Ort, an dem ich jetzt lieber gewesen wäre, als in diesem Haus – auch wenn es nicht einfach war.

Und meine Mutter brauchte mich.

Meine Eltern drehten sich um und erschraken kurz.

»Wo kommst du denn her?«, fragte meine Mutter. Sie sah viel wacher und ausgeruhter aus als an den anderen Tagen.

»Ich hoffe, du hast gut geschlafen«, sagte mein Vater.

Er hatte etwas Forschendes in seinem Blick, und ich war mir sicher, dass er mir die Briefe ins Zimmer gestellt hatte.

»Ja«, behauptete ich. »Ich schlafe immer gut.«

Auf einmal war er in Eile, weil er, wie er sagte, Dinge in der Stadt zu erledigen hatte. Am späten Nachmittag wollte er zurück sein. Er wünschte uns einen schönen Tag zusammen, und bevor ich etwas erwidern oder eine Frage stellen konnte, lief er mit schnellen Schritten die Treppe hinunter.

Meine Mutter und ich waren allein auf der Terrasse.

Vor Aufregung traute ich mich nicht, etwas zu sagen, ich wagte es nicht einmal, sie direkt anzuschauen. Aus den Augenwinkeln beobachtete ich ihre Bewegungen. Sie ging zur Brüstung und winkte meinem Vater im Hof.

Ob sie sich jetzt auch wie eine Gefangene fühlte?

Würde sie bei mir bleiben oder sich entschuldigen und sich wieder zurückziehen in ihr Büro oder ins Schlafzimmer?

»Musst du heute arbeiten?«, fragte ich vorsichtig.

Sie wartete lange mit der Antwort. »Nein«, sagte sie schließlich und kam zu mir an den Tisch. »Darf ich mich zu dir setzen?«

Ich rutschte an den Rand der Bank und versuchte, mich so unauffällig wie möglich zur Seite zu drehen, damit ich ihr nicht die verwundete Hälfte meines Gesichts zuwandte.

Sie setzte sich auf einen der Stühle.

Es gab so vieles, was ich sie fragen wollte. Es gab so vieles, was ich ihr erzählen wollte.

Aber vielleicht, schoss es mir durch den Kopf, täuschte ich mich auch. Vielleicht wussten wir alles Wichtige schon.

Sie strich sich eine Haarsträhne aus dem Gesicht und lächelte unsicher. »Was wollen wir machen? Wozu hast du Lust?«

Das hatte mich U Ba noch nie gefragt. Ratlos zuckte ich mit den Schultern.

»Du weißt nicht, was du jetzt gerne machen würdest?«

Ich schüttelte den Kopf.

»Okay. Vielleicht war das eine dumme Frage, entschuldige.«

Für eine Weile saßen wir stumm beieinander. Das war ich ja von U Ba und meinem Vater gewohnt, doch das Schweigen meiner Mutter klang anders.

»Hast du ein Lieblingsfach in der Schule?«

Wie kam sie darauf? Über nichts wollte ich jetzt weniger reden als über die Schule. »Nein.«

»Nicht eins?«

»Nein!« Es hatte nicht unfreundlich klingen sollen.

»Ich bin auch nicht gern zur Schule gegangen.«

Als ich nichts erwiderte, fragte sie, ob ich Hunger hätte.

»Nein.«

»Sagst du immer Nein?«

»Nein.«

Wir mussten beide lachen, sie mehr als ich. »Das wäre ja auch sehr schade. Auf welche Frage würdest du jetzt mit Ja antworten?«

Auf die Frage, ob ich Angst hatte, dass sie gleich aufstehen und gehen würde. Ihre Stimmung kippte manchmal von einem Moment auf den anderen, hatte sie geschrieben, und alles Mögliche konnte diesen Umschwung auslösen. Ich fürchtete, dass schon ein falscher Satz von mir genügen könnte.

Oder eine Erinnerung, die sie fand.

Der Anblick des Messers, das vor uns auf dem Frühstückstisch lag.

Aber das sagte ich natürlich nicht. »Wenn du mich fragst, ob es mir gut geht«, antwortete ich stattdessen. Das war nicht die Wahrheit, aber ein Teil davon.

»Wie schön, da bin ich froh.«

»Und du?«

Sie runzelte die Stirn, neigte nachdenklich den Kopf von einer Seite zur anderen. »Darf ich dasselbe antworten wie du, oder gilt das nicht?«

»Nur, wenn es auch stimmt.« Es war mir rausgerutscht, ohne dass ich darüber nachgedacht hatte.

Das Lächeln verschwand aus ihrem Gesicht.

Ich fühlte mich, als gingen wir über den schmalen, morschen Holzbalken, der in der Nähe von Kalaw über einen Fluss führt. Ich hatte immer Angst, ihn zu überqueren, weil ich nie wusste, ob er mich noch trug und ob ich das Gleichgewicht halten konnte.

»Warum sollte es nicht stimmen?« Sie klang nicht wütend oder verärgert, eher überrascht, vielleicht auch etwas enttäuscht.

»Weil ... weil ...« Wieder begann ich zu stottern. Mir fielen viele Gründe ein, aber keiner, den ich ihr nennen wollte.

Meine Mutter erhob sich.

»Wohin willst du?«, fragte ich erschrocken.

»Auf die Toilette, mein Schatz, ich bin gleich wieder da«, antwortete sie und ging zur Treppe.

Ich wollte ihr folgen, stand auf und überlegte es mir im letzten Moment anders. Ein Zwölfjähriger, der seiner Mutter bis zum Klo hinterherläuft. Als wäre ich ein kleines Kind. Ungeduldig wartete ich auf ihre Rückkehr.

Als sie wieder neben mir stand, legte sie ein paar Fotos auf den Tisch. Das erste zeigte einen kleinen Jungen auf einem Motorrad, eingezwängt zwischen meinen Eltern. Mit beiden Händen hält er sich an meinem Vater fest, meine Mutter hat zärtlich ihre Arme um ihn gelegt.

»Bin ich das?«

Sie nickte.

Auf allen Bildern waren meine Mutter und ich zu sehen, hin und wieder war mein Vater noch dabei. Auf einem hockte ich mit ihr auf einer Treppe, meinen Kopf auf ihren Schoß gebettet. Sie strich mir durch die Haare und sah sehr glücklich aus.

Auf dem nächsten spielten wir vor dem Kloster zusammen Fußball. Wir gingen Hand in Hand über einen Markt. Sie trug mich auf einer Wiese auf ihren Schultern. Auf den Bildern sah ich eine Mutter mit ihrem Sohn, die sich sehr vertraut waren.

Ich merkte, wie meine Mutter mit jedem Foto, das wir uns anschauten, etwas fröhlicher wurde.

»Erinnerst du dich an irgendetwas davon?«, fragte sie hoffnungsvoll.

Ich wollte sie nicht enttäuschen. »Ja«, log ich. »Ganz viel.«

»Wie ich mit dir immer Karussell gespielt habe?«

»Ja.«

»Die Lieder, die ich dir gesungen habe?«

»Ja, klar.«

»Unsere Ausflüge an den Wasserfall?«

»Natürlich.«

»Was noch?« Meine Mutter schaute mich erwartungsvoll an.

Nichts. Ich erinnerte nichts. »Wie wir mit Moe Moe gespielt haben«, antwortete ich in der Hoffnung, dass es nichts Falsches war.

»Ja, mit ihr haben wir viel Spaß gehabt«, sagte sie und seufzte vor Erleichterung. »Es freut mich, dass du noch so viele schöne Erinnerungen hast.«

Sie setzte sich zu mir auf die Bank, holte ein Scheibe Brot aus einem Korb und tunkte sie in ihre Kaffeetasse. Wie ihr Bruder.

»Du musst etwas essen.« Meine Mutter nahm ein Messer, eine zweite Scheibe, bestrich sie mit einer dunkelbraunen Creme und reichte sie mir.

Ihr zuliebe biss ich ab. Es war eine Art dickflüssige Schokolade, sie sah alles andere als appetitlich aus, schmeckte aber ganz gut. »Danke.«

Sie schenkte mir frischen Orangensaft ein, schmierte mir noch eine Scheibe mit der Schokoladencreme und belegte sie mit dünn geschnittenen Bananenstückchen.

»Wir könnten etwas spielen«, schlug ich vor.

»O Gott, ich habe schon so lange nicht mehr gespielt. Was spielst du mit deinen Freunden gern?«

Sollte ich ihr erzählen, dass ich gar keine Freunde hatte, mit denen ich an Nachmittagen etwas spielte? Die meisten Jungs in meiner Klasse verbrachten ihre freie Zeit mit Videospielen, dazu luden sie mich selten ein. »Mobile Legends«, antwortete ich.

»Was ist das?«

»Ein Spiel auf dem Handy.«

»Das kenne ich nicht. Spielt ihr nicht Fußball?«, wunderte sie sich.

»Doch, auch. Manchmal in den Pausen.«

»Was spielst du mit U Ba?«

»Schach.«

»Das kann ich leider nicht. Spielt ihr keine Karten?«

»Nein, eigentlich nicht ... Wollen wir uns verstecken? Die Schwestern könnten uns suchen.«

Sie war einverstanden, und wir gingen hinunter. Die beiden kannten das Spiel natürlich, und wir verabredeten, dass wir uns nur im Haus und nicht im Garten verstecken würden. Die beiden Frauen verschwanden ein wenig verwundert in der Küche, und wir hörten sie laut zählen.

Etwas ratlos schauten meine Mutter und ich uns an. Unter dem Tisch war kein gutes Versteck. Hinter den Türen auch nicht. Wir wickelten uns in die Vorhänge im Esszimmer, doch es dauerte nicht lange, bis die Schwestern uns dort fanden. Die Stoffe waren zu kurz, unsere Füße hatten uns verraten. Sie zählten noch einmal, und mir fiel der große Schrank ein, der auf dem Flur im ersten Stock stand. Ich deutete meiner Mutter, mir die Treppe hinauf zu folgen. Leise öffnete ich die Schranktüren. Wir krochen hinein, versteckten uns hinter allerlei Decken, Regenjacken und Mänteln und zogen die Türen wieder zu.

Es war heiß und eng und stockfinster. Sie lag halb auf meinem Schoß, ich sah nicht einmal ihre Umrisse.

Ihr warmer Atem auf meiner Haut. Nicht nur ihr Herz raste.

Wir rutschten noch näher zusammen, damit uns niemand sehen konnte, selbst wenn man die Türen öffnete.

Die Schwestern kamen die Treppe herauf. Wir hörten, wie sie in allen Zimmern suchten, und waren mucksmäuschenstill. Sie gingen auf die Terrasse, kamen kurz darauf wieder herunter und schauten noch einmal im Erdgeschoss.

Ich rief ganz laut »Piep«, sofort kamen sie zurück auf unsere Etage. Eine von ihnen öffnete den Schrank, entdeckte uns aber hinter den Sachen nicht, und schloss ihn wieder. Die ganze Zeit über hielt ich meine Mutter fest im Arm. Mein linkes Bein war eingeschlafen, ich rührte mich trotzdem nicht.

Wenn sie sich jetzt wie eine Gefangene fühlte, dachte ich, war sie wenigstens nicht allein.

Die Schwestern riefen unsere Namen, aber wir antworteten nicht. Sie gingen noch einmal die Treppen hinunter.

Meine Mutter drückte mich. »Ich würde mein Leben dafür geben, wenn ich es ungeschehen machen könnte«, sagte sie plötzlich in die Dunkelheit hinein.

»Ich weiß, Mama.«

»Aber ich kann es nicht.«

»Ich weiß«, flüsterte ich und tastete nach ihrer Hand.

In dem Moment kamen die beiden Frauen wieder hoch, blieben genau vor unserem Schrank stehen und unterhielten sich flüsternd über uns. Was wohl in meine Mutter gefahren sei. Sie hätten ja schon viel mit ihr erlebt, aber so etwas noch nicht. Dieser Übermut, der doch gar nicht zu ihr passte. Wahrscheinlich steckte der Junge dahinter. Hoffentlich kehrte Thar Thar bald zurück, wer wusste schon, auf welche Ideen die beiden sonst noch kommen würden.

Ich hielt meiner Mutter den Mund zu, damit ihr Lachen uns nicht verriet. Irgendwann konnte ich nicht mehr, und ihr Glucksen war nicht zu überhören.

Wir fielen aus dem Schrank vor die Füße der Schwestern. Es dauerte, bis sie sich von diesem Schreck erholten.

Ein drittes Mal wollten sie uns nicht suchen.

»Wir könnten doch zusammen in die Stadt fahren«, schlug ich vor.

Meine Mutter war nicht begeistert von der Idee. »Dort ist es nur voll und laut. Was willst du da?«

»Ich habe noch Schulden«, sagte ich und erzählte ihr von meiner ersten Nacht in Yangon und wie ich zu ihrem Haus gelangt war.

Das Taxi setzte uns vor einem Hotel namens The Strand ab, dort wollte meine Mutter mit mir etwas trinken. Ein Mann mit schwarzem Jackett und einem sehr feinen Longy hielt uns die Tür auf. In der Empfangshalle standen mehrere Männer, die uns mit einer Verbeugung begrüßten. Jemand hatte die Klimaanlage zu niedrig eingestellt, ich bekam eine Gänsehaut, so kalt war es. An einer Wand hing ein großer Spiegel, vor dem wir stehen blieben. Wir betrachteten uns ernst, als wären die beiden Spiegelbilder zwei Fremde, denen wir zum ersten Mal begegneten. Ich reichte ihr bis zur Schulter. Ihre Augen. Ihr Mund. Ich fand, wir sahen uns so ähnlich, wie ich es mir immer vorgestellt hatte. Meine Mutter verzog keine Miene, als trüge sie eine Maske. Ich drehte den Kopf zur Seite, meine Narbe war auch aus dieser Entfernung nicht zu übersehen. Ich hatte nicht gewusst, dass ich so streng gucken konnte, und fing an, zu grinsen und Grimassen zu schneiden. Mein Lachen löste ihre Starre, und wir begannen beide zu kichern, zuerst ganz leise, bald immer lauter.

Es gab kein Gefängnis, aus dem sie nicht entfliehen konnte, wollte ich ihr sagen.

Es gab keinen Grund mehr, Angst zu haben.

Nicht vor mir.

Nicht vor sich.

Sie sollte sich niemals mehr zuwider sein.

Kein Mensch sollte das.

Ich mochte nicht mit ihr in einem Hotel sitzen und frieren, ich wollte mit ihr durch die Stadt laufen, wie es andere Kinder mit ihren Eltern auch tun.

Wir gingen wieder hinaus und liefen eine Gasse entlang, in der ein paar Jungs in meinem Alter Fußball spielten. Der Ball landete direkt vor unseren Füßen, sie stoppte ihn geschickt, machte zwei, drei schnelle Schritte und passte ihn zu mir. Ich war zu überrascht, um zu reagieren, und er rollte über meinen Fuß in die Kloake.

Das war mir sehr peinlich. Ich fischte den stinkenden Ball aus der Kanalisation und gab ihn den Jungs.

»Auf dem Schulhof mache ich das viel besser«, versicherte ich ihr.

Sie schaute mich von der Seite an, so wie ich mir vorstellte, dass Eltern ihre Kinder anschauen, wenn sie nicht sicher sind, ob sie die Wahrheit sagen.

Ich nahm die Hand meiner Mutter, wir gingen weiter, an einer Kreuzung bogen wir in die Maha Bandula Road. Die war voller Menschen, Teehäuser und Garküchen hatten Stühle und Tische auf die Bürgersteige gestellt. An jeder Ecke hockten Händler, die Zeitungen, Mangos, Ananas oder auch Schraubenzieher und Vorhängeschlösser verkauften. Ich mochte die Enge, sie erinnerte mich an einen Markttag in Kalaw.

Meiner Mutter war es zu viel, sie zog mich an der nächsten Straßenecke in eine wohltemperierte Bäckerei. Wir bestellten an der Kasse für jeden eine Kugel Vanilleeis und für sie noch einen Espresso und setzten uns.

Sie nahm eine Papierserviette, rollte sie zusammen und versenkte die Kugel mit einem gezielten Wurf aus mindestens drei Metern Entfernung in einem Mülleimer.

»Das war Glück«, sagte ich.

»Von wegen. Ich war früher eine gute Basketballspielerin.« Sie rollte eine zweite Serviette und traf wieder.

Ich gab nach drei Versuchen auf.

Sie lachte und wollte wissen, was wir eigentlich im Sportunterricht machen würden.

»Jedenfalls nicht mit Papierkugeln auf Mülleimer werfen«, antwortete ich.

Wir genossen unser Eis, ich drehte den Becher um und wartete, dass der letzte Rest auf meinen Löffel tröpfelte.

»Möchtest du noch eine Kugel?«

»Nein danke.«

Meine Mutter bestellte einen zweiten Espresso. »Hast du einen Wunsch?«, fragte sie plötzlich.

»Was für einen Wunsch?«, erwiderte ich überrascht.

»Irgendeinen.«

Ihre Frage verstand ich nicht.

»Ich habe dir nichts zum Geburtstag geschenkt, das würde ich gern nachholen.«

Das Angebot war lieb gemeint, trotzdem verwirrte es mich. Zu welchem Geburtstag?, wollte ich fragen. Zum zwölften? Oder zum elften? Zum zehnten? Was war mit dem neunten, achten, siebten und sechsten? Ich hätte sie alle gern mit ihr zusammen gefeiert. Ich hätte in jedem Jahr gern ein Geschenk von meiner Mutter ausgepackt. Es war keins da gewesen.

Nachholen? Wo sollten wir da anfangen? Bei den Morgen, die ich allein zur Schule ging, während die anderen Kinder von ihren Eltern gebracht wurden? Bei den Nachmittagen, an denen ich früher der Einzige war, der nicht abgeholt wurde? Als wenn wir irgendetwas nachholen könnten.

»Nein danke«, sagte ich. »Ich habe alles, was ich brauche.«

»Du hast keinen Wunsch?«, fragte sie ungläubig.

»Nein.« Jedenfalls keinen, den man mit Geschenken erfüllen konnte.

Sie lächelte. »Du bist wie dein Vater.«

So, wie sie es sagte, war ich mir nicht sicher, ob das in diesem Fall etwas Gutes oder Schlechtes war.

Meine Mutter wollte wissen, wie ich den Rikschafahrer finden wollte, bei dem ich die Schulden hatte. Ob ich eine Vorstellung davon besaß, wie viele es von ihnen in der Stadt gab. Hatte ich natürlich nicht, aber ich erinnerte mich genau an die Garküche, in der ich gegessen und wo ich geschlafen hatte. Sie lag an einem kleinen Park gleich um die Ecke einer Pagode, und die hatte ich schon von der Maha Bandula Road aus gesehen.

Wir machten uns auf den Weg und fanden den Imbiss schnell. Htun Htun bediente gerade, er strahlte über das ganze Gesicht, als er mich sah. Wir setzten uns an einen der freien Tische.

»Ich habe Durst«, sagte ich.
»Ich auch«, sagte sie.
Kurz darauf stand er vor uns.
»Ist sie das?«, flüsterte er mir ins Ohr.
»Ja.«
»Wow. Sie sieht wirklich wie eine berühmte Schauspielerin aus. Hat sie sich gefreut?«
»Und wie!«
Meine Mutter bedankte sich, dass er mir in der Not so lieb geholfen hatte, und wir bestellten Tee und Limonade. Er ließ sie die ganze Zeit nicht aus den Augen. Auch seine Eltern starrten unverhohlen zu uns herüber. Als er die Getränke brachte, beugte er sich zu mir herunter: »Ich bin mir sicher, ich habe sie schon mal auf einem alten Plakat gesehen. Meine Mutter auch.«
»Gut möglich«, flüsterte ich zurück. »Wahrscheinlich das mit Leonardo DiCaprio.«
»Ich glaube, ja.«
Lügen entstehen aus einer Not. Geschichten aus der Fantasie.
»Was habt ihr beiden da für Geheimnisse?«, fragte meine Mutter.
»Nichts. Gar keine.« Htun Htun und ich mussten lachen.
»Das sieht aber ganz so aus.«
»Wirklich nicht«, beteuerte ich, und wir kicherten nur noch mehr.
»Der Tee ist gut.«
»Möchten Sie noch einen?«, fragte Htun Htun.
»Nein danke.«
»Haben Sie Hunger?«
Meine Mutter schüttelte den Kopf, aber ich wollte noch nicht gehen und behauptete, sehr hungrig zu sein.
Mein Freund brachte uns eine Karte. Mir war es egal, was ich aß, und wir bestellten gebratenen Reis für mich. Er schmeckte noch besser, als ich ihn in Erinnerung hatte.
»Möchtest du mal probieren?«
»Gern.« Aber statt Besteck zu nehmen, wartete meine Mutter, dass ich sie fütterte.

Ich schob Reis auf einen Löffel, achtete darauf, dass auch etwas Gemüse und Ei dabei waren, und steckte ihn ihr in den Mund.

»Hmmm. Wirklich gut.«

Htun Htun freute sich, er verschwand kurz und kehrte mit seinen Eltern zurück. Sie hielten ihre Mobiltelefone in den Händen, trauten sich aber nicht, etwas zu sagen.

»Dürfen wir ein Foto von euch machen?«, fragte er.

Meine Mutter warf mir einen überraschten, fragenden Blick zu.

»Klar, warum nicht«, sagte ich und tat so, als könnte ich mir ihr Interesse auch nicht erklären.

Htun Htun stellte sich zu uns, danach wollten auch seine Mutter und sein Vater mit aufs Bild. Dann baten sie mich, ein Foto von ihnen mit meiner Mutter zu machen. Gleich anschließend posteten sie es auf Facebook und zeigten uns stolz ihren Eintrag.

Wir gaben Htun Htun zehntausend Kyat für seinen Onkel, er fand, das sei zu viel, und gab uns fünftausend zurück. Das Geld meiner Mutter für die Getränke und das Essen wollte er nicht. Das sei sein Geburtstagsgeschenk, erklärte er ihr.

»Was für ein Geburtstag?«, wunderte sie sich.

»Sprich sie nicht auf Geburtstage an«, raunte ich ihm zu und stand schnell auf, bevor einer von den beiden noch mehr Fragen stellte. »Sie mag nicht älter werden.«

12

Die Stimme meines Vaters klang bis in den ersten Stock. Er war immer noch am Telefon, als ich ins Esszimmer kam. »Unser Termin beim Hautarzt ist heute um 16 Uhr«, sagte er, nachdem er aufgelegt hatte. »Ich bin mir sicher, er wird dir helfen können. In einer halben Stunde müssen wir los.«

Plötzlich stand meine Mutter in der Tür. »Ich gehe mit ihm zum Arzt.«

Mein Vater drehte sich erschrocken zu ihr um. »Du?«

»Ja.«

»Zum Hautarzt?«

»Ich weiß.«

Er stockte. »Liebling ... bist du dir sicher?«

»Ja.«

»Soll ich nicht mitkommen?«

»Nein.«

Er schaute zuerst sie und dann mich an. Als hätte ich zu entscheiden, mit wem ich zum Arzt gehen wollte.

»Hast du dir das auch gut überlegt?« Sein Ton wurde mit jeder Frage leiser, zweifelnder, meine Mutter klang mit jeder Antwort entschlossener.

»Ja.«

»Wir können zu dritt gehen, und ich könnte draußen warten.«

»Nein, Bo Bo und ich schaffen das allein«, erklärte sie bestimmt, wandte sich ab und verließ den Raum.

Mein Vater stand in der Mitte des Zimmers, sein sorgenvoller Blick beunruhigte mich nur noch mehr. Er wollte etwas antworten und bemerkte erst dann, dass es dafür zu spät war. Eine Weile schritt er auf und ab. Ruhelos.

Meine Mutter und ich nahmen ein Taxi. Sie trug eine große, schwarze Sonnenbrille mit Gläsern, in denen ich mich spiegelte und die ihr halbes Gesicht verdeckten. So sah sie wirklich ein wenig aus wie eine Gefangene.

Alles in mir sträubte sich. Ich wollte zu keinem Arzt, weder mit ihr noch mit meinem Vater. Eine Narbe war eine Narbe, was sollte ein Doktor dagegen tun? Wenn sie an manchen Tagen sehr schmerzte, war es eben so. Ich musste lernen, das auszuhalten, dabei konnte mir niemand helfen.

»Mama?«

»Hmmm.«

»Können wir nicht umkehren?«

»Nein.«

»Ich kann auch allein gehen, ich bin kein Baby mehr.«

Sie schüttelte den Kopf.

»Wirklich. Außerdem tut mir gar nichts mehr weh.«

Sie schüttelte wieder den Kopf.

Ich hätte gern mehr mit ihr geredet, aber sie machte nicht den Eindruck, als wollte sie noch einmal angesprochen werden, und so sagten wir den Rest der Fahrt über kein Wort.

Die Praxis von Dr. U Thant Htein versteckte sich hinter einem schäbigen Eingang in einer Seitenstraße nicht weit von der Sule-Pagode.

Wir warteten in einem engen Raum ohne Fenster. Trotzdem nahm meine Mutter ihre Sonnenbrille nicht ab.

Das Zimmer war voller Patienten. Neben mir hockte ein Mann, dessen Gesichtshaut tiefrot und ganz trocken war. Sie blätterte von ihm ab wie die Borke von einem Eukalyptusbaum. Uns gegenüber saß ein Mädchen, ungefähr so alt wie ich. Die Haut auf ihrer rechten Hand war verbrannt, die Finger sahen aus wie Holzstöckchen.

Am liebsten wäre ich aufgestanden und wieder gegangen.

Wir mussten uns nicht lange gedulden. Der Arzt begrüßte meine Mutter freundlich und erkundigte sich nach ihrem Befinden. Ich sollte auf einem Stuhl ihm gegenüber Platz nehmen, meine Mutter setzte sich hinter mich. Er nahm mein Kinn in seine Hand, drehte mein Gesicht zur Seite und betrachtete es ausgiebig. Sein Atem roch nach kaltem Rauch, mit jeder Sekunde wurde mir die Situation unangenehmer. »Das sieht ja nicht so gut aus«, sagte er kopfschüttelnd.

Er holte eine Taschenlampe aus einer Schublade und leuchtete mir ins Gesicht. Ich musste den Mund weit öffnen, er leuchtete hinein, dehnte mit einem Holzstäbchen meine Wange. »Sag mal, wie hast du denn das angestellt?«, wunderte er sich.

Mir stockte der Atem. Mit dieser Frage hatte ich nicht gerechnet. »Ich … ich … also … ich …«

»Das war ich«, sagte meine Mutter, bevor ich noch etwas anderes erwidern konnte.

»Ein Unfall?«, fragte er fast beiläufig, noch immer meine Narbe betrachtend.

Ein Zittern durchfuhr meinen Körper, und ich drehte mich zu ihr.

Sie nahm mit beiden Händen langsam ihre Sonnenbrille ab. »Nein, kein Unfall.«

Mit jedem Wort wurde ihre Stimme brüchiger. Selbst aus der Entfernung sah ich, wie sehr ihr Herz bebte.

»Als er fünf Jahre alt war«, sie holte Luft und machte eine kurze Pause, »habe ich ihm die Wange mit einem Messer aufgeschlitzt.«

Offenbar gab es auch eine Not, die so groß war, dass ein Mensch nicht schweigen konnte. Von der hatte mir U Ba noch nichts erzählt.

Für einen Moment glaubte der Arzt, etwas missverstanden zu haben. »Wie? Sie haben Ihrem Sohn ...?«

»Ja«, unterbrach sie ihn.

Sein Blick wanderte von meiner Mutter zu meiner Narbe und wieder zurück. Er ließ die Arme fallen und sank wortlos in seinen Stuhl.

Ohne nachzudenken, sprang ich auf, ging zu ihr und nahm sie in den Arm. Drückte ihren Kopf an meine Brust, hielt ihn ganz fest, küsste sie auf die Haare.

Nein, ich wollte nicht, dass der Doktor noch einmal auf die Narbe schaute.

Nein, ich brauchte auch keine Salbe.

Nein, ich wollte auch keinen neuen Termin.

Es war mir egal, ob der Arzt verstand, wie schwierig die Situation für uns war.

Nichts war einfach. Für niemanden.

Ich nahm meine Mutter an die Hand und zog sie ohne ein weiteres Wort hinaus aus dem Behandlungszimmer, durch den Warteraum, vorbei an den anderen Menschen, denen vom Zufall, vom Schicksal oder von wem auch immer etwas *zugefügt* worden war, bis auf die Straße. Sie ließ mich gewähren.

Ich zog sie zwischen den Passanten hindurch und glaubte im nächsten Moment, meinen Vater vor uns in der Menge zu entdecken.

Er stand, halb verdeckt von einem Pulk von Menschen, in einem Hauseingang, gleich darauf verlor ich ihn aus den Augen. Wir blieben stehen, und ich rief nach ihm. Er antwortete nicht. Versteckte er sich, oder hatte ich es mir nur eingebildet?

Wir hetzten einen Boulevard hinunter, überquerten eine Kreuzung, ohne auf den Verkehr zu achten, Autos hupten, ein Mann rief uns etwas hinterher, wir liefen, bis wir einen Park erreichten.

Ich wollte weiter, doch sie konnte nicht mehr, und wir ließen uns auf den Rasen fallen, erschöpft, als wären wir um die Wette durch die halbe Stadt gerannt. Ausgestreckt lagen wir nebeneinander, ich hörte sie keuchend nach Luft schnappen.

Minuten vergingen, ihr Atem beruhigte sich so wenig wie meiner.

In meinem Kopf saß ich noch immer dem Hautarzt gegenüber, roch seinen nach kaltem Rauch stinkenden Atem, hörte seine Frage und die Antwort meiner Mutter.

Das war ich.

Das war ich.

Das war ich.

Das Bild begann zu verschwimmen, mir wurde rabenschwarz vor Augen, dann tauchte ein anderes auf: mein Onkel, meine Mutter und ich an einem Tisch in unserem Haus in Kalaw. Sie steht auf, setzt sich wieder, streitet mit U Ba. Ich gehorche nicht, sie gerät in Wut, ist außer sich und brüllt mich an. Das Metall einer scharfen Messerklinge zwischen den Lippen, auf der Zunge. Es ist angenehm kühl. Gleich darauf spüre ich einen stechenden Schmerz, den süßlichen Geschmack von Blut in meinem Mund. Mein Vater stürzt herbei, mein Onkel schreit, der Tisch rutscht durch den Raum, ich falle vom Hocker und schlage mit dem Kopf auf dem Holzboden auf.

Noch nie hatte ich mich an diesen Moment erinnert, und nun war mir, als erlebte ich ihn ein zweites Mal. Ein drittes. Und ein viertes.

Ich begann zu schwitzen, mein Gesicht wurde heiß, und ich bekam keine Luft, obwohl ich mich bemühte, so ruhig und tief ein- und auszuatmen wie möglich.

Eins-zwei-drei.

Eins-zwei-drei.

Auch Zählen half nicht.

»Mama?«

Sie sagte nichts.

Ich tastete nach ihrer Hand und konnte fühlen, wie heftig das Blut noch immer durch ihren Körper pulsierte.

»Ich möchte nach Hause.«

Als sie nicht antwortete, richtete ich mich auf, bemerkte ihre geschlossenen Augen und fürchtete, sie hätte das Bewusstsein verloren.

»Mama?«, fragte ich besorgt. »Bitte, sag doch was.«

Sie reagierte nicht. Ich hockte mich neben sie, legte ihren Kopf in meinen Schoß, er glühte, Haarsträhnen klebten auf ihrer verschwitzten Stirn, sie zitterte, als hätte sie Schüttelfrost. Ihr ging es noch schlechter als mir, ich wusste weder, was mit ihr los war, noch, was ich jetzt tun sollte.

Hatten wir unsere Herzen zu einer Tapferkeit gezwungen, der sie gar nicht gewachsen waren?

Einen Arzt suchen konnte ich nicht, unter keinen Umständen wollte ich sie allein hier liegen lassen. Auf der Wiese um uns herum saßen mehrere Paare, junge und alte, sie picknickten, lasen oder schmiegten sich aneinander und beachteten uns nicht. Ich rief laut um Hilfe. Sofort sprang ein Mann auf und kam zu mir, andere folgten ihm, kurz darauf waren wir von einer großen Schar Neugieriger umringt, einer von ihnen sagte, er sei Arzt.

Er kniete sich zu uns, fühlte ihren Puls, ihre Temperatur und meinte, es wäre am besten, wir würden sie so schnell wie möglich in ein Krankenhaus bringen.

Plötzlich hörte ich die Stimme meines Vaters hinter mir. »Sie braucht keinen Arzt«, sagte er halblaut. »Sie braucht uns.«

Er nahm mich in den Arm, ich lehnte den Kopf an seine Brust, vergrub mein Gesicht in seinem Hemd, als hätten wir uns wieder ein Jahr nicht gesehen, und hoffte nur, dass er mich so bald nicht wieder loslassen würde.

Jemand machte mit seinem Telefon Fotos von uns, ein anderer raunzte ihn an, damit sofort aufzuhören.

Kurz darauf kam meine Mutter wieder zu sich. Sie blickte in die vielen fremden Gesichter und wusste nicht gleich, wo sie war. Ich streichelte ihr die Hand, mein Vater flüsterte ihr einige Sätze ins Ohr, die ich nicht verstand.

Der Arzt reichte ihr etwas zu trinken, ein Junge bot uns Kekse an, sie winkte dankend ab, versuchte mühsam aufzustehen und sank zurück auf den Rasen.

Mein Vater und ich halfen ihr, zogen sie vorsichtig hoch, stützten sie und gingen, obwohl ich mich selber kaum auf den Beinen halten konnte, in kleinen, vorsichtigen Schritten Richtung Straße.

13

Von den folgenden Tagen erinnere ich nicht viel. Meine Mutter und ich lagen zusammen im Bett meiner Eltern und schliefen die meiste Zeit. Sobald ich erwachte, hörte ich ihren leisen, gleichmäßigen Atem, suchte ihre Hand und schlief wieder ein. Sonnenstrahlen fielen in das Zimmer und verschwanden. Es wurde warm und kühlte ab. Raben krächzten und verstummten.

Öffnete ich die Augen, standen eine Karaffe mit Wasser und ein Teller mit Bananen und frisch geschnittener Mango auf dem Nachttisch. Doch ich hatte weder Hunger noch Durst.

Hin und wieder ging einer von uns ins Bad, kehrte zurück und fiel ins Bett, ohne dass wir Worte wechselten.

Das Einzige, was ich von meinem Vater hörte, waren seine leisen Schritte, wenn er das Wasser und die Früchte austauschte.

Es war kein Schlaf, wie ich ihn kannte. Es war keiner, der gegen Müdigkeit half, keiner, der einen Anfang und ein Ende hatte.

Traumlos glitt ich hinein und wieder hinaus.

Trotzdem passierte etwas in mir. Ich fühlte, wie ich allmählich zu

Kräften kam. Es musste viel Zeit vergangen sein, als ich zum ersten Mal wieder Durst verspürte. Und Hunger. Leise stand ich auf und schlich hinaus.

Von unten vernahm ich Geräusche, aus der Küche klang leises Gemurmel, es waren nicht die Stimmen der Schwestern, wir hatten Besuch.

Neugierig ging ich die Treppen hinunter, mein Vater lehnte über der Spüle und nahm einen Fisch aus.

Neben ihm stand mein Onkel.

»U Ba«, rief ich, lief zu ihm und nahm ihn in den Arm. Er drückte mich.

»Fester«, bat ich. Es war so fest gewesen, wie er konnte.

Ich wollte wissen, ob es ihm gut ging, seit wann er da war, wie lange er blieb, aber die beiden meinten, ich müsste erst einmal etwas essen und trinken. Mein Vater holte aus dem Kühlschrank eine selbst gemachte Limonade, U Ba hockte sich zu mir, ich hatte das Gefühl, dass er darauf wartete, mir etwas zu erzählen.

Meine Eltern wollen mich zurück nach Kalaw schicken, schoss es mir durch den Kopf. Der Zusammenbruch meiner Mutter war meine Schuld. Wäre ich nicht nach Yangon gekommen und mit ihr zusammen zum Hautarzt gegangen, wäre es nicht passiert. Niemand wusste, welche Krisen ich noch bei ihr auslösen würde. Ich wollte sie nicht wieder zu einer Gefangenen machen, aber ich wollte auch nicht zurück. Zwar hatte meine Mutter recht, die Stadt war laut und voll und im Vergleich zu Kalaw überhaupt nicht schön, doch es war der Ort, an dem ich sein wollte.

Ich musterte meinen Onkel. »Bist du gekommen, um mich zu holen?«

»Nein«, erwiderte er. »Wie kommst du darauf?«

»Wirklich nicht?«, fragte ich misstrauisch.

»Wirklich nicht«, sagte mein Vater. Er sah den Zweifel in meinem Gesicht und setzte sich zu uns. »Ganz im Gegenteil. Mama und ich wollten dich fragen, ob du bei uns in Yangon bleiben möchtest.«

Ich war zu überrascht, um etwas zu erwidern.

»Wir würden uns sehr freuen.« Er wartete auf eine Reaktion, aber ich wusste noch immer nicht, was ich sagen sollte, und schwieg.

»Ganz in der Nähe«, fuhr er fort, »gibt es eine sehr gute Schule, dort ist der Unterricht sogar auf Englisch. Im Haus ist genug Platz.«

Mein Schweigen deutete er falsch.

»Du kannst es dir in Ruhe überlegen.«

»Das muss ich mir nicht überlegen.« Ich schaute zu U Ba. Konnte ich ihn allein in Kalaw zurücklassen? Wer sollte für ihn einkaufen? Wer sollte für ihn kochen, die Wäsche waschen, ihm die Füße massieren? Es würde ihm schwerfallen, ohne mich zurechtzukommen. »Und du?«

»Ich könnte einen Teil des Jahres bei euch in Yangon leben, und wenn es hier zu heiß ist, fahre ich nach Kalaw. In den Ferien kommst du mich besuchen, so oft und so lange, wie du willst.«

»Aber du reist nicht gern«, wandte ich ein.

»Für dich schon«, antwortete er und verzog den Mund zu einem liebevollen Grinsen.

Von oben hörten wir meine Mutter rufen. Ich sprang auf und rannte, zwei Stufen auf einmal nehmend, die Treppe hoch. »U Ba ist da«, rief ich noch vom Flur aus.

Auch ihr hatte der lange Schlaf gutgetan. In ihren Augen sah ich, dass heute kein Tag war, an dem sie sich zuwider sein würde.

Ihre Freude, als sie ihren Bruder sah. Sie lachte, wie U Ba es beschrieben hatte.

Meine Mutter zog sich eine leichte Jacke über und wollte mit uns auf die Dachterrasse. Dort stand sie, blinzelte in die Sonne, schritt die Terrasse von einem Ende zum anderen ab, betrachtete schweigend und staunend die blühenden Blumen, als hätte sie nicht gedacht, sie jemals wiederzusehen.

Dann legte sie sich in die Hängematte und sagte, ich solle mich zu ihr legen.

Skeptisch begutachtete ich die Metallpfosten, an denen die Seile hingen.

»Die halten euch, keine Angst«, versprach mein Vater.

Ich kletterte zu ihr in die Matte, er gab uns Schwung, der Stoff dehnte sich bedenklich, aber riss nicht, und wir schaukelten sanft hin und her, über uns ein blauer, wolkenloser Himmel. Mein Vater ging hinunter, um etwas zu trinken zu holen, U Ba setzte sich in den Schatten der Pergola und beobachtete uns.

Meine Mutter hob einen Arm und zeigte auf das rote Band mit den zwei kleinen Jadesteinchen, das an ihrem Handgelenk hing. »Weißt du, was das ist?«

»Ein Talisman?«

Sie nickte.

»Und bringt er Glück?«

Nachdenklich betrachtete sie das Band, spielte mit den beiden Jadesteinchen, schaute mich an. »Ja«, sagte sie, »so viel, dass ich gar nicht weiß, wohin damit.«

»Hat Papa ihn dir geschenkt?«

»Nein. Ich habe drei Stück davon bei einem alten Mann auf dem Bogyoke-Aung-San-Markt gekauft. Eins für deinen Vater, eins für mich – und eins für dich. Möchtest du dieses hier haben?«

»Wo ist das dritte?«

»In meiner Schreibtischschublade. Das nehme ich dann.«

»Und U Ba?«

»Ihm kaufen wir morgen noch eins.«

Beruhigt hielt ich ihr meine Hand hin, sie nahm das rote Bändchen ab, streifte es über mein rechtes Handgelenk und zog es fest.

Sie lächelte und wollte etwas sagen, aber ich legte ihr einen Finger auf den Mund. In diesem Moment wollte ich nichts hören.

Alles war gut.

Oder so gut, wie es nur sein konnte.

NACHWORT

Als ich im Mai 1995 zum ersten Mal nach Burma* kam, reiste ich nicht als Schriftsteller, sondern als Journalist. Ich war Asien-Korrespondent des *stern*, lebte in Hongkong und wollte eine Geschichte recherchieren. In gewisser Weise ging es mir ein wenig wie Julia Win in *Das Herzenhören*: Ich war zwar nicht auf der Suche nach meinem auf mysteriöse Weise verschwundenen Vater, hatte aber, ebenso wie sie, nicht die geringste Ahnung, was mich erwartete. Und wie Julia war ich vom ersten Moment an verwundert, verwirrt und gleichzeitig fasziniert von diesem fremden, wunderschönen, exotischen Land und seinen Menschen.

* Burma oder Myanmar? Über die korrekte Bezeichnung des Landes herrscht seit Jahren Konfusion. Das Wort »Myanmar« ist eigentlich ein Adjektiv aus dem Burmesischen, es beschreibt die ethnische Mehrheit im Land und deren Sprache. »Burma« hingegen stammt aus der britischen Kolonialzeit und war bis 1989 der offizielle Name in Englisch, mit unterschiedlichen Übersetzungen in anderen Sprachen. So hieß es auf Deutsch »Birma« oder »Birmanie« auf Französisch.
Dann beschloss das Militärregime, das Land in »Myanmar« umzubenennen. Das wäre so, als würde Deutschland darauf bestehen, auch auf Englisch, Französisch oder Italienisch »Deutschland« genannt zu werden. Eigentlich spielt die Namensänderung nur im fremdsprachlichen Gebrauch eine Rolle, im Burmesischen hieß »Burma« schon immer das »Myanmar-Land«, das burmesische Land.
Ich schreibe in meinen Büchern trotz der offiziellen Umbenennung weiter Burma (und Rangoon), nicht nur weil es in meinen Ohren besser klingt, sondern weil ich die Entscheidung der Junta 1989 für eine politische halte, mit der die verhassten Generäle sich bei der ethnischen Mehrheit beliebt machen und deren Nationalismusstärken wollten.
Bei diesen Namen bleibe ich, bis eine demokratisch gewählte und legitimierte Regierung in Burma dazu eine Entscheidung getroffen hat.

Bereits beim Anflug auf Rangoon überkam mich ein sonderbares Gefühl. Es war früher Abend, wir überflogen in geringer Höhe die damalige Hauptstadt, damals immerhin eine vier Millionen Einwohner zählende Metropole, ich blickte aus dem Fenster, und unter uns war es fast dunkel. Ich sah keine Bremslichter von im Stau stehenden Autos, kaum Straßenbeleuchtung, keine Hochhäuser mit ihren beleuchteten Wohnungen und Büros. Nur einige Pagoden strahlten im hellen Glanz von Scheinwerfern.

Die Regierung hatte das »Jahr des Tourismus« ausgerufen, und ich arbeitete an einer Reportage darüber, wie sich Burma, das auf der touristischen Weltkarte damals überhaupt keine Rolle spielte, auf den erhofften Besucheransturm vorbereitete. Jahrzehntelang hatte es ein Visum, wenn überhaupt, nur für sieben Tage gegeben. Seit 1962 herrschte eine Militärdiktatur, die jeden Ausländer für einen potenziellen Spion hielt, politische Gegner gnadenlos einsperrte oder umbrachte, die Menschenrechte mit Füßen trat. Der Westen hatte deshalb harsche Sanktionen verhängt, das Land war politisch und wirtschaftlich isoliert. Eine Art Nordkorea in Südostasien, das sich nun der Welt öffnen wollte.

Der Flughafen bestand aus einem Terminal, nicht größer als eine kleine Schulsporthalle. Unsere Boeing 737 war weit und breit das einzige Flugzeug. Ich stieg die Gangway hinunter und ging zu Fuß zum Terminal, der Bus, der die Passagiere zur Ankunftshalle bringen sollte, stand verloren auf dem Rollfeld, er war kaputt.

Das Gepäckband auch.

Kurz darauf saß ich in einer Art Taxi, einem alten, verbeulten Toyota ohne Armaturenbrett, statt Tacho und Drehzahlmesser hingen überall lose Kabel herum. Die hintere Sitzbank war so ausgesessen, dass ich tief darin versank und glaubte, jede einzelne Feder zu spüren. Beim dritten Versuch sprang der Motor an. Es war noch immer heiß und feucht, mir lief der Schweiß Stirn und Nacken hinunter, und ich fragte den Fahrer, ob sein Wagen eine Belüftung oder gar Klimaanlage besäße. Er nickte. Ja, selbstverständlich. Ob er so nett sein könnte, sie anzustellen? Nein, bedauerlicherweise nicht. Sie war kaputt.

Kaum schneller als im Schritttempo rollten wir in die Stadt. Die Straßen waren voller Menschen, vor vielen Häusern saßen Männer und Frauen auf Hockern und Schemeln, tranken Tee, fächelten sich Luft zu, redeten, lachten. Die Männer gingen gern Hand in Hand nebeneinander, alle trugen Longy, burmesische Wickelröcke, überall spielten Kinder. Hin und wieder sah ich ein vereinzeltes Auto, von den vielen Ampeln, die wir passierten, funktionierten nur zwei. An den Straßenrändern brannten kleine Feuer, dort wurde gekocht und gegessen. Es gab keine grellen Neonreklamen, die den Abend erleuchteten, nur wenige, kleine Geschäfte. Ganz langsam fuhren wir vorbei an alten Teakvillen, Klöstern und Pagoden. Die Passanten um uns herum gingen oder liefen nicht, sie schlenderten, niemand hatte es eilig, alles machte den Eindruck, als hätte jemand die Geschwindigkeit des Lebens um mindestens die Hälfte gedrosselt. Nichts erinnerte mich an die bunte, hektische Welt Bangkoks, in der ich gerade noch gewesen war und die doch nur eine Flugstunde entfernt lag. Als Korrespondent hatte ich schon viele Länder bereist, mich jedoch noch nie so weit weg gefühlt von allem, was mir vertraut war.

Irgendwann hielten wir vor einem alten Hotel aus der britischen Kolonialzeit, in dem angeblich bereits George Orwell übernachtet hatte. Die Rezeption bestand aus einem Holztresen, hinter dem eine ältere Frau döste. Da es noch kein Internet gab und auch die Telefonverbindung von Hongkong nach Burma nur schlecht funktionierte, hatte ich mich nicht anmelden können. Entsprechend erstaunt war sie, einen leibhaftigen Gast vor sich zu haben. Sie musterte mich neugierig, prüfte sorgfältig mein Visum und trug mich schließlich handschriftlich in ein großes Gästebuch ein. Ein Fahrstuhlführer fuhr mit mir in den ersten Stock. Mein Zimmer war riesig, mit vier Meter hohen Decken, einem Fernseher, einem Kühlschrank und einer Klimaanlage, nichts davon funktionierte. Die drückende Hitze im Raum, die Staubschicht auf dem Nachttisch, verrieten mir, dass hier schon sehr lange kein Gast mehr geschlafen hatte.

Am nächsten Tag wanderte ich ziellos und schwitzend durch die Stadt. Erst bei Tageslicht begriff ich, in was für einem desolaten Zustand sie sich befand. Die Straßen und Fußwege waren übersät mit tiefen Schlaglöchern, die Kanalisation nur selten abgedeckt, in vielen Gassen stank es nach Abfall und Kloake, an den Kreuzungen stapelten sich Müllberge. Viele Hausfassaden waren mit Schimmel bedeckt, aus den Rissen im Mauerwerk wuchsen Büsche und Bäume. Die Armut und der Verfall waren bedrückend. Und trotzdem: Es bedurfte nicht viel Fantasie, um zu erkennen, warum Rangoon früher als die »Perle des Ostens« gegolten hatte. An jeder Ecke standen Relikte der Kolonialzeit, die in den anderen Metropolen Südostasiens längst abgerissen worden und glitzernden Einkaufszentren gewichen waren. Hinter den bröckelnden Fassaden des alten Gerichtshofs, der Post, des Zolls, des Rathauses und vieler anderer Zeugnisse einer vergangenen Epoche, waren die einstige Schönheit der Stadt, ihr Reichtum und Flair noch deutlich zu erkennen.

Durch Zufall entdeckte ich in einer Nebenstraße über einem Hauseingang eine vom Regen ausgewaschene Schrift: »Bagan Book Store – English Books«.

Ich betrat einen kleinen, keine zwanzig Quadratmeter großen Laden, und was nun geschah, sollte zu den prägendsten Erinnerungen meiner frühen Burma-Reisen werden.

In der Mitte des Raumes hing ein Ventilator, der sich zu träge drehte, um auch nur für eine leichte Abkühlung zu sorgen. Darunter saß an einem niedrigen Tisch ein alter Mann auf einem Hocker. Feiner Schweiß perlte auf seiner Stirn. Er trug ein verwaschenes Rippenunterhemd und einen alten Longy und war ganz offensichtlich sehr beschäftigt. Es dauerte, bis er aufblickte und mich fragte, ob er mir helfen könnte.

Ich wollte mich nur einmal umschauen, antwortete ich. Für einen Moment sah es aus, als würde er etwas erwidern, dann widmete er sich wieder seiner Arbeit.

An den Wänden stapelten sich alte Bücher bis fast unter die Decke. Einige davon abgegriffene Taschenbücher, zumeist Krimis, Urlaubslektüre vermutete ich, die ihm Reisende hinterlassen hatten. Den meisten Platz nahmen englische Bücher über Burma ein, über die Geschichte und Kultur des Landes, seine Traditionen, seine Kunst, seine Tiere und Pflanzen. Ich fand erst einmal nichts, was mich auf Anhieb interessierte, stattdessen beobachtete ich neugierig den alten Buchhändler. Er war so vertieft in seine Arbeit, dass er meine Anwesenheit vergessen zu haben schien. Vor ihm lag ein aufgeschlagenes Buch mit zerfledderten Seiten voller kleiner Löcher. Daneben standen zwei alte Konservenbüchsen, eine war gefüllt mit winzigen Papierschnipseln, die andere mit Klebstoff.

Ich war erschöpft von der Hitze und fragte, ob ich mich einen Moment setzen dürfte. Er deutete auf einen Hocker. Eine Weile beobachtete ich ihn bei der Arbeit. Sorgfältig betrachtete er eine Seite, fuhr mit den Fingerspitzen darüber, fischte dann mit einer Pinzette einen Schnipsel aus einer der Dosen, tunkte ihn in den Leim und klebte ihn auf eines der Löcher auf der Buchseite. Anschließend griff er nach einem schwarzen Stift und einer Lupe und zog voller Bedacht den fehlenden Buchstaben nach. Das Buch war mindestens dreihundert Seiten dick, er war erst am Anfang.

»Was machen Sie da?«, fragte ich schließlich.

»Ich restauriere ein Buch«, antwortete er, ohne aufzublicken.

Ich bemerkte, dass ihm die Arbeit nicht leichtfiel. Die Hände zitterten zuweilen, immer wieder musste er die Zeilen mit der Lupe fixieren, weil er sie sonst nicht richtig sehen konnte.

»Wie lange brauchen Sie für einen Band?«

»Zwei bis drei Monate.«

»Und was machen Sie dann damit?«

»Kopiere ich die Seiten, binde sie zu einem Buch und versuche es zu verkaufen.«

»Kommen viele Kunden?«

»Nein.« Er zeigte auf ein kleines Mädchen, das vor dem Laden auf der Straße mit Freundinnen spielte. »Das ist meine Enkelin. Eigentlich mache ich es für sie. Ich möchte, dass sie eines Tages die Möglichkeit hat, diese Bücher zu lesen.« Er legte Pinzette und Stift beiseite und deutete auf die vollen Regale. »In all diesen Seiten steckt so viel Weisheit und Schönheit. So viel Wissen. Schauen Sie sich an, in welch schlechtem Zustand sie sich befinden. Sie sind alt, und unser Klima ist ihnen nicht zuträglich. Wenn ich mich nicht kümmere, werden sie bald unleserlich sein, und all diese Schätze sind für immer verloren.«

Wir schwiegen wieder.

Ich hätte ihn gern gefragt, woher all die Bücher stammten. Wieso er ein perfektes Englisch mit leichtem britischem Akzent sprach. Ob es gefährlich war, sich in einer Diktatur so leidenschaftlich für Literatur zu interessieren. Aber wir kannten uns nicht, ich war offiziell nicht als Journalist unterwegs, sondern reiste mit einem Touristenvisum und war unsicher, was ich ihn fragen konnte und was nicht.

»Sie müssen durstig sein«, sagte er unvermittelt. »Sie sind in der heißesten Jahreszeit hier.«

Ich nickte.

Der alte Buchhändler legte Pappdeckel auf die beiden Konservendosen, stand auf und verschwand in einem Raum am Ende des Ladens. Kurz darauf kehrte er mit einer Thermoskanne Tee, zwei Bechern und einer Flasche Wasser zurück.

Vorsichtig begannen wir ein Gespräch, unterbrochen von langen Pausen, das sich über die folgenden Tage fortsetzte. Jeden Nachmittag schaute ich im Buchladen vorbei, oft stand schon ein Becher Tee bereit, nie traf ich einen zweiten Kunden. Wir fassten Vertrauen zueinander, und ich hatte den Eindruck, dass ihm die Abwechslung Freude bereitete. Ich erfuhr, dass seine Familie schon während der Kolonialzeit zu den Wohlhabenden und Gebildeten im Land gehört hatte. Die Briten hatten sich Burma in zwei blutigen Kriegen, 1824–26 und 1852–53, unterworfen und zu einem Teil ihres kolonialen Weltreichs gemacht. Im Zweiten Weltkrieg war es Schauplatz erbitterter und grausamer Schlachten zwischen Japan und Großbritannien gewesen, Japan hatte es besetzt, Großbritannien kurz vor Kriegsende zurückerobert. Doch die Macht der Kolonialherren, sagte er, war zu geschwächt, um sich das Land noch einmal zu unterwerfen. Am 4. Januar 1948 mussten sie es nach zähen Verhandlungen in die Unabhängigkeit entlassen. »Wir ahnten, dass es schwer werden würde, aber nicht, wie schwer.«

Das nun eigenständige Burma versank in einem Bürgerkrieg, der in der einen oder anderen Form bis heute anhält. Kommunistische Aufständische kämpften gegen Nationalisten, ethnische Minderheiten wie die Karen und Kachin für einen eigenen Staat.

Erst Anfang der Fünfzigerjahre, so erzählte er, gelang es der burmesischen Armee, einigermaßen Herr der Lage zu werden. Doch viele Teile des Landes waren von den Kämpfen zerstört, die einst intakte Infrastruktur lag in Trümmern. »Wir hatten einen schweren Start, die Fünfzigerjahre waren geprägt von Regierungskrisen, Aufständen, Streiks, Wahlen und Neuwahlen. Trotzdem erholte sich die Wirtschaft, es gab eine unabhängige Justiz, bürgerliche Freiheiten und die freieste Presse in ganz Asien.« Er hielt inne, griff nach einem Lappen und wischte sich den Schweiß von der Stirn und aus dem Nacken. Nachdenklich wanderte sein Blick von Regal zu Regal. Er holte Luft und seufzte tief. »Doch am Ende erwiesen sich die Probleme und Fliehkräfte als zu groß.«

Am 2. März 1962 übernahm die Armee, Tatmadaw genannt, unter General Ne Win die Macht. Der General erklärte, einen »burmesischen Weg zum Sozialismus« gehen zu wollen. Banken und Großunternehmen wurden verstaatlicht, englischsprachige Schulen geschlossen, ausländische Berater und Helfer aus dem Land getrieben, Millionen von indischstämmigen Einwohnerinnen und Einwohnern mussten fliehen. Die Familie des Buchhändlers verlor praktisch allen Besitz, bis auf die Bücher. »Soldaten interessieren sich nur selten für Literatur«, sagte er mit einem bitteren Lächeln. »Glücklicherweise.«

Fast alle Verbindungen zum Rest der Welt wurden gekappt, Burma begab sich in eine vom Militär erzwungene Selbstisolation. Wer es wagte, dagegen zu protestieren, wurde verhaftet und verschwand oft für immer in einem der berüchtigten Gefängnisse.

Was folgte, war ein beispielloser Niedergang. Die Mitglieder der gebildeten Mittel- und Oberschicht verließen in Scharen das Land. Während Nachbarstaaten wie Thailand, Malaysia oder Singapur einen Wirtschafts- und Touristenboom erlebten, verarmte Burma zusehends. Sobald es zu Protesten kam, schlug das Militär sie blutig nieder. Ein weitverzweigtes System von Spitzeln und Überwachung sorgte dafür, dass sich keine politische Opposition organisieren konnte.

Er sprach nun so leise, dass ich ihn kaum verstand. Von der Straße drangen die Stimmen spielender Kinder in die Buchhandlung, es dämmerte. Ich wusste, dass es vor sieben Jahren, im Sommer 1988, in Rangoon zu Unruhen gekommen war, in deren Verlauf Soldaten auf die friedlich demonstrierenden Studentinnen und Studenten geschossen hatten und nach vielen Schätzungen mehrere Tausend Menschen getötet worden waren. Seitdem regierte eine Junta mit dem kryptischen Namen SLORC, die politische Repression hatte noch zugenommen, und die Führerin der Opposition, Aung San Suu Kyi, lebte seit mehr als fünf Jahren unter strengem Hausarrest in Rangoon. Die Tochter von Aung San, dem Gründer der burmesischen Armee und Anführer des Kampfes für die Unabhängigkeit, war für ihren friedlichen Widerstand gegen die Diktatoren 1992 mit dem Friedensnobelpreis ausgezeichnet worden. Sie war eine der wenigen, die es wagten, sich öffentlich gegen die Diktatoren zu stellen, ein demokratisches Burma forderten und dafür große Opfer brachten. Aung San Suu Kyis britischer Ehemann und ihre kleinen Kinder lebten in England, sie hatte ihre Familie seit Jahren nicht gesehen. Ich hatte gelesen, dass sie im Land wegen ihres Mutes wie eine Volksheldin verehrt wurde. Aber als ich nun dem Buchhändler gegenüber ihren Namen erwähnte und wissen wollte, was er über sie dachte, zuckte er zusammen und schüttelte leicht den Kopf. Kurz darauf stand er auf. Ich verstand, es war Zeit für mich, zu gehen.

Am Nachmittag vor meiner Weiterreise in den Norden erzählte ich dem Buchhändler von meinen Beobachtungen auf meinen Spaziergängen durch Rangoon. Wie erstaunt ich war, in einer Militärdiktatur nicht einen Soldaten auf den Straßen gesehen zu haben. Von den freundlichen, hilfsbereiten Menschen, die trotz ihrer Armut und den schwierigen Lebensumständen immer ein Lächeln auf den Lippen hatten. Er wurde sehr ernst, und ich fürchtete schon, ich wäre wieder zu weit gegangen.

»Sie lassen sich täuschen«, sagte er.

»Wovon?«

»Der Fassade. Auch wenn Sie keine Soldaten sehen, das Militär ist trotzdem allgegenwärtig. Und ein Lachen kann bei uns viele Bedeutungen haben. Die Menschen lächeln aus Freundlichkeit. Oder weil sie fröhlich sind. Aber auch aus Scham. Aus Unsicherheit. Vor Wut. Und«, er machte eine kurze, bedeutungsvolle Pause, »aus Angst.«

Er stand auf und zog aus dem Regal die Kopie eines Buches, das er im vergangenen Jahr selbst restauriert und gebunden hatte. Ich hätte ihm so viele Fragen über Burma gestellt, bedauerlicherweise habe er nicht auf alle eine Antwort gehabt, auf einige davon würde ich jedoch in diesem Buch eine finden. Er wollte es mir zum Abschied schenken.

Dankbar und ein wenig gerührt schlug ich die ersten Seiten auf. *The Soul of a People*, lautete der Titel, H. Fielding Hall der Autor. Publiziert in London 1902, die erste Auflage war 1898 erschienen. Als Korrespondent hatte ich normalerweise nicht die Zeit, fast hundert Jahre alte Bücher zu lesen. Ein wenig enttäuscht klappte ich es wieder zu.

»Herzlichen Dank«, sagte ich. »Aber es ist, nun ja, wie soll ich sagen, nicht mehr ganz neu.«

Der alte Buchhändler schaute mich überrascht an. »Das stimmt«, antwortete er in einem Ton, als wäre ihm diese Tatsache noch gar nicht aufgefallen. »Aber das macht nichts. Die Seele eines Volkes ändert sich nicht so schnell.«

Als ich fünf Jahre später *Das Herzenhören* schrieb, erinnerte ich mich oft voller Dankbarkeit an die Nachmittage mit meinem Freund, dem Buchhändler, und unsere Gespräche. Ich habe viel von ihm gelernt, und er gehört zu jenen drei Burmesen, die mich zur Figur von U Ba inspirierten.

Weil ich nicht mit der berüchtigten nationalen Fluggesellschaft fliegen wollte, sie hatte in den Jahren zuvor die Hälfte ihrer Flotte durch Abstürze verloren, hatte ich mir für meine Weiterreise ein Ticket für den »Nachtzug nach Mandalay« besorgt. Allein der Name klang für mich verheißungsvoll und romantisch. Laut Fahrplan sollte die Fahrt zwölf Stunden dauern. Es könnten auch vierzehn werden, hatte mich der Buchhändler vorgewarnt. Möglicherweise auch achtzehn. Oder vierundzwanzig. Die Fahrzeit änderte sich von Tag zu Tag, je nach dem Zustand der Strecke, den Launen des Wetters und diversen anderen schwer zu kalkulierenden Faktoren.

Die alte Diesellok setzte sich auf die Minute pünktlich in Bewegung, und die ersten zwei, drei Stunden gehören zu den schönsten, die ich je in einem Zug verbracht habe. Wir rumpelten oft in Schrittgeschwindigkeit über die Schienen. Warme Luft wehte durch die offenen Fenster herein. Fliegende Händler liefen nebenher, sprangen auf, gingen durch die Waggons und verkauften Currys, Tee oder Suppen in Plastiktüten, Obst, Kekse, Wasser, irgendwann sprangen sie einfach wieder ab. Sie musterten mich genauso neugierig, wie es die anderen Passagiere taten. Manche verhohlen, andere starrten mir direkt ins Gesicht. Ich war eine Rarität. Mir war im ganzen Zug kein weiterer westlicher Ausländer aufgefallen. Sobald sich unsere Blicke trafen, strahlten sie mich an, und ich versuchte ihr Lächeln zu deuten. Ich empfand jedes davon als eine überaus freundliche Geste, vermutlich war ich noch nicht lange genug im Land, um die verschiedenen Nuancen des burmesischen Lächelns richtig zu interpretieren, dachte ich. Wie Julia Win brauchte ich mehrere Jahre und viele Besuche in Burma, um zu verstehen, um welche Art des Lächelns es sich handelt.

Unser gemächliches Reisetempo war die ideale Geschwindigkeit für die menschlichen Sinne. Von draußen hörte ich Stimmen spielender Kinder. Der Geruch von Lagerfeuern, auf denen Abendessen zubereitet wurde, zog durch die Waggons. Näherten wir uns einem Fluss, kühlte die Luft ab, nur einen Hauch und doch spürbar.

Aber nach zwei Stunden verschluckte die Dunkelheit die Landschaft, und meine Holzbank wurde mit jedem Kilometer härter. Der Fahrtwind brachte keine Abkühlung, es war heiß und feucht. An Schlaf war nicht zu denken. Nach zehn Stunden war ich völlig erschöpft und wollte nur noch raus aus dem »Nachtzug nach Mandalay«.

Der nächste Halt war Thazi und lag auf dem Weg nach Kalaw, wohin ich ohnehin noch wollte, weil ich dank eines australischen Diplomaten dort Kontakte hatte.

So stand ich mitten in der Nacht auf einem Bahnhof, umgeben von Hunderten von Menschen, die auf dem Bahnsteig, den Gepäckwagen, den Treppen lagen und schliefen. Sie warteten auf irgendwelche Anschlusszüge, die irgendwann kommen würden. Fahrpläne, ob für Busse oder Züge, so sollte ich auf meinen Reisen lernen, waren in Burma nur sehr grobe Anhaltspunkte. Wichtiger noch als ein Ticket ist für den Reisenden Geduld.

Vor dem Bahnhof parkte ein altes Taxi, darin lag ein Mann und schlief. Ein paar Meter weiter hatte bereits ein Imbiss geöffnet, ich bestellte einen burmesischen Tee und wartete, bis der Fahrer erwachte.

Für die nicht einmal hundert Kilometer lange Strecke brauchten wir fast vier Stunden. Die Straße war in desolatem Zustand. An vielen Stellen nur einspurig, übersät von Schlaglöchern, oft nicht einmal richtig asphaltiert, ohne Leitplanken, schlängelte sie sich an steilen Abhängen entlang bis auf knapp eintausendvierhundert Meter hoch in die Berge. Immer wieder mussten wir mit gewagten Manövern bis zur nächsten Ausbuchtung zurücksetzen, weil uns schwer beladene Lkw entgegenkamen und wir auf der schmalen Straße nicht ausweichen konnten. Hin und wieder entdeckte ich ein Autowrack in den Schluchten unter uns.

Als wir Kalaw erreichten, wusste ich natürlich noch nicht, dass der Ort einmal der Schauplatz meiner *Burma-Trilogie* werden würde, aber schon beim ersten Anblick der Stadt dachte ich, dass sich die mühsame Anreise gelohnt hatte. Sie lag idyllisch auf einer Hochebene, umgeben von Hügelkuppen, im Zentrum glänzte eine

Pagode in der Morgensonne, gleich gegenüber stand eine Moschee, nicht weit davon entfernt eine Kirche. In der Kolonialzeit hatten hier während des Monsuns Engländer Zuflucht vor der unerträglichen Hitze im Tiefland gesucht, und selbst fast fünfzig Jahre nach ihrem Abzug waren ihre Spuren noch deutlich sichtbar. Im verlassenen »British Club« verstaubte ein einsamer Billardtisch, an der Bar lagen leere Whiskyflaschen. Es gab mehrere Tennisplätze, protestantische Kirchen, ein verlassenes katholisches Kloster, einen Golfplatz. Überall in der Stadt standen schöne Kolonialvillen, auf einem Hügel thronte das 1905 eröffnete und im Tudor-Stil erbaute »Kalaw Hotel«, in dem nach wie vor Chateaubriand serviert wurde – wenn es dafür Fleisch gab.

Kalaw, das lernte ich in den folgenden Tagen, war selbst für burmesische Verhältnisse ein geruhsamer Ort. Ich hatte das Gefühl, um Jahrzehnte zurückgereist zu sein. Die kleine Stadt genügte sich selbst. Sie wollte keinen flüchtigen Gästen gefallen, keinen Erwartungen entsprechen, keine Besucher mit aufgehübschten Sehenswürdigkeiten beeindrucken. Mit der Außenwelt war sie nur durch eine Eisenbahnlinie und die kurvenreiche Bergstraße verbunden. In der Regenzeit, wenn Erdrutsche die Straße blockierten, war sie regelmäßig für Tage ganz vom Rest des Landes abgeschnitten.

Autos oder Motorräder gab es praktisch keine. Die Menschen gingen zu Fuß oder fuhren mit dem Rad. Vor dem Bahnhof und dem Markt warteten Pferdekutschen auf Kunden. Es gab eine Reihe von Teehäusern, aber nur ein oder zwei Restaurants und die schlossen um acht. Spätestens. Kaum eine Familie besaß einen Fernseher oder ein Telefon. Wer unbedingt telefonieren wollte, musste sich in eine Holzhütte auf der Hauptstraße begeben. Dort saß eine etwas mürrische Frau, sie notierte die Nummer, wählte die angegebenen Zahlen und reichte den Hörer weiter, sobald die Verbindung stand, was nicht immer der Fall war. Der Rest der Welt schien endlos weit weg. Das Kalaw, welches ich 1995 entdeckte, unterschied sich in nichts von dem, in das Julia Win in meinem Roman *Das Herzenhören* reiste.

Richtig geschäftig wurde es nur alle fünf Tage, wenn der Markt stattfand. Dann strömten schon vor dem Morgengrauen Hunderte von Menschen aus den umliegenden Bergdörfern in die Stadt. Manche auf Ochsenkarren, die meisten zu Fuß und mit schweren Körben voller Obst, Gemüse und Tee auf dem Rücken. Viele von ihnen trugen knallgelbe, rote oder rosafarbene Badehandtücher wie Turbane um den Kopf gewickelt, der traditionelle Kopfschmuck der Pa-O, wie ich später erfuhr. In den Bergen rund um Kalaw leben Shan, Palaung, Pa-O, Karen, Kachin, Danu, Taungyo, sie alle besitzen ihre eigene kulturelle Identität, mit eigenen, oft sehr unterschiedlichen Sprachen und Riten, Göttern und Gewohnheiten.

Zwei Tage nach meiner Ankunft traf ich Winston Achard. Ich war auf der Suche nach einem Auto und einem Fahrer, mit dem ich die Umgebung Kalaws erkunden konnte. Winston fuhr eines der wenigen Taxis der Stadt, einen uralten, verbeulten Toyota. Zunächst verwirrte mich Winston. Er glich äußerlich mehr einem Engländer als einem Asiaten, trug eine Stoffhose statt eines Wickelrocks, spielte hervorragend Tennis, kannte sich mit Fußball aus und sprach perfektes Englisch. In den folgenden Tagen, die wir zusammen verbrachten, löste er das Rätsel. Sein Großvater war Brite, der Familienname hatte sogar deutsche Wurzeln, Winston war in Kalaw bei amerikanischen Methodisten zur Schule gegangen, selbst gläubiger Christ und hatte schon immer, wie er sagte, eine Affinität zu Europa gehabt.

Eigentlich war er studierter Chemiker, lebte aber nun mit seinen drei Kindern in Kalaw, um seine kranke Mutter zu pflegen. Eine Aufgabe, die ihm als ältestem Sohn zufiel.

Wir sahen uns bei meinem nächsten Besuch im Jahr darauf wieder, und aus der zufälligen Begegnung entwickelte sich eine langjährige, enge Freundschaft. Winston begleitete mich auf fast allen meinen Reisen durch Burma, übersetzte, wenn es nötig war, und erklärte mir unermüdlich sein Land und die Menschen. Auch er war eine wichtige Inspiration für die Figur des U Ba.

Als ich drei Jahre später eine Auszeit vom *stern* nahm, um meinen ersten Roman *Das Herzenhören* zu schreiben, wusste ich, dass der nur in Burma spielen konnte. Ich war mittlerweile ein halbes Dutzend Mal dort gewesen und von jeder Reise tiefer beeindruckt zurückgekehrt. Ich wollte nicht nur eine Liebesgeschichte erzählen, sondern auch von diesem Land, das so aus der Zeit gefallen schien. Dabei konnte ich auf keine literarischen Vorbilder zurückgreifen. In der westlichen Literatur spielte Burma keine Rolle. Das bekannteste Buch war *Tage in Burma*, der erste Roman von George Orwell, erschienen 1934.

Auf die Idee eines Jungen, der erblindet und dann die Gabe des Herzenhörens entdeckt, war ich beim Spielen mit meinem damals zweieinhalbjährigen Sohn Jonathan gekommen. Er hatte irgendwann seinen Kopf auf meine Brust gelegt und erklärt, er höre darin ein Geräusch. Ein heftiges Pochen. Als ich ihm sagte, dass er mein Herz schlagen hören konnte, war er beeindruckt. In den folgenden Tagen kam er immer wieder zu mir, legte sein kleines Ohr an meine Brust und behauptete, mein Herz klänge jedes Mal anders. Mal schneller, mal langsamer, mal leiser, mal lauter. Ich überlegte, wie es wohl wäre, wenn jemand Herzen aus der Entfernung schlagen hören könnte. Wenn der Klang unserer Herzen, wie unsere Stimmen, sich unterscheiden würde, je nachdem, ob wir froh oder traurig, angespannt oder gelöst waren. Ich stellte mir einen kleinen Jungen vor, dessen Vater gestorben war und der von seiner Mutter aus Aberglaube verlassen wird, an der Einsamkeit und Trauer fast zerbricht, erblindet und dann diese Gabe des besonderen Hörens entdeckt. Die Fürsorge einer Nachbarin, die Weisheit eines Mönchs und die Liebe einer jungen Frau sollten ihm einen Weg aus seiner Einsamkeit zurück ins Leben zeigen.

Für mich passte diese Geschichte, so wie ich sie erzählen wollte, nur nach Burma. Es war eine spontane, intuitive Entscheidung, die ich nicht hinterfragte.

Die Idee zum zweiten Roman der *Burma-Trilogie, Herzenstimmen*, entstand durch Zufall bei einem Besuch Kalaws im Jahr 2009.

Ich hatte nicht geplant, eine Fortsetzung zu schreiben. Eines Vormittags saß ich allein in meinem Lieblingsteehaus, trank einen burmesischen Tee, beobachtete das Treiben auf der Straße und träumte vor mich hin. Auf einmal stellte ich mir vor, Julia ging am Teehaus vorbei. In meiner Fantasie winkte ich ihr zu und bat sie, sich zu setzen. Ich wollte wissen, wie es ihr ging, zehn Jahre nach ihrer ersten Reise nach Kalaw. Lebte sie immer noch in New York? Arbeitete sie als Rechtsanwältin? War sie glücklich? Was hatte diese besondere Liebesgeschichte zwischen ihrem Vater und Mi Mi mit ihr gemacht? Hatte sie in der Zwischenzeit ihren Bruder U Ba besucht, oder hatten sich die beiden wieder aus den Augen verloren? In meiner Vorstellung entwickelte sich aus diesen Fragen ein Dialog, der mich nicht mehr losließ. Ich machte mir noch am selben Tag die ersten Notizen. Kaum zurück in Deutschland, begann ich die Geschichte weiterzuspinnen.

Mittlerweile hatte ich viele Teile des Landes bereist, in Klöstern, illegal in privaten Häusern übernachtet – denn während der Militärdiktatur war es verboten, Ausländerinnen und Ausländer zu beherbergen –, Menschen aus den verschiedensten Teilen der Gesellschaft kennengelernt. Ich hatte in den ärmsten Hütten gesessen, hatte Straßensperren und Patrouillen der Armee erlebt und gesehen, wie eingeschüchtert und verängstigt die meisten Menschen waren. Es waren Freundschaften entstanden, und durch all die Erlebnisse und Begegnungen hatte sich mein Bild von Burma vertieft und verändert.

Langsam begann ich zu verstehen, was mein Freund, der Buchhändler, gemeint hatte, als er sagte, die Menschen würden nicht nur aus Freundlichkeit lächeln.

Während einer Reise erreichte mich über Umwege die Nachricht eines burmesischen Freundes: Wenn ich wollte, konnte er mich mit drei jungen Pa-O-Männern zusammenbringen, die vom Militär entführt und über Monate gezwungen worden waren, als Träger und Minensucher zu arbeiten. Ich hatte von solchen Geschichten gelesen und gehört, war mir aber nicht sicher, ob ich ihnen Glauben schenken konnte. Ich sagte sofort zu.

Für die drei Männer war es ein gefährliches Unterfangen. Sollte man sie dabei erwischen, wie sie einem Ausländer von den Gräueltaten des Militärs berichteten, müssten sie das möglicherweise mit dem Leben bezahlen. Nach einer mehrstündigen Wanderung traf ich sie in einer verlassenen Hütte inmitten von Reisfeldern irgendwo zwischen Kalaw und Loikaw.

Sie waren Anfang zwanzig, und ich spürte ihre Anspannung. Die drei wagten es nicht, mir ins Gesicht zu schauen, ihre Antworten blieben kurz und stockend. Ich hatte Wasser und Kekse mitgebracht, berichtete ein wenig von mir und meinen Reisen durch das Land, und nach einer Weile fassten sie Vertrauen. Sie begannen, mich zu mustern, hin und wieder huschte ein zaghaftes Lächeln über ihr Gesicht. Allmählich begannen sie zu erzählen.

In einfachen Sätzen beschrieben sie, wie die Soldaten gekommen waren, ihr Dorf umstellt, alle jungen Männer auf Lastwagen getrieben und mitgenommen hatten. Niemand wagte es, sich ihnen zu widersetzen. Sie wurden an die Front gebracht, wo die Tatmadaw gegen die Rebellenarmee der Karen kämpfte. Die Männer mussten Munition und Proviant schleppen, und wenn das Militär eine Offensive startete, schickte man sie als Minensucher voraus. Damals wurden viele Landminen benutzt. Da die burmesische Armee aber nicht genug Minensuchgeräte besaß, setzte sie dafür Menschen ein. Mit vorgehaltenen Maschinengewehren zwangen sie sie voranzugehen. Das überlebten die meisten nicht. Wer nicht auf eine Mine trat, starb an Erschöpfung oder Krankheit. Den drei jungen Männern war durch Zufall die Flucht gelungen.

Ich machte mir ausführlich Notizen und spürte, wie mit jedem Satz meine Empörung über diese Verbrechen wuchs. Die drei jedoch erzählten ihre Geschichte sehr ruhig, von ihrer Wut spürte ich nichts.

»Ihr müsst die Soldaten hassen«, warf ich irgendwann ein.

»Wieso?«, wunderten sie sich.

Ich stutzte. »Nach allem, was sie euch angetan haben.«

»Das war unser Karma«, erwiderten sie fast wie aus einem Mund. »Wir müssen in unserem vorherigen Leben schlimme Dinge getan haben, um diese Strafe verdient zu haben.«

Ich vergewisserte mich bei meinem Freund, der als Dolmetscher fungierte, ob ich sie richtig verstanden hatte. Nicht die Soldaten waren schuld an diesen Verbrechen, sondern sie selbst?

Die drei nickten.

Nun richtete sich meine Empörung auch gegen sie. Ich widersprach ihnen leidenschaftlich. Wie konnten sie so etwas sagen? Ihnen sei großes Unrecht widerfahren. Sie seien zu unschuldigen Opfern grauenhafter Taten geworden. Ich redete mich in Rage. Es gab Täter, und die müssten zur Verantwortung gezogen werden. Und zwar nicht im nächsten Leben, sondern im Hier und Jetzt. Sie gehörten vor Gericht gestellt und hart bestraft. Die drei konnten doch nicht allen Ernstes glauben, dass die Schuld in ihrem Karma liege.

Sie hörten mir zu, und je länger ich redete, desto mehr konnte ich an ihren Gesichtern erkennen, dass sie mich nicht verstanden. Als ich geendet hatte, schauten sie mich nur verwirrt an. Vielleicht, dachte ich, war für Menschen, die ihr ganzes Leben in einer brutalen Militärdiktatur verbracht hatten, die Vorstellung, dass die Soldaten eines Tages für ihre Verbrechen büßen müssten, einfach zu abwegig.

Es war einer der Momente, in denen ich an meine Grenzen stieß. In denen mein westlich geprägtes Weltbild mit dem einer anderen Kultur, einer anderen Religion kollidierte und infrage gestellt wurde.

Das erlebte ich, im Großen wie im Kleinen, auf jeder meiner Reisen, und diese Erlebnisse gehörten zu den wichtigsten Inspirationen für meine Bücher. Aus der Auseinandersetzung mit den Berichten der drei jungen Männer entwickelte sich die Figur von Thar Thar, der in *Herzenstimmen* und *Das Gedächtnis des Herzens* eine so wichtige Rolle spielt. Ich versuchte zu verstehen, nicht zu urteilen. Darum bemüht sich auch Julia Win, mal mit mehr Erfolg, mal mit weniger. Zum Beispiel wenn sie sich mit U Ba streitet, weil der zwei Kobras in seiner Hütte duldet, anstatt sie zu töten, oder weil er das

Geld, das sie ihm geschenkt hat, an Nachbarn weitergibt, anstatt sein eigenes Dach zu reparieren. Julia wird mit anderen Wertvorstellungen und einem anderen, ihr fremden Denken konfrontiert. Sie muss sich verhalten und gerät dabei, besonders im dritten Band, in Situationen, die sie überfordern – mit schrecklichen Konsequenzen.

Im Land selbst hatte sich zwischen 1997 und 2007, den Jahren, in denen *Das Herzenhören* und *Herzenstimmen* spielen, auf den ersten Blick nicht viel verändert. Als Julia nach zehn Jahren zurückkehrte, glich der kurze Flug von Bangkok nach Rangoon noch immer einer Zeitreise. Auf dem Flughafen wartete derselbe kleine Terminal auf sie. Die Straßen waren noch immer mit Schlaglöchern übersät, darauf rollten noch immer dieselben verrosteten und verbeulten Autos entlang. Die alten Gebäude verfielen weiter, Baustellen, Zeichen für einen Aufbruch, gab es so wenig wie neue Geschäfte. Der Strom fiel nach wie vor täglich mehrfach aus. Es regierte dieselbe Militärjunta, die Burma wirtschaftlich und politisch in den Ruin getrieben und nun international noch weiter isoliert hatte.

Im Herbst 2007 erhoben sich Mönche und Nonnen gegen das Regime. Zunächst waren es nur ein paar Dutzend, dann einige Hundert, und schon bald marschierten Zehntausende von ihnen durch die Straßen von Rangoon und anderen Städten, unterstützt von Hunderttausenden Burmesinnen und Burmesen. Plötzlich war das Land in Aufruhr und weltweit in den Nachrichten. Ich sah die Bilder im Fernsehen und ahnte, was sie bedeuteten: Über vier Jahrzehnte hatte das Militär in der Bevölkerung Furcht und Schrecken verbreitet, nun standen die Menschen auf und wehrten sich. Sie wollten nicht mehr in Angst leben müssen.

Die Armee zögerte. Gewalt gegen die im Land verehrten buddhistischen Mönche und Nonnen einzusetzen würde ein ungeheuerlichen Tabubruch bedeuten. Doch als die Proteste von Woche zu Woche stärker wurden, schlug die Armee mit aller Brutalität zu. Sie schoss auf die Demonstrierenden und verhaftete Mönche, Zivilistinnen und Zivilisten. Bis heute ist nicht klar, wie viele Menschen dabei starben. Waren es Hunderte oder eher Tausende?

Die als Safran-Revolution bezeichnete Bewegung war ein Wendepunkt in der jüngeren Geschichte Burmas und zeigte, dass die Generäle vor nichts mehr zurückschreckten, um ihre Macht zu sichern. Selbst Klöster und Klerus waren vor ihnen nicht sicher. Es war ein so einschneidendes Ereignis, dass ich mich entschloss, es im dritten Band der Trilogie zu einem zentralen Thema zu machen: den Kampf um Freiheit, der für Thar Thar so wichtig ist und den Julia so schwer verstehen kann, weil Freiheit für sie etwas Selbstverständliches ist.

Ein Jahr später fegte der verheerende Wirbelsturm Nagris über den Golf von Bengalen und das Irrawaddy-Delta hinweg. Über 450.000 Häuser wurden zerstört, mehr als 140.000 Menschen starben, und trotz der Not nahmen die paranoiden Generäle Hilfe aus dem Ausland nur widerwillig und mit Verzögerung an. Im Land herrschte ein lähmender, todbringender Stillstand. Während in anderen Teilen der Welt das Zeitalter des Internet begann, gab es in Burma kaum Computer und noch weniger Mobiltelefone.

Im Herbst 2011 fanden manipulierte Parlamentswahlen statt, bei denen die Opposition gar nicht erst teilnahm und der ehemalige General Thein Sein zum Präsidenten gewählt wurde. Alles deutete auf ein weiteres verlorenes Jahrzehnt des Stillstands hin. Als die ersten Gerüchte über mögliche Gespräche zwischen Thein Sein und der weiterhin unter Hausarrest stehenden Oppositionsführerin Aung San Suu Kyi aufkamen, mochte das weder in Burma noch im Ausland kaum jemand glauben. Völlig unerwartet begann ein zunächst zaghafter, dann an Tempo zunehmender Reformprozess, ein wirtschaftlicher und politscher Frühling, wie ihn das Land seit den Fünfzigerjahren nicht erlebt hatte.

Politische Gefangene kamen aus der Haft frei, die Zensur wurde gelockert, das Demonstrationsverbot aufgehoben, Oppositionsparteien und regierungsunabhängige Organisationen zugelassen.

Fast wöchentlich gründeten sich neue Tages- und Wochenzeitungen. Im Gegenzug nahm der Westen nach und nach seine Sanktionen zurück, die er über die Jahre wegen der vielen Menschenrechtsverletzungen und politischen Gefangenen verhängt hatte.

Der Verkehr nahm zu, neue private Fluggesellschaften entstanden, die ersten größeren Supermärkte eröffneten. Die Zahl der Mobiltelefonbenutzer stieg, der Preis für eine SIM-Karte sank von mehreren Tausend US-Dollar auf wenige Hundert. In den Straßen hingen Fahnen der Oppositionspartei NLD, in Teehäusern trugen Kellnerinnen T-Shirts mit dem Konterfei Aung San Suu Kyis.

Im Herbst 2015 durften die Burmesen zum ersten Mal seit 1960 wieder in freien Wahlen ihre Regierung bestimmen. Die Opposition errang einen triumphalen Sieg – und doch nur eingeschränkte Macht. Das Militär hatte sich laut Verfassung im Parlament schon vorab fünfundzwanzig Prozent der Sitze gesichert – eine Sperrminorität, mit der es alle grundsätzlichen Reformen blockieren konnte. Außerdem besetzte es die drei wichtigsten Ministerien und kontrollierte weiterhin die landesweite Verwaltung. Die Generäle hatten noch immer die Macht. Die De-facto-Regierungsschefin Aung San Suu Kyi stand vor einem schwierigen Balanceakt: Sie durfte sich nicht gegen das in der Bevölkerung verhasste Militär stellen und musste gleichzeitig den politischen und wirtschaftlichen Reformprozess vorantreiben.

Im Westen wurde sie als Ikone einer erfolgreichen Demokratiebewegung gefeiert. Barack Obama, Bill und Hillary Clinton, Tony Blair und viele andere Regierungschefs kamen auf Staatsbesuch in das einst geächtete Burma. Der Tourismus boomte, das Wirtschaftswachstum gehörte zu den höchsten der Welt. Überall im Land herrschte die euphorisierende Stimmung des Aufbruchs in bessere Zeiten.

Die am Flughafen wartenden Taxis waren jetzt oft neu und besaßen eine funktionierende Klimaanlage. Dafür dauerte die Fahrt ins Zentrum nicht mehr zwanzig Minuten, sondern eineinhalb

Stunden. Ich verbrachte Stunden im Stau, Smog lag über der Stadt wie ein dreckiges Tuch.

Hin und wieder dachte ich sehnsüchtig an die Zeit zurück, als nur eine Handvoll Autos auf den Straßen fuhren. Aber ich musste natürlich zugeben, dass ich das besonders schön gefunden hatte, weil ich immer in einem der wenigen Autos saß, die damals unterwegs waren. Hätte ich einen der wenigen hoffnungslos überfüllten öffentlichen Busse nehmen müssen, hätte ich vermutlich weit weniger romantische Erinnerungen an diese Zeit gehabt.

Bei meinen Spaziergängen veränderte sich das alte Zentrum Rangoons vor meinen Augen. An jeder Ecke entstanden neue Hotels, Einkaufszentren, Autohäuser, Werbetafeln versprachen »Luxus und Eleganz« im Übermaß. Fast wöchentlich eröffneten neue Geschäfte, Bars und Restaurants. Die Straßen waren wie immer voller Menschen, doch die waren plötzlich mit ihren Mobiltelefonen beschäftigt. Von den dreiundfünfzig Millionen Einwohnern des Landes besaßen angeblich fünfunddreißig Millionen ein Handy. An die zehn Millionen Burmesinnen und Burmesen waren auf Facebook. Ich kaufte mir bei jeder Ankunft eine SIM-Karte für umgerechnet fünf US-Dollar, kurz darauf konnte ich, in einem Teehaus sitzend, meine E-Mails empfangen. Zumeist war die Internetverbindung schneller und zuverlässiger als auf meinen Reisen in Deutschland.

Den Bagan Book Shop in der 37sten Straße führte nun der Sohn des Besitzers. Mein Freund, der Buchhändler, war vor einigen Jahren gestorben. Immer, wenn ich kam, lief der Fernseher, zumeist eine südkoreanische Soap Opera. Bücher wurden hier nicht mehr restauriert.

An vielen Straßenecken hingen Schilder, die für Englisch-, Japanisch-, Französisch-, Spanisch- oder IT-Schulen warben. Die Wissbegierde nach Jahren der geschlossenen Universitäten war gewaltig.

Spontane Treffen mit Freunden in Rangoon wurden schwieriger, weil viele nun volle Terminkalender hatten und gestresst von einer Verabredung zur nächsten hetzten.

Ich fragte mich, ob ein Land, das so lange isoliert gewesen war, eine von jahrhundertealten Traditionen geprägte Gesellschaft, dem plötzlichen und ungehemmten Ansturm des Kapitalismus, den schnöden Versprechungen des Materialismus erliegen kann, ohne sich dabei nicht von Grund auf zu verändern.

Wie würde es in zehn oder zwanzig Jahren aussehen? War es im einundzwanzigsten Jahrhundert möglich, die Wirtschaft zu entwickeln, sich äußeren Einflüssen zu öffnen, ohne die Umwelt sowie die familiären Bindungen und sozialen Strukturen brachial zu zerstören, ohne all die Fehler zu wiederholen, die andere Länder gemacht hatten? Würde der neu entstehende Wohlstand, so bescheiden er auch sein mochte, gerecht verteilt werden?

Manchmal wurde ich wehmütig, weil ich glaubte zu wissen, welchen Preis die burmesische Gesellschaft für ihr Wirtschaftswachstum zahlen würde.

Selbst Kalaw war aus seinem Tiefschlaf erwacht. Statt zwei Hotels warteten nun über siebzig Herbergen auf Gäste. Es gab zwei Dutzend Restaurants, darunter ein mexikanisches namens Picasso und ein italienisches mitsamt Pizzaofen, Mozzarella auf der Speisekarte. Straßen waren ausgebessert, Mopeds hatten die letzten Pferdekutschen verdrängt. Die Grundstückspreise explodierten.

In der Zwischenzeit waren *Das Herzenhören* und *Herzenstimmen* auf Burmesisch erschienen und hatten viele Leserinnen und Leser gefunden. Meine Verlegerin organisierte regelmäßig Veranstaltungen für mich in Rangoon. Sie waren immer voll, die meisten Besucher kaum älter als dreißig.

Ich beschrieb die Entstehungsgeschichten der Romane und erzählte von meinen frühen Reisen nach Burma. Manche der Anwesenden waren noch gar nicht geboren, als ich das erste Mal in ihr Land kam, und staunten über meine Schilderungen. Sobald ich meinen Vortrag beendet hatte und um Fragen bat, schossen Arme in die Höhe. Ihre Neugier und Wissbegierde waren größer als ihre Schüchternheit.

Wir sprachen auch über das Schicksal Thar Thars, das ihnen

naheging, und die Kapitel in *Herzenstimmen*, in denen ich über die Verbrechen des Militärs, den Einsatz von jungen Männern als Minensucher, schrieb. Plötzlich stand eine Leserin auf und wollte wissen, ob ich mir das ausgedacht hätte oder ob es auf Tatsachen beruhte. Für einen Moment stockte ich. Es war noch nicht lange her, da hätte der Roman niemals in Burma erscheinen dürfen, und eine Veranstaltung wie diese wäre unmöglich gewesen. Allein dafür, eine solche Frage in der Öffentlichkeit gestellt zu haben, wäre die junge Frau wahrscheinlich für Jahre im Gefängnis verschwunden.

Sie wartete auf meine Antwort.

Ich zögerte kurz. Ein Teil der Lesung sollte später im Radio gesendet werden, hatte mir die Verlegerin gesagt. Wie weit durfte ich gehen? Wo waren die Grenzen der neuen Freiheit? Schließlich holte ich tief Luft und erzählte von dem geheimen Treffen mit den jungen Männern, die diese Torturen überlebt hatten. Diese Geschichten seien wahr und die Grausamkeiten, die die Soldaten begangen hätten, vermutlich noch viel schlimmer, als ich sie beschrieben hätte. Und während ich das sagte und in die jungen, offenen und furchtlosen Gesichter vor mir schaute, dachte ich, dass das Land einen Wendepunkt erreicht hatte. Wenn die Angst in den Menschen verschwunden ist, lässt sich die Zeit nicht mehr zurückdrehen.

Wie ich mich täuschen sollte.

Anschließend durfte ich einen Stapel Bücher signieren. Ein junger Mann hielt mir beide Bände hin, sie waren ganz offensichtlich mehr als einmal gelesen worden. Er liebte meine Bücher aus drei Gründen, erklärte er mir in gebrochenem Englisch. Erstens, weil sie ihn zum Weinen brächten. Zweitens, weil sie ihn trösteten. Und drittens, weil er daraus so viel über sein Land lernte.

Kurz darauf war die Zeit Burmas als Liebling westlicher Regierungen und Touristen auch schon wieder vorbei. Seit der Öffnung des Landes war es in verschiedenen Orten vereinzelt zu tödlichen Auseinandersetzungen zwischen Buddhisten und Muslimen gekommen.

Anlass waren in den meisten Fällen Meldungen über angebliche oder tatsächliche Vergewaltigungen buddhistischer Frauen durch Muslime. Jedes Mal beruhigte sich die Lage nach einigen Tagen wieder. Aber die Vorfälle machten die unterschwelligen Spannungen zwischen der buddhistischen Mehrheit und der muslimischen Minderheit deutlich und zeigten, wie schnell das friedliche Zusammenleben der beiden Religionen in Gewalt umschlagen konnte. Ein Thema, das in *Das Gedächtnis des Herzens* eine wichtige Rolle spielt.

Im August 2017 hatten Kämpfer der Arakan-Rohingya-Befreiungsarmee mehrere Posten von burmesischen Sicherheitskräften in der Provinz Arakan überfallen. Die Armee reagierte mit einer gnadenlosen Bestrafungsaktion. Soldaten zogen mordend, vergewaltigend und brandschatzend durch die Dörfer der Rohingya, einer muslimischen Minderheit, die im äußersten Westen des Landes lebte. Bis zum Sommer 2018 flohen die meisten der über eine Million Rohingya über die Grenze nach Bangladesch, wo sie bis heute unter erbärmlichen Umständen in Flüchtlingslagern leben. Durch die Geflüchteten erfuhr die Weltöffentlichkeit von den Verbrechen der burmesischen Armee an der Zivilbevölkerung, mehrere Untersuchungen der UN bestätigten die Schilderungen.

Das Militär tat die Berichte als antiburmesische Propaganda ab und wies jede Schuld von sich. Der Westen reagierte empört. Er verhängte erneut Sanktionen, der internationale Gerichtshof in Den Haag klagte das Militär wegen Genozid und Verbrechen gegen die Menschlichkeit an. Zur Verteidigung kam ausgerechnet Aung San Suu Kyi, die vor den Augen der Weltöffentlichkeit die Generäle in Schutz nahm. Bei den Gewalttaten ginge es lediglich um bedauerliche Einzelfälle, erklärte sie, ansonsten handele es sich um legitime Aktionen der Selbstverteidigung.

Mit ihrem Auftritt verspielte die Friedensnobelpreisträgerin jeglichen Kredit im Westen, nicht dagegen im eigenen Land. Bei meinen Reisen in jener Zeit bekam ich den Eindruck, dass die Mehrheit des burmesischen Teils der Bevölkerung das Vorgehen des Militärs nicht missbilligte oder sogar unterstützte.

Ich erinnere mich an einen Besuch bei einem Freund, der in einem Laden auf dem Bogyoke-Aung-San-Markt in Rangoon Antiquitäten verkaufte. Er war mir als ein aufgeschlossener, liberaler Mensch vertraut, der gute Kontakte zu Kundinnen und Kunden, zu Freunden in aller Welt pflegte. Er sprach hervorragend Englisch und las im Internet täglich Zeitungen aus Amerika und England. Dem Militärregime stand er naturgemäß sehr kritisch gegenüber. Als ich ihn jetzt besuchte, hatte ich mich kaum gesetzt, da schimpfte er schon über die westlichen Regierungen und wie naiv sie sich gegenüber der muslimischen Propaganda zeigten. Er glaubte nicht an eine Vertreibung von Rohingya, dahinter stecke eine islamische Verschwörung gegen Burma, vermutlich würden sie ihre Dörfer selbst in Brand setzen. Meine Einwände machten ihn nur noch wütender, nach zwanzig Minuten verließ ich verstört sein Geschäft.

Am Abend traf ich meine Verlegerin zum Essen in einem Restaurant, bekannt für seine Shan-Spezialitäten. Als auch sie anfing zu erzählen, dass die meisten Rohingya ohnehin illegale Einwanderer wären, platzte mir der Kragen. Hatte sie im Internet nicht die Bilder aus den Flüchtlingslagern gesehen? Die Fotos der weinenden, verängstigten Kinder und ihrer Mütter? Sie nickte. Hatte sie dabei nicht Mitgefühl empfunden, weil es völlig egal ist, welcher Religion, Nation oder Ethnie leidende Menschen angehören? Sie senkte den Kopf und schwieg. Stumm starrten wir auf das Essen vor uns. Mir wurde unser Schweigen unangenehm, ich hatte weder moralisieren noch sie belehren wollen, ich verstand nur nicht den Mangel an Empathie angesichts des Elends. Plötzlich blickte sie auf und sagte, es täte ihr leid. Ich hätte recht. Sie verstehe selber nicht, warum Menschen, die jahrzehntelang unter der Militärdiktatur gelitten hatten, plötzlich den Unschuldsbeteuerungen der Generäle glaubten und sie als Retter der Einheit Burmas feierten. Ihnen war es gelungen, mit der Vertreibung der Rohingya einen Teil der Burmesinnen und Burmesen hinter sich zu einen.

Möglicherweise war das einer der Gründe für eine folgenschwere Fehleinschätzung gut zwei Jahre später. Im November 2020 fanden

Parlamentswahlen statt, und die Partei des Militärs gab sich optimistisch, danach wieder die Regierung stellen zu können. Doch statt eines triumphalen Erfolges erlebte sie ein weiteres Desaster an der Urne und schnitt noch schlechter ab als bei der ersten Abstimmung fünf Jahre zuvor.

Die Generäle akzeptierten die Niederlage nicht. Sie sprachen von Betrug, weigerten sich, das Ergebnis anzuerkennen, und forderten Neuwahlen. Die wiedergewählte Regierung lehnte es ab, darüber auch nur zu verhandeln. Für sie war die Abstimmung fair und frei verlaufen, Unregelmäßigkeiten, die unter den schwierigen Bedingungen der Corona-Pandemie nicht zu vermeiden gewesen seien, hätten keinen Einfluss auf das mehr als eindeutige Ergebnis gehabt. Zahlreiche unabhängige, internationale Wahlbeobachter bestätigten diese Einschätzung.

Das neu gewählte Parlament wollte sich am 1. Februar 2021 in der Hauptstadt Naypyidaw zu seiner konstituierenden Sitzung treffen.

Ich verfolgte die Entwicklung aus der Ferne, aufgrund der Corona-Pandemie hatte ich meine damals geplante Burma-Reise mehrfach verschieben müssen. Ende Januar bekam ich von Freundinnen und Freunden plötzlich angsterfüllte Nachrichten mit Fotos und Videos von Truppenbewegungen in Rangoon zugeschickt. Was führte die Armee im Schilde? Sie wollte doch nicht ernsthaft wieder mit Gewalt die Regierung übernehmen?

In der Nacht zum 1. Februar schlug das Militär zu und putschte sich zurück an die Macht. Aung San Suu Kyi und der Staatspräsident wurden unter Hausarrest gestellt, viele Abgeordnete verhaftet, der Notstand ausgerufen.

In den folgenden Monaten verging kaum ein Tag, an dem ich nicht per Telefon, E-Mail oder über verschiedene soziale Medien in Kontakt mit Freunden und Bekannten in Burma war. In den ersten Tagen herrschte lähmendes Entsetzen. Nach zehn Jahren der wirtschaftlichen und gesellschaftlichen Öffnung und politischen Liberalisierung hatte sich kaum jemand wirklich vorstellen können, dass das Militär versuchen würde, die Uhren zurückzudrehen. Als der erste Schock überwunden war, geschah etwas, was in der Geschichte Burmas ohne Beispiel ist. Millionen Menschen gingen auf die Straße und protestierten gegen die Machtübernahme des Militärs. Nicht einmal, nicht zweimal, sondern täglich, über Wochen. Und im Gegensatz zu früher umfasste der Widerstand nicht nur einen Teil des Landes, sondern alle Schichten und Gruppen der Bevölkerung. Täglich bekam ich Fotos von Freundinnen und Freunden aus allen Teilen des Landes geschickt. Sie winkten fröhlich in die Kamera, überzeugt, dass der Armee am Ende nichts anderes übrig bleiben würde, als ihrem friedlichen Protest nachzugeben.

Die Bewegung offenbarte, dass eine pluralistische Gesellschaft in den vergangenen zehn Jahren entstanden war und der Wunsch nach Freiheit und Demokratie tiefe Wurzeln geschlagen hatte. In der Dekade der Öffnung war eine Generation herangewachsen, mit Bangkok, Sydney, New York oder London über das Internet verbunden, selbstbewusst, der Welt zugewandt, die sich ihre Freiheiten nicht so einfach wieder nehmen lassen wollte. In den Shan-Staaten wurde genauso protestiert wie bei den Karen, Kachin, Chin oder in Rangoon und Mandalay. Punks marschierten neben Nonnen, Dragqueens neben Krankenschwestern, indischstämmige Burmesinnen und Burmesen neben solchen chinesischer Herkunft. Unternehmer schlossen sich ihnen genauso an wie die Arbeiterinnen und Arbeiter in den Fabriken. Familien kamen mit Großeltern und Kleinkindern, es wurde getanzt und musiziert. Manche Demonstrationen glichen bunten politischen Happenings.

Es kam zu Generalstreiks, an denen sich weite Teile des Landes beteiligten. Ärztinnen und Ärzte, Krankenpflegerinnen und Krankenpfleger legten die Gesundheitsversorgung lahm, die Bankangestellten den Finanzsektor, die Beamten die öffentliche Verwaltung.

Die Armee war von dem breiten und anhaltenden Widerstand überrascht und offensichtlich unsicher, wie sie darauf reagieren sollte. Abwarten in der Hoffnung, er würde von allein verebben? Als das nicht geschah, schlug sie nach einigen Wochen mit aller Brutalität zurück. Soldaten schossen fortan mit scharfer Munition auf

Demonstrierende. Scharfschützen gingen auf Häuserdächern in Stellung und zielten auf Teilnehmende in den hinteren Reihen. Niemand sollte sich auf einer Demonstration sicher fühlen können. Es begann die Zeit, in der ich mich morgens oft nicht traute, mein Telefon zur Hand zu nehmen. Sobald ich mein elektronisches Postfach öffnete oder soziale Medien nutzte, blickte ich auf Fotos von Toten und Verletzten, sah Videos, auf denen Menschen erschossen oder halb totgeprügelt wurden. Sie wurden mir von Freunden, aber auch Unbekannten geschickt, mit der Bitte um Hilfe. Die Welt sollte sehen, was in Burma geschah. Ich fühlte mich hilflos. Es gab nicht viel, was ich im Angesicht des Grauens machen konnte. Und mich quälte ein schlechtes Gewissen. Wie konnte ich im friedlichen Potsdam sitzen, während in Burma mir lieb gewonnene Menschen verzweifelt um ihre Freiheit kämpften, in den Untergrund gingen, in Lebensgefahr schwebten? Menschen, mit denen ich in den vergangenen fünfundzwanzig Jahren so viel Zeit verbracht, so viele Gespräche geführt hatte, so viele Erinnerungen teilte. Ich schrieb E-Mails und Nachrichten an sie und geriet in Panik, wenn sie nicht innerhalb der nächsten Tage antworteten. War nur die Internetverbindung unterbrochen, oder waren sie verhaftet? Womöglich auf einer Demonstration angeschossen oder verletzt worden? An manchen Tagen saß ich mit Tränen in den Augen vor meinem Computer und hätte mich am liebsten in das nächste Flugzeug Richtung Rangoon gesetzt. Doch die Grenzen waren dicht, und selbst wenn ich im Land gewesen wäre: Was hätte ich tun können?

Jeden Tag las und hörte ich von Toten und Verletzten. Wer jetzt noch auf die Straße ging, riskierte ganz bewusst sein Leben. Trotzdem gingen die Proteste zunächst weiter, ich bewunderte den Mut der Menschen, denn die Zahl der Toten stieg in die Tausende. Gleichzeitig begann eine Verhaftungswelle, seit dem Putsch wurden weit über zehntausend Burmesinnen und Burmesen in Gefängnisse gesperrt. Menschen verschwanden spurlos und tauchten später als Tote wieder auf. Aung San Suu Kyi wurde in einem Schauprozess zu vielen Jahren Gefängnis verurteilt, ihre Partei verboten.

Der Widerstand wurde gewaltsamer, und nun kam es in allen Landesteilen täglich zu Bombenanschlägen und Attentaten mit vielen Toten. Polizisten, vermeintliche Kollaborateure und Spitzel wurden in ihren Büros, Wohnungen oder sogar auf offener Straße erschossen, manchmal zusammen mit ihren Familienangehörigen. In den nicht vom Militär kontrollierten Gebieten formte sich eine Widerstandsarmee, deren Größe und Schlagkraft noch nicht abzusehen war. Hunderttausende Menschen hatten ihre Dörfer verlassen und waren auf der Flucht. Burma versank immer tiefer in einem schwelenden Bürgerkrieg.

Und trotzdem: So unwahrscheinlich es in diesen dunklen Zeiten klingen mochte, ich war überzeugt, dass in der Machtübernahme des Militärs auch eine Chance lag. Denn an den grundlegenden Problemen des Landes, der Rolle der Armee in der Gesellschaft und dem Verhältnis der buddhistischen Bamar zu den anderen Ethnien und Religionen, hatte sich auch unter der Regierung von Aung San Suu Kyi nichts geändert. Die Friedensverhandlungen blieben unter ihrer Regie ohne Ergebnis, und die Macht des Militärs war weiterhin ungebrochen. Manche meiner jüngeren Freundinnen und Freunde in Burma glaubten sogar, dass die Regierungschefin nicht mehr Teil der Lösung war, sondern des Problems.

Im Widerstand gegen die Herrschaft des Militärs waren von Beginn an viele Anzeichen für eine Annäherung zwischen den Bamar und den Minderheiten zu erkennen. Die Untergrundregierung versprach ihnen Autonomie und Gleichberechtigung, in den sozialen Netzwerken mehrten sich die Stimmen unter jungen Bamar, die ein föderalistisches Burma forderten. Rebellenarmeen anderer Ethnien kämpften Seite an Seite mit der Regierung im Untergrund. Für die Generäle wurde es immer schwieriger, das Land zu teilen und zu herrschen.

Ich hielt es für möglich, dass Historiker eines Tages den 1. Februar 2021 als einen Wendepunkt in der Geschichte des Landes ansehen würden. Jenes Datum, an dem sich die Macht des Militärs zu zersetzen begann und der Grundstein für ein freies, multiethnisches und demokratisches Burma gelegt wurde. Ein Land, in dem die Vielfalt der Religionen und Völker nicht als Schwäche, sondern als Stärke empfunden wird.

Auch wenn es bis dahin noch ein langer Weg sein würde.

In der Zwischenzeit dachte ich oft an U Ba, Bo Bo, Thar Thar und Julia. Wie mochte es ihnen gehen? Was sagte U Ba zu dem Rückfall in die düsteren Zeiten einer Diktatur? Lebten sie in Rangoon oder Kalaw? War Julia vielleicht ausgewiesen worden und lebte getrennt von Mann, Sohn und Halbbruder in Bangkok? Oder war die Familie zusammen in den Untergrund gegangen? Hatte sich der Teenager Bo Bo mit seinem Freund Htun Htun einer Rebellenarmee angeschlossen?

Aber Antworten auf diese Fragen zu finden, wäre eine andere Geschichte.

Danksagung

Es ist unmöglich, namentlich all den Menschen in Burma zu danken, die mir auf meinen Reisen dort geholfen haben. Ohne ihre Großzügigkeit und Hilfsbereitschaft, ohne das Vertrauen, das sie mir entgegenbrachten, gäbe es die *Burma-Trilogie* in dieser Form nicht.

Stellvertretend für die vielen möchte ich Tommy nennen, der mir bei meinen ersten Besuchen in Kalaw sehr geholfen hat. Ganz besonderen Dank schulde ich meinem Freund Winston, der mit mir seit über fünfundzwanzig Jahren kreuz und quer durch sein Land reist und nicht müde wird, mir die Kultur und den Alltag zu erklären.

Das Schreiben eines Romanes ist eine einsame Beschäftigung, das Publizieren ist Teamarbeit. Deshalb weiß ich auch sehr zu schätzen, mit welch großer Geduld und Sorgfalt Hanna Diederichs die drei *Burma*-Bücher lektoriert hat und mit welch großem Einsatz die Teams des Blessing- und des Heyne-Verlages mich über all die Jahre unterstützt haben.

Meinen Kindern Jonathan, Florentine und Theresa möchte ich danken, dass sie mir meine langen Reisen nach Burma und die damit verbundene Abwesenheit zu Hause nie übel genommen haben.

Mein größter Dank gilt meiner Frau Anna. Für alles.

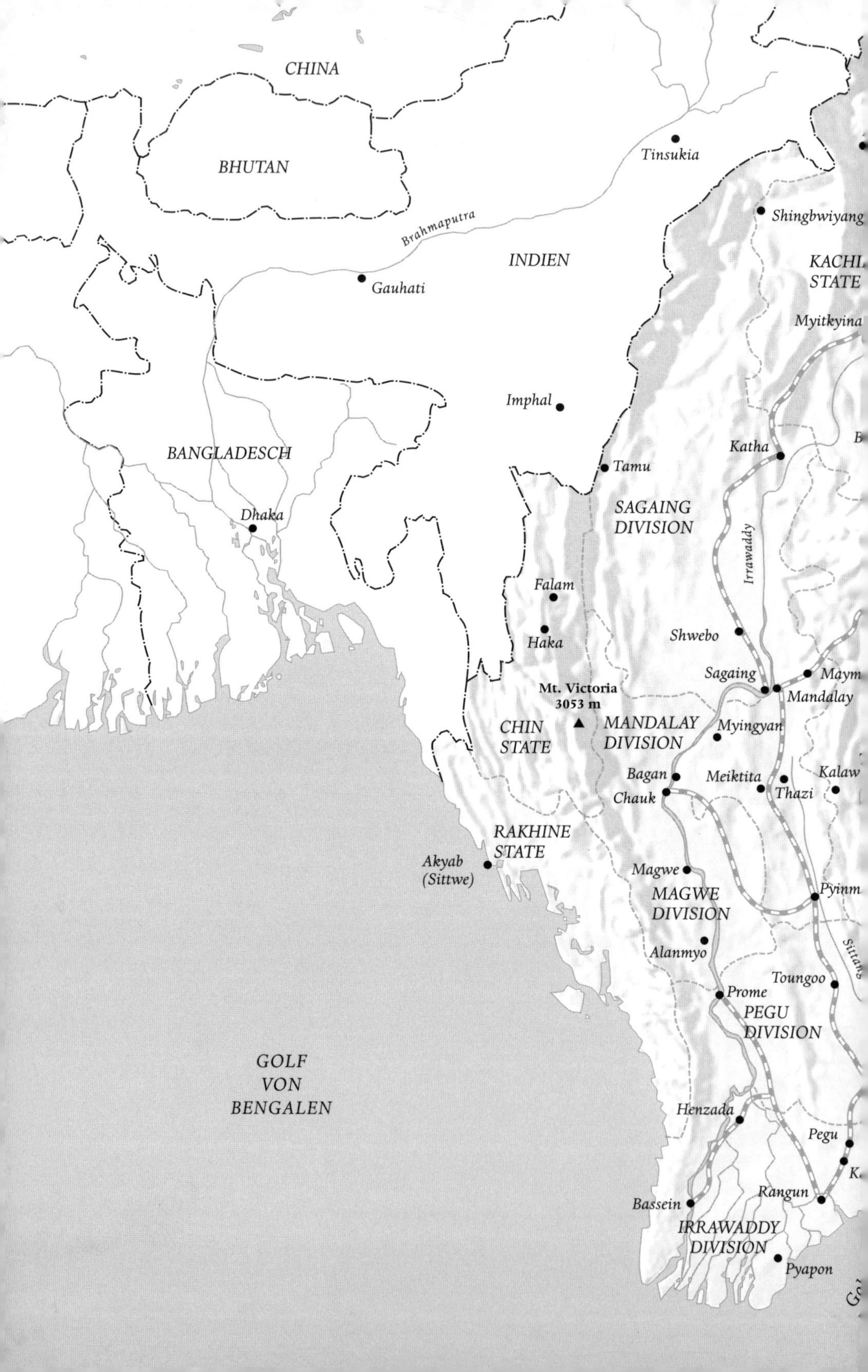

CHINA
BHUTAN
Tinsukia
Shingbwiyang
KACHI
STATE
Brahmaputra
INDIEN
Gauhati
Myitkyina
Imphal
BANGLADESCH
Katha
Tamu
SAGAING
DIVISION
Dhaka
Irrawaddy
Falam
Shwebo
Haka
Sagaing
Maym
Mt. Victoria
3053 m
Mandalay
CHIN
STATE
MANDALAY
DIVISION
Myingyan
Bagan
Meiktila
Thazi
Kalaw
Chauk
RAKHINE
STATE
Akyab
(Sittwe)
Magwe
MAGWE
DIVISION
Pyinm
Alanmyo
Toungoo
Prome
PEGU
DIVISION
GOLF
VON
BENGALEN
Henzada
Pegu
Rangun
Bassein
IRRAWADDY
DIVISION
Pyapon